La escuela católica

La escuela católica

Edoardo Albinati

Traducción del italiano de
Ana Ciurans Ferrándiz

Lumen

narrativa

Papel certificado por el Forest Stewardship Council®

Título original: *La scuola cattolica*

Primera edición: septiembre de 2019

© 2016, Rizzoli / RSC Libri S.p.A., Milano
Publicado por acuerdo con Grandi & Associati, Milán
© 2019, Penguin Random House Grupo Editorial, S. A. U.
Travessera de Gràcia, 47-49. 08021 Barcelona
© 2019, Ana Ciurans Ferrándiz, por la traducción

Penguin Random House Grupo Editorial apoya la protección del *copyright*.
El *copyright* estimula la creatividad, defiende la diversidad en el ámbito de las ideas y el conocimiento, promueve la libre expresión y favorece una cultura viva. Gracias por comprar una edición autorizada de este libro y por respetar las leyes del *copyright* al no reproducir, escanear ni distribuir ninguna parte de esta obra por ningún medio sin permiso. Al hacerlo está respaldando a los autores y permitiendo que PRHGE continúe publicando libros para todos los lectores.
Diríjase a CEDRO (Centro Español de Derechos Reprográficos, http://www.cedro.org) si necesita fotocopiar o escanear algún fragmento de esta obra.

Printed in Spain — Impreso en España

ISBN: 978-84-264-0379-7
Depósito legal: B-13028-2019

Compuesto en M. I. Maquetación, S. L.
Impreso en Egedsa
Sabadell (Barcelona)

H403797

Cuando el espíritu inmundo sale de un cuerpo,
encuentra otros siete espíritus peores que él.

BLAISE PASCAL,
Abrégé de la vie de Jésus-Christ

PRIMERA PARTE

Cristianos y leones

1

Fue Arbus quien me abrió los ojos. No es que antes los tuviera cerrados, pero no podía estar seguro de lo que veía; quizá fueran imágenes proyectadas para engañarme o para tranquilizarme, y yo era incapaz de poner en tela de juicio ese espectáculo que se me ofrecía a diario y que se conoce como «vida». Por una parte, aceptaba sin discutir todo lo que le cae en suerte a un chaval de trece, catorce, quince y todos los años que le faltan para completar esa «fase» —siempre oí mencionarla así, una «fase», un «momento», a pesar de que podía alargarse; un «momento delicado», o incluso una «crisis», a la que, para ser sinceros, seguirían otros momentos o fases igual de delicados o críticos que se alternarían sin cesar hasta la madurez, la vejez y la muerte—. Me alimentaba sin protestar de lo que servían día tras día en el comedor escolar, donde se ofrecen las cosas que le pasan a cualquier adolescente, los asuntos que lo absorben mientras crece y se desarrolla —«desarrollo», otra palabra clave que utilizan los adultos para forzar las cerraduras de la adolescencia, la difícil «edad del desarrollo», el «desarrollo de la personalidad», por no mencionar la horrible expresión intransitiva «ya se ha desarrollado», que sella con lacre pegajoso los genitales secretos—. Quizá sin un orden, pero, en cualquier caso, se servían esos platos que no pueden faltar en la mesa de todo adolescente: el colegio, el fútbol, los amigos, las frustraciones y las excitaciones, todo aderezado con llamadas telefónicas, el ir y venir a la gasolinera y las caídas de la moto, es decir, experiencias comunes.

Pero, por otro lado, no podía dejar de sentir cierta perplejidad. ¿La vida era eso? Es decir, ¿esa era mi vida? ¿Tenía que hacer algo para que me perteneciera o me la entregaban tal cual, con garantía? ¿Tenía que ganármela o merecérmela? Quizá fuera provisional y pronto me la cambiaran por una definitiva. Pero, en tal caso, ¿tenía que cambiarla yo o alguien se ocuparía de eso? ¿Sucedería algo que la cambiase? La vida puede ser extraordinaria o normal. ¿De qué clase era la mía? Mientras Arbus no entró a formar parte de esta historia, todas esas preguntas que ahora por lo menos me planteo, aunque haya renunciado a las respuestas, ni siquiera se me pasaban por la cabeza: se desvanecían antes de alcanzar la superficie de mi conciencia provocando solo una ligera ondulación.

El simple hecho de llamarla conciencia ya es una exageración.

Sensación de existir, a lo sumo. De estar en el mundo.

Para mí, quien proyectaba las imágenes que me rodeaban era un mago, un genio. Tengo que reconocérselo. De su lámpara salían sueños perfectos, dulces y nítidos que yo atravesaba absorto, a veces más bien extasiado. En definitiva, era sumamente feliz y desdichado a la vez. Respiraba profundamente ese aire misterioso de las escenografías que me rodeaban, esas que alguien desmontaba en cuanto las dejaba atrás. Me parecía que tarde o temprano ocurriría algo decisivo que en lugar de aclarar uno por uno los insignificantes hechos ya acaecidos, los cosería con un hilo irrompible, como el que ensarta las páginas de las novelas y nos impide parar hasta que hemos pasado la última. Solo así, asemejándose a una ficción, pero poseyendo su coherencia implacable, mi vida y la de todos los demás podría considerarse real, una vida de verdad...

Había momentos puntuales que me trastornaban profundamente, pues en ellos, no sé expresarlo mejor, comprendía con dolorosa claridad la confusión de la que era presa. Totalmente. Me poseía sin dejar espacio a nada más —ideas o pensamientos, por ejemplo—. Solo podía sentir. Sentía fluir la sangre que se amasaba en el pecho, una congoja insostenible, el corazón dolorido; quiero decir que realmente me dolía, de verdad, como si estuviera a punto, para usar el lenguaje de las novelas de antaño, de darme un vuelco, pero ese dolor se mezclaba con una extraña dulzura, como extraño era todo lo demás.

Arbus fue mi compañero de clase desde primero de bachiller, pero empecé a percatarme de su existencia cuando estábamos a punto de acabar. A un mes del examen de reválida...

Los estudiantes se quedan atrás por definición. Todos sin excepciones. Por otra parte, los profesores también se quedan siempre atrás, no logran seguir el ritmo de los programas que ellos mismos han ideado y culpan a los alumnos, lo cual es verdad y mentira al mismo tiempo, porque si sus clases estuvieran formadas por genios, tampoco lograrían respetarlos, seguiría quedando algo por explicar, quizá una sola página, una línea o un milímetro. En cualquier caso, están destinados a fallar, a renunciar, por ejemplo, a dar todo Kant en el penúltimo año del bachillerato. El motivo es inexplicable y solo queda recurrir a la enigmática expresión «por fuerza mayor». Los objetivos sirven para no cumplirse, la naturaleza intrínseca del centro es no ser alcanzado. Con independencia de si las fuerzas flaquean por el camino o de si la meta se desplaza imperceptiblemente hacia delante, o de si fueron demasiado optimistas, presuntuosos o abstractos en el planteamiento original, o de si los obstáculos han sido más insalvables de lo previsto y los días de lluvia, enfermedad, huelga o elecciones sorprendentemente numerosos. No sé cómo se denomina esa ciencia ni en qué se basa, pero hay un estudioso que ha calculado que cualquier proyecto que se emprenda costará un promedio de un tercio más del presupuesto inicial, y que se empleará al menos un tercio más del tiempo previsto para su realización. Por lo visto, se trata de un dato que no puede eliminarse. Solo raras excepciones se libran de la ley del retraso constitutivo, y Arbus era una de ellas.

Arbus, Arbus, amigo mío, viejo palillo. Estabas tan delgado que solo con verte los codos cuando fingías jugar al voleibol para que no te suspendieran en gimnasia entraban escalofríos. De piedad o de repulsión. Por no hablar de los omóplatos y las rodillas, cuyos huesos puntiagudos casi agujereaban el chándal negro con los ribetes verdes y amarillos que te permitían llevar incluso en mayo —y hasta bien entrado junio— para proteger tu delicada salud. Por más que fingieras concentrarte en el partido, todo el mundo sabía que si la pelota rebotaba, por casualidad, cerca de ti, en el minúsculo trocito de campo donde te habíamos aislado para que causaras el menor perjuicio posible al equipo, ni siquiera la verías pasar porque entretanto te habrías quedado encantado mirando el entramado del techo del gimnasio, como si estuvieras concentrado en calcular cuánto hormigón hacía falta para sostenerlo. Y que si por azar nuestros gritos te sacaban de tu ensimismamiento y en el último momento te dabas cuenta de que tenías que jugar —el voleibol es un deporte histérico, una cuestión de instantes cruciales, durante todo el partido tocas la pelota unos cinco segundos cuando menos te lo esperas—, «¡Vamos, Arbus! ¡Coñooo, Arbus!», agitarías tus largos brazos descoordinados intentando no se sabe si rechazar la pelota levantándolos, encajarla bajándolos o incluso cogerla, como instintivamente suele hacerse cuando un objeto te alcanza de repente mientras estás distraído. Y en efecto, eso es lo que solías hacer: aferrar la pelota al vuelo, abrazarla y mirar a tus compañeros esbozando una media sonrisa desorientada, como si buscaras su aprobación. En ese preciso momento te percatabas de que la habías liado una vez más, cosa que te confirmaba el coro de sus quejas exasperadas: «Nooo, Arbus, ¿qué coño haces?». Te pasaba bastante a menudo: tu semblante no reflejaba lo que pensabas o lo que sentías. Sonreías mientras te insultaban.

Lo increíble de Arbus es que no se desanimaba, permanecía impasible ante los acontecimientos. Otros no habrían soportado las tomaduras de pelo ni las ofensas, habrían lanzado la pelota contra los compañeros o habrían llegado a las manos o, como hacen las nenazas, se habrían echado a llorar al ver lo negados que eran, reacciones que yo mismo he tenido más de una vez al ser incapaz de soportar la presión del juicio de los demás, que me desanima y me pone agresivo, incluso cuando es halagador, así que no digamos una crítica. Sin embargo, nunca vi a Arbus abatido o preocupado. Cualquiera en su lugar habría considerado humillante semejante situación. Él no. Permanecía impasible como si no le importara —quizá le importara, pero no lo demostraba—, petrificado, sin reaccionar, separado de su mente, demasiado rápida. Necesitaba un buen rato para registrarlo y cambiar de máscara. Quizá era precisamente así, alguien formado por elementos desmontables no sincronizados: una mente fulminante, sangre fría, un rostro perezoso incapaz de cambiar de expresión según las circunstancias, una persona con una actitud a menudo inoportuna —como veremos, eso le causará muchos problemas con los compañeros, los profesores y la autoridad en general, que considerará insolente e irrespetuosa su expresión mientras que sus palabras sonarán razonables y aduladoras, o al contrario.

Y por si fuera poco, estaba su cuerpo descoordinado. Arbus era alto, delgado, con el rostro de aire eslavo enmarcado por dos largos mechones de pelo negro y grasiento, que parecía no haberse lavado nunca; la boca, de labios carnosos siempre arqueados en una media sonrisa que ponía los nervios de punta; y la mirada, sumamente inteligente, oculta detrás de unas gafas perfectas para el científico de la película de ciencia ficción o de espionaje, es decir, de esas cuyos cristales gruesos como culos de botella aumentan los ojos en desmesura, en especial si son de un azul acuoso, como eran los de Arbus, o debería decir como lo son todavía, pues no me cabe la menor duda de que está vivito y coleando: tengo pruebas de ello, a pesar de desconocer su paradero y su ocupación actuales.

Tan rápido como aprendía —en la mitad del tiempo que yo necesitaba, y en una cuarta o una décima parte del que requerían los demás, digería y aplicaba la teoría a los ejercicios—, desaprendía. No es que se olvidara, sencillamente pasaba a otro asunto. Las cosas dejaban de merecer su atención de repente, en cuanto las comprendía. A final de curso se vaciaba por completo y estaba listo para aprender cosas nuevas. Devoraba las teorías y las expulsaba, teorías que dejaban huellas transparentes de su paso por la mente, como si sirvieran para ensancharla, prepararla para otros esquemas más complejos. Cuando la comprensión actúa tan rápidamente, no necesita depositarse en forma de conocimiento.

Ya en bachillerato, Arbus dejaba de piedra a los curas y a nosotros cuando salía a la pizarra y reescribía minuciosamente todos los pasos de la demostración de un teorema que acababan de explicar minutos antes. Dibujaba histogramas y proyectaba el movimiento en rotación de figuras sólidas dando la impresión de que las observaba en verdad desde todos los lados —¡ya le hubiera gustado al cubismo!—. En cuanto separaba de la pizarra la tiza que había hecho chirriar con toques nerviosos, sin vacilar un solo instante, se quedaba inmóvil, con los largos brazos colgando a lo largo del cuerpo, las greñas sobre las mejillas, silencioso, mirando al vacío como si esperara nuevas instrucciones antes de realizar un movimiento o pronunciar una palabra. Igual que un robot a la espera de la próxima orden. No era aburrimiento ni impaciencia, en todo caso lo contrario, indiferencia. En efecto, una vez resuelto el problema, ¿qué añadir? Puesto que nosotros no lo habíamos captado cuando el profesor de matemáticas lo había explicado por primera vez, comprendíamos que Arbus lo había reproducido a la perfección por la cara de sorpresa del cura. En realidad, no le hacía mucha gracia que para Arbus fuera tan fácil. Dicha facilidad podía inducir a pensar que el papel del profesor era, en resumidas cuentas, superfluo. Gente como Arbus podía quedarse en casa, tranquilamente tumbada en la cama, echar un vistazo al libro y hacer en media hora un mes de programa. En el fondo, no había diferencia entre ir al colegio o no ir.

Quizá, para expresar plenamente el contraste, sería más justo que hablara de Arbus y contara su historia de genio incomprendido quien era el último de la clase, el irresponsable o el repetidor crónico. Sin embargo, seré yo el que la escriba: inteligente, con talento, pero no tanto, y, sobre todo, sin el carácter necesario para destacar, como esos jóvenes tenistas que tienen un revés estupendo y a quienes los expertos profetizan un futuro de éxito arrollador, por los que pondrían la mano en el fuego, seguros de que se convertirán en fenómenos, pero que con el paso de los años nunca ganan torneos importantes porque les falta algo. Pero ¿qué les falta exactamente? ¿La chispa? ¿El valor? ¿La tenacidad? ¿Los huevos? ¿El instinto criminal? ¿Qué nombre podríamos darle a esa cualidad invisible sin la cual las cualidades visibles sirven de poco? No por casualidad existe la expresión «primero de la clase», mientras que nunca se habla del segundo, del tercero o del quinto, lo que éramos Zipoli, Zarattini, Lorco y yo, es decir, esos chicos que después de despuntes puntuales escalan —consiguiendo algún punto a su favor a partir de ejercicios amañados y pruebas orales en que les preguntan el único tema que han estudiado o el último que se ha dado, ese que todavía tienen fresco, de ahí los inevitables altibajos— o pierden posiciones en el ranking, entrando y saliendo del top ten de los empollones sin lograr jamás, ni siquiera de lejos, poner en peligro al cabeza de serie número uno, Arbus, primero indiscutible en todo tipo de clasificación. Sus notas eran impresionantes y sus resultados nunca se apartaban del sobresaliente. En varias ocasiones, los profesores se vieron obligados a romper el gran tabú de los colegios de antaño, es decir, el diez. La nota que implica la perfección. Sufrían de crisis de conciencia solo de pensar en ponerlo y, en efecto, en la casilla del boletín de calificaciones ni siquiera cabía la cifra de dos dígitos. Pero hasta los más conservadores —esos que decían «Si a ti te pongo un diez, ¿cuánto habría tenido que ponerle a Manzoni?»— se dieron cuenta de que era imposible no darle el máximo a Arbus, ni siquiera recurriendo a las sutilezas y a la comparación planetaria con los antiguos sabios chinos o con Descartes. Nunca fui uno de esos que se pasan la noche estudiando, pero lo mejor de todo es que a Arbus ni se le ocurría; creo que en casa, por su cuenta, no estudiaba nada de nada. Estudiar es aburrido.

Más tarde, mucho tiempo después, descubriría que una de las pocas cosas que Arbus estudiaba en serio y de manera sistemática eran los modos de matar. No sé de dónde le venía esta pasión singular, pues era el chico más apacible e inofensivo que uno podía encontrar, sobre todo en aquellos años que, como veremos a lo largo de esta historia, estuvieron marcados por un gusto especial por la violencia, no solo ejercitada por las categorías sociales que suelen hacerlo, es decir, los ricos —por rango—, los pobres —para sobrevivir— y los criminales —por naturaleza o profesión—, sino casi todo el mundo, de manera facilona, individual y personalizada. Arbus no podía considerarse un chico agresivo o violento, pero ya entonces —aunque lo supe después, hacia el final del bachillerato— cultivaba un meticuloso interés por todo tipo de muerte perpetrada con cualquier arma o procedimiento: en guerras, por supuesto, porque el campo de batalla suministra la mayor cantidad y variedad de modalidades; en rituales y sacrificios; en defensa propia o por venganza; en los ajustes de cuentas entre gánsteres; para deshacerse de un marido aburrido o de una mujer infiel; por pura crueldad o ejecutando escrupulosamente una pena de muerte. En resumen, le llamaban la atención las situaciones en que un hombre, adondequiera que fuera e independientemente del motivo o la finalidad, le quitaba la vida a otro ser humano. Para ser justo, debo añadir que también le interesaba la situación opuesta —está claro que los extremos lo atraían—, es decir, no solo cómo se mata y se muere, sino también cómo se logra sobrevivir.

De chavales, a decir verdad, vivimos sumidos en continuas muertes, casi siempre imaginarias, pero no por eso menos terribles. Cada vez que jugábamos, matábamos cierta cantidad de enemigos y, tarde o temprano, también nos llegaba nuestra hora. Era una exigencia del guion. Creo que la escena que interpreté más veces en mi vida fue la del pistolero que se desploma después de que le disparen. Existía una amplia gama de velocidades y modos de caer: doblando las piernas, tambaleándose, llevándose las manos al pecho o abriendo los brazos; también estaba la caída hacia atrás, seguida de estremecimientos y de un último intento por disparar al enemigo antes de expirar. Cegados por la sangre y el polvo, era difícil apuntar, y a menudo no dábamos en el blanco. Cuando se juega, no se puede huir del destino. La mano caía inerte y los dedos que se habían transformado en cañón y percutor, se relajaban tras un postrero espasmo, para siempre. Hemos vertido ríos de sangre, en los que se mezclaba la nuestra. Era una escuela integral de vida y, pensándolo bien, es bastante extraño que, después de todo, tan pocos hayan convertido la simulación en realidad, cobrándose víctimas de carne y hueso. Me sorprende que, en el fondo, el recurso a la violencia no sea más común cuando en realidad crecimos viendo cómo la exaltaban los libros, las películas y los juegos, y pasamos años disfrutando de su simulación delante de la tele. A los doce años ya había visto morir y asesinado a miles de personas. Había participado en fusilamientos y funerales. Y llevado a cabo matanzas. Hoy día se alcanzan las mismas cifras en pocas sesiones de cualquier videojuego, y mandas «al infierno» en un santiamén a todos los hijos de puta agazapados entre los matorrales. Los borras de la pantalla. El enemigo se ha centuplicado y los medios para destruirlo se han perfeccionado.

No sé si el Arbus adulto juega o ha jugado alguna vez a estos videojuegos de diseño hiperrealista que conjugan el máximo de la verosimilitud con el apogeo de lo absurdo. Creo que le gustaría esa mezcla tan abstracta y potente, y al mismo tiempo tan fría, servida por un ordenador. Siempre pensé que la vida de Arbus estaba restringida a la mente, y que por eso se expandía más allá de cualquier límite. Las cosas se materializaban en los circuitos secretos de su cerebro. Todas las cosas. Si por aquel entonces ya lo hubieran descubierto, el mundo habitado por mi amigo habría podido definirse como un mundo virtual. Protegidas por el caparazón de su inteligencia, sucedían muchas más cosas que en la rutina de un chico superdotado, es decir, en una jornada en que solo había sitio para el colegio, las lecciones de piano y la gimnasia postural, que debía practicar a diario con la ayuda de aparatos dotados de correas y muelles de acero que parecían máquinas de tortura para evitar que se le torciera aún más la columna, que le había crecido demasiado deprisa. Una vez más, fenómenos del desarrollo y daños colaterales. Algo ingobernable y, en el fondo, poco emocionante que se expresa, como mucho, con una señal en la pared colocada unos doce centímetros más arriba que el año anterior. Menuda satisfacción. Pero en la mente de Arbus cabía cualquier tema o aventura y, en principio, no se excluía nada por difícil, extraño, peligroso o imperfecto que pareciera. La mente de Arbus era desenfrenada, no se detenía ante nada, no reconocía los límites, que superaba sin darse cuenta. Podía tomar en consideración cualquier hipótesis, hasta las más terribles.

Recuerdo que una vez estudiamos en clase la teoría de un escritor que había propuesto, como una especie de broma macabra formulada con un lenguaje solemne —en realidad no estaba muy claro si hablaba en serio—, comer niños para acabar con el hambre en el mundo. Es sabido que la mayor parte de lo que se enseña en el colegio, a partir de las materias humanísticas, puede parecer a primera vista insensato o exagerado, como puesto allí para provocar reacciones. «Esta gente está loca» es la primera frase que se le ocurre a uno cada vez que estudia una doctrina filosófica, literaria o histórica: el emperador que hizo flagelar el mar, la glándula pineal, la teoría que afirma que un gato puede estar vivo y muerto al mismo tiempo, un viaje a la Luna en busca de la ampolla que contiene el elixir de la locura de los hombres, un coro de momias que canta a medianoche, las mónadas «sin puertas ni ventanas», y el gran teórico político que sugiere que invites a cenar a tus enemigos para estrangularlos... Personajes muy respetados que se ahorcan uno tras otro, que devoran a sus hijos, que se follan a su madre, que se envenenan con la convicción de que resucitarán, hablar por hablar, los últimos serán los primeros, estar vivo o muerto es lo mismo, etcétera.

Cuando el profesor explicó que el autor de esta propuesta era el mismo que había escrito *Los viajes de Gulliver*, comprendimos que se trataba de alguien acostumbrado a contar patrañas, y nos tranquilizamos con una dosis del típico escepticismo con que todo estudiante se enfrenta por enésima vez a una doctrina estrambótica. El único que la encontró razonable, aunque difícil de ejecutar, fue, por supuesto, Arbus, que al final reconoció que era absurdamente irrealizable por cuestiones de carácter higiénico.

Éramos soñadores sin mucha fantasía. Nuestra principal inspiración procedía de la televisión y de los chistes guarros, que, tengo que admitirlo, casi nunca entendía del todo. Me reía fingiendo haberlos comprendido, pero lo único que pillaba era que había llegado el momento de reír. Así como existe el desnudo integral, existe el sentido integral. Digamos que intuía tal sentido, que trataba de adivinarlo. Mis esfuerzos solitarios de interpretación de lo desconocido me han conducido a descubrimientos originales y a malentendidos colosales, algunos de los cuales no han sido refutados y siguen vigentes. El autodidactismo erótico va al mismo paso que el científico. A los doce años, por ejemplo, avergonzándome de mi ignorancia, pero aún más de pedir explicaciones, no conocía el significado de la palabra «preservativo», y durante todo un verano y el otoño siguiente viví convencido de que era una especie de lubrificante que se guardaba en ampollas de cristal ahumado, como las gotas para la nariz. Me costaba adivinar el uso preciso. Ni siquiera sé cómo llegué a esa conclusión. Algunos compañeros estaban más adelantados que yo en la materia, pero más atrasados en otras. El avance de los adolescentes es discontinuo, podría incluso afirmarse que la edad comprendida entre los doce y los quince no existe literalmente con sus requisitos estándar, pues en ella conviven actitudes, hechos y, sobre todo, cuerpos, cuerpos físicos, de todas las tallas y los aspectos, de todos los sexos posibles, más otros improbables que solo existen durante la adolescencia y después desaparecen, componentes que no tienen nada que ver entre sí, opuestos, pura contradicción. De hecho, esos años se viven con un espíritu bárbaro, ensamblando las corazas con las piezas de los juegos de la infancia y con los jirones de un futuro que siempre se imagina más inverosímil de lo que luego es.

Todos los juegos prevén premios, pero, sobre todo, penalizaciones. Por lo general, hay un único premio y lo gana una sola persona, la que llega hasta el final, mientras que las penalizaciones son muchas y tocan a casi todos. Cada época de la vida tiene las suyas: se nos priva de lo que más queremos y nos sucede lo que más tememos o lo que más nos avergüenza, para escarnio de los demás. Se «paga prenda», se hace penitencia. Pueden herirte en el orgullo robándote el dinero de la merienda en tu misma cara u obligándote a estudiar oboe; y cuando empiezan los juegos sexuales, obviamente comienzan las penalizaciones sexuales. La más terrible de todas es la exclusión. El rechazo, aunque sea amigable. Sí, sí, más que la inclusión forzada. Quizá por eso procuraba ponerme al día con las vulgaridades, con la pornografía verbal antes que visual, a costa de inventarme explicaciones para todo. Las fases y las técnicas. La sexualidad sellada por el celofán de los suplementos de las revistas a fin de que los chavales no las hojearan en los quioscos. ¡Qué ignorantes y tercermundistas éramos! El mundo entero conjuraba para mantenernos en ese estado de ignorancia, y los curas, nuestros arcaicos maestros, eran, en definitiva, los únicos que hacían algo para ayudarnos a salir del limbo. Por las buenas o por las malas.

«¡A ver! ¿Quién os ha dado el preservativo?»
  Dijo justo eso, «el preservativo», en singular. Creí que se trataba de una medicina o, a saber por qué, de algo líquido, valioso o peligroso, contenido en un frasco con un cuentagotas, como un veneno, como el opio. Cuando más tarde me enteré, sin entrar en mayores detalles, de que se trataba de un invento para no dejar embarazada a una chica, seguí persistiendo, sin ningún motivo, en la creencia de que era algo líquido, y llegué a la conclusión de que se usaba aplicando algunas gotas en la polla...

Si tuviera que contar la historia de Arbus desde el principio, no sabría por dónde empezar porque, como ya he explicado, pasó inadvertido en clase durante mucho tiempo, como una piedra en el desierto. Inmóvil y amarillento, apenas respiraba. Bueno, más que una piedra, un reptil. Su manera extraordinaria de mimetizarse funcionó casi todo el bachillerato, que cursó en el anonimato. Después, poco a poco, fue haciéndose popular —en realidad, relativamente popular, pues Arbus nunca fue apreciado por nadie sino más bien objeto de curiosidad enfermiza, de habladurías, alguien a quien se observaba como un fenómeno; en cierto sentido, era venerado, y, por tanto, se lo mantenía a distancia—. Como decía, cuando se hizo famoso por sus monstruosas facultades intelectuales, empezaron a circular leyendas y chistes hiperbólicos a su costa: «Arbus no tiene ni principio ni fin», «Él es el Verbo»; y con las primeras lecciones de filosofía, le achacaron teorías del manual que, gracias a su aplicación práctica, resultaron por fin comprensibles. La del «motor inmóvil» de Aristóteles, por ejemplo, le iba que ni pintada, pues daba la idea de una potencia imperturbable. Los profesores no solían perder tiempo sacándolo a la pizarra, pues eran conscientes de que lo sabía todo. Las pocas veces en que lo llamaban, alguien desde el fondo soltaba con tono solemne: «Ipse dixit». Más tarde le endosarían motes con los conceptos más abstrusos, normalmente expresados en griego o idiomas extranjeros, por lo que, según los programas, sería denominado Ápeiron, Mantisa, Gnomon, La Momia y Sinapsis.

El sentido del humor de los colegiales no es —o no era— muy inspirado. Me refiero a que como la fantasía escasea, se recurre casi exclusivamente a lo que se tiene delante de las narices, es decir, a los libros de texto y a la vida en clase. Reduce el universo a las dimensiones de una chuleta, lo miniaturiza, poseído por ese delirio perfeccionista y caricaturesco que lleva a algunos a copiar con caligrafía de pocas micras capítulos enteros en un trocito de papel y enrollarlo en el tubo del bic. Era una técnica de película de espionaje, tan de amanuense que habría sido más fácil estudiar. El resultado eran estribillos, cancioncillas simplonas. «Señores, aquí se Sófocles, hay Pericles de enfermar —las cantilenas siempre tenían ese sabor antiguo, clásico—, ahora te lo Demóstenes.» Más o menos lo mismo que habrían recitado nuestros padres entre risotadas de cuartel: «Esta es Lavinia, tu esposa futura / tócala por debajo y mira qué dura».

En la época de Arbus y mía, el colegio era, en muchos sentidos, el mismo que en la posguerra —¿cuánto ha durado esta dichosa posguerra y, sobre todo, cuándo ha dejado de acabar?— y seguirá cambiando ante nuestros ojos, o, mejor dicho, bajo nuestros pies. Quiero decir que entramos de niños en una escuela que parecía eterna, eternamente igual a sí misma, y cuando salimos todo había cambiado: el mundo, el colegio y, obviamente, nosotros y los curas que lo dirigían. Ya no eran los meapilas de rostro enjuto y ojos enfebrecidos como los de los santos españoles; quizá fueran ellos los que más cambiaron. Lo único que permaneció igual fue la sotana.

Nuestro colegio, el instituto SLM, era privado —se pagaban mensualidades— y de orientación religiosa. Casi todos los profesores eran curas, especialmente en primaria. En bachillerato elemental y superior, los profesores laicos fueron proliferando hasta ser, en las últimas clases, la mayoría. De ello podría deducirse que los curas solo estaban preparados para enseñar los niveles más básicos o genéricos de las disciplinas —leer, escribir y contar— o que se reservaban los primeros años de formación de los alumnos, los más decisivos desde todos los puntos de vista, incluido el religioso, porque eso era lo que importaba tanto para ellos como para nuestras familias —no todas, como veremos más adelante—. Probablemente, ambas cosas sean verdad. El instituto estaba y sigue estando en la Via Nomentana, a la altura de la basílica de Santa Costanza, es decir, en el extremo oriental del barrio de Trieste, caracterizado precisamente por la presencia de la Via Nomentana, un largo eje arbolado cargado de tráfico y romanticismo que desemboca en la Porta Pia, por donde entraron en Roma los *bersaglieri*. Los hechos más significativos de este libro se desarrollarán en el cuadrilátero formado por la Via Nomentana, la Tangenziale Est, la Via Salaria y el Viale Regina Margherita. En la actualidad, el colegio, tal vez debido a problemas económicos o por falta de inscripciones, que viene a ser lo mismo, ha sido dividido y reducido. Los edificios que dan a la Nomentana, donde antes estaban las clases de bachillerato, ahora son de una universidad que no había oído nombrar nunca antes de leer el letrero que hay al lado de la verja, a pocos metros de la entrada de la piscina donde voy a nadar un par de veces a la semana. En la época en que se desarrolla esta historia, el SLM podía considerarse un colegio muy moderno.

2

Hay quien sostiene que el culto a la Virgen María es un resto arcaico de las poderosas y extendidas religiones matriarcales que precedieron a las divinidades masculinas y con las que compitieron por el dominio; otros ven en este culto una simbólica y efectiva reducción del papel de la mujer al de madre —madre amorosa, madre dolorosa—; y hay quien lo interpreta como un único y valioso reconocimiento, en el seno de un monoteísmo rígidamente fundado en figuras masculinas —el padre, el hijo, el profeta, el patriarca—, de la feminidad, cuya finalidad es hacer el mundo más humano y habitable —algo así como admitir que, gracias a Dios, entre esos barbudos charlatanes existe una mujer, una mujer que rehabilitará su sexo, desacreditado por las desafortunadas iniciativas de la fundadora de la estirpe—. La orden religiosa de los hermanos del SLM estaba dedicada a la Virgen por todas esas razones, sin olvidar otra muy obvia: no hay nadie más adecuado para vigilar la formación de niños y muchachos que una Madre, una Madre bella, entregada, paciente e indulgente, pero también —como en el cuadro de Max Ernst, *La Virgen castigando al Niño Jesús*— capaz de corregir con dulzura cuando es necesario. Es muy difícil imaginar —a pesar de que las corrientes pedagógicas que iban afianzándose en aquellos años hasta convertirse en una especie de indiscutible sentido común sostengan lo contrario— una educación que no prevea el castigo. Porque el castigo, con independencia de su justicia retributiva o su efecto disuasorio, que es lícito poner en duda, sirve para alentar en quien lo sufre, con o sin razón, una rabia que resulta muy útil a efectos educativos. El castigo sirve más para tantear y aumentar la capacidad de resistencia de un individuo que para vencerla. Solo quienes sucumben al recibirlo lo transforman efectivamente en una humillación baldía que más tarde convertirán en victimismo. Para todos los demás, los castigos son pruebas que superar, como los trabajos de Hércules, recurriendo a recursos que ni siquiera imaginamos poseer. La fuerza, la inteligencia e incluso la dignidad, que empiezan a fluir por las venas resistiendo, reaccionando al castigo, permanecerían en estado latente e ignoraríamos su existencia sin aquel. No se tiene bastante en cuenta que la moral —en su acepción de estado de ánimo— precede a la moral entendida como conjunto de principios, pero después se identifica con ella plenamente, y que entre los elementos que forman parte de ambas está el resentimiento causado por la actuación represiva de la autoridad. Es una sencilla reacción química del alma. Ni revolucionarios ni patriotas, ni científicos ni normalísimos empleados de banco, y ni siquiera enfermeras o abogadas o dermatólogas se curtirían si nadie, como en el juego de la oca, les obstaculizara el paso de vez en cuando, reenviándolos a la salida y obligándolos a pagar prenda —casi siempre por motivos ridículos o ante la mínima falta—. Una iniciación siempre es dolorosa, al menos en parte.

Los curas del instituto SLM conocían muy bien las virtudes de la Virgen María y cómo explotarlas en el ámbito de la enseñanza, fundamento de su vocación. Igual que existen órdenes mendicantes y otras contemplativas, existían los hermanos del SLM, cuya misión era enseñar. Es cierto que resulta un poco raro que una comunidad formada exclusivamente por hombres aplicara los principios de su protectora y que los destinatarios de las amorosas atenciones fueran exclusivamente varones —profesores y alumnos del SLM, individuos de sexo masculino con una única gran Madre y Reina, como en una especie de colmena—. La finalidad de los curas, tenaces jardineros de un huerto de tomates y calabacines, era educar a los chicos y hacerlos madurar como buenos cristianos. El primer objetivo no era tan fácil de alcanzar; el segundo, que quizá en la época de la fundación de la orden (1816) se daba por sentado, con el tiempo había ido haciéndose más impreciso, hasta llegar al período en que se desarrolla esta historia, cuando la expresión «buen cristiano» se había convertido en algo indescifrable y cada uno la interpretaba a su manera, añadiéndole matices psicológicos o políticos —el Papa se refería a una cosa, los fieles a otra, e incluso los pecadores podían, con razón, proclamarse buenos cristianos, quizá hasta los mejores, puesto que eran materia prima, el extremo recurso evangélico, la última quinta de hijos pródigos y marías magdalenas en potencia; en definitiva, un auténtico vivero que cultivar para redimir, y, de hecho, los alumnos del SLM, pequeños aprendices de pecadores, se parecían a estos modelos.

Según la tradición oriental, María no murió, sino que se durmió profundamente y abandonó en ese estado la vida terrenal.

No sé, todavía no sé qué pienso de los curas. Ni lo que siento hacia ellos. Es una lucha profunda. Hay cosas suyas, en verdad muchas, que reconozco en mí mismo, empezando por el calzado: esos zapatos sobrios con cordones, un poco alargados, que me compro desde siempre y siempre son iguales, y que provocan el comentario: «Has vuelto a comprarte los mismos zapatos de cura». O las sandalias, sí, esas cuya versión ramplona y osada, ahora que se han puesto de moda, se vende en las tiendas normales. Yo se las compraba a un artesano cerca del Ghetto que las fabricaba para los frailes, con las tiras penitenciales de cuero negro crucificando el pie, lívido como el mártir de un cuadro manierista; el pie de mayo que, pálido y delgado, abandona los calcetines invernales y se exhibe con valor.

Hace muchos años, una chica hizo que me avergonzara cuando afirmó que se me «leía en la cara» que había ido a un colegio de curas. Por mucho que intenté fingir que me lo tomaba en broma —restregándome el rostro para borrar la huella de las tres letras escarlatas «S», «L» y «M»—, me hirió de muerte. Me tocó en lo más hondo. Así que durante unos años, como un aprendiz de Pedro, oculté que había estudiado en el SLM, un colegio de curas, igual que se oculta un defecto físico. Eludía el tema o incluso mentía. Si tenía la suerte de que me preguntaran: «¿Dónde hiciste el examen de reválida?», soltaba: «¡En el Giulio Cesare!», el instituto público del Corso Trieste, sin precisar que había pasado los doce años anteriores en un colegio católico.

Comprendí entonces lo que significa avergonzarse de la propia identidad hasta odiarla. Sentir vergüenza hasta el punto de justificar a quien te desprecia sin motivo. Los acusadores no esperan más que tener buenas razones para acusar a sus víctimas.

Más tarde aprendí que la única manera de no avergonzarse, no es aceptarse a uno mismo —¡eso es imposible!—, sino alardear de lo que antes se intentaba ocultar. Un desafío abierto. Como en las manifestaciones del Gay Pride, para entendernos.

A partir de ese momento, haber estudiado en un colegio de curas se convirtió en el as que guardaba en la manga. Yo mismo me acusaba de mi educación antes de que lo hicieran otros.

Hay otras prendas del vestuario de los curas que, más o menos conscientemente, he imitado, asumido y usado largo tiempo. Por ejemplo, el abrigo negro de corte recto. El rechazo del color, la desconfianza de la variedad; incluso una vaga aspiración igualitaria, esa hermandad forzada del uniforme que libra de la angustiosa necesidad de compararse con uno mismo, con los demás y, en consecuencia, de elegir, juzgar y sufrir el juicio del prójimo. Por supuesto, esta aspiración tiene carácter defensivo, sirve para protegerse. Confieso que sufro de afán de comparación, pero no con las cosas serias, sino más bien con las tonterías, las trivialidades. Soy un hombre que se hunde en un abismo insondable a causa de los detalles, que es capaz de sufrir por un dobladillo demasiado largo o demasiado corto, al igual que disfruta con un sujetador que aumenta una talla el volumen de su contenido. La única manera de acabar con tal turbación incesante no consiste en multiplicar las diferencias hasta el infinito, al punto en que la comparación entre los individuos, únicos en su singularidad, resulte imposible, como sostienen los libertarios, sino más bien en abolirlas. Y sanseacabó. Una cosa menos. Para empezar, vistámonos todos del mismo modo. Un mundo sin juicios y sin control —pues el control ya ha sido ejercido de una vez por todas— convierte el hecho de vestirse por las mañanas en algo automático. Ningún chico o chica sufriría porque la marca de su camiseta no es la que debería o se sentiría superior porque sí lo es. Todos de uniforme, y punto. ¿No sería bonito? Un chándal, un caftán, una túnica, a lo sumo un aderezo de plumas en un sombrero. Para saber a quién tenemos delante, si se trata de un soldado, un sacerdote, un bombero, un obrero, un millonario o un preso. Hoy en día, por la ropa, solo se reconoce a las gitanas y a los carabinieri...

Que quede claro, lo mío no es añoranza, no echo de menos nada de nada porque en mi época los uniformes ya habían desaparecido y todos, sin excepción, se habían transformado en un único uniforme obligatorio: camiseta y vaqueros, la nueva camisa de fuerza de lo «informal» —los uniformes, pues, ya no eran una señal de ciega uniformidad, al contrario, marcaban orgullosamente la diferencia...—, y cuando hice la mili acababan de aprobar la reforma y podíamos vestir como queríamos durante los permisos. Si pocos meses antes miles de jóvenes marineros y aviadores —embutidos en sus uniformes, pero compartiendo dignamente la mediocridad, hermanados por una ridícula obligación— invadían Taranto por las noches, cuando llegó mi turno —compañía 9/97— no éramos más que una avalancha de brutos de todas partes de Italia, más tristemente iguales y todavía más anónimos que si hubiéramos ido uniformados.

La sotana de los curas me inspira respeto, y por respeto me refiero a reconocimiento de la diversidad. No deseo colmar esa distancia; al contrario: quiero mantenerla. La diversidad es a la vez un factor de atracción y de repulsión. Hoy en día se soporta poco. Suele decirse que en una muchedumbre anónima nadie se fija en nadie, pero no es verdad. Un cura, por ejemplo —pero aún más una monja—, destaca; su manera de vestir no pasa inadvertida porque indica una elección determinada y privativa que incomoda a los demás. Cuando ves una sotana te dan ganas de preguntarle al cura por qué tiene que exhibir el hecho de que dedique su vida a Dios; de decirle que presumir de ser bueno y santo, o mejor dicho, de pretenderlo, es ofensivo para los demás. ¿Acaso quiere echarme un sermón? Pues bien, que sepa que es peor que yo o, a lo sumo, como yo; así que ¿por qué quiere hacerse pasar por una persona especial?

En un mundo como el occidental, completamente dominado y orientado al sexo, donde este asoma entre líneas en cada conversación y en cada imagen, en las llamadas telefónicas particulares y en los carteles públicos, en la forma de vestir, en la política, en la gimnasia, en el deporte, en los programas televisivos, en el sentido del humor, en todo, la llamativa presencia de hombres que no follan es inexplicable. O follan a escondidas, y entonces son unos hipócritas, o no lo hacen, y entonces están locos. La gente suele creer lo primero, y, en efecto, desde que tengo uso de razón he oído afirmar con insistencia que son unos malditos hipócritas. Pero, en este caso, al menos quedaría demostrado que, a la chita callando, son iguales que los demás hombres; su diversidad no sería más que una farsa, un truco.

Es más bien la idea de la castidad real de un individuo lo que resulta intolerable. Soy el primero en considerarla una mutilación. Así pues, ¿qué autoridad moral debería reconocerle? ¿Por qué razón habría que permitir que me guiara, ayudara, instruyera o simplemente aconsejara un hombre que se automutila horriblemente? Alguien que ha renunciado a la única cosa por la cual, en el fondo, esta vida de mierda vale la pena: el amor. No hay que darle tantas vueltas: el amor físico, sí, el amor carnal, que incluye el amor celestial. No me apetece escuchar los refinados razonamientos teológicos que intentan demostrar que renunciar al amor también es amor, o mejor dicho, es más amor todavía, como afirma una encíclica papal. Uno no renuncia a tener mujer e hijos para luego decir que eso no es una renuncia. «Esto no es una renuncia, *ceci n'est pas une pipe*»: hay veces en que el catolicismo parece a la vez el precursor y el epígono del surrealismo. Toma una cosa cualquiera y acto seguido afirma justo lo contrario de lo que esta es con toda evidencia. Vas a un entierro y estás triste porque ha muerto alguien al que querías; sobre este hecho, al menos, parece que no cabe duda. Solo deseas llorar en paz. Sin embargo, desde el púlpito, un cura te asegura siempre —y digo siempre ¡como si fuera una maldición!— que tu amigo o tu estimado familiar, ese por quien lloras, no ha muerto. No, no ha muerto. Enzo no ha muerto. Silvana no ha muerto. Cesare no ha muerto. Rocco sigue vivo. Pero ¿no había muerto? ¿Y entonces qué hacemos aquí? No, no ha muerto, vive, no tenéis motivo para estar tristes, debéis alegraros con él..., por él..., de él..., gozar con él... Cierto, ahora está en el paraíso y allí se está mejor que aquí, a eso llego sin que me lo expliquen —no soy tan burro—; no obstante siento que esa filosofía intenta quedarse conmigo. Me provoca una rabia sin límites y me hace salir de la iglesia. Hace años que no logro quedarme en un funeral hasta el final, prefiero esperar fuera la salida del ataúd cargado a hombros de un par de amigos y parientes congestionados, de los empleados de las pompas fúnebres con la americana deformada por los músculos. Es demasiado sublime y simple al mismo tiempo. Basta con darle la vuelta a la evidencia y, tachán, ya tienes la solución: si eres pobre, en realidad eres rico; las enfermedades son regalos divinos; cuando se te muere alguien es una bendición porque esa persona ahora está con los ángeles; los últimos serán los primeros; el blasfemo, sin saberlo, alaba al Señor; si te alejas de Dios, significa que andas buscándolo; si Dios no existe, significa que seguro que existe...

¿Es posible que no haya una sola cosa en esta vida que se haya puesto recta desde el principio, algo que no necesite que se le dé la vuelta? Entre todas las virtudes, digamos, activas, esas que nos empujan a ser más y mejor de lo que somos, las que se basan, en cambio, en la renuncia resultan enigmáticas. Pero del respeto que inspira el sacrificio a la repugnancia y a su ridiculización hay un paso. Hoy en día, la vida de un santo, de esas que narran las hagiografías, con su lista habitual de mortificaciones y llagas, sería objeto de la repulsión y la reprobación general. A pesar de ello, un cura debería tener en sí, en el fondo de su corazón, de su mente o de su sotana, un atisbo de santidad. De lo contrario, ¿en qué se diferencia de nosotros? Si no lo posee en absoluto, es un farsante; pero si lo posee, estamos tan desacostumbrados a lo sagrado que nos asusta o nos aburre. Lo sagrado es justo la diversidad. Son sagrados los que tienen cuarenta años menos que nosotros y todavía no han mantenido relaciones sexuales ni se han casado; los que tienen la piel de otro color o van descalzos; para los hombres son sagradas las mujeres, para las mujeres, los hombres; es sagrado quien lleva un fez, un turbante, un bombín, un sombrero de *bersagliere*; hasta el sombrero de copa alquilado para una boda confiere por una noche a la cabeza de quien lo luce el aura de un paramento sagrado. Es sagrado el impronunciable apellido de la asistenta cingalesa. La pasada noche fue sagrado para mí cruzar silenciosamente en barca los estrechos canales de Castello, en Venecia. Son estas partículas sagradas, estos atisbos de sacralidad los que nos fastidian y azuzan nuestro resentimiento.

¿Y tú hablas todos los días con Dios?, te dan ganas de preguntarle al cura. Pues preséntamelo ya, ahora mismo, haz un milagro delante de mí, así, de buenas a primeras. Soy consciente de estar usando mentalmente el mismo lenguaje de los interrogatorios a los que sometieron a los primeros cristianos, al que fue sometido Cristo antes de ser crucificado. *Hic Rhodus, hic salta*. De cada credo religioso se espera, no sin algo de razón, que se convierta inmediatamente en salvífico. Sin embargo, todos prometen cosas lejanas, premios futuros, que llegarán muy tarde, demasiado tarde, al final de los tiempos, por lo que, mientras tanto, uno acaba por contentarse con sus aspectos menores y propiciatorios, casi mágicos: un poco de consuelo ante la dureza de la vida, algún milagro más o menos importante, la caricia fría depositada sobre la estatua de un santo que te ha protegido en un accidente, *airbag* rebosante de oraciones.

Una vez que estaba en Padua, salí por la mañana temprano del hotel y, al doblar la esquina, descubrí que me encontraba a cien metros de la basílica de San Antonio —había llegado la noche anterior en taxi, medio borracho, y no la había visto—. Entré y me dirigí a la urna con sus restos mortales; tengo que admitir que a medida que me acercaba sentía una fuerte e inexplicable emoción. No es que la onda de este nuevo sentimiento acabara con mi escepticismo, pues ni siquiera soy un escéptico, un incrédulo o un ateo, no, ni siquiera eso, no soy nada; las convicciones personales no tenían ninguna relación, quizá era solo la corriente, el anillo magnético formado por las ofrendas que circulaban desde hacía siglos alrededor de aquella piedra. Cuando estuve lo bastante cerca del sepulcro para tocarlo —y lo hice, acariciando un lado—, me di cuenta de que las piezas multicolores que lo revestían llamativamente no eran incrustaciones de mármol sino fotografías pegadas con celo, montones de fotos de carrocerías de coches aplastados, destripados o quemados, de esas que se hacen para obtener el reembolso del seguro después de un accidente. A juzgar por la gravedad de los siniestros, ninguno de ellos tenía arreglo: en algunas imágenes, un choque frontal había hundido completamente el morro en el habitáculo; en otras, el techo rozaba los reposacabezas, dejando poco margen a la imaginación respecto a lo que el destino había deparado a sus ocupantes. Y sin embargo, sorpresa, al lado de las fotos de la policía de tráfico había otras más pequeñas y recientes, algunas polaroids, en las que se veía a un hombre o una mujer sonrientes; iban acompañadas de una nota de agradecimiento al santo por haberles salvado la vida. Lo supe cuando descifré algunos mensajes, escritos en inglés o español, con la caligrafía clara, redondeada e infantil que tienen, por ejemplo, los filipinos. En efecto, casi todas las fotos votivas pertenecían a inmigrantes, orientales o hispanos, como si fueran los únicos que tienen accidentes automovilísticos, o como si en este país de desagradecidos fueran los únicos que se sienten obligados a dar las gracias por haberse salvado. Lamenté no llevar conmigo las fotos de la Honda 125 con que mi hija Adelaide había chocado pocas semanas antes contra un coche una mañana camino del colegio y la consiguiente foto de ella, sonriente e ilesa. Lo lamenté e intenté remediarlo con una oración: «Gracias..., gracias... por haberla salvado». Pero no sabía a quién dirigir exactamente ese «gracias», quien era el «tú» al que me dirigía. Dios está muy lejos, el santo muy ocupado y, a lo sumo, escuchará a quien cree realmente en él. Opté por ser un poco impreciso, como en los poemas en que el poeta se dirige a una mujer amada, pero no se sabe a cuál.

Tener a Jesús como modelo no es de gran ayuda. Jesús fue siempre lo contrario de todo. Quizá la manía católica de querer darle la vuelta a todas las cosas —a las apariencias, a las jerarquías, a las costumbres— tiene su origen en esa otra que consistía en volcar los tenderetes de los mercaderes. Darle la vuelta a todos los instintos empezando por el más básico, o sea, si te pegan, ofrece la otra mejilla. Además, Jesús también acabó con la última y única certeza de los hombres, la muerte, al hacer resucitar a Lázaro, lo que probablemente sea la mayor injusticia jamás cometida. Es inútil intentar justificarlo ante los demás muertos que permanecen bajo tierra desde entonces y ante sus familiares, cuyas lágrimas, desde luego, no eran menos saladas que las de Marta y María, hermanas de Lázaro... Invertir de repente una creencia establecida después de que la mente de esos discípulos crédulos la hayan asimilado es una prerrogativa de los maestros. Los discípulos siempre van un poco atrasados, pierden el tiempo en esforzarse por comprender y ejecutar; y cuando quieren aplicar a rajatabla los preceptos del maestro suelen quedar fatal porque, mientras tanto, este ya los ha cambiado, los ha dejado atrás, para él son cosas superadas. El maestro es diez veces más riguroso, pero cien veces más elástico. Si un sacerdote quisiera seguir el ejemplo de Cristo al pie de la letra, quedaría paralizado *ipso facto* ante la tarea.

Así que cada uno se hace con una parte de esa figura y la imita como puede. Hay un Cristo bueno y otro humilde; también están el pedagogo, la víctima, el místico, el anarquista, el protector, el implacable e incluso el violento, sí, hasta violencia posee esa inigualable figura —al menos la violencia de quien usa las palabras como una espada que separa y corta de raíz—. Hay un Cristo irónico, un cómico empedernido, contrariamente a lo que sostiene Nietzsche —«El Evangelio no es un gran libro, pues ni siquiera contiene bufonadas»—, y, obviamente, un Cristo trágico. En definitiva, su figura ofrece a sus seguidores una amplia gama de personajes y actitudes, aunque cada hombre logra, como mucho, imitar a uno solo. Esto se apreciaba claramente en sus discípulos —cada uno de ellos era una tesela del mosaico que, completo, representaba a Cristo—, no digamos ya en los casos de los curas de ayer y de hoy.

Los hermanos que enseñaban primaria en el SLM eran jóvenes entusiastas, que se mantenían fieles a su vocación gracias a una fuerza que desconozco. Nuestro maestro era el hermano Germano. Lo recuerdo joven, con expresión franca, la nuca casi rapada y buen jugador de fútbol. Era un excelente profesor, o al menos aprendí mucho con él; es más, diría que la mayor parte de lo que he aprendido y de lo que todavía recuerdo me lo enseñó el hermano Germano. Si tuviese que sacar el porcentaje de mis conocimientos, el noventa por ciento se remonta a los tiempos del colegio. Después —en la universidad, en la vida— no aprendí mucho más. Algunas nociones de historia del arte, teorías políticas que propugnaban un mundo gobernado por tiranos muy especiales y muchas más cosas que me servían en aquel momento y que usé y después olvidé casi inmediatamente. He estudiado numerosos temas para poder escribir acerca de ellos y olvidarlos. Es la única manera de liberarse de una obsesión.

En los años sesenta todavía existían en Italia hombres jóvenes que elegían el abrupto camino de la castidad y la pobreza —entendida como renuncia a la posesión individual de dinero y bienes— en nombre de la enseñanza, es decir, para educar cristianamente a los muchachos. Aunque, bien pensado, un profesor de química tenía que enseñar química, que en sí bien poco tiene que ver con el cristianismo, y lo mismo puede decirse del francés o de la gimnasia; no sé dónde está lo específicamente cristiano. ¿Qué necesidad hay de tomar el hábito para explicar a un grupo de chavales cabezotas y consentidos cómo se forma el ácido sulfúrico o para enseñarles a pronunciar las nasales *an, en, in, on, un*? De hecho, los profesores no eran ni siquiera sacerdotes —los llamo curas por comodidad y costumbre, pero no lo eran porque no podían celebrar misa—, habían recibido solo las órdenes menores, lo que hacía aún más misterioso el sentido de su sacrificio. ¿Qué premio esperaban obtener a cambio de su esfuerzo? ¿Vernos convertidos en buenos cristianos, en buenos ciudadanos? ¿Cuántos buenos cristianos salieron del SLM? Hombres formados a partir de esa mezcla de enseñanza religiosa y laica. Mientras que en primaria nuestros maestros eran curas, curas jóvenes y capaces, en bachillerato elemental el cuerpo docente era mixto, y ya en el bachillerato superior casi todos los profesores eran laicos, los únicos curas eran el profesor de filosofía y el de química. El de italiano —a quien yo admiraba mucho,

Giovanni Vilfredo Cosmo— era laico, como lo eran los de latín y griego, matemáticas, física e historia del arte. Nunca supe si eso se debía a una carencia de erudición específica, es decir, si no había curas habilitados para enseñar esas asignaturas porque la orden había elegido expresamente dedicarse a la enseñanza elemental —porque forma de manera indeleble y precoz al individuo con sus ejemplos y valores, mientras que las asignaturas de niveles superiores pueden ser impartidas tranquilamente por profesionales buenos— o si era casual. Siempre me pregunté si, cuando los contrataban, exigían a los profesores laicos del SLM una profesión de fe, en qué medida tenían que adecuarse a un modelo de escuela católica, a sus principios. Ninguno de mis profesores de bachillerato me parecía un beato, ni siquiera alguien remotamente religioso. Nadie nombró nunca ni a Dios ni a la Virgen en ninguna de sus clases. Más bien al contrario, el profesor de latín y griego, De Laurentiis, tendía llamativamente al paganismo. Las vibraciones eróticas y heroicas de la misma asignatura lo extasiaban —intentaba ocultar con ese velo de excitación el sentido del ridículo y de derrota que lo atenazaban— y compensaban, al menos en parte, la frustración de tener que transmitir tan elevados conceptos a una panda de ignorantes y malcriados que respondían a su pasión con el desprecio. El destino del amor es ser objeto de burla. No logró transmitirnos ni una sola de sus pasiones, ni siquiera una línea de los poetas y filósofos que leía enfatizando la métrica nos entró en la cabeza, ni nos llegó al corazón. «Quádrupe dántepu trémsoni túquati túngula cámpum», leía. Su marcado acento napolitano declamando a Tucídides y a Virgilio acabó de contribuir al desencanto y la frialdad con que los recibíamos. Nuestra indiferencia era más cruel que una rebelión. No hay nada peor que una clase que se ríe por lo bajo mientras explicas cosas que te emocionan o apasionan. De Laurentiis estaba obsesionado con que escucháramos música griega antigua. Había localizado unas partituras gracias a una fuente misteriosa y su hijo las había interpretado en un teclado —creo que era un Mini Gem o un órgano Bontempi o Tiger—; nos hacía escuchar las grabaciones durante las clases. Eran monodias quejumbrosas y monótonas tocadas con un solo dedo, cuya melodía ascendente y descendente él acompañaba con un gesto de la mano, como un director de orquesta extasiado, igual que si lo dibujara en el aire, con los ojos entornados por el reflejo del sol que resplandecía al otro lado de la ventana, mientras murmuraba «Mmm... Mmm...», hasta que, rebosante de dicha, exclamaba: «¡Mmm... Música griega!». Parecía que aquella fina hilera de notas hubiera atravesado dos mil quinientos años de historia para que él la canturrease. Después abría desmesuradamente los ojos ebrios de felicidad y descubría que nadie, excepto él, estaba escuchando.

En cualquier caso, se trataba de mitologías inocuas, de delirios contenidos que a todos se permiten. La obsesión que se oculta en el corazón de cada uno de nosotros suele apagarse por un exceso de tolerancia, y el catolicismo, digan lo que digan, es la más elástica, tolerante e indulgente de las confesiones. A fuerza de perdonar cualquier pecado, incluso las infamias, casi parece querer justificarlas; en sus momentos más elevados y nobles roza la inmoralidad, y su abrazo es tan amplio que es casi imposible huir de su actitud conciliadora, de esos brazos que son como tentáculos. En un país profundamente religioso como era la Italia de entonces, donde solo los ateos declarados se profesaban ajenos y contrarios al sentir común, ser católico, un buen católico, o simplemente alguien que va a la misa del gallo «porque es sugestiva», era algo natural, como el aire que se respira. Creo que, en el fondo, a nuestros profesores solo se les pedía que fueran como todos los demás. Hace unos años, un amigo mío intentó conseguir una plaza de profesor en un colegio privado femenino; tras haber recogido la máxima información acerca de él y haber examinado su rico currículo, la directora le hizo la pregunta que decidiría el resultado de la entrevista:

—¿Está usted casado?
—No.
—¿Tiene novia?
—No.
—Pero... ¿le gustan las mujeres?

La pregunta era, obviamente, una trampa. Si el instinto dictaba a mi amigo —a quien se le caía la baba por cualquier mujer mínimamente pasable— que disimulara y respondiera con precipitación «¡No!», la directora podía pensar que era un mentiroso o un pederasta. Pero si contestaba con franqueza que sí, podía ser incluso peor. ¿Qué puede ser más inconveniente en un colegio femenino: un profesor a quien le gustan las mujeres o uno a quien no le gustan? ¿Y en uno masculino, donde, como veremos, la pregunta resulta aún más interesante y exige una respuesta audaz? Mi amigo improvisó una respuesta al estilo católico, es decir, una obra de arte de la evasiva:

—¿Le gustan las mujeres?

—Bueno..., como a cualquier buen cristiano —dijo sonriendo.

El catolicismo prevé, más que la represión total del instinto, su razonable contención. «Melius est enim nubere quam uri.»* Hubo un tiempo, hacia los años ochenta, en que san Agustín se puso de moda, más o menos como *Siddhartha*. Personalmente, me exaspera la lentitud de su conversión, ese darle tantas vueltas a volverse bueno. Si un día llegas a entender lo que es justo de verdad, apresúrate a hacerlo, ¿no? Aunque sean vulgares y fantásticas, prefiero las crisis fulminantes, las caídas del caballo en el camino a Damasco, los rayos y truenos que te indican lo que tienes que hacer y tú obedeces, sin titubeos, porque la psicología, con sus vericuetos, me descoloca. Nuestro profesor de filosofía era el hermano Gildo. Era un hombre frío y meticuloso, bastante entrado en años, que preparaba escrupulosamente las clases, dando la impresión de que la asignatura le era ajena, como si hubiera tenido que volver a estudiarla desde el principio con un gran esfuerzo. Es decir, parecía un viejo reservista que había sido llamado a la enseñanza en una situación de emergencia. Quizá había estudiado teología en su juventud y el director, con problemas de plantilla, debió de pensar que la filosofía funciona del mismo modo: una serie de abstracciones implacables. Es extraño que la ciencia de Dios proceda con la misma pedantería que las demás, interrumpida aquí y allá por grandes arrebatos. Quitándole de las manos el breviario y poniendo rápidamente en su lugar el manual de filosofía —y alguna que otra chuleta—, el hermano Gildo fue arrojado a la trinchera. Hasta llegar a Aristóteles, sus lecciones superficiales y genéricas nos hicieron creer que la mayor parte de los primeros filósofos eran

* «Es mejor casarse que arder de pasión», primera Epístola a los Corintios. (*N. de la T.*)

unos locos de atar que veían el mundo hecho todo de fuego, agua o átomos —con patitas para agarrarse entre ellos— o como una lluvia oblicua de materia grisácea o chorradas por el estilo, por no mencionar los absurdos mitos platónicos. Explicadas, o más bien fríamente mencionadas, por el hermano Gildo con su tono nasal e incrédulo, aquellas audaces fantasmagorías nos dejaban de piedra, y yo no lograba entender cómo alguien podía tomarse en serio gilipolleces como la de los hombres que pasean arriba y abajo igual que blancos de una atracción de feria con estatuillas colocadas sobre sus cabezas para jugar a las sombras chinas y engañar a un grupo de prisioneros que estaba dentro de una caverna (¿?). Pero en serio, ¿qué es esto? ¿Eso era la filosofía? ¿La máxima prueba de la inteligencia del hombre? ¿Las ideas de que todo es un número —¿perdón?—, que los perros tienen alma y que está prohibido comer habas? ¿Eran esos los paladines del pensamiento?

Después le tocó el turno a Aristóteles. Con él, la síntesis que el hermano Gildo llevaba inscrita en su propio cuerpo, seco y tieso, fue elevada a sistema. Los corchetes se hicieron más frecuentes en la pizarra y su voz se volvió cada vez más nasal. Como era incapaz de improvisar, tenía que consultar continuamente sus apuntes, escritos con una caligrafía tan menuda que a él mismo le costaba descifrarla, cosa que hacía subiéndose las gafas de montura de metal que se deslizaban sobre su nariz ganchuda. Hasta que renunció a la idea de explicar y se limitó a leer directamente el libro de texto y sus papelajos. O bien a transcribir en la pizarra los diagramas que nosotros copiábamos en el cuaderno. Aristóteles es la esencia del razonamiento, así que es difícil imaginar cómo logró esquematizarlo todavía más. Era aquella amena actividad que en el colegio se conocía como «dictar apuntes»: un verdadero contrasentido. Los apuntes dictados no son, por definición, apuntes. Si te los dictan, viene a faltar la finalidad última de ese noble arte, que es la primera toma de contacto —de comprensión y planteamiento— con un material más amplio. Dictar es el recurso de los profesores novatos al principio de su carrera, y el de los desilusionados al final. Ponen el piloto automático y siguen adelante hasta que suena el timbre. El resultado de la destilación sucesiva es un álgebra incomprensible. Era como si el dictado impersonal de esas fórmulas liberara al hermano Gildo, y en consecuencia a nosotros, del deber de comprenderlas. Por eso algunos estudiantes agradecen el método, porque al menos es claro y no requiere esfuerzo añadido. Como si se llegara a un acuerdo tácito con el profesor: él no tiene que desgañitarse y en la clase reina la calma suprema porque todo el mundo escribe en silencio.

Esas páginas de falsos apuntes, llenas, ordenadas, uniformes, carentes de pensamientos, quedan mucho mejor.

Teníamos un compañero, Zipoli, que tomaba a lápiz apuntes de todas las asignaturas, en el mismo cuaderno. Solo necesitaba uno porque su caligrafía era minúscula y esmerada. En media página le cabía el Renacimiento entero. Su letra era más fina que el cabello de un recién nacido. Pero ¿por qué con lápiz? La explicación llegaba al final del curso. El último día de clase, Zipoli cogía una goma y borraba todo lo que había escrito durante el año. Con paciencia, página tras página, en medio de una cascada de virutas de goma. El cuaderno volvía a ser blanco, virgen, listo para el curso siguiente. En cinco años de colegio, Zipoli usó un solo cuaderno, varios lápices —¿HHH, de mina extradura?— y gomas. Los Zipoli eran muchos hermanos, cinco o seis, y quizá se pasaban los cuadernos o se los dejaban en herencia al finalizar los estudios. A veces pienso que quizá la familia Zipoli al completo utilizara un solo cuaderno, como las Grayas, que se pasaban el ojo. (A propósito, no tenían televisión. Que yo supiera, era la única familia que no tenía, lo cual me dejaba pasmado.) Zipoli iba bien en el colegio; era uno de los mejores, después de Arbus. Escrupuloso, reservado, reposado, tenía el pelo encrespado y de un rubio tan ceniza que daba la impresión de ser blanco. Ya parecía un viejo. A los diecisiete años, Zipoli recordaba a un anciano sueco. Una vez me pidió prestado un casco para ir precisamente a Suecia en Vespa con un amigo. Dos meses más tarde me lo devolvió sin un solo rasguño.

Zipoli estaba acostumbrado a no dejar huella de su paso. Si la había, la borraba.

Gracias a su labor minuciosa, el hermano Gildo tuvo tiempo de estropear, o quizá de prevenir, mi aprendizaje *grosso modo* de la filosofía, de Tales a Kant. Nunca me he recuperado. Por desgracia, mi mente creció deformada y moderna. Esas lagunas escolares nunca se colman. Las lecturas y los estudios posteriores son como las prótesis de una extremidad mutilada; por muy bien que se hagan, solo pueden replicar sin éxito la naturalidad del gesto. Con el garfio quizá logras asir un vaso y llevártelo a la boca, pero no tocar el piano. Hay temas, épocas históricas o materias enteras que se me escapan como reinos prometidos que perdí antes de que me coronaran rey. Por suerte, al menos Kant sería sabiamente recuperado por mi nueva profesora de filosofía —¡después de un cura, una mujer!— al año siguiente, cuando dejé el colegio de curas por los motivos que contaré más adelante. Ella, que sabía muy bien que Kant nunca acaba de entenderse, que no es humanamente posible asimilarlo del todo y recordarlo tras meses de vacaciones —y aún peor en mi caso, que gracias a los servicios del viejo hermano marista no lo había comprendido ni de refilón—, volvió a empezar desde el principio. Desde donde se origina el pensamiento mismo, el primer pensamiento que nace de la nada.

Mi nueva profesora en el instituto Giulio Cesare me despreciaba profundamente porque yo venía de un colegio de curas, me consideraba un hijo de papá ignorante y malcriado, adjetivos que, por otra parte, coinciden con la definición que he dado de mí mismo y mis compañeros unas líneas más arriba. El solo hecho de proceder de un colegio privado me desprestigiaba. El profesor de matemáticas pensaba lo mismo, y el de italiano, ídem. En un instituto público con algo de renombre, como el Giulio Cesare, proceder de un colegio privado católico era como llevar la marca de una infamia. Y aún peor era incorporarse en el último año con la reválida de bachillerato a la vuelta de la esquina. «Si no lo han querido ni allí...», eso pensaban de mí. En definitiva, era un desecho humano que había ido aprobando a patadas en el culo hasta que incluso los curas se habían hartado y me habían echado, prefiriendo renunciar al dinero de mi padre. En el Giulio Cesare experimentaría un verdadero ostracismo y no pocas humillaciones. Uno de los primeros días me expulsaron de clase porque estaba «sentado repanchigado» —¡sí, a mediados de los años setenta todavía era posible!—, mientras comentaban con sarcasmo que «el señorito estaba mal acostumbrado...». Me fui al pasillo avergonzado y sin dar crédito. Nadie me había considerado «diferente» hasta entonces. Pero lo era.

Haber estudiado en un colegio de curas era un pecado original que había que expiar.

Pero ¿en qué consistía ese pecado?

En primer lugar, en un distintivo de clase social. Si ibas a un colegio privado era porque tenías dinero. Y esta condición de privilegio, admirada o envidiada por otros aspectos, puede tener sus desventajas, contraindicaciones y efectos secundarios. Motivo por el cual incluso los ricos se avergüenzan a veces de serlo y se encaminan por una senda de purificación constelada de beneficencia, adhesión a movimientos revolucionarios, rechazo —*pro tempore*— de la herencia y disolución sistemática del patrimonio. De hecho, la sociedad italiana es clasista como todas las demás sociedades, pero está dotada de ingeniosos mecanismos de compensación, de carácter mayoritariamente imaginario, como cualquier sistema que intente reparar las injusticias dejando inalterada la realidad económica sobre la que se asientan. La supuesta venganza se queda casi siempre en el plano verbal, donde los italianos son maestros absolutos. Es más, me atrevería a afirmar que el eje central de nuestra cultura está formado por una panda de geniales desgraciados que se consuelan, se vengan, se ennoblecen, se inventan un destino mejor o masacran a sus enemigos a fuerza de palabras. El ejemplo más ilustre e inalcanzable: Dante. Pero antes y después de él, abundan los desesperados que crean sin cesar elegías y canciones, paisajes y sueños, paraísos virtuales y bosquecillos, caballeros y magos, revoluciones y visiones, profecías y apocalipsis que deberían devolver a su cauce —¿que deberían ayudar a olvidar durante un tiempo?— los entuertos sufridos. Solo así, mediante una reparación, por desgracia solo simbólica, la vida puede resultar soportable. La rigidez de las distinciones sociales probablemente sea menor que en Inglaterra o Francia, pero si la riqueza permanece en todo caso fuera del propio alcance, se convierte en el blanco de un desprecio muy peculiar. No se trata solamente de la grosera burla plebeya, de la reverencia acompañada del insulto —«¿A vuestra señoría le gusta la mierda?»— o de la pedorreta. No, me refiero al proliferante resentimiento pequeñoburgués que deriva de la aspiración frustrada, de la desilusionada admiración por algo sobre lo que se cree poseer algún derecho por contigüidad. O bien a una sed igualitaria que, no pudiendo elevarse, degrada, que no pudiendo alzarse, rebaja, y así siempre está lista para la exultación cada vez que un rico cae en desgracia. Cuando esto, raramente, sucede, es un triunfo. El pecado original del dinero queda expiado.

La maldición del oro..., su contagio.

El rico, esa figura evangélica convertida en legendaria...

En la sociedad italiana, el verdadero rico tiende a menudo a mimetizarse; de hecho, es más fácil que sea un falso rico o un medio rico quien exhibe su Audi de kilómetro cero. La verdadera riqueza refracta su imagen de manera engañosa, dejando suponer, ilusionando, desviando la mirada, levantando barreras protectoras y espejos.

Además, el bienestar no suele reconocerse en Italia como adquirido honestamente o merecido; es más común imaginarlo como el fruto del latrocinio o de la suerte, o de una mezcla de ambos. La retórica se inflama cuando se trata de estigmatizar «el dinero fácil y las fortunas salidas de la nada», por lo general cuando llegan las inspecciones de Hacienda, raramente antes. La subida, y aún más el declive, de los ricos tiene más seguidores que la lotería primitiva. Y lo más extraordinario es que la catástrofe casi nunca es definitiva, siempre puede resurgirse de las propias cenizas y volver a empezar la escalada hasta alcanzar una nueva cima a una altura lo bastante considerable para que valga la pena caer.

(Solo quien muere acaba fuera de juego para siempre, ahí radica la maldita impaciencia de los suicidas...)

El SLM estaba frecuentado casi en exclusiva por los hijos de la burguesía medio-alta, o incluso pequeña, que había decidido que estudiaran en una institución privada para darse aires, para protegerlos de manera genérica de los peligros del mundo o para asegurarse de que tuvieran profesores que no cambiaban a mitad de curso o que hacían huelga. Para que accedieran a un cursillo de natación y a otro de cerámica, y quizá para garantizarles alguna amistad que les fuera útil en sus vidas. Creo que muy pocos lo escogían por motivos estrictamente religiosos, es decir, por la verdadera razón de ser del colegio. Las mensualidades no eran tan elevadas como para desanimar a los comerciantes y los empleados de los barrios de Trieste y Africano, pero tampoco de otros más periféricos que entonces eran los confines de la ciudad, como por ejemplo el barrio de Talenti. Hacían un sacrificio, que a veces era doble o triple, según el número de hijos. Estoy pensando en quienes dentro de poco se convertirán en los protagonistas de esta historia, y que la prensa describió como jóvenes ricachones despiadados. Pues bien, uno de ellos era hijo del portero de un hotel y el otro de un funcionario del Instituto Nacional para la Prevención de los Accidentes en el Trabajo (INAIL).

Otra buena razón para despreciar a un exalumno del SLM era la idea —esto no puedo comprobarlo estadísticamente— de que en ese colegio aprobaban hasta los más burros por el simple hecho de pagar. La enseñanza privada considerada como una prestación profesional es una paradoja, quizá el único caso en que el empleado juzga el resultado del trabajo en lugar de que lo haga el cliente que le paga. Este es el contrasentido de estimar que la enseñanza es únicamente un servicio retribuido: yo hago un trabajo para ti, pero al final te digo que el resultado no es satisfactorio. ¿Y de quién es la culpa? ¿Mía? No, tuya... Si el profesor equivale a un dentista, si una clase de cualquier asignatura es equiparable a un empaste y si la muela acaba rompiéndose..., ¿no será que no te has esforzado lo suficiente? Creo que para superar este contrasentido, y no con el objetivo de crear una corruptela, era, en efecto, muy difícil que te catearan en el SLM. Solo sucedía en casos límite, en casos graves de mala conducta. Todos los demás iban tirando como podían, eso es cierto.

Pero el auténtico motivo de la incomodidad con respecto al recién llegado era el tufillo a sacristía. Yo no sabía que lo emanaba. Pero no lo advertían solo los profesores, sino también mis nuevos compañeros.

El SLM tomaba su nombre del gran papa León, que había detenido a los bárbaros mostrándoles la cruz y disuadió a su rey de invadir Italia. Un salvador, un protector, en definitiva. Me da igual que esta historia sea una leyenda, que al invasor, en realidad, se le pagara con el oro de muchos otros crucifijos para que se fuera por pies a devastar otro país y otras tristes explicaciones por el estilo: la desmitificación de los sucesos antiguos sobre todo me pone de mal humor, me da rabia haber pasado media vida creyéndome a pies juntillas unas historias y la otra mitad oyendo que no eran ciertas... Pues bien, le tengo cariño a la primera época. A los presos —auténtica carne de horca— de los que soy profesor ahora les pasa lo mismo. Se tapan los oídos si les cuentas que el caballo de Troya es una bola: «¡No, un momento, no me lo creo, no puede ser!». El castillo construido en el colegio se desmoronaría por completo, y, en efecto, empezó a derrumbarse el día en que alguien se atrevió a afirmar por vez primera que los héroes de la Antigüedad eran un fraude: Cayo Mucio Escévola, un kamikaze masoquista; Juana de Arco, una esquizofrénica; a Orlando no lo mataron los árabes, sino los vascos. Los protagonistas, con sus espadas y juramentos, desaparecen de repente del escenario para dejar paso a una papilla socioeconómica. Entendámonos: este desenmascaramiento era sagrado, no hay nada que hacer, la enseñanza se basa en los mitos y, al mismo tiempo —como el mago que hace aparecer una cosa en una mano y con la otra la hace desaparecer—, en su destrucción. Su metabolismo, su ciclo natural debe completarse. Pero si empiezas directamente por la desilusión...

En resumen, ¿qué debería aprender o no un chaval?

El papa León fue en verdad digno de llamarse «Grande». Dedicó su vida a combatir a los herejes, en especial a quienes negaban la doble naturaleza de Jesús, que era lo más lógico y simple de negar y, consecuentemente, la más tonta; suele pasar cuando la razón se niega a rendirse y lucha con lo que tiene a mano: A es igual a A y A es diferente de B. Puede que funcione en la tierra, pero ¿y en el cielo? Si no crees que Jesús también fue un hombre de carne y hueso, que murió de verdad en la cruz, o si crees que fue solamente un hombre muy especial..., ¿cómo puedes declararte cristiano? Déjate de religión. ¿Qué finalidad tendría contaminar los misterios con una racionalidad que no desea comprender, que pretende o finge no comprender renunciando a priori a hacerlo? Ninguna religión sería aceptable, ninguna tendría el más mínimo sentido; a la luz del principio de no contradicción cualquiera de ellas sería una sarta de disparates. ¿Por qué Odín se colgó de un árbol, y qué significa que se sacrificara a sí mismo?... ¿Cómo es posible que Dioniso naciera de un muslo de su padre y Atenea de su oreja? Para el sentido común, en la práctica nada tiene sentido, empezando por la existencia misma. Bajo su velo de racionalidad, el sentido común es el verdadero delirio y oscurece cuanto quiere iluminar. El papa SLM hizo que estos filósofos sintieran el frío del razonamiento y el calor de la acción.

Sí, lo admito, los curas me inculcaron una costumbre mental, una manera de pensar, hecha de giros incesantes, de sofismas y de rescoldos de virulencia.

Una de las bromas más idiotas, y quizá por eso más divertidas, era asentir a cada una de las frases del hermano Gildo mientras nos explicaba, por ejemplo, a Aristóteles en las clases de filosofía. Lo mirábamos fijamente, escuchábamos y, tras cada afirmación, todos a la vez decíamos que sí con la cabeza, como si quisiéramos asegurarle de que lo que decía era verdad, que lo habíamos entendido y estábamos de acuerdo. Un aula entera de estudiantes serios y atentos que asienten, cuyas cabezas suben y bajan sin interrupción como las de esos perritos articulados que antes se ponían en las lunas traseras de los coches. A propósito del hermano Gildo ya lo he dicho todo.

Lo dijo Proserpina,
y Plutón lo confirmó:
una paja es cosa fina,
una follada, divina.

3

Esta es la imagen que siempre he tenido de una clase de chicos en un colegio: cangrejos en un cubo, sí, cangrejos amontonados dentro de un cubo.

... bichos que se encaraman unos sobre otros moviendo las patas y pinzas, que trepan por las paredes verticales, caen y vuelven a empezar: un cubo que hierve de vida impotente...

En realidad, no es cierto que entre los varones exista solo competencia, más bien todo lo contrario. La profunda y natural necesidad de recibir amor, ternura y calidez de los demás varones se ve casi siempre insatisfecha, y por eso se dirige —a veces brutalmente— a las mujeres, que acaban siendo arrolladas, a su pesar, por la insostenibilidad de esta demanda, a menudo directa y violenta. Del mismo modo, la manifestación ritual de la masculinidad ante las mujeres suele ser una exhibición amenazadora y desproporcionada, enfocada en realidad a obtener el respeto de los demás hombres. En definitiva: el público de los hombres son los hombres mismos, en especial durante la adolescencia, de cuyo juicio dependen, de los que esperan con ansia aprobación y admiración. Al no poder ganarse normalmente el amor de un compañero, el adolescente exige al menos su reconocimiento. Y para obtenerlo está dispuesto a todo.

Por más que ahora me queje de no haber tenido compañeras de clase, no logro imaginar cómo habría sido. Cómo habría sido vivir una adolescencia normal al menos en ese aspecto. Como la de mis hijos, por ejemplo.

Pero puede que ni la de mis hijos lo sea. Me refiero a la menor, alumna del instituto público Righi, y a la de sus compañeras, sometidas sin cesar a humillaciones y expuestas a ráfagas de cotilleo en las redes sociales —clasificaciones para puntuar a la más puta del colegio y cosas por el estilo—, algo que puede hacer caer en picado la autoestima o ponerla por las nubes con un flujo histérico...

A los catorce años están sometidas a molestias incesantemente, a bromas pesadas, a comentarios soeces y, con independencia de cómo se la defina, a una constante presión psicológica y física por parte de algunos compañeros de clase que, sin embargo —y aquí radica lo sorprendente, el hecho que merece analizarse—, no son los más precoces, los más desarrollados ni los más «machos», sino todo lo contrario; son los mitad niños, mitad niñas, a los que todavía no les ha salido ni un pelo en la cara, los que siguen teniendo la voz aguda y el estrato adiposo aún por absorber, pendiente de convertirse en músculo separado de los huesos. Su petulancia, que sigue siendo infantil, anuncia fielmente su insolencia adulta. Creen que por cada uno de esos abusos —a los que, por suerte, mi otro hijo, un poco mayor y treinta centímetros más alto y que va al mismo instituto, ha prometido poner fin con un par de hostias si siguen molestando a su hermana— crecen dos o tres años al día, que les sirven para ganarse el estatus que les da derecho a abusar de sus compañeras, especialmente de las más monas.

Nacer hombre es una enfermedad incurable. Arbus no era el único patoso, desangelado. Todos teníamos movimientos poco agraciados; lo eran la mayoría de nuestros gestos, incluso el de ponerse la cartera al hombro —por aquel entonces, las mochilas solo se usaban para ir de camping—. Si un psicólogo hubiera observado nuestros brincos inconexos, nuestra manera de rascarnos y bracear, habría concluido que éramos enfermos mentales. No puede saberse a ciencia cierta hasta dónde llegaría un chaval para obtener la aprobación de sus compañeros, los atropellos que es capaz de soportar o infligir para ganarse su reconocimiento. El juego era agotador y repetitivo: tenías que demostrar que eras un hombre, y en cuanto lo demostrabas debías volver a empezar de cero, como si de un momento a otro pudiera perderse la virilidad de la que acababas de dar prueba, como si estuviera siempre al acecho, como si haber demostrado cien veces que eras un hombre no sirviera de nada, puesto que un solo error, una sola equivocación anulaba los derechos adquiridos y la apuesta entera se perdía. Igual que en los juegos de cartas o en esos deportes en que los puntos acumulados con esfuerzo se pierden de golpe en una jugada. ¿De qué valía demostrar la propia hombría si un minuto después tenías que volver a hacerlo?

Hasta tal punto que, después de planteármelo y de haberme esforzado por superar indemne todas esas dichosas pruebas, tras haber pasado toda la vida intentando demostrar que era valiente, chulo, viril, responsable, serio, etcétera, pues bien, he renunciado de una vez por todas. Que piensen incluso que soy un marica. Amén.

El juego era muy sencillo, bastaba con ser el primero. Quien acusaba a otro de ser marica, no lo era. El acusado, para defenderse de la acusación, tenía que acusar a otro, y así sucesivamente. Era inútil replicar y devolvérsela al que acusaba primero, había que dirigirla a un tercero. Los que no pensaban en las chicas, eran maricas, pero también los que se pasaban el santo día pensando en ellas. Se merecían por igual que les tomaran el pelo.

Las jerarquías entre chavales se establecen mediante un aumento progresivo de órdenes, insultos, alianzas y desafíos.

Con respecto a los matones del colegio se podía ser:

a) subalterno
b) cómplice
c) perseguido / marginado
d) no clasificable (¿no alineado?).

Si pertenecías a esta última categoría, los matones te dejaban en paz, pues consideraban demasiado complicado, o sencillamente inútil, ir contra ti, algo así como Hitler respecto a Suiza. Yo formaba parte de esta última tipología. El término apropiado era quizá «neutralidad», pero nunca se analizan lo bastante las razones que te impulsan a querer ser neutral y lo que debes tener para permitírtelo.

Para que las bromas fueran divertidas debían tener algo gracioso y dañino. Una broma del todo inocente no divierte a nadie, es inexplicable. Si no es pesada, ¿para qué gastarla? ¿Para qué tomarse la molestia de pensarla? Incluso la víctima se pregunta por qué la han tomado con él si no le ocasiona ningún daño. La vulgaridad, por ejemplo, es absolutamente necesaria para fundar un lazo de hermandad; la vulgaridad tiende a basarse en lo bajo, lo sucio, lo trivial y lo ofensivo, pero la hermandad en sí misma tiende a lo elevado. Por eso resulta posible que de los comentarios cafres sobre las mujeres pueda pasarse en unas pocas frases al amor sublime del Stil Novo, y del espíritu cuartelario a gestos de desinteresado altruismo y heroísmo, trascendiendo los límites de la naturaleza humana en grados imperceptibles...

Yo, por ejemplo, he llegado a una edad en que se considera el propio estatus como un resultado obtenido a lo largo la vida. Y, sin embargo, qué extraño, a mí el estatus ahora me importa prácticamente un bledo, mientras que cuando tenía unos treinta años me preocupaba mucho, y no digamos cuando era adolescente. Ay, entonces cuánto me preocupaba el juicio del prójimo: que me consideraran el más guapo, el más inteligente e incluso el más simpático, a pesar de ser consciente de que no era nada de eso —en cuanto a la inteligencia, Arbus no conocía rivales; el título de guapo se lo disputaban Zarattini, angelical, Jervi y Sdobba; y en lo que respecta a la simpatía, mi posición era más bien desventajosa, mientras que Modiano y Pilu habrían sido elegidos por unanimidad—. ¡Qué sufrimiento! Pero ese deseo me quemaba también en vacaciones, cuando las chicas formaban parte del panorama y el ansia de sobresalir se dirigía a ellas. ¡Con qué ardor deseaba a los trece, catorce, quince, dieciséis años, durante los veranos en la playa, que los chicos y las chicas de mi edad me tuvieran en consideración! ¡Habría hecho cualquier cosa para complacerlos, para ganarme su respeto y su aprobación! Aunque era tímido y más bien blandengue, habría participado en cualquier acción arriesgada o reprobable con tal de salir del anonimato, ese lugar en penumbra donde nadie se acuerda de tu nombre, donde te confunden con cualquier otro o parece como si cada vez te vieran por primera vez.

Desarrollamos los aspectos de nosotros mismos que creemos que los demás prefieren. En primer lugar, nuestra madre; después los compañeros de juegos y finalmente todos aquellos en quienes queremos causar buena impresión, los chicos de nuestra edad, los adultos, los profesores, las chicas. Solo mostramos la parte de nosotros que consideramos con más posibilidades de que se apruebe y acepte. Lo demás permanece en la sombra y únicamente pocos observadores —en general, los amigos, pero más aún los enemigos— llegan a entreverlo. El rostro que ofrecemos, esperando que sea bien aceptado y sobre el que lo apostamos todo, es denominado «falso yo», pero no porque sea falso —no lo es en absoluto, no es una simulación o una máscara—; nos pertenece, es auténtico, se trata de nuestro rostro real o, al menos, de una expresión que asumimos de manera natural; somos nosotros quienes lo falsificamos al presentarlo como si fuera nuestro único rostro, mientras que se trata solo de una parte y ni siquiera la más significativa.

El «falso yo» solo se siente vivo si tiene dificultades a las que enfrentarse. Su necesidad de estímulos exteriores, de exámenes que superar, es incesante. Si no actúa, es como si no existiera.

¡Cuánto cuesta convivir con las propias contradicciones, que permanezcan unidas! A mí, por ejemplo, siempre me ha costado sentirme vivo de forma continuada. Solo lograba mantener la imagen de mí mismo que había creado para someterla a la atención de los demás unas horas al día, cuatro o cinco, como mucho siete u ocho horas seguidas, con gran sacrificio; luego era un desastre, sucumbía a la abulia, al anonimato, a una especie de sopor enfermizo que no me resultaba una condición tan desagradable porque al menos no requería ulteriores esfuerzos o demostraciones. No me gustaba mucho la soledad, pero me daba la ventaja de evitar el juicio de los demás, de proteger mi desamparo; le había tomado cariño a la apatía, a la pereza, a la profunda melancolía y al desprecio que sentía por mí mismo, por haber pasado tanto tiempo fingiendo ser quien no era, o quien no era de verdad, a toda esa melaza melancólica. Me reconozco más en esas horas llenas de nada que en las poses que adopté para hacerme más fuerte.

Sentía que mis nervios se relajaban hasta que no emitían más que una débil pulsación, como cuerdas de guitarra cada vez más flojas que crean un sonido sordo, grave y algo ridículo. Un sonido inútil. Esa era la condición ideal para leer libros o escuchar música.

De esta forma, he llegado a la conclusión de que no somos nada más que un haz de nervios y sensaciones a los que, por razones jurídicas, les ha sido conferida una identidad; el objetivo es que esa mezcla de pulsaciones casuales y caóticas pague los impuestos, herede la casa de su padre y retire en el aeropuerto los billetes reservados a su nombre y ocupe su asiento. Nada más. Nada más que un cómodo sistema para tenernos vigilados.

¿Qué nombre dar a esta identidad? Bueno, no hay para tanto, no es más que un nombre en una tarjeta magnética, en un papel oficial, las palabras que acompañan una foto, las letras de bronce en una losa de mármol, y se acabó.

En los vestuarios se celebraba el ritual de reconocimiento de la virilidad. Creo que no hay nada más vergonzoso que exhibir el propio cuerpo para que sea comparado con el de los demás cuando todavía está desarrollándose. Cuando bajábamos al gimnasio y nos desnudábamos, emergían, de debajo de una capa de ropa idéntica, cuerpos de jóvenes aún más diferentes que los perros callejeros que hay en una perrera.

Entre las ocurrencias dirigidas a machacar a los elementos extraños, fueran mujeres o maricas, tenía lugar la celebración de una fraternidad exclusiva que, paradójicamente, acababa reforzando las tendencias homosexuales del grupo. Es la consecuencia inevitable de una comunidad solo masculina: a fuerza de menospreciar y despreciar, aunque sea de palabra, a las mujeres, los maricas y los afeminados, para alardear de virilidad, se acaba por buscarla en exclusiva. El verdadero machismo es homosexual.

Qué curiosa esta oscilación entre el rechazo de la feminidad y su búsqueda desesperada...

Se trataba de una payasada compuesta por bravuconadas, lenguaje soez, gilipolleces hechas y dichas, comportamientos arriesgados e idiotas. En la actualidad hay un programa de televisión impregnado de un vago instinto suicida dedicado a este género: sus protagonistas comen gusanos, se atan cohetes a los patines, se dejan triturar por un ventilador de techo o encornar por machos cabríos; en definitiva, realizan cualquier hazaña a condición de que sea peligrosa y absurda, apta para provocar abrasiones, vómitos, autolesiones o violencia gratuita, y por gratuita entiendo la de hervir un sapo o llenar de orina la botella del limpiacristales y orientar el pulverizador hacia los peatones o los motociclistas; las variantes nocturnas son tirar adoquines a los leones del zoo-safari tras haberlos atraído hacia la valla con el aroma de unos bistecs...

Poner un hámster en el microondas (para calentarlo con un horno tradicional haría falta demasiado tiempo...), arrojar calderilla a los tunos por la ventana (calentada antes a fuego vivo...), dar de comer a un amigo confiado una bola de nieve con un núcleo de pipí congelado...

Eran pruebas a las que nos veíamos sometidos cotidianamente. Había que demostrar que éramos lo bastante hombres para soportar la presión implícita en esa broma de mal gusto permanente que es la vida en un colegio masculino. A pesar de que nadie la tenía tomada conmigo, sino todo lo contrario, porque yo pertenecía al grupo de los más afortunados, al carecer de taras físicas o morales evidentes y también porque, sobre todo, nunca me metía en asuntos ajenos, confieso haber cedido en más de una ocasión a tal presión. Palpable, tangible. ¿Cómo me desahogaba? Llorando. Mejor sin ser visto. No hay modo mejor ni más rápido. Y, un par de veces, llegando a las manos. En la *Breve historia de las peleas* que un día u otro escribiré, dedicaré sin duda un capítulo a las peleas en el colegio. Excluyendo las causadas por la política, que merecerán su capítulo aparte, constituirán un apartado realmente importante, y contemplarán el colegio como teatro para el ensayo general de un espectáculo que se desarrollará en otros escenarios, en las calles y las plazas; las peleas forman parte de la vida de un chico, de su carrera escolar, al igual que los exámenes, es más, pueden considerarse como tales.

La mayoría de los esfuerzos humanos tienen como objetivo el reconocimiento de un papel —en casa, en la sociedad, en el colegio, en el trabajo, en este mundo—. Había momentos en los que podía parecer que nuestra principal actividad no era estudiar, practicar un deporte o ver la televisión —ocupaciones que llenaban por completo nuestras jornadas—, sino la de interpretar un papel. ¿Cuál era? Bueno, no es tan fácil decirlo, no está tan claro. ¿El papel de jóvenes? ¿El de jóvenes varones lanzados? ¿El de jóvenes varones italianos privilegiados católicos y romanos? ¿El de buenos chicos? ¿El de tarambanas? Probablemente, un poco de todo, a la vez o en fases alternas, por turnos, eligiendo el papel según fuese verano o invierno, según la familia o los amigos; en el fondo, es normal comportarse de manera diferente dependiendo de las situaciones, como el padre de familia que los domingos quema coches al salir del partido y el lunes se presenta puntual al trabajo. Una personalidad admite muchos roles, caben dos, tres, o quizá más. La historia central de este libro confirmará que se puede ser un buen estudiante de día y raptar y violar a menores por las noches.

Existe una tradición romántica, esencialmente estética y carente de fundamento práctico, que sostiene que los jóvenes son rebeldes, o al menos más rebeldes que los adultos. Nada más falso. La mayor parte de los chavales es superconformista. El instinto los guía hacia el rebaño, raramente fuera de él. Si se rebelan contra ciertas leyes es solo porque obedecen otras a las que se sienten más vinculados. Durante la adolescencia, el espíritu gregario domina todos los aspectos vitales, nada queda fuera de su control: desde cómo hay que vestirse hasta lo que hay que decir, desde cómo se besa hasta qué tipo de cigarrillos y cuántos hay que fumar y el modo de aspirar el humo sin toser. Todo, absolutamente todo, se aprende por imitación.

Quizá ese enorme trabajo, que consiste en observarse, compararse y examinarse sin cesar, en el interminable coqueteo con uno mismo en primer lugar, en idear pruebas, superarlas, demostrar que se está a la altura, curtirse, espabilarse, desafiarse, machacar el espíritu y atormentar el físico con vueltas enloquecidas por una pista atlética y flexiones, esa batalla sin tregua de cangrejos en un cubo de plástico; bien, quizá todo eso solo es y solo sirve sencillamente para preparar nuestra entrada en el mundo del trabajo. Detrás de los tormentos interiores hay una única finalidad concreta: encontrar una escapatoria del jardín del Edén materno con la mínima añoranza posible para bajar al purgatorio de la vida práctica, donde a cada conquista le corresponderá una pérdida, una humillación, una traición, donde no hay bayas dulcísimas que caen solas en la boca y de los árboles no chorrea ni leche ni miel. «Convertirse en hombres» tiene como sola finalidad soportar esta expulsión sin quitarse inmediatamente la vida. A fuerza de contraer los músculos y el ano, de guiñar los ojos, de manosearse la polla, gritar y llorar, de soñar con llegar a ser jefes reconocidos del Orden Mundial se adquiere la suficiente insensibilidad para que el mundo no nos dé tanto miedo...

Tengo ante mis ojos la última carta que recibí de Arbus antes de que saliera de mi vida. Está fechada el 12 de mayo de 1980, es decir, seis años después de que dejara el SLM de la manera espectacular que contaré un poco más adelante. Copio el fragmento que más me impresionó, hirió y convenció:

> Hace muchos años me di cuenta de que tú y yo, Edoardo, éramos distintos, pero eso no me impidió ser tu amigo. ¿Quieres saber qué nos diferenciaba? A pesar de todo, siempre has deseado e intentado parecerte a los demás compañeros. A veces te apartabas, dabas la impresión de mantener las distancias, pero siempre volvías por sorpresa, para que notaran tanto tu aleja-

miento como tu posterior concesión a la amistad, a las bromas y a lo demás. Lo necesitabas, no podías vivir sin ello, como un pez no vive fuera del agua. Siempre has necesitado a los otros, no hay nada malo en ello, necesitas la aprobación, la estima; aunque finges que no te importa, no piensas en otra cosa y no serías capaz de dejar atrás nada ni a nadie. Alejarte por un tiempo, sí, pero nunca romper definitivamente. Tu corazón es melancólico y débil. A veces te vi armar follón en clase sin que tuvieras ganas, solo porque te daba miedo ser el único, aparte de mí y Zipoli, y quizá también de Rummo, que no lo hacía... Tenías miedo y te divertías por miedo a no divertirte. Admítelo. Existen dos opciones y son excluyentes: asemejarse a los demás, adecuándose a todas las condiciones y expectativas inherentes al hecho de ser hombres, o bien aislarse, separarse de verdad, permanecer puros y extraños, incomprendidos, rechazar todo modelo. ¿Qué has elegido tú?

Sí, Arbus tiene razón, como siempre. Es verdad, elegí la primera opción, o puede que ella me eligiera a mí. No lograba defender mi alteridad, no me importaba. Quería ser como los demás. Aspiraba a ello en mi fuero interno, pero era demasiado orgulloso para admitirlo. Arbus de hecho no lo era. En efecto, eligió la segunda opción, el aislamiento.

4

Estábamos y nos sentíamos cercanos los unos a los otros sin necesidad de hablar demasiado. Mejor hacer cosas juntos que comentarlas. Estábamos unidos, casi fusionados, y sin embargo, no existía una intimidad real entre nosotros. Es más, la intimidad nos daba miedo.

Intimidad significa sentir, ser, mostrarse vulnerable: la debilidad puede ser explotada, la confianza, traicionada; abrirse es exponerse a la burla.

En realidad, no sentíamos ninguna necesidad de hablar de nosotros, es decir, de nuestros deseos, secretos, miedos y aspiraciones; no, esos sentimientos permanecían ocultos y desconocidos, en primer lugar para nosotros mismos. Puesto que no los conocíamos ni nos conocíamos, ¿cómo habría podido confesar a mis compañeros lo que yo mismo ignoraba? Casi todas las historias que nos contábamos las sabíamos de oídas, hacíamos bromas, imitaciones, proclamas, amenazábamos con cosas imposibles, nos tomábamos el pelo, o mejor dicho, les tomábamos el pelo —se trataba de una actividad asimétrica— a los cuatro o cinco compañeros de siempre, blanco de comentarios y bromas vulgares; un par de ellos habían asumido el papel sacrificial a tal punto que cuando nadie se metía con ellos, se machacaban por su cuenta: se insultaban a sí mismos y hacían de todo para merecer tales insultos, exagerando su torpeza y su incapacidad, logrando parecer más tímidos, más bajos y gordos, más tontos y patosos de lo que eran. La autodegradación es de hecho aún más poderosa que la degradación.

La intimidad: temor y deseo. Quizá sean maneras diferentes de manifestar sentimientos parecidos, o se trate de una cuestión de conciencia. Se desea lo que se teme en secreto y se teme lo que inconscientemente se desea. Hay quien ve una oposición radical entre el principio masculino y el femenino, pero puede que sean solo maneras distintas de vivir y manifestar la misma afectividad, las mismas emociones, sueños, deseos, miedos y sentimientos; únicamente se trata de ver en qué orden se colocan estas propensiones, cuáles son visibles, e incluso exhibidas, y cuáles se ocultan. Es posible que mientras que las chicas desean la intimidad pero inconscientemente la temen, a los chicos les asuste una intimidad que, en el fondo, desean, aunque no estén dispuestos a admitirlo para no parecer sentimentales. La incomprensión nace de esta dualidad, de este sentimiento en que miedo y deseo se entremezclan y que es la clave ambigua del sexo. Miedo. Que alternamos con el deseo con el paradójico resultado de huir de lo que realmente queremos y de desear parecernos a quienes tememos...

Los hombres: vulgares de palabra y románticos de corazón, frágiles, emotivos. Peligrosos cuando pierden la cabeza. Una pasión violenta se suma a la práctica de utilizar la agresividad con desenvoltura. A veces la violencia contra las mujeres tiene origen en esta mezcla contradictoria:

hechos brutal y vulgarmente explicitados, pero un sentimentalismo salvaje que explota en el corazón, que está dispuesto a todo, incluso a transformar el culmen del romanticismo —«No puedo vivir sin ti»— en una cuchillada, o en treinta.

A propósito de las diferencias sexuales, en la literatura suele afirmarse que los hombres son incapaces de vivir la intimidad, que la temen, que la rechazan, que les da miedo. En la intimidad corren el peligro, en efecto, de mostrarse débiles, y de que los demás se den cuenta y se aprovechen. Por eso prefieren las conversaciones sobre temas generales en vez de personales. Como el fútbol. Es un tema común entre chicos y hombres adultos, y parece hecho adrede para eludir las cuestiones personales. Hablando de los jugadores que acaba de fichar el propio equipo para el próximo campeonato, y utilizando esa clase de expresiones que van de «Con la defensa que tenemos será un milagro no acabar en segunda» a «Esta vez os vamos a joder vivos», con un tono irónico o autoirónico que pasa de la burla a la extrema seriedad, se instaura una conversación que puede serpentear durante mucho rato entre este tema y otros afines y que puede concluir sin más, sin haber hecho referencia a nada serio o personal.

De todas formas, es verdad, siempre he preferido la relación codo con codo que cara a cara: hacer algo juntos en vez de decirse algo. En último término, en el caso de revelar el modo de ser de uno a otra persona, me interesa más la posición de quien se confiesa que la del confesor. En la confesión también se usa un esquema indirecto: por una parte hay una persona de perfil que susurra en el confesonario; por la otra, una persona que aguza el oído y que, aunque invisible —protegida por una portezuela o una cortina—, está enfrente. La separación entre ambos es mínima, pero esencial. La asimetría es indispensable para que la conversación progrese, para que la relación humana sirva de algo. El cara a cara nos hace enmudecer y, en efecto, es ideal cuando no hay nada que decirse, es decir, cuando amas. Entonces te contentas con mirar.

Una parte de nosotros era homosexual, la otra homofóbica. Como medio maricas, odiábamos —y nos reíamos a sus espaldas de ellos— a los verdaderos maricas, de los maricas completos, integrales, como Svampa, el profesor de química. La otra parte de nosotros, la homofóbica, se enfrentaba a la primera o, para ser más exactos, con tal de no reconocer que esta existía, se oponía con agresividad a la homosexualidad de los demás, en concreto a quienes la tenían un poco más pronunciada... Lo que quiero decir es que si bien era bastante normal ser medio marica o un poco marica, no estaba permitido serlo ni un poco más, eso sí que no. ¡La mitad era demasiado! Nunca habríamos admitido, por ejemplo, una declaración de amor entre compañeros. El arrebato, el escalofrío de placer que proporcionaba la compañía de algunos de ellos, incluso la atracción hacia determinadas partes de sus cuerpos particularmente hermosas —los ojazos azules de Zarattini; los hombros anchos de Sdobba y Jervi, los únicos de la clase que los tenían así; las maravillosas piernas, largas, musculosas y salpicadas de relucientes pelos rubios que daban ganas de acariciar, asimismo de Sdobba— eran hechos que quedaban en la categoría de la camaradería, de la amistad.

No es que odiásemos a los maricas, al contrario, nos divertían —más adelante contaré la explosión de risas que acompañaban las caricias que algunos de nuestros compañeros se intercambiaban en clase...—; a lo sumo odiábamos la posibilidad de que nos tomaran por tales no siéndolo —no todos o no del todo—, la posibilidad de un malentendido. Lo que nos preocupaba era que se diera un malentendido.

Un amigo me enseñó un método que, según él, era infalible si querías saber si un compañero era marica. Tenías que conseguir que jugara al ping-pong, a ser posible contra alguien que fuera mejor, y observarlo. No hay nada que ponga tan nervioso como que te ganen al ping-pong —y el cansancio, la excitación y la frustración porque no logras imponerte son condiciones ideales para que cada uno revele su auténtica naturaleza—. Nadie consigue disimular cuando juega una partida de ping-pong, como mucho dos partidas de tres o tres de cinco. Si eres homosexual y fallas en el saque decisivo, aunque jamás hayas querido admitirlo y haces cualquier cosa por ocultárselo a tus padres y tus compañeros —por temor a sus burlas—; pues bien, si tu saque acaba en la red, el marica que hay en ti saltará igual que un tigre herido con un gritito o un gesto de fastidio o alguna frase como: «¡Mejor, ya estaba cansado de jugar!» o «¡No vale!» o bien «Pero ¿qué me pasa hoy?».

El método funcionaba también respecto a uno mismo, si todavía no tenía claro si lo eras o no. Hay una edad en la que sueles sentirte indistintamente atraído por tu mismo sexo... Juega al ping-pong y lo descubrirás.

Virilidad significa poder. Si no tengo poder, es que no soy viril. Y si no lo soy, nunca alcanzaré el poder. El círculo se cierra.

Los más inestables tienen mayor interés en ver afianzarse su medio poder; quienes lo tienen por entero, no sienten ninguna urgencia por probarlo una y otra vez.

Es indudable que los hombres, considerados como grupo, poseen el poder, mientras que los hombres considerados uno a uno raramente lo ejercen y suelen reaccionar de manera descompuesta e histérica ante esta clamorosa disparidad. Deben inventarse ese poder que les falta encontrando en las inmediaciones alguien a quien someter.

Una de mis escenas de novela preferidas pertenece a un libro de John Fante que leí hace muchos años y cuyo título no recuerdo, en que el protagonista, quizá el famoso Arturo Bandini, álter ego del autor, se autoproclama Rey de los Cangrejos —sí, sí, los cangrejos siempre de por medio—. Su reino era la playa y su trono el muelle, desde donde impartía órdenes a sus súbditos, que hormigueaban por la arena. Si no le obedecían, les disparaba con un fusil de aire comprimido. Los ajusticiaba uno tras otro. Una masacre de cangrejos rebeldes.

No le obedecieron ni siquiera una vez.

Su reino era muy caótico.

Pero ¿qué razón de ser tiene un colegio exclusivamente masculino como el SLM?

Quizá ahí radicaba todo, la peculiaridad de nuestra educación de alumnos del SLM en lugar de en cualquier colegio mixto: privarnos por entero del contacto con el mundo de las mujeres, el mundo de las madres y las hermanas, que había sido nuestro universo familiar. La familia como un nido femenino del que el muchacho, joven espartano, debía ser arrancado lo antes posible. Quizá ese fuera el único motivo por el que nuestro colegio era solo para chicos: a fin de marcar esa separación y convertirla en algo tan usual que nuestros padres y nosotros mismos nos conviciéramos de que era acertada y necesaria. Quién sabe si nuestras madres, que a lo sumo podían sentirse tranquilizadas por el hecho de proteger a sus hijitos de la distracción, la influencia y el peligro que suponían las muchachas en flor; quién sabe, decía, si se daban cuenta de que esta medida restrictiva estaba dirigida, en primer lugar, contra ellas mismas, las grandes seductoras... y que el seno del que debían separarnos para convertirnos en hombres era del suyo y no de las jóvenes tetas de las pequeñas seductoras del Sant'Orsola.

En efecto, en nuestro barrio, el equivalente femenino del SLM era el colegio Sant'Orsola, cerca de la Piazza Bologna.

(Cuando, años después, algunos de los exalumnos del SLM se hicieran tristemente famosos por sus hazañas, en sus personas se proyectará, en términos paroxísticos, el problema de la identidad exclusivamente masculina del SLM: de sus profesores, religiosos y no, y de sus estudiantes. No se admitían mujeres, y, por mucho que me esfuerce, aparte de nuestras madres, que venían a buscarnos, no logro recordar una sola presencia femenina en la escuela. Quizá a una mujer que vendía pizzas durante el recreo... Pero en horario de clase, el colegio se convertía en el monte Athos. La única mujer no considerada una intrusa era la Virgen María. ¡Qué sola debía de sentirse detrás del altar!)

Ninguna mujer entre los compañeros..., o sea, como en la cárcel. Ninguna mujer entre los docentes..., y eso es todavía más raro porque la enseñanza en Italia es un dominio femenino, una extensión del reino de la Madre, un eterno parvulario. Sin embargo, a nosotros, desde la escuela elemental, nos educaban solo muchachotes con sotana. Quizá la llevaban para recordarnos las faldas de las que nos separábamos por las mañanas, para tranquilizarnos y arrancárnoslas poco a poco, días tras día.

En cualquier caso, nos educaban personas con faldas; nuestras madres y niñeras primero y los curas, después. Se pasaba del regazo de las tatas a las sotanas negras al viento. ¡Cómo ondeaban en el patio del SLM cuando soplaba muy fuerte! Me gustan los caftanes, las togas, los salwar kameez, así como los vestidos solo femeninos y las faldas, tanto cortas como largas, mientras que siempre he considerado los pantalones bárbaros y vulgares, únicamente admisibles si hace mucho frío.

Los hombres con falda tenían la misión de transformar a los muchachos en hombres: una línea exclusivamente masculina.

Homosexuales, artistas, curas y guerreros aspiran a una realización trascendente que supera el hecho ordinario y mecánico de la reproducción a través del elemento femenino. Pueden prescindir de las mujeres porque crean o pretenden crear el futuro de otra manera, mediante acciones violentas, oraciones, obras de arte y la enseñanza. Constituyen categorías de varones autosuficientes y paren ideas o acciones en vez de hijos. O bien adoptan a los hijos de los demás y los educan. Mientras que en los otros grupos y en el resto de las actividades humanas se establece una continuidad a través del tiempo, con la formación de dinastías, de artes y oficios transmitidos de padres a hijos y de una memoria familiar de usos comunes o, como mínimo, de un nombre, el celibato de los curas obliga a cada generación a extinguirse sin herederos. Los curas se reemplazan uno a uno a medida que mueren. Y los nuevos curas salen de la nada.

Existen, por tanto, dos escuelas: una que sostiene que la virilidad emerge, se pone a prueba, se reconoce a sí misma solo a través del encuentro con lo femenino —casi siempre, un encuentro amoroso, una comprobación sexual—; y otra según la cual el varón halla su identidad separándose, alejándose de las mujeres, poniéndolas entre paréntesis. La iniciación pasa pues por las mujeres de manera literal —como en la del mítico Enkidu, que era medio animal y se convirtió en hombre follando—, o tiene lugar anulando el contacto con ellas. Una variante intermedia, practicada con regularidad hasta un par de generaciones antes de la mía, era reducir la iniciación a su aspecto físico, es decir, a la relación sexual concebida como simple desahogo. El lugar donde el hombre debía descubrirse a sí mismo era el burdel.

La diferencia entre hembras y varones radicaba en que a pesar de que ambas categorías eran un enigma, el de las primeras resultaba mucho más interesante, al menos para mí. Como, por otra parte, sus cuerpos. Los hombres eran planos, igual que me imaginaba sus almas; las mujeres estaban llenas de curvas y recovecos. Escondites ideales, por su conformación física y mental, donde ocultar cualquier secreto, y donde incluso los hombres podían esconderse del resto del mundo —yo soy uno de esos—. Incluso la penetración, en vez de un acto de posesión, puede considerarse un acto de ocultación. La búsqueda de un lugar secreto, de un refugio. La falta de evidencia del sexo femenino siempre ha intrigado, sorprendido, desasosegado e incluso asustado a los hombres. Su inescrutable presencia exacerba y choca con la evidencia insolente, fea y risible del sexo masculino, que recuerda a una longaniza colgando del techo de una charcutería.

Lo que superficialmente se juzga como una huida de la esencia de lo viril, es decir, la homosexualidad, es, por el contrario y en la práctica, una huida de lo femenino para refugiarse en la masculinidad pura, incontaminada, de una relación entre iguales; es un caso de separatismo sexual en que se jura amor y fidelidad al mismo sexo. Se pide refugio a los semejantes, a los hermanos. Por eso puedo imaginar lo mucho que debe sufrirse cuando estos te maltratan y te rechazan.

Nunca he participado, y en parte lo siento, en esas conversaciones en que se preguntaba «¿Has hecho esto y lo otro?» a propósito de las primeras experiencias sexuales, de lo que las chicas te hacían o se dejaban hacer, de hasta dónde llegaban, con la boca, los muslos, las bragas..., aspectos anatómicos detallados, pañuelos de papel empapados y, tiempo después, caramelos de regaliz en la guantera del coche para refrescar el aliento. No tenía la suficiente confianza con nadie. Con Arbus era inútil hablarlo. Con los amigos del veraneo me sentía cohibido al ser yo el más ingenuo. Escuchaba sus charlas, pero no me atrevía a participar; por otra parte, y por suerte, me aislaban, como si fuera puro espíritu, y, en efecto, lo era; un puro espíritu impuro, digámoslo así, manchado por los pensamientos y las poluciones nocturnas. Continuas y acongojantes: me despertaba casi todas las mañanas en un mar de esperma seco. Imagino los comentarios irónicos de quien me hacía la cama y me lavaba los pantalones del pijama. Me percaté de que las criadas reaccionaban con juiciosa resignación o rebelándose porque por las noches a menudo me tocaba volver a ponerme los pantalones acartonados y rígidos por el semen..., señal de que se habían hartado de lavarlos... Me lo montaba todo en casa, en mi cabeza podrida, donde esas conversaciones viciosas tenían lugar, donde las preguntas morbosas se formulaban y obtenían respuestas.

La mente de un adolescente es una galaxia.

El sexo no era una fantasía, estaba muy presente y se manifestaba en nosotros, plantado en medio del cerebro antes que en medio del cuerpo, era una pulsación sorda que nos hacía temblar. Su impulso, su anhelo eran del todo naturales, pero no así cómo y dónde dirigirlos. Esto era objeto de una incesante disciplina, creada a partir de frases oídas a medias aquí y allá, de consignas de equipo transmitidas por un anónimo sentimiento común, una especie de ley que nadie había explicitado, con sus artículos enumerados como mandamientos, que todos o casi todos respetaban. Qué extraño resulta tener que educarte por tu cuenta, espiando, hojeando, observando... Pero, en mi opinión, no hay alternativa, al menos en lo que al sexo se refiere. Y quizá también a la literatura. Lo demás, es mejor que te lo enseñe alguien que conozca a fondo la materia. Pero en esos dos campos, somos autodidactas y siempre lo seremos. En definitiva, cuanto menos se acierta, más auténtico y hermoso es el resultado. Uno va cogiendo de aquí y allá, eso es todo; no se puede estudiar, uno imita y así se las apaña. O bien se trata de un aprendizaje tan angustioso que ni siquiera es digno de tal nombre, pues no tiene nada de la serenidad, de la sistematización, de la adquisición progresiva del conocimiento que debería garantizar una verdadera disciplina. Arranques, conquistas violentas, iluminaciones repentinas y cegadoras sobre un fondo inmóvil: una santa, o innoble, ignorancia.

Por otra parte, ¡qué sencillo y bonito habría sido no tener sexualidad! No deber cultivarla, satisfacerla y, sobre todo, identificarla. Qué alivio no sentir su presión. Porque aunque los demás no te azuzaran, aconsejaran, exigieran e impusieran una, tu cuerpo, implacable, despertaría como un dinosaurio atrapado en el hielo y te obligaría tarde o temprano a interpretar esa estúpida pantomima con las chicas, a utilizar subterfugios con tus padres y a hacer bravuconadas o soportar frustraciones con los compañeros, a todo ese ridículo procedimiento que culmina en un breve desahogo, en cuatro o cinco embestidas —y aunque fueran cien o mil, ¿cambiaría algo?—. Sexualidad: existen otros cuerpos además del propio. Sí. ¿Hay que acercarse a ellos o alejarse? ¿A cuáles acercarse y de cuáles alejarse?

Conozco a gente que no puede evitar seducir a los demás. Con sonrisas, voz cálida y miradas. Todos quienes rodean a esas personas, sean hombres o mujeres, han de notar su encanto. Los seductores trabajan siempre, da igual que pidan un café, que se apunten a un gimnasio o que paguen una deuda. Su actividad constante, la seducción del prójimo, no conoce descanso. La incapacidad de relacionarse de forma natural con los demás los obliga a conquistarlos.

Por otra parte, la iniciativa sexual, la preocupación por el sexo, pensar en el sexo, pensar en el otro sexo o en el propio, tienen un carácter intrínsecamente obsesivo. Si el sexo no se manifiesta como obsesión, no se manifiesta en absoluto. No conoce otra modalidad que la manía, la cantilena enfermiza, el ritmo machacante del pensamiento. Si no golpea, no existe, está muerto. No hay nada en el mundo cuyas fibras entretejidas sean tan resistentes: es muy difícil romperlas, desgarrarlas, así como es casi imposible acallar las sirenas que cantan en tus oídos. Su canto enloquece a quien lo escucha sin tomar precauciones. Las fibras entrelazadas forman un tejido infinito, vivo y palpitante, que puede convertirse en la única razón por la que vivir. En una película de acción, Russell Crowe le preguntaba a otro policía: «¿Estás pensando en el coño?». «No», respondía el otro. «Entonces es que no estás muy concentrado», dice el primero. La vulgaridad de esa frase ocultaba su parte de verdad: si el sexo no ocupa tu mente por completo, es ajeno a ella. Es como el fútbol para mi madre o el ballet clásico o las excursiones en la montaña para mí. Algo que atañe a los demás. Porque, si te atrapa, el sexo ya nunca te dejará en paz. Si no te posee ahora, en este preciso momento, si no oyes el sordo retumbar de su llamada, es probable que nunca la hayas oído y que jamás la oigas.

Por aquel entonces, para nosotros, alumnos del SLM, el sexo se limitaba a sueños y palabras, a hiperbólicos chistes verdes; agigantado en el dicho y esmirriado en el hecho, consistía, como mucho, en unas pajas contra las baldosas del baño con una revista abierta por la doble página. En ella, una buenorra de enormes tetas blandas exhibía sonriendo una increíble mata rizada entre las piernas que dejaba entrever una raja color rosa cuyos bordes la oronda mujer mantenía abiertos con la ayuda de los dedos, esforzándose por mostrarla. No solo la raja, sino la entera masa blanda eran de un rosa sobreexpuesto, de una tonalidad de fruta confitada, irreal; y el tono a menudo desbordaba las formas que habrían debido contenerlo, en un delirio de detalles poco nítidos, emborronados..., los enormes pezones de forma irregular, los labios de la boca y los de la raja, gradaciones psicodélicas de rosa.

Por todo ello, las mujeres eran el objetivo, y las de las revistas eran fáciles de alcanzar porque estaban quietas y atractivas porque estaban medio desnudas o desnudas del todo.

Pero eso atañía a mis compañeros, no a mí.

Lo que sucede por la noche en la cama de un adolescente solo lo sabe quien, a la mañana siguiente, mientras el chico está en el colegio, tendrá que hacerla y cambiar las sábanas, pues en Italia era —y creo que sigue siendo— poco frecuente que el benjamín de la casa, más o menos mimado, lo hiciera —exceptuando el triste paréntesis del servicio militar, cuando el primer día de instrucción te enseñaban la complicadísima y absurda tarea de tender la cama, es decir, de transformar el propio camastro, doblándolo sobre sí mismo y envolviéndolo con las sábanas y mantas, de manera que no pudiera usarse durante el día.

Al hacer la cama, madres y criadas descubrirían manchas secas o todavía húmedas en sábanas y pijama —prenda casi abolida en la actualidad a favor de la camiseta y los calzoncillos, como se lleva en las series americanas.

En la época en que se desarrolla esta historia, los adolescentes italianos todavía usaban pijama, prenda, como decíamos, abandonada porque, de repente, empezó a considerarse ridícula e incompatible con el inicio oficial de la vida amorosa, de las primeras noches en compañía de una chica, cuando daría vergüenza exhibirse con los pantalones y la chaqueta de franela de cuadros abrochada hasta el cuello.

Pero cualquiera que fuese el vestuario nocturno, acababa manchado en el cesto de la ropa sucia. Siempre me he preguntado qué pasa por la mente de esas santas madres, si piensan en la palabra «esperma» o si se les ocurre otra más familiar o vulgar, o si no piensan en nada y ejecutan sus deberes como una criada más, con el solícito, saludable y ciego automatismo propio de quien se parte la espalda todo el día limpiando la suciedad de los demás, sus defecaciones, los residuos de las comidas que consumen colectivamente, ajenas a consideraciones no relacionadas con lo práctico: otra lavadora, el suavizante está a punto de acabarse, calabacines rellenos para cenar, y así un día tras otro.

En nuestro país las madres lo hacen todo, en él se afirma que incluso el Hijo más famoso de cualquier época no habría sido capaz de lo que fue de no haber sido por su santa Madre. Santas mujeres eran esas señoras acomodadas que tendrían que enfrentarse de repente a problemas mucho más graves que las manchas de hierba en los pantalones blancos. Santas mujeres las que toleran, ocultan, esconden a los padres las fechorías de los hijos y se tragan las lágrimas.

La educación sexual que nos impartieron o, mejor dicho, que no nos impartieron, consistía, como mucho, en alguna prohibición vaga y en preceptos negativos o hipotéticos: «Eso no se hace», «Como lo hagas, verás...».
Para ser un colegio religioso, en el SLM eran muy permisivos e imprecisos sobre el tema, al margen de la iniciativa aislada de algún que otro cura un poco más severo o chapado a la antigua, como, por ejemplo, el padre Saturnino, el confesor.

5

He encontrado una fotografía de mi primera comunión en un álbum de mi madre.
Es una imagen sesgada, dispuesta en vertical como una composición de Veronese o Tintoretto, donde algunas figuras que sobresalen por arri-

ba dominan a alguien que está debajo, pidiendo o implorando, recibiendo sin discutir; solo faltan las banderas ondeando al viento para completar la alegoría; esa figura pequeña, arrodillada, con el rostro vuelto hacia lo alto, bueno, ese soy yo.

Voy bien peinado, con chaqueta gris sin solapas y pantalones cortos grises, calcetines blancos altos y los zapatos brillantes, pero estos detalles convencionales dicen muy poco con respecto a la posición de la cabeza, echada atrás, y con la boca abierta a la espera de recibir la hostia. Una espera llena de confianza y preocupación por algo que debe de ser extraordinario.

Los curas que se inclinan sobre el niño son tres, a dos de ellos los reconozco, y la forma en que parecen modeladas sus figuras, en que tienden y cruzan las manos y en que imperan sobre el niño, todo parece estudiado por un pintor; a partir del viejo cura con la larga barba blanca que está de pie a la derecha y que si no llevara gafas podría haber salido directamente de cualquier pintura devocional, como santo o profeta. Era el padre Saturnino, habrá muerto hace años; vino a casa a verme cuando estuve enfermo y falté varios meses a clase, para asistirme y consolarme; la primera vez que me confesé fue con él.

A los diez años, la confesión es un sacramento más difícil de entender que la eucaristía. Cuando me preguntaba qué pecados había cometido, yo no sabía qué responder. Hubiera deseado acusarme, en serio, de algo grave, pero por más que rebuscara desesperadamente y me esforzara en sentir un hondo remordimiento, solo se me ocurrían tonterías y me daban ganas de acabar enseguida; estaba, como sigue sucediéndome, emocionado y aburrido e impaciente a la vez, así que al padre Saturnino le respondía que había mentido..., que había desobedecido..., desobedecido a mi madre; pero eso también era una mentira a medias, pues yo era un niño obediente. Pero me avergonzaba tener tan poco que confesar y, por tanto, de lo que arrepentirme. De verdad, no me abochornaban mis pecados, sino que fueran pocos y sin importancia, así que me planteaba inventarme algunos que me convirtieran en un pecador más interesante y digno de perdón, en un hijo pródigo. Me daba cuenta de que cuanto más pecabas, mayor alegría causaba tu arrepentimiento; es más, causaba júbilo, por decirlo en jerga religiosa.

Esta regla santa sigue sorprendiéndome como entonces y forma parte de las cosas de las que intuyo su grandeza espiritual, pero es justo esa grandeza la que me desalienta, irrita y ofende mi sentido de la justicia. En el futuro me sentiré así muchas veces al ver a los hombres de la Iglesia conmoverse por los pecadores hasta convertirlos en sus protegidos, casi en sus favoritos: terroristas que acababan como informantes de la policía, atracadores que en la cárcel pintan cuadros de la Virgen, homicidas que acaban pareciendo mejores que sus víctimas al elegir el bien después de haber cometido tantos males, delincuentes que han contribuido a inclinar la balanza donde se pesa el bien y el mal del mundo a favor del primero porque si dejan de matar, el platillo del mal, en efecto, se aligera. Una vez pensé en cómo ganar el Premio Nobel de la Paz. Un método seguro era volverme terrorista, poner bombas, hacer saltar aviones por los aires, etcétera, y en un determinado momento dejar de serlo, abandonar las armas y convertirme a todos los efectos en un pacificador, en un hombre de paz.

Es obvio que las víctimas no suscitan tanta pasión como el reo redimido.

Yo quería redimirme de verdad, pero no sabía de qué, y el padre Saturnino, creyendo que me avergonzaba de mis pecados, acudió en mi ayuda, cuando en realidad me daba vergüenza no encontrar ninguno digno de mención; y como suelen hacer los profesores generosos cuando sales a la pizarra y ven que estás pasándolo mal, empezó a sugerirme algún pecado que yo pudiera haber cometido. A pesar de no ser cierto o de no entenderlo del todo, cada vez que me proponía alguno yo me apresuraba a responder que sí, que lo había cometido, como si para obtener el dichoso perdón hubiera que alcanzar un cupo, una puntuación mínima de maldad que luego se anulase para empezar de cero, igual que en el juego del siete y medio o de los puntos acumulados en una marca de gasolina.

Me acuerdo muy bien del último pecado que el padre Saturnino me sugirió que repescara en mi memoria, por si acaso también lo había cometido.

—¿Has visto alguna vez películas verdes?
—¿Qué?

—Películas verdes.

Aquella vez dudé un poco antes de decir que sí, no tenía ni idea de a qué se refería. ¿Películas verdes? ¿Quería decir películas... pornográficas? No era posible. Yo tenía diez años. No era como ahora, que un crío puede meterse en internet y mirar guarradas de parejas, de tríos, en grupo, violaciones y orgías. Y al verme dudar, también esta vez el fraile sabio acudió en mi auxilio.

—Sabes a qué me refiero, ¿no? Películas con mujeres desnudas.

La sola palabra «desnudas» hizo que me ruborizara intensamente. Nunca había visto mujeres desnudas, ni en el cine ni mucho menos en la realidad, si exceptuamos un episodio de mi infancia que contaré luego. De modo que, creyendo que ya había acumulado suficientes puntos, que los vicios confesados bastaban para dar la imagen de un diablillo pasable, estaba a punto de decir que no cuando el fraile especificó: «Las películas de 007».

El agente secreto 007. Bond. James Bond. Por aquel entonces yo había visto un par: *James Bond contra Goldfinger*, seguro, y puede que *Operación trueno*, pero las mujeres nunca aparecían realmente desnudas; cuando se quitaban el sujetador, o cuando 007 se lo quitaba, estaban de espaldas siempre, y lo mismo si dejaban caer el albornoz, solo se les veía la espalda. Sí, en efecto, aquellas películas me turbaban sumamente, el cura había dado en el blanco. Y en *James Bond contra Goldfinger* me impactó una chica completamente desnuda, muerta sobre la cama, cubierta de oro, dorada de pies a cabeza...

El padre Saturnino era el que confesaba a los chicos porque esos a quienes llamo «curas» no eran sacerdotes en sentido estricto, los hermanos maristas no podían administrar los sacramentos. Qué curioso vivir toda la vida como un cura, sin tener sus prerrogativas, sus poderes.

El otro cura que reconozco es precisamente un marista, el hermano Domenico, que en la fotografía es todavía un muchacho, y que tiende, solícito pero serio, severo, ciñéndose a su papel, la patena bajo la hostia. No sé quién es el oficiante, un obispo quizá. Tiene la copa en la mano izquierda, mientras que con la derecha ofrece la hostia delicadamente sujeta entre el pulgar y el índice; sus gestos y su leve sonrisa traslucen calma y benevolencia. Parece un buen padre o, mejor, un abuelo. El fotógrafo ha sabido inmortalizar el momento exacto en que el hecho aún no se ha consumado, pero está a punto de ello, está ocurriendo, y a esas alturas es inevitable que suceda. Hoy tenemos la certeza de que la hostia fue recibida tras aquella vacilación imperceptible, tras aquella suspensión temporal que solo puede vivirse de manera retrospectiva porque la realidad va demasiado deprisa, como en las fotos de los eventos deportivos, un segundo que permanecerá fijo por un tiempo sin fin. Los actores de la escena se reconocerán luego, mucho tiempo después, como hago yo ahora por primera vez pasados cuarenta años; el tiempo transcurrido entre que ese niño bien vestido, con la cabeza echada atrás, abrió la boca y hoy; entretanto, nunca he visto esta fotografía que he encontrado en un álbum donde mi madre guarda imágenes del pasado, sueltas, sin decidirse a pegarlas. Con las esquinas transparentes adhesivas a la espera. Son recuerdos. Hijos en varias edades, vacaciones, viajes, muertos, niños en blanco y negro y en color, ceremonias, fotos de carnet.

¿Qué sentía yo? ¿Tengo que esforzarme en recordarlo o fiarme de lo que revela la fotografía? El niño es inocente pero, al mismo tiempo, extraordinariamente consciente; es sincero, pero a la vez finge. Cree que todo es teatro, pero que si interpreta bien su papel, el teatro se convertirá en realidad. Y eso es lo que desea. Si se empeña en ser bueno, lo será de verdad y Dios saldrá de la hostia que se le deshace en la boca. Cuando vuelva a su sitio, se ponga de rodillas y se lleve las manos a la cara en señal de recogimiento, sentirá la presencia divina en su boca; si no es así, tendrá que apretar aún más la cara contra las manos, elevar el listón, aumentar las dosis y la intensidad de la oración, el *pathos* de ese día especial. Es imposible que no pase nada. Años después, experimentaría la misma perplejidad al masturbarme. Tendría que sentir algo que no atino a comprender, que no llega, no llega.

Sé que la combinación de ambas cosas suena blasfema, pero la expectativa mental es la misma y si no pasa algo, si no se produce la conexión mental adecuada, uno se queda así, con la hostia en la boca o con la polla en la mano, preguntándose no tanto por qué no pasa nada, sino más bien qué debería pasar.

De niños primero y de muchachos después, estábamos llenos de dudas sobre lo que era legítimo. ¿Se hace o no? ¿Hay que hacerlo? ¿En qué condiciones? ¿Cuáles son los pactos establecidos, los juramentos? ¿No es un milagro extravagante que una cosa prohibida se convierta de repente en lícita? ¿Por qué? ¿No es acaso injusto que lo injusto se convierta en justo? Horarios, cantidades, medidas, cálculos muy exactos, límites que no hay que superar. Hasta la verja, hasta el cartel que reza PELIGRO, a las ocho como muy tarde, un solo caramelo, no antes de las comidas, vuelve dentro de una hora. Incluso los juegos están hechos de prohibiciones. La observancia de todas las reglas acaba por conferir más importancia a las reglas mismas que a las razones por las que fueron instituidas. La prohibición de bañarse después de comer es una precaución obvia y genérica, pero establecer una duración exacta —¡tres horas en aquella época! Hasta tres horas después de comer no podíamos bañarnos, lo que en nuestra imaginación significaba que si te tirabas al agua dos horas y cincuenta nueve minutos después de comerte un bocadillo, te morías en el acto—, trazar una línea concreta equivale a concentrar las fuerzas a ambos lados, a enfrentarlas para la batalla: las fuerzas del bien y las del mal. Los niños son los guardianes más inflexibles de las promesas, de la geometría de las prohibiciones, y cuando las rompen es porque le echan todo el valor que logran reunir o porque están desesperados, pero nunca por sentido común. No dicen, no piensan: «Pero bueno, no será para tanto...», como los adultos. En la mente infantil no hay lugar para el compromiso. «A casa antes de que oscurezca, ¿queda claro?» «Vale, mamá, pero ¿cuándo empieza exactamente la oscuridad?»

Con las misas pasaba lo mismo. Tenía los escrúpulos propios de un viejo fariseo, y si hubiera nacido hebreo ortodoxo o musulmán integrista o pertenecido a cualquier otra confesión tan repleta de preceptos que incluso debes tener cuidado con cómo caminas, cómo respiras, con lo que bebes, miras, comes, con la mano que utilizas, el gorro que llevas y cuántas veces te lavas al día, una confesión en la que todas las acciones están estrictamente reglamentadas desde el principio, creo que me habría sentido cómodo. ¡Ay! Una vida pautada minuto a minuto por la observancia de las leyes, como el reloj que hace tictac, tranquila e ineludiblemente, que apenas las respetas vives en paz y nadie puede reprocharte nada. Estás a salvo. Has pagado por adelantado. La ley más severa funciona de este modo: el hecho mismo de observarla constituye un castigo suficiente. Te castiga al obedecerla.

El inconveniente es que, poco a poco, vas perdiendo de vista su esencia moral y te limitas a cumplir con el mínimo necesario; ni un gramo, ni un céntimo, ni un segundo ni una genuflexión más de lo establecido. La regla se reduce a un hueso pulido de tanto mordisquearlo. «Misión cumplida», dices cada vez que observas un precepto. «¡Ya he cumplido!»

Cuando descubrí que la misa tenía validez si llegabas a tiempo al padrenuestro, no volví a asistir a una desde el principio. Nunca. Llegaba en el minuto exacto en que empezaba la liturgia eucarística.

Por otra parte, el colegio no es precisamente un sitio donde se va a estudiar, o no solo. Es una época de la vida en la que se exploran los límites de lo conocido y de lo lícito y se merodea por sus alrededores. Las amistades que se cultivan no son más que una zona franca donde experimentar los comportamientos prohibidos recibiendo apoyo en vez de reproches. Para desarrollarnos, no teníamos más remedio que cruzar esos límites. Los grandes progresos siempre se producían al quebrantar las reglas, después de lo cual podían ocurrir dos cosas: o se apechugaba con crueles pero justos castigos, o se descubría que no existía ningún castigo. También podía darse el caso de que no hubiera regla alguna, de que la hubieran colocado como un espantapájaros en un campo o de que no fuera exactamente como creíamos que era. De todas formas, habíamos comprendido que las reglas seguirían cambiando o siendo interpretadas de formas diferentes. Se crece a trompicones, a fuerza de errores y arranques, y quienes no sucumben..., *voilà*..., se hacen mayores. Pero también se hacen mayores los que se quedan por el camino, los que crecen a su manera, torcidos. Después se sigue adelante, pero al revés, se decrece, se envejece, mientras vas enterándote poco a poco de más cosas, las comprendes cada vez menos y, al final, nada de nada.

Y en medio de todo este tormento, bastante inútil, el tal Jesús.

Jesús, Jesús, Jesús.

Jesús sigue siendo el verdadero y único problema, y ya está. No puedes considerarlo solo un agitador enemigo de los romanos, pero tampoco un apacible predicador permisivo. Dice que es hijo de Dios, ¿no? O sea, que o bien lo es de verdad, o bien es un mentiroso, y las otras versiones de él —profeta, revolucionario, moralista, hippie—, por fascinantes, atractivas, simpáticas y entrañables que resulten a quienes no lo consideran hijo de Dios, así como las estupendas cosas que predicaba, se van al traste. Esta contradicción no tiene solución. No se da credibilidad a un mentiroso, así como no se elige entre todo lo que ha dicho según lo cómodo que resulte creérselo o no.

Si Jesús fue solo un hombre, por muy especial que fuera, entonces también fue un estafador, a pesar de todos los mensajes de amor y fraternidad. Solo puede ser Dios. De lo contrario, si no lo es, mintió. Y el Evangelio es un libro que habrá que tirar a la papelera.

Ni siquiera es válida la interpretación de los biempensantes. ¿Es realmente tan difícil comprender que un Dios difícilmente puede inspirarse en el sentido común e inspirárnoslo a su vez? ¿Que la fe no puede limitarse a tener un efecto tranquilizante? Para eso ya existen los ansiolíticos.

Si solo servía para poner paz entre los hombres, ¿qué necesidad había de una solución como acabar en la cruz?

—¿Qué tal ha ido? —le pregunté a Arbus, que volvía pensativo de la confesión—. ¿Qué te ha dicho Saturnino?

—Que tengo que eliminar los malos pensamientos.

—Eliminar... ¿qué?

—Los pensamientos viciosos. En cuanto aparezcan por tu mente, me ha dicho, arráncalos y arrójalos al suelo... —Arbus hizo un gesto circular con su largo brazo por encima de la cabeza—. Tienes que romperles la crisma —dijo mientras lo bajaba de golpe—. Contra una piedra.

Yo no lo entendía. ¿Romperles la crisma a tus propios pensamientos?

—Son como niños recién nacidos, pequeños y encantadores —precisó Arbus—. Y justo por eso suscitan ternura..., los mimas..., pero después crecen y se vuelven peligrosos..., cuando ya es tarde para controlarlos.

Era la primera vez que mi compañero estaba impresionado por una idea religiosa; creo que le atraía su violencia.

«No tengas miedo, agárralos enseguida —le aconsejó el padre Saturnino—, cógelos por los pies y aplástalos..., mátalos. Dolerá un poco, pero es la única manera de deshacerse de ellos.»

—Así que no debemos tener ninguna piedad —murmuré.
—Contigo mismo, nunca.
—¿Y con los demás?
Arbus asintió.
—Bueno, si no entran en razón...

El día después me tocaba a mí confesarme. Lo consideraba un examen y dudaba de mi buena preparación. Mientras se tratara de repetir lo aprendido en clase o en un libro..., pero las cosas que había que confesar no estaban escritas en ninguna parte. Tenían que salir de mí, de mi alma, y encima eran feas, maldades, guarradas, mis pecados.

Hicieras lo que hicieras, quedabas fatal. Si confesabas poco a nada, daba la impresión de que querías ocultar tus fechorías —lo cual era aún peor—, o bien eras tan bueno y virtuoso que no tenías nada que contar al confesor, es decir, eras un asqueroso angelito.

La intimidad necesaria para contar a otro el mal que has cometido me resulta inalcanzable. El mal puede ocultarse, inventarse, exagerarse o atenuarse..., pero nunca nombrarse.

Siempre me quedó la duda de que lo que Arbus me dijo no fuera verdad. Nunca oí al padre Saturnino usar un lenguaje violento o fanático. Su larga barba blanca, que nos permitía acariciar y estirar, estaba pensada para alentar nuestras confidencias.

Mientras tuve que practicarla, la confesión fue una verdadera tortura para mí. Era sincero, pero a la vez mentía; estaba convencido de haber dicho la verdad, pero al final del sacramento me parecía no haberlo hecho del todo, ya fuera porque los pecados que había confesado no eran ciertos, o porque había omitido los verdaderos. Estaba convencido de haber pasado por alto cosas importantes, faltas mucho más graves de las que había admitido, pero, pensándolo bien, no se me ocurría ninguna. O bien era presa de una sensación mucho más oscura, la de haber suavizado mis pecados, de haberlos explicado con la intención de quedar muy bien, de manera que, al final, yo aparecía libre de culpa y casi había que felicitarme, no tanto por haberlos cometido, sino por la maestría con que los había contado. Demasiado bien, como Rousseau en *Las confesiones* que, claro, no había leído a esa edad, pero en las que años después me reconocería. No por su inalcanzable grandeza de espíritu y pensamiento, por supuesto, sino por la hipocresía que las impregnaba, eso sí. Pero el mayor remordimiento nacía de la conciencia de no estar nada arrepentido, es decir, que el arrepentimiento que declaraba al final de la confesión no era genuino. Era una convención que respetar, una fórmula que recitar. Solo tenía un remordimiento de verdad: el de no sentir nada. Nada de nada. Ningún arrepentimiento auténtico, ningún impulso de la voluntad, ninguna emoción o propósito de enmienda... No me avergonzaba, pero tampoco estaba orgulloso del mal que cometía, como creo que sucede cuando eres malo de verdad.

Daba igual lo que dijera o callara: no me sentía sincero. Mi remordimiento no era nunca auténtico ni espontáneo, y mi contrición era siempre una pose copiada de un modelo, de algo que había leído, visto u oído, como muchas otras conductas que he adoptado a lo largo de mi vida por pura imitación, de manera casi caligráfica, sin sentirlas mías ni por un instante, sin creer en ellas o, mejor aún, creyendo que, en el fondo, era mejor adoptarlas porque era lo correcto, porque los demás esperaban de mí que también me comportara de ese modo. Esta es una razón más que suficiente para adecuarse; el problema radica en esa leve discordancia, en ese segundo de escisión. Mi confesión era como una canción en playback: la base musical suena y el cantante finge cantar, pero basta un segundo de retraso y el rostro del intérprete revela el artificio. La confesión fue para mí ese momento culminante de artificiosidad, de distancia, no entre lo que decía y lo que pensaba, sino entre lo que decía y lo que sentía. Es decir, nada.

Y además, estaba la enfermiza certeza de haberme olvidado del único pecado que valía la pena confesar y expiar. Sinceridad, valor, memoria: cero. Por más que me esforzara, el nombre de ese gran pecado oculto no se me ocurría. Existía, sin duda, pero fuera de mi alcance.

No me masturbé hasta que fui a la mili. Nadie me creerá, pero es así. No es que no lo intentara: lo intenté muchas veces desde que era un chaval porque sabía que los chicos de mi edad lo hacían y no me resignaba a ser diferente. Pero al cabo de media o una hora de estimulación, con el sexo erecto al rojo vivo de tanto manoseo, no pasaba nada. El movimiento mecánico no surtía ningún efecto, y yo acababa agotado y desilusionado. Me parecía extraño y temía no haber comprendido lo que había que hacer, si debía hacerse algo más o de otra forma. Seguía teniendo poluciones mientras dormía, de noche, pero si intentaba reproducir el fenómeno mientras estaba despierto, no llegaba nunca a nada.

Tendría unos veintidós o veintitrés años, y ya había empezado a hacer el amor con las chicas, cuando logré por primera vez tener un orgasmo solitario y voluntario. Quizá tampoco resulte creíble lo que voy a decir, pero fue leyendo una novela de Boccaccio —ya, dicho así, parece un chiste o una mentira literaria y esnob que, en vez de con la típica revista pornográfica, me excitara y corriera sobre las páginas de un clásico italiano del siglo XIV, pero eso fue exactamente lo que pasó—. Me preparaba para un examen universitario y estaba leyendo uno de los cuentos más obscenos del *Decamerón*, la narración décima de la tercera jornada, famoso por una película erótica supertaquillera y fundadora del género: *Metti lo diavolo tuo ne lo mio inferno*.

Había llegado al pasaje en que la chica de catorce años, ingenua y lasciva, a la que el infierno de su sexo no la deja en paz, invita al eremita a follársela por enésima vez repitiendo la famosa frase: «... vamos a meter el diablo en el infierno», cuando tuve una erección o, mejor dicho, en palabras del autor mencionado, «una resurrección de la carne». Mi diablo personal se había despertado ocasionándome una gran molestia y, con un reflejo automático, lo cogí con la mano.

Y entonces lo logré.

6

Hacia los catorce años, la clase ya estaba dividida en dos categorías: los que sí y los que no —todavía no—. Con lo de «no» me refiero a los que eran dóciles en vez de abusones, a los que no eran capaces de chutar un balón, a los que no les interesaban las chicas, a los pardillos imberbes.

A esos cuyas madres no les habían guardado todavía los juguetes. En resumen, los retrasados en la carrera por la conquista de la masculinidad, cosa que muchos nunca llegarían a alcanzar plenamente, permaneciendo para siempre en la columna del «no».

Es un esquema poco sofisticado, pero funciona. Existen maneras indirectas de ganar puntos para lograr la masculinidad aun no poseyendo dotes naturales: el poder, el dinero y, en ocasiones, la maldad. Estos elementos no constituyen en sí la identidad viril, pero proporcionan prótesis satisfactorias.

Por lo que respecta a deportes como el fútbol o el baloncesto, yo no era bueno, pero sí precoz. Mis prestaciones eran superiores a la media porque físicamente estaba adelantado para mi edad respecto a los otros chicos. Es una ventaja que te dura unos dos o tres años; luego los que son buenos de verdad salen a la luz, te adelantan y los pierdes de vista... Mi precocidad física, en efecto, dio lugar a no pocos equívocos. En natación y esquí, donde lo que cuenta es la técnica, iba flojo. Para esos deportes es inútil tener bigote un año antes que los demás.

Está claro que en el deporte, sobre todo en el fútbol, buscábamos la confirmación, más que de nuestra capacidad, de nuestra masculinidad. A uno bueno se lo trataba con cierto respeto; a los ineptos que corrían por el campo contoneándose y dando brincos tras la pelota voladora como si estuvieran en *Escuela de sirenas* —título de la película protagonizada por Esther Williams en el cual, cuando yo era pequeño, mi madre se inspiraba para soltar algún cumplido con intención irónica— se los despreciaba. Un chico que no era mínimamente deportista no era un chico de verdad, sino una «sirena». Por otra parte, incluso entre aquellos que sabían jugar, estallaban peleas histéricas. Como es sabido, cuando los futbolistas llegan a las manos es difícil que se den un puñetazo de verdad, un directo. Siempre se trata de guantazos inconexos, de empujones o manotazos que dan la impresión de querer arañar la cara del adversario. En definitiva, se asemeja a una pelea de travestis en la que lo único que falta son los bolsazos.

Teníamos una actitud destructiva y autodestructiva. La autodestrucción era la ciencia que conocíamos mejor, la disciplina que practicábamos con mayor asiduidad. Incluso los que estudiaban en serio o iban regularmente a un gimnasio, dando la impresión de cultivar el espíritu y el cuerpo, acababan por echar al traste ambas cosas generando pensamientos obsesivos o doblándose bajo capas de músculos. No había más que dos opciones: o negarse a hacer algo, o hacerlo con fanatismo. El resultado era siempre desastroso.

Teníamos que conquistar el mundo o, mejor dicho, el universo, pero, antes que nada, vencer al adversario que estaba más cerca en lo que fuera; había que ganar al compañero de pupitre, derrotarlo, superarlo, aunque al mismo tiempo ayudarlo. Eso nos enseñaban en el SLM. Al más débil hay que derrotarlo y a la vez auxiliarlo.

Es la misma contradicción que hallamos con frecuencia en los discursos de los políticos que logran, con una sola frase, afirmar que luchan «por la meritocracia», pero «sin dejar a nadie atrás», cuando es obvio que lo primero excluye lo segundo.

¿Qué hacía de un compañero un buen compañero? ¿Qué cualidades convertían a un muchacho en un buen muchacho? Me refiero a esa singular y única forma de convivencia que es estar juntos en una clase y que, por una serie de coincidencias, puede durar muchos años, incluso el plan de estudios completo —de la primaria al bachillerato— y llegar a constituir para algunos el lazo más duradero de sus vidas, infinita fuente de recuerdos a pesar de ser cada vez más lejanos y legendarios. Bien, un buen compañero es alguien con quien te lo pasas bien, que cuenta historias divertidas o que es divertido, que se muestra leal contigo, en el sentido de que cuando puede te ayuda y no duda de que tú harías lo mismo por él. Sabemos cuáles son los momentos en que urge la ayuda de un compañero: durante los exámenes escritos y orales, mientras estudias para prepararlos, es decir, en esas tardes enteras de aburrimiento mortal, que es cuando el más diligente le explica todo, desde el principio, al más burro; y, por último, cuando los demás te tienen ojeriza. La unión con el compañero se consolida gracias a la cotidianidad de las ocurrencias, de las bolas, de los insultos velados y de los explícitos, de los chistes, de las conversaciones...

Se intercambian simpatía, ánimo y apoyo; con un buen compañero a tu lado te sientes más completo, más real..., más protegido, eso es: te sientes protegido. Podrías volar con los ojos cerrados sin golpearte con nada porque alguien vigila mientras duermes. Supongo que se siente lo mismo cuando en tiempos de guerra se confía el propio sueño a un centinela.

De igual forma, el intercambio preveía que abusaras de tu compañero, que lo provocaras continuamente haciendo comentarios desagradables acerca de la actividad sexual de su madre o sus hermanas, de lo esmirriada que era su polla o sobre el hecho de que caminaba contoneándose, o metiéndole un dedo entre las nalgas cada vez que se agachaba a recoger algo debajo del pupitre.

A todo eso lo llamábamos amistad, pero no es el término apropiado…

Teníamos muchas ganas de compartirlo todo, pero al mismo tiempo nos aterrorizaba la idea de sincerarnos, de abrirnos. Las bromas y los comentarios pesados eran la mejor manera de ocultar nuestros secretos, ahogándolos en una carcajada vulgar algo forzada y defensiva. En efecto, era mucho más fácil mostrar el sexo —moviéndolo en círculos, como si fuera el lazo de un vaquero— en los vestuarios después de la clase de gimnasia, que los puntos débiles del propio carácter. La grosería cauterizaba las heridas o impedía que se infligieran. El deporte era la actividad ideal para ello porque nos permitía estar juntos y unidos sin obligar a nadie a abrirse de verdad, sino todo lo contrario, al practicarlo desarrollábamos los músculos del control. Para protegernos del peligro de posibles confesiones —que se nos antojaban propias de señoritas—, preferíamos hacer cosas en vez de hablar de ellas, y en el deporte las palabras cuentan menos que cero, pues un partido es un asunto que, tras una hora y media o dos de intensa actividad, gracias a Dios se acaba. Te entregas en cuerpo y alma sin dar en realidad nada de verdadera utilidad, te das a tope en un breve lapso de tiempo y, en efecto, en eso tiene mucho en común con el sexo. Permite salir virgen e incontaminado. Poner en peligro la propia incolumidad física en los encuentros deportivos garantiza la protección de la incolumidad psicológica. En definitiva, la camaradería de vestuario masculino tiene poco que ver con la intimidad y es más bien un compromiso entre un espectáculo de variedades —con su fuego graneado de gags y burradas—, el desfile de sospechosos para una rueda de reconocimiento y una reunión de generales con sus mapas antes o después de la batalla. Lo que se dice tiene el carácter muscular de una exhibición y el ritmo de un vodevil.

Por desgracia, la verdadera intimidad no existe de manera parcial o moderada: es excesiva por definición. Está hecha de impulsos. Contagia como la saliva de los besos. Por eso la temíamos, porque intuíamos que no había vuelta atrás, que lo que se ha revelado no puede volver a ocultarse.

Así que más que abrirse a los compañeros había que conquistarlos o, por lo menos, estar a su altura. Aguantar y sobresalir para evitar que te acribillaran con preguntas indiscretas. Había que tener una voz poderosa o bulliciosa, ser gracioso al contar chistes —la buena memoria era fundamental para dominar el repertorio—, reaccionar con rapidez a las indirectas de manera astuta o cafre, haciendo que los demás se mearan de risa, o tener autoridad para obligarlos a cerrar la boca con solo una mirada. Además, el deporte que practicábamos intensivamente en el SLM era bastante eficaz para mantenernos alejados de las chicas, bueno, para evitar que pensáramos en ellas, porque no había ni rastro de estas en los alrededores. Como ya he dicho, el único ser humano de sexo femenino de todo el colegio era una mujer que vendía pizzas durante el recreo. Pero un pensamiento evocador puede perturbar tanto como una presencia física, e incluso ser más amenazante. Puedo asegurar que nunca sentí la presencia femenina tan increíblemente cercana como cuando viví solo entre hombres: los años del SLM, del servicio militar, en la cárcel. Habría jurado que estaban allí presentes, tan cerca las sentía, realmente muy cerca, encima de mí, dentro de mí. Era igual que en el chiste del tío que va al médico porque cree que es hermafrodita: «Pero ¿qué dice? ¿Está seguro? —pregunta el doctor—. A ver, déjeme ver...». Y después de haberlo examinado, lo tranquiliza. «Mire, usted es un hombre perfectamente normal...», le dice. «Pero ¡doctor —insiste el hombre desesperado—, es que tengo el coño aquí!», exclama dándose una palmada en la frente.

En definitiva, lo único que podíamos hacer era exorcizar las proyecciones mentales con caóticos partidos de baloncesto, con marchas, flexiones sobre manubrios de madera y chutes en campos donde levantábamos nubes de polvo rojo a cada galopada, como en los dibujos animados del Correcaminos. Había quien llegaba a darle cabezazos al balón suizo de tres kilos. Por otra parte, con chicas de carne y hueso no habríamos sabido qué hacer ni qué decir; para nosotros, era un ritual desconocido que la mayoría aprendería —llegado el momento, una vez dejado el colegio— probando una y otra vez el repertorio de frases y gestos tomados prestados —como la ropa buena— a nuestros hermanos mayores. Una vez arrojados al mundo real. Solo un ceremonial repetido automáticamente nos permitiría superar la timidez acumulada durante años de ensayo.

Nadie es plenamente consciente de lo delicada que es la naturaleza de la timidez masculina, nadie se esfuerza en comprenderla, al contrario, suele ser motivo de burla. Y no se tiene en cuenta lo penoso que resulta, más aún que el bloqueo causado por ella, tener que recurrir a estratagemas para superarla. En el cine y la televisión abundan las escenas patéticas en que un tío larguirucho ensaya delante del espejo cómo sacar a bailar a una chica, o hace una declaración de amor a su propia imagen para después abrazarse y besarse cerrando los ojos a fin de hacer reír a los espectadores. Pero la timidez masculina posee en realidad un lado oscuro, enfermizo y delirante que puede conducir al homicidio o al suicidio. ¡Nada que ver con las comedias de Jack Lemmon o Adam Sandler! En momentos en los que crees que estás ahogándote, que no puedes respirar... y el deseo que te devora aumenta hasta el paroxismo, pero no logras superar la barrera y transformarlo en acción... No mueves un dedo. La voz se apaga. Y ella, harta, se da la vuelta y se va a hablar con otros...

También las bromas pesadas, como empapar de agua los calzoncillos que un compañero ha dejado en los vestuarios durante la clase de natación —a Arbus se lo hacían a menudo y confieso que un par de veces yo estaba en el grupo de los bromistas—, cumplían un papel en la mesa de negociaciones. Eran jugadas en el tablero de nuestra identidad en construcción. Negociábamos el miedo a ser tomados por mariquitas; el deseo, por grande o pequeño que fuera, de serlo sin que se notara; el lugar que ocuparíamos en la jerarquía, donde el compañero obligado a estrujarse los calzoncillos empapados bajaba un nivel o dos y, a fuerza de soportar crueles tomaduras de pelo, podía tocar fondo y quedarse en él, paria para siempre. Convertirse en objeto de ridículo era, en efecto, nuestro mayor temor, ese que negociábamos con nosotros mismos desdoblándonos en perseguido y perseguidor para comprobar cuál de las dos personalidades cedería primero. ¿El mariquita que hay en mí o el macho de verdad? ¿El asesino en serie o la chica desnuda en la ducha? De adolescentes es imposible no ser ambas cosas a la vez. Negociábamos nuestra agresividad a través de una avalancha de palabras soeces e inútiles y de una sarta de gestos molestos impulsados por repetición más allá del límite del absurdo —pellizcos, capones, coscorrones acompañados de silbidos y relinchos, mordiscos, collejas, golpes en los huevos sin previo aviso—. Expresándola de esta manera, no sé si lográbamos disminuirla o si nos volvíamos aún más dependientes de ella, como autómatas.

Dado que nadie quería interpretar el papel de víctima, te tocaba aprender rápidamente el de verdugo y saber cortar cabezas antes de que le llegara el turno a la tuya. Sinceramente, nunca creí de verdad ni siquiera una décima parte de las idioteces y fanfarronadas que decía por entonces para estar a la altura de las que soltaban mis compañeros; no es que me dé cuenta ahora, en aquel momento ya lo sabía. Pero, igual que todos, deseando ser como los demás, y siéndolo al fin y al cabo, las decía. Las soltaba. ¿Qué hay de malo en ello? Pobre del que perdía la ocasión de rimar palabras que acababan en -olla u -oño. No podíamos negarnos. También negociábamos esas ocasiones, puestas en bandeja de plata, de mostrar nuestro lado poético o creativo. De poseer una sensibilidad que se inspiraba incluso en las obscenidades. Aunque ninguno de nosotros era de baja extracción social, la vulgaridad de nuestras cantinelas desafiaba la mejor tradición popular, romana para ser exactos, basada en listas soeces y en una visión de la vida, hecha de cinismo y putadas, que no deja escapatoria.

Pero el lenguaje soez acababa haciendo que nos sintiéramos buenos chicos. Una comunidad formada por buenos chicos. Suele decirse incluso de gente de dudosa reputación, incluso de delincuentes, que en el fondo son buenos chicos. Bajo la superficie hay un buen chico. ¿Qué hace exactamente de un chico un buen chico? ¿De qué estamos hablando? De alguien que es fiel a los compañeros y que está dispuesto a hacer lo mismo que los otros sin dudarlo, a seguirlos a todas partes, aunque se trate de acciones reprobables, porque si se echara atrás en el último momento, ¿qué clase de compañero sería? ¿En qué consistiría, de hecho, su bondad de buen chico? A un hombre se lo juzga por sus acciones, no por sus palabras, así que si a uno no se le presenta la ocasión de demostrar de lo que es capaz, en la sociedad actual, tan avara en momentos significativos, corre el peligro de ser un niño para siempre. Para eso se inventó el deporte, es decir, un sucedáneo de la prueba de fuego que puede ser suministrado dos o tres veces por semana, incluso en el colegio, sin necesidad de esperar a que estalle una guerra o se incendie un edificio para comprobar el valor, el control de las emociones y la resistencia al dolor, utilizando el pretexto bastante burdo del ejercicio físico, de tener la espalda recta, etcétera. En el SLM lo sabían muy bien, a tal punto que disponíamos de un gimnasio muy moderno, una piscina donde hoy en día nada medio barrio de Trieste —ya hablaré de eso más adelante— y un polideportivo con campos de baloncesto y de fútbol en la Via Nomentana, donde cada tarde aparcaban autobuses llenos de chavales que gritaban a la ida y no se aguantaban de pie a la vuelta. En efecto, de camino a casa estaban tan sudados y cansados que, a menudo, en invierno, cuando oscurece pronto y en la Nomentana hay atascos, se dormían con las cabezas polvorientas apoyadas unas contra otras. Quizá los chicos logran crear relaciones solo si a su alrededor arrecia la batalla, y por eso la buscan en los campos de juego.

Como por aquel entonces los colegios estaban muy llenos, hasta unos treinta estudiantes por clase o más, en la nuestra éramos suficientes para formar no uno sino dos equipos de fútbol, y aún sobraba gente. Pero en vez de distribuir uniformemente a los mejores de manera que ambos equipos pudieran competir en igualdad, se acostumbraba reunir a los mejores en un equipo digamos de primera división, que participaba en el torneo de primera, y a los demás en otro de segunda, que jugaba su propio torneo.

En definitiva, los que sabían jugar, los futbolistas más o menos buenos pero con potencial, estaban a un lado y los inútiles, al otro. Nadie puso nunca una objeción ni se quejó por semejante discriminación, a pesar de ser discutible al menos en los márgenes estadísticos de la marcación, donde ambas categorías se tocaban, pues entre un futbolista no muy bueno y un inútil que lo daba todo en el campo podía haber poca diferencia respecto al rendimiento. En cualquier caso, lo que sorprende es que los torpes aceptaran de buen talante ser etiquetados como tales y militar en el equipo de segunda sin quejarse. No recuerdo quién era el responsable de esa selección, que podía ser delicada y cruel, no recuerdo que hubiera envidias, protestas ni peticiones de revisión. Al contrario. Los ineptos estaban a gusto entre ellos y disfrutaban jugando con otros equipos como el suyo, olvidando enseguida que habían sido considerados desechos humanos. Sus partidos, aunque horrendos desde el punto de vista rigurosamente futbolístico, eran animados y reñidos, y me gustaba verlos no solo para reírme. El encanto de la lucha era incluso más puro en medio de aquel caos. La pelota estaba casi siempre en el aire, como si el objetivo de los jugadores fuera que llegara lo más alto posible mediante chutes. Abajo, en medio de la densa polvareda, se agitaban los torpes cuerpos de los inútiles, jugando de mala manera, corriendo y saltando sin cesar. Desde el pitido del silbato que daba inicio al partido y hasta el final, cada vez más desordenadamente, pero sin aflojar. En efecto, hay que admitir que hacían gala de una energía inagotable e igual fuerza de voluntad, pues para realizar los gestos atléticos más elementales derrochaban al menos el triple de fuerza. Por ejemplo, al tirar un córner o un penalti, reculaban muchos metros del punto de saque y después cargaban contra el balón con la cabeza baja, como toros excitados, golpeándolo de punta y desplazándolo pocos metros, como si a escondidas, en el último momento, lo hubieran cambiado por una bala de cañón. Cuando saltaban para dar el cabezazo, enseñaban los dientes, manteniendo esa expresión demoníaca un rato porque los tendones se resistían a volver a su posición normal. Incluso los saques más elementales, que se realizan con las manos y que cualquier persona normal, sin especial predisposición o entrenamiento, puede hacer, hechos por ellos parecían ejercicios de altísimo grado de dificultad que requerían de varios intentos. El insostenible nivel de furor agonístico de los ineptos iba acompañado de una extraordinaria corrección, y tras las frecuentes colisiones entre jugadores —causadas, en especial, por la insensata velocidad con que se lanzaban a por todas sobre la pelota para apoderarse de ella en grupos de tres o cuatro a la vez—, se levantaban raudos ofreciendo apretones de manos a los adversarios implicados en la riña tras haberse quitado el polvo con el borde de la camiseta, que inmediatamente volvían a meterse dentro de los pantalones, como dicta el reglamento.

El objetivo de todo ello era mantener la espalda recta y la mente libre, y agotar la agresividad con escaramuzas inofensivas, pero, ojo, no hasta agotar por completo el filón, pues se trata del mismo que bombea vida al individuo y lo ayuda a no sucumbir al primer obstáculo. La dosificación de la agresividad es el secreto de la educación masculina. No hay que reprimirla, de lo contrario puede acumularse y descargarse de golpe, pero tampoco rechazarla o cambiar su naturaleza, porque se corre el riesgo de crear una camada de monaguillos o —¡Dios nos libre!— una verdadera y auténtica inversión sexual. Pero si se exalta como algo sano y vigoroso, desemboca en un fascismo camuflado de candor. La historia que este libro contará con el concurso de otras historias; tiene como fin ilustrar que, al menos en una ocasión originada a mediados de la década de los setenta del siglo pasado, y que fue forjándose a lo largo de los años gracias a numerosos factores concomitantes, los curas se equivocaron con la fórmula, se excedieron con la dosis de los diversos ingredientes o tuvieron mala suerte, de manera que la mezcla se incendió y acabó explotando.

7

Todos teníamos problemas con el aspecto físico. Los que ya eran guapos, debían cultivarlo, y los feos, modificarlo. En cualquier caso, el físico no se dejaba como estaba, lo cual, entre otras cosas, era imposible, porque nuestros cuerpos iban cambiando por su cuenta y nunca satisfacían nuestras expectativas. Se estiraban, se torcían, se encorvaban. Era como si los músculos no existieran en la naturaleza antes de la invención de las pesas. Nunca se desarrollarían sin hincharlos. Hinchar, hinchar. De lo contrario, la caja torácica se quedaría igual que la de un pajarito. Las acciones y los pensamientos repetitivos son la base de todo entrenamiento.

La hora de natación era una revelación, un lívido cuadro manierista donde se exponían cuerpos pálidos y desgarbados, omóplatos que sobresalen y trémulas mollas infantiles acumuladas en la cintura. Pocos de nosotros no sentíamos la urgencia de cruzar los brazos para esconder un pecho encanijado, un gesto que suele creerse que hacen solo las mujeres para cubrirse el seno. El nuestro era idéntico, en parte por la vergüenza y en parte por el frío, pues los curas procuraban ahorrar en calefacción —tanto el ambiente como el agua estaban fríos— y los ventanales de los vestuarios en invierno también permanecían abiertos de par en par.

Joven vertebrado desnudo, ¿qué le ha pasado a tu espalda? ¿Por qué esa cordillera de vértebras que sobresalen, cada una por su cuenta, como piedras colocadas sin ton ni son en medio de un torrente para cruzarlo, no se enderezan de golpe en un leve gesto de orgullo? Dan ganas de estampar unos buenos latigazos en tu pálida espalda, y aunque tu padre sea médico o un conocido asesor fiscal, entre ti y un esclavo que se merece un castigo hay poca diferencia. Lugares como la piscina de un colegio exclusivo, concebidos para exaltar la salud y el sano desarrollo de los muchachos, se convierten en el escenario de las humillaciones más hirientes; los que no las reciben de los chulos de turno, se las infligen solos. Verte reflejado de refilón, arrastrando las chancletas encorvado mientras te diriges a las duchas, es como ver pasar el espectro de la propia adolescencia.

El profesor Caligari, el entrenador de natación, nos ponía en fila alrededor de la piscina para pasar revista. Sin decir una sola palabra, simplemente posando su mirada burlona en los puntos débiles de la constitución de cada chico, tan numerosos en algunos que la evaluación podía durar hasta un minuto, provocaba risitas nerviosas y rubores. Quién sabe por qué la vergüenza se expresa a menudo con una carcajada. «No es para reírse —exclamaba Caligari—, es para echarse a llorar. Se me cae el alma a los pies. Parecéis desechos humanos. —Risitas de la clase aterida—. Aunque tengáis poco de humano. —Risitas y alguna carcajada. La mayoría tiene los brazos cruzados y se restriega y cubre una zona del cuerpo, alternativamente—. Pero no todo está perdido. Yo me encargo. —Hay quien se mete las manos en el bañador; es un gesto infantil de protección—. Os convertiré en adonis, ¿entendido? No solo en hombres, sino en adonis —gritaba Caligari—. Lo prometo: ¡A-DO-NIS!»

Los ejercicios que nos enseñaba para poner en marcha su plan de mutación escultórica eran solo dos, elementales y de escasa eficacia. El primero consistía en empujar las palmas de las manos una contra otra a la altura del esternón; el segundo, en entrelazar los dedos, como si fueran ganchos, y tirar hacia fuera en la misma posición y con los codos bien levantados. Eso es todo. Diez segundos empujando y otros diez estirando. Después del «¡Ya!», señalado con un falso disparo, Caligari contaba con regularidad —uno, dos, tres—, pero cuando llegaba al siete, empezaba a ir más lento —ooocho..., ocho y medio...— mientras nosotros intentábamos mantener esa posición absurda de oración, empujando las manos entre sí hasta que el esfuerzo las hacía temblar —ocho y tres cuartos...—, los codos se agitaban y en nuestros pechos canijos estallaban las acostumbradas carcajadas incontroladas. La hilera de muchachos lampiños —a excepción de Pierannunzi, de quien hablaré en el próximo capítulo—, con los tendones del cuello en tensión, daba pena. De las comisuras de la boca de Busoni, contraída en una mueca de cansancio —¡después de solo diez segundos!—, resbalaba la saliva. Arbus, sin gafas, no veía nada. «Pero ¿no estamos aquí para nadar?», pregunta Zarattini, el más débil y afeminado, en voz baja a los compañeros más cercanos. Pero Caligari lo oye: «Perdona, ¿qué has dicho? ¿Te gusta el agua?». Y ordena que lo tiren a la piscina. De repente, los adolescentes enclenques que un instante antes rodeaban al chico, se transforman en energúmenos que agarran al compañero y lo arrastran al borde, como si fueran a arrojarlo por un despeñadero. Era la imagen de una gran celebración, y una celebración solo puede empezar con un sacrificio humano. La clase entera se compincha contra Zarattini y obedece ciega y alegremente a Caligari, porque su lanzamiento será la señal de que todos tienen que zambullirse...

A decir verdad, esto sucedía las primeras veces. Estábamos impacientes porque creíamos que en el agua empezaría la diversión. Sin embargo, en la piscina nos divertimos poco y por poco rato: salpicones, hundimientos, flotadores presionados bajo la barriga que salen de repente a la superficie..., pero después toca nadar. Un esfuerzo trabajoso e inútil. La calle está abarrotada, parece como si tuvieras que excavar el agua, y avanzas muy poco tras unos pies que patean delante de tus narices en medio de un batido de espuma, lo que significa que si logras dar un par de brazadas más coordinadas y vigorosas recibes un golpe en plena cara, y si aminoras el ritmo, el de detrás se te echa encima. Quien se para a mitad del recorrido, nunca logrará recuperar su sitio y se irá hacia el fondo. Todos se cabrean y todos tragan cloro.

Sí, la clase de natación es la más esperada y, al mismo tiempo, la más desagradable de la semana. Nada resulta más tentador que la perspectiva de dejar de juguetear con bolis y bolitas de papel, de dar la lata emitiendo sonidos de birimbao con los ganchos metálicos del pupitre en los que se cuelga la cartera —en los diez años que pasé en el SLM no vi una sola vez a nadie colgarla en su sitio—, y corriendo hacia el pasillo, ponerse en fila, bajar a trompicones los dos o tres tramos de escaleras que nos separaban de la piscina y echarse al agua. Era curioso pensar que en las entrañas del colegio yacía, día y noche, ese rectángulo de agua verde ligeramente trémula que solo se animaba durante algunas horas, espumando de manotazos y patadas, y el resto del tiempo reposaba lisa, oscura y fría. Hasta la próxima clase. La perspectiva era prometedora, como solo saben serlo las perspectivas, porque, en la práctica, la hora de natación era la más pesada de la semana.

Tras cruzar unas puertas de cristal labrado por las que se accede a los vestuarios, una bofetada de aire caliente y húmedo hace que te parezca que ya estás en el agua. Siempre he sido muy tímido, y desnudarme me cohíbe; me da vergüenza aunque esté solo y con la puerta cerrada. Si me miro las piernas y la barriga siento un escalofrío. Cuando entro en la cabina, me aseguro de que el pestillo esté bien cerrado, lo que vuelvo a comprobar mientras me quito los zapatos y los calcetines. Me quito los pantalones sin apartar los ojos de él. Para ir más rápido, ya llevo el bañador puesto, porque los jueves por la mañana me lo pongo directamente en casa; los calzoncillos limpios están en la bolsa de deporte.

Aunque el aire está caliente, todo en los vestuarios está helado: el asiento, el suelo, las barras de aluminio salpicadas de gotitas...

Cuando era pequeño y tenía que desnudarme, había un momento que me parecía tristísimo: cuando descubría que la camiseta estaba metida en los calzoncillos. La camiseta era obligatoria y las madres de antes, al vestirnos, se cercioraban de que estuviera bien remetida en los calzoncillos. Pero como las compraban más bien amplias, como mínimo una talla más, para que no se quedaran pequeñas enseguida, nos llegaban por debajo de las nalgas. Con el bañador negro del SLM bien subido y la camiseta blanca dentro, la imagen que ofrecíamos era aún más patética. Pero de la misma manera que nadie puede decir con exactitud lo que es la tristeza, también sus motivos son discutibles. Uno puede creer que depende de algo y en realidad depender de otra cosa, o incluso tal vez ni siquiera haya motivo. Se está triste sin más. La tristeza es como las ojeras: si las tienes, apechugas con ellas.

Antes de meternos en el agua, practicamos durante unos minutos esa gimnasia que tiene que esculpirnos atléticamente. Da risa mirar a Arbus, porque, blanquecino y flaco como es, se esfuerza en apretar las manos, y su convicción y su autoridad científica hacen que creamos que puede que así se te marquen los músculos de verdad. «Cinco segundos más, quietos..., cinco, cuatro, tres... dos...», y muy pronto, Arbus también disfrutará de un físico esculpido, cada músculo de su cuerpo estará definido por la gimnasia isométrica, «tres..., dos..., uno y medio, uno y cuarto..., quietos que así os convertiréis en adonis..., en estatuas de mármol..., como las del Foro Itálico... ¡Bien! ¡Basta! ¡Respirad!»

Toda la clase de natación se basa en una larga apnea. Metemos la cabeza bajo el agua y solo la sacamos para respirar un segundo antes de volver a sumergirla. Todos tenemos los pies del de delante, arrugados de tanto estar en el agua, en la boca. Brazadas y cloro que irrita los ojos y la garganta. A la cuarta o quinta vez que recorres la calle, el agua se vuelve más pesada, el cuerpo deja de flotar y avanza con dificultad bajo la superficie, únicamente asoman los brazos; las brazadas son como sacudidas y las patadas, que al principio tenían un ritmo frenético, aminoran, languidecen, para reanimarse cuando nos acordamos de que seguimos teniendo pies y los movimientos con energía porque faltan unos pocos metros para llegar al borde, donde podremos fingir que nos ajustamos el gorro para conseguir unos pocos segundos de descanso. No habrán pasado ni cinco y el instructor ya se te habrá echado encima para darte un chancletazo en la cabeza y obligarte a reanudar la marcha. ¡Y pensar en lo divertido que sería zambullirse desde los poyetes! Es lo que único que deberíamos hacer, zambullirnos, zambullirnos. Y no reventarnos los pulmones piscina va, piscina viene.

Todos los alumnos llevamos el mismo bañador, negro, elástico, con unas rayitas amarillas y verdes, los colores del SLM, a los lados. Todos estamos pálidos, bueno, verdosos, o quizá sea la luz de la piscina. Al final de la clase, todavía lo estamos más. Salir dando brincos con cuidado de no resbalar, secarse. El aturdimiento debido al calor, el cloro y el cansancio —poco, para ser sinceros, pero insuperable para nosotros— se funde con el chorro de aire caliente que expulsan los secadores automáticos, esos que se apagan al cabo de un minuto y que volvemos a accionar golpeando su pomo cromado. Estamos como embotados por el calor. Con la cabeza inclinada, nos damos golpes en un oído para que al agua salga por el otro. Bromas, chistes, los juegos de manos de siempre. Después de la hora de natación cuesta mucho volver a clase arrastrando las bolsas de deporte, también negras con los bordes amarillos y verdes, escaleras arriba. Para darnos ánimos a la hora de subir un tramo que, de golpe, se antoja empinado como el de un campanario, entonamos con voz gutural: «Jee-sahel... Jee-sahel...», una especie de himno bíblico que canta un grupo pop con voz nasal acompañándose de guitarras y bongos. Solo Arbus y yo, y puede que alguno más, llevamos el pelo largo, pero no tanto como los melenudos que se lamentan en *Jesahel*.

Nei suoi occhi c'è la vita, c'è l'amore...
Nel suo corpo c'è la febbre del dolore...

De alguna manera, siempre se da un éxodo en los alumnos de un colegio. Van de camino hacia una tierra prometida.

Sta seguendo una luce che cammina
Lentamente tanta gente si avvicina.*

---

* «En sus ojos hay vida y hay amor... / En su cuerpo la fiebre del dolor... / Sigue una luz que camina... / Lentamente la gente se aproxima...» *(N. de la T.)*

8

Sentirse poco masculino o serlo en demasía son motivo de inseguridad. La sensualidad sacude al individuo desde la raíz y lo hace temblar. El exceso de seguridad no es más que un efecto invertido de la inseguridad. Ese tema nos obsesionaba, pues no había más que hombres a nuestro alrededor, nuestros compañeros y profesores lo eran, y nos veíamos obligados a luchar sin tregua por la posición jerárquica, por intentar mantenerla o mejorarla utilizando los sistemas de siempre —palabras soeces, deporte, robar el desayuno a los demás, golpes, carcajadas, chistes y supuestos coches de ensueño propiedad de nuestros padres—. Solo nos faltaba un elemento para certificar que éramos hombres de verdad, es decir, las chicas, de manera que el torneo entre caballeros carecía de público o, mejor dicho, de su juez natural; se celebraba en un espacio cerrado, como en una representación de presos que tienen que interpretar todos los papeles, incluidos los de la viuda y la doncella seducida, besarse y bailar juntos. Además, hay que reconocer que nuestra clase no estaba únicamente compuesta por gordinflones, gafudos patosos y monaguillos, sino que también había chicos con catorce o quince años muy desarrollados y que rebosaban vitalidad. Fueron precisamente ellos quienes acabaron muy mal, como si su exceso de virilidad los condujera por el camino equivocado o consumiera su organismo.

En el colegio teníamos un compañero con una característica muy peculiar: no lograba estar quieto. Aparentaba dos o tres años más, era delgado, tenía la piel oscura y siempre iba vestido de motero, con unas botas que eran la envidia de todos. Su rasgo más característico eran unas cejas larguísimas y finas que enmarcaban unos ojos distantes y encendidos como los de un corcel árabe. Su mirada sensual no nos dejaba indiferente a ninguno, por no hablar de los curas, nuestros profesores, que, al tenerle cierto miedo y sentirse subyugados por él, se mostraban indulgentes con esa especie de príncipe oriental, a pesar de sus pobres resultados escolares. Se llamaba Stefano Maria Jervi. Iba mal en muchas asignaturas, empezando por el italiano y las matemáticas, que son los pilares fundamentales sin los cuales todo se derrumba, en especial si los pésimos resultados se deben a causas de índole variada y opuestas entre sí. En efecto, Jervi iba mal en italiano porque no se esforzaba, y en matemáticas y ciencias porque no las entendía. Sus notas no podían justificarse ni apelando a sus dotes ocultas ni a la aplicación y el esfuerzo mostrados. El colegio, el colegio concebido para los adolescentes, ese al que te toca ir porque eres pequeño, no parecía ser el lugar adecuado para él, pues ya era mayor, tanto mental como físicamente. Su precocidad lo llevaba hacia otros intereses fuera de la vida escolar, a saltarse las clases, a traspasar los muros del SLM, que se le quedaba pequeño. Hasta la actividad deportiva, en que habría podido sobresalir gracias a su físico fibroso y desarrollado, la consideraba una pérdida de tiempo. Cosas de niños que juegan en el césped. Hacía una excepción con el esquí, porque era muy «guay».

Tengo un sueño recurrente en el que me toca repetir curso. Un director más joven que yo me acompaña de la mano hasta mi pupitre, el único libre de la clase. Es ridículamente pequeño, por lo que acabo atrapado en una sillita con las patas de hierro entre mocosos que me observan divertidos. Soy presa de la incredulidad, pues sé que tarde o temprano despertaré y toda esta comedia habrá acabado, pero también del terror de que, llegado el momento, no lograré aprobar. Jamás lo conseguiré. No estoy a la altura. Las ecuaciones que no consigo resolver son demasiado complicadas para mí, por no mencionar el cálculo de moléculas gramo —ni siquiera me acuerdo de lo que son—. Y además, me importan un comino las ecuaciones, no sirven de nada en la vida, soy adulto y puedo confirmarlo. «¡Eh, chicos, os aseguro que el noventa y nueve por ciento de lo que se estudia en el colegio no os servirá de nada», quisiera decirles, pero me pone nervioso que quede tan claro que no sé resolver esas operaciones, esos problemas, sucumbo a un pánico agudo. La incapacidad va acompañada de un sentimiento de superioridad injustificado. Soy un adulto que no logra estar a la altura de los chavales, aunque en todo lo demás debería estar muy por encima de ellos. Quizá era eso lo que sentía Stefano Maria Jervi. El empuje de sus hormonas le había hecho superar el colegio de un salto, casi sin darse cuenta. Mientras que la mayor parte de nosotros nunca había besado, y puede que ni siquiera acariciado, a una chica, se rumoreaba que Jervi ya había mantenido relaciones sexuales completas.

«Relaciones completas»: esa era la fórmula que se utilizaba por entonces, cuando ya casi estábamos seguros de que las chicas se concedían, pero a plazos, por etapas o partes anatómicas. Esto sí, esto no, puede que dentro de una semana, puede que nunca. Tocar, besar, meter los dedos por alguna parte... Era como un juego del Monopoly hecho de gestos desperdigados, donde se vuelve a la salida y se pierde todo a causa de la mala suerte justo cuando ibas a llegar a la meta. Desnudar una zona del cuerpo y otra no. O bien: primero una y después otra, pero las dos a la vez, ni hablar —para ser sinceros, el jueguecito sigue vigente de mayores, con mujeres adultas y bastante partícipes, que van vistiéndose a medida que las desnudas...—. El escaneado del recorrido erótico era tan arbitrario que ninguna de las dos personas implicadas parecía controlar del todo la situación y avanzábamos o nos deteníamos de manera bastante casual. Por fuerte que sea, el deseo es terriblemente aproximativo y el femenino aún más; crea morales provisionales aplicables al momento concreto y prohibiciones insuperables que se desmoronan en cinco minutos, mientras que, con igual rapidez, levanta barreras fundadas en una ética que podría definirse como intermitente, que existe un día sí y otro no. Por no hablar de la voluntad, la palabra más ambigua que jamás haya sido acuñada, que pierde casi todo su significado en el terreno erótico, dispuesta a asumir el primero que se nos ocurra. Que queramos darle. Por otra parte, relaciones «completas» no deja de ser una expresión hipócrita y ridícula, pues, teniendo lugar en un área anatómica muy circunscrita —por codiciada, sacralizada o envilecida que sea, según las tradiciones y los puntos de vista—, de completas tienen bien poco. ¿Bastaba con detenerse en esa área unos instantes para poder hablar de completitud? La penetración de un orificio por parte de un apéndice se confundía con la totalidad de las dos personas implicadas en este enredo de órganos, dando origen a la más clamorosa de las figuras retóricas, una sinécdoque doble como la espiral del ADN. Por otra parte, ¿no fue el más grande filósofo moderno quien definió la relación conyugal como un contrato que asegura a las partes el uso exclusivo de los genitales de la otra? Pero puede que sea justo que se defina así y que definiéndose así acabe reducida solo a eso, algo simple, nada más. No siempre es cierto que el lenguaje profundiza los temas de la vida, a veces los aclara de manera brutal. Por eso, quizá sea verdad que la perfección de una relación entre un hombre y una mujer, el apogeo de lo que ambos sexos tienen que comunicarse entre sí, se alcanza con la introducción del órgano de uno en el del otro durante unos minutos. Si eso fuera así, Jervi sería un pionero, un explorador que, también en nuestro nombre, habría puesto a prueba la fórmula para entrar por derecho propio en la masculinidad.

La familia de Jervi era rica como solo pueden serlo las de los altos funcionarios del Estado, es decir, con sobriedad y misterio. El Tribunal de Cuentas, el Tribunal Administrativo, el Consejo de Estado, el Tribunal Constitucional, las Delegaciones del Gobierno y el Banco de Italia son todas instituciones que no acuden inmediatamente a la mente cuando se piensa en el poder, que suele identificarse más bien con el gobierno, el Parlamento, o con la riqueza, las contratas industriales, los expertos en finanzas, banqueros, petroleros, productores cinematográficos o magnates de la construcción... Y mientras que políticos y empresarios son el blanco de las miradas, esos funcionarios forjan sus carreras, poco a poco y sin clamor, dentro de una especie de cámara estanca, insonorizada, hasta llegar a presidir entidades que ni siquiera sospechamos que existan. Por lo que sabíamos, el padre de Jervi ya había presidido algunas de ellas y su ascensión, envuelta, como siempre, en la discreción —igual que si los escalones estuvieran enmoquetados—, seguía. En el colegio se rumoreaba que era —o que había sido— presidente de la Red Nacional de Ferrocarriles o del Comité Olímpico. También había quien afirmaba que era el mandamás de la misteriosísima Cassa Depositi e Prestiti, sociedad por acciones controlada por el Ministerio de Hacienda donde, como en la caja fuerte del Tío Gilito, flotaba en un mar de billetes y cuyo grifo maniobraba a discreción. De chicos, a menos que tu padre tuviera una profesión muy especializada —«Es cirujano abdominal»— o que esa profesión fuera especial motivo de orgullo —«Ha construido la presa del

Nilo»—, su actividad no era objeto de investigación determinada, y lo mismo valía para los padres de los demás que, a lo sumo, en el SLM se clasificaban como ricos, menos ricos o en absoluto ricos, según el coche con que venían a recogerte al colegio. Nadie se atrevía a preguntar a Stefano Jervi: «¿En qué trabaja tu padre?». Pero a nadie le pasaban inadvertidas su elegancia, sus botas de cocodrilo y la gama completa, del primero al último modelo, de las marcas más en boga de gafas de sol, que casi siempre llevaba sobre la frente para sujetarse el mechón de pelo negro azabache que le caía sobre los ojos.

Jervi fue el primero, y creo que el único durante mucho tiempo, que los sábados por la noche y los domingos por la tarde iba a bailar a la discoteca, cuando las madres de algunos de nosotros todavía dudaban entre seguir poniéndonos pantalones cortos o empezar con los largos. (Creo que pertenezco a la última generación de la clase media italiana que marcaba de esta forma el paso de la infancia a la adolescencia, obligando a sus hijos a ir con las rodillas al aire hasta que parecían unos perfectos retrasados. Me he planteado la posibilidad de que motivos de índole económica explicaran esta elección, que al principio consideraba un intento de prolongar la infancia, es decir, supeditar a los hijos varones a sus padres mediante la imposición de enseñar las rodillas, cuya versión femenina era impedir que lo hicieran. En realidad, los pantalones cortos tenían la ventaja de que no había que sacar continuamente el dobladillo o comprar otros nuevos cuando crecíamos, y que se llevaban los mismos hasta que no lográbamos abrochárnoslos.)

Podría contar varios episodios de la vida de Jervi en el SLM y quizá más adelante, si el lector tiene la bondad de seguir leyendo y yo no me pierdo en divagaciones, y si están relacionadas con la historia principal, las contaré. Por ahora me limitaré a señalar un hecho acaecido años después, siete exactamente desde que acabamos el colegio, que coincide con el último de la vida de Jervi. Un episodio del que me enteré por los periódicos, cuando identifiqué a mi compañero en una vieja foto sacada de un documento de identidad falsificado que publicaron —en ella, Jervi era idéntico a cuando íbamos al colegio, con sus cejas seductoras de cantante latinoamericano y su media sonrisa—. Como decía, reconocí a Jervi al ver la imagen del hombre que había saltado por los aires cuando colocaba una carga explosiva en el tejado del Hospital Psiquiátrico Penitenciario de Aversa, el 11 de febrero de 1982. Había perdido las piernas en el intento, como el editor Feltrinelli, y fallecido en el hospital al día siguiente sin recobrar el conocimiento. No pudo, pues, revelar la finalidad de su acto, que ninguna organización reivindicó. Solo tras la investigación y el arresto de algunos de sus compañeros, que no se hicieron mucho de rogar a la hora de dar nombres y apellidos, resultó que Stefano Maria Jervi era un miembro reciente y no de primera fila de uno de los numerosos grupos revolucionarios fruto de escisiones y de los últimos y desesperados alistamientos de la época final del terrorismo italiano, cuando entró en su irreversible decadencia produciendo una pirotécnica, sanguinaria e inútil secuela de tiroteos, secuestros y homicidios, casi siempre ejecutados sin orden ni concierto y por pura frustración, los últimos coletazos antes de que todos los revolucionarios acabaran en la cárcel, como informantes de la policía o en el extranjero. Su grupo, si no recuerdo mal, se llamaba UGC, Unidad de Guerrilla Comunista.

Me quedé de piedra al saber que Jervi había acabado en la UGC —¿cómo?, ¿cuándo?, y, sobre todo, ¿por qué?— justo cuando la organización tenía los días contados. Un desahuciado que se alista en una organización moribunda. ¿Qué lo había impulsado a subir al tejado del hospital psiquiátrico en una noche invernal? ¿Tenía cómplices o actuaba solo? ¿Era un acto para llamar la atención o tenía la intención de matar a alguien? Pero, aparte de contra las palomas, ¿contra quién iba a atentar en el tejado de un manicomio? ¿Quería derrumbar el techo para asesinar a todos los internos del último piso, donde se hallaban los dormitorios de los reclusos, es decir, un grupo de criminales no menos cuerdos que quien proyectaba hacerlos saltar por los aires? En el artículo del periódico en que se hablaba de Jervi, cuya verdadera identidad fue establecida dos días después de su muerte, se mencionaba la posibilidad de que la UGC ocultara su arsenal, o uno de ellos, en el tejado del hospital psiquiátrico, y que mi compañero hubiera sufrido un accidente relacionado con su mantenimiento, es decir, mientras cargaba o descargaba explosivos.

Otro caso de exceso de masculinidad, aunque no autodestructiva, era Pierannunzi, hijo del dueño de una juguetería del Viale Libia. No iba a mi clase, sino a un curso inferior, o sea, que mientras yo empezaba el bachillerato superior, él acababa el elemental. A los trece años ya había alcanzado la altura que tendría el resto de su vida y tenía barba. En el sentido de que llevaba barba, y bastante cerrada, como un personaje del Resurgimiento. Verlo entre los chicos de su clase causaba impresión, pues su cabeza barbuda sobresalía del grupo. Parecía Polifemo mientras decide a qué compañeros de Ulises devorará. Pero me ha impresionado todavía más verlo hoy al pasar delante de su juguetería, que sigue con el mismo rótulo de neón verde de entonces, con las letras inclinadas hacia la derecha, en cursiva estilizada. La tienda continúa siendo la misma, pero en el escaparate, en vez de muñecas y pistolas, hay videojuegos.

Pierannunzi estaba detrás del mostrador con los codos apoyados en él, corpulento y barrigón, pero mucho más bajo de como lo recordaba. Llevaba la barba corta, quizá porque era prácticamente cana, y el pelo ralo peinado de modo que cubriese la calvicie. Solo las cejas, negras y abundantes, recordaban al cíclope desaparecido. Esos cuarenta años le habían pasado por encima no como un tren, sino como una tormenta de arena que lo había descolorido.

Me he parado a observarlo, medio escondido detrás de la esquina que forma la puerta de cristal, mientras él pacientemente, arrastrando las palabras con acento nasal, le explicaba a una anciana cómo colocar las pilas en una pianola que la señora le había llevado a la tienda creyendo que estaba rota.

—¿Los ve? ¿Ve estos signos con el más y el menos? —La señora no lograba verlos a pesar de que intentaba acercarse inclinándose sobre el mostrador—. Hay que poner las pilas con los polos invertidos, por eso no funcionaba.

Ha empezado pulsando algunas teclas para probarla, primero al azar y después reproduciendo una pieza musical que ha interrumpido tras unas cuantas notas. Creo que era la primera de las *Invenciones* a dos y tres voces de Bach, o una pieza muy parecida.

Ha vuelto a pulsar algunas teclas como lo haría un niño que no sabe nada de música y ha cambiado de registro. El aparato ha emitido primero un sonido de trompeta, después de órgano y seguidamente de violines. Al final, ha puesto en marcha la batería electrónica y la señora se ha tapado los oídos, fingiendo que el volumen, que en realidad era más bien bajo, la trastornaba.

—¡Esto no es nada, señora, podría subirse mucho más y utilizarse para bailar en una discoteca...! —ha dicho sonriendo Pierannunzi.

Después, con gestos rutinarios y mirando al techo como si quisiera demostrar que podía hacerlo con los ojos cerrados, ha vuelto a colocar el teclado en su protección de poliestireno y lo ha metido en la caja, que ha cerrado con las lengüetas que había que ir encajando, pero que alguien debía de haber roto al abrir el regalo con impaciencia. Ha logrado arreglarlas. La caja parecía recién comprada. Ha dirigido una mirada de exasperación hacia el cielo, o puede que yo lo haya interpretado así para corroborar mi tesis. La anciana le ha dado las gracias, excusándose por las molestias y retirando la insinuación de que le había vendido un objeto defectuoso.

—¡Faltaría más, señora! —ha respondido—. Faltaría más... Que lo disfrute su nieto.

Me ha parecido notar en esta última frase un deje de ironía. Ya se sabe lo que pasa si les regalan a los niños tambores u otros instrumentos ruidosos de los que los demás niños pretenden apoderarse cuando la fiesta de cumpleaños toca a su fin y el nerviosismo y el cansancio los vencen. Los más irritantes son los xilófonos.

La virilidad de Pierannunzi había hecho erupción entre los diez y los dieciséis años, de la que quedaban trazas que era interesante observar.

En el fondo, la adolescencia es uno de esos pocos momentos de la vida, quizá el único, en que se tiene el valor o se siente la inexorable necesidad de aventurarse en el laberinto de una búsqueda interior que se rehúye durante el resto de la existencia, o por miedo a lo que intuimos justamente de muchachos, o porque, cuando somos mayores, ponemos toda nuestra energía en la lucha por sobrevivir, por responder a las expectativas y a las exigencias de los demás. Solo durante la adolescencia, la soledad, aun temida y soportada a la fuerza, produce frutos dulces, despierta una curiosidad auténtica y reserva descubrimientos increíbles. El individuo apenas formado, recién salido del cascarón, tiene una curiosidad voraz por sí mismo.

¿Qué mejor manera de construirse una identidad, de conocerse, que observando sin prisas la propia imagen en el espejo?

¿Quién es ese chico reflejado en el espejo del armario, al lado de un montón de sudaderas y camisetas? Por lo general, esa actitud absorta, encantada y concentrada en uno mismo es objeto de burla o reproche, y se pretende que dé paso a otra más adulta, más responsable y abierta a relaciones fructuosas con los demás, con el mundo. La acción y las relaciones humanas se exaltan, en detrimento de la ensoñación narcisista, que es en realidad uno de los pocos momentos de reflexión y de toma de conciencia que se conceden al individuo, eternamente obligado a actuar, a estudiar, a correr, a entrenar, a hablar, a divertirse —sí, hasta divertirse es una obligación—. Relacionarse con los demás se considera positivo; relacionarse con uno mismo, no. Cuando un chico se evalúa o se juzga, enseguida se le recuerda que solo los demás tienen derecho a juzgarlo, que solamente la evaluación exterior es creíble y válida. Cuando las chicas se prueban un trapito detrás de otro y sufren las penas del infierno por los defectos que el espejo les echa en cara, se las coge por una oreja y se las aleja de esa visión frustrante, aduciendo que hay cosas mucho más interesantes que el propio cuerpo: por ejemplo, la química, la informática, el griego antiguo, la historia del arte, los glúteos de las estatuas —esos sí que merecen atención—, el álgebra, la revuelta de los Ciompi,* el piano, el voluntariado, los boy scouts, el balonmano..., todo, en resumidas cuentas, excepto el conocimiento de uno mismo, que solo podría aprenderse mediante la contemplación narcisista.

También yo, más vanidoso que nadie o, mejor dicho, como cualquiera, es decir, muchísimo, pasaba largos ratos contemplándome, observando mi nariz desde varias perspectivas, estirándome las cejas hacia las sienes, haciendo muecas para mirarme la dentadura y arreglándome el pelo para ver cuál de mis imágenes era la mejor, la más encantadora que podía

---

* Los *ciompi* eran, en la Florencia de finales del siglo XIV, un grupo de trabajadores de la industria textil no amparados por ningún gremio (aunque el término englobaba a todos los obreros de la más baja condición social y económica), que se sublevaron contra el gobierno por los abusos de clase a los que se veían sometidos. (*N. de la T.*)

ofrecer a los demás; bueno, para no caer en generalizaciones inútiles, la más encantadora para la gente de mi edad, los únicos seres cuya existencia me importaba. Esas sesiones de observación duraban horas y eran tan intensas que me dejaban agotado. Si fuera capaz de reproducir un solo minuto de aquello, ahora no sería un buen escritor, sino un auténtico filósofo. El corazón me latía con fuerza, retumbaba, se me agolpaban tantos pensamientos, dudas, esperanzas y proyectos que tenía la impresión de que iban a desbordarse, sí, esa era la sensación que experimentaba, la de que mi corazón no podría contener la onda de imágenes e ideas que se desataba en su interior.

He utilizado la palabra «esperanzas» sin venir al caso, porque se trataba más bien de «fantasías». Aun hoy, que uso el espejo para comprobar cómo avanzan la calvicie y las canas, vivo de fantasías, me alimento de ellas, sacio mi sed hundiendo el hocico en su fuente como un caballo sin resuello después del galope, las creo y consumo en el acto, me obsesionan, me poseen, a veces no sé qué hacer con esas voces, con esas imágenes, ideas y frases en ebullición. Pero, por otra parte, no podría vivir sin ellas, mi vida es tan simple que no sé qué pasaría si la privara de soñar con los ojos abiertos. Estas fantasías me ayudan a convertir las pocas cosas que hago, las escasas acciones que llevo a cabo, en algo extraordinario, rebosante de aspiraciones, de espejismos y delirios concebidos en soledad, que me proporcionan, dependiendo del éxito o del fracaso, un placer inenarrable o una honda desilusión. Si he fantaseado con comerme un helado y la heladería está cerrada por vacaciones, pienso seriamente en matarme. Por desgracia para mí, la contemplación narcisista de la adolescencia sigue viva. A la pregunta «¿Quién soy yo?», se han dado demasiadas respuestas para que pueda tomar por válida una sola. Así que permanezco delante del espejo formulando preguntas inútiles y arrogantes, disfrutando o llevándome un chasco según las respuestas, como la reina de Blancanieves. Si pienso en Arbus y en los demás compañeros del colegio, me pregunto: ¿quién de ellos ha obtenido una respuesta de verdad, una definitiva? Una sola, tajante, clara, simple. ¿Alguno, en determinado momento, ha podido afirmar «Sí, yo soy así. Ese soy yo y punto»? ¿A alguien le ha llegado a ocurrir en algún momento de su vida?

9

El colegio privado albergaba un grupo masculino que al privilegio inicial de proceder de una familia adinerada añadía el de una educación sólida, adecuada para prepararlo a la hora de ocupar un cargo importante en el mundo adulto. Todo ello, atemperado por una catequesis que, en teoría, predicaba casi lo contrario. Una característica singular del catolicismo italiano es su milenaria tradición en defensa de los últimos y su alianza con los intereses mundanos de los primeros en el terreno práctico. Quizá su grandeza y su solidez se funden en tal contradicción. Pero no puede pasar inadvertida, empezando por nosotros, los alumnos afortunados.

Los que de adolescentes pertenecen a la clase media no son conscientes de ello porque los privilegios de que gozan o las privaciones que se les imponen no son muy llamativos. A nadie se le ocurre que pueda considerársele un «chico burgués». Cuando se mira al espejo ve a un chico, no a un «chico burgués», aunque, en efecto, así sea y así aparezca a los ojos de los demás incluso en calzoncillos; un chico burgués que levanta pesas para hacer músculo delante del espejo del baño de una casa burguesa, etcétera. Pero él no se considera como tal. A los quince, a los dieciséis años, no cree que pertenecer a una clase sea significativo y, sobre todo, no piensa en sí como un individuo perteneciente a una clase social. A lo sumo, se sentirá representado por su equipo de fútbol, por la música que le gusta o que odia, por cómo se viste o por una tendencia política —que, en el caso de la clase media, era normal que abarcara a la extrema derecha y a la extrema izquierda.

Un chico de barrio, un señorito o un vástago aristocrático se dan cuenta muy pronto de quiénes son, de dónde provienen y adónde van, o de qué derroteros tomará su vida: ante ellos se despliega un camino trazado.

Sin embargo, en el caso de los chicos de la burguesía llega un día —da igual que tengan dieciocho, treinta o cuarenta años— en que de golpe se percatan de que pertenecen a esa clase e, igual de rápido, comprenden que su ropa, su casa, su moto, su coche, sus pensamientos y sus deseos, la manera de sufrir o disfrutar, e incluso la novia que han elegido, o que les ha elegido, la que a esas alturas podría ser su mujer desde hace tiempo, son las que son porque él es un burgués.

A partir de ese momento, cuanto haga —desde organizar un pícnic hasta firmar una póliza de seguros o besar a una mujer que podría o no ser su esposa— estará impregnado de esa certeza.

Cuando, como en mi caso, se ingresa en el colegio a los seis años procedente directamente del calor protector de la familia, sin pasar por otras formas de sociedad, se corre el peligro de asumir una de estas dos actitudes: o creer enseguida que tienes poder sobre los demás, o creer que los demás lo tienen sobre ti. Por norma, ninguna de las dos es real o ambas lo son, aunque sea de forma imaginaria, como la mayor parte de las cosas que uno siente y, en consecuencia, hace. Muy pocas cosas en nuestra vida se concretan hasta que somos nosotros quienes decidimos hacerlo materializando nuestras fantasías, dándoles la importancia de que carecían. Temores, expectativas e ilusiones plasman el mundo a su imagen y semejanza. Es poco frecuente que una acción concreta se inspire en un cálculo: o se trata de un cálculo fantástico que no se corresponde con las leyes de la racionalidad, o bien aplica una lógica implacable a datos imaginarios. En efecto, la persona que pasa más tiempo calculando no es el matemático, sino el loco. O el científico loco, compendio perfecto entre el poder del razonamiento y el delirio de las premisas y los fines. Probablemente, Arbus pertenecía a este último tipo.

Por el simple hecho de estar matriculados en ese colegio, por el mero hecho de que era privado, de que nuestros padres pagaban para que nos enseñaran algo que a los demás chavales del país les enseñaban gratis —demostrándonos así que se preocupaban por nosotros, por lo cual teníamos que estar agradecidos, y demostrar al resto del mundo, favorablemente impresionado, que podían permitírselo—, pero dando a entender al mismo tiempo que lo que nosotros recibíamos en el SLM era un poco más valioso —dado que tenía un precio—, especial, exclusivo, un jugo más concentrado, un vino de gran calidad, una ventaja, un privilegio; por todo eso y otras cosas más, nosotros nos sentíamos *entitled*. No logro encontrar su traducción, algo así como facultados, con derecho... Lo buscaré mejor en los diccionarios que repaso todas las noches.

En verdad, nuestro *entitlement* carecía de un título preciso en que fundarse, pero resultaba evidente, era casi un emblema, una marca. Hasta el punto de que una chica podía notar, diez años después, ese estigma indeleble. «Dime, ¿fuiste a un colegio de curas?» «¿Cómo lo has sabido?» «Lo llevas escrito en la frente.» —Creo que esto ya lo he contado, ¿verdad?—. En resumidas cuentas: algo pijos, algo ricos, algo cabroncetes, algo meapilas, algo fascistas, algo malcriados, algo chulillos o bien muy tímidos. Estas características, que podían estar solo esbozadas o muy acentuadas, formaban la identidad del exalumno del colegio privado, lo hacían reconocible a primera vista y, por lo que parece, yo las tenía.

Sinceramente, no me parece que de aquella clase, de mi curso, hayan salido muchos grandes hombres, personalidades de renombre, destacadas. Tendría que reconstruir las listas de alumnos e informarme mejor, pero no creo que haya nadie tan importante como para ser reconocido sin necesidad de fijarse. Buenos profesionales, bien relacionados, algún médico, algún asesor financiero, un buen escritor reconocido, Marco Lodoli, directivos públicos de nivel medio... Así, de memoria, sé que Galeno De Matteis trabaja en Zúrich como desarrollador de software, Giuramento ha sustituido a su padre en la fábrica de embalajes, Busoni también ha seguido la carrera paterna y es otorrino, y por lo visto goza de cierta reputación. Un día, de hecho, estuve a punto de mandarle a mi hijo, que tiene problemas en las cuerdas vocales, se queda afónico, pero lo dejé correr, no me apetecía reanudar la relación al cabo de cuarenta años solo para que la visita me saliera gratis. También hay ingenieros honestos y abogados competentes... Pero, a ver..., ¿no teníamos que ser la nueva clase dirigente? ¿No pagaban nuestros padres las mensualidades para eso? ¿O solo lo hacían para mantenernos alejados del follón de las huelgas y las manifestaciones, de las chicas y las drogas, para que aprendiéramos catequesis y fuésemos buenas personas? ¿Para eso nos habían mandado allí? ¿O para aprender a mandar? ¿Para ayudar a los demás, sobre todo a los más pobres y débiles, o para alcanzar el rango necesario para someterlos, aplastando bajo la tapadera de la alcantarilla, como en *Metrópolis*, a quienes viven en las galerías del mundo subterráneo?

Pero quizá el objetivo de la educación que recibíamos en el SLM no era que sobresaliéramos de manera llamativa, que nos alejáramos de la normalidad, que lleváramos a cabo descubrimientos clamorosos o hazañas memorables. Esas son cosas que ningún tipo de educación puede prever, que obedecen a un instinto que, si pudiera reconocerse con antelación mientras germina o se desarrolla en un muchacho, cualquier educador moderno, sobre todo si es católico, se sentiría obligado a desviar y reprimir en vez de fomentar. ¿Por qué? Porque el instinto de realizar cosas fuera de lo ordinario choca a la fuerza contra todas las reglas y formas de control, y entra en conflicto con la autoridad y los compañeros. Y si bien la resistencia a la autoridad podía resolverse según los esquemas clásicos —que los curas conocían y ejecutaban a la perfección desde tiempos inmemoriales por haberlos vivido en primera persona y puesto a prueba en los seminarios, etcétera—, el conflicto y el alejamiento de los propios compañeros no se toleran en la educación moderna, que mira con sospecha a quienes sobresalen y los equipara a individuos dominantes. La educación tiende a mantener un listón normal y a alcanzar resultados colectivos. ¡Pobre del que se coloque muy por debajo de ese mediocre objetivo, pero, sobre todo, pobre del que, sin quererlo, emprenda el vuelo hacia lo alto impulsado por sus dotes! A un individuo en conflicto con sus semejantes —porque no son bastante semejantes— se lo doma o se lo margina. ¿Existe una manera de sobresalir que no pase por el conflicto? Los individuos que logran resultados excepcionales son quienes salen vencedores de ese conflicto, es obvio, pero, y en mayor medida, los que salen perdiendo. En efecto, la derrota en un terreno crea la ocasión para intentar la revancha en otro diferente, superior. La educación que impartían los curas impedía que el individuo destacara entre los demás, y lo protegía cristianamente cuando corría el peligro de hundirse. La única escapatoria era, pues, flotar en la zona media, poco más arriba, poco más abajo. Católica o no, la escuela italiana de hoy en día tiende a eso. En cuanto te alejas de sus mecanismos, en teoría igualitarios, te hundes en los abismos.

A propósito de la meritocracia: si existiera, sería un sistema implacable, justo pero no liberal o liberal pero injusto.

Riqueza, bienestar... sí.
Por aquel entonces, los bienes de un chico bien consistían en una repisa llena de discos, una máquina fotográfica, la Vespa y... no se me ocurre nada más. El estéreo.

10

Cuanto sigue son observaciones extraídas de la lectura de documentos oficiales de la época sobre la Escuela Católica en Italia y en el mundo, sus características, su vocación. El lector interesado podrá leerlo; a quien no le interese, puede saltarse tranquilamente algunas páginas.

Por aquel entonces, el gran enemigo ya era el relativismo, es decir, la teoría que reduce todos los valores al contexto en que se manifiestan. Según ella, no existen valores absolutos, sino razonamientos alrededor de ellos, épocas que se rigen por determinados valores, valores sometidos a una incesante revisión y degradados a simples puntos de vista, opiniones y convenciones.

La Escuela Católica tenía pues la misión de combatir el relativismo con principios absolutos y valores imperecederos e irrenunciables.

«La Escuela Católica pretende formar al cristiano consintiéndole colaborar en la edificación del reino de Dios» y los creyentes tienen la obligación de «poner a sus hijos en manos de los colegios católicos para que reciban una educación católica».

En Italia, la Escuela Católica tiene una identidad inconfundible y una vocación histórica, es portadora de una visión del hombre a la vez fruto de la razón y don de revelación. En consecuencia, ha de ser autónoma y una auténtica escuela, pero al mismo tiempo aplicar esa síntesis entre fe y cultura, entre fe y vida. No es fácil comprender cómo se ejecuta dicha síntesis, no se trata de una simple suma. La Escuela Católica —de ahora en adelante EC— o es como la Pública —de ahora en adelante EP— o es diferente. En el primer caso, ¿para qué sirve? En el segundo, ¿diferente en qué? Véase cuanto he dicho antes. Así pues, es igual y, sin embargo, diferente. Pero las asignaturas del plan de estudios —el latín, la física, la gimnasia— que se enseñan en un colegio católico, ¿tienen algo especial o específico? ¿Existe un dibujo católico, una química católica? Claro que no. Entonces ¿la diferencia reside solo en las actividades complementarias, como ir a misa, rezar el rosario o acudir a los retiros espirituales? Según lo que acaba de afirmarse, ¿podría considerarse que la EC es una EP pero con oraciones añadidas?

Los curas conocían muy bien estas cuestiones, y se anticipaban a las objeciones, permaneciendo siempre en el filo de la paradoja. Por una parte, se exigía que la EC se fundara y fuera fiel al Evangelio —y solo Dios sabe lo difícil que es eso, tanto porque los preceptos evangélicos son innaturales, empezando por «Pon la otra mejilla» (a tal punto que traslucen casi una intención provocadora, sofisticada, por parte de Cristo, que los predicó a sabiendas de que eran inaplicables), como porque no es fácil derivar de sus principios generales las reglas específicas que hay que seguir, que aplicar; pongamos, por ejemplo, el precepto «Ama al prójimo como a ti mismo», ¿estamos seguros de que es positivo y vinculante, es decir, de que todos los individuos están tan enamorados de sí mismos que lo mejor es que amen a los demás con idéntica intensidad? Aplicando esta ecuación, ¿no se corre el riesgo de animar a quienes se desprecian a sí mismos, creo que un buen número de personas, a despreciar a los demás? ¿Por qué alguien que no respeta su propia vida debería respetar la de su prójimo?

Por otra parte, una vez establecido el Evangelio como requisito inicial, se afirma que para que la EC sea una escuela de verdad, del todo equivalente a la EP y habilitada para ofrecer a sus alumnos los mismos títulos de estudio, tiene que observar «el rigor de la investigación cultural y de la fundación científica», reconociendo «la legítima autonomía de las leyes y los métodos de investigación de cada disciplina».

La EC ofrece sus servicios «tanto a jóvenes y a familias que han tomado una clara postura con respecto a la fe, como a personas que se muestran abiertas al mensaje evangélico».

Analicémoslo, pues, desde el punto de vista de los padres, dejando a un lado al niño de seis años, que no puede ser consciente de su exacta apertura con respecto al mensaje evangélico. Tomemos, por ejemplo, a mis padres. Excluyendo que hubieran adoptado «una clara postura con respecto a la fe», dado que solo pisaban la iglesia en bodas y funerales y ni siquiera pidieron el sacramento de la extremaunción cuando estaban a punto de morir, de ellos solo me queda pensar que, en cualquier caso, siendo personas razonables y, creo, buenas en su fuero interno, pertenecían a la categoría de quienes no rechazan el mensaje evangélico y se muestran propensos a obedecerlo, como si sus principios ya existieran en el corazón humano con independencia de la fe.

Se trata del gran problema sin resolver que atañe a los hombres buenos, pero no religiosos. Así pues, ¿es posible ser bueno sin tener fe? Y si no lo es, ¿los que no creen en Dios son malos a la fuerza? Si, al contrario, se puede ser bueno sin tener fe, ¿qué diferencia hay entre creer y no creer?

Nunca he sabido salir de este atolladero. Quizá el problema es que las preguntas están mal planteadas, pero ¿significaría eso que lo más importante es ser una buena persona? ¿Qué es preferible: una buena persona sin fe o una mala que nutre una fe ardiente? Sin duda, algún cura se apresurará a responder que esta última posibilidad no existe, que no se puede ser malvado y creer fervientemente en Dios, que ambas cosas se excluyen. Por tanto, una de las dos tiene que ser falsa a la fuerza: quien sostiene que cree en Dios y a pesar de ello hace el mal, miente. Yo no estoy tan seguro; podría poner varios ejemplos de personas que conozco, personas profundamente religiosas y malas, muy malas incluso.

La EC, además, aspira a formar una comunidad integrada por sus miembros: alumnos, docentes, padres, a quienes se les facilita continuamente ocasiones de encuentro. El encuentro es uno de los mitos del catolicismo moderno, una de las palabras clave, junto con «recorrido», «crecimiento», «prestar atención» y, naturalmente, «diálogo».

Ya en mi época, cuando yo la frecuentaba, la EC se quejaba de no recibir subvenciones públicas, «con el resultado de ser vista como un lugar de privilegio abierto solo a quienes pueden costearse instrumentos educativos selectivos y costosos», lo que, de hecho, así era. Las EC eran para la gente con dinero, quizá no mucho, no necesariamente ricos, pero pobres seguro que no.

(Paréntesis: la sociedad era más injusta, pero cuando se podía escribir, sin más detalles, términos como «rico» o «pobre», resultaba más fácil escribir novelas.)

Y sin embargo... la educación religiosa, en vez de afianzarla, no sé por qué, corrompía nuestra moralidad, la atenuaba, la distraía, aderezándola con ejemplos humanos contradictorios que hacían que el altísimo y severo ejemplo de la palabra evangélica apareciera desproporcionado con respecto a quien nos la impartía sin cesar, lo cual no habría sido negativo si achicándose las bocas se hubiera ampliado el mensaje.

En definitiva, no existe más que una sola lección que se repetía a diario: «¿Cómo tiene que comportarse un muchacho?». Debe comportarse así y asá. Los profesores podrían haber muerto y sus labios momificados seguirían repitiendo: «Así y asá, así y asá...».

Más que nada, les preocupaba que pudiéramos tener alguna idea extravagante; por ese motivo nos proporcionaban las suyas en abundancia, razonables y convincentes en su justa medida, para asegurarse de que en nuestra conciencia no hubieran lagunas donde germinara algo insólito. Una decorosa ausencia de originalidad por entonces se consideraba un rasgo característico de las personas como Dios manda en las que los curas querían que nos convirtiéramos, siendo esta, al fin y al cabo, su misión educadora y el motivo por el que nuestros padres nos habían puesto en sus manos. Pero no es fácil poner límites a la imaginación de un muchacho. ¡Cómo entiendo a los curas! Su dialéctica consistía en anticipar, asimilándolos de manera preventiva, los temas más estrambóticos, y para eso el cristianismo les ofrecía un arma realmente formidable y versátil, pues contempla en él casi todas las actitudes posibles y tiene una respuesta para cada cosa: la conservación y la revolución, lo dulce y lo áspero, el horror y la delicadeza, los jóvenes y los viejos, el dolor y la felicidad, la esperanza y la muerte. Una doctrina dúctil y maleable como ninguna otra. Cristo daba una explicación a todo tipo de inquietud y aspiración que se presentara en cualquier circunstancia. Es como si encarnara, sin cesar y de manera proteiforme, ora la figura del buen hijo, ora la del rebelde, ora la del revolucionario salvador de los débiles, y ora la del débil que hay salvar, siendo, según el caso, de derechas, de izquierdas o de centro, pobre como lo representa el Evangelio, pero también dispuesto a defender a los ricos amenazados por la violencia de los pobres. Los curas lo usaban a modo de enciclopedia o de superhéroe capaz de salvar a cualquiera de peligros o dudas, manejándolo como una raqueta prodigiosa que siempre devolvía la pelota al otro lado de la red. No había un solo rincón donde no llegara apresuradamente para resolver una situación comprometida, dándole la vuelta con una jugada milagrosa. Quizá el único tema, el único ámbito que los curas no lograban abarcar con su flexible capacidad interpretativa y persuasiva, con su método conciliador de reducción de las asperezas, era el sexo. Es un campo que tiene muy poco de razonable, en el que la educación puede hacer poco o nada, y por más que los tiempos hubieran cambiado seguía constituyendo un tabú del que se hablaba con alegorías incomprensibles, como la del «misterio sagrado de la vida». No es una casualidad que justo a través del sexo, por aquel rincón sin vigilancia, pasaran algunos de nuestros compañeros de colegio, tristemente famosos para la crónica negra.

Era inevitable. Por más que se sature la jornada de un chico con actividades, disciplinas y entrenamientos, marcando con cruces todas las casillas de su agenda desde las ocho de la mañana hasta las ocho de la noche, siempre quedan demasiados espacios vacíos, casillas blancas, invisibles a simple vista. Es una sensación difícil de explicar, pero a pesar de que la enseñanza en el SLM era realmente seria y compacta, de que los profesores se alternaran puntuales para dar clase y de que no se contemplara la posibilidad de lo que en la EP se denomina la «hora libre» —en la actualidad, y debido a los recortes de personal, cada vez más frecuente—, es decir, la hora en la que no hay nadie que sustituya al profesor enfermo, pues bien, tenía la sensación de que nosotros, alumnos del SLM, y quizá todos los alumnos de los colegios italianos y del mundo, estábamos destinados a largos períodos de ocio. Atrapados en nuestros pupitres, sentados en los bancos de los vestuarios, apoyados en las paredes, tumbados en nuestras camas de una plaza, charlando de tonterías o rumiando teoremas matemáticos o de ciencias, las fórmulas exactas de la religión o la lista de los grandes autores franceses y los hechos más significativos de la vida de Jean-Baptiste Poquelin, *dit* Molière —que concluyó con una muerte espectacular en el escenario—, siempre vivíamos en una desconcertante condición de espera.

Sí, de espera...

En la teoría y en la práctica, los curas rechazaban el autoritarismo, que había sido la ley en vigor hasta pocos años antes en todos los colegios, en todas las familias y en todos los puestos de trabajo, es decir, que no había constituido una prerrogativa de ellos. Es más, quizá entre los curas el principio de autoridad —que, en determinadas condiciones y siempre y cuando se acepten los costes que tiene, hace que una familia, una fábrica, un Estado, un ejército, una orquesta, un equipo o un colegio funcionen a golpe de vara porque, digámoslo claramente, quien manda, manda y quien tiene que obedecer, obedece y sanseacabó—, ese principio establecido en tiempos remotos y puesto a prueba a lo largo de siglos, hallaba un momento propicio para revisarse, suavizarse, moderarse, criticarse o incluso erradicarse gracias a la enorme reserva de máximas y acciones concretas suministradas por el revolucionario fundador, Jesús, que había puesto en tela de juicio cualquier autoridad que no fuera la del Padre que está en los cielos —y, en cierto sentido, también esa...

Los curas del SLM habían sustituido el poderoso pero rígido —y, en ese sentido, inestable— control autoritario por otro más práctico, flexible y adecuado al momento: un paternalismo tolerante. La legitimación de mandar por parte de quien se sirve del paternalismo se funda en que quienes obedecen se amoldan a la autoridad y confían en ella sin estar obligados, casi de buen grado. El sentido común que lo inspira debería, en teoría, extenderse a los que se dejan guiar por él. Un poder sosegado y juicioso tendría que ser bien aceptado por quienes están sometidos a él.

Bueno, pues no es verdad.

La verdad es que mientras que ante la autoridad impuesta por la fuerza te sometes o te rebelas, pues no hay escapatoria, existen muchas maneras de oponerse al sabio paternalismo fingiendo aceptarlo. Esos eran los métodos que usábamos nosotros.

No lo entendían. No lograban entenderlo. No comprendían que sus preceptos liberales nos asqueaban porque estaban concebidos para someternos. Nos aprovechábamos, claro está, pero solo nos aprovechábamos, y los despreciábamos manifestando dicho desprecio casi como un desafío abierto, que ellos percibían claramente, pero que estaban obligados a hacer como que no. Bebíamos hasta las últimas gotas de la miel extraída de las doctrinas modernas mezcladas con la bondad tradicional, de la educación permisiva. Despreciábamos a cuantos pretendían o intentaban «comprendernos». Creo que aquellos de nosotros que incluso cometieron delitos lo hicieron por el gusto de ver hasta dónde podían llegar sin dejar de ser «comprendidos».

El cuchillo se hunde en la comprensión como si fuera mantequilla.

Siendo nosotros mismos el producto de esas patrañas progresistas acerca de la educación, sabíamos muy bien cómo desacreditarlas, o mejor dicho, éramos la prueba viviente que las desacreditaba, la prueba de que funcionaban justo al contrario. La primera generación que gozó de una libertad casi ilimitada, hizo el peor uso posible de ella; por otro lado, era el único uso posible, el más significativo, porque es excepcional y extremista. En eso consiste la libertad en estado puro. Y su pureza asusta.

El vacío. El peligro de cuando acaba el colegio. Un gran peligro, un abismo. Después del examen de reválida llega el momento en que de golpe desaparecen las obligaciones cotidianas, el despertador que sonaba a las siete todos los días del año..., algo que existe desde que eras pequeño y que, de repente, se interrumpe. Se derrumba una estructura, el régimen escolar, un régimen de vida cuya repetición cotidiana cumple la función de que el muchacho relacione varios aspectos de su vida y los mantenga unidos; el malhumor que nace de la obligatoriedad sirve de pegamento, enmarca, da forma a la persona. La frustración y el resentimiento contra los profesores, la disciplina contra cuyos barrotes nos golpeamos la cabeza y nos restregamos la espalda, ayudan a cobrar conciencia de la propia cabeza y la propia espalda. Las piezas de que está formado un chaval buscan los límites que las contienen, agradecen la existencia de barreras, aunque no dejen de quejarse de ellas, que les impidan colapsar y disgregarse como las páginas de un manuscrito que sale volando tras un ráfaga de viento. El deber ineludible del colegio puede incluso con quien lo odia; es más, se refuerza con ese odio. Una cadena ininterrumpida de pequeñeces tiránicas mantiene despierto a quien las sufre.

Pero antes del final, como cada verano, las largas y casi eternas vacaciones..., tan largas que nos olvidábamos de todo. Los que tenían alguna asignatura pendiente se presentaban a los exámenes de recuperación en septiembre más ignorantes que en junio.

Pero ¡menuda recuperación! Era una regresión.

Había quien sostenía que un período de vacaciones tan largo era dañino para los chicos y quien estaba convencido de que lo necesitábamos para «recargar las pilas». Yo solo sé que era un gustazo. El gustazo más grande de la vida, el único deseo que puntualmente se cumplía por completo. El verano siempre llegaba, no cabía duda, así que bastaba esperar y las vacaciones también llegaban; el colegio se acababa y se cerraba, podías apostar cualquier cosa a que eso que tanto deseabas se cumpliría. ¿Cuándo? El 6, el 8 o el 9 de junio. El 12 como muy tarde. Solo había que esperar.

Pero no nos olvidábamos únicamente de lo que habíamos aprendido durante el año escolar, sino de la existencia misma del colegio. Tres, casi cuatro meses de pausa la suprimían. Junio, julio, agosto y septiembre, cada uno tenía su propio color y sonido; sí, vibraban de manera inconfundible.

Junio: Amarillo Asombro Ciudad que se extiende Ardor ultramarino.
Julio: Plenitud Rojo Murmullo Descubrimiento.

Agosto: Quemado Blanco Polvo y Vacío.

Septiembre: Melancolía, Pensamiento Ciudad desconocida Corazón que late en la garganta.

A la vuelta, la ciudad era como nueva, la casa era como nueva, parecía que fuera la primera vez que veía los muebles. Volver a entrar en mi habitación, tomar posesión de ella, tumbarme en la cama, volver a empezar...

Dos sensaciones contrapuestas —la primera debida al regreso, a la frenética espera de ver a mis compañeros otra vez y empezar una vida nueva; y la segunda causada por la inminencia del final de las vacaciones, por la nostalgia de las aventuras veraniegas vividas y por las ocasiones perdidas— aleteaban en los últimos días antes de empezar el colegio. Excitación y tristeza, que por lo general se viven en momentos diferentes, crecían hasta alcanzar picos de una intensidad que me trastornaba y se mezclaban con un sentimiento único que, como la verdura de temporada del mercado, duraba unas semanas y luego desaparecía el resto del año. No existe otro mes como septiembre para esos sentimientos especiales. Puedes estar feliz, descontento, enfadado, asustado o sentir envidia en cualquier momento, y luego a lo largo de la vida con intensidad y matices diferentes, pero la excitación que se apodera de un chaval en septiembre es algo único.

¡Cómo me gustaba ir al colegio de pequeño! ¡Cómo me entristecía quedarme en casa si estaba enfermo! ¡Y cómo se me antojaba insoportable la idea de volver a mi hogar cuando acababan las clases! Me pasaba lo contrario que al colegial Törless: igual que a él cuando estaba lejos de casa, cuando yo lo estaba del colegio, del SLM, un velo húmedo de melancolía descendía sobre mis ojos y mi corazón y a veces no lograba contener los sollozos. Cuando al final del día me encontraba solo merendando de pie en la cocina, mojando el pan tostado en la leche y observando cómo la mitad mojada se rompía y hundía en la taza, me sentía el último ser de la tierra y, lo digo de verdad, me costaba mucho tragarme las lágrimas. En realidad, no estaba solo, en casa estaban mi hermano, simpático y sociable, mi hermana pequeña, la criada y mi madre, tumbada leyendo en la cama de su habitación, en la otra punta de la casa, o hablando por teléfono o tomando el té. En mi cuarto había libros, tebeos, discos y juegos suficientes para pasar las pocas horas que quedaban antes de la cena. Y sin embargo, me sentía vacío y desmotivado porque echaba de menos a mis compañeros. Y el gimnasio, el patio, la capilla y a los curas.

11

El director del SLM llevaba gafas oscuras, pero no del todo, como las que usan ciertos prelados, los mandamases locales y los pacientes oftalmológicos. Se entrevé la mirada, pero las lentes la vuelven indescifrable. Quienes las usan, no se esconden por completo o, mejor dicho, no se esconden en absoluto, pero solo revelan la parte de sí mismos que vale la pena, es decir, su poder. Un poder que se insinúa sin exhibirse, sin transformarse en una imagen concreta ni en una acción determinada. Una actitud más tajante y autoritaria limitaría su alcance. Y por magnética que pueda ser una mirada, el hecho de no saber adónde se dirige y lo que expresa, resulta aún más subyugador. Ignoramos si nos controla o nos ignora, si nos aprueba o nos desprecia.

Nuestro director jamás ejercitaba sus prerrogativas, nunca castigaba a nadie ni lo suspendía; en realidad, no hacía nada, literalmente, pero su actitud era la de quien está a punto de hacerlo, siempre dispuesto, siempre listo para tomar decisiones graves que tendrían consecuencias de magnitud incalculable para nosotros. Si hubiera tomado medidas punitivas en el pasado, de cualquier tipo y para cualesquiera infracciones, habríamos podido hacernos una idea de lo que pasaría si las cometíamos, comparándolas con las de antes. Pero, que yo recuerde, nunca había pasado nada que mereciese algo más que sus reproches irónicos y despreciativos que, en realidad, parecían más dirigidos a los estudiantes en general, como masa amorfa, que a una falta concreta de alguno de nosotros.

O quizá me equivoque. Quizá había sucedido algo horrible que se había ocultado u olvidado, algo que desconocíamos.

En eso consistía el halo amenazador y vagamente ridículo que envolvía al director. Lo temíamos, he de admitirlo, éramos unos cobardicas, y si por casualidad alguien se rebelaba en serio, lo hacía por pura estupidez y casi nunca tenía agallas para sobrellevar mucho tiempo las consecuencias de sus acciones que, justo por eso, acababan siendo simples payasadas, bromas de centro católico, de vestuario, donde los chicos pierden toda vergüenza para acabar avergonzándose. Desahogos inútiles.

Tirar la piedra y esconder la mano.

Como decía, temíamos al director, mucho, pero no era un miedo serio, por lo que puede afirmarse que no era real. Sabíamos que no podía tocarnos. No alcanzaba el lado más oscuro de nuestros miedos.

¿Sabe el lector por qué? Porque pasara lo que pasara, su sueldo dependía de nosotros.

Lo cierto es que nunca puede temerse de verdad a alguien a quien le garantizamos la supervivencia con dinero de nuestro bolsillo. Es una ley económica antes que emotiva, o tal vez una ley de economía emotiva. El miedo que nos daba el director era un efecto convencional, teatral, dictado por los papeles que personificábamos en el colegio; el suyo era, sin duda, más autoritario que el de los profesores, pero no lo bastante para acabar con las faltas de respeto que demostrábamos con nuestra actitud en cuanto se nos pasaba el pánico que nos causaban sus repentinas apariciones. Si no maltratábamos al director, era porque habíamos agotado toda la fantasía y la energía burlándonos de los profesores más débiles: el de religión, el pobre mister Gólgota; el de historia del arte, el de francés, el de música..., gente que entraba en clase sabiendo que no contaba un pimiento. Es inútil, el poder soberano no puede depender de los sujetos sobre los que se ejercita, por eso, incluso en las democracias, el poder real, el verdadero, en el fondo, si es democrático, no es poder. Es inútil darle muchas vueltas, a buen entendedor... Si encima se basa en una dependencia de tipo económico..., concreta y vinculante como solo el dinero sabe serlo, no tiene nada que hacer. Ni el amor, ni la violencia, ni la cultura: es el dinero lo que somete un hombre a otro, con independencia de sus ideas y sus acciones. Quizá las esporas de marxismo que me salpicaron en un pasado reciente me hagan afirmar y ratificarme en esto hoy, quién sabe. El yugo del dinero puede ser evidente o invisible, como la correa que atrapó al monstruoso lobo hijo de Loki, pero, en cualquier caso, ni se desgarra ni se corta.

De modo que, un capitán que recibe el sueldo de su tripulación, ¿puede pasar por la quilla a un mozo respondón o vago? Y vosotros, miembros de una orquesta, ¿aceptaríais sin rechistar las broncas de un director cuyo sueldo lo pagan vuestras familias? ¿Qué eran las mensualidades que abonaban nuestros padres sino una obligación de determinadas prestaciones y a la vez una garantía de impunidad?

Hoy tengo la certeza de que sí, de que temíamos al director, de que nos ocultábamos de su mirada..., pero el que llevaba puesta la correa era él, no nosotros.

Nos resultaba especialmente odioso por su manera de hablar, apacible e irónica, pues minimizaba nuestros pocos gestos de insubordinación a algo tan ínfimo y ridículo que les quitaba la gracia. En definitiva, nunca nos tomaba en serio. Tampoco nos hablaba directamente porque no nos lo merecíamos. Protegida por sus gafas, su mirada parecía dirigirse más allá de nuestras cabezas, como para comunicarnos la desilusión, la impaciencia y casi el disgusto que sentía porque no habíamos crecido lo suficiente. Además de físicamente enanos, nos consideraba moral e intelectualmente renacuajos. ¿Qué conflicto puede darse con quien se niega a verte como un individuo? Para el director éramos chusma, masa, un hatajo de retrasados, retrasados y punto, tan carentes de los requisitos mínimos que definen a una persona que no valía la pena malgastar una sola gota de rabia con nosotros. De respeto, ni hablar. Éramos como microbios un poco nocivos, posiciones numeradas en la lista, apodos, larvas. Ante su presencia, yo, que creía ser más bien independiente y orgulloso, me sentía una mierda sin personalidad. Bastaban sus gafas oscuras y las frases hirientes y secas que intercalaba en argumentos generales. Nunca la tomaba con nadie en concreto, para darnos a entender que todos éramos culpables, incluso cuando no habíamos hecho nada, porque no hacer nada también era una culpa. Mezquina e insulsa. En cierto momento de su sermón, se interrumpía; en silencio, volvía lentamente la cabeza hacia el rincón de la clase donde se había oído un leve rumor, indicaba a un alumno que no estaba haciendo nada en especial y lo intimidaba: «Eh, tú, sí tú..., menos humos».

Al compañero le surgía la duda de si se refería a él, puesto que el director había usado únicamente la mirada invisible para señalarlo —había permanecido con las manos cruzadas sobre la enorme barriga, en esa posición tan propia de los curas, alarde de tranquilidad y bondad a toda costa, o bien con los pulgares enganchados a la banda que le ceñía la sotana—. A menudo, a causa del equívoco provocado en torno al acusado, otros dos o tres colegiales esbozaban muecas de incredulidad que significaban: «¿Yo? Pero ¿me lo dice a mí? ¿Qué tendré yo que ver?».

Pero se sabía muy bien a quién estaba dirigiéndose.

«Sí, te lo digo a ti..., menos humos.» Y a veces, tras una pausa, añadía: «¿Entendido..., monín? Bien».

En efecto, el director, como Shylock en *El mercader de Venecia*, siempre añadía «bien» al final de cada frase. Cualquiera que fuera la propuesta o la petición que le hicieran o la objeción que le plantearan, su respuesta, positiva o negativa, concluía con un «bien».

DELEGADO DE LA CLASE: Director, ¿podemos anticipar una hora la salida de hoy? Falta mister Golg... el profesor de religión..., su madre está ingresada en el hospital.
DIRECTOR: Ya estoy al corriente. No, lo siento, no podéis salir, a ver si puedo enviaros a un sustituto. Bien.

IMPERO BAJ (*el bedel*): Se ha inundado el baño del segundo piso, ¿qué hacemos?
DIRECTOR: Diga a los chicos de ciencias que usen el baño del primer piso y a los de letras que vayan al del tercero. ¿Está claro, Baj? Bien.
IMPERO BAJ: ¿No sería mejor que llamáramos al fontanero...?
DIRECTOR: Ya tengo el teléfono en la mano, ¿ve? Ya estoy marcando el número. Bien.

DIRECTOR: ¿Y bien?
ALUMNO ARREPENTIDO: No volveré a hacerlo.
DIRECTOR: ¿Me lo prometes?
ALUMNO ARREPENTIDO: Sí, prometido.
DIRECTOR: Bien.

No era un simple tic, era mucho peor. Era el bien, tenía que serlo, la inevitable conclusión de cada asunto, incluso de los que a primera vista fueran espinosos o dolorosos.

Será mejor que me explique con un ejemplo para que el lector comprenda, si es indulgente, lo difícil que me resulta expresarme, con mayor razón porque ese ejemplo no constituye una digresión, sino una directa e inmediata continuación de la historia.

Un día el director se encontró con un problema y lo afrontó como él sabía. Tres o cuatro chicos mayores habían arrinconado a un compañero nuestro, Marco Lodoli, durante el recreo. Con cien chavales circulando, corriendo y gritando a la vez, nadie se había dado cuenta de que la habían tomado con Marco. ¿Cuál era el motivo de su malvada atención? El hecho es que Marco, delgado, alto y con gafas, llevaba el pelo largo —una aureola de cabello encrespado rubio ceniza le enmarcaba el rostro inteligente y de expresión algo chulesca—. Por eso los chicos de la clase superior le habían echado el ojo desde hacía tiempo, y ese día empezaron a zarandearlo, a agarrarlo por el cuello de la camisa y a darle sopapos —que al principio eran amistosos y después aumentaron de intensidad—. Le quitaron las gafas y se las partieron por la mitad —sí, uno de ellos, sin motivo, se las quitó y rompió con un gesto brusco el puente que une los cristales y después se las devolvió—. Como ya he dicho, nadie se percató de nada, pero cuando volvimos a clase todos nos fijamos en que nuestro compañero tenía que aguantarse las gafas con los dedos.

Cosmo, nuestro profesor de italiano, intervino.

Y le preguntó a Marco qué había pasado.

Por lo visto, Marco no quería contarlo y se afanaba buscando excusas —«Se me han caído mientras corría», «Me he dado un golpe en el baño...»— que se confundían en versiones contradictorias hasta que la voz se le quebró y calló. Se quedó de pie, sujetando las patillas de las gafas con las manos, que le temblaban de nerviosismo.

Antes de que empezaran a circular rumores de que algún compañero tenía la culpa —aunque en nuestra clase no había ningún chulo y los chicos no eran muy pegones, aparte de Chiodi, y quizá Jervi, que, sin embargo, no era traicionero—, el otro Marco de la clase, Marco d'Avenia, un chaval rollizo de piel rosada y mirada vacía, se levantó de repente para contarnos lo ocurrido. D'Avenia acostumbraba aislarse durante el recreo por miedo a que alguno de los mayores le quitara el desayuno o se lo tirara al suelo de un empellón, y se escondía entre los matorrales de boj que rodeaban la verja del SLM, a cuyo amparo devoraba su pizza tranquilo. Desde su emplazamiento, con la boca llena de tomate, había observado la humillante escena. Nadie lo había visto detrás de los arbustos y nadie, excepto él, había visto lo que sucedía en aquel rincón del patio, donde los mayores habían maltratado a Lodoli. En efecto, lo habían rodeado para que nadie pudiera ver lo que ocurría dentro del corro. D'Avenia lo vio y lo contó todo.

Era difícil que el profesor Cosmo se enfadara o irritara. Quizá tampoco lo hizo esta vez, pero cuando salió a zancadas del aula tras haberle dicho a Rummo que se ocupara de mantener un mínimo de orden hasta su vuelta, estoy seguro de que le oí pronunciar las siguientes palabras: «Ya va siendo hora de que alguien dé una lección a esta carne de horca».

La expresión «carne de horca» ya estaba pasada de moda en los tiempos en que se desarrolla esta historia. En efecto, la asocio a la literatura, al lenguaje escrito deliciosamente envejecido; en definitiva, a los libros, a las amarillentas e inigualables novelas de aventuras, muchas de las cuales estaban traducidas del inglés, el francés y el ruso. Me acuerdo concretamente de un precioso volumen en gran formato, de 30 × 40 cm quizá, con magníficas ilustraciones, que tenía de niño y que habré leído de cabo a rabo cientos de veces hasta casi memorizarlo. Se titulaba *Piratas, corsarios y filibusteros*. A Cosmo le gustaba expresarse con determinadas fórmulas, irónicas, literarias, pero no por eso menos realistas. Desde entonces, tampoco he podido evitar seguir usándolo. «Carne de horca», tal cual, eran solamente eso y hubo una época en que los habrían colgado de verdad por lo que hicieron al cabo de unos años.

Por iniciativa de Cosmo, llamaron a cuatro chicos al despacho del director. Por ahora no mencionaré sus nombres, pero quiero anticipar que dos de ellos se convertirán en personajes importantes a partir de la segunda parte de este libro. Como ya he dicho, tenían un par de años más que nosotros. No sabemos qué les dijo el director, cómo se enfrentó a ellos ni de qué manera les pidió cuentas de sus actos. Podría tratar de recrearlo, usando descaradamente la técnica aprendida en las páginas de Tucídides o Tácito, cuando se imaginan los discursos de los generales antes de la batalla o de los diplomáticos para restablecer la paz. Sería una especie de reprimenda, fiel al estilo despreciativo y poco directo del director, pero supondría una pérdida de tiempo porque lo único seguro es que no se tomó ninguna medida para castigar a esos cuatro, lo cual es mucho más significativo que un sinfín de palabras que, por otra parte, en retrospectiva, sabemos muy bien que se las llevaría el viento. Ni siquiera un juicio negativo en la cartilla de notas, un día de expulsión o una carta a sus padres. Me imagino que el asunto de las gafas de Marco Lodoli fue archivado como un episodio de vivacidad física, residuos vectoriales y accidentales de la energía cinética que empujaba los cuerpos de los adolescentes a chocar en espacios reducidos como átomos que giran vertiginosamente, según las concepciones de los antiguos filósofos. Que el asunto se zanjara de manera satisfactoria para todos, «bien», como lo entendía el director, lo demostró el hecho de que un par de días después, Ochocientos —como llamábamos a nuestro bedel, Impero Baj, por los ochocientos gramos de pasta que aseguraba comerse a diario—, entregó en clase a Lodoli una flamante montura de marca Lozza o Persol a la que adaptar sus gruesos cristales. Nadie supo si la habían pagado los chulos de su bolsillo o el colegio. Lo importante era que Lodoli recuperase la visión y que en el SLM volviera a reinar la paz, al menos por un tiempo.

Más exhaustiva, por el contrario, es la información que tenemos de otra jornada significativa: cuando Arbus fue a dirección para quejarse de que no aprendía nada. Las lecciones eran aburridas y repetitivas; los profesores, perezosos y previsibles. Sus compañeros eran los menos responsables del rumbo que habían tomado las cosas. Era el colegio el que funcionaba mal. ¡Qué cantidad increíble de horas, de días, de tiempo valioso e irrepetible pasado entre aquellas cuatro paredes para aprender tan poco!

Astutamente, el director convocó de inmediato a Rummo, el delegado de nuestra clase, para que confirmara o desmintiera lo que afirmaba

Arbus. Creía que la presencia de otro colegial como testigo cohibiría a Arbus, que no tendría valor para expresar juicios demasiado radicales delante de un compañero. Está claro que no lo conocía bien —en realidad, ¿quién puede decir que conoció a Arbus? Ni siquiera yo puedo presumir de haberlo conocido, y quizá lo no logre hasta la última página de este libro—, pues en efecto, habló como si Rummo no estuviera, bueno, a decir verdad, como si ni siquiera estuviera el director. Nos lo contó el mismo Rummo, con admiración. Era característico de los tipos como Arbus, si es que existen otros parecidos, no tener en cuenta la identidad de su interlocutor, ni su rango ni su humor, no sentir la necesidad de llegar a compromisos, de preocuparse por cómo reaccionará, de adaptar sus palabras a las circunstancias, como solemos hacer por educación, miedo, interés o simplemente hipocresía. Nada de eso, Arbus quería exponer lo que consideraba la verdad, pero sin pretender dar lecciones, regodearse en el asunto o desafiar a nadie. Deseaba expresar lo que consideraba justo, sin importarle que fuera desagradable o escandaloso, sin plantearse las consecuencias, ni siquiera que pudiera haberlas. Puro, ingenuo, inocente, despiadado e impulsivo: así era mi amigo Arbus. En resumen, la presencia del pobre Rummo solo sirvió para que más tarde pudiéramos saber lo que se había dicho en la reunión. Contrariamente a lo que solía hacer ante la clase reunida, a la que trataba con desprecio, esta vez el director se mostró respetuoso con Arbus. Mi compañero se lo merecía.

—¿El colegio? Es solo una manera como otra de mantenernos a salvo en un lugar cerrado e impedir que creemos problemas. Los profesores no son más que nuestros guardianes. Si nos enseñan algo, es por pura casualidad o sin querer, un efecto secundario. ¿Nunca se ha planteado, señor director, cómo podríamos aprovechar el tiempo que pasamos aquí dentro?
—Es suficiente, Arbus. Sí, sé a qué te refieres. Si te dijera sencillamente que te equivocas o, para evitar malentendidos, que en cualquier caso no te corresponde a ti decidir acerca de la marcha escolar, sino a tus padres, ofendería tu inteligencia, lo cual es desaconsejable a tu edad. Bien. ¿Cuántos años tienes?

—Quince, cumpliré dieciséis dentro de poco.

—Dentro de poco. Bien. En ese «dentro de poco» está la respuesta a tus quejas que, en cualquier caso, tendré en cuenta. Te he escuchado con atención y todo lo que has dicho, palabra por palabra, me servirá de aliciente para mejorar la calidad del servicio que, a pesar de sus limitaciones, ofrecemos a nuestros estudiantes... Es nuestra vocación, y tú sabes muy bien lo que significa esa palabra, ¿no? Vocación. Para que entiendas que lo nuestro no es una simple elección, sino la respuesta a una llamada. Bien. Estate tranquilo. Me ocuparé de comprobar que esa vocación se halle presente en cada profesor sin distinguir entre laicos y hermanos, como yo. Los laicos también deben responder a la misma llamada, que quizá no venga directamente de Dios, pero sí de su conciencia personal. Pero seguro que ya sabes todo eso. Y, en el fondo, lo aprecias. Bien. En consecuencia, creo que es inútil que llame a tus padres para comunicarles tu insatisfacción. Supongo que ya lo habrás hecho por tu cuenta, en casa, ¿no? ¿Has hablado con ellos? ¿Sí? ¿No? Ya me lo imaginaba, no. Bien. Has hecho bien. El primer consejo que quiero darte, en efecto, es que siempre hay que intentar resolver los problemas en el interior del lugar donde se producen, nunca fuera; los problemas no se resuelven extendiéndolos, haciéndolos salir de su círculo, trasladándolos a otro lugar, contagiando a los demás con su lepra... Hay que comportarse con discreción y determinación. ¿Algo no funciona aquí, en el colegio? Bien. Lo resolvemos aquí, en el colegio. Es igual que lo que ocurre en nuestra alma, si surgen dificultades, se desata una lucha interior contra nosotros mismos. El verdadero blanco de una revolución es quien la lleva a cabo, no el exterior. Es inútil implicar a los demás, alterarlos, preocuparlos, como se preocuparían tu padre y tu madre si estuvieran al corriente de las críticas que haces al colegio. No te lo reprocho. Por otra parte, con alguien como tú, despierto y maduro, de poco serviría, ¿no? Así que voy a plantearlo de esta manera: no somos perfectos, ni como hombres ni como religiosos, y mucho menos como profesores. Bien. ¿Alguien, excepto nuestro señor Jesucristo, puede afirmar serlo? Es decir, ¿alguien es capaz de afirmar que es el mejor hombre o el mejor profesor posible? Sin duda, no. Bien. El hecho es que, querido Arbus, querido muchacho, tú tampoco. Tú tampoco eres el estudiante perfecto. O ¿tal vez estás convencido de lo contrario?

—No, claro que no.

—Bien. Tú mismo lo has admitido. Eres un estudiante casi ideal y, desde el punto de vista del registro civil, casi un hombre. En teoría, considerando tu inteligencia, podrías estudiar solo todo el programa que queda para acabar el bachillerato. ¿Es eso lo que quieres? ¿Crees que si estudias en casa en vez de venir al colegio obtendrías iguales resultados? ¿Qué te falta para alcanzar tu objetivo? Te lo diré yo: te falta algo que nunca tendrás. Y es lo mismo que nos falta a todos nosotros, curas, profesores y adultos, a todos los hombres en general, incluidos tu padre y tu madre. Convertirse en adulto no significa alcanzar la perfección, ¿sabes? Al principio hay un buen margen para mejorar, pero aunque no lo hubiera y siguiéramos mejorando un poco más, a diario, todos los días, y nos esforzáramos mucho..., pues bien, siempre faltaría un centímetro, un milímetro..., y ese margen nunca se colmaría. Si aprendes desde ahora a aceptar esa carencia constitutiva, eso que te falta, lograrás comprender la de los demás. Además, no se trata solo de emplear el tiempo del mejor de los modos, se trata, simplemente, de dejarlo pasar, de hacer que pase, ¿lo entiendes, Arbus? Porque el tiempo que transcurre, aunque no nos demos cuenta, nos hace crecer; incluso cuando tenemos la sensación de estar parados, no lo estamos, el tiempo nos arrastra, nos hace andar el camino, como la corriente de un río, a condición de que no opongamos resistencia. Bien. Al final de ese viaje habrás cambiado, habrás cambiado mucho, querido muchacho, mucho más de lo que crees, y con independencia de una clase de italiano o de geometría, habrás aprendido lecciones que ni siquiera sabías que te fueron impartidas. Creo que esto está bien.

»Te ayudaremos, Arbus, te lo aseguro, te ayudaremos de todas las maneras posibles a no sentirte diferente, a no sentirte especial. Te enseñaremos a ser normal, es decir, a aceptar lo que todos aceptan. Todos. Y esto también es una lección; diría más: esta es la lección más importante. Bien. Bien.

»En cuanto a tu extravagante convicción de que aquí no aprendes nada, te equivocas de medio a medio. Sí puedes aprender, Arbus. Claro que sí. Si quieres, puedes. Bien. ¿Quieres saber una cosa? ¿Quieres saber por dónde tienes que empezar? En primer lugar, aprende a conocer a quienes te rodean. A tus compañeros. Ellos son las primeras asignaturas que debes estudiar. El material humano es el más interesante y es más importante que la historia, la geografía o las ciencias. Merece que te esfuerces por conocerlo, que al menos lo intentes, ¿no crees, Arbus? Bien. Bien. Pongamos, por ejemplo, a tus profesores. ¿Estás seguro de conocerlos de verdad o quizá los has juzgado sin comprenderlos? No me refiero a las asignaturas que imparten, sino a las personas. ¿No te parece que tu juicio y tu castigo son apresurados? Bien, bien... Pero no creas, te comprendo. Te comprendemos. Eres impaciente porque eres inteligente, ambas cosas van a menudo de la mano. Sin embargo, tienes que estar tranquilo. Es más. Tienes que estar muy tranquilo, Arbus, ¿entendido? Bien.

El comentario de Arbus al llegar a clase fue categórico. Después de que Rummo nos hubiera puesto al corriente, le preguntamos cómo había ido con el director.

—Muy simple: me ha timado.

Lo dijo sin darle importancia. Arbus ya tenía otra cosa en que pensar.

12

Siempre es difícil hablar del colegio, tanto con intenciones críticas como narrativas; es casi imposible hacerlo mientras eres un colegial, adquiere un tono resentido o resignado si eres profesor e inevitablemente dulzón si te limitas a recordarlo al cabo de los años como parte integrante de tu juventud.

El «Bueno, todos hemos pasado por eso» convierte en monótonos, sentimentales, anecdóticos y vagos los recuerdos escolares. Paradójicamente, podría afirmarse, con exactitud matemática, que el único momento de verdadera alegría que proporciona una institución tan fundamental, universal y duradera, se da cuando cierra sus puertas a nuestras espaldas para siempre. Y si no es alegría, es alivio.

Ir al colegio está fuera de discusión, está tan por encima de cualquier cosa que resulta natural, no se concibe de manera diferente de lo que es, la experiencia artificial más larga y retorcida de nuestra vida, considerada por todos una obligación que sería incivilizado eludir. Niños y niñas, chicos y chicas obligados a permanecer casi inmóviles muchas horas al día, durante un número variable de años, en habitaciones cerradas, ¿haciendo qué? Doblar la espina dorsal sobre el pupitre y paralizar el cerebro a fuerza de parrafadas clásicas o científicas, o técnicas soltadas por profesores afónicos a fuerza de desgañitarse, cuya función no explícita, y, sin embargo, obvia y primaria, como había notado, con razón, Arbus —yo lo entiendo ahora, pero él lo captó a los dieciséis años, ahí radica la diferencia—, es mantener ocupados a los colegiales para evitar que se hagan daño a sí mismos o a los demás. En resumen, la sociedad les confía la función de guardianes para llenar el vacío de vigilancia que se crea cuando las familias, agotadas, sacan de casa a sus hijos, al menos durante una parte del día, y el mundo del trabajo no puede acogerles todavía, puesto que aún no saben hacer nada —en realidad, aún sabrán menos al finalizar el plan de estudios, pero ese es «otro tema»—. Período de latencia que, entre otras cosas, se ha alargado extraordinariamente en el mundo contemporáneo hasta llegar, de hecho, a los quince años. Quince años destinados a transformarnos en adultos listos para que nos destrocen. Quince años para realizar un experimento que puede dar —por probabilidad estadística más que por método— buenos frutos, es inútil negarlo, pero que si lo consideramos fríamente, por lo que es, da más asco que una vivisección.

Por no hablar de las asignaturas, los temas convertidos en asignaturas —aburridas, ajenas, incomprensibles...
No es que los planes de estudio en sí estuvieran mal pensados, al contrario. En realidad, estaban repletos de cosas interesantes. Es curioso que en el plano de la política y la burocracia se les atribuya siempre la culpa. Que si están tremendamente anticuados, que si son incompletos, obsoletos..., los planes son cosas del siglo pasado. Quizá se deba al hecho de que pueden cambiarse con más facilidad que las personas. En una sola tarde es posible hacer los nuevos planes de todas las asignatu-

ras e incluso inventar algunas que nunca se han impartido, o dar nuevos nombres a las antiguas —son dignas de admiración las variaciones retóricas gracias a las cuales la antigua gimnasia se ha convertido en «educación física», y lo que queda de la historia, la de los elefantes de Aníbal y la barba roja del emperador, ha sido rebautizada, de manera cacofónica, como la disciplina de los «estudios histórico-sociales...».

Los profesores, curas o no, no tenían ninguna culpa de ello. Casi todos eran unos pobres diablos, obsesionados y a la vez asqueados por las asignaturas que enseñaban a fuerza de repetir sus fórmulas que, con el tiempo, se habían convertido en cantinelas aprendidas de memoria, como mantras tibetanos; en efecto, la voz de algunos de ellos había asumido el tono nasal y gutural de los sacerdotes de todas las religiones cuando recitan sus salmos, un estribillo que se basa en algunas sílabas y se pronuncia en una única emisión de aliento, y que nosotros, en la pizarra, tendíamos a reproducir de manera idéntica, con las mismas pausas.

Así pues, ¿de quién era la culpa?

No sé si soy el único que recuerda el colegio de esta manera. Seguramente a otros les entusiasmaba o creen, o recuerdan ahora, que era así cuando sienten nostalgia del tiempo que no volverá, pues es imposible extraer con un cincel, en bloque, el término «colegio» sin destruir el de la «juventud», y uno acaba persuadido de que forman una cosa sola; algunos pueden afirmar, con toda sinceridad, que en el colegio «se divirtieron» y se encariñaron con los compañeros, con los profesores. Si yo afirmara que «para mí no fue así», daría seguramente la imagen de una persona mezquina, de modo que vale, yo también me divertí, pero sin dejar de apretar los puños, y estreché amistades que, sin embargo, el colegio no fomentaba sino que boicoteaba, al amontonarnos a los treinta como ratones en una caja. Más que amigos, éramos compañeros de prisión y puedo dar fe de lo ilusoria, aunque embriagadora, que resulta la solidaridad que se crea bajo la constricción, la carga morbosa y enfermiza que tiene ese «nosotros contra el resto del mundo», esa hermandad forzada celebrada por los poetas de la guerra.

Colegio, pues, concebido como una paciente espera, una gestación plurianual durante cuyo desarrollo sucedían cosas formidables y explosivas; en primer lugar, en nuestro cuerpo y nuestra mente, que parecían sucumbir al efecto de drogas potentísimas que mutaban la realidad de manera psicodélica —por su cuenta, claro está, y no por efecto de las clases...—; y en segundo lugar, en el exterior, que reventaba de novedades hasta volverse casi irreconocible, hasta convertirse en otro mundo, entre 1962 y 1975, es decir, del año en que entré en el colegio con el babero al año en que salí con pantalones de campana. Para darse cuenta, basta comparar las fotos o imágenes televisivas.

Un período cambiante y peligroso como una serpiente que repta en una selva.

Y, mientras tanto, ¿qué hacíamos nosotros en el colegio? Esperar. Esperábamos rumiando fórmulas, poemas, teoremas, listas, transcribiendo, borrando con la goma blanca y con la azul, llenando de tiza las pizarras, lanzando balones suizos, afilando lápices y mirando los árboles por la ventana...

Si pudieran reunirse las virutas de goma producidas en ataques de rabia, si pudiera llenarse una piscina con la tinta utilizada, no en las traducciones completas del latín y el griego, sino solo con la usada para cometer errores, para escribir las palabras cuyo destino era que el profesor las tachara, y se pusieran en fila todos esos segmentos rojos de las correcciones...

Quizá hasta los catorce o quince años podía coexistirse con el colegio, si uno se limitaba a burlarse de los profesores en cuanto se daban la vuelta, a imitar sus defectos físicos y su manera de hablar y, en las pausas de estos ejercicios de grosería, a absorber fragmentos sueltos de clases y asimilar los conocimientos más elementales —o, a veces, los más difíciles—, con la única finalidad de repetirlos como loros en los exámenes orales, sin haber comprendido nada. En el fondo, se trataba de una receta fácil y vil que cualquiera, si no era un negado absoluto o un rebelde de verdad —rebelde en el fondo de su alma, quiero decir—, podía poner en práctica para ir tirando año tras año. Bastaba con quedarse quieto a fin de minimizar los daños y, en el fondo, era la única condición que los curas nos ponían, que teníamos que respetar, a la mierda el provecho escolar, el conocimiento y lo demás; bastaba un mínimo de hipocresía para mostrar un minuto de contrición, como en el confesonario, y pasábamos de curso, es decir, conseguíamos la absolución. Y que nos soltaran, libres como borreguitos desperdigados por una colina. Hay religiones que se limitan a pedir a sus fieles: ahora ponte de rodillas, date la vuelta cuando te lo ordeno, murmura y bisbisea en vez de gritar, por lo demás, haz lo que te dé la gana. Paga una pequeña, mínima fianza y... ¡eres libre! Nuestros curas, en realidad, eran muy poco exigentes, hasta un nazi habría podido cumplir sus requisitos, y no por casualidad más de uno los cumplieron. Los curas aceptaban, aceptaban, aceptaban —según el místico precepto de «acéptalo todo»—, es decir, aceptaban al ser humano en su totalidad, incluidas sus bajezas. Era el credo que les había transmitido su fundador. Perdonaban, perdonaban, o bien fingían no enterarse. Nosotros, por el contrario, desdeñábamos, obstaculizábamos, rehusábamos, y habríamos rechazado el colegio en bloque si, en el fondo, no hubiera sido tan fácil soportar su peso distribuido a lo largo del año, recibiendo a cambio de comportarnos bien —«portaos» bien, «estaos» quietos— unas cuantas pequeñas reprimendas de un humor surrealista, alguna carcajada furtiva y unas notas pasables en la cartilla —suficientes por los pelos, concedidas, rectificadas, redondeadas, nunca merecidas.

Pero a continuación sucedió algo curioso. Aunque todos seguíamos siendo un hatajo de amebas ignorantes a medio hacer, de golpe nos sentimos superiores a los profesores, como si nuestra antigüedad fuera un grado, un ascenso repentino, sobre la marcha; es decir, nos pareció que los habíamos alcanzado y superado, de forma que ninguno de ellos —a excepción de Cosmo— nos infundía miedo. Por no mencionar el respeto, que nunca les habíamos profesado. Para algún compañero especialmente soberbio y seguro de sí, eso implicaba tratarlos como a miserables. En definitiva y como siempre, era una cuestión de dinero, como ya he dicho. Descubríamos que los poderosos profesores en realidad tenían los bolsillos casi vacíos.

Otros sentían una especie de injustificada altanería intelectual y creían que ya sabían y comprendían las asignaturas mejor que ellos. Giovanni Lorco, por ejemplo, estaba convencido de que los curas eran unos patanes ignorantes a los que les habían dado un lavado de cara en el seminario, y de que los laicos, profesores sin titulación, eran unos fracasados que para evitar las oposiciones públicas se habían refugiado en una institución privada como quien tiene que pedir comida en un comedor social. Lorco se pasaba las clases comprobando en los libros lo que nos explicaban para estar seguro de que era correcto. Solo esperaba la ocasión para pillarlos in fraganti.

También había otro grupo de chicos presa de un extraño entusiasmo que los hacía sentirse preparados para vivir aventuras extraordinarias; el colegio no era más que un obstáculo, y los profesores eran más pesados que un sujetalibros de mármol. Tenían ya la vista puesta en el mañana, en el después, y estaban impacientes por apartarse de la chiquillería y de sus tristes vigilantes.

SEGUNDA PARTE

Flesh for Fantasies

1

¡Qué buenos tiempos aquellos en los que para vivir como Dios manda bastaba con respetar fielmente el guion e introducir unas pocas variaciones personales! El papel del hombre y la mujer, por ejemplo: bien escrito, muy rodado, identificable a primera vista por quienes te rodeaban, asistían a tu representación y la juzgaban. Un papel al que podías renunciar simplemente realizando un gesto de rebelión consciente, infringiendo las reglas. Rebelándote. Pero si no hay reglas, ¿cómo infringirlas o cambiarlas? Así que heme aquí, prisionero de su ausencia, vagando cegado por la confusión. Qué amarga ironía la de ser esclavo de reglas que no existen. No puede romperse un juramento que nunca se hizo. Estudiar, trabajar, copular, tener hijos, envejecer, morir..., pero también reír, pelear, luchar, matar... En función del sexo, la edad y la condición social, los individuos encontraban modelos disponibles de todas estas experiencias, modelos que solo tenían que aplicar, calcar con algo de paciencia y meticulosidad, como si siguieran las instrucciones de una revista para tricotar jerséis y chaquetas. A pesar de parecer aburrido y oprimente —en efecto, lo era—, ¡qué sensación de seguridad! Hasta los que decidían no respetar el guion se sentían seguros. El riesgo que corrían —por llamarlo de alguna manera— se basaba en una sólida certidumbre, pues, al igual que un opositor bajo una dictadura, sabías muy bien qué ocurriría si te rebelabas. No como ahora, que aunque te folles una oveja delante del edificio del Senado, no te hacen ni caso e interpretan tu gesto como una provocación inútil, una protesta con la que solidarizarse en cuanto manifestación de un malestar frecuente, o incluso como una performance artística. El músculo del interés es vanamente objeto de las cosquillas de las provocaciones más violentas y absurdas: no suscitan interés ni reacción. Hoy en día se afronta la vida al azar, no existen señales —excepto, quizá, la que manda el dinero, que ya es algo— que indiquen, en principio, qué hacer y qué no hacer, qué ambicionar y de qué mantenerse alejado. Cada uno va por su cuenta, cubriéndose con una manta de retales que va tejiendo sobre la marcha a base de actitudes y convicciones a medias, tomadas de aquí y allá, para no quedarse desnudo, para parecer normal, aunque se vea a la legua que debajo no hay nada, que todo es improvisado, prestado, copiado de las series y los debates de televisión, de los consejos de los expertos, de las modas impuestas por la red. No hay sustancia, fundamento, pero tampoco una hipocresía descarada. Es como una capa esmaltada, un modelo vacuo aunque impecable en su completitud social, como lo era hasta hace poco, por ejemplo, el modelo burgués. En esta payasada, en este collage hecho de identidades y modelos incongruentes, los varones destacan por sus elevados niveles de resentimiento, frustración y ridículo, quizá porque su molde tradicional no se ha hecho añicos de forma dramática y progresiva, como les ha pasado a las mujeres con el feminismo, sino de manera grotesca y regresiva. El radicalismo feminista poseía, al menos, un rasgo torpemente heroico, un pálpito épico común a todos los movimientos de reivindicación en su fase inicial, esa en la que se alzan y ondean banderas. Los palos de ciego masculinos en busca de un nuevo papel tienen mucho en común con el movimiento convulso de la cola cortada de la lagartija, con la risa nerviosa ante un chiste incomprensible. Hombres histéricos y mujeres combativas, fuera de los clichés, ¿no? Todas estas imágenes contradictorias y nuevas empiezan a caernos encima en la época en que se desarrolla esta historia. Cuando éramos chavales. También había quien no buscaba ningún papel nuevo para los hombres, sino que se encastillaba en defender el viejo, en proteger sus murallas en ruinas.

El joven varón de entonces oscilaba entre dos actitudes opuestas e inquietantes. Una, la más común y cotidiana, la frustración por no follar; la otra, la ansiedad por estar a la altura cuando lo hiciera. El sexo, tanto fantaseado como practicado, provocaba trastornos en todo nuestro ser. Decir que nos ponía nerviosos y nos generaba inseguridad no saber cómo reaccionaría nuestro sexo en el momento de la verdad es un eufemismo.

Era un amasijo agobiante de angustia y curiosidad enfermiza. Ese temor adolescente acompañará al varón toda su vida, a menos que decida ser casto y logre mantenerse en su propósito. En efecto, la auténtica voluntad de mantener el control no se expresa en el coito, sino en renunciar a él. Por ese motivo, las pocas personas castas que existen son insoportables, porque exhiben su elección como si fuera un cuerpo espectacular. Al reprimirse, se han liberado y ahora su energía intacta, compacta, se convierte en un potente instrumento mundano, en una especie de látigo con que vapulear a los demás. ¡Terrible clarividencia la del hombre casto! Ningún objetivo se le resiste. Baudelaire decía que hay dos maneras de huir del hastío de la muerte: el trabajo y el placer. La única diferencia entre ambos es que el primero aumenta las fuerzas y el segundo las consume. A mi modesto parecer, ambos las consumen.

El sexo era una materia digna de estudiarse con atención, un teorema difícil de explicar y de aplicar. No tenía nada de natural, a excepción de su ímpetu sórdido y vago, de esa pulsión, casi de malestar, imposible de traducir en gestos concretos que no fueran banales. Banales las frases pronunciadas para conseguirlo, la manera de palpar y restregar, grotesco el gesto de quitarse los calzoncillos, ridícula su manera de enredarse en un tobillo... Y lo extraño es que creíamos que íbamos a resolver este complicado misterio —cuando llegáramos a tener un cuerpo femenino debajo del nuestro— dando empellones, moviendo frenéticamente la pelvis y soltando gruñidos. ¿Se hacía así? Como si esos esfuerzos, diligentes y aproximativos, pudieran resolver el rompecabezas. Uno pensaba que llegaría más rápido a una conclusión, que cuanto más fuerte empujara más cerca estaría de la meta. Algo así como una prueba de fuerza con un martillo de feria.

Ahora, los destinos se han cruzado y las costumbres, invertido. Mi época fue el punto exacto de intersección. En la sociedad puritana, cuando nació el psicoanálisis se descubrió que muchos actos que en apariencia no tenían nada que ver con el sexo poseían una raíz oculta de origen sexual. Hoy en día, está claro que muchos actos sexuales no tienen nada que ver con el sexo. Antes, lo primero era desnudar el cuerpo y mostrarlo desnudo; ahora, para comprender algo, hay que vestirlo. El simbolismo se ha invertido. Antes, la imagen de una chica con un polo en la boca insinuaba que chupaba una polla; hoy en día chupa directamente una polla, pero quizá le apetecería un polo.

2

El problema no se plantea, de hecho, hasta la pubertad. Después, en una sola temporada, las chicas se transforman de manera tan llamativa y explosiva que su diversidad resulta insostenible, tanto a la vista como al pensamiento. No puedes fingir que no pasa nada. Las innumerables series americanas sobre chalados, tías buenas y maníacos, sobre animadoras, frikis, chicos con el flequillo engominado, escaladas nocturnas a dormitorios femeninos y duchas con agujero en la pared para espiarlas, no dan ni remotamente una idea del contraataque que los jóvenes varones sufren al asistir a la salvaje floración de los caracteres sexuales secundarios femeninos, fenómeno extraordinario comparado con el lento y enrevesado desarrollo de la virilidad masculina, vivida en paralelo, que se manifiesta ridículamente a través de cuatro pelos en la cara y muchos granos, cambio del tono de la voz y tendencia a encorvarse bajo el peso de una musculatura que, en realidad, todavía no se aprecia. La diferencia, de virtual y burocrática, pasa a ser tangible y corpórea. Y tanto si te repugna como si te atrae —a menudo, las dos cosas a la vez—, es difícil que deje indiferente.

Sí, claro, a algunos adolescentes no les importa el fenómeno de las muchachas en flor. Uno de cada cinco ya está tan seguro de sí mismo y de su atractivo que sin duda destrozará muchos corazones femeninos gracias a esa frialdad, a esa indiferencia. Otro la finge porque la timidez lo paraliza y le impide incluso acariciar la idea de hablar con una chica, porque hablar de verdad ni siquiera se lo plantea. A un tercero no le importa realmente porque en su jerarquía de intereses el equipo de fútbol, su madre, los coleccionables, la química, los coches o incluso el dinero —sí, hay chicos que a los catorce años ya piensan en eso— ocupan los primeros puestos. Y un cuarto chico, perteneciente a la clase más común, está sencillamente atrasado, se encuentra unos husos atrás con respecto a los meridianos de la sexualidad, es capaz de permanecer en su mundo infantil hasta los dieciséis o los veinte años y arrastrar ese rasgo virginal toda su vida. El quinto es marica y todavía no lo sabe, se pregunta por qué no siente nada o por qué siente lo que siente hacia los otros chicos.

Tenía un compañero, Iannello, a quien le costaba en especial aceptar esa metamorfosis. Su sufrimiento era palpable. El descubrimiento lo había pillado por sorpresa, a traición. Pero quizá era él, su manera de ver las cosas, lo que había cambiado. De un curso a otro, se había vuelto raro, dado que las mujeres ya existían antes, pero él no se había dado ni cuenta. Quiero decir que la lujuria estaba más en sus ojos que en los cuerpos de las chicas que su mirada encendida por la curiosidad contemplaba de manera febril. A su lado, como compañero de pupitre, pasé un horrible curso académico.

—¡Sus cuerpos, sus putos cuerpos! —murmuraba Iannello, al lado de quien pasé un angustioso año de colegio, en el mismo pupitre—. Te vas de vacaciones y al volver... ¡Es que casi dan miedo! Y mi hermana, igual. Este verano ha cambiado mucho, su mirada, su pelo... ¡No te lo vas a creer, pero hasta la melena le ha cambiado, joder! No sé cómo explicártelo. Ahora se parece a la de mi madre y estoy seguro de que ella no ha hecho nada, no ha ido a la peluquería..., pero es diferente.

Estaba muy claro que, por delicadeza, Iannello no mencionaba el aspecto más llamativo del cambio de su hermana Annetta, es decir, las tetas increíbles que le habían salido, turgentes y voluminosas como las de las diosas esculpidas en la fachada de los templos de la India. En efecto, Annetta parecía una esclava árabe de *Las mil y una noches* o una princesa india. Todos los Iannello, padre, madre e hijos, eran de piel oscura, ojos brillantes, labios rojos y dientes blancos, como en las descripciones de los poetas orientales y como una actriz fabulosa de aquella época, Claudia Cardinale. Pero ¡Annetta solo tenía catorce años, quizá ni los había cumplido! ¿Cómo iba un chico de mi edad lleno de granos que entretanto se había vuelto más corpulento y más desgarbado aguantar la comparación con eso? Y ¿qué otra cosa podía ser eso sino el curso normal de la vida?

Así pues, la vida era lo insostenible para un chico, para un adulto y, al final, para un viejo o una vieja, protagonistas, o más bien víctimas, de esta incesante metamorfosis.

—No es que antes no tuviera polla —proseguía desconcertado Iannello en voz baja, vuelto hacia mí en la clase de ciencias—. ¡Es que me la he encontrado entre las piernas de un día para otro!

Comprendía muy bien lo que intentaba decirme y su contrariedad. Se refería al hecho de que las chicas, de pequeñas, no tienen tetas, son planas como chicos, y de repente empiezan a salirles, a empujar, a hincharse..., se convierten en objeto de atracción, de comentarios, algo que se cubre y se descubre, que se sujeta, que se mima y a lo que se culpa de muchas cosas... Algo que pocos meses antes no existía y que ahora está ahí, plantado en el centro de la atención y de la preocupación.

—Me están destrozando la vida... —susurraba Iannello antes de que Svampa le llamara la atención para que se volviera.

Svampa, al que ya conocemos, era el profesor de química.

—A ver, el morenito de la primera fila... ¿Qué te pasa hoy que estás tan... —y le daba un toque en la cabeza con el puntero que usaba para señalar los elementos de la tabla periódica que colgaba de la pared— distraído, eh?

Iannello cerraba los ojos a la espera de un segundo golpecito, esta vez más fuerte. Mientras tanto su mente, insensible a las llamadas de atención, seguía vagando en pos de un par de formas gemelas que sobresalían en un tórax delicado con la única finalidad de turbarlo, a él y a muchos otros. (No, por favor, no saquemos a colación que esas tetas tienen o tendrán la noble función de amamantar..., en realidad, tal como están hechas y colocadas, no sirven para nada, es decir, para nada más que para convertirse en objeto de preocupación femenina, y de deseo y elucubración masculina. Es inútil recordar que se trata de mamas para alimentar a los bebés, que son iguales a las de muchos animales. ¿Ha visto el lector cómo son las tetas de los animales? ¿De los perros, gatos, monos..., no sé, de los delfines? ¿Y dónde están? Los libros dejan muy claro que la posición erecta ha invertido para siempre el orden de su función, dando la preferencia a la meramente erótica. Además, hoy en día las tetas salen cada vez antes, mientras que las mujeres tienen hijos cada vez más tarde, en menor número, y dan de mamar durante un tiempo cada vez más breve, así que, si va como tiene que ir, pasarán al menos quince o veinte años antes de que un recién nacido se alimente de ellas; después quizá le tocará a otro o, como mucho, a otros dos, por unos pocos meses en el curso de toda una vida... Mientras tanto, decenas de hombres —adolescentes, adultos y viejos— soñarán con tocarlas, sobarlas, mordisquearlas y succionarlas. Y alguno lo logrará.

Antes de que lleguen a la boca de un recién nacido, al menos en los países occidentales, en esos pezones saciarán su sed un número variable de adultos; y una vez apartado a la fuerza el lactante de esa fuente, que en teoría ha sido creada para él —a partir de ese momento se alimentará de leche en polvo y asquerosos potitos—, su padre, y quizá otros adultos con quienes la madre se muestre disponible, volverán a ellos. Alternándose golosa y voluptuosamente.

En resumidas cuentas, me pregunto: ¿quién succiona los pechos de una mujer menos que sus hijos?)

Es inevitable que ante unas tetas desnudas a un hombre se le vayan los ojos. La prueba es el éxito duradero de las tetonas famosas, de las mujeres famosas por sus tetas, quiero decir. Sería tan fácil como inútil redactar una lista, dado que cada uno de los lectores puede recordarla de manera instantánea y acompañarla de imágenes elocuentes en que estas señoras no hacen otra cosa que sacar pecho o, al contrario, fingir que ocultan sus encantos naturales, sopesarlos, apretarlos con las manos o dentro de vestidos y sujetadores ajustados. Fingiendo esconderlos, en realidad alardean de ellos, porque dan a entender que es imposible mantenerlos a raya, castigarlos, son demasiado, demasiado... exuberantes. Sí, ese es el adjetivo más apropiado.

(Confieso que lo que siempre me ha atraído más del cuerpo femenino es el pecho, la mayor fuente de placer y frustración que un hombre pueda tener a través del contacto físico o, si se le niega, a través de su contemplación. Un pecho hermoso exalta, excita, acaricia y distrae la vista como los fosfenos, esas chispas misteriosas que atraviesan nuestro campo visual.

Esperamos con ansia que se desnude, que se libre de la mezquina tiranía de corpiños, rellenos, corsés, aros, tirantes, elásticos... La aparición de un pecho bonito, libre de tanta parafernalia, es algo espléndido, puro, una forma sin ataduras que deja mudo. Es como «el ciervo que sale del bosque». A la belleza enhiesta del pecho contribuye el hecho de que no tiene que expresar absolutamente nada, al contrario del rostro, ese campo de batalla arrasado por pensamientos y sentimientos que todo el mundo observa y escruta para interpretar, para saber lo que sientes y piensas. No hay nada que saber acerca de un pecho hermoso.)

Desde el momento en que fui consciente de su existencia, los problemas más peliagudos con las chicas fueron la timidez y la torpeza.

¿Qué frases debía pronunciar? ¿Qué debía hacer? Vergüenza, vergüenza, vergüenza...; pasaron años antes de que encontrara una manera aceptable de comunicarme con el otro sexo, que es, en definitiva, la que sigo usando. Cuando miraba a una chica me ruborizaba casi de inmediato, y apartaba la vista solo de pensar que quizá tenía fantasías o intenciones parecidas a las mías. Eso me incomodaba mucho, imaginar que las chicas me leían el pensamiento o que yo se lo leía a ellas y descubría que era idéntico al mío, o incluso más obsceno.

Si pienso en las chicas de las que me enamoré en las vacaciones —de manera confusa pero ponzoñosa, a tal punto que no lograba pensar más que en sus ojos, que se me antojaban un pozo de maravillas; en sus labios fruncidos para fingir enfado; en sus melenas, sus muslos y en esa cosa invisible que ocultaban entre ellos—, tengo que dar la razón a quienes afirman que tras esas figuras de muchachas insignificantes, más o menos insustanciales —como, por otra parte, era insustancial la mía de chaval embobado— había una imagen luminosa que no pertenece a este mundo, una forma radiante capaz de subyugar, de encantar, con la que entraba en contacto a través de esas desvaídas niñas de catorce años. Y lo mismo valía para ellas. Era imposible que aquellas adolescentes efébicas, delicadas, demacradas, que rozaban la insignificancia, solo porque alguien las amaba, las deseaba o únicamente las observaba de manera furtiva, pudieran desprender por sí solas tanto calor, tanto esplendor, la energía de una bomba de hidrógeno que succiona el aire a varios kilómetros a la redonda con su globo de fuego. ¿Cómo explicar algo así? Ya que he visto que a mis hijos les ha pasado lo mismo, estoy seguro de que funciona justo de esta manera. Sí, es una experiencia mística, ¿qué otra cosa podría ser? De la que nosotros, pálidas figuras, no somos más que el cascarón.

Por eso, los años del colegio coinciden con los de la máxima turbulencia emotiva, cuando la sexualidad emerge confusa, asustando, seduciendo y desorientando, quemando el cerebro de los que cruzan el territorio de la adolescencia, su arena ardiente.

Arbus no. Arbus era diferente. Siempre lo fue, en todo. Mientras nosotros jugábamos al fútbol en un campo de tierra, él, en secreto, iba creando su mente. Nunca dejó traslucir, que yo sepa —o, al menos, no mientras estuvimos en contacto—, flaqueza o desasosiego por la imagen femenina; nunca se encantó, como Iannello, pensando en sus formas y sus rostros. O puede que lograra disimularlo a la perfección, como otros muchos pensamientos.

Después, cuando le perdí el rastro, debió de descubrirlo a su manera o inventarlo, pues llegó a casarse.

Sí, Arbus encontró a una mujer —lo supe mucho después de su sorprendente boda—, y unas páginas más adelante, si el lector tiene la paciencia de leerme, le contaré cómo la encontró.

3

Svampa, el profesor de química, el cura anciano de vocecilla nasal, usaba el puntero con la habilidad con la que el que practica esgrima usa el florete. A pesar de su longitud, lo volteaba y alcanzaba el blanco, casi siempre de punta.

En efecto, no propinaba bastonazos, eran más bien jugadas de billar, como si quisiera ensartarnos, lo que habría deseado hacer de otra manera, siguiendo su instinto erótico reprimido.

Pero ¿reprimía en verdad ese deseo?

Nos lo preguntamos muchas veces.

No había ninguna duda de que era un homosexual rematado, pero ningún chico del SLM que yo haya conocido o con quien haya hablado, mencionó jamás que lo hubiera molestado, si, como espero, no se consideran molestias los apodos cariñosos con que se dirigía a sus preferidos, los chicos más monos y afeminados o, al contrario, los más precozmente viriles, los machitos, para entendernos, como Iannello.

El «¡Te comería a besos, Ricardito mío!» dirigido a Modiano, que entonces tenía una melena angelical de finísimos cabellos rubios —los primeros en perderse, por desgracia—, era, en el fondo, una frase alentadora referida a sus resultados escolares que acompañaba un examen con un suficiente de nota.

La clase de ciencias habría podido definirse más bien como de alquimia.

A pesar de que nos enseñaban ciencias modernas, la clase era como un residuo de la Edad Media engastado en el edificio racionalista del SLM, un gabinete del doctor Fausto tapizado de símbolos, esqueletos, criaturas en formol y plantas carnívoras que masticaban y tragaban insectos para alimentar su flor carnosa y purpúrea, que se abría por las noches y solo duraba un día, matando al final a la planta, agotada por haberla generado.

Gas era el ayudante de Svampa.

Un viejecito sucio y encorvado de largo cabello blanco y enormes cejas canosas que a lo largo de su vida seguramente habría desempeñado todos los oficios y trabajos más asquerosos antes de ponerse la áspera y descolorida bata gris, llena de manchas y salpicaduras de las sustancias que, sin pronunciar jamás una sola palabra, ayudaba a poner en su sitio al final de los experimentos. Frascos, ampollas, alambiques, generadores de electricidad y espejos para experimentos de óptica.

En efecto, Svampa era muy desordenado y chapucero. Mientras explicaba se excitaba hasta ponerse eufórico, le salía la voz en falsete, y, sin la ayuda de Gas, el día menos pensado habría hecho saltar por los aires el colegio, en especial cuando se divertía calentando sus pociones con el quemador Bunsen que olvidaba apagar cada dos por tres.

Gas nunca abría la boca y, a espaldas de Svampa, nos miraba con odio, sobre todo cuando el profesor se abandonaba a sus retahílas amorosas dirigidas a los compañeros más atractivos, normalmente a Jervi, Modiano o Zarattini.

Nos escrutaba con esa mirada repleta de rencor que sus enormes cejas blancas y enmarañadas amplificaba.

Gas nos odiaba sin excepción a todos nosotros, hijos de papá.

Pues sí, el lugar de Gas & Svampa habrían podido ocuparlo Merlín o Paracelso.

Los dos, viejos, encorvados y atareados sobre la mesa de experimentos, parecían una pareja de ladrones de cadáveres, los famosos Burke & Hare. Por otra parte, entre las muchas cosas que se rumoreaban de Gas, se contaba que antes de que lo contrataran en el SLM, casi con sesenta años cumplidos, había trabajado en el departamento de medicina forense de la morgue, donde lavaba los cadáveres y recomponía sus restos después de las autopsias. También se rumoreaba que había sido alcohólico, y había quien insinuaba que todavía lo era. En cualquier caso, verdad o leyenda, no hay nada que hacer: los hombres de ciencia están un escalón por encima o por debajo de los chamanes y los brujos.

Por si no bastara, Svampa estaba convencido de que los chicos llevaban el carácter escrito en los rasgos. De modo que no nos escrutaba como si estuviera palpándonos el rostro y hurgando en nuestros cuerpos solo porque fuera homosexual. Si se convencía de que alguno de nosotros, por la forma de su nariz, su frente o sus manos, por ejemplo, no estaba dotado para la química, se desentendía por completo de él, nunca le hacía preguntas ni respondía a las que el chico pudiera formularle y —esto era el colmo— le ponía un seis para no perder tiempo y energía discutiendo.

Una vez, Jervi y Chiodi le gastaron una broma terrible. Memorable. Todavía se comenta entre los exalumnos del SLM. Svampa había cultivado un ejemplar muy raro de una planta de agave, que cuidaba con gran amor a la espera de que floreciera, cosa que ocurría una sola vez en su vida. Svampa llevaba meses esperando el gran día, como una madre aguarda el alumbramiento. Podría afirmarse, sin retórica, que regaba la planta con sus lágrimas de viejo cura maricón y reprimido, que debían de ser abundantes, pues las vertía por los pecados cometidos, por los imaginados y por las continuas renuncias y frustraciones. Daba la impresión de que el solitario capullo de agave, henchido y jugoso como una alcachofa, empujaba dentro de los pétalos, deseosos de abrirse de par en par para mostrar ese color llamativo que daría esplendor al pobre aspecto del arbusto, un tronco gris que si no hubiera sido por aquel monstruoso vástago a punto de eclosionar habría parecido una rama seca. En la última clase que nos dio antes de la, llamémosla, broma, Svampa se había distraído en varias ocasiones para dirigir su mirada a la planta, colocada bajo la ventana a fin de acelerar el proceso vegetal, como si tuviera miedo de perderse el momento exacto de la eclosión. Pero el milagro se había aplazado. Gas dejó sin vigilancia el laboratorio, con las llaves en la cerradura, para ir a buscar detergentes al sótano —hay quien dice que se escondía allí para beber—, y mis compañeros Jervi y Chiodi se colaron y echaron media botella de lejía en la maceta de agave. Por lo que ellos cuentan —pero quizá sea un detalle inventado, más propio del género de terror—, le pusieron una inyección directamente en el tronco. El efecto no se hizo esperar y al día siguiente, a pesar de ser un martes —los martes no había clase de ciencias—, la noticia se difundió en un abrir y cerrar de ojos por los pasillos. Svampa estaba en el laboratorio, sentado con la cabeza entre las manos, delante de la maceta de agave. No lograba reprimir los sollozos, que le agitaban los hombros descontroladamente. Así lo encontraron los chicos que entraron en el laboratorio atraídos por su llanto. Cuando sonó el timbre del recreo, nosotros también nos precipitamos allí y nos agolpamos en la puerta. Svampa seguía en el mismo sitio, velando su flor muerta antes de nacer. La planta seguía siendo gris, como siempre, pero el jugoso capullo por cuya corola medio abierta se entrevía, hasta el día antes, el hilo rojo de los pétalos, se había desprendido del tallo. Svampa daba vueltas al capullo, seco, muerto, descolorido, entre las manos, como tratando de comprender lo ocurrido, aunque creo que lo había comprendido perfectamente. Cabizbajo, lloraba.

A su lado, de pie, estaba Gas, lívido de rabia, con la cabellera cana desgreñada y las cejas aún más enmarañadas. Mantenía una mano solícita en el hombro de Svampa, en el punto donde la sotana del cura estaba más gastada, casi brillante. Pero consolar al abatido profesor no era su preocupación principal. Sabía muy bien que el director abriría muy pronto una investigación para aclarar su falta de vigilancia. Y nos miraba con un odio inconcebible, nunca he visto a nadie odiar tanto a sus semejantes. Un odio puro, absoluto y justo.

Y todo por una flor.

4

Helo aquí, el joven varón granujiento, jadeante, excesivo, bipolar por naturaleza, concentrado en correr en zigzag, igual que en un videojuego, entre abismos que se abren de repente a sus pies y peligros evitados por los pelos gracias a su homosexualidad latente, al miedo al ridículo social, al fracaso, o simplemente porque ha capitulado en el tema de las mujeres. Territorios minados que, si los pisas, saltas por los aires. Su batalla no es contra el otro sexo, sino contra el miedo que le da pertenecer al suyo. Como hombre, se le han asignado ciertos estándares que debe alcanzar, a los que tiene que hacer honor, y lo que más teme es que su masculinidad esté incompleta, herida, llorosa, como, de hecho, casi siempre está.

Por tanto, todos los desastres, grandes y pequeños, que provoca, tienen la intención de compensar esos defectos, de remendar los desgarrones que acribillan su virilidad.

Atracción entre compañeros, temor y, sobre todo, sensibilidad, sí, una increíble sensibilidad que nadie sospecharía y que, sin embargo, existe, una sensibilidad agudizada e infantil respecto al juicio y la mirada de los demás chicos. Una obsesión unía a los compañeros de colegio y al mismo tiempo los crispaba y repelía. Pasaban la mayor parte del tiempo midiéndose para descubrir el lugar que ocupaban en la escala de la masculinidad, qué puntuación les atribuían los demás. A las chicas solo se las incluía porque permitían ganar posiciones en la jerarquía masculina, servían para que los varones se juzgaran entre sí, ajustaran sus cuentas. Tenían la función de indicadores, como los resultados deportivos, los gustos musicales o la manera de vestir. Quien cree que solo las chicas se dedican a comparar su vestuario, se equivoca de medio a medio. Los chicos se escrutan quizá con más atención, con más curiosidad, y su juicio es aún más implacable. No hay nada que pueda hacerte perder tantos puntos como una camiseta, unos zapatos o un par de pantalones.

Cuando al principio de la adolescencia creemos haber descubierto, de un día para otro, la diferencia entre ser varón o hembra, empieza una competición cuya finalidad es distinguirse. Para demostrar que tenemos conciencia del propio papel, exageramos su interpretación, lo sobrecargamos de gestos, como los actores que confían poco en su talento. Los adolescentes interpretan los papeles de hombre y de mujer con una desgarbada y circunspecta seriedad, proporcional al miedo que les da que no les tomen en serio, hasta producir imitaciones paroxísticas de masculinidad y feminidad, caricaturas, en resumen, algo así como *Ellos y ellas*, una especie de musical parecido a *Grease,* en que los chicos se comportan como chulos y dicen palabrotas, y las chicas como muñequitas alocadas. La manera más simple que tienen los varones de demostrar que lo son es despreciar la feminidad. Se trata de un claro precepto negativo cuya fórmula simplificada reza que para ser hombres basta con no ser mujeres. Los padres de antes —y quizá algunos de hoy en día— también actuaban por exclusión, o sea, en vez de animar a los hijos a comportarse de manera viril, tomaban todas las precauciones para que no se comportaran como afeminados. Los muchachos salían de la infancia con una sola idea, muy concreta: la de que el sexo no les afectara. Todo interés vagamente sexual era considerado en sí afeminado. Toda atención dirigida al cuerpo, tabú: mirarse al espejo, peinarse, preocuparse por la ropa. El joven sano tenía que despreciar todo eso, ser desaliñado, lavarse poco y dejar que los pelos crecieran donde quisieran. El objeto que simbolizaba esta dejadez apestosa eran las zapatillas de deporte —nombre genérico que se usaba entonces, ahora se llaman por su marca, y hay tantas que no existe un solo término para designarlas—. Este modelo de virilidad sobria y un poco guarra no es una novedad, pues se remonta a muchas escuelas filosóficas de la Antigüedad, donde encuentra su extrema y polémica exposición en los escritos de Juliano el Apóstata, el anacrónico emperador que en nombre de un ideal castrense y severo, condenaba la depilación, los baños revitalizantes, los masajes y los cuidados estéticos, es decir, todas las mariconadas orientales que habían confundido los sexos y debilitado Roma, haciéndola parecer una satrapía.

A esa edad, la duda de no ser «como los demás» se convierte en una certeza: nadie puede ser o sentirse «como los demás», es imposible, y cada uno siente y es, efectivamente, diferente, tanto si se considera un tipo muy especial como si teme ser un desagraciado o un monstruo.

Así que había dos maneras de expresar la rabia contra los demás chicos: o agrediéndoles con palabrotas y puñetazos para demostrar que eras más hombre, más grande y más fuerte que ellos, o haciendo una escena histérica tomada del repertorio femenino, es decir, con voz en falsete, alterada, con arañazos y lágrimas. A menudo, ambas modalidades, que tienen en común el lenguaje procaz, se mezclan..., y no es necesario ser afeminado para ello. La inagotable búsqueda de compañía, de aprobación, similitud y solidaridad que los chicos buscan entre los de su mismo sexo, provoca, si se frustra, un resentimiento incluso mayor del que puede sentirse por el otro sexo. Ser rechazado por alguien igual que tú puede provocar una dramática incertidumbre acerca de la propia identidad, incluso peor que las negativas relativamente previsibles que se reciben de las chicas que, por desagradables que sean, tal vez incluso la fortalezcan. Un chico que te niega su amistad puede causarte aún más daño que una chica que rechaza tu amor.

Si hay algo de lo que los hombres están oficialmente satisfechos, hasta vanagloriarse de ello, es de no ser mujer. Pero, subyacente a ello, circula una curiosidad, una envidia e incluso un deseo o ansia desenfrenada de probar, digámoslo así, a serlo. Pensar como una mujer, sentir las caderas contonearse y el pecho rebotar a cada paso, el corazón palpitar de manera diferente, gozar como una mujer y llorar como ellas..., y si el experimento durara un poco más, quedarse milagrosamente embarazada y parir..., cosas que les son negadas y por las que los hombres se sienten atraídos y asustados.

¿Qué significa, pues, ser hombre? ¿Cómo y en virtud de qué se reconoce a alguien como tal? Dado que la mayor parte de los hombres responde bastante poco a la imagen del hombre de verdad y carece de su supuesta identidad, podríamos decir que ser hombre no consiste en ser como de hecho se es, sino en como se debería ser. En resumen, un hombre no es alguien que es un hombre, sino alguien que debería serlo, y su esencia reside en este deber. El hombre es, pues, un no-ser o, más bien, un ser futuro, potencial, una volición, un concepto límite, una idea regulativa.

Esfuerzo, demostración, dar prueba de sí mismo. Un hombre no nace, se hace. No existe la expresión equivalente a «¡Sé un hombre!» en femenino. —Para muestra, el terrible poema de Kipling, «If», lo más feo y superficial que escribió el gran novelista... E incluso había quien lo colgaba de la pared y hacía que se aprendiera de memoria...

El precio de no cumplir las expectativas, de adecuarse al papel que se suponía que el hombre, el muchacho, el varón tenían que representar. ¿Qué papel era? ¿Cuál era el precio?

En mi caso, lo pagué. En este libro contaré algún episodio de cómo y dónde aboné esos plazos de mi deuda. Y también que no he logrado liquidarla del todo. De lo injusto, pero inevitable, que era que nos lo exigieran, a mí, a mis compañeros y a todos los hombres que se asomaron, se asoman y se asomarán al umbral —¿debería llamarlo abismo?— de la adolescencia. No hablaré ahora del de las mujeres, igual de elevado, pues cada una paga su cuota aparte. Seguramente existe una deidad femenina a la que se ofrecen estos tributos, quizá parecida a la Artemisia de Éfeso, a alguna tetona precolombina, a Kali, o a un querubín.

Además, no exageremos con esta uniformidad entre hombres. Un hombre es, sin duda, diferente de una mujer, pero también de los demás hombres. Añadiría que puede parecerse más a determinadas mujeres que a un buen número de aquellos. Si bien la diferencia con las mujeres se da por sentada desde el principio gracias al lazo azul o rosa que cuelga en la puerta de casa —una costumbre horrible que espero que desaparezca pronto y que marca el principio de la irreductibilidad sexual; antes que la imposición del nombre, que la piel, que la familia o la pertenencia a una clase social, antes que nada, se viene al mundo ya introducido en ese catálogo: «¡Es un niño...!»—, la diferencia entre hombres se descubre sobre la marcha y es una sorpresa casi siempre desagradable, aparatosa y estridente. Cuando tomas conciencia de que quienes deberían ser como tú no lo son en absoluto, lo primero que se te ocurre pensar es: «¿Ves? Yo no soy como ellos, aunque nos cuelgue lo mismo entre las piernas». Esta supuesta igualdad no hace más que aumentar la distancia. Se trata, pues, de dos tipos de diversidad, que a menudo se confunden: una interespecífica y otra intraespecífica. Pasa lo mismo entre los pueblos, los italianos no son como los alemanes, pero entre un italiano y un alemán hay menos diferencias que entre italianos que están en las antípodas. Los grupos, los sexos, las categorías sociales y los pueblos abarcan otras categorías con diferencias diametralmente opuestas.

Se usa como unidad de medida la capacidad para mantener controlada la inseguridad, para eliminarla o acallarla o, al menos, para no que te domine. A su vez, la inseguridad nace de la incapacidad personal para responder adecuadamente a las situaciones de peligro, novedad, o al simple contacto con los demás. Para algunos —entre los que me cuento— estar en una habitación con otras diez personas supone un reto tremendo. Tengo la impresión de que todos me miran, me juzgan, me amenazan, quieren seducirme o esperan que yo les seduzca, o bien de que me aíslan adrede. La verdad es que a nadie le importa quién soy ni lo que hago. La inseguridad proviene del hecho de sentirse amenazado y, al mismo tiempo, de anhelar una intimidad emotiva.

Hay que masculinizar aún más al joven varón. La masculinidad de que dispone, en nueve de cada diez casos, es deforme, vacilante, vaga, hay que redefinirla y afianzarla. Si es proclive a lo afeminado, habrá que enderezarla. Si, al contrario, su virilidad está demasiado acentuada, habrá que frenarla. La fuerza no es el único índice de masculinidad, la capacidad de controlarla lo es todavía más —es lo que viene a decir el anuncio de una conocida marca de neumáticos, o lo que predican los entrenadores de fútbol cuando se encuentran con un chico con talento, pero que es un bala perdida.

Las pruebas que la masculinidad tenía que superar cuando nací ya no se consideraban universalmente válidas cuando me convertí en un chaval, y todo el mundo las desaprobaba y ridiculizaba cuando fui adulto, es decir, cuando me tocaba superarlas. De John Wayne y Steve McQueen habíamos pasado a Dustin Hoffman y Al Pacino. En lugar de pedazos de hombres y hombres de una pieza, nos ofrecían como modelo a enanos neuróticos.

Lo contrario de la masculinidad no era la feminidad, sino la homosexualidad, un confín peligroso. El ideal masculino se definía en negativo: lo diametralmente opuesto a un hombre no era una mujer, sino un marica.

Lo que más nos aterrorizaba a los hombres era que se rieran de nosotros...

¿Sabe el lector lo que significa luchar sin descanso contra el miedo y la vergüenza? Me refiero al pánico que nos daba que nos tomaran el pelo, que nos consideraran un mariquita.

Entonces, por reacción, le tomábamos el pelo a otro chaval porque se mostraba algo afeminado, débil o miedoso. Llevábamos a cabo un control policial en la frontera de los sexos. Una especie de ronda.

De la infancia recuerdo los juegos dramáticos y perturbadores en el parque, que recibían nombres como jugar al «escondite» o a «pillar», nombres que nada revelan de la terrible frustración, de la desesperación cuando te descubrían o hacían prisionero porque no habías sido lo bastante rápido o astuto, verdadera víctima de aquellos juegos crueles, y tenías que confiar en la velocidad y el espíritu de sacrificio de otro compañero para que te liberaran.

Recuerdo que las niñas eran contaminantes, siempre querían besarte y te perseguían con los labios tendidos. Recuerdo el odio que sentía por las gordas y las gafudas y el amor instantáneo que me suscitaban las que eran monas.

Sin embargo, las niñas monas también sufrían abusos. Las invitaban a jugar, por ejemplo a saltar la cuerda, y durante un rato todos jugaban tranquilamente; los niños la movían al ritmo justo para que las niñas saltaran..., pero poco después, la giraban cada vez más deprisa o invertían el sentido y la niña mona acababa por tropezar y caer y todos echaban a correr soltando carcajadas o gritos. Estaban tan acostumbradas a que las interrumpieran o engañaran durante los juegos, a que les robaran los juguetes o se los rompieran, que habían activado una serie de rituales de reparación de los daños causados por los varones. Si los culpables no habían salido corriendo por su propia voluntad, los echaban con un suspiro de resignación adulta, reanudaban el juego y consolaban a quien lloraba. Fingían que no había pasado nada. «¡Qué tontos...!», comentaban. Y aunque se enfadaban, a veces también les hacían gracia esas bromas de críos.

penetrar el espacio de los demás
el espacio de las chicas
violar su espacio, su ideas
violar su cuerpo

Los niños no saben lo que es el sexo, pero saben muy bien lo que significa abusar de alguien, así que tienen tendencia a interpretar el sexo como abuso —«Papá le hace daño a mamá y ella chilla...»—. Hay quien sigue interpretándolo igual de adulto.

La broma es el primer paso para ir en serio, una especie de ensayo general. La escena de agresión a las niñas era inocua porque solo era eso, comedia, pero una vez acabado el juego, su contenido seguía siendo válido, algo que poner en práctica en el momento adecuado. Hacer las cosas en broma es la manera más eficaz de aprender a hacerlas en serio. Como un alegre terrorismo.

Contaminaban a los varones con su tacto, sus besos, su saliva y sus sentimientos..., ¡simplemente con su presencia!

Tener la sensación de que hay que vencer una resistencia. Incluso si no existe. Vencerla a toda costa, tras alguna escaramuza, empezando en broma y yendo después en serio, con decisión, rabia y desesperación.

Y, ya mayores, la sensación de que follarte a una mujer era salirte con la tuya. Parece una idea con cierto fundamento desde el punto de vista psicológico, pero, desde el punto de vista práctico, no lo tiene en absoluto, al menos para mí, y creo que tampoco para los de mi generación. Si pienso en las mujeres con quienes me he acostado a lo largo de mi vida, bueno, digamos que un tercio, sí, me lo puso difícil. Alguna más que otra, alguna solo por pose, no sé. Me olvidé de las que me lo pusieron muy difícil, pero no estoy seguro de haber hecho lo correcto. Quizá si hubiera insistido..., quién sabe. El otro tercio compartía mis intenciones, por lo que acabamos el uno en brazos del otro con tempestividad.

Y el tercio restante se abalanzaron sobre mí.

Rechazar, rechazar, rechazar. En nuestro destino de jóvenes animales macho estaba escrito que los machos separan y las hembras unen. Empezando por cómo son o como deberían ser sus cuerpos; el de él define, distingue e identifica, el de ella ampara, acoge, no hace distinción. Ella aspira a la unión; nosotros, a la separación...

En mis tiempos y en mi clase social, la chica ideal era frágil, hermosa, dócil. Rubita, pero no rubia explosiva. Silenciosa, pero no triste, de vez en cuando se ríe con las bromas de los demás. También tú puedes hacerla reír, aunque no seas un dechado de simpatía; a ella le gusta así. El primer gran explorador de la mente sostenía que las muchachas apáticas están muy cotizadas en el mercado matrimonial. Se pueden tomar tal como están, vacías, y llenarlas de los contenidos, reales o imaginarios, que se deseen. Eso, que era verdad en sus tiempos, también lo era en los míos.

Frágil, dócil, apática, hermosa:
mostrarse protector e indulgente con esta deliciosa mujer
es casi una cuestión de caballerosidad...

Nuestros padres, conservadores ilustrados o liberales prudentes, acabaron por sucumbir, de mala gana, a las novedades de la época —libertad sexual, palabras soeces, vestir descuidado, extremismo político, aunque solo fuera de palabra, triunfo de la informalidad— con esa indulgencia, irritada o preocupada, que los sociólogos llaman *grinding acceptance*, aceptación a regañadientes. Las nuevas costumbres se filtraban en nuestra familia como un polvo fino, mientras que en otras ya lo habían impregnado todo o se habían quedado fuera, al menos en teoría, gracias a la resistencia a ultranza con que los padres de nuestros compañeros de colegio se oponían a cualquier cambio. Nosotros éramos los retoños ya debilitados por la nueva cultura afeminada, basada en el deseo en lugar del sacrificio y el esfuerzo. Algunos pensaron en reaccionar con acciones simbólicas y violentas, creyendo que las bombas y las violaciones servirían para restaurar una sociedad ordenada según los principios viriles, una sociedad masculina. La paradoja quiere que muchos de ellos fueran los hijos más malcriados, espartanos de pacotilla.

5

Recorro este trayecto, por primera vez, en tu compañía, lector. Sígueme si puedes, si quieres, si dispones de tiempo y paciencia...

Ya por aquel entonces, se consideraba que la masculinidad se hallaba en crisis, amenazada, y había que recuperarla y reafirmarla contra el peligro que representaban las lesbianas y los hippies.

Había que reaccionar. No quedarse de brazos cruzados. No asistir indiferentes a la decadencia. Reaccionar, reaccionar, reaccionar contra la degeneración de la civilización que había convertido a los hombres en seres cada vez más parecidos a las mujeres: no hay más que pensar en la moda del pelo largo, odiada por igual por los fascistas, Pier Paolo Pasolini y los obreros de la vieja escuela. Los fascistas querían que los muchachos italianos fueran sanos y vigorosos, que estuvieran listos para luchar; a Pasolini le gustaban con la nuca rapada y el mechón en la frente y los obreros estaban chapados a la antigua. Sin embargo, la cultura permisiva medía su avance en función de cuánto había logrado feminizar a los varones. Recuerdo el asco con que los adultos normales miraban a los melenudos en la tele —cantantes, etcétera—. Yo también llevaba el pelo largo, y aún me lo habría dejado más largo si no me hubiera crecido hacia arriba en lugar de hacia abajo. El hecho es que se me encrespaba a los lados —de hecho, parecía el peinado de una presentadora de la Rai de aquella época—, sobre todo si intentaba peinarme, así que nunca llegó a rozarme los hombros como a los chicos que lo tenían liso.

La obsesión seguía siendo la identidad masculina: confundirla y acercarla a la del otro sexo —pelo, pendientes, etcétera— o, por el contrario, creer que se podía preservar a tijeretazos.

Existían y existen todavía los vigilantes del mito viril. A sus ojos, la feminidad ablanda, incita a la flacidez. La consideran una infección, temen su contagio, preservan la virilidad como si fuera un sistema cerrado, compacto, impermeable a las debilidades que provoca y evoca el contacto con lo femenino. Es decir, el temor a ser transportado atrás en el tiempo, a la condición de dependencia del lactante. La polla está dura hasta que, concluida la relación sexual, se afloja. En realidad, también estaba dura antes de la relación, pero lo que siempre cuenta es el después, del mismo modo que la pregunta «¿Qué hay después de la muerte?» asusta más que «¿Qué había antes de la vida?». Lo mires como lo mires, el sexo debilita. No se considera una prueba de fuerza, sino la causa principal de su pérdida. Por eso es menospreciado, temido. Todo esto se refleja de forma plástica: con el amor, el cuerpo, antes rígido y robusto, se pone lánguido, tierno, relajado, blando..., justo como el de una mujer.

Según esta teoría, el sexo no sería más que una trampa que la mujer tiende al hombre para envilecerlo, es decir, dominarlo. Para supeditarlo usando un encantamiento capaz de provocar su debilidad, de agotar su energía o de desviarla hacia una vida animalesca, como el usado por Circe para convertir en bestias a los hombres —es interesante observar que Ulises utiliza el sexo de manera preventiva, para impedirlo: somete a la maga obligándola al coito que, curiosamente, la debilita a ella en vez de a él. Es una rarísima excepción a la regla incluso entre los dioses, como, por ejemplo, entre Ares y Hefesto, amante y marido, respectivamente, de Afrodita, la cual los puso fuera de combate gracias a sus artes amatorias—. El sexo es el medio y a la vez el fin de la obra de seducción, es lo que el hombre obtiene como compensación lúdica por haber aceptado el dominio femenino, una gratificación que en realidad somete a quienes en apariencia hace felices. Creen que han ganado, cuando están recibiendo un premio de consolación. El encanto femenino es, pues, una declinación especial y, por decirlo de alguna manera, flexible de la fuerza. No se impone con superficialidad bajo una forma de dureza, sino con discreción, con sutileza.

Junto con la atracción, los varones siempre sienten un vago terror o repugnancia ante la intimidad, la temen con las mujeres casi tanto como temen desearla con los otros varones, una pulsión escandalosa que hay que reprimir. Desear e inhibir el deseo puede ser un hecho repetido o aislado en la adolescencia, cuando de manera más o menos consciente se escoge la propia sexualidad. En la primera experiencia, abrazados a una mujer, a los chicos les falta la respiración, se ahogan, se sienten atrapados. ¿Poseer, conquistar, dominar? ¡Ni de lejos! El hombre se siente enredado en una espiral, contorneado por tentáculos, sumergido en la blandura de las formas del cuerpo femenino, y cuando entra en ella es como si se metiera en su tumba. Entra en su desconcertante suavidad con inmenso placer y desasosiego a la vez.

Hoy día no es fácil establecer diferencias entre el sexo y el deporte, de la compra de bienes superfluos y la violencia, delimitar qué lo separa de estas prácticas, pues la forma de representarlo es idéntica a la de una prestación atlética o comercial, o a la de un abuso. Deporte, consumismo y violencia constituyen una sola categoría y solo están separados de modo preestablecido en los canales temáticos de la televisión por satélite. El deporte, el consumismo y la pornografía son los grandes sustitutos contemporáneos de la experiencia, los sucedáneos de la guerra: esfuerzo, apropiación física ilimitada de bienes y cuerpos. El objetivo de una competición deportiva es muy sencillo, inequívoco: ganar. Lo demás son cuentos. O el balón entra en la portería o no, es inútil discutir; a pesar de que la gente frustrada comentará durante semanas, o incluso años, un gol anulado o una pelota que ha rozado la portería, el resultado no cambia. La ley del más fuerte dicta que gana el más fuerte. Algo parecido a ese espíritu categórico, brutal e injusto, como se quiera, pero irrevocable, se aplica al flirteo: al final, ¿has follado? ¿Has follado o no? Lo demás son cuentos.

Una vez asumido este compromiso erótico-deportivo, no es difícil focalizar el nexo entre los dos mundos análogos que ocupan un gran espacio en el imaginario masculino. Giran junto con sus numerosos satélites hasta que sus órbitas coinciden, por eso hoy día el deporte, antes que una práctica casi ascética de tono elitista y puritano, es el dominio popular más erotizado del mundo. A pesar de ello, recuerdo sin arrepentimiento al menos un par de polvos fallidos —quizá más, al menos tres o cuatro episodios entre muchos en que la pelota que chuté fue a dar contra el palo, el penalti no entró o ni siquiera lo intenté—, por indolencia, fatalidad, torpeza, escasa perspicacia o un curioso desinterés de último momento, porque sí, tenía ganas de jugar, pero de modo amigable, sin apostar, sin que nadie ganara nada. Sin coronar dama a la fuerza, sin, para usar las explícitas figuras retóricas de la tradición —romana, chabacana—, mojar el bizcocho. Hubo un tiempo en que creí que ese espíritu era una exclusiva femenina algo provocadora, caprichosa y naturalmente infructuoso, algo que se hace para ver qué pasa. A las mujeres les gusta rociar su entorno de polvos mágicos, agitar las alas y subir la temperatura sin una finalidad concreta y detenerse en determinado momento sin un por qué, sin dar explicaciones, sin prolongar el juego, pararlo de golpe, y buenas noches..., lo cual enfada a muchos hombres y, en algunos casos, ha hecho que yo también me devanara los sesos. «Pero ¿cómo? ¿Has insistido en venir a mi casa y ahora, ya medio desnuda...?» Etcétera.

Pero yo también he hecho más o menos lo mismo con algunas mujeres, es decir, soltar el pedal del acelerador y pisar el freno, o mejor dicho, el embrague, que hace que el motor gire en ralentí; el ruido sigue oyéndose, pero el coche aminora y se para...; la excitación está al máximo, pero ¿es realmente necesario seguir? Hay algo maravilloso, despreocupado e insensato en ese segundo, en esa suspensión... O quizá sea un miedo profundo, quién sabe... ¿Miedo a qué?

Así que, sí, yo también he sentido lo mismo, ¿significa eso que hombres y mujeres somos mucho más parecidos de lo que creemos? ¿Que querer dar en el blanco a toda costa es pura retórica? ¿O que no es algo solo masculino? ¿O que una vez que te empeñas en cuerpo y alma en una hazaña de seducción, follar ya no tiene tanta importancia?

Pero, en verdad, para compensar estos episodios ha habido veces en que me he empeñado en follar a toda costa, casi imponiéndomelo, casi a ojos cerrados, para cumplir el principio de no quedarse, nunca, a dos velas. Polvos fugaces e insensatos en los que quizá no haya violado a nadie más que a mí mismo, como un atleta que aprieta los dientes en la última vuelta de la pista pensando solo en la meta; he logrado alcanzarla para derrumbarme acto seguido y hundirme en el desinterés más absoluto.

Quizá no seamos conscientes de que gran parte de nuestra experiencia sexual —en la actualidad casi toda— es indirecta, interpuesta. Por más que hayamos besado, tocado y hecho el amor satisfactoriamente, hemos visto, leído, observado, espiado y escuchado a quien lo hacía o lo contaba un millón de veces más. En cualquier página web parpadean en pocos segundos más escenas de sexo del que hemos practicado y practicaremos en toda nuestra vida. Y no me refiero a pornografía, aunque hoy en día es el medio de comunicación más importante y el mensaje más difundido, sino a los miles de canales mediante los cuales nos llega el sexo. Nuestra experiencia directa del coito, los que hemos tenido en persona, nada es en comparación con la indirecta, por lo que puede afirmarse que esta última es, con creces, la más importante. Incluso tratándose solo de besos, por muchos que haya dado —lo que más asco me daba de chaval es lo que más me gusta ahora—, siempre serán una ínfima parte con respecto a los que he visto darse a personas en carne y hueso, en la televisión, en el cine, por la calle, en el colegio, en las fiestas, entre hombres y mujeres, entre hombres y hombres y entre mujeres y mujeres, en los museos, en las fotografías, muchísimos anónimos y otros memorables, como los míos propios, dados y recibidos...

Esto vale incluso si alguien solo ha estado en toda su vida con la mujer con quien se casó, pues por su cama habrán pasado en cualquier caso al menos mil o diez mil mujeres, es decir, todas a las que se ha imaginado desnudas desde que era un chaval. Y a muchas de ellas las habrá compartido con muchos otros hombres. Junto con esta muchedumbre, se habrá formado una imagen de la sexualidad mucho más amplia de la registrada en su observatorio conyugal. La desproporción entre la actividad real y la imaginaria, hecha de imágenes pero no menos concreta, da vértigo. Lo mismo podría decirse de la relación que a cada uno le toca vivir y las existencias alternativas vividas a través de otras personas leyendo novelas o viendo películas.

En la época en que cursaba primaria y bachillerato elemental tenían éxito Ursula Andress y Raquel Welch, con sus minúsculos biquinis, monos ceñidos y pieles. En la época en que sucede esta historia, eran famosas mujeres menos explosivas y más complicadas, morbosas y ambiguas, como Charlotte Rampling o Sylvia Kristel.

Por otra parte, pornografía y novela nacen juntos y se difunden paralelamente. Son dos instrumentos, en el fondo parecidos, para ampliar de manera fantástica la experiencia individual, acumulando una serie de aventuras, que difícilmente podrían vivirse en persona, a través de personajes de ficción. Existe una diferencia que puede ser simétrica, complementaria, esto es, mientras que el público de las novelas era, por excelencia, femenino, el de la pornografía estaba casi en exclusiva formado por hombres.

La imagen más frecuente y visitada con diferencia en las páginas de internet es la de una mujer sin ropa. ¿Qué explicación puede darse a que ayer me pasara al menos una hora navegando en busca de fotos de una modelo belga delgada y con las tetas grandes? ¿Por qué la libertad sexual se parece tanto a la esclavitud? Esta historia se desarrolla en la parte más cerrada de la curva de un gran cambio, cuando falta un cuarto de siglo exacto para finalizar el milenio, cuando la liberación sexual, por la que habían luchado otros antes que nosotros, todavía no se había convertido en opresión sexual, con sus insólitas reglas y persecuciones, picotas y exilios... ¿Cómo es posible que el bien por el que otros lucharon antes que nosotros se transformara tan rápidamente en el mal contra el que debemos combatir? Cuanta más libertad tengo, más me convierto en un esclavo. Sexualización del dominio. Una sexualización que abarca cada rincón y cada aspecto de la vida, sobre todo de índole comercial: de la comida al trabajo, a cómo se visten las niñas y las novias o la manera como se venden unas vacaciones con todo incluido... El poder está sexualizado, como el fútbol, la infancia y la vejez; la guerra está hipersexualizada... La política es pura pornografía. Por no hablar del periodismo o lo que queda de él. Un ininterrumpido mensaje erótico, una erotización integral intercalada de Gran Hermano, inundaciones, revoluciones, terremotos o accidentes aéreos...

Y sin embargo, una verdadera revolución sexual debería contemplar también la libertad del sexo. Más que pedagogía, se trata de una dictadura propiamente dicha. Por aquel entonces, en la época en que se desarrolla esta historia, la principal y más reputada fuente de la educación sexual de los jóvenes varones ya era la pornografía. Al margen de las confesiones de algún amigo más experto y espabilado, y las revistas especializadas llenas de descripciones capciosas que había que leer repetidamente, como unas instrucciones de montaje, las leyes básicas del sexo se impartían con rudeza en las películas y revistas porno. Una pedagogía barata pero eficaz, al menos para rebajar un poco la ignorancia. La pornografía nos mostraba, a su manera, es decir, hiperbólica e inimitable, lo que pasaba entre los hombres y las mujeres, en qué posiciones se acoplaban, qué había debajo de la ropa y para qué servían las diferentes partes del cuerpo.

Por ejemplo, los suplementos envueltos en celofán de la revista *Duepiù*. De aquellas fatigantes lecturas, recuerdo un capítulo dedicado a una técnica peculiar de sexo oral denominada «el beso de la mariposa», o «el aleteo de la mariposa», que consistía, una vez hundida la cara entre los muslos abiertos de la chica, en mover la cabeza de izquierda a derecha, al principio despacio y después cada vez más y más rápido, más rápido, como si negaras algo, pasando la lengua, rígida como la punta de una flecha, por el clítoris, rozándolo levemente igual que harían las alas de una mariposa enloquecida. Bueno, lo he explicado a mi manera, y confieso que no sin algo de vergüenza, pero la revista era más técnica y rica en detalles; parecían las instrucciones de un electrodoméstico o un ejercicio de rehabilitación para sordomudos. Si lo hacías correctamente, es decir, con rapidez y delicadeza, le provocabas el orgasmo.

(Metáfora sexual auxiliar: como la púa sobre las cuerdas de la guitarra...)

Después de las del sexo, las actividades derivadas del crimen son las más numerosas, mucho más que las de la ilegalidad en sentido estricto; la explotación abarca un sinfín de series y canales de televisión dedicados a profundizar en las técnicas para cometer un asesinato, así como una amplia rama de la edición —diccionarios del delito, biografías y confesiones de asesinos y versiones más o menos noveladas de la crónica negra—. Hay jueces que escenifican sus propios papeles para la prensa y la televisión después de haber instruido la investigación de una banda criminal, dando enorme protagonismo a sus personajes; asesinos en busca de comprensión o fama que ponen por escrito sus homicidios; una ininterrumpida creación —que hablan dialecto o italiano— de comisarios y detectives gourmets, filósofos o seductores, que, entre un banquete y otro, resuelven asesinatos; ha florecido una inédita corriente de ficción policíaca o negra cuyos autores conocen de primera mano las nociones de la delincuencia al haberla practicado en la vida anterior a su renacimiento como escritores, y cuyas novelas de suspense, según se dice, es inútil leer, pues ya se sabe desde el principio que el asesino es el autor. También este libro mío, como el lector comprobará más adelante, pertenece en cierto modo a la corriente de la explotación del crimen. Hoy más que nunca, el crimen es rentable.

Las vejaciones infligidas a una mujer siempre pueden venderse como entretenimiento. El test de Rorschach de la violencia da respuestas rotundas: la tortura de un hombre desnudo sugiere una persecución política o una venganza entre bandas rivales; la de una mujer desnuda, el sexo. Infringir los tabús más innombrables con finalidad pornográfica provoca excitación en vez de rechazo, o bien ambas cosas a la vez, apenas ocultas bajo sus respectivos velos. La prensa popular utiliza adrede un lenguaje que excita al lector cuando describe un crimen sexual. Por no mencionar la televisión, que mantiene una relación morbosa con sus espectadores, suministrándoles día y noche, a través de sus diferentes formatos, de los telediarios a las series de ficción —limítrofes pero a menudo confundidos y superpuestos entre ellos—, una celebración permanente del crimen erotizado, el excitante más potente que existe, pues une en un solo gesto las pulsiones fundamentales. Entre un criminal de carne y hueso y los que son producto de la fantasía, hoy día solo existe un grado de separación y quizá ni siquiera eso desde que se descubrió que el primero supone un valiosísimo material para construir a los segundos o para sustituirlos directamente. El más floreciente y ubicuo comercio mundial, el mercado de la carne, continúa extendiéndose sin límites hasta formar un *continuum* pornográfico que incluye los territorios de la crónica negra, pues en ellos la excitación galopa con desenfreno, bien camuflada en la condena moral que suele reservarse a los hechos que de verdad han sucedido. Animados por el imaginario sexualizado, se propaga una sensación de continuidad a través del tiempo y el espacio. El aceite que hace brillar los culos de las actrices porno se ha extendido por todo el mundo y lo envuelve con su pátina translúcida, su reflejo tembloroso ilumina los desvelos nocturnos y las horas de aburrimiento diurno de millones de usuarios delante del ordenador. No hay que esforzarse mucho para traducir hechos reales en fantasías pornográficas, y viceversa; la descripción más objetiva y aséptica de sucesos relacionados con crímenes sexuales se transforma en un cuento erótico, en el que los mismos elementos morbosos que indignan y horrorizan provocan excitación. Comunicándose de esta manera, la imagen en principio cruenta y repugnante, se convierte en pornográfica, es decir, sigue siendo cruenta y repugnante, pero también excitante. La pornografía consiste en eso, en la excitación que un objeto provoca deliberadamente en un sujeto, tanto consciente como pasivo; una excitación que puede calcularse con anticipación y calibrarse según estándares milimétricos capaces de prever el efecto que es capaz de causar una palabra concreta, una imagen o incluso un fragmento de esa imagen, la foto de ese centímetro de piel tomada un poco más arriba o un poco más abajo de lo habitual... La pornografía se oculta en los titulares de los periódicos, en los anuncios de los productos, en las escenas de violencia, en la distribución de los objetos expuestos en un escaparate, en la cadena incesante de dobles sentidos que constituye el noventa por ciento de la comicidad televisiva, en los chistes que se cuentan en los vestuarios de los gimnasios.

En efecto, en la pantalla, que es el espejo de la vida, el espejo de los deseos y los miedos de la existencia, no hacen más que follar o matar gente, o matar gente y follar. En las películas de misterio, negras, de terror, sentimentales, policíacas, psicológicas, eróticas, de guerra y aventuras, matan y follan como si fueran las dos acciones fundamentales de la vida humana, las únicas dignas de contarse. Enamorados y asesinos, mujeres desnudas y cuerpos acribillados. Nada más obvio, pues, que relacionar ambas cosas y aunarlas en un solo gesto donde se mata y se folla sin solución de continuidad.

El abuso sexual está en estrecho contacto o mezclado con otros actos de violencia —la guerra, el robo, la venganza—, de los que puede ser el apogeo, la finalidad inicial o improvisada, el complemento, la traslación, la variante o el último recurso. Si un golpe fracasa, al ladrón siempre le queda la violación de la dueña de la casa. Y si la viola, también puede matarla. Si había planeado violarla, puede renunciar a hacerlo y pegarle hasta dejarla inconsciente. O bien, puede hacerlo todo. Cuando hay poco que robar, siempre se puede violar. El principio de la apropiación se aplica más o menos de la misma manera a cosas y seres vivos. Estas posibilidades son contiguas como las teclas de un piano. Las escalas pueden estar escritas en la partitura o improvisarse según la ocasión o el humor; en un acorde puede tocarse la nota dominante del abuso sexual o mantenerla en tono menor, o bien ni siquiera rozar esa tecla. Como en la guerra, la línea de conducta varía según las situaciones, minuto tras minuto, mediante una táctica de adecuación al terreno y al adversario o, al contrario, la misión tal vez tenga un objetivo concreto —se va en busca de una mujer que violar y, al final, a alguna mujer se violará—. Unos dos tercios de las violaciones se planifican, como la que contaré más adelante y que se forjó en el ambiente que estoy describiendo. Nada más lejos de constituir un crimen que se comete bajo el impulso de instintos incontrolables. El abuso sexual casi siempre se planea con detenimiento, sobre todo si se perpetra en grupo, eligiendo a la víctima y dando todos los pasos necesarios para colocarse en una situación de ventaja con respecto a esta, que no podrá reaccionar u oponerse sin que su vida peligre. O que no podrá evitar ponerla en peligro a pesar de no resistirse.

El presente libro se inspira en lo que se conoce como Masacre del Circeo, 29 de septiembre de 1975, de ahora en adelante, MdC. Lo que justamente podemos plantearnos con respecto al caso de la MdC es si el asesinato fue una evolución de la violencia sexual, un paso ulterior más o menos planificado con respecto a las vejaciones y la violación, o si la violación fue un preludio del asesinato, un preparativo. O sea: antes de matar a las chicas, ¿se divirtieron un rato con ellas, o las violaron y por eso decidieron quitarlas de en medio?

La finalidad de la guerra es someter al enemigo, ¿no? Esto puede hacerse de dos formas: mediante el asesinato o la apropiación. La guerra consiste, en mayor medida, en la realización de una serie de acciones violentas para matar hombres que se han declarado abiertamente enemigos y poseer a sus mujeres a fin de matarlas en un momento posterior o mantenerlas con vida como esclavas. Según los puntos de vista, estas muertes y violaciones pueden considerarse indiferentemente medios y fines, efectos secundarios de la guerra. Y aunque no haya ninguna contienda en curso, el violador siempre se comporta como el soldado de un ejército invasor. Lo guía la misma mentalidad de venganza y saqueo. El hombre a cuyas mujeres —esposas, madres, hijas e hermanas— se viola, está obligado a admitir su impotencia, su escasa virilidad. Al contrario, es viril quien demuestra que no solo es capaz de proteger a sus propias mujeres, sino también de ultrajar impunemente a las de los demás. Siguiendo con atención los matices de este razonamiento, se logra comprender que muchos actos de violencia contra las mujeres no están, en realidad, dirigidos directamente en contra de ellas, o no solo, sino que hay que concebirlos como ultraje, desafío o escarnio de sus hombres. Los violadores quieren herir, de rebote, a otros hombres. El cuerpo de las mujeres violadas es tan solo el soporte físico utilizado para enviar un mensaje —claro, brutal y mordaz— a sus hombres. Esa es la razón por la que a menudo se inmoviliza al marido, al padre o al novio de la mujer y se lo obliga a mirar, a asistir a la violación de la mujer. No es un añadido de violencia sádica, sino el verdadero significado de la acción. Una afirmación total de supremacía, su quintaesencia. Usando la violencia contra una persona, se hiere a dos. La virilidad es percibida, pues, tanto como la capacidad de proteger a las mujeres como la de agredirlas.

La afirmación de la masculinidad, por lo visto, implica la sumisión del elemento femenino. Pero ¿un sexo se afirma subyugando al otro? Es el esquema simplificado según el cual todo ser, para afirmarse, debe someter a otro. Solo se expresa la propia voluntad vital doblegando la de los demás. Si la esencia específica de lo masculino se concibe de esta forma, entonces es cierto que se realiza con el dominio de lo femenino. También podría darse lo contrario, esto es, que lo femenino solo muestre su poder y su verdadera naturaleza cuando somete a lo masculino, pero como dispone de menor fuerza física, recurre a la astucia y la seducción, al debilitamiento de la fuerza adversa, haciéndola flaquear, fingiendo condescendencia y sumisión para imponerse de manera solapada. Es la típica estrategia, el último recurso del subordinado, la antigua escuela de los oprimidos que enseña a invertir las relaciones de fuerza, no con un acto clamoroso destinado a fracasar, sino con una lenta, invisible y silenciosa conquista...

Por ese motivo, como contrapartida, la espada de la fuerza corta el velo de la seducción. Como Alejandro, que corta limpiamente el nudo gordiano. Un solo gesto pone fin a dilemas, enredos, sutilezas, falsos cortejos y coqueteos. La ética viril de la que el activismo fascista hará su emblema es un mazazo contra la ambigüedad y los sofismas, un cachiporrazo en la cabeza de quienes ganan tiempo, plantean objeciones, de los recalcitrantes que se ocultan, se sustraen, se muestran sutiles o juegan. Así justifican la competitividad del hombre. El hombre abusa de la mujer, debe hacerlo para evitar que ella lo someta. Es una jugada preventiva. Si no se combate contra el elemento femenino, este acabará por subyugar al masculino con el amor sexual o el engranaje familiar. En cualquier caso, el hombre terminará encadenado. Para enfrentarse y mantener a raya la feminidad, no basta con un individuo común, se necesita un héroe capaz de dominarla y volverla inofensiva. Pero a veces, incluso un héroe retrocede ante la evidencia: la mujer posee y ejercita una facultad superior a todas las suyas, a todas las demás, inalcanzable, la de concebir. Es imposible someter a ese enigmático poder, a esa fuerza telúrica. El héroe combate contra la feminidad como si fuera otro de los muchos monstruos que le cierran el paso —gigantes, dragones y dragonas—, olvidando que, a menudo, las hembras son seres sobrehumanos —Medusa, la Esfinge, Hidra, la cierva encantada de Basile, la madre de Grendel en *Beowulf*, la pitonisa asesinada por Apolo, por no mencionar a las seductoras y asquerosas Sirenas y Arpías—. En nombre de la espiritualidad masculina, el héroe combate contra la corporeidad femenina para apoderarse de la materia, por lo que solo puede sucumbir o matar para borrar todo residuo material.

La verdad es que el varón tolera a regañadientes la sexualidad femenina en todas sus expresiones. Cualquier actitud asumida por la mujer puede causar en el hombre resentimiento, desprecio o temor, tanto si se niega a tener relaciones como si se entrega con demasiada desenvoltura. Castidad y disolución se presentan igual de desagradables y temibles, dos actitudes inapropiadas. No se soporta que una mujer sea hostil con el otro sexo y tampoco que sea ninfómana. Pero la considerada como normalidad también tiene su lado inquietante. El hombre desprecia y envidia a la vez la facultad más obvia de la sexualidad femenina, es decir, la maternidad, incluso regulada al amparo del matrimonio. Le da miedo, lo subyuga, teme oscuramente el desarrollo de algo que escapa por completo a su control. Cierto, como padre podrá sentirse orgulloso de sus hijos, pero siempre deberá, en cierto modo, adoptarlos; aunque sean suyos, deberá hacerlos suyos.

Así pues, casi todas las declinaciones de la sexualidad femenina hieren al hombre, lo atraen e irritan, lo asustan y subyugan o lo enloquecen. Lo humilla o enfurece tanto la mujer que niega su feminidad, rechazando una relación sexual, como la que se entrega de manera promiscua a cualquiera, e incluso la mujer de comportamiento normal que encadena al hombre con responsabilidades y obligaciones —lo hunde para siempre— por el simple hecho de estar embarazada, aunque sea en el inocuo ámbito de la monogamia. En este sentido, el matrimonio puede ser aún más insoportable que la castidad, la promiscuidad y la prostitución. Resulta inútil añadir que la familia tradicional es por lo general percibida por el hombre como un invento o una necesidad femenina, una empresa que se revela desde el primer momento costosa y difícil de gestionar. Con independencia de que la mujer sea una beata, una chica de costumbres relajadas o una madre de familia, al hombre lo turba la capacidad sexual de la mujer, que supone un desafío para él, una provocación. A la mujer hay que vencerla o protegerla, salvarla o rechazarla, pero, en cualquier caso, desconfiar de ella, sortear sus engaños, impedir que te atrape en su juego, protegerte de su amenaza. Pero ¿qué hay de tan amenazador en una mujer? La sobreabundancia de vida implícita en su naturaleza. La vida, un asunto peligroso. Si el poeta escribió que «Abril es el mes más cruel», significa que la exuberancia vital es un peligro y un sufrimiento. Nunca deja en paz al hombre, lo atormenta. Contra esta exuberancia incontrolable del elemento femenino, el hombre emprende una batalla ascética.

Aunque nunca lo confesarán, los hombres sienten un miedo atávico por el sexo, por el contacto con el otro sexo. El temor original que les suscita es, al menos, equivalente a la curiosidad y al deseo. El temblor y la resistencia de la virgen ante un falo erecto es, en el fondo, más sencillo de explicar que la vacilación, la reluctancia masculina a aventurarse dentro de una mujer, literalmente en su interior. ¿Qué le espera al hombre al final de ese viaje iniciático? ¿Vale la pena emprenderlo? Quizá lo que más teme sea su propia debilidad, esto es, abandonarse al influjo, a la influencia del elemento femenino que ha intervenido para turbar un equilibrio ya precario de por sí. Así que los hombres se muestran más hostiles contra las mujeres de lo que lo son en realidad. Esta comedia está, en realidad, dirigida a los demás hombres, para que no se sientan traicionados porque se demuestre demasiada atención a la mujer y demasiada poca a los compañeros. Por eso quien se echa novia y se separa del grupo de amigos para aislarse en su sueño de amor está malmirado y se le considera alguien que se ha perdido, alguien que, pobrecillo, se ha vuelto majareta. Al instante se convierte en el hazmerreír del grupo, en el blanco de las bromas inspiradas por la pena y la envidia.

Es difícil que, de un modo u otro, en la realidad o en el plano simbólico, un hombre incluso independiente y enérgico no acabe cediendo al inexplicable poder que la mujer ejerce sobre él. Por más que manifieste su fuerza y reafirme su autonomía, un vínculo sutil pero resistente acaba por capturarlo y, hecho aún más imprevisible, casi siempre con su consentimiento tácito, lo cual le provoca una curiosa y emocionada felicidad. Se deleita con el dominio instaurado sobre su persona, lo que induce a pensar que en eso consiste la felicidad en estado puro, en abandonarse a algo misterioso y portentoso que se percibe al mismo tiempo como lo más natural. Deja de resistirse..., se rinde. Suele creerse que son las mujeres quienes lo hacen, por naturaleza o frente a la insistencia, a la presión de las insinuaciones, a la pulsación del deseo masculino, capaz de arrasar con cualquier obstáculo en la ciega carrera hacia sus fines. Sin embargo, creo que no hay nada que pueda compararse al alivio casi infantil de sentirse derrotado, expropiado de una fuerza que se pierde con facilidad porque, en realidad, no se poseía; no hay nada más auténtico y dulce que el abandono masculino a eso que siente que existía antes, después y a su pesar: el elemento femenino. «Esa sensación de dicha que nos hunde en la idiotez», la definía Turguénev, uno de los narradores más íntimos y detallistas. Algo así como una causa de la que no somos más que el efecto, por la que sentir gratitud, como todas las veces en que se experimenta la sensación de estar ante un principio, un principio absoluto más allá del cual no se puede ir, una matriz originaria, eso que experimentamos en presencia de los monumentos antiguos, cuando oímos hablar una lengua olvidada o cedemos al sueño, flotamos en el mar, o tomamos conciencia de la muerte de una persona querida o de un animal que nos ha acompañado a lo largo de nuestra vida.

Sí, algo deseable. Sentirse a su merced, despojarse, convertirse en puro instrumento de la voluntad o el placer de otro, es, al mismo tiempo, la sensación más siniestra y un elemento fundamental de la experiencia amorosa sin el cual no existe apertura, ni relación, ni conocimiento. Toda pasión nace de un secuestro, es, en sí misma, un secuestro, es decir, la pérdida efectiva del dominio de uno mismo, del propio cuerpo y la propia identidad, que será alterada, sometida a pruebas excitantes y mortificantes, y después abandonada como un peso inútil. La pasión consiste en abolir todo derecho, toda garantía, todas las prerrogativas individuales conquistadas con esfuerzo que antes considerábamos inalienables: ideas, sentimientos, convicciones, facultades, integridad física y moral, hasta al nombre, último reducto de la identidad personal, se renunciará en pos de motes ridículos y genéricos, infantiles, grotescos u obscenos. Quien se siente orgulloso de su nombre deberá mantenerse a distancia de la pasión y de su contagio degradante.

Y, a pesar de ello, la envidia hacia lo femenino permanece vivísima y no existe modo de remediarla. La única solución es recurrir a una compensación brutal. Se trata de una ley conocida: cuando el ángel de Dios se apodera del alma, el diablo se apodera del cuerpo. Como la mujer es siempre la primera, el hombre, por amor propio, se adjudica el derecho a ser el último, a colocarse en el extremo opuesto de la vida, que los antiguos consideraban el dominio de las divinidades femeninas. El razonamiento es simple: si no puedo pasar a la historia porque he construido el Coliseo, pasaré a la historia por haberlo destruido. Si no puedo dar la vida, solo me queda quitársela a alguien.

En realidad, el universo es asimétrico; todo es asimétrico, desequilibrado. No existe un símbolo más engañoso que el taoísta, ese del perfecto equilibrio entre el yin y el yang, entre la luz y la oscuridad... ¡Qué va! Todo en la vida, tal cual, es asimetría, desequilibrio, contraposición de fuerzas que nunca son —repito: nunca— iguales entre sí. El equilibrio, la suspensión, duran un instante, después una fuerza de gravedad implacable hace que todo se desmorone hacia un lado. Cuando, a propósito de los conflictos actuales, se habla de guerra asimétrica, me entra la risa. ¿Cuándo ha existido una guerra simétrica y equilibrada? Pero si siempre se trataba de tres contra uno, de diez contra uno... ¡De David contra Goliat! ¡Siempre! En todos los relatos de grandes y legendarias batallas que he leído, la lucha era desigual. No ganaron necesariamente quienes contaban con efectivos más numerosos, por supuesto, pero existía desigualdad en otros aspectos, como el armamento, la perspicacia, el valor de los generales, la alimentación de los soldados..., o en los días que llevaban sin comer antes de la batalla. Ni siquiera Chip y Chop son simétricos, no son ni gemelos: siempre hay uno que guía, que manda.

Lo que a primera vista se teme más en el mundo masculino es la dependencia, porque la masculinidad pura debería consistir en su exacto contrario, es decir, en la autonomía, en una orgullosa independencia: poseer y mantener dentro de uno el principio y el fin. La mujer, al revés, los busca en el otro: en el encuentro con el hombre, pero, sobre todo, en los hijos, significativo desplazamiento del baricentro de la propia vida fuera de uno mismo. A este esquema corresponde la idea de que la tendencia a lo ascético sea típicamente masculina y la sexualidad, entendida como régimen del deseo, la dependencia y la procreación, femenina. El hombre cae en la dependencia sexual, amorosa y familiar abdicando del principio mismo de la masculinidad. Abandonándose entre los brazos de una mujer estará perdido..., feliz, satisfecho, dichoso, sí, pero perdido.

(De lo contrario, el celibato de los curas católicos no tendría explicación.)

Busca, pues, una compensación por dicha pérdida. Si tengo que caer, perder la dignidad y la identidad masculina, la mujer que me arrastre hacia abajo pagará caro por aquello de lo que tal vez presumirá, es decir, de haberme quitado la independencia, de haberme encadenado, haberme puesto el collar y chupado las fuerzas. Una vez que me he convertido en esclavo no puedo readquirir la libertad y el control sobre mi vida, pero intentaré destruir a la que considero culpable de lo sucedido. ¡Muera yo con los filisteos! Pero no con todos, sino con esa mujer capaz de convertirme en alguien débil como una hembra. Una parte de la hostilidad que el hombre despliega en el coito, que a veces roza la crueldad, se origina en este complejo de la caída, que no pretende reforzar un dominio, sino que asume los rasgos de la venganza de quien se siente dominado —por misteriosa que resulte esta visión del dominio femenino ejercido a través de la pasividad...

Hace un rato, después de escribir este último párrafo, he ido a bañarme al mar. Estamos a finales de septiembre y el tiempo es inestable, pero el sol sigue calentando entre nube y nube. La playa estaba desierta, a excepción de cinco jóvenes alemanes que se habían instalado de espaldas a la duna. He colocado mi toalla algo alejado de ellos. Los chicos eran feos y corpulentos, estaban tranquilos, llevaban bañadores variopintos que les llegaban por debajo de la rodilla. Habían constrtuido un sólido castillo de arena, todavía húmeda, a dos metros de la orilla. Mirándolo bien, más que un castillo parecía una fortaleza cuadrada, maciza, con torres en las esquinas y murallas altas. Sin motivo especial, a excepción de que también había sido edificada por los alemanes, he pensado en la cárcel de Spandau, en Berlín, donde estuvo prisionero Rudolf Hess, el nazi de ojos pequeños y mandíbula cuadrada. El más grueso de ellos, un gordinflón, ha bajado hasta la orilla con paso aburrido, ha merodeado alrededor de las murallas de la prisión de arena, ha alargado el pie hacia el extremo de una de las torres y lo ha hecho oscilar sobre su techo cónico, abriendo los dedos en abanico. Parecía recapacitar acerca de una decisión importante. Después ha dejado caer el pie y el resto de su enorme peso sobre la torre de arena, destrozándola. Acto seguido ha vuelto a asumir una actitud pensativa mientras efectuaba unas extrañas piruetas sobre sí mismo. Cuando se ha acercado a la siguiente torre, creí que iba a hacer lo mismo, sin embargo ha saltado con los pies juntos, sin titubear, dentro de la fortaleza, haciendo un agujero enorme donde ha aterrizado. Una vez en el interior de las murallas, ha mirado a sus amigos, se ha reído y ha empezado una especie de danza frenética, saltando y dando patadas. Los pálidos michelines le bailaban a la altura de la cintura mientras las paredes de arena se derrumbaban una tras otra. Pero la fortaleza era tan amplia y sólida que se necesitaba tiempo para echarla abajo por completo, pues la habían construido a conciencia, con quintales de arena mojada. Entonces sus amigos han acudido a ayudarlo y, al cabo de poco, cinco adolescentes alemanes saltaban como locos sobre su obra de ingeniería playera sin decir una sola palabra. Expresaban felicidad. Los he mirado absorto un rato y después he ido a bañarme. He nadado mar adentro. Seguía viéndolos a lo lejos, ajetreados en destruir las ruinas de su castillo...

Más tarde he vuelto a casa y he empezado a escribir. ¿Qué? El siguiente capítulo.

6

Una mujer desinhibida seduce al hombre por su descaro; una púdica y recatada, por su decencia. Por más vueltas que le demos, el resultado es el mismo: el hombre se siente atraído por la mujer con independencia de lo que haga o sea, igual que una polilla por la luz. Basta con que la lámpara esté encendida; en el caso de la mujer, con que respire. Algunos filósofos con tendencia a interpretar el comportamiento mediante antífrasis, intuyendo la existencia de una sabiduría oculta en la naturaleza, un ardid o un truco biológico, sostienen que el pudor femenino no tiene como finalidad alejar a los hombres, sino excitarlos. Según esta teoría, el recato de algunas mujeres guarda poca relación con su pureza y castidad, pues sirve para aumentar el deseo masculino, para seleccionar entre los pretendientes a aquellos que poseen la energía necesaria que les permita superar su obstáculo. No es un escudo, sino un imán. Protege y aleja seduciendo al mismo tiempo. A la luz de esta teoría, la negativa femenina al coito puede interpretarse al revés, es decir, como una invitación disimulada o camuflada a hacer lo contrario y cuya finalidad es tantear el terreno, sopesar hasta qué punto el pretendiente se desanima con ese «no» colocado en su camino con el único objetivo de ver si era capaz de superarlo. La posibilidad de que ese «no» signifique simplemente un rechazo solo se considera en un segundo momento, o quizá ni siquiera se considere. No se concibe que una mujer diga «no» sin que al menos una pequeña parte de su ser se muera de ganas de decir que sí. Con las mujeres es suficiente insistir. Son los grados de insistencia, el tipo de presión, los matices y la superficie espiritual o física sobre la que se aplican lo que diferencia un caso de otro. El cortejo obstinado, las molestias y la violencia sexual tienen en común la creencia de que el rechazo sexual hay que superarlo o, al menos, intentarlo. De lo contrario, nunca podrá saberse cómo habría acabado. No me atrevo a afirmar que sea completamente falso. Por otra parte, puede aplicarse a lo que se desea realmente obtener: satisfacciones, prestigio, dinero, justicia, éxito o amor —sí, incluso el amor funciona de esta forma—. La insistencia puede abatir cualquier obstáculo, modificar de manera drástica cualquier postura o afirmación inicial. El camino que conduce de un «no» a un «sí» tal vez sea tortuoso o accidentado, pero eso no significa que no exista o que resulte inmoral de por sí intentar recorrerlo. ¿Por qué, entre las muchas actividades humanas, el sexo debería ser la única excepción a la lógica de la negociación? ¿Cómo obtenía un hombre los favores —encantadora expresión de antaño que utilizo adrede— de una mujer? Con la seducción, la persuasión, los regalos, el pago —forma no eufemística del regalo—, el matrimonio y la fuerza. Incluso después de que las costumbres sexuales cambiasen, esos métodos siguieron siendo válidos, aunque quizá de manera menos evidente o con nombres diferentes. Nos esforzamos por mantener abierta la vía del abuso: si disminuye la coacción ejercitada por los matrimonios concertados, esta se encauzará en la agresión sexual.

En efecto, la pasividad y la inactividad presentan sus ventajas. Quien permanece inmóvil, quien puede permitirse la inmovilidad, es superior; quien se agita, se esfuerza y se afana, se somete. Quien lleva la iniciativa y conduce la actividad, da la impresión de vigor, pero en realidad es esclavo de este, se halla sometido a la finalidad que se ha prefijado. La iniciativa erótica masculina tiene mucho que ver con los deberes de un mero ejecutor, obligado a entregarse para alcanzar el objetivo, neurótico y presionado como el representante de comercio que ha de conseguir un número mínimo de contratos y vender a toda costa. Es, por tanto, bastante inexacto el famoso proverbio que afirma que en el amor gana quien huye: en el amor, en realidad, gana quien permanece inmóvil. Quien hace lo menos posible. El deseado, no el deseante, esclavo de sus iniciativas. En el fondo, no es tan diferente de lo que le ocurre a un diligente chico de los recados que se afana por realizar un montón de entregas que beneficiarán a sus clientes indolentes. Él se desvive, corre de un lado para otro, se agita por dentro y por fuera anhelando chochitos altivamente estáticos que, al final, según el famoso juicio de Tiresias —el único capaz de juzgar de manera imparcial—, acaban llevándose casi todo el placer que emana de tanto movimiento.

La lucha entre ricos y pobres, entre viejos y jóvenes, y entre hombres y mujeres se libra desde hace miles de años. La última es la menos clamorosa, pero quizá la más antigua. Mientras que las demás guerras conocen momentos de estancamiento o tregua, esta no, a menos que uno considere el amor como una especie de armisticio o intervalo de paz, lo cual, entre otras cosas, es absurdo, pues son justo la atracción y la recíproca necesidad los causantes del conflicto que, en su fase de desarrollo, puede provocar picos de máxima virulencia —digamos que la guerra entre los sexos conoce su máximo esplendor épico durante el amor, y que, con independencia de cómo acabe, suscita episodios de una belleza conmovedora—. Si los hombres y las mujeres pudieran vivir ignorándose, seguramente no se desataría la más mínima violencia entre ellos, y es probable que a los hombres les dejara de interesar esclavizar a las mujeres solo por comodidad, lo que sucede como consecuencia o efecto colateral, pero obstinado, de la atracción fatal que sienten por ellas.

Además, mientras que ricos y pobres se encuentran rara vez, casi por error, y llevan existencias separadas —la riqueza, en resumidas cuentas, no es más que la posibilidad misma de crear esta distinción, esta separación que mantiene a los pobres fuera del recinto de sus villas con videovigilancia, de sus coches blindados, de sus barrios residenciales, de las playas desiertas, *lounges*, clubes y restaurantes exclusivos, palabra que expresa por sí misma una segregación— y jóvenes y viejos, por lo general, no quieren saber nada los unos de los otros, los hombres y las mujeres se encuentran y se enfrentan, se mezclan y se aparean en todas partes y sin cesar. Su roce constante produce una música imperceptible, como la de las esferas celestes que giran una dentro de otra. ¡Si pudiera oírse el rumor producido por esa fricción incesante, por ese trueno que sacude la tierra! Es ingenuo pensar que la copulación pueda acabar con este conflicto, el cual asume formas diferentes, se institucionaliza y sublima, por decirlo de algún modo, se normaliza y se convierte en endémico, mientras en su interior se libran los enfrentamientos y las batallas más duras. La copulación quizá incluso transforme el conflicto en algo permanente, manteniéndolo constantemente a baja intensidad. En esos casos, la dosis de tormento que hay que infligirse recíprocamente se mantiene solo un milímetro por debajo del nivel de explosión, que sería letal, y sirve para unir a la pareja con un lazo sadomasoquista, blando pero duradero.

En algún caso excepcional, pero no demasiado excepcional, y muy significativo, la copulación asume el aspecto de un conflicto puro, breve y violento: se trata de una violación. Pero no hay solución de continuidad entre las diferentes formas de contacto entre los sexos, cada una de ellas está relacionada con las demás, cada una conduce, en pocos pasos, a la opuesta, de la más dulce a la más brutal.

«Grata es para ellas la violencia.»

En verdad, solo el amor, cuando no la exacerba, es capaz de superar la hostilidad primordial entre los sexos. El amor ofrece la mejor ocasión de enfrentamiento e identificación, de conflicto y atracción al mismo tiempo. A menudo uno acaba casándose para no pelear, o para seguir haciéndolo amparado por una institución que reglamenta los conflictos y los encauza en formas convencionales que acaban siendo objeto de chistes a propósito de la vida conyugal.

(Uno de los más implacables es el del cura y la monja que, por razones que sobra detallar y que constituyen la base de cualquier chiste, se ven obligados a compartir la cama una noche. «Buenas noches», «Buenas noches», y cada uno se vuelve hacia su lado. Pero la monja tiene frío y el cura se levanta a buscar una manta y se la echa por encima. Al cabo de un rato, la monja vuelve a quejarse: «Padre, me estoy helando de frío...», y él se levanta y va por otra manta. Pero ella no logra entrar en calor. «Tengo frío, sigo teniendo frío», y él, amablemente, va a buscarle otra más. La monja no se rinde y propone: «Padre, esta cama está helada..., ¿no podríamos comportarnos como marido y mujer? ¿Qué opina?». Y él responde: «¡Ah! ¡Haber empezado por ahí! ¡Ve tú a buscar las mantas!».)

Estudiar griego era difícil y aburrido, nunca llegué a aprenderlo. Por suerte, existía la mitología, por la que me apasioné desde niño. Por eso la menciono tan a menudo. Sus enseñanzas son mi único credo. Entre los dioses griegos, el personaje sin duda más viril es Atenea y el segundo Artemisa. Las seguían a distancia Ares —que, sin embargo, solo representa el lado mortífero del carácter masculino— y Zeus. Este, que puede parecer muy macho por sus numerosas aventuras y amantes, posee en realidad un lado femenino que desarrolla e incorpora en su naturaleza —dado que su poder necesita la libertad para expandirse en todas las direcciones, no puede estar limitado por una identidad sexual—. Por eso se queda embarazado y pare a Atenea de su cerebro y a Dioniso de su muslo a fin de demostrar que es capaz incluso de llevar a término una gestación. Su energía es tan desbordante que logra incorporar o reproducir facultades femeninas. Un varón típico, a su manera, es Hefesto, cuya virilidad se ve azuzada y frustrada de continuo: de su infeliz matrimonio basado en las apariencias con Afrodita a la grotesca lucha por poseer a su amada virgen, Atenea, que concluye con la expulsión de un chorro de semen sobre el polvo. Cornudo y onanista. Hefesto es el emblema, no de cómo debería ser un hombre —guerrero valiente, seductor irresistible, indiscutible cabeza de familia, etcétera—, sino de cómo es en realidad. Un pobre hombre desesperadamente necesitado de unas migajas de ternura, lisiado no solo en las piernas, sino también en su capacidad de amar y de ser amado, que se desahoga con el trabajo, que forja a martillazos rayos ajenos; alguien que ha sido expropiado incluso de los símbolos de poder, rechazado por su madre, del que se mofa hasta su padre, al que cada noche su mujer abandona y cuyo hijo, nacido de su ridícula polución, es un monstruo con cola de serpiente...

En el campo femenino, inmediatamente después de Afrodita, llega danzando Dioniso, con melena y caderas redondeadas como las de una muchacha. También en este caso se trata de una potencia que no puede limitarse sexualmente, al contrario de lo que sucede con Apolo, el dios de la separación neta, que, de hecho, sufre y hace sufrir por la tajante y dolorosa claridad de sus iniciativas. Dioniso es líquido como la bebida, repta, impregna de sí mismo y de su locura a los virtuosos defensores del principio autoritario, es decir, masculino. Cuando los piratas que lo raptan de niño quieren follárselo, de repente todo se tuerce en el barco y adquiere un aspecto serpentino, blando y ondulante, las jarcias se convierten en lianas y zarcillos y los remos, en serpientes...

También está Deméter, reflejo especular de Ares en el hecho de dar cuerpo a un solo aspecto de los muchos que caracterizan a su sexo. Ambos llevan la diferencia entre lo masculino y lo femenino hasta la exasperación. Cuanto más obtusamente violento es él, más interpreta ella el papel de Gran Madre, exclusiva y posesiva —útero listo para acoger, hincharse y germinar, madre generosa, madre desconsolada, matriz fecunda y afligida—. No tiene ningún interés por nada que no sea quedarse preñada, y después será privada de su fruto. Si el joven Ares juega con las armas de manera feroz y solitaria, Deméter, desde pequeña, juega a mecer una cuna. Ambos tienen una tendencia autista y están poseídos por una obsesión: ella la de procrear y él la de destruir.

¡Eh, lector! ¿Sigues leyéndome?
¿Aún tienes ganas de acompañarme?
Pues sigo adelante un poco más.

Esta historia se desarrolla en una época en que las mujeres, casi todas ellas, pasaron a ser, en poco tiempo, mucho más abiertas con los hombres, diez veces más abiertas y, por consiguiente, diez veces más peligrosas. La nueva libertad erótica, que se sumaba a otras formas de emancipación y las potenciaba, pareció aumentar su poder. En cada época, desde la Grecia de Sócrates hasta la Edad Media caballeresca, pasando por la corte de Luis XV, el sexo se ha manifestado como un escalofrío que, recorriendo la espalda, agudiza hasta el límite la conciencia y abre nuevos frentes en los que en el futuro lucharán la ciencia, la ética, la filosofía y la política. Aunque en apariencia atañe a la vida privada de los individuos, a las cuatro paredes de su habitación, en realidad el sexo sacude a la sociedad entera hasta sus cimientos y la reorganiza en nuevas formas, reposiciona sus valores y modifica las relaciones entre sus individuos. Las relaciones eróticas entre hombre y mujer, entre hombre y hombre y entre mujer y mujer son el motor de la vida individual y colectiva, el motivo de las guerras y las reconciliaciones, el fundamento de la inteligencia, la causa y el fin de cualquier hazaña, la clave para desentrañar los misterios y el significado recóndito de todas las señales... Las relaciones sexuales ocupan la mente del joven de manera obsesiva; la del viejo, si no como deseo, como sueño, recuerdo y añoranza; y se introducen en los pensamientos tanto del casto como del libertino. La pasión sexual es el origen mismo de la personalidad y determina el modo como esta se alimenta de sí misma.

Entonces los hombres se sintieron obligados, en cualquier caso, a pagar ese acceso facilitado al coito; no con dinero, sino con otra moneda:

una ansiedad que nunca habían sentido. Una ansiedad provocada por hallarse frente a un poder femenino desconocido, desatado por los nuevos hábitos sexuales y por la píldora anticonceptiva, que las convertía casi en invencibles. En resumidas cuentas, para los hombres follar seguía teniendo un precio, si bien menos explícito e identificable que antes y, por tanto, más difícil de pagar o, mejor dicho, de cumplir. ¿Cómo? ¿Cuándo? ¿A quién? Esa nueva despreocupación femenina, celebrada al principio como una liberación o, más cínicamente, como una cucaña para los hombres, empezó a mostrar sus aspectos más perturbadores pasada la fase pionera. Provocaba el desaliento propio de todo lo que no se sabe adónde va a ir a parar. Como había sucedido un siglo antes, Occidente se vio acechado por un espectro festivamente amenazador. Se prestaba a que se utilizara para asustar a los mojigatos o burlarse de ellos, pero ese uso irreverente era una nimiedad comparado con la verdadera subversión que portaba en sí: algo sacudía el árbol del bien y del mal, haciendo caer sus frutos al suelo.

7

Los deseos incompatibles con la realidad de un niño y de un adolescente están destinados a apagarse, pero ese es un proceso doloroso. A esa edad, la vida sexual puede considerarse purísima, inmaculada, casi cristalina o, al contrario, muy impura, pues la forman exclusivamente sueños y deseos y casi nunca realizaciones. ¿Qué es más perverso: un sueño o una realidad?

Como para muchos otros chicos, pero con una fuerza que considero fuera de lo común, esa extinción en mi caso fue acompañada de un inmenso e inexplicable sufrimiento. Y ese sufrimiento, esa monstruosa inquietud, nunca ha cesado. No ha dejado de cambiar de forma e intensidad, y desde el momento en que fue posible satisfacer al menos una parte de esas fantasías, inmensas e indefinidas, que me atravesaban noche y día como meteoritos, la situación, en lugar de mejorar, empeoró. La frustración por no lograr, por no satisfacer todas las demás, aumentó desmesuradamente, convirtiéndose en un tormento, en una obsesión, en una auténtica infelicidad. ¿Infelicidad? ¿Por qué? Podría afirmar que hasta ese instante había tenido una vida plena y afortunada y, en efecto, lo afirmo, al menos en comparación. Así pues, ¿de qué me quejo? De nada. ¿Cuál es el problema? Ninguno. Yo no me quejo, yo soy un quejido. Sufro cada momento en que no me tocan, en que no puedo abrazar, acariciar, penetrar, es decir, casi siempre. Mi hambre jamás se sacia. ¡Ni siquiera sé lo que significan las tetas buenas y las malas! Todas las tetas son malas conmigo, las que no se entregan y las que sí lo hacen, las que estrujo, acaricio y chupo, porque nunca se dan lo bastante, porque querría acariciarlas, estrujarlas y chuparlas sin parar. Las tetas buenas no son tales porque —eso ya lo sé, lo sé de antemano, y por eso las odio— dentro de poco se volverán malas y me serán negadas.

Es la felicidad, la perfección alcanzada por un instante, la que genera la infelicidad. La que establece la separación abismal entre la vida posible y la vida ordinaria. Creo que quien nunca ha satisfecho ningún deseo, el hombre al que las tetas siempre le han sido negadas, es mucho menos infeliz que yo. Su infelicidad es rotunda, pura, cristalina, no está salpicada por manchas de placer que la convierten, además de en insoportable, en obscena, sucia, indecente e incluso ridícula; sí, ridícula, porque después uno no deja de lloriquear para que le devuelvan su juguete, su yoyó, el seno suave y pleno, la dulzura ilusoria que un minuto antes se antojaba infinita, que reavive el estímulo, el deseo. Soy tan ansioso que a pesar de que de niño aprendí a la fuerza la dura ley del aplazamiento del placer, en el colegio y en casa, de que comprendí y asimilé esa dura lección, después la olvidé; sí, parece increíble, pero al crecer la olvidé, y a los dieciocho años me hallé de nuevo deseando ansiosamente, y no digamos a los veinticinco, a los cuarenta y, peor aún, a los cincuenta. A medida que pasa el tiempo voy de mal en peor. Cuanto más me alejo de la infancia, más me agobian la rabia y la autocompasión. Si no me devuelven inmediatamente el juguete —si no se sacan la teta y me la dan—, me pongo rojo y siento que me ahogo de rabia y dolor. Vivo de esas recompensas, de esos ofrecimientos, que creo inmerecidos e inesperados, pero que si no llegan puntualmente cada vez que los necesito (es decir, siempre), todos los días y en todos los minutos de mi vida, me lleno de rabia y lágrimas. Lo mío no es una herida narcisista, como la definen los libros; es un abismo. Una brecha que me atraviesa de pies a cabeza, como a esos personajes de Dante o al famoso vizconde de Calvino, pero con una gran diferencia: que la grieta había partido a Medardo de Terralba en dos trozos diferentes y opuestos —uno bueno y otro malo—, mientras que los dos troncos de los que estoy compuesto yo, aman, desean, anhelan, sufren y luchan por lo mismo —comida, belleza, consideración, sexo, olvido, escalofríos, inteligencia, abandono y reposo—, pero solo una de esas dos partes miserables obtiene algunas migajas de todo eso, y la otra se queda a dos velas. Así que mientras una disfruta, siempre hay una parte de mí que sufre, abandonada a sí misma. Esa que ya prevé el instante en que la felicidad acabará y por eso se desespera. La cuchilla del narcisismo me secciona en dos partes iguales que se miran al espejo, se admiran, se odian y se desprecian por su impotencia.

A pesar de que he pasado muchas horas intentando comprender y practicar otras formas de sabiduría humana, en la medida en que estaban al alcance de mis capacidades espirituales, la inquietud no ha disminuido. Lo que sí ha ido disminuyendo, con el tiempo, es la energía con que se manifiesta, más agotada pero más aguda. En otras palabras, no soy más sabio, sino más viejo. Y a fuerza de repetirse, ese desear inquieto y constante, irreprochable, que al final quizá se reduzca a uno solo, al deseo de ser amado, sí, ser amado, signifique lo que signifique esta expresión y sea cual sea el matiz o la forma que asuma este deseo y el gesto en que se manifieste, el prolongarse infinito del mismo estado y siempre de la misma reacción a ese estado (como decía, una mezcla de rabia, autocompasión, languidez, pasividad, orgullo, incluso brutalidad, algo en cuyo fondo he vislumbrado que los rasgos masculinos y femeninos del carácter, más que entrelazarse, coinciden, se identifican, son, en realidad, una misma cosa, lo que me ha revelado de una vez y para siempre que los hombres y las mujeres tiene la misma naturaleza, quieren, desean y temen las mismas cosas, o quizá cosas distintas pero de una manera idéntica, es decir, están constituidos por un único elemento, el deseo..., y no es más histérico y rabioso el deseo de las armas que el de los vestidos y las joyas, y por eso

Aquiles no es distinto de Deidamía, él se lanza sobre las hachas y las espadas con el mismo frenesí con que la princesa y sus hermanas intentan arrojarse sobre las perlas y la seda..., ¿qué cambia si el objeto es distinto pero la excitación es la misma?); a fuerza de repetir una y otra vez la misma ilusión y desilusión, como una polilla que, atraída por la luz, sigue chocando contra la lámpara, rebota en el cristal y hace acopio de fuerzas para agitar las alas y volver a lanzarse, sintiendo cada vez el mismo desagrado, pero incapaz de asimilarlo, o acabando monstruosamente convencida de que ese choque contra el cristal se ha convertido en algo agradable, de que, al fin y al cabo, ese es el objetivo, el objeto del deseo cambia y ahora consiste en hacerse daño, el máximo daño posible, golpeándose contra el cristal. Ya no importa la luz que está detrás, ni siquiera la ve ya, solo existe el cristal contra el que romperse la cabeza con el mayor dolor posible, haciendo mucho ruido, diseminando el polvo coloreado de sus alas que se agitan de manera frenética. Personalmente, me he encariñado con esta repetición; como con todo lo que acompaña largo tiempo a una persona, aunque sea negativo, he acabado estrechando lazos con ella, dado que me había convertido en esa polilla enloquecida. Y heme aquí, felizmente infeliz, henchido de mi insatisfacción. Mientras no me tire por la ventana, significa que las cosas no han salido tan mal, que ha funcionado, que la vida se ha ido, no sé adónde, pero se ha ido, precisamente a ese alféizar y a esa ventana abierta de par en par. Solo la ventana es una garantía. Desde el punto de vista de la comprensión, el verdadero problema es que, a fuerza de repetir, no he sacado ninguna conclusión nueva desde los dieciocho años. El infinito replanteamiento del mismo patrón me ha protegido y me he amparado en él. Incluso ahora, no quiero saber nada más. Sé que sufro y que nadie puede entenderme, incluidos quienes me comprenden; nadie me quiere, incluidos quienes me quieren, es más, los odio con mayor encarecimiento, me muestro furibundo con ellos, pues, ya que me quieren, deberían quererme mucho más, pero que mucho más, es decir, no deberían dejar de quererme, de pensar en mí y de dedicarse a mí un solo instante. Sin embargo, ¿qué sucederá? Pues que en un momento dado, dejarán de hacerlo. Se dirigen hacia otra parte. Pensarán en otra cosa y querrán a otros. Y la nube del sufrimiento me envuelve. Solo existe esa niebla oscura y fría que me punza y me atraviesa.

No hago más que quejarme, lo sé, pero es lo que siento, lo que pienso. Aun en este preciso instante. Nadie se lo creerá, pero estoy lleno de amargura y siento una inmensa autocompasión sin ningún motivo. Hace un día precioso, soleado y ventoso, soy consciente de las cosas maravillosas que me han ocurrido, de los lugares inolvidables que he visitado, de las personas extraordinarias con que me he cruzado o a quienes he conocido, cuyas obras he leído, escuchado y admirado, de los individuos fantásticos que me han acompañado o que he contribuido a generar con mi semen. Y a pesar de todo, también a este libro quisiera confiar el deseo de saltar por esa ventana. Todas las cosas buenas de mi vida se conjuran contra mi estado de ánimo, mostrándome, señalándome, aquello que, si alguna vez lo tuve, lo perdí. Y las perdí justo porque las tuve. La plenitud, la dicha son elementos de comparación insoportables, su esplendor me mata. Me siento eternamente exiliado de aquella plenitud, de aquella felicidad íntegra que no he sabido disfrutar durante los momentos —en verdad, no han sido pocos, pero sí pasajeros, tan frecuentes como efímeros— en que la vivía. Cuando habría que disfrutar, no se disfruta, se disfruta después, en un instante sucesivo que, aunque llegue enseguida, siempre es posterior a la plenitud. Se disfruta pensando y recordando lo mucho que se disfrutó y añorando no seguir sintiendo lo mismo. En el momento en que se disfruta no se siente nada, el placer es solo retrospectivo y esa es la señal de que se disfrutó, es decir, el hecho de que entonces no se sintió absolutamente nada. El placer consiste en la interpretación, en la nostalgia, en el abandono; en ese terreno se instaura y encuentra su medida, por lo que es inevitable que contenga en sí la infelicidad que nos permite apreciarlo y valorarlo.

Este es, siempre, el tema de cualquier novela: la historia de una infelicidad. Incluso cuando el autor reivindica dichoso la plenitud, la exuberancia de la vida o proclama su esterilidad, siempre y en todo caso está narrando la infelicidad por algo que ha perdido o esperado en vano; o por algo que pasó muy cerca, incluso demasiado cerca —como el amor en el caso del tío Vania o la gloria en el de Bolkonski— y que se le escapó. Yo, por ejemplo, me acuerdo solo en parte de la época en que se desarrolla esta historia. El resto lo he estudiado o me lo han contado los demás, y muchas cosas las sueño o me las invento, en función de lo que la historia requiera: es como una serpiente en la hierba que se vislumbra por un instante, y es más la sensación de haberla visto, revivida con un escalofrío en la espalda, que una clara visión de los ojos.

Arbus me enseñó a no fiarme. No es que sea una gran enseñanza, pero al menos es clara. Por supuesto, no suscita entusiasmo, sería preferible recibir disposiciones como «Esto es» en lugar de «Esto podría no ser» o «No es lo que crees».

Y las primeras personas de las que, según Arbus, es mejor no fiarse son los maestros, la autoridad, los adultos, los profesores, quienes deberían saber, pero no saben. Creen saber lo que no saben, no saben que desconocen, así pues, presumen. Su autoridad se basa en la nada. Arbus era categórico al respecto: nunca lo vi aceptar sin más una afirmación, tanto si estaba escrita en un libro como si la había pronunciado un profesor. Por no hablar de las historias legendarias que circulaban entre los estudiantes, de las que era justo dudar por principio. Lo bueno es que Arbus no tenía nada que contraponer a las verdades de nuestros maestros, todo lo contrario, decía que antes que desconfiar de ellos, debíamos desconfiar de nosotros mismos. Tomemos, por ejemplo, la infelicidad de la que les hablaba antes. Pues bien, a Arbus no le afectaba en absoluto. Nunca, ni siquiera una vez, lo vi triste o preocupado, y tampoco lo oí quejarse nunca. Y sin embargo, habría tenido motivos, muchos más que yo. No había conocido a su padre, su madre parecía apreciar mucho más la presencia en su casa de sus compañeros de clase —la mía, por ejemplo— que la de su hijo, y no perdía la ocasión de burlarse de él, casi de humillarlo, por su desangelado aspecto, porque iba mal vestido, porque era tímido o porque no tenía ni idea de lo que era importante o agradable en la vida. En efecto, aun dejando aparte el acné que lo hacía sufrir, Arbus era feo, iba mal vestido y poco aseado —el pelo, sobre todo—, no le caía bien a nadie o casi y no hacía nada para cambiar su situación. A menudo me he preguntado si la amistad que le profesaba se asentaba en la seguridad que me daba ser más guapo y más afortunado que él, aunque no igual de inteligente. Arbus era más inteligente que yo y que todos los otros, sin duda, y no un poco, sino mucho más, pero en todo lo demás yo era un príncipe comparado con él, y puede que me juntara con

Arbus por una graciosa concesión principesca. O quizá su extraordinaria inteligencia ejercía un verdadero poder sobre mí, era el imán que arrastraba hacia él cualquier emoción, interés, predilección e incluso una singular atracción física. Sí, Arbus, tan larguirucho, pringoso y huesudo, me atraía físicamente. No como para abrazarlo —cosa que creo haber hecho una sola vez en mi vida—, pero lo bastante para quedarme encandilado mirándolo, especialmente en el colegio, cuando estaba de perfil y las greñas negras y aceitosas le caían desde las sienes hasta las comisuras de los labios. Esa era su postura para estudiar, cuando leía o escribía. Escribía lentamente sin apartar nunca el boli del papel porque utilizaba una especie de grafía ininterrumpida que se había inventado.

En el colegio, durante los exámenes, al cabo de algunos minutos de concentración en que mantenía los ojos entornados tras los cristales gruesos y sucios, de repente empezaba a escribir y ya no levantaba ni el boli ni la cabeza del papel hasta que acababa la traducción o los ejercicios de matemáticas o física. Nunca parecía contento o satisfecho y mucho menos preocupado, como si aquellos exámenes tan importantes para todos no le importaran nada. Y, en efecto, sus resultados no eran siempre buenos.

Él, que era tan inteligente, raramente sacaba un seis en lengua. Un suficiente por los pelos, y a veces ni siquiera eso. Las redacciones lo ponían nervioso. «Lo que has escrito es correcto, pero superficial», le decía el profesor Cosmo devolviéndole la hoja intacta, como la había entregado, sin una señal o corrección. Arbus no entendía los motivos ni la finalidad de escribir.

Una de las pocas veces que se desahogó conmigo, me dijo más o menos lo siguiente:

«No me gusta la lengua. ¿Qué clase de asignatura es? ¿Hablar y escribir en tu propio idioma? ¿Y? Las redacciones. Pero, de verdad, ¿qué tengo que decir? ¿A quién? ¿Qué puede importarle a Cosmo lo que yo piense o lo que piensen veintiocho chicos sobre Paolo y Francesca? No tengo ningunas ganas de hablar de amor con Cosmo. En matemáticas y física hay reglas, las comprendes o no, las aplicas o no, y el resultado es un ejercicio que al final será correcto o equivocado. No hay término medio. Sin embargo, en lengua italiana... ¿Qué significa que una redacción es buena? ¿Por qué un poema es bueno y otro no? No hay nadie en el mundo capaz de demostrarlo, me refiero a demostrarlo en serio. Es inútil lo que a veces hace Cosmo cuando ya no sabe cómo justificarse y saca a colación las rimas, la métrica o los acentos... Podría escribir cientos de poemas con métrica y todo. Cientos de poemas malísimos. Y además, esa obsesión porque uno tenga que expresarse, dar su opinión, ventilar sus emociones..., cuéntalo a tu manera..., haz una interpretación personal... ¿Qué culpa tengo yo si no se me ocurre ninguna interpretación personal acerca de nada? Si Catulo o Petrarca se sienten solos, pues bien, lo siento por ellos, tal día hará un año... No es que no lo entienda, al contrario, comprendo que se sientan solos y tristes, pero ¿qué puedo decir? Creo que la literatura me gustaría si no me pidieran mi opinión, mi comentario. Claro que me doy cuenta de que hay pasajes muy bien escritos, pero ¿y qué?...».

Arbus no se quejaba. Lo aceptaba todo con una sonrisita que podía ser pacífica, de burla o que disimulaba quién sabe qué diabluras. Quizá solo intentaba decir que no le importaban las notas, los curas, el colegio y los compañeros. Y entonces ¿qué le importaba? Creo que sentía curiosidad por las cosas en sí mismas, por sus formas, su funcionamiento, por las diferencias entre ellas y los modos para distinguirlas y catalogarlas. Eso le importaba y le gustaba. Le gustaba observar sin juzgar y sin ser juzgado, sin transformar las nociones en resultados concretos, las especulaciones científicas y los descubrimientos en notas. Lo opuesto a nosotros, que únicamente pensábamos en explotar al máximo lo poco que sabíamos y, sobre todo, lo que no sabíamos, recurriendo a cualquier truco para disimular nuestra ignorancia.

Había alguno cuya habilidad para engañar a los profesores en los exámenes rozaba la genialidad o la manía, que algo tiene siempre en común con el genio. En vez de estudiar, con tal de no estudiar, empleando el mismo tiempo y la misma dedicación, o incluso más, de lo que habría bastado para preparase decentemente un examen o unos deberes, Giuramento, Chiodi, Crasta —apodado el Perezoso— e incluso Lorco, que era buen estudiante, se pasaban tardes enteras miniaturizando, en tiritas de papel estrechas y largas, decenas de nombres y de obras de filósofos, teoremas y tablas de conjugaciones de verbos, que metían con infinita paciencia en el tubo transparente de los bolis, enroscándolas en espiral alrededor del tubito de tinta para desenroscarlas a escondidas en el examen mediante una maniobra igual de delicada y a menudo inútil, pues copiar las fórmulas de nada servía si no se sabían aplicar, lo que también vale para fechas y nombres, que debían de intercalarse en una exposición que tuviera sentido. De poco servían las tiritas de papel, los tatuajes en el brazo o los papelitos de seda ocultos en el diccionario. En definitiva, habría sido mucho más fácil y rentable estudiar, pero para algunos de nosotros era impensable, degradante. Rebajarse a estudiar..., ¡jamás! Si cabía la más mínima posibilidad de engañar, de tomar un atajo —camino que, como ya he dicho, solía ser a menudo más tortuoso que el principal—, si existía la posibilidad de salir del paso sin mérito..., pues bien, lo preferíamos. Y en eso consistía nuestro mérito, en convertirnos en magos, en adivinos, en ladrones de altos vuelos, en falsificadores, en cualquier cosa menos en alumnos aplicados.

La otra solución era copiar. Copiar del compañero de pupitre es la actividad más antigua del mundo y se remonta al hombre de las cavernas, responde a un impulso atávico que induce al débil a imitar al fuerte, a creerle y obedecerle, a depender de su generosidad, a fiarse de él. Se da por supuesto que lo que escribe el compañero de pupitre empollón es lo correcto, ya sea el resultado de un problema o una traducción. Y si es un burro, uno intenta cambiar de sitio, acercarse a la fuente fiable, como haría un historiador escrupuloso o un investigador; o crear una cadena que comunique al sabiondo con los ignorantes, con la ayuda de postas intermedias, de la misma forma que en la Antigüedad se enviaban señales de una torre a otra y los mensajes recorrían cientos de kilómetros. Los problemas principales son dos: que en una clase suele haber solo un par de sabiondos, como máximo tres o cuatro, para cada asignatura, y que no todos ellos están dispuestos a pasarte su examen. Gedeone Barnetta, por ejemplo, que sabía mucho de latín y griego, erigía barreras alrededor apilando libros para impedir que copiáramos, mientras que Zipoli, bueno en matemáticas, escribía con un lápiz de punta dura y fina y tenía una caligrafía tan minúscula que no se descifraba ni con lupa. Así que a veces las fuentes fidedignas se reducían a un solo alumno en toda la clase.

En esos casos tenía lugar un extraño fenómeno de anarquía: todos copiábamos de todos, de los listos e incluso de los que no lo eran tanto, presas de una absoluta y total falta de confianza en nosotros mismos. Algunos incluso tachaban sus ecuaciones y las copiaban del más ignorante de la clase —de Giuramento o Crasta— al pie de la letra. Quién sabe por qué, copiarse del compañero más cercano daba la sensación de hacerlo mejor que por tu cuenta. Es una extraña ley estadística, parecida a la de Murphy: si dos compañeros de pupitre se pasan una traducción o comparan un ejercicio, es casi seguro que considerarán correcta la solución equivocada. Se podría incluso plantear una regla filosófica, científica o psicológica que estableciera las consecuencias, incluso graves, que eso conlleva para cualquier tipo de comunidad o sociedad, es decir, la de que el error se transmite más fácil y rápidamente que la verdad. Si alguien se copia de otro, lo hace casi siempre reproduciendo los errores y vicios de quien se ha tomado como modelo o malinterpretándolo. En otras palabras, el error es más convincente, más pegadizo. He podido comprobarlo esta misma mañana durante las clases que doy en la cárcel: dos de mis alumnos rumanos cuchichean inclinados sobre el papel que contiene un ejercicio de gramática; después parece que han llegado a un acuerdo y uno de ellos corrige lo que había escrito, adecuándose a lo escrito por el otro. Rodeando los bancos, paso rozando el baño sin puerta y llego por detrás; me basta con leer la primera línea escrita por ambos: MI ERMANO A COMPRADO MOTO.

Aparte de que falte el artículo indeterminado, que en rumano no se usa para los objetos concretos, veo que Nicusor había escrito el verbo correctamente «ha comprado», pero que ha tachado la hache —en realidad la ha enterrado bajo un estrato de tinta— al darse cuenta de que Ionut no la había puesto. «¿Lo veis? —les he dicho—. Solo sois capaces de copiar los errores, mientras que cada uno guarda para sí las pocas cosas buenas... Habría sido mejor que cada uno hubiera hecho el ejercicio por su cuenta, ¿no?»

A veces insisto en este concepto con una imagen chabacana: «Que cada uno cague su propia mierda con su culo». Es vulgar pero eficaz. Nadie de aquí querría que se usara su culo para evacuar la mierda de los demás y lo mismo debe aplicarse a los pensamientos. Que cada uno exprese los suyos, por correctos o equivocados que sean, después ya veremos —y ese «ya veremos» resume toda mi improvisada pedagogía—. Pero ahora estoy hablando como profesor, mientras que antes lo hacía como estudiante. Dado que los listos eran pocos e inalcanzables, o no querían compartir lo que sabían —era el caso, por ejemplo, de Sanson— o bien les aterrorizaba que los profesores los pillaran —en realidad, los profesores vigilaban superficialmente, por sistema—, la mayor tentación era copiar, copiarlo todo del primero que tuviera un suficiente, incluso pelado o inmerecido, sin plantearse dudas inútiles o intentar comprobar si era correcto, sin pedir permiso, ni mostrarse amable o prometer recompensas a cambio de una sola frase o una fórmula. Eso me pasaba a mí, que en bachillerato elemental había sido buen estudiante, pero que en el superior, a excepción de en lengua italiana, había empezado a sacar peores notas en asignaturas en las que antes era bueno, mientras que con algunas nuevas, como el griego o la física, me había costado desde el principio. Y poco a poco, a fuerza de estudiar lo justo, de distraerme y acumular ausencias, es decir, a fuerza de subestimar a los profesores y sus clases, de creerme uno que obtiene buenas notas sin estudiar, a fuerza de saltarme las clases más pesadas con un «Mamá, hoy no me encuentro bien» —frase a la que mi dulce madre, demasiado indulgente, respondía con una caricia y dejando que me quedara en la cama—, el joven indolente que yo era empezó a tener lagunas, que ya no pudieron colmar sus brillantes improvisaciones, su labia, su seguridad y sus estratagemas —que pueden convencer a un profesor de que la preparación del alumno que tiene delante es más profunda y específica de lo que es en realidad, gracias a esa ostentación de seguridad, es decir, a que le miras a los ojos, a que hablas en voz alta y clara, y a que usas fórmulas astutas como «Es inútil añadir que...», sin añadir nada, o bien «Podría decirse mucho más acerca de...», cláusulas vacías que siempre causan cierta impresión, circunlocuciones que yo sabía manejar.

Mis traducciones del latín y del griego eran cada vez más aproximativas, inverosímiles, interpretaciones a lo loco siguiendo únicamente la intuición, pues al no haber estudiado las reglas gramaticales que gobiernan los idiomas con rigor implacable, no me quedaba otro remedio que confiar en mi oído o en la suerte.

... No me quedaba más remedio que confiar en mi oído, en la suerte o en el olfato.

El declive de mis facultades matemáticas, que a los diez o doce años eran notables, resultó, por el contrario, evidente, y fui el primero en notarlo. Mientras que antes lo pillaba todo al vuelo, a la primera, de repente empecé a perderme, a comprender cada vez menos, lo cual, en cierto sentido, es peor que no comprender nada de nada, como también pasa con los idiomas, porque si no los entiendes en absoluto, su melodía extraña quizá sea incluso agradable, no hay que hacer ningún esfuerzo para escucharla, pero si por el contrario te agarras a una palabra de cada diez, se convierte en un tormento, pues antes de rendirte haces un esfuerzo terrible por captar el sentido de las otras nueve, incomprensibles para ti. Comprender a medias las matemáticas y después solo algunas partes fue decisivo para que dejara de estudiarlas. Creo que en el bachillerato superior no llegué a abrir el libro.

En latín y griego continuaba saliendo del paso. A pesar de que mi ignorancia lingüística iba en aumento, al menos era el ámbito de los libros, los poemas, la poesía, los escritores, un mundo que me resultaba familiar, a pesar de que De Laurentiis, el profesor de latín y griego, hacía de todo para disuadirnos de que aquella gente habían dicho algo interesante y bonito. Aun siendo un traductor mediocre, hubo compañeros que quisieron copiar mis ejercicios. Matteoli, Scarnicchi —apodado el Lirón— e incluso Chiodi —que a medida que se acercaba la hora del examen pasaba de un estado catatónico a un frenesí incontrolable, para volver a sumirse en la indiferencia un instante después de haber entregado la hoja, garabateada empezando por el lado equivocado, el interno, indiferente incluso a la nota que se había afanado en obtener durante el examen— caían presas de una fibrilación en la que también me implicaban: ojos que suplicaban ayuda, señales con las cejas, con los labios fruncidos, susurros, que eran casi como gritos, que cruzaban el aula dirigidos a mí... Pero yo tenía dos límites, dos escrúpulos: temía que De Laurentiis me pillara —y ese estúpido miedo era lo bastante fuerte para cortarme— y sabía a ciencia cierta que junto con mi traducción, pongamos de Livio, les pasaría mis errores, que mi traducción estaba contaminada. A saber por qué, habiendo demostrado en otras ocasiones mucho más importantes que era un hombre bastante valiente, o al menos frío, al enfrentarme a peligros y emergencias, me deje intimidar tanto por las amenazas de pequeño, e incluso mínimo, calibre: es decir, que me pare la policía de tráfico y descubra que no he renovado el impuesto de circulación o que un profesor me pille mientras paso una chuleta. Estas posibilidades casi me aterran y es interesante notar que siento como una amenaza añadida que procedan del mundo de la ley, de las instituciones, de la autoridad reconocida, mientras que nunca he temido a los malhechores. Es extraño, no me dan ningún miedo las furgonetas rebosantes de talibanes con la ametralladora en ristre, pero en mis primeros años como profesor, temblaba solo con pensar que el director podía llamarme a su despacho. ¿En qué me habré equivocado? ¿Qué faltas —que sin duda he cometido, pero que no recuerdo por ser tan despistado— habrán descubierto? Ay, el despiste. Creo que ha sido el causante de la mayoría de los líos en que me he metido, y que también gracias a él los he borrado de mi conciencia, aparcándolos en algún lugar donde alguien irá a repescarlos, cosa que temo que suceda de un momento a otro. Casi todas las noches sueño que estoy en la cárcel, confinado por atracos perpetrados apenas cumplida la mayoría de edad... ¿Es posible que de chaval fuera un atracador nato? Claro que sí, a esa edad creía que era un modo de ganar dinero fácil..., después alguien debía de haberse ido de la lengua y había acabado encerrado. En el sueño soy consciente de que no ha habido ningún error de identidad ni de tipo judicial; no, yo he cometido esos atracos. La ley me ha perseguido, atrapado y castigado. Sí, la única cosa que me da realmente miedo es la ley y sus caprichosas repercusiones. Entre ellas, el hecho de que pueda alcanzarte mucho tiempo después de cometido el delito. Eso es lo que más temo, que la fechoría pueda resurgir, que no haya sido sepultada lo suficiente, que años después, a mucha distancia, como si hubiera viajado milagrosamente por el subsuelo, el cadáver aflore a la superficie...

La chica fue enterrada hace muchos años
eso ocurrió hace mucho tiempo...

No accedía inmediatamente a la petición furtiva de mis compañeros. Pero al final, la mirada de pena de Scarnicchi o el pulgar que Chiodi se pasaba por la garganta —con el gesto de que iba a cortármela— me convencían de que les pasara la hoja con la traducción. La copiaban en menos tiempo de lo que tarda un atleta de alto nivel en correr los cuatrocientos metros. No sé cómo lo lograban, poseían una visión panorámica, una vista fotográfica, pero no fiel. Así que a los errores que yo cometía, añadían otros, debidos a la prisa, a la incomprensión o a esa extraña ley literaria según la cual todo escriba introduce inevitablemente variantes creativas en el texto que solo debería copiar. Me acuerdo de una en especial, creación de Chiodi. Al copiar, cambió el asedio romano a «cierta» ciudad por el asedio a «Macerata». Cuando De Laurentiis —que tenía la vista bien entrenada en detectar copias entre las traducciones— entregó los exámenes corregidos, estaba sinceramente desconcertado. Sus pecas se volvieron moradas y un hilo de saliva seca formaba un anillo blanquecino alrededor de los labios; más que de rabia, parecía presa de un pasmo, un asombro y un desasosiego que rozaban el colapso. Su vida se asomaba a un abismo absurdo e insondable. Y todo porque Chiodi había escrito «Macerata». ¿Qué? ¿Por qué? Pero ¿a santo de qué? Pero ¿cómo...? ¿Cómo?

Con el rostro blanco —a excepción de las pecas que lanzaban llamaradas desde su morro manso de tapir— a De Laurentiis le faltaba el aire, balbuceaba, agitando el examen de Chiodi:

«Pero, a ver..., Chiodi... ¡Macerata! Pero... ¿de dónde? ¿De dónde lo ha sacado, Dios mío, de dónde? ¡Es que no... puedo! ¡Esto no está pasando, es un sueño! ¡Chiodi! A ver... Chiodi... Macerata. Pero yo me pregunto... me pregunto y digo... Macerata... ¡Dios Todopoderoso! ¡Señor! Eres... es... la única explicación es... ¡Una posesión diabólica!»

A medida que se enfurecía, su acento napolitano se marcaba más. De Laurentiis era así, o quizá lo son todos los napolitanos, que, dominados por una oleada emotiva o intelectual, de alegría, dolor, rabia o diversión, empiezan a hablar con una fuerte inflexión dialectal. En efecto, cuando estaba de buenas, De Laurentiis, sonriente y bonachón, casi se convertía en un personaje típico, como un cantante callejero o un polichinela, y lo mismo le ocurría durante esos accesos que, más que de rabia, eran de doloroso asombro.

Pero lo asombroso fue que, al final, Chiodi sacó un suficiente porque su traducción —es decir, la mía al noventa y nueve por ciento, sin el «Macerata»— solo contenía seis errores, de los que dos eran graves —restaba dos puntos— y cuatro lo eran menos —medio punto cada uno— lo que sumaba cuatro, y diez menos cuatro da seis. La palabra «Macerata» le había impresionado tanto que De Laurentiis se despistó y al final no la contó como error.

En efecto, yo también saqué un seis aquella vez.

Quiero hacer una aclaración acerca de mi amigo Arbus, para que no quede como un sabelotodo. No lo era. Incluso cuando afirmaba cosas geniales o notables, suavizaba sus teorías encuadrándolas con un «en mi opinión» e intercalando un «quizá», es decir, presentándolas como ideas que podían refutarse, mientras que a mí me parecían incuestionables desde el primer momento. No sé si lo hacía por falta de seguridad en sí mismo, si era irónico o si ya había alcanzado ese tipo de sabiduría que evita formular ideas categóricas a toda costa, considerándolas el colmo de la estupidez.

8

La cara de Arbus inflamada por el acné no era un espectáculo agradable.

Parecía que la piel estuviera hinchada en algunas partes y hundida en otras, igual que un terreno surcado por un arado, tan roja y congestionada que solo pensar que todas las mañanas tenía que lavarse y tocarse esa cara picada, daba grima.

Solo cuando diez o quince años después conocí en Londres a un hombre desfigurado por el fuego de San Antonio, vi algo más impresionante que la cara de Arbus en el apogeo de la inflamación.

¡Pobre amigo mío!

Era evidente que estaba incómodo, dolorido, molesto.

Muchos de nosotros teníamos granos en las mejillas, la barbilla, los hombros y la espalda.

Por ejemplo, Ianello y Chiodi, y yo también. Alrededor de los catorce años, es decir, cuando empecé a afeitarme, notaba en la barbilla o en los pliegues de las aletas de la nariz unos bultos dolorosos que algunas veces afloraban y otras permanecían latentes bajo la piel enrojecida. Mi madre me aplicaba compresas de agua caliente con sal y una pomada gris de olor repugnante. «Póntela para que el grano madure...», decía. No sé qué me daba más asco, si la pomada viscosa, su olor nauseabundo, o la idea de que el grano, ese bulto que estropeaba mi bonita cara de adolescente, debía madurar como si fuera un fruto. En definitiva, todos, o casi todos los chicos, teníamos problemas de piel brillante, aceitosa, descamada, demasiado grasa, demasiado seca, demasiado algo..., como si nuestro organismo fuera incapaz de regular la producción de hormonas y sebo.

Pero nada comparable a la cara de Arbus.

¿Y su madre? ¿Por qué no intervenía?

¿Por qué no movía un dedo?

9

Desde que era niño, y más tarde en plena adolescencia y hasta bien entrada la juventud, a pesar de mi absoluta ingenuidad y, por decirlo de alguna forma, creciendo al amparo y alimentándome, como una carcoma oculta en la pulpa de la madera tierna, de esta prolongada y, en consecuencia, culpable inocencia, habitó en mí una sensualidad perturbadora, tan exacerbada como oculta por un fuerte sentido del pudor. Mientras que los chicos de mi edad se entregaban a manifestaciones ruidosas y vulgares al hablar de genitales, de hembras perversas, de preservativos, de semen masculino y de baba femenina que salpicaba y chorreaba por todas partes, yo, que me turbaba, me escandalizaba y era víctima de sus groseras aclaraciones, temblaba por dentro sacudido por el poder de la sensualidad de la que hablaban despreocupadamente, la sentía correr por mis venas con una fuerza mil veces superior, más impetuosa, peligrosa e invencible que la de todos los jóvenes varones que conocía juntos. La sensualidad me provocaba vértigo, náuseas, hacía que la cabeza me diera vueltas a tal punto que tenía la sensación de que iba a ahogarme y desmayarme.

Quisiera citar dos episodios relacionados con un objeto que, solo con nombrarlos, ahora, mientras escribo, me causan una inquietud inexplicable y duradera, a tal extremo que sé perfectamente que en cuanto deje de escribir, me levantaré de la mesa, vagaré sin rumbo por las habitaciones y bajaré y subiré la escalera, al principio tocándome furtivamente entre las piernas y después con más determinación hasta masturbarme —bueno, creo que debo hacerlo de inmediato, sin siquiera haber empezado a narrar estos episodios—, y todo porque ambos tienen el mismo argumento, es decir, porque en ambos aparece el mismo objeto: un bañador. La simple palabra «bañador», escrita o visualizada, desata una tempestad que me sacude de pies a cabeza. Siento como si un remolino caliente drenara linfa de mis piernas y ese fluido vital palpitara y girara vertiginosamente absorbido por otras partes mi cuerpo —que se debilitan, provocándome temblores en las manos y nublándome la vista— y se concentrara a la altura de mi cintura. Y todo porque estoy a punto de escribir a propósito de un bañador, una prenda blanda, normalmente de colores, empapada de agua. Sí, tengo que masturbarme inmediatamente solo por eso, por mencionar el simple envoltorio verbal de la palabra «ba-ña-dor». Bastan estos tres sonidos, estas tres sílabas... Y porque mi compañera no está, de lo contrario la buscaría por toda la casa, merodeando de manera casual, nerviosa y famélica, y cuando la encontrara la abrazaría por detrás, le pondría las manos debajo del pecho para levantarlo y le diría que hoy está guapísima mientras me restriego contra ella, y venciendo sus protestas porque la he interrumpido mientras estaba leyendo, escribiendo cartas, cocinando, hablando por teléfono, peinándose o poniendo en orden la casa, intentaría desnudarla y tumbarla para hacerle el amor, o quizá ni siquiera eso porque bastaría con quitarle lo mínimo para poder entrar en ella tal y como la he encontrado, de pie.

Este demonio nunca me abandona, vive conmigo desde siempre, me sigue a todas partes, a tal punto que si un día no lo sintiera hervir en mi sangre pensaría que he muerto, me he muerto sin darme cuenta. Todo empieza con un brinco del corazón, idéntico al que sentí la primera vez de niño, en una caseta del establecimiento balneario de San Felice Circeo —vergüenza, excitación, curiosidad, zumbido en las sienes y calor en los muslos y la espalda— y en la orilla de la playa de Terracina —agua turbia de arena agitada, bañistas que reciben entre risas la bofetada de las olas, y mi prima, que si me la encuentro por la escalera, todavía hoy, me viene a la cabeza su cara asqueada de entonces y la mía, morbosamente encantada.

Aunque no tenía la más remota idea de lo que era el deseo sexual, intuía su presencia cada vez que los hechos más insignificantes de la vida cotidiana, los gestos y las miradas, empezaban a parecerme extraños, como dirigidos únicamente a mí, a atormentarme precisamente porque no sabía interpretarlos. No sé si definir como excitación tal estado...

Zarattini, mi compañero más guapo, me había invitado al Circeo. Después de bañarnos varias veces en la playa del establecimiento donde su familia tenía una caseta, fuimos a cambiarnos el bañador. Los bañadores de antes estaban confeccionados con telas gruesas que una vez mojadas permanecían empapadas durante horas. «Vete a cambiar el bañador inmediatamente» era la típica frase materna, acompañada de la igualmente típica anticipación del pronombre reflexivo en el primer verbo. Zarattini y yo nos dábamos la espalda por pudor. Al querer ir muy rápido, me azoré y casi me caí al ponerme el bañador seco, que intentaba subirme cuanto antes. Más que el paraíso o un cielo estrellado, la penumbra y el frescor de las casetas representan para mí, en sentido literal, lo inefable, lo que las palabras humanas, las mías por lo menos, no logran describir. Por ejemplo: ese escalofrío que se siente al entrar, mientras fuera el sol lo abrasa todo, el suelo arenoso, el olor a moho salado. Lo que me sobresaltó y provocó que el corazón me diera un brinco, como si enloqueciera de vergüenza, fue el golpe seco que hizo el bañador de Zarattini a mis espaldas, cuando cayó empapado sobre el áspero suelo de cemento; la idea de que en ese momento él estaba desnudo. Eso me turbó mucho más que el apuro que había pasado un momento antes al estarlo yo.

En Terracina sucedió algo aún más insignificante si cabe, pero que sigue resonando en mí. El mar estaba turbio porque las olas movían la arena del fondo, pero los niños se bañaban de todas formas con gafas de buceo. No había nada que ver más allá de la pared amarillenta de la arena en suspensión, pero servían para poder meter la cabeza debajo del agua sin que se irritaran los ojos, para zambullirse e intuir la sombra de las piernas de los amigos y agarrárselas en broma. Pero hubo quien vio algo. Fue mi prima, un par de años mayor que yo, que estaba bañándose un poco más adentro de donde chapoteábamos nosotros. La vimos venir a zancadas sobre las olas, ayudándose con las manos abiertas. Estaba indignada. Se quitó las gafas y se echó atrás el pelo mojado. Temblaba de rabia. «¡Qué asco!», exclamó cuando nos alcanzó. «¿Por qué? ¿Qué ha pasado?» Se volvió y señaló a una pareja lejana que aparecía y desaparecía entre la espuma de las olas. Se estaban besando o sus cabezas estaban muy cerca, flotando a ras de agua. Ella llevaba un gorro amarillo, me acuerdo de ese detalle como si fuera ayer, lo juraría ante un tribunal. Mi prima tenía la voz rota: «Estaba nadando cerca, casi me choco con ellos... —Mientras hablaba y nosotros la escuchábamos, una ola nos pilló por sorpresa en plena cara. Mi prima reapareció escupiendo agua de la boca torcida por el asco—. ¡He visto que él... él le quitaba el bañador..., la parte de abajo!».

La parte de abajo del bañador..., la parte «de abajo»... del «bañador»... Al oírlo me ruboricé. Fui presa de una fiebre inmediata que nunca se ha apagado.

Creo que toda esa sensualidad, como otras tendencias morbosas, proviene de la familia de mi madre, completamente formada por neurasténicos. Entre ellos, como en las novelas de antaño, se hablaba de nervios como si fueran una entidad autónoma de la persona en que habitaban, inquilinos morosos, insomnes e insolentes que no dejan de fastidiar al dueño de la casa con sus manifestaciones inoportunas: jaleos, ataques violentos, alborotos nocturnos, protestas, griterío. Los nervios, mis nervios, me calma los nervios, me pone nerviosa... ¡Ay, mis pobres nervios! Ahora ya hace tiempo que no oigo esta expresión, pero entonces estaba a la orden del día hablar de «agotamiento nervioso» como de algo que siempre se hallaba al acecho, algo sobre cuyo borde escarpado caminaba todo el mundo sin darse cuenta. Mi madre y su familia no hacían más que caerse dentro para ser rescatados por los pelos. Hoy la expresión ha sido sustituida en el lenguaje cotidiano por «estrés», pero no es lo mismo...

Aunque solía sentirme abandonado y solo, y siendo consciente de luchar por batallas perdidas de antemano, o peor, de que la mayoría de las personas no habría comprendido por qué me empeñaba en emprenderlas, en varios momentos de mi vida sentí un placer sutil en seguir comportándome de ese modo. Era un orgullo casi alegre, guasón, por hacer algo exótico, por servir a una divinidad desconocida. Una característica que creo poseer desde niño, o mejor dicho, sobre todo de niño, era que mi mente estaba ocupada por numerosos pensamientos diversos y discordantes a la vez. Esa extraña sensación de estar siempre acompañado me hacía feliz y al mismo tiempo me provocaba una constante aprensión, por no decir confusión o incertidumbre. Incertidumbre acerca de lo que realmente pensaba y de qué convicciones tenía sobre un tema determinado, pues ya me había acostumbrado a pensar una cosa y su contraria al mismo tiempo, además de una serie de razonamientos intermedios. Y lo mismo ocurría con mis creencias e incluso con mis deseos. Cada cosa y cada persona podían gustarme y disgustarme a la vez, y me daban ganas de hacerlo todo, pero también lo temía o lo consideraba equivocado. Más que ser el dueño de mis pensamientos, estos entraban y salían libremente de mí o, si les daba la gana, se quedaban, me habitaban, me poseían y gobernaban hasta el punto de que ahora me parece inoportuno definirlos como míos, del mismo modo que sería absurdo que un prado definiera como suyas las ovejas que pastan en él. ¿Quién era yo? ¿A qué pensamientos y deseos podía dar mi nombre? Advertía la afluencia de pensamientos y de voces que convivían en mi mente sobre todo cuando paseaba. Incluso en los trayectos breves, como el que recorría para ir al colegio todas las mañanas, al SLM, que medido con mi paso actual es de unos ciento cincuenta pasos y que entonces fuera quizá de doscientos. Pues bien, estaba tan absorto siguiendo los hilos que se trenzaban en mi cabeza, que se enroscaban alrededor de una idea, una imagen o una palabra insignificante, que esos doscientos pasos bastaban para alcanzar un estado de trance, al extremo de que perdía todo contacto con la realidad que me rodeaba, es decir, con la calle, que recorría o cruzaba —la Via Bolzano, la Via Tolmino, el ensanche de Santa Costanza—. Y más de una vez, caminando para ir al colegio, me daba cuenta de que había pasado de largo la verja de bronce con las letras SLM —que desde hace unos años han pintado de amarillo chillón— y de que seguía hacia la Via Nomentana, bajo los árboles que la flanquean, en dirección a Sant'Agnese, escuchando embobado los razonamientos que alojaba sin atreverme a interrumpirlos, como se deja hablar a quien no osas contradecir. Mi mente, igual que ahora, no hacía nada: no intervenía.

Todavía fantaseo con el deseo infantil de que, de repente, todas las incompatibilidades se reconcilien, tanto las que siento en mí, fortísimas, como las que percibo entre los demás y yo, por ahora implacables... Y dado que ese sueño desaparece tan rápido como aparece, me siento la persona más infeliz del mundo. Claro, estoy exagerando cuando me siento así y se lo demuestro a quien tengo más cerca o cuando me aflijo, y esa es mi principal vanidad, porque sé que los puntos de vista de los hombres son demasiado divergentes para remediar sus discrepancias y, sin embargo, los siento dentro de mí vivos y presentes como espinas.

A los doce años ya estaba aturdido y empachado por completo por las lecturas de mitos y hazañas caballerescas. Me sabía de memoria las aventuras de Sigfrido, de las valquirias, de Jasón, de Mordred y Arturo, de Hagen y Keu, todas las fechorías de Loki y las astucias de Hermes niño, la locura homicida de Apolo y Hércules, la sarcástica crueldad de Dioniso..., había empuñado las espadas Excalibur, Durandal y Balmung y agitado sin piedad contra los gigantes de hielo, Mjolnir, el martillo de Thor. Leía con tal avidez, que casi no comprendía las historias.

No sabría decir si poseo una mente incansable instalada en un cuerpo perezoso o una mente indolente en un cuerpo infatigable. Lo que sí sé con certeza es que desde que nací, y ahora que he alcanzado y superado la madurez todavía más, mi mente y mi cuerpo no viajan al unísono, no tienen los mismos horarios, por decirlo de alguna manera. Cuando la primera está despierta, el otro dormita; si uno rebosa de energía, la otra yace debilitada. Mi metabolismo está desajustado en dos frecuencias que nunca coinciden. Por eso jamás estoy completamente alerta o completamente relajado. No conozco ni la vigilia ni el descanso total. De noche, por ejemplo, el cansancio físico se convierte en terreno abonado para los pensamientos atormentados, alucinados, clarividentes, tan obsesivos que forman un delirio perfecto. Sin embargo, en otros momentos una fuerza simple y obtusa se empeña por entero en realizar acciones que hacen que me sienta idiota, ciego e inmóvil como un autómata. De acuerdo conmigo mismo, en paz conmigo mismo, nunca.

Sin contar a Arbus, el *crack*, que yo fuera el más inteligente o que me consideraran como tal, no era motivo de satisfacción para mí, y sigue sin serlo. Muy de vez en cuando, para ser sincero, sale de nuevo a colación esta historia de que soy el más inteligente en una categoría determinada, que puede variar de tipo y dimensión y que normalmente se refiere a mi colegio, mis coetáneos, los otros participantes de un premio literario —en los que suelo acabar en segundo o en último lugar, así que me dicen lo de la inteligencia para consolarme—, los escritores italianos vivos... Además de no ser verdad, sobresalir entre los que pertenecen a esas categorías no hace que me sienta orgulloso. Porque ¿de qué me sirven las ideas si no sé cómo emplearlas?

No puedo usar justo lo que poseo en abundancia.

Copio esta frase que tomo prestada de una novela: «Y mirando la bóveda celeste, inmóvil y muda, sobre mi cabeza, me sentí un minúsculo puntito vivo bajo aquel infinito cadáver transparente».

¿Y mi cultura? Mi ilimitada y prensil cultura en materias como títulos de películas, sagas nórdicas, apodos de futbolistas o etimología me ha convertido en un estéril campeón casero, de esos que siempre responden lo correcto una décima de segundo antes que el participante del programa de televisión sin moverse de su butaca —«¡Vamos, papá! ¿Por qué no te presentas? ¡Seguro que ganas!»— o bien en ese sabelotodo que todos quieren tener en su equipo en las partidas de Trivial Pursuit.

He de confesar que de niño primero y de chaval después solía contar historias inventadas o falsas para llamar la atención de los demás. Si hubiera tenido a mi disposición historias interesantes pero reales, sin duda las habría contado, evitando mentir; pero no era así. Me vi obligado a inventármelas porque la realidad que conocía carecía de atractivo y mi experiencia de lo extraordinario era muy limitada. La vida de un niño bien de ciudad es bastante vacía y hay que llenarla y enriquecerla con aventuras imaginarias o prestadas; creo que para muchos, y no solo para mí, fue así. ¿Cómo hubieran podido entrar en la existencia de un adolescente nacido a mediados del siglo pasado el amor y las fantasías amorosas, por ejemplo, sino en forma de mentiras a medias? Si nunca has besado a una chica —como es sabido, el cero absoluto no es un número, sino una entidad metafísica— no tienes más remedio que mentir y afirmar, con estudiada despreocupación, que ya llevas diez. ¿Es eso mentir o puede considerarse una anticipación, como si uno sacara ventaja en el cálculo sumando los besos futuros que, tarde o temprano, serán dados y recibidos, y con los que por ahora solo ha soñado? ¿No es como una especie de préstamo o de paga y señal?

No es cierto que los chicos sean superficiales y tiendan a distraerse y a divertirse; en realidad todo lo que se presentaba con mayor solemnidad y seriedad de lo normal nos fascinaba. No teníamos la culpa de que apareciera tan de vez en cuando.

10

Aunque cumplen un papel secundario en esta historia, un libro como este no puede omitir un capítulo dedicado a los profesores de gimnasia, es decir, a los frailes Curzio y Tarascio del SLM y al Pintor de Desnudos, también conocido como Courbet, en el instituto Giulio Cesare, donde hice el examen de reválida en 1975. Los defino como profesores de gimnasia según la antigua terminología, aunque la oficial sea profesores de «educación física», que en algunos colegios se ha cambiado por la aún más genérica y abstracta de profesores de «educación motora». El lenguaje, que ha ido depurándose, ya no se atreve a nombrar la materia, las acciones concretas o los instrumentos de los que esta se sirve. Se trata de una progresiva e imparable desmaterialización de la existencia, que de las palabras se proyecta a la vida, y viceversa —el principio de esta mutación tuvo lugar con un ejemplo de manual: la sustitución de la palabra «barrendero» por la de «operador ecológico».

En los colegios italianos, el profesor de gimnasia es un cuerpo extraño o, mejor dicho, un cuerpo rodeado de cerebros, mentes, almas, planteamientos, razonamientos, cálculos y teorías, cuya misión es recordar, un par de horas a la semana, que los estudiantes también tienen brazos y piernas, que respiran; en resumen, que existe otra parte de su individualidad que hay que entrenar y trabajar para que gane elasticidad, crezca y pueda examinarse y juzgarse. Al igual que los recursos intelectuales, los recursos físicos deben emplearse y sopesarse, aunque sea en menor proporción respecto a los mentales. La capacidad de saltar por encima de un listón, de hacer cierto número de flexiones o lanzar una pelota a la cara de la chica que salta delante de la red con los ojos cerrados, será valorada infinitamente menos que aquellas que te orientan en el gráfico de las categorías trascendentales de Kant o que te permiten resolver raíces. Sin embargo, la asignatura y el profesor que la imparte existen. No se trata solo de diversión, de desahogo de la vivacidad adolescente finalmente liberada tras horas de escoliosis clavados en los pupitres, como ocas que se ceban de conocimiento. El período más inquieto de la vida, cuando en el cuerpo chocan galaxias de energías desconocidas y sopla un huracán capaz de

erradicar cualquier pensamiento, transcurre en la más total inactividad física, como en un mosaico bizantino. Y encima hay quien se queja de que los chicos se mueven como colas de lagartijas...
Para aliviar su inquietud, se inventó la hora de gimnasia.

El hermano Curzio ya no era tan joven, pero tenía un cuerpo enjuto. Iba siempre en chándal, cuya cremallera abierta hasta mitad del pecho dejaba entrever una sencilla camiseta blanca —me refiero a los chándales ajustados de tejido semisintético de entonces, con cremalleras hasta en los tobillos—. Pequeño, moreno de tez y cabello —que siempre llevaba bien peinado con raya al lado—, con una sombra de barba incluso después de haberse afeitado. Al verlo, nadie habría dicho que fuera un cura. Su aspecto nada tenía en común con el de los otros, demacrados o gordos y joviales como los frailes de la Edad Media. Pero la cuestión correcta no es si parecía o no un cura, sino por qué lo era, por qué se había convertido en uno de ellos. ¿Era acaso una especie de promesa o se infligía un castigo para pagar una antigua culpa, como el fray Cristóforo de *Los novios* de Manzoni o como el caballero al que da vida Robert De Niro en la película *La misión*? En efecto, casi siempre estaba muy serio y huraño y era muy reservado. Nunca lo habíamos visto con la sotana ni oído hablar de Dios o la Virgen, y durante sus clases de gimnasia jamás mencionaba, como hacían sus compañeros incluso al hablar de cosas ajenas al tema, los pecados que había que evitar o las tentaciones contra las que luchar, la necesidad de mantener íntegro y casto ese cuerpo que constituía, literalmente, la materia prima que el hermano Curzio tenía la obligación de moldear a cambio de un sueldo —aunque nunca entendí cómo funcionaba el sueldo de los curas en general y de los del SLM en concreto; si su voto de pobreza era completo o si les pagaban al menos una dieta para los pequeños gastos, no lo sé..., así que digamos que estaba «llamado» a trabajar, que esa era su vocación pedagógica y religiosa—. Pero a veces nos preguntábamos si en realidad elegían para enseñar gimnasia a los curas que no sabían hacer otra cosa, a los más ignorantes, a los que no habían estudiado, o si, por el contrario, el hermano Curzio tenía una formación específica como entrenador atlético y había estudiado anatomía, fisiología y nutrición. O incluso si la constitución misma del hermano Curzio

—compacto, viril, enérgico, bien plantado, de pecho fuerte, piernas musculosas, sin un gramo de grasa y barriga bien metida, pero no por pose, sino por naturaleza— había llevado a los curas más viejos a encaminarlo a la enseñanza del deporte, que quizá no practicaba antes. Es curioso, pero todos los entrenadores de los deportes en que me he ejercitado de manera asidua o esporádica eran tan buenos como negados para la práctica de la disciplina; mi entrenador de fútbol era un futbolista pésimo, capaz únicamente de pasar la pelota de plano, dándole con el pie abierto como si fuera un palo de golf; el de natación nunca se dejaba ver en el agua porque habría nadado con torpeza; y el viejo maricón que me entrenaba en baloncesto nos enseñaba cómo dar el golpe de muñeca, en el apogeo del salto, permaneciendo elegantemente suspendido en el aire de modo que la pelota volara girando sobre sí misma en sentido opuesto, pero sus lanzamientos de demostración acababan casi siempre golpeando el aro, de manera que se empeñaba en intentarlo otras cuatro o cinco veces hasta que, rojo de vergüenza, le faltaba el aliento. Todo ello para decir que cuanto más bueno es uno en la enseñanza de algo, menos sabe hacerlo.

Los buenos profesores, en vez de realizar en primera persona lo mejor de sí mismos, saben transmitirlo y suscitar en los demás esa pasión que por lo general los ha llevado al fracaso.

Pongo fin al paréntesis diciendo que el hermano Curzio, sí, tenía un físico atlético a los cuarenta años, que era diez veces más tenaz e incansable que nosotros, adolescentes, pero que parecía negado para los deportes concretos, como, por ejemplo, el voleibol, una de las actividades de grupo más explotadas en los colegios, públicos y privados, italianos. Basta con separar a los chicos en dos grupos y colocarlos a ambos lados de la red; después se lanza la pelota al aire y ya pasará algo. El hermano marista tenía suficiente con dar inicio a la zarabanda mediante unos pitidos y luego ocultarse tras la pantalla de su carácter reservado. En el fondo, lo apreciábamos, aunque solo fuera porque era muy diferente de los demás curas. Habría podido ser tranquilamente un obrero o un cámara, o el dueño de una ferretería; o un soldado, sí, un militar. La Virgen no era ni el último ni el primero de sus pensamientos. No se le pasaba por la cabeza hablar de premio, castigo, esperanza o caridad. Entonces, ¿por qué se había hecho cura un hombre así? ¿El hermano Curzio era un cura de verdad o bajo su chándal se ocultaba un fugitivo, un desertor, un mercenario que había asesinado a saber a cuántos negros en una vida anterior, cuyos crímenes pagaba en aquellos torneos de voleibol entre ineptos?

Obtuvimos una respuesta a esta pregunta, aunque no una verdadera explicación, pues añadió aún más misterio a su persona, un anochecer en que recorríamos en moto el largo y oscuro Viale di Tor di Quinto, entre la Via Flaminia y la Olimpica. Volvíamos de un partido que habíamos jugado en uno de los muchos campos que bordean el Tíber, en los que la neblina que asciende del río se vuelve densa y forma una especie de capa luminosa de humedad. Yo iba con Rummo, en la pequeña extremidad posterior del sillín de su Morini 50 cc, el *Corsarino*, por aquel entonces el objeto del deseo de todo adolescente.

Estábamos a la altura del polígono de tiro, cuando la luz de una hoguera iluminó a un hombre que se asomaba por la ventanilla de su utilitario para negociar con las prostitutas que se calentaban alrededor del fuego. Eran dos, de mediana edad, una estaba más cerca y la otra casi fuera del tembloroso haz de luz que emanaba del bidón; la primera era rubia y la segunda, morena; ambas llevaban el pelo cardado y minifaldas, que dejaba al descubierto las piernas bien firmes en las botas. Y el hombre que trataba con ellas con el codo apoyado en la ventanilla del 850 —un clásico modelo Fiat de aquellos años, un vehículo que hoy resulta impensable por su extrema austeridad— era, sin duda, el hermano Curzio, identificable a distancia por su mechón bien peinado y por su expresión seria. Por otra parte, conocíamos muy bien aquel 850, pues era el coche de servicio del director del colegio; aquel perfil cuadrangular permanecía durante horas delante de la verja del SLM o dentro del patio del colegio que da a la Via Nomentana. Sus perfiladuras cromadas dibujaban de manera infantil su línea elemental, su parte trasera truncada con la rejilla para ventilar el motor. Me parece que fue el coche más sencillo y familiar de aquella época.

No creo que el hermano Curzio nos reconociera mientras pasamos por el lateral aminorando la marcha para no perdernos el espectáculo. El Viale di Tor di Quinto es, en efecto, una carretera con calzadas laterales, arboladas, a cuyos lados todavía queda espacio. Más tarde, pegada a la orilla del Tíber, instalarían la carpa de un teatro especializado en obras musicales que provocaría increíbles atascos a causa del ir y venir de espectadores, pero por aquel entonces la densa tiniebla solo albergaba las hogueras y las sillas plegables de las prostitutas, mientras que al otro lado todavía no habían edificado el cuartel de los carabinieri, y solo había descampados y el campo de fútbol donde se entrenaba el Lazio.

¿Así que era él, el hermano Curzio, ese hombre que iba con mujeres a cambio de dinero? A pesar de que mis ojos lo habían visto, todavía tenía dudas cuando adelantamos por la derecha a los coches atascados en la Via Olimpica. Pero Rummo la disipó, volviéndose hacia mí y torciendo un poco la boca para que pudiera oírlo a pesar del viento:

«Claro que era él. ¿Qué tiene de extraño? ¿Creías que los curas no frecuentan a las mujeres? Claro que sí, claro que sí...».

Me sorprendió que Rummo, un tradicionalista, incluso un puritano —si es que el término tiene sentido aplicado a un adolescente—, alguien que comulgaba en cada misa, fuera tan realista, tan inmoral. Pero tenía razón. A partir de ese día miré a los curas con otros ojos. Como si de repente viera a su alrededor una estela, antes invisible, hecha de acciones, instintos y deseos, todos los trozos que faltaban de sus vidas —es decir, los que nos faltaban a nosotros para completar su imagen de hombre, no de cura—. ¿No era natural que ese hombre de sangre caliente, sano y reprimido fuera en busca de una mujer? Y no pudiendo enamorarse de ella ni hacer proyectos con ella, como casarse y tener hijos, ¿qué iba a hacer sino pagarle y follársela, pagarle para follársela? Solo me pregunté si todos los curas, absolutamente todos, hacían lo mismo. No, imposible. A algunos era imposible imaginárselos abrazados a una mujer, tocándole el pecho; unos quizá aunaban fuerzas para resistirse y en el caso de otros resultaba evidente que no les gustaban las mujeres, así que no debía de ser un gran sacrificio renunciar a ellas. No todos los hombres son iguales, y lo mismo vale para los curas, que puede que incluso estén aún más diversificados que la raza humana en su totalidad y que la uniformidad que les impone el clero y la sotana no sea más que una apariencia que acaba por exacerbar las diferencias. ¡Hay de todo, bajo la sotana se puede encontrar a cualquiera!

El caso es que al año siguiente, cuando volvimos al colegio después del verano, el hermano Curzio ya no estaba.

Lo sustituyó un laico, Tarascio, musculoso, arrugado y torcido, quizá por haber levantado demasiadas pesas en su vida. Hablaba con marcado acento del sur y nunca acababa las palabras, acentuándolas en la penúltima sílaba para truncar la última, de manera que cuando daba órdenes empezaba mascullándolas y las terminaba casi a gritos. Concluían siempre con palabras como «ejercitación», «solución», «justificación», cambiando la «c» por la «s» y tragándose la última letra: «Pon atensió, que ahora hacemos la preparasió para la correcta ejecusió...».

No sabíamos dónde había ido a parar el hermano Curzio. Había quien decía que en Sudamérica. Otros afirmaban que había colgado la sotana por motivos poco claros, que para mí, sin embargo, resultaban transparentes. Me quedaba la duda de que aquello que habíamos visto en la oscuridad del Viale di Tor di Quinto, con sus trémulas luces de faros y hogueras, se hubiera descubierto al fin, es decir, que no se tratara de un episodio aislado sino de una costumbre, eso que los curas llaman un vicio o, mejor aún, el vicio por excelencia. ¿Qué pasa en esos casos? ¿Cómo funciona el aparato de investigación y represión? ¿Quién juzga y decide? ¿En qué consiste el castigo? ¿Los echan y sanseacabó? ¿Existe la posibilidad del perdón? Si así era, el hermano Curzio estaba haciendo penitencia a saber cómo y dónde. Me preguntaba si seguiría pensando en las mujeres y con qué intensidad; en todas las mujeres, no solo en las de la calle, sino también en las madres que esperan a sus hijos en la puerta del colegio, en las actrices, las modelos, las estatuas desnudas, las bañistas de la playa y las nadadoras de las piscinas..., y quizá en las monjas.

(Abro un paréntesis a propósito de estas últimas. Las monjas son un blanco fácil de misoginia, resentimiento y morbosidad perversa. El sentir común anticatólico se desahoga contra esas criaturas gregarias más fáciles de identificar como grupo o grupito, como caricatura o protagonistas estereotipadas de chistes, que como individuos independientes.

De una chica que lo pone difícil, que es tímida, que se viste con austeridad y no se maquilla o que va a la iglesia, suele decirse con hostigamiento que es una monja, mientras que de su equivalente masculino a nadie se le ocurre decir que es un cura.

Así que la monja debe ser bajita, fea, bigotuda; si, al contrario, es guapa, se da por descontado que es una especie de monja de Monza y su cuerpo lujurioso, a duras penas oculto por el hábito, está listo para explotar. El tema representa un sector especializado de las películas pornográficas. Varones y hembras, curas y monjas.)

Con Tarascio era otra cosa. Él manifestaba orgullosamente su condición de varón, yendo en camiseta aunque el gimnasio estuviera helado y luciendo su vieja piel pecosa, algo floja sobre los músculos tonificados de la espalda, dejando a la vista los deltoides y los pectorales cubiertos de vello blanco y rizado. Le gustaba exhibir el resultado de los millones de flexiones realizadas a lo largo de los años, los bultos llenos de arrugas de los bíceps, que, en efecto, nos causaban cierta impresión. Aun así, el buen Tarascio se nos antojaba un viejo, una momia, una copia de un atleta o un boxeador hallado bajo las cenizas de Herculano. A eso contribuía el que midiera un metro y medio más o menos, como los hombres de la Antigüedad; a juzgar por sus armaduras y la altura de las puertas por donde pasaban, eran pequeños, musculosos y viriles.

Tarascio estaba obsesionado con la virilidad, era su manía, el objetivo de su vida consistía en que sus alumnos fueran hombres, y si no lo eran lo suficiente, que acabaran siéndolo a fuerza de pesas y espalderas suecas.

De la frustración de estos bocetos, de estos conatos de virilidad, surgía una singular forma de narcisismo. Fantaseábamos sobre una perfecta identidad viril —en la que nos reflejábamos, como si el reflejo de la imagen soñada pudiera encarnarse en nosotros, personas de carne y hueso, para convertirlas por fin en algo digno, completo y realizado—, precisamente porque éramos unos fracasados, habíamos fracasado y seguiríamos haciéndolo ante cualquier prueba, aun insignificante, de virilidad. ¡Cómo nos admirábamos! ¡Cuánto nos contemplábamos en el espejo! Pero no porque nos gustara lo que veíamos, sino todo lo contrario. La esencia del narcisismo no es el amor por uno mismo, es la rabia.

Hay varias maneras de conocerse: mirarse mucho en el espejo, ponerse enfermo, escribir cartas, jugar al fútbol o al ping-pong, enamorarse, leer y luchar. La forma de devolver los insultos, es decir, el modo instintivo en que se hace —histérico o amenazadoramente tranquilo—, dice mucho de nuestro carácter. Si no te sometes a pruebas que la demuestren, y si el destino no te las reserva porque la época no lo contempla o la clase social de origen o el lugar donde se nace lo excluye a priori, la virilidad solo se expresa a través del aspecto y la actitud. La espalda, los músculos de los brazos y los pectorales sustituyen la valentía, la determinación y la iniciativa. Lo que no se hace encuentra un sucedáneo en otras muchas cosas por las que afanarse, doblarse, bombear o empujar. A falta de una acción concreta, significativa, se llevan a cabo cientos de ellas, en series de diez, veinte, treinta. El cuerpo que se entrena, repite un número indefinido de veces el mismo gesto, está hambriento de acción, pero se ve obligado a descomponerla en secuencias esenciales repetidas hasta el infinito. En un gimnasio, la acción nunca se perfecciona. Con Tarascio nos matábamos a flexiones a pesar de ser conscientes de que no habíamos hecho nada. Pero después nos sentíamos mayores y más seguros de nosotros mismos tocándonos el pecho sobre la camiseta.

Pero ¿por qué sigo hablando de los profesores de gimnasia de la época del colegio? ¿Qué tienen de especial, de interesante? ¿El material pegajoso que recubría los suelos del gimnasio puede convertirse en objeto de nostalgia? No lo sé, no creo. Quizá fueran los únicos que se acercaban un poco más a lo que de verdad nos interesaba, nos turbaba y molestaba, lo que ha hecho de nosotros los hombres que somos en la actualidad, los cuerpos desordenados que somos, divididos entre una consulta de urología y el pisito con la cama en el altillo de una amante tan ocasional que lo es desde hace diez o veinte años. (Esta última frase es vulgar y efectista, es decir, adecuada para el libro de un escritor contemporáneo como yo, pero responde, en parte, a los motivos por los que un profesor de gimnasia y sus alumnos, varones como él, a pesar de no decirse nada relevante —el primero se limita a dar órdenes y reñir a gritos y los segundos pululan sin orden ni concierto por un gimnasio donde retumban las suelas de goma sobre el linóleo—, comparten siempre un profundo secreto.)

Igual que cualquier otro recurso humano, el cuerpo puede modificarse, es decir, modelarse, grabarse y esculpirse con finalidades diferentes, pero según procedimientos típicamente artísticos: que emerjan formas definidas de lo vago, de los cuerpos adolescentes, secos, torcidos o cubiertos de esa trémula adiposidad infantil que tiembla al correr o saltar con poca gracia. El cuerpo es, desde ese punto de vista, un terreno virgen para experimentos. En esa plaza de armas tiene lugar todo tipo de ejercitación. A Tarascio, la idea de dejar su firma sobre los cuerpos de quince años que modelaba lo extasiaba. Sí, Gian Lorenzo Tarascio, como un maestro del Renacimiento. En efecto, cuando no gritaba, mascullaba embelesado para sí: «El *Discóbolo*..., sí, el *Gladiador*..., el *Púgil en reposo*..., el *David* de Miguel Ángel», mientras vigilaba cómo se hacían la serie de ejercicios que debían convertirnos, día tras día, en aquellos modelos escultóricos.

Durante cierto tiempo, Matteoli y yo, junto con algún que otro compañero decidido a moldear de una vez por todas su físico, frecuentamos el gimnasio del que era dueño, que estaba en la zona de Ponte Mammolo. Íbamos en formaciones de dos o cuatro, con las motos y las bolsas de deporte. Yo iba casi siempre con Matteoli, que tenía un ciclomotor gris. Era sin duda el más fiel a Tarascio y el que compartía con más convicción su proyecto de potenciarnos, el mismo procedimiento que entonces se aplicaba a la Vespa 50. En pocos y simples pasos, tan simples que incluso yo, que no tenía ningún conocimiento de motores, lo logré, se podía aumentar su velocidad hasta el doble con respecto a la permitida. Todo el mundo sabe que una 50 cc es un bólido en potencia y que los fabricantes limitan su rendimiento para mantenerse dentro de las normas del código de circulación. Pues bien, basta con quitar los diafragmas, ensanchar el calibre del carburador, vaciar el silenciador y acortarlo... Modificaciones parecidas a las que se realizan en los ciclomotores tras las persianas metálicas de los garajes, hacía Tarascio en los cuerpos de los chicos en su gimnasio de Ponte Mammolo que, por otra parte, debía de haber sido antes un garaje. En aquella época no existían las complicadas maquinarias de *fitness* de que ahora disponen incluso los peores gimnasios, y su equipo se reducía a un par de espalderas, los bancos donde tumbarse a levantar pesas, algunas mancuernas, barras de musculación, tensores, bloqueadores y otras cosas propias de forzudos de antaño.

Del hermano Curzio solo me quedan unas cuantas imágenes, entre ellas, como ya he dicho, la indeleble de Tor di Quinto, y el recuerdo de una frase que se le escapó una vez mirando a Arbus. «¡Eso no es gimnasia, por Dios, eso es el baile de San Vito!», exclamó casi asustado por la descoordinación y el frenesí con que se movía mi compañero para compensar su torpeza.

No estoy del todo seguro, pero creo que lo vi hace un par de años en el centro, en la orilla del río, en el lugar donde pretendían excavar un paso subterráneo al que luego renunciaron por miedo a que el millón de toneladas que pesa la Mole Adriana se viniera abajo. Estaba viejo, sin afeitar y llevaba una peluca tupida de un negro intenso, brillante como el pelaje de un animal. ¿Cómo lo reconocí? Nadie se lo creerá, pero iba en chándal, el viejo chándal del SLM, negro con los ribetes verde y amarillo, descolorido por los lavados, pero aún no ajado del todo. ¡Debía de estar confeccionado con un tejido duradero! Curzio —quizá ya no puedo usar «el hermano» delante— daba vueltas sobre sí mismo, perdido en sus pensamientos; después una voz chillona lo llamó y una mujer de mal aspecto que hasta ese momento manoseaba uno de los últimos ejemplares ciudadanos de teléfono público, lo alcanzó y le cogió una mano con un gesto brutal, arrastrándolo a pasear juntos sobre el parapeto del río moviendo los brazos adelante y atrás, como si fueran la caricatura de una joven pareja de enamorados. Él le dijo entonces «Puta» y yo reconocí, con una sola palabra, la voz de mi antiguo profesor de gimnasia. No logró desasirse de la mano de aquella mujer.

Ante aquella escena, pensé que eran marido y mujer.

Al tercer profesor de gimnasia lo llamaré el Pintor de Desnudos, o también Courbet.

Courbet debía de tener unos treinta y cinco años, pero siempre se refería a sí mismo en pasado, como un hombre en el ocaso de su vida al que todas las cosas, buenas o malas, que tienen que sucederle, ya le han sucedido. Nos sorprendía, nos divertía y nos preocupaba. ¿Cómo era posible que la curva parabólica de un hombre fuera tan breve? Sentirse acabado antes de la madurez, ¿eso les sucedía a los hombres vitales, amantes, como nuestro profesor, del arte, el deporte y las mujeres? Puede que alguien como Courbet lo sintiera de manera más intensa. Pero ¿qué sentía? La decadencia. Que en el caso de un atleta o un esteta llega apenas cumplidos los treinta. Y las excepciones no desmienten la regla que, en cualquier caso, acaban cumpliendo. Courbet, en camiseta y pantalones cortos, era sensacional, y siempre lo recuerdo cuando lo veo pasar ahora por la placita que hay debajo de mi casa, al lado de la universidad internacional Guido Carli, o en la Via Bellinzona, mientras merodea por el barrio de Trieste, encorvado, arrastrando los pies como si llevara zapatos de plomo; el pelo gris le roza los hombros; tiene la nariz ganchuda como la de un viejo apache, la tez descolorida y unos ojos trastornados, abiertos en desmesura, jadeantes, si cabe adjetivar una mirada de esta forma.

Sin embargo, en aquella época se presentaba como un perfecto ejemplar de varón italiano: sensual, de pelo brillante, mirada gitana, sonrisa radiante y un cuerpo que era un haz de músculos tan definidos y nervios tan ágiles que hubieras jurado que siempre pegaban primero, sin piedad. Su delgadez lo volvía incluso amenazador. Los hombres delgados de mejillas hundidas, a menudo lo son o lo parecen, lo cual, en definitiva, viene a ser lo mismo, puesto que la amenaza no es más que un puro fantasma.

Ahora Courbet no es más que un fantasma...

11

El apodo de Courbet le venía de que, además de ser profesor de gimnasia, era pintor. Es más: sobre todo era un pintor.

Congenió casi inmediatamente con los pocos alumnos varones que había en la 5M, la última sección del instituto Giulio Cesare, la clase de los díscolos, en la que los suspensos causaban estragos y adonde yo había ido a parar cuando me matriculé llevando escrita en la frente, como Caín, la marca del colegio privado del que pensaban que me habían echado, pero que yo había abandonado por iniciativa propia. No pasó mucho tiempo, un par de meses desde que comenzara el curso académico, antes de que Courbet nos invitara una tarde a su taller, a diez minutos del instituto. Ya estaba bien de chutar y correr, ahora nos esperaban cosas más serias e intensas. Era un sótano desnudo iluminado por dos ventanucos que se abrían como una tronera a ras de calle. Grandes lámparas iluminaban una desastrada cama de cuerpo y medio, una mesa larga hecha con andamios de alguna obra y caballetes de madera repleta de frascos y pinceles, y telas de todas las dimensiones apoyadas contra la pared. Todo era blanco, pero manchado, arrugado, agrisado. Incluso las sábanas, de la textura del cartón, parecían pintadas de blanco en vez de lavadas, y lo mismo podía decirse de la sombra que formaban sus arrugas. Sentados, medio tumbados, en la cama de Courbet, fumando, asistimos a la exhibición de los cuadros que el profesor nos mostraba sin hablar.

Courbet era bueno. Y obsesivo. Solo dibujaba y pintaba en blanco y negro. Reproducía cuerpos de mujeres desnudas en posturas obscenas, o tan abandonadas que parecían muertas. Lo hacía con una notable, o diría que casi excesiva, habilidad.

Fue entonces cuando intuí que en al arte hay un nexo entre la técnica y la masturbación, que el virtuoso, el gran virtuoso capaz de una suma maestría, se masturba sin cesar mientras crea. Eso era lo que hacía Courbet cuando pintaba y lo que quería que hicieran quienes veían sus cuadros, en los que reproducía minuciosamente el vello púbico, los pliegues del sexo femenino y los relieves de los pezones erectos de las modelos, en su mayoría mujeres de tez oscura, maduras, casi marchitas, que debían de haber sido sus amantes. La técnica es una forma sofisticada de excitación y en eso consiste el torbellino de las manos hábiles y febriles de los grandes virtuosos —Dalí, Gadda, Glenn Gould, Alvin Lee—, en crear un torbellino de autoerotismo.

Qué extrañas fueron aquellas tardes que pasamos en el taller de Courbet. Él se servía whiskies y a nosotros nos ofrecía naranjada mientras sonreía con superioridad y guasa, pero también con solidaridad, como si fuera un hermano mayor —que primero embelesa y desmadra y después abandona— enseñando a los más jóvenes lo que es la vida. Acabada la naranjada, nos dedicábamos a mirar a las mujeres desnudas con las piernas abiertas pintadas por Courbet. Esos muslos abiertos que tendrían que habernos unido, aunque lo que realmente nos unía estaba a miles de kilómetros lejos de nosotros.

De lo que decía y pintaba podía deducirse que nuestro profesor no pensaba más que en las mujeres, pero después nos sorprendía con ideas contradictorias que nos divertían y llenaban de dudas.

«Sí, sí, es muy fácil hablar... —en realidad, casi siempre estábamos callados—, pero en el fondo no hay una gran diferencia entre meterla por el culo y dejársela meter..., y tampoco tiene tanta importancia. —Y al ver nuestras caras de perplejidad, insistía—: Es ridículo que un hombre sufra por eso. ¿Te apetece que te den por el culo? ¡Pues que te den!»

También soltaba profecías relativas a la edad y al paso del tiempo que no entendíamos justo por eso, porque la edad y el paso del tiempo nos distanciaban.

«No tenéis ni idea de lo que significa para un hombre levantarse cada mañana, inclinarse y tocarse la punta de los pies..., ni de la clase de miserable satisfacción que proporciona lograrlo.»

Según él, pintaba mucho y vendía bien, al menos un cuadro a la semana. Cuando acabó de mostrárnoslos todos, se limitó a las enseñanzas.

«Creéis que porque os gustan las mujeres desnudas estáis salvados, ¿no? Que si os excitan las mujeres, ya no hay nada que temer..., pues bien, estáis totalmente equivocados. Es solo otro modo, diferente, de ser afeminado. En realidad, los hombres son todos maricas, sí, todos sin excepción. Tanto los que afirman que no les gustan las mujeres y se dejan dar por el culo, claro está, como los que se pasan todo el santo día pensando en ellas, como vosotros y yo. ¿Qué clase de hombre tiene siempre un coño en la cabeza? Un hombre que no piensa más que en las piernas, las faldas, los zapatos de tacón... ¿Os parece un pensamiento viril?

»Podemos, pues, afirmar que los hombres se dividen en dos categorías: los maricas, enamorados de los demás hombres, y los maricas a medias, enamorados de las mujeres. Un hombre de verdad debería frecuentar solo a los demás hombres, pero si lo hace lo acusan de marica. ¡Y, en efecto, todos los miembros de las bandas famosas de antaño lo eran..., los monjes, los marineros, los piratas..., incluso la alegre camarilla de Robin Hood!» Y se tragaba otro whisky a las cuatro de la tarde. «Así que no sé qué deberíamos hacer... Lo único que nos queda es poseerlas brutalmente, despreciarlas. Únicamente así podemos sentirnos protegidos del peligro de volvernos afeminados, despreciando lo que deseamos. Pero es tan triste..., tan vulgar...» Y llegados a ese punto, se hundía en una profunda melancolía.

Es inevitable que los hombres a quienes les gustan de verdad las mujeres acaben, tarde o temprano, deseando no solo poseerlas, sino ponerse en su lugar. Es decir, experimentar las mismas sensaciones que ellas, ponerse su ropa, excitar a los hombres, languidecer..., acariciar un pecho que, en vez de sobresalir o colgar de otro cuerpo, pertenece al suyo. La atracción por el sexo femenino provoca el deseo de ir más allá, suscita la fantasía de poseer uno igual. El gesto de levantar una falda es tan excitante como levantar la propia. El potencial femíneo de los denominados donjuanes está muy desarrollado y da igual que sea más o menos explícito. Un hombre en verdad viril es incapaz de sentirse profundamente atraído por el otro sexo, pues para ello es necesario participar en buena medida de la naturaleza del objeto de deseo. La teoría de la complementariedad de los sexos es una gran estupidez o, como mucho, una simplificación escolar parecida a la que separa a los clásicos de los románticos y a los güelfos de los gibelinos, para entendernos. El deseo no se alimenta solo de diversidad, sino, y sobre todo, de similitud, y el narcisismo del mujeriego es tan agudo que se muere de curiosidad por saber qué siente una mujer cuando la estrecha entre sus brazos... En realidad, cuando abraza a una de ellas, está abrazándose a sí mismo.

Un hombre de esta clase podía desear a las mujeres como adorno o consolación, podía conquistarlas aunque solo fuera para retratarlas, podía molestarlas, humillarlas, imitarlas, someterse a ellas o evitarlas. O también podía darse el caso de que ellas lo evitaran a él.

Hubo un tiempo en que te gustaba
—que te dieran por el culo—,
ahora te pone nervioso. Curioso,

*—pero cierto—,
así puede resumirse
la historia de un largo amor.*
(Poema de Courbet.)

Un par de años después de acabar el colegio, convencí a Arbus para que volviéramos al gimnasio y así «mantenernos en forma». Al principio era reacio, pero al final aceptó. Debido a su constitución enclenque, la espalda se le estaba doblando aún más, si cabe, y, aunque parezca increíble por su edad —tenía veinte años— y su delgadez, ya empezaba a echar barriga. Había dejado de practicar la gimnasia postural que debía mantenerlo erguido. La iniciativa de matricularse en el gimnasio fue la última que tomamos juntos, lo último que hice con mi amigo antes de perderlo de vista. Para ser prácticos, elegimos uno que estaba enfrente de mi casa. El dueño, Gabriele Ontani, entrenador de los hombres, era un fanático que lo reducía todo a lo que él definía sus dos verdades fundamentales: el hombre es un animal y la mujer, obra de arte. En consecuencia, hacía lo posible para que fuéramos aún más animales. Al final, el animal y la obra de arte estaban destinados a encontrarse y juntarse, pero había que ser digno de ella y contar con una preparación adecuada. Es normal que si te pasas la vida modelando cuerpos, espaldas, brazos, pechos y piernas, no puedas prescindir de su uso sexual. Así que Ontani nos animaba, nos preparaba mediante insultos de todo tipo —que tenían en común la idea del animal, esto es, la de que el hombre es un animal— al encuentro con las mujeres, a que estuviéramos a su altura llegado el momento. Entretanto, nuestros esfuerzos, las flexiones, el sudor y la repetición de los movimientos —acompañados de las maldiciones de Ontani, que eran su manera de marcar el ritmo: «¡Vamos-vamos-vamos-ya-ya-ya-eso-eso-eso... Otra vez, vamos-vamos-vamos-ya-ya-ya-eso-eso-eso..., animaaales!»— estaban dirigidos a entrenarnos para el coito.

Ontani es, por tanto, el cuarto profesor de gimnasia que aparece en este libro.

Resistimos un par de meses allí dentro. Yo obedecía a Ontani como podía, ejecutando sus órdenes hasta el dolor. Como ya he dicho, en aquella época había pocos gimnasios con maquinaria sofisticada y el de Ontani carecía de ella por completo. Aplicaba el viejo sistema de ejercicios libres que, por otra parte, no eran libres en absoluto. Flexiones, estiramientos, abdominales, el puente, la carretilla, mancuernas, banco..., todo casero y obsesivo. También hacíamos ejercicios en pareja en los que había que levantar al compañero o tirarle de los brazos hasta casi dislocárselos. Como compañero de ejercicios, Arbus era implacable. Empujaba y tiraba en serio, con todas sus fuerzas. A veces, en voz baja para que Ontani no me oyera, tenía que suplicarle «Bueno, ¡basta ya!», sobre todo en un ejercicio que hacíamos sentados con las piernas abiertas, uno delante del otro, apoyando los pies en los del compañero, al que tenías que agarrar por las muñecas con fuerza, y del que había que tirar para obligarlo a doblarse hasta que tocaba el suelo con la frente, si era posible, cosa que solo se logra con la flexibilidad que consigues con el entrenamiento. De lo contrario, te dan unos pinchazos dolorosísimos debajo de los muslos. Si hubiera dependido de Arbus, que, para mi sorpresa, te agarraba con una fuerza inaudita, habría tirado de mí hasta romperme la espalda.

Y sin embargo, dejamos el gimnasio por iniciativa suya, debido al famoso eslogan de Ontani. Mientras, tendidos en el suelo boca abajo, ejecutábamos la tercera o cuarta serie de diez flexiones —los brazos me temblaban a cada flexión, pero Arbus subía y bajaba más rápidamente y casi había acabado—, Ontani se inclinó sobre nosotros. Poniéndose a la altura de nuestras cabezas, como si temiera que no lo oyéramos bien, y dejando de contar, soltó la frase a la que nos tenía acostumbrados:

«¡El hombre es un animal!».

Arbus se detuvo y se sentó en el suelo. Miró a Ontani, que, todavía inclinado y con las manos en las rodillas, estaba lo bastante cerca para que mi amigo le enfocara la cara —no llevaba gafas— falsamente amenazadora, burlona en realidad, y le dijo en voz baja:

—Mire, aclaremos una cosa: ¡yo no soy un animal! —Ontani siguió esbozando su mueca sonriente, pero su rostro se crispó—. Así que deje de una vez de gritármelo en los oídos —añadió, poniéndose de pie.

Ontani también se incorporó sin dejar de sonreír, convencido de que mi compañero iba en broma. Creo que en años de gloriosa carrera de entrenador nadie se había atrevido a refutar su teoría antropológica y, sobre todo, como lo hizo como Arbus, tomándosela al pie de la letra. Por primera vez, Ontani perdió su proverbial arrogancia. Estaba confundido, permanecía con los brazos en jarras mientras Arbus lo miraba fijamente con sus ojos de topo, imperturbable, dueño de sí.

Entonces el entrenador le arreó un bofetón.

—¡Más respeto, que soy mayor que tú! —atinó a decir para justificar un gesto que lo rebajaba, que evidenciaba su carácter engreído y quisquilloso. Un gesto que, estoy seguro, todos los presentes desaprobaron.

A pesar de ser un cabezota insolente, Arbus salió mucho mejor parado.

Recuerdo muy bien cuando, finalizadas las obras que habían destripado el patio del pabellón de bachillerato elemental, se inauguró la piscina del SLM. Fue un evento memorable. A partir de entonces, las horas de educación física se repartieron entre el gimnasio —de techos altísimos y muy iluminado— y la tenebrosa y húmeda piscina, con las paredes alicatadas de cerámica artesanal. En cuanto a la actividad deportiva, hay una gran diferencia entre nadar en una piscina expresamente construida para tu colegio y dar patadas a una bola de papel en el pasillo, como haría después en el Giulio Cesare.

La hora de natación estaba salpicada de frases como: «¡Tienes tetas, como una mujer!» y «¡Tú tienes el pito muy pequeño!».

Nos obsesionaba ser defectuosos. Te ridiculizaban y ridiculizabas a los demás siempre por lo mismo. El modo de desahogarse era vulgar, monótono, tonto. Cuando, por ejemplo, un compañero estaba inclinado hacia delante, le pasábamos un dedo entre las nalgas, de abajo arriba, murmurándole al oído: «¡Ha llegado el tiburóoon!».

Y el chico a quien el tiburón había rozado se erguía de golpe.

Otras veces era algo más que un simple roce.

Y pobre de ti si se te ocurría agacharte a atarte los zapatos o recoger la cartera del suelo mientras estabas en clase. Te tiraban el boli al suelo adrede para que te inclinaras a recogerlo..., y mientras lo hacías, a tus espaldas aparecía... ¡el tiburóoon!

Como los animales en celo de un zoo, en el SLM acabábamos por cortejar a cualquier sucedáneo de hembra que se nos pusiera delante —me refiero a cualquier imagen u objeto sustitutivo—. A los compañeros más monos, a los niños de primaria, a los curas y a sus sotanas que se inflaban como vestidos de noche, a las fotos recortadas para pegar en los trabajos, a la estatuilla azul celestial de la Virgen, y a las madres de los compañeros, que, por irreales e intocables que fueran, también eran mujeres de carne y hueso. Ya mayores, reservaríamos nuestra caballerosidad reprimida a las chicas ligeras de ropa de la revista *ABC* y, en casa, a las esquinas de nuestro cuarto, apuntando con la mirada el vacío metafísico en busca de un punto de referencia, de una aparición, como pastorcillos deslumbrados por su luz. Había quien se enamoraba del compañero de pupitre, de su cartera y de los libros que contenía, del dinero —creo que se han amasado muchas fortunas para colmar la carencia de una mujer—. Había quien se desahogaba con la pelota o la demencia. Crasta, al que llamábamos Kraus, el más idiota de nosotros, se enamoró perdidamente de la señora que vendía pizza en el recreo, una mujer madura cuyo enorme pecho le impedía moverse con soltura.

12

El encargado de la piscina es otro hermano marista, un tipo curioso, el hermano Barnaba. Se lo conoce como el cura inteligente. Su inteligencia está fuera de discusión, no tiene necesidad de demostrarla, cualquiera sabe que la posee, es como un tatuaje oculto del que todos hablan aunque no lo hayan visto. Barnaba es larguirucho y camina silenciosamente, apoyando los pies uno delante de otro a lo largo de una línea imaginaria que recorre los pasillos, con curvas precisas en las esquinas. Habla con sutileza, es cauto, lacónico, frío. Igual que el director, del que es, de hecho, su inmediato sucesor, lleva gafas de cristales ahumados y montura de acero. Seguramente Barnaba debe su fama de cura inteligente a que se ocupa, con gran habilidad y éxito, todo hay que decirlo, de las actividades extraescolares. En concreto, de la gestión de la piscina, de los campos de deporte y del cinefórum, es decir, de las actividades que se relacionan con el mundo exterior, con la vida normal, hecha de hombres y mujeres. Es quien regula ese contacto. En efecto, es el cura cuya vida imaginamos más fácilmente sin sotana. Es como si el hecho mismo de ser cura fuera un error, como si una buena mañana, al levantarse deprisa de la cama, se hubiera vestido a oscuras sin darse cuenta de que encima de la silla había una sotana en lugar de su ropa habitual, y después ya hubiera sido demasiado tarde para quitársela: la sotana y él se habían convertido en una sola cosa. Antaño se reclutaban marineros emborrachándolos. Un golpe en la cabeza y a la mañana siguiente despertaban a bordo, cuando el barco ya había zarpado. Por todo ello, Barnaba es el cura que más admiramos, pero también el que más rabia nos da, el más misterioso. No comprendemos qué hace en el SLM; por qué no cuelga el hábito y se larga a recorrer mundo o abre un bufete de abogados o un estudio de ingeniería, como nuestros padres; por qué no se casa, forma una familia y los fines de semana se va a la playa y se olvida de las misas, los rezos y su cama de soltero.

Las habitaciones donde duermen los hermanos maristas, que están en los pisos superiores del colegio, se parecen a las de los estudiantes desplazados: son pequeñas y austeras, pero carecen del encanto místico de las celdas de los frailes. Los hombres adultos que las habitan se acuestan solos todas las noches y leen algunas páginas de los mismos libros: el breviario, las Escrituras y los textos de las asignaturas que enseñan, que cada uno repasa por escrúpulo antes de las clases porque no hay nada peor que que un estudiante sabiondo te pille cometiendo un error. Nunca he conocido a un cura que leyera por gusto. La lectura ha de ser útil, servir a una finalidad, que es crecer. Humana y espiritualmente, como individuos y como comunidad. El crecimiento es una verdadera obsesión para los curas. Incluso de adultos, nunca se deja de crecer y de desarrollar la propia conciencia, la fe, la esperanza, el amor, la condición de hombre y de cristiano. En los planteamientos religiosos, el verbo «crecer», en un bucle de insistentes anáforas, se repite seguido de todas las preposiciones posibles: se crece con amor, se crece por amor, se crece rodeados de amor, gracias al amor, hay que crecer con los demás, entre los demás, por los demás, en función de los demás... Todo lo que te pasa en la vida, en especial las cosas malas, las desgracias y el dolor, son oportunidades de crecimiento. Las lecturas también deben contribuir a este, de lo contrario son una pérdida de tiempo. Sin embargo, a todas las edades, las habitaciones de los curas continúan siendo iguales que las de los internos o los universitarios, con la única diferencia de que están mucho más ordenadas. Quizá el celibato prolonga el tiempo más allá de cualquier límite...

Los curas que he conocido mantenían durante largo tiempo, incluso una vez pasados los cuarenta, un aspecto juvenil. No solo en los rasgos, sino en los gestos. Expresaban la irritación, la sorpresa y la felicidad con muecas infantiles. Y la rabia, que les ensombrecía el rostro de repente, como si no hubieran aprendido a dominarla.

Una vez, en Corea, conversé largo rato en Seúl con un monje budista, joven y guapo, de cara redonda, manos tersas y rollizas, y ojos y boca radiantes como las de un recién nacido. Hablamos mucho tiempo porque, entre otras cosas, su inglés era fragmentario e incomprensible, como el de casi todos los coreanos, pero no importaba, porque cada una de sus frases iban seguidas de una sonrisa resplandeciente y sus ojillos hacían guiños, sí, guiños, y transmitían una especie de desinterés feliz por los conceptos que nuestras bocas se esforzaban por comunicarse. En realidad, seguramente me entendía. Yo no comprendía sus palabras, pero lo demás, su serenidad, que casi me tomara el pelo frunciendo los labios con una sonrisa desencantada, me resultaba claro. ¡Ojalá hubiera tenido más interlocutores como él! Que no argumentan, no pontifican, no rebaten. A pesar de que asistíamos a una importante ceremonia en la que se hallaban presentes las más altas autoridades religiosas y civiles, las mangas de su túnica blanca estaban sucias, realmente guarras, y esa dejadez, que en parte me sorprendió, también me tranquilizó. Era como si no le tuviera miedo a nada, ni siquiera a mostrarse o a ser impuro, y me sugirió que hiciera lo mismo. (En aquel viaje ya había notado otras extravagancias de los monjes budistas, como la de pasarse el día con los móviles en la mano, de los que poseían incluso varios último modelo, que dejaban sonar durante las ceremonias y los ritos religiosos con absoluta indiferencia, respondiendo en voz alta entre sonoras carcajadas...)

Después de casi una hora de no-conversación, alternada con bocados que pescábamos de los platos repartidos por la mesa —operación durante la cual el buen hombre añadió algunos lamparones más a su túnica—, quiso que adivinara su edad y que le dijera la mía. (Respecto a cómo llegamos a explicarnos este concepto, solo diré que cogió mi mano derecha, le dio la vuelta y apoyó mi palma sobre la suya; después, con la uña del pulgar, que no debía de cortarse desde hacía meses, empezó a trazar surcos como hacen los presos para contar, muchas líneas paralelas tachadas por una oblicua. El número de años, el tiempo que pasa. Con la uña cruzaba adelante y atrás la Línea de la Vida.)

Lo miré detenidamente mientras se llevaba a la boca una croqueta de pescado y la empujaba hacia dentro con su lengua brillante. Parecía un chaval, pero tampoco debía de ser tan joven. Su raza y el régimen de vida lo habían conservado bien. Así que añadí unos cinco o seis años a la valoración inicial e intenté adivinar: «Thirtytwo?». Soltó una carcajada. «Thirthyfive?» Negó con la cabeza. Quizá la meditación que practicaba durante la mayor parte del día había detenido el tiempo y, como en los partidos de baloncesto, el cronómetro suspendía su transcurso mientras el monje rezaba. En el vacío, su metabolismo funcionaba el doble de lento que el mío. Así que pensé, si aparentaba veinte debía de tener cuarenta. «Forty..., but I can't believe it..., you're forty years old!» ¡Qué va! El monje seguía sonriendo y se pasó la mano sobre la cabeza rapada. Me di cuenta de que tenía varias cicatrices en la piel, como si de niño le hubieran golpeado. El pelo no le crecía sobre las cicatrices. Al final silabeó: «¡Fif-ty... se-ven!».

Después, de un día para otro, envejecen. A los chavales les salen arrugas y canas de golpe. En definitiva, Barnaba era quizá el único que aparentaba exactamente la edad que tenía, se veía que era un hombre, no un chaval envejecido. Para algunos, el deseo de perfección solo puede cumplirse separándose del mundo. Para el hermano Barnaba, no. Él también tenía una espina clavada en el cuerpo.

Es como un aguijón, una espina clavada en la carne, que crea infección; una infección que llega hasta el corazón.

El pensamiento es una entidad autónoma. El pensamiento habla, el pensamiento dice, sugiere, insinúa, recrea imágenes que bailan ante los ojos.

Hay que castigar al pensamiento.

El cuerpo de una mujer es fuego, el cuerpo del muchacho también.

Pero aun sin acercarse a otro cuerpo, se peca. Se peca con la mente, que puede ser más impura que el cuerpo.

Si hasta ahora no has sentido esa espina, no tienes ningún mérito. Significa que el diablo no te ha considerado un adversario digno de él.

13

Cuando mister Gólgota entró en clase, Eleuteri empezó a cantar con su vocecilla de contralto. A pesar de que un bigote incipiente ensombrecía su cara, su voz era la misma que cuando lloriqueaba en los pasillos porque le habían arrebatado un trozo de pizza de las manos. En efecto, los mayores acostumbraban irrumpir entre los pequeños, cuyos tentempiés, más que robados, acababan destrozados. El ladrón solía llevarse un trozo y lo demás salía volando hacia el suelo, y con la parte del tomate hacia abajo, se estrellaba contra el linóleo. (El linóleo, qué material: dentro de veinte años nadie sabrá qué era y habrá que poner una nota al pie.) Desde entonces, Eleuteri había crecido a lo largo, a lo alto y a lo ancho, pero su voz seguía siendo chillona y nasal y entraban ganas —no solo a los profesores, a nosotros también— de arrearle un par de sopapos para que se callara. Para que el lector se haga una idea, era una voz tan desagradable como el ruido cuando se araña una pizarra. Escondido tras varias filas de espaldas que ningún hermano Curzio lograría nunca enderezar con sus pautas roncas —sus un-dos, un-dos y sus va-va-va, a fin de que nos dobláramos diez o veinte veces seguidas—, pero delatado por su inconfundible tono nasal, Eleuteri daba la bienvenida a mister Gólgota, nuestro profesor de religión, con una cancioncilla blasfema:

> *Coge un martillo*
> *y unos clavillos*
> *bibidi babidi bú*
> *ven con nosotros*
> *es divertido*
> *bibidi babidi bú...*

Inspirada en la música de «Bibidi babidi bú» de la *Cenicienta* de Disney, se trataba de una cancioncilla irreverente sobre la crucifixión. Era algo tan idiota que daba vergüenza ajena. El profesor ni lo entendía, es más, ni se enteraba, pues la voz de Eleuteri se confundía con el ruido de fondo del aula, de los pasillos, de todo el colegio. En efecto, un colegio no es más que una enorme caja de resonancia de sonidos molestos, una sala de conciertos cuando afinan los instrumentos y el coro —formado por voces blancas, negras y un montón de cantantes— ensaya vocalizaciones por su cuenta. ¿Cómo iba a oír Gólgota esa cancioncilla? ¿Cómo iba a aislar mentalmente esa tontería en concreto si se pasaba el día sumergido en un mar de tonterías? Todos los estudiantes lo saben y, si en el futuro, uno de ellos se convierte en profesor y se encuentra, como suele decirse de manera hiperbólica, «al otro lado de la barricada», aún tendrá la certeza de que los profesores no se enteran de casi nada de lo que sus alumnos dicen, piensan y traman a sus espaldas. Y tampoco de lo que hacen abiertamente en su cara. No pueden controlar las explosiones de risas, los papelitos, las muecas, los murmullos y los gestos obscenos. Quizá se enteren de una de cada diez burlas hechas a su costa.

Es curioso que en un colegio religioso como el nuestro, el profesor de religión no fuera un cura. A saber por qué. Nos impartía la asignatura fundamental allí una persona laica, un aficionado, aunque, eso sí, con muy buena voluntad. Incluso demasiada. En efecto, lo llamábamos Gólgota, o mister Gólgota, porque el monte Gólgota aparecía en todo lo que explicaba, era su muletilla: la imagen del Gólgota, la profecía del Gólgota, el Gólgota que cada uno de nosotros llevaba dentro, y que si no está dentro está delante, ante nuestros ojos, en nuestro destino, en el horizonte, aunque no podamos verlo porque en realidad no queremos, pero el Gólgota está ahí, esperándonos...

*Coge un martillo
y unos clavillos
bibidi babidi bú
ven con nosotros
es divertido
bibidi babidi bú...*

Mister Gólgota no había oído la provocación de Eleuteri, pero ya tenía los ojos empañados antes de cruzar el umbral del aula. Había sido un año difícil para él, bueno, más que difícil, muy duro. La decisión de contratar a una persona laica para enseñar religión en un colegio de curas había sido arriesgada. Puede que quisieran aparentar tolerancia, la modernidad de un centro que no tenía problemas en confiar la enseñanza de la asignatura que era su razón de ser a alguien de fuera. Muy bien, perfecto, enhorabuena por el pluralismo. El problema era que de esa manera no acababa de entenderse, y los estudiantes todavía menos, en qué se fundaba la autoridad de Mister Gólgota, dado que no era un cura. En suma, por qué teníamos que seguir escuchando a alguien hablándonos de Jesús cuando los curas ya lo habían hecho bastante en las misas y la catequesis. Habríamos soportado el martilleo habitual acerca de Cristo que ilumina, Cristo que magnifica, Cristo que rescata, Cristo que perdona y Cristo que ama si nos lo hubiera contado un joven hermano exaltado, recién salido del seminario, o un viejo cura malvado que traduce en bofetones las llamadas a la bondad, pero ¿cómo íbamos a creer y obedecer a aquel muchacho hipersensible y mal afeitado cuya vocación, por si fuera poco, era tan incierta que no se decidía a tomar los hábitos?

Mister Gólgota, que no tenía un pelo de tonto, comprendió desde el primer momento que el ambiente no era de los mejores y que, si intentaba insistir con la catequesis y la doctrina, como un cura más, el curso sería una pesadilla. Debía marcar la diferencia, por lo que jugó la peligrosa carta del innovador, de quien desea cambiar las cosas, ser moderno, traer una bocanada de aire fresco. Como esa clase de profesor despierta poco entusiasmo y muchas sospechas entre los estudiantes, siempre hay alguno que planea aprovecharse. ¿Dónde está el truco?, piensa la mayoría de ellos. Mientras que una minoría disciplinada, ingenua o idealista apoya al profesor en sus programas revolucionarios, los más maliciosos estudian cómo tomarle el pelo. Es el precio que paga el progresismo. Si encima la asignatura es religión, no es tan fácil comprender cómo impartirla novedosamente. Sin embargo, mister Gólgota lo había intentado.

En su primera clase había prometido que no hablaría de Dios —tema del que lo sabíamos todo, es decir, nada en realidad—, sino de nosotros. ¿A qué se refería con lo «de nosotros»? Pues bien, a nuestros problemas psicológicos. A nuestros problemas de «chicos de hoy» —en cada época, lógicamente, hay «chicos de hoy» con sus problemas específicos—. «Queremos hablar de nuestros problemas» indicaba simplemente que quería decirse algo, cualquier cosa, desahogarse. O, al menos, eso pensaba Gólgota. A saber por qué se cree que los problemas de los chicos siempre son de naturaleza psicológica, es decir, de origen familiar, cuando es bastante evidente que la causa de su sufrimiento es, en primer lugar, su aspecto: su piel, su pelo, su vientre, su sexo, sus músculos, sus piernas demasiado cortas, demasiado delgadas, demasiado peludas, sus encías, su sebo, sus axilas, sus bulbos pilíferos, su acidez, sus malos olores, la sequedad y las escamas de la piel... Un aspecto que se atribuye a la psique, como si fueran proyecciones, fantasmas.

(Por no mencionar los forúnculos, quizá porque no sería muy agradable hablar de granos con un profesor de religión. ¿Era pedir demasiado que los granos encabezaran la lista de los «problemas»?)

Los adolescentes se encuentran atrapados en sus cuerpos, con niveles hormonales incontrolables, y, no obstante, se los observa con la lupa del espíritu para intentar comprender lo que no funciona en sus mentes. Por otra parte, en la época en que se desarrolla esta historia, el psicoanálisis entraba, de puntillas o con bullicio, como si fuera una explicación, una solución, un descubrimiento o una revolución, en toda clase de ambientes, y se usaba para sostener cualquier tipo de argumento. Las interpretaciones psicoanalíticas acudían en ayuda de una teoría frágil a fin de resolver una situación controvertida, servían de ganzúa para forzar problemas insolubles, desvelaban las causas ocultas de las decisiones. Todo podía ser reinterpretado y explicado bajo la óptica psicoanalítica, que agrandaba desmesuradamente los detalles, desvelando aspectos jamás vistos. La política, la literatura, el arte, la sociedad, la familia, la guerra, el fascismo, el cine, la historia e incluso las ciencias exactas podían adquirir nuevos sentidos si se proyectaba sobre ellos el espectro del psicoanálisis. ¿Por qué no la religión? ¿Qué más da hablar de psique en vez de alma? Es suficiente con cambiar una palabra que, además, tiene el mismo significado. ¿Y si en lugar de los amenazadores pasajes de las Escrituras se proponían experiencias actuales, personales y cotidianas? En lugar de Jacob y Elías, las historias de tus amigos y la tuya. Hablemos de nosotros y olvidémonos de los viejos libros numerados en versículos, hablemos libremente de «nuestros problemas», esos que hoy se llamarían «problemáticas».

Como todo profesor progresista, Gólgota pensaba salir del paso de manera facilona, pasando de Dios al yo, de la metafísica a la historia, y de esta última a la actualidad, de la doctrina religiosa a los consejos de estar por casa sobre la vida, creyendo que era lo que necesitábamos, lo que casi anhelábamos. Si arrojo la Biblia al mar y empiezo a hablar del complejo de Edipo y de las pulsiones o la sexualidad, que hasta ese momento había sido un tabú, los chavales despertarán de su sopor, prestarán atención o, al menos, dejarán de arrojarme bolitas de papel mientras estoy escribiendo en la pizarra los nombres de los profetas, debió de pensar mister Gólgota. Pero se equivocó de medio a medio. No sabía lo que se hacía cuando se le ocurrió la idea de que le abriéramos el corazón, de que lo pusiéramos al desnudo. Aquí va una frase evangélica que le iba como anillo al dedo: «Perdónalo, Señor, porque no sabe lo que hace». No sabía que carecíamos por completo de pensamientos y que los pocos que teníamos eran innombrables, inconfesables, que no teníamos ninguna intención de revelárselos a nadie, y mucho menos a un profesor delante de toda la clase; que si lo hacíamos, lo cual sucedió un par de veces, el aula entera estallaría en carcajadas, silbidos y abucheos dirigidos al compañero que se había sincerado. En el fondo, era lo que Gólgota pretendía de nosotros: que nos confesáramos, que reveláramos nuestros pecados para librarnos de su peso, sin prever que la vergüenza los envolvería y ocultaría o que el griterío los acallaría.

Por ello, el pobre Gólgota había acabado humillado tras pasarse la clase monologando, predicando en el desierto de nuestra indiferencia y desconfianza, leyendo pasajes prácticamente incomprensibles de textos clásicos del psicoanálisis que no dejaban huella alguna en nuestras conciencias, que solo despertaban al oír el timbre que anunciaba el final de la clase. Este es, por otra parte, el destino común de los que imparten asignaturas consideradas menores, con pocas horas, en muchas clases y con numerosísimos alumnos a los que, al cabo de unos meses, los profesores ni siquiera conocen de tan poco como los han visto. Mister Gólgota, que pretendía esbozar los perfiles psicológicos de cada uno de nosotros —que creía que podía utilizar *La interpretación de los sueños* o la *Psicopatología de la vida cotidiana* para que nuestras obsesiones afloraran y poder curarlas—, no sabía ni cómo nos llamábamos.

Mister Gólgota —en el fondo, muy valiente o bien rematadamente loco o insensato—, que había osado, para asombro total nuestro, adentrarse en el peliagudo territorio del sexo, preguntándonos acerca de nuestros deseos, tanteando nuestros conocimientos y expectativas, había demostrado ser un pionero en la materia. ¡Un profesor de religión en un colegio de curas que estaba a un paso, a un suspiro, de convertirse en profesor de educación sexual! La materia cuya introducción en los planes escolares en calidad de asignatura —como se comentaba que hacían en Suecia, por supuesto, eterna piedra de toque de país avanzado con respecto a nuestra atrasada Italia— se discutía justo en esa época, en consonancia con la reforma de las costumbres. La educación sexual se añadía a la lista de las grandes innovaciones que se reclamaban en aquellos años, cuando se propugnaba que «había que leer el periódico en clase» —pero ¿cuál? Nosotros siempre respondíamos *Il Corriere dello Sport*, mientras que entre las revistas se sugerían por unanimidad las eróticas *Le Ore* y *Caballero*— o que en lugar de salir de excursión con los chicos a la Reggia de Caserta o a Bomarzo, los llevaran a las granjas o a las fábricas para que vieran de cerca el trabajo manual, realizado por esas manos callosas que, según una parábola todavía vigente en los libros escolares de primaria, abren las puertas del paraíso.

Hasta que alguien decidió pagar con la misma moneda a mister Gólgota. Y eso sucedió justo el día en que Eleuteri dio la bienvenida a nuestro profesor de religión con su cancioncilla irreverente. Aunque fue Arbus quien, de manera inesperada, prosiguió con la pantomima.

Aquella mañana, en efecto, Gólgota se había emperrado en abordar, de buenas a primeras, el «problema de la droga», es decir, uno de los principales «problemas» de la «juventud de hoy», más novedoso con respecto a los de siempre. Era de cajón que tarde o temprano plantearía el tema, pues no existía y ni existe aún un solo adulto que tras cualquier aspecto de la vida de un chico no entrevea la sombra de la droga y que renuncie a mencionar, quizá solamente por cumplir, como si fuera un deber verbal, «el peligro de las drogas». Con dos variantes: que la droga sea la causa de sus problemas o que sea su consecuencia, es decir, tienes un problema porque te drogas, o bien te drogas porque tienes un problema. De lo que mister Gólgota dijo aquel día, se intuía que él partía del presupuesto de que estaba planteándonos un tema desconocido del que solo habíamos oído hablar. Quería protegernos, ponernos en guardia, no tenía otra intención que utilizar el tema como un útil ejercicio moral o preventivo, por si alguna vez llegábamos a enfrentarnos seriamente con él.

—La droga se aprovecha —dijo— de los espíritus débiles. —Gólgota hablaba de la droga como si fuera una persona dotada de voluntad propia y, en consecuencia, siempre se refería a ella en singular—. La droga es igual que un individuo pérfido, una compañera peligrosa que os tiende la mano y después se coge el brazo. No debéis fiaros, no es quien tiene que ayudaros.

—¿Quién tiene que ayudarnos entonces? —preguntó Arbus con curiosidad, sin insolencia, aunque es difícil que ambas cosas no se confundan en un adolescente, y mucho menos en Arbus, que era nuestro premio Nobel. Si uno formula una pregunta, significa que lo que le han dicho no le ha convencido del todo o que no le satisface, por lo que todas las preguntas, incluso las más inocentes, llevan implícita una crítica o un desafío.

—¿No lo sabes, Arbus? Claro que lo sabes...

—No, profesor, no lo sé. Dígamelo usted.

—¿Tienes amigos con los que puedes contar?

—¿Amigos de verdad, profesor?

Arbus echó una ojeada en torno y al final me miró a mí, no mucho rato, pero sí el suficiente para que todo el mundo lo interpretara como una respuesta a la pregunta de Gólgota. No me gustaba involucrarme en los desafíos intelectuales que Arbus se obstinaba en entablar con los profesores, los curas y la autoridad en general. No me gustaban y nunca me gustarán las pruebas de fuerza. Reacciono instintivamente, pero jamás provoco, prefiero quedarme al margen de las peleas, no entablarlas y no intervenir, me aburre observarlas y me agobia participar en ellas. Al señalarme con la mirada, Arbus me había implicado, significaba que tenía que tomar partido por alguien o, mejor dicho, que ya estaba alineado con él en la que se anunciaba una polémica, una estúpida polémica con... ¡el bueno de Gólgota! ¡Qué mérito meterse con alguien como él! ¿No podía dejarlo divagar tranquilamente? Poco a poco iría agotándose y con él, como una vela que se apaga, la hora de religión. Pero a pesar de lo mucho que me molestaba que Arbus me hubiera metido en aquello, en el fondo, sentí una oleada cálida, como un placer físico parecido a una caricia inesperada. Su mirada había sido como una franca declaración de amistad que me ponía en apuros y me enorgullecía al mismo tiempo. Sin embargo, no se la devolví, adrede, sino que aparté la vista y la bajé.

—¿Qué me dice, profesor? ¿Basta con tener un amigo para vencer a la droga? —Pronunció esta última palabra imitando la cadencia que Gólgota usaba en sus sermones, el deje regional que le salía cuando hablaba apasionadamente.

Algunos de los pocos chicos que estaban escuchando el intercambio de opiniones entre el alumno y el profesor se echaron a reír, pero estaba claro que Arbus no actuaba para ellos ni había parodiado a Gólgota para que se rieran, o quizá sí. Arbus gozaba de una curiosa popularidad; a su manera, era un personaje.

Mister Gólgota prosiguió tranquilo, inspirado. Apelaba a sus últimos recursos, era evidente. Había consumido toda su energía durante el año, predicando al viento, un viento tan fuerte que las semillas que intentaba sembrar ni siquiera tocaban el suelo, sino que se arremolinaban en el aire y le volvían a la cara. Las últimas energías tienen una cualidad especial, son como leña seca que arde con facilidad, así que lo que dijo fue muy inspirador pero incomprensible a la vez, tanto porque su acento del sur se había intensificado hasta crear otro idioma, una lengua muerta como el griego, el arameo o algo así, como por la complejidad de los conceptos. Bienaventurado quien lo entendiera porque ese mismo día entró en el reino de los cielos. No era mi caso, su razonamiento era tan profundo que me perdía, me impresionaba pero no lo captaba, lo cual me impide repetirlo. Solo Arbus parecía seguir el hilo. Más tarde, cuando bajó a un nivel accesible a mi intelecto y volvió a expresarse en italiano, un italiano arcaico, audaz y quejumbroso como debía de ser el del Nolano, Tommaso Campanella o Bernardino Telesio, dijo más o menos lo siguiente, que refiero con un lenguaje simplificado.

—Llamadlas como os plazca, no escasean ocasiones para equivocarse. Contamos con una infinidad de maneras de equivocarnos con una frecuencia que solo pensarlo da pavor: una vez cada minuto. Es un verdadero milagro si al final de cada jornada solo nos hemos equivocado unas cuatro o cinco veces en lugar de mil, y seguramente ninguna de estas equivocaciones es grave, es decir, no hemos matado a nadie, nuestros incumplimientos y nuestras mentiras no han provocado el derrumbe de un edificio y, si nos apuran, mañana podremos devolver la calderilla robada del cajón sin que nadie se haya dado cuenta. De hecho, es lo que suele pasar: nos equivocamos, pero no hay testigos. Podemos reparar nuestro error, esperar a que pase inadvertido o se perdone casi de inmediato, u olvide. Si no existiera el perdón, la mala memoria garantizaría el mismo resultado: no pagamos el precio de nuestros errores. La policía no nos descubre, o bien lo hace pero no puede perder el tiempo con aficionados como nosotros, tiene asuntos más serios de que ocuparse. El mundo no nos reconoce el mérito de las cosas buenas que hacemos, pero tampoco nos achaca las malas. El mundo está demasiado ocupado, distraído por las grandes heridas, por los cráteres y las explosiones atómicas para pensar en los rasguños. Y por eso se empieza y por eso se sigue adelante, pero con un final diferente. Se empieza con la mano y se acaba con el brazo. El escaso interés que suscitan nuestras fechorías nos induce, en un primer momento, a repetirlas sin temor, y después a convertirlas, adrede, en algo más grave. Habría que infligir un castigo inmediato a los delincuentes de pacotilla que somos, y no solo porque las infracciones que cometemos sean importantes, sino porque el único medio que tenemos para salir del anonimato es cometer otras más llamativas. Por otra parte, también podría afirmarse que castigarlas no sirve de nada, pues, en cualquier caso, el nivel se elevaría de todas formas con castigo o sin él. Existen individuos para los que el perdón, el castigo, la indulgencia o la indiferencia son equivalentes, surten el mismo efecto. Son como una operación matemática en la que el orden de los factores no altera el producto, tanto si sumas como si restas, multiplicas o divides, el resultado siempre es el mismo: cero.

¿Hablaba de nosotros? ¿Hablaba con nosotros? Gólgota se había ido por las ramas. Nadie podía interrumpirlo ni interrumpir su sermón que, por otra parte, no era tal, dado que no pretendía convencer o convertir a nadie. Lo suyo era más bien un monólogo, sí, un desahogo. Cuando se animaba, en lugar de ruborizarse se ponía aún más pálido y mortecino; su barbita oscura parecía humedecerse, y los ojos, ya hundidos de por sí en las órbitas, se le hacían aún más pequeños y ardían con un fuego desesperado y diabólico. En efecto, parecía un poseso. La saliva se le acumulaba en las comisuras de los labios, lo cual suscitaba una sensación de ridículo y desagrado, pero también de temor. Pero ¿a qué? ¿A él? ¿A que nos castigara? ¿En calidad de agente del bien, de ángel de la verdad, y nosotros de pecadores? ¿O por el hecho de que se hubiera vuelto loco y de que, en realidad, oculto bajo el penoso, pacífico e infeliz aspecto —en cuerpo, rostro, vestimenta y sueldo miserable que le pagaban los curas— de un pobre profesor de religión se ocultara el demonio? ¿Qué figura era más adecuada que este siniestro y demacrado pope de Molise como emisario del Maligno? No sabía si burlarme de él o admirarlo. Así que casi siempre optaba por hacer ambas cosas, alternándolas o uniéndolas en una sola mueca, la que se dibuja en el rostro que observa un cuadro que representa el martirio de un santo destrozado, chamuscado y banderilleado por sus torturadores, en el que el asco, el absurdo, el ridículo de los detalles cruentos y el heroísmo se funden en una única figura, indisolubles como el sentimiento global que inspira su contemplación.

—La verdadera tragedia se da cuando todos tienen razón, cuando todos tienen una razón válida para hacer lo que hacen, es decir, para cometer el mal o, como poco, una mínima parte de razón, una pizca de ella. La que empuja, por ejemplo, a vengarse creyendo que así se hace justicia, que se repara un agravio, que se actúa por derecho propio. Por otra parte, si la justicia no se obtiene, se toma por cuenta propia, se hace en casa, como el aguardiente o la conserva de tomate, se improvisa. No se puede vivir sin justicia, no se puede respirar, y esta es la razón del eterno conflicto entre los hombres que, siendo fundamentalmente inadecuados para la vida, intentan compensar su falta de adecuación recurriendo a cualquier medio, lícito o ilícito, hasta llegar al absurdo y lo grotesco, para alcanzar el sucedáneo que compense el brazo que les falta, su baja estatura, su mala pronunciación, su pobreza o su escasa inteligencia. Para poner fin a las injusticias, crean otras aún peores. Somos como muñecas rotas. ¡Nadie nos ha quitado el brazo ni se lo ha comido el perro, nacimos sin él! Y es normal que protestemos, que nos aferremos al más mínimo atisbo de esperanza, a un billete de la lotería. Hablamos de fe muy a menudo, ¿no? Como si fuera algo que se da por hecho, algo normal, concreto, ¿no? Os hablan de fe, ¿no? Pues bien, el límite entre la fe y la superstición no hay que darlo por descontado. Ahí radica el problema principal: en saber distinguir. Porque, una vez más, la verdad y la razón parecen estar repartidas por todas partes. ¡Hasta el diablo posee sus motivos, sus razonamientos no carecen de lógica, todo lo contrario, fluyen de maravilla! No le falta razón al diablo...

»Chicos, acostumbraos a pensar que el diablo se presenta puntualmente cuando tenemos razón, cuando estamos en lo correcto y nos recreamos en ello. Es entonces cuando llega, como si viniera a cobrar una parte de la que somos deudores, una minuta por haber conservado los instrumentos brillantes y afilados en perfecto estado. El diablo aparece en el instante en que nos sentimos embriagados de nuestra propia honestidad y corrección. Perdonadme si os hablo de Jesús y del Evangelio, porque os prometí que no lo haría, pero es precisamente de lo que Jesús culpaba a los fariseos: sois siervos del diablo cuando sois intatacables, cuando nadie puede echaros nada en cara, porque, exactamente en ese momento, henchidos de honestidad y en el apogeo de su abundancia, estáis llenos del diablo, de su lógica impecable, típica de quienes cumplen solo y siempre su deber de forma escrupulosa, con precisión... ¡Con estilo!

—Profesor, ¡está usted delirando! —dijo una voz procedente de los pupitres que interrumpió a Gólgota antes de que volviera a la carga.

Era Rummo.

—Pare y respire...

—Tienes razón, Rummo, haces bien invitándome a detenerme. Pero esto no es un delirio, ¿sabes? Es algo de lo que soy muy consciente y que quiero compartir con vosotros...

—Sí, pero, prácticamente, si lo he entendido, está usted diciendo que cuando nos comportamos bien, en realidad estamos siguiendo las sugerencias del diablo. Y eso es —negó con la cabeza— imposible. O bien no lo he entendido.

Gólgota se masajeó las sienes. Bajó de la tarima y prosiguió con una voz aún más ronca que se volvía chillona cuando pronunciaba las palabras clave.

—Es el viejo problema de la ley. —Pronunció esta última palabra emitiendo una nota altísima—. Tenéis que comprender que la ley no deja escapatoria. De ella nunca nos libramos. O te arrolla o la obedeces únicamente para evitar el castigo, en cualquier caso, para huir de ella, o la quebrantas y pagas las consecuencias. Se cumple siempre. Tanto si la respetas como si la infringes, no puedes eludirla. Reflexionad, reflexionad. El origen de ello está en la prohibición de comer del árbol del bien y del mal en el paraíso terrenal. A partir de esa prohibición, el pecado se convierte en inevitable, puesto que no comer esa manzana, dejarla colgando del árbol, también habría sido otra clase de pecado, ¿qué os parece? Si el hombre hubiera respetado la prohibición, nunca habría tenido acceso a la condición humana, jamás habría alcanzado su plenitud que, no os lo vais a creer porque parece absurdo, pero consiste exactamente, e-xac-ta-men-te, en su debilidad. ¡En el pecado! No habría existido el hombre si este hubiera obedecido, el hombre se convirtió en tal al caer, al perderse. No había opción. Y tampoco la hay ahora, creo.

—¿Cómo que «creo»? —Rummo se estaba exasperando—. ¡Usted tiene el deber de darnos indicaciones claras, profesor! De lo contrario, no le entendemos. Está diciéndonos en pocas palabras que para convertirse en hombre hay que hacer el mal, ¿sí o no?

—Hay que cometerlo y hay que ser sus víctimas. Pero para ser víctima, alguien tendrá que cometerlo, ¿no? ¡Jesús no podía subir solo a la cruz!

Nunca se había oído pronunciar una frase tan clamorosa en el SLM. Y puede que tampoco fuera de allí. Pero tenía su lógica.

En ese momento tuvimos claro que a mister Gólgota se la había ido la olla, que estaba fuera de sí. Nos percatábamos de que formulaba pensamientos improvisados que, sin embargo, procedían de una reflexión meditada largo tiempo, de una soledad mortificante, podrida y ansiosa. ¿Cómo es posible, pensé, que siempre nos manden a estos individuos extravagantes y casi desesperados a enseñarnos algo? ¿Qué hay detrás de todo esto? ¿Qué quieren enseñarnos? ¿Qué plan subyace al hecho de abandonar a un rebotado sin oficio ni beneficio como mister Gólgota en una clase formada por incorregibles hijos de papá? ¿Quieren acaso que aprendamos del fracaso humano, que lo comprendamos para evitarlo? Pero a estas alturas me pregunto: ¿se puede realmente evitar o existe un destino común que nos arrastra a todos hacia abajo, hacia la miseria? ¿Pretenden que aprendamos a usar las uñas sobre un objeto semoviente igual que los gatos y ponen a Gólgota a hacer de ovillo, nos lo han echado para que le demos toques con las patas? Bien pensado, en retrospectiva, es normal que en un cuerpo docente haya casos como este, profesores que sirven de blanco, de pararrayos, cuya función es permitir desahogar la crueldad estudiantil para proteger a los demás docentes, es una ley estadística. Pero ¿precisamente el profesor de religión, la asignatura fundamental de un colegio de curas? ¿Por qué eligieron a un maníaco para enseñarnos a creer? ¿Quizá porque ellos tampoco creían? Puede que en realidad estuvieran convencidos de que solo un poseso lograría encender una llama en nuestros corazones...

—En definitiva, es necesario que esto suceda —prosiguió Gólgota recuperando de nuevo la lucidez y la calma—. No nos sorprendamos, pues. La separación de tareas entre el bien y el mal casi siempre tiene lugar dentro de nosotros...

Y llegados a ese punto, me pareció que empezaba a entenderlo mejor. La separación está dentro de nosotros, sí, eso lo compartía y lo sentía, era cierto. Había experimentado los sentimientos opuestos: «Una parte hace el mal y la otra lo sufre».

Tal división formaba parte de la vida.

—Oiga, ¿puede explicar este concepto otra vez? —dijo Rummo.

—¡Chis! —lo acallé—. Deja que siga.

—Chicos, no os preocupéis si no lo entendéis, no os preocupéis —dijo Gólgota—. Intentad acostumbraros a la idea de que la amenaza no procede de los demás...

Eso es, pensé, la amenaza no viene de los demás.

—... sino de nosotros mismos. La mano derecha conspira contra la izquierda. Llevamos la droga en la sangre, no hay necesidad de inyectársela, lo entendéis, ¿no?

—No —contestó Rummo.

—Quizá —dijo Arbus—. Quizá —repitió.

No sabía qué pensar, si considerar a mister Gólgota un hombre realmente santo, un sabio que no nos merecíamos, o un pobre desgraciado, un charlatán de esos que vendían las pociones milagrosas que curaban cualquier enfermedad. Pero, en ese caso, ¿por qué no empezaba curándose a sí mismo? Si se había acercado tanto a la verdad, ¿por qué había acabado en ese estado, con la frente y las sienes empapadas de sudor y el traje arrugado con los codos raídos? ¿La verdad reduce a ese estado a quien la descubre? Ese algo por lo que lo admiraba era lo mismo que me hacía despreciarlo.

—Cuando esto sucede, se derrama la sangre del débil, del inocente que hay en todos nosotros. La derrama el fuerte, el prepotente, el violento que también hay en todos nosotros. Caín y Abel, ¿los recordáis?, eran, en origen, una sola persona. Eran un hijo único...

No, está claro que se ha vuelto realmente loco, pensé.

—Profesor, un momento...

—... pero para no confundir a las almas simples, los redactores de la Biblia, como hábiles dramaturgos, lo escindieron en dos, lo desdoblaron y aparecieron dos hermanos, el pastor y el labrador, el rubio y el moreno...

—¡Un momento, un momento! —protestó Rummo.

—El bueno y el malo —añadió irónicamente Arbus.
—Así que para el primer hombre nacido del vientre de su madre ya partido en dos que vivió en la tierra, sería más justo hablar de suicidio...
—¡No, ya está bien!

Es curioso como dos o tres personas que hablan animadamente pueden, si alzan un poco la voz, dar la impresión de discutir.

Atraído quizá por estos altos y bajos sonoros, en la puerta de la clase, sin que nadie se diera cuenta de que la habían abierto, se había materializado el director, que estaba inmóvil y de brazos cruzados. Nos pusimos de pie; algunos, que dormitaban en las últimas filas, con retraso, imitando a los demás sin comprender. Por la posición de su cabeza, parecía como si el director nos observara a nosotros, los alumnos, pero tuve casi la certeza de que tras los cristales oscuros sus ojos se hallaban fijos en Gólgota, que estaba delante de la primera fila con las manos hacia atrás apoyadas en la mesa. El director olfateaba el aire con rápidos movimientos de la cabeza. Después descruzó los brazos y al hacerlo acarició el crucifijo, colocándolo en el centro exacto de su pecho, sobre los botones.

—Creo haber oído... algo de jaleo, por decirlo de alguna manera, que venía de aquí. Bien. ¿Hay algún problema, profesor?

14

Jesús, Jesús, Jesús.
Solo una injusticia paradójica, que renuncie a castigar el mal cometido, puede restablecer la paz. Devolviendo la historia al punto de partida, a un hipotético año cero, la deuda se liquidará, el agravio quedará reparado.

Las Escrituras son desalentadoras: una serie de historias sobre la caída y el engaño. Eva embaucada por la serpiente, Adán por Eva, Abel asesinado por su hermano, Esaú timado por su hermano, José en Egipto —guárdate de tus hermanos, parece ser la principal advertencia de la Biblia—y después el Diluvio, Sodoma y Gomorra, la Torre de Babel... No hay una sola historia que no concluya con el castigo de una fechoría, tremenda o mezquina, e incluso los héroes, como Sansón, son siempre traicionados o sucumben. Y otros, que parecían buenas personas, acaban por comportarse peor que los malos que los habían derrotado. David, el matagigantes, por ejemplo, envió al marido de Betsabé a morir en la guerra para gozar de ella. El escándalo radica en que el asesino sigue viviendo en el mundo que a la víctima le es negado. Y eso no me lo trago, se me atraviesa...; sí, estoy refiriéndome a David, el muchacho bailarín..., no digamos ya los demás reyes de Israel o de cualquier otro reino. Por lo visto todos, o casi todos, los reyes de la historia han sido unos histéricos, sanguinarios, locos y parásitos de sus reinos, incansables fornicadores o exánimes fantasmas. Así aparecen en las galerías de retratos de los museos de Europa, donde nuestros grupos de peregrinos se detienen, respetuosos, ante una hilera de bobos y libertinos con perilla, de grandes ojos vacuos u ojos pequeños y malvados, o bien hermosos y soñadores, lo cual se debe en exclusiva a la maestría y la adulación del pintor. Lo que quiero decir es que el artista ha creado esa mirada resplandeciente que emana de los párpados abotargados y de las bolsas hinchadas por noches de juerga o de vana oración. Los reyes de Israel no son una excepción, al contrario, ofrecen una casuística completa que va del degenerado al déspota sanguinario, del ambicioso al cobarde o al terrorista; el Bueno, el Valeroso, el Sabio, el Valioso, el Juicioso, el Magnífico..., pero ¿de quién estamos hablando? ¿Quién los llamó nunca así, a excepción de sus cronistas oficiales?

Lo que nos parecía más apasionante y novelesco en las historias de la Biblia era lo que más rabia nos daba, que al final se demostraba lo más injusto y absurdo. Resultaba incomprensible que aquellos cabrones fueran considerados maestros, caudillos de su pueblo y guías espirituales después de todas las canalladas que habían cometido.

En retrospectiva, la Biblia me parece muy realista y casi maquiavélica, aventurera y mucho más profunda que cualquier otra novela psicológica moderna, pero entonces, cuando era un chaval, se me antojaba de locos que constituyera el texto fundamental de un credo que se definía como la religión de la bondad, la caridad, el amor, etcétera. Elementos prácticamente ausentes de la escena. Así las cosas, era preferible leer los mitos griegos.

En la Biblia, la obsesión por la culpa inducía a pensar que los hombres no tenían más destino que pecar, pecar y pecar, y caer o, mejor dicho, caer en picado, desviarse, traicionar, degenerarse, corromperse, perderse, malograr cualquier atisbo de ilusión que pudiera suscitar su naturaleza. Si me hubiera creído a pies juntillas estas profecías negativas y las hubiera conocido lo suficiente, lo cual, en un colegio católico de aquella época, era bastante inverosímil, me habría convertido, casi seguramente, en un seguidor de Lutero. Que caer bajo sea una característica intrínseca a la naturaleza humana puede considerarse una simple constatación o algo a lo que oponerse, pero también una complacencia enfermiza que abraza voluptuosamente el mal al tiempo que lo denuncia, lo que, en definitiva, se revela como una única cosa.

Incluso la muerte de Jesús me parecía inútil. Un sacrificio sin objetivo, admirable y estéril, dado que, por lo visto, la humanidad no ha mejorado en absoluto. Si ni siquiera asesinar al hijo de Dios sirve para que el hombre sea un poco más bueno, o un poco menos malo, eso es imposible o no se utilizó el sistema apropiado; es inútil derramar sangre, degollar corderos, inmolar a inocentes. El procedimiento del sacrificio no lava ningún pecado, no borra el crimen, es más, se convierte en un crimen ulterior. ¿Por qué razón un delito debería absolver de otros delitos? Cuando era un chaval, la muerte de Jesús, en vez de apaciguarme, hacía que me entraran ganas de venganza. ¡Ni hablar de perdonar! Yo quería una represalia. Quizá se pasa por alto que al escuchar historias de martirios y persecuciones —independientemente de que sus protagonistas sean santos, prófugos, detenidos en los campos de concentración o el pobre Jesús, cubierto de escupitajos, sacudido, azotado y crucificado—, y superado cierto nivel de conmoción y patetismo, más allá de ese punto lacrimógeno, se desata una reacción imprevisible: o también te dan ganas de quemar vivos a todos esos cristianos, o quisieras encabezar una rebelión contra sus perseguidores.

Al impartir lecciones acerca de cómo la bondad sirve para soportar el mal infligido, siempre se olvida que no puede pretenderse semejante sabiduría de un muchacho, que una posible naturaleza bondadosa consistiría precisamente en no tolerar ninguna forma de injusticia, que la rebelión contra la injusticia tiene como objetivo ponerle remedio y que, en consecuencia, las monstruosas injusticias sufridas por los mártires solo pueden enseñar a rebelarse contra ellas, desde luego no a aceptarlas con sonrisa arrobada, que es una prerrogativa de los santos. Las historias edificantes tratan de acentuar el aspecto sentimental de la injusticia y la crueldad —por ejemplo, la que se infiere a Jesús— que impulsa a conmoverse permaneciendo pasivos, como espectadores sollozantes en un cine. Pero si surten efecto, despiertan, por imitación, un sadismo instintivo, una violencia latente en el individuo —la que te lleva a comprender que tú también tienes ganas de lapidar a la adúltera, claro que sí, a esa puta que en el fondo merece morir, a la que le vendría bien una pedrada en la frente—, o todo lo contrario, un sentimiento caballeresco que aspira al contraataque, a recoger la piedra y arrojarla en la cara de quien la lanzó primero. Repasar la lista de persecuciones sufridas por las personas inocentes a manos de las malvadas incita a unirse a estas últimas y pasarlo bomba con ellas, en perjuicio de esa masa compungida de cristianos, judíos, mujeres y viejos indefensos, o a todo lo contrario, a protegerlos, pero en serio, empuñando un garrote, una espada, al estilo *Los siete samuráis*. En definitiva, con las armas, no con los rezos.

Este es el efecto que siempre me ha producido la historia de la Cruz: ganas de repartir. Pienso a diario en Jesús. ¡Jesús! Eres el personaje más curioso, más necesario y más desconcertante de la religión. ¡Con qué facilidad te aceptaría si fueras solo Dios o un profeta! Pero has querido ser las dos cosas... ¡Eres insaciable!

No hay mucho que añadir sobre la figura de Dios y de profeta por separado. Bastante convencionales. Es más, si comparamos con las religiones paganas la primera y con la sabiduría práctica la segunda, son más bien débiles, casi anónimas, nada especialmente original con respecto a un Zeus, a un Indra o a un Shiva. Como filósofo paradójico, Cristo posee una extraordinaria simplicidad y fluidez, es cierto, pero los conceptos que expresa no son muy diferentes de los que pueden encontrarse repartidos en los textos de Sócrates, Zhuangzi e incluso de Marco Aurelio. Si hubiera sido solo un hombre, sus enseñanzas tal vez constituirían un capítulo de las *Vidas* de Diógenes Laercio, con sus anécdotas famosas, sus parábolas y el magnífico sermón de la montaña y, en pocas líneas o también en un largo y conmovedor epicedio, el juicio, el suplicio y la muerte.

... Y hay algo que solo logro tomarme en serio sobre el papel, leyendo el Evangelio, las Escrituras, las poderosas parrafadas de los Padres de la Iglesia o mirando los apocalipsis pintados por los artistas, la resurrección de los cuerpos con los esqueletos que emergen de la tierra, las dulces Marías de mejillas teñidas por el pudor..., pero que deja de tener sentido en cuanto vuelvo a la realidad y en misa, observando la triste fila de señoras con impermeable que se forma en el centro de la iglesia para ir a comulgar, toda la emoción que sentía leyendo se desvanece. Dentro de mí tiene lugar un desapego fulminante de cualquier forma de adhesión, de credulidad, de fe. Ya me resulta difícil creer, creer en cualquier cosa, creer en mí mismo, creer que existo..., así que ni me planteo creer en nada más.

Solo en la perfección formal o desde la altura del pensamiento o quizá en el abismo de los actos extremos, vislumbro alguna posibilidad, pero en ese caso más que creer soy presa, me siento dominado, a merced de un elemento superior que me exige con brusquedad que abandone mi escepticismo. En otras palabras, me rindo. Digamos que obedezco aunque no crea.

Pero normalmente estoy simplemente presente, asisto, asisto y punto, a menudo un poco irritado, no con los fieles, entendámonos, sino conmigo mismo..., y adoptar el punto de vista del entomólogo, del satírico o del que «quiere comprender a toda costa» no compensa en absoluto la fría sensación inicial de desapego, no la transforma, no la redime.

He dicho que obedezco. Sí, así es. Obedezco, por ejemplo, a la belleza y a su poderosísimo chantaje. Obedezco, a pesar de tener muchos reparos, a los objetos sobre los que llaman mi atención para obligarme a venerarlos, a las figuras ante las que me impone que me incline, a los valores que comunica y difunde. Casi nunca estoy de acuerdo con los autores a los que admiro, lo que me atrae de ellos es la fuerza o la belleza de su manera de proceder, es decir, la forma o la técnica que crean y aplican..., casi nunca me convencen los argumentos en sí mismos, o debería decir que casi nunca me doblegan, sino la argumentación. En el Evangelio, por ejemplo, la concisión del discurso, la sorprendente inexorabilidad de los pasos lógicos, el estilo insistente y sencillo con que se presentan los ejemplos y, sí, por supuesto, las parábolas, con su señuelo, al que es imposible sustraerse. Exacto, esa es la sensación que me causan las palabras de Jesús, en un primer momento paradójicas: el deseo de obedecerle.

Pero no es que yo subestime la realidad en favor de las ideas, la teoría o la fantasía. Al contrario, me atrae la realidad concentrada, potenciada, intensificada por su aplicación. No deseo desentenderme ni huir de ella, sino enfrentarme a sus expresiones más potentes cada vez que, por desgracia, me doy de narices con una realidad descolorida o atenuada. ¿Acaso tengo yo la culpa de que las personas y sus acciones sean casi siempre decepcionantes con respecto a sus ideas? ¿Es culpa de las ideas o de las personas que las llevan a la práctica? Por otra parte, si no estuvieran destinadas a las personas, ¿a quiénes se dirigirían las ideas? Las sagas, los mitos, las leyendas que me apasionaban de niño y que siguen emocionándome —no soy más que un mitógrafo frustrado, es más, soy un fracasado en casi todo: un músico fallido, un matemático fallido, un ingeniero fallido, un fotógrafo fallido, un psicoanalista fallido y quizá incluso un cura fallido, sí, un cura— ¿no nacen de los hombres y están destinadas a ellos? La fuerza, la exactitud, la sinceridad y la profundidad solo existen de manera escrita, representada o esculpida. Más allá, el mundo se empaña en unos segundos y todo se conjura para demostrar lo contrario, para desvirtuar, corromper, debilitar. Si esto es la religión, no me interesa. Nunca me engatusará. Cristo es otra cosa. Sí, pero ¿dónde está Cristo? ¿Quién lo sigue de verdad?

Y además, ¿por qué todos los predicadores tienen ese acento del centro de Italia —de las Marcas, de Abruzo, de Molise—, de comedia regional, de pueblo de Padre Pío —ese acento que en italiano cambia la «c» por la «g» y la «t» por la «d», «Gristo nos asisde»; esa voz ronca, ese tono afónico y chillón a la vez que murmura al micrófono como si fuera la rejilla de un confesonario, siempre lleno de asombro como si abriera los ojos por primera vez, como si asistiera a un milagro? Claro, es cierto, el milagro..., el milagro de la gracia, el milagro del perdón, el milagro del encuentro, el milagro del reconocimiento, de la bondad, del arrepentimiento, del sol que sale todas las mañanas, el milagro de la vida, el milagro de esto y de aquello... Sí, cuando voy en coche escucho dos tipos de emisora, la de los hinchas romanistas y la de los curas: los primeros porque me divierten y los segundos porque son mi objeto de estudio. Ambas categorías son incorregibles, eso es lo bueno que tienen.

I don't care if it rains or freezes
*As long as I have my plastic Jesus.**

Pero según lo dicho, podría parecer que solo entro en contacto con la fe leyendo a santo Tomás de Aquino o a Dante. No es así. Lo más parecido a una experiencia religiosa que he vivido se remonta, como para casi todos, creo, a la infancia. El minúsculo milagro tuvo lugar en casa de mi abuela mientras mis padres estaban en uno de sus estupendos y románticos viajes. Como en casa, mi problema era dormir. Durante las horas nocturnas los pensamientos y sentimientos se volvían aterradoramente concretos. Creo que he logrado captar, en el sentido de comprender, la mayor parte de las cosas importantes de mi vida de noche, antes de cumplir los doce. Lo que me ha sucedido después son solo aplicaciones y consecuencias.

Sí, justo de noche, como un zahorí guiado por una especie de loca y exasperada lucidez. Pero esas conquistas requerían, desde que era muy pequeño, horas y horas de vigilia alucinada que transcurrían modelando la almohada de todas las formas posibles. En casa de mi abuela, me hacía compañía una figura. La veía resplandecer sobre la mesita de noche, cerca de mi cabeza. Yo parpadeaba con fuerza y me restregaba los ojos para verla mejor, pero su resplandor azulado permanecía vago e indefinido. Entonces alargaba la mano para tocarla. Era una Virgen fosforescente de unos doce centímetros. Apretándola entre las manos, me acordaba de lo que era y de que estaba allí para protegerme. Y, en efecto, me protegía. Pero ¿de qué?

De mis propios pensamientos, de las sombras gigantescas, de las imágenes surgidas de la oscuridad, de los peligros que mi propia mente creaba. Apretando entre las manos a la Virgen luminosa, las aterradoras di-

---

* «No me importa si llueve o nieva / mientras tenga mi Jesús de plástico.» Fragmento de la canción folk americana «Plastic Jesus», de Ed Rush y George Cromarty. *(N. de la T.)*

mensiones de mis tormentos nocturnos volvían a la normalidad, dejaban de amenazarme —en especial, el pensamiento más insidioso, el más radical, el más implacable, es decir, el de la muerte—. En efecto, de noche, la conciencia de la muerte se convertía en algo agudo e insoportable. No por tener que morir o por correr el peligro de hacerlo por la razón que fuera, sino que lo que más asustaba era la certeza de que todo moriría, de que todos morirían y de que al final no quedaría nada. ¿Acaso la estatuilla de la Virgen desmentía esta conclusión? No, en absoluto. Simplemente neutralizaba la angustia, la volvía inocua. La muerte se convertía en un objetivo y dejaba de ser una herida abierta. Pero había un problema: si apretaba la estatuilla, esta desaparecía. Ya no distinguía su resplandor en la oscuridad. Mi mano la apagaba, como cuando se captura una luciérnaga en un vaso y esta, asustada, deja de brillar.

Di con un sistema para estar en contacto con la figura sin apagarla: me limitaba a apretar el pedestal con el índice y el pulgar para que no dejara de brillar. Pasé muchas horas nocturnas de mi infancia con el brazo extendido hacia la mesilla tocando la base de la virgencita fosforescente, tranquilizado y protegido por su débil luz. Y en esa posición, tras haber pensado en cuanto se puede pensar e imaginado cuanto se puede imaginar, sentía atenuarse la inquietud dentro de mí y lograba dormirme.

Hace unos años una revista semanal me pidió que respondiera a una serie de preguntas que llamaron, no sé por qué, *El cuestionario de Proust*. Eran cuestiones tajantes —las respuestas debían ser de media línea o una sola palabra— acerca de las cosas que te gustan u odias, como, por ejemplo, cuál es tu libro preferido, tu película preferida, lo que más te gusta en una mujer, en un hombre, cual fue el día más triste de tu vida, el más feliz, etcétera. No encuentro el ejemplar de la revista. Estoy seguro de que ahora daría otras respuestas a la mayoría de las preguntas, que no serían las mismas una semana después de la entrevista. No porque yo cambie de idea o reniegue de lo que acabo de decir, no, no es eso, sino porque tengo muchas ideas diferentes que voy alternando, por turnos, como los discos en una *jukebox*. Los gustos, los recuerdos, las pasiones, los libros..., ¡hay tantos y es tan agradable variar! ¡Qué estúpida, qué tonta, la obsesión por elegir una sola cosa! Por ejemplo, recuerdo que entre mis actores preferi-

dos no cité a Karl Malden, que ahora mencionaría, ni a Aroldo Tieri. Solo hay una respuesta que probablemente seguiría siendo la misma.
Pregunta: ¿Cuál es tu personaje histórico preferido?
Respuesta: Jesús.

En resumen, se me pedía que creyera en algo que no podía entender, y a pesar de que ahora me resulta claro que el significado de «creer» consiste justo en eso, en tener fe en algo que no se entiende o que no puede comprobarse —pues si se comprende basta con constatarlo, con levantar acta, no existe ninguna necesidad de «creer»—, entonces me parecía inadmisible.

Si hay algo cuya naturaleza es ininteligible, dejémoslo estar en su espléndido mundo, más allá de toda comprensión. No hay necesidad de alcanzarlo, de congraciarse o aliarse, ni de resistirse o rendirse, dado que no puedes prever sus movimientos ni comprenderlos una vez realizados, y que tampoco tiene la obligación de justificarlos, por lo que el significado de sus elecciones es igual de misterioso tanto si te envía un terremoto como un cáncer o hace que ganes a la lotería. Basta con ver lo que le hizo a Job o lo que permitió que le hicieran a su pueblo elegido. ¿A alguien puede parecerle lógico? Pecadores enaltecidos e inocentes en la hoguera o crucificados.

Arbus era el único de nosotros que no tenía reparo en declarar o demostrar su falta absoluta de cualquier sentimiento religioso. Los demás compañeros, incluso los que blasfemaban, puestos en un apuro decían que en el fondo, pues sí, creían en Dios o al menos en algo sobrenatural que percibían, intuían..., le tenían miedo a algo, puede que al infierno. En definitiva, creían en el alma, en la resurrección, en Jesús o en los ángeles. Trocitos de fe desparramados, residuos de catequesis o partes de oraciones acompañados de la sensación, intensa y oscura, de que «tenía que haber algo, a la fuerza». Arbus, no. Era como si su mente purísima y automática se hubiera liberado, y solo Dios sabe que se trata de una verdadera liberación de la ingenua y desesperada necesidad de creer.

«El hombre teme a Dios como el mono a la serpiente.» Arbus no le temía a nada, eso es todo.

Por otra parte, a mi amigo no le gustaba mucho discutir. «Las discusiones no suelen ser de ninguna utilidad, solo sirven para perder el tiempo y dar quebraderos de cabeza.» Por eso solo podíamos intuir muchas de las ideas y de las convicciones de Arbus, pues él tenía la prudencia de no manifestarlas; primero, para ahorrarse el esfuerzo de exponerlas y, segundo, para no tener que defenderlas de nuestras confusas objeciones. Las pocas veces que lo hacía, ya tenía las respuestas preparadas. Al contrario de como se conduce casi todo el mundo, es decir, defendiendo la propia tesis con el mayor número posible de argumentos, Arbus, como el científico que era —si al lector le parece absurdo que aplique el término «científico» a un chaval de quince años, le aclararé que no he conocido a nadie que se lo mereciera más; sí, Arbus era un científico como lo habían sido Tartaglia, Newton, Von Neumann, Harvey o Volta, a pesar de que al final, que yo sepa, no ha descubierto o inventado nada importante, pero puede que lo haga, nunca se sabe...—, se había acostumbrado a considerar y sopesar todas las razones contrarias, es decir, ya había encontrado una respuesta a cada objeción que él mismo se había planteado.

Una vez me dijo: «Tienes que comprender que a Jesucristo le resultaba sencillo. Lo que decía y lo que hacía coincidían. Y si hubiera querido, habría podido arreglarlo todo. Mi problema consiste en que no puedo, ahí radica la diferencia entre él y yo. Mi buena voluntad no es suficiente. No puedo y punto. Ni siquiera Jesús es un ejemplo para mí. No es más que el clásico puto héroe».

(¿Sabe el lector quién era realmente un héroe a la altura de Arbus? Pues Tartaglia, Niccolò Tartaglia. ¿Que quién era? Un gran matemático. Hace poco me emocioné leyendo en internet una breve biografía suya. Niccolò Fontana, de Brescia, conocido como Tartaglia, el Tartamudo, porque un soldado francés le desfiguró la cara y la boca por pura crueldad cuando solo tenía doce años. Con la boca partida y recosida no logró volver a hablar con normalidad. Ese día también mataron a su padre y Niccolò, que hasta ese momento era analfabeto, creció huérfano y autodidacta.)

15

Cada religión toma como material y a la vez como impulso los sentimientos típicos de la crisis de la adolescencia, es decir, la insatisfacción, la búsqueda compulsiva de un sentido y un porqué, el sentimiento de inadaptación y de deficiencia. Pero ¿cuál fue nuestra iniciación? La confirmación, un sacramento cuyo sentido ha desaparecido en la actualidad, y que ya resultaba, cuando la recibimos, de difícil explicación. ¿Qué era? ¿Para qué servía? En la catequesis nos decían que nos convertía en soldados de Jesús. ¿Qué quiere decir eso? ¿Qué guerra teníamos que combatir después de ser confirmados?

Un poco más arriba de la nuca, tengo un chichón puntiagudo. Lo noto cuando apoyo la cabeza en una pared. Y como según la creencia popular un chichón significa una inclinación o una obsesión hacia una disciplina, y que se está dotado para ella desde el nacimiento, le pregunté a un experto en fisonomía de qué clase era el mío. Tras tocarlo y examinarlo, después de pedirme que me rapara el pelo de manera que quedara al descubierto para fotografiarlo y enviar la imagen a otros expertos con quienes comentarlo, me dijo que tenía la aptitud religiosa de diez curas juntos.

Lo raro es que mi interés intelectual siempre ha ido acompañado de un escepticismo natural, instintivo, emotivo, que no me ha dejado experimentar mucho esa sensación o convicción que denominamos «fe» o «creencia». No es ilógico o absurdo creer en algo que no se comprende, pero, en mi fuero interno, jamás lo he sentido. Nunca he sentido que naciera un sentimiento de confianza, un ardor, un arrebato hacia el Creador, autor originario de aquellas historias que, aunque me cautivaban y conmovían —empezando por las de la Biblia, como la destrucción de Sodoma y Gomorra, con los ángeles que advierten a Lot para que huya, el episodio de la esposa transformada en estatua de sal y el de las hijas que hacen el amor con el padre borracho—, no me causaban una emoción diferente de la que sentía leyendo la muerte de Palinuro o la noche que pasaron Thor y Loki, aterrorizados dentro del guante del gigante. Nunca alcanzaba al Todopoderoso que está en los cielos, nunca me aventuraba tan alto, por eso me gustaban los mitos y héroes, que estaban a mitad de camino entre el cielo y la tierra. Eran mucho mejores que yo, más poderosos y valientes, pero también más parecidos, más cercanos y comprensibles, con sus defectos y deseos. A veces eran incluso ridículos, como suelen serlo los dioses, al contrario del Omnipotente.

El sentimiento religioso no depende de ningún razonamiento y no es una convicción a la que se llegue por la razón. Es algo diferente, indefinible, que siempre será así y que ninguna objeción atea logrará debilitar porque, en cualquier caso, se referirá a otra cosa. No es que los ateos se equivoquen, es que son ajenos a ello, no hablan de fe, no logran opinar sobre lo que no conocen. Quizá yo sí sepa lo que es, pero no la poseo.

Estábamos acostumbrados a defendernos de sus sermones desentendiéndonos. Eso tanto respecto a los curas como a los adultos en general, pero, sobre todo, a los curas, porque el estilo con que razonaban y suavemente reprendían, imploraban o bendecían era siempre el mismo: monótono y quejumbroso. Cada vez las mismas cosas que parecían ser una sola, un discurso grabado en un disco que empezaba lentamente, adquiría una velocidad normal y, en cuanto acababa, volvía a empezar desde el principio. Se basaba en cuatro ingredientes básicos: el reproche, la esperanza, la humildad y el perdón. El reproche era la clave general para entonar el sermón, para darle ese toque un poco amargo, ese tono abatido nacido de la certera culpabilidad de quienes lo escuchaban. Todos, sin excepción, tenían que reconocer sus faltas y enmendarlas. Si Jesús y la Virgen hubieran estado presentes, también los habrían exhortado a huir de la pereza, a estar más cerca del prójimo —más, más—, a reconocer sus pecados, incluso los más pequeños —por favor, ¡sobre todo los más pequeños!—, a tener esperanza, a ser humildes y a perdonar. Esperanza, humildad y perdón eran, en efecto, los contenidos más importantes que nos daban dentro del protegido envoltorio verbal del reproche. Infundir esperanza, enviar mensajes positivos, convertir lo malo en bueno, captar las señales de benevolencia en los momentos de dificultad, realizar un continuo esfuerzo de traducción del mal al bien. Y, sobre todo, aprender a esperar, a esperar sin impaciencia lo que el futuro nos deparaba. Pero no el futuro simple, sino un futuro posterior, el que está más allá del futuro porque está más allá de la vida. A los quince años ya resulta difícil imaginar lo que será de nosotros a los veinte o a los treinta, de modo que es imposible pensar qué nos pasará cuando dejemos este mundo. En efecto, el ejercicio de la esperanza era el más arduo, el más difícil de inculcarnos, el más artificial. Los curas hacían grandes esfuerzos retóricos para encauzarnos por el camino de la esperanza.

Con la humildad era más fácil. Se trata de un concepto claro, casi burdo, humilde de por sí, modesto, rasposo como la tela de saco que lo representa, pero comprensible aunque no se comparta forzosamente. Y el Evangelio está lleno de ejemplos que lo explican. Se capta al vuelo, pero ser humilde, serlo de verdad en la vida cotidiana, ya es otro cantar. Entre mis compañeros había al menos tres o cuatro chicos realmente humildes. Gedeone Barnetta, por ejemplo, De Matteis, Vandelli, Scarnicchi —apodado el Lirón—, aunque quizá este último, más que humilde, adolecía de pereza y pasividad. A menudo las actitudes y los estados de ánimo se tocan, se sobreponen y, en función de en qué parte se encuentra el verdadero centro de una persona, pueden manifestar sus características principales o secundarias, situadas en las órbitas periféricas, donde interfieren entre sí y se mezclan con otros sentimientos, cediendo parte de su fuerza o adquiriendo sentido. No sabría decir si se trataba del carácter innato de esos compañeros o si la educación recibida en el SLM les había incitado dulcemente a convertirse en personas humildes. Yo seguro que no lo era y sigo sin serlo y, si tengo que ser sincero, tampoco me preocupa, lo que sin duda se debe al hecho de no serlo. Así que deduzco que se trata de una cualidad que difícilmente se conquista con el tiempo, que tienes o no, aunque también es cierto que si la posees, no está de más que tus maestros te lo confirmen, que te digan que se trata de una cualidad y no de un defecto.

Por último, el perdón.

Aquí el tema se vuelve espinoso. Los curas no parecían muy seguros de lo que predicaban. El problema del perdón es que se opone al sentido natural de la justicia. ¿Por qué habría que perdonar a alguien que ha cometido el mal en vez de castigarlo?

De hecho, el perdón es un desequilibrio que beneficia al malhechor. No da a cada cual lo suyo, sino que regala la indulgencia a los que ya han sustraído algo. Dios, en su infinita supremacía, podrá permitírselo, podrá permitirse perdonar, es decir, ir más allá de la ley y abolirla, anulando el castigo que preveía, perdonando las deudas, pero ¿y los hombres? Quien equiparándose a Dios en el ejercicio de su soberanía, renunciando a exigir el castigo, perdona, ¿no peca de orgullo? Si Dios tiene derecho a perdonar, ¿no debería ser una obligación para los hombres, so pena de la pérdida de la humanidad, del sentido de la justicia? ¿Se puede ser tan magnánimo sin rozar la presunción, el ridículo o, en definitiva, la abyección de quien en realidad prefiere lavarse las manos que asumir el desagradable papel de juez? ¿Por qué los niños, cuando juegan, eligen ser el ladrón antes que el policía? Y no solo en los suburbios, sino también en el barrio de Trieste. ¿Por qué los guardianes de la ley le caen fatal a la mayoría de las personas excepto cuando los necesitan? Pues sí, así son las cosas, es inútil negar que las simpatías se decantan a favor de los bandidos: la novela culta y la comercial, el cine, la religión católica, nuestro imaginario..., todo se halla clamorosamente de su parte y es inútil que de vez en cuando un cura manifieste su desdén por los camorristas y los mafiosos, pues estos también son, por definición, ovejas descarriadas, hijos pródigos cuyo regreso el padre ansía con los brazos abiertos para sacrificar al ternero más cebado. Odia el pecado y perdona al pecador..., pero, en el fondo, ¿son dos cosas tan diferentes? ¿Cómo se diferencian? ¿Cómo se separa al bailarín de su danza?

Da la impresión de que el mal añadiera a la vida un elemento nuevo, la coloreara de nuevas posibilidades, fuera una especie de apuesta para ver cómo lo superarán los individuos implicados —los responsables, las víctimas y sus allegados, la sociedad—. Es como si se los sometiera a una prueba, a un ejercicio saludable. Dado que nunca podrá restablecerse la condición anterior al crimen o al pecado, ni de las cosas materiales ni de las personas y aún menos de sus ideas y sentimientos, irreversiblemente alterados por el mal, hay que buscar, a la fuerza, nuevas soluciones, un orden diferente. El mal se convierte, pues, en el principal agente de esta mutación, en un estímulo para inventar nuevos modos que lo reparen, lo superen e incluso que aprovechen la ocasión para mejorar las cosas. En definitiva, el mal es portador de grandes novedades y Dios no es el único en usarlo para alcanzar sus recónditos objetivos; los hombres bondadosos también pueden aprovecharlo a fin de progresar. Parecerá un comentario fuera de lugar, cínico, si añado que los primeros en beneficiarse son, en cualquier caso, los malvados.

Así pues, solo una particular forma de injusticia, una amnistía del mal cometido, logra restablecer la paz. Como la cadena de represalias y castigos se alargaría hasta el infinito, en un momento dado se decide suspenderla dejando libre al último malhechor, impune de sus fechorías y archivando el expediente con el perdón, renunciando a perseguir y remediar la injusticia, indultándolo, trazando una raya horizontal que anula la cuenta del «debe» y la pone a cero. Además de en el cristianismo, esta moral se halla plasmada en la canción napolitana que dice que lo hecho, hecho está, e invita, además, a que olviden el pasado quienes, considerando las ofensas recibidas, continuarían con las represalias hasta el fin de los tiempos. Pero entre el mensaje cristiano y el de la canción popular existe una diferencia esencial: para el cristianismo, y a pesar de que no puede constituir una amenaza sobre el presente —de lo contrario la intransigente exigencia de la reparación de las ofensas, tema inagotable del relato de Kleist *Michael Kohlhaas*, no acabaría—, el pasado es imborrable.

La esencia de la paz y su primera medida es la amnistía. Dicho con cinismo: la amnesia.

Es cierto, la convivencia entre seres humanos requiere reparar el agravio; si el mal no se sanciona y resarce, la comunidad se desmantela. El perdón contradice y satisface esta necesidad al mismo tiempo.

La discrecionalidad menoscaba, en cierta medida, la ley. Pero el perdón no puede ser más que discrecional, unilateral y gratuito, de lo contrario no es perdón, sino una simple deducción lógica, mientras que este es lo opuesto a la lógica y a la utilidad, es puro exceso. Siempre me ha parecido extraño que en Italia al Ministerio de Justicia se lo llame Ministerio de Gracia y Justicia. ¿Por qué combinar estos dos principios tan contradictorios? ¿No era suficiente con el segundo?

Ahora, anticipando esta historia, me pregunto: ¿puede aplicarse el perdón a los causantes del delito que, página tras página, me preparo para contar? —El lector pensará, ¡qué lento! ¡Cuánto divagar en este camino! ¿Estoy dando muchos rodeos? Tiene razón. Pero la naturaleza misma del delito requiere la exposición de los preliminares. Dicho de otro modo: el planteamiento de los círculos concéntricos que lo rodean, los anillos que, por una parte, nos conducen a él y, por la otra, nos alejan, como en algunos rótulos luminosos. El colegio, los curas, el mundo masculino, el barrio, las familias, la política. Quizá se dé el caso de que en el centro de la diana no se halle el delito, sino algo distinto..., y si el lector tiene la paciencia de acompañarme lo descubriremos juntos—. ¿Podrá perdonárseles con independencia del hecho de que hayan cumplido o no la pena impuesta por el Estado? Y si no logran obtener el perdón cristiano, ¿pueden aspirar al menos a la indulgencia, o simplemente al olvido? (Cuarenta años después, el más peligroso de ellos, el contumaz, está muerto y enterrado; otro ha salido de la cárcel y el tercero tiene nuevas fechorías pendientes.)

¿Podemos quitarnos de en medio, para siempre, a estos personajes? Yo, que he sido su compañero de colegio, como de otros cientos de chicos, ¿conseguiré dejar de pensar en sus caras, en sus sonrisas?

¿A partir de qué coste, no solo penal, puede afirmarse que el precio de aquel delito ha sido abonado por entero? La ley no tiene muy en cuenta las consecuencias emocionales del mal en la víctima, pero si la religión también acaba por desentenderse de ellas, prefiriendo dedicarse a la redención del malvado, ¿qué sentido habrá tenido el sufrimiento de la víctima, quién se ocupará de ella cuando el eco del escándalo y de la indignación remita? No es cierto que el testimonio desatendido del mal se desvanezca con el tiempo, al contrario: no se consume, sino que se fija, se coagula, se convierte en algo autónomo, aislándose del tiempo y de los sucesos que este arrolla a su paso, es un perfecto ejemplo de lo que se define como «el pasado que no pasa». Un grumo, un émbolo. ¿Qué hacer, pues, para que ese delito prescriba definitivamente, para que sus culpables y sus víctimas queden atrás? ¿Es suficiente con esperar a que todos ellos fallezcan, a que muramos todos nosotros, contemporáneos de aquellos hechos, lo cual sucederá dentro de unos veinte años o, siendo optimistas, de unos treinta? ¿Qué papel cumple este libro, el de ayudar a olvidar o a recordar?

El instrumento de la gracia solo puede concernir a los culpables, nunca a las víctimas. Si se condenara a los primeros a la pena capital, la gracia los traería de vuelta a la vida cuando ya estuvieran virtualmente muertos. Las segundas son, en cambio, irrecuperables, las medidas humanas no les llegan y, en sentido estricto, las divinas tampoco. Por eso habría resultado muy interesante que Lázaro hubiera sido la víctima de un asesinato en vez de un enfermo. Un Lázaro ajusticiado, muerto en una pelea o a manos de unos bandoleros, porque le habrían devuelto la vida tanto a quien se la habían arrebatado como a quien la había arrebatado. Habría sido como una amnistía del delito en su conjunto. Un doble milagro, una reparación de la que no hay ni rastro en las Escrituras y que quizá habría comportado más problemas de interpretación que los demás prodigios de Cristo. Por lo visto, la resurrección afecta a las dos categorías de manera diferente: a los malvados se les puede conceder en esta vida, mediante el perdón, mientras que sus víctimas están obligadas a esperar el más allá.

Dicen que si el destino lo pone en nuestro camino, debemos soportar el mal. Es un sufrimiento objetivo, un dato natural, escuetamente realista. Pero si somos nosotros quienes lo generamos e incluso nos complace verlo en acción, sería justo que no hubiera ni perdón ni indulgencia. ¿O incluso en este caso morboso existe un resquicio por el que se puede colar la clemencia? Esa morbosidad, la complacencia en perpetrar el mal, en el fondo, ¿lo justificaría o, al menos, lo atenuaría, al constituir un dato natural e inevitable, inherente al carácter, que lo convertiría en algo que soportar, a lo que resignarse sin aplicar ningún castigo al reo? En la Edad Media se castigaba a los caballos que habían desarzonado y matado a sus caballeros colgándolos o descuartizándolos tras un proceso legalmente instituido. Pero no estamos en el medievo y ni siquiera en la época de Jerjes, que mandó azotar las olas del Helesponto porque no se calmaban. Si a uno le gusta torturar, violar y matar «porque es su naturaleza», ¿qué le hará mutarla?

A pesar de todo, dicen que para restablecer la situación es suficiente con el remordimiento, con la confesión. «Sentirse fatal» debería garantizar el perdón a quien así se siente. Importan los sentimientos, verdaderos o falsos, más que los hechos. Italia es un país donde los sentimientos siempre se han impuesto a los hechos, que se consideran elementos accidentales, susceptibles de pasarse por alto o interpretarse con tanta sutileza que cambian radicalmente su sentido. Siempre puede prescindirse de los hechos. La lección paradójica del cristianismo entrena la mente justo para esto, para invertir los datos fruto del sentido común y la experiencia, de modo que, sea como sea, el pecador redimido siempre estará en primera fila dando lecciones acerca del camino recorrido para llegar hasta allí y haciendo ostentación de sus crímenes, que traslucen su profunda humanidad. Nadie tendrá el valor de llamarlo cabrón una vez recorrido el camino de la redención. Si una oveja no se descarría para poder ser salvada, si un peregrino nunca se aparta de la recta senda, no recibirá entonces ni una pizca de atención. Es más, que les den por el culo a él y a su rectitud.

Cuando antes mencionaba los sermones no me refería solo a los que se dan en la iglesia después de la lectura de las Sagradas Escrituras. Es normal que tuvieran el tono del sermón, de lo contrario ¿de qué habrían servido? Me refería a las charlas que nos soltaban los curas o a las discusiones que teníamos con ellos a propósito de cualquier cosa, de la merienda, de la formación del equipo que jugaría en el campeonato o de las vacaciones de Navidad, discusiones que casi con toda seguridad adoptaban el ritmo típico y, con este, la finalidad. Quiero decir que su vocación pedagógica se imponía sobre cualquier otro intento comunicativo o expresivo. Siempre acababa hablando el maestro de vida, el tutor, o bien éramos nosotros los que veíamos ese trasfondo en afirmaciones neutras, que nos sonaban a consejos. Lo mismo vale para los gritos del hermano Curzio cuando quería que acelerásemos el paso en nuestras flojas marchas de calentamiento alrededor del gimnasio —«¡Vamos, vamos, un poco más rápido! ¡Más rápido! ¡Ánimo, ánimo!»—, incluso los pitidos de su silbato contenían una clara referencia a los peligros que afligen a un joven que se deja llevar por la pereza. Si el hermano Franco le guiñaba el ojo a Barnetta durante el recreo diciéndole: «Está buena la pizza con tomate, ¿eh?», Barnetta, que estaba a punto de darle un mordisco para evitar que el tomate se deslizara por uno de los lados doblado hacia abajo —era una de esas pizzas de masa fina, grasienta, blanda, con mucho tomate, buenísima, especialmente a las once y media de la mañana, un alimento que desde siempre se vende solo en los colegios romanos de todo tipo y condición—, se quedaba quieto al instante, titubeaba y se sacaba de la boca el trozo que ya tenía entre las fauces abiertas, convencido de que el cura aludía al pecado de la gula.

Más que lo que nos decían —muchas cosas no solo resultaban comprensibles, sino también compartibles, y algunas incluso apasionantes, por cuanto cercanas a la magia o a una novela de aventuras—, lo que disipaba todo impulso religioso y acababa con cualquier atisbo de entusiasmo era el tono. Sí, el tono, el tono, sé que me repito, pero no me canso de decirlo: ese inconfundible tono católico. El tono con que nos inculcaban las ideas y las historias, ese salmódico tono de predicador, chirriante, nasal, ronco, exasperante, una especie de falsete inspirado y profético, como si el orador cerrara los ojos para concentrarse y disfrutara de la visión evocada por sus propias palabras y, mientras tanto, sonriera, sí, sonriera complacido. Creo que la complacencia de los curas provenía de mezclar continuamente el pecado con la bondad y de señalar que, al final, esta última siempre triunfaba. Tenía que triunfar. El pecado se ocultaba en todas partes y siempre estaba al acecho, se insinuaba, reptaba por los cantos de las palabras, las imágenes y las acciones con el mismo movimiento malintencionado que la serpiente en el jardín del Edén, pero aunque pareciera ir ganando, acababa siempre por perder. Cuando la cabeza de la serpiente que envenena el mundo con su aliento engañoso era finalmente aplastada, el tono quejumbroso se teñía de desdén y se elevaba, volviéndose casi vengador, para después suavizarse y adquirir de nuevo un cariz magnánimo, distendido, agreste, que se deleitaba con la quietud restablecida en los pastizales tras haber expulsado al lobo. La evolución del gráfico aplicable a cualquier tema que los curas trataban dibujaba una curva siempre igual, creciente al principio y decreciente después, con un vértice situado hacia los tres cuartos del discurso: exposición-advertencia contra los peligros del pecado-desarrollo pecaminoso-indignación-redención-pacificación.

Conocíamos tan bien el esquema que, en misa, podíamos seguirlo haciendo gestos en el aire con una batuta imaginaria, como un director de orquesta, imitando el tempestuoso *fortissimo* y después el inevitable cierre de reconciliación.

No sé si aquella era fe u otra cosa, fe o estupidez, fe o una mentira consciente, si era una falsa seguridad o un pensamiento tan machacón que se había convertido en una verdad, al menos para quienes lo habían repetido mentalmente tantas veces que al final ya no reflexionaban; un seguro de vida y uno de muerte, un contrato firmado y guardado bajo una pila de papeles. No sé si aquella fe era en verdad fe o un don, una gracia, la fe verdadera, la simple y verdadera buena fe de los que creen que Dios existe, que nos creó de la nada, que nos espera en el más allá con un premio o un castigo, según nuestras obras terrenales, las mías, las tuyas, las nuestras, las de todos, para juzgarnos uno por uno; que si tienes fe quizá logres salvarte y si no, te las arreglas con la esperanza de un acto de clemencia final, pero que, en sentido estricto, ni siquiera deberías contar con eso, puesto que no crees. ¿Qué tipo de esperanza, de fe, de caridad, pueden practicar los escépticos? Y si practican tales virtudes, ¿qué diferencia hay entre las suyas y las de los creyentes? ¿Solo que ellos no meten de por medio a Dios? Y la misma palabra «creo», ¿qué significa, qué demuestra? ¿Qué diferencia hay, si la hay, entre creer y no creer? En el fondo, yo también puedo creer en lo que no existe, en lo que no es cierto y, en efecto, muchísima gente cree con toda su alma en las cosas más extravagantes, como en los platillos volantes, en los vampiros, que Hitler amaba a la humanidad y pretendía salvarla, que Hitler sigue con vida y que Paul McCartney está muerto... ¿Acaso su profunda fe en una de estas cosas las convierte en verdaderas? Y si, por el contrario, no creen, se niegan a ello, y dicen, por ejemplo, que los campos de exterminio nunca existieron..., ¿acaso su negación hace que el humo entre de nuevo por las chimeneas de donde salió, que los cadáveres de los niños incinerados se recompongan y vuelvan a la vida? ¿Acaso «no creer» en los hornos crematorios borra su existencia, la convierte en menos real, transforma los ladrillos que los componían en niebla? Desde que era un chaval, este énfasis acerca del «creer» o «no creer» me ha parecido excesivo, un falso problema, un factor sobrevalorado, un tótem. La fe, sí, la fe, cualquier fe, no era más que una manera de ocultar la verdad o un intento de alcanzarla mediante un atajo, por decirlo de alguna manera, engañoso. Comprender, por supuesto, conocer, sí claro, experimentar, buscar, pero ¿creer? ¿Es en verdad tan importante?

De esos doce años de colegio católico y del ininterrumpido adoctrinamiento, explícito o sobrentendido, al que fui sometido, conservo dos actitudes contradictorias: la primera es el odio por el énfasis, expresado oralmente o por escrito; la segunda es la involuntaria tendencia a asumir el ritmo y el tono del sermón cuando expongo un tema que me interesa mucho. En los eventos mundanos, por ejemplo, a menudo permanezco callado la mayor parte del tiempo, pero si hablo y por alguna razón siento que debo explicar mejor lo que pienso, al cabo de poco asumo una inflexión de predicador, machacona y obsesiva, y acabo por agotar o aburrir a mis interlocutores, por eso prefiero guardar silencio.

Además, ¿qué pasaba cuando rezaba? Nada. Rezaba pensando en otras cosas y después, avergonzándome de mi distracción, procuraba concentrarme en la oración, pero me topaba con el vacío. ¿Cuál era el tema, la intención? Dios estaba en mi boca y yo no hacía más que pronunciar su nombre. Echando un vistazo alrededor, pensaba que si los demás, arrodillados como yo, con las manos sobre la cara o entrelazadas debajo de la barbilla, hacían lo mismo, significaba que era posible, que se podía rezar, que tenía sentido y que había que ser paciente, sencillamente, que había que hacer lo mismo y esperar que de esas fórmulas brotara un sentimiento diferente, una emoción nunca experimentada. O bien, y esta era otra opción para dar significado a la ceremonia, a pesar de que no sentía nada especial mientras la practicaba, que al final demostraría ser una manera eficaz de satisfacer mis demandas. También en este caso se trataba de esperar y comprobar. La paciencia era, en ambos casos, el núcleo de toda la cuestión. Esta segunda hipótesis me atraía mucho menos que la primera, pues no me gustaba la idea de pedir limosna para obtener algo, y, siendo un chaval más o menos afortunado, no tenía cosas especiales que pedir, gracias que implorar ni deseos que mis padres, que eran generosos y afectuosos con mis hermanos y conmigo, no pudieran satisfacer. Mucho mejor dirigirse a ellos directamente. Así que, como me habían aconsejado los curas, me limitaba a seguir una especie de cuestionario ya rellenado: rezar por la salud de mi familia, por su serenidad, para ser bueno..., y luego..., ¿qué más? Pedía de modo genérico, omnicomprensivo, sí, eso es, para que reinara la paz entre los hombres o, mejor dicho, según la fórmula ritual, «por la paz en el mundo». A juzgar por cuanto pasó después, no parece que mis súplicas fueran atendidas. La paz en el mundo no existe —aunque, si he de ser sincero, no esperaba grandes resultados en este ámbito—, y en cuanto a mi familia, ha sido diezmada por la enfermedad y los accidentes —cinco fallecidos prematuramente de cáncer, un suicida y uno que se mató en una moto—. En la actualidad, todavía escéptico acerca de la eficacia de las oraciones, propias y ajenas, «por la paz del mundo», espero que la protección invocada para la que entonces era mi familia recaiga con mayor eficacia sobre la que he formado por mi cuenta. Así que suspendo el juicio y sigo esperando y esperando...

Por otro lado, casi todos los creyentes se confeccionan su propia religión a medida, manteniendo lo que más les conviene y eliminando los capítulos más antipáticos o que imponen mayores obligaciones, como aquel pirata que surcaba los mares con las Tablas de la Ley de las que había tachado unos cuantos mandamientos.

TERCERA PARTE

Vencer es haceros sufrir

1

Como Arbus iba muy adelantado con respecto a los demás estudiantes, en el penúltimo año de bachillerato se retiró para hacer dos años en uno y presentarse al examen de reválida. A fin de que lo admitieran en este procedimiento, el candidato debía tener un nueve de media, lo cual no era un problema para Arbus, que iba muy bien en todas las asignaturas —mejor que Zipoli y que todos los demás—, excepto en lengua, y los profesores estaban dispuestos a ayudarle subiéndole la nota si era necesario. Arbus estaba preparado para dar el gran salto y teníamos que despedirnos de él. Era una lástima que se marchara, pero justo. Nuestra clase perdía al cerebro más avanzado y diabólico que tenía, entendiendo con este adjetivo la capacidad lógica y de establecer relaciones llevada a sus últimas consecuencias, sin miedo a nada.

Hace algún tiempo estudié el personaje de Satanás y descubrí que su imagen oscila entre dos polos opuestos: de una inteligencia brillante y profunda a la más total, abismal y negra imbecilidad. Según la tradición, el diablo es muy astuto o, todo lo contrario, un tonto e incluso un demente, dado que incluso una campesina espabilada logra atraparlo. Por lo general, incluso si se muestra muy pícaro o perspicaz, su razonamiento no deja de ser mecánico, aplicativo; el diablo es un ser deductivo, un calculador incapaz de superar o cambiar el plano donde el pensamiento inicial se ha concebido. En definitiva, es un tipo lógico, la lógica absoluta encarnada en un ser de inmensa potencia. Esto podría explicar la contradicción entre inteligencia y estupidez, pues esta última también es consecuencia de un recorrido mental irrefutable a su manera. Las idioteces suelen ser de una lógica impecable. Y el tonto que en los relatos medievales se deja engatusar no es que no razone, es que razona demasiado;

en sentido literal suele llevar razón y sigue convencido de ello hasta cuando ya ha caído en la trampa. Ahí radica la burla que lo ridiculiza, no en su equivocación, sino en su razón; la eterna e inútil de Shylock, la ley que sucumbe a la excepción, la razón —en el fondo, ciega y obtusa— vencida por una pequeñísima diferencia que acaba siendo determinante. La ausencia de ley, que se revela superior a cualquier ley. La libertad, que el diablo no gobierna, que se revela superior a la lógica.

He aquí el motivo por el cual es el implacable acusador de Dios y de sus fallos. Su anhelo por llevar el razonamiento a sus últimas consecuencias, con sus implicaciones más absurdas o dolorosas —justo por eso es un siervo, un siervo de su propia mente—, lo vuelve sumamente sensible a las injusticias de la Creación. Al diablo le basta con echar un vistazo alrededor para retorcerse de sufrimiento: la contradicción reina por todas partes, lo cual, para un lógico, es como una puñalada. La obra divina, a la luz de la mentalidad diabólica, que es rectilínea, resulta injustificable. La pregunta del Gran Inquisidor es, sin duda, de índole diabólica: ¿por qué sufren los niños? ¿Por qué se permite que mueran los inocentes? Al formularla, el diablo, que habla por la boca de Iván Karamázov, tiene la razón de su parte. Y también le sobra razón cuando se enfurece porque el arrepentimiento *in extremis* de Boncante da Montefeltro —una lagrimita— permite al alma de ese cabrón salir volando en brazos de un ángel. ¿Cómo es posible? ¿Ni siquiera ese canalla se merece el infierno? Entonces, ¿de qué sirve ser bueno? ¿Qué diferencia hay entre haber sido bueno o malo? Más le valdría al diablo convertirse, ¿o no? «El odio tiene que ser productivo, de lo contrario es preferible amar.» Igual que los revolucionarios que aspiran a la justicia y que, al ver derrotados sus ideales, consideran que es inútil seguir oponiéndose y aceptan o, mejor dicho, abrazan y practican las injusticias contra las que antes luchaban, el diablo, antaño cegado por la sed de justicia y más tarde resignado a la incoherente ley de la injusticia generalizada que gobierna el mundo según Dios lo ha creado, se limita a torturar en sus ratos libres a algún que otro hombre de gran rectitud, como Job. El mal se ha convertido en su trabajo rutinario, terrible y previsible, y a estas alturas el destello de la antigua rebelión solo brilla en su mirada muy de vez en cuando.

Arbus era una especie de Iván Karamázov. En efecto, parecía uno de esos lánguidos jóvenes rusos, ascéticos, de piel brillante, labios carnosos, cabellos corvinos lisos y largos y gafas de pasta negra, como imaginamos el prototipo de aprendiz de mago o científico o, mejor aún, de escritor de ciencia ficción. Así es, encarnaba a la perfección al *nerd* que fabrica máquinas infernales en el garaje o al joven músico que practica obsesivamente las escalas en el piano.

They hate if you're clever and they despise a fool
Till you're so fucking crazy you can't follow their rules. *

Nerd. Por entonces en Italia no se conocía el término. El que ahora llamamos así es un estudiante con intereses solo intelectuales que queda marginado de los aspectos sociales de la vida estudiantil, es decir, fiestas, amoríos, moda y deportes. *Nerd* es sinónimo de timidez, torpeza, aislamiento y anacronismo. Es anticuado y moderno a la vez. Su superioridad intelectual, que casi siempre se manifiesta en materias científicas o técnicas —lo cual hace que a veces coincida con el estereotipo del científico loco, del que es la representación juvenil—, se compensa por su ineptitud para las relaciones humanas. El *nerd* es, por definición, impopular. Los compañeros más fuertes lo maltratan, las chicas más monas lo humillan y se burlan de él. Lleva gafas con cristales gruesos y montura de celuloide o baquelita, y en la versión que dan de él las películas norteamericanas tiene el bolsillo de la camisa condecorado con bolis y lápices. Lleva el pelo corto y bien peinado, o bien largo y grasiento, por dejadez. De hecho, su aspecto descuidado podría servir de máscara o de identidad provisional para ocultar a un héroe, como en el caso de Clark Kent o Peter Parker. Pero ni siquiera los superpoderes o la admiración que suscita su heroico doble logran disipar la introversión y la incapacidad para relacionarse con los demás del personaje original, torpe, tímido y patoso. El *nerd* inspira una mezcla de irritación, compasión y temor. En efecto,

---

* «Te odian si eres inteligente, y te desprecian si eres tonto / hasta que te vuelves tan jodidamente loco, que ya no puedes seguir sus reglas», «Working Class Hero», John Lennon. *(N. de la T.)*

amargado por los fracasos afectivos y por las humillaciones sufridas, podría decidir cambiar su destino y vengarse, transformándose en un personaje diabólico como el científico loco que provoca catástrofes. Su inteligencia, al igual que la ciencia y la tecnología a las que sirve, renunciando a otras satisfacciones, se presenta como un elemento neutro que podría ponerse al servicio del bien o del mal, cosa, siempre y en cualquier caso, temible. No hay nada más terrible, precisamente porque está tramada por una inteligencia superior, que la venganza de un *nerd*. Cuando al final pasa de la fase reflexiva a la acción, sus competencias técnicas y sus recursos inventivos se revelan implacables —¿recuerdan la película *Perros de paja* de 1971?—, y la aparente frialdad emotiva que antes era un obstáculo en las relaciones humanas, ahora es el instrumento ideal para llevar a cabo sus planes.

Según su perfil psicológico, los *nerd* son introvertidos e intuitivos. Las ideas y los objetos los estimulan más que las personas. Pasan muchas horas solos, absortos en sus actividades —estudio, ordenador, tebeos, televisión, colecciones, *compilations*, modelismo, cromos, trenes, ajedrez, animales extinguidos, música clásica, punk y heavy metal, y libros, con una clara preferencia por el género fantástico—. Se hallan más a gusto entre conceptos abstractos que frente a la experiencia directa. Prefieren la razón a las emociones y casi siempre demuestran ser tan incapaces de transmitir las propias como de interpretar las de los demás. La marginación social del *nerd* puede ser tan profunda e intensa que algunos de ellos crean amigos imaginarios para que les hagan compañía. A menudo son pedantes, usan un lenguaje cifrado y exageradamente formal; de vez en cuando hacen gala de un sentido del humor fulgurante, que suele basarse en juegos de palabras. A pesar de que deberían ser estudiantes modelo, no les gusta hacer los deberes en casa ni test o pruebas de conocimiento cuyos resultados, paradójicamente, son mediocres a pesar de sus cualidades superiores. En vez de estar orgullosos de tenerlos en su clase y mimarlos, a algunos profesores les molesta su presencia y se muestran desconfiados y hostiles con ellos, llegando incluso a estigmatizarlos como malos alumnos, apáticos e ineptos, o a percibirlos como potenciales rivales de la asignatura que imparten. A menudo blanco del acoso escolar por su incapacidad para reaccionar según los códigos establecidos, el *nerd* obedece a las normas sociales dentro de los límites en que logra percibirlas o hasta cuando, analizándolas, se da cuenta de la irracionalidad de aquellas. Su falta de adaptación se debe a que es incapaz de reconocer las jerarquías y la autoridad, hacia la que adopta, casi sin darse cuenta, una actitud de desafío. Ante una provocación, su neutralidad política o moral puede transformarse en una rebelión manifiesta.

Junto con Arbus y, durante una sola temporada, con Gedeone Barnetta —qué casualidad, los tres primeros de la lista...—, que al año siguiente decidió no renovar el abono, frecuenté tres temporadas seguidas de conciertos en el auditorio del SLM. Aunque los concertistas no solían ser figuras de primera línea, según Arbus los programas eran interesantes y variados, y creo que no falté casi ningún martes por la noche. Para los estudiantes, el abono salía bien de precio y unos minutos antes de que empezara el concierto nos permitían pasar de nuestros asientos económicos al fondo de la sala a los que estaban libres en las primeras filas.

Arbus hablaba poco mientras esperábamos a que entraran los músicos y empezaran a tocar, pero sus prudentes palabras valían más para mí que lo que decía el programa. Además de las clásicas piezas de Vivaldi, Mozart, Chopin y Bach, se interpretaban otras de compositores que yo ni siquiera había oído mencionar; en esos casos, Arbus me proporcionaba una escueta introducción a sus obras. Fueron las mejores lecciones de música, las más interesantes que he recibido nunca. En cinco minutos, mi compañero era capaz de prepararme para lo que estábamos a punto de escuchar, sin dar muchos rodeos en lo que respecta a la técnica, pero sin contentarse con una impresión, un juicio extemporáneo o un comentario genérico como «Es muy pasional» o «Llega a lo más profundo del alma». Jamás se limitaba a traducir la música en sensaciones superficiales. Y acabado el concierto estaba en condiciones de explicarme, algo de lo que yo apenas me había percatado, si la ejecución había sido buena y cuáles habían sido los puntos débiles —veniales o graves— de la interpretación del concertista. A veces actuaban grupos de cámara y pequeñas orquestas, pero casi siempre se trataba de solistas, a menudo de piano. En esos casos, la competencia de Arbus, siempre expresada sin arrogancia ni pedantería, sino de manera simple, directa, ajena a la afectación propia de los melómanos y de los maníacos de cualquier otra disciplina, era para mí una fuente de placer infinito. En definitiva, junto con las del profesor Cosmo, las lecciones de Arbus sobre los rudimentos de la música, explicadas pocos minutos antes de que empezaran los conciertos del auditorio del SLM, fueron las enseñanzas más proficuas que he recibido. Me ayudaron a comprender cosas, hechos, formas, personajes, la más amplia gama de sentimientos, el más amplio radio de ideas, todo gracias a un compañero de colegio que me había llevado allí. Un chico raro, es cierto, pero ¡genial!

Barnetta se equivocó cuando dejó de asistir, pero se aburría en los conciertos y contra el aburrimiento pocos adversarios están a la altura.

En el fondo, yo también era un *nerd* sin gafas y más bien guapo, pero asimismo con mi buena parte de *nerd*, cosa que aún me dura; y tal vez habría escrito libros diferentes si, en el fondo, no hubiera seguido siéndolo. Digamos que, como en muchas otras cosas de mi vida, fui un *nerd* ocasional. No existe pertenencia, identidad o convicción a la que le haya sido fiel de manera duradera. A menudo he sobrepuesto tres o cuatro hasta que he perdido el control, hasta que he dejado de saber quién era y qué quería.

Más que mi cuerpo, era mi cerebro el que era *nerd*. Al fin y al cabo, ¿qué chaval de quince años podía interesarse seriamente en..., ¿cómo se llama ese compositor atonal pero de construcción clásica? ¿Honegger? ¿Hindemith? Eso es, ¿quién habría preferido pasar las noches escuchando a Hindemith o discutiendo sobre él o de Honegger con Arbus en vez de salir con una chica?

La primera vez que fui a casa de Arbus, una tarde, su madre hizo salir a su hermana de la habitación donde estaba estudiando e invitó a sus hijos a que tocaran para mí una pieza a cuatro manos. Yo los miraba de espaldas, hermano y hermana, subiendo y bajando las manos sobre el teclado con las nucas inclinadas. Casi no oía la música de tanto como los admiraba. Me parecía una escena antigua, aunque la rapidez con que la hermana de Arbus corrió a encerrarse en su cuarto una vez acabada la interpretación y la repentina mirada vítrea de mi compañero me hicieron comprender las pocas ganas que ambos tenían de exhibirse.

Una obligación, una de las muchas que llenan la jornada de un adolescente. Las cabezas inclinadas sobre el piano, como castigados. La educación es un camino coercitivo. Sus resultados se obtienen forzando a la naturaleza, pero solo forzándola se la favorece...

Aun sin poner ninguna pasión en ello, la mente de mi amigo recorría con agilidad todo tipo de esquema, diagrama o partitura. En determinado momento el colegio debió de pesarle como una obviedad que superar lo antes posible. O puede que fuera su familia la que lo presionaba para acortar los plazos y enviarlo a la universidad cuanto antes.

Hace tiempo, tener un hijo «adelantado» era motivo de orgullo. Mis padres probaron a matricularme con un año de antelación, pero no me admitieron. De todas formas, es verdad que en Italia el colegio dura demasiado. A los dieciocho años ya habría que estar fuera. ¡Aire, aire! ¡Se acabaron las pizzas en el recreo, pasar lista, los timbres que anuncian el final de las clases! Habría que acortar la educación, intensificarla y abreviarla, mientras que ahora se dan largas, se tiende a hacer tiempo y, entre doctorados y especializaciones, un buen día descubres que te has quedado calvo pero sigues paseándote con los libros debajo del brazo. Es más, por lo visto, los pedagogos están intentando difundir la idea de una «educación permanente», quizá para comprobar la eficacia de sus teorías en los ancianos. Cada disciplina pretende extender su dominio, acaparar campos y franjas de edad. Tras decenios de alternancia entre progresistas y conservadores, he llegado a la conclusión de que el modelo ideal de educación es el descrito por Descartes en la parte autobiográfica de *El discurso del método*: hasta los veinte años estudiar duramente, después, de los veinte a los treinta, cerrar los libros y abrir «el gran libro del mundo», esto es, viajar, comerciar, luchar y acumular experiencia. A los treinta empezar la propia obra adulta poniendo en práctica cuanto se ha aprendido en los libros. A esas alturas ya no valen las excusas: si eres capaz de hacer algo, lo haces.

¿Y qué hizo Arbus el último día antes de dejar el colegio? ¿Cómo se despidió del centro católico?

Nadie se dio cuenta mientras estaba haciéndolo, y después tampoco logramos entender cómo lo había hecho ni qué técnica había usado, pero cuando se levantó para irse, el pupitre estaba completamente cubierto de enormes letras grabadas con tinta que formaban las cuatro palabras de la más común de las blasfemias.

La primera era una «M» y la última una «S»: doce letras negras de cuarenta centímetros en mayúscula.

Iba a ser su último día de colegio. En el umbral de clase se volvió un instante y simplemente nos dijo: «Adiós».

Pero al día siguiente apareció de nuevo, acompañado por el director, que se deslizó en el aula como una sombra detrás de él y anunció que nuestro compañero, antes de marcharse para preparar la reválida por su cuenta, tenía una última cosa que decirnos. Acto seguido, habló Arbus.

Cabizbajo, los mechones de pelo le colgaban a ambos lados del rostro y el reflejo de las gafas no dejaba ver su mirada. Hablaba en voz baja y temblaba ligeramente. Sin embargo, me pareció que las comisuras de la boca estaban alzadas esbozando una especie de sonrisa, una mueca de ironía casi imperceptible. Dijo, sin muchos rodeos, que se arrepentía de haber escrito una blasfemia en el pupitre porque, además de ofender a Dios, había ofendido a todos los que creían en Él. Después, en sus manos de repente aparecieron una botella de alcohol y un trapo, y Arbus se puso a limpiar el pupitre en silencio. Lo habían obligado a abjurar y a borrar la blasfemia que, tras unos veinte minutos de alcohol y restregar, desapareció como si nunca hubiera existido. El asunto se zanjaba veinticuatro horas después de haber estallado. Fue un ejemplo de diplomacia.

Superado el asombro inicial y el fastidio que me producía que se hubiera retractado —sus disculpas habían sonado cobardes y, sobre todo, ridículas—, en mí empezó a abrirse paso un sentimiento de admiración, que desde entonces no ha cesado, hacia esa doble hipocresía: la de quien abjuraba, como Galileo, y la de quien aceptaba la abjuración, como la Iglesia, a sabiendas de que no era sincera. Dos posiciones formalmente impecables que permitían superar el punto muerto al que se había llegado con la blasfemia. Porque era obvio que, tras su obra de amanuense, Arbus ya podía despedirse de la media de nueve exigida para acceder al examen de reválida. Ese fue, seguramente, el chantaje que le hicieron los curas.

Si quería adelantarse y presentarse al examen final, tenía que pedir perdón. Y no había nada en este mundo que Arbus deseara con más vehemencia que dejar el colegio. Hoy en día la exigencia de pedir perdón públicamente está muy extendida. A instituciones e individuos, responsables de crímenes graves o de insignificantes corruptelas, se los obliga a disculparse públicamente al cabo de pocas horas, de años o incluso de siglos de su comisión. «Que por lo menos pidan perdón», se les exige. No es suficiente que acaben entre rejas y sean universalmente recriminados, tienen que pedir perdón. Políticos, árbitros, futbolistas rebeldes, magos televisivos, papas y exmonarcas, magnates de las finanzas en bancarrota, piratas de la carretera, lanzadores de piedras desde pasos elevados, herederos lejanos de ideologías extinguidas, ultras, médicos y cirujanos... Todo el mundo pide perdón. La costumbre religiosa se ha enraizado en la conciencia laica junto con el sentido profundo del rito que se celebra mediante declaraciones televisivas o en internet. Sin embargo, la idea de una reparación verbal o sentimental del mal cometido y su consiguiente perdón debería ser ajena a la mentalidad laica. Sí, porque una vez que los ofensores manifiestan remordimiento o se disculpan, el perdón tiene que ser concedido, es casi una obligación. Los periodistas se apresuran a preguntar a los padres de una chica cruelmente asesinada sin ningún motivo: «¿Han perdonado al asesino? ¿Lo perdonan?».

Arbus pidió perdón.

Pidió perdón, algo que, como demostraba la chispa que estoy seguro que destelló en su mirada en cuanto levantó la cabeza al final del acto de contrición, es facilísimo, un mero acto formal que puede convertirse en aún más ofensivo que la ofensa misma, como observamos en un niño que, obligado por su madre a hacer las paces con un compañero o un hermano, le gritan en la cara un «¡Perdona!» más hiriente que el golpe que le atizó.

Arbus pidió perdón y ese se convirtió en su último día de colegio.

Unos años después, mientras hojeaba una revista como *Oggi* o *Gente* esperando mi turno en el barbero, me llamó la atención una fotografía de dos policías con equipo antidisturbios que, con las porras alzadas, arrastraban por las axilas a un estudiante medio desmayado cuyas rodillas se arrastraban por el asfalto. El pie de foto rezaba que los agentes estaban «ayudando a un manifestante». Creí reconocer a Arbus en aquel chico demacrado de pelo largo y gafas rotas que le colgaban de una oreja.

La manifestación en que lo habían apaleado, en la ciudad universitaria de Roma, se haría muy famosa, pues en su transcurso tuvo lugar una doble batalla entre sindicalistas y estudiantes revolucionarios, y entre revolucionarios y la policía.

Los servicios de seguridad de los grupos políticos no se andaban con remilgos. La última manifestación en que participé, pocos meses después de aquella de la universidad —que también se haría tristemente famosa porque una chica falleció—, fue la última porque me di cuenta de que llevaban pistolas sujetas con el cinturón por debajo de la americana y el impermeable.

Me refiero al cinturón de los manifestantes, no solo al de los policías.

Ese es el motivo por el cual aquel día, en el puente Garibaldi, mientras se empezaban a oír los primeros disparos, di media vuelta y me alejé para siempre. Desde entonces la política, entendida en ese sentido, no me interesa, se acabó.

Fin.

Y estoy contento de eso. Puedo decir que he hecho algo bien en la vida.

Corrían rumores de que Arbus simpatizaba con un grupo nazi-maoísta.

Es decir, los que reunían lo peor —según ellos, lo mejor, claro— del extremismo de derechas y de izquierdas.

No sé hasta qué punto esos rumores eran ciertos, y acerca de los nazi-maoístas todavía sé menos y no tengo ningún interés en saber más.

En cierto sentido, se trata de una salida casi inevitable para los que luchan contra el capitalismo.

Y es un modelo político que sigue siendo actual, hoy quizá más que hace cuarenta años.

Pero en aquella época las siglas de los locos y los fanáticos florecían y se multiplicaban y solo te enterabas de que existían si formabas parte de esos grupúsculos o si, por desgracia, te cogían manía. En ambos casos, te enterabas muy bien de cuáles eran sus eslóganes de batalla. Había un montón de combatientes por doquier, militantes y milicias, escuadrones, patrullas móviles, rondas y pelotones. Pululaban y se reproducían como las células en la platina del microscopio y se apresuraban a desbancarse los unos a los otros, en la derecha o en la izquierda, formulando programas cada vez más vagos y delirantes. Movimientos, frentes, núcleos, brigadas, comités de lucha y de contrapoder. No era muy difícil poner etiquetas ideológicas a su necesidad de acción, que era cuanto todos anhelaban y exaltaban. Que un tipo como Arbus, diferente, extraño, se volviera nazi-maoísta no era tan raro. Cuando estás a una distancia sideral de todo, lo más absurdo puede resultarte familiar. Arbus sujetaba a las personas, las cosas y las ideas con sus pinzas telescópicas, las acercaba a sus cristales gruesos y veía lo que solo él era capaz de ver. Hacía experimentos para provocar reacciones. Era una química que quemaba las yemas de los dedos. Creo que en esa curiosa posición política buscaba justo lo irreconciliable, es más, si el nazi-maoísmo no hubiera existido, se lo habría inventado, no solo para fastidiar a los timoratos biempensantes, sino, y sobre todo, a sus hipotéticos aliados extremistas. Acabó recibiendo por todas partes. Una posición aislada, radical y ambigua, lo ideal para Arbus.

He tenido noticias de él de decenio en decenio: que si se había convertido en un experto en lobos y se apostaba durante meses en la montaña para observarlos, que si era un especialista en inteligencia artificial y creaba robots...

No pondría la mano en el fuego acerca de la fiabilidad de esas informaciones.

Por otra parte, no pongo la mano en el fuego por nada.

2

Una vez visité una sección del Movimiento Social Italiano (MSI). Me llevó Salvatore, un compañero de clase. Estaba en su casa, en la Via Tolomino, no sé si para estudiar, para jugar o en una de esas visitas sin objetivo concreto. A los trece años sales por salir, las tardes son larguísimas y aburridas. Haces una llamada y te ves con los compañeros que están más disponibles o que viven más cerca, su madre prepara la merienda, escuchas música en el estéreo o tienen un patio trasero donde los vecinos no protestan si se juega a la pelota. Y así llega la hora de la cena.

«¿Puedo pasarme por tu casa?», significa que un chaval está huyendo de la suya.

En esas casas siempre te dan la bienvenida.

Después de hacer cuanto podíamos hacer, Salvatore me preguntó si quería bajar a la sección del MSI, que estaba a un paso de su casa. Dije que sí.

Se hallaba ubicada en un semisótano, a medio tramo de escaleras por debajo del nivel de la calzada. Conozco ese tipo de locales, me resultan familiares. En Roma todas las actividades extraescolares se hacían en los semisótanos, donde transcurría el tiempo libre de los chicos. Tocaba el saxofón en un semisótano, jugaba a billar en los semisótanos, participaba en torneos de ping-pong, escuchaba discos, hacía gimnasia y escribía y ensayaba espectáculos escolares en ellos. Ventanucos con barras, vitrocemento y olor a humedad. Los pies y las piernas de los que caminan por la calle, ajenos a la vida que hierve ahí debajo.

La sección del MSI era tenebrosa, y no solo por los carteles que había en las paredes. Era como si entrar casi a oscuras formara parte de un rito de iniciación. Los eslóganes invitaban a la audacia. Símbolos, trofeos y estandartes de aspecto polvoriento colgaban por doquier. Todo era rancio y viejo.

Los únicos objetos luminosos, como globos fosforescentes en la penumbra, eran las cabezas blancas o de color marfil del Duce, casi el doble de grandes que su tamaño natural.

La cabeza de Mussolini ha sido descrita una infinidad de veces, no quiero intentarlo de nuevo.

Facciones sumamente marcadas para no caer en la tentación de la caricatura.

El cuerpo del Duce, sobre el que se han escrito libros enteros, no es más que un apéndice de su famosa cabeza.

La más voluminosa y espectral estaba encima de un armario y escrutaba desde lo alto a todo el que entraba en esa habitación, la última, la más interior y oscura de la sección.

El problema fue que aquella visita, que entre unas cosas y otras duró unos cinco minutos, tuvo consecuencias o, para ser más exactos, no llegó a tenerlas gracias a la intervención de mi padre. Fui tan ingenuo para contárselo, aquella misma noche mientras cenábamos, cuando respondí a la clásica pregunta «¿Qué has hecho hoy?» que dirigía, por turno, a todos sus hijos.

Se ensombreció.

—¿Cómo se te ha ocurrido ir?

—No sé, por hacer algo...

Quiso saber lo que había pasado allí.

—Nada.

—¿Cómo que nada?

—Nada, no ha pasado nada... Hemos echado un vistazo y después nos hemos marchado.

—¿No había nadie?

Sí, alguien había, en efecto. Bajo la última cabeza del Duce, al lado del armario, había un chico sentado ante un escritorio. Se mostró amable. Me preguntó quién era y Salvatore respondió por mí, me presentó dando mi nombre y apellido. Y él los apuntó.

—¿Dónde? —preguntó mi padre con un tono brusco impropio de él—. ¿Dónde los ha apuntado?

En un registro. El *missino** se apuntó mi nombre y me preguntó la dirección de casa. No me parecía que nuestra dirección fuera un gran secreto, cualquiera podía encontrarla en el listín telefónico. Además, vivía a cien metros de la Via Tolomino. Pero por la expresión de mi padre cuando le dije que se la había dado, nuestra dirección, comprendí que había cometido un gran error y de repente tuve la impresión de ser un traidor, un tontaina que había delatado a su familia.

—Perdona, papá, no creía que... He ido para acompañar a mi amigo...

* *Missino*: miembro del MSL. *(N. de la T.)*

Manifestó su profunda rabia con el silencio. No volvió a decir una sola palabra. En mi casa solía usarse el silencio para manifestar una amplia gama de estados de ánimo, que iban de la mera desaprobación al furor. Privarles de las palabras los convertía en inescrutables e inquietantes, incluso cuando se trataba de nubes pasajeras. Mi padre me contagió su preocupación, que yo aumenté, y por un tiempo no pensé en otra cosa más que en la estupidez que había cometido, aunque, en verdad, tampoco entendía por qué era tan grave. Había puesto los pies allí, solo eso. Ya había visto manifestantes con el haz de lictores, la camisa negra y la cabeza rapada como Mussolini. Aquella cabeza, para mí, no tenía mucho más significado que la cabeza rizada de filósofo, réplica de Gemito, que había en el recibidor de mi casa, y a la que en broma habíamos puesto un cigarrillo entre los labios.

Habrían podido hacer lo mismo con la del Duce, pero quizá con un puro.

Sin embargo, fue evidente que algo grave pasaba cuando mi padre se presentó en la sección a la mañana siguiente y logró que borraran mi nombre. No sé qué sistema usaría, si amigable o amenazador. Puede que fichar a un chaval de trece años fuera ilegal.

Acabé enterándome tiempo después por mi madre. ¿Había actuado llevado por sus convicciones ideológicas? ¿Para evitarme líos? ¿Odiaba a los fascistas? ¿Los temía? ¿Quería proteger su reputación?

Hay muchas preguntas a las que este libro no puede responder.

Lo raro es que se lo tomara tan en serio. Mi padre siempre se burlaba de esa clase de cosas, como cuando hablaba del día en que el Duce —el de verdad, vivito y coleando— había visitado el instituto Giulio Cesare, donde él estudiaba. Los alumnos estaban colocados en fila a lo largo de las escaleras para darle la bienvenida, y el dictador, jadeando después del primer tramo, se paró en el rellano donde estaba mi padre adolescente y le dio un cachete en la mejilla, afectando un aire rudo y paternal, mientras que en realidad solo quería tomar aliento. «Muy bien, chico, muy bien», le dijo Mussolini. Cuando lo contaba, mi padre le ofrecía la mejilla a su suegra, mi abuela, y le decía: «Toque, señora, toque... —Y mi abuela alargaba la mano—. Toque, que todavía está caliente la huella del

Duce». Los ojos le brillaban con ironía. «¿Sabe que desde entonces no me he vuelto a lavar la cara?»

Y mi abuela fingía ofenderse por haberlo tomado en serio y retiraba la mano como si el sentido del ridículo la hubiera quemado.

«Cada vez que la política se manifiesta en la literatura, lo hace con la forma de un odio impotente.» Es una frase de Stendhal sobre la que no me canso de reflexionar mientras busco ejemplos que la desmientan, excepciones válidas, que raramente encuentro.

Salvatore, mi compañero, era pelirrojo, tímido, amable. Y algo patoso. Era muy bueno, lo que lo convertía en alguien querido, pero poco interesante. Me refiero a que nadie le tocaba las narices, pero tampoco le hacían mucho caso. Por suerte para él, los compañeros más chulos o prepotentes tenían otras presas con que desahogarse —Marco d'Avenia y el Pirado, al que llamábamos Piri o Pik—, de lo contrario Salvatore habría podido convertirse en una víctima predestinada.

Aunque hay quien afirma lo contrario, esto es, que la presencia femenina aviva una competitividad peligrosa entre los varones, yo creo que la suaviza, que los obliga a contenerse, a controlarse, a someter a un juicio global el propio comportamiento. En un colegio mixto, las chicas son el espejo donde los chicos se reflejan cada vez que abren la boca o esbozan un gesto. Es como en los gimnasios, donde uno se observa para controlar si hace los ejercicios del modo correcto. Es cierto que las chicas pueden llegar a ser más implacables y crueles rechazando o marginando a alguien, y lo hacen dosificando a la perfección el desprecio y la indiferencia, tensando alrededor del pobre desventurado un invisible cordón sanitario.

En un colegio masculino es diferente, la amenaza se advierte de manera física, como entre los perros. Y lo digo desde mi experiencia de doce años como estudiante y de otros veinte como profesor, sin contar el tiempo que pasé en el cuartel durante el servicio militar. Desde hace unos años, en la cárcel tengo estudiantes transexuales, y basta la presencia de uno de ellos para que la atmósfera de la clase cambie; es como si las ventanas, de repente, se hubieran abierto de par en par y entrara una ráfaga de aire fresco, también porque uno de ese tipo y en aquel ambiente vale por tres o por cinco. Insinuando sus encantos, que suelen ser explosivos, recrea por un instante, en el denso, grisáceo y compacto grupo viril, la combinación natural de la vida de fuera, de la vida normal que precede a la segregación. Los varones son monótonos y la monotonía tiende a convertirse en frustración, y la frustración, a su vez, se escinde en la melancolía o la agresividad. Estar entre hombres es como hablar solo. Y únicamente una mujer logra interrumpir el murmullo continuo del lenguaje soez, el automatismo mental y verbal. Sin la molesta presencia femenina, todo lenguaje se convierte en jerga: del lenguaje de los pescadores, los camioneros o los soldados, que mencionan a la mujer ausente por partes, a trozos, descompuesta en orificios y protuberancias, a los lenguajes cultos, como el de los filósofos. Igual que en toda privación prolongada, también puede conducir a resultados elevados y espirituales. A una especie de pureza vertiginosa o terrible.

El SLM fue un colegio masculino hasta 1979, cinco años después de que yo me fuera. Por lo visto, la admisión de chicas solo se debió a la escasez de matriculaciones.

El otro sexo no estaba proscrito en absoluto, simplemente se lo mantenía alejado del horario de clase. La segregación era intrínseca a un modo de concebir la enseñanza, de transmitir el saber. Las mujeres, las madres, las hermanas mayores y pequeñas atestaban los patios del colegio a diario, cuando venían a buscarnos a la salida, nos acompañaban a las actividades vespertinas o asistían a misa, que se celebraba los domingos en la gran iglesia modernista. Montones de mujeres acodadas en la barandilla de la galería observaban cómo sus hijos hacían hervir el agua de la piscina a fuerza de chapotear, esperando a que acabara el cursillo de natación para llevárselos a casa. Las ocasiones de promiscuidad eran numerosas. Comprendo el monte Athos, pero una vez admitidas esas criaturas en el recinto, ¿por qué no permitirles frecuentar el colegio? ¿Solo para ahorrarse el problema de los baños separados? ¿Qué daño real nos habrían causado? Siempre me he preguntado qué pensaban las madres cuando venían a recoger a sus hijos a un colegio donde ellas, de niñas, no habrían sido admitidas. ¿Cómo es posible que aprobaran esa discriminación, que la encontraran positiva? Me viene a la cabeza la famosa frase de Groucho Marx: no querría pertenecer a un club donde aceptaran a gente como yo. ¿Por qué aquellos curas devotos del culto a una mujer que, según ellos, había aplastado la cabeza de la serpiente y nos había salvado a todos, a la que nos enseñaban a rezarle «¡Dios te salve, vida, dulzura y esperanza nuestra!», esos curas cuya orden llevaba el nombre de Ella, excluían a las mujeres?

Más que de una prohibición religiosa se trataba de un legado social. Quizá a las mujeres se las consideraba una distracción demasiado grande, un elemento de desorden permanente o de alarma sexual —¿a los ocho años?—. Quizá las familias estaban tranquilas sabiendo que sus hijos e hijas estaban separados al menos en las ocho horas de estudio, recíprocamente seguros. Quizá era mejor que durante aquellos doce años cada uno anduviera por su cuenta, hincando los codos, separados por una pared divisoria en cualquier caso fácil de eludir. Al fin y al cabo, íbamos a pasar juntos el resto de nuestras vidas, destruyéndonos los unos a los otros con el amor y el odio. Algunos afirman que es mejor que la guerra de los sexos empiece lo más tarde posible y, en efecto, en la actualidad vuelven a proponer la separación desde primaria, para proteger a las niñas de las molestias causadas por los chicos violentos, dado que a estos últimos no hay modo, ni intención, de contenerlos o reprimirlos. Eso dicen. Para mí fue negativo y pasé los treinta años que siguieron lamiéndome las heridas, verdaderas e imaginarias, causadas por la segregación. El árbol del amor ha crecido torcido, el código de las relaciones con el otro sexo tiene demasiados capítulos censurados o hipertróficos, por lo que me he visto obligado a formular infinitas conjeturas primero y a ir directo a las conclusiones después. Algo excesivo, maníaco, tanto en la timidez como en la brutalidad, algo apresurado y furtivo, pero carente de la dulzura que lo furtivo aún poseería a una edad inocente, algo así como una compensación insistentemente reclamada y jamás obtenida —por muchas mujeres con que llegues a estar en tu vida, incluso colecciones enteras—, aflige a quienes, como nosotros, fueron a un colegio masculino. En primaria, en el fondo, es fácil, casi natural, se avanza sobre el tablero como peones, todos iguales, y es más bien ventajoso no tener nada que ver con esas niñas quejicas e inaguantables. En ingreso y durante el bachillerato elemental, ya empieza a notarse algo raro, es evidente que allí dentro falta la otra mitad del mundo, pero la desdicha de los cuerpos masculinos en desarrollo se ve protegida de comparaciones abrumadoras y se desahoga casi por completo en el deporte y las peleas. Durante el bachillerato superior, la conciencia de su ausencia se vuelve amarga, mordaz, se piensa que un dios burlón te ha recluido allí sin ningún motivo, eres como un Sabino calzonazos a quien le han quitado todas las mujeres, y si quieres la revancha tienes que salir fuera a pescarlas con una caña muy larga en mar abierto, donde te cruzas con barcos expertos y enemigos. A esas alturas, las relaciones con el otro sexo ya se han convertido en una parodia desesperada. Obligado a tener más iniciativa y a ser más predador que los demás, te vuelves más tímido. Tus acciones son pruebas y aplicaciones de reglas. Ninguna cotidianidad, costumbre, naturalidad, jamás, con el otro sexo; es como aprender árabe por correspondencia. Puedes conseguirlo, claro, pero a cambio de un esfuerzo que empaña el resultado. Y no hay nada más envilecedor que la falta de espontaneidad.

Existe una consecuencia extrema de esta actitud predatoria con respecto a las mujeres causada por la falta de familiaridad: la violación.

Otra posible variante de que los hombres se relacionen solo entre ellos: la homosexualidad.

A causa de mi trabajo en la cárcel, suelen preguntarme si los presos practican la homosexualidad o si se vuelven homosexuales por el simple hecho de estar siempre entre los de su sexo y ver solo a las mujeres durante las visitas y desearlas en vano. Como si fuera una suma de dinero sin invertir, el deseo se transferiría al único sexo a su disposición. Por no mencionar el caso, tan visto en las películas ambientadas en la cárcel, en que las relaciones homosexuales se imponen a la fuerza, por lo general al recién llegado, que da con sus huesos en una celda compartida con lujuriosos e implacables machotes, o al que es demasiado débil para defenderse.

PAS DE CHANCE, llevaban tatuados los presos retratados por Cocteau, con flechas que indicaban el ano.

Si se lo pregunto a los presos me responden con evasivas. Las únicas confesiones, las únicas historias admitidas, mitad sarcásticas, mitad maliciosas, tienen como protagonista a algún «buen chico», a veces con mujer e hijos que le esperan en casa, que en la cárcel se ha encaprichado o perdido la cabeza por un transexual de la sección G8 que le ponía ojitos. Ya se sabe cómo acaban estas cosas..., el amor es el amor..., pero, pensándolo bien, esta también podría considerarse una búsqueda desesperada de lo femenino, que se ha perdido y ha vuelto a encontrarse entre las tetas duras y firmes de algún brasileño de un metro ochenta de altura. De homosexual, en sentido estricto, hay bien poco, por lo general se trata de relaciones con un fondo meloso, de esas chico-encuentra-chica. Además, se añade un detalle curioso: los que a menudo se cuelan por los trans son los guardias.

Una vez pasó lo siguiente.

Había un trans que frecuentaba el primer curso.

Las celdas que sirven a veces de aula están colocadas las unas frente a las otras al final de un corredor de siete u ocho metros que da al pasillo principal, que comunica con la sección G11.

La escuela ocupa cuatro de estos corredores laterales, con un total de ocho celdas, cinco destinadas a aula, dos a laboratorio con ordenador y una para los profesores, con armarios, fotocopiadora, material de oficina y todo lo necesario.

Entre clases, los estudiantes salen a pasear un rato y fumar mientras esperan al siguiente profesor que, a menudo, llega de otra sección de la cárcel, por ejemplo de la de alta seguridad, que se encuentra dos pisos más arriba y obliga a pasar por numerosas puertas de control.

Algunas se abren con mandos a distancia, pero otras manualmente, y el profesor debe esperar a que llegue el guardia con la llave; la apertura manual puede efectuarse con diligencia, indiferencia, condescendencia, lentitud deliberada, amabilidad o brusquedad.

En definitiva, la llegada de los profesores durante el cambio de hora puede prolongarse hasta convertirse en un descanso en sí.

Pero los presos estudiantes no aprovechan el cambio de hora solo para pasar un rato en el corredor. A menudo piden permiso durante las clases para salir a fumar un cigarrillo, igual que hacen a la vuelta de las visitas médicas o de los encuentros con los abogados; en vez de entrar de inmediato en clase a enfrentarse con las fórmulas con que el profesor llena la pizarra, se quedan un rato fuera disfrutando de esos pocos minutos de paradójica libertad, que consiste en no estar encerrados en una celda ni en una clase, sino en esa especie de tierra de nadie que es el pasillo. Siete u ocho pasos, nada más.

Hay un margen de tolerancia con esta costumbre, los profesores hacen la vista gorda y los agentes que vigilan la escuela la consienten a condición de que los presos no salgan al pasillo central, de que permanezcan dentro de los corredores.

Para evitar el trasiego, los carceleros, desde sus emplazamientos, de vez en cuando gritan con tono aburrido: «¡Todo el mundo dentro!» o «¡Vamooos, sabéis de sobra que no podéis quedaros en el corredor!», y acto seguido cierran las puertas de cristales granulados para evitar que algún superior, de paso por el pasillo principal, descubra a los fumadores clandestinos con las consiguientes quejas, broncas y expedientes disciplinarios que podrían causar problemas tanto a los presos como a los guardias.

Bueno, pues había un trans de primer año que pasaba más tiempo fuera de la clase que dentro.

Le costaba mucho atender, necesitaba estirar las piernas, desentumecerse las curvas, que eran mucho más explosivas desde la última vez que las había inmovilizado sentado en un pupitre. Demasiado explosivas.

Tenía modales muy discretos, para nada llamativos como los exuberantes pechos que le colgaban de la pechera.

Solía apoyar la espalda en la pared, al final del corredor, con una de las largas piernas hacia delante y la otra doblada atrás, con el tacón contra la pared, mientras y fumaba y charlaba, con voz trémula y nasal, con los estudiantes de segundo, que también salían por aburrimiento o a fumarse un pitillo.

Todo el mundo se había dado cuenta, al circular por el pasillo central para ir de un corredor a otro durante el cambio de hora o al laboratorio, que casi cada vez que el trans estaba fuera de la clase, enfrente, con los codos apoyados en un radiador del pasillo central, había un agente, un chico guapetón y tranquilo.

Se hablaban desde aquella distancia de seguridad, con un hilo de voz lo bastante alto para oírse; de vez en cuando el guardia le sonreía mientras el trans se reía complacido con los típicos gorgoritos y altos y bajos de frecuencia de quien sufre desequilibrios hormonales y siempre tiene las mucosas inflamadas por la cocaína.

Quienes pasábamos entre ambos no lográbamos captar una sola palabra de lo que se decían, pero ellos se entendían.

Era como un lenguaje secreto.

Sin embargo, la corriente de interés que circulaba entre ambos era bien visible, daban ganas de disculparse por cruzarla.

No hay por qué sorprenderse.

Los agentes son chicos normales y los transexuales, más hembras que las hembras.

No todos, pero algunos de ellos poseen una carga comunicativa que no es únicamente erótica y, sobre todo, dan la impresión de evadirse de la tétrica realidad carcelaria.

Mientras avanzan por el pasillo con su paso desgarbado o altivo, según la longitud de sus piernas, bromean, bromean siempre, se pican, fingen pelearse u ofenderse —uno nunca sabe si van en serio—, se pavonean, coquetean, casi siempre consigo mismos, y dirigen la conversación con rapidísimos intercambios de ocurrencias en falsete como en una comedia bufa, transformando la cárcel en un teatro donde incluso la vulgaridad se vuelve poética y los limpiadores apoyados en los mangos de sus escobas se convierten en su público.

Esta escena puede molestar, seducir o ser objeto de burla —yo, por ejemplo, siento las tres cosas—, pero cuando la mariposa no ejecuta su espectáculo y pierde su polvillo a fuerza de batir las alas, tiende a la tragedia más negra.

Y la mariposa histérica muere.

Al cabo de unas semanas, nos dimos cuenta de que el agente había acortado las distancias y ahora se apostaba en el umbral de la puerta de cristal que da al corredor, es decir, la que debía mantener cerrada para que los fumadores no salieran de allí.

Con las piernas en el pasillo y el resto del cuerpo inclinado hacia el interior del corredor, se balanceaba entre las jambas de la puerta mientras el trans, al fondo, se reía y sacudía la melena.

A medida que su amistad se volvía cada vez más explícita, casi se exhibía, e iba mucho más allá de las reglas de la cárcel, su conversación se hacía más íntima; era un intercambio ininterrumpido de bromas y ternura teñida por esa ironía suave típica de las personas que se comprenden de verdad, que pueden expresarse en un lenguaje alusivo que a ellos les resulta del todo claro.

Su relación, digamos profesional, entre agente penitenciario y preso se había nebulizado en un flujo humano, personal.

Era la suya una espontaneidad milagrosa, que preocupaba a unos, molestaba a otros y causaba la admiración de algunos, yo incluido, a los que sorprendía cómo la vitalidad logra abrirse camino con obstinación, igual que la hierba que crece entre las baldosas de la calle.

Lo sé, sé muy bien que un guardia no debería mantener relaciones tan estrechas con un preso.

Sobre todo si el preso tiene unas enormes tetas de silicona.

Son relaciones que pueden acarrear implicaciones viciosas, encubrir chantajes sexuales y porquerías de todo tipo y, en efecto, en la sección de los transexuales suelen florecer, bien entrada la noche, este tipo de tráficos.

Que eso quede claro.

Pero allí, en la escuela, en pleno día, a la vista de todos, la relación parecía otra cosa.

Si en vez de la cárcel hubiera sido un instituto cualquiera, se habría podido definir como el amor platónico entre un bedel y una alumna.

Algo que va en contra de las reglas del sentido común, pero no contra el sentido más profundo del deseo.

En una escuela normal, todo habría acabado en unas risas a espaldas de los enamorados y, como mucho, en una reprimenda del director.

Pero esto es una cárcel, somos adultos, el director es el director de una prisión y los guardias son agentes penitenciarios.

Y así fueron tirando hasta los últimos días de clase. La enamorada dejaba caer sus trenzas por el balcón y el agente retomaba la serenata donde la había dejado, en el umbral del pasillo y, a veces, en su interior, como si a fuerza de balancearse el impulso lo hubiera catapultado dentro.

Cada vez más cerca de su interlocutora, de su sonrisa.

Hasta que un buen día, cuando las clases ya habían acabado y los estudiantes habían vuelto a sus secciones, una profesora que se había entretenido en el laboratorio a ordenar los equipos avanza por el pasillo hacia la salida. Aunque le quedan seis puertas antes de llegar, su cabeza ya está fuera, pensando en sus cosas, en lo que preparará de comer a su hijo, que dentro de poco saldrá del colegio. Mientras recorre el pasillo, por costumbre, echa un vistazo a los corredores laterales obedeciendo a ese hábito que se adquiere en la cárcel de mirar detrás de las esquinas, de controlar cada cruce.

La puerta está abierta, no hay nadie, las puertas del fondo están abiertas, las clases, desiertas.

Pasa de largo ante la primera, la segunda y delante de la tercera titubea, siente el impulso de dar un paso atrás...

Qué raro, a través del resquicio de la puerta le ha parecido ver a alguien al final del corredor. El personal de la limpieza no suele trabajar a la hora de comer, piensa. Se detiene y se asoma hacia atrás, vuelve a mirar a través del palmo abierto.

Solo desde allí puede verlo.

Ve al guardia al final del corredor, apoyado contra la pared. Con los ojos cerrados y las manos apoyadas en los hombros de una persona que, arrodillada ante él, sacude la larga melena moviendo la cabeza arriba y abajo, de derecha a izquierda, y la aparta de repente para hundirla de nuevo entre las piernas del hombre.

A pesar de la evidencia, la profesora no procesa enseguida la imagen y su significado, de lo cual se avergonzará más tarde.

De lo contrario, habría apartado la vista y se habría alejado a toda prisa.

Pero ha permanecido allí parada algunos segundos de más, observando la escena boquiabierta, hasta que el agente ha abierto los ojos, la ha visto por la rendija de los cristales granulados y sus miradas se han cruzado.

No ha dicho una sola palabra, estaba congestionado por el placer.

En un cuento de Chéjov un campesino se indigesta con el caviar, come caviar hasta reventar porque le gustaba tanto que no podía parar.

La cabeza seguía subiendo y bajando, sí, sí, mientras que las sacudidas laterales parecían una negación, un rechazo.

La profesora ha intentado alejarse sin hacer ruido con los tacones.

Una escena bonita, canónica a su manera.

Conmovedora.

Era el único modo que esos dos tenían de establecer un contacto lo más breve e intenso posible, como una llave de judo que concentra en un solo gesto, aplicado en un único punto, la potencia de todo el cuerpo.

Ellos concentraban el deseo.

El amor logra expresarse incluso con una gama reducida de acciones; después de tantas palabras solo les quedaba consumirse en un solo acto, sin importar que fuera el mismo que el preso hacía, en el mundo exterior, a cambio de dinero.

El máximo de la gratuidad, allí dentro, solo podía expresarse a través de la típica prestación mercenaria.

Una mamada.

Estaría dispuesto a jurar que, en la vida de fuera, habría sido un beso.

3

Muchas veces pienso que Dios existe, que es justo que exista, y que si no hay un Dios es porque hay muchos. Habitan las cosas del mundo y están en nosotros, hablan a través de nuestras voces. Pero entre este pensamiento elemental y la fe verdadera hay un abismo, y no tengo el valor que se requiere —ni siento la necesidad— para superarlo. Me conmueve escuchar «My Sweet Lord», pero no experimento ninguna de las sensaciones que la canción describe.

Dicho de otro modo, si Dios existe, yo no lo amo.

Él me ama, pero yo no ardo de deseo por encontrarlo —«I really want to see you...»—, creo que me quemaría como una hoja seca.

Sin embargo, tendría que ponerle un sujeto a estas frases, Dios, como en los ejercicios de análisis lógico que invento para mis estudiantes, esquemas gramaticales intercambiables como «El campesino siega el trigo» o «El perro de Gianni ha mordido a un policía». Mientras escribo en la pizarra no pienso en quiénes son el campesino o el policía al que han mordido; en lugar de «policía» habría podido poner «ladrón» y seguiría siendo complemento directo; me gusta que la lengua funcione sola, pero mis alumnos empiezan a preguntar quién es ese Gianni y ríen satisfechos porque su perro ha mordido al cabrón del policía. ¡Bien por Gianni que sabe amaestrar a su animal! Lo que quiero decir es que creyendo en las palabras, están predispuestos a creer en Dios, que para ellos no puede ser solo un concepto. El hecho de nombrar algo, ya hace que exista.

Mis alumnos son ontológicos por naturaleza.

Yo no.

Yo no estoy preparado.

Ni siquiera respondo al cliché evangélico de «hombre de poca fe».

Permanezco fuera del templo incluso cuando estoy dentro.

Pero como las palabras siempre me han gustado, aunque solo sea por cómo suenan, en la misa leía las Escrituras.

Nunca quise ser monaguillo.

Pero había que acumular puntos para el premio de fin de curso, que se obtenían, además de si eras monaguillo, leyendo en misa.

¿Por qué no? Me gustaba hacerlo.

Las lecturas permitían mantener la dignidad, no había necesidad de vestirse de nada ni de obedecer a nadie, cuando llegaba el momento te dirigías al atril y leías.

Acabada la tarea, volvías a tu sitio.

Las primeras veces ponía mucho cuidado en pronunciar correctamente cada palabra.

Después tuve una época teatral, por decirlo así, y al sentirme más seguro empecé a interpretar y dramatizar el texto, enfatizando las pausas, cambiando el tono y el registro de la voz cuando los personajes del Evangelio hablaban en primera persona.

—«¿Qué queréis de mí?»

—«¡Que nos abras los ojos, Señor!»

Impostaba mi voz de adolescente...

—«¡Oh, generación incrédula y perversa! ¿Hasta cuándo he de soportaros?»

Y asumía un tono indignado, compasivo, profético:

—«¡Y si tu mano derecha es para ti motivo de pecado, córtatela y arrójala! ¡Y si tu ojo es para ti motivo de pecado, arráncatelo y arrójalo lejos de ti!».

Un día me di cuenta de lo ridículo que era.

Desde entonces desconfío de los actores, que saben interpretar pero casi nunca leer, porque no se contentan solo con leer.

En cuanto dejé de fingir que estaba inspirado o conmovido, me di cuenta de que la inspiración y la conmoción se hallaban presentes, pero en el texto, en las palabras que pasaban bajo mis ojos; las palabras estaban inspiradas y no era necesario enfatizarlas ni añadirles elementos dramáticos, ni impulsarlas o arrojarlas como piedras, bastaba con dejarlas fluir una tras otra, con devolverlas, devolverlas, sí, como se hace con algo prestado que solo nos ha sido confiado.

Y que ha llegado la hora de restituir.

Cada vez que el libro se abría y se leía, sus palabras volvían al lugar de donde habían salido.

Interpretarlas significaba frenarlas, tratar de detenerlas en vano.

En cambio, la voz tiene que hacer que se desvanezcan. Ligeras, abrumadoras, terribles o consolatorias, deben irse como si la página se fuera borrando a medida que la lees.

Cuando lo entendí, la lectura se convirtió en un verdadero placer.

Y nunca ha dejado de serlo.

Durante el resto de la misa estaba casi siempre distraído, sumido en otros pensamientos, mirando alrededor o hacia el techo de la iglesia. Cuando era pequeño, la misa se daba en latín, pero al cambiarla al italiano me resultó aún más incomprensible porque había perdido ese halo misterioso, como las canciones en inglés que uno aprendía sin comprenderlas.

En un momento dado, introdujeron las guitarras y los bongos para acompañar los cantos, que se volvieron rítmicos y estruendosos; llamaron *beat* a esa nueva clase de misa, y me costó aún más tomármela en serio.

Era muy parecida a las cosas que se oían en la radio, pero de peor calidad.

Hay que admitir que, en esto, los curas del SLM eran unos innovadores.

Querían adecuarse a los nuevos tiempos, abrirse al mundo exterior. Los domingos venía a dar misa un cura inteligente y culto que se llamaba don Salari. Sus sermones invitaban al diálogo y los curas del SLM se frotaban las manos porque atraía a mucha gente incluso de fuera del barrio de Trieste, y todos se quedaban de piedra, admirados de que el colegio fuera tan progresista.

Dejé de ir a misa definitivamente cuando, al acabar el padrenuestro, se adoptó la costumbre de estrechar la mano de tu vecino. Se convirtió en una obligación. El cura ordenaba: «Daos la paz», y tenías que volverte a derecha e izquierda, hacia el banco de atrás, y saludar y sonreír a quien tenías al lado, darle la mano o incluso abrazarlo. Me ponía en un aprieto, pero no hacerlo resultaba ofensivo porque, si no estrechabas la mano de alguien, parecía que le tuvieras manía o que fueras un tipo tenebroso, encerrado en ti. En la misa del colegio nos intercambiábamos la señal de paz entre compañeros de clase o pupitre, y las primeras veces nos sacudíamos la mano con fuerza, como embajadores orientales, sonriéndonos burlones. A veces la mano extendida podía hacer un amago de sopapo. Triunfaba el espíritu cuartelario. No niego que, ironías aparte, ese momento podía ser impactante, en sentido literal, pues el impacto con la otra mano podía causar un extraño efecto, como una sacudida eléctrica. No es necesariamente negativo que te obliguen a algo que te avergonzaría hacer de manera espontánea. En cualquier caso, si entre compañeros el deseo de paz se percibía de manera burlona o amenazadora, acabando por parecer todo lo contrario, es decir, un desafío a molerse a palos, con los extraños resultaba incómodo y nos dejaba un amargo retrogusto a hipocresía. Fingir querer a alguien o reconciliarse con alguien con quien nunca te has peleado induce a pensar enseguida en cosas viles, como «En realidad, me importas una mierda», que no se nos habrían ocurrido de no haber sido por esa paradójica invocación: «Daos la paz». El hecho es que, para mí, la señal de la paz significó el final de la práctica religiosa.

Cuando he ido a misa en el SLM esta mañana, después de muchísimos años, en una tibia, anómalamente tibia jornada de febrero, me he dado cuenta de que todos los árboles son enanos. Hay que pasar casi agachado para que las ramas no se te metan en los ojos. Además, no hay nadie. Ni un alma, y no es que sea de madrugada, son las once de la mañana. En la Via Tolomino, asfaltada recientemente, solo se oyen mis pasos; llevo zapatos buenos, ingleses, comprados en el Corso Trieste, donde los adquiría mi padre. Zapatos de domingo, según un concepto de domingo desaparecido desde hace tiempo. Han sido fabricados en Northamptonshire, donde se confeccionan los Church's y los Grey's, y han acabado pisando el asfalto oscuro y oloroso bajo los árboles enanos de la Via Tolomino, que son enclenques y negros a pesar de esta ilusoria primavera.

Para mi grandísima sorpresa, sigue celebrándola el padre Salari. Es viejo, muy viejo, pero está lúcido. Es casi un profeta. Y lo que he intentado transcribir en el siguiente capítulo fue su sermón. O, al menos, la parte que más me impresionó.

4

«¿Por qué se retiró Jesús al desierto para ayunar? Cuarenta días sumido en los pensamientos más profundos... ¿Necesitaba reflexionar Dios para decidir lo que había que hacer? ¿No estaba ya todo claro y diáfano en su mente divina? ¿No estaba ya todo escrito? En ese mismo momento, Jesús debe elegir el camino que lo llevará a convertirse en Cristo. El hecho de que sintiera la necesidad de retirarse y meditar demuestra que esa opción no era la única, que no era inevitable, y que elegir comporta, en todo caso, una duda, muchas dudas y sacrificios que soportar debidos a la exclusión de las demás posibilidades.

»Del mismo modo que los judíos tuvieron que vagar cuarenta años por el desierto antes de llegar a Israel y durante su trayecto cayeron en la tentación y estuvieron a punto de volver sobre sus pasos muchas veces, es justo que Jesús se enfrente y supere los obstáculos que se interponen en la realización de su destino. Pero, cuidado: si a los judíos, al final de su largo peregrinaje, les esperaba la tierra prometida, a Jesús lo espera la muerte. Y mientras que en el primer caso el demonio tentó a la debilidad humana de un pueblo, con Jesús pone a prueba su infinito poder de naturaleza divina. Tiene que ayunar y penar, no para salvarse, sino para degradarse.

»Que quede claro: no es, o no es solo la parte humana de Cristo la que se ve tentada, sino precisamente la divina. Es Dios, no el hombre, quien titubea. Para que Dios acepte rebajarse, para que cumpla hasta sus últimas consecuencias el plan que él mismo ha concebido, necesita tiempo a fin de aceptar su audacia. Es decir, para hacer acopio de valor, una cualidad que no es, en absoluto, instintiva como suele creerse, sino que requiere reflexión y madura con el tiempo, que es producto de la paciencia y la duda. Una cualidad que no nace de la plenitud de la fuerza, sino de su carencia, que es el valor que hay que sustituir. Dios no lo posee, ser valiente no forma parte de su naturaleza, sería como admitir su inferioridad, solo un hombre puede ser valiente, Dios no. El valor sirve para realizar cosas que nos superan, más grandes que nosotros. Sin embargo, Jesús debe hacer acopio de valor para enfrentarse a un destino pequeño y mezquino para su naturaleza divina: el sufrimiento y la muerte.

»De ahí el ayuno, mortificación de su propia energía.

»De ahí las tentaciones del diablo que, en realidad, es su subalterno. Como dicen las Escrituras: le promete reinos que ha recibido de Dios. Ridículo, ofensivo: es como si un criado ofreciera hospitalidad a su amo.

»Jesús va al desierto a buscar su propia humanidad por entero, a perfeccionar la imperfección, y, en efecto, al finalizar el ayuno, tiene hambre. Hambre humana, que le atenaza el estómago. Se ha convertido en un hombre a todos los efectos y ahora está preparado, es capaz de morir. De la inconsciente soberanía divina ha pasado a una consciente precariedad humana. Iluminado por la meditación en el desierto, sus ideas se han empequeñecido para transformarse en palabras y acciones. Nosotros, los hombres, también reducimos nuestros objetivos cuando los establecemos. Elegir significa poner límites, borrar opciones, destruir mundos posibles. El hombre indeciso es infinitamente más rico y por eso mismo duda, no quiere renunciar a sus patrimonios. La vida humana acusa el insulto de la parcialidad. La vida es breve, se nos da poco, sabemos aún menos, no comprendemos casi nada. Y después, todo acaba. Jesús conoce y experimenta en el desierto la pesadilla de la parcialidad. La relatividad de la existencia se vuelve palpable en el desierto, física, solo hay arena alrededor, rocas peladas, la monotonía de un paisaje y un cielo siempre iguales, dominado por el sol cegador. En el desierto es donde nace la voz solitaria de cada profeta, que intenta habitar, animar la nada. Incluso un grito es suficiente para poblar ese vacío, y es probable que las profundas meditaciones del eremita no sean más que un balbuceo, un silabeo, un canturreo en el silencio, una retahíla. El único consuelo del centinela abandonado en un lugar solitario es la cantilena que lo acompaña. Jesús en el desierto vive la relatividad de la vida humana, al principio con sufrimiento y después como un valioso atisbo de la integridad de la vida divina. Un anuncio válido para todos los hombres. Estar destinados a morir y no poseer la verdad por completo, en vez de privaciones crueles, son señales de la vida eterna y de la verdad integral. El soplo de vida no tiene que seguir sintiéndose culpable por el hecho de ser solo un soplo.

»Cierto es que la existencia humana es solo un indicio, pero muy valioso. En su poquedad sirve justo para indicar, para anunciar, por eso necesita ser ejemplar, y el ejemplo no significa nada si no remite a un significado que está más allá de la mente y, precisamente por eso, nunca es comprensible por entero, sino fragmentado, a través de alusiones, parábolas y enigmas. Nuestro pensamiento, esclavo de la parcialidad, desearía redimirse aspirando al dominio absoluto de la materia con un ejercicio que se llama razón. No sabe rendirse al jaque. Pero debería hacer lo contrario, debería tomarla en consideración, pues nos ilumina de manera elocuente acerca de la naturaleza de las cosas, empezando por nuestra misma naturaleza. Por otra parte, un punto de vista parcial no significa necesariamente que esté equivocado.

»Les pondré el ejemplo de un antiguo pensador.

»Estamos en el Oriente cristiano. Imagínense una iglesia bizantina. Observo de lejos su cúpula dorada que se eleva sobre el campanario, recibo una determinada imagen según el punto en que me encuentro, que es diferente de la de otro observador que mira el campanario desde el lado opuesto. Si cambio de posición, si me acerco al campanario, me alejo de él o doy la vuelta a su alrededor, mi nueva visión cambiará con respecto a la precedente y, de alguna manera, yo seré diferente también, dudaré y estaré en conflicto conmigo mismo a la hora de elegir qué imagen de entre las obtenidas es más significativa, más verdadera. Cada uno de los observadores hemos tenido visiones parciales y distintas. Esta diferencia es, sin duda, irreducible, no hay discusión que pueda remediarla. La distancia permanece intacta incluso entre interlocutores propensos al diálogo. Uno podría incluso sentir especial interés en renunciar a su propio punto de vista y en abrazar y hacer suyo el del otro, pero el sacrificio, que tal vez se valorara en sí mismo, no cambiaría la diversidad, y la renuncia podría incluso parecer ficticia.

»En resumen, mi visión es diferente a la de otro observador, lo que no quita que ambos estemos mirando el mismo campanario, la misma cúpula que brilla de lejos. Su oro no es menos espléndido por el hecho de que yo vea solo una parte. La parcialidad, la relatividad de las experiencias que tenemos, no compromete en absoluto su significado global. El oro no disminuye de valor ni se divide si se multiplican los puntos de vista desde los que es observado, al contrario, cada observador puede apreciar un reflejo, un resplandor que tal vez se perdería si no hubiera sido contemplado justo desde allí, allí y solo allí, desde esa perspectiva concreta...

»A menudo se confunde esta relatividad con el relativismo, con la convicción de que una idea puede cambiarse por otra, de que no hay nada universalmente válido. Contradiciendo su tesis, el relativismo afirma con contundencia que no existe ningún vínculo absoluto entre la verdad y las afirmaciones a propósito de ella. En el fondo, lo mismo da. La relatividad es algo de todo punto diferente. La conciencia de la debilidad constitutiva de nuestro ser y la necesidad de poner al día nuestro punto de vista sobre las cosas nos obligan a una búsqueda continua. Durante esta migración, ninguna respuesta que se dé en un determinado momento será del todo válida porque, entretanto, la pregunta ya habrá cambiado de manera radical. O mejor dicho, el punto de vista desde el que se la formula. Interrogarse, comprobar, volver a plantearse las preguntas.

»Por eso hasta Jesús, Dios en la tierra, necesita cuarenta días en el desierto para revisar su punto de vista, para multiplicarlo y descubrir su relatividad. Por eso se deja someter a las tentaciones, a las alucinaciones, como cualquier hombre que se abstiene de comer o beber largo tiempo. Su poder podría acabar con todos los malentendidos en un instante, pero sería un atajo que contradice el sentido de la encarnación. En eso radica su sacrificio supremo: en inmolar la verdad, su divina completitud, que de ahora en adelante solo expresará mediante alusiones y enigmas, como resulta inevitable al expresarse a través de los límites y las reglas del lenguaje humano y como habían hecho los profetas antes que él. Por letalmente exacto que sea el lenguaje evangélico, no representa el dominio sobre el ser, sino su emersión; tan violenta que nos deja de piedra, que nos quita el aliento. Las frases de Jesús resplandecen con una nitidez cegadora que va más allá de los límites de la comprensión. Las parábolas no explican nada, no se explican...»

Por lo general, a la santa misa acuden personas mayores y predominan las mujeres frente a los hombres —cuatro de cada cinco—, creo que porque estos, sus maridos, han muerto hace tiempo o no van a misa, pues consideran la religión un asunto misteriosamente femenino o que es suficiente con que un miembro de la familia sea practicante. En la gran iglesia moderna donde, por ejemplo, se celebró el funeral de mi madre, las señoras que van a misa llevan el pelo teñido de un color indefinible, abstracto, que oscila entre el ocre, el amarillo y el dorado, un tono nunca visto en la naturaleza que brilla con un ligera fosforescencia cuando giran la cabeza o la inclinan para arrodillarse en la eucaristía. Sus peinados, cardados con laca, permiten que la luz pase a través de ellos. Mientras que en todo lo demás son un modelo de resignada normalidad burguesa, el color de su cabello les da un toque delirante, como de hadas o brujas.

Sorprende lo apagados que son los cantos colectivos. Carecen de vitalidad, de alegría. La comunidad reunida en la iglesia se revela tímida, fría, occidental. Haciéndose la ilusión de que el valor para proclamar la fe de sus feligreses aumenta junto con sus voces, el cura intenta animarlos, los apremia tronando en el micrófono, de versículo en versículo, pero acaba por cubrir las pocas voces que se elevan de entre los bancos. Agotada la euforia del estribillo, el coro vuelve a murmurar de manera casi inaudible. No es que la gente no cante, sí lo hace, pero en voz baja, casi sin mover los labios, en playback. Se avergüenzan de gritar porque lo consideran indecoroso, fanático. Lo mismo sucede en las oraciones, cuando el cura exhorta a los fieles a responder con frases rituales como: «Y con tu espíritu», «Lo tenemos levantado hacia el Señor» o «Señor, no soy digno de que entres en mi casa, pero una palabra tuya bastará para sanarme». Complicadas o fáciles de recordar, los fieles las mascullan o incluso las sustituyen por un genérico murmullo en que solo se distingue la primera y la última palabra: «Cordero de mmmos mmnmtas mmmmado mmmmundo mmmmad mmmotros mmmero mmmas ado mmmnos la paz».

De vez en cuando sobresale una voz, sin vergüenza, dominando el coro quedo. Se trata de una fanática solitaria o dura de oído que no se da cuenta de que está gritando.

Me he percatado de que ahora, cuando se reza, no se juntan las manos, sino que se mantienen elevadas y abiertas a la altura del pecho, con las palmas hacia arriba, imitando los cuadros de las paredes donde los santos reciben una visión divina o el martirio. Esta postura es, en efecto, mucho más bonita y extasiada. El fiel no se cierra en sí mismo tras comulgar, como si tuviera que proteger su alma de un chivato, sino que la expone a una especie de viento o de luz que emana del altar.

Hoy, día de Pascua y bajo la lluvia batiente, he vuelto a ir a misa en el SLM. He colgado fuera del portal de bronce de la iglesia el paraguas automático, medio roto, del pie del niño al que el fundador de la orden marista imparte, benévolo, una lección o una bendición, pero estaba mojado y el pie de bronce era demasiado liso y oblicuo y se ha caído. Lo he dejado en el suelo y he entrado en la iglesia. Había poca gente y hacía frío. Habían embellecido el suelo con alfombras, y en el centro habían colocado una gran mesa orlada de flores, en torno a la cual habrían cabido al menos veinte personas sentadas. La lluvia repiqueteaba sobre el tejado y los impermeables de los fieles, desparramados entre los bancos, goteaban. Casi todos eran ancianos anquilosados por la humedad de esta Pascua precoz y triste. El cura también estaba triste y su locuacidad no sabía qué camino emprender. Mirándolo bien, esta vez me ha parecido un anciano. Un viejecillo frágil de cabellos canos que intentaba dar calor a su homilía para darse calor a sí mismo. Pero no lo ha logrado. Al cabo de unas cuantas frases y varias falsas pistas argumentativas, ha renunciado. Creía que iba a justificarse diciendo que no se encontraba bien, pero no, ha pasado a las fases sucesivas de la ceremonia. Al fin y al cabo, una misa es solo una misa. No tiene que ser bonita a la fuerza, no estamos en el teatro ni viendo un partido de fútbol. El orden de las oraciones sonaba extraño y confuso y he acabado por distraerme del todo.

Cerca de mí estaba sentada una madre con un niño pequeño en la sillita; tranquilo, de grandes ojos claros y cabello rubio finísimo, emitía sonidos de alegría, se volvía hacia su madre e intentaba aferrar los objetos que ella le daba con un orden tan natural y preciso que parecía preestablecido. Tenía las manos blancas y pequeñas, muy prensiles.

5

Volví a casa de mi amigo Salvatore en otra ocasión que resultó mucho más interesante y perturbadora que la visita a la sección del MSI.

Salvatore me preguntó: «¿Quieres ver una cosa?».

A semejante pregunta solo puedes responder que sí.

Fue a la habitación de su hermano, que no estaba en casa, revolvió ansiosamente en un cajón, como si temiera que el dueño regresara de un momento a otro, y sacó unas cuantas polaroids.

Volvimos a toda prisa a la habitación de Salvatore y nos sentamos en la cama para contemplarlas.

En cuanto vi la primera, fui presa de una violenta emoción que me dejó sin aliento.

Eran fotos de chicas desnudas.

Ya había visto a chicas desnudas en las revistas eróticas, en *Caballero*, que tenía el tamaño de un tebeo, y en *Le Ore*.

Era usual encontrarse por ahí páginas arrancadas de esas revistas o sus tapas, revoloteando por la calle o abandonadas cerca de la basura o en los baños públicos, como si quien las había tenido entre las manos no hubiera resistido al deseo de romperlas en pedazos.

De esta forma la revista se partía y multiplicaba.

A menudo los paquetes y los cucuruchos estaban hechos con páginas de revistas eróticas.

Pero nunca había visto a chicas desnudas fotografiadas por alguien en privado, es decir, fotos de chicas normales desnudas.

La realidad las convertía en algo más bien repugnante.

El flash iluminaba sus cuerpos en primer plano, blanquísimos, casi lívidos, como si estuvieran muertas, mientras el resto de la habitación se hallaba en penumbra.

No estaba muy claro si algunos de esos cuerpos eran femeninos o masculinos.

Eran lampiños y flojos, la barriga, la espalda llena de pecas, los muslos, los pezones violáceos.

Casi todos carecían de cabeza, es decir, las imágenes empezaban en el cuello y llegaban a las rodillas.

Salvatore cogía una polaroid, me la pasaba, esperaba que yo la mirara con detenimiento y observaba mi reacción con una sonrisa embobada; después me daba otra.

Parecía que las conocía de memoria y que le interesaba saber lo que pensaba yo.

Yo tragaba saliva en silencio e iba poniendo las fotos que ya había visto debajo de las otras, como si fueran cartas de una baraja.

Las instantáneas en las manos de Salvatore se iban reduciendo y aumentaban en las mías.

Quería hacerle preguntas, pero el corazón me latía en la garganta y no me dejaba hablar.

En mi opinión, eran chicas diferentes, estaban tumbadas, con el pelo largo desparramado por la espalda o inclinadas hacia delante y separándose las nalgas con las manos.

La característica común es que estaban poco desarrolladas y no eran nada atractivas.

Una me impresionó mucho. Era la única fotografiada varias veces en diferentes posturas. Estaba morena y se le notaba la marca del biquini. El pecho era inexistente, tenía las caderas estrechísimas y estaba completamente desnuda. Por detrás podría haber pasado por un niño, de no ser por la señal blanca que le había dejado el sujetador a la altura de las escápulas pronunciadas. Posaba de pie, tumbada en el suelo, acurrucada en la cama, tumbada boca abajo con las piernas abiertas... En una sola foto, por error, se le veía la cara. Estaba asustada.

No creo que a Salvatore le gustaran las chicas.

A esa edad era difícil comprender a qué alumnos del SLM les gustaban las chicas y a cuáles no, no teníamos modo de demostrarlo, ni a nosotros mismos ni a los demás.

La pubertad es un infierno de cristal.

Salvatore tenía un compañero de pupitre pequeño y regordete, Marco d'Avenia, infantil hasta casi el retraso mental, esa clase de chaval que permanece implume y asexuado hasta la mayoría de edad.

La pareja ocupaba el primer pupitre de la derecha, cerca de la puerta que daba al pasillo, muy visible tanto desde la tarima del profesor como desde el resto del aula, el más expuesto a las entradas inesperadas del director, que acostumbraba hacer visitas fulminantes con cualquier pretexto para controlar, según mi opinión, a estudiantes y profesores. En efecto, estos temían mucho más que nosotros aquel tipo de irrupciones y se avergonzaban visiblemente si la clase estaba alborotada.

La puerta se abría sin que nadie hubiera llamado antes de entrar y todos nos quedábamos paralizados en poses grotescas: con una mano levantada a punto de lanzar una bolita de papel, fingiendo empujar el pupitre como si fuera un trineo en fase de partida para después saltar dentro e imitar las sacudidas de la pista, estrangulándonos los unos a los otros, con las manos en la garganta del compañero, y el profesor con los brazos alzados como el director de una orquesta enloquecida.

El silencio que seguía solo se rompía con sus golpes de tos abochornados y con los últimos tañidos metálicos de los ganchos para colgar las carteras que habíamos tocado como birimbaos.

Las clases eran larguísimas.

Yo pasaba casi todo el tiempo inmóvil, con la cara apoyada en las manos y los codos apoyados en el pupitre.

Procuraba atender lo más posible porque odiaba estudiar en casa por las tardes, pero era difícil mantener la concentración más de diez, quince minutos. Después no cambiaba de posición, pero en vez de mirar la pizarra o al profesor miraba al techo y caía en trance.

Me invadía un sopor insuperable.

Sigue pasándome en los momentos más inoportunos: me duermo... Hace un tiempo me sucedió en un congreso en Padua, donde compartía mesa con ponentes importantes.

Tuve suerte porque llevaba gafas oscuras y creo que nadie se dio cuenta.

Mis compañeros, al contrario que yo, se agitaban, se desesperaban e inventaban nuevas formas para molestar durante las clases, algunas, tengo que admitirlo, geniales.

En concreto, de vez en cuando yo también participaba en una. No había que mover un solo músculo y, además, era imposible identificar al culpable.

A diario en Roma, además del famoso cañonazo del Gianicolo —demasiado lejos del SLM para que lo oyéramos—, sonaba una sirena a mediodía. Era la señal del descanso para comer en las fábricas que, por aquel entonces, aún estaban abiertas y operativas.

Sí, había fábricas en Roma, se nos ha olvidado, pero no eran exclusivas de Milán y Turín.

Venía de la zona de la Tiburtina, de Pietralata.

Duraba un minuto.

En teoría.

Porque casi toda la clase entonaba sobre la nota de la sirena, con la boca cerrada, un murmullo casi imperceptible que proseguía cuando la sirena había enmudecido.

Mmmmmmmmmmmmm... Mmmmmmmmmmmmmm...

Al cabo de un rato el profesor se daba cuenta, inevitablemente, de su duración artificial, interrumpía su explicación y negaba con la cabeza, sorprendido.

Sorprendido por tanta idiotez.

Nos miraba desconsolado y seguramente reflexionaba sobre el fracaso de su vocación didáctica, abrazada años atrás por error.

¿Estos eran los resultados?

¿Estas eran las obras y los hombres?

Dentro de nuestras narices y bocas con los labios apretados, la sirena seguía sonando como el *om* budista y después, poco a poco, iba apagándose a medida que los compañeros dejaban de emitir el sonido, primero uno y después otro, hasta que los últimos se callaban tras una postrera emisión de aliento y solo una voz solitaria y temblorosa resistía hasta exhalar todo el aire y la clase volvía a sumirse en el silencio.

Eran las doce y tres..., las doce y cinco.

Un pequeño crimen colectivo cometido impunemente.

La estupidez proporciona un vértigo de placer.

Éramos casi mayores de edad, casi hombres, pero seguíamos aullando a mediodía como una manada de perros callejeros, ebrios de la satisfacción que nos daba mirar cara a cara a nuestro profesor impotente, desafiándolo.

El que más se frustraba era el profesor de latín y griego, De Laurentiis, el experto en música griega, que se abandonaba a sus monólogos rituales, fuente de inspiración de infinitas imitaciones.

Bastaba con copiar el acento napolitano, emular la curva triste y falsa de sus saltones ojos azules y unir las manos, rogando a san Genaro que pusiera fin a aquel tormento.

«¡Ay, Dios! ¡Señor! Si pienso que estáis aquí calentando las sillas en vez de paleando carbón..., solo porque vuestros pobres padres pueden permitirse pagar cuatro duros...»

La amarga evidencia que no podía pasar por alto —en efecto, al cabo de un rato seguía con la *Eneida*— era que esos cuatro duros también pagaban su sueldo.

Nuestros acomodados padres pagaban al pobre profesor.

Vivía de nuestra ignorancia, casi debía estarles agradecido.

Incluso a quienes no tenían plena conciencia de ello, les gustaba ejercitar cruelmente esa prerrogativa social que establecía que un profesor era solo un asalariado al servicio de sus alumnos, menos digno de respeto que una asistenta por horas, que al menos te limpia la casa y se nota, mientras que los resultados de las clases de griego antiguo rozan la nada.

El profesor-empleado, el profesor-proveedor, el profesor-mayordomo, el profesor-niñera.

El fantasma de su autoridad, que se basa en notas, amenazas de suspensos y castigos, es solo un espantapájaros.

Si lo eliminas, queda un prestador de servicios.

Antaño exclusiva de los colegios privados, en la actualidad esa característica se ha transmitido a la enseñanza en su totalidad.

Pero a los dos chicos del primer pupitre no les preocupaba ser tan visibles, no se daban cuenta o les daba igual ser el blanco de todas las miradas.

Y a menudo se tocaban.

Bueno, era Marco quien tocaba a Salvatore.

Lo hacía cuando su compañero estaba absorto en la lección. Alargaba la mano a escondidas por debajo del pupitre y la dejaba caer sobre su braqueta.

Salvatore casi no tenía tiempo de darse cuenta porque Marco la retiraba de inmediato y volvía a cruzar los brazos sobre el pupitre, asumiendo la posición impecable del alumno modelo que obedece a la orden de «sentarse correctamente».

Pasaban diez o quince minutos.

Y volvía a alargar la mano.

Salvatore, como si le fuera indiferente o se mostrara insensible, no protestaba.

Solo se sobresaltó un par de veces, quizá porque el otro había dejado caer la mano con demasiada fuerza y le había hecho daño.

Cuando la clase empezó a darse cuenta de este singular comportamiento, se convirtió en objeto de atención y estudio.

Estábamos al acecho, esperando el momento en que Marco extendiera la mano.

Lo raro era que actuaba apresuradamente y de manera tan explícita al mismo tiempo, como si le diera igual que todos lo vieran hurgando entre los muslos del compañero.

Como si estuviera muy enfrascado en su juego.

La rapidez de su gesto, ese tocar y apartar la mano, palpar y volver a su posición modélica en el pupitre, tenía algo de compulsivo e inconsciente, como si al proceder así ni Salvatore ni él tuvieran tiempo de darse cuenta de lo sucedido.

En efecto, no había pasado nada.

Cuando recuperaba su posición era como si dijera: «¿Qué he hecho? Yo no he hecho nada. Tengo las manos sobre el pupitre, como podéis comprobar. Presto atención».

Pero al cabo de poco, las ganas de repetir lo superaban.

Veíamos temblar su postura de niño modelo.

Estaba claro que su mano anhelaba volver a la bragueta de su compañero.

Mientras tanto, Salvatore seguía escuchando plácidamente, como un rumiante que pasta.

Con la misma lentitud inconsciente de cuando me enseñó las polaroids hechas por su hermano.

Creo que ni una sola vez se dio cuenta Marco del entusiasmo con que los demás compañeros, a sus espaldas, esperaban el gesto obsceno para reírse de él.

En efecto, no escandalizaba a nadie, pero nos partíamos de risa.

Y en el colegio, las carcajadas reprimidas acababan pareciéndose a un jadeo asmático.

6

Premisa: por encima de caucásico, italiano, bautizado en la fe católica y romana, burgués, de izquierdas e hincha del Lazio, soy un hombre. Esta es mi identidad más obvia, la característica más distintiva, el rasgo más marcado del que tuve que dar cuenta en cuanto salí del vientre materno. Es mayor, pues, la afinidad que siento con un musulmán, negro y pobre, nacido en Sudán, que con una abogada de Parioli o con la ucraniana que cuida a la madre de esa abogada. Con un subsahariano, a pesar de que nos separa un abismo, comparto fraternal, así como involuntariamente, los estigmas fisiológicos, las culpas y quizá un análogo e insensato orgullo; alimento deseos parecidos y cultivo idénticas frustraciones. Mi cuerpo funciona como el suyo y, al noventa por ciento, también mi mente, esa enorme y profunda parte de la mente que el ambiente en el que cada uno crecimos no puede tocar.

A pesar de cultivar una veneración auténtica por Sigmund Freud, no sabría decir si es más desgraciado por haber inventado la estrafalaria teoría de la feminidad basada en la envidia del pene, o por haber pasado por alto que quizá no tener pene sea dramático, pero tenerlo lo es mucho más. El malentendido se origina en un punto de vista que en sus tiempos aún era común y que se remonta a la Biblia: el hombre como figura original y la mujer como su derivado o su falsificación, como un varón mutilado, incompleto y afligido, una especie de Rey Pescador que contempla con tristeza la herida entre sus piernas.

Freud formuló la teoría de la «envidia del pene» y no la del «engorro del pene» o «estorbo del pene», que hubiera sido de mayor fundamento, considerando que, al elaborar una teoría científica, debería dar mejores resultados estudiar las consecuencias de algo que está ahí en vez de las meras hipótesis acerca de algo que no está. Puede que la teoría de la envidia del pene valga de manera intermitente, mientras que la otra es una evidencia incontrovertible que marca la experiencia de cualquier hombre. Mientras que los problemas femeninos pueden remitirse, mediante un arriesgado razonamiento, a lo que las mujeres no tienen, no existe ninguna dificultad en achacar los masculinos a lo que es evidente que los hombres poseen. Se da por supuesto el hecho problemático y misterioso de ser hombre, como si fuera un punto de partida, un a priori: Adán, el protagonista; el hombre de Vitruvio de Leonardo, la medida de todas las cosas.

Sin embargo, a simple vista se diría que tener pene hace más daño que no tenerlo.

En efecto, es más evidente que la identidad sexual masculina resulta excesiva y torpe que el hecho de que la femenina carece de algo. El pene no es algo que a las mujeres les hayan mutilado, sino algo de más en los hombres, algo que los acompañará en toda su vida, como un parásito o un inquilino poco discreto que se comporta de manera extravagante, viviendo una existencia parasitaria paralela a la de su huésped. El pene erecto, antes que constituir una amenaza para los otros y las otras, es una amenaza para su dueño, que lo ve sobresalir de su propio cuerpo de un modo obstinado, interrogante, risible. No responde a ninguna orden mental ni, a menudo, manual. Su independencia es fuente de orgullo, depresión y desaliento. Su fuerza se percibe como un elemento extraño, casi enemigo, tan capaz de arrastrar consigo al resto de la persona y hacerle cometer cualquier animalada, como de mostrarse perezoso y débil hasta resultar deprimente. Todo el mecanismo de autoestima depende de esta burlona oscilación. Creo que fue san Agustín quien dijo que Dios le dio deliberadamente al hombre un sexo tan voluble e independiente de su propia voluntad para limitar su soberbia y quitarle la ilusión de ser capaz de dominar el mundo, dado que ni siquiera logra controlar un apéndice anatómico. Dios creó la impotencia sexual, la impotencia crónica y, más alusivamente, la episódica, esa que aparece cuando menos te lo esperas para arrebatar al hombre la seguridad en sí mismo, para rebajarlo e impedir que cultive sueños de perfección corpórea. Su meta debe ser solo espiritual.

En consecuencia, el miembro viril es la parte menos viril del hombre. Es el símbolo de su incertidumbre hecho carne.

Los escritores que han intentado explicar «el engorro del pene» en sus obras han fracasado —era inevitable—, dando vida a parejas majaras. Sin embargo, los escultores clásicos tomaban plena conciencia de la dualidad cuando, al ultimar sus obras, tenían que dar forma y dimensiones a un órgano incongruente y extraño al resto de un cuerpo, que habían modelado con perfecta armonía; lo resolvían reduciéndolo, y no precisamente por pudor, sino para identificar el atributo sexual con el desequilibrio, con el pleonasmo, con el elemento discordante capaz de ridiculizar toda la obra. En primer lugar, por su morbosa capacidad para atraer la mirada del observador. Baste con pensar en el efecto inmediato, entre cómico y perturbador, de las representaciones de un cuerpo clásico con el pene erecto. Sin embargo, aquellos atletas, soldados, aurigas y discóbolos debían tener erecciones. La misma inverosímil metamorfosis del órgano conlleva la dificultad de catalogarlo. Al margen de la pornografía, ¿cuál sería el modo correcto de mirarlo? ¿Cómo debería representarlo un retratista científico, uno de esos ilustradores capaces de reflejar hasta en el más mínimo detalle plantas, hojas, peces y serpientes? ¿Y un gran artista como Pisanello o Durero? Cuándo se representa mejor a sí mismo, ¿si está en reposo o si está erecto? ¿Cuál de los dos estados —por no mencionar los intermedios, únicamente catalogables en las conversaciones más canallas— sería el más representativo?

(Puede que una polla floja exprese con mayor exactitud las emociones de un hombre que una dura. O su auténtica esencia corpórea, más frágil que poderosa.)

Considerar a la mujer una réplica incompleta y envidiosa, también da pie a la actitud negativa del hombre, que se encuentra viviendo al lado de una criatura mutilada que debe contemplar con horror y desprecio, o bien con compasión. Un castrado. Que se avergüenza de su herida y la oculta. Los deseos masoquistas de una mujer a lo largo de su vida son, según algunas psicólogas de renombre: ser devorada, azotada, traspasada o perforada. En resumidas cuentas, el coito se identifica con el maltrato. De ahí la aparente semejanza del acto sexual, visto por alguien que hipotéticamente no supiera de qué se trata, con una acción punitiva. —No recuerdo si era Baudelaire o Laforgue el que hablaba de una «operación quirúrgica».

(Las primeras que se han contagiado de la sospecha de que los mitos acerca de su inferioridad puedan ser ciertos, y no solamente propaganda, son las mujeres. Es el peligro que corre todo grupo sometido o subyugado: dar la razón a quien lo somete, reconociendo el fundamento de las leyendas según las cuales esa relación de sumisión ha existido siempre y así seguirá siendo. En efecto, la fuerza del mito radica en la duración: al margen de las variaciones, la esencia de lo que el mito cuenta permanece idéntica en el tiempo. En épocas clásicas, dominador y dominado comparten la opinión de que su relación, según está planteada, carece de opciones, es justa o incluso necesaria. Comparten la misma opinión sobre el dominio, lo perciben como un hecho natural, es decir, inmutable. No hay ningún motivo para que el régimen de las cosas se ponga en duda; por otra parte, ¿quién se atrevería a hacerlo? Es como si dominador y dominado repitieran, bajo hipnosis, la misma fórmula que el primero ni siquiera se molesta en imponer, limitándose a reproducirla sin recordar quién la estableció. Transmitir lo recibido queda legitimado por el hecho de que se transmita. Si no fuera legítimo habría desaparecido hace tiempo. Si dura significa que tiene fundamento. Es habitual que cuando todos dicen lo mismo, se acabe por olvidar quién lo dijo primero y cuándo. Así se crean las verdades comunes.)

Pero todo esto acabó de repente cuando las mujeres empezaron a mostrarse con orgullo, con descaro, con un exhibicionismo en la actualidad sobrealimentado por la tecnología, que les permite exponer el propio cuerpo o sus partes más jugosas a un amplio público con mucho mayor facilidad que los hombres, cuyos desnudos —si es que logran superar su singular sentido del pudor que, en mi opinión, es superior al de las mujeres—, con los colgajos a la vista, están a mitad de camino entre lo cómico y lo pornográfico, e inevitablemente sometidos a comparaciones.

Desde un punto de vista erótico, la autoestima masculina se expresa en cifras no exhibidas, pero calculadas a escondidas. Con cuántas mujeres se ha hecho el amor, cuántas veces en una sola noche, cuánto ha durado, la longitud de la polla, etcétera. En definitiva, números, números y números, como en la Bolsa y en el mundo del deporte. La prueba que hoy día tiene que superar una prestación sexual masculina para que se considere satisfactoria no es alcanzar el orgasmo, sino hacer que lo alcance su amante. Con este metro será juzgada —por él, por ella, por quienes se enterarán del asunto— su competencia sexual. Obviamente, esto puede dar pie a conatos de orgullo o a sentimientos de profunda ansiedad y mortificación.

Con cuántas chicas te has acostado, cuántos polvos has echado, cuántas veces se te pone dura, cuántas veces te has corrido y cuántas has logrado que la chica se corriera, etcétera. Datos, simplemente datos. Cálculos. Antaño se medía la fuerza de un hombre por el número de hijos procreados con su semen. El récord lo tenía Gengis Kan, que violó a tantas mujeres durante sus correrías que actualmente en Asia, pasados casi ocho siglos de su muerte, se calcula que una persona de cada veinte posee algún cromosoma del gran conquistador.

El cuerpo femenino se convierte, entonces, en un objeto intercambiable y acumulable que circula en las conversaciones masculinas como una moneda, facilitando entre ellos el conocimiento mutuo, la comprensión, la confrontación y el establecimiento de jerarquías basadas en la riqueza. Las mujeres son uno de los medios —el principal, para algunos— con que el hombre afirma su propia identidad ante sus semejantes. Al igual que el dinero, ellas también proporcionan cierto crédito. «Tiene mano izquierda con la mujeres...» Si ellas no existieran, los hombres se verían obligados a enfrentarse entre sí en una competición directa, tendrían que conquistarse unos a otros, pero expugnan a las mujeres y las exhiben como trofeos. Son admirados por su habilidad y desvergüenza, porque las mujeres que han conquistado son hermosas, o bien porque son muchas o están pendientes de ellos. Si las mujeres no existieran, el enfrentamiento entre los hombres no conocería tregua. Pero, obviamente, también habría más amor. Las mujeres tienen la función de cuerpo intermedio sobre el que descargar brutalidad y amor.

El deseo de follar con muchas mujeres o con una sola puede interpretarse como una inagotable búsqueda de la identidad masculina. Cada vez que entro en una mujer puedo decirme a mí mismo: sí, soy un hombre.

Según una extraña teoría que circulaba cuando era un chaval, un hombre es capaz de generar una cantidad limitada de esperma durante su vida, que corresponde a un determinado número de orgasmos. ¿Lo ha oído decir el lector? Juro que asistí, y tuve la tentación de participar, a pesar de mi ignorancia en la materia, a algunas discusiones acerca del tema. Estas eran, más o menos, del siguiente tenor:

—Son como los cartuchos.
—¿Qué quieres decir?
—Los disparas.
—¿Y qué?
—Pues que cuando se acaban, se acaban.
—¿Y cuántos cartuchos tenemos?
—Tres mil.
—¿Tres mil? No está mal...
—Tampoco es mucho si cuentas las pajas.
—¿También se cuentan?
—Claro. No hay ninguna diferencia. Una eyaculación es una eyaculación.
—Efectivamente...
—«Eyaculación» es la palabra más absurda que he oído nunca...
—Estoy de acuerdo. Es solo un término técnico.
—Pero yo me habré hecho ya unas mil pajas...
—... o quizá más. ¡Ja, ja, ja!

[Al tocar este punto, yo procuraba cambiar de tema para que no me preguntaran nada, por las razones que ya he explicado.]

—Bueno, ¿y qué pasa cuando llegas a tres mil? ¿No se te levanta? ¿No te corres? ¿Te mueres?
—He leído que existen orgasmos en los que no te corres.
—¿Qué?
—Te corres hacia dentro en vez de hacia fuera.
—¿Hacia dentro?
—Sí, parece imposible.
—No me has contestado. ¿Qué pasa al llegar a tres mil?
—No lo sé, empiezan los líos. O la paz de los sentidos...
—¿Y si fueran más? No sé, cuatro o cinco mil... O menos...
—Puede que sea diferente para cada uno...
—Un actor porno debe de tener una reserva enorme.

—Ya, si no a los treinta está acabado.
—Entonces, lo mejor sería empezar lo más tarde posible.
—Sé que existen personas que pueden follar durante horas sin correrse.
—¿Cómo lo logran?
—Hasta un día entero.
—¿Qué suerte!
—¡Qué rollazo!
—Bueno, pero ¿cómo se lo montan?
—Controlando la mente y el cuerpo. Son como dioses.
—¿Faquires?
—Más o menos. Putos faquires.
—¿Para qué lo hacen?
—Para ahorrar energía.
—¿Y alcanzan el nirvana?
—¡¿Qué tiene eso que ver?!
—Pues yo creo que algo tiene que ver...

A mí, este tipo de conversación me ponía en apuros. Pero no podía evitar escucharlas con avidez.

«Solo cuenta si se la metes dentro», fueron las palabras de un estudiante de un curso de español en Salamanca, en el verano de 1979. «Lo que tienes que hacer es metérsela por el culo. Con una mujer solo cuenta si le das por el culo. Si no, es como si no te la hubieras follado», afirmación realizada por un crítico literario italiano, 1989.

La masculinidad, enseña don Juan, no la posees, tienes que conquistarla, ponerla a prueba, construirla. Y la construyes cada vez que lo haces con una mujer. Al igual que Gawain, el caballero errante cuyo orgullo lo obligaba, a su pesar, a reafirmar cada noche su fama de gran amante con la señora del castillo para obtener su hospitalidad, también don Juan vive sometido a una interminable demostración de sus dotes amatorias; y a pesar de la fama de conquistador que lo acompaña, o quizá por eso mismo, su virilidad está continuamente puesta a prueba, en tela de juicio, comprobada de cama en cama, hasta la próxima conquista, hasta la próxima aventura. Y es precisamente la suma de estas conquistas la que lo sitúa a una altura erótica que lo pone en peligro, como si fuera un atleta obligado a superar su propio récord. Por más seguro de sí mismo que parezca, en realidad está obligado a dudar sin cesar de sus dotes viriles, destinadas, tarde o temprano, a fracasar, fatalmente abocado, como todo hedonista, a la desilusión, pues según una dura ley estadística, estas cualidades solo pueden disminuir, menguar una vez alcanzado su apogeo. El cabello encanece bajo la peluca, al igual que el vello púbico, y la polla se agazapa o permanece rígida por horas, pero sin eyacular, sin dar ni recibir placer, como un bastón seco, como un paraguas ridículo.

Quien se siente obligado a reafirmar en todo momento su propia fuerza y la seguridad en sí, demuestra exactamente lo contrario, es decir, su fragilidad. Nunca se recibe el carnet de masculinidad definitiva y siempre existe la posibilidad de suspender el examen siguiente, ese que de repente revela una naturaleza débil. Es suficiente una nota negativa para poner a cero la suma de virilidad adquirida con tanto esfuerzo.

Son datos científicos: a los varones se les da de mamar durante más tiempo y se los desteta más tarde que a las hembras; los varones necesitan que los cojan en brazos cuando ya están crecidos y experimentan mayores dificultades para el aprendizaje; les cuesta más controlar las defecaciones y no son capaces de aguantar la orina durante la noche hasta una edad bochornosa. Es decir, todo indica su mayor fragilidad y dependencia con respecto a las hembras. Se comportan de manera inexplicable y peligrosa para ellos mismos y para los demás, presentan todo tipo de síntomas ansiosos. Se meten en muchos líos. No saben asumir las pérdidas, ni las heridas que se infligen a su masculinidad en continua formación y, sobre todo, no quieren hablar de ello y no toleran que los demás lo hagan. Arrastran toda la vida la humillación que suponen los compromisos que adoptan para crecer. Confunden el riesgo gratuito con la audacia.

Adolescencia, pues. La adolescencia es el momento justo. La virilidad se encuentra en estado puro, líquido, todavía no se ha encauzado y concentrado en la expresión sexual ni, más tarde, en el trabajo. Es como un depósito de material inflamable —valioso, concreto y quizá también útil— al que hay que dar una función. Hay distintas maneras, y a veces intercambiables, de abandonar una para abrazar otra: la amistad, que gira volublemente sus preferencias; alguna inclinación artística tendente a la obsesión solitaria, como pueden ser la guitarra o la batería; el coleccionismo; la lucha; la mística deportiva; la autodestrucción. Hoy en día existen los ordenadores, que entonces no existían, con sus manías conexas. En suma, hay muchas opciones y pueden adoptarse todas juntas, en grupos o alternativamente. No hay una fuerza comparable a la que carece de un objetivo concreto. El deseo original, el más ardiente, consiste, en efecto, en la búsqueda de un objeto de deseo. Cuanto más vago es el objeto al que se dirige, más fuerte es su carga. Se está abierto a todo. La virilidad, indecisa y temeraria a la vez, todavía sin nombre, asume formas ocasionales y virulentas como una enfermedad exantemática, se manifiesta al igual que una erupción cutánea que llega incluso a desfigurar a quien la padece, pero que después, casi siempre, pasa y es sustituida por otro síntoma. Caso por caso y de manera del todo casual, puede desembocar en un drama o en una tontería y, a menudo, en un drama que tiene su origen en una tontería. Las mentiras y las ilusiones contribuyen a producir niveles elevadísimos de realidad. Existencias enteras quedan determinadas por malentendidos. Desproporcionada, desmedida y, al mismo tiempo, pequeña y mezquina, la virilidad adolescente todavía no conoce el sexo, o lo conoce y lo rechaza, o lo acaricia y sueña morbosamente con él, y cuando lo encuentra es como si varios productos químicos se mezclaran de repente, es decir, puede que no pase nada o que se genere una reacción cualquiera —calor, hielo, disolución, evaporación—. O que la mezcla explote y haga saltar todo por los aires.

Al igual que las chicas con la feminidad, los chicos teníamos que sacrificar mucho de nosotros mismos y ampliar cualidades que solo poseíamos en una mínima parte para intentar adecuarnos a un ideal abstracto de masculinidad. Las hinchábamos como se hace con una barca inflable, soplando, dejándonos los pulmones en ello. Si no poseíamos dichas cualidades, las tomábamos prestadas, las imitábamos. A mí, que me consideran una persona muy independiente, orgullosa y quisquillosa casi en exceso, en realidad me he pasado la vida imitando comportamientos, miradas, portes, modos de saludar —al llegar y al marcharme— y copiando frases y expresiones de los demás. La cultura literaria y cinematográfica que he ido construyéndome me ha servido para tapizar mi identidad, para estratificarla con citas y darle una apariencia más robusta de lo que es. Ni siquiera esa manera que tengo de curvar la boca después de haber sonreído me pertenece. Y si al final me he rendido y aceptado lo que soy ha sido solo por cansancio.

Es casi imposible alcanzar el ideal abstracto de virilidad; la mayoría de los hombres no lo consiguen ni por asomo en su vida y se quedan al margen del modelo. A los que no satisfacen individualmente los estándares requeridos hay que añadir categorías enteras excluidas a priori: los adolescentes, los viejos, los flojos, los homosexuales e incluso los pobres, si se asocia la idea de una masculinidad realizada con el éxito laboral y la autosuficiencia financiera. Desde este punto de vista, un marica y un parado son lo mismo. Como las figuras de una alegoría, la evolución arquetípica del varón a través de las épocas de su vida debería conocer estas fases: de chaval, amigo leal; de adulto, padre responsable; de viejo, sabio e imperturbable. Pues bien, yo no he conocido a nadie que respondiera a esta figura ideal.

El deseo masculino se percibe como una fuerza voraz, una potencia incansable, una necesidad que ha de satisfacerse a toda costa. La pornografía nos presenta a varones vigorosos e insaciables, mientras que la experiencia real de los hombres es, sin embargo y casi siempre, precaria, contradictoria e insegura. Creo que los hombres, como las mujeres, o puede que más, sienten que no están a la altura, que sus prestaciones sexuales no son satisfactorias, y no solo ahora, después de varias revoluciones de las costumbres, sino desde siempre. Es decir, que la virilidad esté siempre colgada de un hilo, lábil, frágil, sometida a la criba de un juicio que no es solo femenino, sino ante todo es el que el hombre emite de sí mismo.

Fragilidad, sentimiento de inadecuación, ansiedad, miedo del juicio de los demás, de no ser capaz de colmar sus expectativas, de fracasar. Las chulerías y las valentonadas solo eran posturas. Fingíamos una seguridad que en el noventa por ciento de los casos no poseíamos en absoluto. No hay ninguna necesidad de pavonearse de lo que se posee de verdad y de manera duradera. Esa seguridad era un camuflaje y, en efecto, a menudo se desenmascaraba, con la consiguiente vergüenza y sensación de ridículo. Si el falo es un símbolo de poder, según ha sido esculpido en las piedras de medio mundo y como afirman todos los manuales de antropología, pues bien, se trata de un símbolo falso, mal elegido, dado que a menudo demuestra no estar a la altura de su fama, dominar poco o nada la situación y a sí mismo, ser un arma que suele encasquillarse, o que podría hacerlo en cualquier momento. La imagen generalizada del hombre poderoso y predador coloca a los varones individualmente considerados en una posición de fracaso permanente. La posibilidad de fracasar es la raíz íntima del hecho de ser hombre, y Dios ha plantado su símbolo en medio de sus cuerpos, bien visible, para que todo hombre tenga muy presente no su poder, sino su impostura. Como decía de manera convincente y razonable un Padre de la Iglesia, Dios ha querido que la erección fuese caprichosa para controlar el sentimiento de omnipotencia masculino, debilitándolo, minando sus cimientos. Si uno duda de su capacidad para llevar a cabo el acto más simple del mundo, es decir, el que garantiza la continuidad de nuestra especie sobre la tierra, cómo no va a dudar de todo lo demás...

Cuando uno quiere cambiar algo de sí mismo casi siempre empieza por su aspecto. Los músculos son vitales y significativos. Dicen que la autoestima de los hombres es proporcional al desarrollo de la parte superior de su cuerpo. Una vez le pregunté a un amigo que se entrenaba asiduamente por qué se desarrollaban tanto los bíceps y tan poco el resto de la musculatura. «Porque se ven», me respondió con sencillez. Lo que quería decir es que los ven los demás, sobre todo si vas con camiseta, pero, aún más, que tú mismo ves los bultos que tienes en los brazos, que los sientes, que puedes tocarlos, que están ahí. Por otra parte, lo que impulsa a los chavales a entrenarse para tenerlos es un sentimiento de inseguridad, cuanto más inseguros se sienten, más se entrenan. Están continuamente empeñados en una lucha sin cuartel para disimular su inseguridad. Tartamudos, disléxicos, fofos, tapones y gafudos son los que más se esfuerzan. Los bíceps se hinchan con la inseguridad original mutada en fuerza. En esta alquimia se oculta el secreto del carácter masculino. El cuerpo siempre es imperfecto. Y no solo el de los enanos, el de los adefesios o el de los que desearían cambiar de sexo...

Borremos de la viñeta la palabra que está de más: «placer». Las experiencias sexuales que se tienen de chaval obedecen a todo tipo de motivos excepto al de experimentar placer. Quizá solo los hombres y las mujeres maduros, con mucha experiencia, pueden dedicarse a la búsqueda del placer de manera consciente. Buscarlo, ganárselo, comparar sus matices, sus singularidades... Es igual que con la comida. De chaval uno come porque tiene hambre, no para degustar exquisiteces. Observándome a mí mismo y a mis contemporáneos, creo que cuando uno empieza a interesarse en la buena cocina, en las catas de vino, en las exquisiteces, y a disfrutar seriamente con ello, significa que está haciéndose viejo. Así pues, si no era por placer, ¿por qué se buscaba el sexo? ¿Por qué se busca hoy aún más que antes? ¿Por qué ahora se encuentra a la vuelta de cada esquina aunque no se busque? Los expertos afirman que teníamos tanto interés en acostarnos con las chicas para demostrar a los demás chavales que no éramos maricas. ¿Y las chicas? ¿Por qué se acostaban con nosotros? ¿Qué querían demostrar?

Cuando, tras varios intentos de que me declararan no apto para el servicio militar, y después de varias prórrogas por estudios universitarios, tuve que hacer la mili —era ya mayorcito, el más viejo de mi dormitorio— en Taranto, había quien intentaba consolarme citando un estúpido proverbio: «Quien no sirve al rey tampoco puede servir a la reina». Su significado, en caso de que uno no pille la metáfora —yo tampoco la entendí de buenas a primeras—, es el siguiente: si en la visita médica para el servicio militar no te aceptan por no ser lo bastante hombre para servir al rey, tampoco lo eres para satisfacer a su mujer, la reina, y, por extensión, a cualquier mujer. Triste consolación para al que le tocaba hacer la mili. Era como recibir un carnet de virilidad, mientras que quien se había quedado en casa era un lisiado impotente. Una fórmula que si no había funcionado en tiempos de guerra, tampoco funcionaría en tiempos de paz. Sin embargo, sería interesante formularla al contrario: si no puedes servir a la reina, tampoco puedes servir al rey. Es decir, si no eres un hombre en la cama, es inútil que intentes demostrar serlo en otro sitio. La medida mínima de la virilidad es la virilidad sexual. Aún formulado de este modo, el proverbio seguiría siendo falso, porque lo que impulsa a muchos hombres a combatir y a afirmarse recurriendo a toda la agresividad de que son capaces es tomarse la revancha por su incapacidad erótica. Seguramente existe un nexo entre esta inseguridad y el número de actos de violencia sexual contra las mujeres: cuanto mayor es la primera, más aumenta el segundo. La violencia no la provoca la testosterona, sino que es su sucedáneo. El comportamiento violento reemplaza una libido escasa, sirve de complemento. Según los expertos, el comportamiento agresivo puede producir testosterona, pero no lo contrario.

La violación libera de repente de esta hipoteca, la relación forzada tiene otras finalidades, otros significados, no está en juego la satisfacción física, ni la ajena ni en realidad la propia, que pasa a un segundo plano. Es difícil definir exactamente de qué clase de placer se goza en el coito, pero el que se consigue a través de la violencia sexual contra una mujer traspasa sin duda el ámbito sexual; quizá tiene una mínima parte en común con una relación consentida, lo demás debe de ser diferente, específico, relacionado con el ejercicio de la fuerza en cuanto tal, con la sumisión de la voluntad ajena a la propia, con la humillación de quien la sufre, es decir, con el placer específico que se deriva de la dominación, del poder para obligar a alguien a hacer lo que queremos. Eso también puede darse en una relación consentida, es decir, se permite al otro que haga lo que quiera para que disfrute de una sensación embriagadora de poder.

La masculinidad se manifiesta a través de dos conductas contradictorias: por una parte, el rechazo o la huida de lo femenino —del afecto familiar y materno, de las actitudes infantiles o afeminadas—, y por la otra, la búsqueda de lo femenino —cortejar, el emparejamiento—. Para convertirte en hombre deberías repudiar la parte femenina amada, heredada, mamada de tu progenitora, y mamar, poseer y tocar los pechos de otra mujer.

Separarse de las mujeres, borrar a la madre, borrar los rasgos femeninos propios, despreciar a quien los encarna, es decir, a todas las mujeres, y, a pesar de ello, desearlas. (Intercambio de frases en una película de polis: «¿Estás pensando en el coño?». «No», responde el otro. «Entonces es que no estás muy concentrado», dice el primero. Sí, ya sé que lo he escrito antes, pero es que me encanta.) Poner de espaldas a la mujer, rechazar a la madre, violar para no verla, la violación como modalidad de sexo «por detrás».

Habría que juzgar a los hombres por lo que hacen y no por lo que dicen, pero hoy no hay muchas ocasiones de hacer algo significativo y concreto, uno se limita a cumplir una serie de acciones rutinarias. Nada más.

El hombre de verdad no es el que hace ciertas cosas, es, ante todo, el que no hace otras. ¿Cuáles? Llorar, por ejemplo. Traicionar a un amigo. Pavonearse de un modo afeminado. Cambiar continuamente de idea. Más que cualquier otro, el comportamiento llamado viril se transmite por imitación. Las instrucciones sirven de poco, más bien de casi nada, no se necesitan órdenes explícitas o un código aprendido de memoria. Cada uno tiene que deducir los mandamientos de los ejemplos que te ofrecen las personas de carne y hueso o, a menudo, de los que ves en las películas o lees en las novelas: héroes, guerreros, gánsteres, bandidos o grandes seductores —aunque estos últimos nos parecían menos íntegros, más comprometidos con lo femenino, concebidos más para gustar a las mujeres que a nosotros; me refiero al típico actor de mirada lánguida con quien las chicas soñaban despiertas y que nosotros considerábamos insulso e incluso antipático...—. En los tiempos en que se forjaba mi incierta masculinidad, el modelo clásico, en boga poco tiempo, era el de los protagonistas de las películas del Oeste, el vaquero, que al cabo de poco se extinguió como modelo moral y físico ante el avance del cine anticonformista, que proponía como ejemplo a los pequeños grandes hombres, a los soldados azules, a los cowboys de medianoche que llegaron a finales de los sesenta para destronar a los pistoleros de una pieza.

7

Para un chico, tener una hermana es una especie de milagro. Inexplicable en sí mismo, pero que, sin embargo, explica muchas cosas, prácticamente todas. Me atrevería a afirmar que los hombres sin hermanas crecen teniendo una experiencia parcial y limitada del mundo. Es limitado su modo de ver, sentir y comunicar a los demás lo que ven y lo que sienten. Todo se limita a la repetición de un paisaje siempre idéntico. Para eso, más vale ser hijo único, condición que te obliga a reinventar relaciones en todas las direcciones, puesto que nadie es para ti una relación natural. Un hombre con uno o más hermanos vive en una galería de espejos, se ve a sí mismo multiplicado en figuras que compiten entre sí, que se imitan, que se rechazan, que luchan y combaten, que se alían y se ayudan, que sienten celos y se matan precisamente por ser parecidas, demasiado parecidas.

La hermandad entre hombres oculta en su interior la insidia generada por un exceso de afinidad que, cuando no se limita a ser física, compromete de manera dramática el papel y el destino de los hermanos. Siempre existe el peligro de confundirlos o de robárselos recíprocamente, como Jacob y Esaú. Identidad genera rivalidad. Muchas historias sobre los orígenes hablan del peligro creado por la sobreabundancia masculina, que obliga a eliminar al rival o a entregarse a él sin condiciones —en la Biblia misma abundan las narraciones de este tipo, a tal punto que podría definirse, con acierto, como el libro de la trágica ausencia de hermanas, el libro de la hermandad homicida entre hombres, de la plétora viril—. No es que los hermanos tengan que traicionarse o masacrarse a la fuerza, pero la impresión generalizada es que siempre sobra uno, que uno ha salido un poco peor, que uno manda y otro u otros obedecen o se niegan a ello. La misma matriz produce en serie individuos diferentes —a veces muy distintos, en las antípodas, como solo los hermanos saben serlo— que están sometidos a una comparación cruel de la que no pueden zafarse ni siquiera huyendo de casa o renegando de su familia, pues su fuga constará entre los elementos que se tendrán en cuenta en un juicio futuro. Los hermanos homicidas creyeron poder evitarlo cuando asesinaron. En su gesto violento se ocultaba el deseo de poner fin a la natural pero malsana competición entre iguales que habrían debido venir al mundo para quererse y ayudarse —¡ah, la hermandad entre hombres, tan evocada a despropósito! ¡Cuántos malentendidos se han generado invocándola sin conocer sus efectos, sin tener plena conciencia de la destructiva voluptuosidad original que conlleva!—, pero que se enfrentan debido a su igualdad. En realidad, más que dominar a su réplica, querían fundirse con ella, eliminando las repeticiones, fuente de desorden y desconcierto.

Todos los hermanos son, a la fuerza, Karamázov.

Una hermana, sin embargo, es un don incomparable. Si es mayor, puedes quererla y ampararte en ella; si es más pequeña, adorarla. Tanto si se parece mucho a ti como si tú te pareces a ella, el simple hecho de que pertenezca al otro sexo la convierte en una criatura única, extraordinaria, porque es a la vez familiar y extraña.

Un enigmático precepto, aplicable a todos los ámbitos, a todo aquel que emprende la búsqueda de algo que valga la pena, reza así: busca siempre lo más cercano entre lo más lejano y lo más lejano entre lo más cercano.

Eso es lo que se encuentra en una hermana. Responde plenamente a la definición, ocupa ese lugar, ese punto. Con ella se experimenta la alteridad de la que la madre no puede ser titular, aunque esté antes. Yo, por ejemplo, ni siquiera concebía que mi madre fuera una mujer, una hembra, que perteneciera al sexo opuesto al mío, pues estaba completamente vinculado a ella, para mí era la completitud. Sin embargo, una hermana es una figura retórica de la contigüidad, a veces una sinécdoque y siempre una metonimia; a través de ella los varones se liberan de las constricciones envilecedoras de la identidad sexual sin salir de su propio terreno, permaneciendo en los límites de la propia carne. Crecen y se expanden hasta englobar la figura que se encuentra más allá del espejo.

Si tuviera que redactar la lista de las hermanas interesantes de mis compañeros, no sabría por dónde empezar. La mía era muy pequeña y no contaba. A los nueve o diez años eres, lo quieras o no, la niña de la casa, y seguirás siéndolo cuando tengas cincuenta y la casa ya no exista. Mi hermana era una miniatura rubia de piel pecosa y tan fina que si la rozabas parecía que las pecas ondeaban en su superficie. ¿Se convertiría en una chica guapa, en una mujer hermosa? No nos preocupaba. Por nosotros, sus hermanos mayores, que se quedara así para siempre. Yo habría seguido admirándola e ignorándola, como un juguete delicado e inútil que se deja sobre una repisa, y mi hermano torturándola, pues como ella no se quejaba él continuaría haciéndolo. La atraía a la habitación de mis padres con alguna argucia, para jugar a algo muy divertido —«Vamos, ven aquí», le decía— y la inmovilizaba, crucificándola sobre la cama y sometiéndola a su repertorio de vejaciones sin que ella protestara o llorara jamás. Nunca se chivaba a nuestra madre. Yo pasaba por delante de la habitación de nuestros padres y los veía en la posición de siempre: él encima, inmovilizándola con su peso, y ella debajo, con los brazos abiertos, las muñecas sujetas y la cara girada con una mueca de disgusto, terror y diversión a la vez, pues de la boca de mi hermano salía un hilo de saliva que, sin llegar a soltarse del todo de sus labios, él aspiraba y recuperaba cuando estaba a punto de rozarla, como si fuera un yoyó. Y así una y otra vez.

Esa era mi hermana.

La de Jervi era un año menor que él y estaba como un tren. Espectacular. De tez morena, alta y delgada, con largo cabello negro y una cara que, si bien no era perfecta, tenía algo misterioso, sonriente, malicioso, intenso, secreto, prometedor. Saltaba a la vista que era la típica chica que suscitaba una onda de atracción, y entraban ganas de cabalgarla como hacen los surfistas con las olas del océano. Esa era la imagen que daba y que se te quedaba grabada la primera vez que la veías. Cuando en los lluviosos días de invierno aparecía con su madre, tapada hasta lo inverosímil, para recoger a su hermano, nadie renunciaba a imaginársela como sería en verano, en bañador, flexuosa y con la larga cabellera negra ondeando sobre la espalda hasta rozar la parte de abajo de un minúsculo biquini mientras corría por la orilla, idéntica a la imagen de un anuncio de helados que ponían en televisión a cámara lenta. En aquella época, los biquinis de tela eran unos pingajos arrugados, trapos, y nosotros estábamos más que seguros —a pesar de que ni siquiera lo habíamos entrevisto bajo las mortificantes prendas del vestuario invernal— de que tenía un culo pequeño pero duro y perfecto; es más, gracias a esas visiones adivinas, lo veíamos con claridad meridiana. Su cuerpo era materia para videntes. Además, no era nada tímida, bromeaba y llamaba por su nombre a los compañeros de su hermano, como si quisiera provocarnos, observar nuestras reacciones que, claro, estaban siempre fuera de lugar, eran exageradas, tanto si aparentábamos desenvoltura como si reaccionábamos tímidamente.

(En mi caso, lo segundo...)

A Jervi le enorgullecía, no lo negaba, tener por hermana a semejante pedazo de chochín —uso este término porque estoy seguro de haberlo oído llamarla de este modo al menos un par de veces, plenamente consciente de lo que decía, acompañando el término vulgar con la fatídica fórmula «un pedazo de...»—, pero el orgullo que sentía no era muy diferente al que habría sentido por poseer una moto guay. El hecho de que su hermana estuviera muy buena lo colocaba un poco por encima de los que no tenían hermana.

Pues sí, he de reconocerlo, las hermanas de mis compañeros me inspiraban amores platónicos. Las rubias hermanas de Marco Lodoli, las dos mucho más mayores que él, que recuerdo desde siempre casadas y con hijos; la despampanante hermana de Jervi; la milagrosamente desarrollada de Iannello; la hermana de Barnetta, apodada la Mujika por sus piernas robustas y sus mejillas sonrosadas; y Leda, la silenciosa hermana de Arbus.

En el SLM era bastante común tener dos o tres hermanos. Con sus edades escalonadas cubrían épocas enteras del colegio, heredando a menudo a los mismos profesores, Cosmo, por ejemplo, o Svampa o el hermano Curzio. Estaban los Ducoli, los Abbadessa, los Di Marziantonio, los Sferra, los Bellussi, los Pongelli, los hermanos Giannuzzi, los dos Cerullo, los Dall'Oglio, los Rummo y también los Albinati...

En los tiempos en que se desarrolla esta historia, las familias todavía solían ser numerosas, con muchos hijos y primos, lo cual les permitía proyectar una elevada y caprichosa potencialidad erótica, en el sentido de que, pasando revista, uno podía fantasear y preguntarse —entreteniéndose en reflexionar acerca de las dudas que el análisis planteaba— de qué hermano o hermana sería más emocionante enamorarse, con cuál sería más aconsejable casarse o quién era el más guapo de la familia, juicio que a veces incluía a los padres, pues a menudo las madres eran más atractivas que las hijas. Una mitología de la época, fomentada por la película *El graduado*, alimentaba fantasías que te mareaban y proyecciones obscenas alrededor de las guapas cuarentonas.

Ahora me pregunto: los violadores que protagonizarán, al menos durante algunos capítulos, este libro, ¿qué relación mantenían con sus madres, con sus hermanas —si las tenían—, es decir, con las mujeres más cercanas? ¿Desprecio, amor morboso, celos, rabia incubada a con el tiempo? ¿O era algo puro? Quién sabe... ¿A quién deseaban de hecho desvirgar, sodomizar, estrangular? ¿A quién querían de hecho castigar o, eventualmente, quién los había humillado y castigado?

La fórmula clásica sería: padre ausente + madre morbosa = psicópata. Pero no acaba de convencerme. Es mediocre, de guionista barato.

En los capítulos siguientes contaré algunas cosas de una de estas mujeres, de una de estas madres, la madre de mi querido compañero y amigo, la más interesante, creo, de todas las que conocí, la más extraña y, por lo que recuerdo, la más guapa y la que más me impresionó. Guapa como mi madre, aunque muy diferente, físicamente todo lo contrario: pelirroja, pecosa, de ojos verdes más bien pequeños. Cuando hable de Ilaria Arbus, hablaré de las madres de entonces, de todas las madres que he conocido, de las de los demás compañeros del colegio, las señoras del barrio de Trieste. Pasemos juntos esta página.

8

Amable, era amable. Y guapa, era guapa. E infeliz, añadiría. Sufría de esa infelicidad latente que afectaba a las madres de familia entre los treinta y los cuarenta, cuando, después de haber tenido hijos, haberles dado de comer, vestido y cuidado, estos crecían y ellas se encontraban con una vida prácticamente vacía. Ahora ya no pasa porque todo empieza más tarde, pero entonces era normal que una mujer de treinta y cinco años o poco más hubiera agotado su papel materno, o al menos en su fase de dedicación exclusiva. Ya no tenía nada de lo que ocuparse de manera angustiosa, le quedaban los quehaceres domésticos, pero la etapa heroica había concluido. ¿Y después? ¿Qué hacer? ¿Qué hacer en la vida además de la compra, la programación de los menús semanales, la gestión de las facturas y el remiendo de los puños raídos? A los treinta y pocos, en la joven vida de una mujer ya se habían cerrado tres ciclos sentimentales: el de la familia de origen, el del marido —que raramente se había restablecido del trauma de la rutina conyugal— y el del hijo o hijos, quizá el enamoramiento más exclusivo y exigente, que de dependencia visceral se transforma en relación problemática, no exclusiva, marcada por la ruptura de la mítica unión entre madre e hijo. ¿Qué hacer después?

Durante un período, el mismo en que se desarrolla la parte principal de esta historia, las madres italianas fluctuaron entre opciones radicalmente diferentes, aunque originadas por el mismo sentimiento de incertidumbre. Algunas abrazaron sin reservas y para siempre, como si renovaran sus votos matrimoniales, su papel de vestales de la familia y lograron mantenerlo el mayor tiempo posible, incluso con un marido poco colaborativo y con hijos ya mayores y casados, organizando y replicando con puntualidad inapelable los ritos domésticos de antaño: comidas, fiestas, cumpleaños, regalos, veraneos —si eran burgueses—, excursiones —si eran de clases populares—; incluso las peleas, los insultos, las desgracias y los lutos parecían haber sido planificados por estas mujeres que pretendían ser madres, abadesas, reinas e institutrices de la nada, pero de una nada perfectamente ordenada, controlada, dominada, gobernada, reglamentada, gestionada; un recinto, en definitiva, del que habría sido un sacrilegio escaparse. Otras, las más emancipadas —con la intención de demostrar que lo eran de verdad—, al dejar atrás la fase reproductiva se dedicaron de lleno a los estudios nunca emprendidos, interrumpidos o inútilmente concluidos, a las carreras que habían abandonado durante tanto tiempo que casi tenían que empezar de cero, o bien se inventaron otras completamente nuevas. Entre las de la generación de mi madre y de la de Arbus, por ejemplo, una que ya era licenciada en derecho ejerció por fin como abogada, otra abrió una tienda de juguetes suecos de madera natural, una más fundó una escuela de música donde los niños aprendían las notas musicales como si fueran gestos repetidos en secuencia —levantar un brazo o una pierna, dar un paso adelante o uno de lado, saltar—. Con iniciativa sorprendente, fundaron grupos feministas, abrieron periódicos, centros de estudio, empresas, se adhirieron a movimientos políticos, en resumen, hicieron de todo para demostrar con hechos y no solo con palabras que para ellas había empezado una nueva vida; es más, que en algunos casos aquella era su verdadera vida, y no la precedente versión conyugal y materna. También hubo otras que, dándose cuenta de que todavía eran deseables para cualquiera que no fuera su cónyuge —a menudo el único hombre con quien se habían acostado en su vida—, hambrientas de amor y cambios, tras lustros de rigurosa fidelidad, tomaron la senda de las aventuras sentimentales y sexuales, en la mayoría de los casos vividas sin salir del contexto de los conocidos habituales y del círculo de amistades, convirtiéndose en amantes de antiguos compañeros de colegio o de la universidad que se habían encontrado por casualidad al cabo de mucho tiempo, o de esos maridos de las amigas que desde siempre —enviando señales en un código tan alusivo que permitía suponer su inocencia— habían manifestado un interés que iba más allá de los convencionalismos sociales y que daba a entender que entre ellos podía existir una afinidad no limitada a la elección conjunta de una película o de un restaurante; o por último, de los compañeros de estudio de sus hijos o incluso de los *boyfriends* de las hijas, que, excitados ante la idea pero reacios al principio, acababan cediendo, en un segundo momento, al morbo de haberse follado a madre e hija, que es el súmmum del imaginario erótico masculino, italiano en concreto, que reserva un puesto de honor en su limitado repertorio a la figura materna —hoy celebrada y ultrajada a la vez por el desolador acrónimo MILF—. Pero la mayoría, y creo que la madre de Arbus formaba parte de este grupo, no asumía ninguno de esos comportamientos de forma tajante, sino que se limitaba a flotar en el vacío paso del tiempo cotidiano: sus hijos en el colegio, su marido, el profesor Arbus, absorbido por la vida académica —por lo menos, eso creía todo el mundo—, la casa silenciosa, ordenada, que no requería otros cuidados que no fueran paranoicos, como ponerse a abrillantar la plata, el mundo, que bullía fuera, el rostro y el cuerpo reflejados en el espejo..., sometidos a examen...

Las madres de mis compañeros de colegio y las señoras del barrio de Trieste de aquella época expresaban su voluntad de poder a través del instinto maternal. Para ellas el mundo estaba formado, o casi, por objetos que cuidar y bocas que alimentar. Los niños en primer lugar, por supuesto, pero también sus amiguitos y los compañeros de colegio o de actividades deportivas hasta abarcar un radio muy amplio; también los parientes y familiares necesitados o enfermos, los animales domésticos, los ancianos padres, los pobres de la parroquia y gente cuya vida necesitaba ser organizada y encauzada. Si se daba un momentáneo déficit de casos lamentables, las madres no se quedaban de brazos cruzados, sino que salían en busca de otros desgraciados. Qué terrible habría sido que de repente nadie hubiera necesitado sus atenciones.

Algunas eran un poco menos decididas e intervencionistas pues, habiendo sufrido un trato invasivo por parte de sus madres, iban con cuidado para no hacer lo mismo con sus hijos. Mi madre, por ejemplo.

¡Con qué ímpetu atropellaba la madre de Arbus a su hijo! Me di cuenta de que yo también deseaba que me trataran de esa manera, pero ella no me quería como objeto de sus vejaciones y, siendo amable conmigo, acababa por burlarse de mí a propósito. No era digno de ella, es decir, era indigno hasta que me tratara como un ser indigno, como un esclavo, un parásito, un organismo unicelular, una escoria. Arbus era el objeto de su amor. Yo era demasiado pequeño y demasiado grande al mismo tiempo; demasiado pequeño para ser un hombre al que da satisfacción someter, y demasiado grande para ser acunado entre sus brazos, acunado y zarandeado, acunado y maltratado. En resumidas cuentas, no era lo bastante indefenso, pero tampoco sabía defenderme de ella.

A mí me preparaba la merienda extendiendo meticulosamente la mantequilla y la mermelada en toda la rebanada de pan, mientras que a Arbus le echaba una cucharada enorme de confitura adrede para que la rebanada se le volcara del plato —en efecto, siempre acababa en el suelo—. «Y esto para Edo», decía pasándome el plato. Y después, mirándome, me preguntaba: «¿A que te gusta?». ¿Cómo podía permanecer indiferente a su intención de burlarse de mí?

Con las tostadas era aún peor. A mí me daba las enteras y a Arbus las rotas, que se le deshacían entre las manos en cuanto las tocaba. Es inútil añadir que los trozos caían al suelo por la parte de la mantequilla.

—Qué hijo tan patoso tengo... ¿Qué tendrá dentro de esa cabeza? ¿En qué pensará? ¿En quién pensará? ¿Eh?

Y mientras repetía «quién, quién» daba golpecitos con los nudillos en la cabeza de su hijo. Arbus disimulaba y hacía como que no le molestaba, y a pesar de que los golpecitos aumentaban de intensidad y frecuencia, seguía copiando los apuntes meticulosamente y después apartaba la cabeza sin decir nada.

—Aquí dentro no hay ningún secreto —decía su madre fingiendo disgusto—. Tú sí que tienes secretos, ¿verdad? —me preguntaba acto seguido, sonriendo—. A ver, ¿qué escondes? Cuéntanoslo.

—¿Yo?

—Sí, tú. Las cosas que no le cuentas a tu madre. ¡Venga!

—Bueno..., es que yo no le cuento casi nada...

Las tardes en casa de Arbus siempre eran animadas e inesperadas. Bueno, en realidad eran aburridísimas, pero el aburrimiento de estudiar se veía sin cesar interrumpido por las apariciones de la señora Arbus. Las interrupciones eran su arma letal. Hiciéramos lo que hiciéramos, ella lo cortaba con la hoja de sus propuestas alternativas. Si veíamos la televisión, pretendía que la apagáramos inmediatamente y que mi amigo se pusiera a tocar Scarlatti. En cuanto acababa de interpretar una pieza, le pedía que probara con otra más difícil y después le daba la merienda, de modo que los dedos le quedaban pegajosos de mermelada o mayonesa. Una vez estábamos estudiando química. Abatido por la muerte de su flor, Svampa había jurado que a partir de ese momento todo se haría por escrito, se acabaron las explicaciones y las pruebas orales, se había cansado de desgañitarse y de malgastar su voz de grajo, y tampoco quería oír nuestra cantilena de las cadenas de los ácidos; en adelante, todos los ejercicios serían por escrito, tan difíciles que para hacerlos no quedaría más remedio que estudiarlos por nuestra cuenta, directamente del libro de texto. «Arregláoslas —había dicho con los ojos llenos de lágrimas de rabia y dolor—, ya que sois tan listos.» Pero como decía, Ilaria Arbus entró en la habitación en albornoz y con una toalla como turbante e interrumpió nuestras letanías.

—¿Qué hacéis? Supongo que perder el tiempo como siempre, ¿no, Edo?

—No, señora, estamos haciendo... —empecé a explicarle con toda mi buena voluntad— los ejercicios de química y...

—No os sale bien ni uno.

Ilaria Arbus llevaba algo de razón, pero no toda. A pesar de las gafas empañadas y el desinterés que su hijo manifestaba por una materia tan tosca —«Gente a la que le gusta chapucear con las probetas», así definía a los químicos, de Lavoisier a madame Curie—, Arbus lograba resolver casi todos los problemas, mientras que yo siempre me equivocaba en algún paso y, por tanto, en el resultado.

—Déjame ver —dijo y, arrebatándome la hoja con los ejercicios que Svampa nos había dictado, se puso a leer la lista—: La molécula de ácido sulfúrico (H_2SO_4) tiene un peso molecular de 98 uma. ¿Qué quiere decir «uma»?

—Unidad de masa atómica —bufó Arbus.

—Claro, es verdad —prosiguió su madre—, unidad de masa atómica... UMA..., pues eso, tiene un peso de 98 uma. Calculad el porcentaje de oxígeno presente en la molécula. —Levantó la vista del papel y nos miró sonriente—. Sabéis hacerlo, ¿no? El porcentaje de oxígeno. No es tan difícil.

—No, no será difícil, pero yo no sé —confesé—. No me acuerdo.

—¿Tú sabes hacerlo, mamá? —preguntó Arbus con tono burlón.

—Cariño, si me dejas pensarlo un momento, lo resuelvo. ¡Hace veinte años que estudié estas cosas!

Estaba muy claro que no tenía ni idea de química, pero a pesar de eso yo esperaba que su madre respondiera correctamente de un momento a otro, como si un ángel estuviera a punto de darle la respuesta. La mirábamos los dos, Arbus con fastidio y yo con ansiedad. Al ver que fruncía el ceño, hice el esfuerzo que ella fingía hacer. Procuré recordar la última clase de Svampa antes de que se declarase en huelga por la muerte de la flor.

Y di con la solución.

Mientras Arbus seguía mirando fijamente a su madre con aire desafiante, escribí el resultado a lápiz en el margen del libro, con la esperanza de haberlo calculado correctamente: 65,2 por ciento.

Ella se dio cuenta de que lo había hecho a escondidas de su hijo y miró el número de reojo. Suspiró y se remetió en el turbante un mechón de pelo que le había caído sobre la cara mientras estudiaba el problema.

—Bueno, aunque deberíais decírmelo vosotros a mí, os lo diré yo: es el sesenta y cinco por ciento de oxígeno, para ser exactos el sesenta y cinco coma dos por ciento, ¿correcto? —Y devolvió la mirada desafiante a su hijo de una manera que se me antojó irresistible.

—Bueno, ya que en química vamos bien, ¿qué os parece si jugamos una partidita? —propuso provocando el enrojecimiento repentino de todas las pústulas de la cara de su hijo.
—¿Una partidita de qué? —pregunté, sorprendido.
—Pues de qué va a ser, de cartas. De póquer, si queréis.
—Pero ¡mamá! ¿Con qué cartas?
—No te apetece porque no sabes jugar y te da miedo perder la paga semanal, ¿no?
—¡Mamá! Yo no tengo miedo de nada...
—Sí que lo tienes —dijo la señora Arbus sentándose sobre el libro de química que estaba en el escritorio, como si quisiera impedir con su cuerpo, digno de mención, que estudiáramos, y de paso enseñar una pierna, que balanceaba delante de mis ojos—. Te da miedo divertirte, es así. Edo, ¿sabes que tu amigo tiene un miedo atroz a divertirse?

Yo estaba tan apurado que el apuro me embriagaba, el descaro de la madre de Arbus me anonadaba y, naturalmente, también su extraordinaria belleza, a la que era agradable y fatal someterse, en especial para alguien como yo, que nunca ha sabido encontrar argumentos más válidos que una pierna blanca y suave para poner fin a una discusión. Para que toda mi mente deje de funcionar es suficiente una visión como lo era la de la madre de Arbus en albornoz, sentada por encima de nosotros, dominando a dos chavales hundidos en las sillas plegables, con el lápiz en la boca para subrayar su papel. Así que ese día dejamos la química de lado y jugamos al póquer. Perdí el poco dinero que llevaba encima en unas manos —la señora Arbus se cansó enseguida y, ciñéndose el albornoz a la altura del pecho, como si con ese gesto aludiera a mi mirada descarada, abandonó la habitación— y al día siguiente tuve que fingir que tenía fiebre para no presentarme al examen de química que seguramente catearía. Pero desde luego ese día en casa de Arbus, al contrario que mi compañero, me divertí mucho.

Nunca olvidaré las visitas a su casa, las tardes pasadas con Arbus y su madre, que lo trataba como a un muñeco de trapo al que se abraza y se mortifica con la misma vehemencia. Parecía siempre a punto de arrancarle los ojos para volver a cosérselos después, como hacen las niñas algo sádicas con sus muñecos.

A propósito de ojos. Cuando su madre estaba cerca provocándolo, atormentándolo o pinchándolo, los ojos de Arbus se convertían en dos rendijas tras los cristales gruesos y sucios...

Ella lo torturaba convencida de que era lo correcto, porque después lo recompensaría llenándolo de amor. Pero la recompensa nunca llegaba.

9

Su humor era cambiante. Si no jugaba, si no bromeaba, estaba pensativa. Una vez fui a su casa sin avisar.

Llamé a la puerta.

—¿Está Arbus?

Yo lo llamaba siempre así. Y había descubierto que en su casa también se dirigían a él por el apellido.

—No. Pero creo que no tardará. Entra.

La seguí por el pasillo. Cuando llegué a la altura de la habitación de mi amigo —la puerta estaba abierta, el escritorio ordenado, la cama hecha—, hice ademán de entrar, pero Ilaria Arbus se dio la vuelta y me cogió del brazo.

—No, ven conmigo. Quiero enseñarte algo. —Y continuó avanzando por el pasillo en penumbra. La seguí.

Me hizo entrar en su dormitorio. «Pasa, pasa.» Me daba vergüenza. La habitación no era muy grande y estaba ocupada casi por completo por la cama, que quizá por eso me pareció más grande de lo normal, una cómoda de nogal y un armario de cuyos pomos colgaban varios collares. Los observé con la poca luz que se filtraba a través de las cortinas; eran de bisutería.

—Siéntate, Edoardo.

No había más sitio que en la cama. La miré con perplejidad, pero se había dado la vuelta para abrir uno de los cajones inferiores de la cómoda, donde buscaba algo.

—Siéntate —repitió, inclinada hacia delante, dándome la espalda o, mejor dicho, el culo, enfundado en un vestido de algodón bajo el que se entreveía la goma de las braguitas.

Procuré sentarme a los pies de la cama, pero una maciza estructura de hierro forjado pintado de negro con una gran esfera a cada lado me lo impidió. Así que no me quedó otro remedio que hacerlo en medio, justo detrás de la señora Arbus, que inclinada hacia delante seguía rebuscando en los cajones, en el lado de la cama donde dormía ella, pues en la mesita de noche había medicamentos, tapones de cera y dos novelas de misterio, mientras que el otro estaba vacío y con la lámpara desenchufada.

—Aquí está, mira, mira. —Y se irguió con una carpeta en la mano.

Después tomó asiento a mi lado, en el borde de la cama, que se hundió bajo nuestro peso. Sacó unas cuantas hojas, de diferente tamaño y espesor, y empezó a pasármelas una a una.

Las primeras debían de haber sido arrancadas de un cuaderno de espiral de tamaño mediano, eran finas y blancas. En cada página, con un rotulador azul de punta gruesa, había un dibujo de un paisaje urbano de una ciudad imaginaria, nunca vista o soñada, con edificios muy altos, iglesias, torres, rascacielos audaces —muy parecidos a los que en los últimos treinta años los arquitectos mejor pagados del mundo se divierten construyendo y que convierten los *skyline* de las ciudades en algo espectacular— y parques, calles, pasos elevados, lagos, cuarteles, fortificaciones... Eran proyectos preciosos y, a pesar de que el trazo con que habían sido hechos era el mismo, las ciudades eran muy distintas entre sí y cada una respondía a un modelo muy concreto. La madre de Arbus me pasaba uno nuevo y me quitaba el que ya había visto, colocándolo con los demás; después me miraba y sonreía de una manera que yo no entendía si era irónica o divertida al verme sorprendido.

—¡Ostras, qué bonitos! —fue lo único que atiné a decir en respuesta a su sonrisa. Estaba tan cerca que, en efecto, no lograba verle toda la cara, sino solo la boca, o más bien los ojos...

Pero hasta que me pasó el último paisaje urbano no me di cuenta de un detalle sorprendente que la intricada elaboración del dibujo no me había dejado ver. Me percaté de que habían sido trazados sin levantar el rotulador, es decir, sin interrumpir el trazo. Consistían en una única línea que, partiendo de cierto punto y a través de volutas, zigzags, subidas, bajadas y diagonales, volvía al punto de partida después de dar forma a todos aquellos edificios sorprendentes. Por eso, entre otras cosas, mostraban aquella increíble coherencia de concepción, aquella cohesión, porque eran fruto de un único pensamiento o una única acción, de un gesto fluido de la mano que había abandonado la hoja solo después de haberlo acabado todo.

—Los dibujó a los cinco años.

—Son increíbles... —murmuré. Me habría gustado volver a ver los que la madre de Arbus ya me había enseñado para comprobar si también estaban dibujados con el mismo trazo extraordinariamente continuo, pero ella ya me había quitado la última hoja y me pasaba otra.

—Cinco años...

La nueva serie a lápiz estaba hecha en papel de dibujo auténtico, grueso y rugoso. Representaba interiores domésticos, en un estilo completamente diferente al de los paisajes urbanos. Mientras que los primeros eran aéreos, abstractos, estilizados y, por decirlo de algún modo, gráficos, estos segundos eran minuciosos, hiperrealistas, y reproducían hasta el más mínimo detalle todos los objetos presentes en la habitación que el autor tenía delante de los ojos antes de empezar a llenar la hoja. Sí, llenar es la palabra adecuada, porque a pesar de que el trazo del lápiz consistía en unas leves señales oscuras sobre el fondo blanco, todo el espacio se presentaba cubierto, historiado de arriba abajo y de izquierda a derecha, causando un singular efecto de relieve fotográfico o quizá de escaneado digital, como si el ojo del observador hubiera girado lentamente su campo visual de un margen al extremo opuesto para reproducirlo idéntico en el dibujo. La diferencia consistía en solo una deformación, o fluctuación del espacio, prácticamente imperceptible, que a veces se cerraba o se inclinaba como si el punto de vista se hubiera desplazado unos grados o como si el objeto retratado hubiera sufrido una ligera torsión sobre su eje. Pondré como ejemplo el primer dibujo que me pasó la madre de Arbus para que se entienda mejor. Se veía un salón, lo que en las casas burguesas se define como un cuarto de estar. No soy capaz de detallar con la misma meticulosidad lo que aparecía en el dibujo porque lo más sorprendente era la vivacidad de algunos pormenores, tan reales que le conferían el rango fortuito de una instantánea. Había dos sofás colocados en «L» y dos butacas de respaldo alto, de brazos acolchados, cuya tela floreada estaba reproducida con la exactitud de algunos cuadros de Vuillard; sobre el respaldo, en contraposición, había otra tela para protegerlos, y alfombras en el suelo y cuadros en las paredes que me resultaban familiares. Desde el marco de uno de ellos se asomaba al cuarto de estar un hombre de aire altivo con los brazos cruzados que llevaba un batín elegante; el artista había reproducido hasta el bordado de su bolsillo, una pipa que sobresalía de él y las iniciales de debajo, «L. A.», como si se tratara de un detalle significativo. Sobre una mesa oval con cuatro sillas de paja de Viena colocadas de manera irregular alrededor de la mesa, como si alguien sentado hasta ese momento se hubiera levantado de repente y salido de la habitación sin ponerlas en su sitio, se veía una baraja cuyas cartas habían sido distribuidas de tres en tres a un par de jugadores como mínimo, antes de que la mano se hubiera interrumpido. Bajo los brazos de uno de los sofás, había un revistero de metal calado, a través de cuyos agujeros se leían las letras de los titulares de la primera página de al menos tres revistas colocadas allí dentro por alguna criada o ama de casa harta de tanto desorden; al lado y debajo de las letras, el ilustrador había llegado a reproducir trozos de cubiertas de fascículos enrollados: una pierna femenina, una mano cargada de anillos vistosos y un mechón de pelo claro. La única palabra legible era L'ESPRESSO.

En un mueble formado por dos cubos superpuestos estaban el plato y el amplificador de un equipo de música y una modesta colección de discos, que al hallarse colocada de lado permitía distinguir la cubierta del primero, el famoso *Abbey Road*, del que se apreciaban únicamente las dos primeras figuras de la derecha: Lennon con barba y pelo largo, vestido de blanco, y Ringo, con un elegante traje negro, cruzando el paso cebra.

Podría seguir enumerando —contra la pared, un piano vertical con una partitura torcida y algunas páginas caídas sobre el teclado..., la parte posterior del cuerpo de un gato negro visible por el resquicio de una puerta entreabierta a la derecha..., la lámpara de techo con lágrimas que colgaba sobre la estancia..., etcétera—, pero me interrumpo para señalar que esos objetos, los sofás, el mueble con la cadena de música, las fotografías, los cuadros, estaban tan fielmente reproducidos como levemente deformados, o bien colocados en el mismo espacio desde perspectivas apenas diferentes, por lo cual, la mesa, por ejemplo, aparecía inclinada desde el punto de vista del observador, con las cartas a punto de resbalar, mientras que la disposición de los cuadros en las paredes daba la impresión de que el rincón del fondo, donde estaban las paredes, fuera un ángulo agudo, lo que confería a la sala de estar el aspecto de la proa de un barco.

—De esto no queda nada en él. Nada de nada.

La sonrisa de Ilaria Arbus se había esfumado y sus ojos verdes estaban llenos de lágrimas inexplicables.

Entonces no podía imaginar que unos ocho años después me tumbaría en esa misma cama con su hija Leda.

10

Ay, si pienso en la cantidad de energía que he malgastado a lo largo de estos años intentando justificarme..., dar mayor sentido a mis acciones para que lo que hacía estuviera, o al menos pareciera, bien hecho, aunque no lo estuviera, especialmente si no lo estaba o no del todo, y para que lo que no hacía estuviera bien no hacerlo, evitarlo, a fin de justificar que mi negativa —cuántas, muchas, demasiadas— no respondía al miedo, la pereza o el esnobismo, sino a un noble, aunque oscuro, principio de coherencia.

¡Mi colección de «preferiría no hacerlo» es tan larga!

Sin embargo, la verdad es que es mejor no facilitar los motivos o ilustrar las razones de tus propios motivos o razones. Si logras evitarlo, te sientes más fuerte. Puede parecer altivo, pero en realidad es sincero, a ti te ahorra una buena dosis de hipocresía y el prójimo se ahorra malentendidos o falsas esperanzas. Si a los demás les gusta lo que haces y cómo eres, bien; si no es así, tal día hará un año. ¿De qué sirve justificarse? Si crees que tienes razón, no debes perder tiempo explicándolo, y si no la tienes, las palabras o actitudes que adoptes no podrán convertir una equivocación en algo correcto.

Al fin y al cabo, si todo lo que uno hace es un error, las consecuencias recaerán sobre uno mismo, de igual modo que también recaen las ventajas, cuando las hay. Así que es inútil engañarse, ¿no?

Oh, oh, hablar de uno mismo...

No es fácil. No es nada fácil hablar de la propia infamia o, peor aún, de la propia normalidad. Es como tener un cuchillo y querer usarlo para matar a alguien, pero darse cuenta de que la hoja no corta, de que no está bien afilado y no penetra en la carne..., quieres empujar con fuerza..., pero cuanto más a fondo intentas ir, más se aleja el desconocido.

—¿Quién eres? Quieto ahí. Deja que te atrape.
—Ja, ja. ¿Dejarme atrapar por quién?
—¡Por mí!
—No puedes. Yo soy tú.
—¡¿Eres yo?!
—Así es.
—Pero no te veo...
—¡Ni me verás nunca!

No existen frases sinceras, no son nunca lo bastante sinceras y no existen historias reveladoras en este hablar de uno mismo, mezclando, mezclando y volviendo a mezclar hasta confundir las cartas y las figuras representadas en ellas...

Una de esas figuras, para mí, era Arbus.

Otra era una mujer, bueno, una chica, que al principio no reconocía. ¿Sabré quién es al final de este libro? ¿Cuántas serán las chicas importantes de tu vida, las mujeres decisivas? ¿A las que quieres, con las que sueñas, con las que te casas? Al final, ¿cuáles serán más importantes, las que te hicieron sufrir o aquellas a las que hiciste sufrir?

¿Hacemos una lista? ¿Hay alguien que no haya hecho alguna vez una lista de las amantes que ha tenido? Por no mencionar con cuántas no llegó a hacer nada porque no le querían o porque él no las quería a ellas o porque algo salió mal —no encontró un taxi a tiempo, no había ninguna habitación libre, la ocasión no fue aprovechada o la mirada no fue comprendida, porque yo tenía cuarenta de fiebre y el avión salía al día siguiente por la mañana temprano...

¡Qué casual es todo! La literatura nunca logrará expresar completamente esta casualidad. Y aunque supiera hacerlo, no querría. ¡No quiere! Una novela es todo lo contrario del caos, es enemiga natural del desorden. Por eso, hablar de uno mismo o de los demás es solo una pérdida de tiempo.

Así que, cierra el libro.

Pon el tapón al bolígrafo.

Apaga la tableta o el ordenador.

Apaga la luz.

Y deja que por la ventana abierta de par en par entre el aire nocturno. Denso, profundo, que huele a flores y a gasolina. La noche está ahí fuera, inmensa, sin límites.

11

Habrá pasado una década, o quizá más, del episodio que voy a contar. Lo he calculado a partir de una fecha de la que estoy bastante seguro, un punto de referencia, lo que en la investigación histórica se llama, creo, *ante quem*: 2005, año en que jugué mi último partido de fútbol, es decir, un partido con unos chavales en el jardín de casa. Ese día, al darme impulso para saltar y apoderarme de la pelota para impedir que un chico de doce años lo hiciera, estiré la pierna derecha y oí, al tocar el balón, un ruido detrás del muslo, dentro del muslo, una especie de chasquido; me caí al suelo sin poder doblarla, como hacen los bailarines rusos al final de sus danzas acrobáticas.

El desgarro del bíceps femoral marcó el final de mi carrera futbolística que, por otra parte, arrastraba desde hacía años únicamente por los campos de fútbol sala, a ritmo reducido.

Así que fue sin duda antes de 2005 cuando, en un círculo deportivo donde los campos están encajados entre los montículos de sedimentos fluviales y el Tíber, y sobre los que se adensa una neblina que hace brillar la humedad en la hierba sintética bajo los reflectores, me encontré a mi antiguo compañero Rummo.

A pesar de que habían pasado treinta años, no sé cómo, pero me reconoció en los vestuarios.

—Perdona, ¿eres Albinati?

Los dos estábamos en calzoncillos y teníamos mucha prisa, faltaban dos o tres minutos para la hora reservada para el partido y los demás jugadores ya habían abandonado los vestuarios, recordando al último de los tardones que cerrara con llave.

—Sí, ¿y tú?

—Rummo. ¿Te acuerdas de mí? Íbamos juntos a...

—¿Rummo...? ¡Sí! ¡Al SLM! Claro, sí...

—He cambiado mucho, ¿no?

Y sonriendo se pasó la mano por la calva. Por la misma zona donde, en la época en que se desarrolla el capítulo más importante de nuestra historia, crecía un bonito cabello de color trigo, fino y abundante.

Lo tranquilicé diciéndole que todos nosotros habíamos cambiado bastante.

—¿También eres psiquiatra? —me preguntó Rummo.

La pregunta, que podría parecer extravagante, tenía una explicación: los partidos de los martes por la noche estaban organizados por un psiquiatra y solían jugar sus compañeros y algunos enfermeros de los centros de salud mental, tipos bastante singulares; no es que estuvieran realmente locos, entendámonos —como en el famoso cuento de Poe «El sistema del doctor Tarr y el profesor Fether»—, pero eran, en cualquier caso, personas excéntricas que en más de una ocasión interrumpieron los partidos con sus manías. Algunos buscaban bronca, otros se ofendían y había quien, sin razón aparente, se retiraba sin dar explicaciones. Yo era uno de los pocos que no pertenecía al mundillo de la salud mental y participé durante dos o tres años en los partidos de los martes por la noche. Los psiquiatras jugaban tan mal y estaban tan poco entrenados que podía seguirles tranquilamente el ritmo, y eran tan desorganizados que alguien como yo podía permitirse establecer las tácticas en el campo.

En el fútbol, el nivel del juego y de los jugadores son decisivos para determinar el propio papel: de chaval, jugando con los mejores, a lo sumo podía ser un vulgar defensa central y lateral; con los torpones de mediana edad podía incluso dirigir el juego y con un campo reducido, atreverme a chutar con la pierna izquierda, pues la pelota debía cubrir como máximo cinco metros de distancia.

—¿Psiquiatra yo? No.

—¿Eres psicoanalista? —En realidad, me hubiera gustado responderle que sí. Creo que es la única profesión a la que hubiera querido dedicarme—. Y juraría que lacaniano.

—¿Por qué lacaniano? —dije negando con la cabeza.

—No sé, me daba esa impresión...

—Soy profesor de literatura.

Rummo me preguntó en qué universidad.

—En ninguna, de bachillerato.

—Ah. Así que eres uno de esos que nunca abandonaron el colegio. Saliste por la puerta y volviste a entrar por la ventana.

—Más o menos.

—Es un apego muy peculiar...

—Sí, muy peculiar... —Hurgué en mi bolsa—. Oye, Rummo, ¿tienes un par de calcetines para prestarme? Es que, si no, tengo que jugar con estos —dije señalando los calcetines altos de hilo de Escocia que llevaba—. Siempre se me olvida algo.

—Claro, toma. —Y me tiró un par de calcetines deportivos hechos una bola—. Tres pares, cinco euros. Pero démonos prisa.

Me até mis viejas botas de punta agrietada.

—En realidad, soy profesor en la cárcel.

Rummo levantó la mirada.

—¡En la cárcel! ¿De verdad?

—Es extraño, ¿no?

—No, no tanto.

—Bien mirado, si tú eres psiquiatra, ¿quién de nosotros dos se relaciona con gente más rara?

—¿Te ves con alguien de nuestra antigua clase?

—No, con nadie. Ir a comer una pizza a la Via Alessandria al cabo de treinta años... Para hablar de qué, de quién. ¿De De Laurentiis y de su música griega? ¿De mister Gólgota? ¿De Gas & Svampa?

(Por otra parte, ¿qué estoy haciendo en este libro? Hablar por los codos de aquellas personas. ¿A quién podría interesarle?)

Es increíble la cantidad de pirados que había en aquella clase. De veinticuatro, al menos cinco eran de manicomio, y va en serio. En efecto, algunos de ellos acabaron allí. Un pirado cada seis chicos. Pero si consideramos las pequeñas y también las medianas manías, los chalados subirían a cinco de cada seis, o puede que a todos a excepción de uno. Yo. Creo que soy el único que se salva temporalmente porque tiene el cometido de contar la locura de los demás y no puede abandonarse a la suya. Cuando haya completado mi misión, con toda probabilidad también enloqueceré. Quizá por eso voy alargando su cumplimiento.

Los chalados de nuestra clase:
EL PIRADO: autista (¿?).
CHIODI: sádico con tendencias suicidas.
CRASTA (apodado Kraus o el Perezoso): retrasado.
D'AVENIA: masoquista.
ARBUS: diagnóstico todavía en curso.

—¿Has vuelto a ver a D'Avenia, por ejemplo? ¿Sabes dónde fue a parar?

Rummo negó con la cabeza.

—He oído decir muchas cosas. Que se convirtió en un riquísimo chanchullero y que vive en el extranjero..., dicen que se ha casado dos o tres veces con espléndidas sudamericanas gracias a su riqueza.

—¿Y Kraus?

—Creo que sigue siendo igual que era.

—Vale, vamos —dije saliendo de los vestuarios.

Rummo hizo un amago de carrera allí mismo; los tacos de las botas resonaron en el cemento. La barriga incipiente le tembló por encima de la goma de los pantalones.

Fuera empezaba a oscurecer y habían encendido los reflectores a lo largo de los campos de fútbol sala, cercados con redes muy altas para evitar que la pelota acabara en el campo de al lado o en el río. Era una larga mancha de luz que iba esfumándose. Aspiré el aire que olía a humedad.

—¿Y Chiodi? —le pregunté a Rummo mientras corríamos hacia el campo donde se jugaría el partido entre psiquiatras, enfermeros, algún loco y yo.

—¡Ay! —suspiró Rummo—. Chiodi. Chiodi...

—¿Qué pasa?

—Fue paciente mío. Mejor no hablar de eso.

Naturalmente, me picó la curiosidad, pero ya habíamos llegado al campo. Los demás nos esperaban con los brazos en jarras; uno se desahogaba tirando penaltis contra la portería vacía.

—Pero ¿qué coño hacíais?

—¿Por qué coño nos habéis hecho esperar?

Nos recibieron con frases de este tipo y enseguida empezó el partido. Durante el juego, me di cuenta de que cuando tenía que llamar a Rummo para pasarle la pelota o para que me la pasara no recordaba su nombre de pila. En el colegio le llamábamos así, Rummo, a secas. Hacia el final del partido y tras mucho pensar me acordé de que se llamaba Gioacchino. Gioacchino Rummo.

—Mira, Rummo, voy a confesarte algo..., estoy escribiendo un libro...

—¿De verdad? ¡Qué interesante! ¿Y de qué trata?

—En realidad, no sabría decirte..., sobre el colegio, aquella época..., nuestros compañeros.

—¿Es un ensayo?

—No, bueno..., yo..., mi intención es escribir una novela, aunque muchas de las cosas que cuento son verdad. Es decir, basadas en hechos ocurridos. Así que... lo de Chiodi me parece interesante.

—¿Tú crees? En mi opinión, no mucho.

—Bueno, para mi libro sí. Me gustaría añadirlo. ¿Todavía tienes algo de su caso? No sé..., una ficha, una carpeta con su expediente...

—Sí, claro, mis apuntes. Como para todos los pacientes.

—¿Y de su terapia?

—Hasta que acudió a mí, claro. Pero ¿para qué?

—Me vendría muy bien tener ese material y utilizarlo.

—¿Utilizarlo?

—Para mi libro.

—No se puede. Existe el secreto profesional.

—¡Vamos! —bufé—. Y dale con el secreto profesional y las leyes de protección de datos. Si se respetaran a rajatabla no sabríamos nada de nada ni de nadie. No habría historias, no habría literatura. Ni jurisprudencia. Y tampoco psiquiatría. Todo es reservado y confidencial. ¡Las cosas más interesantes son reservadas y confidenciales!

—Se trata de la enfermedad de una persona. Es deontología, lo sabes tan bien como yo.

—¿Y si le cambio el nombre? ¿Te bastaría con eso?

—No, por supuesto. Podrían reconocerlo de todas formas.

—¿Cómo?

—Perdona, pero si escribes que era tu compañero de clase, lo identificas automáticamente por su edad. De Roma, de 1956 aproximadamente, alumno del SLM y con esa patología concreta... y cómo acabó. No hace falta ser un gran abogado para saber que llevaría las de ganar denunciándote. A ti y a mí, que era su médico.

—Vale, te prometo que cambiaré más cosas. Y que usaré tus apuntes solo como inspiración. Volveré a escribirlo todo para que la fuente no sea reconocible. Siempre lo hago así.

—A ver, pero ¿yo salgo en tu libro?

Me miró de arriba abajo. Una pregunta impregnada de una vibración sentimental. Sonaba como: «¿Yo también me merezco salir?».

—Qué pregunta..., pues claro, Rummo.

Estas páginas son prueba de ello. Al contar que el hermano Curzio iba de putas, mencioné que iba con Rummo cuando pasamos en moto por Tor di Quinto aquella noche, ¿lo recuerda el lector? Hace muchas páginas. No es un protagonista, lo sé, pero me convenía darle algo de importancia si quería tener el historial clínico de Chiodi.

—Salís todos en el libro. —Mentira a medias—. Intento ser fiel a los hechos, ¿sabes? —Mentira podrida.

—¿Y también hablas de Arbus?

—Sí, también.

—¿Le has visto o has hablado con él recientemente?

—No. —No quise añadir nada.

—Me gustaría comprender bien tu interés por Chiodi. Cuando íbamos a clase te importaba un pimiento.

Tenías razón, Rummo, pero cuando estás ante alguien que la tiene, solo te queda acosarlo testarudamente para salirte con la tuya.

—Bueno, ¿me pasas el historial o no?

—Yo no hago esa clase de cosas. —Se notaba que estaba pensándoselo. Rummo tenía un carácter confiado—. Dejarías que lo leyera después, ¿no?

Hay que comprenderlo. Si un paciente se suicida, como había hecho Chiodi...

Dos días más tarde tenía entre las manos ocho páginas densas con la tinta descolorida, probablemente generadas por una vieja impresora de agujas de modalidad *economy*, de esas que usaban rollos de papel continuo cuyo borde perforado formaba una larga tira al quitarlo. En un primer momento, sentí remordimientos; después los vencí. Intentaré resumir a continuación parte de su contenido.

De niño parecía que no sintiera nada por sus más allegados, ni por sus parientes ni por las personas de su edad. Se mostraba frío y distante con sus padres. En el colegio, su comportamiento era inexplicable, solo se preocupaba por sí mismo, como si los compañeros y los profesores no existieran. Estaba dotado intelectualmente, pero no sabía emplear tales dotes. De adolescente oscilaba entre impulsos místicos y un materialismo total. Se enfrascaba tanto en los libros de teología como en los manuales de ciencias naturales. Sus compañeros de universidad lo consideraban un loco. Un ejemplo: se pasaba un mes entero leyendo día y noche solo a Leopardi, sin entenderlo. Desinterés total por el otro sexo. Una vez mantuvo una relación sexual por casualidad, casi por error, de mala gana, con una compañera de universidad que también era una lunática, pero que, al contrario de él, era muy morbosa en el plano erótico. No sintió absolutamente nada, ni deseo antes, ni placer durante, ni satisfacción después. El coito le pareció algo absurdo y no tenía ninguna intención de repetir la experiencia. Sin razón aparente y sin sentirse empujado a ello por la desesperación o la angustia, pensaba a menudo en el suicidio. Fue el tema de una disertación pseudofilosófica en la que afirmaba que, al igual que la masturbación, el suicidio era un acto justificable y comprensible. Tras experimentar con varios venenos, intentó suicidarse ingiriendo cincuenta y siete pastillas de calmantes, pero fracasó. Al final lo salvaron e ingresaron en una clínica psiquiátrica. No poseía ningún instinto moral, ni sentido de la decencia ni espíritu social. En sus escritos, aparentemente serios y profundos, solo demostraba frialdad y frivolidad. Atesoraba conocimientos caóticos, y la lógica que le hubiera servido para ordenarlos y utilizarlos estaba distorsionada. Trataba a todo el mundo y todas las cosas, incluso a las personas más dignas de admiración o los temas más sublimes, con una mezcla de cinismo e ironía. Apoyaba la opción del suicidio con motivos manifiestamente ficticios, partiendo de premisas en las que parecía no creer, como si intentara convencer a un tonto, con razonamientos sin sentido. A pesar de dar la impresión de que se trataba de un tema que no le afectaba en absoluto, que lo dejaba indiferente, proclamaba que, después de tantas consideraciones irrefutables, se quitaría la vida. Cosa que, efectivamente, intentó varias veces. Se quejaba de que le habían quitado su navaja de bolsillo, y decía que, si la hubiera tenido, se habría cortado las venas como Séneca, en la bañera. Una vez, un amigo le dio un laxante haciéndole creer que era veneno y en lugar de irse al otro mundo se pasó un día entero en el váter. Solo la Muerte con su guadaña podía liberarlo de su fatal manía. De vez en cuando le asaltaba un pensamiento obsesivo que lo obligaba a ocupar la mente con los problemas más fútiles e insensatos. Empleaba y agotaba todas sus energías en interminables y agotadoras luchas interiores al final de las cuales, destrozado y sin haber resuelto nada, era incapaz de tomar cualquier decisión. Había profundizado en problemas de naturaleza teológica con la idea de fundar una nueva iglesia, pues, según él, Cristo había dado falsas esperanzas a la gente y sus milagros habían engañado al mundo entero, que ahora estaba desesperadamente necesitado de verdad. Los tratamientos a los que fue sometido se superpusieron de manera contradictoria y el paciente perdió la confianza en quien se los prescribía. A pesar de ello, durante las últimas terapias, por fin adecuadas a este caso difícil de encuadrar, obtuvieron algunos resultados. Había vuelto a dar señales de querer comunicar su malestar, explicando las razones a su interlocutor. Se quitó la vida a los treinta y ocho años tirándose por el balcón de un cuarto piso.

Adiós, Chiodi.
Gracias, Rummo.
Mira, no es que quiera dorarte la píldora concediéndote un poco más de espacio en este libro, como ocurre cuando algunos actores y actrices se quejan de la brevedad de sus papeles y les escriben algunas frases más para que las interpreten, pero es que acabo de acordarme de algo que sucedió y que quizá valga la pena contar al lector, cosa que pienso hacer unos capítulos más adelante. No sé si al final Rummo estará contento.
Para aclararte las cosas, te diré que te considero una buena persona.

El único de los pirados por quien no pregunté en el campo de fútbol fue el Pirado, Pik. Me bastan los recuerdos de cuando íbamos juntos al colegio. Además, lo confieso, temía que Rummo me dijera que había muerto. Muerto como Chiodi y como Jervi. En verdad, estaba casi seguro de que así era. Los chicos con esa clase de patología no duran mucho.
Evité contarle a Rummo que durante mucho tiempo había cultivado una especie de fantasía con la madre del pobre Pirado, Coralla Martirolo. Imaginaba que tenía el pelo mojado —yo acababa de salir de la bañera o la lluvia me había sorprendido en plena calle— y ella me lo secaba con el secador. Mientras tanto, me peinaba, levantando los mechones húmedos. Me veía a mí mismo sentado y a ella, alta y vestida de negro,

a mis espaldas, ambos reflejados en el espejo del baño. Apoyaba la nuca a la altura de su vientre.

—Qué pelo tan bonito tienes —decía Coralla—, qué bonito.

Lo tenía tan largo como el suyo.

12

El Pirado, es decir, aquel que delirando dice verdades como puños que a los demás no les está permitido decir.

Tenía el cráneo más grande de lo normal y el hecho de llevar el pelo cortísimo —una especie de cepillo rubio de tres o cuatro milímetros de espesor— hacía que resaltara más su desmesura en lugar de disimularla. La exageraba...

Alguna vez intentamos que Pik saliera con nosotros. Es inútil intentar aclarar si lo invitábamos porque nos daba pena o porque queríamos reírnos un rato. Probablemente ambas cosas, pues no hay nadie, y mucho menos adolescente y encima chico, que sea completamente bueno, que lo sea únicamente y no existe bondad que no posea un ápice de un sentimiento opuesto, de lo contrarío la bondad sería agobiante.

Lo invitamos a salir dos o tres veces para ir a comer una pizza..., pero enseguida nos dimos cuenta de que no había sido una buena idea. Con él no se podía pasar un rato normal. Una vez, en una pizzería, se levantó de la mesa y desapareció. Hasta ese momento se lo veía muy nervioso: jugaba con los cubiertos y lanzaba el vaso por los aires, exasperando a todo el mundo. Cuando se marchó, fue un alivio.

—Si volvéis a llamarlo, juro que no salgo más con vosotros —amenazó Matteoli, obligándonos a escoger, como si su presencia fuera indispensable.

—Bueno, en el fondo tampoco ha hecho nada malo —dije intentando defender a Pik con poca convicción. Y no porque sus tics me molestaran menos que a Matteoli (no soportaba cómo manoseaba los tenedores, que entrelazaba hasta crear una especie de catapulta), pero así era él, formaba parte de su carácter, a Pik le gustaba hacer aquellos equilibrismos, era nuestro compañero, y si uno no logra superar el fastidio que puede provocarle un compañero con poca suerte como él, ¿alguien me explica qué diferencia hay entre un amigo y uno que no lo es? ¿Entre un amigo y un enemigo? A Pik había que aguantarlo como era y punto. Mi sentido de la justicia solo se activa así, por reacción, en esa ocasión ante la intolerancia de Matteoli.

Si hubiera estado solo con Pik, lo habría estrangulado, pero de cara a los demás le defendía por principio.

El Pirado reapareció cuando menos lo esperábamos. Iba vestido de camarero y llevaba una servilleta colgando del brazo izquierdo, imitando quizá algún dibujo o viñeta humorística, porque en la vida real nadie ha visto a ningún camarero de esta guisa. Con el cuerpo inclinado hacia delante y la barbilla levantada, en actitud diligente, mostraba premura por servir a los clientes. Se acercó a nosotros zigzagueando entre las mesas.

—¿Qué tomarán los señores? —preguntó arqueando las cejas y dilatando la nariz.

El Pirado era divertido, pero agotador. Todo el mundo jugaba con él y le gastaba bromas durante el recreo porque era simpático y le querían, bueno, bastante, como se puede querer a una persona así, pero cuando acababa el colegio, por las tardes y durante las vacaciones, todos le daban de lado. Cada uno tenía sus propios amigos, compañeros del colegio y de fuera, su equipo de fútbol o baloncesto, las clases de tenis o natación, amigos con los que tocar la guitarra, primos y primas, y los deberes —las traducciones y los problemas de matemáticas—, que solían hacerse con ayuda de algún compañero versado en la materia. Jervi iba a la discoteca por las tardes. Y en toda esta frenética actividad no había espacio para el Pirado.

Mister Gólgota había propuesto varias veces que «hiciéramos algo juntos» para animarlo a «participar» —sí, el verbo «participar» se conjugaba con insistencia en aquella época para indicar una iniciativa colectiva que uniera e involucrara a los participantes—, pero nunca lo hacíamos. La vida del Pirado fuera del colegio era un misterio para nosotros.

De él y su familia se decía que eran ricos, ricos de verdad. A la salida, iba a recogerlo un Mercedes negro y brillante como un espejo; era tan largo que el chófer tardaba un poco en darle la vuelta para abrir la puerta a nuestro compañero, que antes de subir nos saludaba con la mano. Reía, pero imaginábamos que más tarde, en casa, estaría triste y solo. Pobre Pik, decíamos o pensábamos negando con la cabeza. Claro, era más fácil compadecerlo brevemente que salir con él.

No sé si fue porque me veía con buena disposición hacia él o porque era de los pocos, por no decir el único, que nunca le tomaba el pelo con las mismas bromas de siempre —lo hacían casi inconscientemente, de manera casi inocente, no les culpo en absoluto, repito, era una crueldad natural, una consecuencia casi automática del juego al que estábamos jugando; el hecho de que yo no lo hiciera solo se debía a que esas trastadas tan divertidas no se me ocurrían, y no a que yo fuera más bueno que los demás, en realidad únicamente era menos bromista y, de hecho, yo también reía cuando se las hacían—, por lo que Pik empezó a pedirme primero de manera esporádica y después con insistencia, es decir, de cinco a diez veces seguidas, que fuera a su casa a hacer los deberes. «¿Vienes, vienes, eh?», «En serio, ¿vienes?», «Vamos, dime que vienes..., ¿vas a venir hoy? ¿Eh? ¿Hoy? ¿Esta tarde?», «Mira, te enseñaré...», «¿Vale? ¿A las tres? ¿Tres y media? ¿Tres y cuarto?».

No lograba frenarlo. Y mientras me hablaba, intercalando sus «¿Eh, eh?», me miraba fijamente con sus ojos saltones de un azul sobrecogedor, acompañando cada «¿Eh?» con un apretón de su mano rígida en mi hombro, lo cual me molestaba mucho.

Sí, Pik era divertido y agotador. Representaba aquello que no sabes por dónde coger, lo que no sabes cómo procesar. Tanto en el colegio, para los compañeros, como en su casa, para su familia. A menudo, grupos de chavales lo acorralaban, lo maltrataban, podría decirse que casi llegaban a torturarlo, pero al final lo dejaban marchar porque no valía la pena, a lo sumo acababan obligándole a comerse una bola de papel.

—¡Eh, Pirado! ¿En qué estás pensando?
—¡Pirado! ¿Quién te ha vestido de ese modo?

—¿Quién te ha comprado esos vaqueros tan largos?

—Tendrás que hacerles un dobladillo de cuatro dedos. ¡Qué guapo estarás! ¡Será ridículo!

—¡Eh! ¡Oye, Pik! Nunca te harás mayor, ni tendrás novia ni te casarás.

—¿Sabes por qué todo el mundo es amable contigo, te hace carantoñas y te abraza? Pues por obligación, porque hay que hacerlo. Tratar mal a alguien como tú queda fatal, la gente tiene que demostrar un poco de bondad...

—¡Vaya! ¡Tienes una mariposa en la punta de la nariz! ¿Te habías dado cuenta, Pik?

—Las mariposas se posan sobre los que apestan.

—Las atrae el mal olor, ¿lo sabías?

—¡Eh, Pirado! Estás sudando a mares, como un caballo, tienes las manos húmedas.

—¿Sabes lo que dicen de ti? Pues que no tienes emociones, que eres como un animal o una planta.

—No te enteras, no sufres, no te diviertes, ¡tú no vives!

—Eres un inútil baboso.

—¡Eh, Pirado!

—Tú no hablas, escupes.

—Tus frases son un hilo de baba pegado a otro.

—¿Sabes que a veces, mirando tus ojos azules, parece como si hubieras entendido algo?

—¡Eh, Pik! Si te meto una aguja debajo de la uña, ¿te duele?

—Ven aquí, Pik. De rodillas ante mí. No, no me mires, mira al suelo. Te he dicho de rodillas, ¿lo entiendes? Ahora llora. Sí, llora. A ver, enséñame lo bien que lloras. Piensa en algo triste. Por ejemplo, que tus padres no te querían. Que no te querían antes de nacer y aún menos después de conocerte. Ahora llora. ¡Ah! ¿Conque esas tenemos? ¿No lloras? Piensa, Pik, en lo felices que hubieran sido con un hijo que no fuera como tú. Te he dicho que no me mires, que llores. Es lo mejor que puedes hacer. ¡Ah, por fin! Muy bien. Ahora sécate las lágrimas. Basta. Sécate la cara. Me estás mojando los zapatos. ¡Basta, basta, Pik! Estás de coña, ¿verdad, Pirado? Me he hartado de ti. Sé que estás fingiendo. Que finges sufrir. Ahora, si no paras de llorar, te haré daño de verdad. Ya has llorado bastante y, si no paras, sabrás lo que es llorar.

Quizá yo fuera el único que lo comprendía. Bueno, no es que lo comprendiera, pero lo aceptaba. A ver, eso tampoco es cierto. No lo aceptaba, era imposible aceptar al Pirado. Digamos que lo estudiaba. Estudiaba su diversidad. La exasperación que provocaba en quien pasara con él más de un cuarto de hora para mí pesaba menos que el interés. Me arrepiento de no haber apuntado al pie de la letra sus dichos, que ahora, junto con sus actos, no menos sorprendentes e imprevisibles, constituirían una obra parecida a ciertos ensayos chinos o a recopilaciones de extravagantes aforismos de autores centroeuropeos de principios del siglo XX. Los dichos de Pik.

Durante mucho tiempo, me resistí a sus invitaciones, pero antes de un examen de latín que se anunciaba decisivo para la nota de final de curso —y a pesar de que todos sabíamos que los curas le aprobarían pasara lo que pasara—, cedí y fui a su casa «a hacer los deberes».

La casa de Pik no era una casa. Era una mansión maravillosa rodeada por un alto muro rebosante de plantas y flores. El jardín, sombreado por palmeras y árboles extraños de troncos robustos y torcidos y hojas moradas, parecía el de una residencia colonial. El arquitecto, que debía de haberla proyectado alrededor de los años veinte, o antes, había utilizado todos los estilos a su disposición, jugando con torres, ventanas redondas y ojivales, miradores, tímpanos y edículos, tejados increíblemente inclinados, alicatados de mayólica que representaban a muchachas que bailaban con vestidos ligeros y cisnes, muchos cisnes.

Aparcados bajo un cobertizo más sencillo, de chapa, recubierto de vid americana, había dos coches antiguos que brillaban impecables, el famoso Mercedes negro y un Fiat Topolino verde botella, un modelo que vislumbro en mis primeros recuerdos de la infancia, cuando nos apretujábamos todos en su minúsculo habitáculo con mi abuelo —y su sombrero Borsalino— al volante. Pero ahora no quiero detenerme en esta clase de detalles, que más adelante contaré para dar algo de forma y color a este dichoso barrio de Trieste a fin de que el lector pueda comprender la mentalidad de sus habitantes, que ha ido modelándose para encajar con precisión en esos espacios, como niños pequeños que se concentran en encontrar el agujero correcto del panel donde introducir estrellas, triángulos, hexágonos y cuadrados y obtener así el reconocimiento de sus padres. Pues el elemento sin duda más fascinante de la casa de Pik era su madre, que hasta ese día yo solo había entrevisto —su mitad superior— cuando bajaba la ventanilla del Mercedes aparcado delante del colegio y hacía señas a su hijo para que subiera. Gafas oscuras, vestido oscuro, pelo negro. No es que así, de pasada, pudiera apreciar mucho de ella, pero lo suficiente para darme cuenta de que era una belleza. En el colegio, durante las conversaciones en que hablábamos de aquel pobre payaso desgraciado que era nuestro compañero, decían que era una actriz, bueno, que lo había sido en los años cincuenta, hasta que nació el Pirado. Para ser sincero, yo no había visto nunca una película suya, ni siquiera en la tele, así que el mito permanecía intacto y yo no deseaba someterlo a comprobaciones para no estropearlo. Además, en aquellos tiempos era frecuente que la carrera cinematográfica de una actriz se interrumpiera o truncara cuando nacía su primer hijo; en efecto, los productores y jefes de prensa procuraban mantener en secreto el mayor tiempo posible los embarazos de las actrices, pero, seguramente, la llegada de Pik debió de ser algo más que el incidente habitual. Más bien un meteorito caído sobre la Tierra procedente de un enmarañado nudo estelar. La joven actriz, *bellissima*, tan parecida a Lucia Bosé que era considerada su rival, da a luz un hijo discapacitado.

Me abrió la puerta ella. Hay quien sabe describir cada prenda que llevaban las personas en determinadas situaciones, yo no, nunca me fijo aunque se trate de encuentros decisivos, de esos que te cambian la vida. Sin embargo, recuerdo con extrema precisión, con claridad fotográfica, cómo iba vestida Coralla Martirolo, la madre de Pik: falda de tubo negra muy ajustada hasta las rodillas y camisa blanca con los puños cortados al bies, cerrada hasta el cuello con un alfiler de rubíes y zapatos de tacón. Nunca había visto a nadie, a ninguna madre, chica o mujer vestida de esa manera para estar por casa.

Me habría gustado escuchar su voz, pero, como si hubiera hecho voto de silencio, me condujo sin pronunciar palabra por el laberinto de pasillos de la mansión hasta la habitación de mi compañero. Antes de abrir la puerta, se volvió para dirigirme lo que en el rostro de otra persona habría sido una sonrisa de circunstancia, pero que Coralla interpretaba de manera tan melancólica que parecía a punto de estallar en lágrimas. Sus ojos me escrutaron con una intensidad y una tristeza tales que me estremecí en lo más profundo de mi ser y me dieron ganas de poner una mano sobre la suya, que sujetaba el pomo, para ayudarla a realizar juntos ese movimiento rotatorio que debía de costarle un esfuerzo inaudito y decirle: «Señora, la comprendo. Estoy a su lado. Si pudiera, me cambiaría por su hijo. Me gustaría hacer algo, algo más, por usted, no por el pirado de hijo que le ha tocado en suerte. ¡Qué injusticia! A quien habría que compadecer es a usted, no a él. Usted, señora, es la verdadera víctima. Permita que la ayude a girar este pomo para entrar. Hagámoslo juntos. Le prometo que cuidaré de su hijo toda la tarde para que pueda pensar en otra cosa. Tranquila. ¿No lo consigue? ¿Le resulta imposible dejar de pensar en esta aflicción, en esta cruz? Lo comprendo. Yo sé muchas cosas de usted, señora, que me ha contado su hijo. Si a partir de ahora soy bueno con él, le ayudo y le protejo de las trastadas de los demás compañeros, ¿lo tendrá en cuenta? ¿Me recompensará? ¿Cómo? Es muy sencillo: abrazándome. Abrazándome muy fuerte».

Coralla abrió la puerta y yo me encontré haciendo los ejercicios de latín con Pik, que me daba continuos y fastidiosos golpecitos en el hombro.

Volví otra vez. La Martirolo no estaba en casa. Me abrió una criada. Mi frustración fue estratosférica. Odié al Pirado.

La siguiente vez sí estaba. En cuanto la vi, volví a abandonarme a mis fantasías. Mi corazón rebosaba de alegría. No sé por qué. De nuevo albergaba hacia Pik el mismo sentimiento de siempre, una mezcla de simpatía y piedad, y me hacían gracia sus tics y extravagancias. Tuvo el valor de preguntarme mirándome a los ojos: «¿A que mi madre es guapa?», y yo asentí, incapaz de mentir, bajando la mirada. Lo había leído en mí. Ya lo he dicho, Pik era mágico. «¡Mamá —la llamó—, mamá, ven, ven ya!», vociferó, y temí que quisiera chivarle algo, algo sobre mí, como «Mamá, ¿sabes que le gustas?», mientras me señalaba con el dedo, o «Mamá, ¿sabes que está enamorado de ti?», canturreando después «Ama a mi mami..., ama a mi mami...». Por suerte, solo le pidió la merienda.

Cuando a eso de las siete Coralla Martirolo me acompañó a la puerta —la criada había obligado a Pik a meterse en la bañera y en ese momento ya estaba desnudo dentro, protestando mientras ella le echaba agua encima—, por fin abrió la boca, pero no se limitó a eso.
—¡Qué pelo tan bonito! —dijo acariciándome la cabeza.

13

El Pirado nos sorprendió a nosotros, sus compañeros, cuando fingió ser un camarero en la pizzería, pero no a los camareros de verdad, que le siguieron el juego, tratándolo como si fuera realmente un novato patoso y necesitara de sus bruscos consejos. Cuando acabó de apuntar nuestra comanda —que consistía en pizza Margarita y Coca-Cola pequeña, el menú más barato—, apareció a sus espaldas un camarero bigotudo ya mayor que le arrebató el bloc y le riñó como suele hacerse con un aprendiz: «¡Pero qué mal escrita está esta comanda! ¡El pizzero no se va a enterar de nada!», y la transcribió en una hoja que insertó en un largo clavo que había sobre el mostrador del horno de leña.
El significado fue muy claro, concreto: la única manera de tratar con Pik era tomarse en serio sus payasadas. No desenmascararlas. Tampoco ser indulgente ni consolarlo —qué se le va a hacer, pobre, él es así—, sino actuar en el plano de la realidad. A decir verdad, no existen otros planos, todo es real, incluso los monstruos y los sueños.

El tiempo transcurría y Pik seguía siendo el mismo. Quiero hablar de una vez que salimos juntos con dos chicas. Fue el año anterior a que yo dejara el SLM. Era el experimento más peligroso y decisivo, que una vez realizado habría permitido emitir un juicio definitivo sobre el caso de Pik, que había despertado tanto interés de psicólogos, docentes y terapeutas; es decir, permitiría saber si tenía remedio o no. Me di cuenta de que yo casi deseaba que todo acabara en un desastre total, en una catástrofe, con las chicas escandalizadas, ofendidas, disgustadas, etcétera, para poder poner punto final a Pik, como muchos otros habían hecho antes.

Había conocido a una de las chicas que iban a salir con nosotros aquella noche en la playa, durante el verano anterior. Se llamaba Monica. En aquella época, muchas, muchísimas, un número increíble de chicas, al menos en Roma, se llamaban así. No sé por qué. Hacia finales de los años cincuenta y principios de los sesenta, el nombre de la madre de san Agustín había arrasado entre las señoras embarazadas, tanto burguesas como de clase popular. Monica, mi Monica, me había tomado mucho cariño en el verano. Me buscaba, me hablaba, se reía de las ocurrencias que le decía tratando de resultar simpático, hasta el punto de que estaba tentado —y al mismo tiempo, preocupado y dudoso— de comprobar si su interés por mí se limitaba a la amistad o si le gustaba, es decir, si me consideraba un novio potencial. No era sencillo, y sigue sin serlo a pesar de que las señales sean más explícitas, comprender lo que pasa por la cabeza de las mujeres, que pueden ofenderse tanto si su amabilidad se interpreta en clave sentimental o sexual, como si no se interpreta de ninguna manera. Creo que eso se debe a que en sus mentes reina la confusión, es decir, no saben si sentirse deseadas es una ambición o una molestia. Para aclarar esta duda y aclararme a mí mismo si Monica, en definitiva, me gustaba de verdad, con independencia de su actitud disponible, la llamé por teléfono —su número, escrito en un papel cuadriculado, había sobrevivido al lavado de los vaqueros en cuyo bolsillo posterior derecho lo guardé dos meses antes delante de una heladería del Circeo con la promesa de llamarla—. Yo no le había dado mi número por un estúpido pudor, solo justificable teniendo en cuenta la timidez que me dominaba entonces.

Había creído que si se lo daba, ella habría tenido la libertad de llamarme cuando quisiera. Seguramente lo habría hecho cualquier día y su llamada me habría pillado por sorpresa, justo lo que yo quería evitar, quedarme paralizado por la emoción auricular en la mano. La obsesión de los tímidos es ocultar su timidez a toda costa. Si solo yo tenía su número, podía escoger la hora, el tono y el humor a mi antojo, elegir el día más adecuado, prepararme lo que quería decirle, la frase con que empezar la conversación, fingir desapego, como si no me importara mucho, actitud que los expertos en cuestiones amorosas de entonces afirmaban que era la correcta con las chicas, puesto que un interés demasiado evidente, en vez de atraerlas, las alejaba, les molestaba. Al contrario, se quedaban prendadas ante las maneras insolentes, esas que un anuncio de loción para después del afeitado resumiría en «Para el hombre que nunca tiene que pedir nada», un hombre dueño de sí que no mueve un solo dedo y espera que las mujeres se arrojen en sus brazos.

Fue Pik quien llamó. Sí, hice que él telefoneara a Monica. Improvisó muy bien, fue muy espabilado cuando, fingiendo ser mi secretario, le pidió una cita. La hizo reír y después me la pasó.

—¿Quién era?

—Un amigo mío, es simpático, ¿no?

—Sí, es simpático..., un poco raro.

—Yo también lo soy.

—Sí, claro..., si te inventas que tienes un secretario personal...

—Pero ha funcionado, ¿o no?

—¿Qué quieres decir?

Tomé aliento.

—Que ahora tú y yo hemos quedado.

—Tonto, habríamos quedado aunque me hubieras llamado tú. ¿Es que te daba vergüenza?

Estaba a punto de decirle que no, ¿vergüenza, yo? ¡Qué va! ¡Jamás! Pero por una vez logré resistir el impulso de defenderme y justificarme que me acompaña desde que nací y al que quizá deba haberme convertido en un intelectual, con la intención de encontrar en los libros ejemplos y argumentos para defenderme y justificarme mejor. Bien pensado, ¿acaso los escritores italianos no se han pasado los últimos quinientos o seiscientos años defendiéndose y justificándose?

La verdad me salió por la boca como un pez que salta fuera del agua, el instinto me dijo que era mejor ser sincero con Monica.

—Sí, me daba vergüenza.

—No me digas que eres tímido, no me lo creo.

—Soy tímido.

—Si lo dices, no lo eres.

El jueguecito de siempre, pensé. Pillarte con las manos en la masa.

—Mmm..., ¿tienes a alguna amiga que pueda venir?

—¿No tienes bastante conmigo?

—¡No es para mí! Es para mi amigo, el chico con quien has hablado.

—¿Cómo se llama?

—Pik.

—¿Eso es un nombre?

—Bueno, en realidad se llama Pico. —Había pensado en Pico della Mirandola. Era mejor no mencionar el apodo para no tener que explicárselo—. Es un aristócrata.

—Ah. ¿Y es mono tu amigo Pik?

—Bueno, no. Pero es simpático. —Eso no era mentira—. Pero al fin y al cabo es solo para salir una vez, no para que se hagan novios...

—¿Tú y yo sí?

Me dejó sin palabras. Y mi silencio sería importante para el posterior desarrollo de la historia.

14

Acabamos en casa de Monica, sus padres estaban de viaje.

La otra chica, Erika, se emperró en ponerse cariñosa con Pik.

Se lo tomó como una misión.

Supongo que creía que nos facilitaba las cosas a Monica y a mí, a saber qué pensaba.

Pik estaba en el séptimo cielo.

No paraba de agradecerme que lo hubiera llamado para salir.

Y de preguntarme cuál de las dos chicas quería follarme y cuál se podía follar él.

—Pik, para ya. Olvídate de eso.

—¿No vamos a follar?

—En absoluto.

—¿Follar?

—No me metas en líos, Pik, si no...

—Vale, no lo decía en serio. Era una broma. Pero ¿todavía no sabes cuándo bromeo?

—Pues eso, nada de bromas. Compórtate. Si no, nos vamos a casa.

—Claro, amo, claro —decía Pik haciendo una reverencia.

El error fue dejar que bebiera.

Los efectos del alcohol en el cuerpo y la mente de cada uno son imprevisibles.

Yo suelo abrirme y ponerme simpático.

Monica, aquella noche, dejó de comportarse como una diva y se mostró más frágil de lo que yo había supuesto.

Erika se transfiguró hasta parecer casi guapa o, al menos, esa impresión teníamos después de haber trasegado una botella de uno de esos licores de nombre extravagante que se guardan en el mueble bar de todas las casas.

Se le habían agrandado los ojos, que eran azules y pequeños, los orificios nasales, y hasta tenía las piernas más largas.

Pik..., bueno, era como si alguien hubiera agitado su mente efervescente y después la hubiera destapado.

No paraba de hablar, de reír y de hacernos reír.

Por suerte había renunciado a sus propósitos sexuales, que era lo que más miedo me daba.

O puede que los hubiera dejado apartados, de momento.

Erika, sentada en el sofá, le había permitido que se tumbara a su lado y le acariciaba la enorme cabeza que él había apoyado en su regazo.

El Pirado no lograba contener gemidos de placer.

—Erika, eres la chica más fantástica que he conocido. ¡De verdad!

—Gracias. Tú también... eres un tío especial.

Erika nos miró a mí y a Monica, sonriendo con sinceridad.

Pensé: qué chicas tan majas.

Están aquí, pasando el tiempo con nosotros, siguiendo la corriente a esta extraña velada.

Después se levantaron y desaparecieron.

Habrán ido al baño, pensé, juntas, como suelen hacer las chicas, a saber por qué.

El Pirado se levantó del sofá y se acercó a mí.

Se puso delante, de rodillas.

—Oye..., nunca he estado con una chica.

—Tranquilo, esta noche no va a pasar.

—Pero Erika...

—Le caes bien, nada más. ¿Sabes, amigo mío?, les resultas muy simpático a las chicas.

—¿Tú crees? ¿En serio? ¿Sí? ¿Y después?

—Y después, nada. Ya es mucho.

—No, no lo es. No me tomes el pelo. Sé que pasan más cosas.

—No pasará nada más.

—Sí.

—No.

—Pero Erika...

—¡Ostras, Pik! Es una buena chica. Es cariñosa. Es cariñosa contigo.

—Pues por eso. ¿Qué tengo que hacer?

—Mira, no tienes que hacer nada, Pik. No tienes que hacer nada. Nada de nada, ¿lo pillas? Pásatelo bien. Nos lo pasamos bien y se acabó. Estamos pasando un buen rato juntos, ¿no?

—¿Tú y yo?

—Tú, yo y nuestras chicas.

Pik rio y aplaudió.

—¡Fantásticas! —exclamó—. ¡Son fantásticas!

—Exactamente. Y nosotros somos sus caballeros.

—¡Eso, eso! —Y volvió a aplaudir, esta vez más fuerte.

—Somos chicos con suerte, ¿no?

—¡Y que lo digas!

—Con mucha suerte.

—Pero tú, ¿a cuál quieres follarte?

—No, Pik, por favor...

—¿Puedo follarme a Monica en vez de a Erika, eh? ¿A Monica en vez de a Erika? ¿Puedo dejarte a Erika?

—No te has enterado de nada...

—No tengo la culpa de que me guste más. Me gusta más Monica que Erika.

—¿Quieres que te lo explique desde el principio?

—No, no es necesario, lo pillo, lo pillo. Pero Monica me gusta más, eso es todo.

—Bueno, Pik, no significa nada, a mí también me gusta más Monica, pero ahora no se trata de eso...

—Ah, ¿lo ves? Estamos de acuerdo. ¿Así que puedo irme yo con ella? ¿Te enfadas? ¿Puedo desnudarla? ¿Pedirle que se desnude? ¿Crees que Monica dejará que le chupe el culo?

—¡¿El c...?! Pero ¡¿qué dices?!

—¿Puedo llevarme a Monica a la cama? ¿Tumbarla en la cama?

—Pero ¡qué cama, Pik, coño, qué cama ni cama!

—¿Qué he dicho? Lo ves, te has enfadado.

—No estoy enfadado.

—Has puesto una cara...

—Pero no estoy enfadado.

—Entonces, ¿por qué sueltas tacos?

—Se me ha escapado... Mira, Pik, no armemos un lío justo ahora...

—¿Qué lío? Yo no armo líos. Nunca en la vida.

—Pues hazme caso al menos esta vez.

—No la he liado en toda mi vida. Yo no armo líos.

—Vale, vale. Nos lo hemos pasado bien hasta ahora, ¿no, Pik? ¿Sí o no? Dímelo.

—Mucho, muy bien, superbién, diría.

—¡Ajá! ¿Lo ves? ¿Por qué quieres estropearlo todo?

—Ya. ¿Es que piensas que se estropearía todo?

—Pues sí.

—¿Qué quieres decirme con eso? ¿Qué intentas decirme?

—Lo sabes perfectamente, Pik.

—¿Intentas decirme... que no tengo... que no tengo que hacer gilipolleces?

—Exacto.

—¿No tengo que hacer gilipolleces?

—No.

—¿Nada de gilipolleces?

Negué con la cabeza, varias veces.

—Nada de gilipolleces.

—Vale, lo juro.

—¿Lo juras?

—Que sí, que sí. ¿Es que no te fías de mí?

—¡Pues no, ni un pelo!

—¡Y haces bien! —dijo Pik soltando una carcajada y besándose los dedos cruzados—. ¡No he jurado! ¡No he jurado!

—¡Sí que has jurado!

—¡No, he fingido que juraba!

—¡Pik, joder! —solté, exasperado. Estaba tan nervioso que me tragué otro medio vaso de aguardiente.

—¡Era broma, eh, era broma, no te enfades, no lo decía en serio! ¡Era broma! Te juro que lo era, esta vez te lo juro, de verdad. ¿Vale? Era broma... —imploró el Pirado con las manos juntas.

En ese momento las chicas volvieron al salón.

Seguramente habían hablado entre ellas, se habían lavado la cara y habían vuelto a maquillarse, porque les brillaban los ojos y tenían los labios rojos.

Pensé que, en efecto, Monica era muy guapa, no solo una chica mona, y que si yo había montado toda aquella comedia únicamente para que mi compañero pasara un rato agradable, era un idiota.

¿Lo estaba haciendo por él, en el fondo?

¿Precisamente por él?

Digamos la verdad: lo hacía porque estaba colado por su bellísima madre.

Pues sí, a tomar por el culo, Pirado, a tomar por el culo tus tics y tus acuosos ojos saltones. Era Coralla Martirolo, con su vestuario severo y su pecho jadeante la que me inspiraba compasión.

Su rojo corazón traspasado por puñales desde el nacimiento de aquel mentecato.

Coralla Martirolo impulsaba mi espíritu y conmovía el resto de mi cuerpo, pensar en ella hacía que temblase de piedad, el sentimiento más sensual de todos, el más físico, que se manifiesta como un escalofrío, como una espina en la carne que al principio provoca un dolor agudo y después dulce, celestial.

Piedad, piedad.

Señor, ten piedad de nosotros.

Ten piedad de Coralla Martirolo.

Ten piedad de este pobre pirado.

Ten piedad de Erika, con esa «k» que le han metido en el nombre.

Señor, ten piedad de quien te busca, de quien no te busca y de quien ha dejado de hacerlo.

Piedad, piedad, piedad.

Tened piedad conmigo y yo la tendré con vosotros.

Buscaré a mi semejante entre los cristianos y, si no lo encuentro, lo buscaré entre los que no son cristianos. Y lo encontraré.

Ecce homo.

La cara de Pik se me antojó más deforme de lo que era en realidad.

—¿Qué hacemos ahora? —preguntaron las chicas tambaleándose sobre los tacones.

Tampoco aguantaban el alcohol.

Oh, sí, sí, la decisión y la indecisión, los dos polos entre los que mi vida da tumbos.

Muy a menudo, es más, casi siempre, he actuado de manera torpe, brusca o excesiva solo porque si no lo hacía corría el peligro de no reaccionar de ninguna manera. Voy a por todas: o me tiro por la ventana o me quedo pensativo sentado en una silla, o me callo o chillo; no existen opciones entre inercia y choque.

Así que me levanté tambaleándome, aparté a Pik, que me obstaculizaba el paso con su cabezota de extraterrestre, llegué hasta las chicas —desenfocadas por el efecto de la bebida—, cogí a Monica de la mano sin miramientos y arrastrándola tras de mí enfilé el pasillo oscuro a tientas.

Me volví un instante y vi a Pik con expresión confundida y alarmada; sus ojos, como bolas, pedían socorro, pero yo no estaba dispuesto a socorrerlo.

No tenía esperanza.

Monica protestó con monosílabos.

—Ven —le dije con brusquedad—. Ven.

Entré en la primera habitación que encontré, había una cama.

La empuje sobre ella.

—Espera —dijo.

—No, no espero. —Y me coloqué encima de ella, aplastándola.

—Espera, no, así no —repitió, pero yo oía como un fragor dentro de la cabeza embotada y no la escuché; estaba seguro de que si esperaba, todo, la chica y la habitación, desaparecería de repente; por suerte, mi peso, el de mi cuerpo y mi cabeza, me empujaban como plomo contra ella.

Monica me pidió que esperara por tercera vez.

Pero ¿qué tenía que esperar?

Quería darle un beso, pero para dárselo había que escalar una montaña y caer por un precipicio sin fondo...

Besarla, besarla inmediatamente en la boca, apretar mi boca lívida y seca sobre su boca de fuego, ahora.

Lo hice.

Después solo atiné a decir «Oh, Monica», que sonó como un quejido.

Y me tumbé a su lado, me relajé, me abandoné, como si estuviera agotado —pero, en realidad, ¿de qué?—, y me puse a mirar el techo que oscilaba y rodaba, un rectángulo blanco que iba y venía de su sitio para salir rodando de nuevo.

Mi espíritu de iniciativa se había agotado en aquel beso blando y vehemente.

La cara de Monica reapareció sobre mí; me miraba sorprendida.

—Estás completamente loco —dijo. Y se rio.

Me acarició e intentó darme un beso más delicado y profundo que el de antes.

En ese momento, el Pirado irrumpió en la habitación.

Parecía muy lejano, muy pequeño, allí, a dos metros.

—Tenemos que irnos —dijo.

Erika entró tras él.

Un cuadro expresionista.

—Lo siento —murmuró—, lo siento mucho, yo...

Mientras tanto Monica se había sentado en la cama y estaba recolocándose la falda.

Pik parpadeaba con ansiedad y miraba a ambos lados alternativamente.

Repitió, con voz metálica que tenía que volver a casa.

—En-se-gui-da.

Hablaba como una grabación.

Entonces Erika se echó a llorar. Y murmuraba entre sollozos:

—No sé... no sé... qué... Es solo que... es solo que...

Y salió corriendo para agarrar el pomo de una puerta que había al otro lado de la habitación, como si estuviera a punto de caerse, la abrió y desapareció tras ella.

Acto seguido se oyó que vomitaba.

—¿Vamos? Yo estoy listo —dijo el Pirado con calma e indiferencia.

Tenía los ojos enormes y vidriosos, baba seca en las comisuras de los labios y se estiraba la camisa para meterla dentro de los pantalones demasiado anchos.

—Sí, sí, yo también estoy —le respondí bajando y balanceando las piernas por un lado de la cama.

Del baño llegaban los últimos conatos de vómito, secos como cuando ya no sale nada.

Una velada magnífica.

Lo sentí por Monica.

15

Rummo es una persona equilibrada. Lo era también de chaval. Trataba a todo el mundo con respeto y amabilidad. He tenido ocasión de constatarlo por cómo juega al fútbol sala, un deporte —un juego, más bien— revelador, capaz de hacer aflorar al cabo de poco la frustración y la histeria de los jugadores, especialmente de los entrados en años, que se empeñan en seguir practicándolo a pesar de que pierden agilidad y se vuelven más tramposos y quejicas. En el fútbol sala, el carácter no puede ocultarse ni malinterpretarse. Rummo, por ejemplo, es bueno y limpio, pasa el balón cuando debe, no se abre paso a codazos, no más de lo necesario, no vocea, no se queja ni lanza la pelota con rabia cuando le dan una patada. Reconoce sin discutir las pocas faltas que comete él o sus compañeros de equipo. Es psiquiatra de profesión, sin embargo parece como si rechazara a priori el dramatismo de la vida, como si renegara de él.

Las tragedias son grandes errores: si fuéramos capaces de verlas desde el punto de vista correcto, nos daríamos cuenta de que son ocasiones, oportunidades...

Rummo procedía de una familia numerosa y feliz. Sus padres eran católicos fervientes, se habían casado muy jóvenes y habían puesto a sus hijos nombres de personajes, famosos y menos famosos, de las Escrituras. El primero, Ezechiele, después Lea, el tercero Gioacchino —mi compañero de clase—, Elisabetta, Rachele, Tobia y por último Giaele, que no sabías que era un nombre femenino hasta que veías a la niña. Por ese motivo, el hecho de que Rummo fuera al SLM, un colegio católico —como, unos años antes, Ezechiele, al que llamábamos Ezi o Lele, y Tobia, que acababa de empezar el bachillerato elemental—, tenía sentido: su familia creía en la enseñanza católica y la consideraba la mejor, no le importaba que fuera distinguido ir a un colegio privado. Los Rummo no eran esa clase de personas. Antes de trasladarse a Roma, habían vivido en Nápoles, y Gioacchino —se me hace raro llamarlo por su nombre de pila en vez de por el apellido de la lista— recordaba con nostalgia su bonita casa napolitana, desde donde se veía el mar. Para él, Roma era como el exilio y el barrio de Trieste, que la mayoría de sus residentes apreciaban y elogiaban, le parecía angosto y agobiante.

Ver a todos los hermanos Rummo juntos era una bonita estampa. Durante los fines de semana solían marcharse a la montaña, donde hacían largas excursiones. Dos adultos y siete hijos cuyas edades iban de los dieciocho del mayor a los cuatro de Giaele, vestidos con indumentaria que hoy en día definiríamos de trekking, pero remendada, ajada. Amplios jerséis deformados y agujereados, pantalones de fustán gastados en las rodillas de pasar por tantos hermanos, calcetines de colores indefinibles dados de sí en los tobillos...

Vi cómo se marchaban una vez, para un largo puente escolar, en su microbús equipado para dormir los nueve, sabe Dios de qué manera. Me sorprendió un rasgo al que siempre he sido sensible de manera enfermiza y que en los Rummo era espectacular: el color del cabello. Tuvieran el pelo largo o corto, los nueve componentes de aquella familia exhibían todas las gradaciones posibles de rubio, con matices cobrizos o rojizos o triguero, miel, oro o ceniza, hasta los casi decolorados y finísimos de la más pequeña, Giaele. En la cabeza prácticamente rapada a cero de Tobia, el pelo hirsuto y rubio cambiaba de color cada vez que se volvía o asentía.

Hay dos senderos que rodean el lago dell'Angelo, uno a la derecha y el otro a la izquierda. El de la derecha atraviesa un bosque frondoso cuyos árboles llegan a la orilla, la de enfrente es alta y pelada, rocosa, en algunos puntos el desnivel alcanzará los veinte o treinta metros. Para descubrir el camino más corto, los Rummo deciden separarse en dos grupos que explorarán ambos senderos. El que llegue antes al otro lado del lago habrá hecho el trayecto más rápido. Cuando ambos grupos se encuentren en el extremo opuesto, volverán atrás por el otro camino, es decir, cada grupo le dará la vuelta al lago por el sendero que el otro ha recorrido a la ida, de manera que los dos completen el círculo, uno en sentido horario y el otro en sentido antihorario.

—Pero, sobre todo, no vale correr, ¿de acuerdo? —dice sonriendo a sus hijos el arquitecto Rummo, al que le gusta imaginarse estas geometrías, calcular los itinerarios de las excursiones, como si los viera dibujados bajo sus ojos con una línea luminosa trazada sobre un mapa a escala natural—. Tenemos que caminar al mismo paso, si no, no vale. —Calcula que necesitarán un par de horas para terminar el periplo, un buen paseo. Pero los chavales se miran de reojo preparándose para lo que a ellos se les antoja un juego, y los juegos se ganan o se pierden.

Los equipos se echan a suerte como sigue: Davide Rummo, el padre, con Ezechiele, Elisabetta y Rachele cogen el de la izquierda, el de la cresta rocosa; la madre con Lea, Gioacchino, Tobia y Giaele el de la derecha, el que atraviesa el bosque.

—¿Y si Giaele se cansa y no quiere andar? —pregunta Lea, una muchacha de cabello con reflejos rojizos, gafas y pecas, siempre un poco crítica.

—Pues la lleváis a caballito entre Gioacchino y tú —dice riendo su madre.

Se ponen en marcha. También el otro grupo, con Davide, Ezechiele y las niñas.

—Mientras caminéis recoged cosas, recoged, no os olvidéis —dice Eleonora Rummo antes de adentrarse en el bosque.

A Eleonora Rummo, arquitecta como su marido, en su tiempo libre le gusta realizar composiciones hechas de minúsculos elementos naturales, como bellotas, bayas, piedrecillas, flores secas o larvas de insectos, chapinas, conchas, plumas, cuarzos, palitos, que encuentra en sus paseos invernales por la playa o la montaña. Los pega en un cartón ocre o gris y los enmarca como si fueran cuadros abstractos. Sus hijos acostumbran llenarse los bolsillos de cosas que encuentran para dárselas. Se lo toman como una competición, a ver quién da con lo más bonito o lo más curioso: una salamanquesa disecada de tres centímetros, una concha, un trozo de cristal esmerilado por la erosión, la cúpula de una bellota, un fragmento de cerámica azul o amarillo. Por eso caminan mirando al suelo. A veces llevan los bolsillos tan llenos que los objetos se hacen añicos, sobre todo los más delicados, como los caparazones de los caracoles o los esqueletos perforados de los erizos de mar, y sacan puñados de trizas y polvo. ¡Qué desilusión!

El grupo en el que va mi compañero se adentra entre los árboles. El sendero se adivina gracias al paso reciente de otros excursionistas que han despejado el sotobosque, no hay otras señales. Hace fresco. La fila tiende a disgregarse. Tobia corre delante de todos porque quiere llegar primero.

—¡Es inútil —le grita su madre—, espera!

Y Lea, que hoy está distraída y caminando lentamente va la última, le hace eco. Gioacchino lleva a Giaele de la mano y está contándole una historia. No tiene imaginación, mi compañero no sabe inventarse nada original, por eso recurre a las que ha oído y estudiado en el SLM desde primaria. Esta vez le cuenta la historia de los sueños del faraón y su intérprete, el joven José. Rummo se ha preguntado a menudo por qué sus padres no eligieron, entre tantos, ese nombre sencillo y bonito en vez de Gioacchino, que suena tan raro. Ni se imagina que al cabo de veinte o treinta años muchos de esos nombres italianos comunes, como Giuseppe, Giovanni o Mario, prácticamente desaparecerán.

—¿Qué es un faraón? —pregunta Giaele, y Rummo (perdone el lector que vuelva a llamarle así, pero no puedo remediarlo) interrumpe pacientemente la narración y aprovecha para darle a su hermana una lección de historia y, ya puestos, también de arte—. Un gran rey muy poderoso, tan poderoso que su tumba, la más grande de todos los tiempos, fue hecha solo para él. ¡Una pirámide!

He aquí a los padres de mi compañero Rummo, encaminados en direcciones opuestas que al final coincidirán, como el destino de sus vidas. Davide es un hombre positivo y enérgico, todavía joven, que tiene una solución simple y convincente para cada cosa y una palabra de consuelo para todo aquel que se halle en un momento de dificultad. Es brillante y generoso, honrado y razonable; su único defecto, grave —que paradójicamente tiene su origen en sus muchas cualidades, en la felicidad y en la vida que le han tocado en suerte—, es que está ebrio de satisfacción por sí mismo, por su trabajo, que va viento en popa, por su maravillosa familia y por esas excursiones que hacen todos juntos, llenos de entusiasmo, a pesar de que sus hijos tengan edades tan diferentes. Davide está henchido, túrgido de orgullo por sus hijos y su mujer, Eleonora, que sigue siendo hermosa a pesar de los numerosos embarazos y a la que quiere como el primer día; no, mucho más, porque las experiencias que han vivido juntos han enriquecido su amor, lo han hecho más profundo y más rico en matices. Por otra parte, y precisamente a causa de esas experiencias tan intensas y extenuantes, Eleonora, aun queriendo a su marido como antes, prefiere que no se le acerque por miedo a quedarse embarazada. Aceptó el nacimiento de Giaele, la última que cayó del cielo seis largos años después de Rachele, cuando pensaba que ya había cerrado el ciclo de la maternidad, como un regalo de Dios no exento de dramatismo. Recibida la noticia, Davide no cabía en sí de felicidad, aturdido por el placer que le causaba aquel bendito imprevisto, pero ella sintió por primera vez que no quería otro hijo, que no quería a ese nuevo hijo que el capricho con que Dios dispone las vidas humanas le imponía y con el que Davide estaba tan entusiasmado, como si fuera la prueba misma de Su existencia. Si hubiera podido, habría rechazado este último regalo, pero no podía, siempre y cuando se tratara del último. Quizá por eso el nombre de pila de la recién llegada —que esta vez eligió ella sola para la niña, que naturalmente cuando vino al mundo fue querida por su madre como los demás o puede que incluso más— sea una inconsciente o maliciosa referencia al episodio que caracteriza a la heroína bíblica, Giaele, conocida por los que se toman la Biblia en serio, y no de manera superficial y pueril como su marido.

En un episodio narrado casi apresuradamente, la joven Giaele mata a un terrible enemigo de los israelitas, primero ofreciéndole hospitalidad y un cuenco de leche, y luego, mientras él descansa, clavándole un gran clavo en la sien. Por eso se la representa con un brazo musculoso que alza un martillo en el aire.

Eleonora había sentido ese clavo en su carne desde el principio del embarazo. Algo le pinchaba, le arañaba, justo en el punto donde se estaba formando el feto de Giaele, pero después, acostumbrándose a la idea de volver a parir y a dar de mamar, es decir, de volver a empezar a cuidar de un bebé —tuvieron que comprar la cesta y la sillita porque habían regalado las que tenían a madres más jóvenes—, ese algo se había desvanecido de la noche a la mañana. En una zona remota de su conciencia, otra imagen pasaba por su mente: la de la pequeña Giaele plantando un clavo en la cabeza de su padre.

Los principios y la fe en común, el pelo claro y el largo matrimonio pueden inducir a pensar que Davide y su mujer se parecen, pero no es así. Eleonora tiene un temperamento artístico y una apariencia dulce que esconde una gran tenacidad; y a pesar de la tela de araña que las relaciones familiares y de amistad entretejen en una familia como esta, o puede que justo a causa de esa entrega de sí misma a los demás, mantiene celosamente oculta una zona de sus pensamientos. Es un terreno más vasto, profundo y misterioso de lo que el bueno de Davide imagina.

Elisabetta y Rachele saltan sin preocuparse en el borde abrupto del lago. Su padre no las vigila en exceso. Se nota que están acostumbradas a arreglárselas por su cuenta desde el parvulario, que tenía lavabos colocados a cuarenta centímetros del suelo y un armario para cada niño con varios utensilios para trabajos manuales. A partir de los tres años, los párvulos se vestían y se lavaban solos, ordenaban sus cosas, se ocupaban de un pequeño huerto, amasaban y cocían el pan y aprendían a leer, escribir y contar. Al no poder matricularlas en el SLM, el singular destino de las chicas de la familia Rummo, de Lea a Giaele, es frecuentar un colegio mixto muy avanzado donde se les ha enseñado a ser independientes mucho antes que a sus hermanos. Los padres habían excluido a priori que fueran a uno de monjas, a pesar de que los chicos iban a uno de curas. Los Rummo habían discutido cada vez que hubo que elegir la guardería de una de las chicas acerca de este desequilibrio basado en el género en la educación de sus hijos. Sin embargo, Davide había llegado, si no a convencer, a matizar las dudas de Eleonora sobre el tema, planteándole esa solución como la mejor, dadas las premisas. Tenían que ser realistas sin quebrantar sus principios. A veces una elección provisional puede revelarse igual de apropiada que si fuera fruto de una larga reflexión. Davide estaba convencido de hacer lo correcto cuando se dejaba guiar por su sentido común, y le gustaba repetir la máxima de su maestro espiritual —un viejo judío egipcio que había sido laico hasta los cuarenta años, edad en la que se había convertido y tomado el hábito—: «La perfección es enemiga del bien». Este era el legado principal, la esencia de las enseñanzas, mucho más complejas, recibidas del viejo Maimone, y Davide Rummo la había hecho suya con tanto fervor porque para él era la suma de las dos existencias vividas por aquel hombre, al que consideraba un santo, la laica y la religiosa. Tolerancia, apertura al mundo y, sobre todo, búsqueda de lo que en ese momento, sin prejuicios, puede revelarse el camino más correcto. Maimone se había hecho viejo y había muerto sin desmentir jamás esta proverbial y afable doctrina. Davide les hablaba de él a sus hijos cuando los veía cerrarse ante algún compromiso necesario, cuando se negaban a hacer algo porque no se sentían capaces de hacerlo perfecto. «¿Sabes que la perfección es la peor enemiga del bien?»

Estaba seguro de compartir esta moral con Eleonora sin siquiera hablarlo, y en eso Davide era algo ingenuo o prefería que así lo consideraran.

—Papá, ¿crees que el próximo viernes podré coger el minibús?
—¿El minibús? Por qué no. Ya veremos.
—Es que me gustaría salir con unos amigos —precisa Ezechiele sin entrar en detalles.
—¿Por qué no? —repite Davide Rummo—. Pero quizá nos haga falta. Mamá y yo habíamos pensado hacer una excursión a Gubbio todos juntos.
—¿A Gubbio?
—Sí, es una ciudad preciosa. —Se le iluminan los ojos—. Vosotros no habéis estado. Puede que mamá sí, pero de pequeña, con los boy scouts, no está segura. Está rodeada de bosques magníficos... ¿Decías? Ah, sí, sí, claro. Si necesitas el minibús o no quieres venir con nosotros, ya encontraremos un modo de arreglarlo. Pero, qué lástima... Gubbio vale la pena, de verdad...
—No importa, papá, iré con vosotros. A mí también me gustaría volv... ver Gubbio —dice Ezechiele zanjando rápidamente el tema y evitando mencionar que él ya estuvo hace cuatro años, cuando pasó una semana con el equipo de baloncesto; era tan alto para su edad que todos creían que se convertiría en un óptimo jugador, y el maricón del entrenador de baloncesto del SLM tenía grandes esperanzas puestas en él, en todos los sentidos. Pero se paró en un metro ochenta y nueve; grande, apuesto, armonioso, pero no lo bastante alto para competir con verdaderos gigantes, y tampoco rápido y técnico, como los más «bajitos». Davide Rummo ya no se acuerda, pero con siete hijos es normal. Ya es un milagro que gracias a su buena voluntad confunda nombres, lugares y actividades solo de vez en cuando.

Elisabetta se queja casi en broma, más que nada para mantener en tensión el hilo con su hermana más pequeña. Cuando dos niñas tienen casi la misma edad —solo se llevaban un año y diez meses—, la mayor pega tirones y después recupera el sedal lentamente, como un pescador, aunque no hay que dar por sentado que la mayor tenga siempre la caña en la mano.

—Esta es la última vez que cargo con el agua.

—Si te la bebes, la cantimplora pesará menos.

La cínica e inteligente observación de Rachele sorprende positiva y negativamente a la vez a Elisabetta.

—Si lo hago, papá y Ezi pensarán que soy una egoísta.

—¿Y no lo eres? —dice Rachele haciendo una mueca graciosa para su edad, la de un adulto que corrobora un hecho, cejas arqueadas, comisuras de los labios curvadas despectivamente hacia abajo.

—¡No! ¡No...! Bueno, sí, soy egoísta, lo admito.

—¿Entonces?

—No quiero que ellos lo sepan —dice señalando a su padre y a Ezechiele, que caminan delante charlando.

El arquitecto se apoya en una rama grande descortezada que ha recogido en una excursión anterior, no porque lo necesite, sino porque ese bastón improvisado es muy bonito y le gusta hacerlo oscilar girando la muñeca, antes de apoyarlo y lanzarlo de nuevo hacia delante. Le da ritmo a su paso.

—Y que lo sepa yo te da igual —prosigue Rachele, que sabe muy bien que Elisabetta siente debilidad por su padre y no quiere decepcionarlo.

—Qué más me da. Tú también eres egoísta. Somos iguales.

—No es verdad, yo no lo soy —murmura Rachele. Y después, con la voz rota—: Es mentira. —Y las lágrimas le asoman a los ojos.

Avanzan una delante de la otra un rato.

Rachele se traga las lágrimas.

—Lis, tengo sed —dice de repente saltando con los pies juntos al lado de su hermana—. Dame agua.

—No.

—Dame la cantimplora.

—Que no.

—¡Elisabetta, dámela!

—Prefiero tirar el agua al suelo. —Y Lis desenrosca el tapón haciendo ademán, solo ademán, de vaciarla.

—¿Y si papá te pide agua?

—Pídesela a Ezechiele, que también lleva una. Además, no hace nada de calor. Ni siquiera un poco.

—No parece que tengas dos años más que yo. Te comportas como una niña pequeña. Yo, que todavía soy una niña, no me porto así.

—¡Tú ya no eres una niña, tienes diez años! —rebate Elisabetta, convencida—. Yo sí que sigo siendo en parte una niña porque todavía no he cumplido los doce.

—¡Eh, vosotras! ¿Os estáis peleando? —se oye decir a su padre.

—No, papá, estábamos hablando —responden las hijas.

—Muy bien. Pero cuidado dónde pisáis. Y poneos los gorros.

Elisabetta y Rachele los llevan a la espalda, colgando de la cinta.

A mitad del recorrido, en el punto más alto sobre el lago, ven que la roca de la cresta pelada por la que van caminando tiene grietas.

—¿Habéis bebido? Hoy hace mucho calor.

Elisabetta se quita la cantimplora que lleva en bandolera, la que poco antes ha amenazado con vaciar en el suelo. Se la pasa a su hermana. Rachele se arregla la larga cabellera rubia y se pone a hacerse una trenza mientras Elisabetta espera con el brazo extendido. Después coge tranquilamente la cantimplora, bebe dos largos tragos, se seca la boca y se la devuelve. Elisabetta también bebe. Vuelve a colocarse la cantimplora y dice: «Ah, ya», mientras se pone el gorro sobre el pelo corto, mucho más oscuro que el de Rachele, con reflejos rojizos. Rachele la imita.

—No has recogido nada para mamá.

—Tú tampoco.

—¿Qué te apuestas a que encuentro cosas más bonitas que tú?

—Ganas tú, hoy no me apetece; además, mamá tiene bolsas llenas de esas cosas. Ya no sabe dónde ponerlas. ¡El otro día la vi tirando una a la basura a escondidas!

Viéndolas caminar por el bosque, Lea y su madre Eleonora parecen dos chicas perdidas, aunque una tiene cuarenta y dos años y la otra está rodeada por la burbuja familiar creada por la primera, una burbuja capaz de soportar cualquier presión procedente del exterior y el interior; nada podría romperla. Ambas la perciben como un apoyo incomparable y un impedimento. Ambas son felices e infelices en igual medida. Por decirlo de otra manera, las sensaciones que tienen se decantan primero hacia un lado y después hacia otro, invirtiendo su humor como se da la vuelta a un reloj de arena, que de triste se convierte en soñador, encantado...

La arquitecta Rummo es una mujer que ahora empieza a pensar en el inmenso esfuerzo que ha hecho para llegar a donde ha llegado. Mientras lo llevaba a cabo no se daba cuenta, lo nota ahora que la presión se ha aliviado un poco. Unos años antes, además del ejercicio de su profesión, tenía seis hijos que dependían de ella y de su voluntarioso, tierno y emprendedor cónyuge que, en algunos aspectos, podría haber contado como el séptimo hijo al que cuidar, si no hubiera sido porque, en efecto, la no deseada Giaele ocuparía ese lugar. Sin embargo, ese cansancio ahora la impulsa a deslizarse hacia delante, sin roces con las cosas ni las personas, sin el apego crispado de antes. Tiene miedo de que esta serenidad tan parecida a la indiferencia se deba a un envejecimiento precoz, y esa serenidad apenas saboreada se convierte de inmediato en angustia y miedo. Unos años más y todo habrá acabado, todo esto, y será preciso encontrar nuevos motivos para vivir en esta tierra; razones que no se basan en la esperanza o la fe, que, es cierto, ayudan en los malos momentos porque se proyectan hacia el futuro, un futuro ilimitado y radiante, pero no logran llenar el presente, no están hechas para llenar el vacío, sino para ayudar a soportarlo en caso de cansancio y dolor. Para Eleonora —para todos quizá—, la religión siempre ha sido un desafío respecto al futuro. Ahora que está en mitad de la vida, hacer cuadritos con cortezas recogidas durante agotadores paseos le da el sentido del tiempo, liberándolo de otras preocupaciones; cuando se convierta en una ocupación y tenga que llenar el tiempo en vez de vaciarlo, cuando tenga que conferirle peso y consistencia en vez de aligerarlo, esos alegres y pintorescos collages prometen proporcionarle una buena dosis de angustia.

Gioacchino había agotado desde hacía rato la historia de José y del faraón, enriqueciéndola con otros relatos egipcios como el de Moisés y Aarón, las plagas y la separación de las aguas del mar Rojo y el Niño

Jesús huyendo de la masacre de los inocentes en Israel. Giaele no parecía impresionada por la historia, sino que seguía pidiendo detalles.

—¿Y a los niños les cortaban la cabeza los soldados?

—Pues sí...

—¿Y les pinchaban la barriga con la espada?

—Sí, sí...

—¿Y sus mamás lloraban?

—Sí, todas...

Mi compañero Rummo estaba preocupado por la enfermiza e incontenible curiosidad de su hermana pequeña.

—Pobres niños, no habían hecho nada malo... ¿Y los colgaban del cuello? ¿Y a las niñas también?

—Basta, Giaele. A las niñas no. No era necesario.

Ojalá interviniera Lea y rompiera la tensión que crea la atención de Giaele con una ocurrencia o poniéndole la zancadilla en broma, o cogiéndola por las axilas y levantándola en el aire. «¡A volaaar...!»

Pero Lea está pensando en sus cosas. «Sí, es un chico muy guapo, pero muy suyo. No creo que dure.» Se da el caso de que el chico por el que lleva un par de semanas colada es Stefano Jervi —no sé si el lector se acuerda de él—, compañero de clase de Gioacchino y de quien esto escribe, un tipo fascinante, en efecto, capaz de impresionar a cualquiera, chicos, chicas y mujeres adultas. Por suerte, Lea solo se ha encaprichado de él, pero el enamoramiento impregna hasta la última fibra de su mente y su cuerpo delgado y esbelto, aunque carente de formas femeninas. Se le pasará, tarde o temprano. Stefano se la ha llevado a la cama un par de veces, pero no es justo decirlo de esta forma porque Lea ha participado de forma activa, incluso más que él, siendo totalmente consciente de que eran encuentros fugaces, destinados a no repetirse.

En la religión católica modelada y practicada por Lea con fervor, las relaciones sexuales son como chispas que se desprenden del gran fuego del amor universal. «My own private Jesus», define con cándida ironía a su Salvador. Maneja las imágenes religiosas con la misma desenvoltura que en la India, y las mezcla. Ha dibujado a Cristo completamente desnudo y colgado montones de imágenes de vírgenes mexicanas, adornadas, maquilladas y coronadas, detrás de la puerta del armario de su habitación, en el espejo, y todos los días se viste ante ellas, reflejándose en ellas. Camina apática por el bosque con las manos metidas en los bolsillos de los pantalones cortos, que eran de cuando Ezechiele tenía trece años y que a ella le caben porque no tiene caderas; aprieta con fuerza en su puño derecho un minúsculo crucifijo que cuelga de un cadenita junto con una serpiente que se muerde la cola. A menudo imagina que ve crucificados a pequeños animales, como cachorros de zorro o lirones, y a niñas y viejos de larga barba blanca, y al imaginarlo siente el ímpetu de un fuerte transporte amoroso hacia las víctimas de tales suplicios.

—Mamá, ¿te acuerdas de aquella vez...?

—Dime, Lea —responde Eleonora Rummo de vuelta de sus vagos pensamientos.

—¿De aquella vez que de pequeña soñé que pinchaba a Jesús con un horcón?

—Pero ¡¿qué dices, Lea?!

—Sí, me desperté angustiadísima... y él se retorcía como una lagartija...

—No, no me acuerdo en absoluto de esta historia.

Niega con la cabeza. Cree que Lea acaba de inventarse ese sueño traumático, puede que de buena fe, del mismo modo que a veces se cree que un sueño ha sucedido realmente. Lea ha soñado que soñaba. Cuando nació, estuvieron a punto de añadir a su brevísimo nombre una «h» final, pero decidieron no exagerar.

Debe de ser el bosque con sus sombras el que genera ese efecto de refracción entre los miembros del grupo de Gioacchino, pero da la impresión de que cada uno va por su cuenta. Solo Giaele va y viene de uno a otro.

A diferencia de la heroína bíblica con quien comparte su altisonante nombre —del que nunca se ha quejado ni se ha avergonzado como suelen hacer los niños con nombres raros—, Giaele no usa clavos, sino una pequeña aguja que planta en el cerebro de sus hermanos y hermanas: su insaciable y molesta curiosidad.

—¿Qué es esto?

»¿Y esto otro?

»Y esto, ¿de quién es?

—Mira, Giaele, ¿por qué no recoges alguna baya o piedrecitas para nuestros cuadritos tú también?

Tobia grita y gesticula.

—¡Corre, mamá!

—No tenemos ninguna prisa —responde ella, pensativa. «Ay, qué hijos tengo. Todos diferentes. Todos singulares»—. Tobia, ¿has visto qué bonito es este bosque? ¿Y los árboles?

—Sí, muy bonitos, pero todos iguales... ¡Vamos, mamá!

—No, no es verdad, míralos con atención. De cerca.

Pedirle a Tobia algo semejante es un contrasentido. Para él son cilindros de madera con hojas. Palos metidos en la tierra que hay que ir esquivando en eslalon. Sus ganas de llegar primero superan a las de observar detalles. Quemaría el bosque sin dudarlo para hacer una antorcha y llevarla a lo alto de una montaña.

Cuando los dos grupos se avistan, se hallan más o menos a la misma distancia del punto de encuentro preestablecido, en la orilla opuesta del lago dell'Angelo, un pequeño restaurante de madera que llevaba meses cerrado, lo que significa que para rodearlo se emplea más o menos el mismo tiempo por la vertiente oriental que por la occidental: alrededor de hora y media. Los dos equipos de la familia Rummo se saludan en la terraza desierta del restaurante como si llevaran tiempo sin verse, se santiguan, se comen deprisa el tentempié que Davide ha cargado en la mochila y vuelven a separarse para emprender el camino de regreso. «Yo quería ir con ella...», se queja Rachele en voz baja señalando a su madre. Ezi le dice que no pueden cambiarse los grupos sorteados al principio. «¿Por qué?» Ezechiele titubea, no sabe qué responder.

—¿Ahora vienes conmigo? —le pregunta Giaele cogiéndola de la mano.

—No, no puedo —dice Rachele, que suelta bruscamente la mano de su hermana pequeña y echa a correr hacia el bosque para que nadie se dé cuenta de su desilusión y del llanto contenido en la garganta por segunda vez.

Su padre se ríe al verla tan ansiosa de reemprender el camino.

—Estas niñas nunca se cansan —le dice a su mujer poniéndose la mochila a la espalda.

El empate de los dos grupos ha provocado el enfado de Tobia, que ahora ya no tiene ningunas ganas de correr ni de caminar. Se levanta y empieza a andar abatido y desganado.

No hace ni diez minutos que han emprendido la marcha cuando Giaele le pide a Gioacchino que la lleve en brazos.

—Vale, pero solo un ratito, después tienes que andar.

Se la coloca sobre los hombros, con las piernas alrededor de su cuello. Pero a partir de ese momento tiene que estar muy atento para no tropezar. La roca sobre la que caminan es friable y está surcada por grietas que aparecen de repente. Al cabo de unos cien metros, Giaele empieza a golpear con los talones a Gioacchino en el pecho, balanceándose como un vaquero que doma un caballo salvaje en un rodeo.

—Para o te bajo —la amenaza, pero ella no se está quieta y empieza a canturrear—. Para, Giaele, me molestas. —Y le aprieta los tobillos con fuerza para que no pueda mover las piernas.

—¡Ay! ¡Me haces daño! —protesta la cría.

—Pues se acabó, baja. —Giaele no se mueve—. ¡Baja!

Acude Eleonora, que separa a la pequeña de los hombros de su hermano, la pone en el suelo y le da unos golpecitos en el trasero para animarla a caminar. Lea piensa, por fin, en hacer algo y le dice a Giaele que canten juntas la cancioncilla de antes, cuando iba a caballo de Gioacchino.

—No, porque no te la sabes.

—Sí que me la sé.

—A ver, dímela.

C'era una volta
Cecco Rivolta.
Ruzzolò per le scale,
si ruppe il collo
e non si fece male;

*e all'ultimo scalino
si ruppe il mignolino.**

Casi ofendida, Giaele echa a correr.

Ahora se encarama a las rocas como si fuera una cabra...
Después se asoma al lago. Retrocede porque la altura la desorienta, pero luego se acerca de nuevo al borde rocoso. Se refleja en el lago. Se pone de perfil con los brazos formando un ángulo, como los egipcios, para llamar la atención.

Libre del peso de su hermana, Gioacchino entona silbando el estribillo de «Aqualung» de Jethro Tull. Tiene ganas de volver a casa para escucharlo. Un compañero de clase, Arbus, le ha prestado el disco. Rummo tiene que grabarlo en un casete y devolvérselo. Duración prevista del préstamo: tres días. Ya han pasado dos.

La pequeña hurga en su bolsillo. Saca una minúscula baya roja que ha encontrado a la ida y con la mano levantada corre a enseñársela a su hermana mayor.

—Mira, Lea.

—¿Qué es?

—Es para mamá, pero no se lo digas. —Baja la voz—. Es una sorpresa. —Abre la mano.

Eleonora se ha quedado rezagada, oculta por un saliente rocoso. Con retraso, como siempre, pero ya llega.

—¿La has encontrado tú? —pregunta Gioacchino, que se ha inclinado a mirar.

—Sí —responde orgullosa la pequeña.

Lea quiere cogerla para observarla mejor, pero Giaele aparta el brazo y aprieta el puño.

—Es muy bonita, pero...

---

* «Cecco Rivolta / se cayó una vez. / Rodó por la escalera, / el cuello se rompió / y daño no se hizo; / y en el último escalón / el meñique se rompió.» *(N. de la T.)*

En ese momento oyen gritar a su madre. Lea y mi compañero de clase salen corriendo.

Eleonora Rummo ha dado un paso en falso y la bota se le ha quedado atrapada en la grieta de una roca. Los hijos la ayudan a sacarla con una maniobra delicada, pero cuando la libera lanza un grito de verdadero dolor. Los ojos se le llenan de lágrimas de rabia y empieza a soltar tacos.

—¡Mierdaaa! ¡Jodeeer!

—Mamá, por favor...

Lea se asusta porque es la primera vez que oye a su madre decir palabrotas. Le ha cambiado hasta la voz, parece como si rugiera.

—¡Aaah!

—Mamá, por favor...

—¡Nooo! ¡Lo que faltaba! ¡Me cago en Dios!

—¡Basta! ¡Basta! —grita Gioacchino intentando acallarla.

Lea se tapa los oídos, horrorizada.

Cuando vuelven con Giaele para tranquilizarla, parece como si se hubiera metido una piedra en la boca.

—¿Qué tienes ahí? —le pregunta Gioacchino.

—¡Abre la boca! —le ordena Lea.

La pequeña abre la boca y sobre la lengua horriblemente hinchada y enrojecida está la baya, también roja, que poco antes les había mostrado con orgullo.

—¡Escupe!

—¡Escupe eso, Giaele!

—¡Escupe!

Y Giaele, babeando, escupe la baya en la mano de Gioacchino.

—¿Qué pasa? ¿Qué pasa? —grita la madre. Y vuelve a gritar por el dolor que siente en el tobillo, y su último grito se rompe en un gemido.

Intentan llamarse a través del lago, avisar de la emergencia, pero hay mucha distancia y el grupo del padre está en la parte más frondosa del bosque. Cuando el sendero se bifurca y vuelve a costear la orilla, a Ezechiele, que es el último de la fila, le parece vislumbrar a alguien haciendo señales desde la parte opuesta, en el borde de la cresta rocosa, pero cree que están saludándolo y devuelve el saludo agitando un brazo; después reemprende tranquilamente la marcha, con paso ligero, sin prisas, como le ha dicho su padre. Y mientras tanto mira alrededor en busca de bellotas, plumas de pájaro o ramitas de formas sugerentes para su madre.

Elisabetta y Rachele han hecho las paces. Incluso demasiado, pues caminan abrazadas por el bosque y les cuesta más esquivar los obstáculos. Donde una pasaría tranquilamente, la otra tiene que inclinarse para que no le dé una rama en la cara o para no tropezar con una raíz escondida entre las hojas, pero no importa. Lis besa a su hermana en la mejilla de vez en cuando, la huele, le hace cumplidos exagerados que suenan falsos pero que son sinceros.

—Qué pelo tan bonito tienes..., qué brillante. Parece el manto de un gato... Hace cosquillas y huele tan bien...

—He usado el champú de mamá —confiesa Rachele.

—¿No se ha dado cuenta de que se lo has gastado?

—¡Qué va! —Rachele le dice que añadió agua en el frasco para que el nivel fuera el mismo. Se ríen y se abrazan más fuerte.

—A ti te queda muy bien así. —Y le da un golpecito al gorro de Lis que resbala hacia atrás, sobre la espalda. En el bosque no hace falta, a la sombra de los árboles se está fresco, y le acaricia los mechones cortos y desordenados.

Cuando llegan al punto de partida, donde los senderos que rodean el lago se bifurcan, encuentran a Eleonora Rummo sola, sentada sobre una roca con las ligaduras del tobillo rotas, descompuesta por el llanto y el dolor. El resto del grupo del que formaba parte mi compañero de clase, Gioacchino, se ha anticipado en busca de ayuda y desperdigado a lo largo del camino de bajada.

—¡Quédate con tu madre! —le ordena Davide a Ezechiele, que no tiene más remedio que obedecer y permanecer allí mientras su padre echa a correr cuesta abajo.

Va en busca de sus hijos a pasos gigantescos, saltando desesperadamente; a la primera que encuentra es a Lea, que en lugar de andar da tumbos presa de un ataque de nervios; después a Tobia, que camina deprisa con la cabeza baja, enjugándose las lágrimas mecánicamente con las mangas de la camisa tejana. Gioacchino Rummo, a la cabeza, corre con su hermana en brazos hacia el fondo del valle, donde han aparcado el minibús. Giaele tiene la cara tan hinchada que no se le ven los ojos, y de los labios carnosos y blancos sale un gemido cada vez más breve y entrecortado.

—Vamos, Giaele, respira —dice Rummo con un hilo de voz, agotado por el esfuerzo. Los brazos que aguantan a su hermana, al principio ligera como una pluma, ahora le parecen de plomo, y le duelen las rodillas—. Respira, respira que ya llegamos. Mírame, Giaele. ¡Mírame! Te pondrás bien.

Su padre lo alcanza por fin. Davide Rummo le arranca a su hija de los brazos y lanzándose a tumba abierta le grita a Gioacchino, ya sin fuerzas ni aliento:

—¡Corre! ¡Corre!

Fue una desafortunada coincidencia: la toxicidad de la baya, en cantidad reducida, y una elevada sensibilidad alérgica de la niña, que nunca había dado síntomas. Son episodios que suelen manifestarse de pequeños y que con la edad se atenúan o incluso desaparecen por completo. Giaele llegó cadáver al hospital, había fallecido diez minutos antes. Los intentos por reanimarla en el coche habían sido inútiles. El arquitecto Rummo conducía sin dejar de tocar el claxon mientras mi compañero intentaba insuflar un poco de aire en la boca obstruida de su hermana. Se denomina espasmo de la glotis. Dulcamara era el nombre de la planta venenosa. Gioacchino había tenido la prudencia de guardarse en el bolsillo la baya mustia que su hermana había chupado para enseñársela a los médicos. Solo sirvió para completar el parte médico de la defunción.

Esta historia me la contó Ezechiele Rummo, el mayor, muchos años después. Gioacchino nunca me la habría contado. Para Ezechiele ha sido el tormento, el más grande remordimiento de su vida, no haber podido hacer nada por su hermana, haber perdido tiempo por el camino recogiendo maderitas y estúpidas bellotas. ¡Recoger bellotas a los dieciocho años cumplidos!

Mi compañero, por el contrario, supo, no sé cómo, transformarlo en una «oportunidad» para convertirse en un hombre. Lo digo con gran admiración.

Querido Gioacchino, esta es la historia que me ha salido espontáneamente, no otra. Sí, sé que habla más de tu maravillosa familia, de tu hermana y de vuestra desgracia, que de ti. Espero que no te lo tomes a mal. Y que tampoco se cabreen el resto de las personas de las que hablo, más o menos fielmente, poco o mucho, en este libro.

16

Conocí a Ezechiele Rummo en su casa, allá por el año 2000. Daba una fiesta para celebrar una década de vida de su editorial, pequeña pero muy activa. En mi opinión, se trata de una iniciativa admirable y audaz, que es superior a las fuerzas de muchos. Señal de una obstinación y una fe singulares. Solo trabajando, trabajando duro, te abres camino. Relacioné su apellido con el de mi compañero de clase y al verlo reconocí en él algunos rasgos inconfundibles de la familia. Era un hombre corpulento que sonreía tímidamente y entre las canas aún despuntaba algún cabello rubio. Me intrigaron los collages realizados con elementos naturales que ocupaban por entero la pared de detrás del escritorio de su despacho y le pregunté quién los había hecho y cuándo. Eran bonitos y, si la expresión en sí misma no fuera justo lo contrario de lo que indica, «de buen gusto». Es curioso que una persona de carácter reservado como el suyo me contara de manera espontánea toda la historia y su dramático final. Lo que más lo turbaba y al mismo tiempo le parecía amargamente divertido —negaba con la cabeza sin dejar de sonreír— era haber oído imprecar a su madre. «Blasfemaba sin saber que no era el tobillo roto, no era esa la razón para maldecir a Dios.»

Hablando de Gioacchino, también se mostró sorprendido del equilibrio que había llegado a conquistar el chico.

Llamaba «chico» a Gioacchino, que tenía mi edad, más de cuarenta años por entonces, por la costumbre de considerar a los hermanos menores jóvenes para siempre.

«La causa del sufrimiento también se convierte en la fuente de la alegría más profunda. Sí, así es, debe ser así... —murmuró Ezechiele—, pero es un milagro que no sé explicar y que a mí, por desgracia, no me ha tocado vivir. Las cosas malas siguen siéndolo, y lo mismo vale para las buenas, por suerte. No sé si tu experiencia es la misma, Edoardo... —Sacudí la cabeza de una manera que podía significar asentimiento y sí, así era, sin duda—. Las cosas pueden palidecer o hacerse más vivaces, encenderse, pero no cambian de naturaleza, nunca se transmutan en algo nuevo... El dolor jamás asume un significado positivo, no se convierte en un motivo para vivir, para vivir mejor..., para vivir más.»

Ezechiele Rummo suspiró y me miró emocionado todo lo grande que era. Tuve ganas de abrazarlo. No existe un motivo válido para maldecir a Dios. Pero en ese momento llegó la autora puntera de Rummo Libri. Prácticamente sola, con su exitosa serie de novelas ambientadas en Cerdeña, mantenía en pie la editorial cubriendo el ochenta por ciento de su reciente facturación, y Ezechiele se volvió para abrazarla a ella.

17

De los muchos retiros espirituales que hice mientras fui alumno del SLM solo recuerdo dos cosas.

La primera es el *polpettone* de pan.

Como es sabido, en la masa del *polpettone*, una especie de croqueta gigante, además de carne y otras cosas, se pone miga de pan, pan seco o rallado para ligar todos los ingredientes y darle cuerpo. Como en todas las recetas, las dosis marcan la diferencia. En el caso del *polpettone* que servían en el comedor del SLM y en los centros religiosos donde íbamos de retiro espiritual con el objetivo de prepararnos para la Semana Santa, la receta se radicalizaba y el concepto de porcentaje tendía a perder sentido, pues entre todos los ingredientes, el pan casi constituía el noventa o noventa y cinco por ciento y, en efecto, si no recuerdo mal y en honor a la verdad, se le llamaba «*polpettone* de pan».

La segunda cosa que contaré es un poco más larga.

Durante uno de aquellos retiros espirituales descubrimos —creo que en los dormitorios o en un pasillo, o quizá en la habitación del director espiritual, donde habíamos entrado a escondidas mientras él rezaba en la iglesia...; bien pensado, creo que esta última hipótesis es la válida, pues ahora, mientras escribo, me parece verlo colgado encima de una cama de hierro, más grande e imponente que la cama misma— el cuadro de un santo.

No estaba claro de qué santo se trataba, pues la imagen era oscura, a excepción de la aureola brillante alrededor de su cabeza alzada hacia el cielo, al que imploraba ayuda.

A sus espaldas se erigían, como sombras retorcidas, unos energúmenos en actitud de golpearle; uno sostenía un látigo en el aire y el otro azotaba al santo en la parte inferior de la espalda, cuya piel de un blanco lívido destacaba entre las sombras.

Al volver al dormitorio convencimos a Marco d'Avenia para que se desnudara, es decir, para que se quitara el jersey y la camisa, e interpretara al mártir —«¿Por qué te quejas? ¡Es el protagonista!»— y empezamos, despacio al principio, casi a cámara lenta, y después a un ritmo más rápido, a azotar su espalda desnuda y regordeta con un par de cuerdas que habíamos anudado en varios puntos. Le propinábamos los azotes de manera simbólica, con gestos exagerados y teatrales, acompañados de imprecaciones y burlas, como los verdugos de esas películas que siguen pasando por televisión durante la Semana Santa —en tecnicolor: las capas azules, amarillas, caras de color rosa, la sangre de un rojo vivo que chorrea por la espalda de Jesús...

Era una representación sagrada. Poníamos caras de malos. Y de rodillas, en el centro del dormitorio, con las manos atadas a la espalda desnuda, Marco d'Avenia suplicaba piedad, al principio en broma —en efecto, le habíamos prometido que le azotaríamos en broma— y después en serio. Se estremecía a cada azote, poco más que una caricia, y las lágrimas empezaron a deslizarse por sus mejillas. Al rato, estalló en llanto:

—¡Basta, por favor! ¡Os lo suplico! —gritaba, y este miedo auténtico dividió a sus verdugos en dos facciones, los que querían parar y los que querían intensificar los golpes, hasta que el miedo de D'Avenia se transformó en auténtico dolor.

Ahora se oía el silbido y el chasquido de la cuerda sobre la piel de nuestro compañero. «¡Os lo suplico, basta! ¡Soltadme!», y sobre la espalda pecosa empezaba a distinguirse el relieve que dejaban los latigazos. Marco mantenía la cabeza hundida entre los hombros para ocultar su terror. Aguantaba la respiración. Esperaba el azote y lo recibía con un gemido, y durante ese intervalo, cada vez más breve, nosotros también conteníamos el aliento. Tras un latigazo propinado con más fuerza que los demás, alzó la cabeza y gritó:

—¡Piedad! Pero ¿qué os he hecho? ¿Por qué? —Y su lloriqueo se convirtió en un llanto a moco tendido.

Para dar un poco de sentido a ese castigo y volver a encauzarlo en la línea de la representación sagrada o en la parodia que al principio teníamos intención de recrear, uno de los verdugos se detuvo, bajó el brazo e intimidó a D'Avenia:

—¡Si quieres salvarte, reniega de tu fe!

Los sollozos lo sacudían con tanta violencia que no entendió la petición y Chiodi tuvo que repetírsela, usando siempre fórmulas inspiradas en alguna lectura dominical, Hechos de los Apóstoles, Actas de los Mártires, etcétera.

—Te lo repetiré otra vez. Depende de ti salvar tu vida. ¡Reniega de tu Dios!

—Pero ¿qué Dios? —musitó D'Avenia mientras en los labios se le formaban burbujas de lágrimas y saliva. Daba pena, pero también era ridículo.

Entonces uno de los compañeros dijo en voz baja:

—Será mejor que lo dejemos en paz. ¿Y si viene alguien?

Y, como si me despertara del sopor, uní mi débil protesta a la de mi compañero:

—Sí, ya basta... —dije, pero mi voz se disipó en el aire cargado de tensión, a tal punto que dudé de haber hablado y carraspeé para intentarlo otra vez.

Pero el verdugo, indiferente, quería concluir su inquisición del mártir.

—Lo sabes muy bien. ¡El Dios en el que imprudentemente has afirmado creer! De él tienes que abjurar, cobarde. ¡Reniega de él! —Y para corroborar que su víctima no tenía más remedio que renegar de su fe si quería salvarse, le asestó un latigazo que, en efecto, esta vez fue tan fuerte que hizo gritar a nuestro compañero con auténtico dolor.

—¡Nooo!

Salpicando baba como un perro, D'Avenia intentó, en vano, soltarse el cordel con que le habíamos atado las muñecas a la espalda, de esos finos que se usan para atar la carne, pero acabó clavándoselo en la piel aún más profundamente. Se puso en pie balanceándose de un lado a otro, patoso, flácido, incapaz de levantarse si alguien no lo ayudaba. Como les había dicho que lo dejaran en paz pero ellos seguían, insistían, tuve la tentación de marcharme para eximirme de la responsabilidad de lo que estaba sucediendo, que al principio me había parecido divertido, pero ahora se me antojaba absurdo. Absurdo por cuanto cada vez era más verdadero y real. Me gustan las representaciones, la realidad menos. Y a menudo he salido del paso así, evitándola. Basta con eludirla, con marcharse de la habitación, con dirigir la atención a otra parte, quizá a otra representación. Mi actitud era parecida a la de Pilatos: no aprobaba lo que estaba pasando, pero hacía poco —murmurar unas frases apenas perceptibles— o nada para impedirlo. Es sabido que las llamadas a la razón no surten ninguna eficacia si no van acompañadas de una fuerza igual a la que pretenden anular. Y mis compañeros eran tan cobardes como yo, o quizá estuvieran extasiados con la ceremonia. Su excitación era palpable. Cuando la acción se desboca, no solo la razón, sino también la prudencia y la piedad son arrolladas por ella. Otro latigazo.

Un grito, afeminado esta vez, seguido por un gemido prolongado se rompió en una nota altísima.

—¡Nooo! ¡No me deis más latigazos! —Y D'Avenia alzó los ojos al techo del dormitorio, como el santo del cuadro que miraba al cielo oscuro donde se ocultaba el cobarde de su Salvador. Después intentó volver la cabeza todo lo posible hacia los verdugos que estaban detrás de él—. Yo, yo... —Tenía los labios hinchados y un brillo alucinado en los ojos—. ¡Yo no creo en nada!

Y entonces sus verdugos bajaron los látigos.

Por fin pude respirar. Todos respiramos. Volvíamos a tocar tierra, o quizá habíamos estado en otra tierra durante los diez minutos que duró el auto de fe de Marco d'Avenia. Él también respiraba con dificultad, empapado en sudor, mirando hacia atrás para comprobar si había más latigazos al caer después de su abjuración. Fue entonces, observando su cara, cuando comprendí la situación gracias a un detalle hasta ese momento inadvertido. Algo obvio, es decir, perteneciente a esa clase de verdades que mi famosa inteligencia —que a esa edad, durante la adolescencia, estaba en plena forma— siempre capta con retraso, normalmente en último lugar, revelándose por eso como una forma de ofuscación a la inversa, una especie de presbicia que distingue lo lejano y no ve lo que tiene debajo de las narices, que aferra las cosas enrevesadas y no capta las evidentes.

En el rostro de Marco reinaba el caos. El caos que se forma en el alma de quien ha sido víctima de una injusticia sin entender siquiera si era en verdad injusta: sorpresa, desaliento, mortificación, esperanza de que cese el castigo...

Pero había algo más. Sus rasgos estaban contraídos, es decir, su cara parecía como dividida en dos partes cuya expresión se contradecía. La parte de arriba sufría, pero la de abajo...

La frente fruncida, las cejas muy arqueadas, los ojos enrojecidos y a punto de salirse de las órbitas por la tensión de los golpes, pero en sus labios caprinos, inusualmente hinchados, flotaba una sonrisita idiota que quizá se debiera al alivio por el final de su tortura. Pues bien, no era así.

Mientras que a mí no me había gustado la broma de martirizar a D'Avenia con el pretexto de una puesta en escena sagrada, y el hecho de no haberlo defendido cuando el juego había dejado de ser tal hacía que me sintiera una persona ruin, a él, ser atado, obligado a ponerse de rodillas y azotado le había gustado. Mucho, muchísimo...

De repente me percaté de que sus ojos brillantes de lágrimas estaban llenos de placer, y que quizá el único dolor sincero que los atravesaba era la sombra de la desilusión porque el juego había acabado. ¡Más, pedían sus ojos, más! Y entonces ¿por qué sus labios habían dicho basta? ¿Lo había dominado el miedo? ¿El miedo a experimentar un placer aún más intenso y revelarlo de manera obscena delante de toda la clase? ¿O es que había interpretado fielmente el papel de apóstata?

—Eres un cobarde, es suficiente —dijo el Inquisidor Número Uno, Stefano Maria Jervi—. Ningún Dios querría recuperar la fe de un cobarde. —E hizo una señal al Inquisidor Número Dos, es decir, a Chiodi, que se sacó del bolsillo el cortaplumas con el que solía grabar en el pupitre y cortó el cordel que ataba las muñecas del prisionero. Algunos compañeros formaron inmediatamente un corro alrededor de Marco d'Avenia y lo ayudaron a levantarse. Yo me quedé aparte, mirándolo. Su sonrisa de placer se transformó de manera angélica y se convirtió en gratitud.

Mientras ponía del derecho su camisa para vestirse se acercó a mí, siempre escoltado por los compañeros más apremiantes, quienes habían sufrido más durante el maltrato, como Rummo, y entonces vi que las señales de los latigazos sobre la espalda blanca y húmeda de sudor no eran más que unas rayas finas, rosadas, como las que se hace uno sin darse cuenta cuando camina con las piernas desnudas entre la hierba alta. ¡Los latigazos sangrientos como los del mártir orante del cuadro no eran más que una sugestión! ¿Yo era el único que los había visto o toda la clase había tenido la misma alucinación? Marco me sonrió con esa sonrisa estúpidamente extasiada y después se puso serio de repente, igual que si se hubiera acordado de que yo, con mis protestas, había sido uno de los que habían desbaratado el juego antes de tiempo. «¡Yo no he hecho nada!», me habría gustado decirle reivindicando lo que antes me causaba remordimiento, es decir, mi falta de decisión.

En ese momento se oyeron unas palmadas que retumbaron en el dormitorio como si nos halláramos en una gruta subterránea. El director espiritual estaba de pie en el umbral. Su mirada panorámica dejó claro que se había dado cuenta de que allí acababa de pasar algo apasionante, y mucho, y que la excitación había cesado de golpe, dejando los gestos sin sentido y fijándolos a la vez, como en esos juegos en que hay que quedarse quieto de repente donde estás; pero dada su larga experiencia sabía que no iba a poder aclararlo con preguntas al respecto.

Sin decir nada y sin repetir la señal inicial, se dio la vuelta y salió del dormitorio —en realidad, no había llegado a entrar— y todos, incluido D'Avenia, que todavía se estaba abotonando la camisa que se impregnaba de sudor en cuanto le tocaba la piel, lo seguimos en silencio, pasando del dormitorio demasiado luminoso al pasillo en penumbra. Me encontré caminando detrás de Jervi y me acerqué a él. Le cogí por un brazo para que aminorara el paso. Parecía satisfecho, pero su mirada era siniestra, como si aún siguiera interpretando al personaje de antes.

—¿Lo has hecho aposta? —pregunté.
—Claro, ¿qué te crees?
—¿Yo? Nada. Como él.
—¿Qué quieres decir?
—Que no creo en nada. Pero habrías podido evitar... —Hice una mueca y le dije que no había necesidad de excitar a los demás compañeros, de despertar sus instintos—. A partir de ahora todos se sentirán autorizados a castigar a quien se les antoje..., puede que para mostrarle el camino de la redención.
—No lo digas ni en broma —dijo asumiendo de nuevo la pose torva del inquisidor.
—Sois vosotros los que decís que es una broma y después castigáis a quienes han aceptado participar en el juego.
—Pero ¿qué juego? No es un juego, ya te lo he dicho. Además, para que todo vuelva a su cauce, basta con que los castigos recaigan en quien se los merece..., en quien se los espera. Es más, en quien está impaciente

por que le castiguen. —Me hizo un guiño y me miró a los ojos para averiguar de qué parte estaba yo, es decir, si me decidía, al menos esta vez, a tomar partido y a dejar de revolotear sobre todos y todo con aire de pasar por allí por casualidad—. ¿Lo pillas?

Asentí en silencio y bajé la mirada. Jervi se soltó y caminó rápido, dando tres o cuatro pasos más largos; después se detuvo y volviéndose me siseó cerca del oído:

—Sabes muy bien que se lo merecía, ¿no? Ese medio marica... ¡No tiene valor ni para serlo del todo!

Entretanto Marco caminaba delante, a la cabeza del grupo, sonriendo, incluso riendo, como si no hubiera pasado nada. Llegamos a la escalinata principal y toda la clase empezó a bajar a saltos los peldaños de dos en dos o de tres en tres; las cabezas, rubias y morenas bailaban ante mí, y los gritos tontos, las ocurrencias y bromas habituales rompieron el silencio. Pasado, pasado, pasado...

¿Por qué medio marica?, pensé con retraso. D'Avenia es marica del todo. Así que ser medio marica era todavía más despreciable.

La escena de los latigazos me suscitó tanta piedad, horror y curiosidad que me imaginé a mí mismo desnudo y de rodillas azotado por mis compañeros. Iban pegándome todos por turno, pasándose la cuerda. Por otra parte, era verdad que Marco había disfrutado con los azotes, pero también había visto un destello de placer en los ojos de quien lo castigaba, el mismo que veía ahora en la mirada de quien sujetaba la cuerda con nudos para azotarme. Sí, no cabía duda de que ellos también disfrutaban, ocultando la excitación o manifestándola abiertamente, y parecían gozar en especial castigándome a mí. ¿Por qué? ¿Porque mi martirio tenía sentido, porque vengarse conmigo les satisfacía más, porque yo tenía más culpas que expiar o por todo lo contrario, porque siendo inocente, la sangre derramada era más pura y, por tanto, más valiosa? Pero ¿qué sangre, qué castigo? ¿Qué estoy diciendo? En mi fantasía todo era una broma y al final nos abrazábamos...

O, al menos, creo que era así. Quizá moría y los compañeros me abrazaban para darme el último adiós, digno de un mártir.

En todo caso, si esta es la ley, si todos disfrutan a partes iguales del sacrificio, no había manera de eludirlo: o eres verdugo o víctima, o uno de los asistentes, pero en cualquier caso, con plena satisfacción, del todo consciente.

Antes el colegio era un largo y complicado juego de premios y castigos. Cuando por fin habías aprendido sus reglas, era hora de irse.

Pero estábamos hablando de Marco d'Avenia. Con el episodio de la flagelación, lo pillamos. Al final de los juegos violentos que practicábamos, el que perdía tenía que ponerse a cuatro patas y llevar a caballo al que ganaba; no era necesario darle la orden ni amenazarlo porque el vencido ya estaba ensimismado en su papel, la misma posición humillante lo proclamaba perdedor.

¿Cuándo se proclama la victoria o la derrota en una batalla? ¿Quién lo decide?

Pues bien, mientras que todos nos sentíamos humillados y nos reíamos histéricos y rabiosos si nos derrotaban, a Marco le encantaba. Perdía sin pensárselo dos veces, y si no hubiera sido porque era el más débil de la clase, sin contar a Pik, estoy seguro de que habría perdido a propósito para que lo castigaran, para que se le subieran encima los vencedores, que le clavaban los talones entre las costillas a fin de espolearlo igual que a un burro; y mientras los golpes que le propinaban hacían un ruido lastimoso, que yo habría preferido no tener que oír nunca, él sonreía.

18

Antes que generoso y afable, ¿el precepto «Ofrece la otra mejilla» no es acaso masoquista? «Da un beso a tu prójimo»: ese sería un mandamiento amoroso. Mucho más que «Déjate abofetear sin reaccionar».

Para el masoquista, el castigo es la prueba de su culpabilidad. Invierte los factores: no se recibe un castigo porque se es culpable, sino que se es culpable porque se recibe un castigo, y cuanto más placentero resulta, más grave debe de ser la culpa. Hasta el punto de que estas dos ideas —el placer por el castigo y el remordimiento por la culpa— se alejan entre sí, se separan tanto que el individuo se desgarra, se parte en dos como si dos caballos tiraran de él en sentidos opuestos.

Si bien uno tiene el deber, y quizá las fuerzas suficientes, de resistir a los impulsos sádicos, dejándolos aparcados en el terreno de las fantasías, ¿por qué luchar contra los masoquistas? El freno moral es menos eficaz. En el fondo, piensa el masoquista, no hago daño a nadie y al menos tendré la libertad de hacérmelo a mí mismo. Luchar contra una tendencia masoquista es, pues, más difícil, también porque resulta más difícil comprender su alcance o estigmatizarla. Uno será libre de sufrir, ¿o no? Lo primordial es que no haga sufrir. ¿No es eso lo que exige la moral? Es más, la moral, cualquier moral, y la educación, cualquier educación —la cristiana en especial—, ¿no poseen siempre un componente masoquista? ¿Acaso no enseñan que el valor supremo es sacrificarse, dejar que el prójimo se quede con la mejor parte, se siente en el lugar más cómodo, se convierta en nuestro amo? «Ponerse al servicio de», reproduciendo una relación de subordinación, eso exige la educación. «A sus órdenes, para servirle, a su disposición, mande usted.» Y la palabra italiana más famosa en el mundo, que sirve para saludarse, *ciao*, ¿acaso no significa «esclavo»? Soy tu esclavo, haz conmigo lo que quieras, dispón de mí como gustes. ¿No es «esclavízame», «sométeme», «lo acepto de buen grado», lo que nos decimos de modo ritual, incontables veces al día? La ética consiste en el masoquismo puro: renunciar al poder, renunciar a gozar, sacrificarse para que otro disfrute en tu lugar, ser manso como un cordero, dejarse crucificar, ceder tu cama, tu vestidura, tu comida, tu dinero, tu cuerpo, permitir que te azoten, que te martiricen. Renunciando a disfrutar, debes disfrutar. No existe un mártir que no disfrute con su martirio, y no solo por orgullo —como comprendió Tomás Becket, lo que le mortificaba, es decir, le mortificaba mortificarse—, sino por el placer físico de ser humillado. Un violento placer animal que cambia el objeto, que hace un giro de ciento ochenta grados, como la pistola del suicida en *Recuerda* de

Hitchcock; sentir placer al ver correr la sangre, pero no la de las víctimas, como un lobo ebrio, sino la propia, embriagarse con la propia sangre en vez de con la de las presas. Estos dos espectáculos, estos dos fenómenos, ¿no son, en el fondo, extraordinariamente parecidos?

Sin embargo, al masoquista se le concede siempre un poco de clemencia, de simpatía, pues en su espíritu se reflejan por entero culturas, roles y categorías humanas. Las mujeres son dulcemente masoquistas, todas por lo visto, en cuanto mujeres. Su sexo representaría el masoquismo en estado puro. Los curas, si algunos de ellos no fueran sádicos para contrarrestar la tendencia general, encarnan la figura del perfecto masoquista, y lo mismo puede decirse de los ascetas, eremitas, santones y faquires. Al menos un miembro de la pareja es masoquista, y a menudo ambos lo son en fases alternas o de maneras diferentes o complementarias. Los héroes son, en buena parte, masoquistas, por lo menos al final. Leónidas era un masoquista, como Pisacane, el Che Guevara, santa Clara y san Francisco. Besar a un leproso podría contemplarse en una obra de Krafft-Ebing en vez de en *Las florecillas*. Ese amor visceral por la carne corrompida, violada, herida, apaleada, por la propia carne maltratada, que de repente se prefiere a la tradición milenaria del amor por lo bello, lo sano, lo atlético de la estatuaria antigua, ese preferir trapos, llagas purulentas, cilicios y estigmas a músculos ágiles y nalgas redondeadas, ¿no son señales evidentes de un masoquismo desenfrenado? Creo que, aunque sin éxito, esto es lo que los curas intentaban enseñarnos, a ser serenamente masoquistas, a disfrutar del sufrimiento, a redimir el dolor descubriendo que, al fin y al cabo, es placentero, a amar las heridas de Jesús como si hubieran sido infligidas a nuestro propio cuerpo y a prepararnos para cuando, tarde o temprano, tuviéramos que sufrir. Sufrir, el gran tema, el único. El tema de todas las novelas, de las tragedias, las obras históricas, la poesía, los compendios de filosofía, los manuales y los ensayos de todos los tiempos. ¡Qué difícil tarea la de los curas! Qué difícil y arriesgada. Porque, en efecto, enseñanzas, ejemplos y palabras rozaban siempre lo morboso, el amor perverso hacia la enfermedad, y se acercaban peligrosamente a pecados mucho más graves de los que pretendían protegernos. Por no hablar de la resistencia, digamos biológica, a semejante principio. Un cuerpo joven se resiste a la idea de que su finalidad sea dejarse dominar y que su salvación consista en mortificarse, esto es, en «hacer la muerte, hacer imposible la vida», literalmente. La vitalidad, toda ella, se rebela ante esta mentalidad.

Para compensar y complementar esta visión de futuro penitencial y masoquista, el SLM suministraba el antídoto de la actividad deportiva, desahogo de las fuerzas excedentes. No pudiendo exprimir al joven cuerpo inmaduro con una prensa de tortura —eso pertenecía a otra época, no íbamos al colegio para alcanzar la santidad, sino para sacarnos un diploma—, era necesario apagar su energía mediante un ejercicio intensivo, corriendo en campos polvorientos, encaramándonos con una pértiga o chapoteando en la piscina con pies y manos. La propuesta del SLM no tenía par, en especial en el barrio de Trieste que, contrariamente a su fama, no ofrecía —y sigue sin hacerlo— nada de nada a la juventud deportiva, a excepción de alguna que otra pista de tenis encajonada entre los edificios que circundan la Piazza Viterbo o escalonada en la ladera de Santa Costanza, afeada en la actualidad por la horrible estación del metro. Y si para dar unas brazadas la única posibilidad era ser amigo de algún vecino del número 34 de la Via Appennini, en cuya fachada decorada con cerámica se reflejaba durante unas horas al día el azul de una piscina.

Bien pensado, los satisfechos padres que matriculaban a su hijo varón en un colegio religioso donde podían practicarse regularmente tantas actividades recreativas y deportivas —fútbol, natación, baloncesto, voleibol, gimnasia con aparatos, judo, ping-pong— habrían debido preguntarse un poco más acerca del porqué de esta contradicción, quizá solo aparente, claro está, pero muy visible, entre el cuidado del espíritu y el del cuerpo de los alumnos, del énfasis que se ponía en publicitar ese colegio privado —«¡Con maravillosos campos deportivos rodeados por los jardines de la Via Nomentana! ¡Y qué piscina!»—, en destacar la modernidad de sus instalaciones y demás.

Trotar, saltar, chutar, pedir que te pasaran la pelota, temer su violenta llegada..., pelotazos en la barriga y en plena cara..., gritar..., gritar a voz en cuello..., agotaba todas tus energías. Creo que en mi vida nunca estuve tan cansado como a la vuelta de los famosos campos deportivos de la Nomentana, cuando fuera ya había anochecido. A los catorce años, tumbado en la cama a las seis de la tarde, en vez de estar sentado ante el escritorio haciendo los deberes, con un brazo sobre la cara escuchando el latido salvaje de mi corazón, me daba la impresión de tener setenta, y cuando me llamaban a cenar estaba tan afónico que ni siquiera podía responder.

Con el pretexto de fortalecer el cuerpo, se acababa por apagarlo como una vela, extinguiendo la llama con los dedos humedecidos.

Los amantes del arte y el ballet, los melómanos, los expertos, los fanáticos de cualquier especialidad o disciplina artística, en especial de aquellas en que domina el virtuosismo corporal —cantantes de ópera, gimnastas, bailarines, etcétera—, son masoquistas puros. Su placer consiste en que los arrastren, subyuguen y estrangulen, hasta ahogarse de gozo, grandes pianistas y geniales directores de orquesta, sopranos que arrancan las entrañas con crueldad a quienes las escuchan y fantasmagóricos bailarines. El que asiste habitualmente a teatros donde estos fenómenos se exhiben disfruta dejándose dominar por el genio de los maestros y de las estrellas. Incluso cuando dirige un *pianissimo*, la batuta del director silba en el aire como un látigo...

Y sí, he aquí que el mundo se revela, se vuelve de repente, masoquista. La fusta que el cochero hace chasquear, el pellizco en la barbilla que el alumno recibe del maestro, la visión de mujeres imponentes de pechos generosos y caderas rotundas que abarrotan las calles balanceándose sobre zapatos con plataforma...; sí, las mujeres, porque a pesar de que suelen ser más pequeñas que los hombres, a nosotros nos parecen inmensas, sobresalientes. Infunden un agradable y enfermizo sentimiento de inferioridad, no tanto por su figura en conjunto, sino por los elementos de que está compuesta y que la mirada masculina acostumbra desglosar y examinar por separado, como, por ejemplo, el culo. La visión de unas tetas o un culo generosos suscita una mezcla de admiración y desaliento, una necesidad de reaccionar, sí, reaccionar de un modo u otro: abandonándose a comentarios vulgares, hiperbólicos o extasiados; apartando la mirada para huir de su peligrosa contemplación, o tomando iniciativas directas o incluso brutales. Cuanto más grandes, más frenética es la reacción de entusiasmo, de desaliento, de excitación, no porque sean especialmente hermosos —si son en verdad grandes, difícilmente lo son—, no, no tiene nada que ver con la belleza, sino porque lo que atrae y suscita la emoción masculina son las dimensiones, con respecto a las cuales los hombres —a pesar de alardear de estar seguros de ser capaces de poseerlas y dominarlas con facilidad— experimentan un sentimiento masoquista de sumisión e inferioridad. Ese es el verdadero significado de los comentarios vulgares: impotencia, una señal histérica de impotencia disfrazada de virilidad. Una virilidad que, de palabra, promete hazañas sexuales, pero que en la realidad goza no estando a la altura de esos fenómenos. No existe un solo hombre capaz de desafiar a un par de tetas gigantes, contenerlas con sus manos, aguantarlas, medirlas, pues escapan a toda medida porque idealmente siguen aumentando de volumen. Por ese motivo, el joven Federico de *Amarcord* —¡qué intuición genial!—, en vez de chupar las tetas enormes que la estanquera le ofrece, mejor dicho, con las que lo ahoga, en vez de chupar, decía, sopla. Sopla para rechazarlas, para resistir a esa inmensidad femenina que se le viene encima y, en el límite de una fantasía masculina, como si estuviera en una pesadilla, para que se hagan aún más grandes. Descubre que esas proyecciones masculinas, llevadas más allá de la caricatura, que esas formas exorbitantes, en realidad existen, y a fuerza de hincharlas en las fantasías eróticas vuelven del reino de los deseos para vengarse de quien las había imaginado, como los monstruos del *Planeta prohibido*, y que las inventó la naturaleza —que posee una tendencia fatal a lo monstruoso— mucho antes que los dibujantes de manga. Como ocurre con las características y los tamaños de las diferentes razas de perros, y con la decisiva aportación de la inventiva humana, que quiere ejecutar sus diseños aunque sean absurdos, existe una increíble variedad de formas anatómicas femeninas, tan amplia que podrían crearse categorías independientes de los cuerpos que, por decirlo de alguna forma, las albergan, y de cuyo aspecto constituyen un rasgo decisivo. La mirada masculina, con independencia del interés erótico o el desinterés, se queda pasmada ante el cuerpo femenino. Pasmada, esa es la palabra adecuada. Pasmada por lo que le falta al cuerpo femenino, como explican los manuales de psicoanálisis de hace un siglo —puede que por eso últimamente quienes frecuentan a las prostitutas se han aficionado a los transexuales y se encuentran tan a gusto con ellos, porque no les falta de nada—, pero sobre todo por lo que no le falta, por lo que tiene, por esas formas fenomenales, mejor si son abundantes, abundantísimas, enormes —cuando leo en un anuncio que una señorita promete *pneumatic bliss* de talla XXL, la cabeza empieza a darme vueltas...— porque son la prueba de que existe semejante monstruosidad. Más que objeto de deseo, el pecho generoso es una prueba incriminatoria. Los que odian a las mujeres pero se sienten atraídos por ellas, es decir, los que se sienten atraídos justo porque las odian, odian el chantaje que la atracción ejercita sobre ellos y, en consecuencia, quieren castigar a quienes lo provocan; el pecho, más allá de su forma, es una provocación que desata su rabia o su burla: si es pequeño, es objeto de burla; si es normal, se desearía que fuera más grande; si es hermoso, los intimida y desean deformarlo para destruir su insolente e inhiesta belleza; si es grande y pesado, parece hecho aposta para que se lo maltrate y aplaste, mortificando a la mujer de las que cuelgan esas bolas de carne... El pecho, en sí mismo, caracteriza la anomalía del cuerpo femenino, su exceso. Una diversidad que puede atraer, intimidar, molestar, suscitar el deseo de alejarse o pegarse a él como una lapa, de sumirse en él, de ensañarse con él, anularlo, destruirlo...

(Al ver pasar hace un rato por la orilla del mar a una mujer de mediana edad y baja estatura, con la espalda curvada por el peso del pecho deformado —ni los tirantes del sujetador, que se le deslizaban por los hombros, lograban sostenerlo, ni las copas, grandes como platos, contenerlo—, sonrío de pronto al pensar que, hasta hace poco, ese par de tetas hizo felices a muchos hombres. Que ese pecho, que hoy esa mujer pasea como un bártulo incómodo que suscita las burlas de los chavales, fue observado y deseado, objeto de fantasías y agotadoras negociaciones que tenían por finalidad palparlo, que varios hombres habrán esparcido su semen sobre los azulejos del baño o dentro del sexo de sus mujeres imaginándoselo desnudo y en movimiento. Este pensamiento, que podría parecer deprimente, me divierte y consuela.)

(Como ya he dicho, nunca comprendí la teoría clásica de la discapacidad femenina y la envidia que en teoría las mujeres sienten por algo de lo que carecen. Es un sentimiento que nunca, y digo nunca, he observado en ninguna mujer, mientras que yo he experimentado en mí mismo, y lo he compartido con muchos hombres, la sensación de enfrentarme al exceso femenino, a su volumen, a su poder, expresado en primer lugar a través de sus formas..., la arquitectura amplia de la pelvis, la exuberancia del pecho, el cabello...)

Pues bien, sí, el coito respecto al que las mujeres en otros tiempos estaban obligadas a decir que estaban obligadas, que no lo hacían por placer sino por deber —el mandamiento se hallaba tan arraigado que muchas llegaban a creérselo—, para muchos de nosotros, los hombres, también es una obligación. La diferencia entre ellas y nosotros es que los hombres no nos sentimos obligados a cumplir con un deber, sino que tememos el juicio cruel de las mujeres y, por extensión, de toda la sociedad.

Un hombre impotente o, quizá aún peor, al que no le interese el sexo, ¿qué clase de hombre es?

«No dejes que nada se interponga entre vosotros», dice un anuncio de la televisión que representa la disfunción eréctil como una barrera —un enorme ramo de flores plantado en medio de la mesa durante una cena romántica impide que dos enamorados se miren a los ojos—. En otro, dos cerillas, juntas en la cama, se frotan entre sí; una de ellas arde enseguida, se consume en un momento, y después, ya quemada, inclina la cabecita con tristeza por haber eyaculado precozmente. La vergüenza de no ser capaz de satisfacer a una mujer —«Tres millones de italianos tienen problemas...», dice una voz en off en el anuncio— solo es menor a la vergüenza de ni siquiera desearlo.

En los tiempos en que se desarrolla esta historia, un chico al que no le interesaban las mujeres estaba escasamente considerado por ambos sexos, hombres y mujeres, chicos y chicas, todo el mundo lo compadecía o incluso despreciaba. Hasta los más reacios, aun sin sentir otra motivación que no fuera la de imitar el comportamiento de los de su edad, se veían obligados a lanzarse, de manera torpe e incoherente, como el que se ve constreñido a subir al escenario cuando solo se sabe un par de frases de su papel. Veía este comportamiento en acción en las fiestas, lo veía y estudiaba ya entonces y, en parte, también lo imitaba. Así fue como aprendí los rudimentos de la ciencia del comportamiento sexual, observando el modo como los cuerpos se levantaban del sofá para ir a bailar en medio de la habitación, escuchando frases que flotaban en el aire nebuloso, recalentado por los cigarrillos y la música. Había que cambiar el disco cada tres minutos...

Existe la creencia de que las mujeres, en cuanto sexo débil, se desmayan con más frecuencia que los hombres. No es cierta. Del mismo modo existe la teoría de que el género femenino es masoquista por naturaleza. También es falsa. El masoquismo está difundido de manera equitativa entre ambos sexos y no es difícil convencer a una mujer para que asuma el papel de dominadora, en el caso de que no tienda a ello por carácter. Es una petición típica que los hombres hacen a las mujeres en privado, incluso cuando en público les gusta que los demás crean que son ellos los que mandan. Las mujeres están acostumbradas, tan acostumbradas, que su dominio es sutil e invisible. Basta con observar a algunas parejas al azar: en las que están juntas desde hace muchos años, la dinámica puede apreciarse bajo una capa transparente, velada por los papeles codificados de hembra y varón, incluso cuando estas funciones saltaron por los aires justo en la época en que se desarrolla nuestra historia. Quizá haya hombres que, al someterse individualmente, creen que compensan o intentan compensar de manera inconsciente siglos de abusos sufridos por las mujeres. El masoquismo masculino, mucho más extendido de lo que se piensa, constituiría en ese caso una compensación psíquica de lo que fue y sigue negándosele a las mujeres en el terreno económico y social. Pero yo creo que se trata de algo más profundo que afecta a las relaciones humanas en cuanto tales. A todas las relaciones, con independencia de los géneros.

El masoquismo es, en efecto, uno de los pilares del mundo, puede que de todo el universo, pero sin duda de la sociedad humana, que se funda por completo en actos de masoquismo. «Beat, prick, scold or caress»,* grados diferentes que se funden entre sí. De manera literal o metafórica, a una cantidad incalculable de personas les gusta ser vejadas, pisoteadas, sometidas y humilladas, si este tratamiento se alterna con alguna caricia de vez en cuando. La caricia final cambia el signo de los golpes, los transforma en cuidados y atenciones. Por eso la gente se mete adrede en situaciones penosas —juntándose, casándose, fundando un partido, uniéndose a grupos donde un jefe carismático, al que a veces llaman «maestro», les somete a base de lágrimas y sangre—, o se encuentra hundido hasta el cuello en ellas sin querer, por pura casualidad, porque la vida es así, pero se adapta casi de inmediato, y al adaptarse acaba disfrutando con los atropellos que sufre, termina amándolos y deseándolos. Si se los quitaran de golpe, sufriría. Sin sufrimiento, sufriría. Sin el peso del abuso sentiría un vacío insoportable. Por eso busca maestros, doctores, guías, persecutores, profetas, entrenadoras y dominadoras, que cuando pierde sustituye por otras. Pero la presión más dulce de soportar, el dolor más placentero aplicado al propio cuerpo y al propio espíritu, es el que todos nos infligen y el que todos están dispuestos a infligir. No hay nada más delicioso para un masoquista que el todos contra uno.

... Dante y Petrarca eran masoquistas, pero todavía lo eran más Guido Cavalcanti y toda la sarta de poetas que se arrodillaban ante su respectiva dama bella, cruel y *sans merci*, y gemían por las penas que ella, aun mostrándose a veces dulce y dócil, les infligía. Dominadora. Severa. Dispensadora de miradas asesinas. Aplasta a sus enamorados con una cólera soberana o con una indiferencia sideral. Toda la Edad Media, y no solo la ascética, debería reinterpretarse a la luz del masoquismo, aquí y ahora. ¡Qué maravilla sangrar, dejarse arrancar el corazón o que te despellejen vivo! No es una metáfora, en absoluto. La máxima aspiración es ser una bestia de carga, un siervo de la gleba, el felpudo donde se limpian las suelas; eso proporcionará, junto al dolor, un «gran placer». Pena placentera, delicia del suplicio en lo alto de la cruz. Y, por favor, no olvidemos el masoquismo purísimo de casi toda

---

* «Golpear, pinchar, reñir o acariciar», *Psychopathia Sexualis*, Richard von Krafft-Ebing. *(N. de la T.)*

la poesía amorosa —a excepción de Ovidio, el glacial Ovidio—, donde a los poetas se los maltrata regularmente y disfrutan con ello. ¡Y de qué manera! La parafernalia sadomaso está en su totalidad en el mismísimo lenguaje amoroso, rebosante de esclavitud, ataduras, cadenas, cruz y delicia, pena, plaga, prisión, herida, fuego... Masoquistas declarados eran Rousseau, Baudelaire y Pascoli y masoquista, a su manera, era T. S. Eliot, es decir, personajes con caracteres tanto activos como pasivos. ¿Quién entre los grandes no ha gozado con su propio sufrimiento? ¿Ser crucificado no es acaso la mayor grandeza? Henchidos de amor, ¿no experimentamos acaso la irreversible disolución del límite entre placer y dolor? ¿Y no sucede lo mismo cuando renunciamos a él, cuando renegamos de nuestra propia pasión? ¿Qué otra cosa es la abnegación sino esto? Siempre y en cualquier caso, la dependencia de un individuo con respecto a otro es masoquista. Esta sumisión conduce a quien se encuentra bajo su yugo a actos dolorosos que van contra sus propios intereses y su propia salud, que a menudo pueden ir más allá de la ley y cualquier moral. Actos obscenos, degradantes, destructivos y autodestructivos. De nuevo, es una cuestión de intensidad, todos experimentamos un sentimiento idéntico de dependencia, el de no poder vivir sin que una determinada persona ejercite sobre nosotros un influjo que puede ser benévolo, pero también severo o brutal, autoritario, y con tal de no perderla estaríamos dispuestos a cualquier cosa, bueno, a casi cualquier cosa.

El siguiente paso es abolir ese casi.

Basta poco para perder el equilibrio y caer en la sumisión absoluta, patológica. Esclavo y esclava del amor se convierten en expresiones literales. Cualquiera que se encuentre en este estado lo vive de manera masoquista. Por otra parte, también lo sería rechazar el amor. El amor que acepta la tiranía del amado se convierte en amor a la tiranía como tal, la emoción que se experimenta hacia la persona que nos domina se transfiere al ejercicio del dominio, y el placer que conlleva surge directamente del ser dominado. Ya no importa lo que la persona es, sino solo lo que hace o, mejor dicho, lo que nos hace. Si la persona golpea y humilla, se aman los golpes y las humillaciones. De este modo, el masoquismo original se cultiva poco a poco, día tras día. Cualquier noble tradición, como el sacrificio, el martirio o la caballería puede transformarse, al intensificarse, en perversión, cambiando el sufrimiento físico en gozo emotivo.

Mandar es excitante, pero obedecer lo es mucho más.

Por otra parte, las ganas de impresionar al objeto del deseo o de la curiosidad de la manera más profunda y duradera, es decir, de estimularlo, de implicarlo, típico de todo impulso sexual, puede degenerar en la tentación, y después en el deseo, de infligir dolor, que entre todos los estímulos es el más violento, pero, sobre todo, el que se puede provocar con un mínimo esfuerzo y escasa inventiva. Tal vez no esté seguro de que una broma mía le parezca graciosa a una chica, o de que una de mis miradas logrará seducirla, pero sin duda una bofetada o un puñetazo la harán llorar. El dolor es el efecto garantizado de determinados comportamientos, mientras que el placer no se genera con el mismo automatismo, pues se encuentra en el culmen de un procedimiento elaborado que no proporciona la seguridad de alcanzarlo. Sin embargo, hacer daño es fácil. Un cortaplumas, una colilla apagada en un brazo, y la reacción será inmediata. Es posible que la opción del dolor solo sea eso, un atajo, la manera más simple de relacionarse, de obtener una respuesta del interlocutor, de sus nervios, o bien un sucedáneo. Si no soy capaz, soy demasiado impaciente o, en cualquier caso, no logro o no me interesa hacer disfrutar a otro individuo —al fin y al cabo, ¿a qué viene tanto altruismo, tanta preocupación?—, entonces le haré sufrir, y no hay necesidad de ser un verdugo chino para conseguirlo. Si para dar placer hay que dominar una técnica, ya sea la del gran violinista o la del amante experto, hacer que la propia víctima grite de dolor es un juego de niños al alcance de cualquiera. Una vez más, las cosas positivas demuestran ser más articuladas y complejas que las negativas. Te haré daño porque es fácil, ¿lo ves? Y toma bofetada. Arrancarte el pelo, torcerte los pezones, es algo que se puede hacer, ahora mismo o dentro de un rato. Es plausible que en el crimen cruel del que hablaré dentro de poco en este libro, como en todas las situaciones en que se tiene pleno dominio sobre alguien, la extrema facilidad con que podía infligirse el mal a unas chicas indefensas fuera la que llevara a sus verdugos a ensañarse. Es como un equipo de amplificación: aunque nunca se escuchará la música a toda la potencia que permiten los altavoces, porque sería ensordecedor, dan ganas de girar el regulador hasta el máximo. Es un experimento. Ver hasta dónde puede aventurarse uno. Se sospecha que muy lejos, pero no se sabe con seguridad si no se comprueba. Nadie puede decir, antes de haberla puesto a prueba, hasta dónde puede llegar su brutalidad, qué intensidad alcanzarán los gritos de los demás, los de una chica. ¿Cuán fuerte puede gritar antes de dejar de gritar?

Las ocasiones habituales de encuentro —que, por otra parte, no lo eran tanto, sino más bien extraordinarias— con las chicas, como bailes, fiestas o cine no le interesaban. Nunca había hablado con una chica ni se había fumado un cigarrillo con una de ellas apoyado en el alféizar de una ventana ni las había sacado a bailar. En aquella época, en las fiestas particulares de los adolescentes, como los cumpleaños, etcétera, estaba vigente un rígido código, casi de sala de fiestas, pero en el fondo no muy distinto del de los aristócratas en los bailes descritos en novelas como *Guerra y paz*, con la diferencia de que las chicas no tenían un carnet en que apuntar a sus futuros caballeros y todo sucedía de manera más desordenada, aunque el esquema fuera el mismo: chicas sentadas en los sofás a la espera de que alguien se presentara con una invitación explícita, «¿Quieres bailar?»; con un genérico y suave «¿Te apetece bailar?» —pregunta que podía dar lugar a varias respuestas «No», «Sí», «Sí, pero no contigo», «No, pero contigo sí»—; o con la frase que, según la entonación, podía interpretarse como un desesperado o, al contrario, un chulesco «¿Bailas conmigo?».

Lo cual era obviamente válido para los bailes lentos, que implicaban un contacto directo, pero que también se aplicaba a los sueltos.

Marco d'Avenia huía de todo esto.

Durante las horas de gimnasia, estaba visiblemente excitado, a pesar de ser un patoso inepto, en especial cuando abrazaba la pértiga y se quedaba inmóvil a un metro y medio del suelo, como un lémur agarrado al tronco de un árbol. En vez de subir haciendo fuerza con los brazos, se restregaba, apretaba la pértiga entre los muslos y su mirada asumía una luz indefensa, mortificada, pero al mismo tiempo rebosante de dicha.

Aunque la temía como a una desgracia, en el fondo prefería la soledad por temor a que los demás descubrieran sus tendencias, le tomaran el pelo o le agredieran. En realidad, no sentía ningún deseo ni impulso erótico y sufría solo porque esta carencia de interés sexual podía estar mal vista o ser juzgada de manera negativa por los demás; era el juicio de los demás lo que convertía su condición en algo desagradable que vivía como una culpa. Porque, en verdad, si no hubiera sido por ese temor, él sentía a menudo una curiosa dulzura, un calor extraño como el que se experimenta al orinarse encima y mojar la cama que, sí, es algo reprobable y acarrea castigos y amenazas, pero eso es después, mucho después de que ocurra, mientras que en el momento la sensación es maravillosa —el cuerpo se calienta a sí mismo de dentro afuera—, milagrosamente, como si quisiera envolverse en una película húmeda, tibia y tranquilizadora. Marco experimentaba a menudo esta sensación agradable en situaciones diferentes, pero casi de inmediato, como sucede cuando te haces pipí encima, iba acompañada de la preocupación de que lo pillaran, se burlaran de él y le castigaran, no tanto por haber hecho lo que no debía, como por haberlo hallado placentero. Temía que, a la larga, eso le arruinara la vida. De modo que el presente de Marco d'Avenia era desdichado —aunque estuviera moteado por muchos episodios de placer prohibido, felizmente olvidados, en los que se desentendía de todo, incluso de sí mismo—, y se imaginaba su existencia futura como una carga que llevar a cuestas.

Siendo de carácter débil, ocultaba su verdadera naturaleza tras una pose. Rechazaba las relaciones humanas o las interrumpía en cuanto se hacían un poco más intensas, pues sabía de antemano que se comportaría de manera sumisa, como, en efecto, acababa sucediendo. Su timidez no era más que la máscara de un alma lánguida y un cuerpo flácido.

No creo que fuéramos más crueles de lo normal, pero la crueldad nos atraía a todos. Sin duda la que se expresa a través de imágenes y palabras. Nos volvíamos locos por Nerón, que quemaba a los cristianos o los arrojaba a los leones. Lo que habría debido suscitar nuestra piedad en *Quo vadis?* era justo lo que más nos entusiasmaba. Cuando se abrían las rejas y los leones subían desde los subterráneos del Coliseo y saltaban a la arena, estábamos de su parte. Quemad a los herejes, crucificad a los esclavos rebeldes. *La venganza de Ulzana*. Recuerdo lo que me impactó y sedujo esa película, en la que encontraban el cuerpo de un hombre al que los indios habían atado al tronco de un árbol, sentado, con una pequeña hoguera encendida entre las piernas abiertas —no podía cerrarlas porque estaban sujetas al suelo con unos palos—. Mientras desataban al pobre desgraciado, quemado vivo y chamuscado de los genitales a la cara, alguien hacía más o menos este comentario: «Los indios saben cómo matar a sus prisioneros dejándolos morir lentamente para que sufran lo máximo posible...». Sí, creo que era en *La venganza de Ulzana*, una película del Oeste nihilista y atípica. Las películas de aquellos años inauguraron una corriente que aún no se ha agotado: la de ensañarse con los indefensos. ¿Qué tenía de irresistible la crueldad? El hecho de que fuera al mismo tiempo gratuita, inesperada y curiosamente realista. Necesaria, pues. Comparada con los melindrosos discursos de los curas, esos en los que decían que había que amar al prójimo, abrazarlo, tender una mano, cantar juntos canciones de júbilo y hermandad, bueno, esos indios que se vengaban con crueldad eran mucho más reales, en cierto sentido, más humanos, más parecidos a los soldados azules que los masacraban. Lo mismo valía para los bárbaros con cuernos en los cascos, y para los griegos y los troyanos. Si las cosas habían funcionado de esa manera en todos los lugares y todas las épocas, los sermones acerca de la buena voluntad y el optimismo entre las criaturas, que vivían bajo la vigilancia de un Dios «infinitamente bueno» que observaba desde las nubes —pero que, desde el principio de los tiempos, no había hecho más que fulminar la tierra, inundarla, incendiar ciudades o dejar que sus habitantes fueran pasados por las armas sin mover un dedo para salvarlos, sino todo lo contrario, ordenando expresamente que los exterminaran—, ¿no eran acaso pura hipocresía? ¿Dónde estaba esa misericordia de la que tanta gala hacían? ¿En qué consistía la justicia sino en una espada de fuego desenvainada y dispuesta a ejecutar el castigo o en una lluvia de rayos, de langostas, de sangre o de ranas? Todo eso, obviamente, nos gustaba, nos encantaban aquellos castigos crueles que se infligían a gente inocente, y habíamos visto al menos diez veces *Los diez mandamientos*, con Charlton Heston en el papel de Moisés, cuya barba crecía y se volvía canosa escena tras escena. Pero ¿era normal que nos gustaran las matanzas aunque estuvieran disfrazadas de justicia divina? ¿Qué podíamos pensar de la bondad infinita de ese Dios que permitía la muerte de todos los primogénitos, incluidos los recién nacidos, para enviar una advertencia al faraón? ¿No era justo él, el Señor, el ser más cruel de este mundo cruel? La finalidad de las oraciones, ¿no era calmar su rabia, aplacarlo? En vez de buscarlo, de seguirlo a todas partes, desde los desiertos hasta lo más recóndito de nuestro corazón, ¿no era mejor evitarlo, huir de sus garras, aun sin haber hecho nada malo, dado que casi siempre eran los inocentes quienes morían quemados o ahogados en esas historias, por otra parte apasionantes?

Rascando bajo la superficie de las enseñanzas que recibíamos, afloraba una versión completamente diferente, otra religión, una moral invertida.

Para encontrarla bastaba con escarbar un par de dedos o con leer unas páginas más, entre los episodios menos conocidos, escondidos entre paréntesis y resúmenes, como cuando Aquiles degüella a unos cuantos prisioneros troyanos para celebrar el funeral de Patroclo. Pues sí. Los degüella mientras tienen las manos atadas a la espalda. Son cosas que se enseñan en los colegios —o que se enseñaban, ahora ya no, pero en mis tiempos sí— a los chavales de trece o catorce años como ejemplos de heroísmo, no sé si me explico, como modelos que había que imitar. ¡El gran Aquiles, sí, un mito, un héroe! No un criminal nazi. ¿Y cómo era ese héroe? Cruel. Bueno, muy cruel, eso tenía de superlativo su heroísmo. Y quizá fuera aún más cruel que él, porque además era astuto, el otro héroe del que éramos fanáticos: Ulises. El rey de Ítaca. Ese que durante la expedición a Troya degüella a sus enemigos cuando duermen. ¿Y qué le hace al hijo pequeño de Héctor? Lo arroja desde lo alto de las murallas de la ciudad en llamas. Después vuelve a casa y desarma a los pretendientes para matarlos sin prisas y cuelga de las vigas del palacio a las siervas infieles. Un glorioso hijo de puta, pero eso era lo que nos gustaba de él. Cuando clava una estaca en el ojo del Cíclope, lo deja ciego y se burla de él...

Y también Tiberio, Calígula, Claudio, Nerón... —que ordena matar a su madre—, nuestros padres.

No hay nada más arbitrario que la crueldad.

Por «cruel» en sentido estricto debería entenderse todo lo que podría evitarse a quien lo sufre. El maltrato a un prisionero, por ejemplo. Si la única finalidad es que no haga daño a nadie, ¿para qué añadir las palizas? Si hay que inmovilizarlo, ¿de qué sirve hacerle cortes? La crueldad es, pues, lo que está de más, lo que va más allá de la mera finalidad y que, por tanto, revela que no es la verdadera finalidad. En sí misma no tiene ningún objetivo práctico salvo el de procurar disfrute, por una parte, y, por otra, crear una reputación a la que un soldado o un malhechor, comportándose cruelmente, aspiran para resultar más temibles. Quieren que se sepa lo despiadados que son.

Cruel es todo lo que podría no hacerse, algo a lo que el vencedor podría, si quisiera, renunciar sin que su victoria se cuestionara. Cruel es todo lo que se inflige a quien no es capaz de defenderse, por la sencilla razón de que no puede hacerlo. La crueldad es lo que no contempla el derecho a objetar, lo que tiene como condición y se funda en la debilidad de quien la sufre. La debilidad es su objeto preferido. Se desata contra el débil no solo porque puede hacerlo sin encontrar resistencia, sino porque le gusta hacerlo. No es una simple relación de fuerzas. La debilidad suscita una crueldad que sin ella no existiría. Una persona se vuelve cruel cuando huele la debilidad del otro. Por ese motivo su objeto ideal es el rehén, el secuestrado. La crueldad que se le aplica solo puede ser inútil, pues no aumenta el dominio total que ya se ejerce sobre él.

Tomemos como ejemplo una rana capturada por una pandilla de chavales. No le cortan las patitas con un cortaplumas, ni le echan por encima un cucharón de agua hirviendo ni le meten un puro encendido en la boca para que no huya. Así pues: ranas, lagartijas, niños, enfermos, chicas, viejos y viejas, discapacitados, rehenes, prisioneros. La crueldad es el modo como se pone de manifiesto su subordinación. Es una tautología: los que no pueden defenderse, no merecen ser defendidos. Por eso, quien actúa con crueldad puede estar convencido de que solo está aplicando una ley de modo ejemplar, que no es capaz de eludir ni quien la sufre ni quien la aplica. ¿Qué quieres que haga si no sabes defenderte de mis abusos? Precisamente por eso te los inflijo. La crueldad la genera la desigualdad entre los que la protagonizan, no tiene más razón de ser ni otro fin que confirmar esa desigualdad, sea transitoria o permanente, ya responda a una ley natural inmutable, ya a una situación social contingente, ya simplemente a una circunstancia fortuita por la cual tú, ahora, estás en mis manos, a mi merced.

Después de llevar mucho tiempo oyendo hablar de una serie de fotos que circulaban por internet, hoy las he visto por primera vez. Son las fotos desenfocadas, en blanco y negro, de la ejecución de un chino condenado a muerte al que atan a un palo y van descuartizando poco a poco. Lo rebanan, literalmente, para que permanezca consciente y con vida mientras van cortándole trozos de carne. Le cortan los músculos con precisión, en vertical, primero los pectorales, después las nalgas y los muslos hasta que solo queda una especie de muñón muy largo casi completamente despellejado, con las costillas y los demás huesos blancos a la vista. Solo su cara se salva de la navaja, como si quisieran que la multitud disfrutara del espectáculo de las sensaciones que experimenta la víctima minuto a minuto, mientras lo descarnan. Esta ejecución se llama Lingchi. Un filósofo y estudioso amante de los excesos, Georges Bataille, al leer en la mueca de los labios del condenado algo que se parece a una leve, inefable sonrisa, probablemente causada por una contracción nerviosa, llegó a sostener que en realidad estaba gozando de manera sobrehumana, en una especie de éxtasis. El dolor supremo se parece, o tiene algo en común, con el placer: el abandono de sí mismo. Placer y dolor, alegría y terror son y serán cosas muy diferentes, pero poseen en común el hecho de ser extraordinarias, es decir, de interrumpir el flujo normal de lo cotidiano.

Dado que la maldad en parte tiene remedio y en parte no, los bastones corrigen lo que puede modificarse y las hachas cortan lo incorregible, dice un escritor de la Antigüedad. El problema es que los golpes no bastan para educar porque hay quien recibe demasiados, quien —como yo, por ejemplo— no recibió los suficientes y quien no recibe ninguno. Es difícil dosificarlos para que resulten eficaces; demasiados pueden dejarte baldado, pocos hacen cosquillas y no dar ninguno hace que lo lamentes.

A una persona como Marco d'Avenia podías escupirle encima diez veces al día.

CUARTA PARTE

Lucha de intereses en un contexto de desigualdad

1

No se puede, no se hace, no se debe, no se dice.

No se señala a las personas, no se cuchichea al oído, no se bosteza sin ponerse la mano delante de la boca, no se da confianza a los extraños, no se llega tarde a las citas, no se incumplen los compromisos. No se molesta. Crecí con un solo principio sagrado: no molestaré. Nunca. A nadie. Aunque me desangrara con una flecha clavada en la garganta, no molestaría a los demás pretendiendo que me auxiliaran. No molestar significaba no alterar la quietud, la siesta —sagrada—, la serenidad de después de la cena —sagrada—, lo que a su vez significaba nada de llamadas a casa después de las ocho de la noche. En cierto sentido, ni siquiera podía uno molestarse a sí mismo. Tengo que admitir que este precepto menor y en apariencia insignificante, según me fue inculcado, es uno de los pocos que siguen siendo válidos entre mis vacilantes convicciones. Intento respetarlo dentro de lo posible y se lo agradezco infinitamente a quien lo respeta conmigo y me ahorra esfuerzo. Sí, me lo ahorra. De la discutible educación que recibí, he mantenido el principio, contrario a la intuición, de que calor, amor y afecto también pueden manifestarse no haciendo algo, evitando, dejando correr, callando y quedándose al margen, ahorrando a los demás amarguras, fastidios, desencuentros inútiles, interrupciones e irrupciones. ¡Cuántas veces la manifestación de las ideas y los sentimientos propios, incluso positivos, acaba afligiendo al prójimo! Por eso prefiero el sentimiento dominado, el que se nota que ha sido reprimido, al sentimiento manifiesto.

Al hablar del carácter de mi padre en un libro anterior, escribí que no le gustaba la música. Ahora he llegado a la conclusión de que la consideraba una molestia como cualquier otra. Una incomprensible y deliberada violación del silencio, por refinada e incluso sublime que fuera, lo cual implicaba, si cabe, una circunstancia agravante por cuanto eran obra de personas muy civilizadas. ¡Qué fatuas e inoportunas debían de sonar a sus oídos esas explosiones orquestales como la *Novena* de Beethoven! ¿Qué necesidad hay de imponer a los demás a altísimo volumen tanta tragedia? ¿Y la ruidosa alegría bailarina de la *Pastoral*? ¿Y las trompas y los instrumentos de viento? Por qué no os vais con la música a otra parte, y dejáis de tocar debajo de mi ventana, parecía decir, como si entre la orquesta Filarmónica de Berlín y un coro de bocinas en un atasco no hubiera mucha diferencia. Por no mencionar la música ligera, pop, rock o jazz...

(No contaré lo que suponía estar sentado al lado de mi padre en el sofá mientras en la tele pasaban un videoclip de los Devo interpretando su versión de «Satisfaction» o de «RU Experienced?»)

La educación que recibí era contradictoria, a la fuerza, del mismo modo que lo es la que les he dado a mis hijos. Compuesta de elementos dispares —higiene, lenguaje, ética, cultura, etcétera— que en parte se heredan conscientemente, en parte se adoptan por defecto y en parte se crean por cuenta propia, puede ser avanzada en algunos aspectos y retrógrada en otros. Con mis hijos he aplicado reglas, aquí y allá, que quizá se remontaban a mis abuelos, bisabuelos o incluso más lejos; es decir, reglas decimonónicas. En muchos aspectos, mis padres eran más abiertos que yo, y seguramente lo fueron con respecto a los años en que ejercitaron sus funciones. Por ejemplo, no recuerdo que nunca metieran las narices en mis asuntos, ni en mis llamadas, ni en mis cosas. Encontrándose en el cruce entre varias generaciones y superponiendo sus costumbres, cada familia acaba por ser a la vez tradicional y moderna, muy arcaica y muy anticonformista. El confín entre antiguas y nuevas costumbres es abrupto, es un *patchwork* de comportamientos, convicciones y desencuentros. Al sucederse una tras otra, las generaciones, en un primer momento, rechazan las reglas de los padres, pero acaban por adoptarlas al menos en parte, readaptándolas a sus hijos y a sus tiempos. Ciertas frases hechas, ciertos gestos automáticos. He acabado por aplicar sistemas que me había prometido —«Cuando tenga hijos jamás haré esto»— abolir. Pero la frase fatídica, «Esto no es un hotel», esa no, nunca la pronuncié. Si una familia pudiera ser completamente tradicional o moderna, de manera neta y clara, las discusiones que se originan en su seno morirían al nacer, o se transformarían en un enfrentamiento abierto. Sin embargo, siguen alimentándose una y otra vez de incongruencias.

La transmisión es tan fragmentaria que la institución familiar tiene que volver a fundarse cada vez desde el principio, pero a partir de cero, porque es inevitable echar mano del legado de las generaciones precedentes, heredando no las mejores tradiciones, sino las que se conservan mejor o las más adecuadas para adaptarse a las nuevas circunstancias. Cuando uno se muda a una casa más pequeña, se lleva los muebles más sencillos. La herencia no se elige, pero puede escogerse lo que hay en su interior.

... habían medio conservado y medio olvidado el antiguo modo de vivir, pero no había que dar por sentado que comprendieran lo que habían mantenido. En efecto, es más fácil entender las cosas que se abandonan y se traicionan que aquellas a las que se permanece fiel; la fidelidad es ciega, se reproducen gestos y ritos que ya han perdido el significado, cuya fuente se ha secado, o de los que se nos ha escapado de las manos la cuerda del cubo, pero, claro está, no puede ponerse todo en tela de juicio y empezar desde el principio. Recibes la regla sin discutir, la comprendes cuando la has transgredido. Cuando obedeces no sabes exactamente a qué obedeces ni por qué. Los porqués se adjudican a posteriori, como un premio de consolación, como una caricia al niño que responde correctamente.

La familia es, por excelencia, el reino de los compromisos, siendo, antes que nada, un territorio de intercambio entre sexos y edades diferentes.

Aunque hace tiempo que la rigidez educativa absoluta ha quedado completamente descartada, también es verdad que no se ha abandonado del todo. Para poder concebirla hay que pensar en ella como en algo inconcebible. A veces los padres tienen la tentación de llevar a cabo una contrarreforma y amenazan con volver años atrás, qué digo, siglos atrás, restableciendo castigos, correcciones severas, etcétera.

Tamiz y filtro de experiencias perturbadoras, punto de encuentro con la realidad, lugar donde se devuelven los beneficios recibidos, cámara de descompresión para pasar de una edad a otra, encrucijada entre los sexos y las generaciones, la familia también es el depósito de todos los modelos familiares del pasado; cada familia vuelve a acoger en su seno a todas las familias de todos los tiempos, tanto transmitiendo como rechazando sus tradiciones. Los modelos de las épocas pasadas proporcionan órganos y extremidades a la familia contemporánea: una cabeza burguesa, un corazón romántico y un estómago medieval animan un cuerpo que camina con las piernas del respeto arcaico hacia los padres. A menudo esas piernas temblequean.

El collage ético-práctico abarca desde los modales en la mesa, cómo hay que presentarse en público, los medios permitidos o más eficaces para hacer carrera, cuántas veces al día hay que cepillarse los dientes o lavarse las manos y cómo se arranca y se dobla el papel higiénico antes de limpiarse el culo, hasta el partido político que conviene votar, a qué dios rezar o de cuál burlarse. Algunas son reglas dictadas por la repetición, otras por un imperativo moral que se aplicará un par de veces en la vida o, más concretamente, nunca. Las primeras acaban siendo más importantes que las segundas porque se ponen en práctica a diario. «No matarás» se usa mucho menos que «Mastica bien antes de tragar».

Aquello que por lo general se hace y aquello para lo que se prevé un castigo si no se hace son preceptos igualmente obligatorios. Luego llega el capítulo de los castigos. De las sanciones. Si ya es difícil establecer cuáles son justas, cómo no va a serlo aplicarlas.

La decadencia de la autoridad familiar, que todavía no había comenzado en la época en que se desarrolla esta historia, pero que justo entonces empezaba a notarse, no ha dado, en absoluto, personas más autónomas e independientes. Si antes los menores estaban sujetos a las leyes impuestas por sus padres, después lo estuvieron a las no menos férreas del mercado, de la moda, a las abrumadoras obligaciones de la pertenencia generacional y de la participación social. Leyes invasivas que penetran en todos los aspectos de la vida y establecen hasta cómo hay que respirar, cómo comerse un helado o hacerse una foto, lo que se debe y, sobre todo, lo que no se debe hacer en absoluto. Los chicos son de todo menos libres, se mueven en un aire sólido, denso en prescripciones. Huyendo, al menos en parte, del control paterno, se han entregado por completo al control comunitario. Antes tenían un amo y ahora tienen muchos, que son tan solapadamente autoritarios como abiertamente lo era el primero. En especial en Italia, donde la idealización de la institución familiar era tan invasiva y desconectada de la realidad que producía el efecto contrario, es decir, la familia se consideraba tan invencible que podía tranquilamente ser abandonada a su propio destino... La decadencia es, en efecto, tanto más catastrófica cuanto más perjudica a algo que era considerado muy poderoso y que sigue considerándose como tal; durante cierto tiempo su fantasma flota en la escena, y ese período es el tiempo de los peores malentendidos, cuando sus defensores niegan el evidente declive y sus adversarios se vuelven más combativos, a medida que el objeto de su polémica se difumina.

Sobre esta línea divisoria se desarrolla la batalla entre tradición e innovación en el campo ético; un campo donde los argumentos cuentan menos que quien los propone. Si tengo que dar a la fuerza la razón a alguien, si debo escuchar a una autoridad en materia moral, ¿qué piensa el lector que es mejor: que me deje guiar por el Papa o por la actriz Sabrina Ferilli?

¿Quién de los dos se equivoca? ¿Quién resulta más persuasivo? ¿Quién es el más prestigioso? ¿De quién puedo fiarme?

Cuando era un chaval, ¿quiénes podían considerarse padres modernos y qué significaba serlo? Buena pregunta.

Y llegamos a la familia burguesa de la que trata este libro: criticada en lo ideológico o desnaturalizada en lo práctico, debilitada, ampliada, diezmada a nivel demográfico, privada de sus canónicos apéndices —servicio, veraneo, frecuentación de los parientes, ceremonias de iniciación.

Cierto, a primera vista se parece más a un espacio de conservación que de renovación. Basta pensar en la implacable monotonía sobre la que se fundan los hábitos domésticos.

Algo que se convierte en ley por simple repetición. Surge la duda de si las reglas, todas ellas, hasta las más sabias y sacrosantas, consisten solo en lo que no se tiene ni la fuerza ni la iniciativa de cambiar. Sedimentos incrustados de costumbres, como tomar el café sin azúcar o hacer la doblez de la sábana de un palmo exactamente y alineada con la almohada. No creo que exista una sola familia que no se queje, por decirlo de algún modo, de la escasa variedad del menú —«Pero bueno, ¡siempre comemos lo mismo!», la queja que se repite fielmente es en sí un ritual, como antes la señal de la cruz al empezar a comer—, y a menudo las primeras en quejarse son las propias amas de casa, que han consolidado ese menú a lo largo del tiempo con la compra de alimentos y una experimentada, pero no ilimitada, capacidad para cocinarlos. Es decir, las «especialidades de la casa». Pongamos como ejemplo el *polpettone*. Los calabacines rellenos. Los tomates rellenos de arroz. Los espaguetis con mantequilla y parmesano. Las fuentes de verduras sumergidas en bechamel. La carne *alla pizzaiola*. El timbal de patatas. La pasta salteada en la sartén. Habilidad consumada, aburrimiento, falta de tiempo, ir sobre seguro, «no tengo ganas de pensar en eso», desaliento, todo se diluye en una profunda indiferencia que podría llegar a ser la solución. La manía por los cambios estropea la vida tanto como su sorda rutina, su tictac, tictac. Por más que las revistas y los programas de televisión rebosen de gloriosas recetas donde cada ingrediente está fotografiado de manera sexual —muslos, pechugas, grutas musgosas y húmedas de licor, mucosas brillantes, trémulos conos, glaseados y flanes—, en casa se acaba casi siempre comiendo pasta con salsa: un par de tomates, cebolla, y listo.

Yo, por ejemplo, recuerdo como si fuera ayer las cenas a base de queso Galbanino cortado en rodajas sobre un plato en el centro de la mesa. Solitario. Su forma alargada, como un enorme salami amarillo, y la costra de cera que lo revestía, fueron durante muchos años —hasta que alcancé la edad de la razón y aún más allá— el único soporte físico al que asociaba el sustantivo «queso». Sabor y forma inconfundibles. La modesta alternativa que ofrecía el Galbanino era si quitarle un trozo de costra y servirlo entero, o cortarlo en rodajas y jugar a quitarles los anillos de cera uno por uno. La primera opción era quizá más civilizada, pero menos gratificante. En cualquier caso, al final quedaba el trozo final, el culo, que se comía de un bocado.

Las rodajitas de Galbanino recién sacado de la nevera fueron la comunión de mi infancia y mi adolescencia.

La criada encargaba la compra por teléfono, en un idioma singular. Podía considerarse un milagro que ella y el charcutero se entendieran porque usaba unas palabras que solo vagamente sonaban a italiano.

«Salsichas de fánfur» significaba «salchichas de Frankfurt».

«Guisca» indicaba la comida del gato, pero su variante «Guiski», el licor.

Puede que por eso siempre estuviera presente el Galbanino, su nombre había quedado claro desde el principio y de una vez por todas. No podía equivocarse, así que ¡que nunca faltara el Galbanino! Durante años.

Y cuando pedía, siempre por teléfono, las semillas de girasol para el hámster, lo llamaba el «ahste».

—... Y comida *pal'ahste*.

El ambiente familiar posee un carácter de contenedor, de almacén, donde se estiban objetos y experiencias, frases memorables y fotografías, cosas que reaparecen en las mudanzas suscitando turbación, rabia, nostalgia y asombro por la cantidad inverosímil de objetos, casi todos inútiles, que arrastramos a lo largo de la vida. El lema es «Hay que guardarlo todo»: frutos de mármol cubiertos por una campana de cristal. Y la vida observada al trasluz.

Se guarda, sobre todo, la desigualdad, y en el caso de que esta retroceda y se alcance la igualdad, la familia se acaba y se disuelve como un solitario que hemos terminado con éxito, cada carta se coloca en su sitio y, llegados a ese punto, los reyes valen lo mismo que las sotas o los doses. Los más conservadores siguen siendo los niños, reacios por principio a los cambios. Es extraordinario el apego que sienten por la casa familiar o la de los veraneos, o por algunos objetos de los que los adultos quisieran desprenderse.

La familia segrega una cola capaz de pegar las discontinuidades de la vida; proporciona identidad y ayuda; funde, con las generaciones, pasado y futuro; trasciende al individuo. Su metabolismo se basa en transformar lo no familiar en familiar. Lo que se ha vivido fuera de casa se revive, se elabora, se deja decantar. El mismo procedimiento con que se prepara la comida, lavando los alimentos, desmenuzándolos, cocinándolos y sirviéndolos en el plato, sirve para todo lo demás. Cuando le tomamos el pelo a un amigo que a los cuarenta años todavía va a comer a casa de su madre, no estamos considerando lo profundo y gratificante que es dejarse cuidar por alguien que tiene la tarea de alimentarnos. No tenemos ni idea de la gratitud que, siempre y a pesar de todo, deberíamos mostrar hacia quien nos prepara una comida que compra y transporta, pela y monda, rebana y fríe, adereza y guarnece. Por no hablar de la fase catabólica, de volver a poner orden, de eliminar los residuos, de fregar...

La moral doméstica es la esencia misma de la familia, no hay otro modo para describir la vida familiar más que mediante las reglas que marcan su ritmo. Estereotipos, rituales, fórmulas, locuciones, interjecciones, listas pormenorizadas de cosas que se hacen y no pueden hacerse, *do's* y *don'ts*, amenazas, sermones, castigos. Hasta el lugar donde se guardan las cosas, las pinzas de tender, el pasaporte, las rodilleras, el talco: «Está en su sitio...», «En el tercer cajón de abajo...», «¡Si es que no lo ha cogido alguien y lo ha dejado por ahí...!». El principio místico sobre el que se funda una familia no es más que una determinada costumbre, se veneran hábitos —en el fondo, insignificantes— como si fueran milenarios, y la diferencia fundamental reside justo en el hecho de que en realidad no lo son. Se aguantan en equilibrio sobre la nada, se forman y descomponen, pero en el breve instante durante el que están vigentes parecen extremamente rigurosas, inapelables, para quienes las dictan y para quienes las respetan. Maquillarse y peinarse antes de salir, pase lo que pase —como hacía mi abuela—. El beso bajo el muérdago, el Ratoncito Pérez que deja la monedita a cambio del dientecito bajo la almohada. No dar falso testimonio. No desear a la mujer de tu prójimo y, menos aún, los bienes ajenos. Al invitado se le ofrecen toallas limpias. La moral como arte doméstico es un invento —una necesidad, una ocurrencia burguesa—, el molusco indefenso de la conciencia que ha encontrado una concha donde meter su cuerpo flácido. La familia burguesa, invertebrada en su interior, deshuesada, se mantiene en pie gracias a este exoesqueleto, y segrega sin cesar un hilo pegajoso de reglas para robustecerlo, para darle una complexión más rígida y protectora, al menos en apariencia, y una renovada justificación. Pretender razonamientos o comportamientos morales de la aristocracia o de la plebe es una pérdida de tiempo. Por eso prácticamente se han extinguido, mientras que el molusco acorazado se ha convertido en universal. Se ha extendido sobre la faz de la Tierra y la dirige.

Una compañera me confesó, riendo porque le daba apuro, que en su casa guardan el dinero entre las páginas de un libro mío. El que escribí sobre la cárcel. Les sirve de caja fuerte. Cuando necesita dinero, para dárselo a sus hijos, por ejemplo, va a la estantería, abre el libro y lo saca. Yo lo guardo en una antología de poetas románticos alemanes, pero en cuanto se publique este libro cambiaré de escondite. En casa de mis padres se guardaba dentro de la *Historia social de Inglaterra* de Trevelyan. A la pregunta: «Mamá, ¿tienes dos mil liras?», ella respondía: «Cógelas tú mismo», y yo: «¿De dónde?», y ella: «De Inglaterra».

En resumen, Inglaterra era el banco de nuestra familia.

Lo único de lo que la familia no puede protegerse es de ella misma. Cuando en su interior se manifiesta lo no familiar.

2

La familia nace en la estela del abandono. «Dejará el hombre a su padre y a su madre» (Génesis 2, 24). Para formar una nueva familia se restan miembros a dos familias ya existentes, las cuales se reducen, se desmantelan. Más que definido por la unión, pues, el nuevo núcleo está condicionado por la sustracción; el espacio simbólico, y a veces también el real, se obtiene recortando de núcleos más antiguos y, a menudo, mejor formados.

La paradoja fundacional de la familia es que teniendo su origen en la sexualidad, está destinada a convertirse en una institución. Nace de un deseo ardiente que une y destruye al mismo tiempo, que consume, desgasta, que abrasa, por lo que queda chamuscado el matrimonio mismo, o ambos cónyuges, o uno de ellos. Quizá de estas cenizas, del panorama gris y estéril de la mañana que sigue al incendio, puede nacer un ciclo ulterior de convivencia o alargarse el precedente en esa cuna incinerada por el amor. Lo que da inicio a la unión puede provocar la ruptura del pacto tanto con su desaparición, como con su excesiva y escandalosa duración. Un marido que al cabo de veinte años de matrimonio sigue queriendo a su mujer es casi un sospechoso, igual que el soldado japonés que sigue merodeando por la selva de un islote veinte años después del final de la guerra.

La primera que no lo entiende es su mujer...

Así pues, el amor es al mismo tiempo el impulsor y saboteador del matrimonio moderno. Los puntos de vista que consideran el amor como requisito del matrimonio y la duración como el principal objetivo de este son incompatibles.

El tema del sentimiento se ha enfatizado, como en un melodrama. Lo que por su naturaleza no soporta ningún vínculo, ha sido convertido en el vínculo por antonomasia. «Pero ¿tú lo quieres? ¿Lo quieres de verdad? ¡Pues cásate con él!»

La procreación constituiría el modo de desactivar la sexualidad, poniéndole fin. Una sexualidad no procreativa por principio, permite que dominen los componentes destructivos del eros. El despliegue integral de la sexualidad conduce hasta límites más allá de los cuales no existe otra cosa que su anulación misma. El potencial erótico posee una amplia gama de realizaciones que pueden reivindicar con el mismo derecho el formar parte de un único horizonte que va de la promiscuidad al amor platónico, de la violación a traer hijos al mundo, del incesto a la masturbación o a convertirse en madre o abuela, con los nietos en el regazo y la lectura de cuentos por las tardes; todos ellos son fenómenos de un mismo universo. Los juegos sadomasoquistas no son nada comparados con el más perverso, el único que lleva a un estadio posterior, la procreación. Fecundación, concepción, embarazo, parto. He aquí la cadena de eventos que hace que los individuos muten radicalmente y pone al resguardo de la inquietud —provocando otra...— que los amantes advertían en el trasfondo del coito, como si, de alguna manera, fueran conscientes del elemento destructivo que subyace al impulso amoroso y tuvieran que remediarlo.

En realidad, en el caso del varón, la procreación no resuelve esa inquietud, sino antes bien la causa, es más, para él se trata de un miedo insuperable. La concepción siempre es intencional, incluso cuando la intención permanece enterrada en el fondo del inconsciente. Se desea algo con todas las fuerzas sin saber qué es. Por eso al erotismo conyugal, profundamente vinculado, antes se le contraponía no el del *single* o el del libertino, sino el del homosexual. Es decir, puro eros felizmente —o infelizmente— improductivo. Pero parece que hoy en día eso también se halla en declive...

Antaño el amor estaba proscrito de la familia, siendo considerado su enemigo más peligroso, su adversario natural —la historia de amor más clásica: Lanzarote y Ginebra—. Después todo se invirtió y el amor fue elegido como condición y fundamento necesario del lazo familiar.

Mientras que el amor tiene su origen en el sentimiento y el sexo, la familia descansa en un entramado singular de sangre y obligaciones. Dos elementos volubles contra dos permanentes. Se puede cambiar de esposa, pero no pueden cambiarse los propios hijos. Por eso hay quien sostiene que cuando un matrimonio se acaba, la familia ha de seguir adelante, es más, sigue adelante de todas maneras. Las familias ampliadas son la confirmación de la elasticidad de la institución, capaz de adaptarse y de renacer de sus propias cenizas, devorando matrimonios y reciclando los materiales en nuevas formas...

Alguien ha calculado (¡un dato insólito!) que el porcentaje de disolución del matrimonio no es tan elevado como podría parecer con respecto a hace dos siglos. Hoy en día el divorcio se encarga de ponerle fin; entonces se encargaba la muerte prematura del cónyuge. En resumen, el divorcio ha restablecido por vía legal lo que antes sucedía de manera natural; la figura del divorciado ha ocupado el lugar de la del viudo.

(He pensado muchas veces, arrepintiéndome después de haberlo hecho y sin tener en cuenta que sea correcto o equivocado, que mi exmujer estaría más tranquila si en vez de dejarla me hubiera muerto.)

El amor ha puesto en peligro el matrimonio. Después del romanticismo, unirse en matrimonio por amor se ha convertido en inevitable, así como disolverlo si este se acaba. Antes, cuando no había amor, el matrimonio no perdía trozos por el camino; al revés, en último término ganaba algo con la costumbre y la convivencia. El amor es una fuerza necesaria, pero desestabilizante, caprichosa, incontrolable, y la convicción de que todos tenemos derecho a la felicidad, si no a poseerla, al menos a desearla ardientemente y a reclamarla —es decir, un derecho hipotético, el derecho a obtener algo que casi nunca se posee, en vez de mantener algo que sí se tiene—, conduce a la frustración. El matrimonio es la tumba del amor solo en el caso de que haya algo que asesinar; de lo contrario prevalece un aspecto funcional, práctico, social, protector, procreativo. Por eso es el modelo ejemplar de la vida burguesa, porque en él la aspiración al reconocimiento tiene un papel fundamental. Así pues, podríamos invertir la frase: el amor es la tumba del matrimonio.

Los paganos tenían un dios para el amor, el dios cristiano es el dios del matrimonio; el primero posee un carácter transgresor; el segundo, legalista. Ambos ordenan perentoriamente y desatan su gran ira si les desobedecen. Coaccionan para que se haga el amor o no se haga con la misma violencia. Uno obliga a lo que el otro prohíbe, así que con una sola acción se obedece y se desobedece al mismo tiempo. La consecuencia garantizada es el castigo. Existe, en efecto, un doble infierno, por decirlo de alguna forma, descrito con abundancia de detalles por los grandes escritores del amor: a uno van a parar los que cedieron a la lujuria y al otro los que no cedieron. Así que nadie escapa. Al igual que el amor, el matrimonio es una magia poderosa, pero primitiva, una fórmula elemental que para funcionar necesita la fe absoluta de quienes la practican, y esto sucede al principio tanto del anhelo amoroso como del ciego deseo de casarse, y tiene una duración variable. De una severidad despiadada en el momento de pronunciar el sí, los ritos matrimoniales, apenas se ven privados de devoción, languidecen hasta el punto de que incluso llegamos a olvidar por qué nos comprometimos. Las armas de las que se sirven las dos divinidades enfrentadas son el placer sexual y los hijos, fenómenos contrapuestos pero originados por la misma vitalidad, el uno causa del otro. En el fondo oscuro de cada coito anida la concepción. Por eso, por contradictorios y simétricos que parezcan, el dios cristiano goza de una ventaja fundamental sobre el pagano, porque lo engloba o al menos tiende a hacerlo. Desde siempre, la religión cristiana se ha tragado las religiones precedentes, adueñándose de sus templos, de sus ritos, de sus costumbres, símbolos, fiestas y supersticiones, robándoles el báculo y los tocados sacerdotales. Del mismo modo, el matrimonio pretende englobar al amor, es más, fundarse en él. No niega el placer sexual, sino que lo exalta y lo celebra encauzándolo hacia su conclusión familiar, que, negándolo, sin embargo, paradójicamente lo realiza y encarna. Y ahí están los hijos, la duración...

En el matrimonio actúan fuerzas, conveniencias e intenciones desiguales entre los cónyuges, que solo pueden ser más o menos equiparadas con un notable esfuerzo de conversión. Hay que sumarlas y traducirlas unas en otras, asignando valores arbitrarios para que las cuentas salgan, al menos al principio. Debería aprovecharse ese equilibrio provisional —¡rápido, rápido!— para casarse. Cuando ambos parecen desear ardientemente, por razones a menudo distintas, lo mismo. Deseo de tener hijos, de amparo, amor, amistad, continuidad y novedad, deseo de una vida diferente, de serenidad o aventura, de marcharse de casa o de fundar una nueva; miedo a la soledad, hambre de ascenso social, autoflagelación, resignación, imitación de los padres o de una amiga. Inteligencia, sabiduría o insensatez. Encantamiento, seducción, estafa. Fe en el futuro. Uno huye de algo y el otro corre a su encuentro. Las necesidades de cada uno no solo tienen un peso diferente, sino que hablan idiomas diferentes, y ni siquiera utilizan el mismo alfabeto. Como cualquier otra forma de encuentro entre los sexos —empezando por el coito—, pero de manera infinitamente más compleja, pues las incluye a todas, el matrimonio es una guerra desigual.

O puede que fuera, y en parte sigue siéndolo, un intercambio en el que se asegura la reciprocidad a pesar de intercambiar un objeto diferente; lo que cuenta es que tenga el mismo valor para quien lo recibe. Normalmente el marido ofrecía estabilidad, económica antes que nada, y la mujer gratificaciones realizables en el interior de la familia: afecto, cuidados y sexo, el sexo, que está presente antes y después de la prole. El primero, el marido, actuaba en el exterior, la segunda, la mujer, en el interior.

Dicho a las claras: un hombre se garantizaba el derecho a follar por las noches a cambio de ofrecer techo y comida.

Protección a cambio de sexo: reducido a su mínima expresión, el trueque matrimonial consistía en estas prestaciones primarias e insustituibles. Pongamos, por ejemplo, que el hombre no tuviera que cumplir a la fuerza con la primera y la mujer con la segunda. El resultado seguiría siendo el mismo. En el momento en que uno de los cónyuges dejara de cumplir con su obligación para con el otro —o cumpliera de manera esporádica y discontinua—, este podría considerarse libre de vínculos. Lo dicen los tribunales. El matrimonio: tener siempre a un hombre —o a una mujer— al lado para follar. Si no quiere follar, si ya no le apetece, se corre el riesgo de que caiga el fundamento mismo del matrimonio. No hay salida, está escrito en el código de este vínculo hipersexualizado por la exclusividad, pues exige el ejercicio de la sexualidad exclusivamente en su seno. Pero ¿cómo puede obligar a algo que él mismo no garantiza? En cuanto lugar exclusivo del ejercicio erótico, cuya naturaleza es todo lo contrario de la exclusividad, se convierte en una trampa sin salida. Esta irremediable contradicción es la causa de que en la vida real, al menos a partir de un momento dado, el ejercicio extraconyugal del sexo pueda ser voluntariamente tolerado por los cónyuges o por uno de ellos si solo lo practica el otro, o incluso aprobado o fomentado. ¿Cuánto tiempo pasa antes de que eso suceda? ¿Cuántos meses, años o decenios transcurren después de la boda antes de que esto sea normal?

Por lo visto, el erotismo conyugal y el amor materno son inventos de estos últimos siglos. Ambos resultan indispensables para un matrimonio feliz. Mientras la familia ve cómo disminuyen sus funciones, muchas de las cuales se ponen en manos del Estado y de la comunidad —educación, salud, búsqueda de trabajo—, aumentan vertiginosamente las expectativas por parte de sus miembros y las obligaciones recíprocas, lo cual supone que ahora un marido pretenda de su mujer no solo que le dé descendencia y cuide de la casa, sino que además sea atractiva y activa, que lo aconseje y apoye en su trabajo, que tenga sus propios intereses personales y que, posiblemente, sea capaz de ganar dinero por su cuenta. Es decir, pretende amor, amistad, sexo, cuidado de la prole, virtudes domésticas, iniciativa personal y, por último, dinero. Habría que ser individuos perfectos para satisfacer tantas exigencias, para ser capaces de interpretar tantos papeles.

Los padres de mi época querían a sus hijos, por supuesto, pero no les estaba permitido expresar tal sentimiento, cuya manifestación sí se concedía, en cambio, a las madres. Eso hubiera menoscabado su autoridad porque se habría interpretado como una señal de debilidad. Les correspondía a las madres ser comprensivas e indulgentes, perdonar, acariciar, conmoverse, abrazar a sus hijos.

No hay nada más falso que la afirmación marxista según la cual la burguesía había despojado a las relaciones familiares de su conmovedor velo sentimental para llevarlas de vuelta a una «relación puramente monetaria». La verdad es que los sentimientos y la acumulación de dinero no se excluyen en absoluto, al contrario, una característica enfermiza y rígida de la familia burguesa es que en ella se mezclan amor y patrimonio, vínculos afectivos y económicos, potenciándose los unos a los otros sin solución de continuidad. ¡Ojalá fuera posible separarlos! La familia burguesa funcionaría como un reloj suizo si en su seno de verdad reinara únicamente el interés, el cálculo puro, la explotación «abierta, descarada, directa y árida». Los rencores más salvajes tienen un oscuro origen en las cuestiones económicas, así como las pretensiones de tipo económico ocultan casi siempre una indemnización por daños emotivos y difícilmente pueden reparar las ofensas sentimentales. Son dos tipos de balance que se encaran como en un libro contable de partida doble: en una página el registro del amor familiar, el debe y el haber; en la otra el registro del dinero. Las anotaciones de entrada y salida no pueden borrarse. Las deudas son irreparables. Como mucho podrá aceptarse una transacción, dinero a cambio de amor. «Mamá te quería más a ti, a mí no me podía soportar, por eso te ha dejado el piso y a mí el garaje.» La lectura de un testamento es una *Orestíada*, un consejo de administración, o ambas cosas.

¿Qué es exactamente un patrimonio?
¿Qué es un matrimonio?
Una vida burguesa se orienta entre estos dos polos.

(Ármese de paciencia el lector si sigo hablando de la familia durante algunas páginas más. Si no escribiera unas cuantas líneas aclaratorias, si no reflexionara meticulosamente acerca de ella, los chicos que aparecen en este libro serían como cromos pegados en grandes hojas blancas. La casa, los padres, las costumbres, las reglas, los silencios, el afecto, el dinero: tengo que llenar esos espacios vacíos. Es la familia, cierta clase de familia nada especial sino bastante común, el lugar donde germinó lo que contaré en el capítulo 10, es decir, dentro de unas cincuenta páginas. Como si lo vomitara.)

La familia es el lugar de la cohibición. Todos saben o creen saber, y se preguntan hasta qué punto se sabe de ellos y si se sabe lo que hay que saber. A lo largo de los años podemos esconderles muchas cosas a nuestros familiares, pero en todo caso menos de lo que logramos esconder a los demás. En la familia somos testigos directos de una gran cantidad de señales, escuchamos numerosas declaraciones, asistimos y participamos en un sinfín de escenas reveladoras. Peleas, mentiras, secretos a voces. Conocemos a los miembros de nuestra familia como la palma de nuestra mano, y ellos lo saben, pero también nos conocen a nosotros, tienen pruebas, la memoria alcanzaría para llenar miles de páginas, como un expediente judicial. Sobre todo entre hermanos es difícil escapar al juicio. Los muchos años pasados juntos constituyen un período de observación ininterrumpido. Ya de adultos, esto puede dar lugar a un velo de incomodidad, de escepticismo, de sarcástica incredulidad, porque cuando el adulto afirma esto o aquello, detrás de sus palabras y sus acciones vemos al niño que decía o hacía todo lo contrario, o creemos conocer la razón exacta de ese comportamiento. «Mira quién habla, precisamente tú, que...»

Y así como se ven las incoherencias, también se advierte la continuidad fastidiosa de algunas actitudes. «¡Te conozco perfectamente!», «¡Nunca cambiarás!», «Siempre igual. Deseas ser el centro de la atención, lo quieres todo para ti, como cuando te acababas la leche...».

No es necesario que las quejas sean explícitas, casi nunca lo son. Flotan en el ambiente como nubes hinchadas y negras, como algo implícito que no es necesario mencionar, como los subtítulos de los discursos oficiales, durante las reuniones familiares, las fiestas de guardar, las asambleas en que hay que discutir, en que al final hay que enfrentarse a «un problema que se arrastra desde hace demasiado tiempo» y que debe «resolverse juntos».

Sin embargo, en realidad estas consideraciones están contaminadas, falseadas por su superabundancia. El roce distorsiona el sentido de los actos individuales repetidos a diario durante años. Una atención de lo más corriente se convertirá en obsesión persecutoria o, al contrario, un apego enfermizo se interpretará como amor. Cada palabra corre el peligro de percibirse como una acusación y nos tapamos los oídos para no oírlas, mientras que la discreción y el silencio se interpretan como indiferencia. Los padres no pueden hacer más que asistir al malestar de sus hijos sin intervenir, de igual modo que los hijos asisten con impotencia al declive físico de los adultos y a cómo se enfrían y deterioran las relaciones entre ellos, crisis tangibles que cuando se recrudecen repercuten en todos los miembros de la familia. Muchos chavales —yo estaba entre ellos— se encierran en sí mismos o en su habitación ante cualquier problema familiar.

«Son vuestros asuntos, arregláoslas sin mí.»

La cohibición como atributo y reflejo de la sexualidad, tanto de la limitada, pero autorizada a desdoblarse, de los padres, como de la más o menos secreta, pionera y *amateur*, por decirlo de algún modo, de los hijos. El bendito sexo conyugal —casi siempre reducido a una débil llamita— y las salvajes llamaradas del juvenil —que en mis tiempos se definía hipócritamente como «prematrimonial», tomando como referencia eso de lo que carece, como sucede con «prehistórico», «extraparlamentario» o «subnormal»—. Vergüenza y bochorno de los hijos porque los padres fornican; bochorno de los padres porque los hijos hacen lo mismo, y eso les fastidia, les preocupa, les enorgullece o escandaliza, es decir, es muy raro que no tomen partido al respecto. Por lo general, los hijos se limitan a fingir que ignoran la actividad erótica de los padres, aunque sienten curiosidad y repugnancia a la vez, o incluso la encuentran graciosa, pues a los hijos sus padres se les antojan muy viejos, mucho más de lo que realmente son, e imaginarse su apareamiento carnal, sus cuerpos medio desnudos entrelazados, la idea de que los dos vejestorios echen una cana al aire, de que la madre resuelle y el padre relinche, los jadeos, el sudor, el pelo desgreñado y la carrera al baño para lavarse cuando se acaba, les parece ridículo. La incomodidad se manifiesta mediante muecas y carcajadas histéricas. La polla dura de un padre o el coño húmedo de una madre son imágenes inadmisibles, incluso en el plano verbal. El sexo de los padres es como un fuera de juego, y cuando nace un hermano, los celos y la alegría van acompañados de la constatación de que esos dos hacen el amor, todavía se gustan y se tocan.

Hasta el idealista más recalcitrante tendrá que reconocer que no existe matrimonio que, al menos inconscientemente, no aspire al bienestar y a mejorar las propias condiciones de vida, requisitos necesarios para obtener gratificaciones de orden superior: afectivas, amorosas, morales. Estas, sin duda más serias y profundas, acaban por eclipsar las instrumentales, pero si cabe más fundamentales —como casi siempre es lo inconfesable con respecto a lo declarado—. Así pues, el matrimonio tiene un objetivo manifiesto y otro subterráneo, y es bastante raro que se alcance el primero con independencia del segundo. Es decir, la felicidad sin dinero. El patrimonio es, en efecto, lo que está implícito en toda pareja respetable, cuyo pacto de convivencia se funda en otros valores muy diferentes, en primer lugar, en el amor —verdadero fetiche de la cosmovisión contemporánea, vilipendiado y adorado con la misma intensidad y, por paradoja, último baluarte de la concepción católica del matrimonio que, a causa de sus finalidades edificantes, se ve obligada a agarrarse al sentimiento humano más volátil, convirtiéndose en dependiente ahora del que durante siglos ha sido su más temible adversario: ¡el amor!—, pero eso no significa en absoluto que el dinero desaparezca del horizonte, y no solo en la familia burguesa, qué va, pues está siempre al acecho, dispuesto a aparecer en los momentos más difíciles, en las decisiones que no pueden ser aplazadas, en las encrucijadas. Cuanto más tiempo se mantenga sepultado, más fuerte será el olor a podrido que desprende al aflorar súbitamente a los pensamientos y las palabras, es como la exhumación de un cuerpo, de un cadáver, al que todo patrimonio, en efecto, se parece, incluso físicamente, pues descansa en la oscuridad de las cámaras acorazadas y de los recovecos de los catastros, como tumbas profundas. No peco de marxista, no he sido fecundado por las últimas esporas que el viento ha arrastrado desde los campos yermos de la mentalidad comunista, si afirmo que la familia sirve para «fijar» el orden patrimonial y reproducir las relaciones sociales que han permitido establecerlo como un esquema intocable. Que lo logre o no es otro cantar. El hecho de que no lo consiga o de que ya no lo haga —la familia es un agente retrógrado y patoso—, no significa que su naturaleza haya cambiado. El amor, ese sentimiento cuya desaparición se llora en el cínico mundo actual, ha contribuido, sin duda, a minar su solidez más que cualquier otro factor.

Al afirmarse la idea de que cada individuo tiene derecho a elegir por su cuenta el camino de su felicidad —o infelicidad—, se exige que la unión conyugal se funde en el amor, creyendo que así será más sólida, duradera y auténtica; lo que en realidad lo ha colocado en una situación de emergencia permanente. ¿Cómo podría una relación de larga duración fundarse en el sentimiento más caprichoso por definición?

¿Decíamos que el matrimonio era la tumba del amor? Pues entonces, mejor cuando la tumba estaba vacía y no había un cadáver por enterrar, como en la época de los matrimonios concertados, porque lo que no ha nacido tampoco puede morir. No hay nada más triste en este mundo que el funeral de una pasión.

El individualismo erótico es solo un aspecto del individualismo bajo cuyas poderosas embestidas la familia solo puede sucumbir y, al sucumbir, exhalar el último suspiro de espíritu comunitario, emitiendo un soplo de solidaridad, ayuda mutua, don y reciprocidad, es decir, convirtiéndose en el objeto ideal de la añoranza, que solo en su ocaso y declive logra que sus vicios pasen a un segundo plano. Nadie se acuerda de lo que ocultaban las figuritas del belén antes de que alguien, en un ataque de rabia, las hiciera pedazos y tirara a la basura. Era de esperar que el inmenso bazar de las opciones consumistas y sexuales sustituyera al mercadillo solidario donde se reciclan los regalos, los zapatos usados, los besos peludos de las tías, los «cuando seas mayor», «aprende a estar en tu sitio», «no vuelvas a usar ese tono conmigo», «¿qué dan esta noche en la tele?», «todo irá bien, cariño», «dejadme en paz», «estoy cansado de repetirlo mil veces» y «¿qué os parece un huevo pasado por agua?»; y si no logran liquidarlo del todo solo se debe a su obstinada capacidad de resistencia, que se alimenta de los residuos de una ética retrógrada, biológica, y por eso inatacable mediante argumentos de mera conveniencia. Al diablo la utilidad y la modernidad. La familia no escucha a nadie, prefiere perecer que rendirse a las lisonjas y las ofensas. Igual que un boxeador contra las cuerdas, solo puede doblarse sobre sí misma y protegerse al máximo, ofrecer las partes menos sensibles, aunque solamente sea hasta que descubre que los puñetazos vienen de dentro, que pasan por debajo de la guardia. ¿Y cómo puede defenderse uno de los golpes que se asesta a sí mismo? El intimismo teñido de impotencia en el que se cierran a la defensiva las familias —última herencia del modelo familiar burgués que al difundirse se eclipsa y al eclipsarse se difunde: lo privado— ofrece solo una apariencia de protección; los principios de los que se hace ostentación, los valores de los que se alardea para protegerse, resultan realmente engorrosos, aplastan a los que tienen una base demasiado frágil para reivindicarlos, pero al mismo tiempo protegen poco frente al asalto del exterior.

Como una coraza que se perfora fácilmente.

Así que la única salida que queda es el compromiso. La callada estrategia del «todo tiene solución». La pretensión de cada uno y la promesa a cada uno de poseer un espacio propio, un destino propio...

La Italia enmadrada, católica, burguesa e incluso la que fue comunista se funden la una en la otra creando un color en que, a pesar de prevalecer a veces una tonalidad y a veces otra, perdura lo familiar y exige una mediación.

Y al final, la apoteosis que acompaña a la reconciliación entre llantos en la televisión, gracias a carteros impostores que entregan misivas empapadas de remordimiento.

La existencia de la familia tiene, o quizá tenía, múltiples motivos e innumerables ventajas; en sociedades menos evolucionadas, donde el individuo no era de hecho independiente del grupo, fuera del núcleo familiar simplemente se moría —prueba de ello es la permanencia del modelo en las situaciones de peligro, donde un individuo solo no tendría ninguna posibilidad de sobrevivir—. Pero si otras instituciones desarrollan estas funciones protectoras, si la ventaja de fundar una familia se convierte en algo hipotético y sus obligaciones se incumplen —la educación, la protección— o se vuelven secundarias —la procreación— o las cumplen otros —la asistencia en caso de enfermedad—; si, en resumidas cuentas, la familia, en vez de facilitar y proteger, obstaculiza al individuo, entonces es natural que desaparezca. Si un individuo puede vivir muy bien como *single*, es más, mejor que los otros por cuanto carece de responsabilidades y puede gastar todo lo que gana en sus necesidades, si las desventajas de fundar una familia predominan sobre las ventajas, ¿qué motivo hay para embarcarse en tan agotadora aventura?

En teoría, la familia debería garantizar una benevolencia incondicional. Con nuestros consanguíneos deberíamos ser más sinceros, más entregados y desinteresados que con los demás. ¿Quién nos asistirá en caso de que necesitemos ayuda? Las relaciones entre las generaciones —de autoridad, de ejemplaridad, de dependencia ideológica—, que antes eran sólidas, hoy prácticamente han desaparecido, mientras que ha aumentado la dependencia económica. Con sus propias opiniones y sin un céntimo en el bolsillo: esa es la situación en que se encuentran las nuevas generaciones. Como resultado, los padres tienen que pagar cada vez más y cada vez se los escucha menos.

Continuidad, inmediatez y gratuidad en las relaciones. Dicho de manera brutal: no tienes que pagar a tu mujer para mantener relaciones sexuales ni darle un sueldo a tu hijo para que te traiga el periódico —o antaño, para que recoja las patatas—. Esto es así en teoría todos los días del año... ¡Menuda ventaja! Claro está, también podría suceder que tu mujer y tu hijo se hartaran, y, en efecto, se han hartado todas las mujeres y casi todos los hijos, que ya no obedecen ni en la cama ni en la casa; aunque, bien mirado, ni siquiera reciben órdenes, porque el cabeza de familia no se atreve a darlas, o sencillamente porque no existe tal cabeza de familia.

Necesidad de orden, de tutela, de protección. Necesidad de comunión, de ley. La familia como «marco» que mantiene unida la vida. Y no son solo la débil mujer o los débiles hijos quienes necesitan esta protección; ese era el escudo con el que los guardianes de la moralidad pretendían mantener a raya a los transgresores.

Todos estamos a merced del azar, somos frágiles —una capa fina de hielo—, estamos en manos de los nervios, de la maldad de los demás, de nuestra propia estupidez, estamos expuestos al viento destructor de nuestros propios deseos, de nuestros sueños, estamos expuestos al viento cortante de las frustraciones, llenos de heridas, despellejados...

Lo que nace en secreto tarde o temprano aspira a manifestarse. Lo invisible ambiciona lo visible; aun siendo superior, se siente incompleto. Hasta que baja a la Tierra, Dios tampoco se siente plenamente Dios. Cuando se descubre la íntima conexión que puede unir a dos seres, hay que comunicar al mundo entero este descubrimiento maravilloso, y por lo visto, el mundo todavía no se ha cansado de que le anuncien semejante obviedad, es decir, que dentro de nosotros se halla la simiente de otra vida posible. Privado de la visibilidad social, hasta el amor más grande acaba por secarse, humillado; si permanece oculto, secreto, si le falta valor, si se avergüenza de existir, dicen de él que no es amor verdadero: «¿Te da miedo que tus padres se enteren de que estás conmigo?», «¿Por qué no me presentas a tus amigos, a tus padres?». Eran y siguen siendo las mujeres las que exigen más reconocimiento, las que desean mayor grado de visibilidad, aunque este aspecto público pueda implicar que un sentimiento purísimo acabe degradándose en formas convencionales, banales y manidas.

La expresión tradicional de todo esto es el matrimonio. El paso decisivo: la atracción sexual que se convierte en cosa pública.

La mística familiar necesita un tótem.
Que nos encanta desde pequeños.
A menudo es de naturaleza física, sensual —puede ser la autoridad o el carisma paterno, la belleza de la madre, que se celebra más cuando empieza a declinar: «Era la más guapa de Parioli...», «Él perdió la cabeza

por ella, de verdad, se hincó de rodillas...», «Todos estaban enamorados de ella...»—, la herencia económica o genética, el parecido de cara o cuerpo. He conocido familias-tribu que se sustentaban en el extraordinario parecido físico entre los padres y los hijos, y vale, entre los hijos entre sí —a menudo numerosos—, atestiguada por composiciones de fotos colgadas de las paredes, enmarcadas sobre muebles y repisas o almacenadas en grandes álbumes encuadernados al estilo inglés, que, al hojearlos, permitían descubrir con sorpresa —increíble— que los padres también se parecían entre ellos, es más, que eran idénticos, como si fueran hermanos, puede que porque se habían encontrado y elegido basándose en esta familiaridad fatal que ya circulaba por sus venas, o porque la larga convivencia había acabado por influir en sus fisonomías, superponiéndolas y fundiéndolas... Eso pasaba sobre todo con los rubios, como los Rummo, por ejemplo.

La unidad también puede fundarse en el dinero —que refulge incluso a oscuras, encerrado, como el tesoro de los cuentos—: alrededor del patrimonio y el bienestar doméstico, que hay que transmitir a toda costa. No hay nada más sagrado. Nadie puede permitirse, por motivo alguno, ponerlo en peligro. No existe ningún motivo válido, idiosincrasia, predilección, opinión, capricho u opinión personal que no sean considerados secundarios con respecto al mantenimiento de tal bienestar. El juego de las diferencias y las distintas personalidades acaba de golpe cuando en la familia entra en juego el dinero. Con el dinero no se juega.

Como ya he mencionado, por lo visto también el amor por los hijos es un invento más bien reciente que contará, más o menos, con un par de siglos de existencia. Antes la preocupación por ellos era poca o ninguna. Las nodrizas los amamantaban, se los enviaba lo más lejos posible. Los que tenían dinero se deshacían de ellos en cuanto podían, igual que los que no lo tenían, pues los vendían como criados o soldados. De pequeños, los envolvían en vendas apretadas como minúsculas momias y los dejaban solos durante horas, llorando hasta que caían rendidos por la rabieta. Puesto que el marido, por definición, no quería a su mujer, y viceversa, ¿qué motivo tenía una pareja mal avenida para querer a sus propios hijos? Tenían muchos y al menos se les morían la mitad, así que mejor no encariñarse demasiado. ¡La muerte de un becerro sí que era una catástrofe! Cuando bajaban a la aldea compraban el jarabe para el hijo agonizante junto con los clavos para el ataúd a fin de «aprovechar el viaje».

¿Conoce el lector la película *Los monstruos*, de Risi? Uno de ellos se gasta las últimas mil liras que le quedan en una entrada para un partido de la Roma, ¡en vez de comprar las medicinas para su hijo enfermo!

Pues bien, antaño todo el mundo era así, ser un «monstruo» era lo normal.

¿Solo los padres se mostraban rígidos e intransigentes? Qué va, también las madres, las santas madres que vigilaban a sus hijos con métodos de policía secreta (es más, podría afirmarse que los principales métodos de espionaje han sido copiados de los sistemas de investigación domésticos —y, en efecto, en casa uno se defendía de estas intromisiones con contraataques de la misma clase: tinta invisible, papeles secretos, claves, escondites, enmascaramiento de voz, información falsa, llamadas simuladas de amigos cómplices para despistar las investigaciones—, métodos que ahora se han modernizado mediante los *password* y demás). Por otra parte, ¿acaso no eran los espías los héroes cinematográficos de aquellos años? Las personas a las que hay que controlar más son aquellas que comparten tu vida cotidianamente, puede que si no con fines represivos, sí por una curiosidad irrefrenable. La mirada inquisidora de las madres no conocía obstáculos morales, siendo en sí misma un instrumento moral —en este caso también, el fin benéfico prevalece sobre cualquier escrúpulo— y, en efecto, a casi todos mis amigos, a las chicas en especial, les controlaban el correo, las espiaban cuando se entretenían por las noches en el portal, escuchaban a escondidas sus conversaciones telefónicas o a través del otro teléfono de la casa; era inconfundible el ruido ambiental del auricular de un segundo aparato delicadamente levantado y colgado con la misma delicadeza después de la protesta, «¡Mamá, cuelga, por favor!», pues el único modo de defenderse contra el derecho a meter las narices en tus asuntos no era discutir, sino gritar, es decir, colocarse en un plano pasional, visceral, que acababa por unir aún más al controlado y al controlador.

Nos hemos liberado de los vínculos de parentesco y de los controles comunitarios, hemos empezado a considerar el matrimonio como fruto de una libre elección, de la atracción física y amorosa entre los futuros cónyuges, la desigualdad entre marido y mujer se ha ido reduciendo gradualmente. Bien. Cada miembro de la familia, hasta los más pequeños, pretende que se reconozca su personalidad y la libertad de una exclusiva esfera de acción para su propia realización individual. Bien. Una oleada de individualismo, de mercado y de sentimientos ha arrollado a la institución familiar haciendo que se tambalee. Bien. El amor por los hijos, hasta hace algún tiempo sentido y practicado poco o con sumo pudor, se ha convertido en algo vivo, exclusivo, espasmódico. Lo que ha provocado que las relaciones entre padres e hijos sean más libres, más justas, sin duda, pero también más pegajosas. Relaciones más débiles desde el punto de vista de la autoridad, pero más íntimas y cargadas de sentimiento, incluso demasiado, de manera que los anillos generacionales, que antes estaban colocados en secuencia, han acabado por superponerse y confundirse entre sí, dando lugar a fenómenos de identificación que retrasan la separación y que casi han anulado las diferencias que, en muchos otros aspectos, nunca han sido tan grandes como ahora —pues el mundo actual y la manera de vivir de los chavales no tienen nada que ver con cómo eran las cosas hace treinta años, por ejemplo, y, sin embargo, los padres se visten y hablan como chavales, las madres se pasean exhibiendo las bragas que asoman por encima de los pantalones igual que sus hijas, las hijas se quedan pegadas a sus madres, los famosos solteros parásitos... El amor pegajoso e intrusivo en estas comunidades chifladas... Bien.

Cuando nos quejamos de la decadencia de los genuinos sentimientos comunitarios, del espíritu de igualdad, solidaridad y participación, de la capacidad de sacrificio para adecuarse a las necesidades colectivas, casi nunca se tiene en cuenta que la experiencia de la fraternidad, en su sentido literal y originario, se ha reducido drásticamente, o incluso anulado, al desaparecer las familias numerosas. Antes de ponerse a fundar un imaginario político o social hay que tener en cuenta que la fraternidad era eso. ¿Cómo puede pretenderse que para un hijo único tenga sentido? Por eso los padres se ven obligados a convertirse en los hermanos mayores de los hijos sin hermanos naturales.

No hay que dispersar el patrimonio, no hay que permitir que acabe en manos ajenas, y para ello hay que asegurarse, a través de la fidelidad —una institución o valor completamente pragmático, como veremos—, de que los hijos sean de tu propia sangre; hoy en día, con la prueba del ADN, es un juego de niños tener la certeza de que no te has pasado la vida currando para dejarle parte de la pasta a un bastardo. Dudas que, por otra parte, están ampliamente justificadas por los resultados increíbles de dichas pruebas: un niño de cada cinco no es hijo de su padre.

Además, se trata del motivo principal que empuja a trabajar, a ganar más, a acumular más allá de las necesidades contingentes. El individuo más egoísta necesita prefigurarse la transmisión hereditaria del fruto de su trabajo, que satisface plenamente su egoísmo inicial, convirtiéndolo en inmortal, benéfico y digno de gratitud. ¿De qué serviría trabajar solo para uno mismo? Casi nunca somos el fin de nuestras propias acciones. Sentimos la necesidad de trascendernos a nosotros mismos. Si no es escribiendo una sinfonía memorable o haciendo frente al enemigo sobre las murallas de una ciudad, intentamos empujar más allá el horizonte de nuestras vidas, igual que el crupier con el palo cuando empuja hacia quien ha ganado la mano un montón de dinero. Prueba de ello es la abulia en que a menudo se hunden las personas sin perspectivas y responsabilidades hacia terceros, los *singles* empedernidos y los defensores del bienestar individual. Pensar únicamente en uno mismo, escucharse, hacer flexiones y beber zumo de zanahoria y granada, a la larga cansa; no provocar la gratitud de nadie acaba deprimiendo al mismo narcisismo generado por el pensamiento egoísta. Hacemos eso que llamamos sacrificios, en primer lugar, para ponernos en juego, para entrar en acción y arriesgarnos, de lo contrario lo mismo daría permanecer quietos. Nunca he comprendido, por ejemplo, que alguien pudiera cocinar para sí mismo. Me refiero a platos como el *risotto* o la *peperonata*. Podrían prepararse un bocadillo y listo. Nadie elogiará su *risotto*, nadie admirará la cúpula de su suflé antes de desinflarlo con el tenedor. Casi todo lo que hacemos, lo hacemos por y para los demás, pero no es altruismo, sino más bien necesidad de expresarnos, de expandirnos; necesitamos desesperadamente una platea: de clientes, de destinatarios, de conejillos de Indias, de beneficiarios y de víctimas de nuestras acciones... Dar consistencia, saltear, mechar... ¿solo para uno mismo? Hasta los nombres de estas elaboradas acciones pierden el sentido. Cualquier gesto un poco más que elemental se realiza para alguien.

Los padres son el público por el que los hijos suben todas las noches al escenario. Los hermanos son el público de los hermanos. Y después, el espectáculo se desarrolla invirtiendo los papeles y los actores se sientan en la galería.

3

Las posibilidades económicas dictan las normas que rigen una familia. Si las hay, establecen lo que puede hacerse. Si no las hay, disponen lo que tiene que hacerse. El patrimonio es el principio de todo; el individuo entra en escena cuando el espectáculo ya ha empezado. El patrimonio, que se salvaguarda, se incrementa o, a veces, se dilapida, es el objeto mismo de la familia. En las crónicas de los herederos se transmiten las figuras de legendarios despilfarradores, tíos jugadores de póquer o puteros, abuelos con ínfulas de empresarios que lo invirtieron todo en el motor de agua o en la comercialización de hielo hirviente, paladines de la vagancia o manirrotos empedernidos que dilapidaron la fortuna en una noche o en pocos años, abriendo brechas en el destino de sus descendientes. Gente que influía en nuestras vidas antes de que viniéramos al mundo. En la galería de todas las familias siempre hay un fracasado que cuelga del techo. Junto a ellos también hay ilustres paranoicos que dedicaron de forma obsesiva su vida a defender el patrimonio. Hagamos los honores a esa neurosis, que hoy nos permite comprar el salmón ya cortado en lonchas.

La magnitud del daño económico que podemos soportar nos da la medida exacta de nuestra riqueza. El verdadero lujo consiste en no darnos ni cuenta o en dejar sin castigo a quien nos inflige dicha pérdida, sobre todo si esta se debe a nuestra propia negligencia o ineptitud; en ese caso, nos gustaría mucho tener el noble gesto de saber perdonar. Pero para que uno pueda permitirse la despreocupada elegancia de la dilapidación, antes tienen que haber existido los que han acumulado. Buena parte de la cohesión familiar burguesa se genera —o se generaba hasta hace algún tiempo— en torno al aumento y la transmisión de los bienes. Tenía un compañero de clase, Busoni, el cuarto de la lista inmediatamente después de mí, de Arbus y Barnetta, al que obligaban a correr a casa para celebrar cada éxito de su padre en los negocios. Sucedió varias veces: lo llamaban, se ponía serio, se disculpaba con los amigos y salía a la carrera hacia su casa para destapar una botella de champán con su padre, su madre y sus hermanos, supongo, reunidos en el salón o en la cocina, cerca de la nevera. La ceremonia podría parecer grotesca, pero, bien pensado, ¿por qué no? No era tan raro. Las ganancias se exhibían y celebraban para afianzar el vínculo entre los miembros de la familia, haciéndoles partícipes del éxito paterno, exactamente al revés de lo que pasaba en la mía, donde las ganancias se ocultaban con discreción, se censuraban, no se mencionaban y solo se advertían a través de formas indirectas, como cuadros o porcelana nueva. No era vulgar conseguirlo, sino mostrarlo; sí, mostrarlo era muy vulgar. Es tan típico de las familias burguesas hacer ostentación del dinero y el bienestar que este conlleva como ocultarlo, convertirlo en algo implícito, darlo por sentado, con discreción. Tenemos dinero, gracias a Dios, pero de eso no se habla. Nunca.

Por aquel entonces, las familias burguesas eran la burguesía, la representaban íntegramente. No podía concebirse ni describirse la vida burguesa fuera de la vida familiar, igual que la casa burguesa era la vivienda destinada a una familia. El supuesto individualismo de la clase media en su forma originaria se presenta como atributo de un núcleo familiar. La familia, más que las personas que la componen, es el verdadero sujeto burgués, el organismo que lucha por su propia afirmación, el portador de una visión egoísta y belicosa en grado sumo. No puede identificarse únicamente con la figura del padre, líder a la antigua, o medirse con la simple suma de los individuos que forman parte de ella; en resumen, posee una personalidad y una fuerza específicas. Así como vicios y enfermedades.

Recuerdo que cuando discutía con mi padre solía usar el despectivo lenguaje marxista. El tema era el compromiso político. Él no lo consideraba necesario y su valor moral no era superior a la actividad de cuidar honestamente de los propios intereses. Cuando con irritación me preguntó «¿Y si en la vida uno piensa solo en su familia y en sus hijos?», respondí: «Es un cerdo».

Los elementos constitutivos de una familia son: *a)* las personas y *b)* las cosas, más una tercera categoría que las une, es decir, *c)* las relaciones. Estas pueden ser, a su vez, de tres tipos: 1) relaciones entre personas, 2) relaciones entre personas y cosas y 3) relaciones entre personas, pero en este caso determinadas por o en función de los bienes poseídos. Esta última podría definirse como una relación entre «propietarios», es decir, entre personas que poseen cosas. Como tal relación solía ser competitiva, para evitar conflictos en el seno de la familia tradicional, nadie, a excepción del cabeza de familia, tenía nada propio y no podía, pues, reivindicar una independencia económica —al margen, podría observarse que quien no tiene independencia económica, no tiene ninguna—. El cabeza de familia distribuía a discreción dinero entre los demás miembros de la familia —muy apropiada la expresión «aflojar la bolsa», que significaba dar dinero, soltarlo—. No importaba que las dádivas fueran generosas o miserables ni que el ambiente fuera rico o pobre. Un voto de pobreza, por decirlo de alguna manera, en la línea de un modelo monástico, podía regular el funcionamiento de una familia rica; al fin y al cabo, lo que pasaba por tus manos en realidad no te pertenecía. Propiedad significa posesión exclusiva. En mi casa, nada era de nadie y todo pertenecía a todos. El sentido de la propiedad estaba prohibido. El egoísmo era inconcebible. Si, por ejemplo, me compraban una Vespa, aunque yo la usara, también pertenecía de manera implícita a mis hermanos, que podían cogerla cuando quisieran. Los regalos también solían ser colectivos. En nuestra mente, y en realidad así era, todo pertenecía a nuestro padre; él se lo había ganado y, como mucho, nos lo cedía en usufructo a nosotros. Años después, con la muerte del cabeza de familia, la gestión de un patrimonio fraccionado y que acabó en nuestras manos, nos causaría a mí y a mis hermanos problemas de orden práctico y simbólico. No de conflicto entre nosotros, como sucede a menudo, sino todo lo contrario, de confusión, de incapacidad para diferenciarlo, como si dicho patrimonio todavía fuera unitario y común. ¿Quién tiene que ir a pagar el IBI...? ¿Quién se ocupa de...? ¿Quién es el responsable de...? Veinte años después de la muerte de mi padre y del reparto de la herencia, los documentos siguen guardados todos juntos, y no por sentimentalismo. Cuando me casé y tuve que declarar si quería aportar mis bienes a la unidad matrimonial, yo no poseía nada, literalmente. Como mucho quizá una motocicleta. E incluso ahora me cuesta definir como «mías» las propiedades que mi padre me legó. Sigo considerándolas suyas y, en cuanto tales, indirectamente nuestras. Pero no mías. Un comunismo muy singular. La única excepción en este régimen fueron los regalos que mi padre le hizo a mi madre: vestidos, zapatos y joyas. Esos sí eran, como es obvio, celosa y obsesivamente personales. Pero no estaban incluidos en el concepto de familia, sino en el de amor.

Así pues, la sucesión, la transmisión hereditaria de la propiedad, ¿es el principal factor de cohesión de la familia burguesa? Quizá sea el estímulo principal de la laboriosidad del cabeza de familia, pero, en la práctica, también puede constituir un motivo de enemistad y separación, pues cada familia está destinada a escindirse en otras nuevas, que los hijos formarán con perfectos extraños que podrían verse como amenazas a su integridad originaria.

Por la naturaleza tendencialmente igualitaria del derecho hereditario, el patrimonio de una familia burguesa está constituido por lo que en todo momento se sabe que será repartido, dividido. Subsiste como cuerpo íntegro solo en el plano formal y como mucho durante una generación; después se disgrega. La disgregación se halla implícita en su composición desde el principio, es su destino natural.

El impulso trascendental de acumular un patrimonio se manifiesta también en el carácter delicadamente religioso de su transmisión. El testamento en que se formaliza y se establece es un regalo del moribundo a los vivos para asegurarse un camino más sereno al más allá. Podemos llamarlo restitución, oblación... No lo hace porque sea en especial generoso, por autocomplacencia o por apego a su propia sangre, sino como acto preliminar de separación, para despojarse de los aspectos mundanos de sí mismo. Mientras que antaño un hombre poderoso se llevaba consigo sus bienes más valiosos y su alma se presentaba acicalada ante los dioses del Hades, ahora debe marcharse desnuda. La redacción del testamento le ofrece la última ocasión para demostrar imparcialidad en el momento en que se separa de sus bienes. Recuerdo como si fuera ayer la meticulosidad con que mi padre calculó la asignación de sus bienes, aplicando infinitos parámetros sobre cuya base creó un dispositivo testamentario capaz de legar lo justo a cada heredero. ¿Lo justo? El problema es que lo justo no permanece inalterado a lo largo del tiempo, sino que oscila, se dobla, y para ponerlo al día habría que prever un sistema de indemnizaciones y compensaciones sin fin. En los últimos meses de su vida se había convertido en una obsesión, en la única preocupación de su espíritu exacerbado, en la sola y paradójica forma de fe en una vida más allá de la vida, pues, devorado por la metástasis, habría podido importarle un huevo que el garaje de la Via Parenzo me tocara a mí o a mi hermano.

En batín, sentado a la mesa donde solíamos hacer solitarios, en vez de jugar se ponía con una calculadora y unos cuadernos de hojas cuadriculadas, que llenaba de cálculos apretados. A lápiz. Los hacía una y otra vez. Revisaba sus valoraciones sin cesar, algunas bastante objetivas y obtenidas a través de un simple cálculo, de validez inmediata, y otras aleatorias, fluctuantes, fruto de previsiones que deberían tener lugar, a la fuerza, muchos años después de su muerte inminente, en las que el margen de arbitrariedad era proporcional al nivel de ansiedad que la idea de su desaparición, de su no existencia, le provocaba. Presa de una escrupulosidad casi histérica, pretendía ejercer el control sobre un tiempo que ya no estaba a su alcance. Como quien, atado a una silla, intenta agarrar un objeto que se encuentra a varios metros de distancia. Lo justo nunca es el resultado de un cálculo matemático; de lo contrario habría bastado con dividirlo todo entre cuatro, y sanseacabó.

Sin embargo: disponer correctivos y amortizaciones, prever devaluaciones, calcular las cuotas según los perfiles de los herederos, cuyas necesidades no eran las mismas por edad, sexo, aspiraciones...

¿Cómo se sabe si uno de tus hijos hará fortuna o no? Tendrá éxito, ganará dinero a espuertas, se casará con un ricachón o una ricachona y después quizá se divorciará, se quedará en la miseria, se quitará la vida, llevará una vida sobria, digna y un tanto sombría, fracasará miserablemente en todos sus objetivos, se fijará metas fuera de su alcance u otras inferiores que alcanzará con poco esfuerzo y que le proporcionarán una satisfacción aún menor, derrochará el dinero que le dejó su padre poco a poco, año tras año, hasta que solo queden las migajas..., se convertirá en una estrella del rock, en un cirujano con manos de oro y cuenta corriente en Luxemburgo, en un respetado profesor universitario...

Mi padre pasó las últimas horas de su vida tecleando unos números en una calculadora que al poco de su muerte se revelaron falsos, no por culpa suya, sino porque la realidad no se detiene a esperarnos, y aún menos las cifras a través de las cuales se mide el patrimonio; esas jamás se están quietas, no paran de saltar arriba y abajo.

Algunos valores caían y otros permanecían inmóviles o se ponían por las nubes.

Somos usurpadores y ladrones de la riqueza que nos pertenece injustamente; de la que nos pertenece justamente solo somos gestores temporales. Existe una ética escrupulosa y severa según la cual cuanto poseemos es solo un préstamo que devolveremos en el momento de la muerte, como se restituye la llave de la habitación de un hotel antes de marcharse. La ocupábamos, solo eso. Aunque de él se piense exactamente lo contrario, es decir, que siente apego por sus bienes, creo que el burgués ha hecho suya esta moral en buena parte. A punto de morir, está obligado a restituir incrementado o, cuando menos, idéntico, pero sin duda no disminuido, el patrimonio que se le entregó. Eso sería peor que humillante: sería nefasto. Si sucediera, ¿qué sentido habría tenido su vida? Admitir que nada nos pertenece no significa que no tengamos la obligación de conservar de manera escrupulosa y aumentar los dones que la fortuna nos ha destinado. Lo que hace que el burgués sienta como imperativo el deber de acumular, y que lo protege de toda consideración negativa acerca de la vanidad que supone el apego a lo material, es la plena conciencia de que al final de la vida no acabará restituyendo el patrimonio a favor de un todo impreciso, como el mundo o la sociedad, sino de sus propios hijos. Hasta el cuerpo, el cadáver, será entregado a sus hijos. Un burgués sin dinero y sin hijos no es un burgués en sentido estricto, no posee ningún título para serlo, y si un burgués no es tal, ni siquiera es un ser humano.

El gesto antiguo, sublime, simple, de mi padre llevándose la mano a la cartera. Nunca jamás, que yo recuerde, dijo que no. Como mucho esbozaba una media sonrisa escéptica, con un deje de sarcasmo que iba acompañado del orgullo de poder, siempre y en cualquier caso, hacer frente al gasto. Tener el dinero listo en el bolsillo, fajos de billetes recién sacados del banco para satisfacer cualquier necesidad nuestra o de nuestra madre, de cualquiera que en casa necesitara dinero. Estaba dispuesto a «rascarse el bolsillo». De niños nos parecía que aquel dinero doblado en los bolsillos de los pantalones en fajos sujetos con una goma amarilla, o puesto a salvo tras el amplio dorso —a saber por qué eligieron ese libro— de la *Historia social de Inglaterra* de Trevelyan, era infinito. Ese libro, como he contado hace unas páginas, era mío, me lo regalaron cuando cumplí catorce años. ¿A quién se le ocurriría hoy en día regalarle el libro de Trevelyan en vez de una PlayStation a un chaval de catorce años? Aunque fuera el empollón más tímido del colegio, nos lo tiraría a la cabeza en cuanto abriera el paquete. Quién sabe en qué estarían pensando mis padres, qué esperaban de mí al hacerme un regalo que implicaba tanto esfuerzo por mi parte. Leí la historia de Trevelyan de cabo a rabo sin ni yo mismo saber por qué; aunque quizá fuera el mejor modo de leerla. La guerra de las Dos Rosas me atravesó el pecho, se coló en mis entrañas, y los innumerables Enriques rodearon amenazadores y ensangrentados el perímetro de mi habitación. Y después de haber sido un libro se convirtió en el cofre del tesoro doméstico. El dinero se guardaba en medio de sus páginas, más o menos a la altura del capítulo de la «Conspiración de la pólvora». Al sacar los billetes, era inevitable leer las líneas del ahorcamiento y el descuartizamiento de Guy Fawkes. «Remember remember / the Fifth of November...» El dinero que teníamos a nuestra disposición no era en absoluto infinito, como creíamos, y me da la impresión de que disminuyó en los últimos años de vida de mi padre, de que, a partir de cierto momento, el flujo se invirtió y salía más dinero del que entraba. Esa tendencia se aceleró tras su muerte.

En las viejas denominaciones —lira, libra, peseta—, se advertía el peso físico del dinero, de la bolsa llena de monedas que se aflojaba y volvía a cerrarse. «Desembolsar», una palabra corpórea.

La familia burguesa está destinada por su naturaleza a disgregarse. Cuanto más consisten su tarea y su orgullo en resistir al tiempo y a los impulsos desintegradores, en demostrar que es sólida y protectora tanto en su seno como ante los ojos de los extraños, más revela que su esencia es descomponerse; es un organismo que lucha contra la enfermedad escrita en su código genético. Poco a poco pierde elasticidad, se agarrota y, aunque en apariencia es todavía más refractaria que antes, en realidad se ha vuelto frágil, delicada, ha empezado a descomponerse. La agonía puede tener matices y episodios heroicos o ridículos, conmovedores o grotescos, y el avance de la enfermedad puede ser tan lento que pase inadvertido, que se confunda con una óptima salud y se transmita en silencio a las siguientes generaciones, por lo que cuando a los hijos de una familia respetabilísima les llega la hora de fundar la suya, quizá den vida a relaciones desquiciadas y desastrosas. Los chavales con calcetines blancos y corte de pelo a lo paje, con una madre sensata que sabía distribuir a la perfección el flujo de la ropa que iba quedándosele pequeña a los mayores, pues bien, justo esos suelen ser unos inadaptados que rechazan en bloque el modelo feliz propuesto por sus padres o que lo imitan patéticamente.

4

Hoy, 3 de julio de 2008, me han telefoneado para preguntarme si quería protagonizar un concurso literario de preguntas y respuestas en la radio; mi nombre sería la «respuesta exacta», y durante el transcurso del programa a los oyentes se les proporcionarían pistas acerca de mis libros, vagas al principio y cada vez más concretas. He dicho que no. La razón oficial es que no me gustan los programas culturales de preguntas y respuestas; y así es, no me gustan.

La verdadera razón es que he temido que no me reconocieran.

Quisiera que mi fama de escritor fuera tal que le pusieran mi nombre a una calle de mi ciudad, me conformo con una pequeña, a condición de que no sea una de esas recién creadas en el extrarradio; me gustaría que la placa con mi nombre sustituyera a otra ya existente, por ejemplo, que llamaran Via Edoardo Albinati a la que actualmente se llama Via Nino Oxilia, una travesía del Viale Parioli, donde mi abuela compraba los calcetines en los puestos del mercado para regalármelos después envueltos con papel de Schostal, una prestigiosa tienda de ropa interior de la Via del Corso. Tenía los cajones de la cómoda llenos de bolsas de Schostal y de otras tiendas, como Frette o Caccetta, bien guardadas y dobladas, prueba de una generación que apreciaba tanto el envoltorio como el contenido de los regalos. Lo descubrí una Navidad, cuando los calcetines que me había regalado me quedaban tan grandes que después de tranquilizarla le dije que iría a Schostal a cambiarlos y ella insistía en que le devolviera el paquete. «Yo iré, yo iré...», «Que no, abuela, cómo vas a ir hasta la Via del Corso...; dámelos, iré yo». No había manera de convencerla de que me los devolviera y la puse tan nerviosa que no le quedó más remedio que confesar:

—Oye, es que no son de Schostal.
—¿Cómo que no?
—No.

Soltó el paquete. Y después contó la verdad, que para alguien como mi abuela significaba caer muy bajo. La verdad, por educación, jamás se dice. Yo me reía para mis adentros, orgulloso de su ocurrencia. ¡Menuda vieja tremenda! Claro, la idea de respetabilidad turinesa y de Parioli que quería defender con el truco de la bolsa de Schostal se había visto mancillada por su confesión —¡ni más ni menos que los puestos del mercado de la Via Oxilia!, esos que hoy en día están en manos de los cingaleses... Pero qué digo, esos ya ni existen, porque el mercado ha cerrado y solo quedan los DVD a precio de saldo—, pero, en sí misma, era válida; es más, su estratagema la ensalzaba. Como no nadaba en dinero, ahorraba al comprar el regalo y después le daba un toque de clase con una bonita bolsa dorada de una tienda del centro, solo con una bolsa, y todo para conseguir... distinción.

Algo formalmente impecable.

Además, debo añadir que los calcetines no eran de mala calidad, al contrario. Todavía guardo en el cajón un par enorme, beis, creo que de la talla cuarenta y seis.

Nino Oxilia murió durante la batalla de Caporetto con menos de treinta años. Había escrito comedias y dirigido películas en los albores del cine. En su mochila de soldado llevaba sus poesías, editadas en un libro póstumo, *Gli orti*. Está considerado un genio. Podría tener mi calle allí, durante unos cien años, más o menos los que lleva Oxilia, y que después me sustituyera otro personaje de renombre.

Por más que se crea que las personas acomodadas de Parioli y del barrio de Trieste son millonarios, la mayoría no eran más que dignos ejemplares de la clase media.

Es cierto, sentían una debilidad rayana en lo enfermizo por las marcas, pero también otra igual de fuerte por las imitaciones, que permiten ahorrar un cincuenta por ciento.

En la familia, lo que se dice y lo que se calla causa problemas en igual medida. Por lo visto, se necesitan tres generaciones para que se «forme» una psicosis. En mi casa se cometió el segundo error: una práctica tan obcecada como admirable de la discreción, del *understatement*, del pudor llevado a una soberana y casi mística medida de indiferencia hacia los dramas propios y ajenos, una vocación de autocontrol que solo un accidente podía quebrantar —como cuando se rompe un condón durante una relación sexual—, ha sido el motivo de casos de inadaptación muy marcada... Pero la novela familiar es neurótica a la fuerza, como neurótico es quien la escribe utilizando a los buenos, a los malos y a los mediocres, los escándalos y la necesidad de darle un sentido a todo, típica de quien cree que casi lo ha conseguido.

Antaño la familia burguesa estaba compuesta por sus propios miembros, pero también por mozos, chóferes, planchadoras, criadas. Puede incluso que el servicio representara a la familia todavía más que los señores, su continuidad.

Mi madre buscaba a las criadas en los pueblos. Una vez fue hasta Cerdeña y volvió, no con una, sino con dos chicas sardas, bajitas y morenas, casi iguales, Saveria y Filomena, a la que llamaban Mena —creo que eran hermanas—, que me dieron una buena tunda cuando descubrieron que había estado espiándolas por el ojo de la cerradura mientras se bañaban en una de esas bañeras con escalón para lavarse sentado. Pero eran tan menudas que cabían las dos, una de ellas de rodillas sobre el escalón. No sé qué hice para que me pillaran, quizá se me escapara la tos. ¡Cómo deseé que aquel agujero fuera más grande! Pude ver poco, pero lo suficiente para aprender cómo estaban hechas las mujeres; cada una tenía tres matas de pelo, así que vi seis matas negras chorreando agua mientras Saveria y Mena se enjuagaban la una a la otra, a turnos, por delante y por la espalda; una aguantaba el tubo de la ducha y la otra se enjabonaba las matas deslizando la esponja de una a otra, frotando con fuerza, como si quisiera arrancárselas, desenraizarlas. Sigo sin entender cómo oyeron mi respiración con el ruido que hacía el agua.

Las criadas vivían, comían, dormían y trabajaban en casa como miembros de la familia del pleno derecho, hasta que el despido lo revocaba. Además de realizar las tareas domésticas, la presencia de la servidumbre contribuía a dar una imagen de dignidad y prestigio; así era en el caso de la cocinera, la planchadora y el chófer.

Precisamente por eso, solo tuvimos trabajando para nosotros a una pareja un par de meses. Desde el principio resultó evidente que el hombre era innecesario, no tenía nada que hacer en casa y tampoco fuera, pues mi padre no necesitaba un chófer, y como el colegio estaba a la vuelta de la esquina, no había necesidad de que nos acompañaran ni de que vinieran a buscarnos. El par de veces que vi a aquel apuesto señor de pelo cano esperándome a la entrada del SLM con aire respetuoso, me avergoncé tanto de que les rogué a mis padres que no volvieran a mandármelo.

(El a priori del personal de servicio: el bajo coste de la mano de obra. El a posteriori: la multiplicidad de las funciones familiares desarrolladas.)

Recuerdo que uno de los temas de conversación preferidos por las señoras pudientes era el del personal a su servicio. Para los que todavía pueden permitírselo, sigue siendo así. Hay señoras que al charlar con sus amigas se divierten describiendo los aspectos más ridículos o curiosos de sus criados, y que incluso hablan de ellos como si fueran sus peores enemigos, que han acabado viviendo bajo su mismo techo por una especie de error. Otras, al contrario, están exageradamente encariñadas con su doncella personal, a la que describen como una «perla», «mi salvación», una «mano de santo» o «indispensable», y están tan celosas de ella que temen que alguien pueda «robársela», como si se tratara de un collar o unos pendientes.

Cuando de niño las oía charlar, creía que el trabajo más terrible del mundo era el «cambio de armario», es decir, la rotación estacional del guardarropa. Esas señoras lo dirigían como si fuera una campaña militar. Y me preguntaba: ¿por qué la reina es la pieza más poderosa del ajedrez? Y si lo es, ¿por qué se gana la partida haciendo jaque mate al cero a la izquierda, a ese rey medio tonto? ¿Por qué la reina, que representa la soberanía, no reina de verdad?

Italia era una forma de matriarcado singular donde las mujeres contaban poco o nada fuera de casa.

Otro de sus temas de conversación favoritos —y el motivo por el que le daban tanto al palique, a menudo malicioso— era la exacta clasificación social de vecinos y conocidos, que se efectuaba analizando uno por uno indicadores como el lenguaje, el vestuario, la educación, los hijos y las casas. Este paciente trabajo de descripción y catalogación, digno de un botánico del siglo XVIII que se enfrenta a la vegetación de una isla tropical recién descubierta, resultaba, sin embargo, aleatorio, provisional, pues al contrario de las especies biológicas, los roles sociales se veían sometidos a continuas y a veces rapidísimas modificaciones, y el punto del diagrama en que se colocaba a los individuos, las familias y los grupos tenía que ser actualizado constantemente a partir de nuevos datos

—novedades, cotilleos, secretos que habían dejado de serlo, insinuaciones, indiscreciones, revelaciones—, cuya recopilación nunca podía considerarse del todo completa.

Buen nombre, anonimato, habladurías y distinción: entre estas cuatro esquinas se jugó durante mucho tiempo el partido generacional en el seno de las buenas familias. Los adultos hacían lo posible por mantener la mediocridad, por tener controlada su personalidad, a menudo marcada, en su profesión, en su papel familiar, en la dignidad de la clase a la que pertenecían, dignidad que, en efecto, se basaba en la obstinada discreción acerca de las fuentes de su bienestar, su renta y su patrimonio, que se manifestaba mediante coches, villas y viajes de los que nunca hacían alarde, de los que no se pavoneaban, sino que mantenían casi ocultos, en la sombra, en la penumbra, por decirlo así. De ahí deriva el prestigio de algunos lugares de veraneo donde las hermosas casas residenciales, construidas entre frondosos bosques y pinares, son casi invisibles y solo permiten intuir el bienestar de sus habitantes. Al contrario, nosotros, los más jóvenes, con nuestro gran afán por distinguirnos, habríamos sido capaces de concebir los gestos más espectaculares.

El momento culminante de la vida familiar es la comida. Sigue siendo la principal ocasión, y a menudo la única, en que sus miembros se reúnen. Cuando por necesidades diferentes, desinterés o fastidio recíproco, desaparece la costumbre de comer juntos, cuando alegando horarios incompatibles —a veces, apenas diez minutos— los integrantes de la familia se apresuran a comer de pie, con las manos, en la cocina, en la mesita del salón, atrincherados en la habitación o acurrucados en la cama, con tal de evitar embarazosas sesiones en común, entonces la familia solo existe en el plano formal, sobre el papel, y viven juntos bajo el mismo techo como compañeros de piso. La duración de la comida es inversamente proporcional a la solidez de los lazos entre quienes se sientan a la mesa. La prisa, la peor señal. Todo lo demás se puede hacer tranquilamente solo, aparte —lavarse, telefonear, estudiar, fumar, ver la tele e incluso hablar—, pero hay que comer juntos. ¿Por qué? Porque sí, y punto. Es el rito fundamental de la unión durante el cual se intercambia información, se comentan los acontecimientos del día, se habla de los proyectos y se discute acerca de las decisiones, se anuncian las novedades más o menos importantes, se hace reír, enfadar o se despierta la curiosidad de los demás, se opina acerca del destino del pajarito caído del nido, que si no come antes de que acabe el día morirá en la caja de las Stan Smith forrada de algodones..., todo ello mientras saciamos el hambre. Es el lugar y el tiempo —casi siempre residual— durante el que los padres pueden ejercitar mínimamente su papel educativo. La prueba de esta función pedagógica de las comidas es que en mis tiempos, al no lograr ejercitarla en los temas importantes, los padres frustrados —es decir, mi madre— la proyectaban sobre los aspectos formales de cómo comportarse en la mesa: hay que lavarse las manos, los codos pegados al cuerpo, no beber mientras masticas, por favor nada de eructos. Objetivo secundario, pero tangible, el de enseñar buenos modales. En efecto, para nosotros que las soportábamos, las regañinas en la mesa por los malos modales parecían más objetivas, aunque eran igual de aburridas, que los sermones abstractos acerca de los valores de siempre, como la honestidad, la sinceridad y la higiene —para mi madre cada uno de ellos era «lo primero»—. A fin de confirmar esta función que cumple la comida en común, basta observar hoy en día el embarazoso comportamiento de los niños, que toquetean los alimentos y chacharean, señal de que sus padres han renunciado incluso a darles un barniz de educación formal, sucedáneo de la sustancial.

¿Por qué? Porque siendo conscientes de haber recibido una educación basada en formalidades hipócritas, han optado por no imitar el modelo con sus propios hijos, por amor a la sinceridad o por simple pereza. En otras palabras: si no puedo enseñar abiertamente a mi hijo o mi hija lo que es el bien —porque además, a los cuarenta años, todavía no lo sé, o no estoy muy seguro—, ¿qué más da que aprenda que antes de beber hay que limpiarse la boca con la servilleta?

De todas formas, cuando éramos pequeños —aunque tampoco tanto—, mi hermano y yo no comíamos con mis padres, sino sentados a una mesa baja con dos sillitas de plástico.

Los asesinos que cometieron el delito que me dispongo a contar también volvieron a cenar a casa con sus padres. Para que no se preocuparan. Cuando hacen una pausa en la tortura que están infligiendo a sus víctimas, comen delante del televisor. Al menos uno de ellos. No recuerdo en qué novela rusa —puede que en *Los señores Golovliov*— se habla de una casa donde se respetaba la regla de que el samovar «siempre debía hervir», y donde los miembros de la familia «ponían las piernas debajo de la mesa cinco veces al día», o quizá más, dada la gran cantidad de bollería, *early dinner* y tentempiés mencionados, el incesante picoteo de pepinillos, el continuo untar mantequilla sobre el pan. Es inútil añadir que esa familia tan unida y de sólidas costumbres alimenticias se desintegrará, destino que parece inevitable para todas las familias de las novelas. El grupo que entra en escena en el primer acto se disgregará antes de que caiga el telón en el tercero, esta es la ley de la narrativa. Lo repito: todas las novelas familiares son la historia de una neurosis. La desesperada necesidad de dar un sentido, propia de la novela, se cumple en las conclusiones que sacamos sobre nuestro pasado, proporcionando una excusa fantástica para cualquier cosa que pasó, pero también para las que todavía están por llegar. En el fondo, la literatura es un seguro de vida para abandonar el intento de construirse otra diferente, de crear otro yo, mejor o más valiente. ¿De qué me serviría si la literatura ya se encarga de sustituirme? Las novelas, ay, las novelas, soñar con los ojos abiertos, los mundos de «fantasía» —pero ¿cuánta tinta no se habrá derramado para celebrar la «fantasía», virtud casi inexistente en cualquier persona de valía?—, y a este personaje o a aquel otro, que de ahora en adelante será capaz de sustituirme, claro que sí, lo envío en mi lugar, ya se las arreglará mientras yo me eclipso. Es así como se plasma la frágil y estúpida máscara del carácter, «mi» carácter, un amasijo de banalidades sujetas con una cronología. Se dice que la literatura magnifica la vida, la engrandece, multiplicando los senderos transitables con la imaginación, como si a nuestras existencias se añadieran las de los personajes de los libros que hemos leído hasta formar una especie de tribu de fantasmas capaces de todo, de reemplazarlo todo...

De los mundos de fantasía se habla en las conferencias para convencer a los estudiantes de que lean algún libro.

Pero quizá el interés principal de las novelas, su fundamental o única razón de ser, es que en ellas existen mundos desaparecidos. O que pronto desaparecerán. Este motivo ya basta para que las novelas realistas se impongan sobre las puramente fantásticas —siempre y cuando existan de verdad—, pues el mundo de estas últimas, no habiendo existido jamás, no podrá desaparecer, es indestructible, lo cual, si bien parece una ventaja a largo plazo, en realidad sustrae a la lectura de ese conmovedor resplandor que desprende un universo en vías de extinción.

Lo verdaderamente maravilloso es lo que ya no existe.

Toda gran novela se vuelve incomprensible.

Y esta incomprensión sobrevenida nos engulle.

5

¿Qué más hacemos con ellas?
Nada.
Les hemos hecho todo lo que podíamos hacerles.
Del cerdo se aprovecha todo.
Se vuelven frías.
No logro imaginar nada más.
Ya no sirven de nada.
A mí me dan asco.
Ya daban asco antes.
Bueno, eso no es verdad. Son monas.
Ahora ya no.
Antes tampoco.
No las hemos escogido por su belleza.
Hay miles de chicas como esas dos. Roma está llena de ese tipo de chicas.
Por eso hemos elegido bien, porque hay muchas más iguales. No hemos acabado. Mañana podemos volver a empezar.

Desde el principio.
¡¿Desde el principio?!
¿No te apetece?
No creo que me gusten mucho.
No te gustan, ¿quiénes, esas dos?
Las mujeres. Las mujeres en general.
Bueno, acepta la idea de que no te gusten.
Si nos gustaran, no las trataríamos así.
Si las tratamos así es porque nos gustan.
Si no nos gustaran no iríamos a buscarlas...
Nosotros no las buscamos, las cazamos.
¿Eso cambia algo?
Cuando las veo así me dan ganas de ahogarlas.
Hoy lo has hecho.
¿Por qué de ahogarlas?
Para que se callen.
Pero aunque se callen, es como si hablaran.
Se quejan. O bien son engreídas. Engreídas y quejicas.
¡Y memas!
Muy memas.
¿Todas?
Todas. ¿Acaso conoces alguna que no lo sea?
Mmm... ¿a tu madre?
¿Mi madre? Mi madre no es mema, es una retrasada.
¡Si te oyera!
Ya me oye. ¿Qué te crees? Yo se lo digo a la cara.
¡Qué cabrón!
¿Qué le dices?
«Eres una fracasada. Una puta. Una retrasada.»
¿Le dices a tu madre que es una puta? No me lo creo.
Yo tampoco.
Vale, no es que se lo diga, pero se lo doy a entender, o sea, le doy a entender que lo pienso.
¿Que piensas qué?
Joder.

¿Qué te pasa?
Me siento hinchado. Y cuando me siento hinchado tengo que explotar.

6

Casi todas las familias se han convertido en burguesas, el modelo se ha difundido por contagio. Sin tener en cuenta las posibilidades económicas reales, hoy todas las familias son burguesas en sentido lato, o es más bien burguesa la iniciativa misma de formar una, sacarla adelante y protegerla, y también son burguesas las posibles maneras de deshacerla.

En todo caso, la pura y simple duración de la relación conyugal sigue siendo sinónimo de su éxito. Si ha durado era adecuada; si no, equivocada. Para llevar a cabo los objetivos que le son propios, cualesquiera que sean, una pareja necesita años, comprobaciones, intervalos y vueltas, períodos de incubación, costumbres, temporadas que se repiten, la lenta construcción de un pasado, variaciones infinitas sobre un tema querido, obstáculos, enfermedades, curaciones; en resumen, diacronía. Y fidelidad, entendida no en el sentido de exclusividad, sino de insistencia. Si uno desea la felicidad, por ejemplo, tiene que esperar, tener paciencia; no es que mientras tanto sea infeliz, no digo eso, sino que posiblemente y pasado el tiempo podrá darse cuenta de su felicidad, es decir, de lo feliz que ha sido en realidad. La infelicidad, al contrario, puede comprobarse de inmediato, no necesita que la dejemos decantar: existe, aquí y ahora. El tiempo proporciona un brillo retrospectivo, el momento se consuma con dolor absoluto. Pero hoy se desea, es más, se exige ser feliz, tenemos derecho, ahora, no el día de mañana, cuando miremos atrás...

No hay mejor argumento que la familia para inspirar y desatar la virulencia de escritores, pensadores e ideólogos; es igual que si tuviesen una cuenta abierta. Parece como si escribiendo contra ella, en general, se vengaran de la propia. La autobiografía, más o menos encubierta, tiñe y agita los ataques ideológicos. No existe un tema más adecuado para intoxicar el lenguaje: se habla contra padres, madres, cónyuges, hermanos e incluso hijos, ya, hijos, pero no tanto del odio de los padres hacia los hijos, sino que se prefiere dar la palabra a la previsible rebelión de los hijos contra los padres, a pesar de que el mito de Cronos es mucho más antiguo que el de Edipo.

La modernidad consiste en ese trasvase de resentimiento y en su legitimación, cuando se invierte el derecho a eliminar a la generación contigua. Antaño los padres poseían el incuestionable poder de vida y muerte sobre los hijos —«Tú nos vestiste con esta carne mísera / puedes quitárnosla»—;* desde la época de las revoluciones en adelante es sacrosanto lo contrario: los hijos son quienes ostentan el derecho a deshacerse de los padres. Pero, antes que todo, es la familia como estructura la que suscita desdén y tiene mala prensa. Novelistas, filósofos y psicoanalistas encuentran aceptación cuando ridiculizan los principios abstractos y los vicios concretos en que se apoya, y en un par de siglos han logrado, con la fuerza de sus argumentos, pero aún más con la del estilo —normalmente impregnado de crueldad, espíritu satírico, sutileza y, sobre todo, resentimiento—, invertir miles de años de celebración de las virtudes y la serenidad de la tristemente famosa institución. Había que destapar el nido de víboras, y quizá desde el romanticismo no exista un libro o un buen relato que no suene como un concreto *j'accuse*. La indiscutible obra maestra de este género es *La metamorfosis*, de Kafka, la historia de un joven que se transforma en un insecto, aunque tendemos a creer que ya lo era antes por el simple hecho de vivir en el angosto cubículo de una familia burguesa. El cuento empieza cuando la metamorfosis ya ha tenido lugar, pero debía de incubarla desde hacía mucho. Genial la idea de no escribir un prólogo y empezar directamente así, porque ya está todo claro...

Pertenecemos a nuestro tiempo de los pies a la cabeza, al rechazarlo le pertenecemos. Somos productos típicos, propiedades exclusivas de un tiempo que nos custodia celosamente.

* Versos de la *Divina comedia*. (N. de la T.)

En la época en que se desarrolla esta historia, la familia burguesa seguía en pie a pesar de que la campaña para liquidarla estuviera en su punto álgido. La muerte de la familia se profetizaba como inevitable y se defendía como justa. La mejor manera de destruir una institución es comprobar, con instrumentos que se suponen neutrales, su avanzado estado de crisis. Un cuerpo en descomposición no puede ser conservado, a menos que quiera soportarse el hedor de la putrefacción. La constatación sociológica y estadística acelera los procesos que estudia. Como la palabra «muerte» podía sonar melodramática y suscitar un poco de añoranza y remordimiento —a nadie le gusta ver cadáveres por ahí, con mayor razón porque había millones de ellos—, se usaba el eufemístico «superación». De acuerdo con una concepción histórico-clínica, la familia estaba superada. Contra eso hay poco que hacer, es inútil oponerse. Cuando tu televisor en blanco y negro, tu pantalla no plana, tu móvil, que no hace fotos ni nada de nada, y tu ordenador con poca memoria están «superados», lo único que puedes hacer es cambiarlos por otros. De todas formas, los modelos antiguos se retiran del mercado enseguida, y aunque uno tuviera veleidades de anticuario ni siquiera podría encontrarlos. Además, admitámoslo, no hay nada más latoso y esnob que aferrarse a esta posición. Si se propone una novedad con un perfil bien definido y defensores concretos, uno puede resistirse y luchar contra ella, pero si se presenta como una fuerza impersonal que actúa siguiendo la fatalidad, uno ya se siente poseído por ella, es decir, la hemos elegido sin darnos cuenta o, mejor aún, se ha impuesto, hemos sido elegidos, llamados por ella. Vivíamos como sonámbulos desde hacía tiempo y alguien, por fin, nos ha abierto los ojos. Es imposible resistirse a algo que pasa como una ola por encima de las cabezas de todos. Si lo hojeamos como si fuera una página de periódico, el siglo pasado está salpicado de esquelas. «Desconsolados...» Con un suspiro de alivio mal disimulado, se proclamó la muerte de la literatura, la de la novela, el declive del cine, el agotamiento del petróleo, el colapso de los valores, la desaparición del comunismo, el final de la historia... ¿Por qué no debía morir también la familia?

 El primer examen que hice en la universidad, unos pocos meses después de la MdC, trataba precisamente de estos temas: la crítica de la familia. Creo que la asignatura era filosofía moral, y bajo su manto se celebraban seminarios sobre temas muy diferentes, del *flower power* al lenguaje de los esquizofrénicos. Los esquizofrénicos se estudiaban mucho por aquel entonces, todo el mundo les tenía gran cariño, casi se los reverenciaba porque se consideraba que en su mente febril anidaba una fórmula revolucionaria. Al elegir aquel plan de estudios había descartado los programas de filosofía que comprendían a autores como Platón o Leibniz, que ya había estudiado con mucho esfuerzo con el hermano Gildo y me parecían poco actuales con respecto a los que proponían en el curso de filosofía moral, pertenecientes en su totalidad a la llamada antipsiquiatría, en que casi todos los autores coincidían en querer liquidar la incómoda, defectuosa, discriminatoria, patógena e improductiva institución familiar. Su fundador era el famoso Ronald Laing, autor de *El yo dividido* y *Nudos*, libros que iba a leer por las mañanas en la Piazza Siena. Los subrayaba minuciosamente. Dediqué gran parte de mi atención juvenil a temas que entonces estaban de moda: la literatura sudamericana, el rock progresivo, el arte conceptual... Es ahora cuando por desgracia no encuentro movimientos de actualidad a los que asociarme, señal quizá de que mi interés por la existencia está menguando. Recuerdo el maravilloso *sound* de época de aquellos libros como si fueran canciones de Pink Floyd: por ejemplo, me acuerdo de Cooper, el mítico David Cooper, que se disculpaba por verse obligado a usar en sus escritos palabras reaccionarias y arcaicas como «padre» y «madre». Se pensaba que los padres eran agentes de un engañoso y potente aparato represivo. Los padres: idiotas útiles o voluntariosos tiranos. El deseo de maternidad: retórico y falaz. El instinto paterno: autoritario. O que los locos fueran marginados de los que la burguesía —¡y dale, siempre de por medio!— se había liberado creando manicomios y encerrándolos en ellos a fin de poder dedicarse tranquilamente a sus asuntos. Los que obstaculicen la acumulación de capital, serán internados. Los que obstaculicen el paso, quitados de en medio. Los que alteren la paz de la familia, alejados e internados. En eso consiste el «tratamiento». Por aquel entonces circulaba la idea común de que solo los explotadores, los opresores, deseaban la paz, y de que esta era un concepto hipócrita en sí, una máscara conciliadora que se ponían para proteger sus intereses.

Yo también rechazaba la paz por principio y despreciaba a los pacificadores o, mejor dicho, los consideraba unos listillos, como los que en el Giulio Cesare intervenían para separarnos durante las peleas con palabras llenas de sentido común —a tomar por el culo su moderación; uno de ellos llegó a ministro y yo sigo aquí, enseñando el complemento directo y el complemento agente a los presos; qué curioso, ¿no?, el complemento agente, «el ladrón ha sido capturado por la policía».

Las familias eran organismos mortíferos, apenas recién nacidos se endosaba a los niños el nombre de un muerto. Un lastre que había que arrastrar. En el bautizo se ataban un vivo y un muerto, como hacían los nazis antes de arrojar a los judíos al Danubio, y el alambre era la tradición familiar..., ¡a tomar por el culo también la tradición si para respetarla me hubieran llamado GERVASO! Menos mal que mis padres fueron clementes, menos mal que en la estirpe albina de la que desciendo tenían su karma tan poco claro que se cambiaban el nombre por su cuenta; había un primo de mi abuelo que se llamaba Mario según el Registro Civil —un nombre de lo más normal, ¿no?— y que se hacía llamar Luigi, pero ¡¿por qué?!

Naces emparejado con un muerto. Así que durante el curso de tu educación tus padres preferirán cien veces más a un zombi dócil que a un hijo revoltoso; el niño existencialmente muerto recibe mil halagos y el revoltoso, castigos. «No existen niños malos..., solo existen niños indispuestos», decía el anuncio de una píldora laxante «con dulce sabor a ciruela». La maldad, como concepto moral, daba risa, y aún la daba más su contrario, la bondad. Los malos eran premiados. Rehabilitados. Elogiados públicamente. De chaval pasaron muchas cosas, nos pasaron a todos. Cosas que había que probar, cosas en que creer, contra las que luchar.

Como en toda época revolucionaria se hacía elogio de la infamia.

En el primer examen conocí a un chico que había aprobado con matrícula de honor. Entablamos conversación con una pregunta tonta por mi parte: «¿Estudias filosofía?», y no duró mucho.

—Sí, pero la filosofía me interesa relativamente. Quiero ser psiquiatra, aunque el término no me gusta demasiado.

—¿Qué término?
—El de psiquiatría.
—¿Por qué, tú cómo la llamas?
—No la llamo. Dar un nombre a las cosas o a los individuos es lo mismo que infligirles violencia.
—Infligirles... ¡¿violencia?!

El éxito duradero de la familia se debe sobre todo a la falta de otras opciones válidas. Como la *Settimana Enigmistica*, la revista de pasatiempos más famosa de Italia, que aunque cuenta con infinitas imitaciones, sigue funcionando mejor que la competencia, es decir, que sus sucedáneos, parodias o aplicaciones basadas en los mismos principios, pero a diferente escala, con los vicios y las virtudes que comporta. Abolida la familia, reaparecían intactos sus problemas, a menudo sin gozar ni siquiera de sus ventajas, o bien otros nuevos surgidos de su demolición. La fantasía de filósofos y políticos, de reformadores radicales y abolicionistas daba vida, en el mejor de los casos, a una colectivización que al principio quizá fue espontánea, pero a continuación adquirió sin duda el cariz innatural y forzado de las funciones obligatorias que cumple la pareja: amor, sexo, responsabilidad y educación de los hijos, transmisión de competencias, etcétera.

El mundo burgués es siempre un microcosmos, representa a la perfección el mundo entero. Y también lo es mi barrio, el de Trieste, un universo en miniatura: homogéneo, liso, carente de asideros, de refugios donde ampararse, siendo él mismo un refugio. ¿Cómo vas a esconderte si ya estás en un escondrijo? ¿Cómo evadirte de los demás si están encerrados contigo? En la penumbra, donde las cosas no son ni visibles y tampoco invisibles...

Es el síndrome de quien se siente prisionero de sus guardaespaldas, que deberían protegerle, pero que en realidad le agobian. ¡Cuántas veces oí quejarse a las señoras de la presencia de sus criadas! «¡Preferiría mil veces hacerlo todo sola que encontrármela en medio a cada momento!», dicen, cuando se sabe que como mucho aguantarían sin ella dos días y medio. Y por eso, aunque es cierto que suspiran de alivio en cuanto sale

porque tiene el día libre, hacen lo mismo cuando, por la noche, oyen girar la llave en la cerradura.
Se sienten abandonadas o atacadas de repente.

Otra obsesión del barrio de Trieste era la seguridad. Se había hecho lo posible para tener la certeza de disfrutar de una vida tranquila a costa de renunciar a cualquier novedad excitante. La existencia había sido pulida con esmero, privándola de cada aspereza que pudiera constituir una preocupación o un motivo de alegría —fuera, a pulirlo todo—. Las plegarias habían sido escuchadas. Cuando nací, hacía once años que había acabado la guerra. Nadie quería, ni remotamente, volver a pasar por las privaciones y el desánimo de aquellos tiempos pobres y peligrosos. El barrio había determinado su imagen y el bienestar lo impregnaba todo, de los edificios alrededor del parque Nemorense a las casitas de la Via Arno y la Via Reno. En los bloques del Viale Eritrea el flujo de dinero fresco bombeaba dentro de aquel envoltorio decoroso lo que le faltaba para adquirir respetabilidad. Sí, porque la honestidad, la dignidad, la cortesía y el trabajo son importantes hasta cierto punto, pero después hace falta dinero. Y, por fin, este no faltaba; no faltaba el jamón en la mesa, las lámparas de araña y el televisor enfrente de las butacas de piel sintética, impaciente por que lo sustituyeran por uno en color; es más, algunos ya lo tenían y disfrutaban de las incomparables «pruebas técnicas de transmisión» por las mañanas y las tardes. Yo iba a verlas a casa del que hoy es mi gestor, Riccardo Modiano, y también acudían Lodoli, Barnetta, Pilu, Puca y Rummo. A las tres nos reuníamos delante de un gran Philco negro...

En 1975 la Rai empezó con sus pruebas técnicas regulares de transmisión en color, con una programación especial que se sintonizaba dos veces al día en las franjas horarias de 10 a 11 y de 15 a 16. Se hicieron durante años. Casi sin quererlo, las «pruebas técnicas de transmisión» se convirtieron en parte de la historia de nuestra televisión. Parece increíble que un programa concebido por razones experimentales y con aquellas inquietantes voces femeninas en off, que repitiendo a intervalos regulares «Pruebas técnicas de transmisión», pudiera alcanzar semejante éxito, sobre todo entre los chavales de entonces. La estructura de dichas pruebas estaba articulada de la siguiente manera:

después de unos minutos de pantalla con rayas de colores acompañada de un pitido de frecuencia constante, empezaba la primera parte, que consistía en una secuencia de imágenes estáticas. Con las cálidas notas de la Sonata para cuerdas n.º 3 en do mayor *de Gioacchino Rossini de fondo, se veían las siguientes imágenes:*

- *elegante chica rubia en una cocina de los años sesenta;*
- *niño entre juguetes, con plumas de piel roja en la cabeza;*
- *flores de anturio, una roja y otra verde;*
- *señora de cabello oscuro que se maquilla, con pintalabios y vaporizador de perfume en un primer plano;*
- *chica con raqueta y pelota, vista a través de la red de una pista de tenis.*

Acabada la primera parte, seguían algunos minutos de la nueva carta de ajuste en color, y acto seguido empezaba la segunda, formada por varias grabaciones en secuencia:

- *señora que vuelve de la compra y prepara la comida en un plácido ambiente doméstico en el que suena una música refinada y relajante;*
- *taller de pintores que experimentan varias técnicas: acuarela, óleo, collage, carboncillo. La música de fondo es el adagio del* Concierto en re menor para oboe y orquesta op. 9 n.º 2 *de Albinoni;*
- *representante de telas que enseña a dos chicas guapísimas, una rubia y otra con rasgos orientales y el cabello estilo paje, un amplio muestrario de retales de raso. También en este caso un fondo musical de singular belleza: el* Nocturno en mi bemol mayor op. 9 n.º 2 *de Frédéric Chopin;*
- *la misma chica oriental pasea por un jardín de Roma admirando la policromía de las flores. Banda sonora: el conmovedor diálogo entre el cuerno inglés y la flauta travesera de la obertura de* Guillermo Tell *de Gioacchino Rossini;*
- *escena en el jardín zoológico de Roma acompañada de la obertura de* La urraca ladrona *de Gioacchino Rossini.*

Tras otro breve intermedio con la carta de ajuste Philips, la tercera parte cerraba las pruebas técnicas con la repetición de las imágenes de la primera, pero esta vez con música barroca de fondo. En aquella época, mucha gente veía a diario las pruebas de transmisión, en algunos casos dos veces al día, e incluso grabaron la banda sonora. El intenso deseo del color, la sensación de un futuro inminente altamente tecnológico, la belleza de la música, la delicadeza de las escenas, los detalles con mayor efecto cromático sabiamente destacados en las tomas y el continuo ejercicio de la fantasía por parte de los numerosos espectadores que todavía poseían la televisión en blanco y negro, pueden explicar por qué gustaban tanto estas pruebas.

Sería un golpe bajo propio de guionista, que monta las tomas en paralelo, decir que mientras estábamos allí, alegrándonos la vista con flores de colores, a pocos cientos de metros, personas a las que habíamos visto por la mañana en el colegio haciendo cola para comprar un trozo de pizza violaban y planeaban asesinatos.

La obsesión por la seguridad. Justo ahora que hemos superado las estrecheces y los horrores —porque la sensación de que ha pasado el peligro económico que domina el barrio de Trieste en aquella época, más que los ricos y despiadados, la experimentaban sobre todo personas del barrio que desde hacía poco ya no tenían que ajustarse el cinturón, que podían ahorrar algo, que se sentían por fin a salvo—, reaparece esa obsesión, bueno, no reaparece, porque en realidad esa clase de amenaza no había existido antes.

7

Lo que otorga un valor exclusivo al universo burgués no es más que un hechizo verbal cuyos efectos pueden desvanecerse de repente, como un filtro cuando se bebe el antídoto y la mirada se vuelve lúcida y cruel. Tomemos por ejemplo la Via Archimede, Vigna Clara o Vigna Stelluti: una hilera de fincas «regias» que de regio no tienen más que la clasificación otorgada a la zona por las agencias inmobiliarias; fincas definidas como «regias» de las que no emana ningún prestigio, residencias de lujo que de lujoso solo poseen espacios ampliados... Así, de repente, desgarrado el velo de la decencia verbal, puede presentarse el universo de la clase media a los ojos desconsolados de quienes querrían huir de ella, llegando a soñar con cambiarse por los que los envidian, bajar unos peldaños con tal de..., con tal..., pero no tienen la fuerza necesaria, ni el valor, ni unas ganas reales de hacerlo.

¡No! Nada de jugar, ni siquiera en broma, a hacerse los pobres.

Nada cabrea más al cabeza de familia que uno de sus hijos vaya por ahí vestido como un indigente, la farsa de la falsa pobreza es de un mal gusto ab-so-lu-to y, además, trae mala suerte porque hace alusión a una posible y desastrosa expulsión del Edén, por desgracia no tan improbable si los negocios familiares fueran mal. Incluso Eva, la pecadora desnuda, llora desilusionada cuando tiene que abandonar el paraíso terrenal, como una señora que, viéndose obligada a despedirse de su maravilloso ático malvendido para saldar las deudas, acaricia por última vez las flores y las plantas de su enorme terraza con vistas.

En el ascenso social hallamos confirmación de lo fácil que resulta acostumbrarse a la abundancia y las comodidades, y de lo insoportable que es —casi monstruoso— tener que renunciar a ellas. Fuerzas invencibles actúan sobre nuestros sentidos modificándolos mediante las costumbres: bastan pocos meses durmiendo en un colchón anatómico o conduciendo un Mercedes para que cualquier otra superficie sobre la que apoyar la espalda se nos antoje dura como una piedra. Mientras que el incremento del bienestar se advierte como algo natural, que se da por supuesto al cabo de poco, lo contrario se vive como un castigo, igual que una experiencia degradante, literalmente.

Quien ha sido indigente y tiene la suerte de ya no serlo, se pasa el resto de la vida aterrorizado por si vuelve esa época. Es una especie de pesadilla recurrente, y cuando no se trata de auténtico terror, asume el carácter de una soterrada, implícita amenaza oculta ejercida por los agentes más variados: el Estado, el gobierno, la Bolsa, los bancos, los ladrones, los estafadores, los chinos, los parientes despilfarradores, los hijos holgazanes...

Aunque en la época en que se desarrolla esta historia la miseria había sido erradicada en el barrio de Trieste, como la viruela o la polio, subsistía una especie de legado genético, latente, pero dispuesto a reavivarse y despertar el miedo de que volviera más virulenta y horrible que nunca. Vestirse con ropa ajada, vivir en una casa helada o ni siquiera tener casa...

En mi barrio era muy difícil toparse con personas que hubieran caído tan bajo, pero bastaba con dar un paseo para encontrar ejemplos: por mencionar uno, la Via Petralata —a menos de un kilómetro de mi casa— estaba llena de barracas. Quizá no de forma individual, pero en el espacio colectivo la pobreza siempre estaba desagradablemente cerca. Los habitantes del barrio de Trieste tenían tres maneras de afrontarla: compadeciendo a los pobres y ayudándolos, despreciándolos o haciéndoles caso omiso. Es decir, la beneficencia —casi siempre de índole católica—, la arrogancia o la indiferencia. Que el lector adivine cuál era la opción más practicada.

En resumen: el verdadero peligro, el mayor, no era el deshonor, sino la pobreza, deshonrosa en sí misma; no la pérdida de la dignidad, sino la del bienestar. El horror verdadero: ser pobre, volver a serlo en el caso de quien ya lo había sido, convertirse en pobre en el de quien nunca lo había sido. Pero en los años en que se desarrolla esta historia, a pesar de la crisis del petróleo, las coyunturas mundiales y la lucha política, que en Italia estaba volviéndose sanguinaria, esta era una posibilidad bastante remota y solo muy rara vez una familia burguesa debía volver a la casilla de salida en el Monopoly social, destino que hoy en día amenaza a la clase media europea en su conjunto. La imagen de la bajada infernal por debajo del umbral del bienestar o incluso de la supervivencia era solamente una pesadilla nocturna, un fantasma extravagante, que ahora, sin embargo, cobra cuerpo día a día en el caso de las generaciones actuales. A un cuarto de siglo para el final del milenio, Italia, Europa y Occidente, a pesar de haber sufrido crisis cíclicas, que en un segundo momento se revelarán de bajo alcance, vivían todavía la onda expansiva derivada de la posguerra, la escala móvil social empujaba hacia arriba y aún quedaban por delante unos abundantes veinte años de acumulación y despilfarro, de peligroso bienestar, con burbujas especulativas que de cuando en cuando explotaban aquí y allá, haciendo mucho ruido..., pero nada comparado con el declive actual.

La clase media, que desearía que la admiraran por la sensatez y la madurez de su modo de entender la vida, plácido y modesto, ajeno a los excesos, sigue teniendo en realidad un rasgo infantil, adolescente quizá, brusco, irritable e ingenuo, que consiste en desafiar las reglas que ella misma se ha obligado a respetar. No es verdad que, pase lo que pase, obedezca. Por una parte, es cierto, siente una angustiosa necesidad de seguridad. Pero por la otra, hace lo posible para escapar al orden que la tranquiliza. La aceptación incondicional del modelo prevé, como una especie de prueba de la validez del esquema que acepta, que este se ponga en cuestión repetidamente, igual que cuando se da golpecitos a un objeto con los nudillos para comprobar su solidez antes de comprarlo. Si el objeto resiste a nuestra violencia experimental, nos quedamos tranquilos; del mismo modo que los adolescentes solo se tranquilizan si los adultos reaccionan con firmeza a sus provocaciones. Sea como fuere, el orden que se pone en tela de juicio debe ser abolido y reconstruido de diferente manera a fin de afirmar la propia personalidad y demostrar la propia independencia. A menudo, al finalizar el proceso la reconstrucción resultará casi idéntica al orden cuestionado, pero lo que cuenta es haberlo transformado, al menos por un período, en desorden. Uniformarse y desobedecer, uniformarse y distinguirse, aceptar y negar, obedecer y rebelarse, es un movimiento incesante, como el de un corazón que palpita, hasta que la sangre deja de circular y la contradicción cesa. «Un orden violento es desorden», afirma el poeta, y «un gran desorden es un orden», a pesar de todo. Ese continuo hacer y deshacer recuerda a los procedimientos artísticos, es como para crear estilo, un cruce original entre tradición y desguace de la tradición. No puede ser lo uno o lo otro, debe ser ambas cosas a la vez.

Por otra parte, se sabe que todo hombre considerado civilizado e inofensivo puede revelarse capaz de acciones que no son más que réplicas de las de sus antepasados, acciones hostiles y crueles.

Abandonando la indolente ritualidad y los largos plazos del estudio y el trabajo, de la vida doméstica, buscar atajos para aferrar «de un solo golpe» los resultados de estos procedimientos lentísimos, es decir, para obtener dinero, sexo, buena vida y reconocimiento. Digan lo que digan los biempensantes, por más que tuerzan el gesto, el crimen es un poderoso propulsor de reconocimiento social y, en efecto, se practica con el fin de obtener respeto. El poder y la riqueza infunden respeto, la fuerza genera respeto, la violencia ejercitada o velada infunde respeto, que es un sentimiento en el fondo parecido al temor reverencial y que en todo caso impone una distancia. «Infundir»: grabar, imbuir, inculcar, infiltrar, instilar...

Los más acérrimos enemigos de la familia son, en primer lugar, el sarro —una amenaza que se cierne, como los bárbaros que presionan en las fronteras del imperio— y, por consiguiente, las caries, el mal aliento, el sudor, el mal olor de los pies y de las zapatillas deportivas de los adolescentes, la caspa, el vello superfluo, es decir, los desperdicios y residuos de las partes íntimas, los desechos de la incesante labor del cuerpo, detalles sobre cuya repugnante existencia nos martillea la publicidad sin cesar para alarmar a los miembros de la familia en cuanto asoman la nariz fuera de casa.

Mal asunto si todas estas cosas no las remediaran los correctivos que ofrece el mercado.

8

¿Te apetece un helado?
¿Un helado?
Sí, un cucurucho.
No, no me apetece.
¿Prefieres una tarrina?
Vamos, qué te apetece.
No, no me apetece, pero vale, tomemos un helado. Lo que queráis.
A mí me da lo mismo.

¿Dónde?
Donde siempre, en el sitio de los helados.
Sí, vale, pero ¿cuál?
El de la plaza.
El de la plaza, ¿no?
Ah, ese.
¿Todavía te apetece un helado?
¿A mí? A mí no me apetece. Ya os lo he dicho, ¿no?
Entonces...
Vamos de todas maneras.
Me siento hinchado. Y cuando me siento hinchado tengo que explotar.

9

Familias, os odio. Pues sí, querido lector, si te has hartado de este tema pasa al siguiente, decisivo capítulo. Te comprendo, te perdono y espero que también me perdones. Te envidio un poco. Es una lástima, porque quizá valdría la pena hacer un par de reflexiones —no de mi cosecha; en este libro yo solo pongo la levadura—. Pero siempre te queda la opción de saltarte estas páginas y volver a ellas en otro momento, cuando hayas acabado el libro; retroceder o seguir adelante, adelante, si te aburres, si no te gusta, ni siquiera un poco, dejarte torturar.

Es un problema que carece de voz. No tiene forma ni figura. En el núcleo de la vida familiar hay algo innombrable, un secreto que no tiene por qué ocultar a la fuerza detalles inoportunos o repugnantes —niños víctimas de abusos, maltrato a sus madres, dudosas paternidades, herencias robadas, terribles mentiras...—, puesto que es la cotidianidad doméstica misma, incluso cuando resulta maravillosamente tranquila, la que constituye un enigma. La quietud no es menos indescifrable que el horror, quizá todavía lo sea más. El horror tal vez aflore a la superficie y explote, dando lugar a una confesión o una acusación, a una venganza, pero la quietud es en sí misma una superficie tranquila, levemente ondulada... ¿Cómo podría estallar contra sí misma?

No puede escaparse de la quietud.

Las víctimas de esta manifiestan síntomas muy típicos. Por una parte, desgana, poco apetito por la vida, inquietud inmotivada, humor melancólico que difícilmente desemboca en una verdadera crisis, pero, por la otra, una felicidad serena, satisfacción y tranquilidad, que tienen poco que declarar. Además, ¿a quién? ¿Quién estaría interesado en escuchar una historia tan inasequible? ¿Quién la entendería? ¿Quién, aun comprendiéndola, no sentiría una envidia tan profunda que se convertiría en odio o desprecio, como si las personas serenas lo fueran porque se conforman, porque han alcanzado la paz a precio de saldo? O bien, al contrario, si alguien viviera en primera persona la misma felicidad, ¿por qué debería interesarle que le explicaran lo que ya tiene?

No es verdad que todas las familias felices se parecen, como se dice al comienzo de una famosa novela. Quizá esta apariencia de uniformidad se deba al desinterés que tales situaciones, en realidad todas diferentes entre ellas, suscitan hasta hacer que todas parezcan iguales.

Entre mis coetáneos no conozco a casi nadie en cuyos recuerdos no haya una madre deprimida, víctima de inexplicables migrañas, sometida a tratamientos del sueño y otras terapias, que no quiere levantarse de la cama o salir de su habitación durante las largas y tenebrosas tardes invernales. Una madre de busto modelado que suspira desde lo más profundo de su ser como si inhalara opio, mientras se elevan espirales de humo de las tazas de té que toma en el salón con su suegra o las visitas. Al hojear sus álbumes de fotos, esas elegantes y jóvenes señoras, casi siempre guapísimas, traslucen una tristeza irreprimible, sus miradas perfiladas con lápiz de ojos fijan el mar gris, el perfil de los Alpes, los momentos bonitos que, sin embargo, aparecen estáticos, demasiado conmovedores, casi dolorosos, sobre todo teniendo en cuenta que al fin y al cabo estaban de vacaciones, no en una guerra. Sus peinados se parecen.

¿Cuál es el público adecuado para lucir el brillo de la cubertería de plata? ¿Quién tomará nota de la pulcritud de muebles y estanterías? Años atrás eran ejércitos de parientes, tías, abuelas y primas, que en la actualidad se han reducido tanto en el número como en la frecuencia de las visitas. Su juicio ha ido haciéndose cada vez menos vinculante y muchos invitados agradecerían sinceramente que se abolieran estos últimos eventos demostrativos. Navidades, cumpleaños, comuniones y confirmaciones; ¿sigue celebrándose la confirmación hoy en día? ¿Cuál es la consecuencia de todo ello? Que la plata permanece sepultada en viejas maletas guardadas en el trastero, como si fuera el botín de un robo —en cierto sentido lo es—, los muebles están llenos de marcas de dedos, las camisas están mal planchadas, los cubiertos son de plástico, los niños unos salvajes y la gente está más frustrada que antes, mujeres a la cabeza, dado que serán ellas quienes carguen con estas tareas suplementarias que se añadirán al trabajo, conquistado como un derecho, en vez de rechazado como una condena.

En las familias en que la madre se había dedicado en exclusiva a cuidar de sus hijos, cuando estos crecían y se emancipaban ella entraba en crisis, tanto de afecto como de motivaciones. ¿A qué podía dedicarse? El mejor modo para seguir manteniéndola ocupada era darle disgustos, no dejarla dormir por las noches, apenarla. Como niños difíciles, también los criminales del delito cometido en una villa del acantilado les dieron mucho trabajo a sus familias, a una edad en la que normalmente se deja de dar. La madre de uno, que va a limpiar después de las torturas, como quien limpia tras una fiesta de cumpleaños; el padre de otro, que soborna a unos policías penitenciarios. En serio, esos padres tuvieron que hacer horas extraordinarias y seguir cuidando de sus vástagos toda la vida, pagar propinas y minutas, abrir cuentas corrientes nominativas, sobornar a funcionarios, contratar a peritos, generar documentos, hacer impacientes llamadas al extranjero, igual que si en verano enviaran a sus hijos a estudiar inglés a Oxford.

¿Cómo abrirse camino en el mundo? La mejor manera era siguiendo las instrucciones de los padres, que poseían las fórmulas justas. Era suficiente con aplicarlas. Después el mundo empezó a acelerarse. Poco a poco sus competencias se volvieron discutibles; su experiencia y sus gustos, anticuados. Un hijo, aún obediente, se debatía entre aceptar nociones —técnicas, pero también morales— casi inservibles impartidas por sus padres o asumir otras más recientes que estaban en abierto conflicto con las primeras. Por su parte, los padres, mejor informados, veían con malestar que sus conocimientos se habían quedado vacíos de significado. Por más que algunos de estos siguieran pareciendo correctos, en abstracto, ¿cómo podían transmitírselos a sus hijos con toda sinceridad? Habría sido como obligarles a estudiar geografía en un atlas con las fronteras de 1989, 1939 y 1914. Los padres se convirtieron, de repente, en personajes decimonónicos. El efecto retroactivo los arrojó violentamente en brazos de sus abuelos. Y se encontraron —y siguen encontrándose— en la misma condición del emigrante cuyos hijos conocen el idioma y las costumbres del país donde viven mucho mejor que él. Se convirtieron en inadaptados crónicos, dignos de compasión. En consecuencia, de manera trágica, ridícula y tiernamente conmovedora a la vez, el buen padre tiene que renunciar a transmitir ideales y comportamientos —sobre los que ha basado toda su vida— para evitar que sus hijos sean unos inadaptados. Sus ideas siguen siendo válidas solo para él, las abrazará mientras viva, pero no podrá profesarlas abiertamente ni enseñarlas. Para ser un buen padre hay que dejar de comportarse como tal, sencillamente. Así sea; en nombre del sentido común y del amor paternal ya no daré más lecciones sobre una asignatura que, en el fondo, tampoco conozco tan bien: la vida. Eso es lo que piensa el buen padre que a estas alturas se ha hecho tan pequeño que casi ha desaparecido del horizonte. Pero cuidado, ser padres débiles no significa en absoluto ser poco importantes, pues en la vida siempre resultan decisivas, además de las nuestras, las debilidades de los demás. Si antes los hijos estaban sometidos a la fuerza, ahora dependen de la debilidad. Una correa de seda es tan difícil de romper como una cadena de acero. A partir de la época en que se desarrolla esta historia, empezó a perfilarse una ley implacable que marcaba las nuevas relaciones entre padres e hijos: menos prestigio = más afecto. Menos autoridad = más amor. Gran número de padres y madres pensaron entonces: bien, dado que ya no me creen, temen o respetan, más vale que me quieran. No haré nada que pueda poner en peligro el amor que mis hijos sienten por mí. Yo mismo me pongo como ejemplo. Muchos, diría que casi todos, de los errores que cometí en la educación de mis hijos se debieron a esta angustiosa y algo cobarde necesidad de afecto, a mi deserción de los deberes desagradables paternos para garantizarme reconocimiento, benevolencia y simpatía por parte de mis hijos. «En el fondo soy un buen padre..., la prueba está en que me quieren.» El padre, en resumidas cuentas, como una especie de abuelo indulgente y comprensivo, porque en el fondo es irresponsable, igual que un hermano mayor.

En vez de en un sistema de deberes y obligaciones recíprocos, la relación entre generaciones se convirtió en un juego de chantajes sentimentales.

Mi generación se encontró a caballo entre la influencia de una autoridad parental en declive, pero todavía fuerte y en absoluto dispuesta a perder sus prerrogativas, y el dominio creciente ejercido por la moda, por el mercado de los gustos y los comportamientos y por el consumismo como única manera de relacionarse con el mundo. Puede que durante ese interregno fuéramos más libres —los nuevos dioses todavía no habían ocupado el trono de los anteriores— o quizá servimos a dos amos en vez de solo a uno, como había hecho la generación anterior, aún subordinada del todo a la familia, o como haría la siguiente, enteramente al servicio del mercado. Sin amos reconocidos o doblemente sometidos. Todo el asunto de este libro se resume en esta pregunta: ¿cómo de libres éramos? ¿Libres de qué? ¿Libres de hacer qué? Muchos de nosotros vivimos retazos de la opresión familiar a la antigua, mezclados o alternados con una permisividad que todavía era fruto de convicciones concretas de nuestros padres, y no de su agotamiento, de la extenuación de sus energías mentales o de una estrecha costumbre. Hoy en día, para ser moderno y abierto con tus hijos es suficiente con pasar de ellos. Ya está. Me refiero a que entonces la libertad todavía tenía un precio, no era material sobrante, ni un efecto secundario. Se conquistaba con tirones bruscos, se concedía con aperturas pioneras, iniciativas de reformador orgulloso de haber puesto en marcha el cambio. En resumen, tanto para comportarse tozudamente a la antigua como para instaurar relaciones más libres en la familia, los padres tenían que empeñarse a conciencia, echarle mucha convicción. No existía ninguna tendencia definitiva que seguir. Las flechas de la moral iban en todas las direcciones: una rosa de los vientos.

Ahora, sin embargo, la libertad es como una de esas playas inmensas del Atlántico cuando la marea se retira y deja la arena tachonada de desechos; y esa extensión se te ofrece sin que hayas hecho nada para ganártela, pero tampoco podrás retenerla cuando el mar la recupere.

Si no quiere ser arbitraria y represiva, la autoridad debe basarse en la sensatez y el afecto, pero de este modo se anula el principio mismo de autoridad.

La idea, en apariencia razonable, de que la sensatez es automáticamente aceptada y asumida por todos es muy ingenua.

Mi generación se ha mofado de la palabra y del concepto de obediencia.

Obedecer significaba volverse ridículo, mezquino, patético.

Lo que durante siglos había sido considerado un valor y seguía siendo propuesto como tal, para nosotros era una práctica humillante.

Nos desagradaba profundamente la perspectiva de que tarde o temprano deberíamos hacer el servicio militar.

Y que allí, en el cuartel, nos veríamos obligados a obedecer.

Órdenes e instrucciones carentes de sentido, como cambiar de sitio unos sacos en el patio, daban la medida del concepto.

No existía nada más injusto que una orden.

Cada palabra impuesta debía ser rebatida.

Reverenciábamos y adorábamos a todo aquel que se había negado a obedecer: rebeldes, revolucionarios, anarquistas, objetores de conciencia, bandidos, *cangaceiros*, los que nunca se ponen de rodillas y no bajan la cabeza.

Pero nosotros la bajábamos.

Obedecíamos.

Obedecíamos en el colegio, en casa y el sábado con los amigos, a leyes no escritas, pero no por eso menos vinculantes.

Yo, que me considero un tipo independiente, lo cual me enorgullece tontamente, en realidad en toda mi vida no he hecho más que obedecer las reglas que se tejían a mi alrededor como una tela de araña invisible pero sólida; es más, ha habido momentos en que me he aferrado a ella como si fuera una red de seguridad, o quizá era yo la araña que segregaba aquellas normas, las producía y caminaba por encima, las respetaba porque me protegían, y si las hubiera roto me habría precipitado en el vacío.

Y entretanto, ¡cómo despreciábamos a los obedientes! Soldados, monjes, funcionarios, lacayos, criados —que al final, en realidad, desobedecen casi siempre.

Si hoy hiciéramos una breve investigación bibliográfica, descubriríamos que el término «obediencia» aparece solo en las publicaciones religiosas. Se obedece, o mejor dicho, se debería obedecer a Dios y a las autoridades que lo representan en la tierra. La Iglesia es la última institución terrenal que pretende seriamente que la obedezcan.

La educación burguesa consistía en obedecer no a los demás, sino a uno mismo, a leyes que uno se impone por su cuenta. Te las enseñan en la familia, es cierto, pero después continúas respetándolas y acabas por predicarlas porque te convences de que no hay nada mejor; es difícil no estar de acuerdo acerca de que no existe una forma más sofisticada de civilización que la que enseña a reducir al mínimo las ocasiones desagradables, a evitárselas a los demás y a uno mismo. Palabrotas, bostezos, menciones a heces y orina, arrogancia, groserías, molestias. A este nivel, las molestias pueden ser incluso más insoportables que la maldad, pues, como dictan los buenos modales, hay que soportarlas cotidiana y repetidamente, causando un fastidio mínimo que se convierte en grande por acumulación, del mismo modo que las pequeñas virtudes acaban por ser más beneficiosas que las grandes porque se aplican mucho más a menudo. Desde un punto de vista estadístico, la picadura de los mosquitos es mucho más fastidiosa que el improbable mordisco de un león, así que es mejor tener a mano un insecticida que una escopeta. El número supera al peso. La educación burguesa se funda sobre este sabio lema, por lo que no podemos quejarnos si se ocupa casi en exclusiva de los detalles, pues su universo es el de los mosquitos y los tábanos, no el de los tigres y los leones con los que jamás te topas en tu vida. A diario nos llaman por teléfono pelmazos, no asesinos. ¿Cuántas veces uno tiene ocasión de mostrar la propia valentía en la vida burguesa moderna? El valor es una virtud que se aplica a circunstancias raras y excepcionales. No sabría decir si las personas que conozco —lo que también vale para mí mismo— son valientes o cobardes, pues nunca las he visto en circunstancias que las pusieran a prueba; solo puedo suponer, proyectando en escenarios dramáticos donde sería necesario demostrar en serio quiénes son y de qué son capaces, la actitud que adoptarán en circunstancias bastante menos significativas, como las que ofrece la vida común. Hay que hacer conjeturas acerca de circunstancias que la existencia normal excluye o vuelve improbables. Mientras que en la Antigüedad un hombre debía poseer cierto valor para desplazarse de Roma a Tivoli, o para cruzar un río o un bosque, hoy en día solo alguien víctima de circunstancias muy desafortunadas puede descubrir lo que hay en el fondo de su corazón, y hay quien se pasa la vida entera sin lograr saberlo. Desconociéndose a sí mismo. Así pues, el término y el concepto mismo de «valor» se reducen a un ámbito casi de ficción novelesca, convirtiéndose en cartón piedra, igual que el velero del Corsario Negro, quedan rematados en metáforas como «¡Hay que tener valor para ponerse esa falda!» o se circunscriben a un suceso muy concreto y terriblemente común, es decir, la forma en que los enfermos se enfrentan a la enfermedad, vista como un enemigo contra el que hay que luchar, todavía más astuto porque viene de dentro, cuando en todo caso serían más adecuadas palabras como «firmeza» o «paciencia». Y si la vida no ofrece ocasiones para ponerse a prueba, estas se producen *in vitro*, en el laboratorio, o se buscan pertinentemente lanzándose por un precipicio atado a una cuerda, etcétera.

Así que, aunque uno fuera valiente, no tiene ocasión de saberlo, y somos los primeros que nos sorprendemos cuando reaccionamos prontamente ante una emergencia. Tras haberla superado, miramos alrededor llenos de asombro. ¿Era yo quien se ha arrojado al agua? ¿El que le ha plantado cara a ese energúmeno y a sus amigos? Caray, me las he apañado... De repente descubrimos que somos intrépidos y audaces, y a lo mejor estamos deseando volver a usar esa virtud y sentir la emoción, la descarga instintiva, que nos provoca; el hecho es que no sabemos bien cómo hacerlo ni dónde, por lo que nos vemos obligados a recrear adrede las condiciones, poniéndonos en peligro o poniendo en peligro a los demás. Es difícil distinguir entre el valor y la inconsciencia, la autolesión o la pura imbecilidad, los límites no están tan claros. Una sutil idiotez se insinúa en todas las hazañas, que difícilmente se llevarían a cabo sin ella, lo cual es muy diferente del caso en que la idiotez es el único motor de la acción. Esto también explica por qué muchas acciones peligrosas las realizan personas absolutamente estúpidas y por qué en ciertos grupos violentos el líder es un perfecto psicópata que, careciendo de algunas funciones de control, se atreve a hacer cosas ante las que los demás vacilan. Me he preguntado muchas veces si alguien que carece de frenos inhibitorios es un discapacitado o un ser superior, es decir, si tiene algo de más o de menos con respecto a los demás. Hay al mismo tiempo una grandeza singular y una profunda miseria en no detenerse jamás ante nada, ante ningún acto ni intención. Atreverse siempre puede agudizar los pensamientos e impulsarlos cada vez más lejos hasta hacerlos indistinguibles; superados los límites convencionales es difícil fijar otros que no sean a su vez superables, te mueves en un terreno ilimitado de factibilidad, cualquier iniciativa nueva queda superada al instante y por eso te ves obligado a intensificar cada exceso mental y físico: hay que hacer, decir o pensar cosas titánicas, ultrajantes, monstruosas, gloriosas, infames, que, sin embargo, nunca son lo bastante monstruosas ni gloriosas. Eso es precisamente un héroe. Ese es su delirio. Su capacidad de producir salvación y violencia es inagotable, tanto que ambas cosas son equivalentes, como la punta de la lanza de Aquiles, que hiere y cura a la vez.

A la moral burguesa no le compete gestionar eventos extraordinarios, no precisa, pues, de las cualidades que se necesitan para afrontarlos. Dice un proverbio que al mercado se va con calderilla, no con lingotes de oro. El valor no está contemplado en este manual. La amabilidad, sí, y también otras virtudes sin duda poco vistosas, como el encanto y la discreción, que empleamos muchas veces durante el día. Conciernen a un gran número de las personas que nos rodean, con tanta frecuencia que establecen una honda diferencia en nuestras vidas. Sin ellas la vida sería pura barbarie. Una persona descortés o antipática tiene un montón de ocasiones para amargarnos la existencia, mientras que a una verdaderamente mala, a pesar de que los efectos de dicha maldad serían mucho más graves y dolorosos, se le ofrecen en realidad muy pocas. Podría hacernos mucho daño, es cierto, pero basta con evitar esas raras ocasiones para estar a salvo. Por lo visto, no había muchos leones preparados para devorar a alguien en el barrio de Trieste, y no podía haberlos. En consecuencia, de lo que se trataba era de tener controlados a los mosquitos. La educación se basaba en el eufemismo, la moderación y la uniformidad. En las conversaciones había que evitar las vulgaridades, obviamente, pero también los temas provocadores, profundos o impactantes; la conversación sirve para ratificar la pertenencia al grupo, no para discutir. No debía señalarse a las personas de quienes se hablaba, y menos aún burlarse de los defectos físicos de los demás. En la mesa estaba prohibido desperezarse, bostezar, silbar, cantar o rascarse. Cuando te ofrecían la bandeja sin haberla pedido, había que servirse moderadamente y pasarla a los otros. Los modales se aplicaban a lo que había y a lo que no había que hacer, a lo que se decía y, sobre todo, a lo que se callaba. La lista de palabras y frases impropias variaba en cada familia. En mi casa se consideraba de mala educación incluso decir «Qué asco»; en efecto, para nosotros fue un alivio descubrir, durante un viaje con nuestros padres, que existe una villa del Renacimiento que se llama Schifanoia.* La visitamos: era maravillosa. A partir de ese día ya no tuvo sentido prohibirnos una palabra tan culta.

Esta educación, más bien severa, daba pie a ser rebatida punto por punto, es decir, a una contraeducación basada exclusivamente en pedos, eructos, un testarudo uso del lenguaje obsceno practicado con fines de catalogación, gestos soeces, cancioncillas indecentes e irreverentes, procacidades y blasfemias, estas últimas menos frecuentes, pero que estallaban con singular voluptuosidad en el colegio de curas.

Recuerdo a un chico de bachillerato elemental, Puca, que blasfemaba después de comulgar. Se ponía en fila, regresaba a su sitio con paso lento y compungido, se arrodillaba en el banco, con la cabeza gacha y las manos unidas, y con la hostia aún en la boca empezaba a murmurar maldiciones que yo oía. Le encantaba hacerlo, a saber por qué...

En el colegio se difundía a diario una nueva cancioncilla blasfema.

---

* Algo así como «Asquerosa». *(N. de la T.)*

Se ha celebrado el Gran Premio del Gólgota: primer clasificado, Jesús con Barabám; segundo Judas con Matra Icionado; y en tercer lugar, Poncio Piloto.

(Brabham: famosa escudería de Fórmula Uno fundada por el as del volante Jack Brabham; Matra: grupo motorista que también fabricó coches de carreras; con él, el piloto Jackie Stewart ganó el Campeonato del Mundo en 1969.)

Sí, nos gustaba alterar todo lo bueno, justo, sagrado y decente que nos habían enseñado: los buenos modales, empezando por el lenguaje. En el colegio nos desfogábamos con una vulgaridad embriagadora.

¿Cuál es la ley de Gay-Lussac?
Polla en el culo que hace met-sac.
¿Y la ley de Lavoisier?
Polla en el culo, adiós churumbel.

La diosa Kali
comía arroz
y cagaba suplí.

Sube y baja la marea
y Sandokán tiene diarrea.

10

Hacia las once de la noche del 30 de septiembre de 1975, un vecino del Viale Pola número 5 —a doscientos metros de donde vivo— ve desde la ventana de su casa a dos chicos maniobrar para aparcar un Fiat 127 en la calle comunitaria, bajar del coche, hablar animadamente y alejarse.

Más tarde, bien entrada la noche, su madre le despierta para decirle que ha oído ruidos en la calle. Se asoma de nuevo a la ventana y ve que el maletero del 127 está vibrando, vibra desde el interior, como si alguien lo aporreara desde dentro.

Lo primero que hace es llamar a la policía, después baja a la calle y se acerca al coche.

Pregunta quién hay ahí.

Le responde la voz de una chica: «Me han encerrado los mismos que han raptado a Bulgari..., estoy herida y abrazada a una muerta». Y después: «Abre, no puedo más...».

Mientras tanto, otro vecino de la finca también ha bajado a la calle.

«¡No te vayas, siguen por aquí cerca!»

Al poco llega la policía. Fuerza el maletero del que proceden los gemidos y las llamadas de socorro.

Dentro había un objeto de grandes dimensiones envuelto en una manta y, detrás, encajada contra el asiento posterior, una chica herida que gemía. A la policía le costó comprender lo que decía y sacarla del maletero, medio desnuda y ensangrentada. Hasta que estuvo casi fuera del todo no se dieron cuenta de que allí dentro había dos personas, que el objeto tapado por la manta era el cuerpo, desnudo y sin vida, de otra chica. Sacaron el cadáver y lo depositaron en el asfalto tras haberle quitado el celofán que los asesinos habían usado para transportarlo.

Dos de ellos fueron detenidos de inmediato. Merodeaban a pie por el barrio y no supieron justificar su presencia en la calle a aquellas horas de la noche. Vivían, por decirlo así, a la vuelta de la esquina, muy cerca de la Via Pola, uno en la Via Capodistria, la calle paralela, otra travesía de la Via Nomentana, y el otro en la Via Tolmino. Por pura coincidencia, uno fue arrestado debajo de la casa del otro, donde la policía se había dirigido en busca del padre, que resultó ser el dueño del Fiat 127. Le preguntaron por su hijo, que naturalmente no estaba en casa, y después, cuando ya se iban, justo en el patio de la finca de la Via Capodistria, pillaron a su cómplice.

El otro también fue avistado en los alrededores por un guardia nocturno que hacía la ronda. Cuando le pidió explicaciones, se dio a la fuga y el guardia disparó al aire para llamar la atención de los agentes de policía que ya pululaban por el barrio de Trieste tras el hallazgo de las chicas en el maletero. La persecución fue larga y el vigilante ya no podía correr más cuando, sin aliento, le dio el alto al fugitivo: «¡Quieto o disparo!». Él se detuvo y se apoyó contra una pared, también agotado. Mientras el guardia le alcanzaba sin dejar de apuntarle con el arma, dijo: «¡Yo no he sido, yo no he matado a las chicas!».

Al tercer responsable del delito nunca lo cogerán.

Los hechos, aparentemente simples, son sin embargo complejos. No es tan sencillo narrarlos teniendo en cuenta que, además de las dos víctimas y los tres culpables, involucran a un buen número de personajes secundarios que, uno tras otro o en parejas, entran y salen de la escena de forma bastante casual, sin que resulte del todo claro cuál es su papel y sin que justifiquen, sobre todo, sus desplazamientos que, trazados sobre un mapa que tuviera el barrio de Trieste como centro, acabarían entretejiendo un densa red sobre él. El trasiego de esa noche, la que va del 30 de septiembre al 1 de octubre de 1975, en el Viale Pola —una bonita callecita sombreada que parece cualquier cosa menos una avenida, pues tiene una única calzada, y que hasta ese momento solo se conocía por la presencia de la universidad privada más famosa de Roma, que ocupaba un buen trecho—, revela una frecuencia asombrosa, parecida a la fibrilación de un sismógrafo. En esa estrecha avenida viven dos de esos personajes secundarios, que al principio estarán involucrados en las investigaciones, serán interrogados, etcétera. Además, es difícil afirmar con honestidad, tratándose de estos hechos, dónde empiezan y dónde acaban exactamente. Intentaré ayudarme con abreviaciones, omisiones y simplificaciones.

Retrocedamos un poco, hasta cinco días antes, al jueves 25 de septiembre, cuando, delante del cine Empire —en el Viale Regina Margherita, extremo sur del barrio de Trieste—, dos chicas aceptan subirse al coche de un joven que se presenta como Carlo, lo cual no es cierto, pues su verdadero nombre es Gian Pietro. Amable, caballeroso, las acompaña a la estación Termini, donde podrán coger el metro para el barrio EUR. De las dos chicas, solo una, la de pelo rizado —D. C.—, acabará medio muerta dentro del maletero del Fiat 127; y el que se hace llamar Carlo —el mismo que le había roto las gafas a mi compañero de clase Marco Lodoli—, después de ser arrestado justo tras el hallazgo del coche, será exculpado. En resumen, de las tres personas que aparecen al principio de la historia, solo una acabará en la villa de las torturas que las crónicas hicieron famosa.

Dos días después, el sábado 27 de septiembre, el chico que dice llamarse Carlo telefonea a D. C. y le propone quedar en un lugar tan típico y característico de aquella época que fue inmortalizado en películas y series de televisión, pero que ahora no me atrevería a decir que siga siendo tan popular y frecuentado. Se encuentra en los aledaños del barrio EUR, en sus límites, es más, por muchos aspectos ya está fuera de la ciudad, donde se nota la cercanía del mar y la luz es diferente, limpia, ventosa; lo llaman el Fungo* porque es una torre que se ensancha en su parte superior en un gran anillo que parece el sombrero de una seta y que alberga un restaurante panorámico. Un precursor a escala reducida, pero en todo caso espectacular, del famoso Landmark de Las Vegas, el que los extraterrestres hacen saltar por los aires en *Mars Attack!* Histórico lugar de encuentro de fascistas de verdad y de fascistoides de poca monta, o de gente que podía definirse así solo por su lenguaje y su actitud, o bien de quien hacía una parada allí para encontrarse con sus amigos antes de seguir hacia Ostia a bañarse en la playa. D. C. no se presentó a la cita acompañada por la amiga de dos días antes, Nadia, que tenía otra cosa que hacer —estaba en el parque de atracciones con dos amigas—, sino con otra chica, una sustituta, llamémosla así, la desafortunada R. L., que acabará cadáver sobre el asfalto del Viale Pola. «Carlo» —de nuevo te recuerdo, lector, por si fuera necesario, que no le he cambiado yo el nombre por prudencia, sino que él, desde el principio, facilitó estos datos personales falsos, cosa que no le resultará fácil justificar ante la policía: «Lo hice sin pensar, sin un motivo concreto...»— se presentó con un chico al que llamaré Subdued y con Angelo, que por lo visto se había unido al grupo por casualidad al encontrarse con el tal Carlo en el Piaz-

---

* La Seta. *(N. de la T.)*

zale delle Muse. Media hora de charla en el Fungo y una nueva cita para el lunes siguiente delante del cine Ambassade, siempre en la zona del barrio EUR. Siendo ellos tres chicos, para ser pares, quedan en que ellas recuperarán a Nadia, la amiga del cine Empire.

Pero el lunes «Carlo» tiene que estudiar con un compañero de la universidad y después ir a clase de análisis, así que no se presenta a la cita, a la que sí acuden Angelo y Subdued. Descubren que las chicas son solo dos, las mismas con quienes tomaron el aperitivo en el Fungo, pues Nadia tampoco ha podido venir esta vez porque se encuentra mal. Nadia escapa dos veces a un amargo destino, la primera cuando se va a pegar gritos con sus amigas a las montañas rusas del parque de atracciones del barrio EUR, y la segunda gracias a un dolor de barriga. «Carlo» permanece al margen de los hechos, a pesar de que seguirá rozándolos, cruzándose con ellos, pues la misma noche del lunes 29 de septiembre —una fecha que años antes el grupo Equipe 84 había convertido en memorable al interpretar el primer éxito escrito por Lucio Battisti—, mientras las dos chicas ya están prisioneras en la villa del Circeo (pero «Carlo» no lo sabe...), se encuentra con uno de los asesinos, Subdued, que ha vuelto a Roma, en el portal de su casa, y juntos van a buscar al tercero, el Legionario, que todavía no ha hecho su entrada en la escena del crimen, que les dice que está cansado y que no tiene ganas de salir. Al día siguiente, Carlo sigue la misma rutina, es decir, estudio-clase-estudio —con coartada, si no de hierro, en todo caso convincente—, pero, esa noche, ¿adivina el lector con quién se topa delante del bar Rocci, entre la Nomentana y la Via de Santa Costanza, alrededor de las doce? Con Angelo. Sí, con él. A pie. Carlo lo hace subir al coche y juntos dan vueltas durante un par de horas, sin que su amigo y compañero de clase Angelo mencione el hecho de que acaba de volver del Circeo con dos chicas envueltas en celofán en el maletero. Antes de eso, hambrientos, van al bar de la estación de la Piazza Euclide a comer *tramezzini*, y después de echar un vistazo a las prostitutas de la Via Veneto, se dirigen al Viale Pola, donde Angelo quiere llamar al timbre del amigo debajo de cuya casa han aparcado el 127 unas horas antes, pero «Carlo» lo convence para que lo deje estar. De este modo, el que encendió la chispa que puso en marcha el motor del secuestro y el asesinato, y que a lo largo de sus fases se encuentra personalmente con los tres secuestradores y asesinos, logra salir indemne.

1 de octubre de 1975. En cuanto se hace de día, empieza la búsqueda del misterioso lugar donde se ha torturado a las chicas hasta dejarlas en ese estado. Las indicaciones fragmentarias que facilita D. C. —«Estábamos cerca de la Pontina..., a la izquierda había un hotel con un rótulo rojo..., enfilamos una calle que no estaba del todo asfaltada...»— bastan para que la policía se dirija a las afueras de Roma, pasada Latina, en la zona del monte Circeo. Después de haber peinado durante horas las zonas más deshabitadas, a eso de las cuatro de la tarde localizan una villa en Punta Rossa que podría coincidir con la descripción de la superviviente. Una de las puertas que dan al jardín está abierta de par en par, pero no hay señales de que haya sido forzada. Al final, la policía entra. La casa está completamente desbaratada, en el salón hay restos de sangre y huellas de un torpe intento de borrarlas, sobre todo en la pared que hay detrás del teléfono. Han pasado unos pocos minutos desde que los investigadores han puesto el pie en la villa del Circeo y empezado a recoger pruebas de los crímenes que en ella se han cometido —que según la sentencia serán: homicidio en grado de tentativa y asesinato con las agravantes de alevosía, ensañamiento, discriminación y abuso de confianza; secuestro y abusos sexuales; tenencia ilícita de armas—, cuando aparecen la dueña y su hijo, madre y hermano respectivamente del Legionario. Ambos declaran haber leído en el *Messaggero* de esa misma mañana la noticia del delito cometido en el Circeo, pero que no es ese el motivo por el que han salido a toda prisa de Roma para ir justo allí. «Tenía cosas que hacer en casa», asegura la señora, y añade que la había dejado sin ordenar tras haber pasado el fin de semana anterior en ella.

Pero la madre del Legionario también declara que, mientras se dirigían hacia la casa, se había preocupado al ver en otro periódico que se habían parado a comprar, el *Momento-Sera*, la foto de Angelo junto a la noticia relacionada con «sucesos sangrientos» en el Circeo, y eso le había hecho sospechar que su hijo podía haber prestado las llaves de la casa a Angelo, a pesar de que tenía terminantemente prohibido frecuentar a ese individuo.

Su otro hijo, el que la había acompañado precipitadamente a la villa, declara que también albergaba esa «débil duda» y que necesitaba comprobar que en la casa todo «estaba en orden».

Tanto si pensaban que la villa familiar estaba en perfecto orden como si no, es imposible que la madre y el hermano del Legionario hubieran leído aquella mañana alguna noticia a propósito del delito. Se había descubierto cuando la noche ya estaba demasiado avanzada, cuando el *Messaggero* ya estaba bien impreso y listo para su reparto en los quioscos. Sí, se trata de las contradicciones, el nerviosismo, los titubeos argumentativos propios de quien no esperaba que lo interrogasen y no ha tenido tiempo de coser sus movimientos con el hilo de la lógica. Ambos niegan con obstinación haber hablado por teléfono o conocer el paradero del chico fugitivo, cuya búsqueda, desde entonces, no cesará.

Pero volvamos de nuevo a un par de días atrás, es decir, a aquel tristemente famoso lunes 29 de septiembre de 1975, delante del cine Ambassade. Debería tratarse de la típica cita entre chicos y chicas. Pero como no es así, pasemos por alto los «¿Qué hacemos», «¿Adónde vamos?» o «¿Vamos al cine?», la engañosa propuesta «Vamos a Lavinio, a casa de Carlo, que vendrá más tarde», y desplacémonos a la villa del monte Circeo. Está aislada y la carretera que llega hasta ella es tan impracticable, que han tenido que parar varias veces para pedir indicaciones antes de encontrarla.

Eran sobre las seis de la tarde, y las chicas habían prometido a sus padres que volverían pronto a casa. Angelo abrió con una llave que había fingido encontrar cerca de la verja. Aunque ya habían estado allí, no se orientaban en la vivienda, no encontraban los interruptores de la luz. Tuvieron lugar los primeros escarceos, pero las chicas se negaron a desnudarse. Dijeron que aún eran vírgenes y que querían volver a casa. Fue entonces cuando uno de los dos chicos sacó una pistola y las amenazó: «¡Somos de la banda de los Marselleses! ¡Tenemos a toda la policía pisándonos los talones!», y añadió que al poco llegaría su jefe, Jacques, un tío muy peligroso. Ellas, asustadas, insistieron para que las llevaran a Roma. Por toda respuesta, los dos las empujaron dentro de un baño y cerraron con llave.

Un poco más tarde, ese al que llamo Subdued volvió a su casa, en Roma, a cenar con sus padres; también fue a dar una vuelta con los amigos por el barrio de Trieste y el Piazzale delle Muse, como conté al principio, antes de volver al Circeo. Angelo les dijo a las chicas que su amigo se había ido a dormir. Sacó a R. L. del baño, después volvió a llevarla completamente desnuda, le pidió a D. C. que saliera y encerró de nuevo a R. L. Arrastró a la chica a una habitación y la amenazó: «Si gritas, te acicalo». El término *addobbare*, «acicalar», procedente del dialecto romano y hoy en desuso, se utilizaba casi siempre como advertencia: «Mira que te acicalo», a veces precisando «como a un árbol de Navidad», en el sentido de «Te mato a hostias». Después la obligó a desnudarse y a meterse su sexo en la boca. Fue entonces cuando, para asustarla o, según él, para instaurar un clima de confianza entre ellos, se inventó la mentira de haber participado en el rapto del joyero Bulgari, ocurrido unos meses antes.

En sus declaraciones a los investigadores, la chica superviviente contó que el resto de la noche siguió en este tenor. Era la una, o quizá algo más tarde, y Subdued había vuelto de Roma.

«Angelo volvió a entrar en el baño. Dijo que dejaría que nos fuéramos, pero que si Jacques así lo decidía, tendría que matarnos. Angelo iba acompañado por su amigo. Me metieron a la fuerza su pene en la boca. Se enfadó, me dijo que no sabía hacer nada de nada y al poco rato me dijeron que llamara a mi amiga. "Tenemos que desvirgar a una de las dos", dijo. Les implorábamos que nos dejaran irnos y ellos se reían y nos tomaban el pelo.»

Después Subdued metió su sexo en la boca de R. L. y le prometió a Angelo que la desvirgaría. Entretanto, Angelo tocaba a D. C., pero dijo que no podría desvirgarla.

Las encerraron en el baño otra vez, desnudas, hasta la mañana siguiente. Tras haber echado una cabezada hacia el amanecer, sacaron el coche del patio de la villa, preocupados por si llegaba el jardinero y lo veía. R. L. seguía chillando y quejándose, y Subdued amenazó a las chicas con un cinturón, blasfemando y gritando: «¡Si no os calláis, os mato!», mientras Angelo las apuntaba con la pistola. Las cambiaron al otro baño, aún desnudas, y después volvieron a encerrarlas en el primero. En la villa del Circeo las cosas siguieron de este modo hasta la tarde del martes 30 de septiembre, o quizá sería mejor decir que quedaron así fijadas, pues se repetían muchas veces las mismas breves secuencias: los chicos amenazaban a las secuestradas, las hacían salir del baño por turnos, uno de ellos le metía a la fuerza su sexo en la boca a una de ellas, las chicas suplicaban, el teléfono sonaba. Subdued pensó que lo más grave que habían hecho no era ponerles las manos encima ni haberlas obligado a tener sexo oral, sino mantenerlas prisioneras en el baño. Eso era secuestro. Pero tenían que esperar forzosamente a que llegara Jacques. Mientras tanto, las chicas habían armado un buen lío en el baño...

No se sabe bien cómo, pero rompieron el grifo del lavabo. En las casas de vacaciones las instalaciones se estropean fácilmente por la falta de uso, los tubos se oxidan, las piezas se deshacen. El agua sale por el grifo roto e inunda el baño. Los chicos se enfurecen y empiezan a abofetear a las prisioneras. Después, siempre a punta de pistola, las conducen por enésima vez al otro baño que, como el primero, tampoco tiene ventanas.

Hasta que, a eso de las cuatro de la tarde, llega Jacques, el Marsellés, de Roma y acaba con el punto muerto a que ha llegado la situación. El futuro Legionario. Jacques toma enseguida las riendas. Habla con las chicas —como es obvio, no tiene acento francés—, las tranquiliza, les dice que no van a hacerles daño, a condición de que juren que no le contarán a nadie lo que ha pasado allí hasta ese momento. «Si no queréis acostaros conmigo, no insistiré.» Pero después les dice que tienen que hacer el amor entre ellas delante de él. Las obliga a abrazarse y a tocarse. Más tarde, elige a R. L. y se la lleva a una habitación. Angelo se queda con la otra e intenta penetrarla de nuevo. Se tumba sobre ella y le pone un cojín contra la cara, mientras Subdued empieza a darle patadas, D. C. grita de miedo y dolor, pero Angelo, por más que se esfuerza frotando su sexo contra el de la chica y toqueteándoselo para tener una erección, no logra penetrarla. Enfadado, le dice a su cómplice que se ocupe de ella, pero Subdued se niega: «Esta no me gusta».

Se oyen los gritos de la otra chica procedentes de la habitación donde Jacques se la ha llevado. Subdued cree que está desvirgándola, abre la puerta y ve a R.L. en la cama y a Jacques encima de ella. Los dos están desnudos. La chica chilla de dolor. Subdued cierra la puerta.

Cuando sale de la habitación, R. L. tiene los muslos ensangrentados. Está aturdida y le fallan las piernas. «¿Puedo lavarme?», pregunta con voz débil. Jacques, completamente desnudo, ordena a la otra chica que vaya con él y a sus cómplices que lleven a la chica de la que acaba de abusar al último piso. Con D. C. se muestra tierno, la besa, le dice que no se preocupe, que las acompañarán a casa después de dormirlas. Mientras tanto, fuera está oscureciendo. Los ocupantes de la villa no se dan cuenta porque las persianas han permanecido bajadas desde la tarde anterior.

El Legionario saca unas ampollas. También tiene un lazo hemostático y una jeringuilla. Vuelve a la planta baja en compañía de D. C., abre la caja de las ampollas, rompe cuatro en un cenicero, que se llena de un líquido rojo, lo aspira e inyecta en el brazo de la chica. Después sube para repetir la operación con la otra prisionera, encerrada en el último piso. Baja de nuevo y pone una segunda inyección a D. C. porque la primera no ha surtido efecto. ¿Qué efecto debía surtir? ¿El de adormecerla? ¿Matarla? Vuelve a subir. Mientras tanto, Angelo juguetea con el lazo hemostático diciendo: «No tenéis ni idea de a cuánta gente he estrangulado con esto».

Los de la planta baja empiezan a vestirse. Obligan a D. C. a ponerse los pantalones. Tras sufrir más abusos, parecidos a los anteriores, D. C. pierde el conocimiento. Ellos aprovechan para ordenar la casa y recoger el agua del baño. Pero cuando vuelven al salón se dan cuenta de que la chica está despierta y con el auricular del teléfono en la mano. Ha llamado a la policía. «Oiga, me están matando...» Subdued se abalanza sobre ella, le arrebata el teléfono y, después de colgar, le da una patada en la cara. La sangre de la chica salpica y mancha la pared de atrás. Ella se pone de pie, intenta correr hacia la puerta de salida, que se ha quedado abierta, pero Subdued se le adelanta y la golpea en la cabeza y en varias partes del cuerpo con un utensilio que ha encontrado en el jardín. El utensilio es una maza de punta de hierro. El Legionario, que entretanto ha regresado a la planta baja, ordena que llamen rápidamente a otros números para que la última llamada hecha desde ese teléfono no pueda ser identificada. Los demás se apresuran a obedecerle. Después Angelo se quita el cinturón, se lo pone a D. C. alrededor del cuello y la arrastra por la casa. Ella chilla. «¡Si vuelves a gritar, te ahogo!» Como es evidente, ella sigue gritando y Angelo aprieta y aprieta hasta que la correa se rompe. Entonces la golpea con la culata de la pistola mientras Subdued la apalea con la maza de hierro.

R. L. murió ahogada en la bañera del último piso de la villa del Circeo. Además de las pruebas halladas en las vías respiratorias durante la autopsia —hongo espumoso, enfisema masivo causado por hiperextensión pulmonar, petequias hemorrágicas subpleurales—, todas típicas del ahogamiento y no de una lenta asfixia, también las equimosis y tumefacciones de su cara indicaban la muerte por sumersión violenta y repetida de la cabeza en la bañera.

Así pues, una de las chicas ya había fallecido antes de que el grupo emprendiera el viaje de regreso a Roma. La segunda no daba señales de vida. La habían apaleado tanto y durante tanto tiempo que estaban agotados. Subdued le propinó la última patada para comprobar si estaba viva o muerta. Durante los interrogatorios sostendrá que apenas la vio moverse. Sangraba mucho. Para no ensuciarse, Angelo y Subdued envolvieron su cuerpo en celofán, pero se resbalaba, se les escapaba de las manos, por lo que decidieron volver a ponerlo en el suelo y enrollarlo con una manta. Después lo transportaron hasta el maletero del 127 (que habían vuelto a traer hasta jardín de la villa), que cerraron y dejaron con las llaves puestas. Para demostrar que creían que aún estaba viva, Subdued declarará a los investigadores que en el pasado también había llevado a su perro en el maletero cuando iba a Maziana, a cazar con su padre, y que pasaba suficiente aire para respirar. Después volvieron a entrar en la casa a fin de hacer una limpieza rápida y pasaron una bayeta por la sangre del suelo y las paredes. El cadáver de R. L. lo transportó e introdujo en el maletero el Legionario solo. Se encaminaron con dos coches, el 127 de Subdued, con las chicas detrás, y el Mini Minor amarillo del Legionario, alias Jacques el Marsellés. Durante el trayecto a Roma, Angelo iba con él. Se paró a comprar un par de latas de Coca-Cola. Cuando ya estaban casi en el Viale Pola, se subió al 127.

Durante el trayecto de vuelta, la chica que seguía con vida intentaba sacudir a su amiga a codazos, pero esta no se movía. Aplastada contra ella, en la oscuridad del maletero, D. C. ni siquiera sabía dónde estaba la cabeza y dónde los pies de R. L., pero era consciente de que muerta. En cualquier caso, renunció a llamarla por miedo a que la oyeran. Pudo distinguir la voz de uno, que decía: «Chist, esas están durmiendo como troncos...». Y después: «¡Silencio!, que hay dos de cuerpo presente».

La versión que da Angelo de la MdC tiene tintes de ensoñación, de sonambulismo, y, sin embargo, está repleta de detalles, de matices, interpretaciones y descripciones de estados de ánimo reales o ficticios. Además de contar, con toda probabilidad, un montón de mentiras a los investigadores, Angelo confiesa cándidamente todas las que les contaron a las chicas. Pero quizá miente incluso al confesar las mentiras. Son, por decirlo de algún modo, mentiras al cuadrado. No menciona solo las necesarias para que cayeran en la trampa, sino también los numerosos embustes inventados durante la larga fase del secuestro para adornar la realidad; le gusta exagerar, darle la vuelta a las cosas, novelar las relaciones humanas introduciendo momentos de intimidad e ingenuidades que enriquecen a su personaje. Tiene repentinos cambios de humor y de actitud. Angelo narra que en el momento inicial del secuestro propiamente dicho estaba dominado por fuerzas incontrolables que se impusieron a su conciencia. «No tuve en cuenta que encerrando a las chicas en el baño, nuestra amistad se rompería y ya no habría diálogo entre nosotros.» ¿Diálogo? ¡Diálogo! —Ay, esa palabra que tanto les gustaba a los curas, que tanto usábamos en el colegio que él y yo habíamos frecuentado hasta el año anterior—. El diálogo se había roto contra su voluntad, a su pesar. La conciencia de cometer un delito había pasado por la mente de Subdued, pero no por la de Angelo, por eso no le deja tiempo a su amigo para reflexionar, empuja a las chicas dentro del baño y cierra la puerta con llave.

A partir de ese momento, toda clase de ansiedades y remordimientos colman la noche. «Pensaba en que mi madre estaría llorando. Cada vez que volvía tarde me encontraba a mi familia destrozada por la preocupación.» «Había pedido que le dijeran a mi padre que me habían invitado a casa de un amigo en el Circeo y que al día siguiente iba a ir directamente al mercado americano de Latina», donde se compraban camisas y vaqueros casi nuevos por pocas liras a condición de llegar muy pronto. Cuando, al amanecer, desnudo, abre de nuevo la puerta del baño y ve a las dos chicas desnudas y aterrorizadas suplicándole de rodillas que las deje marchar, se justifica diciéndoles que no puede porque mientras tanto han llegado otros fugitivos, que ocupan el piso superior de la villa, y que no pueden enterarse de que tienen rehenes porque las cosas podrían empeorar mucho. «A esas alturas tuve la impresión de que las chicas ya no se creían lo que les decía.»

Pero la serie de mentiras y fantasías ya se había desencadenado desde el principio. Aparte de la historia de los Marselleses y del secuestro de Bulgari, cuando las chicas imploraron por primera vez que las llevaran a casa porque de lo contrario no sabrían cómo justificarse ante sus padres, Angelo les sugiere que cuenten una mentira, que digan que unos gamberros las han obligado a subir a un coche y llevado a un pinar apartado. Es decir, les aconseja que digan un embuste que está aterradoramente inspirado en la verdad; como si los «gamberros» no fueran él y Subdued, se inventa a unos brutos secuestradores para ayudar a las chicas a superar el contratiempo. Para conmoverlas, les cuenta que su madre había muerto de pena mientras él estaba en la cárcel, en Marsella. Se pone nervioso porque el teléfono de la casa no para de sonar y podrían ser los padres del Legionario, o el propio Legionario, que quiere avisarles de que están a punto de llegar. Mejor no contestar. Les pide «con tono jovial» que tengan relaciones sexuales entre ellas porque, según Angelo, R. L. le había confesado que sentía debilidad por las chicas, y por D. C. en concreto. Incluso angustiado e intranquilo en general, su principal preocupación es que pasará la noche fuera de casa y eso preocupará mucho a sus padres, pero: «Pero ya daba igual porque quería pasarlo bien hasta el final».

Si no actúa de manera racional es porque lleva muchas horas de sueño atrasado. Se retira continuamente para echar una cabezada. Dice que la pistola no es suya, sino de su cómplice, pero después duda: «No sé de dónde la sacó, y tampoco si me había dicho eso de verdad o si me lo imaginé. A veces me imagino cosas que me parecen ciertas, que también se refieren a cosas elevadas, o sea, a los sentimientos». En efecto, Angelo confiesa que es sentimental y emotivo; no ha superado aún el final de una relación atormentada con una chica a la que quería, ni el «hundimiento de sus ideales políticos». Tiene miedo de todo, siempre está alerta, en tensión. Pero después le promete a D. C.: «Ahora te desvirgo», y su amigo echa más leña al fuego, pero solo para asustarla: «No, te desvirgo yo con el mango de una escoba». Tras la llegada de Jacques, su tensión parece disminuir y dejar paso a un extraño desinterés por cómo acabará un asunto que está durando demasiado. Solo le llaman la atención algunos detalles: el teléfono que vuela por los aires cuando Subdued golpea a D. C., el perro que Subdued lleva a Manziana en el maletero, el rastro de la sangre en el rostro de D. C. tras las patadas. Es casi caballeroso el modo como le pregunta a la chica si prefiere que la duerman con una inyección o «con un porrazo en la cabeza». Cuando el Legionario aparca el Mini «justo delante de una comisaría» en la Via Pontina, Angelo baja para comprar las latas de Coca-Cola y se olvida de recoger el cambio. «Estoy seguro de que en el bar se dieron cuenta de que estaba fuera de mí, por eso me miraban.» Siempre se siente observado.

 Cuando llega a Roma, en las pocas horas que van del 30 de septiembre al 1 de octubre, sus movimientos son demasiado incoherentes y numerosos para que pueda explicarlos sin confundirse. Angelo vaga como un autómata, hambriento y agotado, pasa varias veces por el Viale Pola, la última vez ni siquiera se da cuenta de que la policía ya se ha personado en el lugar donde han aparcado el 127; solo quiere encontrar una fuente para lavarse la cara porque «la cabeza me explotaba».

11

Ah, sí, los modales. Garantizaban un neto ahorro de tiempo y de energía mental. Respetándolos, se acababan las dudas y los titubeos inútiles. Nada provoca mayor ansiedad que la incertidumbre acerca de lo que es correcto decir o hacer, o que adoptar abiertamente posiciones que comparten unos pocos.

(Lo mismo vale para los malos modales.)

Adecuarse tiene menores repercusiones que distinguirse. Y aunque a todos nos gusta que nos consideren anticonformistas, un cálculo desapasionado nos revela que la mayoría de las veces en que nos hemos alejado de las costumbres dominantes nos hemos equivocado. El esfuerzo por distinguirnos nos ha apartado de lo correcto; con tal de ser diferentes de los demás, hemos preferido jurar en falso a secundar la verdad.

Los tres pilares educativos eran: persuasión, amenaza, castigo. Pero más que pilares eran fases. Si funcionaba la primera, no era necesario pasar a las siguientes. Si con las dos primeras ya había bastante, no se llegaba a la última. Pero si después de las explicaciones —razonables— y las amenazas —desproporcionadas— el sujeto seguía mostrándose inflexible, había que castigarle. El tratado de los castigos aún no ha sido escrito porque en aquella época no había unos más válidos que otros, ampliamente probados o aplicables de forma automática, como el bastón o el ayuno, y los de la pedagogía moderna todavía estaban en fase experimental. Crecimos en el intervalo en que todo estaba permitido y en el que la misma falta —una mala nota en matemáticas, una mentira o una ratería—, incluso en familias parecidas, podía castigarse en una familia con el confinamiento en la habitación, con el retiro de la paga semanal o la prohibición de salir en otra, o en una tercera negándote los regalos costosos o la comida preferida, o con bofetones, sarcasmo verbal —«Eres un pobre tonto, un mentecato»—, o con la simple obtención de una promesa —«No lo haré más»—, y el asunto quedaba zanjado. A esas represiones comunes de las que los padres echaban mano a la buena de Dios se añadían otras personalizadas.

Quizá el caso más singular sea el de un escritor que, habiendo renunciado por ideología a castigar a su hija, se castigaba a sí mismo. Se plantaba en el umbral del dormitorio de su hija, la miraba con fijeza, enunciaba sus culpas con desconsuelo, pero fríamente —«Sé muy bien que fumas hachís a pesar de que te pedí que no lo hicieras...»—, después empezaba a golpearse la frente contra el marco de la puerta. Pum, pum, pum, lentamente, pum, pum, ¡PUM!, cada vez más fuerte.

Y entretanto murmuraba: «No puedo hacer nada. Pero que sepas que me causas un gran dolor...».

Y venga a darse cabezazos.

He leído que en Inglaterra, hasta el siglo XVIII, existía la costumbre de juntar a un vástago de la aristocracia con el hijo de un campesino, coetáneo, que hacía de doble suyo. Entre ambos se establecía una relación de equivalencia: cuando el primero, que no podía recibir castigos físicos, cometía alguna travesura, se azotaba a su doble, que se denominaba *whipping boy*. ¿Que el niño rico robaba mermelada de la cocina? Pegaban al pobre. La idea era que el rico, a pesar de ser intocable, debía sentir dolor y remordimientos por la paliza que recibía el pobre. En el caso que acabo de mencionar, el padre se prestaba a hacer de *whipping boy* de su hija, se maltrataba en lugar de maltratarla a ella. El espectáculo era penoso, pero el castigo lograba su finalidad, afligir al culpable, es decir, a la chica, que en efecto fue volviéndose cada vez más rara y acabó loca.

En el bachillerato elemental tuve un compañero, Venanzio, uno de los poquísimos del SLM que logró que lo suspendieran y cambió de colegio por eso, cuyos padres, chapados a la antigua, le daban bofetones a mansalva, a la mínima de cambio, hasta que ese hábito provocó un curioso accidente.

Él debía de tener unos doce años cuando su madre, enfadada porque se había entretenido fuera de casa en vez de estudiar, le dio una tunda, la última de una larga serie, no especialmente violenta, pero contundente. ¿Dónde? En el culo. En el culo es donde durante siglos maestros y familiares han desahogado sus ansias de corrección, y la madre de Venanzio tenía una técnica tan experimentada que hubiera podido encargarse de dar tundas en el culo a todos los niños del barrio puestos en fila. El hecho es que aquella tarde, Venanzio, que había salido con nosotros, había hecho provisión de petardos —los que habían sobrado de la Nochevieja—, y en el momento en que su madre le azotaba llevaba un montón en el bolsillo trasero de los pantalones.

Eran petardos de cuatro o cinco centímetros unidos en grupos de veinte con una sola mecha, algo así como una traca, que estallan uno tras otro con gran estrépito. Venanzio debía de tener unos cien en el bolsillo, pero su madre no se dio cuenta del bulto, o no tuvo tiempo de darse cuenta, porque en cuanto mi amigo entró por la puerta, sin decir palabra y, tras hacerse a un lado para dejarlo pasar, le dio con la mano bien abierta una fuerte palmada en el trasero.

Fue la tunda más potente de la historia. El golpe encendió los petardos, que estallaron a la vez con gran estruendo y Venanzio salió proyectado hacia delante, propulsado como un cohete por una llamarada espectacular que le quemó la mano a su madre y, sobre todo, la piel a él. Fueron necesarias tres semanas de hospitalización y meses de pomadas y vendas para que se le curara la quemadura, que parecía incurable, como si la forma absurda en que se la había causado influyera negativamente en la cicatrización. Aún hoy, a Venanzio le queda un mal recuerdo entre la nalga y la cadera, una especie de sello del diámetro de un platito de taza de té, que a veces enseña en la playa bajándose un poco el bañador. La piel de la herida es blanca y fibrosa.

Dice irónicamente, pero casi con añoranza, que sería más apropiado que la señal tuviera la forma de la mano de su madre.

Esta se quedó tan impresionada que dejó de usar para siempre las manos o cualquier otro método de corrección, y nadie en casa se atrevió a hacer el más mínimo reproche al chaval, que creció con su cicatriz, pero salvaje y feliz. Sus travesuras provocaban, como mucho, alguna que otra queja, pero ninguna sanción.

Cuando creció y el recuerdo del drama se desvaneció, su padre volvió a reunir valor para reñirle, o puede que fuera simplemente porque al envejecer se había vuelto más colérico. Lo que más lo cabreaba eran los modales de Venanzio en la mesa. En efecto, no era muy educado, y como se había dejado barba, mientras comía siempre la tenía untada de salsa. Su padre lo miraba lleno de desprecio.

Hasta que explotaba y le insultaba delante de sus hermanos y de su madre:

—¡Venanzio, eres un cerdo! —Y se levantaba de la mesa asqueado, arrojando la servilleta—. No eres más que un cer-do —decía silabeando. Y después, volviendo a pensárselo—: ¡No..., pero qué cerdo ni qué cerdo, el cerdo es un animal útil..., tú, al contrario, eres NOCIVO!

Pero, como es sabido, la gente puede incluso destriparse sin incumplir las reglas de urbanidad. La etiqueta desaconseja limpiarse las uñas en la mesa, escupir en el suelo y molestar al vecino durante la siesta, pero no menciona y, por tanto, no sanciona, las cuchilladas. Así que, por favor, que nadie despierte a sus vecinos poniendo música a todo volumen, pero sí puede matarlos. Como sé de sobra, gracias a mis contactos de la cárcel, es posible ser un amable homicida, un caballeroso estrangulador o incluso un asesino en serie ceremonioso. Cierto, son casos en que no está en juego la etiqueta, sino los mandamientos divinos. Pero quizá no sea una casualidad que cuando nos concentramos en los aspectos exteriores, en los límites formales del comportamiento, se abra una brecha en el centro. Por ingenuidad, se da por sentado que los principios morales más obvios —no matar, no robar— la cerrarán espontáneamente. Mientras que hubo veces en que reñí a mis hijos por sentarse a la mesa con las manos sucias, y los obligué a lavárselas de inmediato, nunca creí necesario explicarles que no hay que matar a nadie. Me parecía superfluo, casi ofensivo para una mente infantil, sobre todo porque los niños siempre me han parecido muy lúcidos en el plano moral y mucho más rígidos que los adultos. Un niño difícilmente acepta compromisos acerca de lo que es verdad y lo que es mentira, al contrario de los adultos, que suelen hacerlo. El niño no admite sombras, claroscuros. Creo que el precepto evangélico «Mas sea vuestro hablar: sí, sí; o no, no» (Mateo 5, 37) se inspira en un niño testarudo; por otra parte, todos los sermones de Cristo tienen ese punto infantil, se caracterizan por la intransigencia propia de los niños. El fanatismo de la inocencia, la mirada pura, la voz de la verdad. Los fariseos, sin embargo, son sabios y adultos. Y también lo es Poncio Pilatos, con su moderación; los azotes, por ejemplo, en el fondo eran un compromiso aceptable, ¿o no?

No.

Por eso nos parece inútil entretenernos explicando cosas fundamentales y nos concentramos en los detalles, nos especializamos. Es lo mismo que pasa hoy en día en los colegios, donde ya no hay programas generales, sino que se realizan minuciosos trabajos sobre temas locales, con cuadros sinópticos y textos creativos, de manera que hacia el final de primaria, los niños no tienen ni idea de dónde está Brescia o el Danubio, pero conocen al dedillo una granja de productos biológicos de su zona a la que fueron de excursión.

Algo me dice que al menos uno de los asesinos era educado a la mesa y se sentaba con los codos pegados al cuerpo...

Un crimen como el que he contado de manera sucinta constituyó un hecho excepcional en el barrio de Trieste, y, como tal, debería haber sido aislado en la conciencia de sus habitantes, pues era del todo ajeno a su mentalidad y a la experiencia común. ¿Qué relación podían guardar la ponderación, la cautela, la laboriosidad, la prudencia y la decencia con semejantes monstruosidades? Hay cosas que no ocurren entre la gente como Dios manda. Cuanto más grave e insólita es una infracción, más debería animar a los ciudadanos a sentirse honrados, rodeándola con un cordón de seguridad. La alianza entre las personas honestas es la única repercusión positiva de un crimen. La reacción moral que permite restablecer los valores ultrajados, reconocerlos como fundamentales y defenderlos colectivamente. Sin embargo, las cosas fueron muy diferentes. Lejos de que los habitantes del barrio se unieran en un sentir común, el delito los aterrorizó y los hizo sospechar unos de otros. Los indujo incluso a dudar de sí mismos, que es la escisión más grave que puede darse. Cuando leyeron la prensa —como se mira en el fondo de un pozo donde oscila, oscura y deforme, la propia imagen—, a los habitantes del barrio de Trieste les pareció reconocer una tara oculta, un demonio, que se agitaba en los cimientos de su modo de vivir. En vez de esterilizarse en la fuerza moral, la llaga infectó y difundió una total incertidumbre acerca de quién había cometido aquello y por qué; acerca de quién era, a pesar de todo, capaz de algo así, de quién estaba dispuesto a hacerlo; en cada casa, en cada calle, en cada clase, en cada grupo familiar o de amigos, el crimen se multiplicó con un efecto de refracción que lo hacía infinitamente posible. En efecto, los elementos que lo componían eran comunes y estaban al alcance de todos: chicos y chicas, un coche, una casa de veraneo, un teléfono que suena, bolsas de plástico, libros universitarios que hay que subrayar, vaqueros y helados. No se necesitaba un escenario particular, ni motivos apremiantes, ni una especial disposición de los hechos; no había, en resumen, ninguna necesidad de ser un criminal para cometer tal clase de crimen. El crimen era gratuito, estaba al alcance de cualquier aficionado, es decir, al alcance de todos. Fácil y realizable, cualquiera podía asumir el papel de autor o víctima. La indignación de los primeros días dejó paso a una nueva conciencia que producía escalofríos: el descubrimiento de que los márgenes de prevención y protección contra lo que había pasado eran mucho más exiguos de lo que se suponía; es más, de que esos márgenes no existían en absoluto. Y nunca habían existido. Era inútil seguir asombrándose e indignándose en vano; el práctico espíritu burgués detectó el fallo, como un buen gestor que revisa los libros contables, saca cuentas y halla la trampa. En efecto, bastaba con aplicar un mínimo de sentido común para darse cuenta de que toda una vida basada en el sentido común no era una garantía, es más, que había acabado por abrir las puertas de par en par justo a lo que debía de haberle impedido el paso: lo inconcebible, la locura. El horror puro. Un error insignificante a partir del cual todos los cálculos estaban equivocados. Creyendo que al no exponerse nunca al mal, no reconociendo ni siquiera la remota posibilidad de su existencia, se volverían inmunes a él, habían desarrollado un organismo débil, atrofiado, incapaz de reaccionar ante todo lo que no fuera familiar. Por ese motivo, ya no existían —o mejor, nunca habían existido— lugares o ambientes seguros, y los que habían considerado como tales se revelaban potencialmente como los más peligrosos.

Una consternación indecible se cernió sobre todos los que habían llevado a sus hijos al mismo colegio que los asesinos, un sitio que hasta ese momento habían considerado como una reserva especial de seguridad en el interior de un mundo ya protegido como era el barrio de Trieste. En vez de alejarlos del mal, los habían arrojado dentro. Para protegerles del contagio, los habían aislado junto con los enfermos. El tipo de pánico provocado por este descubrimiento se manifiesta por lo que se conoce como «sudor frío». La inquietud interior, privada de desahogo, se expresa mediante la rigidez, y una oleada de hielo humedece las sienes y empapa la espalda. Todo lo que se ha hecho, dicho o creído hasta este momento aparece de golpe como falso. No puede emprenderse ninguna acción, no se puede atacar ni defenderse, se pierde todo significado. Decir que el tiempo se detiene deja de ser una expresión retórica.

Se cuenta que en las aldeas africanas, al caer la noche, un espíritu salvaje asedia a los habitantes a las puertas de sus casas. Es como si, con la oscuridad, la sabana volviera a tomar posesión de lo que el hombre le ha quitado a la luz del día, con la ilusión de haberse apropiado de ello para siempre. El espacio humano se contrae, se atrinchera en el interior, dejando el exterior a merced de fuerzas oscuras y amenazadoras. Lo mismo vale para el barrio de Trieste. Solo estaba uno seguro encerrado en casa, en los comedores donde reinaban las reglas de la vida familiar que se desarrollaba con sus ritmos indolentes, acunada por el zumbido de la nevera o el parloteo de la radio, como si nada pudiera alterarla; la preparación de la comidas, el sueño, el estudio, la colada, las discusiones rituales e inocuas en la mesa entre padres e hijos. Aclarémoslo, no es que la vida privada careciera de dramas, pero estos ponían en entredicho el sistema en su totalidad. No basta la muerte de un padre o de una hija que se pincha para que una civilización se desmorone. En el barrio de Trieste, como en muchísimos otros lugares del mundo, la civilización seguía desarrollándose o decayendo, ajena a todo, pero con un ritmo tan lento y con cambios tan sutiles que harían falta varias generaciones para darse cuenta e interpretar su sentido. En resumen, desde dentro todo estaba como suspendido, «reinaba la calma silenciosa de un acuario». Pero entre una finca y otra, el espacio se hallaba plagado de peligros. Bastó una ráfaga para borrar las reglas vigentes, es más, la idea misma de que allí había habido reglas. En cuanto se salía del ámbito privado, las calles arboladas, las plazas, las glorietas del barrio, cuyo decoro y anonimato se reflejaba en los espacios domésticos, podían volverse de repente salvajes como el Lejano Oeste. Un viento frío, quizá solo un escalofrío o una sombra extraña, podían materializarse sin previo aviso en un paisaje que seguía siendo familiar en todos los aspectos, una imagen cotidiana exenta de peligros: el bar Tortuga, el quiosco del fotomatón, las motos aparcadas en la puerta del Giulio Cesare, el autobús 38 en dirección a la Piazza Istria...

Mientras que en una trinchera esperas que la muerte te alcance de un momento a otro, estás ahí para eso, es el lugar y el tiempo justo para que te metan una bala entre ceja y ceja, las víctimas por muerte violenta del barrio de Trieste no tenían la más ligera idea de que aquel sería su último día cuando subían al autobús, paseaban al perro, abrían el portal o estaban apoyados en un coche fumándose un cigarrillo; muchas de ellas ni siquiera se dieron cuenta de que las estaban matando. No había ningún motivo para sospecharlo, ninguna señal; era una jornada como otra cualquiera.

En el mapa, el barrio de Trieste limita al oeste con la Via Salaria, al sur con el Viale Regina Margherita, al este con la Nomentana y al norte con el río Aniene. Pero los verdaderos límites de este barrio eran como los de la ciudad de Esparta, según uno de sus generales: «Esparta llega hasta donde llega el impulso de mi lanza».

Así que, cuidado. La paciencia, el aguante, los miramientos y los reparos siempre están a punto de convertirse en lo contrario, es más, a menudo no son otra cosa que manifestaciones paradójicas de lo opuesto: la calma es rabia reprimida; la tolerancia, una apariencia cuya clave de lectura es la agresividad; el control sobre uno mismo es igual de despiadado que el que impondríamos a los demás si tuviéramos ocasión; la decencia es una máscara sobre un rostro devastado por los deseos más obscenos, cuyos rasgos diabólicos veríamos aflorar si prestáramos mayor atención. ¡Cuánto furor se oculta ahí debajo, cuanto magma bajo esa pátina de paz! La violencia se anuncia en su faceta más amenazadora justo como violencia reprimida. Las virtudes acarrean señales sutiles del delirio que las ha originado y que puede reclamarlas en cualquier momento, volviendo a apoderarse de ellas. Si es cierto que el pudor nace del pecado, también lo es que se parecen como un padre y un hijo. El dominio de los sentimientos, la frialdad, el autocontrol, que constituyen la principal aportación burguesa a la moral, aumentan la divergencia interior que permite observarse y juzgarse a uno mismo como si se estuviera a salvo en otra orilla, en el borde opuesto del precipicio; pero si nos vemos obligados a cruzarlo agarrados a una cuerda colgante, la oscilación se vuelve muy amplia y la velocidad, tan vertiginosa, que nos arrojará al vacío si la soltamos un solo instante.

Entonces todos pensaron lo mismo, pero no lo dijeron; nadie se atrevió a abrirse, al contrario, se cerraron dentro de sus dudas. Prefirieron pelear solos contra la nada, lo cual, al final, conduce a abrazarla. No existe un conformismo más feroz que el que se expresa en formas aisladas, latentes, cuando todos piensan lo mismo en privado y renuncian a confesarlo. Cuando todos blasfeman contra el mismo dios con el pensamiento. Creo que nunca se ha hablado tan poco en este barrio como después de la MdC; entre padres e hijos, entre cónyuges y entre sexos se había instalado un extraño laconismo; cada uno podía encontrar motivos de reproche contra el otro, el derecho de echarse en cara, a ciegas, cualquier culpa, sabiendo que a esas alturas, se dijera lo que se dijera, sin ton ni son, en algo se acertaría —por ser joven, por ser viejo, por ser hombre, por ser mujer—, estabas involucrado en cualquier caso por ser burgués y tenías una culpa que pagar. Así que fue mejor para todos callar y, en verdad, también habría sido difícil establecer sobre qué había que discutir exactamente, el objeto escapaba al análisis. El temor a pasar por alto un detalle, que después habría podido ser usado como prueba de cargo, aconsejó mantener el silencio incluso con aquellos de los que se fiaban, porque eran justo ellos quienes podían convertirse en los acusadores más temibles. En realidad, cualquier aspecto de la vida ya era una prueba de cargo suficiente para que te condenaran. Por ejemplo, los aspectos que a primera vista parecían positivos, ahora se presentaban como pruebas gravísimas. Si eras un padre honrado y trabajador, eras culpable de distracción. Si eras feliz en tu matrimonio y llevabas una vida tranquila, peor aún. Por no mencionar la cuenta bancaria o las tranquilas vacaciones en familia, imágenes hipócritas que se traducían en pruebas concluyentes.

Sobre cualquier aspecto respetable recaía la sospecha de que ocultaba algo turbio. Y así, en poco tiempo, por comodidad, la gente volvió a ponerse la máscara de la indignación y de la condena en bloque. El problema fue reprimido a causa de su monstruosidad, las declaraciones de horror se volvieron rituales y frías, como si se tratara de una desgracia caída del cielo, una enfermedad o un terremoto. «Cómo es posible que unos buenos chicos como ellos...» La superficie volvió a cerrarse.

Los demás están antes que nosotros; en las familias reinaba el imperativo de hacer las cosas «por los demás», no «por uno mismo».

Hay que respetar a los otros, honrarlos, no ofenderlos, prestarles atención, ser amable y, si es posible, contentarlos. En realidad, lo que se te exige es solo un tributo exterior, una mínima cortesía que facilita que las acciones cotidianas fluyan. Quizá el aspecto menos estúpido de la moral burguesa sea justo su marcado formalismo, que nunca exige la completa conformidad con lo que se dice o se hace, todo lo contrario, reserva siempre cierta cuota de libertad interior, aunque, en definitiva, este margen se reduce a poder decir una cosa pensando otra. En definitiva, permite que seamos los primeros en no creer en nuestras propias palabras. La libertad coincide con la sombra bajo la cual la hipocresía protege su verdadero sentir, es ese espacio casi a oscuras, sin fe, ambiguo. La frescura de la incredulidad. La identidad virtual entre la moral burguesa y la cristiana se rompe en este punto. La moral burguesa, que parecía solo una réplica de la cristiana, se demuestra autónoma cuando defiende con obstinación las elecciones de cara a la galería, el fariseísmo, en contra de la aceptación total del alma exigida por Cristo. Su principio es de orden práctico: pongamos que me comporto bien, aunque esté fingiendo; al fin y al cabo, lo que cuenta es que mi comportamiento sea correcto, con independencia de que sea o no sincero, fruto de una convicción o solo una apariencia. Incluso quizá pueda enorgullecerme de saber adecuarme al sentir común sin compartirlo. Si cualquier comportamiento correcto es artificial, el burgués puede justamente pretenderlo de todos: aunque no seas bueno, conmigo tienes que comportarte como si lo fueras. Exactamente, como si. Si el niño bosteza cenando en casa de los abuelos, nadie puede imponerle que no se aburra —¡imposible!—, pero sí exigir que se ponga la mano delante de la boca «con educación». Es lo único sensato que se le puede pedir. Haz como si...

¡Cuánto odio genera la verdad! En cambio, el secreto nos hace libres y ligeros, no solo a quien lo guarda, sino, y sobre todo, a quien lo ignora. «No, por favor, no quiero saber nada», es la fórmula de quien quiere seguir siendo libre.

El problema de la verdad es si decirla o no.

12

Cicerón: «¿Hay algo más sagrado y digno de respeto que la casa de un ciudadano?». «Su asilo es inviolable.» Creo que fue Jünger quien, de manera menos elegante, recordó que la inviolabilidad del domicilio no es un derecho abstracto elaborado por los juristas, sino que se origina en una imagen arcaica concreta: la del dueño de la casa y sus hijos en el umbral blandiendo un hacha. Intenta entrar ahí. Esta es la inviolabilidad real: si cruzas esa puerta contra su voluntad, te parten en dos. Los vikingos no se andaban con chiquitas. Bien, no es que el burgués actual vigile de noche la puerta de su piso, pero cuando la cierra a sus espaldas —blindada o no—, puede ponerse en calzoncillos a ver la tele, y ni siquiera el rey o el Papa tienen derecho a entrar en ella.

Así nace el concepto de privacidad.

El culto a la separación: de las estancias comunicantes del palacio aristocrático, carentes de privacidad —pues hay que cruzarlas para ir de un lado a otro del edificio—, donde todo sucede, del despertarse a la fase del acicalamiento, bajo la mirada de una muchedumbre, en su mayoría criados —por eso se inventaron los gabinetes, donde se puede estar solo o en compañía secreta—, a los pasillos burgueses, a cuyos lados se abren las habitaciones laterales.

El mito de la puerta cerrada.

La única cosa que traspasaba la barrera de la puerta cerrada eran los ruidos.

Discos, secadores, risas.

Instrumentos musicales.

Y ruidos de sexo: de los padres o los hijos, solos o en pareja.

Es memorable la historia que me contó una chica que conocí en el Giulio Cesare a propósito de sus primeras experiencias sexuales, hacia los dieciséis años. Entonces era normal que las chicas tuvieran un par de novios con los que se besaban y se tocaban con más o menos atrevimiento; después llegaba el chico adecuado con el que se acostaban. Y si el chico no era el adecuado, era el momento adecuado para hacerlo, es decir, alrededor de los dieciséis o diecisiete años, más o menos según una serie de factores. Las chicas de mi generación fueron las primeras italianas que perdieron la virginidad —todas, sin excepciones— antes del matrimonio. Lo hacían porque querían, porque lo deseaban, porque los chicos con quienes salían insistían o por imitación. Desaparecía la distinción entre chicas fáciles y chicas formales hecha por los hombres de las generaciones anteriores, esos que tenían que irse a Suecia, como Alberto Sordi, para encontrar chicas abiertas —entonces las llamaban «desinhibidas»— o bien que tenían que pagar. A los de mi edad solo les hizo falta tener algo de paciencia o de suerte para encontrar una compañera ya emancipada o lista para serlo. Una línea dividía a las chicas del instituto entre las que «ya lo habían hecho» y las que «todavía no», pero era solo una cuestión de tiempo. De algunas lo sabíamos todo, de otras podía imaginarse. Yo, mientras estuve en el SLM, sabía poco del asunto.

La primera vez que Linda se acostó con su chico, lo hicieron en la cama de ella. Su padre estaba trabajando y su hermana mayor, encerrada en su habitación. Después del coito, segura de que nadie los había vigilado, Linda se encendió un cigarrillo y se puso a fumar desnuda con las piernas apoyadas contra la pared, una pose muy cinematográfica, de cartel de película sobre la revolución sexual, quizá para dejarse admirar por su chico o porque la cama de una plaza era estrecha. Sin llamar a la puerta y sin preaviso, su padre, que acababa de llegar a casa, entró de repente en la habitación y fue testigo de la escena. Su expresión a duras penas contuvo la sorpresa.

Los chicos, en la cama, se quedaron paralizados y ni siquiera intentaron taparse.

El padre, con voz chillona, alterada, exclamó: «Pero, Linda..., ¿tú fumas?».

Y se fue dando un portazo.

En mi familia siempre había que llamar a la puerta antes de entrar. Llamar antes de entrar, siempre. Y no solo a la de los padres, los hijos también merecían esa forma de respeto. Incluso entre hermanos se obedecía la misma discreción. Estaba prohibido cerrar la puerta con llave, eso sí, porque la privacidad no podía ser un obstáculo para auxiliar a alguien en caso de que se encontrara mal, por ejemplo en el baño. De las bañeras antiguas colgaba una campanilla de la que se tiraba en caso de indisposición. Yo he heredado este alarmismo. La bañera es un escenario de ahogamiento o electrocución. Las baldosas húmedas por el vapor brillan peligrosamente. Sumergidas en el agua muy caliente, es como si las venas de las muñecas ya estuvieran cortadas.

El prestigio de las viviendas burguesas se asociaba con la diversificación de los ambientes: entrada, distribuidor, sala de estar, comedor, despacho, biblioteca, office, cuarto de la plancha... Las paredes medianeras distinguían las funciones y multiplicaban la privacidad de acciones de la vida doméstica —leer, comer, hablar por teléfono, recibir visitas, descansar, preparar la comida y ordenar la ropa—; de hecho, en las reformas de los viejos pisos se tiran abajo casi todas las paredes.

Esconder y exhibir son los dos polos opuestos entre los que oscila la vida doméstica burguesa: los aspectos desagradables se ocultan; de los prestigiosos se hace ostentación. También hay cosas valiosas que se esconden para mostrarlas en ocasiones especiales, como las joyas. Concebidas para ser lucidas, pasan el tiempo encerradas en estuches, cajas fuertes y escondrijos, a salvo de los ladrones, para que brillen solo en las grandes ocasiones.

En su manifestación más típica, ahora casi extinguida, la vida burguesa emitía más luz que calor. Cada detalle se abrillantaba rigurosamente. De ahí la obsesión por la limpieza de los mármoles, esmaltes y metales; frotar la plata, casi inutilizada en la vida cotidiana, y disfrutar con su resplandor solo en el instante en que, por error, se abría el cajón que la contenía; el culto al parquet, en sentido estricto, pulido y bruñido hasta que adquiría ese intenso brillo tan característico.

Las cuberterías y vajillas para las ocasiones especiales se guardaban en los aparadores, en escondites, en bargueños y bargueñitos, en trasteros, en armarios cerrados con llave. En casa de las personas de bien, los accesos reservados eran incontables, cada rincón estaba protegido por una cerradura...

(Nunca he entendido lo que se entiende por «office»..., por qué se llama así...)

Siempre dudando entre exhibir u ocultar el bienestar, a menudo la burguesía hace ambas cosas a la vez.

En Italia, nadie quiere que el otro se entere de lo que gana, lo oculta a los demás y, si puede, también al Estado, mientras esparce a manos llenas señales que lo delatan.

El patrimonio es lo único que impide a la burguesía aspirar al comunismo, que sería la consecuencia natural de la envidia social. La alegría burguesa consiste en el sentimiento del contraste: poseer lo que no tienen los demás y que, por tanto, envidian. Pisos, vestidos, coches y mujeres, esposas o amantes elegidas como si fueran objetos de plata o cuadros, tapices o muebles de valor.

El efecto de la distinción se obtiene con elementos de embellecimiento: muebles, cortinajes, alfombras, recuerdos de viajes, objetos de valor o extravagantes. Una cómoda bonita colocada en el sitio justo puede transformar un salón impersonal. Habitaciones enteras giran alrededor del tótem de un aparador antiguo. Hay cierta clase de casa cuyas paredes están plagadas de máscaras africanas o en cuyos rincones, profundos y tenebrosos como junglas, proliferan helechos y ficus de olor dulzón. Sus dueñas suelen ser hermosas señoras llenas de añoranza por los paisajes exóticos de donde proceden los objetos, como un homenaje a las leyes estéticas del desplazamiento. Parece como si la vida les quedara estrecha y sus ojos, casi siempre azules o verdes, que destacan luminosos en su piel bronceada incluso en invierno, miran más allá de Italia, franquean cadenas montañosas y océanos. La vida verdadera está en otro sitio y sus hermosas casas exuberantes de begonias son, en cierta medida, la compensación por haber renunciado a aquella. No existe una criatura más ascética que la señora acomodada. Las hipótesis alternativas a la existencia que lleva en realidad, lujosa pero no tanto, muy aburrida, se propagan alrededor de su rostro como una aureola, confiriéndole una especie de mágico resplandor. Si los hombres de su misma clase suelen comparar entre ellos los éxitos que han alcanzado en la vida, sus esposas viven comparando sus respectivas renuncias. Las hay que renunciaron a una carrera profesional para apoyar la de su marido o para no rivalizar con él, las que renunciaron a tener hijos, o a tener más o menos de los que de hecho han tenido y las que renunciaron al verdadero amor de su vida; el esfuerzo que hacen por sepultar vivo este sentimiento que late en lo más hondo de su pecho les confiere esa belleza triste.

Placer y bienestar no pueden coexistir, pues el placer es el paso de un estado de malestar a otro de bienestar.

Y luego está el coleccionismo: cuadros, libros, pipas, armas antiguas, porcelanas, incluso el propio pasado como objeto de coleccionismo, una estela de jarrones, botellas, instrumentos musicales, sombreros y fotografías, que se remontan a un episodio, a una época, a un viaje, colgados de la pared como iconos.

La casa es el lugar donde se depositan los rastros del vivir permanente, las señales de la continuidad de la existencia. La vivienda, y el habitarla, dan la sensación de poseer algo y de seguir poseyéndolo a lo largo del tiempo. Ayer, hoy y mañana yo estaba, estoy y estaré aquí. Tanto cuando los sucesos dramáticos se abaten sobre nosotros como cuando el polvo se deposita lentamente sobre los gestos cotidianos, no hay nada comparable a una casa para conferirles un atisbo de significado y mantener sólida la propia identidad. En especial hoy en día, en que los elementos que nos identifican se han confundido, solo tu casa puede decir a los demás —y a ti mismo— quién eres, a veces quién fuiste, lo que quieres, lo que te gusta y lo que no. Y lo que ganas. Es así, la guerra de clases nunca muere. Y si no se manifiesta a modo de un choque entre gigantes sociales enfrentados, como en un cartel de Mayakovski —el obrero con el mono contra el orondo capitalista en frac—, estalla en miríadas de conflictos intermedios y locales, de baja intensidad, a menudo entre grupos sociales contiguos por renta o cercanía física, tan cercanos que parecen iguales. Es la lógica del *dogfight*, de que luchen los perros. Que en formas menos cruentas o espectaculares que los asaltos a los campamentos de gitanos, también tiene lugar en el interior del abigarrado conjunto burgués. La lucha de clases se convierte en lucha de clasificaciones. En el horizonte mutable de las relaciones sociales, donde las posiciones alcanzadas se ponen en tela de juicio sin cesar, la casa permanece ahí, quieta, bien plantada, demostrando estabilidad, continuidad, certeza; cosas todas ellas que, como mucho, duran un par de generaciones. Cuando los hijos, criados en amplios pisos burgueses, se hacen mayores y se casan, tienen que emigrar a apartamentos más pequeños o a barrios menos prestigiosos.

De Parioli a Talenti, de Prati a Topignattara.

Es una ley matemática regida por el signo de la división.

Para algunos, los yacimientos de oro ya empezaban a agotarse en los años setenta y ochenta. Los hijos de los profesionales liberales, criados entre algodones, creyeron que aquella proporción áurea era un horizonte inmutable, y un buen día los despertó la optimización del espacio.

La visión burguesa de la casa también es mágica. Sus símbolos no son menos sagrados por el hecho de pertenecer a la cotidianidad. Hay objetos y espacios cargados de poder. Otros están prohibidos como el árbol del Bien y del Mal. Hay umbrales que no deben cruzarse so pena de la perdición, hay llaves que solo el chamán que las guarda puede girar. En la película *El marido*, Alberto Sordi lleva a su mujercita a su casa nueva, en el extrarradio, bueno, casi en el campo, es cierto, pero digna, y le enseña con orgullo una pequeña terraza que se convertirá en su íntimo refugio; de inmediato, su suegra dibuja con tiza el perímetro de la habitación que quiere que le construyan justo allí para cuando vaya de invitada y escribe en el suelo «Habitación de mamá». ¿Qué hace Sordi cuando descubre sus planes? Coge el tubo para regar y lo borra con un chorro de agua. «Vaya con la tía... ¡Uf! Qué te creías, ¿eh? Ahora verás...»

Se trata de dos magias, la de la tiza y la del agua; la primera evocadora, la segunda un exorcismo propiamente dicho.

Construirse una casa, comprarla o simplemente alquilarla es un acto fundacional. Hoy en día, que vivir de alquiler es menos usual, al igual que la construcción de obra nueva, y la compra resulta una hazaña titánica, la actividad en que el burgués invierte su dinero y su tiempo libre, sus expectativas y su gusto, más bien es la reforma: de cuadras, graneros, alquerías, masías, casa típicas de Apulia y de Sicilia y ruinas alejadas de la ciudad que le servirán como casa de vacaciones.

Existen los entusiastas del barrio de Trieste. Suelen ser personas que han crecido en él y que tuvieron que marcharse, que sueñan con volver un día, a pesar de que entretanto los precios de las casas se han vuelto prohibitivos. Al igual que los poetas latinos despotricaban contra la vida caótica y corrupta de Roma, contraponiéndola a la tranquilidad de una pequeña finca en el campo, los defensores de este barrio lo exaltan contraponiéndolo al casco antiguo que, no cabe duda, es maravilloso, espléndido, único en el mundo, etcétera, pero también ruidoso, sucio, está invadido por el tráfico, por las mesitas de los bares y restaurantes y por los noctámbulos que amenizan las plazas con peleas a botellazos o batallas de cojines, y que los defensores del barrio de Trieste, amantes de las callejuelas que ya están desiertas a las nueve de la noche, obviamente detestan.

Sin embargo, el barrio no se libra del deterioro romano generalizado. Contenedores de la basura que nadie vacía. Coches aparcados tranquilamente en doble y triple fila. Dueños de perros de patas temblorosas que defecan delante de los portales, pilotos de pruebas de minimotos construidas en el garaje u otros aparatos teledirigidos —ojo, no son chavales, sino adultos que rondan los cincuenta—, y *writers* o *taggers*, es decir, esos parásitos sociales que ensucian los muros con sus monótonos garabateos y que algunos veteranos del DAMS (Discipline delle Arti, della Musica e dello Spettacolo) o exdiputados del partido Refundación Comunista —pero

¿por qué, por qué, por qué os voté?— se empeñan en defender como manifestación artística o síntoma de «malestar juvenil».

No tengo claro por qué los grafitis en los muros pueden definirse como «síntoma del malestar juvenil» y dejar que los perros defequen en la acera no sea «síntoma del malestar senil».

Hoy en día, al primer vistazo, ni tu ropa, ni el coche que conduces, ni el lenguaje que usas indican tu pertenencia a una clase social. Todo es inestable, confuso. Dado mi aspecto desaliñado, a mí suelen tomarme por un indigente. Lo noto por cómo me miran, por cómo me dirigen la palabra... Basta con que me ponga una americana y me afeite y la percepción se invierte. Son impresiones efímeras, provisionales.

Con la invención de la llamada «burguesía de izquierdas», la vivienda era quizá la última señal inconfundible que definía un estilo, una estética burguesa que había abandonado casi por completo el culto a la distinción, observado al menos durante dos siglos en cuanto a comportamiento, modo de vestir y hablar, e incluso orientación política. La nueva generación burguesa de aquellos años —la mía— nació bajo el signo de los calcetines blancos y las sandalias azules con suelas de piel legítima, y al cabo de pocos años crecía andrajosa, informal, promiscua, libre, malhablada y mugrienta.

La única curiosidad que tenía mi padre cuando yo volvía de casa de un amigo con el que había pasado la tarde estudiando o a cuya fiesta de cumpleaños había ido era: «¿Cómo es su casa?», y no sabía qué responderle.

—¿Cómo es su casa?

—No sé. Es una casa..., bonita, sí..., creo.

Pues a los doce años no te impresiona que en la mesa haya tres juegos de cubiertos y no se te ocurre merodear por el piso para ver si tienen cuarto de la plancha. No me daba cuenta de que para mi padre aquella pregunta equivalía a pedir información acerca de la profesión o la situación económica de los padres de mi amigo y sustituía a la vieja y esnob «¿Son alguien?».

Todas esas cosas las entendí mucho después... Solo pasados los treinta, cuando me metí en una reforma, comprendí el significado exacto de términos tan sugestivos como «jardín de invierno», que para mí parecía sacado de una novela rusa, una descripción de espacios típica de Chéjov, una expresión lírica como las rosas que florecen fuera de temporada, «late roses filled with early snow», o la playa de invierno, «un concepto que la mente no considera».

Quizá el único accesorio de una casa que para nosotros señalaba una diferencia era la piscina. Ay, la piscina. Los que tenían una, privada o comunitaria, contaban con muchos amigos, y no todos desinteresados. Por mayo despierta, en junio se inflama y en julio y agosto estalla la amistad hacia los dueños de una piscina.

Fue justo al borde de la piscina de la Via Appennini número 34 —me había colado, no recuerdo gracias a qué contacto—, que acababan de llenar para la nueva temporada, donde un buen día de junio me fijé en una chiquilla delgada y rubia. Estaba sola, tumbada boca abajo, leyendo un libro con las piernas dobladas hacia arriba. No la reconocí a primera vista, pero tampoco al mirarla una y otra vez, hasta que me dijeron que era Leda Arbus, la hermana de mi compañero de clase. «¿En serio, Leda Arbus?», «Que sí». El biquini desteñido era casi indistinguible de la palidez de su piel. Con una mano se aguantaba el pelo detrás de la nuca para que no le cayera por los hombros y con la otra la barbilla, con el codo apoyado en el cemento. Parecía una posición muy incómoda. Cuando la había visto en casa de Arbus iba, obviamente, vestida. Ahora estaba casi desnuda. La comparación me turbó. Por eso no me acerqué a ella, fingí no verla.

La burguesía querría tratar siempre de usted a la existencia, mantener las relaciones en un plano formal, sin acercarse ni siquiera un centímetro de más; querría relacionarse con un mundo poblado de funciones y fantasmas, figuras y perfiles profesionales, seres con título pero sin nombre. También le gustaría tratar de usted a la sangre, a la traición y a la enfermedad, dirigirse a la muerte preguntándole: «Perdone, hágame un favor, ¿podría ser tan amable de presentarse, digamos, dentro de un par de años o, mejor aún, de unos diez?». Querría mantener a toda costa una distancia, que puede parecer seria o irónica, tímida o arrogante, pero que nace en cualquier caso de la necesidad de tener controladas las fuerzas oscuras, de evitar la contaminación, de esterilizar, de enfriar. Y si por cualquier motivo el nombre propio llegara a utilizarse, serviría para establecer una distancia social al dirigirse a un inferior —el frutero, Luigi, Bartolo, Natale; la señora de la limpieza, cuyo apellido jamás se ha pronunciado y sigue siendo Amalia, Amalia a secas, Aurora, Rosi, Bice, Corazón, Tania, Svetlana... Mi padre era «el Ingeniero», sin más. El «Ingeniero» se había convertido en su verdadero nombre, el apelativo con que distinguirlo de los demás; cuando murió, la mayoría de las personas que vinieron a su funeral en Sant'Agnese pensaba «Ha muerto el Ingeniero», el ingeniero Carlo, es decir, Carlo Ingeniero —como Chance Gardner, Chance el Jardinero de la película—, y me decían emocionados: «Qué buena persona era el Ingeniero...». Y yo, va y en la esquela puse ingenuamente solo Carlo Albinati omitiendo lo de Ingeniero... ¡Cómo se enfadó mi abuela! Dijo que habíamos deshonrado la memoria de mi padre. Sin la protección de aquel «Licenciado», mi padre debía de haber subido al cielo desnudo, algo vergonzoso.

Aspirando a la «distinción» como valor de referencia, la burguesía desea ser reconocida por la sociedad, pero a la vez separarse de ella, marcando una distancia insalvable. En el lenguaje coloquial esto se expresa con la locución negativa «No permitir»: no le permito que use ese tono conmigo, esos modales, ese lenguaje...

Para cruzar la fina separación y entrar en el territorio, en la casa, en los asuntos de los demás —que hoy en día se denominan con el sutil término «privacidad»— hay que obtener permiso, que el buen burgués otorga con gran parsimonia y desconfianza. Normalmente se atrinchera detrás de la línea. El espíritu de pura apariencia, la denominada «discreción», más que una hipócrita falsedad, significa que nadie está autorizado a adentrarse más allá de esa apariencia impecable. Ni siquiera el sujeto se siente autorizado a entrar en sus propios pensamientos, inviolables, a ser, por decirlo de algún modo, indiscreto consigo mismo. Más que engañar, la máscara protege. No sirve para fingir ser quien no se es, sino para no dejar ver quién se es de verdad. Hacia el exterior, la situación económica hablará por nosotros y, como es sabido, el dinero no tiene personalidad, no puede mentir, pero tampoco decir la verdad, no dice nada, por eso los miembros de la clase media suelen parecer intercambiables, anónimos, como lo eran y siguen siendo los habitantes del barrio de Trieste.

La discreción consiste en mantenerse a distancia del conocimiento. Renunciar a investigar, no hacer preguntas, no querer saber lo que los demás no desean comunicarnos libremente, es más, en ciertos casos ni siquiera lo que quieren comunicarnos. «Nada, no quiero saber nada. Cariño, te lo ruego, no añadas nada. Las palabras están de más...» La delicadeza con que nos mantenemos fuera de la esfera íntima del prójimo roza a veces la indiferencia, que, por otra parte, es un sentimiento al que se suele llegar tras haber hecho frente a penas y privaciones. Si sacrifico completamente mi curiosidad hacia los demás, si me acostumbro a reprimirla por principio, es probable que los demás dejen de interesarme poco a poco. Sus vidas, encerradas en sus sentimientos más secretos, se deslizarán fuera de mi alcance. A fuerza de no preguntar, se acaba por no tener nada que decir. Quien normalmente no pregunta, tampoco está obligado a responder. Además, si esta forma de discreción viene motivada por la intención de no molestar a los demás, de no herirlos, bien pensado también sirve para evitar herirse a uno mismo, para protegerse de verdades potencialmente desagradables. Las personas discretas, en efecto, se evitan un montón de molestias y desilusiones; el indiscreto, en cambio, siempre corre peligro de verse implicado en problemas. Se puede ser indiscreto y faltarse al respeto a uno mismo, revelando demasiado abiertamente, por imprudencia o en honor de la verdad, lo que sería mejor que los demás no supieran de nosotros. Se trata de un pecado quizá aún más grave y estúpido: el del entrometimiento de quienes quieren contarnos a toda costa sus asuntos.

En general, sobrevaloramos el peso de la mirada que se posa en nosotros. Por inseguridad o vanidad, creemos que los demás no tienen nada mejor que hacer que estudiarnos y sopesarnos, cuando en realidad la mayoría de las veces pasamos inadvertidos. La cantidad de expectativas, preocupaciones y pensamientos autorreferenciales que hacen temblar a un hombre o una mujer cuando entra en una sala concurrida y siente que los demás clavan sus ojos en él o ella, es normalmente desproporcionada respecto al interés real que suscita.

13

Hay un hecho curioso que concierne a la burguesía.
Al estudiar la historia parece como si siempre estuviera naciendo.
En efecto, cada nueva época inaugura su ascensión.
Por lo visto, en tiempos de Octavio Augusto se abría camino. En el medievo, afirman los historiadores, nacía. En el Renacimiento renacía y el siglo XVIII era el de la burguesía, y lo mismo vale para el siglo XIX. En resumen, esta dichosa burguesía está siempre por en medio, abriéndose paso a codazos, imponiendo sus valores e intereses.

(En la cárcel, uno de mis alumnos, que había sido miembro de las Brigadas Rojas, sostenía que ya durante la Edad de Piedra la burguesía explotaba al proletariado, allí, en las cavernas.)

La burguesía se lleva la palma en odio y desprecio de las personas que pertenecen a otras clases, lo cual es comprensible, pero lo que resulta increíble de verdad es la intensidad del odio que desata entre los suyos; los ataques más enardecidos contra el espíritu burgués han sido concebidos, escritos y salmodiados en comicios, invectivas y manifestaciones por otros burgueses. Quizá porque estos son los primeros desilusionados o asqueados por el bienestar que conquistan. Es un aspecto, una faceta singular, pero no contradictoria, de su espíritu insaciable y de su deseo vehemente de ascensión social. Aunque al enriquecerse las personas deberían ser más felices, sucede lo contrario, experimentan un rebote que las lleva a despreciar lo que antes deseaban. Puesto que existe un límite a la capacidad de autoengaño, una vez que han obtenido lo que ansiaban con toda su alma y que se han convencido de que era eso, justo eso, lo que querían, sienten una profunda desilusión cuyas causas son psicológicas, metafísicas o simplemente cronológicas, pues los deseos suelen cumplirse mucho tiempo después de haberlos ambicionado, es decir, demasiado tarde: uno puede permitirse comprar algo muy anhelado cuando ya no es tan importante o prestigioso poseerlo, y muchos ya le han arrebatado la exclusiva. Si todas las mujeres tienen lo que en los años sesenta se consideraba un fetiche, el abrigo de pieles, la señora que carece de él se sentirá inferior, pero la que lo tiene no experimentará ningún placer especial por el hecho de poseerlo.

A menudo deseamos cosas que no están a nuestro alcance. Y lo estarán cuando ya no sean deseables.

El aumento del nivel de instrucción es proporcional al descontento. El aumento del bienestar es proporcional a la insatisfacción.

En resumen, quien acumula bienes materiales quizá sienta desilusión y llegue incluso a odiarlos o despreciarlos. Y si él no experimenta esta repugnancia, quizá lo hagan sus hijos. Nos debatimos entre el deseo ansioso de poseer y la condena más o menos sincera de los efectos perversos que el enriquecimiento causa en nosotros, el paisaje, la nación, el planeta. Todo el mundo quiere estar mejor, pero a la vez se queja de estarlo, puesto que el bienestar acarrea un individualismo exacerbado, la amoralidad, el vacío interior, el consumismo, el abandono de los valores, la muerte del espíritu comunitario, la masificación del buen gusto, la contaminación, una vida insulsa, una insatisfacción más profunda que antes. Los bienes anhelados y obtenidos a costa de grandes sacrificios y de aún más grandes compromisos se revelan de repente absurdos, repelentes y detestables. En las películas americanas, el rico hombre de negocios que lleva una vida de alto *standing* de golpe cobra conciencia de la falsedad de su existencia. El ataque a Hollywood parte siempre del mismo Hollywood. Porque, y ojo con eso, el anhelo de poseer y la más cruda crítica contra ese estilo de vida proceden de la misma cultura; a menudo las personas que nadan en la abundancia son las primeras en proclamar que el dinero les asquea. Y lo suyo no es, o no solo, hipocresía. La atracción y la repugnancia son quizá dos movimientos del mismo impulso vital, hecho de tensiones angustiosas. La sensación de que el bienestar es un fuego fatuo que no calienta la vida es más profunda de lo que queremos admitir y va más allá de lo que en apariencia constituye la clásica falsa conciencia, es decir, pensar una cosa y hacer lo contrario. Esta dualidad forma parte, desde el principio, de la conciencia burguesa, cuyos valores resulta fácil ridiculizar, como llevan haciendo desde hace siglos escritores, artistas, cantantes y cantautores, profetas y jefes religiosos, moralistas, autores satíricos y muchos oradores y políticos de izquierdas, y también, quizá aún con más frecuencia, de derechas, a los que les bastan tres frases de ataque contra los vicios, las contradicciones y las debilidades burguesas para encender a la gente..., la moral de los comerciantes..., su cobardía, ese aprovecharse de los demás..., la hipocresía mojigata..., la famosa fórmula «guerreros contra comerciantes»...

> *Vecchia piccola borghesia*
> *per piccina che tu sia*
> *non so dire se fai più rabbia*
> *pena schifo o malinconia.**

La burguesía es, desde siempre, el ídolo polémico de sí misma. Hasta en la Enciclopedia —institución cultural cuya concepción se debe al espíritu burgués—, que se supone neutral, resuena cierta ironía, por no decir un desprecio mal disimulado, al dar su definición.

Hela aquí.

Características mentales y emotivas: renuencia, repulsión, celos, hostilidad, aridez, angustia espiritual. Hombre escéptico, vacilante, desconfiado, mezquino, ávido, cobarde.

Su único interés: hacer negocios, comprar terrenos y casas, revenderlos, fundar empresas lucrativas, sobresalir en su profesión y labrarse carrera en la administración pública, como revancha definitiva por el sentimiento de inferioridad social que sufre con respecto a los aristócratas y los ricos, y ahondar más en su separación respecto a la plebe. Comerciantes, banqueros, jurisconsultos y notarios, gente de negocios, gente de leyes.

---

* «Pequeña vieja burguesía / por insignificante que seas / no sabría decir si das / más rabia pena asco o melancolía», de «Borghesia», letra y música de Claudio Lolli, 1972. *(N. de la T.)*

Abandono de los ideales y de los sentimientos caballerescos.

Laicismo de fondo mezclado con conservadurismo religioso. Fervor religioso, si concurre, entibiado, eso que se llama religión dominical.

En lo más profundo de su ser, el burgués siempre ha sido contrario a la religión, incluso cuando se sometía a ella. Fue su aliada en un momento dado solo porque la consideró el último baluarte de la amenazada vida tradicional. Acostumbrado a poner en tela de juicio y a analizar todos los aspectos que le conciernen —negocios, ley, derechos, educación—, el burgués acaba pidiendo a la fe que profesaba antes, sin ponerla en tela de juicio, que le rinda cuentas. «Abre un contencioso con Dios», por decirlo así, entabla un pleito con Él, le pide explicaciones de sus obras, mueve su razonamiento hacia Él como una pieza en un tablero de ajedrez. Tiende a crearse una doctrina por su cuenta y a moldearla según sus necesidades. No se somete a los preceptos de humildad, pues acostumbrado como está a ponderar lo que más le conviene, le repugna la idea de una providencia omnipotente que lo domine. De esta forma, la última posibilidad de mantener algún tipo de espíritu religioso es la de construirse para sí un cristianismo sin muerte, sin Providencia, sin pecado y sin religión.

En teoría, contrario al dinero; en la práctica, consagrado a él. Del dinero no se habla, el dinero se hace. Deseoso de riquezas, pero también de ocio y buena vida. Le interesan los cargos públicos, pero desprecia la política como terreno de las intrigas.

El burgués jamás logra ser lo bastante inconsciente para ser feliz. Su desilusión aumenta exponencialmente a medida que, envejeciendo, sus fuerzas disminuyen y se reduce el horizonte de sus expectativas. La vida se le ha escapado y pocos pueden afirmar que la han vivido a fondo. En cuanto guardián de una idea contradictoria de estabilidad y continuidad —que, en efecto, choca con el otro modelo canónico, el del ascenso social—, quisiera acabar con la incertidumbre que domina la existencia. Pero si eso sucede, es decir, si consigue conquistar un margen de seguridad económica, aparecen el aburrimiento y la monotonía, pues placer y felicidad nacen de la discontinuidad, de lo imprevisto. Es el mecanismo burlón que gobierna la ley del deseo. Nos enroscamos en el bienestar como si fuera una cómoda butaca, pero al poco las posaderas empiezan a doler y las piernas a anquilosarse. Eso, por no hablar de que la tranquilidad económica, supongamos que conquistada para siempre, no protege en absoluto de las demás desgracias eternamente al acecho, como enfermedades, muerte de los seres queridos o propia; eventos que pueden pillar a traición al más próspero comerciante o al abogado de éxito. Es más, si nos atenemos a lo que dicen las santas parábolas, el destino se ensaña precisamente con ellos, la mano de Dios cae de modo ejemplarizante sobre la prosperidad, para que cada hombre se cuestione acerca del valor efectivo de las cosas de este mundo. Dinero, éxito, belleza, satisfacción de la carne, engreimiento del espíritu, todo queda reducido a polvo. Pudientes despojados de sus haberes en una noche, comerciantes afligidos por una asquerosa sarna o cegados por mierda de pájaro, opulentos hosteleros a los que se traga un terremoto, ministros que pierden el cargo y acaban en el patíbulo antes de que amanezca.

El burgués barrunta todo eso. Su ansiedad nunca se calma, las fuerzas adversas podrían desatarse contra él de un momento a otro.

Así que, debajo de una pátina convencional de optimismo que muestra por decoro, como la camisa limpia o los pantalones planchados con raya, está preparado para lo peor —«Lo peor, tarde o temprano, llegará, está al caer, es solo cuestión de tiempo...»—. En la mentalidad burguesa, lo transitorio es insoportable. Y como todo es transitorio, al final todo resulta insoportable. Llegados a ese punto solo queda el sueño, la ilusión. A fuerza de no creer en nada, uno acaba creyéndose las fábulas más estrafalarias. El mito de la permanencia, rumiado y exprimido por la aristocracia a través de los siglos, se inyecta en las venas burguesas como una droga. Bastan pocas generaciones y unas ruinas reformadas para considerarse fundador de una estirpe, poseedor de raíces, garantizándose la renta de recuerdos y actos que el tiempo sellará poco a poco. Aunque cada vez que el burgués abra la boca lo haga para celebrar la primacía del pragmatismo y el sentido común, nadie tiene más fe que él en los símbolos a los que se aferra en los momentos de dificultad; comparada con él, la aristocracia y la plebe son de un realismo exasperado.

En verdad, el burgués está entregado a la infelicidad por definición, su moral podrá favorecer la acumulación de riquezas y prestigio, pero nunca dará la felicidad a quien la practica. La congruencia entre el medio y el fin difícilmente genera entusiasmo. Los cónyuges Arnolfini no parecen exultantes de felicidad. Y aparte de alguna mirada mansa o arrogante, la imagen que nos devuelve el cuadro de esos señores y esas parejas acomodadas siempre lleva la marca de una angustia vital irreprimible. La época de la ansiedad, en resumen, viene de lejos, de muy, pero que muy lejos.

vecchia piccola borghesia
per piccina che tu sia...

Afligida por su misma sabiduría, tendría la tentación de liberarse de esta a cabezazos o a manotazos, y a veces se deja seducir por fuerzas extrañas en que cree reconocer el instinto, el vigor, la alegría espontánea, puesto que la burguesía no es capaz de sentirlos, no sabe lo que quiere realmente, lo que desea. Aplazada para el fin de los tiempos la idea de la liberación, el sueño de conseguir una auténtica libertad, se ve obligada entretanto a mostrarse escrupulosa en todo momento, a tomarse en serio una infinidad de minucias y a sopesarlas por si se diera el caso de que pudieran serle útiles. El principio de la ventaja personal multiplica los contactos humanos, pero los estropea en el momento mismo de nacer. La cantidad de cosas que hay que medir supera toda medida. Si el aristócrata era un holgazán felizmente activo en sus pasiones, el burgués es reactivo —nada de lo que hace es autónomo, gratuito, espontáneo, original, ni siquiera sus pasatiempos lo son—, todo en él surge como reacción a algo, como respuesta, como resentimiento o réplica, recuperación, contraoferta, negociación. Solo puede considerar virtuoso lo que lo pone en la condición de ser productivo al máximo, lo demás no cuenta, peor aún, supone un lujo; ser una persona con impulsos y asuntos personales es un despilfarro, hay que desacreditar la ineficiencia, el derroche. Incluso la salud cumple una función, hay alimentos beneficiosos, el saber es útil, apoderarse de la belleza servirá de algo, el lujo otorga prestigio, la montaña relaja los nervios.

sei contenta se un ladro muore
se arrestano una puttana

> *se la parrocchia del Sacro Cuore*
> *acquista una nuova campana.**

Así cantaba Claudio Lolli en 1972, y nosotros coreábamos con él esta tétrica cantinela antiburguesa, rendidos ante el poder de ensoñación de la música, un vector emotivo capaz de vehicular cualquier contenido.

Muy acertada la rima «fulana-campana», que sugiere el máximo contraste entre las respectivas morales, la ácrata y transgresiva de la prostituta, y la beata y resentida de alguna hipócrita señora católica. Está claro que desde un punto de vista romántico nuestras preferencias se inclinan por la primera; en las canciones y las poesías la puta gana con creces a la señora respetable, del mismo modo que el bandido y el rebelde se comen vivo al funcionario del Estado. Es difícil concebir una balada de empleado de banco, si no es como parodia. Las solteronas rácanas, conformistas y pudibundas que han sacado adelante el país sirviendo a un pensamiento reaccionario solo valen para hacer de ellas una caricatura cruel o afable, no importa, pues es comúnmente aceptado que se trata de figuras indignas de tomarse en serio. En efecto, la respetabilidad en la literatura es, sobre todo, indigna. Como mucho, puede hacerse escarnio de ella. Desde que la burguesía entró en la literatura, no se ha hecho más que insultarla, y añadiría que con razón, pues ha destronado a los fastuosos personajes de antaño, héroes y heroínas, mosqueteros y princesas, por ávidos *social-climber*, como institutrices, farmacéuticos y funcionarios deprimidos. Es decir, con don nadies. Es curioso que precisamente estos autores que han dado acceso libre al arte a este tipo de personajes carentes de atractivo, los odien o desprecien en lo más profundo de su ser incluso cuando se identifican con ellos; es como si se odiaran a sí mismos y la novela fuera su válvula de escape, un desesperado *coming out*. Sí, soy mezquino, envidioso, carezco de títulos, pero desearía ser principesco y querido como tal. Me lo merezco, al menos por la franqueza que demuestro al admitir que no me lo merezco. Siendo casi todos los escritores unos advenedizos que salieron huyendo del pantano de su origen so-

---

* «Te alegras si muere un ladrón, / si detienen a una fulana, / si la parroquia del Sagrado Corazón / compra una nueva campana.» *(N. de la T.)*

cial con un gesto volitivo, estetizante, y siempre algo desesperado, de autolegitimación —como Münchhausen, que se tira solo de la cola, o como Tartufo, que construye su posición sobre la nada seductora de las palabras—, son plenamente conscientes de que mienten, pero le tienen tanto cariño a su mentira, los conmueve tanto, que acaban por creérsela y la buena fe con que la cuentan resulta enternecedora. El arte lava el pecado original. Es un exorcismo. Quienes han alcanzado una posición social se sacuden de las suelas el polvo de sus orígenes, los acomodados expían las culpas uniéndose a movimientos que predican su propia destrucción.

La investidura del burgués se la guisa y se la come él mismo. Está condenado a sacar reglas de la ausencia absoluta de estas y sin asideros ni contactos arriba. Precisamente por eso la moral laica es incierta. Y disimula su debilidad constitutiva con la agresividad. Quien está obligado a forjarse a sí mismo debe ser sarcástico y desdeñoso. Cuando el burgués, debido a la falta de tiempo que dedica a la elaboración de un ideal —por ejemplo en la época propulsora de los grandes beneficios y de la acumulación de fortunas, cuando lo único que hace es amasar dinero—, se contenta con heredar una moral tradicional que acepta como provisional o transitoria —la católica, por ejemplo—, inevitablemente la falsifica. Su espíritu escéptico la desnaturaliza. Convierte el cristianismo, una religión tumultuosa y mística, en una doctrina seca y práctica. El intenso y nauseabundo olor a podrido que emana de la carne martirizada se ventila con una ráfaga de fresca laboriosidad..., por «sacrificio» se entiende, como mucho, dedicación al trabajo y ahorro doméstico. Higienizado e interiorizado, de manera que no provoque escándalo con testimonios en exceso atrevidos, amputado de todo impulso inconveniente, limitado su nivel de superstición, pero no anulado del todo —con la finalidad de que al menos los estratos más populares siguieran bebiendo de la fuente de los misterios: apariciones y sangrados—, el cristianismo se revelaba adecuado a la nueva función. Bastaba con cambiar el signo a algunas ecuaciones simbólicas, por ejemplo el anatema contra el dinero, que desde el principio había sido condenado por el Maestro de modo inequívoco. Así fue durante algunos siglos, y funcionó de maravilla. El alma cristiana y el espíritu burgués iban de la mano, haciéndose mutuamente el juego. Quizá la Iglesia creía que empuñaba las riendas usando esa clase de *realpolitik* que la ha conducido hasta hoy, formada por alianzas desaprensivas con sus más acérrimos enemigos, sirviéndose de ellos para volverlos inofensivos en vista del triunfo que la espera; sin embargo, después de haberla agotado y cuando solo queda de ella un residuo molesto, la religión ha sido dada de lado primero por la burguesía —¡sí, precisamente por ella!— y después por todos los demás. Ya no funcionaba, su «fuerza propulsora» se había acabado. Demasiado antigua y vinculante, plagada de obstáculos y densa de preceptos, por más que se suavizaran, se pulieran y se banalizaran.

Hoy en día, el cristianismo, en Europa, es una práctica extravagante y minoritaria, y donde no es así, donde no se acepta que sea así, sencillamente no existe, pues se ha barrido del horizonte de la vida cotidiana. Aunque desearía con ardor que volviera a circular un poco de sangre caliente, el cristianismo no puede permitirse el lujo de ser fanático, habida cuenta de la competencia desleal que en este plano le hacen otros radicalismos religiosos; así que siempre le toca dar marcha atrás, avanzar con cautela, tolerar de mala gana, ser hipócritamente conciliatorio, cuando en realidad todos y cada uno sabemos muy bien que no puede existir una fe basada en sentimientos tan genéricos y débiles. (Este es el delito inexpiable del islam actual: tener y cultivar una fe que en Occidente ya no se tiene ni se cultiva. Esto, y no otras cosas, es causa de temor y rechazo, pero también de cierta envidia, por parte de los occidentales.) No se necesita a Dios para respetar el semáforo en rojo, para pagar los impuestos y tirar las latas en el contenedor de recogida selectiva —bueno, quizá en Italia sí, solo nos portaríamos bien si viéramos arder el fuego del infierno, pero ¿y en Suecia o Suiza?—. Todo está conjurando para abolir la religión, ese lujo anticuado, o para cambiarla por una hipoteca más baja. La fe es una locura, un fuego que languidece y se apaga si se alimenta con la lánguida leña del sentido común. Lo que puede demostrarse tiene poco valor.

Además hay una cláusula del contrato que establece que el cristianismo se entregó al espíritu burgués, nombrándolo su procurador o agente universal, cosa que se demuestra, a la larga, desventajosa; me refiero a ese trueque en virtud del cual, para conquistar el resto del mundo siguiendo la estela de las flotas imperialistas, se perdía Europa. Ese era el precio que había que pagar. Bien, el contrato se ha cumplido, Europa se ha perdido para siempre, creo; la prueba es que sus legisladores se avergüenzan de mencionar el cristianismo entre sus principios inspiradores: Grecia, sí, los romanos, sí, y también los ilustrados, pero Cristo, que fue el primero en decir que todos los hombres son iguales, no. Ya está, Europa le ha dado la espalda a Jesús, pero Jesús sigue atado de pies y manos a Europa, como un rehén que por fuerza debe ir donde van sus raptores.

Si para la burguesía el cristianismo no podía ser más que una moral provisional que se abrazaba de modo instrumental, pero aun así permaneció entrelazada a él larga y tercamente, es porque la burguesía, mientras tanto, no ha sido capaz de generar otra. A pesar de los esfuerzos realizados por mentes de primera línea, nunca ha logrado más que hacer afirmaciones genéricas y enunciaciones abstractas. Decaída la cristiana, se queda sencillamente sin ética, se ve obligada a remendar y coser retales de otros códigos religiosos o morales, jirones de liberalismo o socialismo, que vemos representados a través de las cuotas de participación en las comisiones políticas que tratan temas como la eutanasia, la fecundación artificial, el control de la natalidad o la familia. Quizá el *patchwork* pueda servir de modelo a una sociedad, pero seguramente no de la ética general que la gobierna.

Del mismo modo, de un día para otro, como si nunca hubiera creído en ella y no la hubiera colocado en el centro de todo un sistema de valores, la clase media dio de lado a la retórica patriotera de la que se había alimentado durante cien años y un par de guerras mundiales, que se iniciaron con grandes ovaciones y vítores, sustituyéndola por un pacifismo basado en los mismos valores egoístas que sostenían a la ideología descartada. Muchas banderas arcoíris flamean hoy en día por las mismas razones que flameaban las nacionales hace unos pocos decenios: la defensa pura y dura de los propios intereses, o de los que, con o sin razón, se consideran como tales. La guerra «ya no nos interesa», mientras que antes «nos interesaba» y la hacíamos, justa o equivocadamente, no importa. En efecto, no existen guerras justas o equivocadas, sino guerras que se ganan o se pierden. En cualquier caso, no queremos saber nada de eso. Dejadnos al margen, por favor. Antes parecía que había que defender con la sangre nuestros intereses; hoy parece que la sangre, sobre todo si es inocente, en el fondo los perjudica. Paz. Paz. Dejadnos en paz. ¿Dónde ha ido a parar, pues, esa palabra con la que nos llenábamos la boca, esa que nos henchía el corazón, «Patria»? ¿Con qué se ha rellenado su vacío? ¿O es que esas palabras eran un vacío en sí mismas, meros nombres, ídolos verbales para mantener unida la vida? Si ya no hay palabras como «Dios» y «Patria» que entibien el léxico de la clase media, esta acabará por congelarse y acartonarse como la hoja seca del poeta. Si no se posee o no se es poseído por una retórica, nos quedamos mudos. No digo sin ideas, sino callados, enmudecidos. Los demás encaprichamientos, como la Cultura o el Comunismo, han sido demasiado pasajeros y, además, no dejan de ser fundamentalmente extraños al espíritu con que la burguesía emprendió su larga lucha, mientras que el dinero no proporciona por sí solo suficiente legitimación, ni siquiera autolegitimación. Aun cuando es el fin efectivo por el que se vive, bueno, nunca se tiene el valor de decirlo en voz alta. «A mí solamente me interesa la pasta» es una frase que quizá pronuncie alguien que ha bebido, como un desafío, para alardear de cinismo, o dándose golpes en el pecho en el momento culminante de una autoacusación, pero sería insostenible formularla seriamente, en frío, no se aguanta sola. El dinero no es un valor, y aunque lo fuera podría comprarlo todo menos un valor, así que si existe algo que el dinero no puede comprar, este deja de ser lo que es, contradice su naturaleza, se volatiliza. En resumen, el dinero existe pero no puede hablarse de él, es un medio, no un sujeto y, en efecto, cuanto más rico se es, menos se le menciona; el dinero se tiene, se silencia, solo quien tiene poco habla de ello.

En Italia existía una única excepción a esta ley, y era una persona que no ha hecho más que hablar de su dinero, obsesivamente. A pesar de que era y sigue siendo el más rico del país, hablaba de su dinero como si tuviera que convencerse, en primer lugar a sí mismo, de que lo poseía, como si tuviera que tocarlo con la lengua; igual que antaño se metían las manos debajo del colchón para comprobar que los ahorros seguían en su sitio, él, siempre que quiere explicar quién es, mete la lengua en el dinero, habla de su dinero. Es un rito atormentado, como el de Fagin en *Oliver Twist*, que saca su tesoro del agujero y lo acaricia.

Casi todas sus afirmaciones en cualquier tema o ámbito, incluso en los que no tienen nada que ver con el dinero, concluían y se sellaban con la fórmula: «¡Podéis fiaros de alguien como yo, que he hecho un montón de dinero!». Hay quien afirma que esta continua mención al dinero se debe a su incurable miedo a la muerte. Algunos dicen que se trata de la revancha del advenedizo, que todavía necesita imponerse sobre aquellos a quienes ha alcanzado y superado en riqueza. También hay quien sostiene que lo recuerda continuamente para suscitar admiración y que la gente desee identificarse con él, pues, en opinión de ellos, a estas alturas el dinero es la única referencia de los italianos. Según otros, quiere adecuarse e imitar el modo de actuar de los empresarios americanos, que no tienen falsos pudores a la hora de proclamar su fortuna. «El año pasado me fue regular, solo gané treinta y cinco millones de dólares...», aunque dudo de que sean tan obstinados como él, igual que dudo de que un jubilado que no sabe cómo llegar a fin de mes pueda identificarse con un hombre que alardea con semejante descaro de su riqueza y admirarlo en vez de odiarlo. Yo me cabrearía si continuamente oyera: «¡Miradme, tomadme como modelo!», como dice él. Pero modelo, ¿de qué? «Disfruta de tus millones y cállate de una vez», masculla el viejo huraño que se esconde en el fondo de mi corazón, y en el que pronto me transformaré incluso físicamente, blandiendo el bastón. El dinero de los demás no provoca nuestros mejores sentimientos, simpatía o benevolencia, sino todo lo contrario.

No falta quien ha formulado, alrededor de este empresario y político de increíble éxito, la teoría de que él representa, en realidad, al italiano medio elevado a la enésima potencia, una especie de italiano al cubo, síntesis y ampliación de sus defectos y virtudes, pero, sobre todo, de los rasgos comunes, ni buenos ni malos, que conforman el carácter italiano; es decir, una especie de ultraitaliano, para usar la definición con que durante la guerra de Yugoslavia se denominaba a los nacionalistas más acérrimos de las diferentes etnias, ultraserbios y ultracroatas. Él sería, en efecto, un ultraitaliano, una proyección hecha con pantógrafo de la imagen que a los italianos les gusta dar de sí mismos, acompañada de vicios repugnantes e innegables, y a veces apasionantes, virtudes. Expresan esta opinión con un tono ligeramente asqueado, condescendiente, con el que se suele hablar de Italia. Qué vamos a hacerle, señores, los italianos son así..., no hay nada que hacer. Gandul y trabajador, sensato y alocado, escéptico y fanático, con complejo de inferioridad y de superioridad a la vez; por lo visto, su carácter anfibio se presta de manera especial a los experimentos políticos y al ejercicio inflamado de los moralistas, a quienes en el fondo es indiferente. Que escriban lo que quieran. Los artículos de fondo indignados o las pancartas de poesía civil no podrán curar el escándalo que supone su volubilidad y versatilidad. Por otra parte, cuando la conciencia nacional se basa casi por completo en proclamas retóricas y cristalizaciones de figuras legendarias, como santos y bandidos, basta una pedrada para hacerla añicos, y cuando las vidrieras que ilustran sus gestas yacen en el suelo hechas pedazos, nos hundimos en la oscuridad que es la falta de identidad. Queda la indistinción como la única alternativa a la mentira. O es un mito verdadero a medias, o el italiano no existe en absoluto. De la exaltación se va derecho al linchamiento. Hasta a nuestra burguesía hay que pedirle de rodillas que se comporte como tal, un poco al menos, qué caray, como en el resto del mundo civilizado, hacia el cual siempre se alberga una profunda envidia mezclada con desprecio, exactamente igual que el criado astuto con el amo estúpido. Es imposible ponerse al mismo nivel que los demás, nosotros tenemos un destino especial, un récord del que enorgullecernos o una vergüenza que ocultar. El filántropo se revela pedófilo, el héroe al que todos adoraban ha robado el cepillo de la iglesia, confirmando la sensación de que lo que había contribuido a dar una imagen inicial era solo un truco, un engaño bien planeado. En resumen, teatro, escenario, lo cual también explica ese amor incorregible por el melodrama, no como género artístico, sino como postura social.

Puntualmente, y a menudo por obra de sus ilustres compatriotas, a los italianos se les echa en cara que no son franceses, ingleses o escandinavos sino, justo, italianos. Un siglo antes de que entrara en escena el personaje en cuestión, el gran corruptor, había quien los acusaba de adorar al Becerro de Oro. De haber vendido su alma. ¿Qué alma? ¿De cuántas almas disponemos? Todavía no teníamos ni un asomo de identidad y ya había quien se quejaba de haberla perdido.

Y henos aquí, en el meollo de la cuestión. Puede que el personaje del que no menciono su obvio nombre sea el único burgués con la desfachatez de manifestar, de exteriorizar sin reparos ni frenos, su resentimiento y sus ambiciones de otro modo inconfesables, aspiraciones desmedidas. Yo soy capaz de, yo estoy a la altura de, yo poseo, yo lo puedo todo. Mi capacidad adquisitiva es ilimitada. Soy amigo y padre. Como dice un cómico famoso, quiere ser el novio en la boda y el muerto en el entierro. Los cientos de chistes que circulan sobre él, que se burlan de su megalomanía y de su anhelo por ser Napoleón, Jesucristo o, en el peor de los casos, el Papa —con el nombre de Pío Todo—, son bastante acertados. En él se manifiesta, en su grado máximo, la desmesura de ánimo característica de una época que ha roto los márgenes, en la cual a cualquiera se le reconoce el sacrosanto derecho a aspirar a todo. En la burguesía, las grandes ambiciones, o están completamente ausentes o se manifiestan de manera catastrófica. En un mundo dividido en castas, no podían eludirse los rígidos papeles y horizontes que se asignaban a la vida de los individuos y la grandeza se medía precisamente por la aceptación de imposición, cualquiera que fuera. En el mundo actual, los vínculos se han aflojado a tal punto que podemos suponer, con angustia o goce desenfrenado, que no poseemos ningún destino, ningún límite preestablecido. Jamás podemos contentarnos con lo que hemos obtenido, y la frontera entre la mediocridad y la gloria es tan tenue que confundimos sin cesar lo uno con lo otro; por eso es necesario subir el listón, por temor a haber apuntado demasiado bajo. De ahí la aflicción por no haber elegido el camino justo, tanto en el sentido de habernos equivocado de objetivo como de haber errado la senda para alcanzarlo, o de no ser capaces de anticiparnos a los demás para evitar que se adueñen de lo que ambicionábamos y nos dejen fuera de juego. Si el primer error revela una incertidumbre existencial, el segundo y el tercero son aún más humillantes, porque nos vemos adelantados en nuestro propio carril por otros competidores más hábiles, dotados o desaprensivos. Siendo todo posible para todos —al menos, en teoría—, cualquier objetivo que se ha alcanzado resulta frustrante porque enseguida podría ser malogrado por otro más hábil.

En el mismo nivel, faltaba el sexo. El sexo es la nueva frontera sobre la que avanzan la mercantilización y la saturación globales. Y fue el sexo, una bacanal virtualmente ininterrumpida, una eufórica juerga de posesión integral del todo —de las partes íntimas de muchachas disfrazadas de enfermeras a las mentes divertidas de los comensales que asistían a las orgías—, y no por casualidad, el apogeo triunfal y a la vez el principio del declive del paladín burgués del que hablaba. Se trata de una curva fisiológica: el uso extremo, la conversión extrema del dinero no puede desembocar más que en la adquisición del cuerpo, de los cuerpos, en readquirir la dimensión corporal en la que tiene su origen, de donde procede, en reencarnarse. De la fuerza primitiva de la mano que golpea o siega a la curva de un par de nalgas que se abren mostrando el coño y el ano. Todo vuelve allí. Y cumpliendo esta elección, empezar a envejecer a la fuerza, y morir. No es ni economía ni política, es fisiología.

¿Podrá la burguesía volverse pornográfica por completo?

14

Los pasos han sido, pues, los siguientes: de la ética absoluta del sacrificio a toda costa, a la moral del sacrificio por una causa considerada racionalmente justa, al rechazo del sacrificio por una causa considerada racionalmente injusta, al rechazo, en cualquier caso, de todo sacrificio. No estoy intentando decir que cada una de estas tesis no posea su grado de verdad y razón, y tampoco que sea imposible sobrevivir con la ética de la fase anterior en la fase que le sigue.

¿Todavía estás ahí, lector? ¿Estás cansado? ¿Acaso desearías cerrar el libro y dormir, volvérselo a dar a quien te lo regaló o exigir al librero que te lo vendió que te devuelva el dinero? Bueno, lo siento. En mi caso, ya es demasiado tarde, pero en el tuyo, lector, no. Puedo aconsejarte que te saltes unos capítulos y vayas directamente a la Quinta parte, que se titula «Colectivo M». Exacto, «M», del Monstruo de Düsseldorf. Entretanto yo seguiré analizando bajo el microscopio a la clase media. Puede que logre encontrar los pequeños insectos que ando buscando. Su picadura causa efectos sorprendentes. A mí también me picaron, me contagiaron y me impulsaron a realizar esta investigación obsesiva.

Si alguien dice «¡Para!», yo sigo.

La amenaza más grave para la clase media no viene de abajo, como siempre se ha creído, sino de su mismo espíritu innovador. Justo por eso existe una fracción de la clase media, conservadora hasta rayar la estupidez, que intenta aferrarse con uñas y dientes a las costumbres a fin de que la velocidad con que se mueve el mundo, tras haber recibido el empujón de la otra fracción, no la haga volar por los aires. Gira vertiginosamente, y al hacerlo arroja fuera de órbita a los que no han tenido tiempo de enraizarse o, al menos, esta es la angustiosa sensación de la que protegerse, construyendo rápidamente anclajes que proporcionen una fachada de la continuidad, de tradición. El patrimonio es, en apariencia, lo único por lo que el burgués está dispuesto a pelear, incluso contra los miembros de su propia familia; es el símbolo —o su equivalente— de lo que hay que defender de la erosión, es decir, la vida entera, con sus valores y su sentido, que parece igual de débil y amenazado. El peligro que corre a diario el capital pone en evidencia la precariedad de todo lo demás; el éxito de un negocio o su fracaso van más allá de su simple resultado económico, por eso se celebran de manera triunfal o causan un desaliento abismal, pues son los únicos indicadores que establecen si vamos o no en la dirección. No es que los burgueses sean tan mezquinos que solo piensen en el dinero, pero ¿qué otros parámetros poseen para medirse? Su corazón, como el de todos, se halla rebosante de deseos, sueños confusos, ideales delicados o violentamente románticos. Pero la unidad de medida sigue siendo esa. Los esfuerzos admirables y patéticos con que suelen intentar emanciparse de la dictadura del principio económico —por ejemplo, queriendo resarcirse con cultura, frecuentando exposiciones y conciertos, convirtiéndose en coleccionistas, mecenas y patrocinadores del buen gusto o del estilo— no hacen más que confirmar la primacía de tal principio y su magnetismo casi irresistible; y digo «casi» porque, sin duda, es posible escindirse de él mediante un puro acto de voluntad, o gracias a una marcada inclinación psicológica —una perversión, digamos—. Confieso que, en general, me siento solidario con los profesionales liberales a la antigua, funcionarios o empresarios, que temblaban ante la idea de ver manifestarse en sus hijos ambiciones artísticas; es inevitable considerarla una degeneración, un autoengaño, una traición o, peor aún, la arrogante pretensión de demostrarse espiritualmente superiores a sus padres. ¿Quieres ser director de orquesta en vez de ocuparte de la fábrica de lana? Muy bien, muy bien, así te sentirás superior a mí... En el antiintelectualismo siempre se encuentra algo sano, casi ingenuo, infantil, una especie de realismo intuitivo que sabe identificar las palancas que mueven el mundo y asirlas sin titubear. Con la misma desenvoltura con que se maneja el dinero. Es lógico, pues, que las personas acomodadas se preocupen de si un hijo suyo manifiesta una vocación que lo aleja del principio de utilidad, incluso si en ese nuevo papel alcanzara éxito y fama. Por más ilustre que fuera, sería siempre un subalterno, un elemento decorativo.

Los intelectuales: la parte dominada de la clase dominante.

Esa es la cuestión. Dejarse arrebatar por una sublime interpretación al piano por desgracia no salva el alma del pecado original, más bien indica que la llama del sufrimiento por ese pecado jamás se extinguirá. A menudo el amor por la belleza nace de la incapacidad para crearla. De entenderla, incluso. No existe un pensamiento más despiadadamente burgués que el marxista en la versión que reduce y achaca todo fenómeno al plano económico. El determinismo produce más determinismo, como el dinero produce dinero. Lo que se denuncia y se desenmascara tiene éxito justo por eso. Como el destino en la tragedia griega, cuanto más se arremete contra él, más se vuelve inevitable y gigantesco. El pensamiento de Marx es un pensamiento burgués privado de sus apariencias hipócritas, y de este despojamiento brutal deriva el carácter lúcido y humorístico de algunas de sus páginas, y la razón por la que hoy yazcan abandonadas —pasando por alto que hayan fracasado a nivel político—. Demasiado cínicas, demasiado genialmente simplificadas para ser creíbles. Carente de sus adornos ideológicos y estéticos, la preponderancia del factor económico se vuelve grotesca o tiende a parecerse a un chiste judío, como el de Isaac, el comerciante, que en su lecho de muerte, ya casi ciego, llama a sus hijos a su cabecera: «David, ¿estás aquí?». «Sí, padre, aquí estoy.» «¿Y tú, Rebeca? ¿Y Sara, Miriam y Daniel?» «Sí, padre, aquí estamos.» «¿Y Benjamín? ¿Dónde está mi pequeño Benjamín?» «Aquí, padre, estamos todos.» «Ah, ¿estáis todos aquí? Entonces ¿a quién diantres habéis dejado al cuidado del negocio?»

La palabra clave es «prudencia», que significa tener ojos para todo: ojos para vigilar, para calcular, pesar, medir, compararlo todo.

Como el ojo de Dios, el espíritu económico vigila toda actividad material y espiritual, escruta y sopesa desde arriba o, mejor dicho, desde abajo, pues subyace a cada iniciativa o pensamiento. También puede cuantificarse lo inconmensurable o lo sublime calculando el valor de un cuadro, su cotización actual en vista de la futura. El coleccionista de arte representa a la perfección este abandono casi místico ante la aparición del evento estético conjugado sin escrúpulos con el cálculo del beneficio. ¿Será una buena inversión? Mientras un ojo languidece ante la belleza que lo deslumbra, el otro recorre el listado de precios. Y lo gracioso es que no se pone bizco al realizar tal operación, en absoluto, el ojo estético y el económico, en realidad, miran en la misma dirección. La identidad burguesa también discurre sobre estas líneas paralelas, siempre en equilibrio y en tensión para no separarse. Se mantiene unida gracias a la diligencia y la aplicación. Nada tiene de la natural prepotencia aristocrática ni de la salvaje espontaneidad popular, pero es capaz de aparentar la una y la otra y de usar de manera instrumental lo que no le pertenece, ya se trate de estilo o de vulgaridad. Es, en definitiva, una identidad componible que como tal precisa de una comprobación y de una puesta al día incesantes. ¿Hasta dónde puedo llegar con los medios que tengo? ¿Cómo lograré poner en juego medios más eficaces para obtener otros medios de los que ahora estoy desprovisto? Si el fin fuera claro y establecido de una vez por todas, uno podría aceptar el desafío, o bien renunciar a él desde el principio; lo malo es que la clase media nunca declara de forma explícita su fin, por ejemplo, el enriquecimiento personal, porque si lo hiciera perdería la dignidad, en primer lugar frente a sí misma; pero tampoco puede declararse satisfecha de cómo está, pues eso equivaldría a admitir que carece de objetivos, que su vida es inútil. Entre un sentimiento inminente de inutilidad y la ocultación de sus fines inconfesables se abre una gama de soluciones existenciales. Es cierto, el objetivo mínimo sigue siendo el de defender un estatus, el de conservar una tradición; aunque cueste sostener que una casita en una localidad costera constituya en sí misma una sólida tradición, venderla para hacer frente a las dificultades económicas tal vez suponga para algunos un duro golpe del que ya no se recuperarán. Como lo fue para mi anciana abuela mudarse de Parioli a los límites de Vigna Clara, a un piso de alquiler que era la mitad del que tenía.

Para comprender esta mentalidad conservadora hay que imaginarse en un permanente estado de sitio.

Entre las pasiones artísticas usadas como señal de distinción, destacan las artes visuales y la música por encima de la literatura. ¿Por qué?

Si fuera un escenógrafo encargado de reproducir un interior familiar de la alta burguesía de los años setenta sabría con qué obras llenar las paredes. Claro, las artes visuales se prestan a conjugar la función estética y la económica, mientras que en la vertiente opuesta, la música es el arte ideal porque a través de ella se realiza la ambición de poner la máxima distancia entre uno mismo y lo material. La tensión hacia la forma artística pura y su disfrute desinteresado no sería más que el reflejo de una inclinación social: alejarse todo lo posible del mundo de las necesidades, redimirse del principio de utilidad contraponiéndole la forma, el alma, la belleza. Sacar el máximo provecho de la inutilidad de Beethoven, lo cual demuestra que el desinterés puro no existe o no es viable.

Razonamientos, razonamientos, razonamientos..., ¿para qué sirven?

Agotados los razonamientos, solo queda la profecía, del mismo modo que, borrados por altanería, idealismo o pereza los rastros de las profesiones y del mundo empresarial, al joven acomodado solo le queda convertirse en un artista: actor, escritor, músico. Ya que no sabe producir, deberá crear; negado para las cantidades mesurables, se verá obligado a frecuentar el infinito. Sé de algunos que tenían abiertas de par en par todas las puertas que conducían a la riqueza y al honor con solo acceder, con un poco de humildad, a familiarizarse con los números, como los honrados verduleros que hacen las cuentas a lápiz en una libreta de papel cuadriculado; y, sin embargo, no, desdeñaron esa sencilla opción, menospreciaron la posibilidad de ocuparse de lo tangible, con toda la prosa de sus pequeños trajines, y en su arrogante pureza han acabado escribiendo reseñas de películas en revistas de las que habrían podido ser tesoreros o miembros de la comisión de control, en cuyo consejo de administración participarían si no los hubiera poseído un estúpido anhelo intelectual. Demasiado altaneros para mandar, han preferido someterse y juzgar desde abajo.

El realismo fue la amarga medicina que el espíritu burgués tuvo el valor y el descaro de suministrar al mundo para curarlo. El mundo no se curó con esta vacuna, pero el problema es que ni siquiera la burguesía se la tragó sin hacer una mueca. El sabor ácido de las máximas, de Maquiavelo a Kraus, entusiasma las primeras veces, es como un navajazo, una ráfaga helada en el aire estancado de las fábulas, pero a la larga puede llegar a desesperar, a ahogar. El realismo radical tiene sin duda muchos méritos pero poco atractivo, y es difícil de sostener, implica cierta monotonía existencial, una inamovilidad implacable de pensamiento, por lo que hasta el espíritu más desencantado en un momento determinado desea llenarse la cabeza de nubes y sueños, así, solo por cambiar, abandonando por un instante la mirada afilada del halcón con que observa el mundo y volando lejos con el pensamiento. Por doquier, con tal de que sea fuera de la realidad. Además, el conocimiento despiadado de los límites puede ser tanto un aliciente como una frustración; tal vez favorezca un comportamiento sabio y viril o provoque abandono y desaliento. Una persona que se pega un tiro en la cabeza es, a su manera, un realista; en muchos aspectos el suicidio es el acto más realista que puede cometerse, y permanecer con vida ser solo un engaño, una ilusión. Así que si todos fuéramos realistas...

Se acaba por temer no solo al futuro, sino incluso al pasado. Si el miedo nace de la incertidumbre, a ciertas alturas de la vida es legítimo albergar dudas sobre lo que ya pasó, sobre el sentido de lo que hicimos, quizá más aún que sobre el sentido de lo que está por llegar. Se teme al pasado igual que si pudiera llegar por la espalda, engañarnos. Como dentro de la cavidad purpúrea de un sueño, en el pasado se esconden verdades capaces de sacudir nuestra existencia y devastarla. En cualquier caso, en el curso de esas meditaciones rebosantes de sentimientos que agitan nuestro corazón y turban la superficie del río que debería fluir tranquilo dentro de los márgenes establecidos, nunca se piensa en el presente, es decir, el único tiempo que estamos viviendo de hecho y que por eso curiosamente descuidamos. No hay nada más misterioso que el presente, ni ceguera más grave que la de no ver lo que tenemos delante de las narices. Siempre apartamos la mirada de las heridas del presente.

La clase media se alimenta de arrepentimientos y miedos. Al mirar atrás ve ocasiones perdidas y tradiciones rotas, nubes oscuras que se adensan en el horizonte. Su queja ritual se eleva incluso en las épocas serenas, cuando nada dramático turba el orden de las cosas; es un lamento neurótico que asume la doble forma de una constatación de la decadencia objetiva de las costumbres —el mundo se ha vulgarizado, la honradez de antes se ha perdido, los hijos son maleducados y groseros, las criadas, unas inútiles— y de una previsión de los desastres que están por llegar —recesión, disminución de los ahorros, matrimonios insatisfactorios para los herederos, degeneración física y mental—. Mientras se forja la ilusión de que controla todos los aspectos de la existencia y encauza todas las inclinaciones en su beneficio, tanto las buenas como las malas —como un barco que, orientando las velas, logra sacar ventaja ya sea de los vientos favorables como de los desfavorables y mantiene su ruta a pesar de todo—, la clase media se estremece ante la permanente inseguridad. Si no es real, es mental; si no es psicológica, es efectiva, como ahora, en tiempo de crisis. La inseguridad es la charca en la que pulula su vitalidad neurótica, la inseguridad es el incentivo, el estímulo doloroso, el aguijón que obliga a sentirse vivos incluso cuando los objetivos primarios parecen alcanzados, y los secundarios también, y poco a poco todos los demás. Sin el temor, la civilización no progresaría, quizá no habría ningún avance. Las oscilaciones frenéticas de la Bolsa representan muy bien esta condición voluble, de la que nos fiamos y de la que al mismo tiempo quisiéramos protegernos. La pregunta ritual que los inversores, sobre todo medianos y pequeños, dirigen a sus gestores, asume una curiosa forma de oxímoron: «Por favor, déjame especular con serenidad, apuesta mis ahorros pero no los mengües, juega sin jugar, o sea, quiero arriesgarme sin riesgo, ¿entiendes?». Es algo así como la Iglesia de Cristo sin Cristo en la novela *Sangre sabia* de Flannery O'Connor. ¡Ay, qué perfecta sería una Iglesia así, sin el incordio de ese hombre crucificado en la pared! La capacidad para calcular y prevenir el desastre procede de un desastre anterior, de un terror inicial, parecido al pecado original de la religión. Es más, podría afirmarse que la estrella de la sensatez bajo cuya protección iluminadora el burgués ha elegido caminar no es más que una forma residual de miedo, un miedo agudizado, enrarecido y sistemático que previene los peligros y los imprevistos que amenazan la existencia. La razón no es más que pánico organizado. En esencia, un mecanismo de autodefensa. Su agresividad es igual a la de otros sentimientos —amor, ira, deseo de venganza— que habitan y animan el espíritu del hombre. Aprende a enfriar el chorro del terror cristalizándolo en leyes, pero ese enfriamiento también es instinto, un instinto igual al de los insectos que fingen estar muertos para escapar a los predadores. A fin de descartar toda objeción a su actuación, la razón simula un estado impersonal, necesario, objetivo y mecánico. Por más que el sentido común que inerva sus juicios parezca un neutral y desapasionado instrumento de control lógico, este tiene su origen en el mismo pánico interior que se esfuerza por erradicar. En resumen, la razón viene antes que la razón, también viene del corazón, del estómago, del pecho, de las entrañas, y su sed de dominio no es más que un residuo y una prueba de su carácter fisiológico. Si de verdad fuera abstracta y superior, pura y desinteresada, ¿qué necesidad tendría de imponerse con tanta virulencia? Se desarrolla para defenderse y ocasionalmente imponerse. Durante una huida, la capacidad de calcular la amplitud de una grieta no es menos necesaria que el impulso muscular necesario para saltar al otro lado. La vida depende de la exactitud de tal cálculo.

Así pues, el sentido común es en sí un gran mito que ha albergado la pretensión de afirmarse como un antimito capaz de desenmascarar la mentira de todos los demás mitos, religiones, alucinaciones, fábulas, costumbres, espectros de certezas coaguladas en sistemas de pensamiento y de leyes. Originado por la inseguridad, justo igual que las creencias con que pretende acabar, se debilita y empieza a venirse abajo cuando nos sentimos más seguros, cuando parece que haya suficientes garantías, en los períodos en que el peligro cesa; cuando la clase media navega en la abundancia se convierte en disidente de sí misma y deja de respetar los preceptos de prudencia que la han protegido hasta ese momento.

La amenaza de un peligro a largo plazo puede resultar menos dañina que la euforia superficial causada por la aparente desaparición de aquel. Dicho de otro modo, si la clase media vive atemorizada, vive mejor; y aunque viviera peor, se parecería más a sí misma, y al angustiarse por problemas reales o ficticios tendría menos problemas de identidad. Su capacidad de resistencia al estrés es en verdad deslumbrante. Podría poner numerosos ejemplos sacados de la vida de mi abuela, una burguesa que vivió el fascismo, los embarazos, la guerra, la semipobreza y el semibienestar, con un marido loco y con un hijo muerto en accidente de moto, sin alterarse, impecable, sin renunciar ni una sola vez a su estilo, cuya creación y el juramento de serle siempre fiel le exigían un precio altísimo, esfuerzos sobrehumanos, suelos relucientes como espejos, polvos en la nariz, abrigo de pieles, sombrero negro, perfume Paglieri, café en el Parnaso y cena en el Caminetto. Ahí se ve de qué pasta está hecha la clase media, su irreductible formalismo, esa hipocresía que nunca abandona, que se vuelve maravillosamente irrazonable en los momentos más negros: poner la mesa con dos juegos de cubiertos y una copa para agua y otra para vino aunque en el plato no haya nada. El hambre, pero no el hambre plebeya, melodramática y desconsolada, sino el hambre burguesa, es un espectáculo admirable, estéril y estridente. No desesperarse ni siquiera cuando se muere. Fingir, obstinadamente, fingir, fingir siempre.

En cambio, cuando la clase media deja de repente de sacrificarse, de ahorrar, de matarse a trabajar, de estar callada, de ponerse la corbata de lunares, de comprar pastelitos los domingos, de esos con un agujero donde puedes meter el dedo, su gruñido se vuelve insoportable y, paradójicamente, se revela sediciosa y anárquica. Si ha conseguido la tranquilidad a que aspiraba, ahora le queda estrecha. Se vuelve desganada, floja, amenazadora. Se cree omnipotente, y mientras tanto está que rabia por su propia impotencia. Exige la reparación de supuestas ofensas. Se siente presionada y clama venganza. Está harta del autocontrol y de disimular piadosamente, que han sido los pilares de su modo de ser, y de administrar la casa con parsimonia, de hacer buenos negocios, de meter en el congelador platos preparados y salsas que se consumirán con una periodicidad establecida, como si en realidad congelara su propia vida. La clase media se rebela contra la religión de la monotonía que ella misma se ha inventado. Le gustaría poner bombas en los trenes, y lo hace. Es capaz incluso de matar a los policías que hasta hace poco eran los venerados guardianes de su tranquilidad. Se autodestruye con las drogas, el escepticismo y el riesgo financiero incontrolado. Introduce informes pantalones de chándal en su vestuario. Tiene la tentación de votar a quien nunca ha votado o de dejar de votar. Ya no obedece. ¿A quién? A sí misma. Decencia, culto al trabajo, reputación, recato, lo echa todo a perder para arrepentirse en el instante mismo en que lo hace, pues no logra sustituir lo que tira con nada que la convenza más allá de la primera impresión superficial, ni el yoga, ni el budismo, ni el voluntariado, ni la permisividad con sus hijos, que se retuerce en su contra provocando escenas de una dureza angustiosa, tan tardía como ineficaz, ni fumando porros ni dejando de fumárselos, ni siquiera el pilates o las clases nocturnas de danza del vientre. Es decir, como si nunca supieran por qué se comportan así. A fuerza de oír denunciar y desenmascarar la hipocresía de sus valores, los convencionalismos familiares y sociales, las formalidades sin sentido y los comportamientos hipócritas, no logra adoptar otros nuevos que no sean aún más postizos que los abandonados. Porque ser fotógrafo submarino en vez de notario, como quería papá, no es en absoluto dar un paso adelante si se hace, tal como antes, para distinguirse; o sea, por las mismas razones de siempre. Si antes tenía poca fe en lo que hacía, pero se aferraba a ello de manera ritual, puesto que la repetición convierte los gestos en sagrados por el simple hecho de realizarlos con regularidad, a diario, sin necesidad de fe añadida, ahora está obligada a creer, a creer de verdad en lo que hace, para lo cual no se halla sinceramente predispuesta. La fe, una verdadera fe, solo podría abrazarse cediendo a la locura, haciéndose añicos, como una casa abandonada e invadida por la maleza. El autocontrol y enmascaramiento de los sentimientos eran, sin duda, una hipocresía, pero al menos iban en una dirección, tenían una finalidad común más allá del carácter de cada individuo, como un distintivo, la afiliación de clase: permanecer coherente a uno mismo, protegiéndose tras un escudo de discreción, una fachada que no se podía traspasar, pero con tal obstinación que al final la fachada coincidía con la parte más recóndita del propio ser; o bien olvidarse por completo de que existía algo detrás de esa fachada, sin pretender que la actitud, la pose, la costumbre, las reglas y las barreras tuvieran realmente sentido. Fieles a las apariencias, entregados a ellas; es decir, a salvo. A salvo de sí mismos. «Protect me from what I want.»

Los deseos, como los cuernos de un caracol, se retiran al entrar en contacto con la realidad; y cuando se han retirado una, diez o cien veces, no vuelven a asomar. De la más caótica de las visiones, del fenómeno más terrible y confuso, debe aflorar un orden. Sin embargo, la aguja de la pequeña brújula de la vigilancia y la sensatez deja de funcionar al pasar cerca de un campo magnético, de yacimientos sepultados u olvidados, y descubrimos que no es tan difícil hallar en el fondo del alma toda la violencia escondida, incubada y gestada amorosamente durante su larga represión. El nido ciego, la madriguera tibia, mantienen los sentimientos inconfesables en mejor estado que los expuestos al desgaste de las manifestaciones cotidianas. A esas alturas, una vez efectuado el cambio de banda, la disciplina aprendida puede valer y aplicarse tal cual en el campo opuesto, los valores funcionan aunque cambie su signo: banquero y atracador de bancos cumplen su deber, son fieles a un pacto. El mal también posee su lógica convincente y su código persuasivo. El crimen es tan plausible como la vida honrada. Su organización, con voluntad de ser aplicada, perfecta. En ese campo también se puede ser trabajador, diligente y desapasionado...

Dicho de manera genérica, cuando se construye un dique y este se derrumba de golpe, los daños causados por la fuerza de las aguas son mucho más graves que si se las hubiera dejado fluir gradualmente. Una identidad hecha a base de reglas está garantizada mientras dura, y si no se logra imponer un orden a la propia alma, el orden se busca en otro sitio, se manifiesta partiendo de la exterioridad; esta era la contrapartida, el acuerdo sublime de la clase media: dado que el alma es poco decorosa, que al menos lo sean los pantalones —planchados— y los zapatos —bien brillantes—. Lo demás puedes disimularlo, los zapatos sucios, no. En efecto, antaño los zapatos eran una preocupación obsesiva, un pensamiento central, un elemento en que se concentraba el destino:

encontrar un trabajo, casarse, ser reconocidos por la comunidad. «¿Estoy presentable?» era quizá la pregunta más angustiosa y crucial que uno se hacía a sí mismo con toda sinceridad. Mi abuela, por ejemplo, se lo preguntaba en un tono de orgullo teñido de desesperación, con sus hermosos ojos maquillados a la perfección, especialmente cuando se hizo mayor y el paseo diario bajo la mirada implacable de las demás señoras del barrio se había convertido en un rito peligroso, una apuesta jugada cada vez más cerca del punto de ruptura, sin vuelta atrás; cada vez podía ser la última, puesto que su reputación de señora distinguida y de buen ver se hallaba amenazada día tras día por el indecente avance de la vejez. Horrible, horrible. Hasta que un día tomó la decisión de no volver a salir, y ya no lo hizo, tal cual; no volvió a poner un pie fuera de casa. Se acabó el café de la tarde con sombrero negro y abrigo de pieles.

«Mis manos —decía— son demasiado horribles», y las extendía y se tocaba las venas abultadas.

15

Los pasos de este proceso también fueron lógicos. Al principio solo hay lucha, una dura lucha por el poder. A tal fin, se cambia el precepto cristiano de renunciar a uno mismo a favor de los demás, transformándose en la renuncia a uno mismo a favor de uno mismo. Es la moral puritana, que pone como modelo de vida más elevado la no-vida. Después, no queda más que sacrificar a los otros. Los que odian a los hombres empiezan por detestar a su propia persona para pasar a la ajena; en el fondo se trata de una generalización del mismo desprecio. Por eso hay que guardarse de cualquiera que afirme: «Yo soy intransigente conmigo mismo, así que puedo permitirme serlo con los demás». Alguien que ha sido severo consigo mismo más bien debería haber aprendido a ser indulgente con los otros.

Haciendo ostentación de la moral del sacrificio, la clase media lograba al menos refutar todas las acusaciones de egoísmo, pues la acumulación de riqueza exigía a cambio una despersonalización total. El espíritu burgués daba prueba de una melancólica agudeza disminuyéndose, empequeñeciéndose detrás de una fachada de cualidades mediocres, como la modestia y la parsimonia. Amparada en la coraza de una ética sobria y anónima, pretendía protegerse tanto del reproche moralista, como de la inquietud interior. Sin embargo, esta no puede suprimirse, es un elemento constitutivo del espíritu burgués, que una vez ha ganado su lucha secular se encuentra solo luchando contra sí mismo. En el curso de una guerra mucho más violenta de como suele presentársela, dentro del marco dorado de los Derechos Humanos, la burguesía ha acabado con la aristocracia, agotada, y un par de siglos más tarde se ha desembarazado del proletariado, armado con una ideología vergonzosa que le ha fallado, dejándolo al final indefenso y debilitado, al menos en Occidente. En los países donde hasta hace poco ejercía su dictadura grandilocuente, hoy en día no se levanta una sola voz en defensa de los oprimidos y el gobierno ha pasado directamente a manos de los especuladores. Era una doctrina cuya misma agresividad, al final, ha hecho imposible que se defendiera. Una maquinaria revolucionaria es algo sumamente delicado; hay que mantener encendido el motor, porque, si se apaga, nadie es capaz de volver a ponerlo en marcha. *Ancien Régime* y comunismo se derrumbaron bajo el peso de la incapacidad. La ley de los grandes números y el espíritu invasivo y proteiforme de adaptación daban la razón a la clase media.

Sin embargo, el fantasma de la incertidumbre sigue obsesionándola, la atenaza. No tendría derecho a quejarse, puesto que tal inseguridad ha sido creada o, en el peor de los casos, acelerada por el dinamismo que la burguesía misma introdujo en el cuerpo social, el cual las demás clases tendían a considerar inalterable. ¿Qué hacer si se es el componente más conservador y al mismo tiempo el más exaltado de la sociedad?

El gusto consiste en distanciarse lo más posible de las necesidades materiales, mostrando desapego por las necesidades primarias de la existencia y de quien, por posición social, está condicionado por ellas. Lo bello, en efecto, lo honorable o elegante, es gratuito; algo cuyo único interés consiste precisamente en ser desinteresado. Solo puede resultar satisfactorio, al menos en teoría, algo que no satisface ninguna necesidad; lo demás es «vulgar». Es vulgar desear es vulgar pedir ayuda es vulgar agitarse es vulgar llamar al camarero a voces o gesticulando es vulgar comprobar la cuenta es vulgar comer deprisa y masticar con la boca abierta..., es vulgar decir «¡Mucho gusto!» y «Buen provecho». La persona distinguida odia instintivamente a la persona vulgar. Le da repelús. Pero suele pasar que, para alejar toda sospecha de que se depende de algo, uno acaba volviéndose esclavo de otras necesidades, como la de la distinción: la eterna condena a mostrarse superior. La repugnancia que la burguesía de cualquier escalafón manifiesta por el estilo del nivel inmediatamente inferior al suyo es indescriptible. La mejor manera de establecer la propia identidad es a través del rechazo y las fobias. Peinado, vestuario, decoración, gustos y predilecciones en películas, música, comida y pronunciación del idioma, son sistemáticamente caricaturizados, ridiculizados y escarnecidos; nos oponemos a lo que podría confundirse con nuestro modo de ser o de pensar, en el interior mismo de la burguesía, entre las facciones que la componen, en permanente rivalidad entre ellas, más que contra estratos sociales lejanos. El alto burgués, en especial si tiene tradiciones o ambiciones culturales, desprecia con toda su alma el estilo pequeñoburgués, pero no necesariamente el plebeyo, hacia el cual, por el contrario, puede sentir simpatía o incluso admiración —un ejemplo: los modales «horteras» de algunas personas de extracción social elevada—. Si bien puede sentirse físicamente amenazado, como un empresario en su Jaguar, por los piquetes de obreros que rodean su fábrica —sí, sí, lo reconozco, es una imagen de hace treinta años, como mínimo—, lo cierto es que no corre el peligro de que su estilo lo contamine. La clase no puede desaparecer ni siquiera en las emergencias: una señora de verdad debería emerger de entre la chapa de su coche accidentado ensangrentada, sí, pero correctamente vestida, como las suicidas que, antes de tirarse por la ventana de los edificios señoriales, se cerraban el dobladillo de la falda con un imperdible para no acabar despachurradas sobre el asfalto en poses indecorosas.

Por otra parte, cómo vestirse o cómo decorar tu casa son cosas que no se aprenden en el colegio. Son elementos de un estilo doméstico que probablemente ya no exista, cuya atmósfera típica eran las tardes de invierno con un fondo de piezas para piano repetidas, interrumpidas y de nuevo repetidas, del aroma de té de jazmín, del zumbido del secador después del baño, por turnos, y de las protestas de los que se habían quedado sin agua caliente..., del tocadiscos que suena tras puertas cerradas, de los mundos contiguos pero separados, del secreto de las habitaciones de los hijos, de los murmullos telefónicos en el despacho paterno, de la cocina donde una criada huraña o cantarina prepara la salsa para condimentar la carne hervida..., todos cercanos pero a años luz de distancia unos de otros. Aceite, ajo, perejil, miga de pan, alcaparras y anchoas...; triturar, exprimir, tamizar.

Ah, pero sin criada y sin cierto número de hijos peleándose constantemente por usar el teléfono dicha atmósfera se volatiliza, se evapora del contenedor hermético del piso familiar.

El gusto es sagrado; las ideas son profanas.

En el concepto de distinción, la primacía le corresponde a la vista. Al «se ve enseguida que...». Se ve enseguida que es una chica decente, un chico de buena familia. Se ve enseguida que... a su marido le van bien los negocios. Se ve enseguida que... ha estudiado en uno de los mejores institutos de Roma. Las señales de prestigio son, antes que nada, visuales. Un estatus se percibe en los detalles más pequeños. Esa necesidad de exhibir y de ser visto es contraria, sin embargo, a otro de los fundamentos del estilo burgués, es decir, al recato, la discreción, expresión máxima de una idea de intimidad inviolable. ¿Cómo se logra hacer accesible a los demás, y por consiguiente reconocida, tal inaccesibilidad? ¿Cómo se expone impúdicamente el propio recato? ¿Existe una discreción descarada? Cuanto más acentuado se halla el individualismo, más se necesita el reconocimiento de los demás. Por desgracia, los llamados signos de distinción pueden manifestarse miserablemente como signos de falta de distinción. Basta con exhibirlos. Si se hace ostentación de ellos pierden su valor, como un imán que se desmagnetiza.

Pondré un ejemplo. La mejor amiga de mi madre, Vicki, era muy elegante y su finura se hacía evidente en su porte y en cuanto la rodeaba, pues la esparcía como polvo de oro. Era decoradora y diseñadora de vestuario teatral, su casa era una maravilla de objetos, telas, lámparas y tonalidades. Según mi madre, nadie poseía un guardarropa como el suyo, lo más refinado y a la vez sencillo, perfecto y riguroso, que podía pedírsele a la alta costura de la época. Vicki afirmaba su gusto de manera imperiosa. Después le encontraron varios tumores en el cerebro.

La operaron tres veces, en Italia y en el extranjero, y le salvaron la vida. Pero había cambiado. Es decir, sus capacidades mentales y físicas permanecieron intactas —hablaba, razonaba y era tan autosuficiente como antes—, pero se había vuelto vulgar. Sí, es increíble, perdió el gusto. Compraba cachivaches y bordaba centros de mesa. Se vestía como una dependienta con veinte años menos. Iba desaliñada o acicalada en exceso. La vieron salir varias veces de casa con una camiseta calada y los vaqueros metidos en botas con las puntas hacia arriba. Se cubría el pelo, que antes se arreglaba en la peluquería tres veces al mes, con una capucha de lana de la que colgaba un pompón, que de tan sucio se volvió famoso en el barrio, pero que ella no quería quitarse. Se ponía una espesa capa de pintalabios color cereza y pendientes grandes y vistosos. Regaló los muebles de su casa y los cambió por pomposos objetos de diseño que a ella le parecían más *chic*; cambió la vieja mesa del comedor por una placa enorme de cristal que se apoyaba en una crucería de tubos cromados. No es que lo que hacía estuviera equivocado no; peor aún, había perdido el sentido de la estética que había sido el faro de su vida.

Solo por eso, a pesar de que razonaba y seguía siendo una persona lúcida, sus hijos lograron que la incapacitaran. Tenía cincuenta y seis años. La pérdida de su estilo y la manera desaliñada de vestir y vivir bastó para demostrar «que ya no era ella». El tribunal que emitió la sentencia tenía razón: Vicki se había convertido en otra persona, en una desconocida.

El gusto es sagrado,
las ideas son profanas.
El cuerpo es sagrado,
la mente, profana.
La mujer es sagrada,
el hombre es profano.

El hombre es un animal,
¡la mujer, una obra de arte!

La compostura consiste precisamente en resistir, en domar, en no ceder a las inclinaciones vulgares o peligrosas. Eso puede significar que una vez rotos los diques no haya fondo, no existan límites a la acción que goza de la alegría salvaje de haberse desatado... y por inercia sigue su carrera sin obstáculos. En el vacío. El paso del rígido conformismo a la perversión no es corto, pero es uno solo. Además, hay que considerar que los actos atroces y prevaricadores, si bien limitan de modo penoso la libertad de quien los sufre, desencadenan la de quien los realiza. Representan, pues, la máxima opresión y la máxima libertad, la constricción y el desenfreno. Es inútil oponerse al argumento: la violación y el homicidio son liberadores desde el punto de vista de quien los comete. El círculo perfecto se cumple entre estos dos extremos cuando quien ha sido oprimido por la violencia la utiliza a su vez para liberarse: el goce de quien de repente deja de obedecer, de soportar, de reprimirse, de ser paciente, y explota. Baste con pensar en las numerosas películas sobre la venganza que lo celebran, cuya precursora fue *Perros de paja*, donde el profesor, un hombre civilizado víctima de abusos por parte de una pandilla, invierte de golpe la situación usando la misma violencia que le ha sido aplicada, multiplicada por la frustración y su ingenio. Energía malvada incubada al amparo de los buenos modales.

Y sea dicho como consuelo teniendo en cuenta el tema central de este libro: ¿por qué nuestra burguesía, tan sedienta, tan anhelante de reconocimiento, no debería generar criminales? Puede que lo haga de manera más controvertida o con una dosis mayor de remordimiento, mientras que las clases inferiores los crean sin reflexionar sobre ello. Más consciente = más culpable.

No existe otro país como Italia, donde los delincuentes son tan envidiados, compadecidos o mitificados..., tomados como ejemplo, imitados..., tanto cuando se redimen como cuando no se redimen. En el primer caso, los admiramos por haber tenido el valor de recorrer hasta el final un camino interior; en el segundo, por demostrar que son duros y puros. Arrepentimiento o determinación..., ambas actitudes pueden provocar comprensión o fascinación, y biografías mucho más interesantes que las de un hombre honrado o un ama de casa. Cuántas veces he oído a personas intachables presumir de haber entablado amistad con un asesino con genuino e indiscutible entusiasmo, el mismo que muestra el forofo que le pide un autógrafo al futbolista, o el de la chica que se saca una foto con una estrella de la televisión. Plantear dudas acerca del sentido o la conveniencia de este tipo de amistad provocaba el efecto contrario, las consolidaba.

En efecto, no existe otro país donde la gente se apiade de, palpite por, se movilice a favor de o justifique al autor de cualquier acto criminal, a costa de echar mano de los razonamientos más rebuscados. No existe en Italia un delincuente, común o político, un atracador o un terrorista, de primer o segundo plano —con tal de que haya frecuentado a los del primero y pueda mencionar sus nombres con desenvoltura— que no haya dictado su autobiografía, como Silvio Pellico. Su versión de los hechos es más verdadera que la mismísima verdad. O que no haya escrito una novela negra o policíaca sirviéndose de su experiencia de primera mano con detalles técnicos sobre el homicidio, como casquillos y obturadores que se encasquillan. Nos horroriza el caso de América, con su culto maniático a las armas, donde un chaval de primero de secundaria que no ha hecho los deberes puede entrar en la escuela y matar a sus compañeros con un Uzi; pero aquí, en Italia, en medio de tantas personas violentas de palabra y de otras tantas apacibles e inofensivas, los pocos que saben manejar de verdad una Browning crean a su alrededor un aura de respeto, por no decir de leyenda. Han pasado pocos años desde que cometieron sus crímenes y ya aparece una película, una serie o un libro en que se cuenta «toda la verdad» y que se encarga de celebrar sus hazañas, después de que la televisión haya preparado el terreno con programas especiales, de investigación, debates y confesiones en directo, masticando el cuerpo y la sangre del delito.

16

¡No es el coño lo que tienen estrecho, es la cabeza!
Es la cabeza de las mujeres la que hay
que ensanchar... Hay que tener carácter
y ni pizca de compasión, para que lo entiendan.
Cuando por fin traspasan el límite
se obtiene de ellas cualquier servicio.
Cuando una muere, se sustituye.

Luché, vencí, erradiqué
de mi corazón cualquier sentimiento
que pudiera obstaculizar mi voluntad.
Pero si la voluntad ya no se guía
por el sentimiento, si ya no está unida
o apegada a nada, ¿qué podrá desear?
Solo será guiada por sí misma
será voluntad pura, voluntad de voluntad
que se apodera de las cosas
solo para deshacerse de ellas un instante después
de haberlas conseguido, solo para destruirlas
y mantener así íntegra, activa
y permanentemente insatisfecha la voluntad
depurada de los sentimientos individuales.

La verdadera felicidad, la gran e indescriptible felicidad
de sentirse, y de estar, por encima de todos,
violando las leyes que los demás
se han comprometido a respetar...,
haber conocido esta felicidad suprema da derecho
a no ser como ellos, a no pensar como ellos,
a no respetarlos, a abusar a placer de ellos.

*El placer más grande se obtiene
de quien te odia,
no de quien te quiere.*

17

El entusiasmo con que se persigue el bienestar solo es comparable al terror de haber desaprovechado una buena ocasión para conseguirlo. Maldita sea, no compré una casa cuando costaban poquísimo, dudé en invertir cuando la Bolsa iba viento en popa y me decidí a hacerlo una semana antes de la crisis de los bonos argentinos, de Parmalat, de las hipotecas a la americana, etcétera. Siempre está tentada, hostigada por la duda, por la especulación; si vale o no la pena llevarse y plantar las simientes de sus volubles ambiciones en otro sitio, en un lugar seguro, en una tierra más fértil. Al aceptar de forma impersonal el papel y el estatus que el destino y la estirpe le habían destinado, antaño el hombre lograba al menos olvidarse, en parte, de sí mismo, mientras que en el mundo burgués raramente sucede que uno logre crear una estabilidad y una continuidad de tal magnitud que le permita anularse y perderse en ella. El individuo, con sus caprichos y aspiraciones, siempre acaba por asomar la cabeza. Hasta los nombres propios, que antes se heredaban de la familia, hoy se asignan de manera arbitraria y transitoria, pues el pasado ofrece bien poco que se considere digno de transmitirse a los hijos, y si a veces esta necesidad resiste por un singular apego a alguna reliquia, mueble o costumbre familiar, como pasar las navidades o las vacaciones en un sitio determinado —que por desgracia en Italia, sin ninguna duda, entretanto habrá quedado irreconocible debido al abuso urbanístico y al turismo de masas, amargando la estancia e invitando a melancólicas comparaciones—, dicha resistencia tiene algo de débil y ridícula, como una manía, un tic, una cita, que un pragmático sentido común aconsejaría abandonar, quizá para poder añorarlo en un segundo momento.

Al individuo burgués lo asaltan las dudas. Siempre. La compra de un coche, de un móvil o de un ordenador se convierte en un tormento, mucho más de lo que ya lo es para quien tiene poco dinero o para quien tiene mucho. Un instante después de la compra, mientras sale del concesionario o la tienda, piensa: me he equivocado, o me ha costado demasiado caro, o lo he comprado ahora en vez de esperar el nuevo modelo, o no le gustará a nadie, o en realidad no me gusta a mí, o la verdad es que no me hacía ninguna falta, ¿por qué lo habré comprado? Pero no hay vuelta atrás. No se vuelve atrás a costa de reafirmar un error, de corroborarlo. Esto sucede con más frecuencia en el ámbito del gusto y de la cultura. Con los espectáculos, por ejemplo. Una vez comprada la entrada, se ve obligado a utilizarla incluso contra su voluntad. No puede soportar la idea de haber malgastado el dinero y, antes que perderlo, prefiere tragarse dos horas de aburrimiento. Lo que al final le hará sufrir el doble. La curva de los beneficios humanos no iguala nunca la de los costes económicos. Si, presionado por la insistencia de su mujer o sus amigos, va a un concierto, de música clásica, por ejemplo, y compra una entrada carísima porque lo dirige un director de orquesta famoso o lo interpreta un gran virtuoso, y las entradas son casi imposibles de encontrar, o si se abona a una temporada entera de conciertos, o a una temporada teatral, por la sencilla razón de que yendo a la ópera o al teatro podrá demostrar a los demás, y antes que nada a sí mismo, que está haciendo algo de relevancia cultural, algo que lo define como persona —aunque, en verdad, de música y de teatro entiende más bien poco o nada—, pues bien, acabará sufriendo dos veces; la primera, al desembolsar el dinero de la entrada o del abono; la segunda, al asistir a los espectáculos, que no le gustan, pero que ha pagado a precio de oro. De la suma de estas dos torturas podrá, paradójicamente, nacer el placer, un placer penoso, contradictorio, estático, porque el burgués está doblemente obligado a salir de sí mismo para superar su avaricia y su tormento interior. Si de verdad aplicara el principio económico en el que, según algunos, se inspira su clase desde la Edad Media, y que en los manuales se presenta como la primera regla de su manera de vivir, evitaría gastar para sufrir en vez de divertirse, y si no lograra divertirse de ninguna manera, al menos se aburriría gratis, como sucede cuando se asiste a un espectáculo de poca calidad pero con entradas regaladas, por lo que puede decirse: «¡Solo faltaría que hubiera pagado para ver esto!». La idea de un arrepentimiento puede enloquecerlo, por lo que prefiere engañarse a sí mismo y proclamarse satisfecho. Lo bueno es que a veces está realmente convencido, pues confunde el tumulto que se desata en su corazón a causa del descontento con inspiración estética. Esa transfiguración asumirá connotaciones permanentes, y podrá conmoverse recordando un viaje en que se aburrió, cuyo itinerario eran ciudades famosas por el arte y los castillos, y añorar los lugares y las circunstancias que en verdad lo decepcionaron.

Así que lo del mezquino utilitarismo burgués también es una leyenda. Que siempre se comporta calculando lo que más le conviene es uno de los mitos de la teoría. Igual de equivocada es la idea de una supuesta competición que empuja a las personas a progresar y que premiaría a los mejores. Quizá un individuo, si hay pocos competidores, logre manejar la comparación social y esté motivado para enfrentarse a ellos, pero si los actores con que medirse son demasiados, y demasiado parecidos a él, caerá en el desaliento. Quien se ve obligado a valorarse con respecto a un gran número de competidores, en términos de recursos personales, habilidad y éxito, a la larga empeora su rendimiento profesional y humano. De forma instintiva tenderemos a compararnos, no con los que se encuentran en nuestra misma posición social, sino con los que están un escalón por encima de nosotros. Es una inclinación natural, a menudo mortificante, compensada de vez en cuando por otra, consoladora: la de compararnos con los que están uno por debajo. Pero la frustración causada por la primera tendencia nunca se verá compensada del todo por el alivio que provoca la segunda.

(¿Te acuerdas? Cuando los niños, con las luces apagadas, se ponían en fila por edades, a partir del primito más pequeño, y luego los adultos, y la abuela cerraba el desfile; cada uno llevaba en las manos una de esas bengalas que echan chispas y asustan y maravillan porque no queman, solo hacen agradables cosquillas, y con ellas puedes dibujar círculos en el aire cuyas estelas luminosas se quedan impresas en los ojos largo rato; el inconveniente era que cuando encendíamos la del último de la fila, las bengalas de los peques ya

estaban agotándose, estaban a punto de apagarse..., rápido, hay que entrar en la habitación oscura llena de regalos, cantando, ¡rápido!, antes de que las chispas se apaguen...)

18

Supeditarse, someter. La burguesía es capaz de alimentar ambos instintos, simultáneamente y con la misma fuerza, que caracterizan a grandes rasgos a la clase inferior y superior. El conflicto tiene su origen en la ley social, válida para todos, pero patológicamente sufrida por la clase media —como si hubiera sido creada aposta para ella—, que nos obliga a someternos a los convencionalismos y al mismo tiempo a distinguirnos, so pena de anonimato. Obedecer, uniformarse, conformarse; ser independientes, diferenciarse, distinguirse. La institución burguesa por excelencia, esa en que la clase media había encontrado su expresión más clásica —con todo lo que de solemne, ridículo, cruel y penoso puede concentrarse en una relación humana—, es decir, el matrimonio, se presta a desarrollar esta doble función, pues con la fundación de un nuevo núcleo familiar, a la separación, a la emancipación, corresponde una adecuación, en ciertos casos una resignación, a la máxima convencionalidad posible. Es por todos conocida esta experiencia del cortocircuito sentimental-económico, de este paradójico punto de fusión entre instancias irreductibles generado por el erotismo —y cuyo resultado es que acaba con él—, momento culminante de individualización de uno mismo y del otro —solo tú, solo tú existes para mí, y solo a tu lado soy yo mismo—, que inexorablemente desemboca en la liturgia más obvia: la lista de bodas, los suegros, el mantra de la sopa a la hora de cenar, el aburrido juego fidelidad-traición, las facturas exorbitantes, el aparato dental de los hijos, el servicio de plata desparejado, el almidón de las sábanas matrimoniales, adónde vamos de vacaciones, a donde tú quieras, a mí me da lo mismo, es decir, el sublime y monótono ir tirando. Uno salva la vida y se suicida en un solo gesto. La prueba de la necesidad fisiológica de la adecuación es que incluso los homosexuales, hasta ahora excluidos o exentos, hoy reivindican su derecho «a ser como todos».

El matrimonio burgués es, pues, una cuerda tirante entre dos montañas, que hay que recorrer sin mirar abajo. Por una parte, está el utilitarismo social de la concepción clásica; por el otro, la aspiración a la fusión erótica del mundo romántico y moderno. El matrimonio debería mantener unidos conveniencia y pasión. Y bien mirado, quizá sea la única institución que, en el paso de lo antiguo —que la consideraba un ritual necesario pero puramente pragmático— a lo moderno —que por el contrario exalta la libre elección de los amantes—, en lugar de ir desacralizándose con el tiempo, sirviendo solo al principio de utilidad, como ha sucedido con todas las demás expresiones humanas —arte, política, trabajo—, se haya espiritualizado, idealizado... La introducción del sacrosanto «derecho a la felicidad» ha sido el sabotaje del matrimonio. La pretensión de ser feliz ha vuelto intolerable el hecho de no serlo, o de dejar de serlo. Basando el matrimonio en el sentimiento, que es tan excitante como caprichoso, se lo ha puesto en peligro y la necesidad de que exista la institución ha quedado mermada. Si ya no quiero a mi marido, la honestidad de mi deseo me autoriza a sustituirlo. Hoy en día, a una fierecilla, en vez de domarla, se la abandona.

A veces, la decisión de vivir una existencia burguesa se anticipa a su realización concreta —con quién vivirla, dónde, trabajando en qué, etcétera—, presentándose como un proyecto en líneas generales lleno de espacios en blanco que rellenar; otras veces son precisamente los detalles, las precondiciones o los datos iniciales —una novia ansiosa por casarse, un apartamento en propiedad que tenía que quedar libre y por fin se libera, un despacho paterno que necesita de la presencia de nuevas generaciones— los que dictan el paso de la despreocupada vida estudiantil a otra de rígida observancia burguesa: hijos-despacho-coche alemán-cenas de representación-vacaciones programadas-cáncer de útero o de próstata. No te das ni cuenta y te plantas en los treinta, cuarenta, cincuenta años.

El cambio se produce poco a poco. Después, de repente, de la noche a la mañana, un alud.

*And you may find yourself
behind the wheel of a large automobile...
And you may find yourself
in a beautiful house, with a beautiful wife...
And you may ask yourself
well... how did I get here?**

Cierto, nada hay más burgués que eludir los convencionalismos burgueses, por lo cual, a partir de cierto punto, aceptación o rechazo acaban por ser moralmente iguales. Oponerse, rebelarse, no siempre son señales de decisión, mientras que aceptar la realidad, por el contrario, podría ser un gesto valiente, casi heroico. Es evidente que quien está obligado a distinguirse siempre y pase lo que pase teme ser poco reconocible si no recurre a esas poses contracorriente, a hacer gala de excentricidad e idiosincrasias. Por el contrario, las personas sensibles pueden fingir un comportamiento conformista, aceptarlo sin discutir, y conservar así un margen de intocable libertad interior.

A pesar de que suele hacer ostentación de un decálogo muy rígido, que va acompañado de una serie de valores que respetar, la clase media no logra reconocerse de una vez por todas en un modelo que establezca sus vínculos sociales. Ni siquiera la «moral de las viejas tías» nos proporciona uno permanente; es más, si la burguesía hubiera respetado seriamente el código que exhibe como su razón social —parsimonia, prudencia, etcétera—, no habría avanzado ni un paso, estaría aún donde estaba, en la Edad Media. Así que es esa clase que progresa desmintiéndose, que se define contradiciéndose. Quizá por eso, como sostiene uno de sus más ilustres defensores, es la clase con mayor número de puntos de contacto y cosas en común con todo el género humano.

* «Y puedes encontrarte / al volante de un gran automóvil... / Y puedes encontrarte en una hermosa casa, con una hermosa esposa... / Y te preguntas: / "Bueno... ¿cómo he llegado hasta aquí?"», «Once in a Lifetime», Talking Heads. *(N. de la T.)*

Si tuvieran que mandar al espacio a un hombre ejemplar para que se encontrara con los extraterrestres, habría que mandar a un gestor, quizá junto con una directora de instituto.

19

Lo que sigue, lo escribo pensando en el barrio de Trieste.
En la clase media conviven:
- una zona gris de personas indiferentes a casi todo, a los placeres, las ideas, los peligros, los impulsos, las tragedias, e incluso al dinero, en suma, a la vida misma; cerrados como caracoles dentro de un caparazón translúcido, parecen resistir a la presión del mundo exterior conteniendo la respiración; el más mínimo cambio les dolería y turbaría, aunque fuera para mejor; temen que se las descubra y juzgue por este desapego; en realidad, son estas personas quienes juzgan al mundo, pues la indiferencia que le demuestran es más cruel que una acusación abierta; no quieren a nadie y nadie les quiere;
- los hedonistas, que persiguen el lujo y lo superfluo y solo viven para deslumbrar a los demás con ropa, relojes, joyas y un estilo que se nota desde lejos;
- los padres y las madres honrados que administran su patrimonio sin hacer ostentación de él, como si fuera un don que hay que preservar, que evitar malgastar, para asegurar a los miembros de la familia un bienestar tan sólido y discreto que a la larga resulte imperceptible; esto puede dar lugar a no pocos malentendidos, como la sensación de ser pobres, pues la familia jamás compra bienes de lujo, que otros en cambio poseen y lucen;
- los que viven apenas un poco por encima del umbral de la pobreza, cada vez más numerosos, obsesionados por su limitado poder de adquisición y obligados a sopesar las acciones cotidianas en

términos de desembolso, y a encajar cada jornada en una planificación mensual que dicta que un cine, un café fuera de casa o un periódico deportivo se conviertan en partidas de un balance.

Pertenezca al tipo que pertenezca, el miembro de la clase media no se siente representado por nadie, ni por las instituciones, ni por los partidos, ni por los sindicatos o los periódicos, y mucho menos aquí, en la ciudad del Papa, por la Iglesia católica. Un compromiso directo con la actividad política se ve con escepticismo o incluso con desaprobación, también porque se cree —no sin cierta razón— que la política es el ámbito donde se desatan las peores inclinaciones de los individuos.

El desencanto ha ayudado a los habitantes de esta ciudad a no adoptar posiciones demasiado fanáticas o intransigentes.

La comida de Navidad, con la anguila, una fría serpiente con rodajas de huevo como guarnición, los besos de despedida en las mejillas velludas de las viejas, confesar, de niño, los propios pecados, casi inexistentes, a un desconocido que se oculta tras una reja. El poder de los convencionalismos nos vincula hasta el punto de que aceptamos cosas aburridas o incomprensibles, el hechizo de nuestra sumisión. Cuanto más arbitraria es una regla, más debe cumplirse y obedecerse. Estar sometidos a un arbitrio constante era, antaño, el alma de la educación, una especie de crecimiento con etapas forzadas de absurdo. Si por una parte esto explica, entre otras cosas, la docilidad inverosímil con que generaciones de hombres se dejaron conducir al matadero en guerras por la posesión de pocos kilómetros de tierra cubierta de matas, por la otra muestra con claridad que no existe nada tan absurdo que no pueda creerse, que los hombres son, pues, maleables hasta el infinito, que estamos dispuestos a efectuar saltos increíbles aun permaneciendo en los márgenes de nuestra naturaleza, que es legítimo desconfiar de toda naturaleza porque puede contener el germen de un carácter contrario al que aparenta, y, así pues, que todo convencionalismo, aun el que se extrae del refrán más inocuo de una abuela, siempre está a punto de invertirse y convertirse en su opuesto. Distinguirse no es tan difícil, pero mientras que por un lado los signos de distinción te separan del gusto general, por el otro te acercan a un círculo más reducido, en cuyo interior los individuos se parecen incluso demasiado. Al cumplir con los mismos requisitos y cultivar las mismas idiosincrasias, los miembros de un club acaban por ser casi intercambiables. Es el destino de los grupos reducidos, de las fuerzas de élite, que la selección ha vuelto tan diferentes de los demás como homogéneos entre sí. Un pelotón de coraceros que está haciendo el cambio de guardia sorprenderá sin duda a los transeúntes por su extraordinaria altura y sus cascos con penachos, pero a esos mismos transeúntes les costaría identificar a otros centinelas que se incorporaran al grupo después: es decir, todos parecen iguales. Resulta frustrante pelear por tener el privilegio de frecuentar a personas de tu mismo rango, y al final, justo por eso, encontrarlas aburridas.

Estamos hablando de esa clase que, en realidad, aspira a poseer lo que de hecho solo una pequeña parte de ella posee. Así pues, la pertenencia social se mide, no por los bienes o títulos de que se disponen, sino por aspirar a ellos. Cuanto más anhelante es ese deseo, más marcada es la distinción a esa pertenencia. Morir de envidia por algo es aún más genuinamente burgués que poseerlo. Esta característica, más emotiva que económica, ha hecho que, según algunos, el proletariado en sentido estricto haya dejado de existir en Italia, y no porque se haya emancipado de la pobreza, sino porque ha empezado a compartir las aspiraciones y frustraciones burguesas. Puesto que en nueve de cada diez casos el deseo acaba en frustración, sería mejor redibujar según la curva de una —llamémosla así— «tasa de impotencia» los perfiles de las investigaciones sociológicas. Que registrara no el consumo efectivo que los individuos o las familias pueden permitirse, sino el que reivindican, incluso fuera de su alcance. En resumen, todo aquello de lo que, con o sin razón, consideran que se les está privando. Según este nuevo método de cálculo, somos principalmente lo que nos falta para ser lo que somos. Consistimos en nuestro déficit. Creo que no existe una sola familia en que alguno de sus miembros no se sienta víctima de crueles injusticias o expoliaciones por parte de los otros miembros. O bien que considere que los demás recogerán los frutos de lo que sembró. Se debe trabajar duro para conquistar el derecho al ocio, pero las fases de este proceso, como no pueden ser sincrónicas, se extienden a lo largo de varias generaciones, por lo que el padre se partió la espalda para que sus hijos puedan levantarse a las doce.

Se trabaja hoy para descansar mañana. Acumular dinero significa acumular tiempo. Las generaciones se suceden a oleadas de endurecimiento y ablandamiento.

Pero el sentimiento de impotencia no solo tiene que ver con las ambiciones frustradas, con el anhelo de posesión. A veces posee un alcance más amplio y profundo, que incluye todos los aspectos de la vida y va más allá de esta. Es como si la decepción que causa tomar conciencia de que no se influye en la esencia de las cosas se desahogara en el esfuerzo maniático de controlar el aspecto exterior. De ahí el culto a la apariencia, la tendencia estetizante, la necesidad de «guardar las formas», cueste lo que cueste. Si no puede hacer nada para controlar el corazón salvaje de sus hijos, ni robar sus secretos o sus pensamientos, el padre se ensañará con su ropa; que vayan limpios y que no digan palabrotas. Esto era así hace treinta años; hoy los hijos de los hijos de ese padre, y aún más las hijas de sus hijas, sueltan tacos como camioneros y solo se les riñe esporádicamente. La frustración de los padres indulgentes se debe a no haber querido o sabido ejercer un poder que, bajo la forma de la necesidad educativa —por el bien de los hijos—, permitía experimentar una agradable sensación. No tanto de autoridad en sentido tradicional, sino de la capacidad de volver a meter el desorden de las cosas dentro de un margen establecido, de someterlas al menos exteriormente.

No logrando entrar en sus cabezas, obligarlas a pasar por el barbero.

Y si los objetivos finales fracasan, a conformarse con los intermedios. A menudo los valores que se plantean como objetivo son tan elevados y remotos que hay que contentarse a la fuerza con otros aspectos instrumentales que en realidad servían para alcanzar aquellos. De este modo, al no lograr satisfacer enteramente la aspiración al prestigio social o a la felicidad, nos detenemos, por lo general, en el dinero. Una tela de araña hecha de objetivos intermedios, de éxitos parciales, de intereses privados acaba por velar y esconder eso por lo cual creíamos que merecía la pena vivir. Nos desplazamos al centro, y al fallar el destino, habitamos el movimiento, el tránsito.

Same as it ever was...
Same as it ever was...
Same as it ever was...
Same as it ever was...*

Este modelo social tiene un equivalente concreto en el plano estético, según el cual hay que sacrificar las inclinaciones naturales, las idiosincrasias y las pasiones de manera que respondan a un esquema de orden superior. En la vida burguesa, el trabajo y la familia; en la actividad creativa, la obra de arte. Las pulsiones individuales deben «ponerse al servicio» de un objetivo que las realiza, pero que al mismo tiempo las trasciende. En este sentido, el matrimonio también es, a su manera, una obra de arte, un portentoso producto psicológico y social. La melancólica estética burguesa, por una parte, anhela la vitalidad, pura y simple, y, por la otra, la rechaza o ansía dominarla con la maestría de los buenos modales, con el ascetismo de la renuncia, exactamente igual que un artista el cual, rodeado de opciones y seducciones, tiene que depurar su estilo de manera brutal para concluir su obra, tirando a la basura montones de páginas, borradores y material, a veces de primera calidad. Según la opinión general, el burgués y el artista se contraponen y son antitéticos, pero en realidad se parecen en el uso desaprensivo y cínico que hacen de la vida. Un artista y un cónyuge sensatos no pretenden ejercer un derecho a la felicidad personal, no es ese el fin al que aspirar; están al servicio de su obra mucho más de lo que su obra se halla a su servicio. El burgués realiza, pues, un doble esfuerzo, dado que por varias y curiosas razones cada historia, cada aventura que le atañe —sentimental, conyugal e incluso comercial— es, ya de salida, una historia de degradación. Siempre es una *Muerte en Venecia*. Cuando tiene éxito y se enriquece, su progreso es solo el preludio de la ruina, parcial o total. El punto de equilibrio que tanto le ha costado alcanzar, se pierde en cuanto se consigue. La paz se ve amenazada, desfigurada. Mientras parece ocupado luchando por mejorar su condición, el burgués está, como poco, igualmente ocupado en el inten-

---

* «Como ha sido siempre...», «Once in a Lifetime», Talking Heads. *(N. de la T.)*

to de restaurar la armonía conseguida hasta ese momento. Mientras avanza de forma inexorable hacia el futuro, mantiene la vista fija en un pasado que no sabe dónde colocar. ¿Qué es el pasado para un burgués? ¿Dónde está exactamente? Hay que rescatar la vida, transformarla, invertirla si es necesario, cambiar su signo; el arte existencial por excelencia es el que sabe transformar lo banal en sublime y lo sublime en familiar. El orden que deriva de esta serie de censuras dolorosas resulta al final más amplio, más complejo y más generoso que las inmensas posibilidades que se han descartado.

Parecidos también en sus contradicciones, el burgués y el artista aúnan prudencia y audacia, método y despreocupación, acumulan día tras día, con paciencia, y después, como ladrones, se apoderan de golpe de grandes riquezas. Pero sin un duro y cotidiano trabajo preparatorio no podrían conseguir lo que se proponen, hacer sus negocios, tener sus intuiciones geniales. Llegan a la destreza con el aprendizaje. Ambos sacan tajada, además de sus pasiones, como es justo y obvio, de sus vicios. Sus valiosas inclinaciones malvadas. Y de los impulsos malignos, oportunamente encauzados, extraen las fuerzas para renovarse. Igual que un burgués resentido o que un comerciante astuto, un artista halla el poder para superarse a sí mismo y a sus competidores gracias a los recursos de su lado innoble, que estimulan su inventiva. Yacimientos oscuros que destellan inspiración. La materia bruta que hay que trabajar. De la angustia, la envidia, la desesperación, el remordimiento, la perversión, incluso de la infamia, extraen el contenido de su obra y, sobre todo, la energía necesaria para plasmarla. No podría prescindir del vicio a través del que aprende a conocerse y a guiarse a sí mismo. Como el burgués y más que él, el artista aspira a distinguirse. Hasta que esta ambición adquiere el tono delirante del reconocimiento. Se alimenta amargamente de la ironía por los resultados conseguidos hasta ese momento. Si ha vendido cincuenta ejemplares de su libro, quisiera haber vendido cincuenta y uno. Si ha vendido quinientos mil, desearía en todo caso haber vendido uno más. De lo contrario, sufre, su sufrimiento no tiene fin. Pero no es cuestión de dinero. No se trata de un anhelo puramente económico, los números son solo la forma más accesible a través de la cual se manifiesta. Tan simple que puede dar lugar a malentendidos: «Ese solamente piensa en el dinero». Igual que le pasa al hombre de clase media. Idéntica inquietud consume al burgués y al artista. Los posee un espíritu zorruno que no les concede ni un instante de auténtica serenidad. Brincar, excavar, deambular, meter las narices, olfatear, oler la vida e hincarle el diente o huir de ella. Cuando levanta la estatuilla que aferra entre las manos y la muestra ante un público formado por iguales, a los que esta vez no se la han dado, realiza un gesto de reconocimiento y de venganza a la vez. Chúpate esa, cabrón, gracias, gracias, os lo debo todo. *I love you.* La sed de dinero que afecta de manera enfermiza a ciertos artistas solo se explica con un inmenso, desconsolado sentimiento de revancha.

Incesante, especulador, el artista. Suele pintársele como a un derrochador que está en las nubes, que es incapaz de prepararse un café o de hacer cuentas, y puede que eso sea verdad en ciertos ámbitos externos, pero en su territorio es un empresario que juega bien sus cartas, sin escrúpulos. El juego de azar no puede evitar tocar sus aspectos más íntimos, delicados y dolorosos, los misterios ocultos en el fondo del corazón. Un artista digno de tal nombre especula con todo: con la piel de los demás y con la propia, con los dolores más íntimos y los amores secretos. Debe sacar fruto de la miseria y transformarla en obra, ese es su cometido. Su reto, su inversión. No puede dejar en paz al hermano suicida, a la joven criada que murió de tisis, al hijito en la tierra negra, al padre que conducía la calesa antes de ser asesinado. Mientras celebra con lágrimas ardientes su reposo eterno en la tumba, resucita a esos muertos. Los hace revivir para volver a matarlos, como en una maldición hecha para los fantasmas. Su necesidad de crear formas es mucho más fuerte que cualquier reparo, al igual que la acumulación de bienes lo es para el burgués. Para ellos no hay más forma de redención, de lo contrario la vida resultaría insensata. El patrimonio de un artista son sus obras; su finalidad es incrementar su número y valor. Como los burgueses que al final lograban apoderarse de los latifundios de la aristocracia, el artista saca fruto, plasmándolo en el plano formal, de lo que yacía inculto en el fondo del alma de la colectividad. Sanea las ciénagas malsanas y las vuelve fértiles y practicables con su trabajo. Gracias a los artistas del siglo XX podemos viajar por los meandros de la psique; gracias a los burgueses, por las autopistas del mundo.

Para escribir o realizar un trabajo artístico, no es suficiente el empuje del resentimiento, pero quizá resulte útil. Actúa como impulsor, como elemento de propulsión, como depósito de energía de donde sacar fuerzas cuando las del proyecto racional empiezan a debilitarse. Si resulta más bien mezquino que suponga la motivación o el contenido mismo de la obra —como en el caso de muchos escritores moralistas o satíricos, en especial si escriben para periódicos o revistas que exigen ese formato, que crean a diario blancos en los que desahogar su frustración—, se revela provechoso si se halla limitado a suministrar la energía necesaria. Un viático esencial, como las provisiones y las medicinas que se embarcan antes de un viaje. En sí mismo repugnante, el resentimiento se convierte a la larga en un recurso moral. Sobre todo cuando se trata de resistir y completar la obra, realizando esfuerzos penosos que no son justificables de ninguna manera, ni siquiera para quien los hace, ni que decir tiene para los demás. Un hombre encerrado en una habitación hablando solo —a esto, en definitiva, se reduce la escritura—, u otro que pasa meses pintando una imagen, difícilmente obtienen plena compresión por parte de quien actúa movido por una utilidad más patente o menos egoísta. No teniendo la obra otro fundamento que ella misma, quien la realiza no solo está motivado por un impulso creativo, sino también destructivo. De lo contrario, resultaría insuficiente. La violencia del impulso ni da ni pide razones. Se sienten ganas de pegar, de saquear, de que lo paguen caro. Pero ¿quién? A menudo no se sabe, y esta es precisamente otra de las características del resentimiento: rabiar de ganas y desear ardientemente pelear contra a saber quién. En el trabajo se plasma también lo detestable y lo peor de uno mismo. Basta con que funcione, que fluya en la dirección de la obra. El odio debe ser productivo; de lo contrario, más vale amar. El deseo secreto de venganza contra el mundo, o cuando menos de desquite hacia quien te miró con altanería, o ni siquiera te miró, enciende el ánimo más noble: el resentimiento es el impulso del burgués-escritor. Un verdadero aristócrata no se dejaría la piel por acabar una novela.

Ah, el gusto. El gusto distingue más que las opiniones. Marca de manera indeleble al individuo sin necesidad de sondear sus principios. Una estampa colgada de la pared o la elección de un restaurante desbancan cualquier profesión de fe. Las críticas a nuestros gustos ofenden más nuestro amor propio que las que recibimos por nuestras ideas, pues los primeros están relacionados de manera estrecha con nuestra persona y la caracterizan mucho más íntima y específicamente que las segundas. Es fácil cambiar de idea, pero es raro adquirir o perder estilo. En la época en que se desarrolla esta historia, un conservador sufría menos porque su hija fuera comunista que por verla vestida como una gitana, con zuecos y amplias faldas de flores. En la historia de toda familia digna de respeto permanecen como recuerdos imborrables las peleas por la vestimenta. Hay prohibiciones relativas al simple aspecto —«¡Vestida así no sales, ni lo sueñes!»— que son tan neuróticamente imperativas como los preceptos morales «No robarás» o «No mentirás». «¡Quítate esa pintura de la cara!» supone una toma de posición en verdad autoritaria porque se trata de una cuestión de gustos. En mi casa no teníamos problemas de esa clase, pero me acuerdo muy bien de cuando mi hermana de once años, la chiquilla más prudente del mundo, pidió permiso para ir con sus compañeras de colegio a la salida de un hotel donde se alojaba el actor que entonces interpretaba el personaje de Sandokán —el pirata malayo— para pedirle un autógrafo. A esperarlo fuera del hotel para pedirle un autógrafo. Eso es, un autógrafo. ¡¿Qué?! Ni hablar. Pero ¿acaso te has vuelto loca? ¿Estás tonta o qué? Mi madre, más pasmada que indignada, se lo prohibió tajantemente. Entonces mi hermana, que nunca pedía nada, se empeñó en ir, rogó, se desesperó, rompió a llorar, incrédula de que le negaran algo que las demás niñas habían conseguido con facilidad. ¿Por qué yo no puedo ir y las demás sí? En realidad, no hubiera costado nada dejarle, pero el drama se alargó durante todo un día de lágrimas. La prohibición se mantuvo, la hora en que debía esperar al Tigre de Mompracem frente al hotel llegó y pasó, con la trágica solemnidad de las ocasiones que ya nunca más se presentarán, y no volvió a hablarse del asunto, como si fuera una especie de vergüenza familiar, aunque nosotros, los hermanos, durante años continuáramos haciendo malignas alusiones; de vez en cuando, sin previo aviso, cuando mi hermana entraba en una habitación, entonábamos a coro: «Sandokááán... Sandokááán...».

No recuerdo si llegaron a explicarle alguna vez el porqué. Más allá de los genéricos «Ni hablar», «Eso no se hace», «No se hace y sanseacabó» y «¡Es una solemne estupidez!», los padres no estaban obligados a justificar las razones de su negativa. De todas formas, tampoco habrían podido. Creo que los motivos eran implícitos y así debían permanecer. Mi hermana lo entendería un día por sí misma y compartiría entonces la severa decisión de mi madre, que sin duda estaba tan apenada como ella, pero no podía ceder. Ambas, mi madre y mi hermana Alessandra, lo pasaron muy mal sin motivo, por una sinrazón sólida como una roca. Insalvable, insuperable. Una cuestión de gustos.

Yo explicaré por qué.

Porque esperar durante horas en la calle a una estrella de la televisión para obtener su autógrafo no solo es una tontería, es mucho peor...: son cosas de criadas.

De acuerdo, las «criadas» ya no existen, nadie las llama así actualmente, ya no leen fotonovelas ni novelitas románticas; además, entretanto, las novelas de criadas se han convertido en el pilar de la narrativa y de las colecciones editoriales, con sus títulos en segunda persona, a menudo en imperativo: Déjate mirar, Tómame, Olvídame, No te muevas, Llévame contigo, Sujétame, Túmbame, Agárrame, Escúchame, etcétera.

Las virtudes burguesas tienen carácter económico y tienden a administrar la cantidad más que a hacer hincapié en la calidad. Son virtudes económicas: la cautela, la previsión, el ahorro... y también la puntualidad, la prudencia, la mesura, la frugalidad, la honradez. Considero la honradez una virtud solo económica cuando no requiere de ninguna otra cualidad para ejercerse. No es que sea poca cosa, en absoluto, que quede claro, pero debería darse por supuesta, al igual que devolver el cambio justo a alguien.

Si, por el contrario, necesita de otras cualidades humanas, va junto con el valor, por ejemplo, de no ocultar una verdad incómoda o de negarse a aceptar compromisos que entran en conflicto con nuestras convicciones, o de admitir un error, solo entonces la honradez alcanza el rango de las cualidades que la acompañan.

El resentimiento puede llevar, por una parte, a reforzar la propia honradez cuando nos sentimos indignados respecto a quienes, no practicando la misma virtud, han conseguido ventajas superiores a las nuestras —en mi casa se definían con el viejo término de «sinvergüenzas»— y, por la otra, puede incitar a imitarlos. «If you can't fight them, join them». Eso susurra al oído el sentimiento de impotencia a quienes ven cómo personas que se lo merecen menos que ellos trepan por el escalafón social. Es difícil conservar la calma frente al escándalo. El deseo de castigarlos pugna con la envidia y la tentación de imitar lo que nuestra conciencia identifica como algo repugnante o, mejor aún, de obtener las mismas ventajas sin rebajarse al acto degradante. Hacerse rico sin robar, salir con mujeres guapísimas sin corromperlas o a cambio de dinero. Sin perder la inocencia. Sin castigo, a la larga, también desaparece la culpa. Imaginemos cómo sería el País de los Juguetes sin las orejas de burro. La fuerte presión del resentimiento que motiva el culto a la legalidad por parte de la burguesía se desliza sobre el filo de la inversión de ruta. La igualdad ideal a la que aspira la envidia genera desigualdades, mayores que las que pretendía subsanar. Aislamiento de todos y homogeneidad con todos. Es justo esa nivelación la que da origen a una actitud comparativa y, en consecuencia, a una envidia que se agudiza en los más mínimos detalles. Cuando no hay patrimonios inmensos, castillos y carrozas hacia los que sentirla, pueden bastar un par de botas. Quizá esto fuera más cierto cuando yo era un chaval, pues hoy en día la superabundancia de mercancías ha convertido la apariencia en algo indescifrable y el consumo ya no indica con certeza pertenencia social. Se ha convertido en una señal engañosa. Los indicios de bienestar son resbaladizos. Los objetos que otorgan cierto estatus, abordables e intercambiables. Un móvil de quinientos euros parece estar al alcance de todos, y un Lamborghini no implica necesariamente que un rico heredero vaya al volante. Puede parecer extraño, pero el objeto de nuestra envidia no son las inmensas fortunas, como las de los magnates de las finanzas. A nuestra imaginación le cuesta figurarse qué significa de hecho ser Bill Gates, no llega a esos niveles. Se envidia más bien lo que casi está a nuestro alcance. Se envidia lo que uno cree que tiene pleno derecho a poseer. Se envidia a quienes se nos parecen, no a los que son diferentes a nosotros. Por sus cualidades, edad, categoría, semejanza de destino.

Yo nunca he envidiado a Gianni Agnelli o a sus nietos.

Entonces ¿a quién he enviado de verdad?

Si todo lo dicho hasta ahora es cierto, entonces ¡el mundillo literario es el más burgués de todos! La situación inicial es también la de una igualdad teórica y una aparente homogeneidad de medios y fines. Un físico de partículas, un analista económico o un director de orquesta poseen un saber especializado, inalcanzable, se necesitan veinte años de estudio solo para poder intercambiar opiniones sensatas con ellos, pero para ser escritor, ¿qué se necesita? Dando por sentado que todo el mundo es capaz de escribir un par de frases —hay quienes están más dotados que otros, pero eso es secundario—, teóricamente cualquiera podría ser capaz de escribir un best seller, lo cual no es verdad, pero en todo caso es concebible, conjeturable hasta el infinito. Otra característica del resentimiento es su esencia obsesiva, machacona, un «malévolo cavilar» que no halla paz y que si bien en un primer momento se dirige hacia una persona en concreto, después se extiende y se propaga por el mundo entero. Cuando hace veinte años Susanna Tamaro tuvo un éxito arrollador —ya era hora: ¡el primer best seller de mi g-g-generación!—, recuerdo el desasosiego que causó entre los escritores coetáneos suyos, sobre todo entre las escritoras. Sentían a Susanna cercana, parecida, es decir, igual, ¿y entonces? ¿Acaso yo no tengo sensibilidad? ¿No tengo asimismo abuela? ¡Yo también soy capaz de arrancar unas lágrimas a los lectores! Eso parecían pensar, entre sonrisitas de suficiencia. En fin, todos estábamos a la altura de *Donde el corazón te lleve*, y alguno se sentía incluso más arriba.

Una sociedad de iguales crea deseos angustiosos e ilimitados. Y mucha, mucha *Schadenfreude*, es decir, alegría por el mal ajeno.

Podría incluso afirmarse que la prosperidad provoca malestar, en vez de mitigarlo. Como, según Tocqueville, para los franceses de la época de la Revolución, la situación del burgués se convierte en intolerable a medida que mejora. La insatisfacción con respecto a los bienes adquiridos es proporcional a la posesión de estos. A lo largo del camino de la ascensión social, percatarse de que todavía queda mucho por adquirir es doloroso.

Por lógica, podría creerse que toda búsqueda o *quest* parte de un estado de privación total, pero no es así, sino más bien de una posesión parcial. Y toda posesión, de hecho, es incompleta. Así que cuanto más grande es la posesión, más se alarga la grieta que va con ella, igual que la sombra que acompaña al cuerpo. A quien mucho tiene, mucho le falta. Las pequeñas virtudes, las dulces ironías del destino, los placeres pequeños y tranquilos, el mito del nido familiar, la moral de la sobriedad y el «parva sed apta mihi» («Pequeña, pero suficiente para mí»), no son más que la púdica tapadera o más bien el antídoto que el Jekyll burgués se afana en obtener a fin de apaciguar al Hyde, presa del desasosiego en su laboratorio. Esta moral de contención reprime bajo su casta superficie el resentimiento más salvaje.

Lo que a primera vista puede parecer una contradicción insana es, en realidad, un movimiento de sístole y diástole, del todo coherente, que debería observarse en su conjunto mientras se manifiesta a través de fenómenos opuestos: por una parte, el deseo de anonimato; por la otra, el deseo desenfrenado de autoafirmación.

Que el bienestar acreciente la sensación de malestar se ve en negativo en ciertas sociedades arcaicas, donde una vez satisfechas las necesidades primarias, alimento y cobijo, no se aspira a nada más. No hay necesidades especiales que instiguen la competición entre los individuos o las familias. Se vive sin pretensiones. Privada del resentimiento que activa el espíritu de iniciativa, la sociedad permanece inmutable. El resentimiento es el peor enemigo de la pereza. Es el impulso de los hombres de acción: empresarios, viajeros, comerciantes y políticos. Los motivos de insatisfacción que llevan a desear algo más que comida y cobijo solamente se sienten si vienen de fuera —por la televisión, los extranjeros, etcétera—. Recuerdo algo que me dijeron una vez que crucé unas aldeas perdidas al sur de Kandahar, en Afganistán: «Aquí, amigo mío, si logras sobrevivir, la vida es muy placentera».

El resentimiento es una emoción, pero también un pensamiento de carácter reactivo y, por lo tanto, social y político. Solo se desarrolla como respuesta al entorno, al contacto con el prójimo, y obliga a la persona que lo siente a vivir una experiencia negativa o, la mayoría de las veces, que es sentida como tal, como una injusticia, a pesar de no serlo. Cuanto más cerca está la persona o la situación que lo causa, ante nuestras narices, por decirlo así —un vecino, un compañero, una ofensa en el lugar de trabajo o un privilegio excesivo al hijo preferido que acaba con la teórica igualdad entre hermanos—, más intenso se vuelve. Las familias y las oficinas, donde se convive codo con codo, según jerarquías sordamente cuestionadas, son el terreno ideal para el desarrollo de este rencor que, por otra parte, recordémoslo, quizá tenga origen en una genuina sed de justicia. En el fondo, los hermanos del hijo pródigo, al igual que los vendimiadores del Evangelio, que se partían la espalda en la viña de sol a sol, tienen razón al cabrearse cuando llega uno fresco como una rosa y se lleva el premio en el último minuto. La verdadera peculiaridad del resentimiento es, sin embargo, que no se manifiesta de manera abierta. Se reprime, se disimula o se sepulta en el fondo del alma, donde anida en secreto convirtiéndose en rencor. Si se manifestara, desaparecería. Pero no puede o no debe revelarse. La timidez o la dignidad lo impiden. Uno desearía replicar ante la ofensa, pero la respuesta se aplaza, se pospone, tanto por miedo como por autocontrol —a menudo lo primero se hace pasar por lo segundo—, así que permanecemos quietos, a la expectativa, esperando el momento propicio, afilando la hoja un millón de veces; a fuerza de cavilar, el plan de venganza cobra cuerpo y se perfecciona, hasta que ha pasado tanto tiempo que ya no es posible reaccionar, o el destinatario de la reacción ni siquiera entendería la relación causa y efecto. En ese caso, el rencor albergado se independiza del individuo que lo ha originado y se extiende como una mancha de aceite, una capa de grasa que cubre personas y cosas. Se deja de odiar al médico que se equivocó en el diagnóstico y se empieza a odiar a toda la clase médica, un hatajo de incompetentes ladrones asesinos y engreídos. Se deja de envidiar al lameculos que ha obtenido un ascenso en la oficina y se empieza a odiar a todo el que se abra camino en la vida, con cualquier medio, incluso los lícitos se nos antojan deshonestos e hipócritas. No se le guarda rencor al vecino que no paga las derramas de la calefacción centralizada, sino a toda la comunidad, al barrio entero; es más, al género humano en su conjunto, una pandilla de maleantes que si existiera una justicia digna de su nombre se verían expuestos a la vergüenza pública, con dolorosos castigos que los dejarían en ridículo. Mi mente alberga una fantasiosa variedad de suplicios que aplicaría a quien yo sé, inspirados en las horcas caudinas; o si no, haría como Michael Douglas en *Un día de furia*: un hombre común que está estresado un buen día empuña un Uzi y empieza a ajustar cuentas, dando a cada uno lo que se merece; pero ojo, Douglas tampoco se toma la revancha solo con quienes se portaron injustamente con él, sino contra categorías humanas en su totalidad con las que se topa en su delirante recorrido por Los Ángeles: ricos jugadores de golf, neonazis, policías, pandilleros hispanos, tenderos avariciosos, etcétera.

Su frustración ha alcanzado un nivel tan alto que estalla contra cualquiera: si nadie está libre de pecado, todos merecemos un castigo. El látigo del justiciero se abate sobre la sociedad entera y no se salva ni el fustigador, que puede llegar a odiarse a sí mismo tanto como odia a sus semejantes. Es más, el hecho de que se considere un ser despreciable tal vez lo ayude a cultivar sus sentimientos como si fueran honestos, incluso nobles. Quizá el lector se habrá dado cuenta de que el odiador de profesión —entre los escritores, Thomas Bernhard, por ejemplo— cuenta con el consenso e incluso la admiración de los demás, una especie de permiso ético para su animadversión, pues la dirige, en primer lugar, contra sí mismo, es decir, autoproclamándose desde el principio como un ser mezquino, vicioso, despreciable y sórdido, pero tan honesto que lo admite.

En teoría, lo único bueno y eficaz de la venganza es el desahogo de los instintos negativos. Con la acción, estos deberían consumirse, anularse. Si por el contrario la propia debilidad o los convencionalismos sociales nos obligan a poner al mal tiempo buena cara y a tragar quina sin dejar de sonreír, la venganza imposible se transforma en una verdadera tortura interior. El hombre resentido ya no habita dentro de sí, no vive su propia existencia, sino que solo existe en función de los demás. Ausculta, escruta, espía, registra, sensible como la aguja de un contador Geiger, cada mínima variación del estatus ajeno. Y después, compara. Compara los resultados, los éxitos y los fracasos, las cilindradas de los coches aparcados en la calle de su casa. No existe un espíritu más atento indagador infiltrado e introspectivo que el burgués, que no inventó la psique y los consiguientes instrumentos para penetrarla por casualidad. Incapaz de la soberana indiferencia del aristócrata, el burgués está siempre alerta, despierto, vigilando, lo vigila todo. Se interroga e inquiere. Nunca he comprendido por qué la novela más famosa sobre la burguesía italiana, *Los indiferentes*, de Alberto Moravia, se titula así. ¿Quizá para estigmatizar, con el moralismo propio de todo autor joven, un vicio considerado abominable, el de no tener sentimientos ni afectos auténticos? ¡Ojalá el pecado de la burguesía fuera la indiferencia! Ojalá el burgués dejara de verdad que la vida le resbalara, como a los ascetas y los animales... Es todo lo contrario, no existe una criatura que esté más alerta. Su existencia transcurre marcada por una incesante comprobación y comparación entre él y los demás. Basta un detalle y todo cambia, para mejor o para peor. Está engarzado en un círculo leonardiano, con los brazos y las piernas abiertas, pero vestido con americana y corbata. La comparación con sus competidores abarca multitud de objetos y detalles, de manera que si es o si se siente inferior en un aspecto, podrá desquitarse en otros. En caso de tener, por ejemplo, una mujer fea, infiel o pesada, o las tres cosas juntas, puede compensarlo, eventualmente, con casas y vacaciones de lujo, firmando contratos, llevando a sus hijos a universidades de prestigio y poseyendo barcos que ciñen mejor que los de los demás. Decoración, automóviles, actividades deportivas, cuentas corrientes, liquidaciones y *fringe benefit*, densidad y color del cabello, frecuencia de las relaciones sexuales, amistades de altos vuelos e invitaciones a cenar, metros cuadrados y cilindradas: los indicadores de un estatus son incontables. La felicidad a este precio es imposible; su modesto sucedáneo es la satisfacción; la frustración, el estado prácticamente permanente y casi universal de la vida burguesa. En muchas épocas históricas —incluida la actual—, en cada coyuntura, la clase media se siente defraudada y castigada más que ninguna otra. O porque no logra mejorar sus condiciones, o porque las ve peligrar. El frío corazón burgués se calienta cuando se siente excluido de la distribución de la riqueza en las épocas de las vacas gordas, o si siente la amenaza de perder estatus, o incluso de hundirse, en las de las vacas flacas. La pérdida de una ventaja adquirida, o de la posibilidad de beneficiarse de una nueva que asoma por el horizonte, lo aterra, atormenta y humilla —«¿Cómo coño es posible que yo sea el único que no ha hecho dinero en la Bolsa?», es la pregunta que se han formulado a saber cuántas personas cuando estalló la burbuja especulativa; por no hablar de quienes se dieron cuenta demasiado tarde, para los que la adquisición de bonos tecnológicos en países en vías de desarrollo, que en lugar de desarrollarse decidieron hundirse de golpe en la anarquía, se transformó en una pesadilla grotesca que acabó en pocas semanas con los ahorros de veinte años...—. El problema de la identidad del burgués es, por definición, irresoluble. Su necesidad de distinguirse va más allá de la mera subsistencia biológica. En los peores momentos tiene que defenderla con uñas y dientes, pero jamás se rebajará a considerar la supervivencia como su único objetivo; sería envilecedor e indecoroso pelear, como hacen los pobres, por comida y techo.

Políticamente apoya al primero que le promete que su separación de los estratos sociales inferiores permanecerá, como mínimo, inmutable; con tal de alejar el peligro de retroceso en el escalafón social, está dispuesto a secundar plena y entusiastamente aventuras que nada tienen de pacíficas, es decir, a desmentir su espíritu moderado desatando un fanatismo tan sordo y perjudicial que, comparado con él, el furor popular y extremista palidecen; mientras que este arde en llamaradas violentas, pero que casi siempre duran poco, el taimado fuego del resentimiento burgués arde por mucho tiempo, alimentándose del depósito de las frustraciones y, a falta de garantías de defensa del propio estatus, está dispuesto a contentarse con unas mínimas gratificaciones simbólicas. Es cierto que una novela nunca puede limitarse a ser el retrato de una clase social, aun cuando lo proclame a modo de declaración de intenciones y horizonte narrativo, como *Madame Bovary* o *Ana Karenina*, cuyas protagonistas, y no por casualidad, son mujeres, pues estas, aún más que los hombres, parecen pertenecer por completo y sin reservas, de manera casi sacrificial, igual que si hubieran hecho votos, a sus respectivas clases sociales, y en sus destinos de víctimas revelarán su esencia radical. Mientras los hombres ascienden, caen en picado, acumulan fortunas que pierden en una noche, intentan crearse un destino a golpes de machete, cruzando como cohetes en la noche el panorama social e iluminando las trincheras excavadas por los convencionalismos, y todos son, en cierta medida, Barry Lyndon, Bel Ami, Rubempré y condes de Montecristo que han vuelto para vengarse, pues bien, las mujeres permanecen *figées* en la rueda de tortura de un apellido, y después de haberse casado con el médico de provincias la única evasión que tienen es soñar. Parece romántico soñar e ilusionarse, pero no hay nada más banal y previsible que los sueños. Para colmar el vacío, cuando se teme no vivir plenamente lo que queda de vida, se proyectan por entero en la vida de otro, o de otros, o en la propia existencia pasada. Demasiado tarde, demasiado tarde... En algunos casos, la atormentada comparación toma como referencia la juventud, idealizada y añorada en su fulgor, o bien constelada de pesar por las ocasiones perdidas, por no haber tenido el valor de aprovecharlas cuando se presentaron. O sea, por educación. Por la educación recibida. Uno se da cabezazos contra la pared por haber observado un código moral que casi siempre respetó por debilidad, por miedo a hacer lo que esa moral condenaba. Fui demasiado reservado, demasiado honrado..., en un mundo de acaparadores, este suele ser el perpetuo remordimiento de la persona bien educada. Nunca permití que prevalecieran mis intereses, y este es el resultado: los demás se han abierto camino y yo no. ¿Quién reconocerá mi sacrificio? Quizá no exista un sentimiento más duradero e intenso que la amargura del burgués que no pudo, no puede y no podrá desahogarse nunca. Su mujer y sus hijos raramente aprecian su esfuerzo; es más, para ser sinceros, ni se enteran. Lo cual resulta aún más irónico. ¿Cómo van a agradecer o admirar algo invisible o inexplicable? El secreto de un hombre que no hace más que inhibirse y contenerse corre el riesgo de no dejar huella. ¡Ojalá fuéramos capaces de ofrecer la otra mejilla sin que la ofensa se estancara y pudriera en algún lugar de nuestro interior! Este sublime y controvertido precepto moral suele transformarse en: ahora me aguanto, pero algún día me las pagarás. No, más bien: me las pagaréis. Un aplazamiento, en definitiva; y el plan de venganza que se amplía hasta abarcar a una comunidad entera de personas que nos ha infligido injusticias reales o imaginarias.

Por todo ello, y por muy bueno que sea, el título *Los indiferentes* resulta ajeno al libro, si este pretende representar a la clase media. Quizá hubiera debido titularse *Los insatisfechos*.

20

Como ya he contado, mi abuela se enfadó —muda, en silencio, para explotar y echarlo en cara muchos años después— porque en la esquela de mi padre se había escrito «Carlo Albinati» y no «Licenciado Carlo Albinati, ingeniero». Según ella, el «ingeniero» lo cambiaba todo, contenía el sentido de una vida entera —en el fondo, llevaba algo de razón— y no haberlo puesto había sido igual que un ultraje a los restos mortales. Aquella necrológica la escribí yo. No llamé Carlo a ningún hijo mío porque me habría costado no añadir el inevitable «ingeniero».

En un mismo espíritu conviven la inspiración inventiva —que necesariamente debe romper con las tradiciones heredadas para emprender nuevos caminos, enfocados al provecho, y a menudo por eso roza la ilegalidad— y la cautela, la honradez, el apego a las costumbres, el miedo a la innovación. Estas dos almas suelen ser fases de un desarrollo, generaciones que se suceden; primero vienen los aventureros y después los contables, los que fundan imperios y los que los administran y consolidan. Después llegan los que los derrochan.

En Italia, donde la maleabilidad antropológica es impresionante, bastan tres generaciones para que el ciclo se perfeccione. Incluso en los rasgos físicos se asiste a una metamorfosis que acompaña la económica, o incluso la anticipa.

Además de sucederse cronológicamente, las dos almas encontradas pertenecen por principio a dos individuos diferentes de clase media: por una parte, a los empresarios —industriales, constructores, etcétera—, amantes del riesgo por definición, y, por la otra, a los funcionarios, también por definición ajenos a él.

La afirmación de una concepción cuantitativa del mundo y su traducción técnica en una producción de bienes de consumo en teoría infinita, valorados también en términos económicos, poco a poco ha ido confiriendo una dignidad indiscutible al modo burgués de pensar, convenciendo a la clase media —así como a los miembros de clases sociales inferiores y superiores, que han tenido que adecuarse— de la buena y universal calidad y de la superioridad práctica y moral de su modelo de vida, cuya fórmula es: todo tiene que ser calculado según sus funciones y fines. Todo debe estar controlado, tiene que ser seguro, estar reglamentado y medido según principios económicos. La tierra, el cielo, el amor, el aire, los gestos, las reliquias del pasado, la sucesión de los días..., hasta el entretenimiento y la diversión han de ser rentables, de lo contrario carecen de sentido. La tierra sin cultivar carece de sentido, una casa sin alquilar carece de sentido, un activo mal invertido, aún menos. Unas vacaciones de las que no se vuelve bronceado o con un repertorio de hazañas sexuales o de monumentos visitados es un escándalo. La vida entera parece un abono para el gimnasio o la piscina, algo que hay que amortizar. Se debe sopesar con atención los costes y beneficios de cada iniciativa. Se come un determinado alimento «porque es sano», se practica una actividad física porque «tonifica» o «relaja». La alegría de correr o saltar se sustituye por el cuidado obsesivo del cuerpo, considerado una máquina que necesita pasar revisiones. Incluso el amor no correspondido, que en el mundo clásico era una figura del eros por excelencia, la quintaesencia de la pasión y la fatal consecuencia del capricho de un dios, se convierte en un accidente trágico y ridículo solo en el mundo burgués —del que el romanticismo es, en efecto, un alado contragolpe—, donde no se tolera lo infructuoso. Es decir, lo que no rinde o rinde menos de lo que esperábamos. La inversión amorosa —a corto plazo, un polvo; a largo plazo, un matrimonio— debe ser rentable, debe ser un éxito, de lo contrario es un error, o una locura. El amor infeliz es una pérdida de tiempo muy parecida al de un mal negocio. Al sentimiento de fracaso se une la amargura causada por la propia imprudencia o ineptitud, la misma del que compra un envase de fresas y descubre que las de abajo están podridas, u obligaciones a la baja, mercancía defectuosa o casas hipotecadas. Es decir, habría debido, incluso en el amor, estar más atento, elegir mejor, parar a tiempo, o al contrario, arriesgarse, lanzarse al juego erótico con todo su ser —si existe un defecto del que al burgués le gusta acusarse, ritual y complacidamente, es el de la frialdad; es más, peor aún, el de la tibieza; poseer un corazón distraído, que late con lentitud; pues sí, el desencanto, la resignada impotencia de quien no vive al máximo, como un héroe, y tampoco como un asceta, sino a mitad del cuentarrevoluciones.

Se mueva como se mueva, con frío oportunismo o con enardecido impulso, el burgués suele quedarse con la duda de si actuó como debía, si consideró todas las alternativas, si se arriesgó cuando no debía o si se cortó las alas él solo, jugando mal sus cartas, pues sus cualidades son también sus peores vicios. «Pero ¿por qué me habré metido en este lío?», «¿Quién me manda meterme en esto?», quizá sean las frases más típicas de su repertorio de descontento. Incapaz de reconocerse en un destino, está convencido de que puede corregirlo, arreglarlo y ponerlo a punto hasta el infinito gracias a cálculos actualizados, trajinando con la existencia como si fuera un corte de pelo, una ley financiera, los accesorios de un coche, un proyecto de especulación urbanística, uno de esos regalos que «si no te gusta, puedes cambiarlo». La vida, tal como es, se le queda estrecha. Tanto si está constelada de éxitos como si se vive bajo la capa de una monótona mediocridad, nunca responde a lo que había proyectado, sobre todo porque su proyecto, a fuerza de continuas ampliaciones y retoques, resulta ya indescifrable. Por ejemplo: el de hacerse rico. No tiene nada de malo, es un deseo legítimo y claro. Pero dado que no existe límite a la riqueza, ¿cuándo puede considerar alcanzado su objetivo? ¿Cuándo basta? Prácticamente nunca. A un millón o a mil millones siempre cabe añadir uno más. No es muy diferente de lo que piensa un jugador después de una partida o un atracador después del golpe: «Esta es la última, después me retiro», pues los objetivos del burgués son inevitablemente parciales. Proclama en vano que una vez conseguidos se contentará. Pero solo necesita mirar alrededor: otros parecidos a él podrían haber conseguido mejores resultados, o los mismos, pero más rápido. El espíritu de comparación es implacable. ¿Te compras una buena casa? No falla: siempre habrá algún conocido que compra otra mejor, o igual, pero más barata.

Como los homosexuales en una playa para gays y los pingüinos erguidos sobre las rocas antárticas, el burgués mira en torno sin cesar, a derecha e izquierda, controla los movimientos de los demás. Nunca se sabe.

Hay ocasiones jugosas que no hay que dejar escapar y peligros de los que huir. Hasta el funcionario con puesto fijo y nómina calculada al céntimo, que disfruta de deducciones y gratificaciones, puede sentirse a merced del azar o víctima de injusticias tan manifiestas como solapadas, colosales en su aparente insignificancia, que van del escritorio mal iluminado a que no lo hayan convocado para el torneo de fútbol sala del trabajo. De la misma manera, disfruta con victorias casi imperceptibles y de burlas subliminales. Si un caso de supuesto acoso laboral acaba en un tribunal, a menudo los jueces no dan crédito a lo que ven cuando, al examinar las pruebas que una mente torturada por la obsesión de compararlo todo presenta como un caso de crueldad extrema, estas acaban disolviéndose igual que pompas de jabón.

Al sufrimiento perpetuo que supone creerse víctima de la injusticia o serlo de verdad —cuyos causantes son, por orden, el Estado, los jefes, los compañeros de trabajo, la familia, la propia mujer, la competencia y la delincuencia—, le sigue, mezclándose con ella, el placer de imaginarse la venganza. Un deseo delicioso. La fantasía en que nos recreamos imaginando que devolvemos los agravios sufridos, pero aumentados, templa agradablemente la vida burguesa como el fuego de la chimenea de la casa de campo durante el fin de semana, y poco a poco va calentándola. Puede llegar incluso a quemar el alma. El corazón burgués es profundo como un abismo, por eso los sentimientos no afloran. En sus tinieblas se ocultan pasiones cuya existencia ni siquiera imaginamos, como monstruos que habitan en las fosas oceánicas.

No puede afirmarse que algo no existe por el hecho de que nunca se haya sido visto.

A largo plazo, el burgués se acostumbra a soportar insolencias, pequeños atropellos e injusticias ridículas porque lo han educado así, y así educará a su prole; pero en lo más profundo de su ser medita y trama, saborea y paladea la venganza. No será necesario un motivo válido para que al final se desate, al contrario. La venganza burguesa casi nunca se cumple como reacción a un agravio, al revés de lo que sucede en las clases inferiores. Al vengarse, en efecto, desearía tomarse la revancha de una vez para siempre contra todo y contra todos, no se trata de un episodio concreto contra una persona concreta. El carácter de proyección y omnicomprensión del sueño de venganza burguesa abarca la vida en su conjunto, y desea derrotar a un ejército de adversarios, de los cuales aquellos a los que de hecho logra alcanzar no son más que una muestra. Ellos tienen que pagar. La venganza burguesa es la respuesta delirante a un sinfín de provocaciones acumuladas en el tiempo; puede estallar a la décima, a la centésima, a la milésima provocación, o no estallar jamás, permaneciendo para siempre oculta en la americana y la corbata, pero nunca apaciguada. Esa tercera persona del plural, «ellos», engloba a muchos enemigos jurados: los pobres, los ricachones, los parientes avaros, los guardias urbanos, la burocracia...

Además, no es cierto que el burgués sea mentiroso. Hipócrita, en todo caso. Está más predispuesto a ocultar la verdad que a inventar algo falso, y esta capacidad siempre puede verse, si es necesario, desde su lado positivo, es decir, como buena educación, como edificación de un mundo más vivible, ordenado y acogedor, donde las verdades desagradables se relegan a un segundo plano, se apartan de la mirada. (Un correlativo objetivo de esta aptitud psicológica son los trasteros, los altillos y los roperos de los pisos burgueses, que aún hoy arrancan grititos de admiración a las señoras que van de visita; cómodos espacios donde guardar, lejos de la vista, los objetos privados de ocupar un lugar permanente y digno en la casa.) Dentro de un esquema, nada causa más desasosiego que una forma inadaptable. La inadaptación es el verdadero inquilino secreto de cada casa y cada vida en la clase media. Quizá sea un vestido, una máquina para remar, un primo mentecato, un libro empalagoso, la fotografía de un amante que murió, una joya que jamás se devolvió a quien nos la prestó. Un burgués solo recurre a la mentira en casos de emergencia, cuando se ve entre la espada y la pared y obligado a inventar *sur place*, lo cual va en contra de su naturaleza. Su mentira podrá colar o no, pero el hecho de que le crean no hace de él un mentiroso en el sentido común del término. El arte de construirse una coartada existencial es más bien un lento tejer, que requiere años, desluce con el tiempo algunos aspectos del carácter original y hace que brillen otros.

Por más convencidos que estemos de ser muy perspicaces y capaces de desenmascarar las mentiras ajenas, en realidad nos dejamos engañar muy a menudo, pues en realidad si han conseguido engañarnos no es porque seamos idiotas, sino porque nos convenía creérnoslo. Queremos persuadir, pero tal vez deseamos aún con mayor afán ser persuadidos. Persuadidos de lo que es bueno y justo, pero también de lo que no lo es en absoluto. Preferimos estar convencidos de algo, aunque sea erróneo, que dudar o no creer en nada.

Admitiendo que sea cierto que la sociedad se funda en el supuesto de que sus miembros se dicen la verdad unos a otros, pero admitiendo también que la mitad de las veces mienten, debemos deducir que las personas preferimos, en cualquier caso y por principio, creer, creer en lo que, si aplicáramos una pizca de criterio, reconoceríamos como falso. Dicho de otro modo: es más penoso desenmascarar las mentiras de los demás que mantener intacta una ingenua confianza en el prójimo.

Por consiguiente, quien se obstina en querer denunciar las mentiras no acaba ganándose el reconocimiento, sino el desprecio de la colectividad, su desconcierto. Se prefiere dotar con los rasgos de la verdad lo que sin duda es falso con tal de mantener unido a la sociedad en su conjunto. Lo falso según la lógica puede ser lo cierto según la conciencia.

Cuando quien ha sido rígidamente educado para dar por supuesto que todos dicen la verdad, no solo que todos están obligados a decirla, sino que en efecto la dicen, es decir, cuando quien está acostumbrado a fiarse de los demás por principio, con entera credulidad, descubre que eso no es verdad, que no siempre es verdad, que casi nunca lo es, corre el peligro de convertirse de repente en la persona más desconfiada y escéptica del mundo. Al no haber experimentado nunca nada parecido, es presa de la vertiginosa sensación de que todo el mundo miente y solo cuenta mentiras, le cuenta mentiras. La revelación puede resultar tan despiadada y burlona —en efecto, hace que te sientas como un imbécil—, que te lleva al exceso contrario. Si antes creía cuanto le decían y concedía indiscriminadamente su confianza —lo cual supone un buen ahorro de energía mental: desconfiar de los demás para desenmascararlos es un ejercicio agotador, un incesante rumiar hipótesis, un esfuerzo de interpretación que jamás conduce a resultados concretos—, ahora ya no cree ni en nadie ni en nada. NUNCA. El mundo es una feria de mentiras.

En esa caída en picado de la credulidad, el primero que paga el pato, el primero del que dejo de fiarme, soy yo. Me digo: «Eh, se acabó lo de que me tomes el pelo. Ya no me líes con tus embustes. No me embaucas con tus inquietudes». Suele creerse que es imposible fingir los sentimientos, es decir, se supone que los sentimientos son sinceros por definición, auténticos. ¿Cómo fingir que se siente algo? Odio, amor, añoranza, gratitud...

Sin embargo, estoy convencido de que no hay nada menos fiable que los sentimientos, nada acerca de lo cual nos engañamos más. La verdad es que nunca sabemos lo que sentimos exactamente; cierto, sentimos algo, tenemos la impresión de atravesar una tempestad, pero, en el fondo, ni siquiera eso es tan seguro.

Pero volvamos a hablar de dinero, es ineludible. A la pregunta «¿cuánto?», la única respuesta permitida es «tanto» —la respuesta «poco» ni se contempla, sería grosera—. Incluso cuando ya no deseamos los objetos que solo podemos comprar con dinero, este sigue siendo deseable por sí mismo.

El dinero posee la inquietante característica de ser una pura e infinita posibilidad, una equivalencia a través de la cual todas las cosas del mundo se cruzan y se aúnan con las demás. En ese lugar abstracto convergen múltiples objetos y estímulos heterogéneos o inalcanzables. El dinero aumenta las posibilidades de contacto con cosas y personas diferentes —viajes, hoteles, automóviles, arte, accesorios tecnológicos, ropa, vinos, estilos...—, al tiempo que evita la necesidad de profundizar en él. Parece ponerlo todo al alcance de la mano, pero a la vez se erige como una protección contra la inmediatez de la vida y del mundo. El dinero atrae pero también separa, hace de gancho pero también de repelente con respeto a la realidad. Siempre podemos desvincularnos de él. Quien tiene mucho sabe más y al mismo tiempo menos que quien tiene poco. Ha estado en las islas Laquedivas, pero no tiene ni idea de dónde quedan algunos barrios del extrarradio de su ciudad. Puede pilotar un avión a reacción, pero no sabría orientarse en una estación de autobuses.

(Para ser sincero, las personas adineradas que he conocido tenían más experiencia que yo en todos los campos: de la gastronomía a la economía, de las antigüedades a la equitación, de la pintura a la alta costura, al alpinismo y al sexo. Quizá yo habría podido destacar solo en literatura, pero no se impresiona a los demás o se les pasa por encima hablándoles de Kierkegaard... Además, he de admitir que, al menos en los últimos tiempos, habían leído más novelas y visto muchas más películas que yo...; ¡también en eso estaban más al día! Conocían a más gente, tenían más amigos, cultivaban meticulosamente intereses y aficiones, eran coleccionistas, habían viajado por doquier, entendían de vinos y viñedos, de perros y caballos, de automóviles, tejidos, helicópteros, corbatas, quesos, revistas, cócteles, restaurantes de Nueva York, barcos y mujeres cien veces más que yo, que, comparado con ellos, parecía un paleto de provincias. Sabían cocinar, esquiar, jugar al squash al backgammon al yahtzee y al mahjong.)

A pequeña escala, lo entendí todo —la vida, el trabajo, los contactos, Milán, a mí mismo y a los demás— cuando una noche, hace muchos años, me invitaron a cenar con un grupo de periodistas y directivos del mundo editorial, o quizá pertenecieran a otras categorías profesionales; han pasado treinta años y ya no me acuerdo. Lo que sí recuerdo es que era gente preparada, con espíritu de iniciativa, más bien simpática. Me llevó una amiga con intenciones mundanas: «Quiero presentártelos», porque podía serme útil conocerlos. ¿Por qué? Pues para mi carrera. ¿Cuál? Mi carrera literaria, que estaba en los albores.

Por desgracia, ese tipo de intención funciona conmigo muy de vez en cuando y de los encuentros concertados nunca ha salido nada interesante, mientras que la casualidad, los encuentros fugaces e involuntarios, han sido la bendición de mi vida.

Me acuerdo muy bien de una sola cosa de aquella velada en un restaurante de moda de Milán —no de quiénes eran las personas recién conocidas con las que cené, que no entraron ni se quedaron en mi vida, del mismo modo que yo no entré ni me quedé en las suyas, y que con toda probabilidad ahora ocupan cargos de mayor prestigio de los que, aún jóvenes, ocupaban entonces—: de un pormenor que tuvo lugar hacia el final de la cena, cuando, no habiendo participado yo activamente en la conversación hasta el momento y oyendo decir a uno de los comensales que le apasionaba la vela y que tenía un barco con el que salía a menudo a navegar, procuré entrar en el flujo de la conversación con unas cuantas frases a fin de darle un poco de satisfacción a la amiga que tenía «mucho interés en presentarte a mis amigos», etcétera, y que estaba perdiendo la esperanza de que congeniara con ellos. Así que dejé caer algo como: «Ah, a mí también me gusta la vela..., hacía regatas en un Flying Dutchman cuando era un chaval... y una vez incluso naufragué...», y conté un par de anécdotas. Cualquiera que haya navegado, puede que solo algún verano y sin ser un gran navegante, cuenta en su haber con un pequeño bagaje: calas maravillosas, pérdida del ancla, fuertes lebeches, botavarazos en la cabeza, hombre al agua, alguna que otra chica guapísima en la barca amarrada al lado y demás. Manifesté un entusiasmo por la vela desproporcionado respecto a mi práctica efectiva de este deporte, exageré un poco, pero si no exagero, si no amplifico, si no doy importancia con palabras vehementes a cualquier cosa, tengo la impresión de que nada la tenga.

En todo caso, conseguí que me invitara a su barco.

—Entonces, si te apetece, ¿por qué no te lo piensas y vienes alguna vez con nosotros?

—¡Claro! Me encantaría —respondí entusiasta, con algo de afectación pero sinceramente, porque la idea de salir de Milán, donde entonces pasaba gran parte del tiempo, para ir a Liguria a enfrentarme con el mar invernal, las salpicaduras heladas, las olas negras, en compañía de gente experta y verdaderamente apasionada, me atraía, me gustaba mucho, era una buena ocasión que no debía perder. Mi amiga sonrió satisfecha como si su plan de presentarme a sus conocidos por fin hubiera funcionado, aunque en realidad nada anunciaba la estipulación de un acuerdo de trabajo o una propuesta de colaboración en periódicos o revistas, sino que me garantizaba solamente un paseo en barco; pero, ya se sabe, una cosa lleva a la otra, del trato frecuente nacen las ocasiones..., hay gente en este país que se ha convertido en presidente de algo y todo empezó delante de una mesa de ping-pong. Así que mi entusiasta aceptación de la invitación a navegar fue bendecida con amplias sonrisas; pero cuando el tipo que me había invitado —bueno, para ser sinceros, me había autoinvitado yo— sacó la agenda para fijar una fecha, la primera que le venía bien —a mí me venía siempre bien, al día siguiente, el próximo sábado o al otro...— quedaba algo lejos, pues tenía casi todos los fines de semana muy ocupados...

—Oye, ¿te iría bien el 13 de marzo? ¿Estás libre ese día? —me preguntó con su típico acento milanés, estirando la cerradísima «e» de «bien».

Me estaba proponiendo vernos a mediados de marzo.

Estábamos en noviembre.

Lo que significa que tenía programados todos los fines de semana de los cuatro meses siguientes.

Dije que sí, de todos modos.

El problema de tener el mundo a tu disposición, sin límites ni repercusiones, es el de desarrollar un sentimiento de omnipotencia por el cual cualquier gesto, incluso destructivo, puede llevarse hasta el final y después retroceder, dejando intacto a su autor. Desvirgado, pero puro. Listo para intentarlo de nuevo. Como una portentosa cuerda elástica, algo de dinero te proyecta al centro de las experiencias más vívidas y después te tira hacia atrás antes de que lleguen las consecuencias. Sirve, en definitiva, para dar la sensación de poder hacerlo todo, o casi todo. El dinero debería protegerte incluso si saltaras a una piscina vacía desde el trampolín, como si fuera una alfombra de aire.

Es guay ser rico e imprudente.

Esto puede explicar, al menos en parte, el carácter de los jóvenes protagonistas de esta historia en la época en que se desarrolla. Por una parte, crecían, como se decía antes, entre algodones: mimados por sus familias, en colegios privados, con señoritas extranjeras como niñeras. Protegidos contra cualquier impacto, envueltos en precauciones para evitar que las más mínimas dificultades de la existencia pudieran herirles. Y gracias a esta milagrosa inmunidad podían aventurarse en el extremo opuesto, en el lado peligroso y violento, convencidos de que siempre saldrían impunes. Cada nueva provocación ampliaba el horizonte de su libertad, ganaba algo de terreno. Se adentraban tan lejos que cuando volvían atrás, a la base, a los escondrijos seguros de los chalets del barrio de Trieste, estaban convencidos de que las consecuencias de sus acciones no podrían alcanzarles, tocarles. Es más, que estas acciones no tenían, por naturaleza, consecuencias.

Crecieron con la íntima convicción de tener derecho a todo.

QUINTA PARTE

Colectivo M

1

La hora del paseo. ¡Faltaría más! ¡Vayamos a dar un buen paseo! Pero ¿es que acaso hay paseos malos?

Cuando durante el período de rehabilitación que siguió al infarto de mi padre, a eso de las cinco, un poco más tarde en verano, la pareja que formaban mis padres —que no era de ancianos, sino que eran mucho más jóvenes de lo que yo soy ahora; mi madre seguía siendo guapísima...— salía a dar una vuelta, sin perros que los acompañaran, de tres cuartos de hora, una hora a lo sumo, por el barrio, a mí, que era un chaval, lo del paseo antes de cenar me parecía de lo más absurdo. Qué sentido tiene, me preguntaba, merodear por las calles del barrio, girando en las mismas esquinas, bordeando las fincas observadas mil veces, desde la planta baja hasta los lavaderos de arriba del todo, con el ojo profesional del ingeniero; la yedra, las verjas, los balcones con barandillas de hierro, las entradas imponentes que confieren prestigio a los edificios... Y a cierta altura del camino, como si ambos se dieran cuenta de repente de que se habían alejado demasiado, volver atrás, torciendo en ángulo recto un par de veces y enfilando las calles paralelas para no recorrer las mismas que a la ida, y al final llegar a la base, al último portal de la cuesta de la Via Tarvisio —mi padre con la respiración un poco entrecortada y habiéndose ganado la cena, ya próxima—. ¿Por qué lo hacían? ¿Qué novedades descubrían día tras día durante el trayecto? Aparte de que fuera saludable para el convaleciente, lo que tenía de tristeza el hábito, yo no entendía su utilidad. Quizá afianzara la relación entre mis padres, quizá conversaran cogidos del brazo, es más, eso sí, seguro; era una costumbre del barrio, una muestra de cariño por el barrio de Trieste.

Ayer, 17 de enero de 2007, trasladé mis cosas —dos maletas y un ordenador— a un piso a nivel de calle en la Via Tolomino, justo enfrente de la casa donde vivía un exalumno del SLM, Angelo, condenado hace tres días por el homicidio de dos mujeres, madre e hija. Yo iba a clase con su hermano pequeño, Salvatore. Esta fecha marca mi regreso, al cabo de más de veinte años, al barrio de Trieste. En la televisión han sacado varios primeros planos de Angelo, con un increíble sobrepeso, en cuyo rostro flotaba, como de costumbre, una sonrisita, mientras sus ojos saltones recorrían los rostros de los presentes en la sala del tribunal sin detenerse en ninguno en concreto. Los periódicos han publicado algunas declaraciones suyas que tienen ese mismo tenor burlón, en las que afirma que las víctimas nunca llegaron a comprender que, en el fondo, él era «un tipo sentimental», y que aquellas dos pobres mujeres «no habían sabido llevarle», de lo contrario, «todo habría acabado de otra manera», es decir, sin un homicidio doble. Si mi recuerdo adolescente no me falla, se trata exactamente del bloque de edificios que tengo delante, cuyas fincas simétricas deben de haber sido pintadas recientemente en dos tonalidades diferentes de amarillo, uno más anaranjado y otro más ácido. Desde las ventanas veo los coches que recorren la Via Tolmino en ambas direcciones, o que giran en la esquina con la Via Gradisca, o a algún que otro motorista que aprovecha la recta desierta para apurar las marchas. Una calle tranquila, la Via Tolmino. Siempre lo ha sido.

Yo también estoy más sereno, tras meses de tempestades. No exactamente sereno, sino como suspendido. En la condición adecuada para intentar comprender qué tiene de especial este barrio, que parece tan anónimo. Qué le encontraban en el fondo mis padres en sus paseos de antes de cenar. Y por qué justo aquí, en el barrio de Trieste, se concentraron durante aquellos años un número tan elevado de homicidios gratuitos, atentados y emboscadas con trasfondo político, asesinatos premeditados y por error, persecuciones y represalias. Por qué confluían en él jóvenes belicosos de todas las extracciones sociales e ideologías políticas, procedentes de cada uno de los barrios de Roma. Se diría que gracias a su neutralidad, un sitio así era perfecto para los enfrentamientos. Y para matar.

Sobre algunas de estas calles cuadriculadas y arboladas, por ejemplo la Via Volsinio o la Via Benaco, se cierne la sombra permanente de copas que nunca se han podado y que han crecido hasta unirse en lo alto formando un túnel de follaje bajo el que resulta agradable circular en moto a toda pastilla en pleno verano; lo que, por otra parte, es bastante frecuente en Roma, donde los árboles urbanos están completamente abandonados a su suerte, como en un bosque mágico, y alcanzan formas y dimensiones tan monstruosas que dan casi miedo, hasta que un buen día, sin motivo y como para castigar su lozanía, los podan salvajemente justo por encima de la base, quizá para hacer el trabajo «de una vez por todas» o basándose en alguna débil justificación botánica, aunque la iniciativa suena de manera inconfundible a represalia. La gestión de parques y jardines del ayuntamiento se desarrolla de modo intimidatorio y ejemplar, como la policía de un régimen opresivo, y un buen día el túnel verde desaparece y las calles aparecen desnudas bajo un sol que desde hacía años no veían. De repente, ¡oh, mira!, se descubren las pálidas fachadas de los edificios, e incluso sus ventanas, con barandillas y decoraciones de estilo modernista cuya existencia desconocíamos y a las que incluso sus habitantes habían dejado de asomarse, confinados dentro por ramas de exuberancia amenazadora. Qué potente es la naturaleza..., hasta que la sierra de podar municipal cae sobre ella como un flagelo.

Tras su paso, de las aceras sobresalen dos filas de muñones. La incuria en Roma tiene, en efecto, estas dos manifestaciones extremas: o no se hace nada, o se comete una masacre.

A otro tipo de efecto surrealista se asistía ayer por la noche en la Via Benaco. Mientras paseaba con las manos a la espalda pensando en quién iba a introducir en la siguiente escena y en cómo darle forma, y me adentraba lentamente por el túnel, levanté la vista y caí en la cuenta de que estaba metido en un famoso cuadro de Magritte: bajo la bóveda de follaje ya era de noche, las farolas amarillas, encendidas, proyectaban sombras, una oscuridad silenciosa de pequeña ciudad de provincias, mientras que por encima, más allá de las copas, se entreveía aún, claro y luminoso, el cielo romano, surcado por las golondrinas.

Arriba todavía era de día.

Abajo, noche cerrada.

Se parece un poco a esta historia: dividida por una línea en la que los opuestos se encuentran, aunque el cuadro sea el mismo y el momento también. Hasta los protagonistas son los mismos, tanto si actúan en la oscuridad como a la luz. Es más, parece como si la oscuridad naciera del resplandor de la luz, y estoy seguro de que este contrasentido tiene un sentido, sí, como si el bienestar generara malestar. Yo no puedo hallar tal sentido, al menos no solo; debo recurrir a la memoria y la fantasía. Se me podría objetar que sigo siendo yo el que recuerda e inventa —¿De quién pretendes ayuda, pues? ¿Qué ayuda buscas?—. Pero la memoria y la imaginación no son mías, yo no soy realmente yo, algunas fuerzas me auxilian, a la vez que otras me abandonan. Si fueran mías de verdad, me obedecerían, ¿no? Como una mano que coge un vaso. Coge ese vaso, mano, y ella lo hace. Llévalo hasta la boca, inclínalo...

Un trago de agua que calma la sed.

En cambio, respecto a la memoria y la imaginación, deseo que se presenten, pero no me espero nada de ellas, nada que sea manejable. Me asalta la duda de que recuerdo y fantasía no sean dos fuerzas separadas, sino una sola; las palabras provienen de la misma fuente, no son ni verdad ni mentira, ni auténticas ni inventadas, es una voz que cuenta y razona y yo tengo que limitarme a prestarle atención y darle crédito.

La tragedia no es nada más que eso: mostrar la otra cara de las cosas, de los lugares, de las personas, desvelando una realidad considerada inconcebible que es, sin embargo, la posibilidad de una realidad diferente. Una misma escena se transforma de repente en un mundo oscuro e inquietante, incluso si calca un mundo que ya conocíamos, cuyo aspecto tal vez no fuera alegre, pero sí inocuo. Aun siendo el mismo, ese mundo se invierte. Así fue como, de la noche a la mañana, después del primer delito, la MdC, mi barrio se transformó en un antibarrio, en la sombra siniestra de lo que fue. Nadie se había dado cuenta de que vivíamos a orillas de una ciénaga: edificios bien ordenados, balcones floridos, palmeras que asoman por las vallas cubiertas de yedra americana, transeúntes que se saludan al cruzarse... y que de repente se vuelven oscuros y temblorosos, figuras inquietas, pálidos perfiles recortados contra la negrura de las aguas estancadas. Las imágenes del barrio de Trieste seguían siendo las mismas, pero habían virado hacia una tonalidad plomiza, y el temblor de los reflejos de las aguas las acariciaban, volviéndolo todo irreal, a pesar de que reproducían la realidad con exactitud obsesiva, con una exactitud quizá excesiva, justo como hacen los maníacos, los locos, en sus pantomimas, a los que les traiciona el sutil y aterrador temblor que crispa sus imitaciones casi perfectas. Es algo parecido a un eclipse solar, una realidad descolorida y desnuda, un mundo infiel: en eso se convirtió mi barrio pocos días después del delito.

En el Corso Trieste, ocupando el lugar de los emigrantes de la región de las Marcas de antaño, se asoman porteros cingaleses a echar cubos de agua en la acera; caras anchas y dóciles rematadas por brillantes mechones de pelo, ojos amarillentos y la piel picada de acné. En los cubos, el agua teñida por la suciedad de las escaleras de mármol travertino.

Muchos de los chalets que hay detrás del Giulio Cesare, a lo largo de las callejuelas transformadas en junglas por el desmedido crecimiento de árboles y plantas, parecen casi abandonados. Persianas bajadas, jardines atestados de materiales...

Los edificios de viviendas.
Suelen ser de cinco pisos, construidos muy cerca unos de otros. Hay quien los ha definido como «cajas con tapadera»; la tapadera son los sobreáticos añadidos a las azoteas, que han transformado los lavaderos y los espacios comunes en pisos habitables. Las viejas azoteas comunitarias sobre las que antaño se erguían las pérgolas de cemento están ahora ocupadas por paredes y ventanas ilegales, convertidas en habitables gracias a sucesivas oleadas de amnistías urbanísticas. Al mirar hacia arriba todavía se distingue el contorno de los cobertizos para los depósitos del agua y los lavaderos en las buhardillas que los han englobado.

Su aspecto es digno. Estilo discreto, buen uso de los materiales, poco más. Excluidas las soluciones constructivas audaces, el prestigio se consigue añadiendo ornamentos o efectos a escala. La ambición monumental de algunas fincas y chalets, por ejemplo, se expresa en su asomarse a la calle con puertas tan grandes que sobrepasan el forjado del primer piso. Son casos de *grandeur* típicos de este barrio, conmovedores a su manera.

Cuando paso por delante, en el Corso Trieste, y admiro esas columnatas, esos atrios amplios y tenebrosos por los que se entra en edificios al fin y al cabo modestos, pienso en el esfuerzo, sí, en el esfuerzo realizado para distinguirse: el juego de salientes y entrantes de la fachada, el motivo obsesivo de los balcones y las terrazas, que obliga a los proyectistas a una agotadora búsqueda de variaciones sobre un tema tan limitado, y también el uso de materiales más o menos nobles y apropiados. En las fachadas la superficie de ladrillo visto juega a alternarse con el mármol travertino o el revoque.

Todo esto porque, a pesar de su difusión, el edificio de viviendas es un modelo constructivo tan amorfo que ni siquiera se merece una definición. En los manuales de arquitectura que he consultado no existe. Los especuladores urbanísticos que los construían sí que llegaron a ser famosos;* sin ellos el paisaje social romano estaría incompleto y muchos de sus aspectos serían inexplicables. Pero no quiero hablar de eso ahora. Sin ir más lejos, yo soy hijo de uno de estos edificios.

Ando, ando, y observo, ando, y reflexiono.

Es cierto, el trabajo de creatividad se localiza en la superficie, no en la forma. Se trata de estratagemas puramente gráficas, son a la arquitectura lo que la ilustración es a la pintura...

La Via Sabazio, la Via Topino, la Via Sebino, la Via Taro..., tan coquetas, con los forjados dibujados como si fueran casi esculturas, decorados con festones de flores y hojas... y los balcones con forma de campana invertida, tan pequeños que solo queda espacio para abrir las puertas y que se asome una persona... y luego *loggettas*, arquillos, inscripciones en latín, mosaicos. Alrededor de la Piazza Verbano la decoración se aplica a unas construcciones sin la cual estas tendrían un carácter popular... y al curiosear en su interior, los patios de manzana, primorosos, desiertos... Inflexibles reglamentos comunitarios prohíben a los niños jugar al escondite entre las palmeras o a la pelota y no se puede aparcar bicicletas ni motos.

---

* Los *palazzinaro* —derivado de *palazzina* o edificio de viviendas más o menos modestas—, término romano para denominar a los especuladores urbanísticos de los años cincuenta y sesenta. (*N. de la T.*)

Viviendas adecuadas para empleados y funcionarios: en esto consiste la modernización de Roma.

Si para las clases populares una casa sirve para resguardarse de la intemperie, para la clase media es sinónimo de ascenso y reconocimiento social, y el barrio de Trieste es su recompensa. En el primer caso es la alternativa a la choza; en el segundo sirve para que alguien —el portero, el barbero, el cartero, el empleado del ayuntamiento o el mozo de la droguería— diga: «el señor Filacchioni, el contable / el licenciado Pedetta, el aparejador / el profesor Sacripante... vive allí», en ese edificio con molduras en las ventanas y el vierteaguas estilo Jugendstil.

Miro esos balcones floridos: deberían dar movimiento a la fachada, un ritmo. Estoy pensando en términos formales. Desde el punto de vista de los existenciales, sirven para fumarse un cigarrillo ahora que ya no se puede fumar en casa.

Antes, en los palacios señoriales, no se salía al balcón a tomar el fresco o el sol, la gente no sentía necesidad de estar al aire libre. El aire libre se consideraba vulgar, y las aberturas al exterior una debilidad, una grieta a través de la cual extraños y enemigos podían penetrar en el corazón del palacio. El balcón era el lugar donde el señor de la casa se asomaba y miraba o, mejor aún, se mostraba al pueblo. Este aislamiento del exterior, esa función de representación, pervive en algunas casitas y algunos edificios, cuyas ventanas curiosamente son más pequeñas de lo que cabría esperar o de lo que las dimensiones permiten, como si no quisiera mantenerse muchas relaciones con el mundo.

Se está a gusto, dentro, se está a gusto donde se está.

En Roma se conserva la tradición de recargado como sinónimo de solidez. Es una ciudad conservadora, o quizá solo perezosa, que abandona de mala gana los usos y las costumbres, no porque sienta un apego especial por ellas, sino por no pagar el precio psíquico del cambio, por escepticismo hacia las novedades. Cambiar es fútil o engañoso. No se teme a lo nuevo, no; se lo ridiculiza, se lo subestima. Roma respeta la ley de la inercia de las costumbres, pero seguro que no porque la venere.

En los edificios antiguos, lo recargado de los ángulos proporcionaba solidez.

En cambio aquí, en el barrio de Trieste, se difundió la idea del balcón como elemento que da calidad al piso. Sus motivos decorativos son sencillos y elegantes. Prestigio, apariencia, dignidad, pero sobre todo ello predomina el tema del compromiso. Sí, el compromiso es la clave para comprender el *train de vie*, el alma de este barrio; todo él, de la primera casita al último bloque, fue edificado bajo el signo del compromiso en un lapso de ochenta años. Como sus habitantes desde un punto de vista social, los edificios que los alojan son fruto del eclecticismo; a fuerza de amalgamar estilos diferentes, se ha creado uno específico. Justo ahora, bajando por la Via Adige, me encuentro delante de un edificio de viviendas que satisface todos esos criterios: señorial, urbano, adornado con toda clase de elementos monumentales reducidos a escala doméstica —tímpano clásico, medallones barrocos, barroco también el motivo que decora los forjados—. Cada ventana tiene un marco diferente y un balconcito donde cabe una sola persona, quizá dos muy apretadas.

Otros edificios carecen de decoración, no intentan aligerar ninguna de sus partes. Son cerrados y severos. Mármol travertino en la planta baja, ladrillo visto en la fachada, señales de su voluntad de permanecer bien anclados al terreno —¡firmes, defendiendo la posición!

En la Via Gradisca hay un edificio con una escalera exterior que recuerda a una torre, pero acristalada; no está pensada para mirar de dentro a fuera, sino más bien lo contrario. Por las noches la contemplo desde las ventanas de mi casa, es impresionante toda iluminada, erguida y esbelta, parece una nave espacial de una vieja película de ciencia ficción. Ahora paso por delante y me causa admiración.

La Via Gradisca, a la izquierda por la Via Tolmino, y después a la derecha por la Via Bolzano...

Y por fin desemboco delante del SLM.

Construido como una fortaleza moderna, en cuya fachada se alternan ladrillos y hormigón, colores apagados y neutros y una franja rojo fuego que discurre bajo las ventanas alargadas. En las torres que sobresalen en lo alto de cada cuerpo del edificio están las escaleras. Y hay cuatro grandes patios interiores sobre los que se asoman los ventanales de las clases: uno común delante de la iglesia, otro detrás del edificio que alberga primaria, otro para el recreo de los alumnos de bachillerato elemental y otro para los de bachillerato superior; antes se comunicaban, a pesar de que los alumnos de ciclos diferentes no tenían que mezclarse ni a la entrada ni a la salida ni durante el recreo, ¡nunca!, porque las mezclas serán estimulantes, pero son muy, pero que muy peligrosas. Los alumnos más mayores habrían dominado a los pequeños. Juntar generaciones y sexos, viejos y jóvenes, hombres y mujeres, chicos y chicas, chicos mayores con chiquillos y niños es peligroso. Bien mirado, la vida misma lo es terriblemente, está hecha de contaminaciones, contagios, contactos e intercambios. Siempre hay quien se salta los recintos, y las ovejas se descarrían o acaban siendo atacadas y devoradas. Si todo permaneciera en su sitio, la vida discurriría tranquila. Pero al final acabaría pasando lo mismo: las ovejas siguen dóciles en el redil y el lobo logra entrar. Así pues, ¿de qué sirve el orden? ¿Para aplazar la carnicería? Para poder afirmar que hemos hecho lo posible, como si se tratara de pundonor desde el primer momento, y las prohibiciones, las precauciones y los castigos fueran una especie de una resignación de antemano.

Quizá ese fuera el motivo por el cual las provocativas madres de los niños de primaria tenían que esperar al otro lado de la verja; el SLM era un mundo aparte y en su interior otros mundos compartimentados intentaban entrar en contacto entre sí. El patio de primaria era el más secreto e impenetrable, pequeño y abarrotado, porque entonces las clases estaban muy concurridas. Pasé cinco años de mi vida en aquel patio, otros tres en el de bachillerato elemental y cuatro más en el de superior.

Sí, el SLM como una fortaleza moderna. Su modernidad consiste en la combinación de los materiales, en el recurso horizontal de las ventanas alargadas, en el hormigón que se alterna con los ladrillos vista, en la mezcla de colores neutros y vivaces, el gris, el beis, el rojo..., en la relación entre superficies llenas y vacías, los ladrillos y el cristal. Las paredes más ligeras y abiertas dan a los patios, mientras que las que dan a la calle están más cerradas, casi ciegas. La severidad se exhibe de cara al exterior. En el interior, se permite que la mirada fluya entre los que están en clase y los que corren y juegan en el patio...

Ochenta años después de que fuera escrito, mi generación tuvo como una de las lecturas escolares *Corazón*, novela y manual de ética al mismo tiempo. Perfecto para que dure todo un curso, pues el tiempo de la novela justo coincide con su transcurso —¡qué gran ocurrencia!—. Después esta tradición acabó, creo que mis hijos no saben ni lo que es, ni quiénes son Garrone, Franti, Bottini, Derossi o el escribiente florentino, ni de qué va la venganza lombarda. Ya hace al menos treinta años que el libro desapareció. Así que me pregunto: ¿es posible que nosotros fuéramos más parecidos a aquellos chicos de finales del siglo XIX que nuestros hijos? Porque los chicos de hoy en día encontrarían este libro aburrido y pasado, pero, sobre todo, incomprensible.

Acabo de volver a leerlo. Es estupendo; la estructura, además, está pensada con astucia.

Dicho esto, se trata del libro más lleno de desgracias, mala suerte, infelicidad y malformaciones físicas, de jorobados, raquíticos, mancos, sordomudos, tísicos, viudas y huérfanos que he leído nunca, y a pesar de que no tengo ninguna duda de que refleja fielmente, o incluso con optimismo, la sociedad de entonces, me parece que todos esos desastres están reunidos y concentrados en esas páginas para reforzar el ideal de la resistencia humana frente la adversidad —otra ocurrencia genial.

Puede que su peculiaridad, hoy perdida, sea que describe un universo donde el sentimiento más elevado, más intenso y, por decirlo de alguna manera, viril, es el aprecio. Sí, el aprecio, tenerle aprecio a alguien, sentir aprecio, ser apreciado.

Incluso en la época en que yo iba al colegio, ese sentimiento algo anticuado existía, antes de quedar sumido en el ridículo.

En cualquier caso, es el único libro de la literatura italiana, y quizá de la literatura de todos los tiempos, del que siempre hay que precisar que se trata de un libro, precisamente el libro *Corazón*.

En un momento dado, se da en él un consejo que me impresionó, y del que todo el mundo debería sacar provecho:

Apréndete bien el barrio donde vives, sus calles, cruces, observa a la gente que lo habita, grábate bien en la memoria la letanía de nombres de ríos y de ciudades de sus calles, pues si algún día tuvieras que irte lejos, te sería útil tener presente en el recuerdo el lugar de donde vienes.

2

Pocas eran las distracciones en el barrio de Trieste. Bueno, para ser sincero, pocas eran en todas partes.

Trucar los tubos de escape de las motos, marcar los músculos pectorales delante del espejo, pegar golpes con la pelota sobre la mitad de una mesa de ping-pong colocada en vertical, o bien jugar una partida «a la americana» o a «a alemana» (creo recordar que las llamábamos así, en todo caso sin motivo; consistía en que cuatro jugadores dieran vueltas rápidamente alrededor de la mesa pegándole por turno a la pelota y dejando acto seguido la raqueta apoyada en ella, de manera que apenas tenías tiempo de llegar al otro lado, coger la raqueta que había dejado el compañero y darle otra vez a la pelota, a la que entretanto habían golpeado frenéticamente los otros tres jugadores, todo el rato riendo y jadeando, intentando mandarla allí adonde los demás nunca llegarían a tiempo para responder, con jugadas a traición) y, por último, gritarle «¡Zorra!» a una monja, coleccionar cromos, botellas, banderas...

No había mucho que hacer... Ay, sí, las revistas guarras —la palabra «porno» era demasiado específica.

Estas eran las principales distracciones de los chavales del barrio de Trieste antes de que proliferaran la droga y la violencia política.

Nuestra educación se completaba con los cromos, no solo los de fútbol, como suele creerse a la luz de reflexiones superficiales que reducen aquellos años a las imágenes de cantantes y futbolistas, sino que abarcaba la llamada cultura general, con colecciones dedicadas a las naciones del mundo, a los grandes hombres de la Historia —de generales a científicos y artistas—, a ejércitos, barcos, aviones, animales, continentes, al espacio, a los fenómenos de la naturaleza...

Me acuerdo del de la aurora boreal, de la caza de ese cromo imposible de encontrar, con el drapeado de sus luminosas colgaduras colgando del cielo ártico, objeto de cambios frenéticos —diez, veinte o incluso cincuenta cromos, inútiles, comunes y repetidos, por uno de la aurora boreal—. También había colecciones sobre los récords. De altura, velocidad, peso. Los memorizábamos y actualizábamos, tributando un verdadero culto a quienes los habían establecido. Los récords se convertían a su vez en materia de récord, dominada por el *nerd* más obsesivo y sabiondo, que se sabía de memoria el *Guinness*: el enano más bajo, el chino más viejo, el submarinista que alcanzaba mayor profundidad —aunque al cabo de un mes, ya había otro que lo vencía al sumergirse dos metros más—, la velocidad en mach de los aviones supersónicos, las medallas de oro que Mark Spitz ganó en las Olimpiadas (9), los títulos de campeón del mundo de ciclismo Giacomo Agostini (15) y los Gran Premio en que había llegado el primero (123)..., todo era materia de memorismo y leyenda, que mezclados crean una especial forma de devoción.

Sí, «devoción» es la palabra exacta para definir esa clase de fanatismo adolescente.

Fantaseábamos durante horas acerca de la longitud de los tiburones y los récords de velocidad batidos en tierra y agua por máquinas infernales cuyos ocupantes morían pulverizados en accidentes espectaculares. Y venga a recitar los nombres de los caídos, empezando por los de los pilotos de Fórmula Uno. Me acuerdo de que en primero o segundo de bachillerato tuve una agenda inspirada en el mundo del automovilismo, con fotos y palmarés de los pilotos de entonces. Cuando acabé los estudios y ordené mi habitación, me encontré la agenda entre el material escolar —solíamos personalizarlas pegando fotos en sus páginas, ilustrándolas con rotuladores de colores, escribiendo frases y también lo hacíamos en las agendas de los demás, hasta que los cuadernos alcanzaban tres o cuatro dedos de espesor—. Al hojear la vieja agenda de «Fórmula Uno», me di cuenta de que todos los pilotos que aparecían en ella habían fallecido. Cuando la compré eran diablos de la pista y sonreían en las fotos; unas temporadas después, unos cursos después, no quedaba uno solo de ellos. Las muertes que más me impresionaron fueron las de Jim Clark, Lorenzo Bandini, Jochen Rindt —que ganó con Lotus el título mundial póstumo tras el accidente de Monza— y del guapísimo François Cevert.

Recuerdo que a Lorenzo Bandini no le socorrieron mientras se quemaba vivo dentro de su Ferrari, delante del puerto de Montecarlo —ciudad que odio—. «De entre todos los lugares del mundo es donde menos se siente la hermandad de los hombres.»

Ah, quiero añadir un nombre, el de Graham Hill, gran piloto de famoso bigote que no murió en un accidente de coche, sino de avión. Debido a la niebla, el Piper que pilotaba se estrelló contra un árbol mientras sobrevolaba un campo de golf.

Las colecciones de cromos eran enciclopedias populares. Las de los futbolistas incluían información acerca del peso, la altura y el número de goles marcados o recibidos por honrados profesionales como Cereser, Pizzaballa o Battisodo. La jaculatoria de los nombres de los ciclistas la aprendíamos en verano, gracias a unas bolitas mitad transparentes que llevaban sus caras impresas dentro y que lanzábamos con un capirotazo del dedo medio sobre una pista creada tras arrastrar a un compañero por los tobillos sobre la arena húmeda —mejor si tenía el culo grande para que la pista fuera ancha y, a ser posible, con curvas parabólicas, a fin de que las bolitas no se salieran de ella.

Tras cambiarnos los cromos o ganarlos en diversos juegos y apuestas, solíamos discutir un rato acerca de la veracidad de la información que los acompañaba, es decir, si el cocodrilo del Ganges medía siete metros de verdad y si era cierto que el piloto que había batido en tres ocasiones el récord de velocidad con su Thunderbolt, siempre en el lago salado de Bonneville, había muerto realmente en la explosión de su «avión con ruedas» instantes después de haber batido el récord...

Un tema que entonces apasionaba mucho a todo el mundo era el espacio. La conquista espacial. La épica popular más difundida hacía coincidir su apogeo con la llegada del hombre a la Luna y su declive con la historia contada en este libro. El famoso programa de lanzamientos

Apolo, que llevó a cabo dieciocho misiones espaciales, se clausuró precisamente en 1975.

Y además, como iba diciendo, revistas ilustradas, tebeos guarros, obscenos, en color, con fotos, dibujos o historietas. Las detalladas descripciones de coitos y perversiones sexuales aportaban las proteínas necesarias para el crecimiento de los *nerd*. ¡Los tebeos! ¿Todavía existen? ¿O internet ha acabado con ellos, como con todo lo demás? Pero tal vez no sea tan cómodo conectarse desde el catre durante los turnos de guardia y todavía haya alguien que haga el servicio militar, o algún bedel cachondo o un vigilante nocturno que no sepa cómo matar el tiempo —al fin y al cabo, en los talleres de coches todavía se ven calendarios con chicas desnudas—. En mi época había tebeos de todas clases, de guerra, del Oeste, eróticos, criminales, y también políticos, que abarcaban toda la gama de intereses de un chaval, de los superhéroes al automovilismo las tetas de las camareras alemanas las perversiones de las vampiras la fabricación de cócteles molotov; los mismos temas que en otros formatos seguirían interesando —obsesionando, diría— a esos chavales, ahora ya adultos. Sí, lo sé, estoy hablando de chicos como si solo existieran ellos y las chicas no fueran más que imágenes impresas en papel de mala calidad, como si solo cobraran vida en ese papel poroso con la única finalidad de ser desnudadas y violadas por monstruos, zombis, extraterrestres, gánsteres y hombres enmascarados, según se veía en las cubiertas. Pero, por otra parte, en los edificios asimétricos del SLM solo había hombres.

Puede que los tebeos ya no existan, como muchas otras cosas que han perdido su función: los sombreros de caballero, las *jukebox*, las enciclopedias juveniles, los despertadores y los transatlánticos. Objetos dignos, si no de nostalgia, al menos de mención, sobre todo estos últimos. De estremecedor y absurdo puede definirse el fin de los transatlánticos italianos, con sus líneas inconfundibles, el *Michelangelo* y el *Raffaello*, botados cuando ese modo de viajar ya entraba en declive y el tráfico de pasajeros por mar disminuía. De niño, tuve el privilegio de subir, pocos días antes de su botadura, a uno de los dos —no recuerdo a cuál, eran transatlánticos gemelos, los «gemelos del mar»— porque un tío mío de Génova, que era un tanto extravagante, se hizo pasar por inspector naval y nos colamos. Sin duda, es una de las mejores experiencias de mi vida. Jamás había visto nada tan grandioso, lujoso, moderno y excitante. No se acababa nunca. Y después de haber visitado el transatlántico y sus innumerables puentes a lo largo y a lo ancho e incluso haber llegado hasta el pie de sus extraordinarias chimeneas —aconsejo a quien le interese que busque las imágenes de la época—, un oficial se percató de nuestro inexplicable trasiego y nos llamó la atención, desenmascaró a mi tío, y unos marineros nos acompañaron a la pasarela y nos obligaron a bajar.

3

Si en las páginas siguientes hablaré del fascismo es porque algunos de los protagonistas de este libro son fascistas, como lo eran las tendencias de mi barrio en aquella época. Además, aunque minoritarios y con actitudes contradictorias entre sí, los fascistas fueron a su manera tan emblemáticos del período sobre el que estoy escribiendo como sus adversarios de izquierdas, o quizá de manera aún más peculiar e interesante, por cuanto anacrónica. La reacción descompuesta ante los nuevos tiempos, inaugurados en el mundo entero por los movimientos de izquierdas, se convirtió en la típica de la época que se pretendía negar, casi en su característica inmutable. Al poner obstáculos a estos movimientos, el fascismo asumía a menudo las mismas formas, invertidas, deformadas, exasperadas, aún más radicales. Esto se debe a la doblez que le es consustancial al fascismo, que aúna institución represiva e intolerancia, ley y transgresión, instinto de conservación y placer juvenil de dilapidar, extraviar y destruir los castillos de arena apenas erigidos..., el culto al orden mezclado con la máxima anarquía. Como pura aspiración, el fascismo es el lugar virtual del goce sin límites, absoluto, perverso, imposible, exasperado pues, que acaba coincidiendo con la represión más severa del goce en sí. Su ideal secreto es la promiscuidad más desenfrenada; su procedimiento concreto, el control coercitivo ejercitado sobre cualquier desviación.

Como una imagen que se deforma al reflejarse, cuyos rasgos ocultos e invisibles afloran a la vista, es justo en el fascismo, obstinado y residual pero en continuo renacimiento, siempre nuevo, donde mejor se advierte el carácter contradictorio de la época en que se desarrolla esta historia.

El mayor problema del fascismo es que nunca se es lo bastante fascista. Siempre cabe serlo más, incluso más fascista que Mussolini y más nazi que Hitler. Es igual que una desazón que jamás se apacigua, un límite que siempre se desplaza un poco más allá. Como en toda mística, el fascismo no tiene fondo. Siempre hay alguien que puede reprocharte que eres poco entusiasta, que no eres lo bastante totalitario, que eres fiel y confiado pero no ciegamente, que eres valiente a medias, y si ese alguien no lo hace, entonces el fascista interior que habita en todo fascista se lo dice a sí mismo.

En una tierra que siempre está dispuesta a generar el amargo fruto del escarnio, el fascismo no ha hecho más que agudizar la vanidad, la vanidad de todo individuo de alcanzar la estatura potencial del héroe, y cultivar una actitud despreciativa hacia quienes no compartían esa fe, no creían en ella o no la entendían. Los muy fieles a la causa se sentían desde un principio condenados a un martirio estéril que no se reconocería o, en todo caso, se menospreciaría en comparación con las figuras tomadas como modelo y veneradas: los antiguos romanos, los caballeros medievales, los vikingos, los patriotas..., mientras que los infieles solo merecían desprecio porque eran incapaces de captar la profundidad, la grandiosidad de la fe fascista, fe ciega —fe en cuanto ciega y ciega en cuanto fe—, profunda y oscura como un pozo sin fondo en el que dejarse caer, caer, caer.

La infelicidad fundacional del fascismo, su *spleen*, su amargura y su negrura latente, se originan y arrastran a partir de esta incapacidad permanente de alcanzar el listón con respecto a sus modelos, a sus consignas hiperbólicas: ¿quién será lo bastante macho, valiente, inconsciente, apasionado, despiadado? ¿Quién logrará ser lo bastante nazi, dado que el nazi supera toda monstruosidad concebible? No existe acción, por descabellada, impulsiva, cruel, obscena, megalómana, arbitraria o caballeresca que sea, que logre colmar esa exigencia, responder plenamente a su llamada. No dar la talla conduce a la mezquindad. Convertirse en un miserable por no haberlo sido grandiosamente. La única salida para esta tensión continua es la locura. Poner bombas, estrellarse con la moto o autodestruirse con la heroína, matar, devastar, pegarse un tiro. Uno empieza con la idea de que le nombren caballero, como sir Perceval, y acaba convertido en un criminal —de poca monta, por lo demás— unos pocos actos después. La estatura del héroe es un espejismo, una sombra colosal, y sin siquiera haberla rozado, ya se han asumido, caricaturizándolos, todos los defectos, los excesos, la chulería, la infamia. A perro flaco todo son pulgas.

El gratificante culto a la aniquilación: la vida resplandece en su máximo fulgor cuando se suprime la existencia de los demás o cuando se acepta sin miedo que pueda pasar lo mismo con la propia. Morir para convertirse en eterno en el culto de los muertos, ese es el horizonte, la mítica fascista pura, corroborada por multitud de ejemplos históricos y literarios. Hay que testimoniar el sacrificio, ilustrarlo, celebrarlo con efemérides a fin de que sea ejemplar. En el imaginario fascista, los héroes difuntos están siempre presentes, más presentes que los vivos. Para comprender esto, basta con darse una vuelta por el barrio de Trieste, todavía hoy, y leer las pintadas en los muros, mirar los carteles...

Legionarios, estandartes, himnos, eslóganes: el barrio es un memorándum a los caídos.

En esos carteles se habla de lobos y esclavos, de cobardes y de fidelidad, de muerte y de sangre noble, se imita el lenguaje de los antiguos poemas nórdicos, del *Beowulf* a la *Edda* o a los *Nibelungos*.

¿Qué puede reconocérsele? Cierto gusto gráfico, la estilización, la elección de eslóganes eficaces, a veces —como el de la infame revista francesa *Je suis partout*, a la altura de la mejor vanguardia artística del siglo XX.

Su credo se podía resumir en una sola y breve frase: «¡Viva la muerte!». Para ellos matar a lo loco, por las buenas, sin ton ni son pero de manera inflexible, resultaba incluso más embriagador que elegir a sus blancos con una finalidad política determinada. Es más, la finalidad política era precisamente que la elección no tuviera sentido, rozar siempre la gratuidad, porque el sacrificio —infligido o sufrido, es casi lo mismo— expresa su energía a través de la gratuidad: no justificar los propios actos, esto es, actos soberanos, indiscutibles, redimidos, incontaminados por la lepra de la razón. Su móvil típico, la venganza, casi nunca elegía a los responsables directos de las injurias que pretendía hacer pagar. Las acciones se justificaban por el mero hecho de realizarse, y cualquier acción era preferible a la inacción. El éxito o el fracaso se consideraban equivalentes. ¿DE QUÉ SIRVE UNA ESPADA SI NO SE DESENVAINA? ¿DE QUÉ SIRVE SI NO ESTÁ ENSANGRENTADA? Si existen la violencia y la muerte —y sin duda, existen—, ¿por qué no ejercer un derecho preliminar para suministrarlas, aun exponiéndose al peligro de ser víctima de ellas?

La peculiaridad del fascismo es ser, como se afirma de algunas enfermedades, inespecífico. No reside, pues, en el contenido de su ideología, sino en construir a su alrededor una acción y una identidad. No cuenta aquello en lo que se cree, sino creerlo, la convicción absoluta, no respecto a algo, sino de estar convencido. Convencidos de la propia convicción, fe en la propia fe. El credo del fascista no es una doctrina o un programa político determinado, porque el programa es a largo plazo, y en cambio la lucha es ahora. Se puede adoptar un pensamiento, un comportamiento y un modo de hablar fascistas sin serlo. Precisamente porque ese credo es una *forma mentis* carente de contenido específico —que es posible llenar con cualquier cosa, incluso en clara contradicción con todos los demás—, es tan difícil de rebatir y de abjurar de él. Como mucho, se puede abjurar de la fe en cuanto tal, pero sus contenidos jamás podrán declararse falsos, pues estos no existían o eran intercambiables entre sí: revolución con reacción, defensa de la burguesía con derribo de la burguesía, culto del pasado y proyección hacia el futuro, y así sucesivamente —una diferencia fundamental con el comunismo, cuya doctrina, por más que pueda juzgarse burda o falsa, tiene fundamento.

La resistencia del fascismo a las definiciones se advierte incluso en la dificultad objetiva para formular frases acerca de este que no sean eslóganes exaltados o, al contrario, improperios e injurias.

El fascismo representa, de hecho, el dilema de la imposibilidad de ser representado, y quizá por eso se representaba sin cesar mediante formas sanas e íntegras...

Otra cosa interesante es el descaro, la extraordinaria insolencia de los fascistas cuando proclaman que actúan en nombre de la injusticia. No es cierto que todos los regímenes políticos sostienen que su actuación se funda en la justicia, que quieren cambiar la sociedad a fin de obtener mayores ventajas para todos; al revés, el fascismo lucha abiertamente para instaurar una sociedad más injusta, lo más posible, y esta lucha genera pundonor.

Cosas de fascistas de aquella época:
La pasión por las serpientes: criar pitones —incluso un caimán— en la bañera.
Las botas con punta.
El martillo de Thor.
El rugby, Tolkien (antes de que hicieran las películas), el grial (antes de *El código Da Vinci*).
(Según una anécdota famosa, mientras la policía estaba arrestando y apaleando a uno de ellos —que, en efecto, murió de la paliza—, el tipo invocaba a Odín.)

La derecha y la izquierda no son simétricas. En una realidad como la italiana, y a pesar de las apariencias, ambas casi siempre han sido minoritarias. Su llamativa presencia en el mundo juvenil las hacía parecer más fuertes, y en política esta apariencia solo raramente y por poco tiempo equivale a serlo de verdad.

La fórmula política de la extrema derecha de los años setenta era: izquierda (o sea, agresividad política, empuje revolucionario) - humanismo = subversión pura.

No, no hay simetría. La extrema derecha siempre se sintió por encima de la división tradicional entre izquierda y derecha —la llamada tercera posición: NI USA NI URSS era una de las pintadas que más se veían en el barrio de Trieste—. Ni derecha ni izquierda, o bien derecha e izquierda juntas, como en la definición misma del nacionalsocialismo.

¿Qué los animaba? La camaradería, el odio a los demócratas, el mito del valor individual, el desprecio por el enemigo, el culto a la violencia y a la muerte, el orgullo y la desesperación de ser una minoría.

Es difícil no considerar delincuente al enemigo. Reptiles, ratas, escarabajos, energúmenos, diablos, bestias, monos..., el enemigo se compara con estas figuras. «Un fascista no es un ser humano, una serpiente es más humana que un fascista», declaró con vehemencia el presidente de Venezuela, Chávez, y obtuvo el consenso general.

Si lo que frenó el empuje radical del fascismo histórico fue la necesidad de establecer un compromiso con la monarquía y la Iglesia para gobernar, el neofascismo carecía de esos frenos, lo cual permitía a sus militantes cultivar un sueño revolucionario puro, sin vínculos. Pero la realidad histórica pasaba factura una vez más. La acción política más extremista se concretaba en su justo contrario. Sus militantes asesinaban a la gente convencidos de actuar como caballeros medievales, mientras que, como mucho, estaban actuando como guardianes del orden constituido. ¡Menuda paradoja!

Terroristas de izquierdas y terroristas de derechas. Los primeros querían la dictadura del proletariado e hicieron lo posible para que la pesadilla se convirtiera en realidad, pero no lo lograron. Bien, ¿y los segundos? ¿Qué querían? No está claro qué proyecto o utopía perseguían los terroristas de derechas, dando por hecho que tuvieran alguno; me refiero a los que no estaban dirigidos por los servicios secretos. Presas del mito del héroe, mataban y se dejaban matar, o acababan condenados a cadena perpetua por defender el derecho de las señoras de la colina Fleming a aparcar en doble fila. Pusieron bombas para que aquellas rubias teñidas pudieran hacer aquagym. Defendieron su *statu quo* con sangre. El club de tenis Parioli y el *Maurizio Costanzo Show*. Para salvarlos de las garras de los comunistas volaron por los aires trenes y bancos.

De ahí la retórica del «Un día nos lo agradeceréis». Hemos ido a la cárcel para salvaros de los rojos. Más que el Estado democrático —que odiábamos—, defendimos el Estado de las cosas.

Además de la herencia del fascismo histórico, hay mucho de la escuela anarquista —y, remontándose aún más, del rigor cristiano— en el desprecio por el peligro y la muerte de la que presumían los neofascistas. Su clásico tono fúnebre derivaba de la naturaleza misma de su ideología, pero todavía más de la conciencia de la derrota, que exige un sacrificio carente de esperanza, a diferencia del sacrificio cristiano, y es un fin en sí mismo, estéril.

Hace unos cuantos días vi por televisión a uno de esos asesinos, que había pasado unos treinta años en la cárcel. En la entrevista, centrada en su pasado, hablaba de heroísmo y de la búsqueda de una muerte memorable. No tengo motivos para dudar de su sinceridad, es decir, de que estaba verdaderamente convencido de lo que afirmaba. En realidad, los homicidios cometidos por esos grupos políticos eran emboscadas a quemarropa tendidas a personas indefensas o desprevenidas, que morían sin comprender quién los asesinaba ni por qué. Les llamaban por su nombre para que se volvieran y comprobar su identidad. Cuando le disparas a alguien a la cara, lo matas, pero, sobre todo, lo borras. Si el encuentro con los demás consiste en la aprehensión de su rostro, en el reconocimiento recíproco de la humanidad, destrozarle los rasgos con una bala blindada mientras su mirada se cruza con la tuya excluye esta opción en décimas de segundo. Tienes delante a una figura anónima, y después de disparar ya no hay nadie, el rostro y la vida han sido engullidos por la nada, y puedes alejarte.

Su objetivo era hacer de la paz un desagradable malentendido, un intervalo carente de sentido. Un baño tibio donde el héroe se debilita. A esa imagen lánguida y pacífica oponían la lucha, el desafío, la rigidez, la osadía, la provocación... Los enemigos están por todas partes y hay que sacarlos a la fuerza de sus escondrijos: en política, el liberalismo —pues sí, los comunistas son más dignos de respeto, casi admirables, porque también luchan contra los liberales—; en la enseñanza, la permisividad; en literatura, el petrarquismo; en las costumbres, la mariconería..., esos son los enemigos. Hay que instaurar la guerra y a su figura mítica, el guerrero, en los tiempos de paz. Violar la paz, que solo es de utilidad a los tenderos, fecundarla. Prolongar una situación bélica hasta el infinito.

Apoyaban fanáticamente cualquier acto que despreciara al individuo. Creían que quebrantándolo nacería algo nuevo y superior, algo auténtico, salvaje y puro. Era una teoría de premisas ingenuas, tosca en cuanto a su realización, nefasta en cuanto a sus consecuencias. Cualquier cosa, cualquiera con tal de resquebrajar el caparazón de la normalidad, la identidad convencional, es decir, las costumbres que uniforman y atontan al hombre, al que, al contrario, hay que espabilar por las buenas o las malas: con el boxeo, la droga, la oración, el canto coral, las marchas, los campamentos de verano, a palos, a balazos, con cualquier cosa. Pero después, este individuo hecho pedazos tenía que recomponerse, robustecerse, disciplinarse, tras perderse místicamente en la nada debía volver a encontrarse. «Solo puede ser íntegro lo que antes ha sido desgarrado...»

El momento más oportuno para llevar a cabo esta especie de alistamiento-entrenamiento-adoctrinamiento era entre los catorce y los diecisiete años. Estoy refiriéndome a aquella época, pues hoy en día sería tarde o incluso inútil; las distracciones que rodean a un adolescente son tan numerosas que es casi imposible encauzar su energía en una dirección fanática y exclusiva. La ceguera de un adolescente actual puede ser muy profunda, pero casi nunca es total; pueden seducirlo y engañarlo, claro, pero con muchas cosas a la vez, y solo muy raramente con una sola. En la oscuridad de su caverna brillan múltiples llamas y fuegos fatuos engañosos, pero no es común que de repente se encienda potente el faro de una supuesta verdad. Creo que es mejor así. Además, sigo refiriéndome a los chicos, a los pobres varones, miserables por el mero hecho de ser varones, estúpidamente orgullosos de su miseria y encariñados con ella. Las lectoras de este libro perdonarán mi obsesión si al menos logran reconocer en los personajes que habitan sus páginas un pálido reflejo de sus padres, hermanos, amigos e hijos, y de esos hombres de los que se enamoraron y que sembraron la inseguridad en sus vidas. Una cree haber encontrado un baluarte y en cambio era una choza de paredes más finas que el papel de seda, o quizá un castillo, sí, pero de cuento, de esos que cuando te das la vuelta desaparecen.

En las reuniones políticas de la Via Spontini en las que participaba —mientras un par de compañeros montaban guardia para protegernos de posibles ataques fascistas—, notaba cómo en un momento dado los discursos empezaban a radicalizarse. El hilo del razonamiento se quebraba y se retomaba a partir de un punto al que correspondía una tasa mayor de virulencia, exactamente igual que una tanda de póquer en la que cada jugador sube la apuesta y el bote va creciendo y creciendo cada vez más. Casi nunca se asocia el riesgo verbal al efectivo, por eso mucha gente se echa a perder sin darse cuenta, cuando arriesga una cifra más alta presa del vértigo, del trance que nos aísla por completo de la realidad. Más, todavía más. Solo para sentir la embriaguez de ese bucle infinito. Esa ruptura podía provocarla una frase despreciativa, un insulto o una imprecación, o bien una paradoja que casi siempre solía prevalecer sobre todos los argumentos expuestos hasta el momento. ¿Cómo? Con su incongruencia, que desorientaba al interlocutor dejándolo, al menos temporalmente, indefenso y desorientado. Saltando de un plano verbal a otro se crea un vacío en cuya profundidad se hunde el interlocutor que te escucha, que te controla, que no está al tanto de cada palabra. Es la mejor manera para acallar al adversario, desviarse del tema, atacar a un nivel o sobre un argumento que no tienen nada que ver, pasando del plano racional al emotivo o al físico, imposibles de rebatir. La lógica se desintegra cuando el odio, la pasión o el ridículo la contaminan; de sus pasajes delicados queda un retículo de hilos de ceniza en el suelo, como la red de Loki. En una discusión, una teoría puede rebatirse con otra, una andanada de razonamientos con una respuesta adecuada, y así hasta el infinito, a no ser que alguien se salga por peteneras y recurra a la locura, a la pistola, a las preguntas absurdas, a los golpes bajos, a la idea genial, al insulto, a la canallada.

Superior al filósofo que razona (Hamlet) es el filósofo que no lo hace (Nijinsky).

4

Estoy hojeando las fotocopias de una entrevista que le hicieron a Cubbone, el Cubo, en 1987, mientras, prisionero en Francia, esperaba la extradición a Italia.

El punto fuerte de la carrera delictiva del Cubo —llamado así por su físico macizo— es la fuga de la cárcel de Rebibbia el 23 de noviembre de 1986, que duró veinte días y acabó cuando lo arrestaron en París. Durante un partido de fútbol, un helicóptero aterrizó en el campo de la sección penal, y a él se subieron apresuradamente un maleante francés y el Cubo, mientras los cómplices, a bordo, disparaban a las torres contra los guardias. El piloto y el helicóptero habían sido secuestrados en el hospital San Camillo, donde cubrían el servicio de ambulancia. Cuenta el Cubo que su compañero de celda intentó sumarse a la fuga colgándose del helicóptero, pero que él hizo que se soltara propinándole patadas. «Si le hubiera dejado subir, yo no habría sido un buen amigo.» A ese compañero le faltaban un par de años para cumplir la condena; la evasión habría dado al traste con todo. «Él no es como yo ni como mi compañero, carne de cadena perpetua.» El Cubo entonces ignoraba que no pasaría mucho tiempo en la cárcel. Se lo encontraron muerto, en apariencia por sobredosis, en Florencia diez años después. Usaba el nombre falso de Davide D'Olivia, natural de Los Ángeles. En realidad, era el primogénito de un portero del hotel Plaza, y de chico había estudiado en el SLM junto con su hermano pequeño, un chaval amable, simpático y buen jugador de ping-pong, que era mi amigo. Jugamos en pareja en el torneo que se celebraba en la semana de esquí del SLM en Lavarone, sobre los Dolomitas.

Existen coincidencias singulares entre la espectacular fuga de mi ex-compañero de colegio y algunos eventos de mi vida, menores, cierto, pero representativos de algo que se me escapa, con los que la redacción de este libro se cruza sin lograr explicarlos. Por ejemplo, la coincidencia de que la primera vez que puse los pies en una cárcel —lugar que frecuentaría muchos años y donde todavía trabajo— fuera en la sección penal de Rebibbia, al poco de la espectacular evasión de mi compañero en helicóptero; y de que lo que más me impresionó de mi bautizo carcelario fue la imagen de los cristales antibala de las garitas resquebrajados en forma radial alrededor de los impactos de las ráfagas disparadas por las parabellum.

Y todavía es más raro que, hace aproximadamente un mes, me topara con un testigo directo de la fuga de Cubbone, un arquitecto técnico, Alfredo Rocchi, al que encargué que me hiciera unos trámites en el catastro de Roma. Se trata de un lío que se creó a raíz de varias reparticiones, que se remontan a quién sabe cuándo, de una pequeña porción de terreno de unos cinco metros cuadrados en el barrio de Talenti, terreno del que soy copropietario con mi primo y lío del que no logro salir, pues el asunto lleva muchísimo tiempo pendiente de solución y siguen llegándome facturas comunitarias de siete euros y medio dos veces al año; así que si Rocchi no hubiera logrado poner la palabra «fin» a esta historia, gracias a sus contactos en el catastro, ese rincón de un patio del barrio de Talenti se habría fraccionado ulteriormente entre mis herederos, que hubieran recibido poco más de medio metro cuadrado cada uno. No creo que pueda explicarse más que a partir de la telepatía el hecho de que la última vez que nos vimos, mientras recapitulábamos sobre la situación de todo el papeleo, yo sacara a colación la famosa evasión de Cubbone. Quizá fuera porque antes había comentado que trabajo en la cárcel..., no sé. El caso es que Rocchi se animó de repente y en sus inteligentes ojos azules, de un azul que solo poseen algunos romanos, destelló una visión.

—Ay, ¿sabe que yo vi aquel helicóptero? Yo estaba cuando llegó...
—Pero ¿cómo? —le pregunté, sorprendido—. ¿Estaba en la cárcel?
—¿En la cárcel? No, solo tenía trece años.
—Claro, perdone.
—No pasa nada. Fue después del colegio, estaba jugando en el campo de fútbol de Giardinetti...
—¿En el extrarradio de la Casilina? ¿Eres de Giardinetti?
—Sí, nací y crecí allí.
—¿Cómo se llamaba tu equipo?
—Real Giardinetti.

—Real, como el Real Madrid...

—Exacto. En efecto, también había un Atletico Giardinetti.

—¡Qué gracia! De Giardinetti, mira por dónde...

—Bueno, pues estábamos jugando el derby de Giardinetti cuando ese helicóptero nos sobrevoló. Creímos que era de la policía. Uno de los ocupantes se asomó y, mostrando una pistola, nos hizo señas para que nos fuéramos. ¡Imagínese, a unos chavales! Por una parte teníamos miedo, pero por la otra nos atraía la situación...; al final aterrizó en medio del campo levantando una polvareda y bajaron esos tipos, armados...

Los viejos campos de fútbol de tierra del extrarradio.

En efecto, Cubbone contaba que cuando se alzaron en vuelo del patio de la cárcel se extraviaron en el cielo de Roma. «Todo cambia desde arriba, todo se confunde, no encontrábamos el sitio acordado...» Después ve la única forma que identifica perfectamente incluso desde arriba. Rectangular. «¡Allí, allí! —exclamó Cubbone señalando un campo de fútbol—. ¡Bajemos!», le gritó al piloto. Los chavales con camiseta y pantalones cortos salen corriendo. El helicóptero aterriza. Los fugitivos paran varios coches a punta de pistola y huyen.

La entrevista a Cubbone estaba provista de titulares elocuentes y escrita con la idea de dar la imagen de un personaje exaltado y arrogante, pero casi simpático. Un delincuente chulo y caballeresco. Tras la fuga, la sensación de libertad se le sube a la cabeza. «Estoy muy por encima de los maderos, ni siquiera los considero adversarios..., y todos esos jueces que querían interrogarme, que querían repartirse el pastel..., todas esas puertas, esas rejas, las prohibiciones, ¡zas!, desaparecieron.»

El breve período de clandestinidad concluye con el asedio y la detención de Cubbone por parte de la policía francesa. Dos de sus compinches deponen las armas, se rinden, y entonces ¿qué piensa él? «No, coño, así no. ¿Qué hago ahora? ¿Cargo la pistola y acabo cubriéndome de gloria? A esos dos pardillos van a cargárselos..., pues acaba de una vez, pedazo de cobarde. ¿A qué esperas? Me apunto al pecho con la pistola, un segundo, una eternidad. Oigo que me gritan: "¡Ríndete, tira el arma al suelo!". Más gases lacrimógenos, están a punto de derribar la puerta. ¡Bah! Mejor un perro vivo que un león muerto...»

Y él también se rinde.

Sigo hojeando «Que la fuerza me acompañe», la entrevista concedida a la revista *Panorama* hace casi veinte años por mi antiguo compañero de colegio. Subrayo con el rotulador fluorescente algunos párrafos donde hace, a su favor, una interesante distinción entre violencia y fuerza. La primera le es ajena, es inútil y gratuita, mientras que la segunda puede tener una finalidad. ¿Cuál? Defenderse de la primera. ¿Y quién ejerce la violencia? Las instituciones. Parece una consigna anarquista. Pero al mismo tiempo, Cubbone declara que cree en el orden, en la disciplina. «Yo escribía "Dios", "Patria" y "Familia" con mayúsculas, para mí no eran palabras anticuadas, sino verdaderas, vivas.» Europa tenía que mantenerse unida contra la amenaza roja. Fue paracaidista en Pisa, eso sí que era vida, «los lanzamientos, las patrullas, los entrenamientos de tiro, las marchas, me gustaba todo, el olor que desprendían los equipos, el fusil encima del catre. Me daba igual no volver a casa de permiso. Allí es donde yo quería estar, en el cuerpo de paracaidistas, para siempre». Pero lo expulsan porque descubren sus antecedentes: a pesar de haber sido absuelto de la acusación principal y de que se le han conmutado los delitos menores, está implicado en un secuestro. Entonces —tras un triste paréntesis como vendedor de baldosas y sanitarios— se alista en la Legión Extranjera, en Fort Saint-Nicolas, Marsella, donde, a pesar de su renovado entusiasmo por «los catres, los uniformes, los olores y la vida castrense», vuelven a echarlo unos meses después. La vida normal y corriente, vender sanitarios con americana y corbata, no es para él. Olfatea cualquier causa y zona conflictiva que ofrezca la ocasión de vestir uniforme: Sudáfrica, Libia..., Israel o la OLP, da lo mismo. «La vida era eso: una buena arma, algo caliente que llevarse a la boca, un buen par de botas...; quería ser un simple soldado, pero no me aceptaron», por lo que se construye la identidad de una especie de soldado de fortuna. Pero los soldados sin ejército se convierten en bandidos, y eso Cubbone ya lo sabe.

Sustituye la falta de guerra con una actividad delictiva en el fondo bastante clásica. Cuando lo encuentran, ya cadáver, en la orden de búsqueda y captura hay una serie de delitos no precisamente gloriosos, como el secuestro de un niño, el atraco a una joyería y el asesinato de un agente del cuerpo antiterrorista.

Recuerdo las fotografías publicadas por los periódicos cuando lo arrestaron la primera vez en Ponza, en bañador..., lo mucho que me sorprendieron...

Más adelante el lector leerá acerca de un recorrido existencial parecido en muchos aspectos al de Cubbone, a propósito de uno de los protagonistas de la MdC, ese al que he llamado justamente el Legionario: la extrema derecha, los delitos de juventud, la clandestinidad, la Legión Extranjera, la heroína y una misteriosa muerte por sobredosis.

«Soy hijo de un tiempo sin medallas, sin héroes, sin causas en las que creer y por las que luchar.»

5

Hace tiempo, una revista me invitó a colaborar en un número especial en que cada invitado tenía que aportar tres palabras clave de su forma de ser, o de sentirse, de izquierdas, y explicar los porqués de la elección. Al invitarme daban por hecho que yo era de izquierdas; supongo que la invitación partía de la misma premisa para todos los intelectuales, escritores, directores de cine, etcétera: es obvio que eres de izquierdas aunque estés desilusionado, te hayas vuelto escéptico, ya no seas un militante...

Tras reflexionar un poco, no mucho para ser sincero, decidí rechazar la invitación.

Me daba cierto apuro.

Todas las palabras de izquierdas que se me ocurrían podían interpretarse como de derechas.

«Libertad» o «valor», por ejemplo.

Y «minoría», término por el que profeso un gran cariño.

Pero, de hecho, no estoy nada seguro de que sea una palabra de izquierdas.

¿Qué tintes pueden dársele a esa palabra?

En el mundo político que viví siendo un chaval, y en las grandes ciudades como la mía, la minoría era sin duda la derecha. Lo era en todas partes entre las comunidades de estudiantes, en las escuelas, en Italia, incluso en Roma, que nunca ha sido una ciudad con gran tradición socialista o comunista.

Ser de derechas significaba ser minoría en cualquier lugar, a excepción de algunos barrios y colegios, como el SLM.

El SLM era, a la fuerza, un colegio de derechas, así que ser de izquierdas en él significaba ir contracorriente, distinguirse, o bien cultivar tus propias ideas en secreto, como si se tratara casi de una secta clandestina, los adoradores de la diosa Kali, los thugs.

Sí, los de izquierdas nos sentíamos en el SLM como thugs.

Qué deliciosa paradoja: ¡comunistas en un colegio de curas! ¡En un barrio de fachas! Era una opción un poco esnob, exhibicionista.

Así pues, nuestra manera de ser de izquierdas y nuestros motivos para serlo eran esencialmente de derechas o, como mínimo, dependían de valores y sentimientos que, a fuerza de ser despreciados por la izquierda —el valor, por ejemplo, el que mostró el mercenario Fabrizio Quattrocchi en Irak cuando, a punto de ser asesinado por sus secuestradores, pronunció la frase: «Ahora veréis cómo muere un italiano», que, tomada al pie de la letra, en aquel terrible contexto, se me antoja la más interesante y enigmática que haya formulado un compatriota de algún tiempo a esta parte—, a fuerza de ser escarnecidos a todos los niveles, pero, sobre todo, a nivel intelectual y periodístico, se convirtieron en exclusivos de la derecha.

Un inciso, ¿cómo muere un italiano? Si se distingue en su modo de vivir, ¿también se diferencia en su especial manera de morir?

Nosotros, los pocos estudiantes que nos distinguíamos en el SLM por ser de izquierdas, estábamos orgullosos de constituir una minoría, lo convertíamos en una religión, en un motivo más para sostener que nuestra posición era la correcta. Pocos, pero buenos; pocos, pero capacitados, tan pocos que cabíamos en el cuarto de estar de mi casa, donde nos reuníamos para debatir sobre el antiguo dilema: ¿qué hacemos?

Más que una pregunta revolucionaria era, en verdad, la pregunta que se formula todo adolescente.

Me gustaría nombrar uno por uno a estos jóvenes comunistas del SLM de principios de los años setenta, pero me limitaré a mencionar a cuatro:

Folinea

Falà

Marco Lodoli

Angelo Pettirossi

Folinea y Falà no iban a mi clase, sino a ciencias.

He olvidado sus nombres porque nos llamábamos siempre por el apellido.

Folinea era delgado pero atlético, de espalda ancha y piernas musculosas y arqueadas, campeón de atletismo en la especialidad de ciento diez metros vallas, que había renunciado a practicar «porque era un ambiente demasiado competitivo». Cuando se dejó crecer la barba, para nuestra sorpresa, le creció espesa, oscura, con reflejos rojizos, como si fuera un leñador de Oregón o uno de esos hippies que se ven bailando al pie del escenario en Woodstock. Hablaba poco y asentía apaciblemente ante las afirmaciones de los demás, o bien negaba con la cabeza, hurgándose la barbilla bajo la barba cerrada; era su modo de comunicar sus ideas.

Quería ser camionero al acabar el colegio.

No sé si su familia secundó sus planes.

Falà era más intelectual, gafas redondas sobre fríos ojos azules en los que no se leían emociones, sino cierta impaciencia por ver realizados, lo antes posible y a gran escala, los proyectos políticos que revolucionarían la estructura social mundial. Cuando abordábamos temas más específicos y menores, se atascaba y asumía una actitud resignada, aburrida.

Mientras que Folinea era humanamente simpático, Falà era objetivamente antipático, pero los dos eran serios. Mucho. Cuando una vez les pregunté cuál era su novela preferida, así, para romper el hielo antes de hablar de política, Falà me respondió:

—¿Novelas? No he leído ni una en toda mi vida.
—¿Y eso?
—No puedo perder tiempo.
—¿Qué lees entonces?
—Ensayo.

¿Qué ensayos había leído Falà? Es curioso que todavía me acuerde con exactitud de esos títulos, o al menos de algunos, quizá porque se los pedí prestados (para gran preocupación suya, pues preguntaba casi a diario por la fecha de devolución) y los leí uno tras otro.

Plejánov, *La concepción materialista de la historia*
Feuerbach, *La esencia de la religión*
Engels, *La cuestión de la vivienda*
Sorel, *Reflexiones sobre la violencia*
Saint-Just, *La libertad pasó como una tormenta*
Pávlov, *Los reflejos condicionados*

(Solo cuando acabé de leerlos, me planteé qué tenía que ver este último con los demás y si había acabado entre los libros de mi amigo únicamente porque su autor era ruso.)

Falà entrenaba su mente con estos temas y la mantenía alejada de la ociosa tentación de la novela.

—Pero, a ver, ¿de qué hablan esas novelas? —me preguntó una vez.

En efecto, puede explicarse de qué trata un ensayo, tiene un argumento, al margen de que interese o no, pero en cambio es difícil decir si una novela es interesante, si vale la pena o no leerla. Puede afirmarse que es bonita o fea, pero su historia y su trama nunca podrán presentarse como argumentos que merecen afrontarse por sí solos. ¿La condición de los pescadores sicilianos? ¿La vida de la burguesía en Trieste durante el primer cuarto del siglo XX o del proletariado en la Roma de la segunda posguerra? Presentadas de esta forma, las novelas no serían nada atractivas. En efecto, la ingenua pregunta de Falà llevaba implícita otra mucho más profunda a la que sigue siendo difícil responder: «¿Por qué hay que leer una novela?», pregunta que brilla en los ojos de los estudiantes cuando el profesor —más a menudo la profesora— de literatura les dicta la típica lista de títulos y personajes —Zeno, Matías Pascal, el Barón Rampante—, a ser posible enriquecida con algún título pescado de entre los actualmente más vendidos o los subsectores temáticos —la novela sobre los trabajadores en precario, la camorra, Auschwitz, etcétera—, en el marco de algún noble proyecto para incentivar la lectura. ¿De qué sirve leerlas? ¿Para aprender? ¿Para entretenerse? ¿Para vivir indirectamente las aventuras de los demás? ¿Para comprender mejor cosas que también nos han sucedido a nosotros? ¿Porque somos demasiado tímidos para contar o confesar esas mismas cosas? ¿Para pasar un rato a solas?

No fui capaz de dar a Falà una contestación a la altura de la seriedad objetiva de su pregunta y hoy, obligado a elegir entre las respuestas de rigor, diría: «Para pasar el tiempo». Puede que esa sea la verdadera razón por la que se leen novelas, o la razón por la que yo las he leído. Pasar el tiempo siempre me ha parecido una empresa difícil, noble a su manera precisamente a causa de su dificultad. Benditos sean todos los que han inventado artes e instrumentos para ello, los que han sido capaces de poner a punto textos y prácticas, juegos y disciplinas, cálculos y estratagemas, engaños, seducciones y ejercicios, meditaciones y artefactos, espectáculos y deleites capaces de matar el tiempo. Sin sus inventos, el tiempo se bloquearía, se atascaría, se hincharía y explotaría. Pero al bueno de Falà no le interesaba «matar el tiempo», dejarlo correr como agua bajo el puente. Él quería más bien ensartarlo, curvarlo y moldearlo a martillazos a fin de que asumiera una forma útil, convirtiéndolo en un arma, como un herrero que templa el arpón destinado a fisgar la ballena.

Sus lecturas formaban parte de un plan quinquenal en el que no cabía el entretenimiento. Nada de sábados ni de días del Señor; la toma de conciencia no hace fiesta ni se permite unas vacaciones. Más que una culpa, la diversión era para Falà un incomprensible impulso del alma, algo indeseable. Pero ¿cómo es posible que con tanta realidad aún por conocer y medir, con esas inmensas praderas de realidad retorciéndose ante nuestros ojos de ganas de ser analizadas, alguien sienta la necesidad de evadirse con las historias inventadas de las novelas? Dado que lo ignorábamos casi todo del mundo, ¿qué sentido tenía soñar con huir de él? Lo que no conocíamos de primera mano, la condición obrera, por ejemplo, podía ser adquirido a través del estudio, pero con un estudio serio, no el del colegio, que solo era una pérdida de tiempo y únicamente servía para nublar la conciencia. Por eso a Falà no le gustaba el colegio, lo despreciaba, más que una institución represiva lo consideraba una táctica dilatoria que servía para conducir a los chicos, sin que se dieran cuenta, de la húmeda oscuridad de la ignorancia familiar a la caja negra del trabajo en la condición forzada de explotadores o de explotados. El tiempo libre era la cruz de aquella época. Un tema obsesivo de reflexión que podía condicionar hasta lo que se hacía los sábados por la noche: ¿salir con tus amigos o quedarte en casa preparándote e informándote? ¿Informarte sobre la realidad, evitándola escrupulosamente?

Una cruz ideológica. Cuando hice la prueba de reválida en el instituto Giulio Cesare, la primera pregunta del examen de filosofía fue: «Habla de la concepción del tiempo libre en Karl Marx». Ahora no sería capaz de responder, entonces lo fui. Ahora ni siquiera es concebible semejante pregunta, entonces lo era. Muchas de las cosas que sabía o de las que era capaz a los dieciocho años se han perdido. Hace poco encontré un viejo librito de la época con un test para calcular el cociente intelectual. En la última página estaban escritos a lápiz los resultados obtenidos por los que habían hecho el test, entre los que se encontraba mi padre, un hombre de ingenio, y yo. Volví a realizarlo y obtuve unos veinte puntos menos que entonces. A la edad en que un chico acaba los estudios en el colegio, se encuentra en el punto más alto de la curva, en la cima de su esplendor mental, desde donde observa el mundo. Quizá no lo comprenda, pero lo ve, con lucidez, hasta sus límites, y su mirada tiene una nitidez que ya volverá a tener jamás. (*Nota bene*: entre los resultados, también estaba el de Arbus...)

En definitiva, Falà, aun siendo solo un estudiante de instituto, y encima de un colegio de curas, se libraba de la explotación leyendo a Plejánov en vez de a Hemingway, empleando su tiempo libre en prepararse para acabar con el sistema que le concedía ese tiempo solo para mantenerlo quieto, suministrándole en dosis controladas los partidos de fútbol, las vueltas ciclistas a Italia, las discotecas y las minifaldas.

Siempre he admirado, de lejos, a quienes reaccionan ante el sufrimiento añadiendo más sufrimiento, rechazando cualquier forma de consuelo. Los admiro a pesar de no entenderles. Admiraba a Folinea y a Falà, pero no los entendía. Me parecían serios. Está claro que una sola vida no basta. Y tampoco basta con ser huraños.

Éramos pocos, pero buenos, nosotros, los comunistas del SLM. O quizá éramos pocos y no tan buenos.

El caso de otro izquierdoso del SLM, Marco Lodoli, era más interesante que los de Folinea y Falà porque su padre, Renzo, era un fascista de verdad, y bajo la influencia paterna, que había alentado en él un romántico sentimiento de supervivencia, el hijo también había sido fascista hasta los catorce años. El joven Lodoli estaba convencido de que sus ideas lo habrían puesto, tarde o temprano, con la espalda contra una tapia, una venda en los ojos y una bala en la frente, para acabar fusilado como los escritores colaboracionistas que en aquellos años iban descubriéndose y valorándose, a lo que había contribuido la obsesiva y hermosa película de Louis Malle, *El fuego fatuo*. Después esa ciega influencia tocó a su fin, y entre el viejo y el joven empezaron a surgir contrastes políticos, que culminaron la noche en que, con gestos teatrales, el viejo Lodoli hizo pedazos y arrojó a la basura un ejemplar de *Autobiografía de Malcolm X* que Marco y yo habíamos comprado —o robado, no estoy seguro— en la librería Feltrinelli de la Via del Babuino. Un gesto insólito para el viejo veterano, que por lo general era una persona civilizada y afable, pero que no debía de tolerar que ese texto, que marcaba la emancipación ideológica de su hijo, entrara en su casa. El castigo ejemplar tuvo poca eficacia: destruir un libro refuerza la fe de su propietario, su convicción de estar en el lado justo y su instinto de resistencia. Lo gracioso es que a partir de ese momento, Lodoli —que era desgarbado, llevaba gafas y el pelo encrespado como peinado a lo afro— encarnó también físicamente al prototipo del estudiante de izquierdas, distinto, en el SLM, muy llamativo por su vestimenta ajada y casi al que estigmatizar, que lo convirtió en el blanco ideal para alguien al que se le hubiera ocurrido darle una lección y dejarle claro el concepto de que allí el comunismo no tenía oxígeno.

Angelo Pettirossi era un gran batería y coleccionista de discos. Gracias a él conocí a Soft Machine. Ahora es cardiólogo.

El corte de pelo contaba, el modo de vestir era decisivo, y de qué manera. En los años setenta, un par de zapatos con punta o un macuto en bandolera marcaron el destino de muchos chicos del barrio. La moda no tenía nada que ver, la moda no existía; se trataba de uniformes y como tales se llevaban. Una de las escenas más emblemáticas de la época era la que abría *La piel en el asfalto*, cuando el motociclista se vestía: acabados de cuero, hebillas cromadas para sujetar la coraza; también *Taxi Driver*, cuando De Niro extiende la grasa derretida con la llama sobre sus botas. Con un par de camperas te metías en un mundo. «Asesinado por unas botas» suena a titular de periódico, pero define un destino nada casual. El barrio donde se ubicaba el SLM era la bisagra de dos mundos opuestos, un territorio codiciado, el lugar ideal para enfrentarse porque en él los fascistas eran una presencia real, y su sombra se proyectaba hasta el eje arbolado del Corso Trieste y se cernía sobre él.

Una noche en que fui a Villa Torlonia a ver un concierto de Alan Stivell, la mitad del público estuvo a punto de pegarse con la otra mitad porque ambas partes se creían con derecho a reivindicar aquellos lamentos celtas.

Entonces se llamaba música folk, y ahora la llaman étnica, pero es lo mismo.

Asistí a un fenómeno parecido durante la proyección de la película *If* de Lindsay Anderson: hacia el final, cuando los estudiantes atrincherados en el tejado del *college* disparan contra el director, que estaba invitándoles amistosamente a bajar, «Bajad, chicos..., os comprendemos», y le pegan un tiro en la frente, en el cineclub el regocijo de progres y fachas fue el mismo. Todos nos pusimos de pie de un salto.

La predisposición a la violencia era palpable, líquida, la violencia era el pegamento que mantenía unidos los razonamientos, el trasfondo en que se movían las figuras, como el paisaje con los árboles y las montañas en los cuadros del Renacimiento. Durante una reunión en el bar, en una tarde de aburrimiento estudiantil, podía tomarse la decisión de matar a alguien sin necesidad de ser un criminal empedernido. Nunca faltaban motivos, siempre había una venganza que cumplir o una lección que dar, unas cuentas que ajustar desde hacía años o un balance de ofensas y agravios por saldar. Siempre había justicia que administrar sin miramientos.

Es increíble cómo las palabras logran sostener, dar cuerpo a cualquier proyecto; alguien dijo que pesan como piedras o como plomo, pero no es verdad, son ligeras e inaprensibles, si tuvieran peso y cuerpo no podrían tratar la vida y la muerte con tanta desenvoltura; sin embargo, vuelan, bailan y hacen piruetas alrededor de cosas extremas. Son rápidas, más incluso que las ideas y, en efecto, tarde o temprano se deshacen de ellas. La llamarada del razonamiento las lanza en órbita, pero después prosiguen en solitario en el vacío estelar. De paradoja en paradoja, se debería alcanzar un punto insuperable, bastaría detenerse un momento a prestar atención a lo que se dice para no tener la osadía de continuar; alcanzado ese punto incluso las ideas más audaces y amenazadoras se bloquearían..., pero a esas alturas las palabras ya llevan demasiado impulso y arrastran consigo a las ideas, superan todos los límites. Salen solas de la boca y se aventuran en el terreno donde la razón se avergüenza o teme adentrarse. Dicen lo indecible. Es un mecanismo interior casi poético, la virulencia verbal es una forma singular de elocuencia. Muchos discursos, artículos o eslóganes políticos tienen mayor ebriedad que la poesía más insensata, son más transgresores que cualquier vanguardia literaria y más visionarios que un trance místico. Causan impresión si se leen unos años después, pero en el momento fluyen con soltura. Una vez ungidos con el óleo de las palabras, no existe barbarie, atrocidad, hecho criminal o simplemente majadería que su impulso no solo logre justificar, sino incluso exaltar. El verdadero automatismo predicado por los surrealistas radica en eso, no en los inocuos poemas de Éluard o Desnos. El homicidio se convierte en un acto de elevada humanidad, el exterminio, en una operación higiénica; las masacres se vuelven geometrías perfectas, los adversarios, ratas, insectos, gusanos y carroñas; los bastonazos son alegres y saludables.

Lo he afirmado unas cien páginas atrás: las novelas viven de lo que ya no existe, de lo que ha desaparecido o pronto desaparecerá. Modos de hablar, de amar, de vestir y de luchar, de besar; edificios, patrimonios, lemas, calles, lazos y chalecos, pistolas, peinados: fosilizados en ámbar transparente que se observa a contraluz. Aunque se desarrolle en el mundo contemporáneo o incluso en uno futurible, toda novela nace medio muerta, recién construida es ya una conmovedora ruina, un legado enigmático, una ciudad extinta que se reanima durante el tiempo exclusivo e ilusorio de la lectura: todo lo que aparece en ella está destinado, en cualquier caso, a perecer. Todo. Sus materiales se devalúan rápidamente, se hacen jirones como telas raídas, al contrario de los materiales eternos e inmortales que construyen la poesía lírica y la épica, la tragedia y la filosofía.

El lector vive el tormento de un organismo que se dispone a sucumbir ante la nada, a eclipsarse y desteñirse tras haber estado vivo y palpitante ante nosotros. Lo maravilloso de la novela es pues lo que siempre está a punto de desvanecerse.

De lo que está destinado a durar, de lo que tiene un destino y resiste al tiempo se ocupan otras formas artísticas.

Yo aún no conocía a los fascistas en persona, a excepción de un caso, el de mi abuelo, personaje tempestuoso del que no quiero hablar ahora.

Solo diré que durante muchos años pasó todas las tardes en nuestra casa.

Él y mi querida abuela llegaban a diario a eso de las cinco y se quedaban hasta que mi padre volvía del trabajo, a la hora de cenar.

Mientras mi madre y la abuela charlaban, tomaban el té o jugaban a las cartas, mi abuelo cogía el teléfono y empezaba a hacer llamadas largas, misteriosas, y a menudo acaloradas, de las que nos llegaba el eco alterado a través de la puerta de cristal que había cerrado tras de sí.

Era una precaución inútil.

Como en muchos pisos burgueses, y antes de convertirse en algo tan importante en la vida familiar como para multiplicar su ubicación, el único teléfono de la casa se encontraba en un distribuidor entre la habitación del servicio, la cocina y el comedor; obligaba a la incomodidad de llamar de pie desde un lugar de paso, es decir, a hacer llamadas breves y diligentes; pero cuando lo usaba el abuelo, al poco de llegar a nuestra casa, cerraba la puerta y bloqueaba el acceso a la cocina, pues nadie se atrevía a molestarle pasando por allí.

Solíamos quedarnos delante de la puerta esperando a que acabara para entrar en la cocina a merendar y, a través del cristal decorado con arabescos, veíamos cómo su figura se agitaba, una figura oscura en el distribuidor iluminado, que manoteaba con el brazo libre, pero también con el que sujetaba el auricular, y oíamos sus explosiones de rabia cuya causa nunca descubrimos.

¿A quién llamaba con tanta insistencia?

¿De qué negocios se ocupaba y por qué concluían tan a menudo colgando el auricular bruscamente?

Teníamos muchas pruebas de su cólera, pero ninguna explicación, nunca.

De sus intentos fallidos de hacer negocios quedó, olvidada en el trastero, una hoja de celofán que, colocada sobre el televisor, daba la impresión de que la pantalla fuera en color, cuando en Italia solo existía en blanco y negro.

Daba el pego con los paisajes, pues la parte superior era azul y la inferior verde.

Mucho menos con los primeros planos de los actores o las presentadoras.

Algunas veces vino acompañado por señores muy ancianos ataviados con lúgubres abrigos negros, con los que se encerraba en el salón para secretear.

Nosotros nos quedábamos en la sala de estar viendo la tele, en blanco y negro, lo cual entonces no nos parecía tan grave, preguntándonos quiénes serían aquellos invitados que a veces tenían una mano postiza o llevaban una parche en el ojo, igual que los veteranos que veíamos pasear alrededor de la institución para mutilados de guerra que había delante de nuestra casa, hasta que llegaba mi padre del despacho y mi abuelo, que en vez de largarse tenía mucho interés en presentarle a sus acompañantes —había uno al que llamaban «el General»—, ponía a dura prueba la paciencia y la amabilidad de su hijo.

A pesar de estar hambriento y cansado, mi padre también se encerraba con ellos en el salón. Las conversaciones podían durar algunos minutos o alargarse hasta hacer peligrar la hora de la cena.

Una vez, el General llegó acompañado por un joven con americana y jersey negro de cuello cisne.

Yo debía de tener unos trece años y mi hermano unos once, éramos unos niños, sin embargo, a aquel chico oscuro, serio y ya maduro, lo apartaron del viejo jerarca por razones generacionales y lo condujeron a mi habitación para que «estuviera con los chicos», como dijo mi abuelo.

Cuando entró en la habitación miró alrededor mostrando interés por la decoración, los pósters de las paredes y los libros de las estanterías, cuyos títulos leía ladeando la cabeza.

De vez en cuando sacaba uno y lo hojeaba.

Más que mirar el libro, parecía que buscara algo oculto entre sus páginas.

Pasó revista a las tres grandes estanterías de la pared; después se quitó la americana, la dobló con cuidado, la dejó en el respaldo de la silla, se sentó a los pies de mi cama, en una posición muy incómoda, y empezó a hacernos preguntas.

Tenía una voz impostada, como si tuviera que esforzarse sin parar para dominarse, hablaba bajo y grave, con acento del norte, vocalizando cada palabra sin mover un músculo del rostro, y nos miraba fijamente, a mí y a mi hermano, directo a los ojos, como si quisiera leer en ellos nuestros secretos y comprobar si decíamos la verdad.

Pero no la verdad objetiva, sino algo más.

Le interesaba saber a qué colegio íbamos, qué pasatiempos teníamos, si practicábamos deporte, cuántas veces por semana y por qué habíamos elegido precisamente esos deportes.

Después nos preguntó si ya habíamos tomado una decisión.

¿Qué decisión?, pensé.

El interrogatorio me había sorprendido y atemorizado a la vez, igual que el registro de mis libros.

Mientras intentaba huir de la mirada inquisitiva del desconocido, dejando que mi hermano pequeño le respondiera de un modo ingenuo, por casualidad vi en la solapa de su chaqueta doblada una insignia muy brillante en la que curiosamente no había reparado antes.

Era un escudo con una cruz cuyas puntas se abrían en forma de flechas.

Felicitó a mi hermano por sus respuestas acerca del fútbol y la gimnasia.

«Hacer deporte es sano —dijo apretando el puño—, pero ¡no es suficiente!», afirmó abriendo la mano y haciéndole una caricia que acabó con una especie de cachete en la nuca; mi hermano, menos desconfiado que yo, le sonrió.

Al hacer estos gestos, los primeros desde que se había sentado en mi cama en aquella posición tan rígida que parecía que en vez de estar sentado estuviera suspendido sobre los muslos, el jersey negro de cuello cisne y ajustado, que hasta entonces le había dado un aspecto delgado e incluso frágil, se hinchó a la altura del pecho y los brazos.

En realidad, ninguno de nosotros era especialmente deportista, pero visto que el desconocido mostraba tanto interés por la forma física, mi hermano Riccardo lo había complacido con una mentira.

«¿Y tú, ¿ya has tomado una decisión?», repitió el joven con voz tenebrosa.

Nos mostró las manos, los nudillos grandes como nueces y dos o tres dedos que no podía extender.

Nos habló de sus peleas usando un tono desdeñoso y frío, y vehemente y despegado al mismo tiempo, como si las escenas de violencia se proyectaran por enésima vez en una pantalla colocada al fondo de su mente y él decidiera qué fotogramas montar para ilustrar su historia.

Se expresaba de manera lapidaria, tan lapidaria que resultaba casi incomprensible, presentándonos solo los antecedentes o los desenlaces, por lo general cruentos, de los hechos, de los que extraía sentencias abstractas e indiscutibles.

«Pero se arrepintieron..., sí, sí, muy amargamente..., porque aunque fueran diez contra uno no se daba por descontado que ganaran.»

Las omisiones y elipsis nos obligaban a formularle preguntas para comprender, y entonces, de un modo calculado, poniendo una mirada torva y distante, eludía el tema.

«No, sois aún pequeños, es mejor que no sepáis ciertas cosas todavía..., ya las descubriréis..., las descubriréis por vuestra cuenta..., ¡muy pronto!» Y negaba con la cabeza.

Las máximas que intercalaba en sus historias estaban construidas a partir de palabras como «valor», «honor», «fidelidad», «batalla» y «muerte», pero, sobre todo, «honor», término al que recurría sin cesar y emparejaba con los demás como una parte invariable del discurso: «El honor en la batalla es lo que queda de un hombre», «Quien prefiere la muerte a la infamia salva su honor», «El honor no se limita a hacer lo que está permitido», «Prefiero ser fiel al honor que al dinero». Todas las máximas conducían a un momento dramático en que era necesario elegir, elegir entre opciones difíciles, elegir de qué lado estar sin dudarlo. Y él lo había hecho. Para alguien como él, despertar cada mañana significaba empezar una batalla. Y para afrontarla no había más remedio que recurrir a todas tus fuerzas. «Cuando me afeito por las mañanas me pregunto si no será la última vez que lo hago.» Quería impresionarnos y sorprendernos con la desproporción. Sus adversarios siempre lo doblaban o triplicaban en número, su constitución era mucho más robusta o disponían de una logística superior. Llevaban bastones y garrotes más grandes, sus periódicos eran más vendidos, contaban con apoyo político y económico y con una organización ramificada. Pero, sobre todo, eran más numerosos, siempre, una marea humana. Esta recurrente y crónica desproporción de fuerzas se veía, sin embargo, compensada por las virtudes que formaban la esencia de sus proverbios, esto es, por el valor, el honor, la fidelidad y el desprecio a la muerte, virtudes que podían invertir el desenlace presumible; es más, aquel hatajo de adversarios impotentes que acababan recibiendo una buena tunda de palos a pesar de su teórica superioridad casi le daba pena. Y pasara lo que pasara, siempre había un final glorioso, lo cual era obvio si uno ganaba, pero también si perdía, porque salir derrotado contra fuerzas aplastantes y desleales era una especie de victoria moral que resplandecía con más brillo y mayor alcance, como una hoguera en la cumbre de una montaña. Mostraba una predilección especial por la derrota, que recubría de nobleza al resaltar, en la reconstrucción de los hechos, el momento en que el héroe, traicionado, rodeado y herido, arrastraba al adversario en su caída, sometiéndole moralmente y triunfando sobre su vulgaridad y mediocridad. Me impresionó el parecido que tenía todo lo que contaba con la singular historia militar de Italia, que en mis tiempos aún se estudiaba en el colegio, repleta de actos de heroísmo individual contra ejércitos potentísimos. Empezaba en la antigua Roma, qué digo, antes, en las Termópilas, para tomar impulso y llegar hasta los héroes infantiles que lanzaban piedras, muletas o bombas de mano contra soldados bien equipados, o se colaban debajo de los tanques sin más armas que sus manos, o cabalgaban torpedos para hundir los barcos enemigos, o se inmolaban para impedir la invasión de sus ciudades, o resistían en la nieve contra armadas diez veces más numerosas. Siempre hombres desesperados, mártires, perdidos en la última avanzada, rebeldes contra el destino. Y yo, aun abrumado por la emoción, no podía dejar de preguntarme: pero nosotros, nosotros los italianos, ¿nunca logramos ganar una guerra sencillamente porque nuestro ejército era superior? ¿Es posible que siempre nos hayamos abandonado al hermoso gesto de recordar en una lápida a los caídos?

Y la emoción se teñía de sospecha.

Más allá de los motivos que tuviera para darnos una visión tan belicosa de la vida, que seguían siendo oscuros, algo en las palabras, los gestos, la mirada vítrea de nuestro invitado me dejaba perplejo. Como si su esfuerzo, su ansia ininterrumpida, agotaran la energía necesaria para disfrutar del resultado obtenido con aquel esfuerzo. En sus palabras calculadas y pomposas no se vislumbraba nunca, jamás, la alegría. Todo parecía requerir únicamente sacrificio, y que este, a su vez, iluminaba con un resplandor siniestro un panorama asolado. A fin de cuentas, si la lucha es un valor en sí mismo, ¿por qué no debería serlo su opuesto? La tranquilidad, el abandono, la huida o la ternura. Y si al final de la lucha el mejor resultado que puede obtenerse es que lo que había cambie lo menos posible, esa inquebrantable posición asumida desde el principio —obsesión por la fidelidad, apego a los valores—, ¿no convierten la lucha en un movimiento aparente, en un engaño o, en definitiva, en un pasatiempo?

A esa edad yo empezaba a rascar con la navajita la superficie de los valores. En realidad, lo hacía desde pequeño, era mi juego preferido. La pátina dorada se desprende enseguida.

Una vez lo persiguieron y rodearon. Empezaron a pegarle con varillas de hierro. Queriendo protegerse la cabeza, no le había dado tiempo de sacar la pistola del bolsillo, y cuando decidió hacerlo ya le habían roto las manos y no lograba meter el dedo en el gatillo. Pero bastó con mostrar el arma para que los asaltantes se asustaran y huyeran.

Dijo que lamentaba no haber podido disparar; al menos se habría cargado a uno de ellos.

—En el fondo, mejor así.

Mi hermano le preguntó si llevaba encima la pistola.

—¿Me la enseñas?

Sonrió y dijo que no, que hoy no la llevaba.

—De todas formas, no serviría de nada. Si quieren hacerlo de verdad, lograrán matarme antes de que diga ni mu. —Y volvió a propinarle otro cachetito amistoso en la nuca—. Ni siquiera tendré tiempo de percatarme. En el fondo dará igual.

Todas eran frases hechas.

Debía mostrar autoridad, pues la autoridad era su religión.

El jersey negro de cuello cisne le confería aspecto de cura.

No sonrió ni una sola vez, y su sermón nos intimidó sin convencernos.

Cuando se marchó, se despidió llamándonos «camaradas».

6

Todos los años se concentran en uno solo, el siglo XX entero y una buena parte del XXI se compactan, se anuncian, se apiñan, se refugian, están presentes y quedan en ridículo en 1975. Ese año pone a raya una hilera de años, les hace la zancadilla. No hay nada como los abusos y los excesos para contribuir a que el tiempo avance, y por consiguiente, se detenga. El abuso solo puede ser memorable. El tiempo se dilata y oscila en un punto donde convergen haces de premisas y de consecuencias. Una infinidad de acontecimientos se deposita sobre esa imagen paralizada, como la nieve sobre el paisaje en un pisapapeles de cristal.

Quiero decir que, junto con lo que sucedió realmente del 1 de enero al 31 de diciembre de aquel mismo año, sobre 1975 llovieron los sucesos a los que habían asistido nuestros padres de jóvenes, otros que todavía estaban por llegar e incluso los que algún día veríamos nosotros con ojos legañosos, ya viejos, con el alma disecada y los órganos sustituidos por recambios. Cada generación debería tener asientos reservados en primera fila para poder decir: «Esos tiempos eran mis tiempos, eran míos y solo míos». ¡Fuera esas manos! Pero las cosas no funcionan así, en absoluto. El tiempo es de todos. Y su puntualidad y su totalidad se manifiestan en cada instante. ¡Si hubiéramos sido capaces de comprender que todo se concentra y se desvela en un solo punto del tiempo! ¡Si fuéramos capaces de entenderlo ahora!

Antes de los años setenta del siglo XX, no había pasado nada interesante en el mundo. Nada. Ningún acontecimiento digno de mención. Los egipcios y los mayas, las innumerables guerras de los romanos, de Federico Barbarroja, de Magallanes y la bomba de Hiroshima o la llegada del hombre a la Luna poco pueden compararse con ese decenio espectacular, con ese año axial alrededor de cuya órbita giran nuestros pequeños planetas.

Quiero poner un ejemplo que cada uno es libre de juzgar desde el punto de vista que prefiera; un experimento que además de a mí —y de mis coetáneos— tiene como protagonista a mi hijo Leone, un chico despierto y curioso como yo a su edad, o quizá más. Leone y los chicos de su generación, para ser exactos. Le pedí a Leo que me hiciera una lista lo más completa y detallada posible de las películas que vio el año pasado, 2012. Me refiero a películas nuevas, vistas en el cine, no en la tele. Quiero compararlas con la lista de las películas que vi a su edad, con dieciocho años, en 1975. Quizá me olvide de alguna, pero las que aparecen listadas las vi sin duda. En algunos casos hasta podría citar el cine donde las proyectaban.

Películas vistas en 2012 por mi hijo Leone, con dieciocho años:
Los vengadores (Whedon)
Blancanieves y la leyenda del cazador (Sanders)
El hobbit: Un viaje inesperado (Jackson)
Ted (MacFarlane)
Skyfall (Mendes)
El caballero oscuro. La leyenda renace (Nolan)

Moonrise Kingdom (Anderson)
Men in Black 3 (Sonnenfeld)
Siete psicópatas (McDonagh)
El enigma del cuervo (McTeigue)
El dictador (Charles)

Películas vistas por mí a los dieciocho años, en 1975:
Barry Lyndon (Kubrick)
Los tres días del Cóndor (Pollack)
Pícnic en Hanging Rock (Weir)
Habitación para cuatro (Monicelli)
El reportero (Antonioni)
El cazador (*Dersu Uzala*) (Kurosawa)
La noche se mueve (Penn)
Nashville (Altman)
Tarde de perros (Lumet)
Una mujer y tres hombres (*Nos habíamos amado tanto*) (Scola)
El fantasma del paraíso (De Palma)
Chinatown (Polanski)
El enigma de Kaspar Hauser (Herzog)
La conversación (Coppola)
La última noche de Boris Grushenko (Allen)
Lenny (Fosse)
Alicia ya no vive aquí (Scorsese)
El hombre que pudo reinar (Huston)
The French Connection II (Frankenheimer)
En el curso del tiempo (Wenders)
La pareja chiflada (Ross)
Esclava del amor (Mijalkov)
La matanza de Texas (Hooper)
Cuentos inmorales (Borowczyk)
Shampoo (Ashby)
Il sospetto (*La sospecha*) (Maselli)
Cría cuervos (Saura)
Alguien voló sobre el nido del cuco (Forman)

El honor perdido de Katharina Blum (Schlöndorff y Von Trotta)
Diario íntimo de Adèle H. (Truffaut)
El rompehuesos (Aldrich)
Perfume de mujer (Risi)
Quiero la cabeza de Alfredo García (Peckinpah)
Rojo oscuro (Argento)
Primera plana (Wilder)
Tommy (Russell)
El jovencito Frankenstein (Brooks)
Fantozzi (Salce)
Tiburón (Spielberg)

Nota: Es indudable que nosotros íbamos a menudo al cine, mucho más de lo que se va hoy en día. Además de ser el entretenimiento más clásico —no es que hubiera muchos más—, ver películas, ver muchas películas, ver todas las películas se consideraba parte integrante de la formación de cualquier chico o chica curioso, al igual que escuchar música y leer revistas y cómics; es más, en aquella época era un componente esencial. El cine todavía era el arte del siglo, arrastraba el siglo XX como un titán que, con los pies clavados en el fondo del océano, remolca un transatlántico averiado. ¡Qué corto fue su ciclo! Tanto como el siglo. Pero en ambas listas lo que salta a la vista no es la demanda, sino la oferta, es decir, la cantidad y la calidad de las películas que un chico podía ver entonces. Y pensar que ya estábamos fuera de la época mítica del cine, que, en teoría, ya había empezado a declinar...

Segunda nota: En la lista de mi hijo no hay ni una película italiana.

Por entonces los políticos usaban en sus discursos la expresión «punto de soldadura». Quizá porque evocaba algo metálico y parecía que echara chispas. Un estrépito de taller, pero también de guerra, de lenguaje operativo. Táctica y estrategia, aplicación y ejecución de órdenes. Tanto al marxismo como a la retórica fascista les gustaba el acero.

Se imaginaban, se preveían, se esperaban puntos de soldadura entre intereses materiales, entre grupos antagonistas, entre conceptos, entre grados de mando, entre tesis sobre literatura y revolución.

Durante unos diez años al menos, en cuya mitad exacta se sitúa el período culminante de esta historia, Italia se vio envuelta por el velo de las conspiraciones. Complots, golpes de Estado planeados, abortados o fallidos, explosiones misteriosas, masacres, crímenes y represalias, servicios secretos leales y traidores —locales y extranjeros—, cartas amenazadoras asesinatos espionaje planes subversivos traiciones emboscadas y conjuras se condensaron en el país como una nube densa y cegadora, hasta el punto de que, no me cabe duda, la mejor manera de seguir adelante fue pasar de todo, como hicimos nosotros, los adolescentes, mientras los adultos se torturaban acerca de por qué había explotado tal o cual bomba, quién la había puesto y quién había dado la orden de ponerla. Para quien no se manchó las manos de sangre, no disparó ni le dispararon, no dio palizas ni las recibió, fueron unos años maravillosos. El aire, tan enrarecido, parecía cristalino.

En aquella época me era imposible hablar de la época. Estaba metido en ella hasta el cuello. Las pérdidas me enmudecían, las conquistas me exaltaban: ambas condiciones hablan por sí solas.

El de 1975 fue el año de las elecciones: ¿puedo permitirme afirmar que resultaron las más esperadas y las más temidas que hubo en Italia después de las de 1948? Sí, puedo, y aunque no fuera verdad serían las más importantes de la Historia porque yo voté por primera vez. La primera vez que votaron los dieciochoañeros, y lo hicieron por los pelos, pues cuando faltaban pocas semanas para las elecciones, la mayoría de edad se rebajó de veintiuno a dieciocho años, y nos convertimos en adultos de la noche a la mañana. Eso tuvo una repercusión nada desdeñable en el colegio, pues a partir de entonces podíamos justificar las ausencias en vez de hacer que las firmasen nuestros padres. Lo mejor habría sido abolirlas para los mayores de edad, porque las fórmulas como «Indisposición» o «Causas familiares» carecían ya de todo sentido. Los miembros del Colectivo M del Giulio Cesare lo aprovecharon de inmediato para escribir en la casilla de la libreta de las faltas de asistencia frases provocadoras —pero realistas— como: «No tenía ganas de ir al colegio y por eso se quedó en la cama», o bien «Causas debidas a fuertes precipitaciones», «El clima primaveral prometía un día precioso», firmadas por nosotros mismos, que se mostraban diligentemente al profesor de la primera hora, el cual, para evitar discusiones a primera hora de la mañana —discusiones que lo habrían puesto en evidencia delante de toda la clase, unida, y del Colectivo M, unido como un solo hombre—, se limitaba a tomar acta de aquellas payasadas y, refunfuñando, apuntaba en su cuaderno el nombre del alumno que se había dispensado a sí mismo de ir a clase.

¡Cuántas nos dejaron pasar los profesores de entonces, curas o no! Cuántas veces desoyeron provocaciones que se pasaban de la raya porque consideraban que resistir, que plantar cara significaba ir contra los tiempos, ponerse en ridículo, algo así como «multar por exceso de velocidad en la carrera de Indianápolis» —chiste famoso de la película *Apocalypse Now*, que estaba a punto de estrenarse.

Además, la vieja fórmula «Causas familiares» conservaba su delicioso encanto y era agradable usarla para justificar las ausencias de un día, las que no tienen más explicación que las pocas ganas de levantarse de la cama. ¡Fórmula misteriosa, justificante que todo lo abarca! Por lo visto, Italia es el único lugar donde las «causas familiares» justifican cualquier comportamiento y falta, del absentismo a la corrupción, de la evasión fiscal a la venganza.

Pero volviendo a las elecciones: aquel tenía que ser el año de los comunistas. El Partido Comunista era, con creces, el primer partido en Turín, Nápoles, Venecia, Emilia y Toscana. En algunas ciudades, dos tercios de la población votaba a los comunistas. Estos obtenían consensos incluso entre algunas clases sociales consideradas enemigas declaradas del comunismo histórico, quizá por un deseo inconsciente de estas de contribuir a su propia destrucción y ver cómo por fin se borraba la marca distintiva que en otros momentos históricos tanto se habían empeñado en obtener. Había una burguesía que defendía con uñas y dientes sus prerrogativas y otra que luchaba, al menos en teoría, contra el régimen que hasta entonces la había protegido, acunado, mimado y consentido. Estas dos almas burguesas, simétricas, rendirían cuentas en breve. Y la rendición de cuentas era las elecciones. Yo hablaba, trataba, entablaba amistad, hacía el amor e iba al cine prácticamente solo con comunistas. De varias clases y grados, algunos auténticos, otros menos, y algún que otro ficticio, pero todos rojos, del PCI, de la Federación Juvenil Comunista Italiana, de Lucha Continua, del Manifiesto, del Partido Socialista Italiano de Unidad Proletaria, marxistas-leninistas, anarco-comunistas —como nos proclamábamos nosotros, los del Colectivo M—, francotiradores del mundo extraparlamentario, trotskistas, seguidores de la Primera, de la Segunda, de la Tercera y de la Cuarta Internacional, socialistas aún más de izquierdas que los comunistas, y una cantidad indeterminada de miembros de grupúsculos cuya militancia política tenía como referencia movimientos que me sería imposible citar, tan frecuentes eran sus escisiones y recomposiciones, sus disgregaciones y fraccionamientos, de cuyo proceso salían formaciones aún más extremistas y sectarias. La única que cito por su nombre ejemplar y porque en ella militaba la hermana mayor de mi primera novia es Servire il Popolo. Yo también era, desde todos los puntos de vista, comunista. Lo era —aunque quizá no lo era, no lo había sido y no lo sería—, a pesar de que las ideas comunistas no me convencían entonces más de lo que me convencen ahora, es decir, casi nada, y sus prácticas me repugnaban hasta el punto de que podría afirmar que era más anticomunista que comunista. Pero ¿cómo es posible que un anticomunista pueda proclamarse, actuar, votar e incluso liarse a palos con los fachas sintiéndose sinceramente comunista, estando convencido de serlo? ¿Cómo era posible?, me pregunto. Mi única salvación y mi sola manera de esquivar la contradicción era declararme contrario a Stalin, pues entonces y siempre le consideré un criminal, uno de los peores que han pisado la faz de la Tierra, y a los estalinistas. Así lograba excavarme un nicho de virtud en aquel océano de sucesos y comportamientos sanguinarios. Pero ya sé que por más que me esfuerce e intente razonar, nunca lograré explicar y justificar del todo la contradicción que sigo sintiendo. Incluso ahora que he dejado de tomar partido, de votar, tal contradicción me induce a comportarme unas veces como un *gentleman* liberal y otras como un implacable y frío marxista. Un desencantado defensor del *statu quo* listo para convertirse en analista igual de desencantado de la explotación del hombre por el hombre. ¿Cómo es posible? Pues lo es. Por otra parte, yo existo, de eso no hay duda. Y vacilo. Y creo que no soy el único.

Puede que el hecho de vacilar se deba a la actividad de escribir, que te inclina a asumir posiciones diferentes cada vez, modos distintos de considerar las cosas. Es un efecto colateral del oficio. O quizá haya escogido este oficio para poder permitirme el lujo de vacilar, para secundar y encarnar ora a esta persona, ora a esta otra, esa idea...

*Come la piña
y mastica la perdiz.
¡Tu último día se acerca,
burgués!*

Cuando durante el colegio y después en la universidad milité, si bien sin mucha convicción, en lo que entonces se definía como «izquierda extraparlamentaria», o mejor, fui partidario de ella, puesto que como militante hice bien poco, me sorprendió la actitud de los jefes y subjefes, que adoptaban como modelo a revolucionarios históricos en versión reducida estudiantil, confiriéndole además un toque, llamémoslo así, típico de la época, que no podía darse en tiempos de la Revolución soviética o de los partisanos. Casi todos presumían de ser los ejecutores implacables de un mandato político que la historia había puesto en sus manos. Eran despreciativos y despiadados —despiadados casi siempre de palabra— de manera estudiada. Quisiera describir a uno.

Alto, guapo, pelo fino ya ralo y denso bigote rubio. Magnético y mal tipo. Henchido de desdén. Perentorio. Quizá sea la perentoriedad la característica principal de todo revolucionario. La última vez que lo vi, que lo vi en acción quiero decir, en la calle —ahora aparece de vez en cuando en televisión comentando con sarcasmo los acontecimientos de actualidad: está viejo y arrugado, sonríe mucho más que entonces y sigue siendo magnético— fue durante la manifestación en la que murió Giorgiana Masi, el 12 de mayo de 1977. Llevaba un fusil bajo el impermeable. Corría arriba y abajo a lo largo del margen del Tíber con su impermeable, que al aletear mostraba de manera elocuente, en vez de ocultarla, aquella metralleta manejable y de poca precisión que se usaba en el ejército italiano. La misma que un par de años después yo también empuñaría durante las maniobras militares en Taranto, al disparar ráfagas contra un blanco flotante a cincuenta metros de la orilla del mar. No sabría decir si en la actualidad es peor quien ha cambiado de ideas o quien sigue teniendo las mismas.

Exceptuando a algunos intelectuales genuinos, incluso a algunos eruditos, y a unos cuantos jornaleros incultos, las ideologías extremistas de la época pescaban a sus militantes en una *pseudointelligentsia*: estudiantes y autodidactas, pseudointelectuales, gente que podía definirse como escolarmente culta en los años setenta, personas ignorantes pero no del todo, o bien cultas pero con enormes lagunas, gente a menudo especializada en un sector concreto, como «los mitos celtas», por ejemplo, y en ayunas de todo lo demás, quizá la especie más inestable y peligrosa, esto es, la de los ignorantes que han leído libros, y esos pocos libros que cayeron en el vacío con gran estrépito. Mejor, mucho mejor, mucho menos nociva, aunque ya rara, habría sido la ignorancia total..., la verdad es que cierta clase de libros caen como un pedrusco en las mentes débiles o ansiosas, hambrientas, demasiado hambrientas de verdad. Causan chifladuras fanáticas, generan convicciones tan férreas como infundadas, fomentan certezas perjudiciales. En vez de ensanchar la conciencia, la estrechan alrededor de un núcleo de respuestas milagrosas...

Hoy en día se ha puesto de moda preguntar: ¿qué libro te ha cambiado la vida? Bueno, hablando en serio, me temo que si a alguien le cambia la vida un solo libro, ese libro, es porque no ha leído muchos más. Y existen muchas probabilidades de que ese libro sea *Mein Kampf*.

La época y sus costumbres fueron tan desordenadas y violentas que incluso en los asuntos más insignificantes y cotidianos, en las diversiones, en las rencillas de poca monta, en los pensamientos y los dibujos de los colegiales, se rozaba siempre el asesinato. Sí, eliminar, liquidar, quitar de en medio o dar una lección que, vistos los métodos empleados, podía ser la última. Esta posibilidad siempre estaba presente en las conversaciones y las actividades muy normales, como jugar a la pelota o hacer crucigramas. Un grupo de estudiantes se reunía en casa de un compañero para discutir de política, solo eso, nada fuera de lo común comparado con la típica tarde en que se preparaba un trabajo sobre la Revolución cubana o el futurismo ruso, y, después de merendar, se planeaba pegarle cuatro tiros a un periodista. En lugar de apasionarse con los versos quebrados de Mayakovski o el precio de la caña de azúcar, bastaba media hora para planear cómo matar a alguien. Los nombres, intercambiables, de las personas a las que parecía justo privar de su vida se extraían de listas someras escritas con rotulador. Los motivos para hacerlo se daban por sentado, y cualquier tentativa de reflexión conducía en pocas frases a los siguientes pasos: todo obstáculo, fuera el que fuera, debía eliminarse, y lo mismo valía si el obstáculo era una persona humana. Su eliminación tenía valor ejemplar, servía de advertencia a quienquiera que se le ocurriera ponerse por en medio. Toda la operación debía parecer una inexorable deducción política. Cuanto menos tiempo transcurría entre la condena y su ejecución, más se potenciaba el efecto ejemplar, hasta dar la impresión de que la represalia se consumaba de manera casi automática: publicabas un artículo y sabías que a la mañana siguiente podían pegarte un tiro en la parada del autobús o al subir al coche, antes de girar la llave en el contacto.

En aquella época nos enfrentábamos, en todos los ámbitos humanos, a dos concepciones opuestas, pero casi nadie tenía la determinación de adoptar de forma definitiva una de las dos, y todo el mundo acababa por mezclarlas o alternarlas, según el caso. Estas teorías opuestas podrían resumirse del siguiente modo: «El camino que conduce a la felicidad es la vuelta a la naturaleza» y «El camino que limita el sufrimiento es la superación del estado natural». Los dos filósofos capitales que las habían creado vivieron hace dos siglos y medio y tres siglos y medio, respectivamente, es decir, fue necesario un montón de tiempo para que sus ideas llegaran al enfrentamiento decisivo, en perfecto equilibrio de fuerzas. Mientras tanto, a pesar de que la naturaleza ya había empezado a enloquecer y los bosques y las aguas a envenenarse y morir, los secuaces de la naturaleza ya habían hecho de todo para volver a estar en armonía con ella: vivir desnudos en la floresta follando como conejos y revalorizar la ignorancia, la ingenuidad y el arado, todo ello mientras la tecnología se preparaba para suplantar las funciones vitales de los órganos y la mayor parte de la humanidad vivía rodeada por una alta barrera de imágenes virtuales, en entornos en que no había ni una brizna de hierba ni una seta que no hubiera crecido de manera artificial o un pollo que no hubiera sido criado intensivamente.

Las dos doctrinas se enfrentaban en la plenitud de sus fuerzas y al mismo tiempo en el apogeo de su crisis, enfebrecidas, combativas, sacudidas por la convulsiones...

Lo que antes se ejecutaba sin debatir, ahora se debate, se negocia y se revoca si la negociación fracasa. Los reglamentos son cambiantes, se transforman sin cesar y se cruzan, conviven; por ejemplo, las leyes amorosas: nosotros nos lo contamos todo; cada uno tiene su vida; si me engañas te dejo, me mato; puedes follar con quien quieras, pero no la beses en la boca. ¿Cómo se formaba la conciencia amorosa? A través de los textos de las canciones, de los *sketches* publicitarios y de los tópicos psicoanalíticos, que constituían una religión cotidiana agresiva, con sus decálogos y sus mandamientos, es decir, los deseos, que reclamaban obediencia como artículos de fe de un nuevo fundamentalismo. Lo mismo sucedía, más o menos, con la política y la moral. Yo, por ejemplo, crecí con un sentido de la moral tan imperioso como desorientado y confuso, y siempre he tenido que esperar la llegada de las oleadas de remordimiento para darme cuenta de que lo que había hecho estaba mal. Pero, por desgracia, no existe su contrario, es decir, un sentimiento que me confirme que he hecho lo correcto. ¿Y cuál era el lugar típico de esta hibridación? La familia. Un cruce de épocas y estilos, fragmentada y recompuesta, la sede de la ternura, la rabia y la indiferencia; un verdadero hotel —¡claro que lo es, lo es!— donde viven viajeros de diferentes edades.

Hasta entonces el esquema había sido:
el marido gana el pan
la mujer extiende la mantequilla
y los hijos se lo comen. Mi madre no
me untaba el pan con mantequilla
lo hacían unas señoritas contratadas para eso,
las tatas, las criadas, y si alguna vez
lo hacía mi madre

en persona, se trataba de una ocasión especial, de un gran acto de amor incondicional.

Los castigos corporales estaban fuera de discusión, los de tipo económico se consideraban mezquinos («Nada de paga esta semana»), las prohibiciones eran contraproducentes o inviables («Te quedas sin moto un mes», y si después el hijo lo cogía de todas formas, a escondidas, ¿cómo castigarle sin recurrir a los castigos abolidos? Una vez abatido, el *Ancien Régime* no se restablece a golpe de silbato...; una vez liquidada, la servidumbre de la gleba no se reinstaura como si nada, a ratos, un día sí y otro no...), así que a los padres les quedaba poco margen de maniobra para castigar a sus hijos, y eso sin entrar a valorar las acciones que merecían un castigo, cuya materia es un capítulo aparte. Ya no se sabía lo que era correcto y lo que no o, mejor dicho, lo que el sentido común consideraba en líneas generales absolutamente correcto y absolutamente equivocado. La sagrada escuela del diálogo nos había enseñado que todos y cada uno de los puntos de la convivencia y las costumbres, cada valor, principio o deber, era materia de negociación; pero si al final de estas discusiones civilizadas no se llegaba a un acuerdo, una conciliación que no hiciera necesario el castigo, ¿cuál aplicar y cómo? y, sobre todo, ¿en nombre de qué, puesto que el castigo en sí contradecía el camino recorrido para llegar a él? El antiguo arte familiar de la reprimenda y el castigo tuvo que reformularse desde el principio, pero en vez de crearse un nuevo edificio sólido y coherente, acabó siendo un amasijo ecléctico fundado en estilos pedagógicos dispares, viejos proverbios represivos mezclados con eslóganes liberales, broncas y escenas subidas de tono, algún que otro bofetón, dado casi siempre por exasperación y encajado como ofensa personal, carente de valor educativo, y llantos, no solo de los hijos, sino también de unos padres agotados. La fría administración de un castigo se sustituyó por un nerviosismo generalizado. Cuando no se sabía qué hacer ni quién debía hacer algo —pues ahora los padres dudaban en ejercer lo que hasta entonces había sido considerado un privilegio, pero también un deber, el poder sancionador, del que habían tenido la exclusiva durante miles de años—, la duda fue sustituida por una actitud nueva en la historia de las relaciones familiares: la indiferencia; el abstenerse de meter las narices, de juzgar y, en consecuencia, de castigar el comportamiento de los hijos; es más, evitar conocerlo, permanecer voluntariamente en la ignorancia, limitándose a aplicar la política del *laissez faire, laissez passer*, que traducida al lenguaje doméstico era «Haced lo que os dé la gana», o incluso «Basta con que dejéis de joder», equivalente al vago precepto «Por el amor de Dios, no os metáis en líos gordos que puedan acarrearos problemas». Repito, aparte de alguna familia chapada a la antigua y alguna que otra tan progresista que la casa familiar era casi una comuna, en casi todas prevaleció un híbrido, una especie de *patchwork* de reglas, costumbres, prohibiciones y obligaciones de extracciones diferentes, tornasolado y en constante transformación, en virtud del cual lo que se prohibía un día podía permitirse a la semana siguiente y durante algunas más para volver a prohibirse al poco; o bien valía para un hijo, pero no para una hija... Algunos padres creían haber descubierto que asumir una actitud afligida y amargada con sus hijos, sin decir nada o apenas nada para justificar su actitud, era más eficaz que manifestar abiertamente su enfado...

En aquellos años, se mezclaba la euforia de defender la tradición a toda costa y la de sacudírsela de encima. Suele considerarse que esta última es más exaltante y euforizante, una oleada incontenible que crece más y más hasta desmantelar el antiguo estado de las cosas. Pero en realidad, la euforia de los mojigatos y los reaccionarios también era tumultuosa, una respuesta visceral, un sentimiento salvaje alimentado por el deseo más que por la realidad. Esto es, a nadie le importaba la realidad. No había idealistas —desquiciados—, por una parte, y realistas —prudentes—, por la otra. Todos estaban desquiciados por igual. Y en las manifestaciones de masas, en que debía predominar el espíritu comunitario, el alma colectiva, en realidad cada uno luchaba, gritaba y se manifestaba por su propia individualidad, presa de un estremecedor sentimiento de libertad, de una delirante fiebre del yo que deseaba su independencia, su propio goce. La fiebre violenta de la iniciativa individual que debía triunfar a toda costa —a costa de la propia vida, de la vida ajena— hizo mella incluso en los nostálgicos del orden y la autoridad. Todo el mundo podía permitirse el lujo de tener deseos, pero tales deseos individuales se veían potenciados por la acción común. Se abusaba indiscriminadamente de uno mismo y de los demás. Cada uno se enfrentaba en solitario al peligro vertiginoso de «vivir la vida.»

Solo, y sin embargo, con todos los demás, impulsado hacia arriba por una ola colectiva.

El año en que sucedieron los acontecimientos principales en torno a los cuales se desarrolla este libro, se alcanzó la máxima concentración de no-contemporaneidad en la contemporaneidad, parafraseando la genial expresión del filósofo de la historia Ernst Bloch; esto es, la milagrosa convergencia y presencia simultánea, en el instante presente, de grandes huellas del pasado que se remontaban a la posguerra, y de una igualmente considerable parte de futuro que alcanzaba, como mínimo, el cambio de milenio. Medio siglo se comprimió en un solo año, de manera que un observador podía dirigir la mirada hacia delante o hacia atrás con increíble profundidad, teniendo una sensación de continuidad y de ruptura jamás experimentada antes. El tiempo se había alargado abarcando un espectro muy amplio y después se había contraído, aplastado, de repente, como se observa en esas rocas talladas donde los estratos sucesivos forman serpentinas de diferentes colores.

Tras los fuegos artificiales de la famosa Nochevieja del año 2000, el tiempo ha vuelto a destensarse y los acontecimientos a distanciarse unos de otros según su cadencia efectiva; los eventos que no habían superado el tiempo, aun por poco, han resbalado hacia atrás por la pendiente empinada del milenio pasado y el futuro ha vuelto a devorar sus profecías.

Parecían reivindicaciones nacidas de las difíciles condiciones de la existencia, pero eran el fruto de una liberación, al menos parcial, de las mismas. El movimiento estudiantil lo demuestra. Que un vasto grupo social pudiera dedicarse a rebelarse contra el orden preestablecido significaba que en la práctica, al estudiar en vez de trabajar, se había liberado de la necesidad de proveer a su propio sustento, del que se ocupaba la generación anterior. El orden preestablecido contra el que se rebelaba era, en efecto, el primero de la historia de la humanidad que había abierto espacios de libertad —antes que nada, de liberarse de la necesidad de mantenerse—, que facilitaban la rebelión en vez de obstaculizarla. Si en el pasado los rebeldes, en pequeños grupos clandestinos, desafiaban a los sistemas opresivos y sus luchas casi siempre acababan con ahorcamientos y fusilamientos, en el movimiento estudiantil de masas de los países del bienestar se combatía contra el sistema y el modelo de vida que había permitido a estos mismos opositores seguir ocupando los bancos del colegio y de la universidad a los dieciséis, los dieciocho y los veinte años, en vez de obligarlos a trabajar en talleres y fábricas o en el campo. (En Italia, el siguiente paso que se dio para salvar esta contradicción y resolverla de manera radical fue volver atrás, en algunos aspectos, unos treinta años, un siglo e incluso un siglo y medio, es decir, a la manera de los grupos clandestinos, a la lucha armada. El movimiento estudiantil como tal, debilitado por su incongruente razón social y por haber respirado durante demasiado tiempo esa mezcla inestable y saturada de reivindicaciones de libertad y placer, por una parte, y prácticas violentas y aspiraciones autoritarias, por la otra, se disolvió, y la iniciativa pasó a las vanguardias paramilitares que actuaban inspirándose en la carbonería, en los nihilistas y en las formaciones partisanas. Y de manera puntual, tras un decenio de relativa tolerancia, volvió la represión policial y judicial, esta vez la de verdad, inflexible y decimonónica, la que actúa sin remilgos y no se preocupa por el derramamiento de sangre, con una sola diferencia: los rebeldes capturados acababan condenados a cadena perpetua en vez de en el patíbulo. De este modo, en unos cuantos años, esta supuesta revolución fracasó.)

El problema surgió cuando las cosas que hasta entonces se habían pensado o dicho, empezaron a ponerse en práctica. Cuando los eslóganes amenazadores comenzaron a aplicarse. Fue el final de la hipocresía y el principio del desastre. La estructura no aguantó la onda de choque de la verdad —se había construido para que se mantuviera al abrigo de ella—, así que muy pronto fue inevitable echar de menos el viejo mundo jeroglífico, cuyas reglas arcanas y extravagantes habían aguantado, a su manera, durante varias generaciones, precisamente porque habían repelido cualquier verdad embarazosa.

¿Qué buscábamos? ¿Qué buscaban todos entonces y qué siguen buscando? Aparte de justicia, una idea tan genérica en la que caben versiones de ella muy opuestas, creo que cada individuo buscaba con todas sus fuerzas reconocimiento, aceptación, indulgencia. aprobación, redención.

La pregunta «¿Quién soy yo y qué hago en este mundo?», antes aun de exigir una respuesta, pretendía ser escuchada, que alguien la tomara en consideración, un amigo, dos amigos, unos compañeros, una chica, un cura o un médico, o cualquiera que respondiera a la llamada que se había hecho marcando un número al azar. Quien no encontraba ni siquiera una de estas figuras, por timidez, por antipatía o porque era más exigente que un lord inglés, dirigía la pregunta a los libros o bien, en la oscuridad de un cineclub, a películas en blanco y negro como *L'Atalante, Dies Irae, Atraco perfecto, Las tres luces, Pierrot le fou, Fresas salvajes, Días sin huella, Antonio das Mortes* —que era en color—, *Las manos en los bolsillos, Los rojos y los blancos, Almas sin conciencia* o *La soledad del corredor de fondo*.

Pues sí. Hubo una edad. Aquella. La edad de las saturnales. La edad de oro. Hubo una edad en que no existían ni prohibiciones ni castigos, y tampoco leyes, y las que había se eludían o se incumplían con toda tranquilidad. Una edad en la que se habían abolido las diferencias sociales, no de hecho, sino de palabra, en las amenazas y en los sueños. Algo es algo; aún diría más, es mucho. Lo que es fácil de decir, se dice. Lo intolerable se encara con las palabras, si no existe otro modo de hacerlo. Era una edad primordial en que uno podía perder la vida fácilmente, y apoderarse de ella con la misma facilidad, adueñarse de aquella vida que te decían que era tuya pero no era verdad, y el único modo de hacerlo era con la fuerza. Tu vida tenías que recuperarla con la fuerza. La fuerza era muy importante. Los castigos seguían existiendo, pero en vez de soportarlos, habías conquistado el derecho a infligirlos a quienes se los merecían. ¿Quién lo decidía? ¿Quiénes eran los culpables? ¿De qué se les acusaba? Lo decidías tú, tú y tus cuatro compañeros. Tus compañeros de base. Durante una reunión. Florecían los tribunales espontáneos. Que conminaban con condenas y las ejecutaban. Algunas eran a muerte. A veces, entre la condena y la ejecución solo pasaban algunos segundos, es decir, la persona ajusticiada conocía su condena en el mismo instante en que se ejecutaba. De una bendita ausencia de leyes se pasó a un exceso de ellas. Todo el mundo juzgaba a todo el mundo. Y condenaba. Era un tribunal a cielo abierto. El Estado retomó el control y juzgaba a quienes habían pretendido suplantarlo tomándose la justicia por su mano. Se multiplicaron exponencialmente las detenciones, las sentencias, las condenas, las cadenas perpetuas, las ejecuciones, los castigos ejemplares y las represalias. «Castiga a uno para educar a cien.»

7

El problema de los coetáneos es que los llevas a cuestas toda la vida. No hay ninguno que envejezca más o menos rápido que tú; eso te permitiría tomar las distancias. Pues qué va, si alguien es contemporáneo tuyo a los quince años, seguirá siéndolo a los cincuenta o los sesenta. De los bancos del colegio a la edad de la jubilación la distancia permanece inmutable. Es ridículo y terrible. Por más que te empeñes en diferenciarte, el carnet de identidad no miente, los relojes marcan la hora al unísono. Puedes mudarte a los Mares del Sur, cambiar de sexo, tener seis esposas o hacerte cura o mercader de esclavos, pero tus coetáneos te seguirán, continuarán a tu lado, te esperarán a la vuelta de la esquina con sus caras llenas de arrugas sincronizadas con las tuyas. Entretanto, la disparidad en todos los aspectos de la vida puede haber llegado a ser enorme: hay quien se ha hecho millonario y quien no tiene ni para pagar la cena, quien aparece en las páginas de los periódicos por homicidio y corrupción y quien lo hace por ser ministro de la República o ganar en el Festival de Cannes. Sea como fuere, a su lado, invisibles, están sus compañeros de clase, como en las fotos de fin de curso. Es cierto, alguno quizá haya perdido el paso, haya caído fuera de la pista, enfermado o incluso muerto, pero eso no hace más que confirmar que los demás siguen avanzando en la misma fila, por lo que, vistos de perfil, todos juntos parecen una sola persona.

Antaño, esta indefectible pertenencia generacional estaba marcada por las guerras: las libradas codo con codo con tus contemporáneos o las evitadas por un pelo, y también las observadas con la mirada lúcida de la infancia. Quintas enteras se han reconocido en la luz intermitente de un bombardeo. Creo que fue Heinrich Böll quien dijo irónicamente —con mucha seriedad— que a partir de la segunda mitad de la década de los ochenta los fabricantes de lápidas alemanes sufrirían una crisis, es decir, en el momento en que habrían tenido que empezar a morir de vejez la generación de alemanes, que sin embargo ya se había visto truncada durante la Segunda Guerra Mundial. Millones de sepulturas menos, un eslabón perdido, un llamativo agujero en las filas del tiempo. Y, como resultado, un aumento de la tasa de desempleo entre los marmolistas. Los muertos iban del brazo de sus pocos coetáneos vivos. Durante el último medio siglo se ha seguido imaginando, por inercia, que la distinción entre generaciones tendría que coincidir con las fallas creadas por los eventos bélicos. A falta de guerras de verdad en Occidente, se han encontrado evocadores sucedáneos: la rebelión estudiantil de 1968; en algunos países, la época del terrorismo —los «años de plomo»—, es decir, acontecimientos de gran resonancia que, aun afectando directamente a una minoría de la población, proporcionaban a quienes participaban en ellos la sensación de vivir un tiempo que los unía, sobre todo cuando lo dejaran atrás y sintieran nostalgia de él. Fechas clave que servían para contar y establecer un «antes» y un «después». De ahí el fenómeno, típicamente pseudobélico, del «veteranismo», que ha marcado a los conocidos como sesentayochistas de manera indeleble: el espíritu del desafortunado eslogan «Aquellos maravillosos años». ¡Caramba, para ellos sí que debe de haber sido difícil quitarse de encima a la pandilla de los de su generación! Deshacerse de aquella contigüidad de la quinta que seguía empujándolos hacia delante por el mismo itinerario, igual que el rastrillo del crupier al empujar las fichas sobre el paño verde, incluso cuando sus destinos se habían separado de manera impensable: uno se había convertido en subsecretario del Ministerio de Agricultura y otro en presentador de televisión, y un tercero estaba en la cárcel, pero seguían unidos por las ojeras y por el flequillo canoso, distintivos de una época que, con o sin razón, se había considerado heroica.

Me dan ganas de preguntar qué impacto hemos tenido en el mundo o, para no exagerar, en Italia, en nuestra ciudad, en nuestro barrio, en nuestro puesto de trabajo y en nuestro círculo de amistades —existirá un ámbito en que mi existencia haya dejado huella, para bien o para mal..., además, los años setenta, en los que entré como un niño de trece años y salí como un chico de veintitrés, una época decisiva, ¿qué han dado de bueno? Me refiero de bueno para todos, no solo para el adolescente y después para el joven que fui.

No es cierto que los sentimientos y los sueños sean siempre subjetivos. Existen sentimientos y sueños objetivos, en especial los colectivos. ¿Qué nos perdemos naciendo en un año determinado en lugar de, no digo en otra generación, sino tres o cuatro años antes o después? ¿O qué ventajas nos proporciona? ¿Contra qué acontecimientos vamos a toparnos o cuáles evitaremos sin darnos cuenta? ¿Era el momento justo o el equivocado? La oleada de novedades, ¿nos alcanza y nos sumerge, o bien nos alza, si tenemos la edad de cabalgarla, si no somos demasiado pequeños e ingenuos ni demasiado maduros y ya estamos integrados y desilusionados?

Mi padre, nacido en 1926, era demasiado joven para ir a la guerra; después el boom económico que siguió a la contienda lo cogió de lleno, en la plenitud de la vida. Yo (Roma, 1956), en teoría, habría podido hacer lo mismo durante los años de las vacas gordas, durante las dos décadas de expansión, entre 1980 y 2000, si hubiera sido como mi padre, pero el milagro no se repitió. ¿Por qué? Quizá por dos motivos esenciales: el primero es que los bolsillos familiares estaban lo bastante llenos para no sentir la necesidad de llenarlos aún más; y, el segundo, es que tampoco estaban tan extraordinariamente llenos —como los de un verdadero rico, alguien que vive de rentas o las de un aventurero—, para empujarme a competir con mi padre, enriqueciéndome u obligándome a transmitir un imperio económico. Nada de eso. Por decirlo de otro modo: como vástago no me sentí obligado ni hacia la pobreza ni hacia la riqueza; hacia la primera para librarme de ella y hacia la segunda para conservarla y aumentarla. Ni miseria de la que redimirse ni prestigio que acrecentar condicionaban mis elecciones. Por eso elegí una no-profesión, una no-carrera.

¿Y desde el punto de vista de la generación literaria? Reflexionando, se me ha ocurrido algo, me asalta la sospecha de que ningún gran escritor italiano nació a mediados de siglo, que ninguno rondaba los cincuenta cuando su siglo acabó. Nunca, en ochocientos años de literatura italiana... ¿Es eso posible?

Esta idea se me ocurre dando clase en la cárcel —precisamente—, y me muero de ganas de correr a constatarlo. Así que les doy a mis alumnos un ejercicio de análisis lógico para tenerlos ocupados, y mientras discurren me pongo a hojear un viejo manual de literatura italiana a fin de comprobar mis conjeturas.

He aquí: Manzoni, por supuesto, 1785... Ludovico Ariosto, 1474... Parini, 1729... Dante, Petrarca, Boccaccio y Leopardi, ni que decir tiene, y Moravia, Montale... Ungaretti, Calvino, Fenoglio, Dino Campana, Foscolo, no hace falta mirarlo... Veamos aquellos de los que estoy menos seguro: Guinizelli, entre 1230 y 1240. Maquiavelo: 1469. Giovan Battista Marino, a ver..., un siglo exacto después, 1569. Giambattista Vico: 1668. Pirandello: 1867. Tenían unos treinta años cuando cambió su siglo.

... ¿Galileo? 1564. ¿Guicciardini? 1483. Nievo, 1831. Carducci, 1808. Goldoni, 1707...

Mmm..., probemos con el autor de *Pinocho*, Carlo Collodi, no tengo ni idea de cuándo nació... Nada, era de 1826. Creía que había nacido más tarde.

Hojeo con afán la historia de la literatura italiana, abro páginas al azar. Giovanni Battista Guarini... 1538. Jacopone da Todi... 1232. Luigi Settembrini, 1813. Ruzante, 1496, con un signo de interrogación.

Busco algunos nombres concretos.

¿Metastasio? 1698.

¿Pico della Mirandola? 1463.

Lapo Gianni..., no se sabe ni cuándo nació ni cuándo murió.

¿Pomponazzi? 1462.

¡Joder, no logro encontrar ningún escritor nacido en los años cincuenta de cualquier siglo!

¡Ni siquiera uno entre patriotas, polígrafos, sonetistas y cuentistas! Savonarola, quizá, pero ¿puede considerarse un escritor?

Y los menores, Arrigo Boito (1842), Guido Gozzano (1883), Grazia Deledda —que no es menor, ganó el Nobel— (1871)... Carlo Gozzi (1720)... Probemos con Aleardo Aleardi..., no consta en el libro —más tarde, en casa, lo busco en Google: 1812.

Entre los grandes solo Tasso (Sorrento, 11 de marzo de 1544) se acerca, y quizá se volviera loco precisamente debido a ese estar a caballo entre las épocas..., y por un pelo Italo Svevo, 1861, no pertenece a los cincuenta, pero él es un escritor único, aislado, incomprendido..., tuvo que esperar a ser viejo, un vejestorio, para...

Al final encuentro a mi hombre: es Pascoli. ¡Giovanni Pascoli, San Mauro di Romagna, 31 de diciembre de 1855! Un siglo y un año antes que yo.

(Y forzando un poco, Marco Polo: Venecia, 15 de septiembre de 1254.)

No era fácil saber lo que podía esperarse, para bien y para mal, de una generación que oía «Precipitevolissimevolmente», «Quel motivetto che ti piace tanto», «Simpatica sei tu!», «Tango delle capinere», «Tipitipitipso col calypso», «Violino Tzigano», «Ma le gambe», «Ho un sassolino nella scarpa», «Abat jour», y el desalentador «Venti chilometri al giorno» de Nicola Arigliano.

Por otra parte, a estas alturas del nuevo milenio, tal generación ya debería haber dado lo mejor y lo peor de sí.

La Historia —con mayúscula o minúscula— empieza en un colegio de curas de la Via Nomentana que por aquel entonces quedaba más o menos en la periferia, dado que a pocos minutos en coche, dejando atrás la isla habitada de monte Sacro, se abría el campo. La Nomentana, flanqueada por pinos y, por tanto, permanentemente a la sombra, una cinta oscura, continuaba serpenteando por los campos inundados de luz, subiendo y bajando, cuando, todos los miércoles por la tarde —o los lunes, o los martes o los jueves, según la edad y la clase a la que fueras—, a las dos y media, cierto número de alumnos del colegio religioso SLM se trasladaban en autocar a los campos deportivos para practicar un par de horas de actividad física. Por actividad física solía entenderse correr como locos por las pistas de polvo rojo levantando nubes, que en los períodos de sequía cegaban a los jugadores, persiguiendo una vieja pelota de cuero seco y duro que parecía hecha solo para ser lanzada al extremo opuesto del campo cada vez que alguien la encontraba. A excepción de algunos buenos solistas, que la retenían entre los pies unos segundos, los demás, incluido el aquí presente, se libraban de la pelota con una fuerte patada hacia delante y hacia arriba, como en el rugby. La manera actual de jugar, a base de una tela de araña de pases en todas las direcciones, nos era desconocida.

Cuando encontré el viejo librito de test para calcular el cociente intelectual, con los resultados escritos a lápiz en la última página, comprobé la diferencia que había entre Arbus y yo. Yo obtuve 118 puntos; Arbus 27 más que yo, es decir, 145 de CI. ¿Qué ha hecho con esos puntos de más? Nada, creo. ¿Han leído alguna vez el nombre de Arbus en los periódicos o alguna revista especializada? ¿Qué ha inventado, en qué se ha distinguido? Cuando se es inteligente, quizá no sirva de nada ser aún más inteligente. El suplemento parece concebido para perderse por el camino. A propósito, ¿qué he hecho yo con mi óptima puntuación?

La inteligencia no sirve de nada. Me he convencido de ello después de haber pasado la vida oyendo decir a los demás que soy inteligente. El verdadero significado de esta afirmación, motivada unas veces por el afecto y otras por la admiración, la envidia, el amor, la compasión, la burla e incluso el odio, consistía en un «pero», se apoyaba en esa conjunción adversativa que suspendía la frase y la cargaba de incógnitas, «Eres inteligente, pero..., lástima que...», y uno podía poner lo que quería en el lugar de los puntos suspensivos: lástima que seas perezoso, frío, inconstante, engreído, malcriado, que no tengas arrestos, que te pierdas, que te dejes llevar, que no sepas usar la inteligencia, que no seas capaz de transmitirla, de compartirla, de aplicarla, de concentrarla, de darla..., ¡tu puta inteligencia...! Es decir, ¡métetela donde te quepa! Y si eso puede ser verdad en mi caso, total o parcialmente, que soy un *dropout* a medias, ¡ni que decir tiene para Arbus!

Él sí que es un verdadero genio desaprovechado.

A él no le reconocían que era inteligente, más bien se lo imputaban. Lo acusaban todo el santo día de ser inteligente. Con independencia de los resultados que alcanzaba, los profesores no le dejaban en paz y argumentaban que podía esforzarse más, mucho más. «Alguien inteligente como tú, ¡¿eh?!» Su madre parecía despreciar su don, cuantioso pero inútil, dado que no iba acompañado de virtudes básicas como la belleza o el encanto. Las pocas veces en que Arbus hablaba, tras el desconcierto inicial en torno a él, los compañeros de clase estaban impacientes por que se callara, pues sus palabras ponían en evidencia la mediocridad y la estupidez de lo que ellos pensaban y decían. Sus afirmaciones, o provocaban sorpresa, o no se comprendían en absoluto, hacían enmudecer o reír, reacciones instintivas, ambas, ante toda forma de grandeza. Rebosara de admiración o de burla, la manera de reaccionar de nosotros, sus compañeros, después de que él diera su opinión siempre equivalía a un «¡Ya ha hablado el genio!».

«Pero ¿qué se supone que tengo que hacer, darme un golpe en la cabeza para que los demás se sientan menos idiotas?»

A propósito del cociente intelectual: no recuerdo si ya lo he mencionado en las páginas anteriores, quizá de pasada, pero teníamos un compañero en clase que era idiota, pero idiota de verdad, Crasta, al que llamábamos Kraus, o el Perezoso, del que tengo que hablar. Acostumbraba a limpiarse los oídos con el tapón del boli Bic mientras escuchaba la lección. Usaba alternativamente la punta y la parte más fina, esa que sirve para enganchar el boli al bolsillo, a fin de quitarse el cerumen más pertinaz. Era asqueroso. Hasta que un buen día, mientras Kraus le daba vueltas y más vueltas dentro del oído, no se sabe cómo pero el bolígrafo se le quedó dentro; al principio todo entero, después solo el tapón, que no lograba sacarse ni tirando fuerte, corriendo el peligro de hacerse daño en serio. Así que tuvieron que llevárselo a urgencias.

A Kraus nadie le hacía ni caso, pero justo a través de esa existencia carente de cualquier singularidad e interés, Dios nos planteaba a todos nosotros un problema, nos enfrentaba a un enigma insoluble. ¿Quién era Kraus? ¿Cuál era su función en el mundo? El enigma de Kraus seguía existiendo porque, entre otras cosas, nadie se tomaba la molestia de resolverlo; su solución no interesaba a nadie, y nuestro compañero era tan anónimo e insignificante, su personalidad tan débil y superficial, que habría sido una pérdida de tiempo incluso suponer que ocultaba algo profundo en lo que merecía la pena indagar.

En definitiva, su vida tendrá sin duda un significado, pero a simple vista no se ve. Es más bien indefinido, como un gusano o una piedra en el camino, que no sabes si aplastar, patear o no hacerle ni caso, qué más da, no significa nada, es tan inútil ensañarse con él como compadecerle... Dado que el Creador hacía tantos esfuerzos por infundir vida e importancia incluso a un ser insignificante como Kraus, habría sido mejor que nos hubiera advertido de que se trataba de un chico, de un chico como nosotros, y no de una nulidad.

8

En el SLM el profesor de italiano, Giovanni Vilfredo Cosmo, constituía un caso aparte. Alto, desgarbado, algo cargado de espaldas, solía llevar jerséis gruesos y americanas a cuadros. Tenía eternamente grabada en el rostro arrugado una sonrisa, o más bien era una mueca, sin motivo aparente, a no ser por la prominente dentadura amarilleada por el tabaco que sus labios negroides no lograban contener, parecida a la de un actor popular de aquella época, protagonista, después de muchos papeles como secundario, de la violentísima y delirante película del Oeste *Quiero la cabeza de Alfredo García*, Warren Oates. Aparte de esa mueca sarcástica, y aun no expresando nunca sus verdaderos sentimientos, al contrario, ocultándolos, protegiéndolos tras una cultura enciclopédica, Cosmo parecía tomar el pelo a los curas, a los alumnos, a sus compañeros laicos y a los religiosos y, en definitiva, a sí mismo. Nunca abandonaba aquella actitud alegremente desencantada, y era el único que podía permitirse mantenerla incluso en presencia del director, cuya entrada en al aula para impartir sus habituales sermones o repartir las libretas de calificaciones Cosmo solía saludar con reverencias e hipérboles, como un cortesano al paso del Rey Sol. «Chicos, tened la amabilidad de recibir como se merece a quien encarna, tanto en su aspecto físico como en el simbólico, el poder que impera sobre todos nosotros. ¡En pie, en pie!» Y nosotros nos levantábamos con idéntica solemnidad, pero con una sonrisita. «No haga tanta broma, profesor, que los chicos no van a entenderle...», replicaba el director, halagado, pero también un poco acobardado y preocupado por Cosmo. La ironía es un arma de doble filo y el director se daba cuenta de que con él no poseía la exclusiva. «¡Diantre! ¡Estoy hablando en serio!», proseguía con sus escaramuzas nuestro profesor. «Todos aquí hablamos en serio, ¿verdad?», y nos conminaba a sentarnos con gestos de director de orquesta. Lo único que se tomaba de verdad en serio era su oficio, el de profesor, por más que todos continuaran preguntándose por qué aquel hombre tan brillante había acabado engrosando la nómina de un colegio privado en lugar de ocupar una cátedra en alguna universidad o cualquier otro puesto prestigioso. Tan inteligente y perdiendo el tiempo inútilmente con aburridos niños de papá, rectificando a golpes de Bic rojo la enrevesada sintaxis de sus redacciones sobre un día en la playa o el conde Ugolino... «Alzó la boca del fiero pasto...»: llevaba veinte años desgranando esos versos inmortales y comentándolos ante plateas variables, pero siempre indignas de ellos. ¿Por qué nunca había hecho borrón y cuenta nueva? ¿Qué lo había mantenido bloqueado allí, en el SLM, como a Robinson Crusoe en su isla? Hay que aclarar que, en realidad, no parecía descontento ni frustrado. Corría la voz de que gracias a su competencia y su fama, los curas le pagaban el doble que a los demás profesores. Además, le permitían que concentrara las clases en los primeros días de la semana, de modo que después le quedaba tiempo libre para corretear con su Lamborghini de un concierto de jazz a otro, género del que era uno de los máximos expertos reconocidos. En efecto, Cosmo poseía una de las más completas y valiosas colecciones privadas de discos de jazz y decían que había sido un eminente percusionista, una máquina rítmica implacable antes de que la artrosis le arrancara las baquetas de las manos, que ahora solo servían, como mucho, para pasar las páginas casi impalpables de una vieja edición de la *Divina comedia*, descompaginada tras años de clases. Siempre las mismas clases. El peso ligerísimo y áureo de la literatura. El oficio ritual de la repetición escolar. Había quien aludía de manera poco clara a un hecho grave que había sucedido cuando Cosmo era todavía joven, algo que lo había empujado, por decirlo de algún modo, a apartarse del mundo, como una especie de fray Cristóbal, pero en lugar de en un monasterio, él se había encerrado en la fortaleza modernista del SLM, empequeñeciéndose en el papel de anónimo profesor de bachillerato, a salvo de la tentación de emprender una brillante carrera literaria o académica. Salvo de jazz, nunca había aceptado escribir una sola línea, al menos que se supiera o que se hubiera publicado; tampoco se había revelado jamás el terrible pecado de juventud que Cosmo parecía estar pagando.

Yo le debo mucho, demasiado. Si escribo libros, es gracias a él, y creo que puedo afirmar lo mismo de otro escritor que salió de aquella clase, Marco Lodoli. Por supuesto, ya llevábamos dentro la pasión cuando se convirtió en nuestro profesor, pero el encuentro con él sirvió para reconocerla y alimentarla. Las bibliotecas que recubrían las paredes de *boiserie* de nuestras casas se animaron de repente, cobraron vida, y gracias a Cosmo se llenaron de muchos títulos que nuestros padres habían pasado por alto mientras reunían la que consideraban la biblioteca ideal de una familia de profesionales liberales —los dos eran ingenieros, el padre de Lodoli y el mío— considerando su efecto estético —los lomos encuadernados en tafilete, las prestigiosas colecciones de clásicos compradas en bloque, que ocupaban ordenada y agradablemente repisas enteras—. Nada confiere un ritmo visual más poderoso y reposado que una colección de la Biblioteca Clásica Loeb. En el caso de Arbus, la cosa cambiaba. Él tenía a un muy brillante académico en casa, al menos en teoría, pues su padre nunca estaba. La música, la hermana pianista, etcétera, completaban el cuadro intelectual. Además, como ya he explicado varias veces, era difícil que Arbus cayera fascinado a los pies de alguien. De un ser humano en carne y hueso, quiero decir. Y no hay duda de que un profesor ejerce su magisterio a través de la fascinación, cuando la utiliza como hilo conductor de impulsos: son fascinantes sus palabras, su mirada cuando recorre la clase en busca de otras miradas, los gestos naturales que acompañan una lectura o una explicación, y el timbre de la voz. Pero para ser sincero, Cosmo no tenía una voz especialmente agradable, más bien al contrario; procedía del fondo de su garganta y a veces sonaba estridente, exaltada, como el canto de un mochuelo, para volver después a un tono tan grave que casi hacía temblar los cristales de las ventanas. Quizá era esa continua oscilación, muy teatral, y la dinámica, muy activa, lo que nos mantenía pendientes de la clase, al menos a mí, porque había compañeros, por ejemplo Scarnicchi —no por casualidad apodado el Lirón—, que se pasaban la hora durmiendo, como también hacían en la clase de De Laurentiis o del hermano Gildo, y como habrían hecho en la de Gas & Svampa si estos no los hubieran mantenido despiertos a golpes de vara. Arbus era extremadamente textual, escuchaba y ponderaba los conceptos dejando caer todo lo demás, insensible a la pantomima y la seducción. Como si atravesara indemne la aureola de las emociones para llegar al núcleo de los enunciados. Reconocía que, en efecto, muchos de los que expresaba el profesor Cosmo eran interesantes y merecían analizarse con detenimiento y profundidad. Pero no estaba lo que se dice extasiado. Y corría un tupido velo sobre cuanto recaía bajo el concepto de «opiniones personales». Detestaba las «opiniones personales», en especial las de los profesores. Me lo confesó solo a mí. «Pero ¿a nosotros qué nos importa lo que le gusta o le deja de gustar?», decía Arbus limpiando los cristales de las gafas con el faldón de la camisa, que le colgaba fuera de los pantalones. Además, ¿qué significa exactamente bonito o feo, cierto o falso? Explicado así o, mejor dicho, no explicado, no significa nada, palabrería, no ciencia, frases sueltas salidas de la boca de un individuo que oculta los conflictos.» Se refería a los discursos emocionados del pobre De Laurentiis, a los soliloquios de mister Gólgota y a las contestaciones un poco histéricas y crispadas del hermano Gildo, que, cuando uno de nosotros, por escrupulosidad o para fastidiar, levantaba la mano y decía que no había comprendido bien algo, se limitaba a repetir vocalizando palabra por palabra lo que acababa de decir, sin cambiar una coma, como los estudiantes que se han aprendido un lección de memoria.

Pero Cosmo sabía que lo de Arbus no era una postura altanera propia del primero de la clase, sino un sistema cognoscitivo muy concreto. Y una vez intentó explicarle que la naturaleza intrínseca de la literatura se sustraía a tal sistema. Quienquiera que hablara de ella o la interpretara no podía recurrir a ciertas leyes. Recaía de lleno en el terreno de las odiosas «opiniones». Era algo mutable, oscilante, no verificable al cien por cien.

«¿Y sabes una cosa, Arbus? A fin de cuentas, nadie podrá establecer a priori que una poesía te guste o no, del mismo modo que nadie podrá obligarte a ello ni impedírtelo. Nadie podrá impedir ese placer o cambiar ese desagrado en otra cosa que no sea una falsa conciencia. ¿Lo entiendes, Arbus? ¿Y vosotros, lo habéis entendido, zánganos?»

Nos llamaba «zánganos» a menudo.

Palabra deliciosamente en desuso hoy en día.

Confieso que logré comprender esta afirmación hecha por Cosmo en 1973 hacia 2013, es decir, no hace mucho, desde que me forjo la ilusión de haber entendido no solo el verdadero significado del término «falsa conciencia» en general, sino de haber identificado mi falsa conciencia, dónde se encuentra, qué hay de irreparablemente falso en mí, algo generado por el ansia de colmar lo que puede ser colmado justamente solo con una mentira. Olvidémonos de la literatura, es apenas un ejemplo o un campo de aplicación de este modo de proceder: es el guante que cubre la mano, no es la mano, es una mano artificial, deliciosa, fabricada con piel curtida y cosida con maestría a fin de que se adapte a una mano ideal. No se trata de la literatura, sino de cualquier experiencia agradable o exaltante, o mortificante o dolorosa que nos pertenece...

No sé si Arbus ha llegado a entenderlo. Quizá lo captó al instante, pues su prodigiosa inteligencia era capaz de concebir las paradojas, o tal vez sigue vagando por el mundo —dondequiera que esté: *o, brother, where art thou?*— privado de esta conciencia. Prisionero de sus límites, erigidos por una mente demasiado poderosa para rendirse, para dejarse dominar por elementos superfluos. El placer siempre es superfluo, pueril, inaceptable, pues. La sabiduría de Cosmo no consistía en lo desproporcionada que era su erudición para un profesor de secundaria, sino en haber depuesto las armas. Se había soltado la coraza, la del sarcasmo, que usaba muy a menudo, pero no al punto de deshumanizarle. En esto —pero solo en esto, atención— se parecía un poco a Courbet, el artista pornógrafo y profesor de gimnasia del instituto Giulio Cesare.

Creo que en la vida de cada uno de nosotros ha habido un Cosmo; quizá haya asumido el aspecto canónico de profesor, o bien de entrenador, tío, jugador de póquer, transeúnte, manicuro, músico callejero, terapeuta, hermano mayor, mayor aunque eventualmente menor, cuya influencia ha sido decisiva, para bien o para mal. El Cosmo de turno no es responsable de habernos convertido en lo que éramos.

9

Cobré plena conciencia de todo eso cuando cambié de colegio. Me dijeron que Cosmo comentó con sarcasmo mi elección. «¡Bien por Albinati! Ha hecho una gilipollez suprema.» Quizá esta frase superficial, acre y en algunos aspectos irrefutable, traslucía un poco de amargura, dado que había perdido a dos de sus mejores alumnos en poco tiempo: un verdadero discípulo en sentido estricto, yo, y el ingenio multiforme de Arbus, que si bien no podía considerarse seguidor suyo, era en cualquier caso mejor que tipos como el Perezoso, el pervertido de D'Avenia o los rebeldes sin causa de Chiodi y Jervi. En el caso de mi compañero superdotado, Cosmo comprendía sus ansias por abandonar el colegio, por cerrar lo más rápido posible aquel ciclo que lo atormentaba. Mi iniciativa era más controvertida y podía verse como una traición o una abjuración hacia él. En el fondo, estaba dándole la espalda a Cosmo, no a los curas, a la santa misa, a la piscina o a Gas & Svampa. Era Cosmo el maestro del que renegaba. Y había elegido un momento delicado para hacerlo, me iba en plena fiesta: Cosmo llevaba un par de años calentando los motores, preparándose para abalanzarse sobre los autores modernos, más cercanos a nosotros; el programa de italiano se habría puesto incandescente para un aprendiz de literato como yo, de Leopardi a los románticos hasta llegar a las flores envenenadas de Baudelaire y a los surrealistas..., y va y lo plantaba justo en ese momento. Quizá me equivoque, y no le importó demasiado, había tenido estudiantes despiertos antes que yo y tendría otros después. Entretanto, le quedaban Lodoli para la poesía, Rummo con su inquebrantable seriedad de joven creyente, el celo miniaturista de Zipoli, la alegría de Modiano y los tics del Pirado que controlar y alguno otro más al que guiar con dignidad hasta el final. Ese era el papel que Cosmo había elegido, el de barquero.

Lástima que los apuntes que tomaba en el colegio se hayan perdido. Sobre todo los estupendos esquemas de filosofía e italiano a cuyo amparo, como si fueran los escudos de un testudo romano, afrontamos el examen de reválida avanzando como un todo compacto, devorando a un autor tras otro y dejándolo atrás; Schleiermacher, Jacobi, Fichte, Schelling, Hegel, Feuerbach...

Hojas A4 cuadriculadas sobre las que pululaban conceptos y nociones, densos y pesados como panales de miel. Las ramificaciones de los corchetes multiplicándose hasta formar diagramas con forma de embudo.

Se los regalé a las chicas que tenían el examen en el Giulio Cesare al año siguiente. Acabaron vendidos entre manuales de páginas subrayadas en los puestos de libros usados.

Pero hace unos años encontré algo en el segundo volumen del Sapegno, *Compendio di storia della letteratura Italiana*, que saqué de un sótano que teníamos que limpiar después del fallecimiento de un familiar. Cuatro páginas arrancadas del corazón de un cuaderno y dobladas por la mitad, con apuntes pasados a limpio de manera esmerada, con la caligrafía que tenía de adolescente, completamente inclinada a la derecha, que me esforzaba por que fuera regular y expresara carácter. Leyéndolos comprendí que se trataba de apuntes sobre Maquiavelo tomados por Arbus durante las clases de Cosmo, que me había prestado para que los copiara.

El título, en mayúsculas también inclinadas casi a cuarenta grados, era *EL PRÍNCIPE*.

A primera vista y sin hacer comprobaciones, no era sencillo saber qué parte de aquellos conceptos enumerados pertenecía al texto original y qué eran opiniones de Cosmo, o incluso si Arbus había añadido algo de su cosecha al elaborarlos. Como cuando se cuentan historias a los niños, los conceptos se cambian cada vez, hasta que dejan de ser los mismos y es difícil reconocer la autoría. Se convierten en comunes. Al volver a copiarlos cuarenta años después, debo ceder a la tentación de modificarlos y agregar algo mío, unas líneas sueltas aquí y allá, pero por un motivo concreto: quizá solo sea una impresión de alguien que, como yo, está metido hasta el cuello en un tema, pero las observaciones de Cosmo-Arbus sobre Maquiavelo me recuerdan al delito en el que se inspira este libro.

1. Cuando se ofende a un hombre, conviene hacerlo seriamente porque, si bien el ofendido podrá vengarse de las ofensas leves, no podrá hacerlo de las graves. En la MdC —como, por otra parte, en muchos otros delitos—, solo eliminando a las víctimas, solo «apagándolas» —este es el elocuente verbo usado por Maquiavelo— puede evitarse la persecución. La muerte impide que quien ha sufrido una ofensa pueda devolverla. Como decía Stalin cuando daba la orden de eliminar a alguien: «Muerto el hombre, se acabó el problema».

2. No es en absoluto verdad que el tiempo todo lo arregla; al revés, el tiempo casi siempre lo destroza.

3. El deseo natural de todo hombre es adquirir, no perder; aumentar, no disminuir; crecer, no decaer. La posesión es el fin evidente de todos, solo cambian los medios. Pero existen cosas y personas cuya posesión solo resulta segura —o nos engañamos creyéndolo— de un único modo: destruyéndolas. Como los despilfarradores del *Infierno*, de Dante, que celebran su patrimonio derrochándolo, solo se sienten sus dueños cuando dejan de serlo. Para ellos, la destrucción es una forma extrema de posesión. Apenas es una variante aún más escabrosa del famoso dicho de Wilde: «Cada hombre mata lo que ama». Cada hombre posee lo que aniquila, es decir, un hombre es rico solo de lo que malbarata y devasta.

3 bis. Solo se posee lo que en cualquier momento y por capricho se tiene la libertad de gastar, regalar, alienar o destruir. Toda limitación al arbitrio de estas elecciones y acciones supone una limitación de la auténtica propiedad.

4. El patrimonio sobrevive al padre. Simboliza la prueba de la continuidad del legado familiar. Así pues, el hombre olvida antes la pérdida de su padre que la pérdida de su patrimonio.

5. El amor depende de quien ama; el miedo, de quien lo infunde. El primero no puede suscitarse, el segundo sí. Es más fácil infundir miedo que lograr que alguien se enamore de nosotros.

6. Chiron, el preceptor, es un centauro. ¿Por qué el preceptor posee una mitad animal?

7. Lo que realmente somos en lo más profundo de nuestro ser es inmutable; lo que aparentamos ser, sí puede modificarse, transformarse y ajustarse según las necesidades, si la situación lo exige.

7 bis. Ser realmente lo que se aparenta quizá resulte peligroso, o incluso pernicioso.

8. Hay más vida, más odio, más sed de venganza de lo que podamos sospechar en la «tranquila» y «pacífica» existencia humana: un pulular de deseos violentos, insensatos y turbios se oculta bajo esa superficie.

9. Hay que mirar más allá de los blancos en los que se quieren acertar, como hacen los arqueros.

10. Es fácil persuadir a los pueblos, lo difícil es mantenerlos persuadidos.

11. Algunos no encuentran obstáculos en su camino solo porque los sobrevuelan.

12. Algunas enfermedades que serían fáciles de curar cuando todavía son difíciles de reconocer, se vuelven fáciles de diagnosticar cuando ya es imposible curarlas —insalvable contradicción entre conocer y actuar.

13. Dado que los filósofos y los curas no pueden hacerlo, los artistas son los encargados de «hablar bien del mal» —siempre y cuando «sea lícito hablar bien del mal».

14. La violencia se hace de golpe, la amabilidad, poco a poco.

15. Es fácil hacerse amigo del pueblo si este no pretende más que no ser oprimido; es fácil oprimirlo dándole la impresión de que no se lo está oprimiendo.

16. Los pecados existen, pero nunca son esos que nos imputamos a nosotros mismos.

16 bis. Nos acusamos de buen grado de cualquier pecado a excepción de los que realmente hemos cometido.

17. Adquisiciones lentas, pérdidas fulminantes.

18. Refiriéndose a entidades invisibles, y justo porque se oculta en lo más profundo y raramente puede verificarse, entre las cualidades humanas la más externa y fácil de fingir es la religiosidad; por eso puede parecer hipócrita incluso cuando es auténtica. Además, de los curas en general y de los católicos fervientes resulta espontáneo desconfiar.

19. Estar armado es gratificante. Un arma expande la conciencia e incrementa las dimensiones físicas y mentales de quien la empuña. Multiplica sus posibilidades. De repente, este puede volverse rico, temido y reverenciado, enderezar lo que le parece torcido, alcanzar lo lejano, poner punto final a las historias que se arrastran desde hace demasiado y cuadrar las cuentas. Quien ha empuñado un arma de fuego ha experimentado sensaciones que un hombre desarmado no puede ni imaginar.

20. Maquiavelo afirma que el odio puede provocarse tanto con las malas obras, lo cual es obvio, como con las buenas. En el polo opuesto, concluyo yo, el reconocimiento y el amor pueden obtenerse tanto actuando bien

como mal. Aunque parezca mentira, el amor, incluso el más visceral y profundo, puede ser el resultado del mal. En efecto, nos mostramos agradecidos con quienes hacen daño a nuestros enemigos. Y a veces, con quienes nos hacen daño directamente. ¡Gracias! Gracias por haberme maltratado, humillado, encadenado, sometido, degradado. Si no fuera considerada una patología, sino una disposición corriente del espíritu humano, ¡cuántos comportamientos en apariencia inexplicables se volverían claros como la luz del día!

21. No ofende tanto la muerte, cuanto el modo como se muere.

22. Nos inventamos a un enemigo para luchar contra él y derrotarlo, para ser grandes o sentirnos como tales.

23. Las armas solo son sagradas cuando depositamos en ellas nuestras últimas esperanzas.

24. Si todos empiezan a decirte la verdad a la cara, significa que te han perdido el respeto.

25. En Italia nunca falta la materia a la que dar forma, es más, abunda. Se necesitarían siglos para agotarla, enfrentándonos a sus problemáticas. El inconveniente es que una buena parte de esa materia ya tiene forma y es de poca calidad; y el resto todavía informe es tan horrible de por sí, que da miedo darle forma. Por ese motivo los escritores acaban por no hablar de nada, y si lo hacen no pasan de la charlatanería. Carecen de valor para dar forma a lo informe, y prefieren dejar tal como está lo que encuentran ya expresado torpemente a través de tópicos, que a lo sumo corroboran. La única aportación de los escritores es un superávit de vehemencia formal que casi nunca roza lo esencial. Mientras tanto, la montaña de materia sigue creciendo...

10

«¿Ves este rojo? —dijo Cosmo tirando del jersey que solía llevar—. Pues bien, estaban convencidos de que yo compartía esa idea. Por eso me temían y respetaban. No tenían ni idea. Pero el malentendido nos convenía a todos, a ellos y a mí. Yo mantenía mi imperturbable desapego hacia todo y ellos demostraban al mundo lo abiertos y lo liberales que eran teniendo entre sus filas a un profesor comunista. Comunista, pero excepcional. Sin usar abiertamente el término «comunista», en el SLM se jactaban de contar con un docente de izquierdas que compensaba a los de derechas. En los grandes periódicos burgueses hacían lo mismo: publicar en la tercera página los artículos de algún escritor que atacaba ferozmente el sistema burgués. La verdad es que en Italia el anticomunismo no lo ha tenido fácil porque, en el fondo, todo el mundo admira a los comunistas, incluso quienes los temen y odian. Así que utilizaron mi pasado para inventar un personaje que no existe, Cosmo el Rojo. La apertura mental escasea tanto, que basta con expresar media idea, pero ¡qué digo!, un cuarto de idea insólita, para que te tomen por un intelectual subversivo. Con esa vara de medir, hasta Platón, Nietzsche y Leopardi serían considerados comunistas. La inteligencia en sí misma es subversiva. Por eso no me desagrada que sigan pensando de mí algo equivocado. Significa que me estiman, que me tienen miedo y que me consideran valioso. El cuerpo docente de un colegio es como un equipo de fútbol: cada papel tiene que desempeñarlo alguien. Aquí, en el SLM, me encuentro en el ala izquierda, fulmínea, extravagante e imprevisible. Pero son sus esquemas los que me lo exigen. El catolicismo necesita completitud, tiene que incluir, unir los extremos, cerrar el círculo. Abrazar, abrazar siempre. Su símbolo más poderoso es la columnata de San Pedro. Y a mí, con este jersey rojo, se me distingue bien en esa enorme plaza... ¡Es él! ¡Sí, es él, dicen, el comunista! Y entonan un cántico de agradecimiento.»

Es diferente, así pues, es como nosotros..., es uno de nosotros...

Esto me dijo Cosmo en un sueño que tuve hace alrededor de un mes. Puede que sea un reflejo del trabajo y del esfuerzo de memoria que estoy haciendo para escribir este libro, que engendran extrañas invenciones. Creo que en la vida real, Cosmo nunca dijo nada tan explícito o, al menos, no a mí. Quizá ni siquiera pensaba estas cosas. En mi sueño estábamos en un bote de remos, él y yo, en medio de un lago volcánico de orillas escarpadas y boscosas que podría ser el de Nemi. Yo iba delante y remaba mientras él hablaba y contaba con tono distraído. En un momento dado, me di cuenta de que en el fondo del bote había un palmo de agua. «No te preocupes —me dijo—, siempre podemos ir andando.» Andando, ¿por dónde?, pensé en el sueño, ¿andando sobre las aguas, igual que Jesús? Y me eché a reír. Como si me hubiera leído el pensamiento, Cosmo asintió mostrando su dentadura amarillenta en una amplia mueca al estilo Warren Oates, que esta vez no era irónica en absoluto, sino dulce, levemente melancólica. De la orilla del lago llegaba el rumor de las cañas. Soplaba la brisa. El bote se hundía cada vez más y yo remaba con los codos a ras de agua, con los escálamos casi sumergidos y cuatro quintas partes de los remos por debajo de la superficie.

—¡Jerusalén! ¡Jerusalén! —exclamó Cosmo señalando la orilla.
—¿Dónde? ¿Dónde?
—Allí.

Pero yo solo vi una choza con las redes de pescar colgadas delante oscilando bajo la brisa del atardecer. Él se quitó el jersey pensando que pronto yo tendría frío y me dijo:

—Póntelo tú. Estoy seguro de que es de tu talla.
—Y usted, profesor, ¿qué hará?
—Haré lo que siempre he hecho.

A un hombre no se le pide más que cumpla con su deber. Con nieve, con viento, a caballo o en una pista de carreras con los bólidos que pasan como balas por su lado. «Haré lo que siempre he hecho.» ¿Cómo sería eso? ¿Cómo hacías, Cosmo? ¿Por qué no lo dijiste nunca claramente? ¿Por qué no me lo dijiste al menos a mí, en secreto, a tu alumno predilecto? Quien hace el bien a escondidas, sin vanagloriarse, es admirable, pero no enseña nada a nadie. Habría que verlo, que imitarlo, aprender. La discreción acaba por matar, tarde o temprano, al discreto. El jersey rojo de Cosmo, en efecto, era de mi talla. Me abrigaba a pesar de estar empapado. Me ayudó a mantenerme a flote cuando se hizo de noche y ya no pude ver ni la orilla ni el bote ni al profesor.

11

Había una clase de fascista mental o espiritual, el que creía que forjaba la realidad con la fuerza de su voluntad. Con su espíritu enérgico. Forjar, eso es, «forjar» es el verbo apropiado. Da una idea de la altísima temperatura, de los golpes de martillo, de las chispas que saltan de la materia rutilante golpeada para ser moldeada a voluntad. Los ejemplos son de corte romano, como Mucio Escévola, o bien oriental, como el maestro de artes marciales que parte pilas de ladrillos con la frente o permanece bien plantado sobre sus pies mientras siete hombres intentan abatirlo.

En nuestra clase había uno así, todavía un aprendiz.

Ferrazza era un chaval pingüe, femíneo, con la nariz salpicada de pecas y al que le costaba pronunciar la «r». Su fascismo consistía en la adoración del hombre de verdad, y el hombre de verdad es el que uno decide ser, y punto. Determinación y disciplina. No existen límites que puedan obstaculizar su voluntad si lo anima una fuerza interior auténtica, serena e irreductible. Todas las sensaciones podían controlarse, solo depende de nosotros gozar o sufrir, dominar o ser dominados. Por eso Ferrazza venía al colegio en pleno enero únicamente en camisa. Una camisa ligera de seda multicolor, siempre la misma. No llevaba abrigo ni siquiera un jersey. Para demostrar su imperturbabilidad, su perfecta indiferencia a los fútiles convencionalismos que los tontos llaman «invierno» o «primavera»; pasaba los recreos de brazos cruzados, en camisa, inmóvil en medio del patio mientras todos los demás, incluso tapados hasta las orejas, se movían para entrar en calor y se daban palmadas en los muslos. Él, nada, tranquilo, sonreía levemente y su sonrisa traslucía desprecio. Si alguien le preguntaba: «Oye, Ferrazza, ¿no tienes frío así, en mangas de camisa?», respondía con condescendencia:

—¿Fjío? ¿Fjío yo? ¿Poj qué? —Y apagaba su sonrisita y se ponía serio—. Puede que tú tengas fjío, yo no.

—Ferrazza, yo tengo frío porque hace frío...

Él negaba con la cabeza.

Estos estúpidos materialistas, pensaba, ¿cuándo aprenderán la lección? ¿Cuándo se quitarán las anteojeras que les impiden ver?

—No, tú tienes fjrío pojque... cjees que lo tienes, pojque quijes tenejlo —respondía con una paciencia inspirada por la compasión espiritual—. Ves a los demás con el abjigo puesto, sabes que es inviejno, y te convences de que lo apjopiado es sentij fjío, pero no lo sientes de vejdad. Te adecuas a lo que piensa la masa, a lo que la masa pjetende que pienses.

—¿La masa? Pero ¿de qué masa hablas? —Ferrazza respondía encogiendo los hombros—. Lo que tú digas, Ferrazza, puede que tengas razón. Pero hoy hace un frío de cojones.

Arbus y yo le evitábamos porque nos daba pena. Además de defender la filosofía de la imperturbabilidad y del control espiritual, no era capaz de hacer nada más, iba mal en casi todas las asignaturas, era un pésimo futbolista y nadaba como una marioneta, lo que también dependía del hecho de que pretendía afrontar estas actividades tan diferentes entre sí con el mismo espíritu de samurái, un samurái rígido y solemne. Cuando jugando a voleibol le pasaban la pelota, acababa puntualmente golpeando con ella el techo del gimnasio.

Casi nadie lo soportaba y, sin embargo, estaba convencido de que era él, con su magnetismo, quien rechazaba a los demás y los mantenía a distancia. Y pobre del que bromeara acerca del tema: «La pjoximidad lo vuelve todo vulgaj. Pojque... solo en la distancia puedes sej mi estjella», afirmaba misteriosamente.

Asumía la pose de un chamán o un dictador. Se creía capaz de evocar lo que quería con la única fuerza de la mente. Afirmaba que podía dominarse en cualquier situación, incluso crítica, en que pudiera encontrarse. Y que era capaz de apagar cualquier pasión o emoción con un simple acto de voluntad. Así era el fascista Ferrazza.

A Ferrazza le llegó su turno cuando entregó el trabajo de italiano en el que sostenía que el hombre más grande de la historia había sido ADOLF HITLER. El profesor Cosmo lo leyó y se lo tiró a la cara.

12

La política general de aquella época es fácil de resumir. En las elecciones regionales de 1974, los votos de la Democracia Cristiana descendieron mientras que los de los comunistas subían cada vez más..., hasta quedar empatados, o casi. Solo faltaban un par de puntos porcentuales. El hecho de superarlos parecía inminente, al año siguiente había elecciones generales. La Democracia Cristiana había gobernado ininterrumpidamente desde el final de la guerra y estábamos a punto de asistir a un cambio total. ¿Qué harían los comunistas —Pajetta, Longo, Natta, Ingrao, Berlinguer, Amendola— si alcanzaban el poder? Puede que ni ellos lo supieran exactamente. Seguían siendo los viejos comunistas con el gorro ruso que besaban tres veces en las mejillas a los dictadores rumanos y búlgaros y que en verano se iban de vacaciones al mar Negro, pero que al mismo tiempo tenían años de experiencia democrática parlamentaria a las espaldas... Detrás de ellos se recortaba el fantasma y el mito la Unión Soviética.

Mi padre, con el atlas geográfico De Agostini-Novara abierto sobre la mesa del salón, estudiaba las latitudes y temperaturas estacionales de Canadá, mientras planeaba nuestro traslado allí antes de que los comunistas tomaran el poder. Había que apresurarse, disponerlo todo en pocos meses. «Donde han llegado al poder, por las buenas o las malas, allí se han quedado... Y conocemos muy bien los métodos que se gastan.» Canadá era un país inmenso y estaba casi deshabitado. Toda la familia iba a emigrar, menos yo, que me quedaría en Italia para «disfrutar a lo grande» de la dictadura comunista. La búsqueda de un país donde escapar, de una ciudad menos fría y hostil, duró un invierno entero. Papá tenía cuarenta y ocho años; concibió un plan para ir dejando sus negocios, para venderlo todo a costa de perder dinero. Pero poco a poco el plan fue silenciosamente arrinconado. Quizá se sintiera demasiado mayor para volver a empezar, o nosotros tuviéramos demasiado apego a Roma, o que el fantasma rojo no fuera tan amenazador como lo pintaban, y prevaleció un extraño fatalismo. Junto al miedo, se difundió la convicción de que la ascensión del comunismo no era en absoluto inevitable. Se acuñó y empezó a circular el famoso y lamentable eslogan «Tapémonos la nariz y votemos a la DC», y mis padres obedecieron a la llamada, ellos, que siempre habían votado al Partido Liberal o al Republicano votaron a la Democracia Cristiana para frenar el peligro comunista. El escudo con la cruz se levantó una vez más contra el enemigo que venía del Este. En las elecciones de 1975 —en las que, como ya he contado, voté por primera vez gracias a la nueva ley, y voté a Democracia Proletaria— los dos partidos subieron, pero la DC dio un salto adelante que la colocó casi en el cuarenta por ciento gracias a los votos de gente como mis padres, que se levantaron como una barrera, y superaron a los comunistas. Cuatro puntos porcentuales, un suspiro de alivio. En aquella época en Italia casi todo el mundo votaba a los democristianos o comunistas sin ser en realidad ninguna de las dos cosas. Los que defendían su dinero votaron obviamente contra los comunistas, pero mucha gente que tenía dinero, poco o mucho, votó a favor del comunismo, presas de una especie de embriaguez de cambio o de espíritu de autocastigo, como si consideraran injusta su fortuna, pero dando la impresión de que en el fondo esperaban no ganar o que si ganaban las cosas cambiaran, pero no demasiado. El fundador del comunismo había decretado que la burguesía no tiene razón de ser si no revoluciona las relaciones sociales establecidas, lo cual se confirmó una vez más con el nacimiento de una burguesía comunista, que, aunque maltrecha y desencantada, todavía existe. La alta, media y pequeña burguesía, la burguesía intelectual, se reveló ubicua, capaz de luchar por sus intereses y contra sus intereses con la misma vehemencia.

Esto por lo que respecta la política de los partidos, el Parlamento, las elecciones, etcétera. Entre los chavales las cosas eran mucho más sencillas. Eras de derechas o de izquierdas. Derechas o izquierdas, punto. Era imposible no posicionarse, la elección se imponía a todos los niveles, no solo en las ideas políticas, tan perentorias cuanto vagas tras el pronunciamiento inicial, sino, sobre todo, en el lenguaje, en la manera de vestir, en la forma de los zapatos y en el modo de peinarte, en el colegio al que ibas y en el modelo y color de la motocicleta con que acudías a él, en los gustos musicales y cinematográficos; derecha o izquierda, derecha o izquierda, imponían elecciones tajantes y definitivas. Conozco a poquísimas personas que tuvieran la presencia de ánimo de negarse a elegir entre ambos polos. Quizá, en su caso, se tratara solo de misantropía o de inadaptación, no sabría decirlo, o de un desinterés generalizado por la vida, puesto que entonces la vida de un chaval giraba alrededor de eso. No es mi caso. No es que me arrepienta o me avergüence de haber tomado partido, al contrario, y si no me avergüenzo no es porque esté convencido de haber elegido correctamente —es lógico y lícito dudar, como, por otro lado, sucede en todos los conflictos, que la razón estuviera de una sola parte—, sino más bien porque al cabo de mucho tiempo he llegado a la conclusión de que el auténtico dilema de aquellos años no consistía en por quién se tomaba partido, sino en si tomarlo o no.

Hoy en día, no sin hipocresía, suele sostenerse que el problema ni siquiera era ese, sino el de los medios disponibles para luchar: por ejemplo, ¿usar la violencia o no? Si empleaste medios violentos, te equivocabas; si fueron pacíficos, aunque lucharas por lo mismo (¡por lo mismo!), estabas en lo cierto. ¡Bah! Como si la violencia fuera un accesorio —unos faros antiniebla o un navegador— que uno decide si activa en el momento justo o no usa nunca. Considerar la violencia un puro instrumento, un arma que se desentierra o se depone, no aclara su naturaleza y la convierte en algo posible, inminente, utilizable a nuestro antojo al ser independiente de la esencia de las ideas a cuyo servicio se pone. Según los pacifistas, la violencia corrompe las ideas; según otros, las vuelve más concretas, y por eso en las manifestaciones a favor de las mismas ideas participa gente que se deja pegar y gente que pega, heridos los unos y destrozándolo todo los otros —perfectamente simétricos y complementarios—. La violencia, por desgracia, ni se quita ni se añade a voluntad, como si fuera una especia; la violencia existe y bastaría con analizar las ideas con un poco más de detenimiento para descubrir que no es un elemento extraño a ellas, sino un componente necesario, incluso cuando se reniega de ella o se rechaza en su totalidad. La convicción de que solo es un medio, un medio técnico, es típica de quienes sueñan con eliminarla técnicamente, como han ido eliminándose tantas costumbres bárbaras, para mostrar purificado, inocente y libre de críticas su propio ideal. En esta clase de personas, la violencia sobrevive a menudo bajo la forma de una extrema e incontrolable virulencia verbal, una rabia que se manifiesta durante los debates: mirada poseída, voz estridente o ahogada, boca tensa —lo que en fisionomía se define como «sonrisa miserable» que anuncia los accesos de miedo e ira—. También hay quien cree, en cambio, que puede utilizarla sin escrúpulos hasta que lo considere oportuno y después atajarla de un día para otro una vez alcanzados sus objetivos, y por último los hay que disfrutan de lo que momentáneamente puede ofrecerles: excitación, ebriedad, juego.

Convertir a los demás en instrumentos de la propia voluntad proporciona un placer infinito. Obligar o convencer —no es tan diferente— a los demás para que actúen como uno desea, a su antojo —y contra el de ellos—. Vencer con todos los medios su resistencia. Con todos los medios.

En política el adversario es alguien contra quien arremetemos, no lo contrario. En el preciso instante en que nos lanzamos contra alguien, este se convierte en un adversario. Así, es posible crear adversarios en cualquier situación y sustituirlos por otros u otro, alternándolos o sumándolos.

Por otra parte, si la violencia como tal es solo un medio, ¿para qué fin específico puede utilizarse? ¿Qué pretende alcanzarse con ella? Casi nadie puede responder de manera concreta a estas preguntas. El objetivo es casi siempre impreciso o genérico, mientras que la violencia se materializa en el momento —con golpes, heridas, muerte.

(Paréntesis: ¿cuál era el verdadero objetivo del uso de la violencia en la MdC? ¿Qué no podía obtenerse usando otros medios?)

Si, por el contrario, consideramos la violencia un fin, el único y verdadero fin de la acción, ¿qué nivel tiene que alcanzar para considerarse satisfecha? ¿Qué estadio de sufrimiento debe experimentar la víctima, dado que en teoría siempre podría pasarse al siguiente? ¿La muerte? ¿Con la muerte se aplaca, puede darse por cumplida? Pero con la muerte de la víctima la violencia cesa, y no hay que suponer que se haya desahogado en esa muerte. En cierto sentido, podría afirmarse que la muerte, en vez de cumplimiento, sea más bien un obstáculo, un estorbo, el antídoto principal contra la violencia, su adversario más acérrimo, pues su aparición la suprime junto con su víctima. Si la finalidad de la violencia es disfrutar de ella, la muerte es el incidente más desagradable con que se tropieza, pues implica el final del sufrimiento para la víctima que, en efecto, invoca la muerte como liberación. ¿A eso se referían los abogados de la MdC al referirse a la «muerte accidental»? ¿Querían decir que sus defendidos nunca habrían detenido a propósito su diversión? Quizá el homicida no pretenda nada de sus víctimas.

Mientras tanto, en las familias se tendía siempre a minimizar.
Siempre.
A normalizar.
«No ha pasado nada.»
«Se lo ruego, no se moleste.»
«Para mí no supone ningún problema.»
«Faltaría más.»
«Figúrese.» Misteriosa expresión, ¿qué querrá decir?
«¿Quizá llego en un momento equivocado?»
«Póngase cómodo, por favor.»
«No es nada, gracias, ¿sería tan amable de darme un vaso de agua?» Aunque acabe de atropellarte un camión.
«Pasará.»
«Dejémoslo estar.»
«Da igual.»
Bebe sin atragantarte y come con la boca cerrada no hables como una ametralladora no digas idioteces siéntate bien mastica despacio vete a la cama pronto pon los juguetes en su sitio.

Digno de estima aceptable serio discreto afable paciente, el burgués procede, en todas sus manifestaciones, con el freno de mano puesto. Solo aplicando un obstinado autocontrol se gana el respeto, es decir, ese sentimiento que antes se obtenía únicamente con la falta de control, el desenfreno, con actos de fuerza o locura. El resentimiento, que en un hombre noble provoca una reacción inmediata, en el burgués anida, le atormenta el alma y solo se atreve a manifestarse de vez en cuando, en las raras ocasiones de desahogo: el llanto repentino, las imprecaciones del padre en la cena familiar, los bofetones, los insultos a los familiares en momentos de celebración.

Así es: los límites que el burgués impone a su libertad —en el comportamiento y las palabras— son tan grandes y tan numerosos que al final únicamente se expresa cuando se desahoga, cuando está bebido, cuando sufre un colapso nervioso, esto es, cuando se muestra como una caricatura de sí mismo y no como es en realidad. Entonces llora, babea, da puñetazos, se queja. A veces ataca, mata. Si se relaja un solo instante, lo cual casi nunca sucede, se derrumba, cae desplomado, perdiendo todo el control trabajosamente construido a lo largo del tiempo, desvelando de golpe su artificiosidad. Por eso está condenado a aparecer bajo dos aspectos extremos, uno ordinario e imperturbable, otro excepcional y agresivo. Ninguno de los dos es auténtico, entendámonos, ni siquiera el del pendenciero, la imagen reactiva, la que resquebraja de repente el esfuerzo por dominarse. En otras palabras, vive obligado a jamás actuar con naturalidad, a no conocer un solo instante genuino. Vive sumergido en una realidad que le es extraña, como una astilla clavada en la piel. A pesar de ser un paladín de la introspección, a veces facilitada con la ayuda de caros psicoterapeutas, no tiene la más ligera idea de lo que realmente es y, sobre todo, de lo que es capaz. Puesto que durante el *raptus* no es exactamente él quien actúa, ni siquiera esos accesos de rabia revelan algo significativo. Si no ha cometido demasiados daños humanos mientras su propia imagen respetable estaba de vacaciones, puede volver a ella de puntillas, como un adúltero que se mete en el lecho conyugal en la penumbra y acaricia afectuosamente a su esposa mientras duerme y la mira casi conmovido.

Incapaz de abandonarse por completo a la venganza, de ser malo de manera continuada, el burgués concentra el mal y elige blancos simbólicos y casuales sobre los que descargarlo, o bien delega su ejecución a profesionales o a hermanos idiotas.

Muchas de las personas que han practicado la violencia de forma sistemática siguen experimentando una especie de orgullo oculto incluso cuando la abandonan, condenándola o solo dejando de ejercerla; a veces niegan con la cabeza como si fueran demasiado sabios para escarbar en verdades sepultadas que siguen siendo evidentes para ellos. Aunque casi siempre evitan hacerlo de modo explícito, dan la impresión de reivindicar la autenticidad de sus decisiones pasadas, su sinceridad ante una legalidad que estigmatiza la violencia o la camufla, mientras que en realidad se funda en ella. En el dominio y la prevaricación de los fuertes sobre los débiles. Todos los sabemos, ¿no?

Al simplificar terriblemente sus acciones —palizas, secuestros, atentados, homicidios—, no habrían hecho más que revelar la esencia violenta de las relaciones humanas y sociales, sacando a la luz su lado oculto. Como todos los profetas, son culpables de haber anunciado una verdad excesiva y embarazosa, y se les proscribe por haberla puesto en práctica. En lugar de la típica palabrería hipócrita, de los compromisos mortificantes, han ido al grano y dejado que hablaran los datos concretos. Y no existe nada más concreto que una Walther. Cuando ella te guiña un ojo, sobran las palabras. Además, las pistolas que utilizaron desaprensivamente son las mismas que defienden a diario los grandes aparatos de poder fundados en el abuso. Desde este punto de vista, bandidos y vigilantes son iguales. En definitiva, se demuestra una paradójica coherencia lógica en los delincuentes, una vida más sincera, más intensa. La violencia es un poderoso acelerador existencial. Y la intensidad es el único antídoto contra la mediocridad burguesa, la intensidad es lo que todos anhelan, y solo el mal puede proporcionarla; y si el mal es la única opción para no sentirse derrotados y cómplices de esta maquinaria..., incluso corriendo el peligro de acabar aniquilados, qué más da... acabar con los escrúpulos, no tenerlos...

Cualquier cosa valía con tal de enturbiar el plácido estanque del barrio de Trieste.

Quienes practican las bondades clarificantes de la violencia, creen respirar un aire más puro. Un bastonazo o una bala acallan la palabrería y demuestran quién tiene agallas y quién no, a quién le tiembla la mano y a quién no, quién era solo capaz de hablar. Las armas automáticas llevan en sí toda una filosofía...

Solo quien ha matado sabe lo que significa que una acción sea irrevocable.

«Es como si la vida misma de la especie, inmortal por cuanto está alimentada por la muerte continuada de los individuos que la componen, emergiera poderosamente gracias al uso de la violencia.»

Si es cierto que la clase media es, pues, prudente y moderada por naturaleza, silenciosa y reservada, también lo es que a veces estalla. Usa métodos violentos para llamar la atención, para decirle al mundo «existo». Y su anuncio está lleno de rabia. Pobres de aquellos que subestimen su fiereza; lo saben muy bien los crueles y fanfarrones escoceses a los que Dustin Hoffman elimina uno tras otro en *Perros de paja*.

Será la tercera o la cuarta vez mientras escribo este libro que me acuerdo de las películas de Sam Peckinpah, de *Perros de paja*, 1971, en concreto. Es como un zumbido, como una obsesión. Me acuerdo sobre todo de una escena famosa y controvertida, esa en la que el escocés que había sido novio de la rubita que ahora se ha convertido en la mujer de Dustin Hoffman —¡Susan George, cómo me ponía!— la encuentra sola en casa, ronda a su alrededor, acto seguido le arranca la ropa —literalmente: bata, camiseta y hace jirones las braguitas de algodón—, le da un bofetón porque ella protesta, y se la folla en el sofá de manera brutal; pero no acabamos de saber si se trata de una verdadera violencia sexual, pues la chica, tras la resistencia inicial, parece disfrutar del polvo duro con el hombretón, a cuyo lado el pequeño *nerd* de su marido americano no parece estar a la altura —hasta el épico final...—. Cuando se abandona en sus brazos sollozante de placer y gratitud, no sabemos si hemos asistido a una violación o si la escena confirma la tesis de que las mujeres primero se niegan pero después les gusta. O bien, si el verdadero motivo es que el tipo había sido su novio y ella su pasión de juventud, lo cual significaría que si has estado con una mujer siempre podrás follártela, incluso años después, gracias a un derecho adquirido que no prescribe, y que si ella se niega, se trata solo de una resistencia que se supera con un bofetón, y haces bien en pegárselo porque al final le gustará, incluso más que a ti, al menos a juzgar por la película.

Mientras que, sin duda, sí se trata de una violación lo que poco después —mientras la mujer del matemático sigue tumbada con los ojos brillantes de placer— lleva a término en su cuerpo agotado de ella el cómplice del primer violador, mucho más siniestro y torvo, que amenazando a ambos con un fusil obliga al amigo a dejarle sitio, pone a la chica de espaldas y, al tiempo que ella grita y el otro se queda petrificado, la sodomiza.

Esto lo vi en el cine, en la tele la escena está cortada poco antes de la sodomía porque es demasiado fuerte...

Entretanto, el matemático patoso vaga solo por los brezales, disparando a los faisanes sin dar en el blanco ni una sola vez.

Algunos expertos en violencia afirman que no existe otra más sanguinaria que la burguesa. Ninguna revolución ha sido tan feroz como la que estuvo capitaneada por intelectuales de extracción y educación burguesa —el caso de Pol Pot—. El burgués se vuelve cruel. Se ensaña. Se esmera al máximo por infligir todo el mal posible. Venerador de los límites, que Dios nos asista si se sobrepasan. Un burgués con los ojos inyectados de sangre es la bestia más peligrosa, como un perro disecado que se convierte en dóberman. De repente cobra vida y ataca. Sufrir el ataque de un burgués es como que te devorara un perro de trapo. Siempre he tratado de imaginarme el estupor de las dos chicas cuando, de repente, a aquellos dos nuevos amigos tan bien educados les cambió el tono de la voz y el destello de la mirada.

¿En qué medida —alucinatoria— y en qué sentido —simbólico— ese delito y otros cometidos por la banda tenían rasgos de venganza? ¿De qué se vengaban secuestrando y violando? ¿En nombre de quién llevaban a cabo esa represalia? ¿Alguien se la había encargado, los había legitimado? ¿O se habían convencido de ello y se consideraban sus paladines, sus ejecutores? ¿Puede encargarse a alguien que cometa un delito o incitarlo a cometer muchos sin decírselo explícitamente? ¿Existen órdenes que ni siquiera hay que dar y que se ejecutan en cualquier caso? ¿Por qué sentían un impulso tan fuerte por humillar y degradar a sus víctimas? ¿Por violarlas, como se hace en las guerras étnicas a fin de destruir la identidad del enemigo? ¿En qué sentido aquellas chicas eran «el enemigo»?

Las despojaron de su virginidad. En la época en que se desarrollaron los hechos todavía tenía valor, a pesar de que justo entonces tal valor empezara a cuestionarse. Con la penetración, un acto expeditivo, en especial si se consuma con brutalidad —como romperle el pescuezo a una gallina—, un lugar del cuerpo femenino considerado, con o sin razón, sagrado, se profanó bruscamente y quedó convertido en algo sucio y contaminado. Todo se desgarra, la pureza se corrompe.

Durante años la izquierda no ha hecho más que parodiar o ridiculizar el miedo y el resentimiento de una población indefensa que, literalmente, está a merced de sus agresores, burlándose de la anciana que blinda la puerta de su casa y la cierra con tres cerrojos por temor a los albaneses... Los encargados de esta sistemática obra de denigración son los numerosos escritores satíricos y de artículos culturales a su servicio. Como si, al final, el problema social fuera la anciana, a la que habría que ridiculizar, y no los albaneses, a los que habría que encarcelar. Por supuesto, la primera solución es más sencilla y menos cara.

¿En el fondo es tan reprobable que lo que más interese a nuestros burgueses sea vivir y morir en paz? ¿Qué hay de malo en ese deseo poco romántico, pero en definitiva comprensible? ¿Por qué una persona honrada no tiene derecho a pretender que sus legítimos intereses estén por encima de los de un malhechor?

Como escribe el teórico de la violencia más famoso que existe, el hombre honrado tiene la excelente pretensión de no dejarse matar con la excusa de que es honrado...

Ya lo he dicho: «burgués» es una palabra que a casi todos los autores, incluido yo, les cuesta pronunciar o escribir sin un sutil deje de desprecio, una leve mueca de burla.

La extraordinaria capacidad de crear con la mente escenarios dramáticos a partir del más mínimo indicio de peligro se paga con la ansiedad permanente. El aspecto más burlón de esta pesadilla es que no necesita realizarse para que seamos presas del pánico: la espera es la fuente del terror. Probablemente el hombre sea la criatura más miedosa de la creación, y entre los hombres, los burgueses aún más. El miedo los acompaña cada minuto del día y la noche. Ante una limitada perspectiva de sufrimiento físico, pues sus necesidades materiales están satisfechas en su mayor parte, posee una capacidad casi infinita de sufrir mentalmente. A las amenazas reales añade las que su intelecto inagotable fabrica en serie, y estas últimas le duelen casi tanto como las cuchilladas, o más, porque la hipotética hoja nunca cesa de cernirse sobre él y hundirse en sus carnes una y otra vez, como en *Psicosis*. Las incontables punzadas del miedo, la expectativa del sufrimiento hacen sufrir más que el sufrimiento mismo cuando este llega de verdad. Aprensión, tormento, angustia, alarma, inquietud, sospecha: la imagen de la vida tranquila de la clase media que fluye plácida como un río es un mito. El burgués está preocupado por sí mismo, por sus familiares, por sus bienes y ahorros, que considera en riesgo permanente, por el orden social y por su propio equilibrio moral y psíquico, es decir, por las dos caras de la seguridad, que por desgracia dependen de muchos factores que no pueden considerarse garantizados para siempre. Se siente amenazado desde el exterior y desde el interior, por quienes están peor, pero también mejor que él. Poderosos y miserables atentan con todas sus armas, ocultas y manifiestas, contra su seguridad, respetabilidad, patrimonio e incluso contra la vida del indefenso ejemplar de la clase media. El Estado le roba, al igual que los ladrones, las compañías telefónicas y las aseguradoras. La subida de los precios, las oscilaciones de la Bolsa, los inmigrantes clandestinos y los traficantes de estupefacientes, los miembros de su propia clase que se alían para conjurar contra los demás miembros —abogados, médicos, dentistas y notarios no hacen más que conchabarse para amargarle la vida al burgués—. Mandamientos judiciales y requerimientos de Hacienda les arruinan la vida de la mano de los carteros. El burgués teme la soledad, pero también a la muchedumbre, teme en igual medida ser abandonado a sí mismo que la invasión de su terreno, sus pensamientos y bienes; es más, este último miedo es el más fuerte y antiguo, se teme con la misma intensidad a los extraños que a las serpientes y las bestias feroces contra las que luchaban nuestros antepasados cuando defendían sus cavernas. Este miedo debe ser exorcizado, cueste lo que cueste. Quizá la opción más eficaz no sea luchar o darse a la fuga, sino hacerse pasar por muerto. Convertirse en piedra, mimetizarse con el cemento, anularse. Suprimir toda reacción emotiva hasta tener el corazón de un faquir. Siempre había funcionado. Había gente que vivía maravillosamente como si estuviera muerta; caminaba, firmaba talones, veía la televisión, conducía un Fiat 1100, iba al cine o al partido y hasta se moría al final, aun habiendo muerto mucho antes. Solo una muerte anticipada permitía llevar una vida decente. En el fondo, es lo que sostienen algunas filosofías y religiones.

Pero después de la MdC todo cambió. En el barrio de Trieste afloró un sentimiento nuevo, una ansiedad general que afectaba al propio modo de estar en el mundo, el hilo de angustia que aprieta la vida de la clase media se convirtió en terror, un sentimiento devorador que no se deja descifrar ni neutralizar. Hasta entonces, la muerte había visitado el barrio en forma de vejez, enfermedad o, excepcionalmente, accidente de tráfico, mientras que ahora se convertía en una eventualidad generalizada, palpable, si bien abstracta, siempre a la orden del día, de la que nadie podía sentirse a salvo porque carecía de razón específica. Un destino violento que ya no estaba escrito en la historia de cada uno, sino que se cernía sobre todos. Una vez que esa sombra entró serpenteando en el barrio ya no volvió a salir. En un ambiente «tranquilo» por definición era imposible calcular los riesgos. ¿Qué elementos había que considerar para preverlos? ¿Cuáles eran las calles peligrosas, las personas a quienes evitar, los comportamientos desaconsejables? Aparentemente ninguno. Todo tenía un aspecto inocuo y terrible al mismo tiempo. Todo se prestaba a una doble interpretación. Nervios destrozados por falsas alarmas. Bastaba con que chirriara un cartel oxidado, el golpe seco de una moto al ponerse en marcha o la explosión de un tubo de escape para que cundiera el pánico. Gracias a aquel delito sin precedentes se había descubierto que debajo del aspecto de un buen chico podía ocultarse un asesino, y no había manera de saberlo antes. En definitiva, «ellos están entre nosotros», «son como nosotros». ¿Qué te dicta entonces el instinto? Que te encierres en tu casa y eches todos los cerrojos, pero una vez dentro, en lugar de disfrutar por fin de la tranquilidad, la propaganda violenta de la televisión acaba por desquiciarte. Atrincherarse en el hogar hace que el miedo aumente de manera exponencial. Eso les pasó a muchos habitantes del barrio, sobre todo de mediana edad. Pasear después de cenar por callejuelas como la Via Gradisca o la Via delle Isole era más temible que adentrarse en una selva. Y pobre del que se topara con un grupo de jóvenes. Podían pegarte un tiro o bien seguir caminando mientras hablaban del examen de latín sin hacerte ni caso, porque en el fondo no se trataba más que de un inocuo grupo de chicos que iban a comerse una pizza, no de una emboscada. Pero ¿quién podía saberlo a ciencia cierta? Lo más extenuante era depender, siempre y en todo caso, de lo que harían los demás. Estabas a merced de ellos, sometido a sus inclinaciones y a su estado de ánimo. Ni siquiera la experimentada terapia burguesa del «estar siempre ocupado» era viable ya: para dejar menos espacio a los pensamientos ansiosos, llenar la conciencia hasta los topes con cosas que hacer, aturdirla trabajando. El trabajo siempre había sido la rueda a la que el burgués se subía por propia voluntad para martirizarse a los ojos del prójimo, para ganarse su respeto y, al mismo tiempo, mantenerlo a distancia.

En el barrio de Trieste se había declarado el toque de queda, un estado de excepción en que quedan prohibidas las acciones más sencillas e inofensivas mientras que las más horribles se convierten en cotidianas. El toque de queda es, antes que nada, un estado de ánimo.

La idiotez más grande que hice en aquellos años fue la siguiente: dar vueltas en Vespa por el barrio con mi novia, que conducía mientras yo iba sentado detrás, con una pistola de agua en la mano.

La pistola tenía la forma del elefantito Dumbo y disparaba por la trompa. Avanzábamos a poca velocidad al lado de las aceras y, cuando le echábamos el ojo a un transeúnte que caminaba dándonos la espalda, le adelantábamos reduciendo aún más la velocidad y disparábamos. Yo apuntaba con el brazo extendido y le salpicaba la cara con agua. El gatillo bombeaba un chorro abundante. Si el blanco estaba demasiado lejos para intentar un tiro de precisión, disparaba a ráfagas. A algunos no les daba tiempo ni de enterarse de lo que pasaba y se encontraban empapados, sin entender nada. Otros presentían la sombra a sus espaldas, miraban hacia atrás, se daban cuenta de que estaba apuntándoles y, por una fracción de segundo que precedía al disparo, en su rostro se dibujaba una expresión que era una mezcla de sorpresa e incredulidad, completamente idiota, también porque no se daban cuenta enseguida de que era una pistola de agua. Una pistola de agua con las orejas y la trompa de Dumbo, de acuerdo, pero el gesto era el mismo: el brazo extendido en ademán de apuntar, como habíamos visto en muchas fotos en blanco y negro, empezando por la más antigua y famosa, tomada en Génova a principios de aquel decenio, concretamente el 26 de marzo de 1971, durante un atraco perpetrado por el grupo XXII Octubre, donde se ve a dos militantes en una Lambretta y el que va sentado detrás dispara a un cobrador —se llamaba Alessandro Floris— al que mató por haberse resistido a que le robaran el dinero.

Fue el principio de un largo rastro de sangre que quienes sientan curiosidad podrán recorrer aparte.

En aquel instante, su boca y sus ojos desmesuradamente abiertos solo preguntaban «¿Por qué? ¿Por qué a mí?». Por lo demás, su mirada estaba vacía. Después le llegaba el chorro a la cara.

Recargábamos a Dumbo en una fuente y volvíamos a empezar. Lo raro es que nunca encontrábamos conocidos, era como si el barrio de Trieste estuviera poblado de figurantes que iban y venían por las aceras. Después del disparo, cuando se les pasaba la sorpresa, presas de la ira, nos lanzaban todo tipo de insultos y maldecían, y dos o tres llegaron a perseguirnos mientras acelerábamos riendo y mostrándoles el juguete con que les habíamos disparado, pero la mayoría de nuestras víctimas se quedaba inmóvil, pasmada y empapada.

Una vez, en la Via Tolmino, en vez de pillarla por la espalda, nos cruzamos de cara con una pareja que caminaba del brazo; daban uno de esos sanos paseos antes de cenar, iban bien vestidos y sonreían; un matrimonio entrado en años que todavía se lleva bien —al fin y al cabo, la vida era eso, dar un buen paseo antes de cenar del brazo de tu marido—. Yo tenía la pistola casi vacía cuando vislumbré a aquel blanco inesperado, estaban cerca, a pocos metros, y decidí descargar lo que me quedaba sobre ellos, así que me mostré de golpe con el brazo extendido y les apunté mientras le decía a mi novia «¡Frena! ¡Frena!». Nos vieron y entonces sucedió algo singular: el hombre se puso de rodillas, arrastrando a su mujer, a la que no había soltado, consigo, y juntó las manos para rogarnos: «¡No, os lo suplico, no! ¡No hemos hecho nada!». Parecía resignado o a punto de desmayarse, mientras que su mujer profería unos gritos que daban pena. Mi novia se volvió e hizo una mueca con los labios pintados que no supe interpretar si era de diversión o de desaliento. Yo ya estaba preparado y había adquirido cierta propensión a cumplir el trabajo sin titubeos. El dedo accionó el gatillo varias veces. Apunté solo al hombre, que estaba a punto de desmayarse, y le espabilé de golpe con tres chorros en la frente y sobre las gafas. A la mujer la perdoné.

13

La MdC podría ser al barrio de Trieste lo que el nazismo fue a la tranquila y artística Alemania, la de los pueblecitos adornados con banderines, las meriendas en la hierba, la banda musical de Bremen y las fábulas que de repente se vuelven oscuras. A pesar de que pudiera parecer todo lo contrario, es su precipitado. La técnica que se utiliza para degollar a un cerdo tiene una utilidad incluso cuando el animal que cuelga del gancho ya no chilla y toda su sangre ha caído en el cubo; el cuchillo sigue brillando después de su transformación en salchichas de Frankfurt y en tiras de beicon que animarán el picoteo del domingo; sigue allí, sobre el aparador, listo, brillante, afilado, y cada vez el grito retumba en el valle florido. El eco no es un pasatiempo para excursionistas, sino más bien la terrible huella de una desaparición. El barrio de Trieste había sido erigido con el propósito de suscitar al mismo tiempo tranquilidad, somnolencia y desprecio. Todo en él parecía «pequeño y escondido», empezando por las casitas ubicadas detrás del instituto Giulio Cesare, que chorreaban glicinas y geranios. Casitas, arbolitos, jardincitos, balconcitos, perritos, bares, motocicletas, jubilados, empleados, mutilados..., pizzas y *tramezzini*..., había suficiente mediocridad para suscitar la ira y el castigo final. El ser más resentido en esta falsa paz es, en definitiva, Dios. No necesita una Sodoma y Gomorra para indignarse. La única paz posible en la realidad, que no en los sueños, siempre pasa esta factura. La paz siempre es hipócrita, como la que reinaba en el barrio. Una deseable impostura. Está ratificada por alguien que tiene una bota aplastándole la cara. Si nadie le amenazara, no firmaría. Solo la guerra es sincera, pues dejan de aceptarse compromisos indignos. Después de que pasara lo que pasó, toda la diplomacia del barrio de Trieste se puso en marcha para frenar reacciones excesivas y aplanar los obstáculos una vez más, pero ya era demasiado tarde, el sentido común ya no lograba apaciguar, negar, diluir, evitar, callar, hacer la vista gorda, esquivar, allanar, dejar correr...

A fuerza de esconder la suciedad debajo de la alfombra, se había formado una montaña que empezó a hacer bailar la mesa; los candelabros y los muebles cayeron y el montón de pequeñas fechorías se derrumbó.

Una civilización madura reúne las condiciones ideales para acabar quebrándose. Una vez cumplida, empieza a degenerar. La «tranquilidad» del barrio de Trieste ocultaba, o mejor aún, fomentaba, el desarrollo de la agresividad, lo alimentaba, como la madera seca de castaño alimenta el fuego, que prende con facilidad, con absoluta propiedad, casi se diría que con alegría. El incendio quemaría hectáreas enteras del barrio durante las horas que siguieron al delito.

Los curas, por su parte, hicieron lo posible para contener los daños. Apretaron los dientes y cargaron con su cruz mientras la prensa les dedicaba titulares infames, como los escupitajos que recibió en la cara Nuestro Señor en su subida al Gólgota. ¡Por favor! Educadores religiosos que educan a violadores, curas corrompidos por el dinero dispuestos a hacer la vista gorda respecto a sus sádicos escolares...

Tras una reflexión profunda, que en realidad duró unas décimas de segundo, como un parpadeo ante la única realidad posible, entre las metáforas que se usaban como clave para comprender lo sucedido —que por otra parte carecía de explicaciones—, eligieron la de las manzanas podridas —podridas desde siempre, desde el nacimiento, desde el corazón, pues no era admisible que se hubieran echado a perder durante la permanencia en el cesto del colegio—. Aquellos exalumnos debían de ser unos locos psicópatas. Esa es la explicación. En lugar de profesores, habrían necesitado doctores y carceleros. Y los tuvieron. La locura ofrece una justificación para todo.

Aquel crimen era tan insólito que quienes lo cometieron no fueron sometidos a las penas de las leyes concretas que habían violado, sino que, por así decirlo, sufrieron la ley en cuanto tal, la ley en su terrible entereza, la Ley, en definitiva. Un coloso en llamas que una vez se pone en marcha no pierde el tiempo sopesando tipologías delictivas y responsabilidades individuales, sino que se muestra en su aplastadora desmesura. Las repercusiones llegaron más allá del círculo de víctimas y criminales y de la maquinaria judicial, que trabajó para reparar la inconmensurable herida. Pero en vez de cicatrizar, el agujero se ensanchaba. El castigo de los culpables no bastaba para colmarlo, ni siquiera si los hubieran quemado vivos. La comunidad entera fue arrollada, el *maelstrom* la succionó en su interior despertando una necesidad, es más, una voluptuosidad de sacrificio que dejaba cortas las cadenas perpetuas y las indignadas calificaciones que les dedicaron. En un primer momento, se creyó que tras un delito tan feroz las reservas de maldad se habrían agotado, al menos por un tiempo. Desde un punto de vista estadístico, ahora tocaban quince o veinte años de calma en el barrio de Trieste. Ni atracos ni peleas ni molestias, ni siquiera una bofetada debía escaparse de aquella comunidad afligida. Sin embargo, eso no fue más que el principio, la primera de una serie de plagas que se abatieron una tras otra, como si el recipiente que las contenía se hubiera roto, y no quedó claro si la violencia que se desató a partir de ese momento en el barrio fue una escalada de delincuencia sin precedentes o si formó parte del castigo por el crimen inicial, como si fuera, por decirlo de algún modo, una pena accesoria. A la víctima le cuesta comprender si ha sido el mal o el bien el que le ha infligido el sufrimiento. Hay momentos, en efecto, en que ley y transgresión de la ley se parecen ferozmente. Quizá los homicidios en cadena solo podían cobrar sentido desde una visión apocalíptica, una ceremonia colectiva de expiación o un espectáculo ofrecido al cielo. Cada muerte significaba un sacrificio, y todo el mal «cuyo espectáculo es gratificante para un dios» estaba justificado.

Existe una ley, y se aplica con severidad a pesar de que nadie sabe lo que significa, ni siquiera los ejecutores de tal ley que, en efecto, cuando les llegue el turno de declarar ante el tribunal, tras haber cumplido un papel que no les correspondía, farfullarán razones efímeras y vagas para justificar sus terribles acciones; bastaría con citar algunas frases contenidas en sus declaraciones durante el proceso, motivaciones que no bastarían para justificar ni un puñetazo, con mayor motivo asesinatos en serie. Más que arrepentidos, parecen no dar crédito a las idioteces que dicen. Apenas un bocadillo de cómic. «¿Por qué lo matasteis?» «Porque había llegado el momento de dar una señal.» «Teníamos que mostrar que seguíamos con vida.» «No podíamos seguir de brazos cruzados.» He aquí por qué se mata al primero que pasa. Un policía, una persona cualquiera con otras ideas políticas o con las mismas, pero al que se le habían metido extrañas ideas en la cabeza. Basta una sospecha, una sombra, y es hombre muerto. Así, reducido a cero su contenido racional, emerge la pura potencia de la ley que los ha incitado a matar. Esas fases en que están vigentes leyes que nadie comprende, pero que hay que obedecer, en que se ejecutan órdenes que nadie ha dado, pero que suenan perentorias, no son tan raras; no se trata de épocas de anarquía, podría afirmarse que nunca se producen tantas normas como en esos momentos, los ciudadanos están literalmente sumidos en medidas, prohibiciones, restricciones y requerimientos, tan numerosos como contradictorios, por lo que resulta casi imposible que no te castiguen por algo que has hecho u omitido hacer. El Estado promulga leyes especiales mientras los asesinos administran el poder de vida y de muerte en sus tribunales ambulantes, donde antes de que empiece el juicio el jurado ya ha emitido una sentencia, que es siempre la misma: «¡Pena de muerte!». Así pues, ¿de qué servía celebrar un juicio? La opresión queda patente en cada instante del día, se advierte la separación entre una jurisdicción y otra: en la oficina obedezco a la burocrática; en casa, a la familiar. El espacio social y de barrio está gobernado por otra ley distinta, y es un error no reconocerla. Adentrarse por la noche detrás del Giulio Cesare supone transgredirla, superar los límites.

El poder se instaura siempre como absoluto, solo con el tiempo se mitiga, se modera gracias a fuerzas que le impiden administrar la muerte a su antojo, es decir, que le exigen que rinda cuentas de sus actos. Rendir cuentas a quien tiene a su vez el poder, incluso mínimo, de pedirlas; es cierto, no basta con un simple «¿por qué?» para reconducir el poder a la razón.

El poder sobre una chica secuestrada se ejerce incluso cuando no se ejerce. «Yo puedo matarte» es ejercerlo al nivel más alto. «Yo puedo matarte cuando quiera.» «En cierto sentido estoy matándote aunque no esté haciéndolo, todavía no te he matado.» El poder de matar, poder matar, equivalen completamente a matar. Del mismo modo que antaño se consideraba que un bandido «era hombre muerto», un cadáver por cobrar, un *dead man walking*, así la víctima de un secuestro muere desde el primer momento. Además, en los casos de los que estamos hablando pierde sentido la solemne expresión «derecho de vida y de muerte»: el único derecho efectivo que es posible ejercer es el de la muerte, pues la vida ya le ha sido dada y solo puede serle arrebatada. Va más allá de las facultades del asesino. Alguien que no es nuestro progenitor solo dispone de poder para matarnos, si bien, en realidad, tras habernos dado la vida, el de nuestros padres también se limita a quitárnosla. Durante los primeros años de existencia, nos perdonan la vida cientos de veces.

El único poder al que siempre estamos sometidos es, pues, al de ser condenados a muerte; es el único que valdría la pena reivindicar, el de darla o conmutarla. Quizá por esta razón —sobre todo en la fase en que ya no serán capaces de articular ningún planteamiento político y su presencia en la realidad irá esfumándose—, los terroristas afirmaban su poder matando. Todas sus armas eran letales. De toda la infinita y gradual gama de iniciativas, solo les quedaba el acto supremo, la esencia soberana del poder; eran igual que moribundos obligados a alimentarse de las últimas gotas de néctar y ambrosía, dotados de un poder tan funesto como residual. En sus insignificantes parlamentos escrutaban a sus futuras víctimas desde lo alto, pero solo podían tocar las vidas de los hombres si los mataban. Su influencia era menor que la de un concejal de turismo en un pueblo de veraneo, que la de un guardia urbano que pone multas, o que la de un mecánico de coches robados, tenían menos carisma que el director de un instituto o que un traficante de poca monta, y afectaban a la vida de la gente menos que la portera de un edificio; pero en compensación, mataban a quien querían. La gratuidad y el número de acciones homicidas aumentaban de modo inversamente proporcional a su importancia. Nunca ha habido tantas muertes violentas como cuando los grupos armados ya no contaban para nada ni para nadie. La ilimitada licencia para matar les venía otorgada justamente por su pequeñez y por la subsistencia del mito de la violencia como potente acelerador del destino.

También existe la felicidad —efímera quizá— de no recibir castigo. Los fugitivos, los que siguen en libertad a pesar de estar en búsqueda y captura, sienten esa mezcla de angustia y frenesí, una libertad muy paradójica.

En los países democráticos hay poca libertad de acción, es más, no hay ninguna. Las reglas son lazos que limitan cualquier acción concreta, sobre todo en las ciudades; las autoridades deciden por dónde puedes pasar, cuánto tiempo puedes permanecer en un lugar o delante de un cuadro y a qué distancia, si puedes bañarte, el precio de tus desplazamientos, los gramos de droga que puedes comprar, dónde esparcir las cenizas de tu padre o las tuyas. Hasta el más mínimo suspiro de la vida humana está reglamentado: los carteles prohíben, las líneas separan, las cámaras de seguridad graban, y todo entre multas, vencimientos, impuestos, días alternos, horarios y sentidos de circulación.

No eres libre de hacer nada sin un permiso especial, sin un visado, un sello, una tarjeta, una contraseña, un ticket, una acreditación, un cupón, una ficha o una banda magnética que tienes que renovar sin parar porque caduca, está a punto de caducar y, hala, ya está, ha caducado, hay que volver a empezar. Siempre estás fuera de la ley, a pesar de hacer lo posible por respetarla. Los sobres con avisos de infracciones, requerimientos y recordatorios se acumulan sin abrir en el recibidor de casa. En los días impares circulan los coches con matrículas pares, pero solo pueden aparcar en el lado derecho de la calzada, si tienen catalizador, de trece a dieciocho horas. Estás siempre vigilado. Reglamentos que se sobreponen a reglamentos, como carteles pegados unos sobre otros, y mientras estás ahí, sin hacer nada, sentado en el banco de un parque, en realidad estás infringiendo al menos unos diez códigos contenidos unos dentro de otros como en las cajas chinas.

Hay una sola excepción: los indigentes, y los criminales. Mientras no acaban en la cárcel, los criminales son los únicos hombres libres de nuestra sociedad. O al menos los únicos que intentan, desafiando al peligro

—y casi siempre salen perdiendo—, imponer y ejercer su libertad en perjuicio de la de los demás como si solo existiera la suya, lo cual no puede ser del todo cierto, ya que no puede definirse como ley una regla válida para solamente un individuo. Para ser tal, la ley debe oprimir a un montón de gente, pero de hecho solo oprime a los que la respetan, que acaban por estar doblemente oprimidos, por vivir aplastados entre dos poderes: por una parte, el del Estado, a cuyas leyes, a menudo estrafalarias, obedecen; por la otra, el de los criminales, grandes y pequeños, que imponen las suyas. Por no mencionar a las organizaciones que se han convertido en la nueva Spectre —bancos, compañías telefónicas y de seguros—, atrincheradas en sus edificios de cristal y defendidas por números telefónicos a los que nunca responde nadie, estructuradas con rasgos de secretismo, impenetrabilidad e impersonalidad calcados de la maquinaria estatal y de las organizaciones mafiosas.

El ciudadano paga siempre, al menos dos veces, su tributo. Es una doble o triple imposición fija.

(Mmm..., veamos mi caso: casa desvalijada, coche y motos robadas o víctimas del vandalismo, una cantidad indeterminada de aparatos digitales y móviles robados a mis hijos y a mí que he tenido que comprar de nuevo, por no mencionar las bolsas «con todo dentro», es decir, documentos, dinero, llaves de casa..., solo por citar lo más significativo. En definitiva, en estos últimos años creo que le he pagado a la criminalidad una cantidad equivalente a la que le he pagado al Estado en impuestos y multas. Ninguna de las dos instituciones me ha reembolsado nada, si bien el Estado, aunque de forma discontinua, me proporciona algún que otro servicio.)

Quienes quitan la vida a otros con suma tranquilidad son precisamente quienes menos temen perder la propia. Esta actitud se define a veces como valor. En el corazón de los héroes, es el desprecio por el peligro. Si además se halla presente un deseo de sufrimiento y muerte, se cumple infligiendo a los demás sufrimiento y muerte. El asesino da muerte a la espera de experimentarla personalmente.

Amigos de la Muerte, enemigos de la Muerte. En la correspondencia intercambiada entre Angelo y su cómplice, después de la MdC, hay una enorme y enfermiza presencia de este nexo Negativo.

El espectáculo de la muerte no se ofrece a quien muere, sino a quienes sobreviven. A los asesinos en primer lugar, claro, que disfrutan del preestreno, pero también a los extraños. El asesino les entrega los cuerpos de las víctimas antes de abandonar la escena. Después, «ya no tiene nada que ver», por decirlo así, y puede dedicarse a otra cosa. El mensaje ha sido enviado, tardará un poco en llegar, pero tarde o temprano lo hará. Descifrar el sentido de la muerte de las dos chicas —sí, dos, porque la viva estaba virtualmente muerta— se puso en manos de la opinión pública. Fue el verdadero vínculo, el auténtico reto de toda aquella historia. Asesinos *versus* sociedad: esto se reveló como el eje interesante; en el fondo, las chicas violadas y asesinadas no contaban mucho, eran el lado corto del triángulo, lo cual les quedó enseguida claro tanto a la superviviente, que durante el resto de su vida solo fue capaz de balbucear su impotencia y su desamparo, como a los que tomaron partido en el asunto: la indignada opinión pública, las feministas, la prensa. Fueron muchos quienes se apresuraron a sufrir y a acusar en su lugar, en su nombre, conscientes de que el sufrimiento personal era profundo, pero en realidad poca cosa comparado con el drama colectivo orquestado por aquel infame delito. ¿Qué mensaje enviaban los asesinos? Casi nada a sus víctimas y mucho a todos los demás. Pero ¿qué?

La verdad es que si las víctimas no despiertan alguna clase de interés, nadie les hace ni caso. Me duele reconocerlo, pero así es. La juventud, la baja extracción social, la falta de atractivo y la ingenuidad de las víctimas ponen en evidencia la brutalidad de quien se ensañó con estos rasgos tan comunes que no tienen nada de interés por sí mismos. Son datos que sirven de punto de partida para aumentar la atención sobre los asesinos. El noventa por ciento de la curiosidad que despertó el suceso se concentraba en ellos.

14

No era difícil matar.
No era difícil encontrar a alguien a quien matar.
No era difícil encontrar un buen motivo para matar a alguien.
Un motivo cualquiera. No era difícil, en absoluto.

La diferencia entre un niño y un chaval es que el primero puede desear matar a alguien, pero el segundo puede hacerlo. Un adolescente toma conciencia, de repente, de que es capaz de poner en práctica fantasías violentas que hasta ese momento, por fuerza, eran inocuas. Este poder que nunca había experimentado otorga una nueva dimensión al sentimiento del odio. Sus impulsos se vuelven terribles. Como si también hubieran alcanzado la mayoría de edad. La destrucción del otro, rumiada largo tiempo, tanto que se ha convertido en una especie de cantinela consolatoria —yo lo mato..., lo mato..., lo mato—, abandona el mundo de la fantasía y se vuelve una posibilidad concreta. La crueldad infantil dispone por fin de los instrumentos que le sirven para desahogarse.

Una actitud violenta quizá se deba a la incapacidad de adaptación, de aceptar compromisos, de usar un poco de hipocresía para resolver los conflictos. Como los esquizofrénicos, a menudo los adolescentes son incapaces de aceptar compromisos acerca de lo que consideran verdad o mentira, justo o equivocado; su moralidad rechaza el sentido común, las soluciones provisionales. Ir con tiento, resolver los conflictos, evitar daños peores, no exacerbar las discrepancias para ellos es una conducta hipócrita.

(Arbus, por ejemplo, era así. Implacable. Sus risotadas sarcásticas daban al traste con cualquier intento de conciliación...)

Pero ¿quién podría decir sinceramente en qué pensaba un adolescente? ¿Cuáles eran sus pensamientos más íntimos y profundos? Nosotros no nos sentíamos reales, sino hechos de vacío, de aire, sin consistencia, sin casa —pues la casa en que vivíamos era de nuestros padres—; no éramos niños, pero tampoco adultos, no gustábamos a nadie, nadie nos quería, nadie nos buscaba. Teníamos la sensación de que a las chicas les pasaba lo contrario, todos las querían, sus padres las mimaban, los profesores les consentían casi todo, nunca conocí a ninguna chica a la que suspendieran, a una chica con un tres o un cuatro la ayudaban porque «seguro que está pasando por un mal momento», mientras que un chico con un cinco debía repetir porque «no ha hecho nada de provecho en todo el año».

No teníamos ni la más remota idea de en qué íbamos a convertirnos y tampoco nos interesaba, nos daba igual, de todas formas no éramos nadie.

Solo las cosas malas que hacíamos nos parecían reales. Esas sí que contaban. De repente, todo el mundo parecía despertar. Entonces reparaban en nosotros. Nos convertíamos en importantes de golpe.

La violencia hace que cobren vida comportamientos que parecen reales porque provocan consecuencias negativas. Lo positivo es más escurridizo, sus consecuencias se advierten mucho después y nadie las tiene en cuenta de verdad; lo negativo genera respuestas inmediatas, reacciones tajantes. La rabia y el dolor son tangibles. Si no pasa nada después de nuestro paso por un lugar, si todo permanece inalterado, significa que no contamos en absoluto. Estoy dispuesto a hacer cualquier cosa para que me echen de menos, me da igual que me consideren un cabrón. Mejor ser un cabrón que pasar inadvertido.

Cuando un vivo está al lado de un muerto, exulta. Todavía puede hacer todo lo que el muerto ya no. Un fiambre no es una persona, no es nada. El vivo siempre sale ganando.

Desde el punto de vista del propio interés, ser muy agresivo, exageradamente agresivo, supone una desventaja. Una agresividad que nunca baja la guardia provoca alrededor reacciones de mayor intensidad que las que puede desplegar un solo individuo, por pendenciero que sea. Las biografías de los autores de la MdC nos informan de que sus fechorías les han acarreado una vida miserable, de cárcel y clandestinidad. No pagaron con la vida, pero se la jugaron, no cabe duda. ¿A cambio de qué?

Uno murió por sobredosis de heroína a los cuarenta años después de haber estado en la Legión Extranjera; al otro, que se fugó, primero lo capturaron y después salió en libertad para volver definitivamente a la cárcel tras haber cometido otro asesinato.

Está clarísimo que actuaron contra su propio interés, destruyendo, además de las vidas de los demás, que no les importaban, la vida que se supone que debía interesarles, la suya.

¿Qué extraña clase de superhombre se impone llevar una existencia miserable? Quien inflige el mal, cree haber sido su víctima en el pasado o que pronto deberá sufrirlo. Cree que ha cumplido anticipadamente la pena por las culpas cometidas. Los que sufrieron quieren vengarse, los que todavía no han sufrido quieren disparar primero. Es raro encontrar a alguien que en el fondo de su corazón esté convencido de que quedará sin castigo, mientras que son muchos los que, incluso de forma indirecta, infligen hoy por lo que sufrieron ayer. Por desgracia, la venganza casi nunca golpea a los verdaderos causantes del agravio, sino casi siempre a inocentes que se les parecen. La venganza es siempre aproximativa e interpuesta; el agravio a menudo es imaginario.

La violencia se desata por un número infinito de razones, no por un solo y oscuro motivo. En el caso de la MdC podrían enumerarse una serie de factores que ocuparían una página entera. Pérdida de los valores, espíritu de grupo, complejo de superioridad, fanatismo, violencia generalizada, desprecio ideológico, sociopatía, revancha. En Roma, por aquel entonces, podían encontrarse a unas diez mil personas que estaban en las mismas condiciones que Angelo & Co.; en nuestro colegio, quien más quien menos partía de los mismos presupuestos, así pues, ¿íbamos a convertirnos todos en asesinos?

Normalmente la crueldad humana no se desfoga en un solo impulso, en un instante, en una «explosión pasional incontrolable», al contrario, se conjuga con la planificación y el cálculo. La MdC es un ejemplo perfecto. El hecho de que a la larga los planes elaborados por los asesinos fueran chapuceros, contradictorios y torpes no quita que estuvieran concebidos con método. Un método que quizá sea una locura no deja de ser un método. Al margen de los aspectos brutales de su actuación, el torturador se comporta siempre de un modo esmerado, chino, y es su frialdad conjugada con la bestialidad lo que nos deja estupefactos.

Para secuestrar a alguien se empieza estudiando sus desplazamientos, sus costumbres, se elabora un plan y se ejecuta. A pesar de que los periódicos, con el típico estilo moralizante e indignado, la definan como tal, la bestialidad no suele ser ciega. Por el contrario, es perspicaz y previsora, y el cálculo, la predeterminación e incluso la prudencia, prerrogativas de la razón, que no del instinto, la animan. En definitiva, no tiene nada de automático. A fin de concebir ciertas torturas hay que devanarse los sesos y tener la suficiente sangre fría para ponerlas en práctica. ¿Ceguera? Nada de eso, se necesita la meticulosidad de un cirujano y la paciencia de un francotirador. Hace falta creatividad y empeño para idear nuevas maneras de destruir al prójimo. Los peores crímenes se cometen en una ausencia total de emociones, gracias a una calma chicha del corazón, en la habitación insonorizada.

En una película de aquel año, que recuerdo fotograma por fotograma, Max von Sydow interpretaba a un sicario. Era tan frío y distante en sus asesinatos que por eso lo contrataban. En su tiempo libre pintaba soldaditos de plomo.

Bestialidad: pocos términos se usan tan impropiamente. Lo que definimos como «bestial» en el hombre no guarda ninguna relación con las bestias, al contrario, es una característica puramente humana; cuando un hombre se comporta del modo que solemos definir como «bestial» deberíamos decir que se comporta de manera muy humana.

Al hablar de razón me refiero a la facultad de cometer los errores más flagrantes dándoles una motivación. La razón tiene muy poco que ver con la inteligencia, que se localiza casi por entero en el instinto. Los planes que los asesinos elaboran usando la razón suelen ser elucubraciones absurdas, lo que no significa que no apliquen un método a esa locura. Siempre he interpretado así el famoso aguafuerte de Goya: no es el sueño, en el sentido de reposo de la razón, el que produce monstruos, sino el sueño de la razón en el sentido de lo que esta planea y proyecta mientras duerme.

En realidad no existe ninguna razón que motive a la MdC; ni las acciones de los torturadores ni las de sus víctimas contribuyen a aclarar la lógica de los hechos como algo que se construye a partir de causas y fines. Es más, estos últimos faltan por completo y desde el principio. ¿Qué querían las chicas, exactamente? ¿Amistad, diversión, distracción, admitamos que incluso maliciosa, un noviazgo quizá? Pero lo que no se entiende en absoluto es lo que querían Angelo y sus cómplices. ¿Querían lo que al final consiguieron? ¿Y qué era eso?

La teoría del exceso involuntario, de la fiesta «que acaba mal», «que se les va de las manos» —sostenida osadamente por el defensor—, del resultado accidental de un juego violento no explica nada.

Aquella situación no se generó por una causa específica ni por una concatenación de causas; por cómo se desarrolló —el modo enrevesado e incongruente en que los autores iban y venían—, tampoco creo que se planeara. Lo único que puede decirse es que tal situación se creó en determinado momento, que los hechos acontecieron; la decisión que se tomó en aquella villa delante del mar no fue que esos hechos sucedieran de forma determinada, sino que se decidió secundarlos, dejar que sucedieran, cumplirlos, literalmente, y una vez dentro de esta lógica interna, imparable a su manera, ejecutarlos —lo cual, a pesar de las acrobáticas maniobras de la defensa, excluía cualquier otra hipótesis que no fuera la muerte de las chicas. Lo que sucedió en la villa del Circeo es la prueba evidente de que cuando todo es posible, todo, inevitablemente, sucede.

(Si puedes hacerlo, debes hacerlo, tienes derecho a hacerlo.)

Aquella manera de razonar y actuar no puede reproducirse porque carece de lógica. Más que a una sintaxis elemental, no obedece a ninguna sintaxis. Imposible deducir un plan del amasijo confuso de acciones que tuvieron lugar en la villa y fuera de ella, ni siquiera alterando su orden cronológico si admitimos la hipótesis de que las piezas de la historia hubieran sido montadas en el orden equivocado. Nada. El rompecabezas no tiene solución. Una vez que entró en escena, la violencia se emancipó de las razones que la habían traído consigo. Como la Muerte Roja en el famoso cuento de Poe, una vez que ha entrado, ha entrado, y ya no requiere de máscaras.

15

Hoy, domingo, demasiado tarde ya para la misa en el SLM, bordeo el muro de la Via Parenzo, el mismo que mi padre saltó, poniendo pies en polvorosa por los campos, para huir de un rastreo, el mismo contra el que nuestro Angelo, he leído en algún sitio, lanzó una botella incendiaria a fin de vengarse de una mala nota, aunque entre tantos episodios más o menos legendarios sobre su maldad, muchos de ellos alimentados por él mismo, este podría ser una malinterpretación; en efecto, existía la costumbre de quemar cosas a cubierto del muro, y yo mismo participé en esa clase de acciones, esto es, en la quema de las agendas en fin de curso. El último día de clase, en cuanto salíamos, amontonábamos las agendas bajo el muro que rodeaba el colegio, las rociábamos con gasolina y les prendíamos fuego, y así, solo así, podíamos decir que el colegio había acabado de verdad. Con la fogata dejábamos atrás un año de vida. Quemaban su agenda —agenda Jacovitti, agenda Peanuts, agenda del Automovilismo, agenda de B. C., etcétera— tanto los que aprobaban —yo era de esos—, como los burros que esperaban con ansia que salieran las notas para saber qué habían cateado y cuántas y qué asignaturas tenían que repetir, daba igual, la alegría era idéntica para todos, y cuando las llamas se elevaban y la humareda negra e irrespirable se expandía por el aire, ejecutábamos una especie de danza invitando al fuego a subir más, como Jimi Hendrix cuando quemaba su guitarra. No sé, quizá esta ceremonia tenía algo de violento y nazi, recordaba la famosa hoguera de libros prohibidos, o era como una catarsis india, ácrata o hippy; en todo caso, era estupendo ver arder aquellas páginas escritas con los deberes y las lecciones por estudiar, páginas y números de ejercicios, exámenes, repasos y trabajos para casa. Pocas veces en mi vida he sentido semejante alegría.

Dicen que para no hundirnos bajo el peso del pasado, tenemos que quemar los residuos: las hojas secas, los documentos inútiles, los periódicos viejos, o simplemente observar cómo se consume una vela, observar con calma la cera que se derrite.

Y respirar.

Un domingo vacío. Como este barrio, donde pasé los primeros treinta años de mi vida.

Todo tiene un aspecto plácido, pacífico, puede que demasiado, inmóvil en una mediocridad sin tiempo. El teatro perfecto donde nunca pasa nada.

Por eso me pregunto por qué pasó, por qué en este barrio de Roma y no en otro. ¿Por qué alrededor de la Piazza Istria y a lo largo del eje arbolado del Corso Trieste hubo tantos asesinatos? Quizá el hecho de que se trataba de un barrio sin una identidad determinada contribuyera a convertirlo en el terreno ideal, en una especie de tierra neutral donde experimentar el máximo nivel de violencia política al que puede llegarse sin desembocar en una guerra civil. Porque, digan lo que digan sus veteranos para justificar los delitos cometidos —el «clima reinante entonces», «aquella época»—, en los años setenta en Italia no hubo guerra. Sería interesante analizar por qué ellos estaban convencidos de que sí la había, estaban convencidos y no les faltaban las palabras para generar tal ilusión. La contienda estaba en sus cabezas. ¿Puede definirse como guerra algo que solo reconocen como tal los que luchan y no el resto de la población? ¿Solo quien declara la guerra posee el derecho de dar un significado al término, de establecer sus modalidades y finalidades? Y sin embargo, esa guerra inventada por sus guerreros dejó el campo de batalla sembrado de muertos que no habían aceptado el juego, es más, algunos de ellos ni siquiera sabían que había que defenderse; no había ninguna trinchera en medio del Corso Trieste; aquellas personas iban pensando en sus asuntos, volvían a casa del trabajo o de comprar el periódico, como los señores de pelo inmaculado bajo la gorra a cuadritos que he visto esta mañana surcando el barrio con paso lento, personas que no podían imaginarse que habían sido condenadas a muerte. Roma no era Sarajevo, en absoluto. Es difícil esquivar los balazos de los francotiradores cuando no sabes que estás en un lugar sitiado y acabas en la mira del fusil de quien juega a la guerra de los mundos si cruzas por error la Via Pal de la lucha armada.

Por peligrosos que fueran los tiempos, por más que mi aspecto —pelo zapatos macuto y novia de cierta clase con zapatos bolso y falda de cierto tipo, etcétera— pudiera ser un blanco tan plausible como otros muchos para la violencia política de signo opuesto, jamás, ni por un instante, sentí miedo en el barrio de Trieste. No tuve, ni multiplicada por diez años, la misma cantidad de miedo que experimenté en Brooklyn de noche durante los diez minutos que fui de la estación del metro a casa.

En su neutralidad propia de mediados del siglo XX, el barrio de Trieste se convirtió en el territorio ideal para las incursiones asesinas. En sus anónimas plazas pudo desatarse con una crueldad sin límites una violencia que se mantenía alejada de barrios dotados de rasgos urbanísticos y sociales más definidos. Ocupando una franja desmilitarizada, una *no man's land* entre lo que entonces era el extrarradio —Tufello, Talenti— y el «buen retiro» de la burguesía histórica romana —Pinciano, Parioli—, el barrio fue utilizado como amortiguador o reserva de caza, que sus invasores se repartían cada noche como una Polonia en miniatura. Todavía hoy, cuando se piensa en el prototipo del facha, se le identifica como alguien del barrio de Parioli, que en la época sonaba como el equivalente romano de alguien del barrio de San Babila milanés. Los mismos autores del delito de que trata este libro siempre se definieron como «pariolinos», si bien ninguno vivía o procedía de allí. Qué curioso, ¿no? Vivían en el barrio de Trieste y coincidían más bien con el *identikit* de este. Como ha señalado Giorgio Montefoschi, su histórico cantor, el barrio de Parioli, aunque pudiente y con tendencias conservadoras, no era un barrio de fascistas, ni por tradición ni por costumbres locales, al contrario, sus características sólidamente burguesas lo habían vacunado contra el nihilismo y el «¡Viva la muerte!». Prueba de ello es que los matones fascistas habían renunciado a dominar su centro, su corazón histórico, es decir, la

Piazza Ungheria, desplazándose hacia sus márgenes, mucho menos marcados por la respetabilidad y el control burgueses, en la tétrica Piazza Euclide, baluarte de la nada, y en el asilvestrado Piazzale delle Muse, un jardincito de guijarros que daba a la explanada donde se ubicaban los campos deportivos, hacia l'Acqua Acetosa y el río, que sigue allí, recordando la situación periférica de Parioli a quienes pudieran creerse los reyes de Roma por vivir allí. Los matones se concentraban en esas áreas deslindadas o limítrofes con el vacío, en esas plataformas sin carácter para lanzar sus ataques desde allí, pero nunca se habrían atrevido a instalarse provisionalmente en la civilizada Piazza Ungheria. Era demasiado civilizada.

Una característica interesante del siglo XX es esa tendencia hacia los lugares carentes de historia, el anonimato, la intercambiabilidad, la indiferencia moral, la monotonía del cráneo rapado, el vacío, la desconfianza hacia la cultura, la afasia, en fin, su fría pasión por la nada. El carácter penitencial del siglo XX —de los cubistas a Samuel Beckett, pasando por los campos de concentración— necesitaba actuar sobre una tabla rasa. Más que el resultado de un proceso, la deshumanización fue su punto de partida: extranjero, indiferente, sin-atributos, monocromático, sub-humano, des-evolucionado, *arbeiter*, *muselman*, hombre-máquina, cíborg, pedazo de *body-art*, replicante, cadáver, fósil, excremento, escarabajo, asesino sin móvil y rebelde sin causa…; he aquí al protagonista perfecto, al héroe forjado en los talleres del siglo pasado. Todo resto de humanidad obstaculiza la carrera de la mente y ralentiza la acción, deshacerse de esa carga humana nos vuelve más rápidos, ligeros, automáticos. La presión del dedo sobre el gatillo es más espontánea si no nos quedamos atrapados en la retaguardia de los sentimientos y las reflexiones. Estaba convencido, como todos, de que el odio dictaba esos gestos, pero el odio solo actúa como impulso inicial y nunca debe separarse de la razón, que puede moderarlo, equiparando escenarios teóricos con efectos concretos. Por fuerte que sea, el odio por sí solo no basta para llegar hasta el final. Mientras se trata de dar palizas, la adrenalina ayuda, pero para matar, la indiferencia y la neutralidad —la impersonalidad que no conoce los frenos inhibitorios del carácter— resultan mucho más eficaces. Los verdaderos asesinos son fríos, como frío es el seductor. El odio entorpecería al primero como el amor al segundo. Quizá por eso el barrio de Trieste fue el gimnasio que la violencia política eligió para entrenarse: porque exactamente igual que un gimnasio, estaba vacío, libre de recuerdos. No ofrecía ninguna resistencia cultural ni histórica, no poseía ni reivindicaba tradiciones de ningún tipo. Discreto, silencioso, ni bonito ni feo, carente del encanto estético del centro de Roma y de la retórica incandescente de sus barriadas. Solo una retícula de calles residenciales y arboladas. Un cuadrado, en fin, un ring, un tatami, un tablero para persecuciones y emboscadas. Me atrevo incluso a afirmar que las pobres víctimas de la Via del Giuba y la Via Montebuono, la Piazza Trento, la Piazza Dalmazia y la Piazza Gondar nunca habrían sido asesinadas de aquella manera delante del Coliseo o en la Piazza Navona, pero tampoco en el Mandrione o en Torlupara.

He aquí la forma explosiva de la vida
apacible, monótona, el vacío que atrae
y se traga la llama...

Se alza blanco en el Corso Trieste un inmenso edificio cuadrado, inconfundiblemente fascista, recargado por una ampliación de la posguerra que cerró el patio de entrada, imponiendo sobre la columnata un nuevo cuerpo de tres pisos; se nota por el orden desigual de las ventanas de la fachada, que se altera en el punto donde se une al edificio preexistente. Hacían falta más clases, la demografía escolar estaba en alza. Es el Instituto Clásico Público Giulio Cesare.

Cuando llegué al Giulio Cesare, en 1974, todavía circulaba la leyenda del profesor Razzitti. Era un temido profesor de matemáticas. Para mi desgracia, también era mi profesor, y puedo asegurar que hacía honor a su fama. Aquel año nos machacó de todas las maneras posibles, usando sus asignaturas, matemáticas y física, que por otra parte enseñaba muy bien, como instrumentos de una iniciación dolorosa. El estudiante tenía que soportar una tortura continua y gratuita, y aprender a resistir sin rendirse ni rebelarse, como Richard Harris cuando le colgaban con cuerdas que le laceraban los hombros en *Un hombre llamado*

Caballo, película mediocre que pasó a la historia gracias a esa escena cruenta. Cien metros de película que justifican seis rollos de aburrimiento.

Baste con saber que Razzitti había emparejado a cada uno de nosotros, alumnos que íbamos a la clase 3 M, con una carta de la baraja napolitana, y cuando llegaba la hora de salir a la pizarra, en vez de consultar la lista, mezclaba las cartas y le pedía a una alumna que eligiera una carta del mazo, la observaba y la echaba sobre su mesa.

Yo era el as de bastos.

La carta elegida tenía que salir a la pizarra. Su apellido y su identidad no existían. En realidad, nunca habían existido. Como en *Alicia*, no éramos más que cartas, pobres cartas de una baraja a las que les habrían cortado la cabeza al primer error, es más, ni siquiera hacía falta que lo cometiéramos, pues nosotros éramos el error, así, de entrada. La arbitrariedad con que nos preguntaba la lección era una prerrogativa del poder absoluto, que no obedece a ninguna lógica ni se funda en ningún derecho. Es así porque sí, y punto.

Quizá la relación de Razzitti con la película del hombre blanco que se convierte en un indio se me haya ocurrido al pensar en un hecho acaecido en 1968, el que lo había convertido en un mito. Cuentan que durante la revuelta de los estudiantes, un grupo lo había cogido por los pies y colgado fuera de una ventana. Pero mientras llevaban a cabo este juego intimidatorio que tenía que rubricar la abolición de la odiosa autoridad encarnada por el profesor más temido del instituto, sonó el timbre que señalaba el fin de la clase y el principio de la siguiente, que era justo la de Razzitti, y en la que desde hacía semanas estaba previsto un examen de física; los alumnos rescataron apresuradamente al profesor de su incómoda posición cabeza abajo, lo pusieron a salvo depositándolo de pie en el suelo, y él, arreglándose la corbata y el traje con unos pocos gestos exactos y sacándose del bolsillo el paquete de cigarrillos, que por suerte no se le había caído durante la defenestración, se puso a dictar de inmediato las preguntas del examen de física, de corrida, con voz ronca y tono despectivo, como si excluyera a priori la posibilidad de que un solo alumno de los que había allí fuera capaz de resolverlas bien. Empezó a pasear nerviosamente arriba y abajo por el aula con uno de sus cigarrillos MS, la marca del monopolio del Estado, en la boca, mientras que los mismos que lo habían defenestrado permanecían quietos en su sitio, de nuevo presas del miedo que les infundía, de su carisma, con las cabezas gachas sobre el pupitre.

Razzitti fumaba sin parar, quemaba los cigarrillos hasta el filtro, aspirando con una voluptuosidad rabiosa, neurótica. Si alguien quiere hacerse una idea de cómo era físicamente, diré que cuando vi *El resplandor* me quedé de piedra por el impresionante parecido del barman del hotel Overlook, el que le sirve de beber a Jack Nicholson durante sus alucinaciones y que es él mismo una alucinación, con nuestro profesor de matemáticas del Giulio Cesare. La misma sonrisa, las mismas mejillas enjutas bajo los pómulos asiáticos y el pelo engominado hacia atrás.

Mis nuevos compañeros me contaron lo de la defenestración de Razzitti + examen de física el primer día de clase, para que supiera con quién habría de vérmelas.

Así era, en definitiva, la convivencia en el barrio. Convencionalismos y recato, por una parte, y anarquía, por la otra. Increíble, si bien posible. Alumnos que están dispuestos a tirar a su profesor por la ventana y tiene miedo a sacar una mala nota. Por cuanto resulte difícil de imaginarlo como un movimiento unitario, los mismos chavales que se habían manchado las manos dando palizas volvían por las noches a casa a lavárselas antes de sentarse a la mesa a comer la crema de verduras de mamá y tragarse sus reprimendas. «No hagas ruido con la boca», «La sopa no se sorbe». Las costumbres seguían siendo en buena medida las de siempre, decentes, ligeramente mojigatas, prudentes, adecuadas a un estilo de vida que se resume con la palabra «respetable». Vivir, hablar, ganarse la vida, vestirse de un modo «respetable». ¿Qué significa? ¿Hasta qué profundidad puede penetrar este concepto y permear el carácter de una persona, protegiéndola o echándola a perder? Cuando era niño y mi madre se compraba unos zapatos preciosos, demasiado, muy caros —y, sobre todo, con demasiada frecuencia— en una tienda de la Via Bellinzona que se llamaba justamente Follies, Locuras, yo le manifestaba mi desaprobación por aquellos gastos superfluos y le decía, con gran juicio, que cuando me casara permitiría a mi mujer que se vistiera de manera respetable, pero nada más —es decir, nada de zapatos de Follies o, como mucho, un par para las grandes ocasiones, no la colección de mi madre, que se me antojaba una especie de Imelda Marcos—. Sin embargo, mi padre, perdidamente enamorado de ella, estaba contento de cubrirla de regalos.

Curiosamente, era ella la que siempre nos ponía en guardia contra derrochar: «Vuestro padre no se encuentra los billetes por la calle».

Nos reíamos siempre de sus sermones:

«La honradez es lo primero».

«La higiene es lo primero.»

«La amabilidad es lo primero.»

«La educación es lo primero.»

Pero mamá, ¿cuántas cosas son lo primero?

Pero puede que esto ya lo haya contado.

El barrio de Trieste era un acuario. La aparente placidez de las sencillas tradiciones, la resistencia obstinada contra los cambios que se filtraban dentro de las familias y los colegios, la tendencia a repetir los mismos gestos inderogables, como los pasteles del domingo de Marinari o Romoli y la peluquería. De repente, una ráfaga de violencia gratuita encrespaba esa superficie lisa. Poco antes uno hubiera jurado que no podía suceder nada, nada especial. Entre los episodios más misteriosos, recuerdo la expropiación proletaria de una tienda de ropa informal, un poco más arriba de la Piazza Verbano. Su dueño se llamaba Paris y era uno de los pioneros de los vaqueros en Roma, como Bartocci en la Via Castellini, que había empezado en la posguerra con un tenderete y había acabado abriendo una tienda cerca de la Piazza Vescovio y luego otra, Paris 2, en la Via Villa Ada.

La expropiación proletaria era un saqueo ideológico que se difundió en los años setenta y que constituyó el extremo más espectacular de otras luchas más serias y sistemáticas, como la ocupación de casas y la autorreducción del alquiler y las facturas. Consistía en entrar en masa en una tienda y arramblar con todo lo que se pudiera, sin seguir un método; la gente salía corriendo con una brazada de ropa, elegida casi siempre al azar y algunas veces con cuidado, entre colgadores y estanterías. Los manifestantes no solían usar la violencia, tanto porque eran superiores en número como porque los dependientes se quedaban tan anonadados que no les daba tiempo a reaccionar, a organizar una resistencia —muchos de ellos tampoco lo habrían hecho porque, de manera más o menos explícita, se solidarizaban con los expropiadores— y la acción, sumamente rápida, duraba entre uno y tres minutos como máximo. No explicaré la doctrina que afirmaba que no se trataba de hurto o atraco sino de una expropiación, un acto legítimo aunque se hiciera así, por las buenas. Legalidad proletaria cuya finalidad era la redistribución de la renta. Tan efectiva como simbólica. A lo largo del decenio siguiente ya no volvimos a oír hablar de expropiaciones proletarias, se perdió el uso mismo de la expresión, a excepción de con carácter irónico, los robos volvieron a ser exclusivos de los ladrones y la propiedad privada un concepto intocable, hasta que han vuelto a presentarse esporádicamente por iniciativa de los centros sociales y los grupos antiglobalización, en perjuicio de los centros comerciales, donde la sensación de que hay un legítimo propietario de la mercancía, un individuo de carne y hueso a quien robar o de cuyas cosas apropiarse es, para empezar, inexistente, pues la mayor parte pertenece a cadenas multinacionales anónimas —por lo visto, el botín más ambicionado por los expropiadores son las televisiones de plasma—. En fin, «el asalto a los hornos» de la empresa Sony. En aquella época, al contrario, el dueño de la tienda existía, era un señor que se llamaba Paris y había amasado su pequeña fortuna trabajando como una mula. Un día quiero ir a la tienda para que me cuente cómo pasó.

En el Giulio Cesare ingresé en el Colectivo anarco-comunista M. Lo de M venía por la clase, la 3 M, la última en orden alfabético, considerada una especie de cárcel de Alcatraz del instituto, diezmada por cateos y abandonos, donde yo había ido a parar. Por ese motivo había acabado allí, como una sobra del colegio de los curas, es decir por ser considerado un verdadero desecho humano. Pero para nosotros, miembros del colectivo, esa letra recordaba más bien a M, al vampiro de Düsseldorf, nuestro antihéroe, en especial por dos escenas de la obra maestra de Fritz Lang, la del globo que se le escapa de las manos a la niña y acaba en los hilos de la electricidad, y la que Peter Lorre se mira al espejo, o en los cristales de un escaparate, no lo recuerdo, y se da cuenta de que lleva la letra maldita escrita en la espalda. M de *Mörder*. Nosotros también nos sentíamos monstruos. La inquietante mayúscula del Colectivo M era el distintivo que nos hacía diferentes no solo de los fascistas y de los tibios chavales católicos de centro —uno entre ellos, caracterizado por una barba a lo Abraham Lincoln, el futuro ministro de la República y comisario europeo Franco Frattini—, que recibían de todos lados en su obstinado intento por interponerse y reconciliar a las facciones opuestas, sino, en principio, del resto de los compañeros que orbitaban alrededor de las formaciones políticas de siempre: Lucha Continua, Federación Juvenil Comunista Italiana, Manifiesto, más un puñado de socialistas que a menudo estaban a la izquierda de todos los demás —fenómeno interesante si pensamos en dónde han ido a parar hoy en día—. Los del Colectivo M éramos una pequeña secta de tocapelotas. Intransigentes y burlones. Obtusamente fieles a la negatividad. Buscábamos formas puras, desvinculadas de lo útil, como si fuéramos pintores abstractos. Provocaciones genuinas, pues. Cuando se convocaron las elecciones para elegir a los representantes estudiantiles, las primeras en la historia de la enseñanza italiana, nuestro eslogan electoral era «Defequemos en las urnas» —percátese el lector del verbo usado en lugar del coloquial «cagar»—: ironía de lo desagradable, finura de la vulgaridad. Nuestras iniciativas estaban caracterizadas por un toque demencial, que dejaba en quien eran testigos o víctimas de ellas la duda de si se trataba de una broma o de algo muy serio, como cuando asaltamos la dirección para protestar contra un bedel.

¿Que qué había hecho tan grave?

Nada, solo había sido desagradable.

—¡No podemos seguir así! ¡Basta! ¡Es demasiado! ¡Hay que hacer algo! ¡Cestra —era el nombre del bedel—, Cestra... es desagradable!

—Pero ¿qué queréis decir?

—¡Que Cestra nos trata como si fuéramos unos besugos!

Ese era el único motivo de nuestro asalto a la dirección del instituto, gritar con los ojos fuera de las órbitas una frase sin sentido: «¡CESTRA... NOS TRATA COMO SI FUÉRAMOS BESUGOS!».

La imagen surrealista de alguien convertido en un besugo.

La obsesión piscícola, esta vez por las anguilas, también nos llevó a exigir que fuéramos de viaje de fin de curso al valle de Comacchio. ¿Por qué justo allí de entre los muchos destinos que ofrece Italia? ¿Qué nos llamaba tanto la atención en Comacchio? Nada. Excepto la idea de que nadie iba a ese lugar. Florencia, Pompeya, por supuesto..., el palacio real de Caserta, la Piazza del Palio en Siena..., pues no. O a Comacchio, o nos quedábamos en casa. Y, en efecto, nos quedamos. Ningún profesor aceptó someterse a nuestro *diktat* y no hicimos ningún viaje; fuimos la única clase de todo el instituto que no se marchó. Comacchio era un nombre abstracto, una noción escolar, como las fumarolas de bórax de Larderello, las acerías de Cogne, el río Liri y las minas de bauxita. Todos los países del mundo tienen yacimientos de bauxita. En las fichas del libro de geografía, entre los recursos de cualquier país africano o sudamericano, no faltaba la bauxita. O el guano. Siempre sabías qué responder en los exámenes y ningún profesor podía decir que te habías equivocado. Naciones como Surinam o Rodesia, que después se llamó Zimbabue, Nueva Guinea o la isla de Bali contaban con la bauxita entre sus principales riquezas y exportaban toneladas de guano. La economía mundial se sostenía sobre estos dos pilares: el guano y la bauxita.

Una vez mi padre intentó demostrarme que comunismo y anarquía son irreconciliables. Fue una de las pocas discusiones políticas que tuve con él, una de las pocas que tuve en general. Comunismo y anarquía no pueden ir de la mano, es más, son enemigos históricos, y me puso como ejemplo la Guerra Civil española, en la que los comunistas liquidaron a miles de anarquistas. El comunismo es un Estado férreo que controla la vida de los individuos, sus ideas, decía mi padre, no tienen nada en común con el espíritu libertario...

Pero yo, dale que dale, no escuchaba, seguía orgulloso de mi militancia en el Colectivo M, sobre todo porque en mi fuero interno mantenía, y sigo haciéndolo, un margen de distancia, una especie de reserva mental y sentimental que no me impide tomar parte en las iniciativas comunes, pero me deja siempre un poco a un lado, en ese lugar donde de protagonista se pasa a ser observador. No sé cómo explicarlo, es como tener un papel por partida doble, estando dentro y fuera, creyendo y no creyendo al mismo tiempo. Es la constante de mi vida. Por eso podía declararme anarquista y comunista y seguir manteniendo libre, vacía, una parte de mí. La contradicción no anidaba en las ideologías, sino en mí, pero en vez de resolverla, la preservaba. Me mantenía en ese espacio, en esa duda. Siempre fue así, incluso en los momentos de máxima implicación, cada vez sentía como si algo me apartara. Mi mirada se volvía vítrea, externa. La aceptación total e incondicional te abre las puertas del paraíso o el infierno. Yo era y soy un espíritu del purgatorio. No logro pensar sin plantearme los «si» y los «pero» —muchos muchos peros—. El comunismo y la anarquía me atraían —¿quién puede afirmar que nunca se ha sentido atraído por ellos en un determinado momento de su vida? ¿Quién posee un realismo tan clarividente?—, pero no lograba hacerlos enteramente míos; si los defendía ante las críticas paternas era por rebeldía, por espíritu de contradicción, y no porque estuviera del todo seguro de que se equivocaba. Uno acaba tomando partido para resistir a los detractores, no solo por imitación. Así pues, a pesar de mis dudas, si me sumaba a mis compañeros y a sus ideales de izquierdas con feliz pasividad, también recuperaba algo de independencia y de valor defendiéndolos —haciéndolos completamente míos solo en ese momento— de la crítica corrosiva de mi padre. Muy pronto caí en la cuenta de que la educación que había recibido de los curas se prestaba a ese fin, que la articulación de mi pensamiento al demoler o defender un concepto posee una matriz religiosa. Tiende a asumir la forma de un sermón o una confutación. Tuve ocasión de experimentarlo en los comicios, durante las ocupaciones, al llevarme un megáfono a la boca. Cuando hablas en público tu voz se vuelve externa, como si estuviera impostada por otro, delante de ti hay una comunidad que no espera más que ser sugestionada y, en cierto sentido, redimida, pero pone muchos obstáculos. Algunos hay que destruirlos, unos esquivarlos y otros ignorarlos. Hay que conseguir un resultado a toda costa, moviéndose entre los argumentos con los ojos cerrados. ¿Y cuál es ese resultado? La persuasión. Cuando la alcanzas, la retórica trabaja por su cuenta y solo tienes que dejarla fluir. Puede llevarte muy lejos, incluso a afirmar cosas de las que de hecho no estás convencido, que no se te ocurrirían con la boca cerrada. Me pregunto si el extremismo se alimenta más de los pensamientos obsesivos y vengativos del hombre solitario o de los discursos enardecidos de la muchedumbre.

Lo que no genera fe, puede generar curiosidad.

Además, ¿existía un motivo por el cual nosotros, los miembros del Colectivo M, no podíamos declararnos comunistas o anarquistas? En el fondo, dos cosas absurdas no entran en conflicto entre sí. Los sueños no desmienten otros sueños. Es más, a menudo están encapsulados unos dentro de otros. Definir como sueño una doctrina política con miles de millones de partidarios es reductivo, o bien suena como una romántica justificación de su fracaso. Los delitos cometidos en su nombre se silencian o se saldan con unas pocas palabras avergonzadas, o incluso se reivindican para celebrar el valor de quienes no dudaron en cometerlos en el cumplimiento de sus ideales —respecto a los cuales, los hechos suelen quedar reducidos al nivel de incidentes desagradables—. El idealismo no se detiene ante datos y cifras, número de prisioneros y deportados. Pero ¡si era un hermoso sueño! ¡Creíamos en él y, a pesar de todo, aún creemos! No hay argumento que pueda con la fe. Los sueños poseen una milagrosa continuidad que acaba con las contradicciones. Y las parejas de opuestos revelan su íntima unión más que su diferencia.

El cuento se defiende tratando cada objeción y réplica como si también fueran cuentos. Puesto que las crueldades y la violencia perpetradas son increíbles, bien, eso significa precisamente que no son creíbles, es decir, que son inventadas. A los supervivientes de los campos de concentración a menudo se les objetó que lo que contaban era demasiado, una exageración, como si ese exceso de inhumanidad fuera culpa de ellos. «Si no te lo crees, piensa que es un cuento», reza un sardónico proverbio de la criminalidad rusa citado por Varlam Shalámov. Mientras te quito el último mendrugo o te dejo desnudo en la nieve, piensa que es solo un sueño, del que tarde o temprano despertarás.

En el año en que nací, 1956 —el mismo en que nació Miguel Bosé, el de la revolución húngara—, los alumnos del Giulio Cesare tenían muy pocas ocasiones de expresar su rebeldía. Referiré, como me lo contó un testigo directo que hizo el examen de reválida aquel año, un suceso que representa la transgresión más extremista de la disciplina escolar que podía tolerarse en la Italia de los años cincuenta.

Mientras el profesor de filosofía leía en voz alta del libro apoyado en su mesa, con las gafas en la punta de la nariz y la cabeza inclinada, los estudiantes levantaban un poco el pupitre y lo desplazaban hacia delante, sin hacer nada de ruido, y lo mismo hacían con la silla, con cuidado de no arrastrar las patas por el suelo, unos cuantos centímetros cada vez, y al poco otro pequeño desplazamiento. Toda la clase avanzaba hacia la tarima acercándose de un modo imperceptible, de manera que cuando el profesor levantaba la vista al final de la lectura, se encontraba rodeado de pupitres que de repente estaban muy cerca y con todos los alumnos mirándole fijamente. Según una especie de tácito acuerdo, él no decía nada y los estudiantes fingían total normalidad; tras una breve explicación, el profesor seguía con la lectura de Hegel o Benedetto Croce y entonces, como una corriente de resaca, los alumnos empezaban la lenta retirada, poco a poco iban retrocediendo con los pupitres hasta volver a la posición inicial. El profesor así lo constataba con una rápida ojeada y seguía explicando. La marea de pupitres subía y bajaba unas tres o cuatro veces durante una clase, todo ello sin perjuicio de su desarrollo ni de su eficacia, pues al final los alumnos estaban bien preparados.

Los chicos se regocijaban por su audacia y por lo que se habían divertido con aquel juego inocuo. Una risotada miserable.

Durante años tuve la sensación de que se trataba de un experimento o de un juego de mesa. Algunas potencias superiores, cuya fuerza catastrófica nunca podría desatarse en un conflicto directo o frontal, so pena de la destrucción total de los contendientes y del mundo entero —como sucederá en el fin de los tiempos en el Ragnarök, el crepúsculo de los dioses en la mitología nórdica—, se ponen de acuerdo para reproducir su enfrentamiento a escala reducida, en un terreno neutro y con reglas simplificadas, utilizando actores que no son conscientes, parcial o completamente, de nada de ello, que creen que están viviendo su existencia en primera persona y tomando sus propias decisiones; y por consiguiente, sufren, luchan y lloran lágrimas auténticas, y al final sucumben, sin tener ni idea de que solo eran marionetas o peones a merced de otros. En la política internacional este conflicto se denomina *dogfight*: en vez de luchar nosotros, hacemos que luchen nuestros perros. Es la política que adoptan los Estados Unidos y la Unión Soviética. Este acuerdo entre potencias superiores tiene algo de burlesco, pero también de dramático, pues dentro del perímetro en que se desarrolla, la batalla es auténtica; en cualquier caso, la guerra es guerra: ámbito restringido, guerra total. Quizá en un solo barrio, pero no deja de ser sin cuartel. Entre los chicos de la Via Pal, una pedrada equivale al lanzamiento de un misil nuclear. El ensañamiento de los contendientes suele ser inversamente proporcional a las dimensiones del conflicto. La gente se mata, de verdad, por nada, por una señal trazada en la calle con tiza, para defender a un fantasma o una palabra. Como en algunos premios literarios menores: poco prestigio, caché insignificante y, sin embargo, los candidatos venden su alma, y no a cambio de un reino. Juro que he asistido en esas circunstancias a los actos más miserables que puede cometer un ser humano, justo porque eran absolutamente gratuitos, incomprensibles si consideramos la escasa ventaja que había en juego. El interés frena los impulsos, los domestica en cierto modo, mientras que la nada los fomenta. Si no hay nada concreto en juego, el desafío se exacerba. Quienes en la actualidad se obstinan en recitar el mantra «la violencia no tiene nada que ver con el deporte» en la televisión, no entienden en absoluto ni de violencia ni de deporte. En una partida de cartas en el bar, hay quien sabe interpretar toda la gama de actos políticos, engaños y trampas, como si estuviera en una corte o en un parlamento, y los auténticos motivos por los que los hombres se convierten en bribones. El asunto da aún más risa si logramos imaginar que no hay ningún jugador que mueva las fichas, es decir, que no existen potencias superiores, como un torneo de fútbol entre equipos nacionales a los que no les corresponde ninguna nación. Ni patria ni himno nacional por los que pelear. Los colores de las camisetas han sido elegidos al azar. Ya no existiría la excusa de estar siendo manipulados.

Las marionetas seguirían moviéndose con gestos torpes, no porque alguien invisible tirara de los hilos, sino porque su naturaleza es torpe. Era un experimento sin finalidad, no habría científico que analizara los resultados. Carecería de aplicación. Fuera del recinto donde los perros combaten a vida o muerte no hay amos, nadie apuesta por ti o por mí, nos han puesto a prueba, al final perderemos o ganaremos, pero eso será todo. Parecía la representación en miniatura de una vida heroica: los amores y los delirios, y los duelos físicos y el cruce de ríos en crecida con nuestros caballos —que eran la motocicleta Ciao y la Vespa 50—, la crueldad y el azar con que fracasaron los caídos —los supervivientes ahora son médicos y notarios—, y las traiciones, las trampas, las sorpresas y las peripecias se antojaban desafíos del destino a los que los dioses asistían desde lo alto, asomándose desde las nubes, como en épocas antiguas. Se divertían con nuestras locuras, pero nuestras locuras reflejaban las suyas, este era el significado oculto. Como si a nosotros, chavales del barrio de Trieste, nos hubieran elegido para representar los Últimos Días de la Historia de la Humanidad, la película de un curso acelerado en ideología, batallas napoleónicas que había que combatir entre la Via Panaro y la Via Topino, éxodos y retiradas, doctores Zhivago en la Piazza Istria, un grupo de teatro escolar, en definitiva, que interpretaba el Sentido de la Vida sin haber vivido todavía, con entusiasmo y con errores, poniendo en ello toda la fuerza tremendamente seria de la inmadurez. De este modo he intentado explicarme por qué se desató tanto furor en un espacio y un tiempo tan reducidos, en un lugar anónimo como mi barrio: es decir, viéndolo como un teatro de marionetas o un laboratorio.

Un conejillo de Indias muere, muere de verdad aunque le hayan inyectado una enfermedad en fase experimental.

Sin embargo, se trataba de la vida con sus itinerarios de siempre.

16

En el barrio de Trieste hay una plaza, o mejor, una glorieta, en la que antes estaba el cine Triomphe —ahora hay un McDonald's— y que hace las veces de frontera con el barrio Africano. Algunos consideran al Africano parte integrante del de Trieste, o al menos desde el punto de vista administrativo, pues en la Piazza Gimma, que se ubica en medio de una red formada por calles con nombres exóticos —Giarabub, Galla e Sidama, Migiurtinia, Amba Alagi, Gadames—, está la sede del distrito II, donde los vecinos del barrio van a hacerse el carnet de identidad, y también porque se trata de una zona comercial donde puedes comprar un Swatch, un libro o un par de pantalones; los puristas, por llamarlos de algún modo, los integristas del barrio de Trieste, rechazan esta interpretación territorial extensiva y están convencidos de que su barrio es una cosa y el Africano, otra. Pero deberían considerar una ulterior paradoja geopolítica. Si bien es cierto que los ejes principales por los que fluye el tráfico del Africano en dirección a los suburbios, en cuyos márgenes se alzan grandes bloques densamente poblados que, en efecto, no tienen nada en común con las casitas y los edificios del barrio de Trieste, se llaman Viale Eritrea, Viale Libia, Via Asmara y Viale Somalia —esto es, llevan los nombres de las colonias que se perdieron hace mucho—, también es verdad que antaño mi barrio se llamaba Barrio Italia —si no me equivoco, así se lo nombra en la formidable escena de la *Dolce vita* en que el padre de Marcello, de paso por Roma, flirtea con la amiga de su hijo, y cuando está a punto de conquistarla se encuentra mal de repente... ¡Ay, el genio! ¡Qué genios incomparables! El genio que inventó e imaginó esa escena, el que la escribió, el que la dirigió y el que la montó... ¡Y los genios que la interpretaron y la doblaron!—, y la historia del siglo XX ha querido que los nombres de las calles y de la plaza principal de este bendito barrio, bautizado como Italia y sinónimo de lo italiano, indiquen lugares, regiones, montañas y lagos que, en gran parte, no se encuentran en Italia, que ya no son parte de ella, tras haberlo sido solo durante un cuarto de siglo, justo en el intervalo entre una guerra ganada y otra perdida.

En cualquier caso, forme parte o no, la Piazza Annibaliano es uno de los lugares simbólicos del barrio de Trieste, y no es casual que precisamente en ella hoy se asienta la nueva estación de metro que tanto la afea, y con la que pronto el lector se topará en el curso de esta historia.

Justo allí, en la Piazza Annibaliano, en el quinto piso del edificio en cuyas entrañas hoy se hacen y se devoran Big Mac y Crispy Bacon todo el día, vivía Maldonado. En el cuarto de estar de su casa había cobrado vida un interesante y curioso proyecto cultural que algunos tildaban de secta.

Su jefe se llamaba Maldonado, George Ares Maldonado. No sé explicar por qué tenía un nombre de pila inglés y otro griego seguidos de un apellido hispano, pero, en conjunto, formaban una sucesión perfecta, hasta el punto de que se sospechaba que se había inventado al menos dos para acompañar al único auténtico. Era un chico de pequeña estatura, muy nervioso, con gafas redondas de montura metálica, pómulos y labios prominentes y una frente amplia surcada de arrugas ya entonces. Ojos achinados, parecidos a los de Lenin y en cualquier caso de revolucionario. Y como un revolucionario hablaba, de forma tajante y perentoria. Interrumpía a los demás con una risita despectiva, juzgándolos desde lo alto de una sabiduría que se guardaba muy bien de justificar y que se daba por adquirida, por decirlo así, de una vez por todas, en un tiempo pasado tan indefinido como intenso, dado que solo tenía veinte años y que por más que hubiera leído parecía imposible que tras su frente blanquísima y sus eléctricos ojos saltones, que brillaban a través de los cristales enmarcados en metal, hubiera acumulado tanto saber en un período tan breve.

Todavía cursaba el último año de instituto en el Giulio Cesare, centro que despreciaba por mediocre, cuando fundó una revista filosófico-científico-literaria que también abordaba temas de teología y política, o de política teológica —que nadie me pregunte qué significa exactamente; lo único que sé es que Maldonado lo definía a veces como el principal interés de la publicación— que se llamaba *El Encéfalo*. En la cubierta, bajo la cabecera, podía leerse esta misteriosa y polémica frase: SI SONRÍO SIGNIFICA QUE ESTOY ENFADADO. Cabecera y subtítulo estaban englobados a su vez por la línea sutil de un dibujo que representaba una caja craneal. Esta referencia a la fisiología y a la neurología era intencionalmente provocadora.

Por lo demás, todo lo que Maldonado decía, hacía o escribía, pretendía resultar provocador. Sus manifiestos artísticos lo eran, así como sus zapatos tobilleros negros, con doce agujeros para los cordones, parecidos los ortopédicos, pero elegantes a su manera; los llevaba siempre muy brillantes, pues los engrasaba a diario con una crema inglesa carísima y los cepillaba y lustraba durante horas. Ese era uno de los pocos temas de los que hablaba de buen grado largo y tendido: la crema para calzado; Meltonian, Kiwi, Lincoln, tintes, betunes y ceras para el cuero.

¿Qué tipo de provocación era esa de zapatos altos, con cordones, muy brillantes? ¿A quién iba dirigida? No lo sabíamos, no lo entendíamos, pero nos impresionaba. Al menos a mí, que con la imaginación no llego muy lejos y que creo tener poca experiencia directa de las cosas y las personas, al extremo de que aun ahora me causan impresión un montón de situaciones, objetos y sucesos que los demás dan por supuestos pero que en mi caso se me antojan grandes novedades, descubrimientos sensacionales, cosas que ni siquiera sospechaba que existieran; por eso, cuando tenía entre dieciséis y diecinueve años, era el sujeto ideal para dejarme influir por alguien como Maldonado, para dejarme subyugar por su carisma y desconcertar por sus extravagancias. Justo lo que no entendía era lo que me fascinaba y conquistaba, y solo ahora caigo en la cuenta de que quien desea ejercer un poder de atracción sobre los demás nunca debería hacerse comprensible del todo, nunca debería rebajarse a ser transparente, nunca, en pocas palabras, darse a conocer por completo. En sus infrecuentes discursos, Maldonado mezclaba consideraciones banales con otras enigmáticas y sibilinas que se prestaban a ser interpretadas como profecías. Cuando algo escapa al alcance de nuestra comprensión, nos vemos obligados a buscar un significado secreto, y cuanto más nos empeñamos en buscarlo, más se oculta y más valioso e imprescindible se vuelve.

El Encéfalo funcionaba aproximadamente de esta manera. Al menos en la mitad de sus artículos, poemas y ensayos, Maldonado (que con varios seudónimos era el autor de todas las secciones), con paciencia diabólica, cifraba los significados hasta que resultaban casi incomprensibles, y a los lectores como yo nos tocaba la labor de descifrarlos. He de admitir que esta escuela de interpretación y traducción me resultó útil, por lo menos porque me hice a la idea de que la comprensión implica un esfuerzo casi físico, un esfuerzo insistente y repetido que debe ejercitarse sobre todo cuando los resultados parecen escasear; tarde o temprano el cofre acabará por abrirse, su tapa se alzará y el significado que contiene relucirá como un tesoro o producirá una música delicada como la de un carillón. Cada artículo de *El Encéfalo*, aunque apenas ocupara dos páginas, era increíblemente difícil de leer y no bastaban un par de lecturas para comprenderlo. Solo podía considerarse inteligente quien había aceptado pasar por esas horcas caudinas.

Tengo delante el primer número, fechado en enero de 1975. Dieciséis paginas obtenidas doblando y grapando por la mitad ocho hojas de papel corriente para ciclostil.

En el índice aparecen:
- un editorial en el que Maldonado —siempre y cuando fuera él su autor con el seudónimo de Arimane, pero seguro que lo era— anunciaba una inminente ruptura del tiempo, un cambio histórico de tales dimensiones que no existía lenguaje capaz de describirlo;
- el relato en verso de un peregrinaje de seis redactores de la revista a Monte Fumone, donde el papa Celestino V había sido exiliado;
- algunas traducciones de Lucrecio y Gottfried Benn;
- un estudio sobre los ideogramas chinos que se refieren a los conceptos de intercambio, ganancia y usura;
- una composición artística en forma de collage en la que se mezclan y superponen la partitura de una obra del músico Buxtehude, imágenes de jarras, yunques, animales enjaezados con guirnaldas para una ceremonia sacrificial y algunas palabras escritas con caligrafía temblorosa, quizá la original de Hölderlin tras haber perdido el juicio: «Aus Höhen glänzt der Tag, des Abends Leben / Ist der Betrachtung auch des innern Sinns gegeben»;*

---

* «El día brilla desde las alturas, la vida del anochecer / dada nos es para contemplar el íntimo sentido», «La primavera», *Poemas de la locura*, Friedrich Hölderlin. *(N. de la T.)*

— un ensayo cuyos temas principales eran: la lucha de lo húmedo contra lo seco y del fuego contra el agua; el fuego, que tiende hacia lo alto; el agua, que cae hacia abajo.

No me invitaron a la ceremonia, pero tampoco me prohibieron que participara. Era alguien de fuera, pero no de esos a quienes se les cierra la puerta si intentan entrar o a los que se les aleja al descubrir que no son creyentes, como un infiel en una mezquita. Es la historia de siempre, la que ya he contado: yo flotaba entre el desapego y la participación alrededor de grupos, sucesos, eventos, círculos, equipos, facciones, ceremonias, iniciativas y fiestas en que mi papel no estaba claro. ¿Miembro? ¿Observador? ¿Simpatizante? ¿Testigo? ¿Espía? ¿Alguien que se ha colado? ¿Un intruso? ¿Un invitado de honor? Nunca lo bastante cercano al corazón, pero tampoco ajeno, o al menos no del todo, dentro pero fuera, en fin, fuera y no obstante casi dentro...

Política, trabajo, universo literario, familia/familias, ambientes mundanos, vacaciones: en ninguno de estos mundos me he hallado realmente en mi lugar —y, sin embargo, cuántos he olfateado, rozado, paladeado, circunnavegado, cuántos he cortejado, a veces solo un día o unos meses... ¡Y por cuántos he sido a mi vez cortejado!

El taichí chuan, los vegetarianos, el idioma ruso y el castellano, las organizaciones humanitarias, los círculos monárquicos, el terrorismo de izquierdas, los salones literarios, los atracadores, los amantes de la vela, los psiquiatras, curas, filósofos, poetas neoclásicos, prófugos, las redacciones de periódicos, los sets cinematográficos, las salas de grabación, la planificación urbanística, las barriadas, las brigadas ecologistas, el lujo... He bordeado todos estos lugares, categorías y actividades sin formar parte de ellos, como si fuera un invitado, con las maletas listas para marcharme o, mejor aún, sin haberlas deshecho al llegar. Lo que para los demás era un valor, una fe, una disciplina, un deber, una condena, un trabajo, un modo de enriquecerse o arruinarse, para mí era una curiosidad. Nunca entré en un *inner circle*, nadie ha podido jamás afirmar de mí con certeza «¡Es de los nuestros!», y si lo hizo se equivocó, puede que por culpa mía, porque le di motivos para ello. En ningún lugar, aula escolar, pasillo de editorial, bastidor de escenario, ni siquiera mesa familiar, he pretendido afirmar «Esta es mi casa». Pero al mismo tiempo, y sin duda, allí estaba, era yo, no otro, estaba implicado, incluso hablaba y actuaba algunas veces con más familiaridad y propiedad que quien realmente habitaba esos lugares desde siempre, de quien se podía afirmar que de verdad trabajaba de esas cosas, que las practicaba, es más, que las encarnaba. Por lo general, en mi vida he sido más aceptado que rechazado, pero al final siempre he desilusionado un poco a quien me había abierto la puerta esperando que compartiera, me uniera o me convirtiera, esto es, a quien creyó en vano que me quedaría para siempre. Nunca tuve colegas, ni camaradas, ni compañeros, excepto los del colegio. Y quizá por eso, a fin de cuentas, es del colegio de lo que hablo.

Como decía, aunque no formaba parte de la redacción de *El Encéfalo* y, para ser sincero, consideraba muchas ideas de las que se hacía propaganda en la revista ridículas, pueriles o sencillamente erróneas, los poemas, malos en su mayoría —algunos casi lamentables—, los artículos incomprensibles, las ilustraciones estrambóticas —si bien, en algunos casos, sugestivas, pues aunque la incomprensibilidad verbal logra solo ponerme de malhumor, la que deriva de las imágenes puede fascinarme—, me invitaron indirectamente a participar en la ceremonia. Fue Numa Palmieri, apodado el Perejil, alumno también del Giulio Cesare, como Maldonado, el más joven y el menos intolerante y fanático de los redactores de *El Encéfalo*, quien me convocó con una llamada que fue, en cualquier caso, brusca y sibilina: «Será esta noche a las tres en la Sedia del Diavolo».

La Sedia del Diavolo; literalmente, la Silla del Diablo. Que el lector no se deje engañar por el nombre del lugar, que nada tiene de satánico, o puede que sí, quizá lo tuviera, cuando estaba aislado en medio del campo y tal vez resultara siniestro para el viandante que lo oteaba recorriendo la Nomentana. En la oscuridad nocturna se vislumbraba el resplandor de las hogueras encendidas por quienes habían encontrado refugio en él: a eso debe su sobrenombre infernal. Ahora se encuentra encajado en una placita rodeada de feas fincas de los años cincuenta. Es una ruina romana, un edificio de dos pisos con una de las fachadas completamente derrumbada, mientras que en el piso superior solo queda una pared, de manera que la corroída mole de ladrillos (¿de unos ocho metros de altura, quizá algo más?) ha adquirido el aspecto de una silla, sí, una silla gigantesca construida por un carpintero titánico para una criatura enorme. Es el monumento más sucio, incongruente y desolado del barrio de Trieste, que ha ido extendiéndose en torno a aquel hasta casi ahogarlo; cuando se desemboca en la placita, a primera vista no se sabe qué es ese amasijo que parece una casa bombardeada e incendiada, con los ventanucos ennegrecidos y sin paredes. Sedia del Diavolo es su acertado nombre popular. Nunca he sabido lo que fue en origen, y no creo que nadie de quienes viven allí cerca lo sepa. En aquella época no estaba vallado, pero ahora tiene una cerca alrededor.

Puse el despertador. Cuando suena en plena noche y uno solo ha dormido un par de horas, se experimenta una sensación extraña. Llegué a las tres menos cuarto. Hacía frío y no había nadie por allí. Ni siquiera los oficiantes. Me arropé todo lo que pude con la trenca que había comprado en la tienda del señor Paris el invierno anterior. Me puse la capucha, cuya lana tosca me picaba en las orejas. Tras haber esperado un rato en la esquina de la Via Homs, me dirigí hacia la Sedia. Estaba sumida en la más completa oscuridad...

Como acabo de decir, por entonces no se encontraba vallada y podían entrar no solo los gatos, sino también las personas. El interior estaba oscuro. Una vez, de pequeño, me había dado cuenta de que dentro crecía una hierba húmeda y densa, y algo parecido a los helechos tropicales, pero en aquel momento constaté con sorpresa que la vegetación e incluso la tierra que se forma de la descomposición habían sido cubiertas por un suelo que parecía limpio y seco a la débil luz de las farolas que se filtraba por los ventanucos. ¿Quién lo había hecho? ¿Quién había saneado la Sedia del Diavolo? Seguro que no eran los jardineros municipales ni los encargados de la manutención de los bienes arqueológicos, que en Roma son tan numerosos y están tan diseminados por doquier, que, a excepción de los clásicos grandes monumentos turísticos, Coliseo, Foros imperiales, Panteón —y ni siquiera todos: baste pensar en la condición de semiabandono del Mausoleo de Augusto—, se hallan en un estado de completa desolación, protegidos a menudo por una marquesina de uralita con un cartel explicativo desconchado.

Estaba también seguro de que no había sido obra de una junta de barrio o una asociación de vecinos bienintencionados. La idea de una comunidad que actuara desinteresadamente por el bien colectivo, aunque fuera restringido, era, en Roma, casi desconocida, y en eso el barrio de Trieste, que pretende ser una zona limpia y ordenada, no es una excepción. La actuación común, las llamadas buenas prácticas, el acicate asociativo prácticamente no existen en esta ciudad. Cuando se dan, suelen tener segundas intenciones. Cada uno se ocupa de sus propios asuntos, si lo consigue, desde hace siglos. Solo los curas se han preocupado por las iniciativas comunitarias. Los curas, algún círculo deportivo y los equipos de fútbol con sus forofos son los principales o exclusivos poseedores de un espíritu comunitario.

Es cierto que durante algún tiempo existieron los movimientos políticos, pero sus iniciativas tenían como mucho un carácter demostrativo, circense, espectacular y brutal, dirigido a intimidar o exaltar con el desahogo clamoroso de las concentraciones, de las manifestaciones, de los desfiles, de los baños de multitud; diez mil, cien mil, un millón de personas reunidas para protestar, llorar, darse palizas, cantar canciones y gritar eslóganes —sí, las «multitudes oceánicas», esas sí— en el nombre de los grandes ideales. Excepcionales son, sin embargo, los grupos de diez personas unidas por un objetivo al alcance de la mano, como limpiar los jardines de los suburbios o distribuir comida a punto de caducar entre quienes pasan hambre. No es que no hubiera romanos que lo hicieran, siguen haciéndolo o estarían dispuestos a ello —solo con que alguien se lo pidiera—, pero se trata, por decirlo así, de una costumbre importada, exótica, que se identifica poco con el espíritu de la ciudad, donde nadie hace nada por los demás y tampoco espera que lo hagan por él y donde se hace poco incluso por uno mismo. El incumplimiento del poder político y la administración pública alcanza tales dimensiones y es de tal calado que en otras ciudades originaría una sublevación popular; en Roma no, porque los romanos no esperan ni pretenden casi nada de los administradores que les gobiernan, que, a su vez, nada esperan de los ciudadanos. Un ejemplo: cuando nieva (una vez cada veinte años) sorprende ver que nadie mueve un dedo y que la gente asiste al milagro blanco primero con sorpresa, después con alegría, más tarde con fastidio y al final con rencor —el paso de un sentimiento a otro se produce en un lapso de entre ocho y doce horas, a lo sumo de un día— cuando molestias y accidentes acaban venciendo a la ciudad. No se ve a nadie, pero lo que se dice a nadie, quitando la nieve, al menos delante de las casas o para garantizar que las calles sean mínimamente transitables; los ciudadanos esperan con pasividad que lo hagan las autoridades y las autoridades pretenden, con arrogancia, que lo hagan los ciudadanos. Quienes lo intentan, tras dar unas cuantas paladas al azar, se refugian en el calor de sus casas o sus oficinas. En definitiva, la gente se esconde porque los problemas acaban por desaparecer y el aliento del siroco terminará por derretir la nieve tarde o temprano...

En la Sedia del Diavolo me sentía como en casa. Nada más apropiado para mí que aquella noble y destartalada ruina rodeada de edificios sombríos. Aquel monumento degradado transmitía una sensación de dos presencias simultáneas, de contraste, una mezcla entre lo sublime y lo ridículo, un halo denso de un misterio cuyo fin era desvelarse, en el fondo, como una total ausencia de misterio; en definitiva, reunía las cosas que me atraían entonces y seguirían atrayéndome toda la vida, que continúan provocando en mí alegría, desasosiego y un refulgente torbellino de meditaciones inútiles. El poder de aquel amasijo inservible y amenazador colocado en mitad de una glorieta anónima del barrio de Trieste me hacía sentir a gusto. Ese era mi tiempo, sí, era mi espacio.

Pero para los redactores de *El Encéfalo*, ¿era el sitio adecuado? Pues sí, lo era, no cabe duda.

Los vi llegar, puntuales, por fin, en el instante exacto en que daban las tres. Bajaban por la Via Scirè, en fila india, oscuros, silenciosos, como thugs en *Los misterios de la jungla negra*; es más, diría que en vez de bajar se deslizaban. Eran unos diez, y a la cabeza reconocí, arrebujado en una capa, a Maldonado. Lo distinguí por el brillo de la montura metálica de sus gafas. Todos llevan un saco al hombro, y bajaban por la Via Scirè doblados por su peso. Cerraba la fila una figura más delgada. Caí en la cuenta de que yo era un intruso cuando fueron metiéndose uno tras otro en el interior de la Sedia del Diavolo y dejaron los sacos en el suelo. Aparte de la figura arrebujada que había visto un poco antes, yo era el único que no había traído nada.

No obstante, a mí, precisamente a mí, al intruso, se dirigió Maldonado.

«¿Estás preparado?»

Asentí, aún sin saber para qué.

De los otros, solo conocía a tres: uno había sido compañero mío en el SLM, si bien en otra clase; con el segundo había jugado al fútbol y, en efecto, me hizo gracia verlo vestido para oficiar la ceremonia en lugar de con camiseta; y el tercero era Numa Palmieri, que había publicado un ensayo en *El Encéfalo* cuya primera frase todavía recuerdo: «El grito desorienta la escucha».

Estaba listo. Me moría de curiosidad, aunque teñida de escepticismo. En el fondo, el escepticismo ambiciona en secreto que algún milagro lo desmienta; no reduce las expectativas, al contrario, las aumenta. Crea el terreno fértil para una revelación.

Una vez superado el desconcierto inicial, me sentí un privilegiado. Los de *El Encéfalo* me consideraban una especie de rehén valioso, como los príncipes que crecían en la corte de un rey enemigo para que aprendieran y recordaran su esplendor, a fin de que pasaran el resto de sus vidas atemorizados por su poder. Puede que Maldonado me hubiera convocado a la ceremonia con ese objetivo, para que tomara conciencia de la profundidad de su búsqueda y su superioridad espiritual con respecto a los asuntos insignificantes que nos preocupaban a los habitantes vagamente cultos del barrio de Trieste —la política, las novelas, el cine, como mucho las motos, el tenis o el amor, y de nuevo la política, es decir, un enfrentamiento fútil entre grupitos ideologizados—. En cambio, ellos se dedicaban a la interpretación de fenómenos milenarios, de corrientes metafísicas que atravesaban los siglos como hojas de papel de seda: los movimientos históricos, las grandes tradiciones. Sí, estaba preparado. Lo había estado siempre. Como un corredor que vive en la línea de salida. Maldonado hizo una señal a los suyos para que vaciaran los sacos. Me abstuve de preguntar si querían que los ayudara, consciente de que habría podido malograr el rito. En efecto, no volcaron el contenido de los sacos de cualquier manera sobre el suelo de piedra de la Sedia del Diavolo, sino que empezaron a extraer una pieza tras otra.

Se trataba de trozos de madera. Ramas y ramitas de un par de palmos de longitud que iban sacando una a una y colocaban sobre una amplia tela roja que Maldonado había desenrollado en el suelo. De ahí el bulto que yo había notado bajo su capa.

Al darse cuenta de que miraba las ramas con curiosidad, Perejil me tendió una. Evidentemente, mis manos no eran tan impuras como para no poder tocarlas. Así pues, yo también estaba preparado, sí, lo estaba. La cogí, era blanca, ligerísima y olía bien. De los olores, solo sé distinguir si son buenos o malos, pero el aroma de aquella madera era dulce y penetrante, y cuando los oficiantes acabaron de cubrir la tela con el montón de ramas secas y ligeras que resplandecían en la oscuridad, se difundió su aroma, muy fuerte y embriagador, oriental. Años después lo recordaría y reconocería como una esencia clásica de la perfumería: era sándalo, madera de sándalo. ¿De dónde la habrían sacado? ¿Y por qué aquellas ramitas eran tan secas y ligeras?

Tras haber depositado con delicadeza las ramitas sobre la alfombra roja, los chicos dieron un paso atrás, para que Maldonado organizara la pila. Tuve la impresión de que contenían el aliento mientras mi compañero de instituto disponía la madera. He de admitir que yo también empecé a respirar más lentamente por instinto, como si temiera que el aire cortante hiciera ruido al pasar por mi nariz, fastidiando la ceremonia. De rodillas en el borde de la alfombra, Maldonado colocaba los palitos de madera perfumada de uno en uno, componiendo una forma singular en el suelo de la Sedia del Diavolo.

Sobre una base cuadrada, levantaba cuatro paredes de ramas trenzadas de modo que se sostuvieran cruzándose en las esquinas. A partir de esta base más bien sólida, de alrededor de un metro de altura, colocó ramas horizontales más largas, como para cerrar en lo alto el cubo formado por el suelo y las paredes de ramas entrelazadas. No puedo explicar cómo este trabajo hecho con paciencia, que duró una media hora sin que ninguno de los presentes pronunciara una palabra, logró mantenerse en pie sin derrumbarse; no cayó ni una sola ramita. Maldonado colocaba la madera con una delicadeza que nunca había advertido antes en sus gestos o sus discursos, siempre bruscos y arrogantes; al erigir aquella pila singular que desprendía un olor dulce y persistente, mi compañero estaba sirviéndose de sus cualidades ocultas. Mirándole, y recordando más tarde lo que había aprendido al observarle, comprendí que en cada uno de nosotros anida, en alguna parte, el opuesto exacto del carácter que por lo general nos guía y con el que los demás nos identifican —y, bien pensado, no les falta razón, pues es el que gobierna el noventa y nueve por ciento de nuestros pensamientos y nuestras acciones—. Quiero decir que también somos lo que no somos, o sea, que el conjunto espiritual del que estamos hechos incluye, como una fórmula química, una imperceptible cantidad de elementos de naturaleza contraria a los dominantes: el perezoso contendrá una mínima dosis (casi siempre inutilizada o casi desconocida) de actividad desenfrenada; en la naturaleza sensual se ocultará un comportamiento secreto gélido y casto; el carácter más desinteresado podrá desvelar, de repente, su avidez; y el cobarde podrá actuar valerosamente quizá por simple reacción..., pero ¿a qué? A sí mismo, casi por contradecirse y sorprender a quienes esperan de él la conducta habitual. Infinitos recursos se encubren, se esconden dentro de nosotros y completan nuestra figura humana con un toque diferente a aquellos con los que había sido identificada.

Maldonado me parecía ahora muy lejano del chico sabiondo y despectivo que yo conocía. Sus manos seguían pasando las ramas blancuzcas desde la alfombra a aquella forma curiosa con una gracia y una habilidad desconocidas. ¿Lo había hecho otras veces? ¿De qué experiencia procedía aquella precisión ceremonial? En el fondo, yo sabía muy poco de la actividad de *El Encéfalo*, a excepción de estar seguro de que aquellas doce o dieciséis paginas grapadas doblemente por en medio eran el fruto de infinitas discusiones, deseos e invocaciones. Sobre aquel papel pobre y poroso se depositaban los sueños y las frustraciones, las intuiciones, las esperanzas y, sobre todo, la megalomanía de todo aquel que a los veinte años aspira a pertenecer a la literatura, persiguiéndola, invadiéndola, interpretando sus rituales, pretendiendo dominarla. El automatismo de la presunción genera monstruos fortísimos y esos monstruos ponen en marcha una hazaña gratuita y arrogante como la de fundar una revista literaria y conseguir que funcione.

Al cabo de algunos más ceremoniosos y precisos gestos de Maldonado, entendí qué era aquella pila que había levantado. Se trataba de un sitial, de un trono. Su forma, en tamaño reducido, era muy similar a la Sedia del Diavolo donde nos encontrábamos... Una especie de solio de un metro ochenta de altura con largos y amplios brazos que le conferían solemnidad y solidez. Parecía un trabajo tan bien hecho y robusto que invitaba a sentarse en él. ¿Quién era el rey destinado a ocupar aquel trono construido con tanta paciencia y fanatismo? Poco después lo descubriríamos.

Bastó una cerilla.

Lo juro, lo vi con mis propios ojos, bastó una sola cerilla.

Maldonado le prendió fuego a una de las ramas de la base del trono y, aún no se había apagado la cerilla que sostenía, cuando el fuego ya había trepado por uno de los lados del trono y se había extendido en horizontal sobre su base.

Era una llama clara, pura, como hecha únicamente de luz, y el rumor que la acompañaba no era la normal crepitación de la leña al arder, sino una respiración, un soplo de aire que añadía, no sabría explicarlo de otro modo, una impresión de frescura a la hoguera, a esas llamas tan claras que, de haber podido tocarlas, habrían resultado frías, heladas.

Nunca había visto y nunca he vuelto a ver un fuego que se propague con semejante rapidez; no habían pasado ni veinte segundos desde que Maldonado había encendido la cerilla y ya ardía por completo. En ese momento, una figura con una cuerda en la mano se unió a la escena. Hizo algunos nudos, los apretó fuerte y arrojó la cuerda al fuego.

En la persona encapuchada que había entrado en último lugar en la Sedia del Diavolo, iluminada durante un instante por el resplandor del fuego, reconocí la clara y delicada cara de Leda, la hermana de Arbus.

Supe después por Numa Palmieri que las capas que llevaban los iniciados de *El Encéfalo* habían sido confeccionadas con un único trozo de tela, cortado y anudado con una hechura especial. Servía para respetar una antigua condición ritual, símbolo de integridad: «Que en sus vestimentas no existan costuras».

*Si las palabras son como el fuego
cada palabra que se pronuncia es una promesa.*

Esa fue la única vez que participé en las actividades de *El Encéfalo*. Al mes siguiente, cuatro de los colaboradores fueron a pie a visitar a la esposa de Ezra Pound, o a su hija, en Venecia o en un castillo del Trentino. Nunca me enteré de la versión definitiva de este peregrinaje. El director Werner Herzog había hecho y contado algo parecido en un libro memorable —*Del caminar sobre hielo*—, cuando fue a pie de Munich a París para salvar a una amiga enferma. Herzog tardó veintiún días, creo que Maldonado y los demás de *El Encéfalo*, menos. Las noticias al respecto son imprecisas porque no existen testimonios escritos de aquel viaje por Italia o no me han llegado. *El Encéfalo* dejó de publicarse tras seis números, que salieron con intervalos irregulares. Yo los tenía todos, pero perdí cinco en una mudanza y no constan en la Biblioteca Nacional, quizá porque la revista no estaba oficialmente registrada como periódico. Solo me ha quedado el primero. Volví a encontrarme por casualidad con un par de los redactores por la senda de la vida. Con uno mientras iba a cobrar el sueldo de profesor, que entonces me depositaban en un banco de Montesacro; era gestor en el bolsín de la sucursal y me reconoció, fue muy amable y me preguntó si quería abrir una cuenta corriente con ellos para disponer cómodamente de la domiciliación de mi nómina, y me propuso aconsejarme interesantes productos financieros. Quizá porque creyó que me había sorprendido al verlo trabajar en un banco (lo que no tiene nada de malo, en mi opinión), me dijo que seguía tocando el piano, como si la música fuera una especie de elemento reparador, absolutorio.

Me encontré al otro miembro de *El Encéfalo*, Numa, al que todos llamaban Perejil, el día en que acudí a la visita concertada con los profesores del instituto donde estudia mi hija. Fui yo quien lo reconoció, era el mismo de hacía treinta y tantos años —ahora casi cuarenta—. Delgado, lampiño, de sonrisa seductora, un flequillo algo canoso que casi le cubría los ojos, el deje romano, controlado pero perceptible, que tienen muchos intelectuales, incluso refinados.

—¿Numa?

—¿Sí? Disculpe, ¿me conoce usted? En efecto, su cara me resulta familiar, pero...

—Ha llovido mucho desde entonces. —No sé por qué usé esa frase hecha. Pescaba en los recursos lingüísticos típicos de un momento embarazoso—. Yo... soy Edoardo..., ¿te acuerdas?

Antes de que acabara de pronunciar mi apellido, Palmieri abrió los brazos de par en par y nos dimos un abrazo mucho más caluroso y fuerte respecto a lo que, en el pasado, había sido nuestra relación. Pero el viejo Perejil del instituto Giulio Cesare era así: cordial, atento, sinceramente afectuoso con todo el mundo, y esto explicaba que la omnipresencia por la que se había ganado el apodo fuera apreciada en vez de detestada, y él bienvenido incluso en el cenáculo de Maldonado, el reducido círculo de aquellos eternos adolescentes que despreciaban al resto del mundo. La verdad era que Palmieri había leído más libros que todos los soldados de Maldonado juntos, también porque, influido por cada uno de ellos, ejecutaba como si fuera una orden la sugerencia de estudiar algunos títulos «imprescindibles» y autores y temas «decisivos». Al día siguiente de una charla informal ya estaba en la librería o la biblioteca buscando los libros que se habían mencionado de pasada. De ese modo, su cultura se sustentaba, por decirlo así, en la suma de la de los demás, y a fuerza de unir estanterías en su mente se había formado una biblioteca inmensa. Por eso Palmieri era el único de *El Encéfalo* que seguía estando abierto, dudoso, lleno de interrogantes, en definitiva, que no sabía bien qué pensar y en qué creer. Su curiosidad y su confusión lo hacían amigo de todos.

Me felicitó por los libros que yo había publicado.

—¡Uy, qué alegría!... ¿Así que los has leído?

La duda que traslucía mi pregunta no lo incomodó ni ofendió. Para demostrarme que era sincero, inmediatamente hizo algunas observaciones muy concretas, citándome algunos pasajes que parecía recordar incluso mejor que yo, que los había escrito.

—Sí, es muy interesante cuando dices..., espera..., que «no es fácil transformar una historia verdadera en una verdadera historia»... ¡Me impresionó mucho!

Ah, ¿sí? Me sorprende que mis obras sean objeto de atención. No porque crea que no se lo merecen, sino porque cuando oigo comentar ideas e historias cuya paternidad debería ser mía, me suenan comunes, no atribuibles a mi persona, quizá interesantes, pero dichas o escritas por otro.

—Bueno, gracias. —Es cuanto logré decir.

—No hay de qué. Ha sido un placer... y un honor. —Ya solo por el nombre que tenía, Numa podía permitirse emplear un término tan solemne. Si me lo concedía a mí, era un honor en el honor—: Bueno, sí, has mantenido alto nuestro honor.

¿Nuestro? ¿De quién? ¿Del instituto Giulio Cesare que frecuentamos juntos solo un año? ¿De la generación que vino al mundo en la segunda mitad de la década de los cincuenta? ¿O bien Palmieri estaba incluyéndome, aun como astro periférico, en el sistema que gravitaba alrededor de *El Encéfalo*? En ese caso, un meteorito más que un planeta con órbita fija.

Pero después, concluidos los halagos, quiso subrayar la antigua diferencia. La separación que seguía existiendo entre la literatura que yo creaba —igual a la de muchos otros, aunque de cierta calidad— y la que propugnaban Maldonado y los compinches de *El Encéfalo*, que se colocaba a sí misma «más allá de la literatura», que la superaba. Pero lo dijo con una sonrisa comprensiva y afectuosa.

—A ver, no es el género que suelo leer o que escribiría, pero no está mal..., es valiente.

Sé por experiencia que cuando te dicen que tu obra es «valiente» o que «has sido valiente», significa por lo general que la has pifiado, que no has dado en el blanco; en efecto, la «valentía» es un eufemismo que significa encomiable fracaso. Pero yo no me descompuse y lo asumí como un halago más.

—Y tú, ¿sigues? —repliqué. Me refería a escribir. Por afiliación y erudición, Perejil estaba dotado para cualquier género, de la poesía al ensayo filosófico, de los aforismos a la prosa crítica, pero de joven se había entrenado en un término medio, la modalidad que algunos sarcásticos detractores de *El Encéfalo* definían como «oracular». Eso es, «el grito desorienta la escucha».

—Ah, no, naturalmente que no —respondió bajando la voz y sonriendo con aire misterioso.

Ya no escribía, naturalmente. Eso podía significar que el experimento literario se había agotado para él sin nostalgia, del mismo modo que uno termina el colegio o la universidad o deja de practicar un deporte, pues pertenecen a una época de la vida muy concreta que no puede prolongarse a nuestro antojo; o bien podía aludir a la «superación» de la misma literatura propugnada por *El Encéfalo*, al cambio histórico después del cual empeñarse en continuar escribiendo poemas o en inventar historias era algo pueril, arrogante e ilusorio, como ya habían afirmado muchos pensadores después de Auschwitz y la bomba atómica. Naturalmente, Perejil ya no escribía. Pero compraba libros de los demás y los leía y, por sus agudas observaciones, diría que los comprendía. Su inteligencia y su curiosidad no se habían agotado, naturalmente.

—Trabajo en el sector agroalimentario. Con las simientes. No sé si lo sabes o si te acuerdas, pero es lo que estudié en la universidad.

—¿Agrónomo?

Perejil asintió con orgullo. Viajaba a menudo a África por trabajo. Bueno, ironicé para mis adentros, como Rimbaud, que escribe versos delirantes y luego se va a traficar con armas y esclavos.

Para aclarar los motivos por los que nos habían convocado allí aquella tarde le pregunté:

—Y aquí, en el colegio, ¿tienes...?

—A mi hija de dieciséis años.

—¡Ah! Yo también tengo una hija.

—¿De verdad? ¿A qué clase va?

—¿En qué clase está la tuya?

—No, tú primero.

Intercambiamos información sobre la familia y el colegio. Nos quejamos un poco, pero solo por seguir la corriente, acerca de lo de siempre: la mojigata de la directora, algún que otro profesor atolondrado, demasiados deberes para hacer en casa, demasiado pocos, etcétera. Pero era obvio que Numa estaba impaciente por volver a su tema preferido, y lo abordé de nuevo.

—¿Y tu hija, Numa? Dime, ¿estás contento con ella?

¿Contento? Era un hombre feliz.

—Pues sí, hemos tenido mucha suerte —respondió con los ojos brillantes. Si había superado la época de *El Encéfalo* y de los versos dispuestos como un acordeón, seguramente era gracias a ese amor, que seguía creciendo dieciséis años después de su llegada. Ay, sí, el amor, el cambio radical es el amor, el camino, el amor es lo único que realmente necesitamos, como dice la famosa canción. El paterno, el de un padre hacia su hija, aún más—. No nos da ningún problema..., es una chica seria..., y estudia violoncelo.

—¡Qué sol! —exclamé. Una expresión afectuosa que solía usar mi abuela. No sé por qué me vino a la cabeza en ese momento, en vez de decir «¡Qué maja!» o «¡Qué suerte!», pero Perejil se quedó de piedra porque ese era el verdadero nombre de su adorada hija, Sol.

Pensé que más que un nombre utilizado por la familia era un homenaje a la diosa Isis. Y también que la vida está llena de repeticiones y coincidencias.

Reflexiono acerca del destino de los poetas que en determinado momento dejaron de escribir y publicar, y paso revista...

Uno dirige un refinadísimo restaurante oriental; otro, se retiró en casa de sus padres, que entretanto murieron, cerca de Tricase, en Salento, y va tirando gracias al alquiler de la segunda planta de la villa en la playa; y de otro más, que era muy bueno y prometía mucho de chaval (me atrevería a decir que era genial), se dice que sigue escribiendo cosas fantásticas, pero que no deja que nadie las lea. No quiere. No le importa.

De Maldonado supe que murió en 2012. Llevaba enfermo mucho tiempo. Es la fórmula que suele usarse para decir que alguien tiene cáncer. La noticia me hizo pensar en una mañana que pasé en la oficina de mi distrito, en la Piazza Gimma, la que he mencionado al principio del capítulo, esperando con el número en la mano mi turno para renovar el carnet de identidad caducado. Fue hace unos cuatro o cinco años, o sea, antes de que Maldonado muriera. Sabiendo que habría cola, me había llevado un libro conmigo. La pantalla luminosa indicaba nueve ciudadanos por delante de mí y calculé unos veinte minutos de espera, dando por hecho que la cola discurriría de forma constante y regular —lo cual nunca es así, porque a veces se necesita media hora entera para solucionar un trámite complicado, o porque, de repente, los números empiezan a pasar rápidamente con un bip, 122..., 123..., 124..., 125, señal de que alguien ha pulsado repetidas veces el botón de la máquina distribuidora y ha cogido varias tandas, para después renunciar y largarse—. Me senté, y pocos segundos después estaba completamente absorto en la lectura del libro.

En cuántas ocasiones había odiado su rigidez, la que le impedía alargarse hasta tocar los sentimientos más simples que le ofrecían con una mirada quienes todavía no le conocían bien.

Le resultaba imposible liberarse de aquellas obsesiones y emociones que lo dominaban y ocupaban su mente hasta ahuyentar o reemplazar los demás pensamientos, débiles e inútiles, a tal punto que algunos días, cuando al acostarse y más tarde intentar coger sueño inútilmente, pasaba revista casi de manera mecánica a los sucesos de la jornada, le parecía no haber vivido otra cosa que una febril y monótona agitación...

Llevaba alrededor de un minuto leyendo cuando tuve que abandonar la lectura como si ya estuviera saturado, levanté la vista del libro y me froté los ojos. No estaba seguro de haber comprendido bien lo que acababa de leer y, como suele sucederme, confundía los pensamientos que había encontrado en la página con los míos, con los que ya había pensado o con los que todavía iba a pensar.

Una «febril y monótona agitación»... ¿no era, en el fondo, lo mismo que yo estaba viviendo desde tiempo inmemorial? Y también ahora, allí, en esa sala de espera, ¿qué otra cosa sentía? Me metí la mano en el bolsillo con un gesto frenético en busca del número que acababa de guardarme un momento antes. No estaba. Y tampoco en el otro bolsillo. Me puse de pie para buscar en los pantalones, y en el bolsillo derecho palpé algo que se reveló como el ticket de un café; por fin, en el izquierdo, encontré el número y lo comprobé —seguía siendo el 129—, como si temiera haber leído las cifras al contrario —quizá fuera el 192—, pero nada, era el 129, y en ese preciso instante sonó un carillón amplificado que señaló que en la pantalla habían pasado al 121, así que podía volver a sentarme. Pero para estar seguro y no tener que repetir aquella vergonzosa maniobra de hurgar en todos los bolsillos, me quedé con el número en la mano y pensé usarlo como marcapáginas. Retomé la lectura, si bien una voz a mis espaldas, ronca y desagradable, me molestaba. Alguien hablaba y reía por el móvil, sin plantearse siquiera que podía molestar a los demás. Intenté no prestarle atención y seguir leyendo. Solo ahora, a los cincuenta años, he llegado a comprender, con mucha dificultad, lo que mis ilustres colegas concebían de forma espontánea y escribían a los veintidós, veintitrés años: conceptos deslumbrantes e incandescentes, conexiones maravillosamente fluidas, imágenes recortadas con nitidez.

Todavía albergo el deseo infantil de que de repente logren conciliarse todas las incompatibilidades; las que siento dentro de mí, muy fuertes, y las que existen entre los demás y yo, por ahora insalvables... Y dado que este sueño, tal como llega, desaparece, me siento la persona más infeliz del mundo, y por supuesto que exagero sintiéndome así, y al demostrárselo a quien tengo más cerca, exagero mi aflicción; en esto consiste mi principal vanidad: sé muy bien que los puntos de vista de los hombres son demasiado diferentes para recomponer sus divergencias y, sin embargo, siento estos puntos de vista vivos y presentes en mi interior como si fueran espinas...

Pero en aquel momento, la espina más molesta era la voz de aquel individuo sentado detrás de mí. Seguía hablando al teléfono con un tono estentóreo y ronco, y parecía no dar a su interlocutor, aparte de brevísimas pausas, la posibilidad de responder. En definitiva, un monólogo. Y más bien movidito, pues sus exclamaciones y carcajadas sacudían a todos los usuarios a la espera, incluido yo. En estas salas, las filas de asientos están colocadas respaldo contra respaldo, y cada vez que soltaba una risotada, el desconocido hacía que me tambaleara. Nervioso, en vez de darme la vuelta y ponerme a discutir, me levanté para cambiar de sitio, y fue entonces cuando creí reconocer al antiguo vanguardista de *El Encéfalo* en la figura encogida de aquel pelmazo, solo viéndola de espaldas. Su voz y sus carcajadas sarcásticas ya me habían resultado familiares..., pero constaté que era él girando a su alrededor. No me vio, enfrascado como estaba en la llamada. Pelo ralo y largo, cara amarillenta, dientes estropeados que mostraba cuando se reía antes de tiempo de sus ocurrencias sarcásticas.

«Pero ¡qué imbéciles! ¡Ja, ja, ja! ¡Son unos pobres imbéciles! ¡Dan pena...!»

«¡Ja, ja! ¡Qué estúpido puede llegar a ser un hombre que cree tener sentido del humor...!»

«¡Ten siempre una solución lista, siempre, acuérdate!»

A pesar de que su aspecto era el de un fósil con respecto al animal original, sí, creo que aquel molesto usuario era Maldonado, George Ares Maldonado, una de las mentes más brillantes que encontré en la primera etapa de mi vida, estrella de primera magnitud del barrio de Trieste. Seguía teniendo los ojos saltones, y las únicas cosas que no habían cambiado en él eran los zapatos de estilo ortopédico, muy brillantes, y las gafitas redondas.

De Maldonado —que en paz descanse— quiero recordar esta última cosa: que mandaba a los colaboradores de su revista a la Galleria d'Arte Moderna con la orden de concentrarse delante de un cuadro determinado —*Paisaje interior a las 10.30*, de Julius Evola— y, ya ante el cuadro, en una zona muy determinada, convencido de que aquella forma y aquel color podían influir en sus mentes, por ejemplo, curándolas del individualismo. Perejil afirma que, en su caso, este método funcionaba.

SEXTA PARTE

Una guitarra con cutaway

1

He tenido un solo amigo fascista en mi vida, es decir, alguien con quien entablé amistad sabiendo que era fascista y no a pesar de que lo fuera, sino precisamente porque lo fuera. Lo era de los pies a la cabeza, hasta la raíz del pelo que, dicho sea de paso, tenía precioso, largo, liso y negro.

Era alto y seductor como un actor, como nos imaginamos que deberían ser los actores, pero con un toque levemente desmañado, o al menos así me lo parecía, y esa cierta torpeza en el movimiento de brazos y piernas le confería una gracia añadida. Milanés, en la época en que los jóvenes fascistas milaneses tenían de hecho características distintas a los romanos, que en términos generales eran más palurdos. Su fascismo poseía matriz estética, culminaba y desembocaba en la violencia tamizada por el rito de las artes marciales, en que mi amigo era un as, pero a niveles altos, altísimos, creo que era incluso el campeón italiano de su categoría.

No sé si el tipo singular de amistad que nos unía existe todavía en su forma específica, esto es, era una relación exclusiva y rigurosamente de verano. Massimiliano era, en efecto, un amigo de «la playa», como solía decirse entonces, lo cual explicaba la amistad con un milanés, la suspensión temporal de los prejuicios recíprocos que habría impedido nuestra relación si hubiéramos vivido en la misma ciudad, a la que se añadía ese clima especial, como de paréntesis, que se crea durante las vacaciones, cuando se viven aventuras y sentimientos, por decirlo de alguna manera, a tiempo parcial, que en septiembre se desvanecen, se sumergen, como una playa bajo el efecto de la marea, o que entran en letargo para despertar al año siguiente, con un ritmo estacional que al menos hasta los dieciocho años marca la existencia de manera natural.

En esta suspensión dorada, aturdida por el canto de las cigarras y los reflejos de la superficie del agua, nació mi amistad, bien mirado mi adoración, por ese guapísimo karateka milanés de palabra cortante y dentadura perfecta. Si bien algunas de mis facetas más importantes —la romana, la escéptica, la de izquierdas, la igualitaria, la lógica, la intolerante ante las proclamas retóricas— desconfiaban de él y se exasperaban con sus teorías y cuentos, que siempre rozaban lo absurdo —tanto por su contenido como por la manera hiperbólica con que los contaba, apretando los labios en una mueca—, la mayor parte de mi ser estaba felizmente predispuesta hacia su persona, disponible, por no decir anhelante, para escuchar sus chorradas y admirar las llaves prohibidas que ejecutaba en el aire sin previo aviso, revoloteando por el jardín de su villa de Punta Ala, y literalmente encantada con él cuando, para contrarrestar la pasión violenta y las exhibiciones de fuerza, se dedicaba a la otra disciplina que dominaba sorprendentemente con gran delicadeza: la de guitarrista clásico.

Massimiliano poseía un par de instrumentos espectaculares, brillantes y siempre afinados: una Ramírez parecida a la del gran Segovia, a quien veneraba, y una segunda guitarra fabricada adrede para él por un lutier de Cremona, roja y resplandeciente, con vetas oscuras, de palisandro, aunque no sé si toda la guitarra estaba hecha con esa madera de nombre misterioso o solo los acabados. «¿Ves? Es una guitarra con cutaway», explicaba Max mostrándome el hueco en la caja armónica que facilita al guitarrista el acceso a los trastes inferiores. «Es mi contrahecha..., mi favorita», decía acariciando sus curvas y exclamando su muletilla favorita: «¡Por Zeus!».

«Perdona, ¿cómo puedes pegar esos golpes y tocar la guitarra? ¿No te estropeas las manos?»

En efecto, Max tenía los nudillos cubiertos de callos, como si no se dedicara más que a partir ladrillos apilados con un golpe seco acompañado de un grito ritual, como las demostraciones que se veían en la televisión, haciendo constar la terrible mezcla de fuerza + técnica + concentración, esto es, la quintaesencia y el objetivo supremo de la búsqueda del verdadero fascista, del fascista combatiente, guerrero, de alguien como era y como anhelaba ser él con todas sus fuerzas. Alguien que había estudiado guitarra con la misma disciplina obsesiva hasta convertirse en un maestro. Manos capaces de destrozarlo todo, como en las películas de Bruce Lee, y al mismo tiempo de arrancar sonidos delicadísimos a la «contrahecha», la guitarra sin un hombro y de forma asimétrica cuya silueta recordaba a la de las guitarras eléctricas. Pero le sentó fatal cuando le pregunté: «¿Has tenido una guitarra eléctrica alguna vez?», curiosidad tan tonta como normal entre chavales de diecisiete años, pero que para Max fue peor que si le escupiera en la cara. Sin embargo, siendo como era un maestro del autocontrol, se limitó a dirigirme una leve mueca de desdén. No era desprecio, sino más bien sorpresa. Sincera sorpresa de que alguien como yo, despierto y sensible, hubiera caído en una de las trampas de la época, en la cloaca del gusto común, en el gran equívoco juvenil, como un chaval cualquiera, de esos que escuchan pop, rock..., y cuya ignorancia los lleva a identificar todas las guitarras con una Gibson o una Stratocaster.

Bueno, no fue el primero ni sería el último en pensar eso de mí. Me ha ocurrido más de una vez que personas que me consideraban a un paso de la iluminación, de la salvación, me dijeran: «Pero ¿cómo es posible que precisamente tú, tan inteligente y curioso, no lo entiendas? ¿Cómo es posible que no logres comprenderlo?». Siempre me faltaba dar ese paso para realizar la acción decisiva que me quitaría la venda de los ojos.

¿Quiénes fueron esas personas que tenían fe en mi conversión, que idealmente ya me habían alistado en su pequeño ejército? Pues Massimiliano, el guitarrista karateka; un intelectual esotérico, Maldonado; un par de filósofos intransigentes, militantes políticos de diferentes orientaciones, y quizá algún que otro sacerdote. Gente que se esforzó en rascar la pintura brillante del chico inquieto, pero que no sabía que debajo no había nada o que, si lo había, no era eso que ellos creían. Los desilusioné a todos, es más, los ilusioné, desilusioné y al final los eludí, en este orden.

Puede que al principio Max creyera que yo era algo parecido a su alma gemela, un igual, a lo que contribuyó que allí, en Punta Ala, durante un verano cualquiera de los años setenta, pululaban fachas y fascistas a montones, pero eran los clásicos hijos de papá con el cuello del polo subido, que se limitaban a maldecir a esos holgazanes de los obreros siempre en huelga, y rubitas de cuerpo espectacular que vivían de su arrogancia, pero nadie que como Max estuviera convencido de que su privilegio tenía origen en un orden superior, el equivalente social de una jerarquía cósmica. A Max le sorprendía que una persona como yo, que desde el primer día se había presentado como «comunista», para dejar las cosas bien claras, conociera tan a fondo e incluso le gustara tanto la faceta dandi y aristocrática que por entonces era exclusiva de la derecha, por ejemplo Drieu la Rochelle, o frases efectistas como las de Jacques Rigaut —«Cada Rolls-Royce que encuentro prolonga mi vida un cuarto de hora»—, el fanatismo frágil y autodestructivo, la conciencia negativa..., y pocos años después se alegraría al verme leer a Nietzsche y Heidegger... ¿Cómo no iba a ilusionarse mi amigo, el virtuoso de las patadas voladoras y del punteo, creyendo que tras la declaración ideológica —«¿Yo? Yo soy comunista»— se ocultaba una fe secreta de signo opuesto, una fe disimulada, ignorada y alimentada por mí durante mucho tiempo?

Cuando le pregunté si alguna vez había tenido una guitarra eléctrica, se inclinó sobre la Ramírez sin decir nada y empezó a ejecutar la pieza más sentida que nunca he escuchado.

Tras algunas notas lentas, sueltas, empezaba con un punteo insistente. La melodía era difícil de reconocer, pues el acompañamiento trémolo la envolvía, casi la ahogaba. Había sido escrita para provocar un nudo en la garganta, precisamente el efecto que ejercía sobre mí. Algo agonizaba sin fin en aquellas notas repetidas hasta el límite, sin tregua; se alejaba, se acercaba volviéndose agudo, cada vez más, y volvía a alejarse. Yo contenía la respiración mientras Max tocaba esa pieza porque no había espacio para respirar. Me pareció eterna, aunque duró unos minutos. «Una limosna por el amor de Dios.»

Recuerdo el día exacto en que mi amistad con Max terminó. No fue cuando intentó cortarle la cola a su gato con un golpe de catana; la larga espada silbó en el aire pero no le dio, puede que porque Melville, el gato, fue más rápido, o quizá mi amigo no tenía intención de hacerlo, pero quiso fingir que sí... para burlarse de mí, para que me horrorizara. ¡Pobre Melville! Casi lo pilla, fue cuestión de milímetros, de fracciones de segundo.

Tampoco fue cuando vi a su madre paseando con un pañuelo en la cabeza, pantalones blancos de campana, un bronceado patológico y un vaso de vodka en la mano, dando tumbos —era una mujer de treinta y cinco años, pero ya estaba acabada—, con las lágrimas que le resbalaban por debajo de la montura de las gafas negras, un palmo de anchas, mientras Max murmuraba una sola palabra con los labios apretados en una sonrisa helada e indiferente: «Puta». Solo eso, «¡Qué puta, por Zeus!», transformando el comentario en un juicio de valor comparativo entre su madre y todas las mujeres del mundo. ¿Era tal vez más o menos puta que cualquier otra? En aquel lugar de vacaciones para privilegiados, había muchas mujeres como la madre de Max. Bellezas con el pelo recogido en una cola de caballo, sandalias de tacón elegantes o vulgares, ojos desorbitados en busca permanente y neurótica de algo —vestidos, dinero, sexo, psicofármacos, cócteles, un oasis de serenidad o alguien que las arrancara de aquellas dependencias, llevándoselas a otra parte—. Y, sobre todo, morenas, muy morenas, morenas por encima, pero también, ¿cómo diría?, por debajo de la piel, en sus estratos más profundos, casi hasta los huesos; morenas a fuerza de aguantar pacientemente bajo el mentón espejos plegables que las revistas femeninas regalaban —o quizá me equivoco y la moda de regalar accesorios con las revistas llegó más tarde.

«Moribunda reverberaba la luz / en su boca de felatriz», le oí declamar un día, en voz baja, a un socorrista-poeta de Punta Ala mientras cerraba las sombrillas al final de la jornada. Ante nosotros fluctuaba, oleoso y cegador, el estanque dorado de la puesta de sol y sumergidas hasta la cintura desfilaban las siluetas de las mujeres que paseaban por el agua para modelar las piernas. Han quedado grabadas en mi memoria las mujeres y los versos del socorrista, pero no estoy del todo seguro si fueron exactamente sus palabras..., «moribunda reverberaba la luz»..., quizá los endecasílabos espontáneos estén formándose en este instante en mi cabeza...

Las lágrimas que fluían sin cesar y sin motivo de los ojos color esmeralda de la madre de Max y las gotas que perlaban el vaso que sujetaba con sus uñas pintadas, las frases ofensivas murmuradas por su hijo aludiendo a ella, mientras punteaba piezas de Barrios y de Llobet, en vez de alejarme de aquella familia a todas luces destrozada por la falta de ideales o por el hecho de tenerlos demasiado elevados y abstractos, es decir, inalcanzables, e inevitablemente destinados a ser traicionados o fallidos, dejando el campo libre a los comportamientos más mezquinos, me acercaban aún más a Massimiliano, hacían que me sintiera más amigo suyo, más unido a él. Lo que me alejaba era justo lo que me unía a él.

Entre otras cosas, conociendo mis ideas políticas —si bien expresadas y defendidas débilmente por mí—, Massimiliano procuraba comprenderme (se trataba de una actitud bastante difundida entre los militantes de extrema derecha, que suelen sufrir una especie de paradójica envidia y admiración hacia los mitos, símbolos, ritos, héroes, costumbres e inventos, en una palabra, hacia el éxito, por lo menos juvenil, de la izquierda. Recuerdo que una vez un dirigente de derechas me confesó que la canción política que más le gustaba, y lo decía con amargura, era «Bandiera rossa», porque la derecha, a pesar de sus esfuerzos, no había logrado crear nada parecido, una canción que tuviera la misma fuerza, que fuera igual de combativa y popular...); Max se mostraba benevolente y curioso hacia las ideas y las novedades introducidas por los movimientos de izquierda —bueno, hay que admitir que si las chicas iban sin sujetador y se respiraba un clima de libertad era gracias a la izquierda; si hubiera sido por la derecha más tradicionalista, habríamos seguido con los cuellos almidonados y los noviazgos en presencia de los futuros suegros, con el vasito de licor en la mano.

En otras palabras: Max sabía muy bien que si nuestra generación podía pasárselo en grande, para que luego sus camaradas fascistas la cubrieran de infamias, era solo gracias a sus adversarios.

Por eso me contó que una vez se había infiltrado en territorio enemigo, como un agente en una misión, para conocer sus secretos, para estudiar con pasión y diligencia el comportamiento y las acciones de sus adversarios y conocerlos a la perfección, admirarlos más o menos conscientemente, e incluso poner en práctica dicha conducta o, al menos, desear hacerlo...

Es memorable la historia de cuando estuvo en el Festival del Parco Lambro, un año antes, una «concentración juvenil» que marcó época porque fue la primera en que se fundieron los movimientos políticos radicales, las nuevas costumbres sexuales y la droga, el primer festival de

Italia donde la gente se reunía, se drogaba, follaba, escuchaba música, la tocaba con guitarras flautas panderetas y bongós y se rebelaba contra el poder, todo a la vez.

«Estaba todo lleno de tiendas de campaña..., muchas tiendas..., en una, llena de gente desnuda, se hacían masajes; en otra se practicaba yoga cabeza abajo..., los grupos alrededor de las hogueras asaban carne que goteaba grasa en el fuego, pinchitos de salchichas de cerdo, creo..., pero estaban crudas o quemadas..., también había tenderetes con ollas de comida macrobiótica, todo estaba sucísimo, ¡por Zeus...!, y algunos grupitos improvisaban teatro, eran penosos, con chavales delgadísimos con el pecho desnudo y pajarita, las caras pintadas, y chicas medio desnudas también, con las tetas oscilando. En el escenario tocaban un montón de melenudos, que se agitaban..., y no dejaban de hacer llamamientos políticos por el megáfono..., tenderetes donde se firmaban peticiones contra esto y aquello..., y debates, venta de salchichas, gente bailando en corro... y muchas chicas, sí, estaba lleno de chicas.

»Chicas vestidas con túnicas cortas de gasa atadas a la cintura que, mirándote fijamente con los ojos pintados de kajal, agitaban la falda y se la levantaban para enseñarte el coño, como invitándote a que te las follaras. Sí, créeme. Y como si no fuera bastante explícito mostrarse así, alguna te hacía señas con el dedo para que te acercaras, "Ven, ven aquí", "Ven conmigo"..., muchas feúchas o normales, pocas guapas y poquísimas verdaderamente bellas, que eran las más desinhibidas, tumbadas en esteras en medio del polvo..., creo que esas, en tres días de festival, debieron de follarse al menos a media docena de chicos cada una, o quizá más, unos veinte o treinta... Algunas se metían en una tienda, pero otras se dejaban montar allí en medio, al aire libre y a la vista de todos, por delante y por detrás, de todas formas la gente estaba medio dormida o drogada y todo estaba muy oscuro. Pero te juro que lo vi, ¡por Zeus!, y vi mucho más. En medio de aquella oscuridad, destacaban sus muslos blancos...»

Max aseguraba que se había follado a tres aquella noche en el Parco Lambro y que se había corrido dentro porque ellas lo habían animado a ello; les gustaba, les gustaba el hecho de que se las follaran, pero no es que disfrutaran mucho mientras lo hacían, es decir, no gozaban, no gozaban nunca porque no follaban por eso.

—¿Por qué entonces? —le pregunté, excitado, curioso y envidioso porque Max había estado donde debería haber estado yo..., él, el templario, el cruzado, henchido de desprecio y superioridad, se había aventurado en territorio enemigo para follarse a las infieles.

—¡Yo qué sé! Para sentirse libres, supongo. Tú deberías saberlo, ¿no?

—Bah, puede que porque eres muy guapo, Max.

—¿Guapo yo? —repuso abriendo mucho los ojos—. ¿Qué coño dices?

Se ruborizó porque a pesar de ser guapo como un dios, tener un físico de atleta y creer en la mitología del superhombre, era un chaval tímido que se avergonzaba al recibir un halago. Por no mencionar que ese piropo procedía de otro hombre, cosa que no dejaba de ser sospechosa. Max hizo ademán de atizarme con una patada giratoria, pero se detuvo a pocos centímetros de mi cuello.

—Esas, amigo, se dejaban follar por cualquiera. ¡Por Zeus!

Después entró en casa a coger la espada. Y como si quisiera exhibir la belleza que negaba de palabra, se quitó la camiseta y empezó a entrenarse en medio del jardín. En efecto, tenía un físico perfecto. Me fascinaba. Y mientras daba vueltas, rasgando el aire con la espada en horizontal y en vertical, deteniéndose de golpe tras haber cortado manos y brazos imaginarios, el pelo largo y liso de Max danzaba alrededor de su cabeza.

Al final, de Max me queda la idea del maestro. De los maestros que él había tenido y por los que sentía sincera devoción, y del maestro que habría querido ser ya entonces, sin tener aún los dieciocho, porque lo más importante para él era eso, la transmisión de un conocimiento específico a quien se lo merecía, a quien demostraba estar a la altura de recibirlo. Por Zeus. Quizá por eso nuestra amistad no podía durar: yo era demasiado distraído para aprovechar sus cualidades. Lo recuerdo abrazando la guitarra, en esa posición tan armónica que parece que el hombre y el instrumento sean una sola cosa, algo que siempre he envidiado: manejar una extensión artificial del cuerpo, que al mismo tiempo lo completa e identifica por aquello de lo que es verdaderamente capaz, como en los retratos antiguos —una lanza, una pluma, un pergamino, un catalejo, incluso una miserable azada, con tal de que exprese el gesto significativo y merecedor de ser realizado—. ¡Cuántas lecciones me dio en aquellas pocas semanas de verano mi amigo, el guitarrista fascista!

—¿Sabes lo que es un rasgueado, Edoardo?

—No..., pero, por favor, déjame escucharlo.

Y soltaba la mano derecha con un movimiento progresivo, cada vez más rápido, abanicando las cuerdas, una por una, con los dedos..., cada uno tocaba una cuerda separadamente, cinco golpes secos, justo como un abanico que se abre.

Para comprobar lo que Max me contó hace cuarenta años, fui a ver un reportaje sobre el Festival del Parco Lambro. Pues bien, sí, una locura. Algunas de las descripciones que me hizo mi amigo son fieles, por ejemplo la delgadez de los participantes: los chicos de cuerpo macilento con el pecho desnudo, con vaqueros estrechos de tiro alto, melenudos y con barba, con una pequeña mata de vello concentrada en el centro del tórax, poco desarrollado; y las chicas con vaqueros que ciñen las caderas y unos biquinis reducidos al mínimo, triángulos de tela. Todos dan la impresión de tener hambre, parece que el motivo principal de aquella concentración sea la comida. Y, en efecto, en una escena del reportaje se ve a un grupo de organizadores armados con trancas que van a recuperar unos pollos congelados que alguien había robado —¡perdón!, expropiado— para revenderlos en los tenderetes.

La mayoría de los que bailan desnudos son hombres, pero hay una pelirroja con el pelo larguísimo, muy típica, completamente fuera de sí, que, más que bailar, ondea, vacila, sacudiendo un poco sus pequeñas tetas en punta. En las escenas de desnudo colectivo, es curioso observar que casi siempre se desnuden las chicas de tez pálida, mientras que los chicos son morenos, en cuya selva negra del pubis se entrevé, encogido, un pene lívido...

También se ve un perro amarillento que merodea entre la gente tumbada o acuclillada en el suelo.

Y muchos petos sin nada debajo —el peto, quizá la única prenda que, si excluimos a los mecánicos, a los empleados de las gasolineras y a un famoso chef de la televisión, ha sido definitivamente desterrada y no volverá a ponerse de moda, gracias a Dios.

A propósito del físico femenino y de lo que ha cambiado a lo largo de los años, el documental del Parco Lambro me ha hecho recordar un diálogo muy instructivo que oí en la Via Santa Costanza hace un par de semanas entre dos empleados que se comían un bocadillo durante el descanso.

PRIMER EMPLEADO: ¿Te has fijado? Antes los coños eran peludos y las tetas más pequeñas y flácidas, pero con los pezones más grandes.
SEGUNDO EMPLEADO: Eso no significa nada... Es lo que ves en las páginas pornográficas de internet. Las mujeres de hoy son las mismas que las de hace treinta años, pero su imagen es diferente. Se depilan el coño; si no, lo tendrían peludo. Y en cuanto a los pezones, los diseñan de punta con Photoshop, y les hinchan las tetas.
PRIMER EMPLEADO: Había oído decir que depende de la alimentación.
SEGUNDO EMPLEADO: ¿Qué pasa con la alimentación?
PRIMER EMPLEADO: Que depende de la alimentación que las chicas de hoy tengan las tetas más grandes. Una talla más de sostén, dicen.

Al oírlos, también yo me hice la misma pregunta. Sí, puede que tenga razón el segundo —y sabio— empleado al afirmar que se trata de efectos estéticos y tecnológicos, pero, como decía el primero, al observar las imágenes de los años setenta parece como si la raza occidental —hombres, mujeres, chicos y chicas—, con sus características propias, se hubiera extinguido, desaparecido, dejado de existir. Aparte de los detalles y estilos dictados por la moda, son sus cuerpos, sus caras, su pelo y sus colores los que ya no existen, incluso su bronceado o su palidez ya no son los mismos, y esas imágenes, que en el fondo pertenecen a un pasado no tan lejano, se nos antojan más extrañas que los daguerrotipos del siglo XIX.

En cualquier caso, en el reportaje no vi ni rastro de las seductoras bailarinas con túnica que Max afirmaba haberse follado.

¿Cómo acabó nuestra amistad? Dentro de poco lo contaré. Pero antes, un breve intermedio.

2

Le metía dos dedos en el coño y los dejaba allí hasta que las yemas se me ponían como si los hubiera tenido demasiado tiempo en remojo.

Me pasé un agosto entero con dos dedos dentro del coño de la chica con la que salía, de mi primera chica, es decir, de la chica a quien le había pedido que lo fuera y que había aceptado.

Se celebraban las Olimpiadas y pasábamos las tardes tumbados en los sofás viendo la televisión con otros chicos, chicas y niños, mientras yo mantenía el índice y el corazón dentro de su coño hasta que las yemas se me arrugaban.

¿Qué andaba buscando dentro de ella?

¿Qué se esperaba ella de aquella penetración que puede que la primera vez resultara excitante o interesante por su novedad?

De vez en cuando, yo los movía un poco.

Como si quisiera comprobar si había cambiado algo.

Dentro y fuera, hasta el fondo.

O bien los abría en tijera y sentía las paredes húmedas, forzadas, que se ensanchaban progresivamente, pero poco, oponiendo resistencia.

No estoy seguro de que le gustara. Si, apartando la vista de la pantalla, le echaba una ojeada, veía que sus grandes ojos negros, que mantenía clavados en la televisión, brillaban, y la boca de labios carnosos estaba entreabierta, con los dientes, ligeramente hacia fuera, de conejito, también brillantes, pero, en el fondo, esa era la expresión habitual de mi chica, un poco vaga, ligeramente atontada. Es difícil de decir, pero quizá esa expresión no tenía nada que ver con los dedos que en ese momento tenía metidos dentro de ella.

Se trataba de una exploración que yo no sabía dónde me conduciría.

Para evitar que los chavales que estaban sentados a nuestro lado se dieran cuenta de lo que estábamos haciendo —bien pensado, seguro que se daban perfecta cuenta, dada la duración, debían de percatarse e incluso verlo—, ella se ponía una camiseta sobre el regazo, o una toalla de playa, y bajo su protección mi mano trabajaba a sus anchas entre sus muslos delgados y morenos de quinceañera. Era obvio que esa tela solo servía para eso, para ocultar mis maniobras, ¿qué otro sentido tenía?

Otro sistema era que ella mantuviera las piernas cerradas y las rodillas unidas, lo cual habría hecho imposible el acceso y convencido a los demás de que yo no podía estar intentando meterle mano, sin embargo, con una torsión forzada del brazo y de la muñeca, lo lograba igualmente.

Cuando intentaba abrir un poco sus muslos, finos y ahuecados, porque la muñeca torcida me dolía al cabo de un rato, ella se resistía: los dedos dentro, sí, pero los muslos apretados.

Se avergonzaba de abrirlos; bastaba con mirar su perfil falsamente atento a las hazañas olímpicas para ver cómo se le ruborizaba la única mejilla que yo podía verle. Puedo afirmar que pasé un verano entero mirándola de perfil, como si fuera una egipcia, algo que, por otra parte, parecía: ojos alargados y perfilados de negro, nariz afilada, labios rojos pronunciados..., o quizá una babilónica, la Semíramis de los montes Parioli.

¿Se avergonzaba de mí? ¿Por mí? ¿Temía el juicio de los demás?

La verdad es que los otros no nos hacían ni caso y observaban sin distraerse las competiciones de salto de altura, pues era la primera vez que veíamos a los atletas, o puede que solo a uno de ellos, no lo recuerdo, utilizar la nueva técnica del salto de espalda recorriendo el último tramo a toda velocidad antes de girarse y darse el impulso decisivo hacia atrás.

Era un gesto forzado, igual que el nuestro.

¿Qué recompensa tendría ese esfuerzo? ¿Cuál era la medalla que nos esperaba en la meta?

Lo nuestro era investigación, tentativas.

Ni ella ni yo sabíamos adónde queríamos llegar, pero en el fondo teníamos muy claro que algo había que alcanzar, que debía de haber unos pasajes, unos grados progresivos, que no podíamos quedarnos en los besos; los besos mismos, por ejemplo, podían clasificarse en una escala cuyo criterio se basaba en lo profundamente que se metía la lengua en la boca del otro, pero al existir un límite fisiológico que una lengua no puede superar —tanto porque su longitud es limitada, como porque quien la recoge en su boca correría el peligro de ahogarse—, tras la exploración oral uno se lanza al descubrimiento de nuevas partes del cuerpo.

Para los chicos, la jerarquía y los trámites que implica son bastante simples. Después de la boca está el pecho: tocar, apretar, sopesar por encima de una blusa o de un jersey y, después —un grado más—, lo mismo con las manos metidas por debajo. La última barrera es el sujetador: desplazando las copas hacia arriba y sacando su contenido, o bien desabrochándolo a ciegas —operación que sabemos muy bien lo complicada que puede llegar a ser, por lo que a menudo va acompañada de cierto bochorno, o de una risita histérica por parte de ambos, o de resoplidos de impaciencia, «Deja, ya lo hago yo».

Creo que no existe una sensación más nueva y al mismo tiempo familiar, remota, ancestral, que la que experimenta un chico al toparse en sus exploraciones con la forma de un pecho femenino. Siempre me he preguntado —y a veces se lo he preguntado, lleno de curiosidad, a las directamente interesadas, a muchos años de distancia desde la primera vez que se lo dejaron tocar— qué sienten al notar unas manos que se abren paso para alcanzar su pecho y palparlo. La palabra «palpar» está a mitad de camino entre la neutralidad de la visita médica y un propósito levemente lúbrico, de chiste verde, de cotilleo de instituto, que reduce el gesto a un tanteo poco delicado, como algunas mujeres me han confirmado haber sufrido cuando eran jóvenes o jovencísimas, cuando los amantes inexpertos creen que deben afanarse con el cuerpo del otro para manifestar excitación, interés, aprecio, y para demostrarse a sí mismos que saben por dónde van, que vale la pena hacerlo, que ha llegado el momento de hacerlo y se hace. Así que el pecho en cuestión se aplasta, se estruja, se extrae, se sube, se masajea y se manipula como si fuera un material informe que se intenta moldear.

¡Torpeza y presunción!

Por otra parte, si todos lo supiéramos todo desde el principio, nos ahorraríamos un montón de malentendidos, es cierto, pero se nos privaría del único, verdadero y sublime placer de la vida: el conocimiento, el paso del bendito estado de ignorancia al de conocimiento malicioso.

Parece una degradación, y, en efecto, lo es, pero en el instante en que se verifica, genera un placer inigualable, aunque un instante después nos hundamos en la desilusión y el malestar.

Tocar un pecho o sentir que te lo tocan, no solo la primera vez, sino la segunda, la tercera o incluso más —ya sean las mismas personas, y aunque ese pecho haya cambiado de forma con los años, u otras— es una experiencia única e irrepetible.

Las mujeres que se me han confiado nunca me han hablado más que de una sensación reducible a términos de placer o de fastidio.

«Siempre me ha gustado que me las tocaran.» «Era un inepto, me las estrujaba y me hacía daño.» «Da gusto sentir las manos ahí, sosteniendo, recorriendo...»

O me han dado indicaciones o pedido cosas concretas.

«Tírame de los pezones. Fuerte. ¡Más fuerte!»

«Por favor, no, no me toques los pezones.» «¿Por qué?» «Los tengo muy sensibles.»

«Mira, así no, así.»

A menudo las indicaciones opuestas venían de la misma persona en diferentes épocas.

Por lo que a mí respecta, el placer consistía en hacerlo, en poder hacerlo, sencillamente, en darme cuenta de que estaba haciéndolo, de que se había abierto un camino y que yo participaba en esa ceremonia que empezaba, en la que me iniciaba. Podía decirme a mí mismo: «¿Lo ves? Le estás tocando las tetas a una chica. Está pasando», o mejor aún: «Una chica te está permitiendo que le toques las tetas, a ti y no a otro, esas son tus manos».

Sí, porque según la mentalidad de entonces, las chicas no hacían nada, se lo dejaban hacer.

Bueno, al menos las chicas decentes, que tengo la impresión de que eran la mayoría de las chicas italianas, independientemente de su extracción social, educación y clase —lo que incluye, por ejemplo, a las dos víctimas de la MdC, a mis compañeras del instituto Giulio Cesare, a las hijas de los amigos de mis padres, a mis primas..., etcétera—. Se fantaseaba —pero se trata de excepciones míticas— a propósito de chicas increíblemente desinhibidas e independientes, que «lo hacían todo ellas», desde tomar la iniciativa, a tocar, manejar, chupar y lamer.

*... en aquellos tiempos todavía existían
chicas que no te permitían ir más allá de los muslos
y la punta de los pezones...*

(Tras varios años sin verla, una vez me encontré con mi primera chica, ya una mujer hecha y derecha, en una boda. Hay una edad en que tus amigos empiezan a casarse. Entretanto, yo había tenido mis experiencias y supongo que ella las suyas. Quizá se había casado y estaba allí con su marido, no me acuerdo. En las bodas, hacia el final de la cena, la gente empieza a levantarse y a cambiarse de sitio para alternar con personas diferentes, y así fue como acabamos uno al lado del otro durante unos diez minutos. Nos rozamos las piernas por casualidad. No sé si porque estaba bastante bebido, pero no pude contenerme y extendí una mano por debajo la mesa para metérsela entre las piernas; le levanté la falda, le aparte las bragas y le metí un par de dedos en el coño, que estaba, como la última vez que lo había tocado diez años antes, muy húmedo. Ella abrió los ojos desmesuradamente, volvió la cabeza y empezó a hablar con el comensal que estaba sentado al otro lado, mientras abría las piernas y colocaba el cuerpo frente a mí para que yo pudiera entrar más a fondo; después me cogió la mano para impedir que la retirara. Creo que ella también debía de estar muy borracha.)

3

El verano siguiente hice un viaje a Grecia que duró un mes. A la vuelta, cansado, carbonizado, sin dinero y con un calor bestial en Roma, que por aquel entonces se quedaba vacía el 15 de agosto, me fui a la playa con mis padres, como correspondía a un verdadero hijo de papá. Durante los primeros días no hice más que dormir y comer, intercalando algún que otro baño entre ambas actividades. Dormía una media de doce horas al día. Estábamos en la segunda mitad de agosto, en el período en que el verano cambia y empieza de repente a declinar —no porque deje de hacer calor, sino porque a partir de cierta vibración en la luz y en la mirada de las personas, en especial si tienen menos de veinte años, se advierte que las cosas, todas las cosas, entran en su recta final—, cuando me acordé de Max. Por supuesto, Max. El fascista milanés. El tenebroso. El guitarrista clásico. El campeón de artes marciales. Era extraño que todavía no hubiera pensado en mi apuesto amigo con quien el verano anterior había pasado algunos momentos de intimidad tan intensos que casi sospechaba, como suele decirse en la jerga de la prensa del corazón, que entre nosotros pudiera haber «algo más que una simple amistad». En el capítulo anterior he intentado describir algunos de aquellos momentos, y espero haber logrado dar una idea de que, al menos por mi parte, había algo parecido a un enamoramiento. Durante el invierno, cada uno en su ciudad, como si viviéramos en dos países diferentes, no nos habíamos llamado ni escrito; yo perdí casi inmediatamente la tarjeta con su dirección y su número de teléfono, tanto de Punta Ala como de Milán, y él nunca intentó ponerse en contacto conmigo, lo cual, por otra parte, yo tampoco esperaba que hiciera.

Por aquel entonces el verano era una zona franca, y parecía imposible o imprudente replicarla en otros momentos del año, como un rito que debe llevarse a cabo en un momento y un lugar específicos, so pena de cometer una blasfemia. La distancia no estaba, como ahora, interrumpida, pululante de contactos que, por otra parte, no necesitábamos; la soportábamos como algo fatal e irreparable, y a su manera era bonito.

En el fondo, aunque no hubiera perdido la dirección y el número, ¿qué le habría dicho por teléfono o por carta? ¿Qué le habría contado de mí o qué le habría preguntado acerca de él? «¿Cómo va el kárate?» (¿O era taekwondo?) «¿Te has entrenado mucho?» «¿Sigues convencido de que el fascismo es tu destino singular en vez de nuestro pasado común?» Y: «¿Te has peleado con alguien? ¿Ha acabado en el hospital?». Nunca me habría atrevido a formularle preguntas de esa clase, o puede que tampoco me interesara leer las respuestas. Al menos, no escritas por Max. No puedo saberlo, pero estoy convencido de que era negado para escribir, que consideraba que escribir era una actividad despreciable, de vagos o mujeres. Me refiero a la correspondencia, a los ¿cómo te va?, a las nimiedades. Y quizá eso se extendía a la escritura en general, a la acumulación de las palabras que, comparadas con la acción y naturalmente con la música —la divina música que estaba por encima de todas las cosas—, no significaban nada. Encontré un paquete de viejas cartas que abarcan de la adolescencia a la juventud. Casi todo son mensajes o confesiones sentimentales, intercambios de opiniones sobre literatura, ideas e incluso polémicas. Excluidas un par de cartas de mi madre, que se interesaba por mí durante el servicio militar, las demás tratan de amor o libros, en resumen, los temas que nos gustaban..., ¿cómo iba a compartirlas con Max? ¿Aquel puro y desdeñoso concentrado de corporeidad, noble a su manera, incapaz de comunicar?

Entonces decidí ir a buscarlo a Punta Ala.

Siempre he recorrido cantando la larga carretera que se desvía de la carretera nacional en dirección a Follonica y se adentra en el pinar de Punta Ala, mientras conducía la moto. En mi cabeza, con la boca cerrada para que no entraran mosquitos.

Empecé equivocándome de casa. Diseminadas entre los árboles, todas las villas se parecen. El hecho de no reconocer, al cabo de un año, el lugar donde había pasado tantas tardes y noches me estremeció. Era como si algo me dijera que historias y recuerdos carecen de fundamento. Si hasta una casa puede aparecer y desaparecer en el pinar, ¿en qué se basan los sentimientos, la amistad, por ejemplo? ¿Y el placer que causan? Confundido, recorrí varias veces la calle donde creía que estaba la villa de Max. No había un alma, y tampoco en las casas, porque a esa hora, a las seis de la tarde, todo el mundo estaba en la playa. Pensé en llegar ir hasta allí, suponiendo que él y su madre siguieran acudiendo a los mismos baños e incluso que tuvieran la misma sombrilla. Quería creer, tener fe, en que las cosas seguían igual.

Caminé por la playa, me llené los zapatos de arena. Llegué a la orilla y la recorrí arriba y abajo varias veces. La impresión que he mencionado antes, de que el verano tocaba a su fin a pesar de que faltaban algunos días para que acabara agosto, me golpeó, por decirlo así, en plena cara. Puede que porque el sol ya estaba bajo, enorme, rojo y caliente, pero melancólico y vulnerable, como si se hallara a punto de desaparecer sin dejar ninguna certeza de que volvería a presentarse, como si al marcharse quisiera borrar la playa con una ola de luz. Y con ella a la gente que la abarrotaba y a los que estaban metidos en el agua plana como una tabla, singularmente inmóviles —nadie nadaba o se daba un chapuzón—. Me cegaba la reverberación. No había ni un soplo de viento y todo parecía definido y a la vez provisional en su inmutabilidad irreal. Acabado. Es extraño que aquella imagen, sobreexpuesta y carente de banda sonora, sea con creces el recuerdo más vívido que guardo de aquel verano. Todo el estupendo viaje a Grecia con mi novia, sus columnas, sus oráculos, las ruinas, el mar mil veces más inolvidable, no dejaron en mí una huella tan intensa. Aquel momento duró demasiado. No sé por qué, pero se me antojó insoportable, a tal punto que tuve que detenerme, jadeando sin motivo y con los brazos caídos a lo largo del cuerpo, y dejar de buscar la sombrilla de Massimiliano y su madre. Tuve la angustiosa certeza de que las cosas no volverían a ser como antes, y fui presa de un dolor que me habría doblado por la mitad si al menos hubiera sabido de dónde procedía.

Ahora lo entiendo, lo entiendo perfectamente, y por eso me doblo por la mitad de dolor.

Volví al pinar y en un cruce caí en la cuenta de que antes me había equivocado de calle. La villa de Max estaba en la paralela más interna, en una calle casi idéntica. La fantasía no era el punto fuerte de quien urbanizó ese famoso lugar de vacaciones, como la orientación no era el mío. En efecto, ahí estaba la casa de mi amigo, donde siempre había estado. Un amplio bloque de un solo piso donde algunos ángulos, casi imperceptibles, daban movimiento a la fachada, cubierta de grandes puertas correderas de cristal; el toldo enrollable, las sillas de madera blanca en el césped donde escuchaba a Max tocar la guitarra o contarme sus combates, y algún que otro pino para atestiguar que allí, pocos años antes, solo había árboles. La idea inspiradora del lugar era que se confundiera con la naturaleza, ocultarse en ella; ninguna mimetización había logrado tanto éxito recurriendo a elementos diametralmente opuestos a los que pretendía imitar.

De vez en cuando, encontraban agujeros en el jardín excavados por jabalíes.

Melville, el gato gris al que Max había fingido cortarle la cola, salió a mi encuentro dando saltitos por el césped. Me pareció más gordo que el año anterior, y desesperado. Se restriega contra mis piernas, pero en cuanto me inclino a acariciarlo sale corriendo hacia el bosque. En vez de alegrarme, la vista del gato me provoca ansiedad. Nada es como antes, me repito. El verde de los árboles y el cielo se reflejan en los cristales, pero una de las puertas correderas está abierta y se entrevé el interior de la casa. Quiero encontrar a Max, abrazarlo. «¿Hay alguien en casa? —llamo—. ¿Se puede?» Sería incómodo entrar y toparse con su madre en biquini, con su habitual mirada alucinada. Pero me doy cuenta de que en el sendero del jardín hay un coche que no es el suyo, con matrícula de Florencia. «Max, ¿estás ahí?», vuelvo a llamar. Oigo música procedente del interior. No es una pieza de guitarra clásica, sino la voz quejumbrosa de la radio.

Sylvia's mother says... Sylvia's happy...
So why don't you leave her alone?

Una canción que conozco, aunque nunca he sabido quién la canta. En vez de la madre de mi amigo, se asoma una señora delgada y distinguida con una sonrisa interrogante. Se seca las manos en el delantal, que acto seguido se desata, como excusándose por estar ocupada en las labores domésticas, y se lo quita pasándose rápidamente la cinta por el cuello.

—Estaba en la cocina, no le oía...

—Buscaba a Massimiliano... Massimiliano, sí. —Y de repente caigo en la cuenta de que no recuerdo el apellido de mi amigo. No, no es posible. Me he olvidado. Nada es como antes—. Soy un amigo. —Y solo ha pasado un año—. Un amigo de Roma. —Como si precisar mi ciudad de origen fuese una garantía de que me recibieran igual que a un peregrino agotado que ha hecho un largo viaje para llegar hasta allí.

—Ay, lo siento, se marcharon a principios de mes —dice la mujer con amabilidad—. Pero si quieres, siéntate un momento... —Señala las sillas blancas del jardín.

Alguien debe de haberlas pintado recientemente porque el blanco reluce sobre el verde brillante del césped. Y al verme tan cortado, la señora, cada vez más hospitalaria, como en una serie americana, me pregunta si quiero un vaso de limonada. Mientras tanto, la voz de la canción se hace más sollozante, cada más desesperada.

And the operator says «Forty cents more... the next three minutes...»[*]

La mujer vuelve a entrar en la casa y apaga la radio.

—Tuvieron que irse de repente. No explicaron por qué, no lo sé. Quizá mi marido, cuando vuelva... Habían alquilado julio y agosto, como todos los años, y pagado por adelantado. Pero bueno, encontraremos la manera de devolverles al menos agosto, ya que no lo han disfrutado...

Así que no era su casa, la alquilaban, pensé sorprendido. Sin embargo, Max me había enseñado cada objeto de la villa contándome su historia: la de los viejos fusiles colgados sobre la chimenea —que su padre coleccionaba y compraba en sus viajes al extranjero—, la mecedora, la hamaca original de la Royal Navy, el cuchillo marcado por los dientes de un babuino, los cuadros pintados por su madre antes de que se volviera como era..., naturalezas muertas más bien buenas, tengo que admitirlo, con piedras, velas, ristras y botellas. Las busqué con la mirada en las paredes, pero no estaban.

—No teníamos pensado venir, pero como la casa estaba libre...

La dueña me tendió un vaso y lo llenó de una jarra donde crujían los cubitos de hielo recién sumergidos en la limonada.

—Yo nunca voy a la playa. Odio tomar el sol, es malo para la piel. A mi marido le gusta pescar. Quizá la próxima semana venga nuestra hija, está casada y vive en Francia.

[*] «Y el operador dice que cuarenta centavos más para los próximos tres minutos.» *(N. de la T.)*

La limonada no llevaba azúcar. Bebí un par de sorbos pensando en marcharme.

—Lástima, porque llevaban ya cinco o seis años seguidos viniendo, parecían haberse encariñado con el sitio y la casa. Nosotros solo la usamos en invierno. En invierno se está muy bien..., no hay nadie. Pero hay a quien no le gusta la soledad...

—Perdone, pero ¿y el gato?

—Ah, sí, claro, el gato.

—Melville.

—Melville, sí, pobrecito..., qué nombre, ¿cómo se les habrá ocurrido? Con todos los nombres que hay, digo yo. Pobre, sí, no es que sea muy sociable, al menos con nosotros. Pero ¿qué otra cosa podemos hacer? ¿Dejar que se muera de hambre?

Max y su madre tenían que marcharse a toda prisa y no encontraban al gato. Había desaparecido en el pinar y se vieron obligados a dejarlo allí. Cuando los dueños llegaron para tomar posesión de la casa lo encontraron merodeando por los alrededores y en cuanto abrieron la puerta se coló dentro. Desde entonces ya no se alejaba.

¡Ay, aquella limonada sin azúcar! Me bebí tres vasos. A la señora de la casa le apetecía charlar un rato. Por las ganas que tenía de hablar, deduje que no tenía hijos, pero después me acordé de la hija que estaba a punto de llegar de Francia. La hija casada. Echaba de menos a un hijo varón o a alguien por quien valiera la pena exprimir ese montón de limones. Un hijo al que quitar la sed, al que contemplar mientras se pone la camiseta limpia, al que reñir por alguna tontería..., al que encomendarle tareas como «Se ha acabado la comida del gato, ¿vas a comprarla tú? Estoy tan cansada...», sabiendo que al principio protestará, pero que al final lo hará. Siempre me he prestado de buen grado a este tipo de adopción instantánea. En realidad, yo esperaba a su marido para hablar con él. Aunque sí, efectivamente entretanto iría a comprar las latas para Melville. Pero la pesca debía de haber acabado porque el dueño de la casa regresó. Mi pensamiento, que se había alejado de Max, volvió a concentrarse en él.

Se presentó de manera informal, tratándome como a un adulto. «Marinucci», dijo, y me dio la mano libre. En la otra llevaba un cubo de plástico.

Marinucci era corpulento, tenía la barriga y las piernas hinchadas. Llevaba un gorrito de tela descolorida, una camisa de cuadros abierta y unos cristales oscuros sujetos a la montura, de esos que se suben y se bajan, bastante comunes en los años setenta, pero que ahora ya nadie utiliza.

—¿Cuántos años tienes? —me preguntó con brusquedad. Se lo dije. Evidentemente, juzgó que era la edad apropiada para hablar conmigo de hombre a hombre. Me cogió por un brazo—. Ada, ¿por qué no pones esto en la nevera? —Y le dio el cubo.

Entonces miré dentro: había tres pescados. No sé por qué me acuerdo tan bien, pero cuarenta años después estoy seguro de ello: había dos pescados y un pez, pues uno seguía vivo. Las imágenes más nítidas son a menudo las de los detalles.

—¿Me escuchas?

—Sí.

—Si eres un amigo del chico creo que debes saberlo. He preferido mantener a mi mujer al margen porque es impresionable. Enterarse de que ha pasado una cosa semejante, y encima en nuestra casa, le arruinaría las vacaciones. Y por tanto, también arruinaría las mías.

Tenía un marcado acento toscano, que a mis oídos siempre ha sonado brutal.

Sí, brutal, a pesar de toda la literatura y toda esa agua pasada bajo los viejos puentes, o quizá sea justo esa brutalidad original, de maneras y conceptos, la que ha conferido tanta potencia a su literatura, quién sabe.

—Me llamó el hijo para decirme que se iban. Creo que se marcharon de noche. Habían recibido malas noticias del padre. Estaba en Suiza, enfermo. Muy enfermo. Había ingresado en el hospital sin decirles nada, pero su problema de salud se había agravado de repente. En cuanto recibieron la noticia, la señora Vera intentó matarse.

—¿Cómo que matarse? ¿Y usted cómo lo sabe?

—Me lo dijo Max. Bueno, en realidad no me lo dijo, pero lo capté. —Me miró con elocuencia—. ¡Oye, que no soy tonto! —Negué con la cabeza para hacerle saber que no se me había ocurrido pensar que lo fuera—. Pero ¡el chaval se portó muy bien! Tu amigo. Quién sabe lo que habría hecho otro en su lugar...

Pensé que Marinucci se refería a mí. Sí, seguramente yo me habría dejado dominar por el pánico: el padre moribundo y la madre que intenta suicidarse. Le pregunté cómo lo había intentado. Me miró con una mueca de altivez y casi se le escapa una carcajada.

—¿Pues cómo va a ser? Con una tanda de pastillas. ¡Está claro!

Pensé en Vera, la madre de Max. Solo la imaginaba con el vestuario veraniego, que lucía de manera despampanante, ingenua y descarada, como si estuviera en un desfile de modelos o en la sesión fotográfica de una revista de moda, reproduciendo poses irreales, gestos y ademanes que debían parecer espontáneos: un saludo, un salto de alegría, la mano que se protege los ojos, las rodillas contra el pecho, el atusarse el pelo, un instante pensativo; tampoco me acordaba de su mirada, siempre oculta tras las gafas enormes de montura roja o blanca, que rebasaban su hermoso rostro triangular reduciéndolo a las dimensiones del de una niña que juega ante el espejo del tocador con los complementos de su madre. Las llevaba incluso dentro de casa, esas gafas parecidas a los ojos de una mosca vistos bajo el microscopio, mientras cocinaba u hojeaba las revistas tumbada en el sofá, haciendo oscilar los zuecos sobre los dedos de los pies de uñas pintadas. Logré verle los ojos pocas veces, eran inmensos, estaban vacíos y ansiosos, de un verde esmeralda, pero con el iris contorneado de negro, como los de los felinos de las novelas de aventuras que yo había devorado hasta poco tiempo antes en serie, en los que se hablaba de enormes panteras, de esmeraldas y de rubíes fabulosos custodiados por sectas de asesinos en sus templos subterráneos. Pero en ese instante no lograba verlos, recordarlos, debido a una ansiedad parecida a la de ella. La noticia me había impresionado profundamente. Solo lograba acordarme de su ropa. Las camisas de gasa arrugada. Los shorts. El pañuelo ceñido a la frente y los vistosos collares, los tirantes de sus batas de flores llamativas sobre la piel morena, su espalda bronceada, el escote salpicado de pecas, porque la madre de Max era de tez y cabellos claros, tenía ese tono especial de algunas rubias que se oscurece con el sol hasta convertirse en una especie de cuero dorado, oleoso. Descrita de este modo, parece que intentara ser seductora y fascinante, hermosa cual era y casi desnuda como iba, a excepción de unos pocos centímetros de tela casi impalpable, el punto calado de la camiseta, los cinturones exagerados que le marcaban las caderas; sin embargo toda esa exhibición era de todo punto gratuita, carecía de finalidad o espectadores. La opinión de Max era diferente, pensaba que su madre tenía un amante, o varios, en la playa y en Milán. Me lo había dicho más de una vez y lo confirmaba con los insultos que mascullaba contra ella. Yo rechazaba la idea, horrorizado; es más, a decir verdad ni siquiera lograba concebirla. Mi mente se negaba a priori, como si se le pidiera que realizara un esfuerzo sobrehumano o contradijera la lógica más elemental, esa según la cual dos y dos son cuatro, sin opciones. La madre de Max no podía traicionar a su marido, a quien yo no había llegado a conocer, y punto. El adulterio era un tema fuera de mi alcance intelectual. Por eso, la primera vez que leí *Ana Karenina* durante la mili, no lo entendí, es decir, no entendí el tema de la novela, no comprendía dónde estaba el problema, literalmente.

En cualquier caso, la posibilidad de que fuera verdad parecía preocuparme y escandalizarme más a mí que a su propio hijo.

Yo creo que Max era fascista también por eso. Un momento: no quiero decir que Max lo fuera porque su madre era infiel, sino porque Max podía pensarlo y aceptarlo como una realidad con amarga tranquilidad, podía estar prácticamente seguro, es decir, estar seguro de que traicionaba a su padre por la simple razón de que no existía la mínima posibilidad de que no lo hiciera. Daba por sentado que su madre era una puta. En esa forma de generalización grosera que son los tópicos, suele afirmarse que los hombres italianos están convencidos de que todas las mujeres son unas putas menos su propia madre. Creen que es la única santa. Pues bien, no es cierto, es decir, no es verdad que lo crean. Puede que lo digan, pero en su fuero interno no se lo creen en absoluto. Al revés, la mala opinión que los italianos tienen —o tenían— acerca de la respetabilidad de las mujeres deriva de las dudas que alimentan sobre su propia madre. Van dirigidas a ellas, por celos o resentimiento. Al fin y al cabo, la madre es esa puta que te negaba el pecho. No siempre, solo a veces, de manera caprichosa, lo cual es todavía peor porque hace sufrir más. Amigo mío, si existe una mujer de cuya fidelidad dudar, esa es tu madre...

Max despreciaba a la suya, despreciaba su inquietante belleza, su debilidad, su locura. Su modo de vestir —«de puta»—, los cócteles que bebía, los charcos de sus lágrimas. Si hubiera sido menos rica o fea, su hijo habría podido comprenderla, pero, como dice el poeta, es difícil sentir piedad por las mujeres hermosas, hay que ser muy inteligente y sensible, y Max, primero había acabado con toda su sensibilidad haciéndose cortes en las manos, y después había encauzado la que le quedaba hacia la yema de los dedos, con las que acariciaba las cuerdas de su Cremonese de un solo hombro. También por eso era fascista. Perder todas las ilusiones sobre la vida y el mundo, poblado de lobos y cerdos, para cultivar como una flor de invernadero la fe fanática en algo capaz de sacarte de él, de anularlo, de drenar su pantano. Su madre era ese pantano. Me la imaginé vomitando las pastillas con la misma vehemencia con que se las había tragado..., mientras su hijo la insulta y la mete en el coche con las maletas que ha logrado hacer al tuntún. ¡Cómo iba a ir a buscar a Melville! Y el viaje de noche hasta Milán, y Suiza...

Las cosas no volverían a ser como antes. Cierto. Es una frase conmovedora y estúpida que podría aplicarse a un momento cualquiera de nuestras vidas.

Pero en este caso, la duda es más fuerte, me sacude de pies a cabeza.

Las cosas nunca volverían a ser como antes.

Pero quizá, y en eso residía mi duda, ni siquiera antes lo habían sido, no habían sido como no serían después, es decir, sencillamente esas cosas no habían sido de ninguna manera.

Marinucci quiso enseñarme cómo se cargaban los fusiles que tenía encima de la chimenea. El ingenioso sistema que usaban en los tiempos en que fueron fabricados. Aquellos fusiles lo abarcaban todo: química, física, orfebrería, arte, industria, valor, pericia, precisión, instinto de matar. Los descolgó de la pared y me los puso en las manos para que notara su peso, los cargó y apuntó al techo, después los descargó y volvió a colgarlos en la pared. Puede que él también echara de menos un hijo varón al que transmitirle alguna noción técnica o moral. No era casualidad que la hija se hubiera casado con un francés y hubiera puesto cinco o seis departamentos y muchos relieves montuosos entre su nuevo núcleo familiar y el originario. La señora Marinucci intentó recrear un simulacro familiar invitándome a cenar. Todo estaba casi listo y de la cocina llegaba un aroma de aceite y romero. Pero de chaval no me gustaba el pescado.

4

En aquella época el tiempo no cundía nada. Hoy las cosas duran más, la vida y la juventud son más largas, se tienen hijos más tarde y las mujeres siguen luciendo un pecho fabuloso a los cincuenta. Nada se acaba, hasta las guerras duran para siempre, reptan sobre el tiempo, como en la Edad Media. Hay espacio y tiempo entre un acontecimiento y otro.

Pienso en la música de entonces y pongo ejemplos.

Ejemplo A
1969, *In the Court of the Crimson King*
1970, *In the Wake of Poseidon*
1970, *Lizard*
1971, *Island*
1973, *Lark's Tongue in Aspic*

Ejemplo B
1970, *Trespass*
1971, *Nursery Cryme*
1972, *Foxtrot*
1973, *Selling England by the Pound*
1974, *The Lamb Lies Down on Broadway*

Ejemplo C
1970, *Atom Earth Mother*
1971, *Meddle*
1972, *Obscured by Clouds*
1973, *The Dark Side of the Moon*
1975, *Wish You Were Here*

Eso es, en cuatro o cinco años todo empezaba y acababa, del descubrimiento al abandono, a un ritmo endemoniado, apremiante, se contaban los meses, las semanas que faltaban para que saliera un disco.

Llegué tarde y agobiado al Piper, había pasado algo..., algo en mi casa..., no me acuerdo de qué, pero debió de pasar algo que me hizo llegar tarde... Seguramente una tontería, pero las familias suelen dar la máxima importancia justo a las tonterías, como si fueran cuestiones de vida o muerte. Como cuando te avisaban: «Es la última vez que te lo digo». Ordena tu habitación, quita el casco del recibidor, devuélvele las pinzas —el taladro, las tenazas, la escalera— al portero; se trata de cosas que hace meses que no están en su sitio, que hay que colocar en su lugar, y tras muchas advertencias son la gota que colma el vaso, que agota de golpe la paciencia..., lo cual siempre pasa cuando uno está a punto de salir de casa..., te llaman en el momento en que estás en la puerta...

Por eso me largaba a hurtadillas, sin avisar, para evitar amenazas y advertencias repetidas «por última vez».

Antes de ser famosos en todo el mundo, los Genesis tuvieron éxito en Italia. Por algún motivo en Inglaterra no les hacían caso, mientras que aquí ya tenían ejércitos de fans después de un par de discos, no, tres, pero el primero casi nunca se cita en su discografía, nadie lo tiene en cuenta y creo que sus mismos autores lo han olvidado o repudiado. Yo también acostumbro a empezar su historia a partir de *Trespass*, que es su segundo álbum; por aquel entonces acababa de salir *Nursery Cryme*, una obra maestra que habré escuchado, lo digo en serio, al menos cien veces, y la canción «The Musical Box», el doble.

Esa canción narra un suceso que nunca llegué a comprender bien, pero ahora no quiero ir a buscar el texto y aclararlo, me contento con los residuos de lo que queda en mi memoria para concluir que lo que entendí desde la primera vez que lo escuché es que habla de una violación. Sí, una violación, por lo visto se refiere a eso... La canción de Genesis es una fábula —una fábula oscura, pero en el fondo todas lo son—; un muñeco con resorte viola a una chiquilla, o quizá es alguien que, como el muñeco, sale de la caja por sorpresa, aparece de repente —*the Old King Cole.*

> *She's a lady...*
> *She is mine...*
> *Oh, brush back your hair...*
> *And let me get to know your face*

Y tras varios arpegios y flautas...

> *Brush back your hair...*
> *And let me get to know your flesh*

Tu carne, tu cuerpo, es decir:

> *Why don't you touch me*
> *Touch me, touch me, touch me, touch me, touch me... now!*
> *now, now, now, now!**

Un *crescendo* estrepitoso.

Me perdí todo eso al llegar tarde al Piper, el famoso club nocturno de la Via Tagliamento, inmortalizado en películas y fotografías, que en aquel período se había convertido en la sala donde actuaban grupos de culto —vi, por ejemplo, a Soft Machine y Amazing Blondel—. Arbus estaba

* «Ella es una dama, es mía / Peina hacia atrás tu pelo / Y déjame ver tu rostro / Peina hacia atrás tu pelo / Y déjame ver tu carne [...] / ¿Por qué no me tocas?, ¡tócame! / ¡Tócame ahora!» *(N. de la T.)*

allí con cara de póquer, o sea, la suya de siempre: la cortina de pelo largo negro enmarcando el rostro inexpresivo.

Demasiado tarde, las entradas se habían agotado.

—Hace una hora que estoy aquí —dijo con su aire habitual de pura constatación de un hecho carente de todo reproche. Después de disculparme repetidamente por el retraso, le pregunté por qué, dado que estaba allí cuando todavía quedaban entradas, no había comprado una para mí—. No tenía bastante dinero.

Un motivo irreprochable.

—Vale, pues podías habértela comprado para ti y haber entrado.

Negó con la cabeza, como si esa opción fuera contra los principios por los cuales la Tierra gira alrededor del Sol. Arbus era demasiado literal, demasiado rígido para entrar en el primer e histórico concierto de Genesis en Roma sin su amigo. Ni siquiera hubo necesidad de que se explicara, lo comprendí por la leve turbación de su rostro impasible. Lo que debería haber sido una prueba de fidelidad, la demostración de la sólida amistad que lo unía a mí, no me sentó nada bien. Además de perderme la posibilidad de ver a Peter Gabriel, Mike Rutherford, Tony Banks, Steve Hackett y Phil Collins, por mi culpa también se la había perdido Arbus. Estaba apenado y desilusionado, no podía creérmelo, tenía el corazón en un puño, miraba fijamente en silencio la puerta del Piper, cerrada a cal y canto, con la estupidísima esperanza (redoblada por la rotunda seguridad de que eso no pasaría NUNCA, ni al cabo de diez minutos, ni de media hora, ni al día siguiente ni NUNCA...) de que el gorila la abriera de repente y dijera: «Pueden entrar diez personas más», o cinco, o solo dos, y que aquellos dos afortunados seríamos Arbus y yo.

Eso no pasó. Casi con toda seguridad, Genesis empezó a tocar al cabo de poco o ya estaban tocando. Tenía la impresión de sentir las vibraciones. Quizá se trataba de la galopada inicial de «The Knife», o del arranque de la aún inédita «Watcher of the Skies», que se convertiría en un tema memorable pocos meses más tarde. Mientras pasaba las de Caín y experimentaba al menos siete sentimientos diferentes a la vez —rabia, envidia, vergüenza, ganas de suicidarme, desesperación, fatalismo y remordimiento—, Arbus me dijo:

—No importa. —Y metiéndose las manos en los bolsillos de la cazadora añadió—: Me voy a casa.

En una época sin móviles ni tarjetas de prepago, elegir era definitivo, los errores eran irreversibles.

Fue Arbus quien había descubierto a Genesis, conocí su música gracias a él. Había comprado sus discos —*Trespass*, medievalizante, empezando por la portada hendida y traspasada por un cuchillo—, los había grabado en casetes que me había pasado para que pudiera escucharlos sin gastar dinero y había copiado en la cartulina plegable del estuche transparente —con una meticulosidad tan obsesiva que no podía deberse al afecto que sentía por mí, sino a su amor abstracto por el orden y la perfección— los títulos de las canciones y los nombres de los componentes del grupo con sus correspondientes instrumentos, imitando los caracteres utilizados en los discos, parecidos a los de una máquina de escribir. Quién sabe si Arbus lamentó no asistir a aquel concierto tanto como yo, si todavía se acuerda. Lo que sí sé es que al cabo de pocos años se desinteresó de la música pop y volvió a escuchar solamente la clásica, a tocarla, analizarla y comprenderla de un modo que yo no he logrado: es demasiado compleja para mi mente, demasiado profunda para mi alma.

Me parece que le importó un pimiento. Al poco ya estaba rumiando otra cosa, y no creo que haya vuelto a pensar en la hora que pasó esperándome en la acera de la Via Tagliamento enfrente del Piper.

Para comprender de qué pantano lingüístico hemos intentado salir con todas nuestras fuerzas, baste pensar que la prosa que se ocupaba de esos temas, que devorábamos todo el día en las páginas de la revista *Ciao 2001* —hoy da risa esa fecha futurista, ¿no?— o de la que nos empapábamos como esponjas en los programas de radio, decía cosas como estas: «Robert Fripp es un puto cirujano de la guitarra», o «Una vez más, Rick Wakeman desenrolla como por arte de magia sus suntuosas alfombras sonoras», o «Yo soy ateo, pero Billy Cobham es Dios».

Todo en el universo se vuelve de repente cristalino...
Era... maravilloso.
Quiero escucharlo una y otra vez, durante años.

Mis ojos se transforman en agua...

... Aquel enigmático disco de los King Crimson, cuya portada miniada de alegorías de colores se me ha quedado grabada en la retina, para siempre.

Cuando tenía dieciséis años, nos sentábamos y escuchábamos eso. Poníamos un disco y lo oíamos entero, desde la primera pista. Ninguna distracción, sin móviles que controlar continuamente. Los LP eran la única tecnología que existía para escuchar música, resultaba complicado saltar algún tema porque podías rayar el disco. Así escuchábamos los álbumes, cuarenta minutos de música sin parar, de principio a fin, la cara A y luego la B, con las partes *ambient*, los interminables solos... Muchas veces seguidas.

La gente de mi generación de cualquier parte del mundo, hoy escribe:

Recuerdo que salía del colegio e iba a casa corriendo a escucharlo a todo volumen.

Io lo ascoltavo facendo i compiti mentre ero al liceo e, incredibile! Mi aiutaba a concentrami.*

I remember when I was 17 or 18 years and I was smoked and I put music something like this, Tarkus! It was real style of the life!

Free Hand, Gentle Giant; *Close to Edge*, Yes; la maravillosa balada de los Jethro Tull «Look into the Sun»; el desesperado «Nobody needs to discover me!» de «Looking for Someone»; «Book of Saturday», que sigue po-

---

* «Yo lo escuchaba mientras hacía los deberes. Parece increíble, pero me ayudaba a concentrarme.» *(N. de la T.)*

niéndome la piel de gallina; «Manticore» de *Tarkus*; Caravan, *Hello Hello*; Mahavishnu Orchestra, *Celestial Terrestrial Commuters*, en el que, en efecto, el batería es Dios; *Killer* (de *H to HE*); *The Least We Can Do Is Wave to Each Other*; *The Inner Mounting Flame*; el mellotrón...

«Looking for Someone» es el mejor para silbar y cantar a media voz, su melodía quejumbrosa, las pausas —más bonito así que escuchando el disco...

El aumento del placer tiene una naturaleza analítica. No es casual que solo los maníacos alcancen el punto culminante, los que se obsesionan con el objeto para extraerle todas sus singularidades, y disfruten con ese análisis infinito. El entendido en vinos, el melómano, el comentarista de fútbol descomponen el objeto de su estudio en fotogramas aislados, en fonemas, instantáneas, perfumes, aromas, y lo reviven accionando la moviola adelante y atrás un sinfín de veces, disfrutándolo, paladeándolo y escupiéndolo. Rozan la locura, pero sin acercarse a esta no hay placer, a pesar de correr el peligro de caer dentro. Quien mantiene las distancias con sabiduría, no disfruta. La sabiduría se funda en la renuncia al placer.

(Eso es, Arbus y yo escuchábamos los discos así. Más que como fieles o sacerdotes, diría que como científicos en un laboratorio. Y si el método que convierte en significativo un experimento es la repetición, muchas veces, hasta que este queda validado, nosotros hacíamos lo mismo con los discos, escuchábamos una y otra vez el mismo disco durante toda una tarde, y resultaba impresionante que con cada nueva escucha, descubriéramos algo insólito. A esas alturas me sabía de memoria aquellas melodías y aquellos arreglos, y sin embargo al volver a escucharlos siempre se daba un paso más allá. ¿Un paso hacia dónde? Hacia el conocimiento.)

Qué inútil decir que el placer es natural, instintivo, ingenuo, espontáneo...; al contrario, no hay nada más artificial, o sea, más construido, elaborado. El placer es acumulativo y comparativo, y justamente se intensifica acumulando, comparando y graduando. Quien afirma que la conciencia atenúa la conmoción del descubrimiento, que nos acostumbra, que nos hace indiferentes, está diciendo una estupidez; bueno, quizá de viejos... (aunque en mi caso, con el paso del tiempo la sensibilidad se ha agudizado, se ha vuelto casi febril; las experiencias vividas la han vuelto profunda y enfermiza...). Pero cuando somos chavales seguro que no es ese el peligro; es más, de chavales sentimos la comezón de un hambre verdadera de conciencia, de crecimiento, porque sin conciencia, sin repetición, sin atención, sin entrega, no hay nada. Nada. Nada de placer, nada de ternura, ninguna conquista, ningún erotismo.

Éramos como dos esponjas que nos empapábamos del líquido de la música, de las palabras y de las imágenes, se hinchaban y se estrujaban, para volver a hincharse en el océano de las cosas desconocidas.

5

¡Cómo echo de menos a Arbus!
 Cuando dejó el colegio, lo de convertirme en el más inteligente no era motivo de gran satisfacción. Además, yo no lo era, me lo decían y a veces me lo creía, pero se referían más a mi potencial que a los logros reales. Estoy condenado, y lo estaré toda la vida, a que me halaguen no por lo que he hecho, sino por lo que podría hacer. El libro que podría escribir, no los que he escrito. Las menciones a mi supuesta inteligencia aluden a un patrimonio que no se ha invertido de manera adecuada. Y que mientras tanto se desintegra, se devalúa... Por eso, los halagos me suenan a reproche.
 ¿Sabes dónde podrías llegar con la inteligencia que tienes?
 ¿Y qué has hecho, al fin y al cabo? Una mierda.
 Después, yo también me fui del SLM.

Igual que mi compañero Arbus, yo tenía asimismo la clara sensación de no aprender nada. Por lo menos, entonces, como nos había aconsejado el director, habría podido aprender algo conociendo mejor a quienes me rodeaban, a mis profesores y mis compañeros, habría podido aprender algo de ellos, comprender sus vidas..., sus pensamientos y necesidades...

El verdadero problema es que yo no tenía carácter. Todavía no sabía ni lo que era eso. Cuando lo supe, procuré crearme uno, usando escenas de películas que había visto, de libros que había leído y frases ingeniosas de las pocas personas que tenía a mi alrededor: gente un poco más mayor que yo, mi primo, héroes inalcanzables o de segunda mano. Todo lo que entonces me parecía ridículo e idiota ahora me parece bonito y digno. Y al revés.

Lo paradójico del colegio es que enseña cosas demasiado complicadas demasiado pronto, cosas completamente ajenas a la vida real de quien las aprende en el momento en que las aprende. Sin embargo, ese es el momento justo para aprenderlas, cuando todavía no las comprendes en absoluto. A los quince años estudias la metafísica del amor, la *donna angelicata*, el corazón gentil donde se refugia siempre el amor cuando no sabes ni de lejos lo que son, lo que es el amor, y mucho menos sus variantes extremas, destiladas por poetas medievales al borde de la locura después de complicadísimas abstracciones que han necesitado siglos de pensamiento y miles de kilómetros de sistema nervioso para realizar la hazaña. Es la diferencia que existe entre sustancia y contingencia: la sustancia de la que no se puede decir nada ni saber nada, la que no puede definirse de otra forma porque ya no sería sustancia...

Por una parte están estos conceptos intangibles, que el mejor profesor no logrará poner a tu alcance porque ni siquiera lo están al suyo —hace lo que puede—; por la otra, estás tú.

La sentencia que entonces nos volvía locos era: «El ser es y el no-ser no es». Firmado: Parménides. Sí, repitámosla: «El ser es... y el no-ser no es». ¡Ah, claro! ¡Menudo descubrimiento! ¿Eso es la filosofía? Lo que es, es, lo que no es, no es. Entonces, si mi abuelo tenía cinco pelotas era un *flipper*; añadid eso al libro de texto. El ser es... y el no-ser no es: ¿hacía falta un gran pensador para llegar a esta obviedad? De modo que esa asignatura llamada filosofía no era más que un batiburrillo de conceptos incomprensibles y trivialidades desconcertantes, y la idea de que alguien pasara a la historia por una frase que nosotros seguíamos analizando al cabo de dos mil quinientos años —y que no nos parecía tan diferente de «ese perro no es un gato»— y, sobre todo, la idea de que esa chorrada fuera considerada la quintaesencia de la sabiduría antigua, nos obligaba a considerar la filosofía como un engaño y al famoso y ensalzado Hombre Griego como un subnormal. Lo malo era que empezábamos con cosas de ese estilo, eran los temas que se tocaban en las primeras clases de una nueva asignatura que nos presentaban como el arte de pensar, el tesoro de la sabiduría humana, en resumen, inteligencia en estado puro. Y ya en las primeras páginas nos topábamos con misteriosos personajes que pronunciaban frases a medias, afirmando que todo es fuego, no, todo es agua, todo es número, que las flechas se sostienen en el cielo y los átomos caen en picado, pero a cierta altura cambian de dirección, a saber por qué. El *clinamen*: ¿qué puede ser más ajeno, qué puede estar más genuinamente lejos de la experiencia y el sentido común de un chaval de quince años? ¿Qué puede significar para él el *apeiron* y él para el *apeiron*? Es inútil que sigamos culpando a los profesores, no existe un profesor, por bueno que sea, capaz de reducir a conceptos simples lo que por su naturaleza rechaza la simplificación. Los oráculos no pueden explicarse, de lo contrario, ¿qué clase de oráculos serían? Los conceptos más peliagudos continúan siendo complicados, lo contrario significa reducirlos a estupideces. Es más, el profesor honrado debería admitir su impotencia ante los conceptos más escabrosos y subrayar, en lugar de esconder o banalizar, su dificultad, lo apretado del nudo, no fingir que lo desovilla con algún truquito... Cuanto más explicas y profundizas en esos conceptos, más consciente eres de que resultan inaprensibles. Por no hablar de la literatura italiana, que empieza por el final, nace ya adulta, como un recién nacido con el cráneo monstruosamente desarrollado, y sus grados de dificultad son inversamente proporcionales a la edad de quien la estudia, de manera que durante todo el plan de estudios no se cruza casi nunca con un lector del mismo nivel intelectual que ella. Él crece poco a poco mientras ella mengua. En un momento dado, las dos líneas se intersecan, o también puede suceder que el estudiante se vuelva más maduro que la materia que está estudiando, por ejemplo, que «esos chavales tristes que se quejan de todo», o que esos otros folloneros de los futuristas con sus «tratatrac, tri tri tri, fru fru fru, ciaciaciaciaciaak». Sin embargo, al principio es chungo. Como si el entrenador de saltos de trampolín te empujara en la primera clase para ejecutar un doble carpado. La culpa no es del entrenador demasiado exigente. Yo, que sigo quedándome sin respiración al leer algunos cantos de Dante, intento imaginarme cómo era enfrentarse a ello de chaval..., ya no lo recuerdo.

Aprendizaje y comprensión casi nunca van juntos: nos acostumbramos a aprender sin entender, y entendemos cuando es demasiado tarde para seguir aprendiendo. Ese es el motivo por el que el estudio va acompañado a la fuerza de cierta dosis coercitiva.

Es lo mismo que pasa con los rezos: antes hay que aprender las oraciones y repetirlas muchas veces, como si fueran música y las palabras no contaran, sabérselas de memoria; después, quizá al cabo de años, comprenderás su significado y caerás en la cuenta de que lo que murmurabas tenía un sentido. O no lo tenía. O bien las desechas y se acabó. La religión estaba fundada en prácticas tradicionales repetidas desde la infancia sin discutir su sentido o sin que uno llegara a aprehenderlo, no había ninguna necesidad. El sentido habría sido un obstáculo. Mientras hoy en día se pretende que alguien crea en Dios y sepa explicarlo y después entre en una iglesia, de lo contrario su gesto se consideraría carente de lógica, antaño se iba a la iglesia por costumbre y quizá llegaba el día en que se llegaba incluso a creer. Cuando cesa la costumbre, que es una condición previa a la experiencia, cesa la experiencia misma. Solo quien se familiariza poco a poco con algo podrá reconocerlo al final. Primero rezas, después encontrarás a Dios; primero desfilas y cantas, después acabarás por amar a la patria: ese es el fundamento de los ritos religiosos y civiles. Hoy en día se exige una razón inmediata para todo, ya no se concede tiempo o intervalo entre el aprendizaje y la comprensión, tienen que ser simultáneos, todo debe resultar claro desde el principio, no hay sitio ni para el aburrimiento ni para el misterio.

Incluso ahora, que soy adulto y por desgracia he dejado de aprender cosas nuevas y tengo la sensación de empezar a comprender algo que en realidad ya sabía, pero no entendía, muchos conceptos y muchísimas cuestiones siguen fuera de mi alcance. Conozco esas ideas, pero no las entiendo. Podría incluso enseñárselas a los demás sin haberlas comprendido en absoluto. Quizá tenga que llegar a viejo para penetrar en ellas, para que me penetren, como un rayo que corta una materia que se ha vuelto ligera y transparente. Me imagino la mente de un viejo como algo delgado, diáfano, seco, complicado y frágil, parecido a la piel translúcida de la vejez. Una tela consumida por los muchos lavados. Al final, el pensamiento cruzará esa habitación árida y ya despejada y la desmaterializará para siempre con un suspiro, un soplo de ceniza. Esa será la muerte. Pero hasta entonces sigo reaccionando con asombro y sentido del ridículo a partes iguales ante muchas nociones aprendidas de joven —para, acto seguido, apartarlas apresuradamente—, cuando era ingenuo y escéptico a la vez, más propenso a obedecer que a dejarme convencer en serio. Intuyo su grandeza oculta, pero por ahora capto sobre todo su aspecto extravagante. El mito de la caverna, por ejemplo. ¿Es concebible que unos hombres se paseen por ahí con estatuillas en la cabeza, arriba y abajo, como sombras de osos de un tiro al blanco de la feria, con la única finalidad de engañar a unas personas que están atados como morcillas en una caverna mirando fijamente la pared de piedra? ¿Esos hombres en el fondo de la gruta somos nosotros?

El verdadero y perfecto colegio religioso solo puede ser un INTERNADO. Una institución totalizadora, que abarca todos los aspectos de la existencia biológica y mental. El que los alumnos sean devueltos a sus familias y al mundo exterior unas cuantas horas después de su llegada, como ocurre en un colegio normal, interrumpe la obra educativa, que es más compleja y delicada que un simple ciclo de clases de ocho a una. Cada tarde se desmonta, se echa a perder lo que se ha construido durante la mañana. No me refiero a las asignaturas que se han estudiado en clase, no, esas acabarían arrinconadas de todas formas, solo cuentan en el momento en que el intelecto del chaval las olfatea, las captura o las rechaza; en el fondo, qué más da una que otra, las matemáticas valen lo mismo que la química o el dibujo, son pretextos, estímulos, incentivos, no tiene sentido que una espina permanezca clavada en la carne si solo servía para despertarnos del coma de la indiferencia. Una inyección y se acabó, puedes irte a casa. Más bien me refiero a la obra de lento convencimiento, a la imperceptible metamorfosis que solo puede propiciar un plazo de tiempo largo y vacío, el encierro, la falta de opciones, practicables o soñadas, la abolición del concepto mismo de espera, de esperanza, es decir, la desesperación en su forma más pura.

La expresión «lavado de cerebro» no significa darle un ligero enjuague al cerebro y ya está. Hay que macerar la mente, adobarla, ponerla en la salmuera de la educación religiosa y dejarla allí, olvidarse de ella durante muchos días y muchas noches hasta que se empapa y ya no puede quitarse de encima ese olor característico, medicinal y acidulado, una mezcla de sudor, lana mojada y loción para después del afeitado, pero también perdidamente infantil, que emana de los sacerdotes de todas las edades, y de los papas, de Pablo VI a Ratzinger, incluido el arzobispo de Cracovia, sin duda —me puse en la cola a las cuatro de la mañana, pero no logré llegar hasta su cadáver para comprobarlo—. Quizá. Quizá. Mil veces quizá. Quizá la esencia de la religiosidad resida en la espera desnuda, en el tiempo muerto, ocurra mientras no ocurre nada, en el momento en que se aprende algo, en los intervalos —quizá se aprenda y quizá se olvide—; es obligatorio decir «quizá», pues no existe nada más dudoso e incierto que el acercamiento a Dios, que puede manifestarse en forma de alejamiento y desilusionarte una vez más.

Hallar mientras vagas perdido, encontrar algo por casualidad —lo cual no deja de ser encontrar—, reconocer, volver sobre tus pasos, contradecirte, volver la cabeza en un ángulo de ciento ochenta grados y después de trescientos sesenta, esperar a ver si surge algo de esos palos de ciego.

Si en cuanto uno se pone tenso se ve inmediatamente liberado, tranquilizado, amparado, si en cuanto suena el timbre uno es libre de escupir el agua bendita que le llenaba la boca, ¿de qué sirve habérsela dado? Si se interrumpe un rito, es una inmortalidad a medias y el miedo a lo eterno nos hace decir «Por hoy dejémoslo aquí». En eso consiste el colegio, en ese «Basta por hoy, vámonos a casa». A casa, a casa. Por eso se necesitaría un internado.

Cuando dos niños juegan, ¿quién decide cuál hará de Batman y cuál de Robin?

Las que siguen son afirmaciones de un compañero de clase. La primera vez que las oí no las comprendí. Se me quedaron grabadas, palabra por palabra.

«Todo el mundo tiene sentido del humor. Yo no. En cambio, sé decir la verdad, o sea, hacer lo que no hacen los demás.»

«Es inútil que les diga lo que pienso a mis compañeros, ellos tienen la costumbre de reírse de todo.»

A menudo, en vez de responder a las bromas de los compañeros de clase, Arbus rechinaba los dientes, con la boca apretada, como el enano Hop-Frog en uno de los cuentos más aterradores de Poe; parecía como si los afilara para abalanzarse sobre el gracioso y devorarlo, pero al mismo tiempo sus ojos brillaban tras los cristales siempre sucios, porque no estaba enfadado, en absoluto, sino que, como era su costumbre, estaba pensando rápidamente y había imaginado, usando lo que en ajedrez se conoce como «profundidad de juego», las cinco o seis ocurrencias que habrían podido seguir a la primera si él no hubiera preferido callar y rechinar los dientes.

Hay que puntualizar que Arbus no era, en efecto, un chico simpático en la acepción clásica de la palabra. Cada vez que procuraba serlo, con actos o palabras, sabías que a continuación añadiría algo desagradable o metería la pata, echando a perder la impresión positiva.

En el comportamiento de Arbus no había afectación, nunca hacía que pesaran sobre los demás sus dotes intelectuales superiores y, si en todo caso sucedía, como no había ninguna necesidad de subrayar la desproporción, dejaba de exponer sus ideas y las alternaba con alguna broma torpemente copiada de los demás, de esas que suelen hacer los chavales acerca de los profesores, el fútbol o lo aburrido que es el colegio...

Oiga, ¿hablo con la casa de la familia Beethoven?
¡No-no-no-nooo...! (con la música de la *Novena*).

Oiga, ¿hablo con la casa de la familia Mozart?
No, esta es la casa de la familia Beethoven (con la música del *allegro* op. K550 de Mozart).

Ergazomai ton filon dendron! (En griego significa: «¡Yo cuido del amigo árbol!»)

En su rostro dominaba la incertidumbre. Resultaba inescrutable, o porque él era el primero en no estar seguro de lo que sentía, si estaba de buen o mal humor, o porque los demás no le entendían. Algo impenetrable flotaba en torno a su expresión; nunca lo vi del todo contento o enfadado o asustado. La única manifestación irrefrenable que tenía era su carcajada. La risa de Arbus era sonora y aterradora, una explosión, y cuando se reía —casi siempre por un motivo incomprensible para los demás—, abría mucho la boca y echaba atrás la cabeza, dejando al descubierto la arcada superior de los dientes, blancos y fuertes, que normalmente se limitaba a rechinar; en vez del *nerd* con gafas que en efecto era, al reír así se me antojaba un cosaco, un caballero salvaje de las llanuras asiáticas.

Entre Arbus y yo, conversar era una manera más tangible de pensar. Él pronunciaba pocas frases, lacónicas, que a menudo expresaban conceptos tan tajantes que costaba compartir; yo necesitaba darle muchas vueltas a las cosas antes de acercarme a una idea, incluso a la más elemental, como si las palabras inútiles sirvieran para encaminarme en una dirección, aun sin saber si era la correcta, aunque solo fuera para salir del estancamiento. Sigue siendo así. Confieso que jamás he sabido lo que pienso exactamente antes de haberlo dicho o escrito, e incluso después tengo la impresión de que mi pensamiento era otro —sí, pero ¿cuál?— o de que todavía no estaba bien definido, desarrollado, o de que había afirmado algo solo porque lo había leído en un libro u oído a alguien y yo me limitaba a repetirlo como si me hubieran sacado a la pizarra, recurriendo, de entre todas mis facultades mentales, solo a la memoria.

Esta insatisfacción me impulsaba a seguir reflexionando para mis adentros incluso después de haber callado, para intentar comprender de qué estaba realmente convencido, en definitiva, qué habría podido afirmar con absoluta seguridad a propósito de la vida, del colegio, de los compañeros, de la política, de la música, del fútbol..., sí, así es, incluso en un tema como el fútbol siempre he tenido la impresión de que lo que decía no coincidía con lo que en teoría pensaba, puesto que el pensamiento no expresado se parece demasiado a un deseo o a un sentimiento. ¿Qué idea expresa en verdad afirmar que odio esto, admiro esto otro y aquello me aburre? Así que acerca de los curas, el capitalismo, la literatura, la ley, la educación o la alineación apropiada para jugar un partido contra el Juventus y ganarle, nunca he tenido ideas claras, sino que más bien he oscilado entre posiciones aproximativas que alimentaba con argumentos secundarios. En cambio, Arbus parecía tener las ideas ya formadas en la cabeza antes de expresarlas, y de que no iba a modificarlas por capricho, incertidumbre o por una inútil posición personal, como me pasaba a mí, sino solo por argumentos más válidos. Las ideas no permanecían pegadas a su persona, al contrario, se despegaban de él sin esfuerzo.

En la familia de Arbus sucederán cosas extrañas. Cuando fuimos compañeros de clase, durante el primer año de bachillerato, eran todavía invisibles. Es un período de tregua que dura varios años, cuando los hijos son aún demasiado pequeños tanto para imitar como para juzgar a su padre.

En algunas tétricas tardes de lluvia helada y monótona —casi para desmentir a quienes sostienen que en Roma siempre «hace buen tiempo»—, en que parecía imposible hacer algo serio, positivo o mínimamente divertido, nuestra única ambición era que el tiempo pasara, matarlo de la manera menos dolorosa y más rápida posible hasta la hora de cenar. La verdad es que Roma es una ciudad fría y las instalaciones de la calefacción en las casas son insuficientes, con viejos radiadores que se calientan solo a medias. Sábados invernales que se clausuraban a las cinco con una cortina oscura de lluvia helada. Fue durante una de esas tardes cuando Arbus me habló de su padre.

¿Qué estudiaba, qué enseñaba el padre de mi compañero, el profesor Lodovico Arbus? Pues impartía una materia que estaba entre la gramática, la lógica, las matemáticas y la filosofía. Por lo visto, en la universidad lo admiraban y estimaban, y sus alumnos lo veneraban. Pero es bastante común que las profesiones de los padres se queden suspendidas tras un velo de vaguedad, ocultas tras un título de profesor, abogado o ingeniero que no explican muy claramente lo que hacen de verdad a diario, lejos de casa...

La mayoría de nosotros mantenía una relación distante con su padre, alimentada por una excitación nerviosa debida al temor y la admiración. Era él quien traía el dinero a casa, te hacía preguntas sobre tu futuro y te demostraba afecto a condición de que te lo merecieras, comportándote bien —mientras que nuestras madres nos lo demostraban pasara lo que pasara—. Pero en aquella fase de la vida, finalizada ya una infancia más o menos dorada, era normal que nos comparásemos con ellos, con los hombres, con nuestros padres. La época del afecto incondicional, de los mimos y las meriendas (Eleonora Rummo nos daba panecillos untados con mantequilla recién sacada de la nevera, sin extender, que debía ablandarse calentando el pan entre las manos), esa era dominada por la figuras femeninas benignas estaba tocando a su fin y en el horizonte acechaba un perfil imponente y al mismo tiempo desgarbado, desagradablemente ejemplar, que nos obligaría a razonar, a compararnos con él, a hacer cosas, a estudiarnos y a desafiarnos mutuamente —y ya no era un juego—. Casi ninguno de nosotros había visto a su padre trabajando. Uno sabía que lo hacía duramente, que era bueno, el mejor en su campo, sin duda, pero nadie lo había visto en plena faena, como mucho había sido testigo de su salida de casa por las mañanas camino del despacho, del estudio, de la obra, de la clínica, y de su vuelta por las noches. No tener jamás una visión directa del padre en el trabajo incitaba a algunos de nosotros —a mí, por ejemplo— a fantasear acerca de sus actividades, a otros a desinteresarse por él y no faltaba quien lo odiaba por su ausencia o lo adoraba por su éxito, del que solo le llegaba un reflejo, frases de halago y dinero. Mi padre hablaba conmigo unos cinco minutos al día y, a menos que él estuviera muy enfadado (por cuestiones de trabajo) o muy contento (no sabría decir por qué), durante esos cinco minutos no expresaba ningún sentimiento especial. Y me parecía lo normal.

(Suele decirse que toda experiencia incompleta deja un agujero por donde entran los demonios.)

A excepción de algunos casos de padre mítico o mitificado, o especialmente severo a causa de diferencias insalvables, me temo que los de mi generación tienen muy poco que decir acerca de sus padres. No los hemos comprendido y sabemos poco de ellos. También saben poco quienes los mitifican, aun cuando ese poco sea bueno. La mayoría de nosotros tenía la impresión de que compartíamos al padre, un padre estándar, intercambiable, una fusión de todos los padres disponibles que, en cualquier caso, era como una sombra, un extranjero. En parte un tirano, y por eso temido, pero también, y en buena parte, un tirano fallido, lo cual suscitaba resentimiento y conmiseración al mismo tiempo. Le considerábamos un viejo a los cuarenta, un hombre incómodo y fuera de lugar en su propia casa, gobernada por su mujer sin concesiones, ocupado en mantenerse alejado el mayor tiempo posible por motivos de trabajo; un hombre siempre en tensión e incapaz de dominar sus emociones, que obviamente debía de sentir, sino solo capaz de reprimirlas; alguien recordado por esporádicos arrebatos de rabia ciega y por la vigorosa ternura que a veces era capaz de demostrar cuando menos te lo esperabas.

Más adelante, los hombres se dividirán en tres categorías: los que infligen dolor a las mujeres, los que las consuelan del dolor causado por los primeros y los que prefieren relacionarse con ellas lo menos posible.

Lodovico Arbus pertenecía a la primera y a la tercera categoría a la vez.

Mientras buscaba el pegamento o unas tijeras, no sé, Arbus descubrió en el último cajón del escritorio de su padre una colección de fotografías pornográficas. Pero no se trataba de mujeres desnudas, sino de chicos.

Entonces se puso a buscar más y las encontró dentro de los libros de su padre.

6

¿Leer? ¿Leer? Yo no leía libros, los devoraba, los engullía. Me lo tragaba todo sin dejar ni unas migajas de sentido, ni una línea sin exprimir. No solía entender mucho, a veces nada, pero me tragaba lo incomprensible, ya está, hecho, adelante con un nuevo libro. Arbus era el único tan fanático como yo, pero también en esto se mostraba más metódico. Un fin de semana —puede que fuera a finales de las vacaciones de Semana Santa, o durante un puente de Todos los Santos..., cuando se está encerrado en casa todas las estaciones parecen iguales— fuimos a la casita de campo de su padre. Bueno, «casita» es mucho decir. Era una cabaña erigida en medio de una explanada completamente yerma, excepto por algunos árboles frutales. Aunque hubiéramos querido, ni siquiera habríamos podido pasear por los alrededores porque la hierba estaba llena de excrementos, secos y frescos, de las ovejas que lo devoraban y lo ensuciaban todo, pastaban y defecaban sin cesar. Pero en la cabaña donde el padre de Arbus había escrito sus obras fundamentales sobre la recursividad lingüística —y, como supimos más tarde, donde solía llevar a sus amantes ocasionales—, sin televisión, sin calefacción y sin agua corriente —había que sacarla del pozo para lavarse—, estábamos estupendamente porque nos habíamos llevado una docena de libros que leímos de cabo a rabo en menos de setenta y dos horas. Todos. Es más, íbamos tan rápido que el último día ya no nos quedaba nada que leer y por eso nos fuimos. Yo acababa uno y lo colocaba en lo alto de la pila de donde al poco lo pescaría Arbus, que hacía lo mismo con los que leía él. Sin comentar nada, solo leíamos. Creo que podía advertirse una especie de murmullo, como el que emite una central eléctrica. Dos chicos tumbados en el catre dentro de un saco de dormir tragándose un libro detrás de otro. La única distracción de este maratón de lectura era salir una media hora para tirar penaltis por turnos, pisando mierdas de oveja; uno chutaba y el otro paraba, bueno, paraba si podía —la portería estaba formada por dos arbolitos cargados de caquis todavía verdes—, Arbus casi nunca, o porque el tiro iba fuera o porque se le escapaba la pelota, que después había que ir a buscar unos treinta metros más allá, esquivando las cacas de oveja. Acabamos una hora antes de que saliera el autocar para Roma. Los dos últimos libros, de la colección Teatro Einaudi, eran muy finitos —*Rinoceronte*, de Ionesco, y *Recordando con ira*, de Osborne—, nos bastó media hora para cada uno, tres cuartos quizá. Nos los había recomendado el profesor Cosmo. Era como beber zumo de naranja sin azúcar.

Recuerdo una vez, en quinto, que Arbus se dislocó la muñeca derecha. Fue la única ocasión en que lo vi quejarse y, si mal no recuerdo, llorar, sujetándosela como si se la hubiera roto. Su madre le hizo un masaje con una pomada que desprendía calor, se la vendó con cuidado y le colocó el brazo en cabestrillo. Durante dos semanas lo colmaron de miramientos en casa y el colegio. «¿Todavía te duele?», «¿Quieres que te corte la carne?», «Dame, ya te llevo yo los libros.» En realidad, Arbus no se había hecho nada, solo quería llamar la atención y que su madre se preocupara de él. Me lo confesó un año después, fue una de las pocas confidencias que me hizo cuando éramos chavales. Otra fue la detallada descripción de un sueño. Esto sucedió en el período en que había descubierto que los sueños tienen significados ocultos y estaba empeñado en descifrar los suyos, por su cuenta o preguntándome a mí lo que creía que podían significar.

«He soñado que me iba de casa. Mi madre estaba en la puerta con un delantal. En realidad, no se ha puesto un delantal en su vida. Lo retorcía entre las manos, implorándome que no me fuera. Yo no le respondía y me volvía, es más, le daba la espalda y me encaminaba por una larga bajada haciendo caso omiso de sus súplicas. Ella seguía llamándome con la voz quebrada por los sollozos. Después, cuando llegué al final de la cuesta, la oí murmurar con enojo: "¡Pues vete al diablo!", y me sorprendió haberla oído a esa distancia. Me había marchado, empezaba una nueva vida, pero no sabía si estaba triste o alegre. El primer acontecimiento de esa vida nueva era el encuentro con una mujer mucho mayor que yo. Me invitaba a subir a su coche para llevarme a su casa. Yo aceptaba de buen grado, pero ella parecía confundida, no recordaba dónde estaba, se equivocaba de calle hasta que yo empezaba a ponerme nervioso. "¿Será posible que no recuerde dónde vive?", pensaba, y le pedía que me dejara bajar. De repente ella adoptaba un aire severo, casi maligno, y me decía que no. "No, no te dejaré bajar", decía, pero entretanto se había arrimado a la acera y casi se había parado, como si me invitara a que osara hacerlo, como desafiándome. Yo intentaba abrir la puerta, pero estaba bloqueada. "Y ahora bésame", decía ella. La miraba con detenimiento por primera vez: tenía unos treinta años y la mirada de loca, iba muy maquillada, pero era guapa. La besaba sin discutir, y mientras lo hacía, tenía la sensación de que estaba disolviéndose, de que se volvía impalpable, casi líquida, era una sensación desagradable..., tenía la boca blanda y caliente..., su cara y todo su cuerpo eran blandos y sin forma. Le toqué el pecho para comprobar si también lo era...

»Después no recuerdo lo que pasó, de repente estábamos haciendo el amor. No sé cómo llegamos a eso y cómo fue posible. Lo único que sé es que de repente ella dice que no quiere hacerlo y grita con desesperación: "¡Para! ¡Para! ¡Todavía soy virgen!". Al oírlo, me gustaría explicarle que yo también lo soy, sin embargo le digo con voz amenazadora: "¡No importa! ¡Ahora verás! ¡Aquí mando yo!". Ella forcejea, pero logro sujetarla. Lo curioso es que a pesar de que la sujeto contra su voluntad, en realidad no hago ningún esfuerzo, no tengo ni que atarla ni que pegarle, pero lo más raro es que al hacer el amor con ella le doy la espalda, como si no quisiera verla. Es como si la hubiera violado de espaldas a ella... y oía cómo se quejaba. No he visto ni mi sexo ni el suyo, ni siquiera sabía dónde estaban. Ha sido una verdadera pesadilla.»

Para acabar, diré que nunca he conocido a una persona tan frugal como Arbus. Ni siquiera Zipoli, ese compañero nuestro que usaba un solo cuaderno para todas las asignaturas, era así. Solo necesitaba el alimento necesario para mantenerse en pie, dos pares de pantalones, un jersey, libros y unas gafas. Ninguna frivolidad, ningún paseo por la otra orilla, ninguna borrachera. Nunca. O al menos eso creíamos.

7

Arbus lo había descubierto por su cuenta, pero su padre, en un acto inusual y ejemplar dada la época, hizo pública su homosexualidad. Sin que nadie lo obligara, escribió una carta abierta al diario vespertino más vendido en Roma. Todos la leyeron con asombro, fue publicada por otros periódicos y abrió, como se decía entonces, un «debate» acerca del tema. El problema no era la homosexualidad en sí —siempre había habido lesbianas y maricas, y en cuanto tales se les parodiaba, marginaba, consentía, maltrataba o consideraba «muy divertidos» o «muy sensibles», en función de la situación, o también se los arrinconaba por ser diferentes. En mi opinión, eran mucho más libres entonces de lo que lo son ahora, pero quizá eso pueda aplicarse a todos nosotros. Curioso fenómeno, la libertad. En teoría, ha aumentado, pero en la práctica concreta del día a día, ha disminuido. Entonces muchos homosexuales ocupaban cargos destacados en el mundo de la cultura, eran escritores, directores de cine, críticos de arte, y suma y sigue. Una determinada cadena de transmisión del saber y de la creatividad siempre había funcionado así, de manera excelente. Pero el caso de Lodovico Arbus, que pertenecía a ese mundo como académico y no como artista, era más controvertido, se trataba de un hombre casado y con hijos que, a mitad de su vida, le revelaba al mundo que era y siempre había sido en lo más profundo de su ser un homosexual, y se prometía a sí mismo que de ahora en adelante respetaría su verdadera naturaleza, sin forzarla u ocultarla más tiempo. Su mujer y sus hijos habían sido el fruto de un sacrificio o un error. La confesión del profesor Arbus sacudió a la opinión pública suscitando las reacciones más variadas que puedan imaginarse y que no enumeraré ahora. Quien vivió aquellos tiempos puede imaginárselas; quien no, porque aún era pequeño o todavía no había nacido, perdería tiempo analizando unas opiniones que se extinguieron de manera tan repentina, seguramente porque sus fundamentos carecían de solidez. En todo caso mencionaremos actitudes opuestas que trascendían el aspecto meramente sexual: considerar a Lodovico Arbus un hombre honrado y valiente, o un canalla egoísta. Los primeros reconocían que había sido sincero al confesarlo; los segundos le achacaban que había sido un hipócrita al ocultarlo hasta entonces. En efecto, el problema de la doble vida empieza cuando deja de ser tal. Cada una de las partes puede ser reivindicada en perjuicio de la otra.

Lodovico Arbus abandonó la casa de Montesacro llevándose solo algunos trajes, documentos y efectos personales. Poco tiempo después, un incendio destruyó buena parte del piso, incluida la biblioteca del profesor, la habitación de mi compañero y la de su hermana Leda, que por suerte salieron indemnes. Ella estaba durmiendo en casa de una amiga y Arbus despertó debido al humo y puso a salvo a su madre, Ilaria. Nunca se supo la causa. Las víctimas de los incendios suelen morir asfixiados durante el sueño. Puede que Arbus jamás durmiera profundamente. Su cerebro nunca se apagaba. A Ilaria Arbus le fue muy difícil recuperarse de aquellas desventuras. Se daba por sentado que conocía las verdaderas inclinaciones de su marido. Por eso también la tacharon de hipócrita y fue el blanco de preguntas retóricas: «¿Cómo podía tolerarlo?... En sus narices...».

Como ya he dicho, Arbus estaba al corriente de la verdadera naturaleza del profesor. No creo que le importara haber sido concebido por un hombre que mientras poseía a su madre fantaseaba con tener entre sus brazos a un atlético muchacho. Al fin y al cabo, el chorro de semen que brotó de él le había dado la vida, y lo mismo puede afirmarse de su guapa hermana. Dos episodios irrefutables sobre los que resultaba infructuoso emitir juicios o hacer comentarios. Una vez le oí exponer una teoría que se remontaba a la Antigüedad sobre la paternidad entendida como un viento que esparce sus esporas al azar. Lo hizo en clase de religión, sembrando asombro y suscitando el morboso interés de mister Gólgota, que acto seguido aprovechó la ocasión para dar su versión cristiana del asunto: ese viento, en efecto, era Dios. Un viento sagrado. El Espíritu Santo.

Ni siquiera la doble vida de su padre debía de haberle escandalizado, con independencia de que los amantes de Lodovico fueran hombres o mujeres, un detalle secundario a la luz del juramento de fidelidad entre los cónyuges. Mi amigo nunca había demostrado inclinaciones amorosas de ninguna clase y permanecía neutral frente a las de los demás. Lo único que creo que le afectó fue el abandono físico del hogar familiar por parte del profesor, la desaparición de su sombrero del recibidor, de su cartera de cuero de la vieja butaca al lado de su escritorio, no oírlo por las noches al otro lado de la pared mientras hablaba con sus asistentes por teléfono, a quienes instruía con tono monótono y sosegado: esas frases intercaladas por silencios en que el profesor escuchaba a sus interlocutores limitándose a soltar algunos murmullos de asentimiento..., quizá mi amigo las echara de menos. Demostraban que su padre era capaz de prestar atención.

Algunas pertenencias de Lodovico Arbus seguían en la casa, o debido a las prisas de la mudanza, o porque al profesor no le interesaban, o porque tenía la clara intención de que permanecieran allí donde estaban, como si fueran legados testamentarios de la vida familiar de la que se despedía para siempre. Entre ellas había un extraño objeto al que parecía haberle tenido mucho apego, un regalo, o al menos eso decía, que le habían hecho con ocasión de un ciclo de conferencias en Oslo. Era una especie de animal imaginario de madera clara, un híbrido entre oso y morsa, de unos cuarenta centímetros de altura, liso, prácticamente falto de extremidades. Empezando por su excesiva dentadura, no quedaba claro si resultaba gracioso o amenazador, recordaba a un demonio a punto de cobrar vida gracias a un antiguo conjuro. Mientras hablaba por teléfono, el profesor solía poner una mano sobre la cabeza. La acariciaba, le daba tiernos golpecitos.

Ahora dominaba el despacho desierto como si fuera su nuevo y único habitante. Una de las pocas veces que fui a su casa después de que su padre se marchara, tuve la impresión de que Arbus lo miraba fijamente con odio.

Después, todas estas cosas y estas fantasías se quemaron en el incendio.

8

¿Me ha ocurrido alguna vez?

Sí.

Sí y no.

Fue hace muchos años, en un hotel de Barcelona.

El hombre era cordial, tierno y calvo.

Yo era joven y guapo.

Hicimos amistad casi al instante.

Sucedió en uno de esos encuentros de escritores de diferentes países que duran varios días.

Reímos y bromeamos juntos acerca de nuestros colegas y muchas otras cosas.

El inglés acelera el ritmo de la conversación.

Bien entrada la noche, después de haber bebido demasiado, como todas las noches, me pidió que fuera a su habitación.

Subimos.

Moqueta, pasos amortiguados y vacilantes, la hilera de puertas todas iguales...

Para seguir charlando otro rato.

Nos sentamos en el sofá y nos bebimos tres o cuatro minibotellas más de la nevera.

Nos reímos otro poco..., reímos y reímos...

Estamos sorprendidos de lo amigos que somos.

Nos comprendemos casi en todo.

Después, él se pone serio, se me acerca y me besa. Yo acepto su beso.

No sé por qué.

¿Puedo decir que me lo esperaba?

Sí, me lo esperaba.

Quizá no me esperaba eso, quizá me esperaba otra cosa, un impulso.

Tenía la lengua rasposa.

Pone la mano en mi nuca y yo también pongo la mía en la suya, donde aún tiene cabello, fino y ralo.

He dicho que me esperaba que nos besáramos, pero solo en ese momento me di cuenta de que estaba besando a otro hombre.
No a una mujer, sino a un hombre.
Exacto, un hombre, no a una mujer.
Un hombre que ni siquiera me atraía.
Entonces ¿por qué estaba besándolo?
(Más tarde me haría esa pregunta varias veces.)
Me eché hacia atrás.
Él intentó volver a acercar sus labios a los míos, e hice un gesto que una vez una chica me hizo a mí para rechazarme: sin apartar la cabeza, puse la mano derecha con la palma hacia fuera entre su boca y la mía.
Si uno tiene intención de seguir adelante, no es una barrera insalvable, puede resultar desalentadora y excitante a la vez.
Él no comprendió el motivo de mi rechazo, pensó que era porque no me gustaba, no lo suficiente para seguir besándonos e ir más allá.
Así pues, si el escritor que conocí en Barcelona hubiera sido guapo y me hubiera gustado, ¿habría llegado hasta el final?
En un primer momento pensé que así era, que él no me gustaba, pero sí los hombres.
Pues bien, estaba confundido.
Me equivocaba.
Los hombres, guapos o feos, no me atraen.
Repetí el concepto para mis adentros.
Pero no se lo dije.
Quizá él hubiera preferido saberlo, no estaba rechazándolo a él, pero no se lo dije.
Se entristeció, pero siguió siendo amable.
Paró casi enseguida y me hizo una invitación que parecía una súplica, es más, un lamento: Quédate a dormir conmigo.
A dormir, ¿dónde?
Aquí en la cama conmigo, intentaré no tocarte.
Lo juro...
Su voz implorante temblaba de deseo y al final lo vi por lo que era.
El típico marica inglés de mediana edad.

Honestamente marica y razonablemente excitado.
Era la situación que yo mismo había provocado.
Debería haberle parado antes los pies.
Así pues, ¿qué era yo?
¿Qué quería?
Si no era marica, ¿qué era?
Le respondí que no.
¿No quieres?
No puedo.
Ni loco, pensé.
Un cuarto de hora después abandonaba su habitación.
Con una sonrisa idiota.
En realidad, ya había ocurrido una vez, hacía mucho.
Cuando era pequeño, pequeño e inconsciente.

9

¿Qué los empujó? ¿La lujuria? Fue la lujuria, esa que en la ciudad se difunde sobre todas las cosas, que resulta casi inseparable de la amistad, los negocios, los celos, el homicidio, las carreras en coche; ay, ni siquiera era lujuria, sino un loco afán de aventura; o ni siquiera eso, ni siquiera sed de aventura; era el desmoronamiento del castillo de nubes, demasiado pesadas para el cielo, era el ángel exterminador enviado por Dios para castigarnos, era la locura de los ángeles, la destrucción que no halla sosiego, que no puede detenerse, que castiga, castiga, que castiga las culpas que descubre, que transforma la inocencia en culpa para poder castigarla. Sí, esa era la lujuria.

Angelo: nunca un nombre fue tan apropiado. Uno cree que los ángeles son buenos..., rezamos al ángel de la guarda antes de dormir. Se trata de un perverso malentendido, causado quizá por la imagen popular de las criaturas que revolotean en las pinturas devocionales, sin saber que se trata de la versión cristiana de los Cupidos paganos, es decir, que esos adorables amorcillos de cabecitas rizadas son símbolos sexuales. Cuando por desgracia muere un niño o mueren varios —hace algunos años, por ejemplo, se derrumbó el techo de un parvulario—, la gente se consuela diciendo que se han convertido en ángeles que nos observan desde el cielo, hasta hacen pancartas conmemorativas que se muestran en el campo de fútbol, olvidando el lado castigador de ese demonio alado, el descenso a la Tierra del ángel exterminador, y Miguel con la espada de fuego expulsando a nuestros progenitores del Edén, y todas las demás veces que el ángel ha sido portador de desolación y muerte en vez de amparo. El ángel en realidad es un ejecutor, una pura extensión de la voluntad divina, su luz refleja, a menudo aterradora. Sí, en este caso Angelo es el nombre más adecuado.

Los protagonistas de la MdC cultivaban un fuerte sentimiento de amistad, de hermandad, de camaradería. Estaban listos para enfrentarse juntos al asedio. ¿De quién? De los comunistas. Veían comunistas por todas partes. Consideraban a sus mismos padres, católicos fervientes, comunistas inconscientes. Estremece pensar que una familia educa a sus hijos en ciertos valores sin imaginar que un día se convertirá en la diana de sus dardos.

Por otra parte, al afirmar el principio de la fraternidad, nos olvidamos de su origen como alianza defensiva y ofensiva, es decir, fundamentalmente de distinción entre un «ellos» y un «nosotros». La fraternidad universal es un oxímoron o una abstracción de significado opuesto a como se estructuran en realidad los grupos humanos. En el mundo real hay muchas fraternidades en permanente conflicto, pues su fin es precisamente defender los intereses de sus propios hermanos. Poetas y escritores nos enseñan que el sentimiento de fraternidad nace casi siempre de la guerra, en el frente, en las trincheras; los hermanos son conmilitones, personas por quienes vale la pena derramar la propia sangre...

Dicho esto, podría pensarse que el máximo nivel de enemistad se da entre grupos de hombres en conflicto entre ellos. No es así. Entre las facciones de hombres que luchan a sangre y fuego —pongamos, por ejemplo, los ultras de los equipos de fútbol— hay muchas más semejanzas que diferencias. En efecto, se reconocen recíprocamente en una especie de geometría camorrista —cuando muere un ultra, los de los equipos adversarios le rinden homenaje—. La verdadera diferencia radica entre una banda de hombres y una de mujeres, y más aún entre una banda de hombres y una mujer. Desigualdad de género y número. Máxima asimetría. Los puntos más distantes, los colores más opuestos del espectro.

Añadamos también la diferencia de clase.

Un grupo de hombres y una sola mujer, mejor dicho, una mujer aislada. La técnica, elemental y eficaz, es la misma que la de una cacería en un rebaño: se identifica la presa entre las muchas posibles y después ejecutan las maniobras necesarias para aislarla. O bien se espera a que abandone, por iniciativa propia, los lugares concurridos y vigilados: un horario fatal, el momento crucial que marca el final de la jornada de trabajo o del rato de diversión, que para una mujer sin acompañantes coincide con el período de máxima inquietud de la vida urbana, esto es, la noche, la oscuridad, la salida de la discoteca, del gimnasio, la vuelta a casa, la callejuela desierta, la parada de autobús, el andén poco iluminado... Peligros y amenazas que convierten en algo tentador el ofrecimiento de un cómodo pasaje por parte de personas sonrientes.

Si en el caso de la MdC las presas eran dos en vez de una, se debe al hecho de que una sola difícilmente habría aceptado confiada la invitación de los chicos. Fue una jugada astuta por parte de ellos, y de paso mataron dos pájaros de un tiro.

Para ir dando vueltas por ahí ligando con chicas con la idea de violarlas hay que disponer de tiempo libre, lo que explica por qué los violadores en grupo son sobre todo jóvenes sin empleo, sin oficio ni beneficio, delincuentes de poca monta, soldados de guarnición en un país extranjero, clandestinos, perdidos de varias calañas, en resumen, gente que no sabe cómo matar el tiempo. Añadamos a la categoría los estudiantes, los estudiantes universitarios, hijos de esa singular manera de ir a la universidad que en Italia consiste, o consistía en la época en que se desarrolla esta historia —yo fui el ejemplo perfecto—, en ir a clase de vez en cuando y después, en casa, pegarse hartones de empollar para los exámenes importantes, como anatomía patológica o derecho mercantil. El tiempo libre es el azote del hombre sin objetivos o cuyos objetivos son tan difícilmente alcanzables que tiene que encontrar algo con que entretenerse mientras tanto.

Bien. ¿De qué hablan durante todo el día estos mangantes con sus amigos? De mujeres y de sexo. ¿En qué piensan? En compensar ese pasar las horas colgados en la nada. Ponles una navaja en la mano y hazles caer en la cuenta de que el noventa y nueve por ciento de la población anda por ahí desarmada y que la mitad está formada por mujeres. ¿Qué se les ocurrirá hacer entonces? ¿Por dónde empezarán?

La MdC puede incluirse entre los llamados «homicidios recreativos», es decir, los que permiten pasar un sábado o todo un fin de semana con los amigos. Por lo visto, en algunos lugares del mundo es un pasatiempo típico de los días de ocio: hacerse con provisiones de alcohol y drogas, secuestrar a una chica y divertirse hasta hartarse, o hasta que muere.

Durante estas sesiones se celebra una ceremonia de iniciación homosexual que consiste en sacar el miembro y mostrarlo a los demás hombres antes de penetrar a la mujer que ya han violado los otros.

«Compartir una chica entre amigos.» Un contacto erótico homosexual realizado a través del cuerpo de una tercera persona.

Como se dice muy claro en la «Marsellesa», mejor aún, se canta a voz en cuello, el valor de la fraternidad expresa su máxima intensidad cuando se trata de matar a alguien, cuando las personas se unen para derramar sangre; la sangre impura del enemigo consolida el pacto de fraternidad. La sangre de la adúltera vincula a los que, todos juntos, la lapidan.

Los hermanos de sangre nacen de la misma mujer, o han matado juntos a una mujer.

Atacando a una mujer en grupo, los hombres se salvaguardan, al menos de forma temporal, de la violencia recíproca. La mujer neutraliza la agresividad que los hombres desatarían entre ellos sin ella no estuviera y que gracias a ella transforman en complicidad. La hoja del hombre pierde el filo, tratando brutalmente a las mujeres se olvida de lo mucho que sus compañeros lo han tratado brutalmente y sometido.

El lazo erótico que une a los responsables de una violación es más fuerte que el que los ata a su víctima; mejor, puede decirse que la violencia de grupo se perpetra con el fin de afirmar el primero y borrar el segundo. También existen versiones no violentas de la misma fraternidad, donde la lujuria se concentra por un instante en una figura femenina para refractarse hacia quienes la han proyectado; en un espectáculo de *striptease*, por ejemplo, el contacto entre los espectadores es más estrecho que el que hay entre ellos y las chicas que se desnudan. Al margen de la interacción expresada con gestos obscenos, cada sexo permanece aislado, en perfecta soledad, repartiéndose las emociones.

Violar a la misma mujer es una manera de acercarte al sexo de tus compañeros, para verlo y tocarlo indirectamente, chapoteando en el semen de tus amigos en el interior de una mujer.

Es un compañerismo creado por fuerzas misteriosas, «a las que es dulce ceder, incluso sintiendo o provocando dolor». De ahí el mito, el hechizo, de la amistad, su misterio sagrado si se compara con la banalidad de las demás relaciones, empezando por las familiares. En la familia no suelen apreciarse los excesos sentimentales que turban los vínculos indisolubles, en los que no hay posibilidad de elección. Mi voluntad no podrá modificar, revocar o rescindir el hecho de que mi madre sea mi madre. El único vínculo revocable es el que existe con el cónyuge; en cambio no puedes dejar de ser hijo, hermano, hermana o madre. Son lazos que impiden toda iniciativa. No solo Lenin o Goebbels animan a cortarlos, también lo hace Jesús.

El vínculo nuevo en cambio se afianza gracias a algo que viene del exterior, que se encuentra fuera del vínculo mismo, la comunión de cuerpos y almas se dirige hacia un objeto lejano, que hay que venerar —un dios, un jefe, un ideal, un maestro—, u odiar con la misma fuerza —un enemigo común contra quien luchar—. En esta unión viril no se admiten reservas ni hay contrapartida a las propias iniciativas, sino participación. En el ámbito del vínculo, todos los vínculos son extremos, y si no lo son, se extreman. La fidelidad, el principal sucedáneo del amor.

Cuanto más sólida sea la unión del grupo, más dispuestos estarán sus miembros a dirigir su propia belicosidad hacia quien no forma parte de él.

Si es cierto que emparejarse con una hembra es un deseo sexual del varón, también es cierto que su deseo de agregarse a los demás varones no es menos sexual y potente. A veces, dos deseos pueden intercambiarse o fundirse. El elemento femenino se vuelve, por consiguiente, completamente extraño, objeto de deseo y de hostilidad en la misma medida.

Imaginemos un universo masculino que se siente rodeado por fuerzas enemigas, o mejor aún, estas ya se han introducido, se hallan entre nosotros. El enemigo es una mancha que destiñe, que se filtra en el tejido social como un líquido. Su contagio se difunde por medio de las mujeres, los extranjeros, los judíos y los pederastas. ¿Qué peligro llevan implícito estas categorías? ¿En qué consiste su amenaza? Fundamentalmente en la lascivia. En su desorden erótico potencial. Sin embargo, es el mismo impulso erótico que une el cuerpo sectario del fascismo.

Justo ayer, dando un paseo alrededor del Stadio dei Marmi, en el Foro Itálico, caí en la cuenta de eso al abrazar con la mirada a los sesenta atletas desnudos.

Una por una, esas estatuas no tendrían nada de homosexual, pero su desfile, el circuito de gigantes, crea una especie de hechizo viril. Esos hombres vigorosos logran subyugar. El deseo siempre está mal disimulado, tanto el heterosexual como el homosexual, pero este último es sencillamente más evidente, más espectacular, como lo es el desnudo masculino con respecto al femenino. Una vez que eso se entiende, solo se trata de encauzarlo en vez de desparramarlo. La dispersión es peligrosa.

En la época sobre la que escribo, los chicos de derechas hacían converger forzosamente una nebulosa de deseos vagos, rabia, miedo e impulsos hacia un único y monolítico ideal, el fascismo, que, sin embargo, estaba formado por muchas partes comprimidas y fundidas en la caldera de la acción; para los de izquierdas, en cambio, cuya mayoría no creía seriamente en una inminente dictadura del proletariado en Occidente, el comunismo era un ideal preliminar y genérico de justicia, un telón de fondo de la realización de sueños mucho más inmediatos, como independizarse de la familia, la música, follar y dar espacio a los instintos, a todos, a los alegres y saludables y a los terribles. Un ideal liberatorio frente a un esfuerzo de concentración. Dispersar la energía a lo loco o acumularla locamente: eso es lo que subyacía a la terminología que antaño marcaba la izquierda y la derecha.

Lo que sorprende no es tanto la carga homosexual del fascismo, como la virulencia con que dicha carga se niega y reprime. El culto exasperado a la virilidad y el consiguiente desprecio hacia todo lo femíneo tienden a crear un universo exclusivamente masculino. ¡Hasta Goebbels se había dado cuenta y eso le preocupaba!

Una sociedad masculina, formada por iguales como los varones aspiran a ser, en la que se anulan los impulsos individualistas o familiares dictados por las exigencias femeninas, en nombre de una colectividad que supera la relación hombre-mujer: el Estado es ideal, masculino y espiritual; la familia es biológica, femenina y material. Así era, en efecto, el buen soldado griego: hetero para la familia y homo para la patria. El coito entendido no como dedicación al otro, sino como exclusión, un trámite que cumplir antes de volver al verdadero y único ejercicio viril, el de la conquista de la gloria.

En la idea misma de heroísmo subyace un modelo homosexual implícito, a pesar de que se reniegue de él y se lo aborrezca de manera explícita.

La demostración evidente, pero inutilizable, residiría en el hecho de que muchos grandes hombres han sido homosexuales, prueba de que solo la grandeza de espíritu logra superar las inhibiciones. No fueron grandes porque sublimaban su energía gracias a lo prohibido, sino porque gracias a esa energía lo superaban. Solo los verdaderos héroes del pensamiento, el arte o la acción lo logran. Por eso el héroe es fundamentalmente homosexual: un maricón glorioso que triunfa sobre la mediocridad y los convencionalismos, sobre las prohibiciones claustrofóbicas de una sociedad de hombres y mujeres a medias.

Algunos biólogos han explicado la violación como la estrategia última de los perdedores que, si no usaran la violencia, se quedarían al margen de la carrera por la transmisión de la herencia genética.

Otros estudiosos opinan que es un modo peculiar de los hombres de comunicarse entre sí: para entablar amistad o instaurar una competición o, como se ha dicho, disimular un contacto homosexual a través de una tercera persona o incluso, en el caso de las violaciones en las guerras, para afirmar con contundencia el poder del vencedor que se apropia de los cuerpos de las mujeres de los derrotados. A ellos se dirige el mensaje contenido en la violación del que el cuerpo femenino es solo contexto o medio.

Difícilmente logra entenderse lo auténtica y fuerte que es la necesidad de los hombres de recibir ternura y afecto de otros hombres, y que esta necesidad insatisfecha repercute de manera brutal en las mujeres, igual que es brutal la exhibición de la virilidad en perjuicio de la mujer, perpetrada con el único fin de obtener el respeto y la admiración de los hombres de los que no se ha obtenido el amor.

Los hombres se unen entre ellos de dos modos: o por afinidad y amor disimulado, o tras una rivalidad inicial. La amistad sirve para limitar el grado de agresividad y dirigirla hacia el exterior. Tú no me harás daño a mí y yo no te lo haré a ti, pero juntos podemos hacérselo a los demás: esa es la regla implícita de todas las bandas. La fraternidad es el resultado de la fusión de estos dos elementos —amor y agresividad—, desplazados de su objeto y encauzados hacia la acción política, en la guerra, y hacia los ideales positivos o negativos de cualquier clase, en la delincuencia. Esta es la manera como los hombres cortejan a los otros hombres. Incluso cuando flirtean con una mujer piensan en el efecto que podrá surtir en los demás hombres el hecho de que la conquista sea un éxito o un fracaso.

Con respecto a la locura de las mujeres, el universo masculino se presenta más simple y previsible. Por eso entran ganas de abandonar los juegos con el otro sexo y refugiarse en la tranquilizadora comunidad de los semejantes: al menos entre nosotros nos comprendemos, nos apoyamos, sentimos las mismas cosas. Se crean menos malentendidos y engaños.

La tregua homosexual, el pacto de no-agresión en un círculo masculino, prevé que la hostilidad se desvíe hacia el exterior, hacia grupos específicos de hombres y hacia las mujeres en su totalidad. Este pacto también puede definirse como «amistad» y constituye la base de muchas comunidades masculinas, incluida la literaria; baste pensar en los escritores italianos del siglo XX y en su ambiente casi exclusivamente homosocial, el culto casi religioso a los «amigos», el desprecio por las mujeres o su culto formalizado, y la agresividad hacia los grupos adversarios. En los epistolarios usan entre ellos un lenguaje hiperbólico de admiración y devoción que ni siquiera las damas del amor cortés llegaron a merecer.

Da la impresión de que el prolífico culto de los amigos y el mito de la amistad celebrado en la literatura italiana —y su continua referencia, nostálgica, vibrante o resentida a solidarios hermanos espirituales, a compañeros y camaradas con quienes se han creado movimientos, grupos y corrientes artísticas— y la relación, nunca bastante comprendida, entre maestros y discípulos, son una forma bastante evidente de erotismo sublimado y traducido en comportamientos menos reprochables.

El rito de iniciación masculina implica dolor y soledad: para ser admitido en el grupo, el chico no solo tiene que demostrarse capaz de soportar pruebas y sufrimiento, sino también dispuesto a infligirlas. ¿A quién? Al enemigo. ¿Y quién sino otros grupos de chicos con los que se disputa un territorio específico o las mujeres en general podrían ser sus enemigos naturales? ¿Las mujeres en general? Los unos son adversarios concretos, las otras, simbólicos. La presencia provocadora de las mujeres supone un estorbo para la vida de los grupos masculinos, tanto real —por la calle, en los colegios, en las discotecas— como onírico u imaginario, pues no existe lugar en el mundo más infestado de mujeres que el cerebro de un componente de una banda juvenil. El hecho de que un chico acepte someterse a pruebas difíciles y dolorosas o esté dispuesto a cometer acciones crueles con tal de afirmar su propia masculinidad y ser reconocido como «un hombre» por parte de los demás es un síntoma grave de su inseguridad.

En grupo, la agresividad se genera en dosis mayores. De hecho, es raro que la violencia se manifieste como un factor solo individual. Los motivos para cometer un crimen suelen ser externos a la persona. Se desea vengarse de los demás, o llamar su atención o conseguir su aprobación. A menudo el individuo se ve obligado a imitarles. Es lógico que el individuo sea la unidad de medida con que compararse, a la que atribuir culpas y castigos, si bien casi todos los delitos tienen un fundamento colectivo: su origen y su finalidad en el grupo. Esto es todavía más cierto en el caso de la MdC.

Protegerse los unos a los otros, agredir. No hay necesidad de juramentos, pues cada uno de los miembros sabe en su fuero interno que ese es el fundamento de la amistad. Fuera de la amistad solo hay frío y peligros. Tener amigos significa tener un escudo. A veces una espada. Quien carece de ellos está desnudo. No se trata de amistad entendida como conocer a personas con quienes charlar en una fiesta; no cabe duda de que también es una relación humana, sí, pero no es garantía de protección, y en el momento de la verdad la persona estará sola.

Hay quien afirma que la razón biológica que impulsa a los hombres a hacer la guerra se basa en el instinto de proteger lo que más se quiere, «mujeres y niños, tierras e ideales». Sería pues igualmente válido sostener que la verdadera razón es expropiar, acabar con las mujeres, los niños, las tierras y los ideales de los adversarios. Nunca se lucha por uno mismo, sino para defender lo que se considera como propio y adueñarse o destruir lo de los demás. No se trata solo de intentar matar al adversario, sino de apoderarse de su mujer, de quemarle la casa, usurparle el rebaño y, al final, obligarlo a renegar de sus principios. Únicamente entonces podrá considerarse el adversario derrotado de verdad.

Si no pudiera arrancarle la armadura y robarle a las concubinas, el griego no se sentiría impulsado a desafiar al troyano...

El hecho puede considerarse consumado cuando provoca una derrota o una victoria, cuando el ímpetu agresivo decae o cuando la presa muere o logra escapar. La tranquilidad con que los chicos de la MdC aparcan debajo de su casa y van a tomarse un helado no deja dudas: están convencidos de haber matado a las chicas. Están convencidos de que en el maletero hay dos cadáveres.

Más de una vez me he preguntado qué habría pasado si en efecto hubiera sido así, si las dos chicas hubieran muerto. Cómo se habrían desarrollado los hechos. Seguramente los imputados respondieron a preguntas parecidas en el juicio. Pero la defensa, al menos en las primeras fases, basaba su tesis en que ellos estaban convencidos de que ellas vivían.

En ese caso, ¿qué habrían hecho después, esa misma noche o a la mañana siguiente? ¿Las habrían dejado libres?

Camaradería y compañeros de clase. Estoy pensando en Giampiero Parboni Arquati, el famoso «Carlo», que se echó atrás en el último momento, que por puro milagro se salvó, y no quemó su vida, en unos segundos, en el tiempo que duró una llamada y gracias a una decisión tomada mientras se balanceaba sobre los pies en el pequeño lugar de paso donde solía estar el teléfono en las casas burguesas. Apartarse unos pocos grados de la trayectoria de Angelo y Subdued significó ir a parar muy lejos de las personas con quienes se pasaba la vida. Es como un problema de matemáticas, basta con equivocarse en una sola cifra para que el resultado final varíe significativamente. Una mínima desviación contribuyó a cambiar el destino de muchas personas, incluidas las víctimas, que quizá no habrían acabado como lo hicieron si el grupo de secuestradores hubiera estado compuesto por otras personas. Quizá se habrían salvado, o habrían muerto las dos. A menudo sucede que alguien salve la vida solo por error.

Quiero poner el ejemplo de otro compañero de clase de Angelo, Damiano Sovena. Era un chico rubio y pecoso. Por aquel entonces nos parecía grande y corpulento, aunque no tanto como el famoso Cubo, y, en efecto, de mayor jugaría al fútbol americano. La percepción de la altura, la corpulencia y la edad son cosas que incluso quien conoce bien a alguien y lo ve a diario tiene dificultad para medir, son difíciles de establecer; de hecho, hasta las esposas regalan camisas dos tallas más grandes y los hijos suelen decir que su padre es viejo a los cuarenta. Era curioso que alguien como Damiano pudiera infundir, simultáneamente o en rapidísima sucesión, simpatía y miedo. Siempre estaba contento, era extravertido y jovial, y esa alegría suya se volvía tan expansiva que a veces resultaba brutal. Su actitud amistosa se desbordaba en comportamientos violentos, te abrazaba tan fuerte que no lograbas liberarte, como si quisiera estrangularte. Su risa contagiosa de repente se volvía amenazante. Como el personaje interpretado por Joe Pesci en *Uno de los nuestros*, nunca sabías si estaba bromeando o si sus bromas anunciaban una explosión.

Una vez íbamos en el autocar al campo deportivo y él, de pie en el pasillo, bromeaba y se reía con unos alumnos más pequeños, de primero o segundo, que ya iban vestidos de futbolistas. Entonces estaba de moda ponerse la camiseta de un club de serie A, pero no la de la Liga, sino la más insólita que los jugadores llevaban durante los partidos de la Copa, entre ellas la del Inter, blanca con el cuello y los puños negros y azules y una banda oblicua —azul y negra, naturalmente— que cruzaba el pecho desde el hombro izquierdo hasta la cadera derecha. Estos uniformes eran tan bonitos y deseados que daba igual que fueran o no de tu equipo —habría sido imposible encontrar once chavales hinchas del mismo—, y tampoco existía ese feroz sentimiento de pertenencia de hoy. El que llevaba una de esas camisetas estaba orgulloso de ella.

Damiano, flexionando las rodillas cuando el autobús cogía un bache, estaba en medio de esos chavales vestidos con sus estupendas camisetas recién estrenadas. Con su acostumbrado tono bromista e hiperbólico los halagaba por la que habían elegido. Después quiso tocarlas y le pidió a un chaval que se pusiera de pie, en su sitio, pero el chaval no obedeció lo bastante deprisa y Damiano, sin dejar de reír, lo agarró por la camiseta y lo atrajo hacia sí con un gesto tan brusco que se la desgarró por el cuello. «¡Perdona!», le dijo, pero en vez de soltar al pequeño futbolista aterrorizado, siguió sujetándolo y empezó, con calma y meticulosidad, a arrancarle la banda cosida oblicuamente en el pecho, pero como estaba bien sujeta y la operación llevaba su tiempo, se hartó de repente, tiró con fuerza y le desgarró toda la camiseta.

El niño se puso a llorar, y Damiano, sosteniéndole la barbilla y levantándole delicadamente la cara, le dijo: «Bueno, vamos, vamos..., no te preocupes. Te compraré una nueva».

No he vuelto a saber nada de él, solo que unos años después lo hirieron a balazos en la Piazza Euclide.

De los tres responsables de la MdC, en este libro se habla casi solamente de Angelo. El otro era un psicópata carente de inhibiciones morales. Y el tercero, un *natural born killer*.

Sigamos sus pasos desde el mal comportamiento escolar hasta el secuestro y el asesinato: aumento progresivo y prolongación hasta lo criminal del «meterse en líos». Son chavales egoístas, impulsivos, mentirosos, propensos a coger lo que quieren sin preguntarse si tienen derecho o no a ello. Pueden ponerse violentos si se lo impiden o aunque no se lo impidan. Les preocupan poco las consecuencias de sus actos. No temen los juicios negativos ni los posibles castigos, que son inútiles correctivos de sus fechorías. En lugar de ejercer una función disuasoria, es como si el castigo fuera casi un premio o bien los dejara indiferentes o, como mucho, exacerbara su resentimiento. Más que hostiles por principio, son insensibles con respecto al prójimo, tienen dificultad para reconocer una identidad determinada en los demás, al igual que sus ideas, sentimientos o derechos, y su sufrimiento, aunque sea provocado por ellos, no les atañe. A diferencia de los sádicos en sentido estricto, no disfrutan directamente con el dolor, sino que lo observan como un «efecto a distancia», un efecto secundario. Tienden a actuar de forma impersonal y el daño que infligen se les antoja un hecho natural e inevitable que no necesita explicarse. Si los demás significan tan poco para ellos, ¿por qué deberían sentir remordimiento por el daño que les provocan? Como mucho, cierto asombro y un ápice de fastidio al constatar que los otros exageran al protestar, sufrir o pretender una compensación. El sufrimiento se les antoja descompuesto, gritón y excesivo. La preocupación y el remordimiento solo pueden nacer de la capacidad de identificarse con los demás, una facultad imaginativa, proyectiva, que ellos no poseen. Podemos suponer que son de esa clase de personas a las que en el cine les cuesta comprender por qué el público se asusta, llora o se apasiona por las historias que desfilan por la pantalla, y que, por tanto, se aburren mortalmente o se ríen a escondidas de todo ese estúpido sentimentalismo. Han desterrado de su manera de razonar la relación causa-efecto. Viven con el único fin de afirmarse. El mundo les parece algo que está a su disposición: nada es imposible, nada está prohibido. Para hacer algo, basta con querer hacerlo. Al no sentirse amados, no temen que nadie los rechace o les niegue su afecto para castigar su comportamiento. Detrás y ante ellos solo hay vacío. La verdad los deja indiferentes, los aburre. Les interesa muy poco la honradez y no entienden la diferencia entre ser honrado y no serlo. Y rara vez, muy rara vez, se sienten culpables.

Si bien en un primer momento la MdC parecía incomprensible —tan grande era su alcance y tan indescifrable su causa—, poco a poco empezó a interpretarse, a sentirse como algo familiar y, sobre todo, acorde con los tiempos que corrían. El crimen odioso fue metabolizado y canonizado en su forma de horror insuperable y, en consecuencia, considerado un acontecimiento en absoluto extraordinario, sino pertinente según el orden de las cosas; lo sorprendente era que no hubiera ocurrido antes y que no sucediera más a menudo. Como todo rito, su esquema, clásico a su manera —chicos privilegiados que abusan de chicas de clase inferior, hombres ricos contra mujeres pobres—, requería ser revivido, reinterpretado, emulado. Una vez que el culpable vaya a la cárcel y se archive el caso, de nuevo habrá alguien ahí fuera listo para volver a ejecutarlo, siempre y cuando los motivos que indujeron a cometer el crimen sigan estando vigentes; así pues, desde cierto punto de vista, el caso sigue abierto, podrá repetirse, siempre podrá perpetrarse otro crimen igual o parecido, y otro, y otro más... Lo cual es aún más cierto si el delito es gratuito, como el de la MdC. En efecto, ¿cómo se anulan las causas de un acontecimiento para evitar que se repita si no existen causas propiamente dichas? ¿De qué manera se aplica una profilaxis? Cuanto más gratuito es el mal, más persiste. Nunca podrá darse por descontado que no se repita. Es más, la repetición parece formar parte de su naturaleza: lo que carece de fundamento no puede revocarse o desmentirse.

La MdC no es solo un producto de los tiempos, sino también un «productor» —de tiempos, de historia, de conceptos, de costumbres—. Después de él, nada siguió siendo igual. En cierto modo, era un suceso anunciado, era de esperar que pudiera ocurrir, a pesar de que no se lo esperaban, y no se trata de un juego de lógica; en aquella época sabían muy bien que sucederían cosas impensables, se sabía, pero no se sabía en qué consistirían. Se da por supuesto que las peores, las más absurdas, cosas inauditas, así que, literalmente, era de esperar que pasara lo que no se esperaban. La realidad, el futuro, son imprevisibles. Quizá siempre lo fueron y siempre lo serán, pero tengo la impresión de que en 1975 eso era más cierto.

(La etimología de la palabra «estupro» indica algo que provoca sorpresa, estupor, algo que uno no se espera...)

10

La MdC posee la estructura de un cuento, y participa de su ilusoria simplicidad. Dos chicas que acaban en una casa en el bosque...
Una concatenación de casualidades guía el paso de un estadio al siguiente, es casi un deslizamiento.
Las sesiones de vejaciones sexuales se basan en el principio típico de la repetición intensificada, como en El yesquero *de Andersen, en el que los perros infernales que vigilan el tesoro tienen los ojos cada vez más grandes —al principio como platos, después como ruedas y más tarde como la torre de Copenhague—. La violencia se gradúa* in crescendo *para poner a prueba la capacidad de resistencia de la víctima, su cuerpo es como un motor sometido a un test en un banco de pruebas: se sacude, se golpea, se aplasta, se descoyunta. La pulsión abstracta del torturador es penetrar en su víctima —en su cuerpo contusionado, herido, desgarrado— hasta que esta cesa de resistir; es como si quisiera descubrir lo que tiene dentro.*
Por terribles que sean, el recurso a la violencia y el rito de sumisión pueden presentar el aspecto de un juego destinado, tarde o temprano, a acabar; verdugo y esclava abandonan sus papeles y cada uno a su casa; pero no, seamos serios. Solo la muerte libera el acto de esa estúpida pátina sexual, de la idea de que era una puesta en escena, una empalagosa escaramuza. En un determinado momento durante las violaciones en grupo se produce una pausa de la que los actores no saben salir: no pueden dar marcha atrás, pero tampoco proseguir de ese modo. La satisfacción sexual, si es que era lo que iban buscando, se obtiene en unos segundos, pero ¿y después?

Durante la MdC esos intervalos en que la situación no se desbloqueaba fueron muy largos. Como si se tratara de un encantamiento. Igual que en los cuentos.

Una muerte continua, infinitamente repetible. Las vejaciones infligidas en serie a las víctimas de la MdC provocan la ilusión de que el cuerpo martirizado logra, a pesar de todo, resurgir cada vez, golpe tras golpe.

Y además, esa especie de pseudomuerte..., ahora..., quizá ahora..., durante largos instantes parece que el cuerpo haya cesado de respirar..., pero luego, en cambio, respira. El pecho retoma su movimiento, se levanta, burbujas de aire y sangre salen de la nariz. Es sobrenatural. Los bastonazos, las inyecciones de líquidos asquerosos, la cabeza golpeada contra los cantos no surten efecto. La muerte no llega, por lo que sigue infligiéndose dolor. La muerte llega al final, casi inesperadamente, hecho que confiere una pizca de admisibilidad a la grotesca afirmación de los asesinos, que durante las vistas y en las apelaciones repiten que creían que las chicas estaban vivas en el maletero. En cierto sentido, según su delirio total, podría ser verdad que lo creyeran: si después del trato que habían recibido no estaban muertas, ya no iban a morirse. Que quede claro: no porque ellos no tuvieran intención de matarlas. ¡Qué va! Hicieron lo posible para eliminarlas, pero cuando al final murieron de verdad —o mejor dicho, cuando una de ellas murió y la otra fingió estar muerta—, su muerte se había convertido en algo tan inverosímil como que siguieran con vida. En ese juego repetitivo no se muere de verdad, nadie puede morir. El coyote reaparecerá por enésima vez del precipicio por el que ha caído.

Maltrecho, pero vivo.

Entre el cadáver y la falsa muerta que se pone a gritar desde dentro del maletero no hay diferencia. Podría decirse, como en la famosa paradoja de Schrödinger, que están vivas y muertas a la vez.

La diferencia viene dada por la probabilidad. Los gestos homicidas son cándidos, como si no tuvieran consecuencias. De hecho, ¿puede existir un gesto más pueril que aparcar el coche con las víctimas dentro e ir a tomarse un helado? ¿Un helado? ¿Con dos cadáveres en el maletero? Más inverosímil que eso solo es el hecho de creerlas vivas —como sostenían los imputados—, pero también en ese caso, ¿ir a tomarse un helado con dos chicas agonizantes que están desangrándose en el maletero? Un tentempié. Entre las muchas cosas que la prensa divulgó, truculentamente proverbiales, ninguna expresión parece más adecuada para los protagonistas de estas «excursiones» que la de «compañeros de meriendas». En ella tienen cabida el ambiente festivo, algo popular, la amistad, la inmadurez y la crueldad. Y el estímulo del hambre, el deseo de «algo dulce», el mismo que asaltaba a los niños acalorados después de un partido de fútbol en esos anuncios de la televisión en que salían corriendo en busca de sus madres pidiéndoles la merienda. Cuando, años más tarde, Angelo matará de nuevo, pondrá el mismo esmero en preparar los bocadillos con que alimentarse, que en eliminar a una madre y su hija. Es cierto, los bocadillos son un arte. Era una lástima desaprovecharlos después de prepararlos. Corría el rumor de que otro famoso asesino, tras haber matado a dos chicos, «se comió sus hamburguesas», aunque en realidad se descubrió que era un pastel de manzana. Por eso también lo condenaron a muerte.

Tengo ante mí una imagen famosa en la que se ve a una chica a la que están grabando un nombre en el pecho con la punta de un cuchillo. La sangre brota de cada letra. Es de *La última casa a la izquierda*, película sobre la que nunca dejaré de volver.

Encerrar a dos chicas en el maletero: eso ya lo habían hecho, tres años antes de la MdC, los maníacos de *La última casa a la izquierda*: a ella, en el campo, llevaban a las chicas violadas en la ciudad, de Nueva York a Connecticut, mientras que Angelo y su cómplice las traían de vuelta a la ciudad, del Circeo a Roma. Esa película me persigue, me obsesiona desde hace años, como no ha dejado de obsesionar a quienes la interpretaron y dirigieron. Tenía que titularse *El crimen sexual del siglo* o *La noche de la venganza*. Al principio fue concebida y escrita como una película porno, pero después alguien se dio cuenta de que las escenas de sexo eran superfluas y esa indicación se reveló dramáticamente exacta, pues cuando se unen eros y violencia con el fin de crear una mezcla excitante, el primero solo sirve de detonante y la segunda se basta por sí misma. Tiene más lógica y coherencia narrativa. Una secuencia de actos sexuales es aburrida.

Como en la MdC, para erotizar un plató destinado a albergar tortura y muerte, la premisa era más que suficiente: dos chicas monas y solas —una de ellas cumple ese día diecisiete años y sus padres están preparándole un pastel con su nombre, Mary, decorado con corazones glaseados—, dos chicas monas y solas, decía, a merced de una banda de pervertidos. ¿Qué podrían hacer con ellas? Violarlas, es lo primero que se nos ocurre. El abuso sexual flota alrededor de cualquier chica que juega a ser independiente y autónoma. El castigo se infligirá tanto a la ingenua como a la maliciosa. Así que cuando las chicas caen en la trampa, al espectador se le escapa la típica frase: «Vosotras os lo habéis buscado». Pero después la historia se aleja de ese punto, pues la violación es solo un paso —ni siquiera tan obligatorio— de la historia y los violadores la ejecutan casi con desgana...

Vi la película con mi padre en el Empire una tarde de agosto, el cine tenía aire acondicionado. Éramos tres en la sala, mi padre, yo y un tercer espectador que al final de la proyección, cuando se encendieron las luces, nos adelantó para alcanzar la salida y nos aseguró levantando las cejas que «bien está lo que bien acaba». Instantes antes, el padre de la chica violada y asesinada había cortado por la mitad con una sierra eléctrica el cuerpo del violador, salpicando de sangre al sheriff que había irrumpido en la última escena para gritar: «¡No, doctor, no lo haga!».

Al director de la película, de chaval, le habían prohibido ver películas y espectáculos, escuchar música y jugar. He aquí el resultado de la educación puritana.

Fue durante aquellos años cuando la generación del amor le cedió el paso a la generación del odio.

Primero fue el mito de la liberación sexual: una fiesta en la que todos hacen el amor con todos, como una danza de cuerpos desnudos al ralentí, como si estuvieran sumergidos en el agua. La lujuria se derrama y diluye las posturas más rígidas, los peinados sobrios se sueltan en rizos suaves que acarician los hombros. Como las manchas de color en las películas psicodélicas, todo chorrea, late, fluye, se esparce. Después, con la excusa de acercarla a su origen salvaje y predador, la imagen de la sexualidad se condensa, se oscurece revelando los secretos más inconfesables tanto del hombre como de la mujer. La violencia entra en juego, pero a esas alturas los papeles se han invertido: el sexo no se vuelve más duro, sino que la violencia se tiñe de él. Las hazañas criminales de los chicos de la MdC no podían tener como único objetivo el enriquecimiento o la represalia política; no, debían expresarse de manera más caprichosa, gratuita, sin tener en cuenta lo que podía obtenerse, y por eso de una manera más excitante. En la violación no se gana casi nada. Es un crimen fácil, pero de bajo rendimiento: se obtiene de modo jadeante y poco satisfactorio eróticamente lo mismo que, por unos cuantos euros, podrías obtener y disfrutar con tranquilidad con una profesional en Tor di Quinto. Así pues, no es eso lo que se busca. No es el placer. Es la muerte.

La visión pornográfica también acoge el nuevo estímulo. La muerte la invade. En lugar de las clásicas pendonas gozando con sus amantes sobre un colchón de muelles, hay chicas delicadas torturadas en las cunetas de los caminos. No solo violadas, sino penetradas por cuchillas y cañones de fusiles, quemadas y degolladas. La violación se ha convertido en algo secundario, el aspecto sexual está completamente subordinado al desahogo de la crueldad. Es esta última la que atrae y excita. La sumisión, el castigo del débil. El castigo que le espera a cualquier mujer, guapa o fea, joven o vieja, por cualquier motivo. La libre disposición del cuerpo ajeno no se limita a los juegos eróticos. No se entretiene con los genitales, como adolescentes haciendo sus primeros pinitos. El impulso sexual tiene un radio y una duración determinados, por eso necesita ser integrado con ulteriores pruebas de dominio. Se desmonta en pocos instantes, y después emerge la gravedad de lo sucedido, que solo tiene sentido si se llega hasta el final. Hay que acabar el trabajo. Si no se ha planeado desde el principio, durante una violación siempre surge la hipótesis de eliminar a la víctima.

Para alguien que tenía dieciocho años en aquella época no era raro haber presenciado numerosas escenas en las que raptaban, violaban, torturaban y asesinaban a las mujeres. ¿Dónde? En el cine.

11

En aquellos años había una creciente demanda de muerte. Practicada en serio o como entretenimiento. En el cine asistíamos hipnotizados al espectáculo de la muerte. Veíamos cómo mataban a las mujeres de todas las maneras posibles: con una llama oxhídrica, con un hierro al rojo vivo, con un mazo ablandador, con un taladro, con falos artificiales, con agua hirviendo, con pinzas de langosta, con semen envenenado, con la navaja —por supuesto, la vieja y querida navaja de barbero, llamada irónicamente «de seguridad», es decir, con la hoja que se mete en el mango—, con botellas rotas, mediante vidrieras que se vienen abajo, con el cable del teléfono, ganchos, brochetas, alicates, tijeras, lanzas...

Chicas degolladas, ahogadas en acuarios, devoradas por caníbales, tiburones y pirañas, matadas a hachazos, empaladas, estranguladas, destripadas, decapitadas..., mordidas, descuartizadas y guardadas en la nevera..., bisturíes que les desfiguran el rostro o las seccionan..., reducidas a conejillos de Indias humanas, restos en un laboratorio...

Siempre bajo la mirada de su asesino.

El contagio afectaba a los ambientes más dispares, tocaba aquellos más a la vista de la sociedad: en una película le cortan un brazo a hachazos a la actriz que un día se casará con el primer ministro; en otra —bueno, en una serie larga y bestial de películas— la mujer del más afable presentador del telediario de convicción católica se acopla con un caballo. Prácticamente nadie se libra de la contaminación.

La dulce chica alemana que te convida a una jarra de cerveza se ofrece al asesino con las piernas abiertas en un sofá en un *thriller* erótico, sí, ella, la ninfa agreste resulta ser un cuerpo desnudo que se estremece.

Esta ambigüedad, esta indecisión en los papeles insinúa que no existen zonas francas, personas íntegras, individuos inmunes a la perversión, acontecimientos que descartar, gente por la que «pondrías la mano en el fuego». «Él nunca habría hecho eso.» «Siempre ha pensado únicamente en su familia y en los estudios.» «Es una persona de principios, de gran nivel intelectual, no puede ser el instigador de un homicidio...» Cada chica, incluso la más recatada, esconde un sueño infame y oscuro. El inocuo, el inocente, el manso, el reservado, el decente o sencillamente el anónimo, en un abrir y cerrar de ojos se revela obsceno, criminal, abominable. No hay necesidad de ninguna inversión. Es más, podría afirmarse que ese candor es lo perverso. En potencia, los niños son todos unos endemoniados, las vírgenes unas perras en celo, las estudiantes unas ninfómanas, los jóvenes con el jersey de pico unos asesinos camuflados, por no hablar de las señoras de clase alta, cuya lascivia y crueldad resultan inimaginables, y de sus canosos maridos, unos sátiros impotentes y corruptos.

Precisamente porque su apariencia es irreprensible, el burgués cultiva con hipocresía, más que ningún otro, su abismal indignidad, casi siempre originada por una neurosis sexual. La controla y la mima, la desvía o la mantiene a raya mientras puede. Dentro de cada individuo tranquilo puede ocultarse una identidad desenfrenada, obsesiva. Nunca lo sabremos con antelación. No podemos excluirlo a priori. Ya nadie está a salvo. Basta un estímulo un poco más fuerte para que la máscara social caiga. La fiebre puede contagiar a cualquiera; es más, la fiebre ya está dentro de todos, en incubación. La gente común no es consciente de cuáles son sus verdaderos deseos: quiere quemar, saquear, gozar violentamente y obtener la cabeza de su adversario. «Nada hay más gratificante que estrechar entre los brazos a la esposa o la hija de tu enemigo derrotado, mientras en el cielo se elevan las llamas de lo que fue su casa...» Todo arrabalero está dispuesto a cazar en algún descampado lleno de basura a adolescentes indefensas, que en secreto gozarán por la violencia infligida. A la luz de este principio revelador, no se salvan ni los individuos ni los cargos. Todo profesor de instituto puede ser el mirón que se excita observando con disimulo los culos de sus alumnas, o de sus alumnos, mientras vuelven a su pupitre después de salir a la pizarra. Cuanto más respetable es su papel —profesores, prelados, médicos, senadores...—, mayor es la probabilidad de que haya un maníaco que hace lo que le da la gana.

O bien, ¡no, por Dios, nada de eso! No puede ser verdad, eso no pasa nunca. O casi nunca. No quiera Dios que se pierda de vista la diferencia entre el bien y el mal. Pero ahora la duda ya se ha insinuado y traspasa los límites.

La década de los setenta está marcada por la contaminación. La inseguridad se cuela bajo la puerta de casa, impregna las fibras, como una mancha indeleble. Violencia sexual y política, gansterismo, raptos, torturas, eliminación de los testigos a sangre fría.

Y sin embargo, las estadísticas nos dicen que, aparte de los topes alcanzados por algunos crímenes específicos, el nivel de delincuencia no es superior al de otras épocas. Lo inquietante es que estos delitos no los cometen criminales lombrosianos, sino gente de la que no se sospecha.

Después de la MdC cada madre aprensiva escrutará a su hijo para descubrir si esconde «un monstruo». ¿Qué indicios revelan que tu hijo viola y asesina? ¿Su forma de saludar a los padres cuando vuelve a casa por las noches? ¿Su apetito? ¿Se traga la sopa? ¿Huele a humo? ¿Tiene ojeras y le tiemblan las manos? ¿Se ríe sin motivo, se vuelve intratable? Las madres pasaban mucho tiempo descifrando hasta los más mínimos detalles. Era fácil equivocarse de medio a medio, exagerar o subestimar aquellos indicios. A través de los gestos y las palabras se filtra solo un débil reflejo de las vidas de los adolescentes. Las preguntas directas, si uno está bastante desesperado o exasperado para hacerlas, casi nunca obtienen respuesta, los chavales se cierran en sí mismos, a la defensiva. Sube el nivel de simulación. ¿Te drogas? ¿Tienes relaciones sexuales? ¿Con quién? ¿Qué me ocultas? ¿A qué gente frecuentas? ¿Cómo pasas el tiempo? ¿Por qué vuelves tan tarde?

Leí recientemente un libro sobre la vida erótica de los adolescentes italianos de hoy en día basado en entrevistas «reales»; los nombres de los entrevistados eran inventados, dudo de que los padres pudieran reconocer a sus hijos e hijas en aquellos retratos pornográficos.

Pornografía de masas, de baja intensidad, fotos y vídeos en los móviles, imaginario internet: por lo visto el atascamiento sexual ha obturado todos los poros. Sin embargo, es justo en la época de la MdC cuando, según algunos, se alcanza «la máxima erotización del sistema». No es tanto el individuo aislado, sino la sociedad entera, la que «ve desnudos».

Violencia de clases acomodadas y violencia plebeya: a quién les gusta más violar, ¿a los ricos o a los pobres? La pregunta flota en los debates surrealistas que tiene lugar tras la MdC. En realidad, todos, repito, todos son potencialmente espectadores y actores de la violencia, víctimas y ejecutores a la vez. Y todos persiguen y reivindican para sí márgenes de libertad más amplios, tener el poder soberano sobre sus propias vidas, y a menudo sobre las de los demás, ya sea porque se han acostumbrado a ejercerlo, ya sea porque siempre se han quedado al margen. Entre las clases acomodadas, la familiaridad con el poder lleva a apropiarse de lo que se quiere con una arrogancia espontánea; entre las más pobres la brutalidad es vista como el único camino para obtener alguna satisfacción, un atajo asqueroso pero eficaz. Dinero y sexo se logran con la fuerza, de lo contrario quedan fuera de su alcance. El poder que no se posee o que no se hereda por pertenencia de clase se conquista con puños y pistolas.

Todo este sexo, toda esta violencia podían legitimarse como reacción contra la hipocresía burguesa, el conformismo, la estupidez del mundo consumista y televisivo. Los directores de películas *hard* y de terror desenmascaran la doblez obligando al público a mirar dentro de sus abismos, donde pululan, reprimidas por los pelos, la misma podredumbre y violencia mostradas en la pantalla. Al moralismo mojigato se le imponía un contramoralismo aún más rígido. Todo formaba parte del síndrome de «denuncia». No puedes escapar al faro de la denuncia. Si te opones a mirar atrocidades o porquerías significa que eres un hipócrita o que tienes algo igual de sucio o atroz que esconder. Creo haber leído una vez en algún sitio que los ganchos que traspasaban el pecho de una mujer en una película sobre el canibalismo pretendían ser una forma de resistencia intelectual contra Mike Bongiorno —para quien no lo haya conocido, un famoso presentador de concursos de televisión—. Bueno, podría ser. Lo cierto es que estamos rodeados por todas partes de monstruos, que además de asustarnos quieren darnos una lección de *savoir vivre*. Cualquier acto de violencia gratuita, incluso el más repugnante, puede rebautizarse como una valiente rebelión contra el conformismo, cada atrocidad se convierte en un grito de denuncia contra la misma atrocidad u otras todavía mayores que la sociedad se afana en ocultar y que el intrépido cineasta tiene el valor de denunciar. Si la lógica es el instrumento polémico por excelencia, la lógica paradójica funciona aún mejor, es más punzante. Según ella, el blasfemo es el hombre de más fe, la fornicadora la mujer más pura, el cobarde el más valiente, pues tiene el valor de confesar que es un cobarde. Una película de orgías nazis va contra el nazismo. De esta forma matas dos pájaros de un tiro: excitas apetitos inconfesables mostrando la violación de una rubia desnuda a la vez que condenas la maldad de los violadores, etcétera. El fin educativo puede reivindicarse para enmarcar cualquier imagen repugnante. En el fondo, un acto de depravación es una confesión abierta: el hombre es un depravado que tiene que arrepentirse cada vez que respira. Honrado es, pues, quien admite ser un desaprensivo. Desde que era un chaval estoy oyendo teorías que le dan la vuelta al sentido común como si fuera un guante; yo mismo he aprendido ese arte, que siempre resulta de utilidad. ¿Dónde? En el colegio de curas.

Sí, de acuerdo, yo también soy consciente de que «el mal habita en cada uno de nosotros». Desde que trabajo en la cárcel —es decir, desde hace veinte años— he tenido la oportunidad de darme cuenta de lo débil que es la distinción entre el bien y el mal, mejor dicho, no la distinción en sí, que en mi opinión sigue siendo muy clara, sino la asignación definitiva e irrevocable de un determinado individuo a uno de los campos que ese límite separa y al mismo tiempo une. De lo fácil que es cruzar el límite. Por fatalidad, debilidad, ímpetu, curiosidad, ignorancia, miedo, chulería, imitación, desafío y por otras mil razones que, a su vez, podrían juzgarse como buenas o malas. Porque nuestros códigos prevén que en algunos casos se cometa una mala acción por un motivo justo. Y de la misma manera que puede cruzarse la frontera en un sentido, también puede hacerse en el contrario. Del bien al mal y del mal al bien. Arriba y abajo. Me resulta en todo caso empalagosa esa mentalidad de matriz católica que impulsa al observador a darse golpes en el pecho y a sentirse culpable por las atrocidades cometidas por otros. «¡Sí, sí, yo también habría sido capaz... En cierto modo también soy responsable!» Se trata de confesiones estériles que solo sirven para complacerse a uno mismo. Todos somos responsables... ¡Y una mierda! Siento contradecir al Maestro, pero no es cierto que quien ve la paja en el ojo ajeno tiene a la fuerza una viga en el propio. Además, tengamos en cuenta adónde nos ha conducido en Italia la moral del «todos somos culpables», con el corolario «así pues, todos inocentes». En este país, el espléndido eslogan «Quién esté libre de pecado que tire la primera piedra» hace que los culpables se sientan con derecho a dar lecciones. De los centenares de delincuentes que he conocido en la cárcel, todos admitían su culpabilidad, si no del delito que se les imputaba, de algún otro, pero estaban convencidos de que «los que siguen libres ahí fuera son mucho peores que nosotros». Como queriendo decir que todo el mundo es un criminal, pero que ellos son los únicos que han acabado pagando el pato. El castigo se imparte al azar y toca a quien toca. Muy de vez en cuando, o nunca, recae sobre un verdadero inocente, pues según esta teoría nadie lo es.

Pero volvamos a las imágenes cruentas. De manera taimada, condenan lo que entretanto muestran. Hipnotizan a un público que oscila entre miedo, deseo, fascismo, religión, deseo de venganza, de orgía y de contrición. Inseparables.

Recuerdo a un anciano señor que me llevaba de la mano en la iglesia, se arrodillaba y se cubría el rostro con las manos, apretándose los ojos, como si solo lograra rezar ocultándose, cegándose, presa de una especie de horror, y permanecía así, quieto, una hora, esperando que un rayo lo fulminara o absolviera de una vez por todas. Del bolsillo de su americana asomaba una revista pornográfica enrollada. Yo debía de tener unos diez años. Mi frío y lúcido ojo infantil estaba escandalizado y fascinado al mismo tiempo por aquel señor que pedía perdón pero vestía una americana repleta de mujeres desnudas. Las mujeres desnudas me han perseguido toda la vida. Del mismo modo que perseguían a mi abuelo.

Soy curiosa, película sueca de 1967. Quien escribe estas páginas tenía entonces diez años... y nunca se recuperó de la visión del póster, su fantasía se ha quedado ahí plantada como una flecha clavada en el tronco de un árbol, inamovible —o quizá era el póster de la película *Il primo premio si chiama Irene?*

Es interesante echar un vistazo a las películas que se estrenaron en el año de la MdC.

Tomemos, por ejemplo, *Furia homicida*. Trama: «Tres hombres aparentemente tranquilos, oprimidos por un trabajo embrutecedor y por una vida íntima decepcionante, se transforman en sádicos criminales».

O bien la película de Mario Mercier *La papesse*, que también salió en el fatal 1975. Su desafortunada protagonista vive las siguientes desventuras: durante la celebración de un aquelarre, un hombre disfrazado de gladiador la viola; después la encierran en una cuadra, la marcan con fuego y la rocían con sangre de gallo; otro adepto vuelve a violarla, y la sacerdotisa es obligada a beber su semen, recogido en una copa; más tarde la «emparedan viva en una gruta (de la que saldrá completamente loca después de haber soñado que un repugnante hombre-buitre la viola) y al final un perro la devora». Comparado con eso, lo de las chicas de la MdC no fue nada. El año siguiente se estrenó una película donde «un tipo le extrae todos los dientes a una desventurada para que le practique una felación; después le rasura la cabeza y le trepana el cráneo con un Black&Decker y degusta su cerebro con una pajita» (cito del ampliamente documentado volumen *Sex and Violence* de Curti y La Selva). Los años setenta conforman una filmografía cuyo título más tranquilizador era *El amanecer de los vampiros*, que en Italia se tradujo como *Violencia a una virgen en la tierra de los muertos vivientes*, de Jean Rollin, 1971.

Rancio, abrasivo, insostenible, repugnante, destartalado, chapucero, descarriado, pútrido; entendidos, naturalmente, como juicios positivos sobre este tipo de cine. El perfecto connubio que estimula y escandaliza: el sexo por sí solo es aceptable, y lo mismo vale para violencia, pero el sexo y la violencia juntos son tan excesivos como excitantes —el sexo es intercambiable con la muerte.

Pero ¿por qué hablar aquí de cine? No porque dé malos ejemplos o anime a adoptar malas conductas, no, sino porque su ideación funciona de esa manera. Si el cine es el arte que manifiesta la desproporción más grande entre las posibilidades que ofrece y su efectiva realización, como afirmaba Buñuel, la misma dolorosa y grotesca desproporción se manifiesta en el sexo, donde se abre un abismo entre fantasía y realidad y, en algunos casos, mejor que sea así, pues el desenfreno de la primera pondría en peligro a quien las concibe. Pobre del que pretenda que ambos planos coincidan. Si las fantasías se convirtieran en realidad cobrarían vida los monstruos del *Planeta prohibido*. La imaginación erótica es absurda, trivial y violenta, el sexo es un coagulante en cuyo interior se condensan las pulsiones más frenéticas y extravagantes. Aunque a primera vista todo parece limitarse a la comezón de follar o de ser follados, en ese afán rara vez se oculta exclusivamente el deseo sexual —que se saciaría con la gimnasia elemental del coito—. La mayoría de las veces el sexo es el lenguaje que se utiliza para expresar otros deseos y miedos. Para simplificarlos y comunicarlos con mayor facilidad, aunque así se conviertan en algo aún más misterioso. Cada lenguaje muestra su objeto y al mismo tiempo lo oculta, lo empaña.

A los dieciséis o diecisiete años, con Lodoli y Arbus, iba a cines de arte y ensayo a ver *Viva la muerte*, *El topo*, los cuentos inmorales de Borowczyk. Acababa de estrenarse *Violación en el último tren de la noche*, que el *Corriere della Sera* definía como una «carnicería de poca monta» y ahora se considera un clásico del género de violación y venganza: unos maleantes que violan y asesinan en un tren y sobre los que recaerá una venganza implacable.

También en aquella época, el más prolífico de entre los autores del cine de *sexploitation*, venerado por los expertos como un maestro, Jesús Franco, rodaba títulos como:

Diario íntimo de una ninfómana
Les exploits érotiques de Maciste dans L'Atlantide / Maciste et les gloutonnes
Plaisir à trois, libremente inspirado en *La filosofía en el tocador*, de Sade
Les nuits brûlantes de Linda
Les possédées du diable
Shining Sex
Love Camp. Mujeres en el campo de concentración del amor

Tres películas se inspiran en la MdC: *Más allá de la violencia* de Marino Girolami, *I violenti di Roma bene* de Sergio Grieco y Massimo Felissati, *Los chicos de la Roma violenta* de Renato Sabino. Solo logré ver una.

Al final, todo se desmorona y se mezcla con la pornografía. El sexo es la puerta de entrada y de salida; en medio está el mundo. Nada importa sino como trámite. El objetivo es cruzar, penetrar, contaminar y disolverse. A nadie le interesa el sexo en sí, se usa como un medio para traspasar los límites; algunos lo utilizan para acercarse todo lo posible a la verdad, otros a la muerte; si la muerte es la única verdad, el único hilo conductor de la vida, así pues, en sentido estricto, ni siquiera puede acercarse a la muerte, no es posible, ya que la muerte no existe, no es expresable en primera persona. En efecto, todos estos asesinos en serie intentan en vano, se esfuerzan, por probar su existencia matando a los demás, saboreando una porción de muerte —el hongo mágico, la poción mágica—, pero matar no es lo mismo que morir, no, es mucho más simple que morir y mucho más ilusorio, repetitivo, crea enseguida dependencia. Matar no enseña nada. Tras el primer homicidio, los demás irán en disminución. Caerán pronto en la prosa de lo cotidiano. El sexo es un atajo que tarde o temprano se abandona porque es monótono, poco excitante. Hasta la violación, que es el destilado de la violencia pura, su perfecta mezcla de apropiación brutal, humillación y placer, se reduce al rango de un pasatiempo, un crucigrama resuelto a medias, cosa de holgazanes, de porteros en su garita. Mucho más erótica es, sin perífrasis, la muerte. La violencia paroxística del acto erótico acaba por anular todo deseo que no sea el de la muerte, por crudo que resulte, el erotismo sucumbe frente al cadáver y, como el alcohol, la ferocidad pasa de ser excitante a depresiva. Eros es un cobarde, se larga cuando el aire empieza a apestar a muerte.

En el fondo, la violación es un gesto de un realismo extremo. Exactamente igual que el homicidio, que puede reivindicarse como demostración de la mortalidad del individuo realizada en beneficio de los ingenuos y los crédulos que se niegan a tenerla en cuenta. Las víctimas aprenden la lección en el mismo instante en que ya no les sirve de nada porque están muriendo, como le sucede a Martin Eden en la novela de

Jack London, uno de los títulos preferidos de cuando éramos chavales, con su final sorprendente. Abre los ojos, pobre tonto, y ciérralos para siempre. Por eso en ciertos asesinos se descubre una vena filosófica; en su delirio, sabiduría; un halo resplandece alrededor de su sucio trabajo, están convencidos de ejercer un magisterio especial por el hecho de conocer bien la muerte, y de ser, por decirlo así, honrados, mucho más que otros, los únicos honrados, puesto que se atreven a desvelar la raíz negativa de la vida, acelerando bruscamente su curso. ¿De qué te quejas? Tarde o temprano tendrás que morir, ¿no? ¡Pues muere! ¡Muere ahora! Sin quejarte tanto. ¡Vamos..., déjate matar! (Eastwood). Cuánta hipocresía o ingenuidad, según los asesinos, hay en quien se aferra a la vida. En quien no quiere ni oír hablar de morir. Como debió de pasarle a R. L., chica poco precavida. Un famoso aristócrata homicida del Renacimiento, mientras degollaba a su adversario con la ayuda de un sicario, se quejaba porque aquel no se dejaba matar. Lo invitaba a ser amable y a deponer esa absurda resistencia. A menudo el asesino trabaja con meticulosidad, con diligencia, como un escolar cuando hace los deberes. Es el primero de la clase en el tema de la muerte. Y si esta es la única verdad indiscutible..., el único asunto que no puede refutarse..., él tiene el nueve asegurado en filosofía. Ay, la reverberación fatal que ilumina ciertas entrevistas al asesino, el aura que lo envuelve...

En la violencia sexual se transmite un mensaje muy simple. Y va dirigido a las mujeres. Les pide un poquito de sentido común, de honradez para con ellas mismas. Mujeres, sed sinceras. Reconoced de una vez por todas que sois unas putas idiotas, admitidlo. Sois las primeras en saberlo perfectamente. Y sabéis que el destino escrito para vosotras desde la noche de los tiempos es ser derrotadas. El violador pretende que se observen como leyes absolutas las frases obscenas que un amante murmura a su compañera para excitarla mientras la penetra, y pierde la paciencia si su víctima se obstina en negar tal evidencia. Le pega y la humilla si se resiste, no porque está resistiéndose a él, sino a un principio general, a un hecho que se da por sentado naturalmente; es más, según este esquema podría afirmarse que la mujer no está resistiéndose al violador, sino a sí misma.

Violadores y asesinos en serie se consideran educadores a su manera, pedagogos de lo extremo que imparten lecciones a las alumnas reacias.

Liberarlas de su ignorancia o de su melindrosa ingenuidad: esa es su misión con respecto a las mujeres. «Verás como te gustará», dicen mientras inmovilizan brazos y piernas de la víctima abiertos en cruz, la misma clase de promesa, las palabras de ánimo, que usan los entrenadores deportivos y los maestros de música con sus alumnos durante los ensayos; el desánimo y la mortificación, incluso el sufrimiento, son etapas obligadas de cualquier aprendizaje. Hay que remachar la lección con firmeza. A las mujeres tiene que gustarles a la fuerza. No se admiten excepciones. La subordinación femenina reside en esta especie de obligación de gozar. Si con las palabras y los gestos parece negarse, eso se achaca a su inconfesable deseo. Lo desea, siempre lo ha deseado. *She's gotta have it*. Y si no, da igual.

En cierta medida, la mujer misma reclama la violencia, acepta la brutalidad como parte de un juego de roles, la sexualidad femenina se percibe como insaciable y en consecuencia culpable por definición.

La segunda frase más común de la violación es: «Tú te lo has buscado».

El aspecto pedagógico debería verse ratificado por la aceptación que la víctima demuestra tras la constricción inicial. En el esquema de algunas baladas medievales, un caballero ve a una labriega en un prado, la somete, primero con las palabras, y después la posee por la fuerza a pesar de sus protestas, después se aleja en su caballo mientras la muchacha se deshace en agradecimientos. La ingratitud de la víctima, que luego sigue quejándose y llorando, debe castigarse.

Sobre estas canciones y poemas se asienta la cultura occidental.

El goce en la sumisión. El sexo es el ámbito en que la desproporción más se agradece. De un trato igualitario no nace ninguna excitación. En la alcoba domina el placer perverso de la asimetría. En la violación es total. Reducido y simplificado, el acto sexual desvela su raíz intrusiva y su efecto de subyugación. Como suele suceder con las excepciones, el caso extremo que supone la violación arroja luz sobre la relación entre los sexos. Los casos excepcionales son los mejores para crear reglas, para identificar una tendencia.

Así pues, en toda relación entre hombre y mujer, entre cualquier varón y cualquier hembra, se halla presente la violación. Incluso cuando no ha habido ningún forzamiento, cuando hay amor y ternura. La violación es el paradigma simplificado de la relación entre sexos, su modo ahorro, su diagrama sustancial, y reposa en el fondo de toda relación, de todo coito, no necesariamente brutal. La violación del ser íntimo y resguardado de un individuo se verifica en cualquier caso durante el acto sexual, y si no sucede, el acto es vano; si no se abre una brecha, si no se da una pérdida de su ser, si no se pone en cuestión la vida de quien lo cumple, en realidad no ha pasado nada.

La violación se convierte así en el receptáculo de toda clase de violencia, es el embudo en cuyo interior acaban abusos de varios tipos, encauzados y transformados en sexo. Por otra parte, por aquel entonces aún más que hoy, el sexo es la moneda de cambio más común, un lenguaje planetario, el equivalente áureo con que se mide toda comunicación y relación humana. *Sex for Money, Money for Sex, Sex for Food*, etcétera. Está convirtiéndose en el sucedáneo del dinero, que era a su vez el sucedáneo de todo lo demás. Solo hay que ver la sexualización de la sociedad, del trabajo, de la imagen, de la comida, del vestuario, del tiempo libre, de la religión, de los deseos no sexuales.

En la violación, el placer no es más que poder, pero este ya no tiene otro modo de manifestarse que no sea el placer. Está obligado a comunicar de esa manera. Si no puede expresarse mandando que le corten la cabeza a alguien, el poder se ensalza erotizándose.

Por tanto, vivimos en la sociedad de la violación. Hostilidad, rapacidad e impotencia encuentran una manifestación sexual. El sexo es el lenguaje, no la cosa. Es la manera de desear, no el objeto deseado. A través del sexo se conjuga cualquier pulsión: vengativa, reivindicativa, exhibicionista, de identidad. Los chavales violan a sus compañeras de clase y las graban con el móvil. Libertad entendida como facultad de perjudicar. Libertad = delito. La plena realización de uno mismo solo puede darse si se está dispuesto a prevaricar sobre los demás, si se es capaz de hacerlo. El yo coincide de lleno con la potencia. (Y solo un meapilas como Nietzsche logra no mencionar el sexo ni una sola vez, es decir, una de las manifestaciones del poder más obvias, en las seiscientas páginas incandescentes de *La voluntad de poder*.)

Alguien se ha tomado la molestia de enumerar la gama de situaciones en que se representa y se difunde la subordinación sexual violenta de la mujer: cuando a la mujer se la percibe como objeto y mercancía; cuando está representada como una esclava obligada a satisfacer cualquier deseo; cuando goza con su propia humillación; cuando se la ata, hiere o mutila a fin de proporcionarle placer o dárselo a los demás; cuando se aíslan y se exhiben partes o secciones de su cuerpo como independientes de su persona; cuando se la penetra con objetos y animales; cuando se la rodea de un escenario degradante y se la insulta, tortura, ensucia o hace sangrar con el fin de excitar.

En algunos sentidos, era como si en el barrio de Trieste todavía estuviéramos en la Edad Media. Una ciudadela torreada, protegida por sus murallas, la flor y nata de los profesionales liberales, comerciantes y funcionarios de mentalidad cerrada que por encima de todo temen el desorden y los contratiempos que puedan turbar el normal desarrollo de sus negocios. Secretos a buen resguardo, vida plácida. Y una juventud con pocas distracciones. Acabado el colegio o finalizadas las horas de estudio para preparar los arduos exámenes de Medicina, Ingeniería o Derecho, con la merienda y el vaso de leche servidos por la criada, hay poco que hacer en el barrio, no hay «ninguna forma de organización apta para encauzar a los chulillos, condenados por ello a distraerse con bromas escabrosas, sustancias estupefacientes y la caza de chicas». También está la militancia política, que en aquella época se ejercía en el curso de sesiones ideológicas o actividades paramilitares como rondas, piquetes, servicios de orden, desfiles, boxeo. Más que para el desahogo, servían para tensar el resorte. El deporte y la actividad física se concentran dentro de pequeños gimnasios en los semisótanos, donde se desarrollan los músculos para sentir cómo laten después del esfuerzo.

Si la moral es severa, se infringe para dar rienda suelta a la propia energía reprimida; si es permisiva, todo parece lícito. La vida tranquila genera su opuesto, es como el río que fluye con calma hasta el tramo en que empiezan los remolinos. El aburrimiento. No hay nada más fértil que el aburrimiento. Descubrimientos geniales, obras maestras, hazañas que parecían una locura y crímenes nacen de él. La autolesión y el derroche.

En una de esas películas inspiradas en la MdC, los protagonistas, retratados como «hijos de papá con Jaguar en busca de presas» charlan aburridos delante del bar Tortuga, enfrente del instituto Giulio Cesare. El bar de los fascistas.

—Tenemos que hacer algo...

—... siempre las mismas caras...

—... ¡siempre las mismas cosas!...

Lo vi en DVD el día de Navidad. Al día siguiente, el de San Esteban, vi *Non violentate Jennifer* (*La violencia del sexo*). Muchos títulos de películas de los años sesenta son imperativos negativos: *Non aprite quella porta* (*La matanza de Texas*), *Non profanate il sonno dei morti* (*No profanar el sueño de los muertos*); *Non si sevizia un paperino* (*Angustia de silencio*), este el más enigmático de todos, pues uno se pregunta dónde está el patito (*paperino*) y quién es.

En la notable y cafre *La violencia del sexo*, una banda formada por cuatro quinquis, entre ellos un tonto, viola repetidamente a Jennifer; la chica sobrevive a las torturas y se venga seduciéndolos y matándolos uno a uno, en primer lugar al tonto del pueblo, quizá el menos culpable, al que cuelga mientras hace el amor con ella y, puede que por primera vez en su vida, experimenta un orgasmo. Sus gemidos se transforman en un estertor cuando la cuerda lo levanta y lo cuelga del árbol.

En una de las proyecciones en Estados Unidos, el público comentaba: «That was a good one!», la primera vez que violan a la chica. La segunda, «That'll show her!», y la tercera: «I've seen some good ones, but this is the best». Cuando los tres hombres intentan obligar al retrasado a violar a Jennifer, el público profería gritos de ánimo.

«There is no reason to see this movie except to be entertained by the sight of sadism and suffering»,[*] escribió un crítico.

---

[*] «No hay motivo para ver esta película salvo entretenerse con la visión del sadismo y el sufrimiento.» *(N. de la T.)*

El público (en su mayoría masculino) posee una mente criminal durmiente. Las representaciones de las torturas la despiertan.

Bajo una moral represiva el hombre vive en un estado de miseria sexual permanente. Eso resulta claro. Pero al hombre liberado le va incluso peor. Acaba siendo esclavo de su libertad, de las inclinaciones que antes se censuraban, de las múltiples atracciones, de la ley del deseo que exige su satisfacción; esclavo de las infinitas posibilidades que le ofrece su vida liberada y que, a falta de frenos, está de alguna manera obligado a aprovechar, so pena de parecer un pobre idiota. Tiene que realizarse a la fuerza, lo cual significa sacar provecho de cualquier ocasión, que se le presenta o no, sacar rendimiento, beneficiarse, ese es el imperativo del mundo libre. Incesantemente aturdido por la infinita variedad de la oferta erótica, si antes sufría a causa de sus instintos reprimidos, ahora que ya no lo están grita de dolor, acosado por deseos desenfrenados pero no saciados. Individualismo e ideología consumista significan una sola cosa para él: que el mundo entero es follable. Y precisamente por eso hay que follárselo.

Por desgracia, nadie está a la altura de tan grandioso cometido.

Un famoso gimnasio de aquella época quedaba justo enfrente de mi casa. Ya lo mencioné en el capítulo dedicado a los entrenadores. Acudí durante unos cuantos meses con Arbus, con la idea de que nos hiciera más robustos —abdominales, brazos, músculos de la cintura—. La idea era errónea, pero el sitio acertado. Sus luces frías y el crujido del suelo plastificado eliminaban el equívoco de que allí se iba para divertirse. Nada más lejos del desahogo: los gimnasios concentran, comprimen, son acumuladores que zumban como las luces de neón del techo. La energía, en vez de descargarse, se almacena y el disfrute repetitivo permanece dentro del cuerpo, el *rush* de la sangre al bombear en los músculos provoca mareo. Gestos mecánicos repetidos veinte o treinta veces, como un resorte.

El gimnasio era famoso por su dueño y entrenador, cuyos eslóganes roncos acompañaban la ejecución de los ejercicios, basados en su mayoría en flexiones fatigosas y dolorosas. Pero había que insistir sin desanimarse. Sus eslóganes eran parecidos a los de los marines, hiperbólicos y gritados hasta la afonía.

El que repetía más a menudo era «¡El hombre es un animal!», ¿lo recuerda el lector? ¿Y al entrenador, el mítico y tosco Gabriele Ontani? Según él, el hombre era un animal y por eso era justo que sufriera. ¿Para conseguir un físico perfecto?

NO, el sufrimiento era un fin en sí mismo.

«¡Vamos..., vamos..., vamos..., otra vez, vamos..., vamos..., vamos! —gritaba con voz afónica Ontani acelerando el ritmo de las flexiones, y concluía—: ¡¡¡El hombre... es... UN ANIMAL!!!»

Aquella máxima indicaba que habíamos acabado. Nos masajeábamos los músculos, ya en el umbral del dolor, con alivio. ¿Se acuerda el lector de la cláusula que integraba el concepto, suavizándolo y dándole un toque enigmático, menos intimidatorio? «¡El hombre es un animal..., la mujer..., una obra de arte!».

Y así acababa de darle sentido. Este era el secreto y nuestra condena: éramos animales cuyo destino era encontrarse con obras de arte. Fuera del gimnasio —cuyos horarios estaban rigurosamente divididos entre hombres y mujeres, en aquella época no existía la promiscuidad sexy; después los dueños de los gimnasios se volvieron más listos y los bodys más escotados—, fuera del tatami, pululaban obras de arte que esperaban encontrarse con nosotros, dejarse admirar por nosotros. Pero, pensaba yo, ¿cómo consiguen acoplarse los animales con las obras de arte?

Me surgía una duda: ¿no será que...?

El eslogan de Ontani denotaba una diferencia insalvable entre hombres y mujeres.

12

La desnudez tiene algo que ver con la muerte. Siempre. No es un punto de partida neonatal, adámico, sino de llegada. Final. Desnudarse nunca es un acto espontáneo, sino más bien la consecuencia de un movimiento brusco, convulso, revelador; incluso cuando nos desnudamos para dormir, revive el aspecto dramático de cada descubrimiento, incluido el que tiene lugar todas las noches en el baño o en la habitación.

¿Qué veían los asesinos de la MdC cuando miraban a las chicas a las que habían desnudado? ¿Qué había debajo? ¿Qué tenían delante de los ojos? ¿Qué más había bajo aquella desnudez que ya no podía esconder nada? ¿Dos cuerpos atractivos? ¿Dos víctimas de abusos cuya desnudez era la manifestación más explícita de su indefensión? Lo primero que se le hace a un prisionero, para dejar muy claro que está a merced de sus secuestradores, es desnudarlo. ¿Eran para ellos prisioneras de un campo de concentración, como correspondía al imaginario más afín a los secuestradores? (la corriente de la pornografía sádico-nazi). El cuerpo desnudo de una chica abre de par en par un interrogante que no le afecta a ella sino a quien la mira. Cómo y por qué la mira. Si no hay una finalidad erótica, la visión se vuelve insoportable. Así que si esa finalidad no existía, había que crearla casi a la fuerza. Después hay que alargar las manos sobre el cuerpo de la chica o sobre el propio, apoderarse de una porción de carne con el fin de que la visión de la desnudez, de lo contrario insoportable, se transforme en una acción concreta, mejor si es brusca, violenta, fastidiosa, como la de alguien que se da un pellizco o se pincha con una aguja para comprobar si está despierto. Mirar a una chica desnuda es como mirarla muerta, es como mirarla ya muerta, es como mirarla asesinada. Ahogada, sin respiración, blanca, abandonada, inerte..., ese es el aspecto que ofrece una chica desnuda en cualquier imagen, de las pornográficas a las artísticas o domésticas. Siempre es una Ofelia transportada por la corriente del río en que se ha ahogado. Quizá por eso, quien las retrata intenta pasar por alto el aspecto fúnebre de su desnudez, entibiándolo artificialmente con poses vulgares y sonrisas forzadas, que acompañan los actos obscenos con el ingenuo propósito de infundir un poco de vitalidad a esos cuerpos de obituario, a sus nalgas, sus pechos, su vientre salpicado de semen, también enfriado de inmediato. A pesar de los esfuerzos realizados por la prosa y la fotografía erótica, un cuerpo desnudo nunca será palpitante...

¿Qué hace un hombre con el cuerpo desnudo de una mujer que no es objeto de amor, de atención, de protección, de atracción y ni siquiera de perdición?

Un hombre puede disponer del cuerpo de una mujer de cuatro maneras: pagando para obtener sus prestaciones, visionando su imagen desnuda o vestida en fotos o películas, seduciéndola o secuestrándola. Entre estas cuatro modalidades que parecen alternativas entre sí, existen en realidad lazos sutiles —muchos más de los que el sentido común está dispuesto a admitir—, variaciones intermedias y, a veces, incluso coincidencias, sobre todo entre las dos últimas, seducción y abducción, basadas en un uso diferente de la fuerza o, mejor dicho, en un uso de fuerzas diferentes, psicológica en el primer caso, considerada lícita a todos los efectos —aun cuando una predomina sobre la otra— y física en el segundo, que se considera ilícita y por eso prohibida y castigada. Las primeras dos modalidades requieren una inversión solo económica. Un hombre tiene que gastar dinero y energía para satisfacer su deseo, en la medida y con protocolos que van de la inversión prudente a la galantería o a la violación pasando a veces por el amor, que también puede usarse como una artimaña más en la búsqueda del fin que se persigue.

Antaño existía una quinta posibilidad: el matrimonio. Casándose con una mujer y llevándosela a casa uno se aseguraba la plena disponibilidad del bien representado por su cuerpo, como si fuera una propiedad exclusiva; pero hoy en día ya no es así y el marido tiene que empezar cada vez desde cero para ganarse el permiso que antes estaba garantizado de manera permanente, estable, desde el día de la boda, como si fuera un derecho de propiedad ilimitado del que se podía gozar en cualquier momento sin condiciones. En el matrimonio convencional convivían de modo en absoluto contradictorio aspectos de compraventa, engaño y rapto, en un plano tan factual como simbólico. Una sexta posibilidad, hoy facilitada por las costumbres de las diversiones juveniles, que podría definirse no tanto como seductora o abductora sino más bien como inductora, consiste en acabar con toda inhibición del consenso sexual, utilizando una mezcla dosificada de cortejo instantáneo, constricción psicofísica y uso de sustancias como alcohol o drogas. Esta modalidad contemporánea está apoyada por un sólido condicionamiento social, fuerte como una ideología y difundido como una campaña publicitaria, según la cual la prestación sexual del propio cuerpo por parte de las chicas es debida. Esto convierte la llamada libertad sexual en una opresión sexual, reformulada a tenor de nuevos estándares que son aún más vinculantes. Lo que antes estaba prohibido, ahora no solo es lícito, sino también obligatorio. El mismo goce pornográfico del cuerpo femenino, que hasta hace unos años era objeto de transacción comercial, hoy se cede a título gratuito, siempre obedeciendo al mismo *diktat*, en forma de vídeos *amateurs* y fotografías comprometidas. La difusión de la imagen de mujeres de todas las edades desnudándose y acoplándose ya forma parte de un ritual amoroso del que les resulta imposible escapar, pues es un elemento en dotación de ese cuerpo cuya cesión gratuita a cualquiera tiene que ser total e irrevocable.

Así funciona en la práctica, si bien las leyes se afanan para tratar de limitar la posesión del cuerpo virtual de las mujeres, no menos valioso que el físico e igualmente explotado. Sobrevalorado, convertido en objeto de curiosidad morbosa, de atención obsesiva, desmenuzado en sus detalles anatómicos por miradas que diseccionan, desnudado y vestido de deseo, pero al mismo tiempo, menospreciado, reducido a un cero a la izquierda, a una larva, a una imagen blanquecina desenfocada con botones rosas, labios rojos y un triángulo oscuro. Dinero, encanto, fuerza física, chantaje emocional, pornografía que genera más emoción de la que alivia, obligación de someterse al deseo a toda costa, captura, habladuría, prevaricación. Nadie puede ser tan hipócrita como para no reconocer que los medios que usan los hombres para obtener el cuerpo de las mujeres siempre acaban siendo los mismos, con diversas variantes más o menos caballerosas o brutales, románticas formalizadas o expeditivas —como suele decirse, «por las buenas o por las malas»—. Si todo esto es cierto, al menos en parte (tanto como sería falso pretender que lo fuera del todo), ¿cómo condenar a quienes van al grano, es decir, al uso de la fuerza para coger lo que desean? El mundo que nos rodea los anima a actuar de ese modo.

El cuerpo desnudo niega la primacía del rostro, la anula. Un cuerpo desnudo es, de hecho, acéfalo; un cuerpo que se desnuda o que es desnudado se convierte al instante en un cuerpo sin cabeza; si además es desnudado por la fuerza, el rostro desaparece incluso antes de que esté completamente desvestido. Por eso en las poses pornográficas las mujeres fotografiadas o grabadas mientras se dejan sodomizar o aferran pollas no logran asumir una expresión adecuada. En realidad no hay ninguna, no existe, el rostro no existe y lo mejor sería desenfocarlo o quitarlo con un efecto gráfico, enmascararlo, encapucharlo. Eso explica por qué las chicas o sonríen con expresión idiota, o se pasan la lengua por los labios fingiendo excitación, o parecen asustadas o temerosas ante la enormidad de los miembros que se ciernen sobre o dentro de ellas, o incluso resultan del todo inexpresivas. En realidad, no tienen ni idea de qué cara poner, ya que en ese momento, mientras el resto de su cuerpo está expuesto, visible, abierto, desencajado, exhibido, su rostro no existe.

Cuando se halla un cadáver, si es de un hombre casi siempre está vestido, si es de una mujer, desnudo. Y si no es así enseguida se sospecha que la vistieron después de matarla. El cuerpo de una mujer está desnudo por definición, y el de una mujer asesinada aún más, lo cual revela cómo ha muerto y por qué. Desnudada y asesinada, asesinada y desnudada. Son dos acciones indisolubles, o mejor, casi coincidentes; hasta el punto de que cuando se le quita la ropa a una mujer parece como si se aludiera o se indicara la posibilidad de matarla. Es una especie de introducción al tema. Solo en los campos de exterminio estaban desnudos y hacinados tanto hombres como mujeres. En la publicidad, en las películas, en la moda y ahora incluso en las óperas, se desnuda el cuerpo femenino, corroborando que al principio y al final de todas las historias, en lo alto de la jerarquía de los deseos, en el impulso y la finalidad de toda compra, en la base de cualquier acto de seducción o práctica de la violencia, hay una mujer desnuda, o partes de su cuerpo: sus pezones, sus caderas, sus ojos, sus nalgas.

La desnudez se da en tres momentos decisivos: nacimiento, acto sexual y muerte. El cuerpo sin vida, aun cubierto por un sudario o un traje, está desnudo. La muerte misma no es más que un acto final de desnudez, que replica de manera estremecedora el del nacimiento. Una vez expulsados del Edén y arrojados a la fuerza en el mundo, la desnudez pierde su esplendor y su inocencia, está oscurecida por un elemento dramático, por decirlo de algún modo, es acechada por la muerte. Por eso y quizá solo por eso es obscena y, por tanto, prohibida. El naturismo y el nudismo son intentos ingenuos o hipócritas de volver a los orígenes, ahora ya inalcanzables, anulando esa sombra, fingiendo que no existe ningún secreto, ninguna vergüenza, que vestirse es solo un convencionalismo absurdo...

Además del depósito de cadáveres, otro lugar en el que las mujeres están desnudas son los museos: colgadas de las paredes, de pie en medio de los pasillos, tumbadas en poses lánguidas... Algunas son muy hermosas y atractivas, unas conmueven por su fragilidad, y otras son corpulentas y ocupan mucho espacio con sus carnes rosáceas.

No es cierto que estemos acostumbrados. No es cierto que la tempestad visual y verbal que sopla sin cesar desde hace al menos cuarenta años haya acabado con nuestra sensibilidad. Todavía surte efecto —en mi caso, al menos— no solo la visión, sino el simple contacto sonoro con frases como «una chica desnuda» o bien «el hombre estaba desnudo», «se quedó desnuda», «sus cuerpos yacían desnudos...» o «yacieron desnudos sobre la arena».

Incluso la desnudez inocente de los niños llama la atención y cautiva la fantasía, y sentimientos de admiración, excitación, disgusto, consternación, asombro se mezclan en una sola oleada cuando aparece, inesperada o deseada, la desnudez de un cuerpo de cualquier sexo y edad.

Desnudo: en las tres vocales de esa palabreja «se pierde mi inútil cabeza».

13

Las reacciones de angustia de las familias decentes cuando reciben la noticia de que sus hijos han cometido nuevos crímenes: «¡Oh, no, otra vez, ha vuelto a hacerlo!», para agarrarse inmediatamente después a una antigua convicción: «Con el dinero todo se arregla...».

Se necesita dinero para pagar buenos abogados, indemnizar a las víctimas, evitar denuncias. Desde siempre, los bárbaros acomodados se habían beneficiado de la indulgencia o incluso de la complicidad de los jueces. Este hecho secular cambió de repente en los años en que se desarrolla esta historia y, en buena medida, precisamente a causa de ella. La prensa, que todavía encumbraba o rebajaba a los personajes públicos a su antojo, desempeñó un papel principal. Sabían cómo convertir en sensacionalista un suceso, explotando sus aspectos cruentos y morbosos y al mismo tiempo condenando los hechos con desdén, atrayendo como moscas a la miel a hombres y mujeres —sugestionando a los primeros y escandalizando a las segundas—. La MdC puso de acuerdo a reaccionarios y progresistas de un solo tiro. Hasta entonces se había sancionado la violación dentro de un sistema que oscilaba entre la severidad y la tolerancia casi total. Los jueces parecían vacilar. Después, de repente, el privilegio se convirtió en desventaja.

Durante la campaña que siguió al delito y acompañó al proceso, el conflicto sexual —hombres contra mujeres— pasó a segundo plano con respecto al conflicto de clase —ricos contra pobres—. La pertenencia social de los asesinos desató a la opinión pública y una *jacquerie* pequeñoburguesa se rebeló contra los supuestos privilegiados, sin darse cuenta de que en realidad estaba sublevándose contra ella misma. Y fue la muerte de una de las dos víctimas la que magnificó el caso. Esa muerte, en concreto: la villa aislada frente al mar, el maletero. En verdad, esto siempre había ocurrido en la conciencia y en la práctica jurídica tradicional, pues pocas veces se había castigado una violación en que la víctima no hubiera sido asesinada o herida de gravedad. Solo en estos dos supuestos las conciencias se despertaban de repente, incitando a los jueces a castigar el crimen cometido incluso con la pena capital. Pero eran casos en que el delito mayor, el asesinato, acababa por encubrir y absorber la violencia sexual. Ante la evidencia macabra del cadáver, se olvidaba que aquel cuerpo antes de ser asesinado había sido violado. La violación se convertía en un detalle. Sin embargo, esta vez la violencia sexual y su degeneración en violencia *tout court*, en tortura y al final en asesinato, se consideraron en su conjunto, como un recorrido horriblemente coherente y unitario, con premisas que se desarrollaban hasta la consecuencia final, potenciándola, convirtiéndola en insostenible para las conciencias de todos —investigadores, parientes, jueces, jurados y opinión pública.

Durante siglos la violación había sido medida según una escala de gravedad proporcional al rango, a la clase a la cual pertenecían el violador y la víctima. La violencia cometida por el amo contra la criada se castigaba como mucho con una multa, mientras que la infligida por un vagabundo a una chica de buena familia podía castigarse incluso con el patíbulo, como si el crimen fuera en primer lugar un atentado contra la jerarquía social. De golpe, siguiendo la estela de las reivindicaciones políticas de aquellos años, este paradigma quedó invertido y, gracias a una especie de contrapeso, se transformó en su exacto contrario, que se formulaba de la siguiente manera: la violencia que los «pudientes» ejercen sobre las «chicas del pueblo» es la más grave y abominable que existe. La extracción burguesa de los culpables, que hasta ese momento les había protegido de consecuencias más graves y que parecía que también esta vez actuaría en su favor —buenos abogados, negociaciones, una indemnización sustanciosa a la parte perjudicada, es decir, cuanto podía conseguir la mentalidad de la vieja escuela, esa de «el dinero lo arregla todo»—, se convirtió en una circunstancia agravante. Ya no se trataba de chicos descarriados, sino de asesinos crueles. La diversión había acabado en tragedia. Una pobre chica muerta. Una chica pobre muerta. Eso da al traste con el viejo pacto según el cual los rangos del culpable y de la víctima cuentan. Lo cambia de arriba abajo. La pertenencia social de los violadores los vuelve aún más odiosos, monstruosos y responsables, puesto que ni siquiera pueden presentar las atenuantes de la ignorancia o del ambiente degradado, nada, no tienen justificación. Por eso los artículos de sucesos se transforman en panfletos sociales. Y si la prensa tiene la ocasión de mezclar ingredientes tan suculentos...

Era inevitable que sucediera. La inferioridad social siempre ha sido una de las condiciones ideales para el abuso, y los responsables de la MdC no hicieron más que perpetuar un antiguo desprecio por los débiles. Se consideraban intocables. Y consideraban a las chicas una propiedad de la que disponer a su antojo. Pero se equivocaron de época, llegaron con dos siglos de retraso, como mínimo. Digan lo que digan, nuestros tiempos facilitan a los débiles instrumentos para obtener justicia. El dominio encuentra un límite objetivo en la ley, la única que puede contrarrestar a posteriori la desigualdad que ha hecho posible la violación: desigualdad de edad, de experiencia, de posición social, de rol, de número y de fuerza física. Ha quedado demostrado que las víctimas se eligen en función de su indefensión, no de su especial atractivo. La prueba de que la exuberancia sexual no afecta ni al violador ni a la víctima reside en el hecho de que muchos violadores son impotentes y sus víctimas no son especialmente guapas, sino chicas anónimas, mujeres maduras o poco vistosas sexualmente, que no hacen nada para resultar provocadoras. El pene del violador suele ser minúsculo. No basa su poder en él, y en cualquier caso puede usar sucedáneos, como bastones u otros utensilios, que utiliza como objetos físicos y como símbolos de dominio.

El esquema de la violación es previsible, una antigua tradición lo considera incluso inevitable en el caso de que una chica aislada, sin protección, quede a merced de uno o más hombres. Pastorcillas con sus rebaños, guardianas de ocas, pequeñas lavanderas, poco más que niñas, que llevan de una aldea a otra comida o ropa, criadas y siervas, son el blanco histórico de los abusadores. En las antiguas baladas francesas que he mencionado antes, el esquema se cuenta con ligereza. Las cosas inevitables parecen a menudo leves, carentes de encanto. Un caballero avista a una pastorcilla, se acerca, la tumba en el prado, le levanta el vestido descubriendo su carne blanca y su pecho turgente y, a pesar de sus protestas y sus súplicas, le arranca la virginidad para su propio placer. Después se aleja cabalgando, sin prisas, quizá le regale una cinta de seda u otra fruslería. En la ambientación burguesa, cambian las protagonistas, en vez de campesinas hay estudiantes, dependientas, empleadas, telefonistas..., y el paisaje es urbano en vez de agreste.

El verdadero misterio de la MdC no es la identidad de los asesinos, sobre la que se volcó la prensa; el agujero negro de aquel delito es la identidad de las víctimas. Ese ser «chicas corrientes» resulta misterioso y enigmático. ¿Qué significa ser corriente? La lectura de los periódicos en las jornadas que siguieron a la MdC sumió en la consternación a la mayoría de las familias italianas, que descubrieron de un día para otro que sus queridos hijos podían ser unos violadores y que sus hijas estaban a merced de los maníacos cada vez que salían por las tardes «con sus amigos». ¿Qué amigos? ¿Para ir adónde? ¿A hacer qué? Las preguntas eran acuciantes y no tenían respuesta. El peligro estaba en todas partes. En cuanto se ponía un pie fuera de casa, se abría un territorio desconocido. Hasta entonces estaban convencidos de conocerlo, sin embargo calles y plazas eran tierra de nadie.

Las hazañas de los asesinos, aderezadas a diario con nuevos detalles tan casuales como aterradores, de repente tiraban por tierra cualquier defensa moral. La prensa explotaba el elemento morboso de la historia —inocencia violada, sexo, sangre, bienestar— para atraer a los lectores y castigarlos después soltándoles sermones moralistas que no hacían más que avivar la morbosidad. Cuando se saca a la luz la podredumbre, incluso con la intención más noble de este mundo, es decir, la de purificarse, es casi imposible no acabar contagiado. Denunciarlo y sacarlo a la luz equivale a reconocer su fatalidad. Una vez desenterrada la carroña sus tripas apestan el aire. El auténtico amor por la verdad va unido a una pasión insana por los descubrimientos que esta hace, por obscenos que sean. Así pues, para saber más hay que estar dispuesto a pasar por alto las reglas morales en cuyo nombre se investiga.

Desde este punto de vista, la MdC fue un escándalo, un verdadero escándalo. De esos que desfiguran para siempre el espacio que los rodea. Lo que iba saliendo a la luz daba ocasión a que otros cayeran en los mismos errores. En vez de proteger de algo, animaba a hacerlo. El escándalo servía de advertencia contra el mal y al mismo tiempo instigaba de manera implícita a replicar su ejemplo negativo, daba a entender que el mundo ya estaba contaminado y que no podía escaparse de la corrupción y la violencia. O se era víctima o se era responsable, o bien ambas cosas a la vez; el eslogan «Todos somos responsables», de remota matriz católica, tuvo un increíble éxito en Italia, provocando los daños que ya he mencionado: hacía un llamamiento a la asunción de culpas manifiestas u ocultas y al mismo tiempo las diluía en una especie de pecado colectivo que también podía ser amnistiado colectivamente. Estigmatizado de palabra, el horror se volvía accesible, abordable para cualquiera. Un escándalo nunca es beneficioso, nunca podrá recuperarse el bien perdido, eso habría sido una ilusión, pues la enfermedad ya se había difundido antes de que el bubón reventara.

Es justo no ocultar la verdad, pero si la verdad está podrida, infecta a todo el que la conoce.

La inocencia se había perdido para siempre, en el caso de que hubiera existido.

Nadie está más lejos de la muerte
que dos chicas cualquiera de dieciocho años,
pero al mismo tiempo nadie está más cerca
y es tan adecuado para el papel de víctima: justo
así, adecuado a la muerte, fittest for death.
Su inmadurez las convierte en un fruto más goloso,
todavía verde, pero listo para separarse de la rama.
Su caída provocará un ruido
que se oirá desde lejos,
fatal y dramático como no lo sería
si hubiera caído de forma natural.

No estaban preparadas para la muerte. No era su tiempo.
No habían confesado sus almas, grandes o pequeños
que fueran, los pecados que habían cometido durante su breve vida.
No forma parte del programa de una tarde
acabar ahogada en una bañera
tras largas horas de abusos. Untimely death.

*El único pensamiento consolador es que el dolor
y la desgracia soportables tienen un límite
a partir del cual se anulan, o la víctima se vuelve insensible.
Es la irónica constatación que hace Dante a propósito
del centauro Caco, al que Hércules mató con cien
bastonazos de los que solo sintió los diez primeros.*

Las dos chicas de la MdC fueron como Abel, cuya presencia en el Génesis solo está justificada para que Caín pudiera matarle. La atención recae toda en el culpable, más que en la víctima. Lo que le interesa a las Escrituras es el drama del malvado, su tormento, su fuga, el modo como será castigado y al mismo tiempo protegido por el castigo. Una vez asesinado, el apacible Abel sale de escena. Este es, en general, el problema de las víctimas. Ningún actor importante aceptaría interpretar un personaje que desaparece tras el primer cuarto de hora de película. Creo que su mismo nombre, Abel, significa «la nada» en hebreo. ¿Las dos chicas de la MdC eran la nada? Si hablo muy poco de ellas en este libro, ¿también yo soy igual de injusto que el anónimo narrador indicado por los biblistas con la letra «J»?

Los crímenes sexuales crean una complicidad morbosa que mancha a cuantos entran en contacto con ellos. La primera en contaminarse es la víctima, implicada en lo indigno, lo que a menudo la lleva a mantener en secreto la violencia sufrida para no sufrir la vergüenza. Se extiende a sus familias y a las de los responsables, que no supieron proteger, educar o contener; a los testigos directos o indirectos, cada uno de los cuales acarrea con una parte de responsabilidad, y por extensión a cualquiera que entre en contacto con los hechos a través de los periódicos, la televisión o formas filtradas como los libros y, sobre todo, las películas —la naturaleza de la violación se presta más a la reconstrucción visual que a la descripción verbal—, o sea, que el grado de implicación moral en una violación puede concernir a la colectividad entera. Es suficiente con abrir el periódico para formar parte de esta comunidad corrupta.

Hasta que la violación fue considerada un delito contra la moral y no contra la persona, resultó inevitable que la víctima se asociara al culpable bajo la misma aura de vergüenza. No solo nos volvemos impuros por los actos que cometemos, sino también por los que sufrimos, como un apestado que ha contraído la enfermedad mal que le pese. La víctima, a pesar de serlo, causa la misma repugnancia.

Los pensamientos y la vida privada de nuestros hijos e hijas es una jungla impenetrable. Lo era también antes, pero, a excepción de algún caso concreto, los padres no creían que tuvieran que preocuparse en exceso. Lo que contaba era que no se suspendiera y que no se dijeran demasiadas palabrotas, lo demás era simple administración. Sin embargo, ahora, detrás de la normalidad, podía ocultarse cualquier cosa. Es más, la normalidad se había vuelto temible, la quietud, una mala señal. En la otra punta de la casa, en sus habitaciones, los chicos podían estar tramando cualquier cosa horripilante: violaciones, emboscadas. O quizá solo estuvieran haciendo los deberes de latín. Algunas víctimas del terrorismo político fueron asesinadas tras haber sido elegidas en reuniones vespertinas tan simples como aquellas en las que se elegía a qué cine ir. Se decidía a quién dar una lección, por ejemplo, partiéndole las piernas, o a quién eliminar, contra quién disparar. Y si no se era un asesino, siempre cabía la posibilidad de ser una víctima. Ahora que ya no podían fiarse de los «buenos chicos», todas las chicas eran víctimas potenciales. Unos dijeron que estaba produciéndose una mutación antropológica, otros que el afán de dominio de la clase burguesa ya no hallaba freno en los hipócritas contrapesos de la decencia y el buen nombre.

Y después, la crisis de la familia. ¡Ay! Quizá nunca se haya explotado tanto un argumento para explicar los fenómenos más dispares como el de «la crisis de la familia»...

Esta sensación aumentará hasta convertirse en paranoia en los años siguientes, cuando la violencia política causaba estragos en el umbral de casa y a menudo también en su interior. La gasolina incendiada que se filtra por debajo de la puerta. Los portales donde se acosa y asesina a los adversarios. Cadáveres que yacen boca arriba en las escaleras, salpicaduras de masa cerebral en las paredes. La documentación visual nunca encuadra campos o espacios abiertos: se trata siempre de jardines comunitarios, de aparcamientos de motos, de tapias, plazas, paradas de autobús, entradas de bloques de edificios, aceras estrechas, tapas de alcantarillas, portezuelas de coches, ventanillas rotas a través de las cuales se entrevén, encajados contra el volante, los muertos a consecuencia de la explosión. El asiento de polipiel de un Fiat 750 ya no es un lugar confortable, familiar.

Mientras que los secuestros de personas asustan a una minoría rica y los delitos de la mafia y la camorra solo afectan al sur, la violencia política podía afectar a cualquiera en cualquier lugar: podías saltar por los aires en el tren, en una sucursal bancaria, en la estación; podían abrirte la cabeza debido al corte pelo que la cubría o por el tipo de macuto que llevabas, y si en una casa había un hijo que se interesaba por la política —y por aquel entonces, quien más y quien menos lo hacía, era imposible permanecer neutral—, cuando por las noches llegaba tarde era aterrador, su familia ya lo veía acuchillado, derribado de la moto o molido a palos.

Probablemente no fue su causa, pero el declive de la familia tradicional permitió que se manifestaran de manera violenta problemas que hasta entonces habían permanecido en su seno, haciendo implosión en silencio, provocando menos alarmismo o permaneciendo invisibles por completo. En el pasado, muchos varones acomodados habían tenido su iniciación y desahogado sus necesidades sexuales dentro del perímetro doméstico. Eran los llamados amoríos con las criadas, un singular cruce consuetudinario entre el abuso sexual, los deberes de la servidumbre para con los señores, las relaciones jerárquicas y la prostitución diluida y enmascarada en la relación laboral, prácticas por las que hoy en día irías derecho a la cárcel. Durante largo tiempo se consideraron una solución aceptable, o incluso una fuente de estabilidad doméstica, pues protegían de aventuras peligrosas e incontroladas. Con el drástico redimensionamiento de las viviendas y del personal de servicio, y la consolidación de los derechos de las mujeres, incluso las de baja extracción, para dar rienda suelta a su lujuria entre las paredes de casa al hombre no le queda más que su mujer, siempre y cuando siga siendo atractiva, aunque por desgracia para él hoy su esposa también puede responder a sus requerimientos con una negativa incuestionable. Otra puerta que se cierra. Antes se podía abusar con toda comodidad en la propia casa, ahora hay que patear la calle. El primer fenómeno era menos clamoroso que el segundo. El segundo se demuestra más violento que el primero.

14

Una periodista dispuesta a ayudarme, Carmela G***, ha tenido acceso a algunas actas de los interrogatorios de Angelo que se remontan a finales de 1993 y principios de 1994. No podía hacer copias, sino solo hojearlos y grabar con el móvil lo que consideraba que quizá me interesaría. No puedo reproducir aquí el tono excitado de su voz. Escuchando de nuevo el material, se comprende que a menudo se trata de declaraciones hechas por Angelo en primera persona; algunas veces las actas hablan de él y sus cómplices en tercera persona; y en otras, es Carmela la que cuenta y resume lo que va leyendo, o lo comenta —esa parte la he transcrito en cursiva—. No sabría decir en qué medida lo que dice Angelo es verdad o ha sido admitido como tal por los jueces instructores. A simple vista, diría que poco. En cualquier caso, he cambiado y camuflado muchos de los nombres citados en los interrogatorios, los he omitido o marcado con asteriscos para no tener problemas. Además del interrogado, aparecen a menudo sus cómplices de la MdC, que anteriormente he denominado como el Legionario y Subdued: la verdadera razón del primer apodo será aclarada más tarde, mientras que he adoptado el segundo basándome en la estrategia defensiva usada en el juicio de la MdC, es decir, la de hacer pasar al beneficiario como un chico subyugado e influido por sus compañeros, casi obligado a unirse a ellos, una figura clásica de las violaciones que aparece con regularidad en todas las representaciones cinematográficas: el débil, el reacio. Personalmente, dudo de que la persona real lo fuera. Pero en un libro el apodo quedaba bien, aunque no faltarán quienes me se-

ñalen la inquietante coincidencia con una famosa marca de ropa para chicas: vestidos, shorts, camisetas y tops encantadores. Y también está el Cubo.

... tras haberme unido a Vanguardia Nacional, a principios de 1971, fui reclutado por el Frente Nacional por parte del profesor Dalmazio Rosa, que era mi profesor en el SLM, e hijo del mayor Rosa, defensor de la República Social Italiana, uno de los imputados por el golpe Borghese.

... me trataban como a un chico prodigio —solo tenía dieciséis años— y aquel clima de conspiración me entusiasmaba.

Las reuniones del Frente se celebraban tanto en la Via Angela Merici como en la Via Tolmino, pero nunca en la sede del MSI, sino en otra clandestina que estaba en el mismo edificio que la embajada de la China nacionalista.

... contactos con Nueva Europa, Frente Estudiantil, Lucha del Pueblo...

... tráfico de dólares falsos y cocaína... tráfico de armas con el Legionario en Bordighera. Las armas estaban ocultas en baúles en el sótano de una villa [más tarde identificada como Villa Donegalli] que había pertenecido a un oficial de las SS.

... los autores del homicidio de ***, tesorero del Frente, fueron algunos de sus miembros; lo ahogaron y arrojaron a un pozo junto con su perro en diciembre de 1969 en la localidad Ammazzalasino [*¿Affogalasino?*], probablemente porque estaba a punto de hacer revelaciones a propósito de los atentados del 12 de diciembre [la Piazza Fontana] con los que discrepaba.

Sorprende su disponibilidad, el que estén dispuestos a todo, de que sean capaces de todo...

La droga se depositaba en la finca de *** en Colonna, donde yo la elaboraba y la cortaba. También estaba implicado otro compañero de colegio, Scataglini, que por entonces estaba acabando el bachillerato de ciencias (en la misma clase de Cassio Majuri), cuyo padre tenía una farmacia en la Via Rovereto. Scataglini me suministraba la lactosa para cortar la heroína. Tenía un piso en Casal Palocco que usábamos como almacén de heroína refinada.

Con Subdued, el Legionario y el Cubo, forman una célula de Uova del Drago (Huevos de dragón), organización surgida de las cenizas de la Segunda Guerra Mundial que ponía en contacto a grupos de militantes para llevar a cabo funciones antidemocráticas y anticomunistas. Los Uova del Drago eran autores de otros cuatro homicidios, descritos de manera vaga e incoherente por Angelo; Subdued era autor de tres: el de Carletto ***, un hombre con antecedentes penales, el de un romano dueño de un hotel y el de un hombre no identificado, cometido no se sabe cuándo durante un atraco mientras Angelo estaba detenido [*pero si estaba detenido por los hechos del Circeo, ¿cómo podía participar Subdued? Ah, sí, se refiere a la detención anterior a la MdC...*], y, según afirma Angelo, el Legionario, junto con otros cómplices, era el autor del último homicidio, cometido en Mantua en el verano de 1975, cuya víctima fue un hombre con antecedentes penales que hacía chantaje a una señora fascista relacionada con el Frente Nacional y dueña de una fábrica que producía el famoso juego de bastoncitos de madera conocido con el nombre de Shanghái.

... alquilan un piso cerca del Piazzale delle Provincie, donde organizan un cursillo sobre el uso de explosivos impartido por un exoficial de la organización terrorista francesa de extrema derecha OAS y por un toscano muy serio que llegaba con su maletín, daba su conferencia y se iba; más tarde, cuando los periódicos publicaron su foto a raíz del doble homicidio de Empoli, fue identificado como Mario Tuti. Una de las clases se centraba en la activación de un artefacto explosivo usando un normalísimo mando a distancia para abrir una verja.

Interrogatorio del 16 de diciembre de 1993. Se habla de la clandestinidad de Angelo, de los veinte días que van desde que escapa de la cárcel de Alessandria el 26 de agosto de 1993 hasta que lo arrestan en París. Está comentada desde un punto de vista exclusivamente jurídico, no en el sentido tradicional de una evasión: en efecto, Angelo no volvió a la cárcel después de un permiso.

Afirma haber estado en París, Bruselas, Amberes, Londres, Barcelona... y haber tenido contactos con banqueros armenios y delincuentes de Oriente Próximo. Frecuenta salas de apuestas, se relaciona con traficantes y con la banda de la Magliana [*¡No podía faltar!*]. En el hotel de Londres se registra con el nombre de un compañero de clase.

Veamos qué más dice..., ah, esto:

... quería ayudar a algunas personas en Sarajevo, les di tres mil marcos a unos contrabandistas para que expatriaran a una chica que me había escrito pidiéndome que la salvara...

... había planeado dos atracos importantes, uno en Londres y otro en Biella, que después no llegué a realizar...

Cuando me fugué solo tenía algunos millones de liras que me habían regalado mis padres, más una suma en divisa extranjera equivalente a unos cien millones de liras que procedían de dos cuentas secretas, una en Suiza y otra en Austria.

El 30 de agosto de 1993, Angelo llama por teléfono a Subdued desde Londres, o mejor dicho, le pide que le llame a una cabina telefónica ubicada cerca del concesionario Ferrari en Kensington. «¿Qué has hecho? ¿Me has traicionado?»
Fueron momentos muy tensos.

Después, Sub me invitó a unirme a él en Sudamérica, prometiéndome la mitad de su dinero para que pudiera hacerme una cirugía plástica facial en Brasil y establecerme luego en Argentina. Iba a la deriva. Yo necesitaba dinero, armas y documentos. Subdued me dijo que estaba en Goa, en la India, de retiro espiritual. No sabía desde dónde me llamaba realmente... [*para completar la información: Subdued se había escapado de la cárcel de San Gimignano tras cinco o seis años de reclusión a raíz de la MdC. Dos años en la clandestinidad y un nuevo arresto en Buenos Aires. Mientras esperaba que se tramitara la extradición, en 1985 logró huir otra vez del hospital donde estaba ingresado por una hepatitis. En 1994 lo detuvo la Interpol en Panamá y lo extraditaron a Italia. Está libre desde 2009].*

O bien podía irme a Hong Kong, bajo la protección de un poderoso dueño de casas de juego y garitos...
 Otra posibilidad en México, Tijuana...
 ¿Eran posibilidades concretas? No lo entendía.

Estoy dispuesto a colaborar para demostrar mi absoluta credibilidad... renuncio expresamente a cualquier reserva y lo contaré todo hasta el más mínimo detalle... he tomado la decisión de aclarar mi pasado.

Fui compañero de colegio del Cubo durante trece años, con él he cometido dos atracos y un homicidio.
 ... atraco a un coleccionista de armas en la Via Panama, Roma, el 30 de octubre de 1973. Angelo, el Legionario y el Cubo utilizan como cerebro de la operación a un amigo del hijo del coleccionista. Absuelven a Angelo porque el Legionario se declara culpable y lo condenan a cinco años. Los tres se cuelan armados en el piso con la excusa de devolverle un libro al hijo del coleccionista. En casa están su esposa y dos criadas, una de las cuales es filipina. Íbamos a cara descubierta, pero mientras esperábamos que vinieran a abrirnos nos pusimos una capucha. Robamos armas y joyas, entre las primeras había un arma del calibre 22 long rifle que fue hallada años más tarde, en 1977, dentro de una bolsa en la Piazza Augusto Imperatore inmediatamente después de que tuviera lugar el homicidio de Giorgiana Masi, [¿?] y un mitra MP40... lo reconocí como mío.

 ... 1974 atraco en la Via Nomentana en el que resultó herido el joyero ***.

 ... atraco al banco de la Via Nomentana/la Via XXI Aprile. Angelo y el Cubo van acompañados de Renatino de Pedis [... *Banda della Magliana, en el acta pone: fallecido*] y Spezzaferro [*del Tufello*]. Angelo armado con Uzi. Botín de 20 millones de liras.

Otoño de 1974, atraco en Avezzano [joyería] perpetrado por Subdued y un tipo con antecedentes penales llamado Capone.

En octubre o noviembre de 1974, el Cubo y Subdued organizan junto a dos tipos de Cinecittà el secuestro de A*** A*** delante de un colegio de monjas, pero no logran llevarlo a cabo. Tienen una ranchera con doble fondo donde esconder al rehén, pero la chica logra escapar cuando intentan capturarla y se refugia entre las alumnas del colegio.

... [*es una lista monótona*] enésimo atraco a la oficina de Correos del Tiburtino, junio-julio de 1975, los mismos participantes y otros dos. Angelo no participa pero recibe una parte del botín (treinta o cuarenta millones de liras) porque ha suministrado las armas: dos 357 Magnum, un mitra MP40 y dos bombas de mano RCSM35.

... agresión sexual a A. B. y L. C.: detienen a Angelo. Mientras está en la cárcel, en el invierno de 1975, atraco a un usurero.

... atraco a un banco en las inmediaciones del mercado general de Bolonia entre enero y junio de 1975... perpetrado por Subdued y el Cubo mientras Angelo sigue en la cárcel; cuando sale le dan cuatro o cinco millones de liras.

En el verano de 1975 atraco a la oficina de Correos de Marina de San Nicola: el grupo de siempre más otros cuatro. Tras el atraco se refugian en la villa de un compañero de colegio, del SLM, donde tiempo después Ezio Matacchioni será retenido como rehén y más tarde liberado.

... atraco a un banco de Lacona, Circeo, a finales de agosto de 1975... este atraco lo planeé personalmente... me quedé vigilando e iba armado con un fusil Galil israelí y un Colt 38. Botín: cincuenta millones de liras.

En septiembre de 1975, el Cubo, el Legionario y Subdued secuestran al hijo del constructor Francisi. El rehén permanece cinco días en la villa del Circeo; el rescate ascendió a trescientos millones de liras. No participé, pero me dieron veinte millones.

Eliminación del fugitivo Amilcare Di Benedetto por un fallo cometido. Lo maté yo mismo en una casa de campo cerca de Riccione, con dos disparos efectuados con un arma del calibre 38; envuelto en tela encerada, el cadáver fue transportado al garaje de la villa de *** [*otro compañero del SLM, como resulta de las listas de alumnos...*] y después a una embarcación de propiedad de este y supuestamente arrojado en el mar.

El dinero acumulado antes del encarcelamiento por agresión sexual acabó en manos de tres amigos «limpios», entre los que estaba el ya mencionado ***, que lo invirtió de manera rentable en fondos de inversión. (En esa época vivía en Locarno y era ciudadano suizo.)

Después de la MdC, el Legionario se sirvió de la ayuda del Cubo para seguir en la clandestinidad. Juntos intentaron atracar la oficina de Italgas cercana a la Piazza Barberini, pero fracasaron, pues tras haber inmovilizado al personal y cuando habían empezado a agujerar la caja fuerte —que contenía unos seiscientos millones de liras—, con una lanza térmica, el humo producido los obligó a abortar el golpe. El Cubo nos lo contó el mismo día que fue detenido en Ponza y estuvo en tránsito en la cárcel de Latina, donde estábamos nosotros. El Cubo había sido arrestado por el secuestro de Matacchioni.

En el verano de 1975, los Cuatro Fantásticos planean el secuestro de F*** S***, hija del titular de una empresa que cotizaba en Bolsa [*¿qué significa?*] habitante en la Via della Carminuccia [*¿querrá decir la Via della Camilluccia?*].

Mientras preparábamos este golpe, conocimos en el Circeo a Ezio Matacchioni, que nos propuso que lo secuestráramos para extorsionarle a su tío mil millones de liras que tenía escondidos en Suiza procedentes de una quiebra. No lo tomamos en consideración, puesto que estábamos planeando el secuestro de F*** S***; cuando leí en los periódicos que lo habían secuestrado pensé en su propuesta, a pesar de que durante su breve permanencia en la cárcel de Latina, el Cubo me había dicho que ese secuestro había sido realizado contra la voluntad de Matacchioni y que lo habían tratado de manera más bien brutal. Después, el Cubo se fugó y el Legionario se marchó a Suiza primero y a Argentina después.

Cuando el Legionario fue arrestado por el atraco de la Via Panama, se me prometió que conocería a un tipo importante de los servicios secretos. Yo quería ayudar al Legionario, pero como había cometido el atraco me parecía peligroso encontrarme con el agente, así que mandé a un amigo de confianza en mi lugar, a *** [*uno de los nombres que Angelo cita más a menudo, el que «rozó» la MdC, pero en el que no participó por pura casualidad, porque «tenía que estudiar»*], al que llevaron a la villa de Frank Coppola en Ardea...; el personaje se presentó como agente de los servicios secretos y camarada fascista. *** estaba seguro de haberlo visto en una ocasión en casa del ministro ***, que era amigo de su familia; cuando se enteró de los nombres de los jueces de instrucción del caso del Legionario, el agente secreto dijo que eran incorruptibles, tanto por su honestidad como por ser personas muy ajenas a las ideas de derechas.

... siempre durante la clandestinidad, el Legionario, que estaba sin duda en Italia en 1977, tomó parte en el secuestro de Stefano Scarozza, romano.
... el abogado que nos defendía a Subdued y a mí en la época del juicio de apelación de la MdC, 1980, nos traía noticias del Legionario, con quien estaba en contacto. Por ejemplo, una vez se lo encontró en el Viale Libia en compañía de dos fascistas. Sub y yo, que éramos unos cabezas locas, estábamos enfadados con él porque nos parecía que nos había abandonado en la cárcel, que había permitido que las feministas y los comunistas nos lincharan durante las manifestaciones sin poner en marcha ninguna represalia. El abogado nos dijo, en cambio, que el Legionario se había movido mucho y aludió a la muerte de Giorgiana Masi. Cuando también Subdued huyó de la cárcel de San Gimignano, me hizo saber lo dura que era la vida en la clandestinidad, y me dijo que en el fondo el Legionario no se había portado tan mal...

Aquí hay una historia que parece interesante...

Cassio Majuri iba al SLM, era unos años mayor que nosotros, de familia muy rica y también un camarada fascista. Pasaba las vacaciones en la Costa Azul y Versilia y en esos viajes mantenía contactos con la criminalidad marsellesa y con grupos de camaradas fascistas. Entregaba grandes cantidades de heroína y estaba involucrado en las acciones de un grupo extremista llamado La Catena, compuesto por exmilitantes del OAS. Majuri cayó en desgracia: se comportaba de manera prepotente, sisaba la heroína importada de Francia; durante una entrega me di cuenta de que las bolsas pesaban menos de lo debido. Desde el punto de vista político ya no actuaba como un buen camarada fascista, incluso había entablado amistad con gente de izquierdas y se rumoreaba que no había entregado algunas cartas procedentes de Francia con nombres de activistas, que las había escondido para protegerse. Una noche en el bar Tortuga algunos jefes nos cogieron aparte a Sub y a mí y nos dijeron que ya no podíamos confiar en Majuri, que había que recuperar a toda costa el material que poseía y zanjar el asunto. Terminaron de acusarlo afirmando que había que pegarle un tiro en la boca. La gota que colmó el vaso fue cuando Majuri se paró con su Mini Minor ante la sede del Frente Estudiantil de la Via Tagliamento y, sin dirigir la palabra a nadie, con actitud provocadora, se marchó derrapando. Esa misma noche, los jefes, entre los que estaba D***, nos pidieron que recuperáramos de inmediato las cartas que había escondido y que acabáramos con aquello, lo cual no era una invitación explícita a liquidarlo, pero nosotros lo interpretamos así. Sub se encargó de restablecer una relación amistosa con él para ganarse su confianza; mientras tanto, él, el Cubo y yo habíamos decidido llevar las cosas a las últimas consecuencias. Acabábamos de cumplir los diecisiete, pero éramos muy decididos. Una vez que había estado en casa de Cassio, me había dado cuenta de que las paredes eran muy gruesas y aislaban del ruido. Subdued y el Cubo lograron robarle un juego de llaves y registraron la casa cuando él no estaba en busca de las cartas, pero lo único interesante que encontraron fue un disco de Bob Dylan con una nota dentro escrita por Majuri. Decía más o menos lo siguiente: «No teníais que haberme dejado solo». Puede que solo fuera la traducción de la frase de una canción, pero podía usarse para simular un suicidio. Los alumnos del SLM solíamos encontrarnos los domingos delante del colegio donde se celebraba una misa *beat*. En una de esas ocasiones, Majuri había hecho unos comentarios a propósito de la hermana de un compañero del SLM [el nombre de la chica es secreto de sumario, quizá por ser menor de edad, la llamaremos Perdita, como el personaje de Shakespeare...]. A Angelo se le ocurrió utilizar a la chica para tender una trampa a Majuri. Sub y el Cubo le propusieron una violación en grupo, en su casa, y a Majuri le gustó la idea, añadió que no sería necesario que llevaran armas para amenazar a la chica, pues él ya tenía una escopeta de dos cañones en su casa. Angelo fue a buscar a la chica el día establecido. Perdita le había dicho a su familia que iba a dormir en casa de una prima en la Via Foligno y, con Angelo, acudió a la cita con los demás en la Piazza Verbano...

Subdued y el Cubo llevaban pistolas con silenciador; le dieron un Colt 38 a la chica, más que nada para implicarla en el asunto, para que se sintiera una de ellos. Después fueron a casa de Majuri...

Él los esperaba desnudo en la cama, listo para violarla; había ensayado con sus amigos lo que pasaría cuando llegaran arriba con la chica, pero cuando subieron Sub cogió el fusil de Majuri, le apuntó al pecho y disparó. Nadie oyó el disparo ni los vio salir y alejarse del edificio. El hecho fue archivado como suicidio y la familia intentó que todo pasara inadvertido y no tuvo interés en investigar, pero en el ambiente de los camaradas fascistas se sabía que Majuri había sido asesinado, y el mismo D*** le preguntó una vez a Angelo: «Pero ¿qué habéis hecho? ¿Lo habéis matado?»...

... y yo le respondí que sencillamente habíamos hecho lo que debíamos, y él repuso que era una cosa que no podía resolverse así, por las buenas, que había que pensarla bien. Unos meses después estábamos en la sede de Lucha del Pueblo organizando una represalia contra unos estudiantes comunistas de arquitectura. Comenté la conversación que mantuve con D***, «Es tonto de remate», dije, y mis amigos añadieron que si se filtraba algún rumor de que el caso Majuri no había sido un suicidio sino un homicidio, tendríamos que eliminar también a D***. A Perdita la muerte de Majuri la trastornó completamente, y cuando unos meses después Subdued, *** y yo violamos a una amiga suya, G*** P***, que vivía en la Via Cortina d'Ampezzo 3***, la cual prefirió no presentar denuncia, Perdita sufrió una crisis nerviosa y empezó a hablar por ahí, yo procuraba restar importancia a estas cosas con mis amigos porque tenía miedo de que decidieran quitarla de en medio a ella también.

Además Angelo afirma haber tenido contactos con Giusva Fioravanti, la CIA, Gelli, libaneses, sirios, terroristas turcos y armenios...
Se jacta de haberse relacionado con Roberto Calvi [el banquero hallado ahorcado bajo el puente de Blackfriars en Londres, en junio de 1982] y de cobrar deudas por cuenta de la mafia.

Conclusión: las acusaciones y las autoacusaciones de Angelo son poco creíbles «porque a pesar de que los hechos que cuenta están plagados de detalles y nombres, en realidad nadie los ha comprobado o no es posible comprobarlos», ya que falta cualquier indicación que permita considerar como cierta, o al menos probable, que las informaciones provengan de alguien que también participó en los hechos que, en realidad, pudieron llegar a oídos de Angelo a través de otros muchos canales.

Para quien haya tenido la paciencia de leer hasta aquí este confuso y asombroso resumen, añado partes de una entrevista concedida por Angelo en 2001 y algún que otro documento curioso y significativo.

Según la periodista que realizó la entrevista, Angelo «ha perdido la mirada fría de autómata» que tenía en la época de la MdC.
Esto cuenta de sí mismo: «La violencia ha dejado de gustarme gracias al amor por los demás, cuando me he dado cuenta de lo bonito que es ser un hombre entre sus semejantes». Cuando era un chaval, con su banda de compañeros del colegio, «hacían cuatro atracos por semana». Y así explica esos excesos juveniles: «Nos sentíamos caballeros en guerra contra el mundo, invulnerables e imbatibles... la existencia es una carga, una carrera loca y desesperada en que hay que apurar los caballos hasta el límite de su resistencia para arrollar a enemigos y obstáculos».

Para acabar con la clásica cantinela (que me conozco muy bien) debida a la rehabilitación: «En la cárcel he tenido tiempo de leer, estudiar, reflexionar...».

Los educadores de la cárcel de Campobasso lo han comprendido:
«Angelo ha trabajado con provecho como escribiente. Ha tomado parte, demostrando interés, en el curso de literatura y lengua inglesa, en tres proyectos teatrales y en dos cursos de informática...». Además, «posee un don natural para la poesía».

Angelo ha encarado los últimos años de reclusión «con un talante positivo, encauzado hacia la reelaboración de su pasado. Ha sabido aprovechar el privilegio de sus dotes intelectuales para emprender un cambio personal...».

En consecuencia, «se aconseja la adopción de medidas de libertad mayores para consolidar la relación con Città Futura, positiva y provechosa».

(Città Futura es la asociación de Campobasso en la que Angelo está trabajando como asesor psicológico para jóvenes inadaptados cuando mata a dos mujeres, madre e hija, estrangulándolas, en abril de 2005.)

En el informe de la cárcel de Palermo de julio de 2004, que había contribuido a que obtuviera el régimen abierto, puede leerse entre otras cosas:

«Angelo es un individuo socialmente útil... especialista en el tratamiento de los alcohólicos y la integración de los vagabundos, en especial en la integración escolar de los niños... demuestra disponibilidad y apertura al diálogo exhaustivo y elocuente... está sinceramente arrepentido... parece que, en efecto, está en pleno proceso psicológico de expiación y reparación por los daños causados y las ofensas ocasionadas...».

De un peritaje grafológico se obtienen las siguientes observaciones, que no concuerdan con las anteriores:
– la tendencia a exhibirse hasta el infinito siempre de la misma manera, con comportamientos estereotipados;

- la incapacidad para manifestar sus estados de ánimo, lo cual lo lleva a contener de forma patológica la agresividad, con el peligro de que luego explote de manera violenta;
- escasa implicación afectiva y relacional;
- para sentirse vivo, el sujeto tiene que experimentar emociones fuertes, incluso perversas;
- constancia y tenacidad en mostrar siempre la misma actitud típica de quien «nunca se echa atrás».

15

El monte Circeo, como por lo demás muchos otros lugares de Italia, se convirtió en un centro vacacional por error. Sin que nadie advirtiera su naturaleza amenazadora. En realidad, es un sitio aterrador, mitológico, lúgubre. Una inmensa roca magnética. El cementerio indio sobre el que alguien construye una villa. Paseando por la playa de Sabaudia y acercándote a su mole negra, allí, en el fondo, donde el horizonte se cierra en una garganta, recorres kilómetros y sigue pareciendo lejana, hasta que de repente te topas con ella, vertical, un macizo oscuro y verde, de un verde más negro que el betún. Solo una vez allí comprendes por qué un delito como este no podía cometerse en Roma, demasiado superficial y perezosa, por qué tuvo el Circeo como escenario horrible y sobrenatural.

Hace años que me prometo ir a inspeccionar la villa de la MdC. Estoy indeciso, lo aplazo. No creo que sirva de nada, que decir «Yo estuve allí», «Yo he visto la casa» me sea de alguna utilidad. La experiencia directa me sirve cuando es involuntaria, casual..., veo más cuando no estoy obligado a observar. Así que hoy he tomado una decisión irrevocable: no voy. No iré. Le he pedido al hijo de F., a Tano, que pasa las vacaciones allí desde niño, que visite la casa por mí y me haga un informe. He aquí sus apuntes.

Jueves
Las seis de la tarde.
A esa hora, puede decirse que en el Circeo ya hemos hecho todo lo que hay que hacer. Por la mañana, después de desayunar, vamos a las rocas hasta las dos, después comemos y volvemos a la playa; cuando nos cansamos regresamos a casa, una ducha, ajedrez, cena y a la cama. Como mucho, vamos a tirarnos al mar desde la Gabbianella o a Le Batterie, pero cuando ya has saltado diez veces se te acaba la adrenalina de la primera vez y sigues porque no tienes nada mejor que hacer.

Pero ayer fue diferente. A las seis cambiamos la rutina cotidiana.

Carlo, Bernardo, Lavinia y yo decidimos ir a ver la casa. Sí, la casa del Circeo.

Hemos oído hablar de la historia del Circeo desde pequeños; de los monstruos del Circeo, de todas las cosas terribles que sucedieron allí, pero siempre nos dio miedo ir.

No es por su aspecto, es una villa como otra cualquiera. Está a pocos minutos de distancia de la casa a la que voy de vacaciones desde niño, y esa cercanía es justo lo que siempre me ha mantenido alejado...

Nos pusimos en camino y seguimos las indicaciones. Hay señales extrañas, «I» rojas rodeadas de un círculo. Diez minutos de camino y llegamos, dos grandes «I» rojas nos indican que estamos en el sitio adecuado. Tras un breve titubeo, subimos la cuesta sin asfaltar que conduce a la verja y, de repente, la vemos.

Es una verja negra con forma de tentáculos de calamar gigante que hace que te tiemblen las piernas. La casa en cambio no tiene nada de terrible, no está abandonada, al contrario, sino en buen estado. Las persianas están bajadas, pero las luces encendidas del jardín indican que alguien ha estado allí hace poco y que volverá pronto. Sin pensármelo dos veces, salto, y los demás me siguen. Carlo se hace un corte en la mano con la verja oxidada.

Una vez dentro damos la vuelta al jardín, tenemos la impresión de estar en una película de *Los Goonies*, cuatro amigos que entran en una casa donde fue cometido un asesinato hace treinta y cinco años...

La casa no es nada del otro mundo, un chalet de un par de pisos con vistas al mar. Hay juguetes esparcidos por el jardín. Después de haber girado a su alrededor, nos ponemos en la terraza a admirar la vista espectacular sobre las islas Pontinas, pero un paquete de cigarrillos sobre la mesa del salón, que entrevemos a través de la cristalera, nos da la señal de alarma: los dueños, que deben de haber salido un momento para ir a comprar, estarán a punto de volver. Mejor que no nos encuentren allí, nos hemos dicho. ¡Hemos salido por pies!

Mientras volvíamos nos preguntábamos quiénes serían los nuevos dueños.

Corren rumores de que son alemanes. ¿Quién querría vivir en una casa donde pasaron esas cosas?

No fue tan horrible como había creído. De pequeño tenía pesadillas solo con pensar en pasar por delante de la casa del Circeo. Me la imaginaba monstruosa, como en las películas de terror, pero ahora me doy cuenta de que cuando se oye hablar de algo terrible sin haberlo visto la imaginación a menudo te juega una mala pasada.

La casa del Circeo no da miedo, pero solo ahora me doy cuenta.

Viernes 13

El camino para llegar está desierto. Siempre lo está. Las curvas llenas de baches bordean el precipicio sobre el mar. La verja verde agua, vigilada por el portero de turno, poco autoritario y sin ganas de trabajar. El asfalto se transforma en guijarros y la vegetación se hace más tupida. A la izquierda, las casas dejan paso a senderos agrestes que van a parar a Le Batterie, plataformas naturales de varias alturas que hacen las veces de trampolines. Los badenes artificiales sirven para ralentizar la velocidad de los coches, que no se ven, y que cuando se ven desaparecen inmediatamente envueltos en una nube de polvo.

Domingo

Recuerdo el punto exacto. A partir de ahí el monte se convertía en el protagonista, su presencia empezaba a imponerse... El mar ya no se veía... La carretera se encaramaba en curvas cerradas y ciegas. La Casa estaba allí. Debajo de la montaña, estás como suspendido entre la roca y el mar, dos fuerzas de la naturaleza que se encuentran pero que no pueden entrar en sintonía. Se percibía una energía potente en ese lugar, algo que provocaba miedo y bienestar al mismo tiempo...

Lunes (de vuelta a Roma)
El Circeo, para mí, es ante todo un oasis de paz. Suelo venir hacia finales de verano para disfrutar de los últimos días de sol. Como, bebo y duermo bien. Solo eso. Me siento aislado, no veo a nadie, soy un joven eremita en busca de tranquilidad después de las aventuras del verano de viaje por el mundo. Leo, veo películas, juego al ajedrez y hago puzles..., me distraigo y puede que me aburra un poco. El chute de adrenalina me lo da tirarme al agua desde la Gabbianella y jugar al Pictionary.

La tragedia que tuvo lugar a unos pocos pasos de aquí sigue flotando en el aire. A las personas que vienen de visita les gusta preguntar cuál es la famosa villa e ir a verla para morirse de miedo, quizá como alternativa a una tarde de aburrimiento jugando a las cartas, pero yo prefiero evitarlo. Esa casa me da miedo. Cuando era pequeño mis primas mayores iban de noche y me contaban que veían sombras extrañas y oían ruidos procedentes del más allá. Entrar de noche en esa casa se había convertido en el bautismo del Circeo, pero yo nunca lo hice. Me he contentado con visitarla en pleno día, lejos del miedo a lo desconocido y de la oscuridad de las noches sin luna.

Juego a las cartas, escucho música en las rocas del mar, después me baño, hago unas flexiones, vuelvo a casa trotando por los noventa y un eternos escalones, me como una pizza con mozzarella, jamón y tomate, un helado, y hago la siesta delante de la televisión. Si vienen mis amigos, nos subimos algo de beber a la azotea, charlamos de tonterías, con despreocupación. Pero si desvías la vista hacia el perfil izquierdo de la casa, ahora propiedad de unos alemanes demasiado fríos para tener miedo, sientes un estremecimiento. Los pensamientos más terribles te dominan, intentas distraerte, pero no es fácil, lees algo pero no lo entiendes, tu mente está ocupada. ¿Otra pesadilla esta noche? Espero que no. Entonces, antes de dormirme, pienso en los pasteles de La Casa del Dolce, que me esperan en la cocina al día siguiente.

SÉPTIMA PARTE

Vergeltungswaffe

1

Llamaban a la puerta.

Llamaban.

Llamaban al timbre de la puerta...

Me despabilé, me levanté del escritorio y fui a abrir.

Era un sacerdote de baja estatura, semblante franco, pelirrojo y bien peinado, de mirada límpida y acento del norte que venía a impartir la bendición pascual a la casa.

Esta ceremonia me abochorna y la evito, cuando me es posible, y no estoy en casa durante las horas previstas en el aviso que ponen en la portería una semana antes. Pero esta vez me había despistado.

El sacerdote me preguntó en voz baja:

—¿Puedo entrar?

Y a mí no se me ocurrió ningún motivo para negarle la entrada. Nos quedamos en el recibidor.

—Soy el padre Edoardo, mucho gusto.

Sorpresa: padre Edoardo. Nunca había conocido a ningún cura que se llamara como yo, suena... suena raro..., más raro que Geremia o Roboamo.

Me preguntó si vivía con alguien y si ese alguien estaba en casa.

—No. Vivo solo.

Pobre de mí.

—Lo comprendo. Pero incluso una persona sola puede ser feliz, vivir con serenidad. Por eso, recemos juntos el padrenuestro. —Y abrió los brazos alzando las palmas mientras yo juntaba las mías y entrelazaba los dedos, aunque me temo que sea un gesto en desuso. Creo que, a excepción de alguna viejecita, ya nadie reza así. De repente me sentí como un niño y bajé la cabeza, temiendo no recordar la oración; luego me limité a farfullarla. El padre Edoardo en cambio pronunciaba las palabras y las frases con claridad.

Acabado el padrenuestro, el cura bendijo la casa esparciendo el agua bendita a derecha e izquierda, es decir, hacia el mueble con la enciclopedia Treccani, que perteneció a mi abuelo primero y a mi padre después, y hacia unas cajas de cartón que habían contenido botellas de vino y que yo había apilado en un rincón para tirarlas a la basura.

El hecho de que el agua bendita llegara a mi casa en el momento justo me causaba confusión y al mismo tiempo alegría. Quizá siempre sea el momento justo y nunca haya uno equivocado.

El padre Edoardo rebuscó en su cartera negra de piel. Me tendió una hoja con el programa de las celebraciones pascuales de la parroquia. Al no haberme visto nunca por allí, quizá pensó que era un creyente no practicante, o un cristiano perezoso, o una oveja descarriada, o alguien que se había mudado al barrio recientemente, o un ateo. Yo no era ninguna de esas cosas y las era todas a la vez. Pensé que a aquellas alturas iba a pedirme un donativo a cambio de la bendición, pero no lo hizo, lo cual me sorprendió. Aprecié el gesto y me creí en la obligación de ofrecérselo yo. Me toqué el bolsillo de atrás de los pantalones donde llevo los billetes doblados, pues nunca he usado cartera. No sé si el sacerdote se percató de mi gesto o si tenía realmente prisa, pero me detuvo cogiéndome la otra mano y me dijo:

—Llevo mucho retraso, me voy corriendo. —Y se disculpó por el insólito horario en que se había presentado en mi casa.

Pues sí, eran las ocho y veinte, la hora de cenar.

Accionó el cierre de la hebilla de su cartera y se despidió como habría hecho un escrupuloso profesional, un médico, por ejemplo, después de una visita a domicilio.

En cuanto se fue, volví a sentarme delante del ordenador y cerré las páginas, superpuestas, de los sitios pornográficos por los que había estado navegando cuando llamó al timbre. Después lo apagué.

Pasé el Viernes Santo trabajando en un guion. Trata de la historia de un rey al que, tras morir su joven esposa, se le mete en la cabeza la desdichada y viciosa idea de casarse con su propia hermana «carne de su carne y sangre de su sangre». La chica, que se llama Penta, se niega, asqueada por la naturaleza incestuosa de la proposición. Pero el rey no se resigna. Quiere que sea suya a toda costa...

—Si tu honor de hombre no te impide proponérmelo, renuncia a ese propósito en nombre del afecto que nos une desde que éramos niños.

—Penta, eso es justo lo que sueño todas las noches. Y por eso te deseo. En el fondo, se trata de volver juntos como cuando éramos niños..., jugar y dormir en la misma cama... Pero abrazándonos un poco más fuerte..., uno dentro del otro, solo eso.

Cansado de tanto rechazo, el rey ordena que encierren a Penta en una de esas celdas subterráneas llamadas *oubliette* —un nombre terrible—, con una única apertura en el techo por donde entra un resquicio de luz y que sirve para descolgar la comida al prisionero. Como la parte del cuerpo de ella que más atrae a su hermano, de manera morbosa, son las manos, Penta ordena a un criado que se las corte para dejar de resultarle atractiva...

Por la noche vi en la televisión el final de la segunda temporada de una serie ambientada en la época de la prohibición en Atlantic City, llena de políticos corruptos y gánsteres cada vez más poderosos. A pesar de la profusión de desnudos integrales y de violencia, la construcción de la historia era muy ingeniosa, y los actores y diálogos muy buenos, o sea, esa clase de producto comercial envidiable dirigido e interpretado magistralmente. Pero el episodio final es una matanza. Intentan liquidar al protagonista, Steve Buscemi, y no lo logran, y otros gánsteres acuden en su ayuda provocando una masacre. Las metralletas de tambor lanzan fogonazos en la noche. Hay gente despanzurrada y disparos en plena cara. Un veterano de la Primera Guerra Mundial, con una máscara que le oculta medio rostro, desfigurado por una horrible herida, entra en un burdel y mata a siete personas para llevarse a un niño que estaba a cargo de su abuela, heroinómana, la cual en episodios anteriores había asesinado a uno de sus amantes (elegido por su gran parecido con su hijo fallecido), ahogándolo en la bañera después de haber follado con él y haberlo drogado con una dosis fatal. El verdadero malo de esta segunda temporada, que en episodios anteriores había cometido toda clase de atrocidades —entre ellas, decapitar a golpes de pala a un hombre sepultado en la arena hasta el cuello, culpable de haber perdido en el mar un cargamento de whisky—, muere apuñalado por la espalda mientras orina en la playa.

Así celebré el Viernes Santo. Con mucha sangre de pega. El lunes de Pascua quería ir a la misa del padre Edoardo, pero me equivoqué de hora —había entrado en vigor el horario oficial— y no fui.

Pasa un año durante el que sigo escribiendo este libro y vuelve la Semana Santa, una Semana Santa tardía de finales de abril. Nadie se explica por qué la Semana Santa sigue deambulando de ese modo por la primavera.

Y alrededor de una semana antes, se presenta de nuevo ante mi puerta el padre Edoardo, esta vez hacia las siete y media de la tarde, cuando el portal de abajo ya está cerrado y si alguien llama a tu casa significa que ya está dentro del edificio, que alguien le ha abierto, como sucede con los comerciales de las compañías telefónicas, los testigos de Jehová y los voluntarios de Unicef. Viendo el agradable y sincero rostro del padre Edoardo caigo en la cuenta de que ya ha pasado un año, un año —Dios mío, ¿qué he hecho durante todo este tiempo?

—Buenas noches, señor, vengo a impartir la bendición pascual, ¿le importa que entre?

—Pase, por favor —le digo apartándome.

Su visita me alegra. Nos quedamos en el recibidor, como la vez pasada. Para ser alguien que lleva a cabo una misión pastoral, el padre Edoardo está visiblemente incómodo con su iniciativa. Más que yo, que soy el destinatario. Tengo la sensación de que no se acuerda de mí, mientras que yo recuerdo vívidamente nuestro encuentro del año anterior, aunque no puede decirse que su visita, que me causó impresión en aquel momento, me haya servido de acicate para acercarme a su parroquia. Para ser sincero, había ido a Sant'Agnese varias veces, pero siempre al bar que hay bajo los árboles, regentado por un anciano muy amable de ojos azules, en el interior del maravilloso complejo formado por las catacumbas, la petanca y los campos de baloncesto, con sus mesitas de jubilados que hablan de política con el acento de sus pueblos de origen y juegan a las cartas.

Solo fui a misa en Sant'Agnese hace muchos años, con ocasión del funeral de mi padre...

(No cuentan los fragmentos de liturgia que uno escucha cuando, yendo a visitar una iglesia, están celebrando misa y se sienta en uno de los últimos bancos...)

En cualquier caso, a una misa del padre Edoardo, nunca.

¿Cuántos años tendrá?, pensé, ¿treinta y cinco? Tiene aspecto de estudiante, a pesar del pelo gris..., o será que ese rubio ceniza es tan delicado y desteñido que parece gris...

La ceniza es algo apagado, claro, frío..., señal de que un día allí hubo llamas.

Pero ¿hace un año no era pelirrojo? ¿Es posible que me confunda? ¿Ha envejecido de golpe?

—Si lo desea, voy a bendecir la casa.

—Yo...

—Si usted quiere..., dígamelo usted...

—Yo... yo, padre, no soy creyente. Pero puede que...

Ni siquiera a mí me resultaba claro si ese «puede que» se refería a mi afirmación de no creer en Dios, de lo cual no estoy convencido en absoluto. Por eso me pregunto si es posible afirmar al mismo tiempo que uno no cree y que no cree que no crea, es decir, no estar convencido de que Dios exista, pero tampoco de que no exista, y no me refiero al hecho en sí, sino a que uno crea o no.

Así pues, ¿creo o no?

El padre Edoardo sonrió, apiadado por la escasa seguridad con que había afirmado mi ateísmo.

—Mire, si no quiere, no pasa nada... —dijo—, estamos solos usted y yo, como dos amigos...

—Decídalo usted, padre...

—¿Qué?

Bueno, lo que yo quería es... que él decidiera si bendecir o no mi casa. En el fondo, ¿no es suficiente con que crea quien bendice?

—Me refiero a que si usted cree que tiene sentido bendecir la casa de un no creyente..., pues adelante. Pero dígame si es lo correcto..., quizá sea absurdo.

—¿Absurdo?

La mirada del padre Edoardo mientras me lo preguntaba, no me avergüenza decirlo, era angelical. De verdad, me parecía la primera persona buena, seria, honrada y sencilla con que me topaba desde hacía años, sin sombras, sin segundas intenciones, carente incluso de esa hipocresía que como un perfume penetrante y algo nauseabundo emana de quienes se dedican exclusivamente a mirar por el bien de los demás.

—¿Vive alguien más en esta casa con usted?

Negué con la cabeza. Era la misma pregunta que me había hecho el año anterior. Quizá creyó que quería recibir consuelo por mi soledad, y tal vez en el fondo el sentido que tuvo ese negar mío con la cabeza sin decir nada fuera precisamente ese. Estaba confundido y subyugado por esa presencia angelical. Casi no soportaba estar al lado de una persona virtuosa, me hallaba hipnotizado.

—De vez en cuando vienen mis hijos, poco... —añadí para dejar claro que no vivía como un eremita—, algún que otro amigo, mi compañera...

Pensé que con esta última información el retrato de mal cristiano estaba completo. Pero sé que este es precisamente el perfil que más interesa a los buenos sacerdotes, el más jugoso. ¿El padre Edoardo podía ser una excepción? Sí, lo fue. No dijo nada, ni para arrastrarme al lado justo ni para dejarme donde estaba.

Sonrió dulcemente.

—Bueno, una casa tiene en todo caso una personalidad... y refleja la de quien vive en ella. Tienen el mismo espíritu...

—Mire, para mí da igual vivir aquí o en cualquier otro sitio.

—¿Qué quiere decir?

—Que me siento como un invitado.

El pequeño sacerdote me miró sorprendido.

Quizá pensó que estaba tan desesperado que quería aprovechar esa visita inesperada para lanzar una llamada de auxilio. Quizá pensó que para alguien como él, que afrontaba la soledad como consecuencia de su vocación, era una cosa, pero que para alguien como yo, que no tenía ninguna vocación, era muy diferente. ¿Por qué mis hijos, y esa mujer, no vivían conmigo? Ya, ¿por qué? Yo también me lo preguntaba. ¿Cuál era la razón?

¿Y por qué este hombre me dice, pensaba quizá mi tocayo, que se siente un invitado en su propia casa y en todas las casas donde ha vivido?

—Qué raro —dijo—, parece como si usted no le tuviera apego a nada..., es tan raro que creo que no puede ser cierto.

—No, claro que no, en efecto —respondí negando de nuevo con la cabeza.

Sonrió levemente.

—Y además, como usted mismo dice, esta casa tiene habitantes ocasionales...

—Sí, sí, habitantes ocasionales. —Una definición perfecta.

Entonces, con una alegría repentina, exclamé que sí tenía sentido bendecir la casa porque, en el fondo, alguien podía beneficiarse, aunque no directamente, cuando pasara algunas horas allí, donde yo vivía como un jerarca retirado o un profesor demasiado ocupado en sus estudios abstractos para que los demás seres humanos tuvieran ganas de compartir la vida conmigo.

—Pues vamos a bendecir esta casa, ¿quiere? —dijo el padre Edoardo con una pregunta ritual que ya tenía respuesta antes de formularse, como cuando se contrae matrimonio, pero que hay que hacer en cualquier caso, que debe pronunciarse...

—Sí, quiero —contesté, y estaba sinceramente contento de que lo hiciera, de que me bendijera. El sitio lo necesitaba. Sí, necesitaba una bendición.

El padre Edoardo sacó de su cartera medio vacía —que hasta ese momento había tenido bajo el brazo como un empleado que lleva consigo carpetas de una oficina a otra— todo lo necesario: una estampa con la reproducción de una imagen antigua, que me entregó, y el aspersorio. Acto seguido, mirando fijamente hacia una esquina del recibidor de mi casa, entre una butaca de terciopelo rojo y el mueble macizo con la Treccani, se santiguó, recitando: «En el nombre del Padre, del Hijo» y, con una breve pausa antes de nombrar al tercer inefable místico personaje, «... del Espíritu Santo». No sé decir si fue porque me encontraba muy cerca de él, codo con codo, o porque me habría sentido como un gusano si lo hubiera dejado rezar solo, o por el gesto —que hoy en día solo hacen los jugadores de fútbol cuando entran en el terreno de juego para sustituir a un compañero demasiado cansado o infortunado—, pero yo también me santigüé, con ademanes amplios, mientras murmuraba con medio segundo de retraso con respecto al otro Edoardo: «En el nombre del Padre, del Hijo... y del Espíritu Santo».

And the three men I admire most
The Father, Son and the Holy Ghost
They caught the last train for the coast
The day... the music died...*

—¿Sabe que yo también me llamo Edoardo...? —le dije cuando hubo acabado.
—Ah, ¿sí? —Quizá se había acordado de mí, de la visita del año anterior. Me señaló la hoja que yo me había pasado de la mano derecha a la izquierda al hacerme la señal de la cruz, y que seguía sujetando de manera infantil como si esperara que me dijera qué hacer con ella—. Ahí pone los horarios de las reuniones preparatorias de la Semana Santa... y de las misas, naturalmente.
—Por supuesto..., gracias... —Miré la hoja, le di la vuelta, detrás llevaba impresa una oración, y todo lo demás—. Vale, a ver si puedo ir... a una de estas... —dije, deseoso de participar, con intención de hacerlo, pero al mismo tiempo procurando no comprometerme, igual que hago cuando me invitan a algún evento cultural o a presentaciones de libros o exposiciones: «Si puedo, si estoy en Roma, seguramente iré» o «Procuraré pasarme un rato...».
Y con una encantadora diligencia de seminarista que me enterneció, señalando una línea escrita a pie de página en la hojita, dijo concienzudo:
—Y en el caso de que hubiera algún cambio o de que quisiera asegurarse, puede consultar la página web de la parroquia.
Claro que sí, la página web.

---

* «Y los tres hombres que más admiro / el Padre, el Hijo y el Espíritu Santo / tomaron el último tren a la costa / el día en que la música murió», «American Pie», Don McLean. *(N. de la T.)*

—Gracias, lo haré, no lo dude.
Algo me decía que no acudiría.

Y, en efecto, paso los días anteriores a Pascua como paralizado, ni siquiera caigo en la cuenta de que es Viernes Santo, y de que ya se acaba, a pesar de las numerosas películas sobre Jesús que dan por televisión, y cuando al final llega el domingo y deja de llover, en vez de ir a una de las misas de la hoja parroquial, me subo en el coche y me voy de la ciudad. Cojo la autopista en dirección a L'Acquila, salgo en Lunghezza, tomo por la Polense a la altura de Corcolle y recorro la maravillosa carretera que lleva a Poli por una cresta bordeada por barrancos de vegetación exuberante.

Entre los kilómetros 26 y 28, más o menos, como siempre, incluso hoy, Domingo de Resurrección, las prostitutas africanas ocupan sus emplazamientos con sus ajustados vestidos variopintos. Por lo general, ofrecen sus culos redondos en dirección a la carretera y a los coches que la transitan, y cada vez que pasa uno, sobre todo cuando pasa lo bastante despacio para hacerles suponer que a bordo va un cliente potencial, se levantan el vestido —en invierno, en cambio, se bajan las mallas—, se inclinan hacia delante y agitan las nalgas desnudas ante los automovilistas. Algunas lo hacen al ritmo de un baile que ya estaban esbozando antes de que el coche llegara a su altura, y siguen agitándolas cuando ya ha pasado, mientras que otras permanecen inmóviles, de espaldas a la carretera, hablando por el móvil, y se doblan y mueven sus enormes nalgas negras solo cuando consideran que el conductor puede apreciarlas, unos cincuenta metros antes de que el coche llegue donde están, y, como puede comprobarse por el espejo retrovisor, se detienen de golpe cuando las deja atrás, aunque su culo sigue moviéndose un poco por inercia. Recientemente he descubierto que este movimiento se llama *twerking* y que es una invitación a la penetración anal. Bien pensado, aparte de la posición en sí, creo que las prostitutas africanas se ofrecen a sus clientes de esta guisa por dos motivos, uno positivo y uno negativo, esto es, para exhibir la parte objetivamente mejor de su físico —en realidad, sorprendente, casi inverosímil por forma, volumen y elasticidad— y ocultar la menos atractiva, porque de cara son feas, adefesios que les quitan las ganas a cualquiera. Así que estoy acostumbrado a recorrer esta carretera preciosa y desierta con la presencia, cada cien o doscientos metros, de los culos asombrosos de las africanas, casi todas de baja estatura, con sus vestidos rojos o morados y con las mallas bajadas.

Pero hoy, Domingo de Resurrección de 2012, noto una diferencia.

Algo ha cambiado, de manera definitiva o a lo mejor solo por hoy, por este día especial. Las numerosas prostitutas que hay a lo largo de la Polense, como si por aquí tuviéramos la costumbre de santificar la fiesta de este modo —echar un polvo antes de reunirnos con la familia o los amigos para comer cordero—, no dan la espalda a la carretera, sino que están de cara a ella con sus sucintos vestidos de tela elástica, escrutando a los escasos automovilistas de paso, a los que cuando llegan a su altura les hacen un gesto nuevo, diferente, en el que reparo después de verlo dos o tres veces: se levantan un palmo de vestido y ondean las caderas, pero no hacia delante y hacia atrás, igual que si imitaran el acto sexual, sino de lado, cimbreándose. Como de costumbre no llevan bragas, y lo que exhiben esta vez es el coño; al haberme topado con eso de repente, concentrado en conducir, me ha sido difícil distinguirlo al instante: pelo negro sobre piel oscurísima. Así que caigo en la cuenta, reduzco la velocidad y miro atentamente, pero entonces ellas creen que me interesan y que estoy sopesando la posibilidad de parar. Lo primero es cierto, lo segundo no. Avanzo a treinta por hora, en vez de a setenta, las chicas tienen tiempo de darse cuenta de que voy de paseo, de que conduce un hombre solo, y pasan al ataque, exhibiendo su baile obsceno con convicción, destapándose el coño y contoneándose. Un par de ellas se lo señalan con el dedo, por si el mensaje no hubiera quedado bastante claro. Tras observar a una docena de chicas, me percato de otra novedad: en los últimos tiempos debe de haber habido un cambio de personal, porque estas chicas, y me refiero a las que he tenido tiempo de observar no solo entre las piernas, son menos feas, algunas podría decirse que incluso son monas, aunque ese gesto obsceno hace que sus rostros pasen a un segundo plano.

Mientras iba hacia Poli, en el maletero tintineaban unas enormes llaves inglesas dentro de una caja. Las había comprado por internet en una liquidación de una famosa marca de herramientas, pero me equivoqué, o se equivocaron ellos, porque en vez de un juego normal de llaves inglesas para uso doméstico —es decir, de medidas entre ocho y dieciséis—, me llegaron unas herramientas de cromo vanadio largas y pesadas de veinticuatro, veintiséis, veintiocho, y una treinta que tendrá medio metro de largo y cuya única utilidad es como arma defensiva; de hecho, me la llevo al campo para dejarla debajo de la cama y utilizarla en caso de que algún malintencionado intente colarse dentro. La probé hendiendo el aire de arriba abajo y pensé en el efecto que hubiera podido tener en el cráneo de los adversarios políticos.

Batallitas de hace cuarenta años que me resultan familiares, lo que demuestra que soy viejo, pero también que aquella manera de que la gente se echara a la calle era de verdad algo excepcional y terrible.

A los veintidós años tuve una breve historia —demasiado breve, para mi gusto— con una adorable chica rubia que se hacía llamar Lou, como Lou Salomé, o puede que fuera yo quien me imaginaba esta referencia culta y Lou fuera solo su diminutivo. Conjeturas, puesto que nunca llegué a saber su nombre real. Esta Lou, que se acostó conmigo al cabo de tres horas escasas de habernos conocido, en una de las pocas pausas de la noche que pasamos juntos haciendo el amor, cuando le rocé la graciosa nariz, respingona pero desfigurada por una señal, una especie de prominencia antinatural, sin que le preguntara nada, sonrió burlona y me dijo con desparpajo (en los días siguientes yo descubriría lo descarada que era, cosa que podía resultar aceptable para una sola noche, si no hubiera sido porque sus completamente gratuitos «Te quiero», «Te quiero» mientras follábamos, que habían aderezado nuestro encuentro, me habían confundido, haciéndome creer que entre ella y yo podría surgir algo, quién sabe qué, mientras que debería haberme dado cuenta desde el principio de que para Lou yo era una aventura como otra, una noche más, dado que un día la oí hablar por teléfono con una amiga que le contaba que durante un viaje en autostop se había follado a siete tipos, a siete diferentes en siete días, uno por día, o puede que más de uno, considerando la posibilidad de que algún día de la semana hubiera descansado):

—Te has fijado, ¿eh? No me pusieron bien los puntos en el hospital Niguarda. Fui una idiota...

Yo estaba a punto de decirle que no era idiota en absoluto, que era inteligente y guapa, etcétera, pero ella se me anticipó con una mueca cínica con que pretendía aparentar más de los dieciocho años que tenía.

—Quería demostrarle a aquel cabrón lo que sabía hacer con la llave inglesa... —E hizo ademán de agitar en círculos una Hazet 38.

Inmediatamente pensé que con aquel pelo corto y rubio parecía un caballero medieval, una mujer guerrera, como en los poemas en que Juana de Arco encabeza el ataque blandiendo su espada con la misma sonrisa fanática y despectiva que tenía la diminuta y audaz Lou en ese momento. Me pregunté entonces quién debía de ser el cabrón que había dudado de su valentía.

Después de aquella noche, perseguí sin éxito a Lou por teléfono o merodeando por delante de su casa. Una vez subí, pero sus padres estaban en casa y era casi la hora de cenar. Me invitaron, y vi a la chica descarada que tanto me gustaba, esa a quien había comparado con Juana de Arco, en una versión doméstica, ayudando a su madre a preparar montaditos de jamón y mozzarella, y rechacé la invitación educadamente. Otra vez llamé al telefonillo y me abrieron. Lou no estaba, pero encontré a una amiga suya tumbada en el suelo dibujando. Tenía la cara hinchada porque la noche anterior había dormido en la playa de la Feniglia; aunque se había apretado la capucha del K-way, los mosquitos le habían masacrado la parte desprotegida, de cejas a labios. Hacía bocetos en grandes hojas de papel prensado de dibujos eróticos que me parecieron desproporcionados, aunque confieso que no pude prestarles mucha atención, absorto como estaba en su cara llena de picaduras y su pecho, que apreciaba por completo por el escote aflojado de la camiseta, dos conos pálidos de puntas rosas.

—Pero ¿Lou va a volver? —le pregunté.

—Puede que sí —respondió sin dejar de bosquejar unas pollas enormes en el papel.

No había nadie más en la casa. Gracias a esos pocos detalles tuve la impresión de que se trataba de la misma chica que había follado con siete hombres en siete días, pero en el fondo también podía equivocarme, aquella actitud era entonces bastante común. El cabrón de Milán era en cambio un exnovio de Lou, me enteré más tarde, jefe del servicio de orden de un grupo político. Había roto unas cuantas cabezas empuñando la Hazet 38.

No volví a ver a Lou. Bueno, sí. Una vez pasó como una flecha por la Piazza Istria en una moto de gran cilindrada. Llevaba un vestido muy corto de gasa blanca. Tenía las piernas muy morenas y calzaba sandalias.

Todas estas cosas las vi, pensé o recordé mientras recorría la carretera en dirección a Poli, el Domingo de Resurrección; el tintineo de las llaves inglesas excesivamente grandes, la masa cerebral que se derrama por una fractura en el cráneo, el delicado sexo rubio de Lou y el oscurísimo de las africanas que seguían abanicándose con la falda, para, como decía un poeta de entonces —años de vanguardia, años de extremismo y de historias trágicas y cómicas—, «ventilar la coneja» (Victor Cavallo, RIP).

2

Si admitimos que la violencia es una prerrogativa solo masculina, hay que aceptar también que se trata del indicador de virilidad más significativo. Se aplica, sobre todo, en los grupos juveniles, y más si están politizados. Los matones, tanto en la derecha como en la izquierda, eran admirados por los hombres y deseados por las mujeres. La violencia era un simplificador, una grosera pero elocuente clave de interpretación de la realidad, como, en efecto, lo eran las famosas Hazet...

De este culto viril surgen varios problemas. El principal es que hipermasculinizando los modelos y poniendo a los propios héroes a un nivel casi paroxístico de agresividad, se comprueba que casi ningún hombre real da la talla. Los hombres de verdad constituirían una exigua minoría.

Un segundo problema es el de las llamadas cualidades viriles de las que —aunque las utilizara el mismísimo Hércules— tarde o temprano se acabaría abusando, si se aplicaran en exceso. La racionalidad se convierte en frialdad, la calma en incomunicabilidad, la concisión en afasia, la fuerza en impulso destructivo, la independencia en aislamiento. Tener sangre en las venas significaría entonces ser incapaz de adaptarse. La virilidad se revela en su conjunto como una forma de necedad. Las mismas facultades que le permiten derrotar de modo heroico a los monstruos y liberar a los hombres de muchos azotes, sirven a Hércules para masacrar a su mujer y a sus hijos. ¿Por qué? Es como si la fuerza, una vez desatada, fuera incapaz de hacer distinciones.

Por otra parte, parece como si los hombres solo se sintieran realmente cerca de los demás hombres luchando codo a codo con ellos. En el fragor de la batalla. ¿Qué tiene de malo la paz? ¿Estamos seguros de que el deporte, es decir, el sucedáneo más extendido de la lucha, basta para crear un espíritu de camaradería, o más bien lo agota en su búsqueda de objetivos mediocres, la copa en la repisa del bar al lado de los licores?

¿Existen equivalentes de la guerra? ¿La militancia política? ¿Los boy scouts? ¿Servir a alguna causa? ¿El boxeo? ¿La delincuencia?

La violencia no es sinónimo de fuerza, en absoluto. Quizá sea un aspecto o una proyección. Las personas violentas son a menudo íntimamente débiles, y la violencia que despliegan es una reacción desmesurada, una especie de compensación por su propia debilidad. Como si temieran que abandonando la actitud pendenciera dejaran de existir. El hombre que corre el riesgo de desaparecer cuando su rabia se aplaca, se atenúa... Puedo afirmar que eso mismo he visto en la cárcel: hombres obligados a mantener en todo momento una actitud de duros porque si esa imagen agresiva desapareciera por un instante, resultarían inútiles todos los esfuerzos realizados para crearla y volverla verosímil a los ojos de los demás.

Durante mucho tiempo la violencia ha sido la mejor técnica, la más directa, para que el mundo reconociera la masculinidad de quien la ejercía. Pegarse, batirse en duelo, etcétera. Pero existe una diferencia decisiva, una repentina separación entre los viejos tiempos y los nuevos: antes los hombres desataban su agresividad unos contra otros de forma ritual, para reforzar una jerarquía puesta en entredicho, pero su primacía sobre las mujeres se daba por sentada. Cuando eso también empezó a ponerse en tela de juicio, la violencia ya no se dirigió contra los rivales, sino casi por completo contra la nueva fuente de desorden.

Algunos hombres obligan a las mujeres a obedecerlos mediante el sometimiento; unos, aun intentándolo, no lo logran; otros se dejan dominar porque no pueden impedirlo, o incluso lo aceptan de buen grado. Los hombres que matan a mujeres pertenecen a todas estas categorías: las matan porque las dominan, porque no logran dominarlas o porque ya no soportan sentirse dominados.

Es una de las paradojas más llamativas de la MdC: el único sistema para someter a dos chicas inofensivas era liquidarlas.

Si bien es cierto que los hombres capaces de someter y manipular a las mujeres a su antojo son una minoría, también lo es que muchos desearían hacerlo, o que indirectamente sacan ventajas del dominio brutal ejercido por los primeros. Se trata de un fenómeno que los sociólogos llaman «dividendo patriarcal», según el cual, incluso sin abusar de una mujer personalmente, cada hombre goza y cobra su pequeña cuota de poder gracias al sometimiento de las mujeres por parte de otros, a la subordinación que los demás han creado. En pocas palabras, no necesito ser violento con las mujeres porque ya hay alguien que se ocupa de eso, que instaura un régimen opresivo, que cada hombre en cuanto individuo puede condenar, pero del que, de hecho, saca partido.

Muy pocos actúan como «hombres de verdad», es decir, tratando a las mujeres de mala manera, poniéndolas en su sitio, demostrándoles quién manda, pero la mayoría, sin hacer ruido, o incluso censurando hipócritamente la brutalidad de los primeros, viven de esa renta garantizada por la posición instaurada gracias a la iniciativa de estos. Es algo parecido a la relación que existe entre las sociedades pacifistas occidentales y las minorías armadas que defienden los privilegios en los confines del mundo, a menudo camufladas como misiones de paz: las primeras suelen indignarse de la belicosidad de las segundas, sin querer admitir, por ingenuidad o por sentimiento de culpa, que las segundas protegen los intereses de las primeras.

Por otra parte, cuesta imaginar que una desigualdad invasora y compacta como la que se da entre los sexos pueda perpetuarse sin recurrir a la violencia. No es una violencia oficial, institucional, sino taimada, grosera, potencial, de baja intensidad pero sistemática; una especie de guerrilla, un goteo... Su capacidad de opresión puede ser incluso mayor que el dominio explícito ejercido por los hombres en las sociedades tradicionales. Se trata de un régimen perpetuamente en peligro: una jerarquía estable entre los sexos no necesitaría recurrir a continuas intimidaciones. Lo cual demuestra que no es en absoluto «natural»...

(Las jerarquías reconocidas y respetadas no exacerban los conflictos entre los individuos, al contrario, los reducen al mínimo.)

En la época en que tiene lugar esta historia, la reivindicación de independencia de las mujeres se interpretaba como un resquebrajamiento de las bases sociales contra la que había que tomar medidas inmediatas e inaplazables.

Había quien tenía la impresión de que los hombres estaban rindiéndose. No todos, pero gran número de ellos, quizá la mayoría. Estaban cansados, consumidos, a la defensiva. Hacían demasiadas concesiones a las exigencias de las mujeres. Estaban ablandándose, se batían en retirada sin tener la valentía de protestar. Necesitaban a alguien que los ayudara a levantar la cabeza, que pusiera a raya a las rebeldes y las sindicalistas defensoras de los derechos femeninos. Alguien que fuera en auxilio de todo el género masculino en crisis, cuya actuación beneficiaría incluso a quienes no tenían valor para mover un dedo contra la estruendosa marea de las reivindicaciones femeninas, a esos hombres desmasculinizados que se dejaban dominar por las mujeres cada día más, por todas las mujeres, empezando por sus esposas. En resumidas cuentas, hacía falta alguien que se responsabilizara de hacer el «trabajo sucio» en nombre de los que no querían ensuciarse las manos. Cuerpos francos formados por voluntarios dispuestos a usar técnicas de guerrilla y a ejecutar actos ejemplarizantes brutales, de los que quienes no estaban directamente implicados pudieran distanciarse, al menos de palabra, como sucede en esos movimientos políticos en los que un partido que actúa en la legalidad y reconoce el régimen vigente de hecho está apoyado por una estructura clandestina que ejecuta las iniciativas violentas, de modo que el partido oficial pueda condenarlas, de boquilla, mientras que en realidad las dos versiones de la misma política, una parlamentaria y otra terrorista, discurren en paralelo. Una negocia y la otra sabotea y atenta. Una estigmatiza públicamente lo que la otra ejecuta a escondidas.

El acto ejemplarizante por excelencia es la represalia.

Esta contraofensiva a la liberación de las mujeres debía ponerse en marcha antes de que las cosas fueran a más. Antes de que fuera demasiado tarde. Pero ya era demasiado tarde. Y los dos bandos han seguido desarrollándose por su cuenta: las mujeres han seguido emancipándose y algunos hombres planeando modos violentos para impedírselo, castigando simbólicamente a algunas de ellas según la regla aplicada por los grupos terroristas de aquellos años: castiga a uno para educar a cien. Castiga a una para educar a cien.

Por una ley histórica caprichosa, los experimentos más revolucionarios, las excepciones, los cambios, las novedades ejemplares no acontecen casi nunca en países avanzados y desarrollados, donde el progreso ha ido abriéndose paso de modo gradual y constante, sino en aquellos donde subsisten estructuras y costumbres arcaicas. Cuando estas sienten la presión de las instancias innovadoras o entran de repente en contacto con ellas —como la lava de un volcán con el agua helada—, forman una especie de mezcla explosiva y dan origen a reacciones espectaculares, explosiones, chorros, movimientos telúricos, y a la creación de formas nunca vistas que se solidifican al instante. En los países menos avanzados, lo nuevo y lo viejo se enfrentan con un radicalismo y una ferocidad desconocidos en otros lugares, puesto que ambos son «demasiado»: lo viejo es demasiado viejo; lo nuevo, demasiado nuevo. En verdad, ninguno de los dos es adecuado al tiempo actual, y la inseguridad de sus recíprocas posiciones induce a utilizar medios más despiadados para defenderlas y afirmarlas. Al final, lo nuevo puede acabar acallado con la sangre, o quizá parezca que la tradición extirpada no haya existido nunca, pero antes de que se verifique una de estas dos soluciones tendremos muchas cristalizaciones híbridas, monstruosas, donde esos aspectos conviven entrelazados y comprimidos como en una roca volcánica. Con esos cambios históricos —que pueden durar el equivalente humano de las eras geológicas y que marcan el hundimiento de sociedades enteras y el nacimiento de otras nuevas— como telón de fondo, los casos individuales representan este enfrentamiento entre las fallas del tiempo. Las historias personales son como gemas engastadas en la estratificación. He aquí cómo se comprime toda una época en un solo día.

Si quisiéramos analizar la MdC desde este punto de vista, veríamos que no se trata de un episodio marginal de represalia en el contexto de una guerra global, acaecido en un frente de menor importancia, en una nación o una sociedad de costumbres atrasadas con respecto a otros países del bloque occidental, sino justo en un lugar donde estaban teniendo lugar experimentos radicales en el terreno moral, político, religioso y de la interrelación entre sexos que cambiarían el país desde sus cimientos. Lo único que permanecerá casi inalterado durante cuarenta años, es decir, hasta la crisis actual, será la estructura económica, lo cual demuestra el fracaso de la izquierda, que al menos en teoría veía en el cambio económico la clave para reformar la sociedad. Su paradójico destino será ejercer una fuerte influencia sobre casi todos los aspectos de la sociedad italiana y contribuir a su transformación, mejor dicho, a su cambio radical —costumbres, música, lenguaje, modo de vestir, fe religiosa, eros, estilos cinematográficos—, dejando intacto lo único que afirmaba querer abatir, esto es, el modelo económico.

El duopolio está organizado así: para los democristianos, el poder político y el económico; para la izquierda, todo lo demás, es decir, cine, libros, profesores, pintores, humorismo, programas culturales de la televisión —todo aquello que el mismo fundador del comunismo habría definido con desprecio como la «superestructura».

Durante las hostilidades abiertas por la emancipación femenina, todos los intentos de la diplomacia habían fracasado, y para los nostálgicos del orden en declive solo quedaba la vía de la guerra abierta y total entre los sexos, con el clásico acompañamiento de represalias e intimidaciones ejemplares. Cuando faltaba un cuarto de siglo para acabar el segundo milenio, alguien tomó una decisión drástica: no hacer prisioneros. Y lo mismo estaba sucediendo en la política: la radicalización de los enfrentamientos. En la Italia de entonces casi no existían conflictos basados en la nacionalidad, la raza o la religión, la lucha estaba circunscrita a los frentes de la clase y el sexo, por eso era más cruda. La MdC tuvo lugar en concomitancia con las primeras propuestas para la abolición del crimen de honor —¡vigente hasta 1981!—, un año después del referéndum sobre el divorcio y el mismo de la reforma del derecho de familia —equivalente por importancia, en lo que a costumbres se refiere, a la abolición de la servidumbre de la gleba.

Fueron años en que la importancia del sexo —hablar de él, reivindicarlo, practicarlo o no, rebelarse contra las leyes que lo habían reglamentado durante siglos o defenderlas a cal y canto, transformarlo en un símbolo de liberación o de opresión— creció en desmesura. En un país como Italia el impacto llegó de golpe, mientras que en otros países occidentales los cambios habían sido graduales, habían tenido tiempo de ir acostumbrándose a la nueva obsesión.

Solo en Italia podía concebirse y realizarse, con la forma despreocupada de una comedia, una película verosímil y rigurosa como *Visiones de un italiano moderno*.

Algunas posiciones sociales temen caer en picado, desaparecer en cuanto se les hace un crítica o a la mínima presión, pues excluyen a priori cualquier posibilidad de transformación. Por ese motivo, una vez puesta en marcha la emancipación de la mujer, muchos creyeron que la única posibilidad que le quedaba al hombre era seguir oprimiéndola, pero más severamente que antes. Si el dominio sobre la mujer es un atributo esencial de la masculinidad, moderarlo significa desnaturalizarlo y renunciar a él no sería una abdicación, sino un auténtico suicidio. Renunciando a ejercer ese dominio, el hombre se convierte en un ser inútil, secundario, carente de finalidad, una especie de zángano; en cuanto deja de controlar y oprimir a las mujeres, cae en un abismo de inseguridad y soledad, toma conciencia de ser redundante y marginal con respecto a la continuidad de la existencia encarnada por la hembra, de constituir un episodio biológico, una sobra extravagante cuya función se agota rápidamente. Un instante después de haber soltado a su presa empieza su declive, es como un gran depredador que pierde las garras: se vuelve dócil y se convierte en la presa de los animales que solía cazar. Según una ley estadística, un hombre debilitado es más vulnerable que la mayor parte de las mujeres. Un hombre enfermo, sin ocupación, impotente, separado o que se ve imposibilitado de estar con sus hijos, o que tiene que hacer saltos mortales para verlos, con pensiones alimenticias que lo llevan al borde de la ruina, deprimido, confundido, acosado, resulta más frágil que cualquier mujer. Una vez tomada esta pendiente, los hombres perderían toda esperanza al hallarse menos dotados que las mujeres para enfrentarse a las dificultades, pues están acostumbrados a delegar su propia supervivencia material y son incapaces de cuidar, no solo de los demás, sino de sí mismos.

Cuando te quedas sin trabajo dejas de producir testosterona.

Con la mente infestada por la pesadilla de esta perspectiva, algunos creyeron que ante las mujeres había que resistir. Sí, resistir. A quienes sienten un legendario apego por este término, pues lo consideran sinónimo de progreso (cuando en verdad puede también serlo de conservadurismo, o incluso de algo reaccionario), hay que recordarles que «resistencia» es también la actitud de quien no quiere perder un privilegio.

El final de la segregación siempre crea efectos paradójicos. Habiéndolas excluido, mantenido en clases separadas, vigilado sus movimientos, en cierto modo se había protegido a las mujeres de los hombres; incluyéndolas, se aumentaba el peligro de que se abusara de ellas. Con la liberación sexual, que debía de ser en su beneficio, se había acabado por dejarlas a merced del espíritu de dominación masculino. En una sociedad más libre y con menos restricciones, aumentaban las amenazas y los peligros.

Mientras la fuerza física fue decisiva para la supervivencia, el hombre dominó a la mujer. Cuando dejó de serlo, las mujeres empezaron a emanciparse, pero la superioridad física ha seguido siendo utilizada por los hombres para ponerles trabas, tanto de palabra como de obra. Se trata de un intento vano, pero que continúa practicándose. La fuerza física continúa suponiendo una amenaza incluso después de haber sido declarada ilegal. La sociedad hace de todo para estigmatizarla, pero no logra eliminarla. A la fuerza no le queda más que especializarse en los abusos, de lo contrario se vería reducida a aplicarse en algún que otro trabajo manual y en la noria de hámster de los gimnasios. Es inútil, está superada, incluso resulta ridícula su pretensión de que todavía valga algo, de que pueda presumirse de ella, de que signifique cierta primacía. Se manifiesta de manera paradójica en las figuras musculosas de los culturistas, cuyo cuerpo es una especie de museo arqueológico de la fuerza, la exposición de su imagen embalsamada para provocar admiración. Una cosa es tener que cazar un jabalí o un león y otra presentar un programa de televisión o ser profesor de universidad. En el primer caso, ser mujer está contraindicado; en el segundo, no cuenta.

3

Por otra parte, ¿qué habrían podido hacer esos «buenos chicos» de la MdC con unas chicas proletarias que no eran prostitutas sino «buenas chicas» como ellos? No podían pagarles, pero tampoco invitarlas a cenar a casa con sus padres. No se daban las premisas ni para una relación mercenaria ni para hacerles la corte de manera tradicional. Fingieron adoptar el segundo comportamiento como táctica, pasando por encima de las diferencias de clase, es más, aprovechándose de ellas para que cayeran en la trampa. Cuando en un encuentro entre un hombre y una mujer las modalidades de la contrapartida económica y la del amor desinteresado quedan excluidas, entra en juego la tentación de animarlo con la violencia. La violencia da significado a una relación que de lo contrario estaría vacía. Es una salida de la esterilidad. La violencia gratuita despierta del sopor de las noches en blanco, vacías. Tras el parloteo, cuya única finalidad era ligárselas, ¿qué otra cosa habrían podido decirse los chicos y las chicas de la MdC?

Funciona como en una especie de servicio militar ininterrumpido: te aterrorizan, los veteranos se ensañan contigo hasta el punto de que todo tu ser desea tan solo que llegue el momento en que tú también puedas aterrorizar y ensañarte con otros. El mecanismo de transmisión más eficiente es el del abuso: para soportarlo me identifico con quien me lo inflige y me preparo para ponerme en su lugar. Antaño, el rol paterno, viril y de la autoridad en general se transmitía según este patrón. En la época en que se desarrolla nuestra historia, el esquema se hallaba en plena crisis, reinaba la confusión, pero no había desaparecido. Es sabido que si se siente amenazada o en declive, una ley social se vuelve más rígida, se aplica de manera más inflexible, creyendo erróneamente que así se frenará su decadencia y se invertirá el curso del tiempo. Cuando la supremacía blanca quedó en entredicho, apareció el Ku Klux Klan. Los protagonistas de la MdC podrían considerarse miembros de un KKK que en vez de tener como objetivo a los negros —en Italia todavía había pocos— apuntaba a las mujeres, la mitad de la población. «Woman is the Nigger of the World.»*

Modos expeditivos de crear una jerarquía entre hombres: bravuconadas, agresividad, duelos en coche o moto, desafiarse a ver quién bebe más cerveza, escalada de drogas, zambullidas tirándose desde lo alto de las rocas, lanzamiento de piedras desde los pasos elevados, cargas contra la policía fuera del estadio. La habilidad y, sobre todo, la capacidad de reacción en el uso de la violencia han sido siempre señales válidas para identificar a los jefes, desde la Edad de Piedra hasta Aquiles, como poco, pero también después. Lo que hoy en día solo provoca desorden, servía en el pasado para mantener unida la sociedad en los tiempos en que su supervivencia venía garantizada por actividades violentas como la caza y la guerra. Por aquel entonces ser agresivo era como cumplir un servicio social.

El cazador primitivo que habita en el fondo de cada hombre es, pues, un pobre parado. Está sin trabajo desde tiempo inmemorial. De brazos cruzados sin saber cómo utilizar sus reservas naturales de agresividad, olfato, resistencia y fuerza física. Y tampoco tiene ni idea de qué hacer con su crueldad y su ferocidad, que siguen ahí, disponibles e inutilizadas.

* Canción compuesta por John Lennon y Yoko Ono en 1972. *(N. de la T.)*

Como mucho, puede jugar con ellas en su tiempo libre. Se entretiene con la violencia que antaño necesitaba para sobrevivir él y su comunidad. Malgasta ese valioso recurso en pasatiempos, y para aprovecharla de alguna forma no le queda más camino que el criminal. Cuando por fin estalla una guerra, es decir, se presenta la ocasión de usar la violencia sin recibir un castigo, es más, recibiendo gratitud y apoyo por parte de aquellos a quienes defiende, los criminales comunes y los ultras de fútbol se colocan en primera línea, pues son los únicos que se han entrenado durante el período de paz. En la antigua Yugoslavia, por ejemplo, hacían cola para alistarse. Una manera de transformar la reprobación en honor.

Si el cazador arquetípico quiere sobrevivir en un mundo que ahora es hostil a las exhibiciones de fuerza que antes admiraba, tiene que transformar su exuberancia violenta en astucia, su crueldad física en mental, dirigir su furor venatorio contra sus semejantes para volverlo rentable, no para toda la comunidad, sino en su propio beneficio. En lugar de ciervos, caza mujeres, farmacéuticos o guardias de seguridad. O inmigrantes. Desata su instinto asesino en las pistas de squash y en los debates televisivos. Destruye a sus adversarios a golpes de dosier en vez de usar la porra. Su guerra casi siempre es individual.

¿Qué experiencia puede sustituir hoy día la de romperle la cabeza al enemigo o violar a su mujer y sus hijas? ¿Se ha suprimido ese gesto de la memoria atávica o hay que reemplazarlo por un sucedáneo, sublimarlo? ¿En qué dirección se encauzan las fuerzas que nos eran necesarias para cazar animales de gran tamaño o a otros seres humanos?

En la naturaleza, los machos están predispuestos a usar la violencia para poder aparearse o, al menos, para demostrarse ritualmente capaces de ello. El legado biológico los mantiene en vilo, preparados para recurrir a ella si es necesario. La violencia subyace como un contenido implícito en el coito, de la misma forma que la pulsión de la muerte se halla indisolublemente ligada al impulso vital. La atracción sexual despierta la agresividad para con los rivales que se interponen en el camino del acoplamiento, y a veces hacia el objeto mismo de la contienda. Pero como en la violación no hay rivales, y si los había han sido neutralizados, o bien, en vez de competir entre ellos se han unido formando una manada que actúa de común acuerdo, toda la agresividad se dirige hacia la víctima, que es colmada de violencia, pues recibe una parte de la que en principio no iba dirigida a ella, sino a los demás hombres. La mayoría de las veces la violación es como una cacería que acaba demasiado deprisa, con la captura casi inmediata de la presa, frustrando al cazador, que necesita desahogar la energía acumulada para perseguir a la víctima y esquivar posibles peligros. La violación es un crimen de una facilidad irrisoria y el criminal lo comete en la plenitud de su capacidad física, de su fuerza y su maldad, aún intactas. El peligro para la propia seguridad casi no existe, la lucha con el adversario es corta. Las fuerzas están desequilibradas. Su sangre lleva una carga de adrenalina que deberá hallar un objetivo. Para calmarse, no le queda más que infligir.

Ya lo he dicho, pero lo repito. El fin de la violencia sexual es obtener con la fuerza lo que no se puede o no se quiere obtener con la amabilidad, el encanto, el sentimiento o una suma de dinero. La satisfacción se alcanza por otras vías, con la exhibición de la fuerza, la humillación de la víctima, la brutalidad como fin en sí misma, la aplicación de lo que se considera un castigo justo para la mujer, para esta mujer y para todas las mujeres al mismo tiempo. El coito es algo accesorio, secundario y, a veces impracticable, puesto que el violador es, de hecho, impotente, en cuyo caso el coito se sustituye con toda clase de sevicias. En esas ocasiones se penetra a la mujer con sucedáneos del miembro inservible.

Para algunos la violación no es una de las formas posibles de encuentro entre hombre y mujer, sino su sustancia, su esencia, arraigada en la historia, en el mito, en la configuración metafísica de la relación entre los sexos. Así lo piensan y sostienen, con mayor o menor lucidez, hombres pertenecientes a polos opuestos de la sociedad: o grandes eruditos o cafres rematados. Los primeros, tras haber reflexionado mucho, los segundos, ni pizca. Este cortocircuito entre los teóricos de la violencia y los que la practican es un fenómeno recurrente en la cultura del siglo XX. Quienes sostienen que la cultura es irrelevante o está al margen de lo que piensa y hace la gente común, especialmente de las capas más bajas de la sociedad, no consideran que a menudo los eruditos se dedican a corroborar, con amplio despliegue de razonamientos, estudios, fuentes y pruebas, los modos de actuar más expeditivos y las convicciones más burdas. Una paradoja quiere además que esta doctrina de la violación como fundamento de la relación hombre-mujer constituya el centro de algunas teorías del feminismo más intransigente.

Algunas afirmaciones radicales logran ser al mismo tiempo una revelación, una obviedad y una falsificación. Las pensadoras feministas establecen un récord en parecer tan geniales como exaltadas. No hay nada que represente menos un acto de amor y más un acto de apropiación violenta que un hombre que se folla a una mujer. Nada representa menos un instrumento de placer y más un símbolo de opresión que el pene. Nada representa menos una expresión de afecto y más una manifestación de dominio que la relación tradicional entre hombre y mujer. Y así sucesivamente. Es parte integrante de todo lenguaje el recurso a las paradojas, las simplificaciones tan brutales como sugestivas, que en un primer momento ofenden, después seducen, más tarde parecen verdaderas y apropiadas, y al final decepcionan. La verdad que se revela tras el desenmascaramiento resulta ser otra máscara.

El rasgo común radica en la percepción de una absoluta, irreducible diferencia femenina, como si las mujeres pertenecieran a una especie diferente —la conocida como pseudoespeciación.

El escalofrío de placer que produce el poder no tiene igual. El dominio sexual constituye un aspecto primario o secundario, un símbolo, el ejemplo más clásico o bien su caricatura. El sexo es entonces solo el ámbito o el lenguaje a través del cual se expresa el dominio. La contrapartida es que lo que hace gozar al masoquista no es el sufrimiento en sí, sino la sumisión. Tener un dueño, sensación deliciosa, casi poética...

Los asesinos en serie de mujeres están relativamente interesados en el sexo. El sexo, que por lo general suele ser una estación intermedia en el viaje de la víctima hacia la muerte, puede atravesarse corriendo, sin detenerse. Es como una etapa de un trayecto turístico que se deja para la próxima vez. Tener una mujer a la propia merced, pongamos durante un atraco, incluye siempre la opción de violarla. Incluso cuando el objetivo es otro —joyas y dinero—, el poder de disponer del cuerpo ajeno mediante amenaza armada inclina a sacarle partido a la situación, a poseer y violar. Si al dueño de la casa suele dársele solo una paliza, a sus mujeres puede corresponderles esto más aquello. Es como si los malhechores quisieran agotar el cupo de tropelías: la finalidad económica de sus actos se deja aparte por un momento para acaparar otros premios mejores. Tiene que existir un paralogismo según el cual es casi imposible no desahogarse con los indefensos. Como sucede regularmente y ha sido confirmado por muchísimos estudios, se da por sentado que cuando se tiene la oportunidad de hacer daño, hay que hacerlo —véase la historia del anillo de Gige—. No siempre, pero casi; no todos, pero la mayoría. Así pues, no es la voluntad la que desata el mal, sino la posibilidad de hacerlo. Y la costumbre.

Algunos se acostumbran a usar la violencia como instrumento para obtener lo que desean, ya sean bienes, dinero, poder o satisfacción sexual. Una vez adoptado este hábito, es difícil romper el nexo quiero-tomo.

En la MdC la violencia sexual en sentido estricto tiene una duración limitada, lo demás son vejaciones relacionadas con el secuestro y que sirven para amplificar lo más posible la sensación de poder que los secuestradores ejercen sobre sus víctimas.

Las chicas que aceptan la invitación no se dan cuenta de que entran a formar parte de un juego, cuyas reglas no están muy claras, pero los castigos para quienes no las respetan son muy duros. Es algo así como la búsqueda de la quinta esquina de una habitación: la habitación es cuadrada y no existe una quinta esquina, pero los verdugos te apalean si no la encuentras. ¿Dónde está la quinta? ¿No la ves? Mal. Y venga palos. Lo cuentan los supervivientes de las prisiones soviéticas. Lo mismo les pasa a las chicas: están dentro del juego, y desde dentro las cosas nunca logran entenderse. Pasan, pero no se comprenden. En cuanto suben al coche, empieza el juego. Al final lo pagarán con la vida. Pero ¿cómo hubieran podido evitarlo? Nadie lo sabe. Ni siquiera sus secuestradores. ¿Negarse desde el principio? ¿Abandonarse pesadamente? ¿Resistirse de alguna manera? ¿Implorar? ¿Qué era lo correcto, si es que podían hacer algo que fuera más correcto? No se trataba obviamente del clásico coqueteo entre chicos y chicas, cosa que debieron entender enseguida, y tampoco de una aventura libre de prejuicios o de un secuestro, que en esa época se llevaban a cabo por dinero. Ellas no lo tienen. Así pues, ¿qué tienen ellas? ¿Qué pueden jugarse? ¿Qué pueden perder? Su virginidad, de acuerdo, pero una vez que se la quitan solo les queda la vida. No poseen nada más que jugarse, pero se han sentado a la mesa y no pueden levantarse. En el juego en que ellas están participando no hay nada preestablecido, ni objetivos, ni reglas, ni diversión, nada a excepción de lo que se apuestan: la vida. (Más tarde quedó claro que los secuestradores también se jugaban la suya, o al menos una buena parte de ella, pero tampoco se habían percatado, quizá pensaban que eran árbitros en lugar de jugadores...)

Pero el sociópata es así, insensible al dolor: lo soporta, lo padece y lo inflige mostrando indiferencia. «¿Ya está?», parece querer decir. Puede disfrutar o fingir que disfruta solo por espíritu de contradicción. Quiere sentirse libre de las constricciones convencionales —el bien, el mal, lo justo y lo equivocado— que condicionan a los demás.

En el concepto de castigo como se entiende por lo general, la culpa se incluye como su consecuencia jurídica. El hecho mismo de castigar implica la existencia de una culpa: remontándose a ella, la engloba. De ahí que cada vez que uno recibe una lección se dé por supuesto que existe una razón para recibirla. De lo contrario el mecanismo carecería de sentido, el intelecto humano se desequilibra si algo no tiene sentido. Si los hechos no lo tienen, el sentido se crea de la nada. Según este razonamiento, a menudo el castigo crea la culpa de la que se supone que deriva. La consecuencia, el efecto comprobado, es que la violencia que sufren las mujeres se convierte en la razón misma del porqué les es infligida. El motivo del castigo consiste en el castigo mismo: se trata del máximo realismo posible. La debilidad femenina cumple la función de culpa y al mismo tiempo de condición del castigo, es el porqué y el cómo a la vez.

El castigo de una mujer será el premio para un hombre. Si el hombre es fuerte, será premiado; si la mujer es débil, castigada. Se castiga su impotencia para oponerse al castigo. Quien carezca de la fuerza suficiente para oponerse a uno, se lo merece. Así pues, siendo físicamente más débil que el hombre, a la mujer se la castiga por su debilidad, en eso consiste la culpa que ha de expiar; en segundo lugar, al ser más débil, no podrá defenderse. El castigo es un mecanismo que se activa solo, y únicamente en un segundo momento busca una culpa que, sin duda, encontrará. Nadie, a excepción de Jesús y María, puede considerarse a salvo. Nunca se ha visto que el más débil logre castigar al más fuerte, mientras que lo segundo sucede siempre, a menos que el débil esté protegido por un fuerte —al estilo *Los siete samuráis*—. El premio del más fuerte consiste precisamente en castigar al débil a su antojo. Desde este punto de vista, el tan discutido «Ofrece la otra mejilla» de Jesús quizá se revelaría como un precepto mucho menos paradójico y revolucionario de lo que parece a primera vista, es más, podría ser una manera realista de adecuarse al mundo como es, de inspiración casi confuciana: soporta la violencia que recibes sin soñar siquiera con desquitarte porque siempre llevas las de perder. Si te dan una bofetada, prepárate para recibir otra y aún otra, y después alguien más fuerte que tú ajustará las cuentas en el más allá. Con razón ha sido interpretado de esta manera durante siglos.

Cuando la violencia es pura y usa el sexo como medio para manifestarse, la mujer se convierte en un blanco por un motivo tonto, todavía más mezquino si cabe que la lujuria, esto es, que su asaltante no es lo bastante fuerte para enfrentarse a otras víctimas. Se elige a la mujer solo porque ofrece menos resistencia física. Puede afirmarse que hay violadores o asesinos en serie que forzaban y asesinaban a mujeres únicamente porque con los hombres habrían llevado las de perder nueve de cada diez veces. En el caso de Angelo, es evidente. Buena parte del odio que alimentaba hacia el sexo femenino nacía del desprecio que sentía por su inferioridad física, por la facilidad con que podía someterlas.

Por vileza o astucia —que a menudo tienen una raíz común—, la violencia se ejerce contra quien es menos capaz de defenderse. Esta incapacidad exacerba a su vez la violencia en el acto. Nada la instiga más que la debilidad de quien la sufre.

Si encima entran en juego la indecisión y la concomitancia de impulsos, siempre prevalecerá el que impulsa a hacer daño, a herir y matar. El asaltante prefiere apuñalar a una mujer que forzarla. Incluso si ella no opone resistencia. En efecto, casi nunca es el motivo que desata la violencia. Al contrario, la crueldad se exacerba con las víctimas sumisas. Ceder no garantiza que no se les hará daño, como sostiene una leyenda bastante difundida, sino que tal vez estimule una crueldad mayor. Una persona servil instiga el impulso a brutalizarla y en cierto sentido lo justifica, facilita la prueba de que el castigo que recibe no es tan inmerecido. La deshumanización total de la víctima proporciona además motivos para denigrarla.

Por otra parte, no existe un solo juego que no prevea un castigo, y un juego sexual incluye a la fuerza castigos sexuales. Por eso las fantasías eróticas suelen consistir en un castigo. La primera forma de secuestro es onírica. Se sueña con secuestrar a alguien o con que te secuestren. En la violación, el error, lo equivocado, se coloca en la víctima. El que se somete, el que sucumbe, es culpable de someterse y sucumbir. La injusticia que sufre la víctima se confunde con ella, se la achaca, se la imputa. Los matices del castigo pueden ser infinitos y varían en función del hecho de que la mujer lo sueñe, lo desee, se lo merezca, lo provoque, lo necesite, lo sufra o disfrute con él. Según una teoría las mujeres no son morales porque no temen la castración. Entonces para castigarlas hay que inventar castigos más fuertes o dolorosos, dado que parecen incapaces de reconocer la ley que han quebrantado y las ha hecho merecedoras del castigo. Quizá grabar la sentencia en la piel de la culpable, como en el famoso cuento de Kafka.

Funciona como el contrapaso en el *Infierno* de Dante. Si ella no quiere, e insiste en no querer, el sexo sirve para castigarla; si en cambio quiere, quiere más, y nunca tiene bastante —*she just can't get enough*—, será castigada contentándola con una cantidad letal de lo que deseaba. La típica amenaza «¡Te voy a joder!» demuestra que lo primero que viene a la cabeza para castigar a alguien es el sexo. Si además se trata de una mujer, la idea se torna más clara y precisa; el castigo, adecuado. Las razones pueden ser muchas, pero la modalidad es estándar.

Si una chica se da aires, la violación la desenmascara.

Si una se pone chula, si se niega o se entrega a demasiados hombres, la violación la pone en su lugar. Si ama la soledad, o la diversión, o los libros, o los conciertos, o va por ahí sola creyéndose independiente, autónoma, o es demasiado exigente porque quiere amor y comprensión, la violación le hará comprender en qué se equivoca. Cuando haya que darle una lección, la violación siempre estará al alcance de la mano.

Con la llamada liberación sexual se descubrió que los poetas habían mentido. Durante siglos. Todos, o casi todos. ¿Las mujeres quieren sentimiento? ¿Quieren amor, el amor puro y eterno? No, las mujeres quieren gozar. Quieren follar hasta quedar sin aliento. Ansían la polla como los hombres el coño. Ni más ni menos. La emancipación sexual de las mujeres y la reivindicación de su derecho al placer condujo a las mismas conclusiones a que habían llegado los misóginos de todos los tiempos, es decir, que las mujeres no son en absoluto lirios blancos, sino unas zorras tremendas, exactamente igual que los cerdos de los hombres. Muchos misóginos creyeron recibir un clamoroso apoyo directamente de sus adversarias.

Y otra cosa: las feas también quieren su ración de polla. Sonará brutal, pero todo descubrimiento lo es en parte. Y cuanto más brutal, más fundamental. La hipotética relación entre la belleza de las mujeres y su disponibilidad o habilidad sexual solo existe en la mente de algunos hombres ingenuos, estetas, románticos incorregibles o demasiado pretenciosos —quizá yo era todas estas cosas a la vez—. Cometiendo un error lógico presuponía la lascivia en las chicas que me la suscitaban, confundiendo objeto con sujeto. Era un espejismo contra el que me puso en guardia con sabia brutalidad un amigo pintor, Rodolfo Cecafumo, cuando me riñó porque desdeñaba a una chica fea que había manifestado abiertamente su interés por mí, y con tozudez prefería colmar de atenciones a su guapa amiga, a la que yo no interesaba en absoluto. La fea, Maria Elisa, bebía los vientos por mí, pero a la guapa, Cristina, le era indiferente. ¿Cómo salir de ese punto muerto? Cecafumo recurrió a un argumento límite, como hacen los filósofos en sus debates. «No tienes que pensar que Maria Elisa es fea. Piensa en cambio en las mamadas maravillosas que te haría. Los cardos suelen ser así: son conscientes de que no gustan y se esfuerzan en compensar su diferencia haciendo unas mamadas gloriosas.» No sé si esta teoría es cierta o no, no tengo la experiencia suficiente para hacer una estadística. A mí me resultó imposible separar el aspecto de Maria Elisa de su supuesta habilidad para aprovecharme instrumentalmente de esta última, y preferí seguir siendo ignorado por Cristina, suspirar por ella, soñar con ella por las noches y rastrear inútilmente las huellas que sembraba a su paso por la ciudad.

Hay que añadir que la envidia del pene, central en las teorías psicoanalíticas, es algo que sienten los hombres, no las mujeres. Aun teniendo un pene, envidiamos otro imaginario, más grande, más poderoso, insaciable —como el de los chistes—, una varita mágica que, además de abrir las piernas de las mujeres, abra todas las puertas..., que resuelva problemas, proporcione dinero, aplaste a enemigos y ladrones, garantice el éxito. Todo hombre sueña con estar dotado de este órgano fantástico. La procesión de los adoradores del falo se pierde en el horizonte hasta donde abarca la vista. En la mitología pornográfica, el impulso sexual masculino parece incontenible: una fuerza bruta que nada ni nadie pueden detener y que arrasa con todos los obstáculos que encuentra a su paso, la moral, la decencia, el recato femenino, el Código Penal, la credibilidad misma de las propias hazañas, hasta que se ha desahogado, cosa que por otra parte nunca logra del todo...

Sin embargo, en la realidad, no hay nada más necesitado de aliento, apoyo y ayuda, nada que tenga que ser más estimulado con una miríada de palabras, imágenes, sustancias químicas y ceremoniales complicados que ese formidable deseo de fornicación, al que le basta poco para abatirse. A la primera chorrada, esa máquina de guerra se detiene y la irrefrenable urgencia que la había puesto en marcha se desvanece.

En la pornografía se ponen en escena de forma esquemática las dos modalidades con que los hombres se relacionan con las mujeres, es decir, el deseo y el conflicto. Los cuerpos escenifican atracción y violencia, a veces por separado, a menudo juntas. Cuando la violencia se ejercita de forma exclusiva, el contexto sexual tiene una apariencia ficticia, se reduce a una escenografía apropiada a la dramatización, por grosera que resulte, dado que las víctimas son mujeres y el público generalmente masculino. Se reproduce un esquema comúnmente aceptado, pues su finalidad es afrodisíaca. Una vez sexualizada, la violencia se vuelve atractiva. El público prescinde de su sentido y se deja llevar por la excitación. La relación entre el sexo y la pornografía da un giro: la segunda no sirve para excitarse y llevar a cabo el primero, sino que se practica el primero para imitar la segunda.

4

Ya es hora de decirlo, o de repetirlo. Cuando se le da muchas vueltas a un dilema, quizá signifique que es falso, que el verdadero problema y su posible solución están en otra parte. El feminismo es, con creces, el planteamiento político más original y duradero del siglo XX, mucho más que la genérica oposición derecha-izquierda, utilizada a menudo para otorgar personalidad a grupos de poder en lucha por conquistar la hegemonía. Cambió la vida de quienes creyeron en él y lo adoptaron, de quienes no lo hicieron y, todavía más, de quienes se opusieron a él. Como los remolinos de un río que embiste el pilón de un puente y arrastran en el sentido opuesto a la corriente, hundiendo el objeto que ha caído en vez de dejarlo seguir su curso. Entre los fenómenos más interesantes de todas las épocas se encuentran, en efecto, los que oponen resistencia, los contragolpes, las contracorrientes, los anacronismos, los fogonazos de reacción que pueden alcanzar una fuerza incluso superior a la del cambio que los ha generado. En el punto en que las fallas temporales chocan y se restriegan entre sí, levantando crestas y abriendo abismos, se crea un increíble estado de incertidumbre en el que los significados intercambian sus sitios y el resplandor del ocaso puede confundirse con el del alba. El principal planteamiento político del siglo XX no es pues el comunismo, que tuvo origen en pleno siglo, y tampoco las alquimias reaccionarias que lo combatieron mezclándose a veces entre sí. Ni siquiera el capitalismo, cuyos orígenes son aún más remotos.

El movimiento político más innovador de los últimos cien años, el más dramáticamente actual, es el de la liberación de la mujer.

Si nos paramos a pensar, nos damos cuenta de que las sociedades en que se crean poderosas instancias para la igualdad entre los sexos y mejoras efectivas en el estatus de las mujeres son las mismas donde la exhibición de la masculinidad, incluso enrarecida, se exaspera de manera violenta para marcar la diferencia residual e impedir que esta disminuya. Cuando los cimientos de las jerarquías empiezan a sacudirse desde abajo, estas reaccionan volviéndose más rígidas, y la moderación de que hacían gala cuando su predominio era indiscutible deja paso a un modo indiscriminado e incluso terrorista de utilización de cualquier medio. Es lo mismo que sucedió hace un siglo y medio con los movimientos de los trabajadores. Mientras se portaron bien no hubo necesidad de pararles los pies. La diferencia reside en el hecho de que contra el movimiento de emancipación de las mujeres las represalias se ejecutan contra personas aisladas, y se llevan a cabo en cualquier momento y lugar. En casa, por la calle, de día, de noche, en ambientes de trabajo y de diversión. No hay una fábrica ocupada o una manifestación que disolver con el uso de la fuerza. El blanco de la represalia es cada mujer indefensa, esté donde esté. En cualquier casa y fuera de ella.

Más que un acontecimiento fuera de lo común, excepcional, patológico, la violación puede verse como una de las no tan numerosísimas modalidades de interacción entre hombres y mujeres: una relación «canónica». A la teoría del *raptus*, se opone el hecho de que al menos las tres cuartas partes de los violadores planean su fechoría. Y que la violencia esté instalada en el núcleo de las relaciones entre hombres y mujeres lo prueba otra estadística, esto es, que casi la mitad de las mujeres asesinadas es víctima de su marido, de su novio o de alguien que lo había sido y que no acepta no seguir siéndolo.

Además de los casos tratados con detalle en este libro, pongo como último ejemplo el asesinato de una chica de catorce años a manos de un grupo de chavales dirigidos por otro mayor de edad —un tal Erra, alguien que llevaba escrito el destino incluso en el nombre—* en Leno, provincia de Brescia, en 2002. Querían violarla para castigarla por haberlos rechazado, le habían cogido ojeriza, la bombardeaban con mensajes de texto y al final lograron atraerla hasta una casa de campo aislada con el pretexto de enseñarle unos gatitos recién nacidos.

El libro que el lector está leyendo trata pues de un episodio secundario de este conflicto, de esta larga guerra de liberación que está muy lejos de haber concluido con la victoria de uno de los dos contendientes; un episodio de represalia, *Vergeltung* en alemán. Sé que hablando de ello pareceré repetitivo, obsesivo, pero me imagino que la misma obsesión, la misma curiosidad morbosa, habita la mente de quien lee estas páginas. Para escribirlas, he consultado estantes enteros de libros y una plétora de casos que acontecieron: casi cada párrafo a partir de aquí y hasta el final de esta Séptima parte será su resultado. Pero si el lector ya tiene bastante y está impaciente por volver a las aventuras de Arbus y compañía —lo comprendo, yo también desearía hacer lo mismo...—, que eche un vistazo a los capítulos que van del 8 al 12 —y diría que también al 24, sobre Angelo, muy breve, y al 28, con la historia de la chica alemana, Bettina, y de la batalla que libramos juntos contra su virginidad— y corra a la Octava parte, *Las confesiones*, donde reaparecen muchos de los personajes que ya conoce, Jervi, el profesor Cosmo, Leda Arbus y, como es obvio, su inefable hermano.

Cuando entra en crisis un orden social basado en una violencia de baja intensidad pero difundida, generalizada, medianamente aceptada por el sentir común, como es el del dominio del hombre sobre la mujer, quizá se desencadenen, por reacción, episodios puntuales de violencia extrema que tienen la finalidad de auténticas represalias. La violencia latente se condensa y dirige contra personas concretas con un carácter de ejempla-

* Que traducido sería «yerra», de «errar». *(N. de la T.)*

ridad, quizá ficticia, pero vivida como tal. Estas acciones tratan de tapar las grietas que se han abierto en el sistema. Intentando enmascarar la crisis con gestos espectaculares y ejemplares, acaban poniéndola en evidencia. La violencia que debería mantener unido el sistema evitando su resquebrajamiento contribuye en cambio a su liquidación. La represalia no obtiene casi nunca el efecto de hacer que las cosas vuelvan a ser como antes, todo lo contrario, aceleran su disolución.

La manera más sencilla, primaria, directa y al mismo tiempo simbólica que un hombre tiene para derrotar a una mujer es dominarla sexualmente. Una vez realizado este gesto inaugural, y fundada y asegurada de esa manera la dominación, puede procederse a extenderla en el plano social y económico, en forma de explotación, discriminación y segregación. En aquellos años, las feministas más combativas elaboraron una teoría interesante por su radicalismo, esto es, que la opresión sexual contra las mujeres era la opresión por antonomasia, la violencia original, el modelo de explotación a partir del cual se originaban todos los demás: la guerra, la opresión social, el autoritarismo, el racismo. La sexualidad es la esfera donde se pone a punto la lógica del poder que se utilizará en otros ámbitos; no es el lenguaje erótico el que toma prestado el léxico bélico, sino lo contrario.

Las guerras entre ciudades o entre naciones, entre clases sociales, corporaciones y competidores económicos pueden conocer, si no períodos de paz, al menos treguas o fases de latencia; en cambio, la guerra que no ha conocido un solo momento de suspensión es la que se da entre los sexos. Se combate cotidianamente a todos los niveles desde hace cientos de miles de años, de la caverna a los campamentos y a los palacios de las cortes reinantes, en casi todos los momentos de la vida: al nacer, al comer, al contraer matrimonio, al estar de pie y tumbado, en el mercado, la escuela, la cama, la cocina, al escribir y pintar, pero también al rezar y renunciar. Y en los tribunales, en las filas de los ejércitos, y cuando estos irrumpen en las calles de las aldeas sometidas a saqueo. Es una guerra sin cuartel. Lo que ocurre es que a menudo no se le presta atención, no se nota o no queda constancia de ella porque se halla limitada a un aspecto restringido, como un efecto secundario de las contiendas que sí acabarán en los libros de historia con sus fechas correspondientes. En el interior de cualquier conflicto siempre hay previsto un subcapítulo dedicado a la guerra contra las mujeres, al tratamiento específico que se les reserva, una especie de guerra dentro de la guerra, que ve a los hombres de todos los bandos aliados entre sí o, al menos, que los pone de acuerdo en un punto: el que gana viola a las mujeres del que pierde, y si la cosa se alarga y las victorias se alternan, se hace por turno. En la Biblia y en los burdeles de Bangkok, en la televisión y las iglesias, mezquitas y sinagogas, en la mesa familiar y en el asalto al útero por parte de los espermatozoides danzantes está activo un conflicto permanente e irremediable, a pesar de que tratados y armisticios parecen establecer puntos fijos, conquistas reconocidas y adquiridas, poner nuevos límites al ilimitado poder de un sexo sobre otro, o de algunos individuos sobre otros —incluidos los del mismo sexo, pues los resultados de la guerra entre los sexos se reflejan en las jerarquías internas de cada bando y un hombre someterá a los demás según sea su capacidad de someter a las mujeres—. Por el contrario, la mujer que captura hombres en vez de dejarse capturar, alcanza un estatus de excelencia y se convierte en objeto de una singular forma de respeto mezclado con deseo. En efecto, es curioso que la respetabilidad de una mujer basada en su capacidad de seducción —como le sucede a las actrices, a las muy guapas, a las *femmes fatales*, las mujeres de mayor éxito del siglo XX— esté sometida a una especie de doble estándar: cuanto más admirada, más discutible moralmente.

No puede decirse si esta es una guerra fría o caliente, pues la forman una miríada de episodios que van de coqueteos casi inocuos a crímenes gravísimos.

Es una guerra con mucho derramamiento de sangre aquí y allá, en episodios circunscritos, y justo por eso ejemplares. Y la sangre es siempre la de las mujeres. Si metafóricamente muchas mujeres hacen que los hombres suden sangre, algunos de ellos se lo hacen a ellas de verdad: a las esposas y las novias que ya no quieren saber nada de ellos, a las exmujeres, a las adúlteras, a las mujeres deseadas que han dicho que no, a las mujeres que han dicho que sí pero que no sabían que estaban diciéndoselo a un sádico, o a las mujeres secuestradas y asesinadas como colofón de un abuso sexual; eso por mencionar solo los homicidios, porque quizá el derramamiento más conspicuo brota gota a gota de las caras de las mujeres apaleadas por sus familiares y maridos dentro de sus hogares. Su sangre salpica incesantemente las estadísticas de esta guerra mundial de baja intensidad. O quizá se trate de una guerrilla, si bien planetaria, cuya singularidad consiste en que los guerrilleros son quienes poseen el poder, no quienes luchan contra él. Representan, del poder, una especie de vanguardia armada. La sangre derramada se halla demasiado repartida por el territorio para trazar un frente; es más, el problema es que los adversarios no están casi nunca separados por un límite o una trinchera, un muro, un alambre de espino. Nunca se librará una batalla decisiva.

Qué más da, esas están acostumbradas a sangrar...

La primera iniciativa cultural en que tomé parte fue la fundación de una galería de arte en Roma. Sería allá por 1978. La crearon un grupo de pintores interesados en tener una galería donde exponer y, junto con ellos, poetas y escritores y algún que otro personaje de esos que orbitan alrededor de los grupos artísticos y que incluso después de años de conocerlos sigues preguntándote a qué se dedican exactamente, pero que están aún más introducidos en el mundillo que quienes escriben o pintan. Entre estos artistas hay algunos que reaparecerán más tarde en esta historia: Giuseppe Salvatori, Felice Levini, Santo Spatola, Capaccio, Cecafumo, Pizzi Cannella... La galería tomaba su nombre de la Via Sant'Agata dei Goti, en el barrio Monti. Santa Ágata se convirtió en nuestra heroína y protectora, además de serlo de los fundidores de campanas porque cuando le cortaron los pechos durante el martirio y los colocaron en una bandeja recordaban a dos campanas, dos pequeñas campanas de carne, por su forma lozana y perfecta.

Puede que fuera la tortura más adecuada infligida a un cuerpo femenino.

Es peligroso prescindir de las mujeres, mucho. Solo lo logran algunas pequeñas comunidades sectarias. A los hombres les resulta difícil renunciar a ellas, y no solo por razones sexuales, sino por el papel insustituible que cumplen como mediadoras de conflictos; y por el inestimable hecho de representar al estrato más bajo de la sociedad. En efecto, las mujeres son las más explotadas entre los explotados. Los varones pobres soportan ser un cero a la izquierda a condición de que haya alguien que esté aún más por debajo de ellos, sus mujeres. Por eso, ellos son quienes más temen su emancipación: si los superaran, se hallarían en el nivel más bajo de la jerarquía social. Se trata del único punto sobre el que los hombres de diferentes clases sociales encuentran una paradójica convergencia de intereses: aceptan cualquier orden social con tal de que siga habiendo alguien a quien dominar. Las sociedades tradicionalistas, en las que las mujeres no gozan de ningún derecho, se sustentan sobre esta premisa. He aquí para lo que sirven las mujeres: para que los últimos de entre los hombres se sientan dueños de algo, o de alguien. Los hombres ricos a veces logran oprimir a las mujeres ricas, pero no tienen ninguna dificultad en oprimir a los hombres y las mujeres pobres. Estas dos últimas categorías están igualmente oprimidas por las mujeres ricas. Los hombres pobres solo pueden oprimir a las mujeres pobres, mientras que a estas últimas ya no les queda nadie a quien oprimir —como mucho, y solo por un tiempo, a sus hijos, pero hoy en día ni siquiera eso—. Excepcionalmente los hombres pobres pueden dominar a las mujeres ricas usando la violencia, robándoles o violándolas. Por otra parte, también lo hacen con las mujeres pobres, con la única diferencia de que el botín es menos conspicuo. Los hombres y las mujeres ricos también pueden oprimirse recíprocamente, por ejemplo, amargándole la vida al cónyuge, o mediante onerosos juicios de divorcio. La violación de la pobre por parte del rico pertenece a la naturaleza de las cosas sociales, como la de la mujer rica por parte del pobre; las violaciones dentro de la misma clase social forman parte de la dinámica de poder entre los sexos, no entre las clases.

Violación como apropiación —hago mía a la mujer que fuerzo— o como vandalismo —fuerzo a la mujer que pertenece a otro—: en cualquier caso se trata de un conflicto que gira alrededor de la posesión de algo, para obtenerla para sí mismo o para privar a otro de ella. Satisfacer el segundo instinto provoca un placer aún mayor, pues privando a los demás de algo se goza más. En muchos lugares del mundo, una mujer violada está destinada a ser marginada: expropiada de su identidad, ya no podrá dársela a nadie.

La violación es un producto básico, como la harina, la sal, la cola o el salfumán. Los hombres que se sienten frustrados o impotentes recurren al sexo violento para reivindicar su masculinidad, mientras que los que tienen poder para afianzar su posición una vez más. Los que han recibido poco y han sido marginados desarrollan una necesidad de autoafirmación que están dispuestos a satisfacer incluso recurriendo a la violencia; quienes han obtenido mucho y han sido premiados con la abundancia pretenden perpetuar cueste lo que cueste su privilegio y están dispuestos a recurrir a la violencia para mantenerlo. Los primeros son vengativos por lo que no tienen; los segundos, para ostentar lo que tienen. Las personas humilladas e ignoradas no son ni más ni menos peligrosas que las que han sido colmadas de atenciones. Los asesinos de la MdC tenían muy pocos motivos para violar y matar a las dos chicas. La psicología del homicida es la psicología de cualquiera.

Una personalidad que no tiene nada de especial, muy común si consideramos comunes, y lo son, características como las de ser cínico, manipulador, egocéntrico, no experimentar sentimientos de culpa y pensar solo en el presente, propias de un tipo humano que nada tiene de extraordinario, es más, de un *everyman*, un auténtico pilar de la sociedad contemporánea. Puede ser realmente cualquiera, el compañero del despacho, un empleado de banco, un estudiante de derecho o ingeniería, el tipo que está sentado a una mesa al lado de la nuestra en un restaurante o que está detrás de nosotros en la cola del cine. No es un monstruo reconocible a distancia como un ogro o un hombre lobo, sino un individuo cualquiera, anónimo. Tan insignificante que pasa inadvertido. Hasta puede ser un vecino que parecía muy amable o, como mínimo, inofensivo, que nunca ha llamado la atención. Si las cosas son así, no hay manera de protegerse, y eso es lo que da más miedo..., y no solo a las mujeres, sino también a los hombres, porque el hecho de que el monstruo sea en realidad un tipo tan común, los obliga a mirarse al espejo con cierta preocupación.

A los pocos asesinos efectivos, se opone una multitud de criminales de sofá que violan y estrangulan a sus víctimas mentalmente. Y que a menudo ni siquiera son conscientes de albergar estas fantasías.

Muchas personas no quieren admitir que si poseen algo es porque se les ha negado a otros, que solo pueden disfrutar de algo a condición de que otros sufran. Es matemático: aquí hay abundancia de lo que allí escasea. Todo lo que tenemos se lo hemos quitado, y en este preciso instante estamos quitándoselo, a alguien. En buena medida, el bienestar de una parte de la humanidad se debe al sufrimiento y a la miseria de la otra. En general, esta miseria permanece fuera de la vista de los privilegiados, pues el privilegio consiste justo en la posibilidad de mantener al margen a los que sufren para nuestro beneficio: villas y clubes exclusivos erigidos con la intención de separar las dos categorías humanas, que dejan fuera a los más numerosos y protegen a una minoría tras barreras infranqueables. El abuso sexual, en cambio, pone brutalmente en contacto a ambas categorías. Los privilegiados y los desposeídos se juntan en un abrazo forzoso. A diferencia de los niños que fabrican pelotas de fútbol y que cosen su cuero en la otra punta del mundo mientras nosotros peloteamos en el club junto al Tíber, en la violación no existe protección o distancia. Es el más directo de entre todos los ejercicios de poder.

5

Digamos, pues, que creían que estaban muertas. Si por error una de ellas no hubiera permanecido con vida y golpeado el maletero, ¿qué habrían hecho con sus cuerpos? ¿Cómo se habrían librado de ellos? No es fácil deshacerse de dos cadáveres. Hasta los mafiosos se ven en dificultades y recurren a sistemas de película de terror. Pero en el caso de haberlo logrado, de haber salido indemnes y que no hubiera llegado a nuestros oídos ninguna noticia de la MdC, aunque no hubiera existido una MdC porque no hubieran dejado huellas en la villa de la playa y las dos chicas hubieran desaparecido, como muchas otras —ese mismo año desaparecieron veinticinco, de las que no ha vuelto a saberse nada—, ¿todo habría concluido sin más, o los chicos habrían vuelto a la carga tarde o temprano? ¿Habrían vuelto a secuestrar, violar y eventualmente a asesinar a otras chicas —habiendo matado ya a dos, lo mismo daba matarlas a todas, siempre, es difícil retroceder cuando se toma ese camino— y los habrían descubierto la segunda vez o la siguiente? ¿Después de cuántos delitos los habrían pillado, dado que eran imprudentes y despreocupados, que dejaban rastros y les importaba un bledo, como si estuvieran seguros de salir indemnes o, al contrario, como si desearan que los descubrieran? Podría, quizá debería, trabajar esta hipótesis de impunidad. Desplazar las fechas hacia delante. Imaginar una carrera más larga de delincuentes sexuales y maníacos homicidas. Pero con lo que ocurrió basta y sobra.

Si en el apogeo de un drama griego o bíblico no se mata al propio hermano, al propio padre o la propia madre, se matará a los de los demás. Frustrada la violencia doméstica, el impulso homicida se proyectará hacia el exterior, hacia los enemigos. Si no tenemos una mujer a quien matar, o la que tenemos nos deja tan indiferentes que ni siquiera nos entran ganas de matarla, de poseerla y matarla, de matarla para no estar obligados a seguir poseyéndola, muy bien, hay muchas mujeres ahí fuera con las que desahogarse. No sería muy extraño si a uno de los protagonistas de la MdC se le hubiera ocurrido matar a su madre en vez de a las chicas que se llevaron al Circeo. Debería comprobar si ellos tenían hermanas.

La violencia, incluso si se perpetra en un lugar apartado donde no hay nadie más que el criminal y la víctima, siempre posee una faceta demostrativa. Se ilustra como un teorema, es más, se explica por sí sola, se explica cumpliéndola. Su paradójica pedagogía se dirige a la víctima en el momento de la comisión del crimen, y seguidamente a todos cuantos tendrán conocimiento del hecho: a las mujeres —es inútil precisar por qué—, pero también con un toque de sorna a sus familiares varones —padres, hermanos, maridos—, que han fallado en su función de protectores y vigilantes, y en consecuencia a los demás hombres, para que aprendan a tratar a las mujeres sin tanto miramiento. No hay nada como la violencia para exponer una tesis, ilustrar una teoría, afirmar un derecho. Violando a alguien se da ejemplo.

Copio aquí algunas notas del frontispicio del manual de filosofía de Arbus que acabé quedándome cuando se fue del colegio. Todavía lo tengo, todo desencuadernado, y lo hojeo de vez en cuando para estudiar a algún autor: el viejo y jugoso Lamanna, *Manuale di storia della filosofia ad uso delle scuole*. La caligrafía de Arbus es diminuta y nítida. No sabría decir si se trata de ideas suyas o tomadas en préstamo de algún filósofo, pero tampoco creo que importe mucho.

Todo lo que provoca un cambio es violento.
Nada que sea violento es duradero.
El cambio violento destruye y también crea.
Nunca se sabe con antelación lo que puede crear el cambio violento.
Lo aterrador y repugnante no es necesariamente falso.
La verdad lo es a menudo.

Leyendo estas afirmaciones apodícticas, escritas por un chaval de diecisiete años hace cuarenta, reflexiono acerca de que, a pesar de ser poco elaboradas y categóricas, resultan más interesantes que todas las chácharas que suelo oír en boca de hombres adultos todas las noches en la televisión. Me llevan a pensar que el llamado «buenismo» consiste justo en eso: en rechazar por principio que la verdad puede ser desagradable, dolorosa, y para esquivar ese peligro hay que refugiarse a la sombra de una mentira consoladora. Las maneras de cambiar la realidad adecuándola a una visión donde los conflictos no existen o pueden resolverse en todo caso son básicamente de tipo retórico, es una cuestión de lenguaje y de atenta selección y recomposición de los datos con los que reformular el razonamiento. Cada vez que existe el peligro de toparse con una realidad desagradable o impopular se abre la posibilidad de desviarla hacia otro sitio... Cuando este zigzag se vuelve insoportable y las contradicciones o los embustes se muestran como lo que son, desnudos, se invoca el derecho inalienable a producirlos. Una vez descubiertas, las mentiras siempre pueden reciclarse como utopías o nobles ideales. La protesta contra quienes insisten en exigir la verdad en lugar de un cuento se convierte entonces en un «¡Nunca nos impediréis soñar...!», o «¡Es culpa vuestra si las cosas nunca cambian!». Frente a estos argumentos cae toda posibilidad de crítica, es inútil rebatir «No, no es así», pues saben muy bien que no lo es. No, no es así. ¿Y qué? ¡Quizá un día lo sea!

(«¿Y qué?» es una fórmula a la que resulta imposible replicar. Si hubiera sido de uso común en la Edad Media, a los eruditos les habría venido de perlas para zanjar las disputas teológicas. No es agresiva ni amenazadora como el «So what?» americano, pero el halo filosófico que la circunda deja sin palabras. «¿Y qué?» dice con solo dos sílabas que todas las distinciones son inútiles. Las críticas y objeciones, pueriles. Me contaba F. V. que había tenido que poner una verja al fondo del jardín de su casa, en Trevignano, desde donde se accede a un pequeño muelle en el lago, porque todos los días atracaba y desembarcaba un tropel de excursionistas en el muelle con cestas, manteles y botellas y se instalaba tranquilamente a merendar en su jardín. Es vieja y vive sola, pero, ya harta, reunió fuerzas para cruzarlo y decirles a los invasores con su forma inconfundible de vocalizar: «Per-dón, pero es-ta es mi ca-sa...».

Los excursionistas, con las servilletas ya anudadas al cuello, la miraron estupefactos: «¿Y qué?».)

La represalia contra las mujeres indefensas, cuya culpa consiste precisamente en ser eso, blandas, llorosas, quejicas, desagradablemente frágiles, merecedoras de esa sumisión justo porque ya están sometidas —la opresión siempre es la confirmación de una sumisión—, es también un movimiento de reacción y una protesta violenta contra el monopolio materno durante la infancia. Es decir, cuando la figura materna, que hoy aparece tan débil, era poderosísima. Una auténtica diosa. Bien pensado, ese monopolio de los cuidados maternos era dulce, tierno, hecho de amor, objeto de infinita nostalgia..., y de todo eso queremos despegarnos bruscamente. Es el amor en sí lo que se convierte en objeto de desprecio.

Algunos necesitan un acto brutal para lograrlo, temen quedarse atrapados para siempre en ese universo azucarado, empantanados en esa papilla con sabor a leche. Es el mordisco rabioso en el pecho. Brutalizándolo, nos emancipamos de esa figura que ha dominado los años más importantes de nuestras vidas. Nos vengamos de las madres arrasando las matrices de las otras mujeres, respetando solo la que nos ha engendrado, y a veces ni siquiera esa. Al fin y al cabo, era de una zorra.

Cuando se llega a definir a la propia madre como una «zorra», puede afirmarse que la formación ha acabado. El círculo se ha cerrado.

Al principio son únicamente mujeres, o una sola mujer. Después de esa mujer nace otra, o bien un hombre que para venir al mundo como tal tiene que convertirse en algo diferente de la madre, dar un salto, hacer un esfuerzo especial, un acto de voluntad, de lo contrario, de las mujeres seguirían naciendo solo mujeres, como sería lógico. Para convertirse en hombres no basta pues con salir del vientre materno. Hay que renegar de él, borrar ese origen, como si hubiéramos salido de la nada.

No solo huir de ese vientre, sino castigarlo. Qué increíble resentimiento se alimenta hacia el sexo femenino...

La madre tiene dos pechos, uno bueno y otro malo. Uno te da leche y el otro te la niega. Uno es gratificante y el otro frustrante. Pero llega un momento en que te percatas de que los dos son el mismo, que a veces te quita el hambre y a veces te deja en ayunas. La frustración nace en efecto del placer experimentado, de que confiamos en que seguiremos experimentándolo, y en cambio se nos niega. Es la madre quien se comporta de ese modo, no solo su pecho. Así pues, la misma persona puede ser objeto de amor y gratitud y de resentimiento y rabia: en cada uno de los dos estados se halla implícito el otro. La satisfacción implica frustración, la frustración nace porque se ha conocido la satisfacción.

Estamos acostumbrados a expresar amor, necesidad y rabia como un todo indivisible desde que mamábamos del pecho materno. No es fácil distinguir el amor de otros estados de ánimo, no existe en estado puro, se manifiesta a través de sentimientos considerados su opuesto como el odio, la agresividad, el dolor, la culpa y el desprecio.

Vengarse de las falsas promesas del cuerpo femenino. Sí, «vengarse» es la palabra apropiada. Parece como si el cuerpo de todas las mujeres que pasan por la calle hablara e invitara a poseerlo; las partes aisladas de tal cuerpo —el pecho, las nalgas, las piernas, los labios— prometen grandes placeres, una acogida entusiasta, desenfrenada... Sí, pero ¿después? ¿Qué pasa después? No pasa nada. Esas mujeres y esas chicas que rebosan atractivo, a las que no les costaría nada ceder una pequeña porción de su cuerpo, en el fondo unos pocos centímetros cuadrados durante diez minutos —incluso cinco bastarían—, ¿qué hacen? Nada, no hacen nada, siguen andando..., se alejan, desaparecen para siempre pensando en sus cosas. No les importan, quizá no se dan ni cuenta, las promesas que han ido esparciendo. Y lo mismo vale para las dependientas, las colegialas, las motociclistas, las bañistas, las maestras de escuela, las abogadas con traje de chaqueta...

(Pues bien: mientras que casi todo me deja apático, indiferente, la presencia de una mujer me produce el efecto contrario. Se produce un despertar, un despertar de algo, no necesariamente agradable, más bien al contrario...

Ponerse tenso ante la presencia de una mujer, como reacción a su cercanía física o incluso solo mental. La primera podría evitarse siendo precavido, pero la segunda, desgraciadamente no.

No era solo temor ni era solo excitación, pero el efecto era el mismo, es decir, sentir que me petrificaba, que mi respiración se detenía, que la voz se me ahogaba en la garganta, que el sexo se me ponía duro y me volvía de hielo...)

Algunos hombres no pueden tolerar la hipótesis de que las mujeres escapen a su destino, es decir, al de ser poseídas. Si lo hacen, se las mata. Se las viola y luego se las asesina. En cierto sentido, la violación les devuelve la condición de mujer, su prerrogativa femenina. Estos hombres solo son capaces de reconocer el atractivo de una mujer tras haberla matado, como Aquiles con Pentesilea. La muerte de una mujer reacia le devuelve la feminidad de la que pretendía escapar.

Matar es una manera extrema de hacer tuyo a alguien. Es, en principio, un impulso a adquirir. Si deseo a alguien, puedo hacerlo mío por completo quitándole la vida. Soy el último que lo posee y, de esta forma radical, el único. Cuando ejerzo un derecho privo a todos los demás, para siempre, de su disfrute: eso constituye el requisito de la plena propiedad. Violar a una mujer no es suficiente para apoderarse de ella, solo con su muerte, usufructo y nuda propiedad se unen. Se toma posesión de su entera persona solamente cuando deja de existir. En su cadáver.

Esto explica por qué tantos exmaridos o exnovios matan a sus mujeres. Cuando se niegan a volver o solo a hacer el amor con ellos, para poseerlas no hay más remedio que matarlas.

El violador homicida destruye el objeto que intenta poseer. Su crimen se halla a medio camino entre la violencia y el atraco, y mezcla la hostilidad y el deseo hacia el mismo objeto. Parece como si quisiera apoderarse de la mujer para destruirla, pero es más probable que la destruya porque únicamente así podrá reclamar su posesión.

Así pues, matar a una mujer para librarse de ella o para volver a poseerla.

6

Asimetría I
En la MdC se supo todo sobre los asesinos, incluida la marca de las deportivas que usaban; de las víctimas, más allá de destacar genérica y reiteradamente su modesta extracción social, nada.

Asimetría II
Ley general: solemos creer que los demás sienten por nosotros lo que nosotros sentimos por ellos. Las personas gramaticales se confunden: el objeto de deseo se confunde con su sujeto. A partir de este malentendi-

do, podemos forjarnos la ilusión de que una mujer deseada siente a su vez deseo, que el deseo de ser poseída nace de ella. ¡Tómame! parece decir a quien la mira con ansia de poseerla. Por eso se tiende a suponer disponibilidad sexual en las mujeres guapas: como es atractiva, nos imaginamos que se siente atraída.

Asimetría III
Si buscas igualdad, paridad de derechos y deberes, deja estar el sexo. No es para ti. Un principio tan respetable, la igualdad, en el sexo constituye un sinsentido. Todo en el sexo es asimétrico. Excesivo, desequilibrado. Y todo da pérdidas permanentemente, es un derroche, un fracaso exuberante. Las relaciones eróticas están felizmente dominadas por la injusticia —hasta que te topas con el Código Penal.

Ser esclavo del cuerpo ajeno o ser su amo.

El escalofrío sexual de la injusticia procede, por inversión de los términos, del escalofrío injusto de la sexualidad.

Solo pocos espíritus elegidos logran sentir placer con la igualdad. Un empate de condiciones anula al instante cualquier deseo. Sí, algún santo, algún pensador amante de la abstracción pura... Todos los demás disfrutan con la desigualdad, como poco en la misma medida en que la sufren: odian y desean la desigualdad, su aplicación, ser, al menos temporalmente, esclavos y amos de algo o alguien, y disfrutan aunque no ocupen la posición dominante. El sometido también es capaz de disfrutar con la desmesura que lo supera; es más, la imagen del sometido es quizá la que mejor representa el goce: obra de representación al límite de lo imposible incluso para un gran artista, que, en efecto, debe recurrir a metáforas a la fuerza. El enamorado es el ejemplo más apropiado, así como el acólito, el creyente, el forofo, el hijo con su madre, el discípulo con el maestro: todas ellas figuras que muestran reconocimiento hacia quien se cierne sobre ellos irradiándoles su fuerza, que se abandonan con confianza al placer que obtienen, sin reservas ni objeciones. Como bajo una lluvia tibia de agosto...

Es improbable que se consigan la igualdad y el equilibrio acostándose con alguien. ¿En realidad qué quiere quien busca eso? Si desea controlar el cincuenta por ciento de las acciones, si reclama el cincuenta por ciento de los beneficios, que abra una sociedad. Hasta al contable más escrupuloso con las gafas en la punta de la nariz le costaría registrar los beneficios y las pérdidas, quién gana y qué gana, en el balance final del coito: esas cuentas siempre darían cero como resultado. En el sexo, nadie, en definitiva, recibe nada que no sea una muestra de la propia anulación. Destellos, instantes de anulación. Los únicos momentos que vale la pena vivir son los del abandono, la pérdida, la posesión ilimitada y la gratuidad, los de convertirnos en siervos útiles y estúpidos del cuerpo del otro sin recibir a cambio nada de nada.

Asimetría IV
Solo se restablecería el equilibrio si las mujeres parieran mujeres y los hombres, hombres. Por el contrario, todos nacen de una mujer. Es difícil imaginar dos pueblos en conflicto permanente de los cuales uno nace y seguirá naciendo del otro, y, por tanto, su existencia seguirá dependiendo del otro.

7

Una polla es un instrumento insensible como un martillo. Lo prueba que en la violación puede sustituirse por objetos que cumplen el mismo fin: humillar y hacer sufrir. Igual que en el sexo consentido pueden usarse objetos sustitutivos para dar y recibir placer, en la violación se usan botellas, bastones, mangos de escoba —según algunos testimonios bélicos: granadas, proyectiles de obuses y, con un añadido blasfemo, crucifijos—. En estos casos, la definición de violencia sexual es pertinente solo porque atañe a determinadas partes del cuerpo. En la MdC utilizaron un cenicero y un gato del coche.

(En algunas comisarías el formulario que hay que rellenar para denunciar una agresión sexual prevé una casilla para marcar al lado de frases como «introducción de objetos en la vagina» e «introducción de objetos en el recto».)

Puede afirmarse que uno es dueño de algo solo cuando es libre de destruirlo. Como en las legendarias competiciones de prodigalidad y derroche narradas por los antropólogos, donde los jefes de las tribus se enfrentan dispuestos a destrozar todo lo que poseen, pues la supremacía de la riqueza se establece en el momento en que esta se destruye. El amo no tiene obligación de responder ante nadie de lo que es suyo, y la prueba consiste en prescindir de manera voluntaria de lo que le pertenece.

Dilapidar, desperdiciar, echar a perder, comprar solo para malgastar al instante lo que acaba de adquirirse: esa es la verdadera voluptuosidad de la posesión, deshacerse de lo que acaba de comprarse. Ambos momentos son placenteros y brutales a la vez: con violencia se acumula y con violencia se dilapida el botín, se devora la presa, se disipan los bienes, las joyas, las esclavas, los caballos, las exquisiteces, los banquetes, las esposas indias, las chicas secuestradas, los prisioneros pasados por las armas, los puentes volados por los aires con el TNT, el puzle recién acabado que se lanza por los aires voluptuosamente para devolverlo al caos, el dinero de la caja fuerte forzada que se esfuma al instante en droga y putas. Dos momentos del metabolismo del poder, adquirir y desembarazarse, arrebatar para quemar... Es una especie de fiesta, de ágape, de atracón, una casa incendiada para disfrutar del espectáculo. *Tout doit disparaître!*, anuncia el eslogan nihilista de las rebajas parisinas invitando, no tanto a comprar, sino a arrasar, liquidar, eliminar... Por otra parte ¿qué significa consumir? Fuera, fuera, fuera todo. Incluso lo que se ama, lo que se ama antes que nada.

La patología es la clave justa para entender la fisiología. Se comprende cómo funciona un organismo cuando deja de funcionar. Y lo mismo vale para la mente: cuando se descompone, cuando falla, cuando pierde rendimiento y gira en el vacío se entiende cómo está formada. Solo el estado de excepción nos comunica algo interesante. Pero no hay necesidad de adentrarse en ninguna patología para advertir el nexo entre sexualidad y destrucción, que quizá estén separados por un velo muy fino o no lo estén en absoluto. El sufrimiento el deseo el odio la atracción el placer raramente se presentan separados con claridad, y mucho menos en el coito, es más, justo gracias a su maraña se produce un acontecimiento que de lo contrario podría ser inexplicable o grotesco. Nos sometemos a prácticas que fuera de esa ceremonia, vistas con un mínimo de distancia, resultarían ridículas o repugnantes; asumiendo posturas increíblemente agresivas, como dos bestias enfrentándose. La fenomenología de Lucrecio sigue escandalizando porque muestra de manera cruda, pero sin complacencia, el anhelo rabioso de los amantes: no existen dudas acerca de la veracidad de esta descripción.

Quod petiere, premunt arte faciuntque dolorem
corporis et dentes inlidunt saepe labellis
osculaque adfigunt, quia non est pura voluptas
et stimuli subsunt, qui instigant laedere id ipsum,
*quod cumque est, rabies unde illaec germina surgunt.**

Del mismo modo que puede prescindirse del amor en el acto sexual, también puede prescindirse del acto y pasar directamente a la crueldad, al anhelo destructivo implícito en el acto, que bastaba extraer, purificar y exteriorizar sin perder tiempo con esas maniobras genitales, con esas distracciones para chavales cachondos. En el fondo, el sexo es una digresión babosa, un pasatiempo fútil, quizá un pretexto para distraerse de la tarea. Un modo de entretenerse, en definitiva. Pero si la finalidad es penetrar un cuerpo, ¿no es más fácil con un cuchillo? ¿Abrir ese cuerpo en un punto cualquiera? El sadismo no tendría ningún interés si no sirviera para sacar a la luz ese elemento sepultado. Para romper con las demoras sensuales y disipar los malentendidos emotivos. Se quiere hacer daño, y basta. Se acabaron las elucubraciones. Una vez desenterradas las implicaciones violentas del sexo, depuradas de todo matiz sentimental, estas se

---

* «Se estrechan con violencia, / se hacen sufrir, se muerden / con los dientes los labios, / se martirizan con caricias y besos. / Y ello porque no es puro su placer, / porque secretos aguijones los impulsan / a herir al ser amado, a destruir / la causa de su dolorosa pasión», *Antología de la poesía latina*, traducción de Luis Alberto Cuenca, Alianza, Madrid, 1990, pp. 21-22. *(N. de la T.)*

muestran como objetos de acero, brillantes, simples, fríos, puntiagudos; y no los lleva consigo el sádico en su maletín, ya estaban ahí. Ahí, al lado de la cama. El utillaje del sufrimiento se halla al alcance de todos. La cama se presta al descanso, al amor, a los sueños, a la contención y a la tortura. El dolor ajeno excita al sádico no solo porque lo sea, sino porque al ser también masoquista se identifica con su víctima y disfruta con su dolor. Disfruta por partida doble: por el dolor que inflige y por el que se inflige por persona interpuesta.

He leído varias veces *La sonata a Kreutzer* de Tolstói y todavía no la he entendido o, mejor dicho, aún no estoy seguro de si la he entendido. Y si, en caso afirmativo, estoy de acuerdo o no con su autor, y si alguna vez en mi vida he sentido lo que él describe con minuciosidad: el asco y la repulsión por el acto sexual, por eso que deseamos hacer por encima de todas las cosas y que también, según Tolstói, nos provoca la más profunda repugnancia.

Si hay una forma de relación sexual en que dicha repugnancia se manifiesta plenamente es la violación. Pero cuidado, el asco no atañe solo a la víctima, sino también al violador. Su violencia no expresa atracción hacia el cuerpo del que se apropia a la fuerza, sino más bien una repulsión paradójica. El deseo revela su faceta destructiva característica: al sentir atracción hacia algo que también se le antoja repugnante, quiere destruirlo con rabia. Para reaccionar a la humillación de sentirse fascinado, vinculado y dominado por algo que repugna, se maltrata y se destruye ese algo. Para un violador, el cuerpo de una mujer no es en absoluto maravilloso, al contrario, es una cloaca donde teme caer. Sus genitales son repugnantes, su boca gimiente es repugnante, sus labios superiores e inferiores son repugnantes, sus pechos son asquerosamente blandos, sus lágrimas están contaminadas...

Así se explica la brutalidad gratuita que a menudo acompaña y completa la violencia sexual, una vez que esta ha asegurado al violador el conseguir su objetivo mínimo o aparente, es decir, obligar a la víctima al coito: si este fuera el verdadero fin de la violación, ¿qué sentido tendrían los golpes, los cigarrillos apagados en la piel, los objetos introducidos en la vagina y el ano, el *crescendo* de vejaciones que puede provocar la muerte?

Odiar el anhelo de hacerlo, odiar hacerlo, odiar a la víctima con quien se hace, que está obligada a hacerlo, mientras se hace y después de haberlo hecho, odiar el cuerpo que es la causa y al mismo tiempo el fin de la depravación, odiarse a uno mismo: la suma de todo este odio es abrumador.

A la luz de todo esto quizá logro comprender uno de los aspectos paradójicos de la *Sonata*, esto es, el único modo de no matar a las mujeres es dejar de acostarse con ellas, acabando con la ocasión de contacto, de fricción entre los sexos, pues es la raíz de la repulsión mutua y el motor de una violencia imparable: la castidad predicada por el viejo Tolstói, aunque él nunca la puso en práctica. No estoy seguro de que la receta funcione en el mundo real —puede que sí en palabras o en los propósitos o las oraciones «y no nos dejes caer en la tentación...»—, y no solo porque ni siquiera su defensor tenía fuerzas para aplicarla y se limitó a describir los efectos nefastos derivados de su inobservancia. Maridos que oprimen sexualmente a sus esposas o que cultivan sus tendencias viciosas para aprovechar algunas briznas de placer, hombres que pervierten a las mujeres y se pervierten a sí mismos para satisfacer un frenesí que dura un instante y que en breve volverá a presentarse con mayor intensidad. Nunca podrá existir la libertad e igualdad entre hombre y mujer si hay sexo de por medio... El viejo escritor ruso quizá tenía razón, pero...

Un deseo sin objeto preciso, ciego, furioso, el deseo de una mujer, pero no de una en concreto, de cualquiera, su cuerpo, el cuerpo desnudo de una mujer, una porción desnuda del cuerpo de cualquier mujer..., un detalle hipnotizador y misterioso como solo pueden serlo los detalles, las porciones de un todo aumentadas bajo la lente, la imagen cercana y desenfocada de una parte anatómica oculta entre los muslos, bajo las axilas, en los recovecos donde los miembros se unen y forman pliegues, mucosas, membranas, cosas que brillan de humedad..., que sobresalen, que sobresalen del cuerpo..., o que lo excavan en profundidad como un abismo.

Incluso el encuentro más circunstancial es una experiencia intensa, inconscientemente desesperada, como una lucha entre animales en la oscuridad de un bosque. Un arrebato violento, un anhelo tenso, la indiferencia más fría para con la personalidad, los derechos y las prerrogativas del individuo, ningún respeto por los límites, una amargura vengadora en cuanto se obtiene la saciedad, seguida a menudo de repulsión y un nuevo anhelo, el de estar ya en otro lugar, la ofuscación, la soledad o su melancólico deseo.

Consumida la excitación, la animosidad, hostilidad y frialdad se abren paso.

Hasta la gestualidad del acto sexual guarda una peligrosa afinidad con el homicidio: un hombre que penetra a una mujer parece instaurar una relación muy parecida a la del asesino y su víctima. Esta postura semejante hace que se confunda o se sustituya una cosa con la otra. La sugestión actúa con fuerza en un intelecto débil o alterado. Y sobre todo en quienes no participan de sentimientos como la ternura o el amor. Gracias a ellos se desiste, después de haberla entrevisto, de la diabólica semejanza. Si en cambio uno no los siente, si no siente nada, el coito vuelve a su lívida evidencia quirúrgica, como si tuviera lugar bajo las luces de un quirófano o una morgue.

... y la cópula no era en origen la unión feliz de los dos sexos, sino un acto violento que la mujer soportaba porque era más débil que el hombre. Solo con el tiempo, mucho tiempo, siglos o milenios, aquel abrazo brutal empieza a perder su carácter marcadamente ofensivo o a ser aceptado de buen grado por la hembra, a medida que el impulso ciego y exclusivo del macho alrededor de los órganos sexuales femeninos se expande por toda la superficie del cuerpo de la mujer, los golpes dolorosos se convierten en caricias y la penetración pierde su intención agresiva. Y sin embargo, como memoria inconsciente, como huella del asalto primitivo, de la lucha y el abuso, la agresividad permanece imborrable, no desaparece del encuentro entre hombre y mujer, incluso aquel que se halla impregnado de la más dulce de las ternuras.

En la eliminación de las mujeres, impuras por costumbre o naturaleza, se da una potentísima obsesión por la pureza. Se empieza con las prostitutas, víctimas habituales, en cierto sentido designadas, de quien alimenta este anhelo, después se extiende el edicto moralizador a todas las mujeres de cualquier clase o condición, que siempre pueden verse como prostitutas de hecho, potenciales o incluso inconscientes, es decir, que ignoran que lo son por el simple hecho de pertenecer al sexo femenino.

Según una teoría cínica, el mejor modo de que una mujer evite una violación es que la acepte. Desde un punto de vista lógico-descriptivo, en efecto, el consentimiento debería tener la facultad de anular la violencia al instante: sin constricción ya no podría hablarse de violación. Adecuada o fuera de lugar, esta argucia es falsa en cualquier caso. Si la mujer diera absurdamente su consentimiento tras hacer un razonamiento semejante, su violador dejaría de inmediato de prestar tal consentimiento. Lo que busca en la relación sexual es, en efecto, la dominación, que no es un medio para obtener un fin, sino el fin mismo. Quitárselo mediante estratagemas no sería de ninguna utilidad, sino que a menudo aumentaría la rabia que lo posee. Es gente que presta poca atención a las paradojas y que no ha leído a Oscar Wilde. La lógica según la cual para salvarse de un atraco basta con entregar los propios bienes al ladrón solo funciona en los cursos de filosofía, los mismos que enseñan que las flechas permanecen inmóviles en el aire, que un hombre honrado tiene el deber de decirle al asesino dónde se esconde la víctima con tal de no mentir, que estar muerto es preferible a estar vivo o que es lo mismo, que un barbero no puede afeitarse a sí mismo, que yo no puedo afirmar que miento, que todas las cosas que no son negras no son cuervos, que si cambio cada una de las partes de mi coche tengo que preguntarme si sigue siendo mi coche, que un burro se deja morir de hambre antes que elegir entre dos montones de heno iguales, etcétera. ¿Cuánto pesa un ladrillo que pesa un kilo más medio ladrillo? Bueno, solo Polifemo fue tan idiota para creer que su enemigo era Nadie. Estos razonamientos lógicos y absurdos me hacen gracia porque me devuelven a los pupitres del colegio. Éramos incansables, tremendos, cazadores de contradicciones... y de significados ocultos en las cosas más banales. Recuerdo el inmenso placer que me proporcionó toparme con Freud. El mundo se multiplicó de repente, debajo de cualquier cosa había otra, y debajo de esa, otra más...

Es inútil que diga que fue Arbus quien me lo presentó.

Todo esta proliferación de paralogismos se debe al singular estatuto de la violencia sexual en cuanto delito. La violación es, en efecto, el único delito que para ser tal requiere la falta de consentimiento de la víctima en el Código Penal italiano. En caso contrario, deja de ser un crimen. Sin embargo, nadie pone en duda una tentativa de homicidio en el caso de que la víctima no oponga resistencia.

Rechazar, del encuentro entre hombre y mujer, las gazmoñerías, las versiones sentimentales y edulcoradas, o corrompidas por la búsqueda del placer recíproco, o enmohecidas por el convencionalismo de los noviazgos eternos, las convivencias pseudoconyugales y los compromisos para obtener unas migajas. En vez de todas estas tonterías, la violación. Los tipos de la MdC no hicieron otra cosa que ir directos al grano. Los demás daban vueltas a su alrededor, ellos clavaron el cuchillo. La hoja penetró en la mantequilla de las reglas de las ceremonias familiares de las hipocresías escolares, fundadas en el estudio la inteligencia las normas de urbanidad la colaboración la madurez personal Dios y la Virgen etcétera, un montón de cosas bonitas que ocultaban una verdad muy simple: quien quiere algo lo coge siempre y cuando sea lo bastante fuerte para hacerlo. Todos esas elucubraciones solo servían para desanimar a los cobardes, para confundir las ideas acerca de los fines y los medios, desaprobando los primeros y seleccionando de entre los segundos los lícitos, claramente menos eficaces. La violencia, un poco de violencia o un montón de violencia lo ponía todo en claro, en orden. La violencia es poder inmediato, concreto, lo demás son cháchara de curas y comadres...

Cada mujer es una extranjera, un pozo
estrecho y profundo. Viene al mundo expresamente
para aumentar entre los hombres el número de pérfidos.

8

Existen dos maneras opuestas de rechazar el cuerpo femenino: alejarlo con la castidad o tomarlo con la fuerza. En ambos casos, a la intimidad con una mujer se prefiere la más segura, en el fondo más masculina, frecuentación del propio sexo. No hay que rebajarse al compromiso con la mujer en el terreno que ella elige. Aceptar las reglas del galanteo, la seducción, el juego frívolo del amor, no hacen sino volver al hombre afeminado, mientras que los modales rudos de la castidad y la violación lo mantienen íntegro.

Un hombre de verdad debería ser insensible o indiferente al placer. Que es cosa de depravados o gallinas, como los sentimientos. Los hombres de mundo más famosos afirmaban que el amor es propio de criadas. Si la esencia del organismo femenino reside en su capacidad de sufrir, en su extraordinaria disposición para sentir placer y dolor, un hombre sin prejuicios puede lanzarse a explorar el abismo de estas sensaciones extremas usando el cuerpo de la mujer como un laboratorio: si no logra o no quiere provocar uno, siempre tendrá la posibilidad de provocar el otro. Si una mujer es insaciable de placer también lo será de dolor. Su naturaleza receptiva la predispone a ello.

A las vírgenes violadas y asesinadas se les hace sentir un dolor que de forma natural solo sentirían con el parto; este se sustituye con un sufrimiento estéril y sarcástico.

Castidad-promiscuidad sexual exenta de implicación emotiva-violación: un hilo sutil ata estos tres comportamientos tan diferentes respecto a las mujeres; como poco, los une el hecho de que los tres resuelven el problema de la intimidad con una mujer. ¿Cómo? Borrándolo. La intimidad se liquida, se niega a priori, tanto practicando el sexo como tomando distancias. En su relación con lo femenino, entre el hombre casto, el mujeriego y el violador hay muchos más puntos de contacto que diferencias. La posición más incómoda es la de los que adoptan posturas intermedias. El casado, por ejemplo, está obligado a establecer una relación estrecha, de lo contrario, ¿para qué se casa? Pero si ni siquiera él logra alcanzar la intimidad con su mujer, significa que se trata de un puro mito, la enésima invención del romanticismo y de sus poetas fanáticos. Los que se mantienen lejos —curas, homosexuales, casanovas, puteros, violadores— no hacen sino levantar acta de esta imposibilidad y aplicar contramedidas. (El cuerpo femenino negado por quien lo desea, quien lo maltrata, quien lo rechaza.) La castidad es una declinación peculiar de la brutalidad sexual. Quizá la forma más refinada de violencia física. Refinada en cuanto incruenta y porque el individuo se la impone por su cuenta, libremente, lo cual, para nuestros estándares morales, tiene algo de heroico y merece respeto para quien se sacrifica. El reconocimiento de lo difícil con respecto a lo fácil. La disciplina.

Hace unos días fui a la abadía de Fossanova con mi hija, que padece mal de amores. Era una tarde de finales de agosto, a las tres, no había nadie, en la puerta de la iglesia un cartel rezaba ABIERTO, pero estaba cerrada. Dimos la vuelta alrededor de la abadía. Mi hija estaba triste, apenada. Yo procuraba animarla sin meterme demasiado, tampoco tenía mucho que decir, pues no hay nada más inexplicable que los sentimientos que la atormentaban, y que yo, por empatía, también sentía; nada puede aliviar esa pena. Los consejos que podrían considerarse sensatos sirven aún menos. Nos dijeron que la abadía abría a las cuatro, y como no habíamos comido fuimos a tomar algo en un bar que, al contrario de la abadía, parecía cerrado y en cambio estaba abierto. No hacía calor, las nubes pasaban rápidas en el cielo empujadas por el viento que murmuraba entre los grandes árboles, una delicia que al menos podía mitigar un poco la pena. Pero la expresión compungida de mi hija no se borraba y en su mente se agolpaban los pensamientos tristes.

Hacia las tres y media el lugar empezó a animarse. Llegaron dos parejas de turistas que como nosotros esperaban a que la abadía abriera, y después, repartida en grupitos, fue apareciendo por detrás de la esquina del burgo abacial una fila de curas jóvenes, muchos con cámaras fotográficas al cuello. Contamos unos diez, en grupos de dos o tres; se reunían y se dispersaban dando vueltas alrededor de la mole abacial, sacando fotografías y hablando en voz baja. Por su aspecto y por algunas frases sueltas que oí me enteré de que eran norteamericanos de edades comprendidas entre los dieciocho y los veinticinco años, salvo un par mayores y una especie de decano que rondaba los cincuenta. Eran todos delgados, con sus sotanas negras y el pelo rubio ceniza o tirando a pelirrojo o castaño, que llevaban bastante corto pero no demasiado, un corte hecho por un buen barbero, esmerado. Uno de ellos, jovencísimo, y cuya cara y físico recordaban a los de una chiquilla, tenía ya entradas —sus finos cabellos angelicales estaban destinados a caer—, y enormes ojos claros separados, como en los iconos ortodoxos. Un joven san Pablo, pensé, o un Alekséi Karamázov, Aliosha, puede que muy débil o muy fuerte, quién sabe. El tiempo lo dirá.

—¿Ves, Margherita, lo distintas que son sus vidas? Hace unos siglos, cuando los destinos eran diferentes, podía entenderse. La vocación, el oficio o el simple hecho de llevar cierto nombre te encaminaban por una senda determinada. Las existencias eran incomparables entre sí. Había mil uniformes diferentes que uno nunca se quitaba. Un marinero, un cambista, un soldado, un príncipe, un cura, llevaban vidas que no tenían casi nada en común. La gente vivía veinte años fuera de su casa y eso no era extraño. Hoy en día solo ellos son diferentes, solo ellos llevan uniforme. Y lo han elegido libremente. Una vida de soltero, sin familia y, sin embargo, carente de libertad. Y si por casualidad empieza a parecerse a la de los demás significa que ha tocado a su fin.

»Si respetan su promesa nunca se casarán ni tendrán hijos. Jamás se verán en una situación como en la que estamos tú y yo, un padre y una hija que van de excursión. Pasarán la vida entre ellos, y pronto dejarán de ser jóvenes y estarán en contacto con personas que acudirán a ellos para contarles sus desgracias, confesarse, rezar, pedirles que bauticen a sus hijos recién nacidos. Ellos podrán ayudarles, aconsejarles e incluso quererles, pero nunca podrán besarles ni tocarles, porque si lo hacen los considerarán unos cerdos. Dormirán toda su vida en una cama de una plaza. ¿Te imaginas? ¡Toda la vida!

Me di cuenta de que mientras hablaba me conmovía. Rebosaba de admiración y compasión por aquellos jóvenes curas, que me parecían hermosos, un bonito espectáculo. Mi hija me miró tratando de entender por qué al cabo de tanto silencio o de breves frases de consuelo o ánimo me había puesto de repente tan elocuente, tan inspirado por la castidad de los jóvenes sacerdotes americanos. Sus ojos me escrutaban con cierta sorpresa, pero también, por primera vez desde que fui a buscarla con el coche para alejarla de su lugar de aflicción sentimental, distraídos del centro de gravedad de sus males. Lo que quería decirle era que sus penas eran, en el fondo, un privilegio comparadas con la esterilidad emocional que esperaba a aquellos muchachos con sotana, que hubieran podido ser tranquilamente su novio, el novio ideal..., es más, pensé, ojalá uno de estos buenos chicos americanos se enamorase de ella, ojalá ella pudiera enamorarse de uno de ellos que, seguía imaginando, seguramente es una persona inteligente, amable y afectuosa...

Me encantaría que me trajera a cenar a un chico así, hablar con él, prestarle atención. Pero tendría que ser justo así, diferente de sus coetáneos y al mismo tiempo igual que todos los chicos libres del mundo. Lo cual no es posible.

Fantaseé un rato, ensoñado, sobre una pareja formada por mi hija y uno de esos chicos con sotana.

Pero ella no estaba libre, y ellos tampoco.

Creo que lo he escrito quinientas páginas atrás, pero lo reescribo: en los protagonistas de la MdC se proyecta en términos paroxísticos el problema de la identidad exclusivamente masculina del SLM, de sus profesores, religiosos o no, y de sus alumnos. Durante el horario de clases el colegio era en verdad el monte Athos.

La única mujer no considerada una intrusa en el SLM era la Virgen María.

Me parece obvio que las mujeres, durante y después del juicio, los odiaran. Pero el odio y el desprecio que los hombres normales declaraban contra aquellos pervertidos, no sé, tenía algo que no convencía, como si fuera una especie de exorcismo, una argucia para quedarse al margen de un suceso en el que, sin saber cómo ni por qué, habían acabado dentro, implicados, casi sospechosos, por la presencia de un inquietante trasfondo o sobrentendido sexual estigmatizado con palabras de fuego a fin de descartar toda identidad o complicidad incluso con quienes clamaban castigos ejemplares como la pena de muerte —todavía no estaba moda el eslogan de la castración—. Se tiene prisa por alejar solo lo que está cerca, demasiado cerca. Cierto, podría suponerse que muchos de los más radicales temían que a sus hermanas o sus hijas pudiera pasarles lo mismo que a las chicas del Circeo, pero su furor no se asemejaba a una prevención o una identificación empática con el sufrimiento de las víctimas..., se trataba de una identificación de signo muy diferente y peligroso, que había que apartar con repugnancia si acaso se insinuaba, es decir, la identificación con los asesinos. Ser equiparado con ellos, compartir una sola célula de su tumor..., como si, entre los hombres, la MdC tuviera un poder especial de contaminación..., se transmitiera de la barbarie del crimen a la del castigo invocado, guardando un idéntico y morboso trasfondo erótico. Dar rienda suelta a los instintos no es mucho más vicioso que reprimirlos, sobre todo si tal represión se exige a voces. El fustigador del sádico puede ser también un sádico, pero el látigo que se alza en su mano lleva la marca de la rectitud. De este modo, el odio servía para ocultar una complicidad sustancial, por más que intentaran pasarla por alto o disfrazarla de repugnancia. La fantasía de la violación tronaba en las palabras de indignación de los periódicos: cuanto más censuraban el hecho, más lo celebraban. El coro de los «¡Abajo con ellos!» encumbraba a los responsables de la MdC. Los delitos contra la libertad sexual alientan estos circuitos paradójicos donde, en virtud de una torsión parecida a la cinta de Moebius, no existe solución de continuidad entre dos caras opuestas. Junto con la condena unánime, aumenta la atención obsesiva hacia los pormenores que se detallan en las crónicas, escritas con una prosa indignada y excitada en igual medida: «Dos días de vejaciones sin tregua para la pobre muchacha...», y suma y sigue.

Los maníacos sexuales son un peligro para las mujeres y los niños, pero también, indirectamente, para los hombres de bien: pueden revelar tendencias insospechadas. Por eso, todos se ven obligados a tronar más fuerte y con mayor desprecio contra los desviados: para demostrar que no se han contagiado.

La indignación es un sentimiento que oculta las cosas en lugar de desvelarlas. Sobre el rostro del indignado desciende un velo que le impide ver claro e impide a los demás ver claro en él. Tiende a considerar aberrante lo que la mayoría de las veces es ordinario y por eso más temible. Se apresura a declarar con tono vehemente que es extraño lo que a menudo resulta peligrosamente familiar, y la pasión con que pone el grito en el cielo delata su temor a que alguien pueda considerarlo implicado. En lugar de acercarse a la fuente del escándalo para comprenderlo lo mejor posible, se retira asumiendo una pose de horror. En efecto, lo que más teme es la comprensión, pues esta implica involucrarse. Sus exorcismos casi nunca logran erradicar sus demonios, justo porque los consideran intrusos en vez de viejos habitantes de nuestras mentes y nuestras casas. Con la indignación no se llega muy lejos y solo sirve para experimentar un alivio temporal, la complacencia fugaz de tener razón, es decir, una de las satisfacciones más engañosas e infantiles que pueden experimentarse.

Así pues, el mismo instinto violento tal vez se halle presente tanto agrediendo a las mujeres como protegiéndolas de la violencia de los demás: las mujeres se encuentran atrapadas entre los atropellos de los agresores y los protectores; es más, por lo general estos últimos son los más obstinados. Su tutela opresiva es, en efecto, continua y real, mientras que el peligro que las acecha es improbable e hipotético. Puede suceder que al final —lección maquiavélica— el protector sea quien se transforme en agresor.

Algunos hombres se creen dioses con derecho a apoderarse de las mortales, se inclinan y las aferran como hacían Zeus y su hermano Hades, y como intentó hacer en vano Apolo varias veces —que yo sepa, el único dios que cuenta con una tentativa frustrada de violación; un violador fallido que quizá por eso se entrega al arte, actividad en que se aprende a sacar provecho de la frustración—, mientras que otros se juzgan tan inferiores que consideran imposible que una mujer se entregue a ellos voluntariamente. Temiendo que sus iniciativas sexuales estén destinadas siempre al fracaso, se sienten justificados a reforzarlas. En definitiva, tanto los que se consideran superiores como inferiores a las mujeres usan la violencia. En verdad, es la cultura misma la que encumbra a la mujer —a veces— o la hunde —a menudo—, pero nunca la coloca al mismo nivel que el hombre. Una variación sublime de la misoginia es, en efecto, la caballeresca, que desplaza a la mujer a un plano místico, trascendente, volviéndola casi tan odiosa como su versión degradada de pecadora y diabólica tentadora, de bruja o de objeto susceptible de posesión. En la literatura cortés y trovadoresca, en efecto, el sujeto se pone al servicio de damas inefables de porte angelical, que, como auténticas dominadoras, obligan a su vasallo a soportar toda clase de mortificaciones; pero mientras tanto, de paso, los mismos caballeros doblegados por amor gozan por la fuerza de los cuerpos de pastorcillas, guardianas de ocas y peregrinas cuyas edades rondan los doce años. La caballería es, de hecho, el rostro presentable de la brutalidad; representa una forma exterior de reparación de las injusticias y la manera más elegante de ocultarlas. En resumen, una rica indemnización retórica. Es probable que los poetas corteses se lo hayan inventado todo de cabo a rabo y que la tan ensalzada sumisión del caballero a la dama de su corazón jamás haya existido. Al parecer, la actividad que ocupaba al caballero era más bien deambular por los caminos desvirgando a campesinas indefensas, actividad celebrada por trovadores y poetas de corte en sus baladas con un tono entre soñador y burlón. La música perdona, lo perdona todo, siempre. El río lleno a rebosar de poesía amorosa fluía libre, ajeno a la realidad, y en esta libertad residía su belleza y su mentira.

Lo repito: a diferencia de otros crímenes, la violación no es la expresión de una disidencia, de una rebelión contra las normas y la tradición. Al contrario, las corrobora de forma ciega y absoluta. Por si a alguien se le hubiera olvidado, la norma se confirma cada vez que se impone por la fuerza. Cada vez que se comete una violación se fortalece un principio. De hecho, sirve para defender un orden, el del dominio absoluto del hombre sobre la mujer, o bien para restablecerlo si esta última tuviera el antojo de ponerlo en entredicho. Tradicionalmente, las mujeres están acostumbradas a que las doblegue una fuerza instrumental: o se les paga, o se las viola, o se las seduce, o se las casa por imposición o enamoradas —es decir, vencidas por el amor—. El dinero, los golpes, la autoridad familiar, la seducción y la pasión son las fuerzas que se despliegan en el campo de batalla para arrebatarle el control sobre su cuerpo. El amor romántico, sin ir más lejos, es el invento de un grupo de escritores febriles para justificar —poniendo en juego un elemento aparentemente noble e irresistible— que una mujer olvidara sus principios y cediera a las insinuaciones sexuales que se le hacían. No en vano el segundo período del romanticismo se dedicó a desenmascarar el doloroso engaño creado por el primero.

9

Una muerte violenta puede tener su causa en la naturaleza brutal de las cosas y las personas, o bien en la aplicación de una ley humana; en ambos casos se es víctima de una fuerza superior, pero una cosa es morir asesinado y otra ser ajusticiado. En el primer caso se sucumbe y punto; en el segundo se expía. Es el esbozo de algo cercano al ejercicio de un derecho. Por paradójico que suene, ser víctima de un crimen como la MdC puede abarcar los dos aspectos: se sufre una injusticia infame que pretende presentarse como un acto de justicia, es decir, como la ejecución de una sentencia condenatoria dirigida a restablecer un equilibrio, que es, sin duda, el fin del derecho. Por supuesto, la justicia administrada por los criminales es perversa, pero eso no quita que estos actúen como si de verdad ejecutaran una sentencia. Ya lo he dicho: será un resorte interior, o una justificación inaceptable o un fantasma o una elucubración, pero en todo caso la idea es que, en el fondo, está haciéndose algo justo. Por otra parte, es raro que en la fechoría más horrible no subyazca una partícula de justicia verdadera o supuesta. Cualquiera de nosotros, salvo Jesús, merece morir, al menos un poco, por el hecho de haber venido al mundo —la muerte es su inevitable consecuencia—, purgando los pecados cometidos por otros hombres y mujeres que recaerán sobre nosotros por la eternidad. Todavía estamos pagando por el asunto de la manzana... Pero en verdad, como decía Platón, todos somos hermanos y, nos guste o no, corresponsables. El pecado infecta a culpables e inocentes.

¿Qué expiaban las chicas de la MdC? ¿Las culpas de quién, además de las obvias de los culpables materiales? Parece increíble, pero las víctimas pagan por un mal que no han cometido, sino que se comete a su costa: esa es también una forma paradójica de culpa. Salvo algún pecado venial del que tal vez fueran responsables, a las chicas les imputaron el error que en teoría se achaca a todas las mujeres, unido al que sus asesinos perpetraron de hecho. Sería mucho más difícil cometer el mal si no se estuviera convencido, mientras se ejecuta, de estar aplicando al menos una pizca, sí, una pizca de justicia... A muchos criminales les gusta presentarse como víctimas, como alguien «more sinned against than sinning» («alguien más ofendido que ofensor», para citar de *El rey Lear* de Shakespeare), alguien que ha sufrido más ofensas de las que ha cometido. Lo cual puede ser cierto en ocasiones, o bien lo es en el caso de que solo se tenga en cuenta el dolor percibido en vez del daño real sufrido. Una serie de pequeñas pero continuas humillaciones, por ejemplo, puede percibirse como una tortura interminable; a veces se reacciona de manera desproporcionada, incluso con un homicidio, que parece una medida adecuada, un delito no tan grave, o ni siquiera tal cosa, sino un acto de justicia que con un balazo y un sufrimiento breve pone fin a un tormento sin fin. Algunas de las injusticias contra las que estos criminales han reaccionado son reales, pero muchas son fruto de la paranoia. Afirman haber sufrido ciertas vejaciones y violencias que únicamente existen en sus mentes...

Esta especie de teorema jurídico invertido se extiende a todo tipo de delito, del robo al secuestro, de la estafa al homicidio; en la violación a menudo está implícito, lo que no significa que no se halle presente. Que secuestrar, violar e incluso matar sirvan para enmendar un error, para restablecer la justicia; que estos actos brutales constituyan castigos adecuados, que los culpables sean los jueces y las víctimas los condenados en un juicio fulminante, sin vistas, alegatos finales o posibilidad de apelación, en el instante mismo en que se apretaba el gatillo o las manos oprimían la garganta. Nadie en el mundo logra extirpar de algunos criminales la convicción intuitiva de que sus víctimas «se lo merecían», sin medias tintas. ¡Y ojalá fueran solo los delincuentes quienes lo creen así! Cuanto más atroz es el crimen, más tiende a aflorar esta lógica en las mentes apacibles —«Se lo merecían»—, como sucedió a gran escala después del 11-S y a grandísima después del Holocausto —«Bueno, si las cosas fueron así, seguramente se lo habían buscado»—, puede que porque la gente rechaza la idea de que se derrame tanta sangre y se cause tanto dolor sin motivo. Si pasa es que hay un motivo. «Se lo han buscado.» En el caso de la violación esta lógica es incluso más convincente. Las chicas y las mujeres se lo han buscado y por eso han sido —justamente o al menos un poco justamente— castigadas. Pero ojo, ese «Se lo han buscado» no es una idea exclusiva de los violadores, sino una opinión difundida, quizá expresada a media voz, por muchos observadores, y no solo hombres. Así pues, ¿qué expiaron las chicas de la MdC? ¿Qué culpas? ¿Cometidas por quién? Está mucho menos claro pero es igual de evidente que la culpa de quienes las violaron.

Los periódicos tenían una manera de tratar las agresiones sexuales que insinuaba que las víctimas eran, en mayor o menor medida, responsables de lo sucedido, de la violencia sufrida e incluso de su muerte. Insinuaban que la habían provocado, o que no habían tomado suficientes precauciones para evitarla, corriendo riesgos excesivos, no teniendo en cuenta que, ilusionándose con. Incluso cuando no se estaba contra las mujeres a priori, la culpa se transfería imperceptiblemente a ellas, se deslizaba de la figura del asaltante a la de la víctima. Lo que en realidad se analizaba, a lo que se pasaba revista, era al comportamiento de esta última. ¿Cómo iba vestida? ¿Qué hacía allí? ¿Por qué les hizo caso? ¿Por qué aceptó la invitación/el viaje en coche/la propuesta? ¿Por qué no se defendió con mayor vehemencia? Etcétera. Estos argumentos que antes se mencionaban de manera explícita, ahora, en esta época políticamente correcta, se infiltran entre los entresijos del lenguaje como un murmullo en vez de como una neta afirmación, son las células del pensamiento que se multiplican alrededor del núcleo de la violación, poniendo en contacto a todos los protagonistas, tanto a los culpables como a las víctimas, y si los primeros no son casuales, tampoco lo serán las segundas. A estas también se les aplica el principio de responsabilidad: si no hubiera sido por ellas y por su comportamiento insolente, provocador, ingenuo o estúpido, no habría pasado nada o les habría pasado a otras. Entre los crímenes, el de la agresión sexual es el que menos soporta quedarse sin explicación, el que más se esfuerza en hacer hincapié en los motivos, entre otras cosas porque estos son obvios y la relación causa-efecto salta a la vista; y si el efecto es la violencia, la causa no puede ser otra que la mujer. El razonamiento es el siguiente: si dejas un bistec abandonado no puedes quejarte de que el perro se lo coma.

Muchas mujeres, por la educación recibida, temperamento, inteligencia y experiencia, superan a la mayoría de los hombres y son capaces de mantenerlos a raya gracias a dichas cualidades. Pero las víctimas de la MdC se hallaban en doble o triple desventaja con respecto a sus secuestradores en fuerza física, edad, condición social, educación y número. Y podemos añadir que en astucia. De manera velada, como pasa casi siempre, las chicas fueron acusadas de ponerse en manos de sus torturadores, pecando, como poco, de ingenuas. Es una objeción clásica hacia quien en un primer momento se muestra disponible para con sus violadores, para quien mantiene una actitud amigable, aceptando quedar con ellos, que las llevaran en coche. Resulta peculiar que constituya una opinión común reprochar a las víctimas, a posteriori y con un deje de complacencia, una falta de cautela que las convierte en alguna medida en corresponsables del desastre en que se ven implicadas. Nos empeñamos en rebuscar algo en su comportamiento que permita al menos atribuirles una concurrencia de culpa, pues la idea de su inocencia total se hace intolerable. Nadie podría soportarla. Los culpables siempre son más aceptables que los inocentes. Pero bien mirado, todos los protagonistas de la MdC, víctimas y culpables, hacen gala de una extraordinaria falta de tiento. La precaución sin duda no se halla entre sus habilidades. Si pensamos además en el comportamiento de los asesinos una vez cometido el crimen, cuando vuelven a la ciudad, se ha de concluir que no eran en absoluto unos genios del mal, sino más bien unos pobres idiotas.

Se creen tan listos como para no caer nunca en manos de la policía. O bien lo saben pero no tienen miedo de que pase, no les interesa, les importa un bledo, amén.

Pero ¡ojalá hubieran sido solo unos idiotas! Los idiotas no tienen bastante imaginación e iniciativa para concebir lo que ellos llevaron a cabo. Eran más bien una mezcla letal de majadería y astucia, lo que vuelve a las personas muy peligrosas. Lo bastante majaderos para no sentir miedo o repugnancia respecto a lo que iban a hacer, pero lo suficientemente despiertos para concebir un plan, por extravagante que fuera. Tuvieron la audacia de creer que jamás los descubrirían. La estupidez les hacía insensibles; la astucia, arrogantes y crueles. Es la misma mezcla que hallamos en Satanás a un nivel sublime. La luz del espíritu se pone al servicio de la ceguera, su mirada se tuerce, se vuelve torva. La manera satánica de operar prevé agilidad de medios y pesadez de fines. Por otra parte, eran alumnos bastante buenos, y tanto en el instituto como en la universidad obtenían resultados académicos pasables. Estudiaban para los exámenes. Incluso hay quien afirma que Angelo tenía una mente superior, que era un genio —aunque del mal—, pues confundía el brillo insano de su mirada con la luz de una inteligencia genuina. Un error tenaz de quien al observar los enormes ojos azules y saltones de aquel criminal ya entrado en años —parecía un personaje de dibujos animados, con los ojos desorbitados tras haberse topado con un fantasma o un monstruo— confunde su mirada alucinada con una señal de presencia de espíritu, mientras que lo es de su ausencia, puesto que esos ojos no ven nada especial, nada oculto, nada más allá y, sobre todo, no hay nada que ver dentro de ellos: aun siendo enormes carecen de profundidad, no saben repensar, que es la esencia misma del pensamiento. Parecen nerviosamente abiertos de par en par y centrados en el presente, girando como los de un pájaro inquieto en busca permanente de su presa o evitando convertirse en una. Una vigilia sin pausa que nada añade a la conciencia, es más, la debilita, la convierte en pura vibración nerviosa. Le son desconocidas la melancolía, tristeza, esperanza, desilusión, felicidad, que a fin de desarrollarse y expresarse requieren un espacio emotivo lo bastante amplio y profundo para que puedan convivir pasado y futuro.

Otra doctrina propuesta es la de los generadores de caos. Acelerar el mal, revelándolo, sacar a la luz el lado oscuro de las cosas: esa es la tarea de estos misioneros. Estrangulan y violan con pundonor profético, a fin de que nada se oculte a los ojos del hombre, para evitar que este se distraiga y olvide la naturaleza violenta que alberga su corazón. Estos asesinos serían algo así como los alimentadores del mal; su función es mostrar los peores sueños que yacen en el fondo de la conciencia.

Oculto en el corazón del universo y casi olvidado anida su principio mismo, esto es, el caos. Como huella o atisbo, al menos, sigue latiendo en toda forma de vida, diluido en la partícula elemental hasta el punto de ser irreconocible, invisible. Pero está ahí. Su existencia y su no existencia son la misma cosa. El no ser del caos se halla siempre presente, al acecho, en lo que es. Todo orden se sostiene casi por milagro en el abismo del desorden, al borde del colapso. El cuerpo de cada individuo, el destino personal igual que el de toda una sociedad, son construcciones grandiosas y precarias en que dormita el caos como una célula fría. Pero cuando despierta, pronto el organismo entero se infecta y empieza a descomponerse. Sean conscientes o no, los agentes del caos son los individuos que ponen en marcha este proceso a través de sus crímenes, lo sacan a la luz, le devuelven su papel soberano. Tras su paso, las líneas se han deformado, el plan ha desaparecido, la casa se ha derrumbado y los pozos se han secado. «Reina el caos.» Asesinando a un niño o a una chica indefensa están dando golpecitos sobre la vena para que se hinche y abulte. Esa vena es el caos.

... el verano rebosará de furor,
vendrán hombres con dos caras,
los campos arados se quedarán sin segar,
las mujeres tendrán cuernos...

Por otra parte, si la destrucción es la primera y más obvia ley de la naturaleza, el homicidio no es un crimen, sino un apartado de esa ley.

10

Escribe Robert Byron en *Viaje a Oxiana* a propósito de algunos monumentos descomunales: «Mientras las montañas subsistan, se recordará a los maníacos de la roca que ordenaron la construcción de estos relieves, y los que lo planearon lo sabían. Ellos eran indiferentes al agradecimiento de la posteridad [...]. Todo lo que pedían era llamar la atención, y lo consiguieron, igual que un niño pequeño, o como Hitler: mediante la insistencia bruta».*

Sí, ojo. Llamar la atención. No se trata de buscar psicologismos —aunque fuera el buen camino, ya habría sido demasiado batido—, pero si no se tocan con las manos la crueldad y la osadía de los asesinos, nunca se logrará comprender la secuencia incoherente de sus actos, que del crimen recién cometido conducen a que los descubran casi al instante. ¿Bravuconería? ¿Estupidez? ¿Indiferencia ante las consecuencias de las propias acciones? El motivo de un delito tan malvado no puede excluir el deseo secreto por parte de su autor de que lo descubran. De lo contrario no se explica. Nadie es tan idiota como para comportarse así. Así pues, la estupidez no es la explicación o al menos no es la única, no basta, es necesaria pero no suficiente. Hay que plantearse que quien se embarca en una empresa tan insensata —dejemos aparte la moral y los sentimientos, y concentrémonos únicamente en la logística— lo hace para llamar la atención de la policía, la familia, la prensa, el mundo. En vez de ocultar las huellas, las desperdiga y exhibe, las deja donde todos pueden verlas. Atención: quizá esta sea la palabra clave. Los chicos de la MdC ya la reclamaban en el colegio con sus continuas provocaciones ante las que los curas decidieron no reaccionar, no tomar medidas, fingir no darse cuenta, convencidos de que si los tomaban en serio acabarían siguiéndoles el juego a los provocadores. Creían que pasándolos por alto acabarían desapareciendo, se desvanecerían poco a poco, se ahogarían por falta de oxígeno, de atención. Es la escuela de pensamiento del calmar las aguas, de la pasividad previsora, la que adopta como mejor táctica no dar peso, hacer caso omiso de la actitud del loco o el pendenciero, darle la espalda o encogerse de hombros para que se percate de que no impresiona a nadie; o sea, ausencia de reacción. Semejante sapiencia, difundida en el mundo católico y también fuera de él, quizá podría servir para vencer una guerra de posición, pero raramente funciona si la agresividad se desata y se concentra en episodios imprevistos. No estoy de acuerdo con quien afirma que si nadando te topas con un tiburón lo mejor es quedarte quieto, que si permaneces inmóvil te salvas. (Aunque, para ser sincero,

---

* *Viaje a Oxiana*, traducción de Antoni Puigròs, Península, Barcelona, 2000.

también he optado muchas veces por no reaccionar, por no darle el gusto a quien me ha provocado o insultado...)

El método resultó ineficaz. Al no otorgarles mucha consideración, demostrándoles que ni siquiera se merecían un castigo, su necesidad de atención se volvió más acuciante. La falta de una respuesta contundente los ofendió. «Eh, que yo no soy un fantasma, un fantoche, tomadme en serio, ahora os demostraré de lo que soy capaz. ¡Echaréis de menos las travesuras del colegio! Os vais a enterar.» Y utilizaron lo que un viajero desencantado como Robert Byron atribuye a los emperadores aqueménidas, la insistencia, la insistencia bruta. Quisieron llamar la atención y lo consiguieron «igual que un niño pequeño, o como Hitler», es decir, insistiendo. La brutalidad se convierte en algo noble o memorable, no puede tomarse a la ligera. Nada impresiona más que la atrocidad. Pero la verdad es que la impresión tiende a derretirse en la cera blanda de la opinión pública y a fundirse con ella en cuanto vuelve a calentarse con nuevas emociones, con otros escándalos, horrores y maldades, pues lo que se define como inconcebible no lo es en absoluto dado que sigue pasando, se repite, se replica, se representa día tras día, año tras año; por eso ya iría siendo hora de concebir lo inconcebible de una vez por todas en lugar de asombrarse y escandalizarse sin cesar, empezando cada vez desde el principio. Las excepciones multiplicadas por mil dejan de ser tales y forman un buen pedazo de realidad. El estado de excepción se presenta, en efecto, en cada instante y cada coyuntura, constituye lo ordinario, incluso lo familiar o doméstico. Si el horror existe, es cotidiano. La locura está a la orden del día en la vida de cualquiera. La locura se halla en nosotros, en nuestros hermanos y hermanas, en nuestros padres, en nuestros hijos y nuestros conocidos, y de manera aún más evidente en nuestras esposas, por no hablar de los pirados de nuestros amigos, solo que se manifiesta de manera más o menos llamativa, unas veces se oculta y otras explota, puede ser paralizante o violenta, y quizá, a su vez, se dirija contra los demás o, como una flecha curvada, contra quien la desata. ¿Quien la dirige contra sí mismo es menos merecedor de condena que quien lo hace sobre el prójimo?

Justo ayer me enteré de que un tipo aparentemente normal, una persona anónima, ha arruinado a su familia, al derrochar todo el dinero de su mujer, sin que ella se diera cuenta de nada, tras haber insistido en tomar las riendas del patrimonio familiar; y cuando estaba a punto de que lo descubrieran, en la vigilia de un crucero que su mujer creía pagado, en vez de confesar —que no había comprado los billetes y que él se había comprometido con otra mujer para salir al día siguiente en otro crucero, dos semanas en un yate de alquiler con tripulación y la nevera llena de champán, listo para zarpar, en el que se había gastado lo último que le quedaba— se encerró en el baño mientras su esposa hacía las maletas y se cortó el cuello. Tal cual: se cortó el cuello. Al escribir esta frase, entre «se cortó» y «cuello», no he podido evitar llevarme las manos a la garganta. Y tragar saliva.

Lo imprevisible resulta pues muy previsible: no se sabe a quién, pero sucederá. No es posible excluir ningún resultado. No hay que dar nada por supuesto. El futuro podría estar escrito de mil maneras diferentes. Tres chicos de buena familia —o cuatro, o seis, da lo mismo, pues sus amigos no acabaron involucrados en esta historia por pura casualidad— secuestran y violan hasta la muerte a dos chicas. Cualquiera habría podido estar en su lugar.

Sin embargo, al final Jerjes, Gengis Kan o Hitler serán recordados a lo largo de los siglos, mientras que los autores de la MdC, no. Por desgracia este libro no es comparable con las tumbas monumentales que los emperadores maníacos ordenaron excavar en la roca para que se les recordara. Pero intentaré hacerlo lo mejor posible. Yo también tendré que usar un poco de la despreciable «insistencia bruta» para que me escuchen.

A menudo los crímenes suelen descubrirse por un error técnico cometido antes o después de los hechos.

Un día hace muchos años, en la celda de Rebibbia donde damos clase, durante un descanso para fumar —el equivalente del recreo—, dos o tres alumnos apoyados en los barrotes miraban hacia fuera, al patio interior de la prisión, donde los presos conversan; después se vuelven hacia mí, me hacen una seña para que me acerque, quieren mostrarme a alguien. Me acerco a la ventana.

—¿Ves a ese tipo?

Sí, lo veo.

—Es el peor. —Y hacen una mueca.

Al estar al principio de mi carrera como profesor en la cárcel —si se puede llamar así, dado que al cabo de veinte años no me he movido del punto de salida—, supongo que el preso al que aluden mis alumnos está estigmatizado por un crimen infame; y, en efecto, así es, pues a pesar de su aspecto inofensivo es un secuestrador. Entre todos los delitos, el secuestro me parece el más repugnante. Penoso cuando se intenta ocultar tras un velo de reivindicación social —el secuestro de ricos, etcétera—. El delito de la MdC, ¿no es sobre todo un secuestro antes que una agresión sexual o un homicidio?

En cualquier caso, mis alumnos no estigmatizaban a aquel preso por razones morales o jurídicas. Yo era todavía muy ingenuo para comprender que su juicio negativo —«Es el peor»— tenía un carácter exquisitamente técnico. Cuando se discute sobre los delitos y el sentido de la pena, suele usarse sin venir a cuento el término «error» para definir el delito cometido, como si su naturaleza fuera solo moral, una caída, un desvío del buen camino; a pesar de hallarse en desuso, nuestra educación católica tiende a confundir, a atribuir a la palabra un significado muy próximo al tradicional de pecado. Nos olvidamos de que la mayoría de las veces la gente acaba en la cárcel por un error de naturaleza práctica, logística, técnica, porque ha dejado huellas, porque no se ha dado cuenta de que lo seguían, porque no ha sabido mantener la boca cerrada o porque ha enfilado un camino en vez de otro durante la fuga; como dice con amargura un espíritu del Purgatorio: «¡Ay, si hubiera cogido el otro camino todavía estaría entre los vivos!». Muchos delincuentes se refieren al «error» en primer lugar en sentido concreto: una llamada, no tomar precauciones, pavonearse por ahí con el dinero, ir a ver a una mujer, sacar mal las cuentas, dejar huellas, elegir un mal momento o un mal lugar para una cita o filtrar información..., cosas que acaban haciendo que te topes con la policía que te apunta con el fusil.

Ese era el caso del preso del que hablaban mis alumnos. Me contaron su historia, o mejor dicho, el hecho decisivo, que era ridículo y vil.

Había secuestrado a un comerciante y lo tenía en pleno campo, esposado a un árbol. No recuerdo si era por fuerza mayor, porque tenía que alejarse a menudo, o por crueldad, le daba poco de comer, y su rehén se debilitaba a ojos vistas.

—Adivina lo que pasó. —Niego con la cabeza. El destino del prisionero hambriento me produce ansiedad—. Pues que a fuerza de matarlo de hambre..., el hombre adelgazaba..., se volvía más canijo...

Y entonces el narrador suelta una carcajada moviendo la cabeza para expresar la contrariedad que le causa esa chapuza, mientras que el otro preso se limita a hacer un gesto: desliza dos dedos cerrados alrededor de la muñeca y saca la mano...

—¡Se había quedado tan seco que al final pudo soltar la mano de las esposas y escapar!

Yo también me reí del inexperto secuestrador. ¿Idiota, cruel o ambas cosas?

La moral dicta alimentar a los rehenes, al menos para evitar que acaben como esqueletos y se piren.

Dejando a un lado la lucha entre hombres deseosos de camuflar su verdadera identidad torturando brutalmente a mujeres indefensas y el desahogo de jóvenes ricos y frustrados contra los pobres que expían el pecado de su inferioridad social, la MdC supuso un castigo a la debilidad física y psíquica. Además de ser pobres y mujeres, las chicas de la MdC son débiles, claro está, en cuanto mujeres y de baja extracción. Torturarlas significa ocultar la propia debilidad, clavándola en una cruz con la que tienen que cargar los demás. El impotente es el mayor prepotente cuando se encuentra ante personas más débiles que él, a quienes elige por pertenecer a categorías desventajosas a priori: vírgenes ingenuas de modesta condición, quizá las únicas criaturas aún más débiles que los asesinos, a los que la prensa se apresuró a presentar largo y tendido como astutos Barba Azules, de personalidades casi invencibles y diabólicamente geniales, mientras que en realidad eran unos mentecatos neuróticos que en un colegio diferente del SLM no habrían tenido ninguna posibilidad.

Pero ¿qué opinión les merecían a los curas estos individuos singulares? ¿Qué pensaban nuestros curas modernos y liberales de su ostentoso fascismo? ¿Y qué pensaban los jóvenes fascistas de los curas? Dejémoslo correr. Para un fascista, un cura es el ideal del hombre al que despreciar y maltratar, ni siquiera es un hombre, sino un subhombre, un marica con sotana, una loca con faldas que se pasea con la imagen del famoso acróbata crucificado colgando del cuello, un miserable predicador en el desierto, hipócritamente bueno o, peor aún, bueno de verdad.

(Para escribir la frase anterior he echado mano de expresiones que oí de la boca de los chicos de la MdC, de sus compañeros y, con intención más graciosa que blasfema, de otros estudiantes del SLM. Yo mismo usé y pensé cosas parecidas, a pesar de que los hombres con falda no solo me hacían reír, sino que también me fascinaban y me intrigaban un poco, sobre todo en primaria, cuando los jóvenes maestros jugaban con nosotros en el patio y escondían bajo sus sotanas ondeantes la pelota, de manera que nos amontonábamos alrededor de sus piernas dando patadas como locos para que saliera; sí, entonces más de una vez pensé que yo también la llevaría un día. Y con aquel pensamiento me regocijaba.)

Los homicidios son más que un argumento válido contra la cháchara y la pérdida de tiempo. Van al grano. A menudo son una forma de ultracumplimiento. Quien mata, ya lo dije, está convencido de ejecutar un mandato de contornos indefinidos o que era un simple propósito verbal: «Ese tipo está causándonos un montón de problemas», dice el jefe, de pasada, y sus secuaces se apresuran a matarlo. De este modo dan prueba de su celo, y de que no retroceden ante situaciones límite. Y una vez apretado el gatillo, ya no hay vuelta atrás. Es el único caso en que tiene sentido hablar de «hecho consumado»; en todos los demás nunca lo es del todo, solo la muerte lo es.

El mito de la acción como fin en sí mismo, carente de cualquier objetivo que no sea la mera afirmación del individuo, culmina en el momento en que este acepta dejar de existir como tal: el supremo y quizá único valor de la vida coincide con la muerte. No solo en aceptar el peligro, sino en buscarlo, en provocarlo conscientemente; en admitir su eventualidad, probabilidad e incluso su certidumbre. De ahí el halo que rodea a los escaladores, toreros, acróbatas, pilotos de Fórmula Uno y quienquiera que arriesgue su vida por un motivo que escapa al sentido común, un motivo que a menudo tiene más que ver con la voluntad y la emoción que con la necesidad y el pensamiento. Cuando se llega a ese punto, la muerte ajena se convierte en un hecho accidental a lo largo del camino en busca de la propia muerte. Teniendo como finalidad la propia desaparición, la de los demás es una eventualidad sin importancia.

En la MdC predomina este aspecto secundario, la pulsión hacia la muerte que desemboca en otros cuerpos. Imposibilitados para seguir el camino heroico con que, como todos los fanáticos de extrema derecha de entonces, los autores del delito sueñan en clave ideológica degradada, solo les quedan las extensiones indebidas, los apéndices, la parafernalia, es decir, la crueldad, la arbitrariedad, la indiferencia hacia la muerte de los demás: en vez de sufrir, causar sufrimiento; en vez de morir, matar. No es lo mismo, pero las sensaciones que procura son parecidas.

Igual que los niños que se familiarizan con su propia muerte matando pequeños animales y observando su agonía.

En su repertorio abundaban expresiones como «anularse hasta la última célula», «precipitarse hacia la muerte» y «entrenarse para morir».

Héroe es aquel que tiene la valentía y la insensatez necesarias para hacer lo que los demás se limitan a imaginar, lo que alimenta sus fantasías secretas, y que en la vida real realizan solo en parte o en escala reducida. Lo cual incluye, naturalmente, las grandes hazañas, los proyectos arriesgados y benéficos, la gloria, el triunfo y el sacrificio más noble; pero también los crímenes más horribles que la conciencia es capaz de concebir y que el héroe se encarga de realizar repescándolos del lado oscuro donde la racionalidad los había arrinconado y la cobardía impedía que se ejecutaran. La misma fuerza de la que el héroe se sirve para cumplir sus fines más elevados despierta también instintos y sueños demoníacos. Por otra parte, no podría evitarlo, pues esa es la tarea que se ha asignado a sí mismo: el héroe declara y cumple todo el gigantesco no dicho y no hecho por el hombre, lo convierte en algo terriblemente real, y nunca a título personal, sino siempre en nombre de quienes se habían limitado a sugerirlo, temerlo o desearlo. Se trata, sin duda, de la realización de la pesadilla colectiva, la máquina perfecta del *Planeta prohibido*. Un corazón humano potenciado. Lejos de representar una caprichosa voluntad individual, sus gestas son siempre la expresión de un sentir común que por fin ha hallado su representación. Su fórmula.

Rendían culto a los héroes, pero eran justo lo contrario a ellos. Como esos cristianos que veneran a Jesús y se comportan de forma opuesta a sus enseñanzas. Con el tiempo me he convencido de que la veneración consiste precisamente en dedicar el alma a algo, colocándola en un lugar ideal, arriba, muy arriba, para tener las manos libres. La mente bicameral alberga la teoría, por una parte, y la práctica, por otra. Más que en contradicción, es como si fueran aliadas, en el sentido de que cada una va por su cuenta y no interfiere en lo que hace la otra. De este modo se explica la combinación de honor e infamia, de fidelidad y fechorías. El héroe solo queda satisfecho con la muerte: en la cima de la plenitud debería colocarse su muerte —fastuosa, gloriosa—, pero mientras tanto disfruta con la de sus enemigos, saborea a través de su agonía una prefiguración de lo que le espera. El humanismo y el utilitarismo consideran esto un crimen o, peor aún, algo sin sentido. Pero si lo que buscamos es la falta de sentido, el comportamiento de los chicos de la MdC se nos antoja de repente sensato. Si las acciones desproporcionadas, que exceden o anulan el cálculo de lo conveniente vuelven excepcionales a quienes las realizan, la MdC revela su finalidad, aunque no la alcance, y descubre una lógica singular al superar toda lógica.

La violencia es un dios aleatorio, cegador, cegado. La verdadera belicosidad, pura y dura, hace estragos en amigos y enemigos. No distingue entre los adversarios, los destruye, y destruyéndolos los bautiza como adversarios. Disgrega todo orden, incluso el de la batalla, no sabe de tácticas, ni siquiera de guerrear, tal es el exceso de su fuerza mortífera. La belicosidad integral carece de finalidad, patria, reglas u objetivos. Como ciertos guerreros antiguos de la mitología, que luchaban y mataban con tal furor indiscriminado que ya no se entendía de qué parte estaban.

Estaban a favor de la muerte, de la destrucción como tal. Su individualismo heroico excluía cualquier espíritu comunitario, el ser y el sentirse parte de un ejército u otro. El deseo de sobresalir conduce a arrollar a compañeros y adversarios, no obedece a ninguna lógica, salvo la invertida de la desproporción y el despilfarro.

Como decía un antiguo caballero francés, «ni comer ni beber me satisfacen, no me aplaca más que el llanto de una doncella prisionera, la sangre que brota de su piel blanca, sus muslos embadurnados con mi semen, confundido con el de mis compañeros; y finalmente verla muerta con una rama clavada en la sien». No existe placer más sublime que la visión de un cuerpo virgen martirizado, es una escena sagrada, es como contemplar los cuadros de las iglesias, con santas moribundas descuartizadas, matanzas, la ofrenda gratuita del sufrimiento. De este modo alucinado y visionario, el máximo placer de un hombre es disponer de una mujer desnuda colgada del techo con una cuerda.

He aquí el porqué del «desear que te descubran»...

La belicosidad en estado puro no persigue en realidad ningún fin, salvo el de sacar a plena luz a quien la ejerce; no causa placer, beneficio o utilidad; no deja obras tras de sí, más bien las destruye. Es gratuita y por eso difícilmente explicable. Por otra parte, para esa mentalidad, todo lo que es susceptible de explicarse carece de valor.

El objetivo es el espíritu utilitarista. Dando importancia únicamente a acciones que se agotan en sí mismas, que carecen de finalidad práctica, que no conducen a nada salvo a la fama o la infamia de quien las realiza, solo se considera noble lo inútil; el siguiente paso de este razonamiento será que no solo es noble lo inútil, sino también lo nocivo. El acto de libertad suprema, hermoso, pues, y, por consiguiente, superior porque está desvinculado de la obtención de un resultado positivo, será el negativo: el acto de quien comete el mal gratuito. Sin causa ni finalidad.

11

La historia del Legionario no es materia de este libro. Entra en la MdC por un lado y sale enseguida por el otro, como una culebra que atraviesa un muro. Quien lo desee podrá investigar acerca del personaje, como poco igual de interesante que Angelo, pero mucho más misterioso, hipotético, por decirlo así, empezando por su aspecto, que podemos ver en fotos de hace dieciocho años, y su progresivo envejecimiento superpuesto por los dibujantes de la policía de varios países —con bigote, gafas, barba.

La locuacidad obsesiva, el activismo verbal y criminal de su cómplice halla su opuesto en la sombra oblicua y muda del fugitivo, el señor Jacques, el hombre del que nada de lo que se ha dicho es cierto, salvo su maldad. Dejando aparte sus antecedentes penales, el único tema de su historia sobre el que querría hablar es su muerte —verdadera o supuesta, sigue siendo ese tipo de noticia que inflama los debates en la televisión— y de su sepultura.

En el reino de Marruecos, enfrente de España, se asoman al Mediterráneo dos baluartes de la soberanía española: uno es Ceuta, enfrente de Gibraltar, y el otro Melilla, casi cuatrocientos kilómetros al este. Aquí, en el cementerio de Melilla, se encuentra la tumba de un exmilitar del Tercio de Armada, la Legión Extranjera española, Massimo Testa de Andrés. En la fotografía que le sacaron en el momento de alistarse ha sido reconocido como uno de los autores de la MdC, al que nunca detuvieron. A pesar de que sobre la cruz adornada con los símbolos de la legión está grabada la fecha 11 de abril de 1994, el cadáver de Massimo Testa fue hallado por la policía española el 9 de septiembre de 1994 en un miserable apartamento, y el fallecimiento, por sobredosis de heroína, se produjo una semana antes. El cuerpo, en estado de descomposición, yacía boca abajo en equilibrio sobre un taburete, con un brazo colgando y la barbilla metida en un cajón de la mesilla de noche. Estaba en calzoncillos. En el brazo derecho, tres tatuajes: dos corazones atravesados por una misma flecha, un escorpión y las palabras: «Amor de Madre». Bajo la rodilla, aún hincada, la jeringuilla con la que se supone que se inyectó la dosis letal.

El apartamento de un solo ambiente donde vivía Testa era sórdido y desangelado. Sobre la cama, había una bandera con el retrato de Bob Marley dentro del perfil del continente africano, y en las esquinas inferiores una hoja de marihuana y un león traspasado por una espada. Sobre la butaca, una kufiyya.

Y otras jeringuillas en sus envases en el borde de la cama.

A Massimo Testa de Andrés lo habían expulsado de la legión en 1993. En el hospital militar, donde acabó a raíz de un colapso, había confesado a los médicos su adicción a la heroína.

Once años después, en noviembre de 2005, el cadáver fue exhumado en Melilla para someter a varias pruebas un fémur y un peroné, a fin de cerciorarse de si Massimo Testa era el nombre falso utilizado por el cómplice de Angelo que huyó tras la MdC y al que nunca arrestaron. El fémur volvió a Italia con el médico forense y el fiscal sustituto presentes en la exhumación. Las huellas dactilares sacadas por la policía española en la época en que fue hallado el cuerpo correspondían, en efecto, con las que había fichadas en los archivos de la jefatura de Roma; el análisis del ADN también resultó positivo. Un detalle singular es que el esqueleto estaba envuelto en una manta dentro del ataúd, la misma que hallaron en el piso de Testa, y que entre sus pliegues alguien había ocultado la jeringa del último pico, como si cuerpo, manta y jeringuilla hubieran sido retirados a toda prisa o, al contrario, religiosamente reunidos en una especie de ajuar fúnebre antes de la sepultura.

Como he dicho, el Legionario no es materia de este libro, quizá porque a su alrededor abundan y pululan demasiadas conjeturas, contradicciones, investigaciones y contrainvestigaciones, hipótesis *borderline*.

Intentaré mostrar un reflejo de su misterio transcribiendo aquí algunas de las conversaciones telefónicas interceptadas y grabadas por los investigadores en que no hablan los protagonistas directos, sino dos personajes secundarios muy cercanos a la familia del Legionario, tan cercanos que casi podría afirmarse que formaban parte de ella por costumbre, dos criadas de toda la vida, una del servicio en casa de la madre del Legionario y otra jubilada que trabajó muchos años en casa de la tía de él. Se trata de Severa Acutillo, de sesenta y cinco años, y Adelina Porru, de ochenta. Todos los teléfonos de la casa y los móviles de los parientes y conocidos fueron pinchados treinta años después de la MdC a fin de conseguir información útil para coger al fugitivo o establecer de una vez por todas si en efecto estaba muerto y enterrado en Melilla con el nombre de Massimo Testa de Andrés. Estos fragmentos son el resultado de meses de escuchas y de paciente descodificación. Por una casualidad tan increíble que resulta sospechosa, las dos conversaciones telefónicas interceptadas tuvieron lugar unos días antes y aproximadamente un mes después del doble homicidio cometido por Angelo en Campobasso, en abril de 2005.

Treinta años después, la red de la MdC reaparece sacando a flote cuerpos y hechos que en principio no deberían tener nada que ver unos con otros, pero que aquella red recoge y expone a la luz.

Primera llamada interceptada en la línea telefónica de la madre del Legionario.

—*¿Eres tú, Adelina?*
—*Sí.*
—*Te llamo antes de salir de casa porque no sé a qué hora volveré... ¿Lo viste ayer? ¿Viste el programa?*
—*¿Cuál?*
—*El de la tele.*
—*No. Bueno, sí, estaba viéndolo, pero...*
—*Ha salido toda la historia del chico..., del hijo de la señora.*
—*¿Qué dices? ¿De Leo?*
—*Pero ¡qué Leo ni Leo!, Adelí..., del hijo de mi señora, no de la tuya..., el que tenía..., vamos, Adelí..., todo, de cabo a rabo... ¿Cómo pudieron? ¿Cómo...?*
—*¿Lo dices en serio?*
—*¡Diantres, sí!*
—*Y pensar que no pasó un solo día entre rejas...*
—*Justo por eso le buscan por todas partes y no saben qué pensar..., pero de todas maneras lo dirán la próxima semana.*

—¿Qué dirán?
—Ay, no, todavía no puede decirse.
—Pero ¿por qué? ¿No le encuentran?
—No, no lo encuentran. ¡Ya pueden buscar, ya! ¡Está muerto!
—¿Muerto...?
—Muerto.
—¿Cómo que muerto? ¿Quién, él? ¿En serio?
—Sí, pero la familia no quería que se supiera.
—¿Estás segura de que ha muerto?
—¿Cómo quieres que esté segura? A mí no me lo han dicho personalmente. Pero les he oído hablar entre ellos y decían que estaba muerto.
—Pues entonces es que lo está.
—Su madre encarga misas para él, en su memoria.
—No tenía ni idea.
—Pues hace algunos años que lo sé.
—Así que hace mucho que murió...
—Unos cuantos años, sí...
—¿Dónde estaba? ¿Dónde lo enterraron?
—No sé, en España..., supongo que allí.
—Pero ¿todavía lo buscan?
—Lo buscan y no lo encuentran. El lunes que viene dan el segundo programa. A ver si lo dicen.
—Quién sabe.
—¿Has visto el final del programa?
—No..., estaba cansada, ya eran más de la diez, y a esa hora ya estaba durmiendo, qué rabia...
—¡Qué lástima! Han contado toda la historia, de cabo a rabo. Y hasta han enseñado su foto.
—¿Ah, sí? Ese chico era un verdadero delincuente.
—Sí, sí, un delincuente.
—Pero guapo.
—¿Guapo, él? Sí, guapote, eso sí.

Segunda llamada, en la misma línea. (Entre la primera y la segunda Angelo ha cometido un nuevo delito y lo han arrestado: los periódicos rebosan de artículos sobre el tema; naturalmente, la historia de la MdC se desentierra, y con ella el Legionario y su clandestinidad, que dura treinta años. Un programa de televisión especializado en la búsqueda de personas desaparecidas se está ocupando de su caso.)

—¡Espero que al menos ayer tarde lo vieras!
—Sí, enterito esta vez. Lo vimos todo.
—Gracias a Dios..., yo también.
—Y ha salido en los periódicos.
—Y en el telediario, el telediario..., lo estaban nombrando..., pero he cambiado de canal..., hablaban de lo que había hecho.
—Sí, hablaban de él y del otro que está de nuevo en la cárcel.
—Ya llevan dos programas hablando de él.
—¡Más! ¡Tres!
—Yo solo he visto dos.
—¡Te digo que tres! Hablaban de él del principio hasta el final.
—¡Imagínate la señora cuando lo haya visto!
—Dios mío...
—Al verlo...
—Y las fotos...
—Sí, pero, Severa, no es verdad que haya muerto. Es una gran mentira.
—¿Y tú cómo lo sabes?
—¿Que no está muerto?
—¿A ti quién te ha dicho que no está muerto?
—He oído decir que había muerto...
—¡Pues claro, Adelí, te lo dije yo! ¿Ya no te acuerdas? ¡Te lo dije yo, caramba!
—Sí, sí, como quieras..., pero no es verdad. Lo han visto, lo han visto por ahí..., en diciembre paseando por el sitio ese... ¡Lo han dicho en el programa!
—Podía ser alguien que se le parece.
—No, no, esa mujer estaba segura de que era él..., qué muerto ni muerto..., lo vio aquí, en Roma...
—Bueno, pero esa chica que dice que está en Roma es la que...
—No, acaba de decirlo..., todo el mundo sabe que está en Roma..., cerca del mar, cerca de Anzio, creo. Anzio.

—*Es mentira.*
—*Pero ¡cómo que mentira, hazme el favor, Adelí!*
—*¡Ay, Severa!*
—*¡Adelina!*
—*¿Qué?*
—*¡Escúchame bien! ¡Te lo digo yo que lo sé! ¡Hasta su prima fue a buscarlo a España!*
—*¿Adónde?*
—*¡A España!*
—*¿Quién fue a España?*
—*¡Su prima, porras!*
—*¿Y su madre?*
—*No, su madre no. Mandaron a la prima.*
—*A verlo.*
—*A ver su tumba.*
—*Así que estaba en España de verdad...*
—*Sí, en España, pero su nombre no aparecía en la lápida.*
—*¡Pues claro que no! No podía usar su verdadero nombre...*
—*Claro, claro.*
—*Pues entonces ¿por qué no lo dicen?*
—*Mientras su madre siga viva no lo dirán.*
—*¿Mientras viva?*
—*Mientras viva.*
—*¿Y eso?*
—*No sé, porque lo han decidido así.*
—*Pues sería mejor que lo dijeran. Toda la vida con esta historia persiguiéndoles...*
—*Toda la vida, sí. Es lo que les toca.*
—*Hasta por el Gobierno, que sigue buscándole...*
—*Por el Gobierno, mira que te digo. Si se resignaran...*
—*¿Y qué siguen buscando?*
—*No sé, debe de ser cosa de las leyes.*
—*Y ahora ella, desgraciada...*
—*Todos se presentan delante de su puerta, ¿lo has visto? Hasta con cámaras..., pero ella no abre.*

—Ya.
—Y tampoco contesta al teléfono...
—Ya.
—Una mala época.
—Pobre desgraciada. Debería irse.
—Desde que ese delincuente está otra vez de moda han empezado a buscarle a él también.
—Pero ¿no está en la cárcel el hombre ese?
—Sí, pero han vuelto a acordarse de todo.
—Claro, cada vez que le echan mano a ese..., le echan mano al otro.
—Y dale con la vieja historia.
—Bueno..., de todas formas eso de que esté muerto a mí..., pero si dices que lo ha visto la prima...
—No sé si lo ha visto, ya estaba enterrado, pero..., a ver, no puedo jurarlo.
—Pues será como tú dices, Severina..., no voy a dudar..., si lo has oído..., ¿no?
—Ya te lo dije, su madre encarga misas en su memoria. Misas de muertos.
—Eso no quiere decir...
—¿Y a ti qué te parece que quiere decir?
—No, no, mujer, que no lo dudo...
—Antes las hacía aquí para que no se enteraran las monjas..., pero después se dirigió a las monjas, «Así les pido que digan misa por él», dijo. ¿Qué significa para ti?
—No dudo de tu palabra, pero...
—Mi palabra vale como la tuya. De todas formas es un secreto. No quieren que se entere nadie.
—¡Pues con todos los problemas que tienen ahora habría sido mejor decirlo!
—La prima opina lo mismo, digámoslo y sanseacabó. Ojalá. Esperamos. Esperamos a que muera.
—Si es ese el problema...
—Cuando muera la madre quizá lo digan.
—Al menos dejarán de buscarlo.
—Pues que sigan buscando, de todas formas no lo encontrarán.
—Pues sí, ¿qué más da? Que le busquen.

—Además, digo yo, ¿lo buscaron en serio? Porque si lo hubieran buscado en serio lo habrían encontrado.
—¿Tú crees, Severina?
—Si no lo encontraron es porque no lo buscaron.
—Pero él cambiaba de sitio a cada momento...
—Sí, lo han visto por aquí y por allá..., en Roma, en Venezuela...
—Al principio estaba en Roma, ¿no?
—Sí, después lo vieron en África y muchos sitios más..., tenía miedo de quedarse demasiado tiempo en el mismo sitio.
—¿Y de dónde sacaba el dinero?
—Pues seguramente se lo mandaba su madre.
—¿Ella sabía dónde estaba su hijo?
—No lo sé, pero si ha vivido del cuento toda la vida es porque le llegaba dinero...
—Ella se lo mandaba.
—Pues señal de que sabía adónde enviarlo...
—Pues claro. Pero nadie más. Nunca lo ha sabido nadie. Aunque puede que...
—¿Puede que qué?
—Nada, hablaba por hablar...
—Bueno, se ha hecho tarde.
—Sí.
—Vámonos a dormir, Severina.
—¡Qué tarde se ha hecho! Recuerdos a todos.
—Igualmente. Adiós.
—Adiós.

12

Escucha. ¿Me estás escuchando? Quizá sea inútil angustiarse buscando explicaciones psicológicas: es inútil acotar y reconducir lo que no es humano a las patologías humanas, a sus márgenes extremos. Estamos frente a comportamientos que no encuentran una explicación en la infancia, la educación o una deformación del cerebro... Resulta casi ofensivo hurgar en esos cajones, ofensivo. La palabra «monstruo» debería tomarse muy en serio, no como metáfora.

La ventaja de hablar de alguien como Angelo debería ser que no se pierde tiempo en explicar quién es y qué ha hecho. Cierto, hace treinta años, cuando su nombre estaba marcado a fuego en la conciencia italiana y todavía llameaba la espada del arcángel que lo había expulsado de la asamblea humana, no habría sido necesario; tampoco hace una década, cuando su rostro desencajado volvió a ocupar las primeras páginas por un delito más aterrador, si cabe, que el primero, pero que ya se presentaba atenuado, desenfocado, como una réplica absurda —absurdo el contexto, absurdo que Angelo estuviera de nuevo en circulación, eso era lo que más impresionaba—, como un fantasma que vuelve a manifestarse en una casa cuyos ocupantes ya creían haberse librado de él para siempre, como un viejo actor que se sube de nuevo al escenario con un número manido. «¡Oh, no! ¡Ahí está de nuevo!» Por eso ahora ya no estoy tan seguro de que no haya que volver a explicar quién es, una vez más. Pero lo haré por encima.

Entre la MdC y el delito de 2005 existe cierta redundancia.
    Tras el primero todo el mundo hablaba de Angelo, su nombre estaba en boca de cualquiera, se convirtió en sinónimo de maldad, era famoso. Después del segundo, reducido el clamor de su reaparición al resumen de las cinco noticias más destacadas del telediario, y más tarde a la segunda página de la página de sucesos, ya nadie lo buscó tras la condena, nadie le mencionó, y su nombre salió del vocabulario inmediato de la gente —ese que a lo largo de los años ha visto surgir y eclipsarse expresiones como «sobrepasar», «tsunami», «tesorito», «bipartisan»,* «y todo lo demás», «desguazar», etcétera—; quizá ahora a la gente le costaría trabajo entender de buenas a primeras de quién se trata cuando

---

* Sostenido por la mayoría del Gobierno y la oposición. *(N. de la T.)*

lea u oiga su nombre de pasada, para añadir acto seguido: «Ah, sí, claro..., él..., el del Circeo», en referencia a su primer delito, el que lo hizo célebre, mientras que el segundo lo ha condenado a caer en el olvido —en efecto, yo también escribo con el mismo objetivo, para que no perdure, para enterrar su nombre—. En verdad, ese debería ser el fin de toda escritura: borrar, quemar, dejar atrás, mientras que hoy todos sostienen lo contrario, es decir, que se escribe para preservar, conservar, recordar...

Nuestra capacidad para escandalizarnos tiene un límite, no logra replicarse ante el mismo argumento; la primera vez se siente morbosamente atraída, la segunda registra y archiva para pasar a otra cosa. Frente a la repetición de una monstruosidad, el observador se sume en una curiosa indiferencia...

Por eso nadie se fijó ya en Angelo, salvo una pirada que quiso hasta casarse con él.

*... de vergüenza o remordimiento por lo que había hecho
no fueron halladas huellas...*

Y encima la guasa de Angelo convirtiéndose en «asesor psicológico» (a propósito, el famoso asesino en serie Ted Bundy también lo fue).

Poner a las víctimas —menores, personas débiles necesitadas de ayuda— en manos de esos pervertidos prueba la existencia de un regodeo contumaz. Basta con que aparezca una figura con un leve carisma para que se convenzan de que es la persona ideal para ayudar a los demás. Véase, si no, el caso del gurú de Prato, apodado el Profeta, que durante veinte años recibió soporte financiero de la administración regional toscana para acoger a menores en una comunidad donde —como se descubrió casi enseguida— se abusaba de ellos; y a pesar de haber sido condenado por vía penal, el Tribunal de Menores seguía enviándole más pequeños para que siguiera abusando de ellos.

Recuerdo aquella extraña Navidad que pasé viendo el DVD de la película *Los chicos de la Roma violenta* (1976), inspirada en la MdC. Empieza como una especie de reportaje sobre la criminalidad, con entrevistas a transeúntes que exigen la pena de muerte. Lo cual es bastante realista, pues si consideramos aceptable el estándar que resulta de las entrevistas hechas en la calle, el noventa por ciento de los italianos se declara favorable a la pena capital, el fusilamiento y la horca.

Los niños bien se torturan en el aburrimiento del bar.

Y en efecto, eso también es realista: que el aburrimiento lleve al delito.

Aquejados de *tedium vitae*, entibiarán su existencia con actos brutales.

Quien no ha vivido más que en la seguridad, la paz y el confort está sediento de peligro, desafíos y violencia.

13

Los crímenes sirven para contrarrestar el peso intolerable de la virtud; cuanto más graves, mayor es su utilidad y ejemplaridad para que el mundo se mantenga en equilibrio y no se hunda en el abismo de la bondad. Según esta teoría, un crimen leve, no muy alejado de la virtud, no sirve de nada. Es inútil fantasear con él e incluso cometerlo.

¿A quién pertenece el pensamiento que he parafraseado?

¿Quiere el lector un episodio, así, de buenas a primeras, abriendo al azar una de sus novelas?

Helo aquí. Un monje sodomiza a la protagonista con una hostia, así que mientras la desgraciada suelta blasfemias goza «sobre el cuerpo de su Salvador» y lo empapa con «chorros impuros del torrente de su lubricidad».

¿A quién ha podido ocurrírsele algo semejante, una cosa tan sacrílega, que según algunos llegó a poner en práctica? ¿Hace falta decirlo?

Leí por primera vez a Sade en el hospital militar de Taranto, donde esperaba en vano que me declararan inútil para el servicio militar. Las mañanas y tardes pasaban despacio, y eran bochornosas.

Sabía que se definía al marqués como «divino» y que los surrealistas lo adoraban, pero los libros que me prestó un estudiante de arte dramático que estaba ingresado allí y ocupaba la cama al lado de la mía consistían en larguísimas y monótonas parrafadas de filosofía natural intercaladas con viajes por Francia y abusos sexuales de los que no lograba comprender la mecánica por lo minuciosos y acrobáticos que eran, con cruzamientos, arrodillamientos, amontonamientos de cuerpos en posturas tan difíciles de imaginar como las descripciones que hacen los manuales de yoga; cosas de esta suerte: «Él se pone a horcajadas sobre mí, con la cabeza en dirección a mi espalda y me obliga a abrir...», etcétera. Entre una vejación y otra, los cultos torturadores disertaban acerca de la Naturaleza —se hablaba mucho de ella—, de instintos naturales, de leyes naturales, de naturaleza y de órganos, usando argumentos rigurosamente racionales y, en consecuencia, de todo punto absurdos, como sucede siempre que se purifica la razón y se la priva del sentimiento. Además, en cada página se glorificaba el orden de las cosas, inscrito, esculpido, cristalizado, según el cual es algo establecido que el más débil ceda a la voluntad y los deseos del más fuerte, siempre, desde siempre y para siempre. Puede que así sea, pero si resulta tan obvio, ¿por qué corroborarlo tantas veces?

En medio de todas estas páginas de perversión virtuosa, aburrida, pues, me impresionó una verdad más sutil y duradera. Esto es, que el dolor es sincero, auténtico, que no puede evitarse y que es inútil simularlo o afectarlo. El dolor agudo es una sensación intensa y precisa. La sensación de placer es, en cambio, dudosa y limitada en el tiempo: no se puede gozar sin límites, y tal goce se logra fingir con eficacia. Sin embargo, no hay duda de que una persona torturada sufre, y no existe más límite a su sufrimiento, ni de intensidad ni de duración, que el del empeñinamiento de quien se lo inflige.

Es otra de las cosas que entendí entonces, algo que arrojó una luz retrospectiva sobre la MdC: lo que excita al pervertido no es la belleza de una mujer, sino los crímenes que se cometen con su cuerpo. En consecuencia, es algo que no tiene nada que ver con el sexo, sino con la dominación, en cualquier campo y nivel: cuanto más criminal es el poder, más excita al que lo ejerce y más disfruta con él.

De ahí los siguientes principios sadeanos:

La crueldad es energía incontaminada.

El hombre que goza de una mujer arrancada por la fuerza a su marido o a su familia experimenta mucho más placer que el que goza legítimamente de ella.

De aliciente del placer sexual, el crimen pasa a ser poco a poco un placer en sí mismo, incluso superior al sexual, del que se separa e independiza.

Raptar a una chica constituye, pues, un placer en sí y no solo en vista del placer que se obtendrá forzándola.

(Creo que los chicos de la MdC sintieron el escalofrío más intenso cuando ellas aceptaron la invitación a subirse en el coche con ellos.)

Cuanto más respetables son los lazos, más voluptuosidad se siente al romperlos.

(Ellos, en efecto, se creían libres y autorizados a acabar con todas las leyes, las convenciones, la vergüenza, la piedad, el miedo al castigo; todos los «lazos que atan a los idiotas». Si uno se siente vinculado por estas reglas es porque es débil y cobarde. El egoísmo es la única forma de acción carente de hipocresía. Tanto para los planes de placer individual como para los que gobiernan el mundo, el sufrimiento de una criatura es irrelevante. Quien no está dispuesto a hacer lo que sea para obtener lo que le sirve o le gusta es un pusilánime.)

¿El remordimiento? Apenas el murmullo de un alma demasiado cansada para acallarlo.

Solo podemos arrepentirnos de lo que hacemos excepcionalmente o muy de vez en cuando; para acallar el remordimiento bastará con repetir muchas veces lo que lo provoca, lo más a menudo posible, hasta que se convierta en una costumbre, en una habituación al delito. Al tercer o cuarto crimen en serie que se comete, el sentimiento de culpa disminuye; al quinto o sexto será prácticamente inexistente.

No solo en practicar, sino sobre todo en predicar la violencia, el terror y las vejaciones como los fines últimos del hombre subyace una fuerte ambición pedagógica que pretende despejar el campo de los malentendidos y los tópicos en los que caen prisioneros los ingenuos, los biempensantes, los hipócritas y los ilusos, a quienes hay que dar una lección ejemplar. El lector, que si es de sexo masculino podría o debería identificarse con los varios monseñores y caballeros y gozar con ellos de sus fechorías eróticas, más bien se encuentra en una posición parecida a la de las doncellas: sufre una violencia ininterrumpida y así aprende. Aprende que la búsqueda de la libertad por parte de un individuo implica esclavizar a otro: la libertad radical del uno se concreta solo en la esclavitud radical del otro, como si fueran dos hechos complementarios, dos piezas que encajan.

Es raro que una violación no ofrezca este aspecto un tanto filosófico, un tanto pedagógico. Edificante, ilustrativo a su manera, como un cursillo acelerado de degradación y corrupción. Para aprender deprisa a aceptar que degradación y corrupción —que no orden y paz— son las reglas que gobiernan el mundo.»

Una vez le pregunté al profesor Cosmo qué pensaba del marqués de Sade.

«¿Sade, un apóstol de la libertad? Solo un hatajo de onanistas como los surrealistas podían pensar algo semejante.»

Un aspecto que no es nuevo, pero que me impresionó por su virulencia, fue la polémica contra el cristianismo. Ya la había leído en los ilustrados, de los que Sade, al fin y al cabo, forma parte, y en Nietzsche, con una profundidad muy diferente pero con su típica pesadez alemana. Sade, en cambio, lo zanja enseguida, con un toque de renuncia, voltariano. Jesús: un impostor. Los apóstoles: unos tramposos ladrones de cadáveres. Su profeta no escribe nada porque es un ignorante; habla poco porque es un memo y actúa todavía menos porque es un débil. Pero cuando la gente escucha a granujas de su calaña el éxito está garantizado, pues la mentira se difunde más rápidamente y se extiende más que la verdad; es la historia de los errores de todos los tiempos.

Y finalmente, la mediocre e insulsa novela de su vida de impostor, el Evangelio.

Desaparece el *lust* del llamado *lust murder* —crimen de lujuria—, y se queda solo el *murder*. El homicidio deja de ser el desenlace trágico para convertirse en el sustituto del coito. La fase sexual se pasa por alto, pues era ficticia —una prueba evidente de ello es el delito cometido por Angelo en 2005—. Si la finalidad no es sexual, si el deseo no tiene como objetivo el goce físico, la excitación de poseer con violencia a una mujer no depende de si es joven o vieja, guapa o fea, atractiva o repulsiva, da lo mismo, como da lo mismo poseerla o matarla. Se puede experimentar gran satisfacción erótica tanto estrangulando a una mujer como masturbándose, o tanto masturbándose después de haberla estrangulado, como penetrándola cuando todavía está viva. El placer se coloca en puntos impensables del recorrido y el cuerpo.

Creemos que el violador desea con vehemencia la unión carnal, que la encuentra tan deseable como para quebrantar todas las reglas y obtenerla; en realidad esa acción lo asquea, la percibe como repugnante y abyecta. En tal caso, ¿por qué no debería subrogarla con un acto igualmente despreciable? Torturar en vez de fornicar. O fundir ambas cosas en un solo gesto. El coito es un acto peculiar y sustituible. Estamos eternamente ocupados en la búsqueda de sus sucedáneos. Hay quien los encuentra en la acumulación y la ostentación de dinero, ropa o coches; otros en el poder, el arte o la violencia; todos ellos pueden ser un sucedáneo o un consuelo. Se accede al sexo a través de sus sucedáneos, se lleva a alguien a la cama después de haberlo impresionado con la manifestación de los atributos colaterales al sexo, el poder *in primis*. Para algunos esos sucedáneos son el sacrificio y el altruismo, o bien la perversión, es decir, el sofisticar el coito hasta convertirlo en algo únicamente practicable en forma de sumisión, ultraje, castigo, afirmación del propio poder o anulación del mundo. De acto bastante simple y tendencialmente repetitivo, como los de alimentarse o dormir, el coito se presta a cualquier transmutación, y es frecuente hallarlo camuflado o metafóricamente implícito en otros gestos o situaciones ordinarias. Salvo para los *playboy* —que el lector me perdone el anacronismo, sé muy bien que ya no existen o que ya nadie los llama así, pero no conozco un término actual— y para las prostitutas y las estrellas del porno, el coito ocupa una parte limitada del tiempo vital de una persona, casi risible, pocos minutos al día, al mes, o puede que menos..., así que está bastante más presente en los actos sustitutivos que en los reales.

Su espectro merodea por la vida cotidiana, pero es raro que cobre cuerpo. Actos preliminares, actos sustitutivos: el noventa y nueve por ciento de las veces nos limitamos a esos.

En formas imaginarias estaba presente en nuestras mentes cuando éramos chavales.

Los actos sustitutivos sexuales son pantomimas. Comedias, farsas, escenas, representaciones sagradas, intermedios, gags, tragedias profundas, la *Orestíada*, *Romeo y Julieta*, *Un tranvía llamado deseo*, *Sexo no, por favor: somos británicos*, *Celos a la italiana*, *Senso*, *On ne badine pas avec l'amour*, *La guerra de los Rose*, *La mandrágora*, *Otelo*... Puro teatro. Disfraces. Traiciones. Mujeres vestidas de hombre. Hombres convertidos en bestias. *La sombra del actor. El sirviente. Las criadas. Macbeth.* Deseo e impotencia. Venganza. Fantasías homicidas, suicidas, delirantes, románticas. La reina de Saba y Vlad el Empalador. La muerte de Procris. Los insaciables, el hombre que sabía demasiado, el amante del amor, la mujer del teniente francés, vértigo, el signo de Venus, los caballeros las prefieren rubias. *El último tango en París* y en otro sitio. Solo en estas formas codificadas de teatro, película y novela logra expresarse cierto número de líneas narrativas de esa madeja enmarañada. ¿Quién ha revelado alguna vez toda su vida sexual? ¿Lo que ha hecho, lo que ha deseado y soñado hacer, lo que ha intentado y temido? En el espectro de una vida ordinaria, e incluso de una vida casta, hay más pasión y obscenidad que en cualquier *Emmannuelle* + *Werther* + *Portnoy* + *Cumbres borrascosas* + obras completas de Henry Miller Bukowski Erica Jong y Tinto Brass. Se trata de un campo amplísimo que ni siquiera el individuo que lo habita conoce a fondo. La confesión más audaz o la invención novelesca más desenfrenada nunca lograrán revelarlo en su integridad. Por eso los artistas —ciegos Tiresias de pechos marchitos— se dedican a una de estas líneas y la reconstruyen extrayéndola de la madeja. Todo lo saben, han visto o presentido, pero solo cuentan una pequeña parte.

La más simple de entre estas líneas es la violación.

A pesar de todos los esfuerzos, siempre nos quedamos de esta parte, y si nos aventuramos más allá lo hacemos de manera programática, hiperbólica, exponencial, es decir, en el modo que le es propio a la pornografía. Para cubrir ese campo infinito se lo marca como en las oficinas del catastro, redactando un manual de perversión que es a la vida sexual de un individuo lo que un libro de gramática a la lengua que habla.

La constricción no puede eliminarse del concepto de relación ni de la hipótesis misma de goce: incluso donde no ha habido ninguna violencia, si ha habido placer es porque se ha instaurado una dominación temporal, algo ilícito, forzado; porque una voluntad se ha rendido. Puede que a sí misma. La pérdida de la dignidad es la condición del placer.

14

La violación está enraizada en el sexo como el árbol del bien y del mal en pleno jardín del Edén. No se permite levantar la vista y mirarlo; probar el fruto prohibido delataría de repente la naturaleza real de cuanto lo rodea. La violación representa el secreto inconfesable del sexo que, una vez revelado, degrada el mundo, contaminando para siempre la relación entre hombres y mujeres, entre el hombre y la naturaleza.

Los objetos y los seres humanos tienen para nosotros el valor que les atribuye nuestra imaginación: esto sirve para el amor, la amistad, la fidelidad, y para las ideas y fantasías obscenas, en virtud de lo cual una persona, su dignidad moral y la integridad de su cuerpo, pierden importancia comparadas con el placer que podemos obtener fantaseando con la idea de violarla. De la fantasía a su realización el paso no es inmediato, el trecho es tan largo que casi nadie lo recorre ni una sola vez en la vida, aunque bien pensado es un límite bastante fácil de cruzar, como demuestra la MdC; en verdad, no hay nada más sencillo para un grupo de hombres que secuestrar y violar a una chica, es un crimen que requiere un empeño mínimo y comporta un riesgo irrisorio para la incolumidad personal si se compara con el que se corre atracando un furgón blindado.

Se obtenga lo que se obtenga con una violación —lo que resulta mucho más difícil de cuantificar que en un atraco, en que el botín es algo tangible—, el esfuerzo para llevarla a cabo es casi nulo. Y precisamente ese mínimo dispendio de fuerzas produce la sensación de que, en el fondo, no se trata de un delito. ¿Por qué motivo debería castigarse un acto que puede realizarse con tanta desenvoltura, contra el que no está preparada ninguna defensa? Es casi como encontrar un billetero por la calle, ¿puede considerarse robo metérselo en el bolsillo? Lo mismo vale para una mujer. Una vez que se da por sentado que su voluntad es algo secundario o que está concebida a propósito para doblegarla, ¿qué impide hacerlo? Es una acción que no prevé impedimentos, así pues, ¿acaso no será lícita? ¿Dónde están las rejas, las puertas blindadas, los sistemas de alarma, los perros y las armas que normalmente se utilizan para salvaguardar lo que los criminales se atreven a usurpar?

Todo el mundo es capaz de atacar a una mujer sola. Una consecuencia paradójica de la emancipación femenina es que, al dar por sentado la libertad de acción y el alcance de la plena y pacífica posibilidad de gozar de ella, se redujeron o suprimieron las defensas previstas por la concepción tradicional, esto es, un sistema represivo de cautelas y controles sobre las mujeres que, si bien era prácticamente ineficaz y limitador de su libertad, reducía las ocasiones de peligro. Las mujeres acabaron por estar más expuestas que antes, y siguen estándolo, aunque han cobrado mayor conciencia de tener que protegerse por su cuenta.

En definitiva, aquel período fue una especie de limbo peligroso en el que las antiguas protecciones sociales habían desaparecido, se despreciaba la antigua cautela, pero la cultura de la autodefensa todavía no se había difundido.

Veinte años antes, los chicos de la MdC no habrían ni soñado con invitar a dos chicas fuera sin pasar a través de un meticuloso filtro familiar. Veinte años después, el recelo habría obstaculizado la excursión mortal y habrían existido medios tecnológicos para poner en guardia a las chicas acerca del peligroso programa sorpresa. La violación y el asesinato habrían sido posibles, claro está, pero con otras modalidades. Por ello creo estar contando una historia muy vieja que se repite hasta el infinito, pero que sucedió entonces de la única manera posible, como dictaban los tiempos.

Todo el mundo es capaz de atacar a una mujer sola. La ideación erótica versa a menudo alrededor de esta imagen, de la secuencia de la violación, la adorna con una infinita variación de fantasías activas o pasivas; quizá no exista una sola persona en el mundo que no haya imaginado protagonizarla, como violador o violado; no hay literatura erótica que no contemple una, como fantasía, sueño, pesadilla, terror o deseo inconfesable.

El pubis femenino, en particular, puede verse como algo provocador —no de impulsos eróticos, sino de reacciones crispadas o violentas—. Su incongruencia, su aspecto informe, no definido, incita a una especie de curiosidad rabiosa, un asombro que se transforma en rechazo —no es casual que para definir el sexo femenino en el italiano vulgar se use la imagen de un animal que suscita la misma reacción: el ratón. Hay quien afirma que el miedo que provoca un animal tan pequeño se debe a que aparece de repente, a su color oscuro, a la manera impulsiva como se mueve...

El sexo femenino está ahí, anónimo y oscuro, oculto bajo capas de tela pero, por decirlo de algún modo, siempre presente, siempre advertible en su escondite entre las piernas, otro agujero a pocos centímetros del agujero que todos tenemos, incluidos los hombres. Hay quienes se vuelven locos pensando en él, pero también quienes enloquecen solo con pensar que ese agujero desgarrado merezca ser reverenciado, que haya que rendir honores y rodear de atenciones a su dueña, que haya que pedir permiso para entrar en él, que las mujeres lo salvaguarden con tanta presunción, como si cada una de ellas fuera la única poseedora del accesorio cuando en realidad lo tienen todas en dotación y es igual en cada una de ellas, a pesar de estar tan orgullosas de él, de exhibirlo u ocultarlo a su antojo, de prometerlo o negarlo a los hombres que pierden la cabeza por él y aceptan someterse a una serie de reglas, condiciones y otras majaderías, cuando bastarían un par de bofetadas...

Ese es el motivo por el que el sexo se merece un castigo, por su esquivez obscena y por su aún más descarada exhibición, cuando se abre mostrando el interior prohibido del cuerpo, sus entrañas babosas: hay que forzarlo, apuñalarlo, escindirlo. Como parece una herida, pues que lo sea de verdad. Da la impresión de que el violador busque ahí dentro algo que no existe, como esos ladrones que destrozan las casas donde no encuentran nada que robar; el asombro crispado frente al sexo de la mujer quizá se parezca al que debió de sentir Tito cuando penetró en el sanctasanctórum del templo de Jerusalén y descubrió que estaba vacío. Dentro no había nada, ni un dios o un espíritu, ni oro o piedras preciosas, ni una estatua, nada. Nada que pudiera adorarse o saquearse. ¿En nombre de qué ha luchado? Cuando el violador descubre ese vacío puede realmente perder el juicio, si lo que hasta ese momento lo había guiado era una especie de razón práctica dirigida a obtener lo que deseaba; en el momento en que descubre que el sexo de la mujer no es el lugar de las delicias por el que valía la pena cometer un delito, su furor se dirige hacia lo que hay, lo que sobresale, lo que se puede agarrar, tirar y aplastar, lo que puede torturarse: el rostro, el pelo, el pecho, las nalgas, las delicadas o carnosas, en cualquier caso indefensas y por eso provocadoras, formas femeninas. La misma parte anatómica que para el amante es fuente de excitación lo es para el sádico, pero la suya es una excitación rabiosa, resentida, pues en vez de admirarla la odia, en vez de ensalzarla y satisfacerla, la considera enemiga. No hay mucha diferencia, desde el punto de vista nervioso, en el origen de ambas excitaciones, pero sí la hay, y mucha, en sus posibles resultados, consecuencias y conclusiones. Los nervios tensos hasta el espasmo dan impulso a gestos análogos, pero de signo contrario. En vez de acariciar el pecho, se le aprieta o golpea; en vez de azotar suavemente las nalgas, se las flagela. Las manos extendidas hacia el cuerpo de una mujer siempre están cargadas de ternura o violencia. En equilibrio inestable. En el aire cada vez flota un equívoco de fondo. Hasta el enamorado más entregado al placer de su compañera puede pensar en aumentarlo recurriendo a la brutalidad. Incluso a la mujer que ha abandonado su cuerpo con total entrega a las atenciones de su amante quizá le asalte la duda de que en el apogeo de estas prácticas placenteras él podría ir más allá, transformándose en otro hombre y forzándola a asumir ciertas posturas o a soportar cosas desagradables o dolorosas, llegando aun a pegarle o a apretarle el cuello..., o simplemente impidiéndole moverse hasta que satisfaga sus caprichos. Pero a veces eso no basta, ni siquiera sirve de nada protestar o implorar. La dominación siempre se halla latente en una relación amorosa, existe incluso cuando no existe, pues basta con desplazar el peso de los gestos un solo gramo y corregir la intención unos pocos grados para que una caricia se convierta en un golpe. Afortunados y afortunadas quienes nunca han conocido el equívoco de encontrarse a mitad de camino, en vilo entre uno y otro, a pesar de que su bagaje carecerá de la experiencia fundamental de la ambigüedad amorosa, del conocimiento del lado oscuro, de la batalla implícita que tiene lugar al amparo del amor, cuando los cuerpos se unen y compenetran, pero en el fondo luchan. ¡Y eso en el supuesto de que haya amor! ¡Imaginémonos cuando no lo haya! Cuando desde el principio el juego se rige por el engaño y el odio. La violación no es más que una interpretación dogmática, unilateral, literal de uno de los sentidos posibles; destruye la ambigüedad atribuyendo al coito un significado simple y claro. Feministas históricas y violadores de todos los tiempos coinciden en la idea de que la penetración es un acto violento en sí. A ese cuerpo hay que hacerle algo, no se puede dejar como estaba antes de apoderarse de él, deberá salir de esa situación transformado, transfigurado por el placer o, de lo contrario, desfigurado. ¡Cuántas opciones, cuántas modalidades de interacción se ofrecen ante un cuerpo femenino! Desnudarlo, explorarlo, cubrirlo de besos y saliva, mimarlo, experimentar con utensilios diferentes cómo siente placer, cómo reacciona a los estímulos, cómo se retuerce de dolor, cómo tiembla de miedo al oír palabras amenazadoras y cómo se deja engañar por las agradables; en suma, todo con tal de que no permanezca inerte, indiferente, cualquier cosa con tal de que corresponda a la propia excitación. Sin embargo, a veces el violador no está nada excitado ni es presa de una exaltación violenta, sino en calma, glacial: en ese caso, la excitación nerviosa de su víctima llenará el vacío de emociones. Si la víctima sufre, su torturador tendrá una prueba de su propia existencia, aunque él sea incapaz de sentir emociones o pensar, pues ella las sentirá y pensará por él. Comportarse de forma inhumana para sentirse vivo, para demostrar que se existe, es un ardid tan viejo como el mundo que se da en muchísimas ocasiones y que se halla en la base de muchas experiencias —guerra, delincuencia, autoridad, educación—; el mismo respeto, el mismo honor, los mismos derechos considerados inviolables nacen de la potencialidad del individuo de ser violento. Un ser inerme no tiene derechos, o bien sí, pero solo en teoría, de modo que es como si no los tuviera. Empieza a adquirirlos en el curso de una lucha, cuando demuestra ser, quizá acompañado por otros como él, capaz de la brutalidad, de reaccionar a esta con la misma brutalidad, probando que al menos es capaz de devolver los golpes. Lo que hoy llamamos pomposamente «derechos», como si siempre hubieran existido, como si hubieran estado a nuestra disposición desde el principio, ordenados igual que un ajuar nupcial en un cajón del que se sacan las sábanas limpias, no son sino el resultado de luchas, de pruebas de fuerza, de rebeliones, de derramamiento de sangre. Existo porque yo también puedo reaccionar, abusar, llevar a cabo una represalia. Así pues, no hay nada más manido que el uso de la violencia como afirmación de uno mismo, como arma ofensiva y defensiva. Lo repito: la misma inviolabilidad del domicilio tiene su origen en un hombre plantado en el umbral de su casa blandiendo un hacha y rodeado de sus hijos. La característica específica de la historia que estoy contando es sin embargo el uso privado de la brutalidad: la historia de unos individuos que hacen aflorar una tendencia latente y concentran el fuego en gestos ejemplares. El carácter conflictivo que existe en la relación entre los sexos sale a la luz de una vez por todas en pocos episodios, clamorosos, que aclaran otros muchos e insignificantes episodios del mismo conflicto.

Si es cierto que los hombres odian a las mujeres, pues bien, algunos las odian mucho más que otros, mucho más de lo que quienes las odian un poco o bastante logran remotamente imaginar.

No se escatiman fuerzas, dinero, energía mental, recursos fantásticos, nada, es más, se despilfarra para satisfacer esa comezón. Se arruinan vidas, la propia y la ajena, patrimonios y matrimonios, profesiones, familias, se devasta la sociedad y se llenan las prisiones, se escriben páginas de infamia y ridículo para aplacar ese anhelo. «¡Cuánto esfuerzo para un desahogo de tres minutos!»

¡Cómo influye la vida sexual en toda nuestra vida! O porque la absorbe o porque la excluye; incluso cuando fluye equilibradamente, porque el equilibrio es la señal del desequilibrio más grande, una señal de peligro.

Individuos tímidos, modestos, aprensivos, pueden verse impelidos a derribar cualquier obstáculo, empezando por su propia conciencia o su dignidad. Leyes, lazos, afectos, piedad, decencia, cuerpos humanos, todo queda arrasado, sacrificado. No existe nada más que el deseo, y al final ni siquiera eso. Una vez iniciada la ceremonia, cierta frialdad mecánica se abre paso: la misma que empujó a Angelo a ejecutar la acción de estrangular a sus dos últimas víctimas, madre e hija.

Pensamiento, palabra, obra u omisión: la catequesis que nos enseñaban en el SLM lo ponía todo al mismo nivel, y se podía pecar gravemente en todas y cada una de estas categorías, asumiendo cualquiera de estas conductas, es decir, haciendo o dejando de hacer, o diciendo o pensando algo. Lo que suele faltar en las fantasías sádicas es la oportunidad o el valor o la voluntad efectiva de ponerlas en práctica: se quedan en meras palabras, en pensamientos, en imágenes. Si las fantasías sádicas se convirtieran de repente en reales, el mundo sería un baño de sangre, una cámara de tortura paroxística. Dejando aparte la catequesis, que con razón se preocupaba de cubrir todos los aspectos y todas las actividades humanas, físicas y mentales, para abarcar la posibilidad de pecar solo con la intención, la diferencia entre una fantasía y un acto está clara; pero ¿cuántos grados separan ambas cosas? ¿Qué ecuación las pone en contacto transformando la una en la otra? ¿Puede cometerse un acto brutal sin haberlo premeditado? Y sobre todo, cuando uno se familiariza con las imágenes violentas y disfruta de ellas, ¿podemos estar seguros de que nunca las realizaremos en la vida real, de que jamás pondremos en práctica esas cosas en vez de contentarnos con soñarlas?

15

Leí en alguna parte que un joven de veintidós años intentó violar a una mujer de cincuenta y tres. Como ella se resistió con denuedo, la mató, violó su cadáver y lo arrojó a un lago. Después lo repescó para violarlo de nuevo.

¡Ay, con cuantas historias me he topado en el curso de esta investigación! Por ejemplo, con la de un hombre que se había corrido en la boca del cadáver de su amada hermana, tumbada en el ataúd durante el velatorio; los parientes lo habían pillado así, con los pantalones bajados, pegado a la cara manchada de la difunta, presa de un placer tan intenso que ni se había dado cuenta de que habían entrado en la capilla ardiente.

Son cosas incomprensibles, pero intento comprenderlas, y casi lo logro, bueno, a entenderlas del todo, no, no logro hacer mío semejante acto, pero me lo figuro, es decir, se forma en mi vista, aunque mudo y a la espera de un significado. Elegir un cadáver en lugar de una mujer viva depende de un motivo tan sutil como un cabello, pero el cabello puede crecer robusto, jamás quebrarse, resistir incluso muchos años después de que uno se haya muerto, pegado a lo que ya no es una cabeza, sino una calavera..., la falta de todo latido o chispa de energía, la inmovilidad, la pasividad de un cuerpo muerto son elementos de estímulo para una acción irresistible, que no puede detenerse o suavizarse, que por eso resulta perfecta para representar la fatalidad. El cadáver es la única figura humana completamente carente de voluntad propia. Ni siquiera el masoquista más dócil y sometido puede compararse con un cadáver. Las caricias a un cuerpo vivo siempre están frenadas o dirigidas por las reacciones de este y no pueden proporcionar el incomparable placer que se siente abrazando un muerto y colmándolo de efusiones. Cumplida la suprema violencia del homicidio, puede abrirse paso un mundo de delicadeza, la brutalidad ya no tiene razón de ser: cuando el cuerpo de la muñeca rebelde por fin se queda quieto, pueden dedicársele mil atenciones. Se cuenta de un hombre que había llevado a su casa la cabeza cortada de una mujer, y la cubría de besos y la llamaba con dulzura «mi mujercita».

Como contrapunto a esa inmovilidad, el deseo intenso de ver un líquido orgánico resbalando sobre el cuerpo inerte...

Como esos pervertidos japoneses que enculaban a las ocas y que justo en el momento de correrse les cortaban la cabeza con un cuchillo de cocina: una perfecta sincronía entre el goce y la muerte.

En aquella época, el topless se extendía en las localidades playeras y, de manera minoritaria —a pesar de que siempre había existido—, el nudismo. Pero el nudismo tiene la peculiaridad de requerir una participación de tipo ideológico, mientras que para quitarse la parte de arriba del biquini no hay que suscribir ninguna ideología ni hacer ondear otra cosa que las propias tetas; de hecho, esa manera de estar en la playa forma parte de las costumbres incluso en Italia, y se ha convertido en algo tan insignificante que incluso diría que vuelve a ser raro practicarla, con una tendencia de tipo generacional, según la cual es más fácil que tomen el sol con las tetas al aire las cincuentonas —las veinteañeras de entonces—, que las veinteañeras de ahora. El topless, mucho más que el nudismo, desempeñó un papel definitivo a la hora de desplazar las fronteras tradicionales del pudor femenino. Algunos teóricos habían lanzado la hipótesis de que esa reticencia tenía su origen en el hecho de que los órganos genitales de la mujer están ocultos, son casi invisibles. De ahí la obsesión masculina de explorarlos, de violar su secreto. Dejémoslos allí, protegidos por la oscuridad de los muslos. Pero ¿y el pecho? El coño podrá ser lo invisible que se quiera, pero las tetas se ven muy bien, y las grandes, desnudas —pero también las pequeñas y las caídas— se avistan a distancia. A pesar de lo mucho que se esfuerce para mostrarse deliberadamente indiferente, a un hombre le es imposible no advertir su presencia, no levantar acta; hasta un observador distante como el Palomar de Italo Calvino iba y venía por la orilla de la playa para espiarlas. Lo que era cierto para un hombre nacido en 1923, seguía y sigue siendo cierto para otro nacido en 1956. En cuanto a las siguientes generaciones, ya no sé cómo funciona...

Sí, vale, lo pillamos, dirá el lector. Si hay que tratar a las mujeres como objetos sexuales de usar y tirar, puede resultar difícil excitarse si no las convertimos de hecho en algo más o menos cosificado. Según esta idea, una mujer que habla, que piensa, que reacciona, que protesta o llora puede resultar insoportable a tal punto que al violador no le queda más remedio que suprimirla.

Dicho esto, es indiscutible que una notable parte del placer que deriva del acto sexual consiste en la universal e injustamente infamada cosificación sexual del cuerpo del amante, y del propio, que en el acto sexual se descompone, se fracciona, se representa maravillosamente independiente de la totalidad, se restituye a la pura materia de la que está hecho y a la pura forma en que está moldeado, aislando los detalles anatómicos del sentido general necesario para formar un individuo, incluso de las identidades de quienes participan en el encuentro amoroso. En virtud de este proceso, la curva de las caderas de la mujer desnuda tumbada a tu lado parecerá una cadena montañosa, sus pechos, granadas, las hipérboles del Cantar de los Cantares palidecerán, y las metáforas de los poetas barrocos y las de Ariel en *La tempestad* dejaran de ser magníficas figuras retóricas para convertirse en objetos reales, reales como solo los objetos saben serlo; cosas, simples cosas, materia, pura extensión física, pues ese cuerpo desnudo es final y felizmente un objeto, lo cual no significa que sea despreciable, sino admirable, digno de protección y veneración. Y con el que jugar. ¡Quién dijo que los objetos fueron hechos para destruirlos! A menos que... se le caigan de las manos a un niño tontaina. ¿Acaso durante las guerras no se han protegido con más fervor los objetos que las vidas humanas? Se precintaban cuadros y porcelanas mientras miles de niños ardían con las bombas de fósforo. ¿Estamos seguros de que conviene que nos traten como a seres humanos en vez de como objetos? Pocas veces a alguien se le ocurre hacer añicos adrede una sopera de porcelana de Meissen, sin embargo, ¿cuántas mujeres son asesinadas con premeditación? Al odio le resulta más fácil tomarles ojeriza a las personas.

Ese es el motivo que me ha inspirado estos versos del «Himno a la cosificación sexual».

¡Oh, la espléndida autonomía de las partes anatómicas
de las que está compuesto el cuerpo!
Posar la mirada apenas
un instante en el cuello de ella o de él:
algo muy simple. No podemos concebir mayor delicia
y en ella nadamos como en un mar infinito.
¡Oh, maravilla de los torsos acéfalos de los museos!
Cuantas cháchararas acerca de la personalidad, la integridad,
la inviolabilidad del individuo —¿cuál?, ¿dónde?,
¿quién?— si en verdad un sentimiento religioso

capaz de respeto por la criatura humana
exhala mucho más potente del esplendor
anónimo de un pormenor corpóreo, los cabellos, un pecho
los dedos de los pies, contemplarlos y besarlos, la hendidura
entre las nalgas y el pliegue bajo ellas, sutil como un hilo...
¡Oh, músculos dorsales de un hombre tumbado boca abajo!

Es cierto que un cuerpo reducido a cosa es la imagen más cercana a un cuerpo sin vida...; por otra parte, ese es el destino del acto sexual, el deseo arde a la vista de eso, en eso se complace, es decir, en sentirse por fin sin vida, extenuados, privados de todo sentido y sentimiento más allá de yacer como cosa entre las cosas, materia sin redención. «Puede que tú y yo no seamos personas, sino cosas...», reza un poema de amor que compara el cuerpo de la amada con un paisaje, con una naturaleza muerta. De lo contrario, el acto carnal sería una actividad como cualquier otra —útil o divertida, productiva—, mientras que está claro que es todo lo contrario. En el caso en que, a raíz del coito, resulta productiva, la situación paradójica que viene a crearse es casi una burla con respecto a las premisas, con un efecto a distancia tan espectacular como desconcertante: es extraño, hago el amor para anularme y, en cambio, me reproduzco. Quisiera desaparecer y me multiplico. La existencia conjunta en el mismo acto de dos tensiones tan diferentes ha sido considerada por muchos pensadores como un sabio engaño de la naturaleza, la trampa seductora de la reproducción. El binomio romántico amor y muerte cambia de signo y se convierte en amor y vida. Qué vamos a hacerle, no lo discuto.

La insustituible función del coito es la de acabar —al menos temporalmente— con la obsesión, al mismo tiempo catolicísima y ultrarracional, por el individuo, con su ajuar de unicidad, dignidad, derechos, etcétera, un montón de cosas que sirven en el registro civil, los tribunales o el trabajo, pero que en la cama solamente son un engaño, un engorro. Ningún dulce abandono se le concede a quien vigila desde la altura de su propia personalidad. Quien arrastra bajo las sábanas ese estorbo psicológico o jurídico dormirá solo para siempre. Por suerte, el sexo pasa de vez en cuando para despejar el terreno, poner a cero los resultados, como las palas de una quitanieves. En el sexo cada vez se empieza de nuevo, es decir, a partir del cuerpo, esa máquina suave. Sí, estoy hablando del milagro de personas que se transforman en cosas. Si no es para explotarlas, venderlas o hacerlas sufrir, ¿qué mal hay en ello? ¿Por qué considerar uno de nuestros peores sueños lo que para mí, por ejemplo, es una aspiración cotidiana, quizá la única aspiración religiosa de mi vida, es decir, la de evadirme de mi propio yo? ¿Es posible que se confunda esta santa necesidad con una abyección? ¡Convertirse felizmente en una cosa! ¡Qué más quisiera! Harían falta años de práctica, ni siquiera un brahmán o un hesicasta lo logran... Convertirse en nada, una planta, una roca, una flor del desierto, no, una manzana..., o mejor, en la sombra de esa manzana en el alféizar...

Es inevitable que este proceso comporte un riesgo. Son experimentos al borde del abismo. Puedes no despertar, que se cumpla un deseo cuyo alcance no se comprendía por entero. La suspensión de la vida se prolonga hasta volverse permanente. Ese es el peligro que se corre. Se cuenta a propósito de un personaje de la Antigüedad, Hermógenes, que era capaz de salir de sí mismo: su alma vagaba a su antojo por el mundo y volvía a su cuerpo cuando se hartaba de ver cosas. Pero unas personas malvadas se dieron cuenta de esta facultad mágica y, envidiosas, quemaron su cuerpo mientras su alma se hallaba ausente. Cuando esta regresó no encontró su casa... y se desesperó...

Cada llave posee una muesca apropiada para una sola cerradura. De igual modo cada individuo persigue una forma peculiar de gratificación. Por eso resulta casi imposible conseguirla en un acuerdo perfecto con otro, que encaje en otro perfil. Justo por ese motivo el encuentro sexual resulta a menudo frustrante o forzado, sino para ambos al menos para uno de los dos amantes: casi siempre se está un poco por encima o por debajo; nos adaptamos, nos sacrificamos o nos vemos obligados a hacerlo, renunciamos a mucho desde el principio, y a más a lo largo del camino. Desearíamos más, o menos, o lo mismo pero más deprisa o más despacio... A fuerza de compromisos acabamos por encontrarnos en tierra de nadie, un lugar desconocido y ajeno a ambos; pero si no se hacen concesiones, uno de los dos se convierte en mero instrumento de placer del otro y, reducido a eso, poco después será destruido y sustituido, usado y sustituido, comparado y sustituido. Una vez que se ha retrocedido al papel de instrumento, por sofisticado y funcional que sea, un ser humano se convertirá en poco tiempo en un desecho.

Todo acto sexual, cualquiera, hasta el más alegre, lleva implícita la posibilidad de terminar con un cuerpo sin vida: es una eventualidad simbólica a la que se accede por imágenes mediante la pequeña muerte del orgasmo y cuyo resultado catastrófico se roza sin cesar, cuyo gesto se emula, señalado y oculto al mismo tiempo en la corporeidad; nos aproximamos con audacia y desenfreno o por juego, y nos alejamos con un escalofrío. En cualquier caso está presente y cercano, como una especie de centro radiante del acto mismo. Por remota u onírica que parezca, la posibilidad de la muerte existe de igual modo que la de generar una nueva vida, oscila en el horizonte de la eventualidad constituyendo uno de los elementos indispensables del placer: la incertidumbre. Un indicador de precariedad que precisamente por eso incita a los amantes a aferrarse el uno al otro lo máximo posible. La fuerza de gravedad del acto sexual atrae a los contrarios, es el ojo del huracán que engulle toda la energía, al que todas las energías se dirigen. En esto consiste el acoplamiento carnal entre los individuos, en su anulación: en esa hoguera arde la identidad y empieza a tomar forma otra que verá la luz meses después. Entre las infinitas variaciones y graduaciones de este tema, algunas son mortales, y en ellas la posibilidad de la muerte, puesta en escena en calidad de juego en otros ámbitos, toma cuerpo como resultado imprevisto o a un nivel todavía más puro y extremo, cuando la intención es matar y el sexo desempeña un papel de mero protocolo de ejecución. El maníaco usa el acto sexual igual que el Estado la guillotina o la horca; es cierto, por sí solo no basta para provocar la muerte, pero, por decirlo así, la inaugura, es su fase preliminar, como lo son el ayuno y las abluciones en ciertas ceremonias religiosas que conducen a la visión decisiva a través de etapas de conocimiento; en vez de calmar al agresor, el sexo lo impulsa a pasar al nivel siguiente, a la etapa sucesiva, la del homicidio, a la que tenía intención de llegar desde el principio. De este modo, lo que subyace como implicación oscura en el impulso sexual, bajo una forma que era difícil distinguir y separar de los demás motivos, sale a la luz purificado y potenciado, y al final cobra una fuerza que le permite despegarse del fondo sobre el que reposaba, convertirse en algo independiente, en su exacto opuesto, en su contrafigura negativa. Es así como dentro del universo erótico —y no en su exterior como suele pensarse— se crea un espacio donde en lugar de la alegría y el placer recíproco triunfa la muerte. Que no es otra cosa que un pliegue oculto, el modo menor del acto amoroso convertido en dominante.

En cualquier caso, se trata siempre de una disgregación, de una desmembración. La disección del cuerpo femenino que realiza la mirada fotográfica, tanto en la pornografía como en la fotografía artística. Los trozos de mujer obscenos y desgarrados, coloreados en rojo o glaciales como el mármol en la maravillosa granulosidad de los maestros del blanco y negro: la finalidad es diferente, pero el proceso de descomposición muy parecido.

Ese detalle anatómico que durante el acto sexual puede apreciarse tan de cerca no es una cosa, pero tampoco una persona. Es algo vivo sin individualidad. Por más peculiares que sean, un pecho, una oreja, un pezón, las venas que laten en el brazo o en el órgano masculino erecto o que se transparentan bajo la piel blanca, la pelusa, el ombligo, un muslo, el ojete espasmódicamente contraído y ensanchado, el ojo coronado por la ceja, no son tan diferentes de los demás ojos, muslos, muñecas u ojetes. En el fondo, podrían pertenecer a cualquiera, y en eso reside su infinita maravilla, en ser impersonales. No quiero decir con eso que todos son iguales, sino que no son de nadie. El sexo convierte en pacíficamente anónimos a quienes lo practican, mientras permanecen abrazados y no se divisa el horizonte o en la cándida paz que sigue a los espasmos. Cuando se exhibe, cuando expone y entrega su cuerpo desnudo, la persona desaparece, engullida por su cualidad física. Está dispuesta a dejar que otro la tome, que su mirada y sus manos la posean, sujeten, rechacen, utilicen, abandonen. En una civilización desarrollada, donde no existe la esclavitud y los menores deberían estar protegidos del abuso de los adultos, esta es la única ocasión de apoderarse de un individuo. Para hacerlo suyo, como se diría de un objeto. Dado que no se posee a personas, sino solo cosas, si los amantes no se pusieran en manos del otro no existiría posesión recíproca. Cuando uno de ellos se convierte en cosa se le permite al otro convertirse plenamente en persona, es decir, en un sujeto con facultad de ejercer la posesión. Dejándose poseer se da la posibilidad de subir de rango a quien posee: perder la propia individualidad, el propio nombre, permite que el otro lo adquiera como por milagro. Que este intercambio —persona por cosa, cosa por persona: yo me he convertido en un objeto para hacerte persona— sea fruto de la violencia y el abuso, o bien de un libre intercambio amoroso o un ejercicio de perversión, no cambia en absoluto su esencia, sino solo su modalidad: que te traten como una cosa puede ser, pues, una experiencia maravillosa, un entretenimiento peligroso o una de las peores pesadillas de un ser humano.

Quien no te ha visto nunca desnuda no puede comprender
lo que es de verdad un paisaje, lo que es la silueta
de montes y ríos, y barrancos, la inmensa llanura
de la piel tersa entre las crestas ilíacas
ahora oscura ahora clara o salpicada de nieve
según el fluir de las estaciones.
Puro fenómeno, pura materia extendida, desnudada
de años de erotismo de toda clase:
pues bien, sí, aquella famosa poesía sobre la giganta
(«Recorrer a mi gusto sus magníficas formas […]
y dormir despreocupadamente a la sombra de sus senos…»,
etcétera)
ahora sí que la recuerdo y en parte la comprendo.

Puede que tú y yo no seamos personas, sino cosas.

Las consecuencias de este proceso de cosificación sexual pueden llegar tan lejos que no haya vuelta atrás. Como siempre cabe la posibilidad de reducir a las personas a cosas mientras que estas nunca se convertirán en personas —al menos mientras no existan robots pensantes, pero que piensen en serio—, el número de las cosas en el mundo irá en constante aumento. Y para que no se convierta en un número aplastante, muchas de esas cosas son eliminadas. Como chatarra en los desguaces. Lo mismo le sucede a las personas: en primer lugar hay que encargarse de reducirlas a cosas, después se las elimina en virtud de su condición de cosa, es decir, por carecer de algo humano. El circuito de la degradación mortifica a los seres para poder despreciarlos por ser solo cosas. Si el cuerpo está disponible en cuanto tal, significa que es intercambiable, que puede eliminarse tranquilamente. Eso con lo que podemos hacer lo que queramos ya no tiene ningún valor.

De ese modo, el detalle anatómico se convierte en un portentoso receptáculo en que es posible acumular cantidades infinitas de placer o dolor, reales o imaginarios. Lo que hace que una parte cualquiera del cuerpo de un hombre o una mujer sea sagrada es precisamente su impersonalidad, su anonimato, como los bustos de mármol que se exhiben en los museos, a menudo más admirables que los cuerpos enteros. ¿Qué más da si se trata de Hércules o de cualquier otro dios o héroe? El entramado de los músculos o la densidad de la carne, la semiesfera del glúteo de una Venus Calipigia han perdido el contacto con su nombre, con la historia, con su significado.

Al igual que en la estatuaria medieval, en la que manos, ojos y rostro eran desproporcionados con respecto al resto del cuerpo porque a través de ellos se mostraba la espiritualidad del hombre y a los artistas de entonces les preocupaba más el significado que la apariencia visual, la pornografía también presta mucha atención al significado, se desinteresa del realismo de la figura humana entera y la deforma, eligiendo un objetivo o un primer plano, la analiza, exaltando las partes y los momentos en estado puro, estilizado: la polla, los orificios femeninos, la boca abierta, el chorro seminal.

Motivos para tener una erección los hay a montones. Cada joven varón se construye a lo largo del tiempo, al tuntún o gracias a una búsqueda quisquillosa, una iconografía compuesta de cuerpos y detalles de cuerpos, en especial de las partes exclusivamente femeninas, es decir, los pechos. Las tetas. Las tetonas. Las peras enormes. Y aprende a dirigir su excitación a esa galería anatómica, a dedicarle las erecciones que antes se producían de manera desordenada; es así como poco a poco adquiere la certeza de cuáles son sus verdaderos gustos sexuales. Lo mismo pasa con la oración y el sacrificio, que son exigencias primordiales pero, al principio, no están bien dirigidas. Se siente la necesidad de rezar, pero no se sabe a quién; de hecho, los dioses son a menudo destinatarios de una oferta preexistente a ellos mismos: primero el don, después a quién dedicarlo, de igual modo que primero está la erección y después se crea una galería de cuerpos a la que dedicársela. No son la causa, sino el destino. La polla se puede poner dura por rabia o miedo, yendo en trineo, dibujando un árbol, oyendo un disparo, cuando sales a la pizarra, durante la lectura de *Topolino* o de *Tex*, persiguiendo al gato de casa para pisarle la cola, cuando el quiosquero se equivoca con el cambio y mientras se forma la nata en la leche caliente a la hora del desayuno. Miedo y deseo siempre van de la mano.

Si se eligen las tetas es porque son emblemas reconocidos de la feminidad y deberían elevar a la categoría de macho indiscutible a quienes se sienten atraídos por ellas.

... los desnudos de aquellos años casi nunca eran integrales, dado que el cuerpo no se veía completamente desnudo, sino con artículos considerados seductores, como medias, medias de rejilla, calcetines deportivos y muñequeras de tenis, calcetines de colegiala, calentadores enrollados en las piernas, sí, gran cantidad de calentadores para sugerir que un cuerpo así, duro pero agraciado, era el resultado de un intenso entrenamiento en los espalderes del gimnasio..., zapatillas de baile o de gimnasia..., o bien bustiers, corsés, ligueros, encaje..., encaje y bordado por todas partes... y abrigos de pieles tupidas y oscuras usados como cubrecamas de los que emerge perezosamente un cuerpo desnudo de color rosa golosina o níveo... y fulares en el cuello, pañuelos, cintas, collares apretados o de perlas, de piedras muy grandes, objetos geométricos que cuelgan entre los pechos hasta rozar el ombligo e incluso más abajo, hasta el pubis tupido..., muchísimos collares de todos los estilos... y el abdomen a menudo atravesado por accesorios que inte-

rrumpen su continuidad, como cinturones de piel, cintas de albornoces y batas, bandas, tirantes, corbatas de hombre, toallas y sábanas que tapan la desnudez como respondiendo a un arrebato malicioso de pudor..., la espalda casi siempre medio oculta, cubierta con la mínima expresión de una blusa u otras prendas transparentes, toreras cruzadas de ballet y monos abiertos que muestran un pecho incontenible... y las camisas de vaquera a cuadros maliciosamente anudadas cuyos botones explotan un poco más arriba, a la altura del pecho... sobre el que oscilan unas encantadoras trenzas rubias de campesina, restos de una inocencia perdida o nunca conocida... y capitas con flecos, chalecos de india y toreras siempre abiertas en forcejeo con las tetas insolentes... y sombreros de ala ancha, viseras de tela o de plástico transparente, gorritos playeros, cintas de tela de rizo, gorros de pieles, capuchas de esquiadora...

16

Por defecto, el monstruo permanece indiferente a todo salvo ante un detalle, a una porción anatómica. La virginidad femenina lo intimida, es un desafío que lo impulsa a usar la violencia con tal de salir del punto muerto que supone para él. Para violar a una virgen se necesita una determinación que por fuerza incluye la brutalidad. La virginidad excita al perverso, lo crispa y puede convertirlo en impotente. En ese caso, recurrirá a cualquier medio o instrumento para impedir que ese cuerpo permanezca intacto. Lo más escalofriante de las declaraciones y las actas son esas frases entre comillas del tipo «le introducía el mango de una escoba» o «insertaba una botella de cerveza», como si usar objetos para penetrar a la víctima en vez de su propio órgano sexual fuera indicio de una maldad y una saña peculiares, lo cual seguramente es verdad, pero se trata de una facilitación del gesto y no solo de su recrudecimiento. Podría afirmarse que desflorar a través de un utensilio depura y revela con mayor claridad la naturaleza no erótica del gesto, el hecho de que tiene poco que ver con la satisfacción de un instinto y que se parece más bien a un ceremonial cruento y necesario. Al igual que en algunas comunidades primitivas, en que se usaba un instrumento aposta —un cuerno o un hueso— para que a las muchachas no las desflorara nadie en especial, sino, en cierto sentido, la comunidad entera, así el violador impotente se convierte en el oficiante de la desfloración, y como si la misión excediera a sus fuerzas físicas, usa otros medios para romper el sello, para profanar, es decir, para entregar al mundo del que hasta el momento se había mantenido al margen esa porción de anatomía femenina que simboliza la inocencia, esto es, la falta de adecuación social de la persona entera. Algo de gran potencia anónima actúa a través del gesto del violador, una fuerza que va mucho más allá de sus deseos, aunque se haya despertado por su excitación y su personal falta de escrúpulos, pero que no se explica solo con ellos. Es una especie de fatalismo, como si en el fondo se sintiera un ejecutor que obedece a un mandato, por cuya mano se cumplen leyes crueles e ineluctables. No tiene nada en común con la llamada «búsqueda del placer». Es más, los violadores lo viven como un trabajo que alguien debe hacer, y les toca a ellos ponerse manos a la obra. Con el delantal de cuero de los asesinos en serie que el cine ha hecho famoso. En la carta en que por primera vez firma como «Jack el Destripador», fechada el 28 de septiembre de 1888, el asesino aún desconocido que hasta entonces la prensa había llamado Leather Apron, Delantal de Cuero, insiste en usar la palabra «trabajo»: el último trabajo que hice, mi próximo trabajo, me gusta mi trabajo... *job* y *work* son la palabras más recurrentes; *job* y *work*, es decir, algo que se lleva a cabo con diligencia, con sentido del deber. Al no haberse descubierto nunca su identidad, el Destripador perdura como una figura colectiva; cualquiera puede ponerse su máscara y su delantal permaneciendo anónimo pero encarnando sus características: la saña, la gratuidad y, al mismo tiempo, la impenetrable necesidad de su trabajo, la burla de la ley, es decir, los rasgos que lo hicieron popular. Exacto, un asesino popular, popular por abominable. Lo abominable es un condimento de la fama, no su antídoto. Por esas razones el personaje de Jack el Destripador nunca muere. Anida en el corazón de la vida ordinaria.

17

Morir inmediatamente después de haber perdido la virginidad. Morir mientras se pierde. El lugar de la fecundidad en comunión con el tiempo del rito fúnebre. Un grano aplastado y exprimido representa a la vez una vida que nace y otra que se apaga. Las bodas son bodas de sangre, bodas con la muerte, como las de Perséfone, arrastrada al Inframundo con Hades, el dios que acoge muchas almas. La chica pasa de un dominio a otro sin estadios intermedios. Hades desgarra la tierra para ofrecer a Perséfone un reino rebosante de riquezas, y de miedo: la oferta es tan rica y arriesgada que abruma a su destinataria. Estamos abrumados, superados. Cada conocimiento se halla impregnado de pánico. Si este pasaje a la conciencia es inevitable, quizá parezca lícito o incluso necesario abreviar las etapas con la violencia. Un gesto brutal puede incluso verse como más honesto que tantos remilgos, que tantos rodeos..., desvirgar a la muchacha, arrancándola del nido, truncando de raíz sus fantasías, sus ingenuas aspiraciones.

«Ahora eres una mujer.» «Te tumbaste en la hierba como niña / te levantas como mujer.» Eso se le decía a una doncella después de arrebatarle la virginidad. O bien se lo decía ella sola —«Ahora soy una mujer»—, en las canciones. La expresión era exactamente la siguiente: quitar la virginidad, o quitársela, como si fuera una muela del juicio que obstaculiza el desarrollo de la arcada.

A la muchacha virgen se le reserva una saña especial, como si se deseara castigarla por el orgullo o la ingenuidad de haberse mantenido así, de haber cultivado su virtud. La virtud es un verdadero motivo de desgracia cuando la muchacha se topa con sus enemigos, que se la hacen pagar muy caro, como ya se ha dicho, con un paradójico objetivo pedagógico. Hacer ostentación de virtud acaba por convertirse en un «vicio espléndido». Por otra parte, por lo visto las mujeres no tienen escape: las violan tanto si tientan al hombre como si lo rechazan. Su actitud se considera provocadora en ambos casos. Pero en el primero, se les castiga complaciendo sobremanera lo que parecía ser su deseo, mientras que en el segundo, se les arrebata por la fuerza lo que defendían. El objeto es el mismo, tanto si se ofrece descaradamente como si se niega con denuedo: al hombre deseoso de castigar a una mujer ese objeto no le interesa en sí mismo, es solo un pretexto para infligir el castigo.

18

Una ruptura psíquica crucial como consecuencia de una laceración física insignificante. Me pasó una vez, con una chica alemana. Viví las dos fases de esta experiencia separadas por un lapso de tiempo. Ese intervalo convirtió la vivencia en algo extraordinario. Por lo general, cuando uno conoce a una chica virgen, o la deja tal cual, o hace el amor con ella y comparte el paso de la vida anterior a la futura. La chica se levantará de la cama sin ser ya virgen —es decir, privada de algo, pero completada a la vez por esa privación.

Mi aventura, sin embargo, fue inverosímil. Ruego al lector que me crea si le juro que me pasó de verdad, como voy a contársela. Y la cuento porque considero que tiene mucho que ver con las otras historias de este libro, con las que se refieren al derramamiento de sangre, como la famosa anécdota de Freud en su estudio acerca de los lapsus.

... exoriare aliquis nostris ex ossibus ultor...*

Se llamaba Bettina. De las cuatro chicas alemanas con quienes he estado a lo largo de mi vida, tres se llamaban así. Cuando la conocí tenía dieciocho años y yo veintitrés, creo. Fue en España, en Salamanca, donde me

---

* «Dejemos que alguien surja como un vengador de mis huesos.» *(N. de la T.)*

habían dado una beca de verano y ella había ido a estudiar español. Era muy guapa: pelo rubio y liso, con las dos paletas un poco separadas, lo que confería a su sonrisa una dulzura infantil, como si sus padres hubieran decidido no ponerle el aparato para que no perdiera esa boca de niña. En su caso su familia contaba, y mucho. Bettina era la hija pequeña de un héroe de la Segunda Guerra Mundial, un piloto de caza que había sido condecorado con la Cruz de Hierro a los veintidós años por su extraordinario valor. Bettina me lo contaba tumbada desnuda en la cama de mi colegio mayor, abrazada a mí, después de un conato de desfloración por mi parte; lo había intentado con toda mi buena voluntad. Bettina me gustaba muchísimo, me excitaba, había puesto toda la dulzura y la determinación de que era capaz, pero cuando había empezado a penetrarla ella gemía de dolor. «It hurts! It hurts so much!», se quejaba, porque a pesar de que estaba allí para perfeccionar su español, que hablaba ya de manera fluida con su encantador acento alemán —que junto con sus ojos, preciosos, su pecho turgente, el vello rubio impalpable que cubría todo su cuerpo como un manto y que se volvía más tupido en el hueco del sexo, era uno de los motivos por los que me gustaba tanto—, entre nosotros hablábamos en inglés, y en español solo con los demás. Era más sencillo y más directo. «It hurts!», se quejaba en cuanto empujaba dentro de ella. Y eso una, dos, tres, diez veces, llorando y forcejeando. Incluso pensé en sujetarle los brazos, aplastarla con todo mi peso y metérsela a la fuerza, pero no tuve valor. Así que, tras una semana de intentos cargados de buena voluntad, renunciamos: nos encerrábamos en mi habitación, nos desnudábamos, nos abrazábamos y nos besábamos, solo eso. Recuerdo mi miembro a punto de explotar por la excitación al cabo de una hora de besos y abrazos. Tener entre los brazos a una chica tan guapa y tierna, desnuda, sin hacer el amor con ella —creo que no intentamos ninguna alternativa a la penetración, no recuerdo haberme corrido encima de ella o en sus manos, yo la había besado fugazmente entre las piernas solo para tratar de debilitar el obstáculo que impedía la entrada de aquel chisme de dimensiones comunes, pero que, en efecto, era a todas luces desproporcionado con respecto a la minúscula fisura sombreada de pelusa rubia; es más, quizá lo hice solo para sentir las cosquillas que me hacía en los labios, y solo unos pocos segundos—, tener a aquella maravilla alemana entre los brazos sin hacerle el amor, decía, sigue siendo unas de las sensaciones más tormentosas que he experimentado en mi vida, y, en efecto, me ha dejado un recuerdo imborrable que aflora cada vez que se establece una relación casual entre palabras o imágenes como chica-Alemania-rubia-dolor.

Recuerdo que entre las diosas de la Antigüedad hay algunas que permanecían vírgenes para siempre, como Atenea o Artemisa. Son diosas refractarias al contacto con el varón, y habría que reflexionar acerca del porqué —seguramente no es casual— la primera, que rechazaba el contacto sexual, era hija de la Inteligencia, y la segunda reinaba en el confín entre el mundo civilizado y el salvaje. También hay diosas que, en cambio, conocían y pertenecían a su esposo, ya fuera uno —Hera con Zeus— o varios —Afrodita—, como si hubieran sido poseídas desde siempre. Sabían lo que era el sexo, lo que era un hombre, y lo buscaban sin sosiego, para unirse carnalmente a él o para impedir que él lo hiciera con otras. Solo una divinidad, Perséfone, cambia de condición, de virgen a esposa, solo ella cruza e interpreta ambas etapas de la vida femenina que en las demás divinidades son alternativas —¿Cómo podría existir una divinidad del amor que se conserva casta? ¿O una cazadora con prole?

Y pasemos a la segunda etapa de la vida sexual de Bettina. Por lo que yo sé, claro. Ruego al lector que crea la segunda parte de la historia que estoy a punto de contarle, al igual que la primera y, en general, todas las aquí contadas que, salvo algún pequeño detalle, son ciertas, han sucedido, han acaecido..., en algún lugar y en algún tiempo, si no a mí, a alguien, lo cual hace que la tarea de contarlas me resulte agradable y fácil. Escribo este libro tan deprisa que ni siquiera un dios lograría ir a la par con el dictado. ¿Cree el lector que exagero? Un poco sí, pero resulta más fácil escribir cuando se escribe la verdad y solo se inventa algún episodio que se ha borrado de la memoria, o que la ignorancia ha mantenido oculto, o que la fantasía se toma ahora la agradable molestia de rememorar a su manera, no mintiendo, no deformando, sino exagerando un poco un rostro, unas frases, el lugar donde algunos personajes se encontraron... —que tal vez haya volado de un lugar a otro, como la casa de la Virgen María, que de Nazaret fue transportada por los ángeles a Loreto.

Volví a ver a Bettina por casualidad en Roma, un año y medio después de mis inútiles intentos de entrar en su cuerpo en Salamanca. Su pubis sigue siendo una de las cosas más encantadoras que he visto jamás, y el de una mujer no siempre lo es. La mayoría de las veces es un lugar anodino. Quien sostiene la inferioridad de la mujer pone como ejemplo estético la insignificancia de su órgano sexual, su invisibilidad, en pocas palabras, el hecho de que parece inexistente. Es un viejo argumento y por eso vuelvo a proponerlo. Pero el de Bettina, a pesar de que era impenetrable, era una maravilla. Como lo fue la ocasión que se me presentó para intentar entrar en él de nuevo.

Estaba en la Piazza del Popolo —sí, sí, lo sé, es trivial, turístico, pero estaba justo allí, en esa magnífica plaza, sentado en la escalinata de la iglesia ubicada a la derecha según se mira al Corso, en la esquina con la Via di Ripetta, hablando con un amigo que era pintor acerca de algún tema artístico, concentrado en nuestra conversación y al mismo tiempo distraído por el espectáculo habitual de la plaza, característica esta de muchas conversaciones intelectuales que tienen lugar en un entorno que rezuma belleza; hablas, escuchas, te aferras el hilo del razonamiento, pero entretanto algo que contradice, anula o supera lo que está diciéndose rapta tu mirada—. En Roma sucede muy a menudo, forma parte de la dialéctica constante entre los resultados inalcanzables obtenidos en el pasado y el confuso aprendizaje de quienes emprenden un trabajo artístico sabiendo que han sido derrotados de antemano. Derrotados, sí, pero no humillados, es más, casi consolados, como si el joven artista sintiera vibrar dentro de él al menos un poco de esa fuerza aplastante que lo arrolla.

Estaba pues sentado en la escalinata hablando de arte conceptual, creo, con mi amigo pintor, cuando noté que alguien me abrazaba por detrás, o quizá solo me tocara la espalda de un modo que se me antojó un abrazo caluroso y perturbador. Y era Bettina: su rostro apareció en lo alto y sus cabellos rubios llovieron sobre mi pelo. Me dijo que se había acercado a nosotros para pedirnos una información, no porque me hubiera reconocido. En efecto, sujetaba un mapa turístico e iba con una amiga, la clásica amiga con quien se viaja, se visitan monumentos, se liga con los chicos del lugar, también en pareja, como éramos el pintor y yo. Pero yo no tenía necesidad de ligarme a Bettina, ya lo había hecho dos veranos antes, en Salamanca, ya había tonteado con ella, mostrándome seductor, ya la había besado y desnudado. Y nos habíamos hartado de revolcarnos en mi cama de una plaza. Me pareció diferente desde el primer momento. No sabría decir si más o menos guapa, pero lejana a aquella chica etérea a la que había intentado penetrar repetidamente en el colegio castellano antes de renunciar a la empresa, que requería demasiado esfuerzo, una buena dosis de paciencia, habilidad específica, o quizá solo brutalidad, que por lo visto yo no poseía. Tal vez hubiera bastado con hacer caso omiso a sus súplicas («Please, stop... It hurts so much!»). Bettina estaba emocionada y excitada por nuestro encuentro. Yo también. Pero puedo analizar mejor mi emoción que la suya, creo. Ella parecía rebosante de alegría y sorprendida de verdad. Yo me sentí curiosamente culpable, como si le debiera algo, y también un poco inseguro, me refiero a inseguro sobre cómo comportarme, turbado por aquella joven y guapísima mujer que el azar volvía a ponerme delante en otro punto de Europa. En aquel preciso lugar de Roma. En aquella época era frecuente quedar con amigos para hablar de cosas que nos interesaban, temas que abordábamos muy en serio, que estudiábamos, sopesábamos, desentrañábamos, y que, a falta de maestros reales, acabábamos por enseñarnos los unos a los otros. Quien sabía más sobre algo improvisaba conferencias que, muy a menudo, se impartían en una escalinata, sentados al sol, que en Roma permite las clases al aire libre de marzo y hasta bien entrado noviembre. Nuestra escalinata preferida era la inmensa y casi concebida aposta para los debates de carácter estético de la Galería de Arte Moderno en Valle Giulia, amplia y desierta, o los escalones de iglesias menos conocidas, como la basílica de San Juan y San Pablo o San Gregorio, ambas en el Celio, o la que se encuentra en la ladera del monte Caprino, cuyo nombre no recuerdo. Lugares ignorados de la ciudad, en algunos casos casi abandonados —la plaza de enfrente de San Gregorio estaba llena de preservativos que tiraban por la ventanilla los que iban a follar al anochecer—. Pues bien, si me hubiera citado con mi amigo pintor en uno de nuestros lugares habituales no habría vuelto a ver a Bettina, y la última imagen que habría conservado de ella, encantadora aunque empañada por el fracaso, habría sido la de Bettina desnuda en la cama de mi colegio de Salamanca, con un brazo doblado sobre los ojos, en posición melancólica pero perfecta para que resaltaran el perfil de sus orgulloso pechos apretados, casi sobrepuestos uno a otro, mientras lloraba en silencio por no haber logrado hacer el amor conmigo, porque yo no había logrado hacer el amor con ella; un chico italiano, sano, moreno, viril, y una estupenda chica alemana, rubia, sinuosa y apasionada, no habían logrado hacer juntos una cosa que en el fondo era muy sencilla, banal, meterse uno dentro del otro, introducir dos partes de nuestros cuerpos, de forma y dimensiones complementarias, una dentro de la otra, a pesar de desearlo, es más, de anhelarlo fervientemente. Por eso las lágrimas brotaban de sus ojos y se deslizaban por debajo del brazo hasta la barbilla y el cuello. Ella se avergonzaba y yo me avergonzaba; mi pundonor viril era sin duda inferior a su deseo de dejar de ser virgen. Para mí no era cuestión de vida o muerte, Bettina me gustaba también así, virgen a su pesar, triste y llorosa, guapísima, y daba igual si no me la había follado, si no habíamos follado, si no la había follado —tres maneras de declinar el mismo verbo que indican tres acciones bastante diferentes entre sí, pero todas a mi cargo, algo que no había hecho—, yo estaba contento de todas formas porque su belleza lo colmaba todo. Sí, parecerá contrario a cualquier lógica, pero ante una mujer muy hermosa podría contentarme con darle un beso o tocarle el pecho, o verla desnuda, desnuda para mí, incluso sin copular con ella, puede que porque soy un jodido esteta, alguien diría un medio marica, un mierda; pero una mujer menos hermosa, nada hermosa o incluso fea, bueno, a esa tengo que follármela, es casi un deber, quiero decir que una vez puesto en marcha el proceso no es aceptable no hacerlo, es inadmisible no alcanzar el resultado después de haberlo programado, quizá incautamente. La belleza luminosa del cuerpo desnudo de Bettina, por una parte, era una recompensa opípara para mis ojos y, por la otra, me transmitía serenidad, me comunicaba una delicadeza, casi una languidez, melancólica, es decir, sensaciones que no ayudan a alguien a quien le cuesta desflorar a una chica.

Pero allí, en plena Piazza del Popolo, no podíamos exteriorizar de buenas a primeras lo más obvio. ¿Qué era? Pues que lo habríamos intentado otra vez. Que debíamos intentarlo. Aquella extraordinaria coincidencia solo podía interpretarse como una obligación, un mandamiento concreto de que teníamos que acostarnos juntos y en esta ocasión lograr la unión carnal. En esta idea, en este detalle físico, mecánico, la penetración, se funda el concepto de la relación sexual, desde un punto de vista que adquiere, según la ocasión, un matiz simbólico, jurídico o emotivo como prueban decenas de casos ilustres; no sé por qué, pero es así, y hasta que completáramos nuestra historia con la penetración de mi sexo en el suyo —¡uy!, había escrito, por error: de su sexo en el mío—, era como si esta historia no hubiera existido, como si fuera un sueño o una anécdota que contar. Así que quedamos enseguida para aquella misma noche, pero teniendo que disimular la verdadera razón que nos motivaba a ello, y la cita fue con su amiga y con ella, pues tampoco Bettina podía plantar a su amiga así como así la primera y única jornada que pasaban en Roma, ya que al día siguiente se iban. Se marchaban. Hacia no sé qué otra puta ciudad de arte. De modo que me vi obligado a buscar acompañante para la amiga. Lo exigían las costumbres de la época: libertinos, pero dentro de un orden, libertinos pero todavía respetuosos con el viejo y asentado esquema simétrico: una pareja de chicas + una pareja de chicos. Invité a mi amigo pintor, que al principio parecía reacio...

Mientras me despedía de ella, desfilaron por mi mente, como una ráfaga, las imágenes de nuestros abrazos inacabados. No contaré con qué torpeza intenté abrirme paso dentro de Bettina con los dedos.

La noche resultó un desastre a medias. Preparé la cena de mala gana: pasta, salami y ensalada. El pintor estaba nervioso y chapurreaba de forma ridícula los varios idiomas en que se desarrollaba, a trompicones, la conversación. Yo no pensaba más que en el momento en que todos se irían, excepto Bettina, que me sonreía tímidamente, pero, lo habría jurado, con malicia, dirigiéndome unas miradas que no se parecían en nada a las de hacía dos veranos. Su cambio era sutil pero espectacular. En Salamanca también hablaba poco, con voz ronca y pausada, con aquel leve acento alemán que hacía que cada frase sonara pura e ingenua, al menos a mis oídos saturados de clases sobre el romanticismo alemán, pero entonces eso me había parecido una señal de timidez o incluso de candor. A su aspecto agraciado se unía una extrema sencillez de pensamiento y maneras, como las que usaba conmigo cuando abandonábamos durante un rato nuestros cada vez más débiles y esporádicos intentos de follar y permanecíamos abrazados, besándonos y acariciándonos, a pesar del estorbo continuo que suponía la presencia de mi sexo, que se obstinaba en permanecer tieso y me obligaba a continuos «Perdona» —con sus correspondientes «No, perdóname tú»—, y que hacía que se ruborizara cuando batía contra ella o si Bettina lo rozaba sin querer, o si aparecía de repente entre nosotros como un tercero inoportuno que quiere llamar la atención a toda costa; en esos momentos en que intentábamos «conocernos mejor», como suele decirse, al no conseguir hacerlo carnalmente, al menos que fuera de palabra, y ella me formulaba preguntas elementales llenas de curiosidad auténtica, acerca de mí, de mi familia y de mi hermano y hermana, cómo se llamaban, de qué color tenían el pelo y la tez —le sorprendía que fueran rubios—, de Italia, de Roma, por qué había estudiado otros idiomas en vez del alemán, mientras que a mí, para ser sincero, aparte de la historia del joven piloto que lanza con furor su Messerschmitt contra los bombarderos ingleses —me lo imagino con la nuca rapada, los ojos de hielo, el desprecio absoluto por el peligro, la familiaridad atávica con la muerte—, me importaban un pimiento el ambiente de origen y el pasado de Bettina, las escuelas a las que había ido o sus proyectos de futuro; me interesaba ella, solo ella, en ese preciso instante, sobre mi cama, y a lo sumo gozaba con la idea de tener entre mis brazos a la última descendiente, nacida por error, de un héroe cansado, fanático, viejo y derrotado a pesar de estar cubierto de medallas de pies a cabeza, cuya hija yacía inerme y cándida como la nieve, ansiosa de dejarse traspasar por un joven del sur que, por lo visto, no estaba a la altura de la situación: qué idiota, me encantaba ese contraste, me complacía incluso en el hecho objetivamente frustrante de no cumplir con mi cometido para merecer un poco de desprecio, como un caballero de a pie con la lanza quebrada como su orgullo. Esa impotencia se me antojaba romántica, el obstáculo absoluto que se había interpuesto entre nosotros, como una espada afilada que quería impedir nuestra lujuria, nos había unido más que un abrazo cualquiera. Su sexo diamantino había superado intacto la prueba del deseo recíproco. El anhelo de la chica yuxtapuesto a la lascivia del chico había creado una estatua neoclásica parecida a *El amor de Psique*.

A los veintitrés años los pensamientos galopan sin freno en todas direcciones, hasta el horizonte y más allá; cualquier insensatez ofrece un lado fascinante, aventurero, que en el futuro, a la cruda luz de la edad adulta, se verá solo por lo que era, una gilipollez.

Ahora, en cambio, Bettina estaba más tranquila, era más directa, y al mismo tiempo se había vuelto más complicada, mayor, con una especie de conciencia que le daba una apariencia física superior, que la hacía parecer más alta e incluso más guapa. La delicadeza que había conocido y tocado en España se había evaporado, y lo que era un vago aunque intenso deseo se había transformado en voluntad concreta. Nos mirábamos a menudo, en silencio, con sonrisas cargadas de insinuaciones, mientras los otros dos sacaban adelante una velada sin sentido, un marco inútil que habíamos querido ponerle, por convencionalismo, a la imagen espléndida y prometedora por sí sola de nuestro nuevo y milagroso encuentro en Roma; en especial su amiga, la pelirroja Heidi —que en otra ocasión me habría parecido muy simpática y atractiva a su manera, a pesar de sus pecas, su extrema delgadez y altura, y su aire masculino—, hablaba y contaba, afanándose y riendo, anécdotas y aventuras divertidas vividas en sus numerosos viajes por el mundo, y demostraba saber muchas cosas, haber probado casi todas las drogas y tenido gran variedad de experiencias sexuales o, mejor dicho, de experiencias, a las que se refería con ironía, como percances pasajeros que en cualquier caso valía la pena haber vivido (esa era la filosofía dominante en la época: haga lo que haga o arme la que arme, nunca renegaré, pues por buena o mala que sea es una experiencia más. La teoría de la insensatez como método cognoscitivo. Quien haya sobrevivido a todo esto, en efecto, podrá jactarse de haber vivido para contarlo de manera memorable: de haber inyectado porquería en las venas, de haber follado con ocho personas en una noche, de haber seguido a un desconocido para observar sus costumbres y contárselas a alguien que había planeado liquidarle. Aventuras todas ellas que rayan el límite, que marcan profundamente a quien las vive, que forman parte del bagaje, humano e inhumano, y gracias a las cuales, si uno no sucumbe, si no le superan, si no enloquece, enferma, la palma o acaba de bruces en la cárcel, e incluso si lo hace, un día tendrá batallitas que contar), y oyendo salir todas esas anécdotas de la boca de una chica que solo tenía veintiún años, te convencías de que había visto de todo, mientras mi amigo, que intentaba estar a su altura, le replicaba con incredulidad y con el mismo tono irónico en la medida en que su inglés escolar y su francés improvisado, idiomas que en cambio Heidi hablaba con fluidez, se lo permitían. El pintor mantuvo el ritmo de la chica alemana hasta cierto punto, tratando de mostrarse más extremista, más nihilista, con mucho más mundo que ella, subiendo la apuesta de lo que ella contaba con expresiones aún más virulentas y radicales, o bien cómicas, para sofocar con sus carcajadas sarcásticas las que Heidi profería al acompañar sus historias; pero de repente pareció cambiar de humor o, mejor dicho, de dirección, y enfiló el camino opuesto, como si al no lograr superarla en su campo, hubiera decidido vencerla en el contrario.

Heidi había hablado, de manera grotesca, de su padre como de un superviviente megalómano del sesenta y ocho, un fracasado guapísimo.

—Oye, que el sesenta y ocho no fue un fracaso —replicó mi amigo.

—Ah, ¿no? Pues deberías ver a mi padre y cambiarías de idea. O puede que no, porque, a decir verdad, os parecéis. —Bettina asintió, divertida, pero al pintor no le hizo ninguna gracia la comparación—. Ahora caigo en a quién me recordabas —continuó Heidi—, *mein* Papa..., y tú tampoco estás mal como hombre, te quedan unos cuatro o cinco años buenos por delante, y después...

—¿Por qué lo dices? ¿Cuántos años tiene ahora?

—Treinta y nueve.

—Así que era muy joven cuando...

—¡Cuando por desgracia me concibió con la desgraciada de mi madre!

—Mira, si él no hubiera tenido ciertas convicciones, tú no habrías podido llevar la vida que llevas —dijo el pintor poniéndose serio de repente, casi con gravedad.

—¿Por qué? ¿Qué vida llevo? —preguntó Heidi, y rio.

Bettina también rio y me miró.

—Bueno, una buena vida...

—¿Crees que soy una indecente? —Heidi había usado la palabra inglesa *unprincipled*. Tuve que explicársela a mi amigo—. Llevo una vida libre —dijo Heidi.

—Sí, quizá demasiado. Hay gente a quien la libertad se le sube a la cabeza.

—Menudo pensamiento de reaccionario.

—Pues quizá me haya vuelto así..., pero no me avergüenzo.

—¿Ya no te gusta la libertad? —preguntó Bettina.

—Me gusta la que te conquistas por tu cuenta.

—Y tú has luchado mucho por la tuya, ¿no? —lo acosó Heidi, que se divertía como un loca provocándolo—. Y ahora estás cansado.

—Yo no estoy cansado..., solo que...

—En el fondo, ¿no es este el mejor de los mundos posibles? —dijo Heidi batiendo palmas.

—Puede ser..., bueno, sí, el menos malo —dudó el pintor mostrándose inesperadamente sumiso, también porque no estaba muy seguro de adónde quería ir a parar ella con aquellos saltos lógicos.

Bettina me miró y negó con la cabeza. Sus ojos brillantes me decían que se le pasaban otras cosas por la mente, pero que la velada tenía que seguir su curso. Yo también pensé que, en el fondo, era justo que así fuera.

—Bueno, ciertas actitudes me fastidian, eso es todo.

El pintor remató la frase en inglés con un «stop» que tenía poco sentido. Ha llegado el momento de que diga su nombre. Se trataba de Santo Spatola.

Las chicas se miraron y se llevaron la mano a la boca. Cuando Heidi retiró la suya ya no sonreía, sino que apretaba los labios con un gesto severo.

—A ver si lo entiendo, perdona, pero si crees que soy una puta, ¿por qué defiendes la moral de quien me ha enseñado a serlo, la de mis padres?

—No te entiendo —dijo él, confundido, que en efecto no había entendido nada.

Se marcharon a eso de las dos. Pero con ellos también se fue Bettina y me quedé de piedra. Estaba tan asombrado, que no hice un solo gesto ni dije una sola palabra para retenerla mientras los acompañaba a la puerta y los despedía. Significaba que no me había enterado de nada; pero si esa noche no quería estar conmigo, ¿qué quería en realidad? ¿De qué otro modo hubiera podido interpretar las miradas que nos dirigimos durante la cena? En cuanto se fueron empezó a llover. Los truenos sacudían la casa. Perplejo, cansado y medio borracho, decidido a no darle muchas vueltas —ya lo pensaría al día siguiente—, me desnudé, y después de deambular un rato por la casa, presa del aturdimiento, me metí en la cama.

Era inútil darle más vueltas, las cosas habían salido así, pero mi cabeza cansada no me obedecía y, allí tumbado continuaba elucubrando, proyectando imágenes, recuerdos, fantasías sobre la chica alemana. Sobre todo figuras, figuras de ella, de sus cabellos, de sus labios, de la impalpable pelusa dorada que la cubría...

Quizá llevaba una media hora durmiendo cuando llamaron a la puerta de casa y me desperté. No cabía duda de que estaban llamando, no eran los truenos porque la tormenta había amainado y en aquel momento llovía con un murmullo denso y ligero, de esa manera uniforme que puede durar horas. Me levanté y fui a abrir. Era Bettina, empapada de pies a cabeza. La dejé pasar, la llevé a mi habitación, le quité la ropa mojada, hice que se metiera en la cama y me tumbé sobre ella, que estaba helada, para que entrara en calor, y en cuanto separó las piernas la penetré. Ya tenía el sexo duro antes de que llegara, mientras dormía. Al cabo de un rato su cuerpo se había calentado y había perdido la rigidez. Como en Salamanca, la apertura de Bettina era estrecha, y aunque logré entrar por completo dentro de ella, sentí la necesidad de comprobar que no se trataba de una sensación mía y me incorporé casi del todo para mirar hacia abajo, donde nuestros sexos se unían, levantándole las piernas y doblándoselas hacia delante, pero no para penetrarla más a fondo, como normalmente se pretende con esta posición, sino solo para comprobar si estaba sucediendo de verdad, si estaba dentro de ella.

—Tengo novio desde hace un año, en Bochum, le quiero y además es guapo. Es de mi edad. Con él no me costó nada hacer el amor. Salió bien a la primera y no me hizo daño. Desde entonces le quiero y me quiere. No puedo decir lo mismo de ti. Solo me gustabas. Me gustabas mucho. A lo mejor por eso no pudimos hacerlo. Me gustaría seguir queriéndole siempre así, si soy capaz. Ahora me siento muy unida a él y me siento mal por haberle engañado. Por eso me he ido de tu casa después de la cena. Heidi me miraba mal y me ha dicho: «¡Estás loca de remate!» y me han entrado ganas de llorar. Yo no sabía lo que quería realmente, si irme o volver aquí... Mientras caminábamos hacia la parada del autobús, ha seguido riñéndome, como si yo estuviera cometiendo un gran error. «Pero ¡ahora tengo novio!», he intentado protestar, pero ella nada, continuaba tratándome como si fuera una idiota, y entonces ha empezado a llover cada vez más fuerte. Nos hemos resguardado en un portal delante de la parada. Tronaba de forma terrible. El autobús no llegaba nunca. He abrazado a Heidi y ha dejado de regañarme. No sé cuánto tiempo hemos estado allí hasta que ha aparecido el autobús.

—¿Y te has subido?

—Heidi no me ha dejado. Me ha empujado y se ha montado.

—¿Tú no podías?

—Sí que podía..., habría podido. Pero he dudado. Mientras las puertas se cerraban Heidi me ha gritado: «¡Corre, ve con él, pero ¿a qué esperas?» y antes de que el autobús arrancara he salido corriendo en sentido contrario para venir aquí. Pero llovía tan fuerte que me he confundido. He dado muchas vueltas antes de encontrar la casa. Y cuando la he encontrado no sabía a qué timbre llamar.

Y entonces se emocionó y las lágrimas empezaron a brotar de sus bonitos ojos; para consolarla la puse encima de mí, la abracé con fuerza y le besé el cuello y las orejas mientras le enfilaba de nuevo mi sexo, que no quería saber nada de calmarse. Después me quedé quieto, aguantándola así. Ella empezó a gemir sin dejar de llorar, se desasió de mi abrazo y se incorporó sobre mí, abriendo las piernas con las rodillas dobladas, con mi sexo enarbolado dentro de ella, y, como si quisiera mostrarme sus lágrimas de cerca, inclinó la cabeza hacia delante de modo que el cabello le ocultó el rostro y solo pude ver una cortina rubia que oscilaba.

Después empezó a moverse, pero no arriba y abajo, sino adelante y atrás, manteniendo su pelvis pegada a la mía, restregándola para que mi sexo cambiase de inclinación dentro del suyo. Yo sentía la diferencia que había entre cuando iba hacia atrás y se frotaba el clítoris con mi polla doblada hacia abajo y cuando iba hacia delante, y la punta de mi polla tocaba el fondo de su angosta apertura y la base rozaba su otro orificio, lo cual debía de gustarle, pues gemía más fuerte tras este movimiento. Pensé que Bettina había cambiado mucho en ese año. Yo también. Así que cuando se corrió en esa posición, cabalgándome, le di la vuelta mientras todavía gemía, la tumbé boca abajo, me eché sobre ella con todo mi peso y la enculé. Unos diez empujones a fondo. Y cuando hube soltado hasta la última gota de semen dentro de su culo sentí que por fin mi sexo se ablandaba, como si se derritiera, y me encontré fuera de Bettina sin necesidad de retirarme.

Sus nalgas relucían claras en la oscuridad, y ella parecía muerta, no se movía ni respiraba.

para poder pasar esta página
hay que leerla primero

19

Tenía muchos amigos pintores, incluso algunos buenos. Más amigos entre los pintores que en cualquier otra profesión. Casi todos eran chicos interesantes. El escultor Nunzio tenía una cabellera espesísima y los ojos hundidos y ardientes. Mariano Rossano era el clásico chico napolitano de rasgos delicados y melancólicos, ademanes mesurados, dudas, un toque de indolencia. Los ojos azules y la barba corta y rubia hacían de Giuseppe Salvatori un francés de finales del siglo XIX, como esos que llevaban pantalones bombachos y todos los utensilios para pintar en un saco de cuero y tela atado a la espalda. Todos tenían en común una mirada que no pasaba inadvertida: alucinada y guasona el delgadísimo Felice Lavini, inquisitiva Spatola, los ojos claros de pretoriano de Pizzicannella, y los aterrorizados y temblorosos de Cecafumo, que seguían en la oscuridad, sobre una partitura imaginaria, las notas de los solos de Charlie Parker. «Tengo que separarlas —decía obsesionado—, separar las unas de las otras», lo cual resultaba imposible porque era como querer separar las gotas de agua de un torrente que fluye en bajada. A Cecafumo eso lo volvió loco.

Y Limoni, Tirelli, Beppe Gallo, Notargiacomo, Bianchi, Dessì, Mimmo Grillo, Asdrubali, Messina y muchos más. Para un *outsider* ignorante y curioso como era yo, resultaba divertido frecuentar a los pintores. Llevaban una vida parecida y al mismo tiempo completamente diferente de la mía: no iban a la universidad, su aprendizaje era mucho menos vago y más concentrado que el de los literatos, y enseguida o casi se dedicaban en cuerpo y alma a la obra, como debería ser para todos, al trabajo real: la pintura, los cuadros, los talleres, las instalaciones o la *performance*, los vídeos, las exposiciones. Esos a quienes yo llamo de manera anticuada «pintores» sabían desde su tierna infancia que querían ser artistas, que querían vivir como tales; y fuera de aquella vocación material estaban las tascas, el billar, las tías buenas, las interminables conversaciones sobre arte, para alguno de ellos las drogas, nada más. Era una educación más severa, más práctica, más *focused* como diríamos hoy en día, que la nuestra, la de los que perdíamos mucho tiempo dándoles vueltas a las palabras, elementos inmateriales. Disgregar, agregar, disgregar, agregar...

Ellos tenían que producir objetos. Figuras, masas corpóreas, superficies, ingeniárselas y discurrir como si fueran carpinteros, herreros, cortando, clavando, pintando, manchándose las manos con pigmentos, cubriéndose de polvo, de virutas, de pintura. Su trabajo les daba apetito y sed, ganas de entretenerse una vez cerrado el taller, mientras que el ascético alimento del verbo a mí siempre me ha confundido, llenado de aire y al mismo tiempo depauperado. Trabajar con las palabras no es trabajar, es una especie de goteo, algo más parecido a la oración o al soliloquio que a un trabajo; se reflexiona, se fantasea, se forman nubes que emanan de las lecturas realizadas, se acumulan y se disgregan ideas vagas. Al final, estas ideas vagas, gracias a un gesto monótono y siempre igual a sí mismo que se hace usando pocos dedos y dejando el resto del cuerpo inutilizado, anquilosándose, estas intuiciones encontrarán, si Dios quiere, una forma, que aun cobrando vida nunca cobrará cuerpo y permanecerá para siempre virtual, durmiente, encerrada entre las páginas. Un aliento secado en el papel. Por eso jamás descansas de ese no-trabajo, ni siquiera cuando estás cansado y no puedes más, cuando, en palabras de Flannery O'Connor, al cabo de horas dándole a las teclas «me harto de hablar de gente que no existe a gente que no existe».

Los pintores, en cambio, como en el famoso y terrible diario de su ilustre colega Pontorno, al final del día tenían que haber producido o, para ser más exactos, fabricado algo: una cabeza, un brazo, un húmero, un hombrecillo de arcilla, un artilugio giratorio, el primer estrato de un collage, una capa de pintura o la soldadura de objetos de uso común o, como poco, el armazón del cuadro que pintarían.

Entre los pintores había un joven alto y rubio nacido en Liechtenstein, muy rico, que había venido adrede a Roma para ser artista. Se parecía a Helmut Berger, el actor de Visconti. Creo que Leda Arbus, la hermana de mi antiguo compañero de colegio, que también se había unido al grupo de los pintores de la manera que más adelante contaré, estaba impresionada por él. Pero, por otra parte, todos lo estábamos en mayor o menor medida. Nos deslumbraba su belleza y su bendita ingenuidad. Se llamaba Leopoldo; Leopoldo y un apellido de altos vuelos, algo así como Sigmaryngen, que utilizaba para su actividad artística abreviado en Sygma; nosotros le llamábamos familiarmente —con ese toque de ironía ácida inevitable en Roma— solo Poldo, Poldo como Poldo Sbaffini, el famélico oficinista con bigote que devoraba hamburguesas en las viñetas de *Popeye*. El guapísimo y aristocrático artista fumaba unos cigarrillos imposibles de encontrar, con el paquete azul y rojo, los De Bruyne, que aguantaba entre las yemas de los largos dedos, bebía y ofrecía whisky ahumado envejecido doce años en vez del Johnny Walker habitual y proyectaba montar rótulos luminosos en la cúspide de los desvencijados monumentos de la ciudad con frases en inglés como THIS IS FILTHY, ISN'T IT? o NOT IN SPACE, NOT IN TIME: OPPORTUNITY, que sabe Dios lo que querían decir, a qué se referirían, pero entretanto eran ideas para ir tirando porque nunca le permitirían hacerlo y justo esa imposibilidad lo espoleaba. Ningún freno práctico obstaculiza las ideas de otro planeta. Que yo recuerde solo una vez estuvo a punto de realizar uno de estos proyectos grandilocuentes o, mejor dicho, se puso a prueba participando en un concurso para crear una obra de arte destinada a embellecer una piscina pública en Vaduz. No ganó ni su proyecto destacó entre los dignos de mención. Su propuesta era, una vez más, un rótulo realizado con tubos de neón de una longitud de unos veinte metros que rezaba:

    WEH DEM DER AUCH NUR EINEN EINZIGEN
    TROPFEN ZUM ÜBERLAUFEN BRINGT!
Es decir:
    ¡POBRE DEL QUE HAGA SALIR UNA SOLA GOTA!

Mientras la vieja y nueva literatura sigue apasionándome como antes, cada día siento menos interés por las artes visuales, absorbidas hoy en día por el lenguaje de la comunicación y las campañas publicitarias, y casi indistinguible de ellas, a partir del modo como se conciben. Cuando veo expuestas las obras del artista italiano más famoso y brillante de la actualidad, me cuesta entender en qué se diferencian fundamentalmente de los chistes de la *Settimana Enigmistica*, salvo en las dimensiones.

Santo Spatola era uno de los mejores pintores, pero, en definitiva, uno de los menos afortunados. En teoría el momento era propicio: se subió, mientras todavía estaba en alza, a la ola de la conocida como «vuelta a la pintura» después de la época conceptual, pero enseguida fue neutralizado por otros más hábiles e inventivos, menos dotados que él, pero que sabían mantenerse en la cresta. Reaccionó a lo que consideraba una injusticia, pero que era una mera casualidad, espaciando sus exposiciones para convertirlas en acontecimientos más inusuales y prestigiosos, sin embargo el resultado fue que poco a poco desapareció de la vista de galeristas, coleccionistas y críticos, dejó de caerles, como suele decirse, «en gracia», aunque, por otra parte, tampoco es que antes les hubiera hecho mucha. El mundo del arte se percató de que podía prescindir tranquilamente de Santo Spatola, y no al revés, como había creído él en sus, a decir verdad cada vez menos convencidos, ataques de esperanzada megalomanía. En el arte, el cine, en el mundo de los libros y de la prensa se dan fases inexplicables en que se nombra continuamente a alguien, se lo cita, se lo invita aquí y allá, se vuelve imprescindible, se lo busca y se considera un milagro lograr hablar con él, es indispensable, indiscutible, elegido a priori como el número uno o, al menos, como uno de los tres o cinco primeros cuyos nombres se mencionan apenas empieza a organizarse una iniciativa cualquiera —exposición, muestra, festival, antología, mesa redonda—; y después, de repente, su nombre pierde puntos en la clasificación hasta resbalar hacia fuera; ya nadie lo nombra y, aunque se acuerde de él, ya no se atreve a proponerlo so pena de ver a sus interlocutores reaccionar con una mueca, «Uf...», acompañada de un gesto de la mano o de la muñeca como si estuviera tirando un papelote: «¡Ay, no, por el amor de Dios!».

Esto es lo que pasa, y lo que le pasó sin un motivo concreto a mi amigo Santo Spatola.

Entre aquellos chicos había muchos talentos destacados, obligados a devanarse los sesos para encontrar algo nuevo que decir, una nueva forma de pintar, de dejar de pintar o de volver a hacerlo. Consideraban de suma importancia cuanto había sido hecho un poco antes de su llegada y sentían la necesidad de renovarse. Tenían que romper con el pasado reciente o, al contrario, rendirle homenaje de manera seria o irónica. En efecto, cuando se visita una colección cualquiera del siglo XX, con sus salas temáticas, es impresionante descubrir la marca de la historia en nueve de cada diez artistas, año tras año, década tras década, la sucesión de estilos, de períodos, de movimientos en que han participado o de los que se han distanciado —cualquiera, sin ser un especialista, podría remontarse con bastante aproximación al año en que se pintó un cuadro, pues normalmente es como si llevara escrita la fecha—. De repente, todos o casi todos empezaron a pintar de una determinada manera y dejaron de hacerlo igual de repentinamente. Como sucede con la moda, se advierte que subyace un mercado voluble que necesita ponerse al día. Pero la literatura es mucho menos compacta, hay menos movimientos y virajes cada década o quinquenio, puede seguir escribiéndose del mismo modo durante cuarenta años o bien cambiar en cada libro, se interesaran por ti o te pasarán por alto de manera individual, caso por caso. Al menos, esa es mi sensación.

Sea como fuere, justo en esa época la unión basilar de los movimientos se resquebrajó y se rompió incluso en las artes visuales, y los artistas siguieron sus trayectorias por su cuenta, siguiendo pistas individuales que a veces se cruzaban y a menudo se entrelazaban y formaban nudos y marañas, pero nunca avanzaban en paralelo. Fue una suerte y un desastre en igual medida. Las obras dejaron de acudir en socorro las unas de las otras, como hacen en las salas de los museos dedicadas al cubismo o al arte informal, por ejemplo, donde los cuadros se justifican recíprocamente, los bonitos salvan a los más feos e insignificantes, los insignificantes hacen de telón de fondo, de horizonte de la comprensión sobre los que destacan los mejores. Sin el marco de esas obras mediocres y de esos conatos poco logrados, hasta algunas obras maestras se volverían mudas, por decirlo así poco comunicativas, mientras que las demás serían descartadas. No sabría decir con sinceridad si entre las obras de los pintores con quienes me codeé hay alguna que merezca el calificativo de obra maestra. Quizá este título ya solo puede emplearse en una acepción concreta o especializada —una obra maestra del «género de terror» o un «gol que es una obra maestra»—, es decir, alterando su significado original, que indicaba un valor absoluto.

Santo Spatola nunca creó una obra maestra, pero en muchas ocasiones demostró unas facultades fuera de lo normal. Le gustaba inventar títulos para sus cuadros, o que se los pusieran sus amigos. De mi cosecha son *La extremidad fantasma*, mi preferido, y *Demasiado humano*, *Cul-de-sac*, *El sueño rojo del valor* y *Luto incompleto*.

Era fácil y divertido. El título se concebía aparte y, si sonaba bien, podía emparejarse con el cuadro de manera enigmática, dejando a quien lo miraba la labor de establecer una relación, es decir, la ausencia de toda relación.

Pero su mejor cuadro sigue siendo *Domingo, siempre es domingo*.

20

Era un cuadro oscuro a pesar de estar pintado con colores vistosos. Representaba una batalla de desarrollo incierto: en primer lugar, no estaba claro quiénes eran los contendientes y por qué luchaban. Un grupo de hombres con uniformes coloridos hacían irrupción en un bosque por el flanco izquierdo blandiendo espadas y puñales con los ojos vendados, por lo que les costaba orientarse. También a la izquierda, en un primer plano, se veía a dos de ellos, lujosamente vestidos, quizá generales del ejército que entraba a la carga por el fondo o quizá dos desertores, con altísimos sombreros plumados. Como si no les importara lo que estaba sucediendo a su espalda, se entretenían mostrándose el uno al otro dos espejitos redondos como esos que las mujeres llevan en el bolso para retocarse el maquillaje, pero el intento de verse reflejados en él era de todo punto inútil porque estos dos hombres tenían los ojos vendados como los demás. Vista de cerca, la venda que les cubría los ojos resultaba ser de piel con escamas, pero casi transparente, como la de la serpiente después de la muda.

A la derecha, encaramados a los árboles o atados con cuerdas a sus troncos o sujetos a lianas que colgaban por encima de sus copas, y más allá de las nubes rosadas que acolchaban el cielo —eran estas líneas oscuras las que cortaban oblicuamente la escena, partiéndola y confiriéndole ritmo—, unos adolescentes, chicos y chicas, asistían sonriendo al ataque de los soldados y lo obstaculizaban acribillándoles con objetos de uso doméstico como sillas, cojines, jarrones, zapatos, regaderas, radios portátiles y utensilios de cocina y baño, todos ellos representados en sus más mínimos detalles. También en primer plano, casi obstruyendo el centro del cuadro con su amontonamiento, algún caballo caído, patas arriba, y numerosas víctimas del enfrentamiento, chicos, soldados, algunos sentados o de bruces con las manos atadas a la espalda.

Todo el conjunto podía parecer un juego, como el escondite o la gallina ciega, en versión cruenta, pues los soldados, los chicos y las chicas parecían felices, e incluso los que habían caído prisioneros y estaban atados a los árboles o yacían en el suelo sangrantes y mutilados, lucían una sonrisa, lo cual inducía a pensar que sus heridas eran una puesta en escena o que sanarían al final de la batalla.

Por la grandiosidad surrealista, el movimiento de volúmenes y detalles y la brutalidad en vilo, *Domingo, siempre es domingo* me recordaba, salvando las distancias, a la portada de un famoso disco de Frank Zappa, *The Grand Wazoo*. Pero a Spatola no le sentó muy bien cuando se lo dije. Quizá prefería que comparara su cuadro con una batalla de Paolo Uccello, del que sin duda procedían sus caballos aterrorizados, o con el mosaico que representa a Alejandro Magno vencedor en Issos, con los ojos rasgados hasta las sienes.

—Pero ¿cómo se te ocurrió?

—Así.

—No lo sabes ni tú.

—Sí que lo sé. De mis miedos. ¿Los ves? —Pensé que se refería a los prisioneros y a la sangre. O a las vendas en los ojos—. Ahí están —dijo señalando a los hombres en primer plano—. Mira con atención. —Me acerqué al cuadro y a aquellas dos figuras enigmáticas. No veía nada—. Las plumas.

—¿Tus miedos?

—Sí, son las plumas de colores de los sombreros.

Me estremecí. En efecto, era una obra muy infantil, casi ingenua, a pesar de ser técnicamente impecable. Al contemplarla tuve la seguridad, como decía, de que no lo llevaría muy lejos. No estaba en concordancia con la época, estaba pintada según los cánones clásicos, con la mesurada frialdad de Poussin, para entendernos, pero, por desgracia, sin su esplendor, con una animación propia de los murales de los años veinte o treinta, carente por completo de desapego pop, no ofrecía la ventaja fácil de la citación que habría permitido tratar ese material como cualquier otro, es decir, con fatalismo e ironía.

Cándida y explícita, su violencia jocosa era insostenible. Dejaba pasmado y descontento. Por no mencionar el título, acuñado por el mismo

Spatola y, en efecto, muy apropiado a su personalidad. *Domingo, siempre es domingo*. Bien pensado, después de leerlo varias veces, no sonaba irónico en absoluto, como hubiera podido deducirse de buenas a primeras: Santo Spatola había pintado un trágico domingo cualquiera de la vida.

Santo Spatola, que era un poco mayor que yo, se encontró en ese punto muerto cuando acababa de cumplir los treinta.
Seguí viéndolo hasta hace unos quince años, después nos perdimos de vista.
Muchos de los pintores citados y su círculo siguen en la brecha, otros van tirando o se dedican a cosas diferentes, no sé si alguno ha abandonado la pintura definitivamente.
Yo he tenido un éxito limitado con los libros, pero me muevo en el mundillo con la cabeza muy alta, en sentido figurado, porque en realidad lo frecuento rara vez y no logro demostrar un orgullo especial; pero cuando lo hago, no me siento un paria entre mis compañeros de oficio.
En el caso de los pintores es distinto: un pintor que a los cincuenta o a los sesenta no vende cuadros, que expone en galerías de segunda categoría, es como si no existiera y corre el peligro de caducar o de ser relegado casi al nivel de quienes pintan como pasatiempo y guardan el caballete en el cuarto de los trastos. Al estar empapado, impregnado de dinero en todos sus poros, el mundo de las artes visuales es el más violentamente jerárquico de todos: sí, claro, en la literatura los indicadores son los premios o el número de ejemplares vendidos, pero se puede ser un buen escritor, o uno decente, o incluso ilustre y reconocido como tal, sin ganar premios o vendiendo pocos libros..., el valor literario es difícilmente medible y no existen despiadadas cotizaciones que lo certifiquen.

21

Según algunos fisiólogos, la crueldad y la agresividad no son sino la degeneración y la intensificación del instinto de supervivencia: ver correr la sangre ajena es una garantía de que no corre la propia. El placer de asistir al mal ajeno, con los correspondientes proverbios latinos que hoy se consideran desechos reprobables del pasado, deriva de la reconfortante sensación de no ser la víctima de ese mal. El paso de esa sensación de alivio a la de placer es corto; placer por el sufrimiento de los demás, o sadismo, y por el propio, o masoquismo. El delicado nexo placer-dolor se instaura y se pervierte definitivamente de este modo.

Se actúa por intensificación. La intensificación causa una serie continua de subidas de nivel hasta alcanzar el punto de giro. Se empieza por las cosquillas y se acaba por arder vivo. La intensificación puede conducir del sentimiento más noble al anhelo más malévolo. Amando con todo el corazón se confunde una cosa con la otra. El beso se convierte en mordisco. ¿La he besado? ¿La he matado con un beso? ¿La he besado o la he descuartizado? Si se ha tratado de un error, ¿cuál de las dos cosas era errónea?

Solo si puedo maltratarlo
me exalta su pecho.

También hay una teoría que explica la crueldad sexual como atavismo. Según esta, existe una analogía, o incluso una identidad, entre el estímulo del hambre y el impulso sexual en las especies inferiores en que los animales devoran a su pareja mientras se acoplan o inmediatamente después. No es una coincidencia que el impulso sexual se defina como un apetito: las funciones de acoplarse, matar y alimentarse se separaron y se distinguieron en fases tardías del desarrollo. Pero en la naturaleza las hembras matan a los machos, pues carecería de sentido biológico que el macho matara a la hembra después de haberla inseminado. Una teoría inservible, pues.

Según otros estudiosos, sexo y violencia tienen en común el estado de exaltación, de alteración; buscan su objeto con frenesí, quieren apoderarse de él a toda costa, se manifiestan a través de una acción física generada por la excitación psicomotriz. Si alguien asistiera a un acto sexual ignorando de qué se trata, un observador del todo y en todo ingenuo, un ser de otro planeta, por ejemplo, podría confundirlo con un acto de violencia. Como lo describe Belli en un famoso soneto: como un enfrentamiento físico entre animales de ojos vidriosos que resoplan y forcejean morro contra morro, «adelante, empuja, aprieta, sacude...», sus gestos, sonidos y ruidos, su dinámica, podrían representar el cuadro de una agresión, ser prueba de un gran sufrimiento. A veces uno de los amantes no sabe si los gemidos que emite el otro son de placer o dolor. Y si, a través del resquicio de una puerta dejada entornada por distracción, un niño ve a sus padres mientras se aparean, interpreta la escena de amor como «Papá está haciéndole daño a mamá». ¿Cómo convencerlo de que no es así? Para expresarse, el sexo elige las mismas formas que la hostilidad y el sufrimiento: el cuerpo está atravesado por idénticas convulsiones, y los nervios y los músculos se tensan del mismo modo tanto si estamos abrazando a alguien como si estamos estrangulándolo, y en definitiva se trata de grados de la misma fuerza. Una mínima diferencia de presión sobre las cuerdas de los nervios tensos puede convertir fácilmente el placer en molestia o en dolor, cuyo dulce sonido se vuelve un raspado insufrible. La tendencia se halla acentuada en los sujetos psicopáticos, a menudo incapaces de distinguir el significado de sus actos y regular su intensidad, o bien carentes de inhibiciones morales o racionales. La acción brutal se vuelve indispensable para el goce, lo engloba o lo sustituye del todo. Quizá será verdad, como sostiene un filósofo, que el deseo sexual es el hermano del asesinato, pero solo un psicópata puede poner en evidencia tal parentesco.

Hace un par de meses las calles estaban llenas de vallas publicitarias de una película pornográfica de autor, por llamarla de algún modo, acerca de las confesiones de una ninfómana, con las fotos de los actores desnudos mientras tenían o, mejor dicho, interpretaban un orgasmo: todos ellos parecían sentir algo penoso en el placer, como un pinchazo, una punzada de desazón y aversión. Como si les hubiera sucedido una desgracia. Lo cual, en efecto, es bastante verosímil.

Luchamos contra las tentaciones inhumanas con ayuda de dos fuerzas diferentes: una que nos proporciona la razón, capaz de mantener a raya los impulsos negativos gracias a la reflexión, y otra que se apoya, en cambio, en el sentimiento, que siente una repugnancia instintiva por los actos malévolos u obscenos. Corazón y cerebro, ética racional y moral instintiva, rigen más o menos los mismos preceptos y son casi siempre obedecidos, de lo contrario la vida de un individuo sería una sucesión de acciones criminales. Así pues, ceder a la maldad o la brutalidad no es tan simple: hay que abatir una doble barrera de inhibiciones. Hay que ser al menos una de las cosas siguientes: *a*) incapaces de razonar, botarates; *b*) carentes de sentimientos y emociones, esto es, anafectivos; *c*) ambas cosas.

El botarate anafectivo será pues el sujeto ideal, el autor perfecto de todo tipo de crueldad.

A diferencia de quien mata a su mujer por celos, o a su padre por odio o interés, a su socio en los negocios, a sus enemigos personales, o a quien lo ha engañado u obstaculiza sus propósitos, este no tiene ningún interés en sus víctimas: su intención brutal no está dirigida a nadie en especial; si así fuera, sería menos pura, estaría mezclada con el rencor y los cálculos y se convertiría en algo personal. Dentro de determinadas categorías —las mujeres, por ejemplo— sus víctimas son intercambiables. La fuerza que lo empuja a matar es igual de anónima que los sujetos a quien va dirigida. Quiere actuar, actuar y nada más que actuar, y el asesinato es sin duda la acción más eficaz, en el sentido de que sus efectos son indelebles, a diferencia de lo que sucede con cualquier otra acción. La prerrogativa que constituye la primacía del homicidio es ser irreparable: no puede sustituirse ni resarcirse, no es posible un intercambio, y la subsiguiente venganza y represalia, o su versión estilizada, la justicia, no borra lo sucedido, sino que lo replica o multiplica. Es un fuego que no se extingue. Un estigma. El asesino es al mismo tiempo el que lo hace y el que lo lleva. Por eso puede tener la sensación de cumplir una misión que se limita a ejecutar, como quien transmite un mensaje sin conocerlo o entenderlo, como debería hacer, en efecto, un mensajero: limitarse a entregarlo, llevar a destino lo que le fue confiado. No es de su incumbencia elegir al destinatario. Pero ¿quién era el remitente?

El acto sádico es pues imperativo e iterativo.

Al atormentar a su víctima, quiere suscitarle tres sensaciones: terror, dependencia y degradación. Y lo fundamental es que nunca haya reciprocidad. La reciprocidad sería indicio de algo normal, sano, en la relación, cosa de la que huye en extremo.

Con la misma intensidad con que disfruta del sufrimiento de su víctima mientras le inflige vejaciones, se desentiende de su muerte. Si aquel le causa escalofríos de placer, esta le aburre. (Es lo que sucedió en la MdC y determinó su apresurada conclusión.)

Si es impotente, gozará flagelando o acuchillando a su víctima o sometiéndola, de manera a menudo increíblemente estúpida y grotesca, a todo tipo de abusos que la degraden y humillen. Compensa la escasa potencia erótica con mayor maldad. Cuanto más impotente se siente, más brutal se vuelve. Los puñetazos o bastonazos sirven de sucedáneos del acto fisiológico que no logra cumplir.

La víctima solo le interesa como una extensión temporal de sí mismo. Cualquier chica habría podido ocupar el lugar de las chicas de la MdC. A la futura víctima casi siempre se la embauca con charlas extravagantes, con promesas fantasiosas en que las palabras —afectuosas, entusiastas, joviales, prometedoras— hacen mella por su brillantez, pero lo que realmente cuenta es lo que no se dice, lo que se omite —lo cual, por otra parte, es válido en general.

(«Parecían chicos simpáticos..., campechanos.»)

No hay diferencias respecto a una habitual estrategia de seducción, solo que está concentrada, contraída, por decirlo así: para acercarse a alguien no es necesario colmarlo de atenciones, pero tampoco no hacerle ni caso; lo ideal son los halagos intermitentes, que atan al destinatario creándole un continuo y ansioso deseo de recibirlos. Otra técnica utilizada es la de la autocompasión, la confesión con implícita petición de auxilio. Las víctimas suelen ir volando en ayuda de su futuro verdugo, lo consuelan, lo miman. Las víctimas del asesino pueden ver ingenuamente su posible agresividad latente como algo de lo que lograrán curarle...

La sangre presente en la iniciación a la actividad sexual crea una imagen y una sensación violenta que acecha el acto carnal desde el principio y durante el transcurso de la vida de una mujer —de la desfloración al parto—, marcado así por el sufrimiento tanto al principio como al final del trayecto. Dolores todos ellos desconocidos para el hombre. Los hombres tienen la tentación de experimentar a través del cuerpo femenino el sufrimiento que desconocen, de vivirlo por persona interpuesta. Nunca olvidan la señal inaugural de su actividad viril: un derramamiento de sangre. En la tradición salvaguardaba el honor del hombre, un hombre de verdad, y confirmaba el de su esposa, virgen. Es difícil que las huellas de la sangre derramada desaparezcan del todo.

El coito deja al hombre tal como era, lo cual le hace sentir envidia o preocupación por los cambios apabullantes que el mismo acto produce en una mujer. Si quiere medirse con esos fenómenos, con esos sentimientos y esas emociones, incluidas la esperanza, la pena y el dolor, debe pasar a la fuerza a través del cuerpo de una mujer. La plenitud del goce le corresponde a la mujer, si hemos de creer la famosa sentencia de Tiresias. El sádico inflige dolor a la mujer porque ella es la realidad, solo mediante ella él puede sentirse también real, vivo, activo. Si el hombre fuera capaz de permanecer en la castidad, la mujer dejaría de existir, desaparecería al instante. Para que esté viva, para que sea concreta y merecedora de la existencia, hay que arremeter contra ella, para que viva hay que matarla, y así, matándola, sentirse vivo.

Hay otra sangre que el sádico derrama sin escrúpulo. No en regueros, sino a chorros, cascadas. Un torrente de sangre. En el mundo arcaico sucedía unos pocos días al mes, cuando se lograba cazar algún animal de gran tamaño que debía alimentar a toda la aldea. Hoy en día, en los mataderos automatizados, cada cinco segundos. A partir del momento en que se vuelve carnívoro y empieza a matar animales sistemáticamente para comérselos, el placer que deriva de la satisfacción del hambre se une de manera indisoluble al dolor provocado al matar o, mejor dicho, al dolor que se siente cuando se muere, un dolor que contagia a víctima y verdugo. Ese pasaje infernal de sufrimiento se enquista en su causante, entra a formar parte de su manera de ser, crea la convicción, que por grados sutiles se convierte en ley indiscutible, de que solo tomando la vida ajena puede asegurarse la propia. Tu muerte, mi vida. La misma modalidad se transfiere sesgadamente al plano sexual: solo se goza infligiendo dolor a quienes nos causan placer. Por otra parte, como con el alimento, la unión puede producirse incorporando, ingiriendo el cuerpo al que nos unimos. Echemos mano una vez más del mito: es lo que hace Zeus con Metis. Para unirse con ella, se la come.

La costumbre de derramar sangre altera el sentido de la relación con lo divino, invierte su signo. Ya no se renuncia a un bien valioso para ofrecérselo a un dios cruel y exigente a fin de congraciarse con él, al contrario, los sacrificios suponen el intento de hacerse cómplice de los dioses matando y devorando animales y ofreciéndoles una parte del botín. Los dioses aplacarían su ira participando en el banquete con el que se supone que deberían estar indignados. Si así fuera, el resentimiento de los dioses por la matanza de los animales se debería solo a la posibilidad de ser excluidos del festín.

En Italia mueren asesinadas unas tres mil personas al año, lo que supone menos de diez al día. Y a pesar de la sensación de que la violencia cada vez está más difundida, la cifra se halla en continuo declive. En el mismo día, aunque no haya investigaciones policiales o detenciones o se les dé publicidad en la prensa, se estima que mueren un millón de seres vivos entre terneros, corderos, terneras, caballos, cerdos, aves y pescados: matados, descuartizados y rápidamente devorados. Las muertes son tan numerosas que no pueden contabilizarse con exactitud; los medios son el ahogamiento, el degüelle, el hervido, la congelación, las descargas eléctricas, la decapitación o una pistola de clavos. ¿Cómo podemos esperar que una sociedad se abstenga de derramar sangre humana y no resulte contagiada cuando se regodea con la de los animales? La masacre está tan difundida y es tan ininterrumpida que ni siquiera nos damos cuenta de su existencia, sobre todo porque la mantienen apartada de nuestra vista, que no podría soportar un solo minuto de la carnicería. ¡Lejos de la vista y cerca de la boca! Esta es la verdadera cadena de montaje..., no la de la Ford o la de la Fiat... La cadena de matanza y desguace de los animales para su consumo. ¿Y uno debería horrorizarse si cada cien mil animales muere un hombre a manos de otro? ¿Dónde está la objeción?

Amor y violencia son instintos parecidos en intensidad. Los dos cazan al objeto de su deseo, a su presa, intentan apoderarse de ella cueste lo que cueste, poseerla, y se agotan en una acción física azuzada dirigida a eso. Su forma específica es la excitación, que puede alcanzar cotas de frenesí. Un impulso ingobernable de reaccionar hacia el objeto causante del estímulo, de las maneras más inesperadas y con la máxima intensidad. Gracias a este cruce la lujuria puede llevar a cometer actos que normalmente son expresión de odio, rabia y brutalidad. Al disponer del cuerpo ajeno, si el amor no guía los actos, es posible que se manifieste la ferocidad. Si no se despiertan el afecto, la atracción, el deseo de ese cuerpo, es fácil que surja el impulso de destruirlo, casi para castigarlo por no haber sido capaz de suscitar sentimientos positivos. Con tal de sentir algo, de la emotividad deseosa de calentar motores nace un instinto cruel, brota el odio, que es, a pesar de todo, un sentimiento. El odio es un antídoto perfecto contra la nada. Logra establecer una relación alternativa al amor, incluso más eficaz. El amor puede rechazarse; el odio no, siempre atina, siempre da en el blanco. A algunos, si no aman a una mujer, no les queda más que destruirla. En todo caso, se sienten obligados a hacer algo serio. De lo contrario, el cuerpo de esa mujer resulta intolerable, su pecho y sus muslos son una provocación guasona, su vida misma es un insulto.

No es un tópico romántico y maldito: existe un fuerte y misterioso nexo entre lujuria y muerte, entre sexo y homicidio, pero también entre sexo y suicidio, especialmente en la adolescencia, cuando no es fácil distinguir entre ambos impulsos y las emociones arrasan como olas altísimas.

El deseo de hacer sufrir nace a menudo del deseo de sufrir proyectado al exterior. Confundiendo nuestras sensaciones con las de los demás y las de los demás con las nuestras, vivimos y sentimos en primera persona lo que viven y sienten los otros y les atribuimos nuestros pensamientos y nuestras sensaciones.

Producir para destruir: una actividad incesante a la que nos dedicamos laboriosamente como una araña que teje su tela, ese milimétrico milagro de ingeniería en suspensión, para capturar, envolver en el capullo y matar. La autoafirmación es un gesto violento. El deseo de vivir, de reproducirse, de adquirir espacio, tiempo y fuerzas se halla impregnado de violencia. El apareamiento no le está garantizado a nadie: hay que conquistarlo. En la naturaleza, la mayoría de los machos no logra hacerlo ni una sola vez en toda su vida. La agresividad necesaria para conseguir a una hembra no va dirigida en exclusiva contra ella, sino, sobre todo, contra los demás machos competidores. En cualquier caso, el espectáculo de la violencia actúa en beneficio de todos: si se dirige contra la mujer, se trata de un claro mensaje a todas las demás, para que se enteren de quién manda; si se dirige a los demás hombres sirve para que la mujer se dé cuenta de quién es el macho dominante y se le entregue. (Esto también es aplicable al poder o al dinero, formas más sofisticadas y complejas sublimadas a través de muchos estadios sucesivos que dan la impresión de alejarse de su origen predatorio hasta hacer que se olvide.)

Y uno que se imaginaba que el sexo era la cosa más natural del mundo, que los animales se pasaban la vida emparejándose con el primero que pasaba; que solo los seres humanos lo complicaban, inventándose reglas, obstáculos y prohibiciones —del cortejo al matrimonio, a la proscripción de actos obscenos en lugar público, al «Hoy no, querido, tengo dolor de cabeza», al tabú del incesto, a las normas religiosas, morales y legales—. Nada más falso. La vida sexual de los pobres animales oscila entre la escasez y la inexistencia.

22

Atención: no solo las mujeres están supeditadas al culto al falo. Es más, los primeros en tener que inclinarse ante él son sus mismos portadores: los más pequeños falos deben someterse al Gran Falo.
Pero ¿existe el Gran Falo?
Sí. Yo lo he visto. Vi materializarse el objeto de este culto cuando, de rodillas en una letrina, fui perentoriamente invitado a inclinar la cabeza

al paso de un palo de madera parecido a los que usan los topógrafos para sus mediciones, llamado «estaca», que los soldados más veteranos —es decir, los que llevaban más tiempo en el servicio militar aunque eran unos años más jóvenes que yo— llevaban en procesión. Y a besarlo.

—¡Besa la estaca, piojo!

Y la besé. Besé el Gran Falo, mientras marcaba el caqui, en señal de sumisión.

Quién sabe si este rito sigue celebrándose en los cuarteles italianos. Lo que sin duda ya no se usa es la expresión «marcar el caqui».

Un miembro de una comunidad masculina que permanece mucho tiempo en ella, o incluso toda la vida, es alguien medianamente sádico, narcisista, obsesionado con el poder que ejerce y soporta a diario, y homosexual declarado o latente. De lo contrario no aguantaría. Quienes pasan en estas comunidades un período —durante la mili, por ejemplo— también se someten al *ethos* citado: jerárquico y con tendencias homosexuales. Se amolda, lo soporta pasiva o dolorosamente, lo hace suyo con entusiasmo y maldad, se rebela. Todas ellas actitudes posibles que, en cualquier caso, no resquebrajan la estructura de una sociedad exclusivamente masculina, donde la suma de las diferencias entre los individuos tiende a dar siempre el mismo resultado. Es más, los contrastes que la componen la refuerzan, pues siempre logra imponerse por encima de la singularidad, transformando las excepciones en casos ejemplares. Tanto si se acepta como si se rechaza, es la moral dominante. La función que cumplen los excéntricos es la de confirmar la ley viril.

Para gozar del derecho a aparearse hay que vencer a otro en una competición que puede alcanzar picos de violencia extrema o en la que, por el contrario, esta se reduce al mínimo, se camufla, se estiliza, se silencia, se convierte en una escaramuza verbal y ritual hasta transformarse en su contrario, es decir, en amabilidad. La llamada caballerosidad contiene y yuxtapone toda la gama de actitudes posibles, de la más cruenta a la más delicada. En esta palestra imaginaria y real al mismo tiempo, el adversario no es solo el objeto del deseo —que hay que conquistar tanto en el sentido de vencer como en el de ganarse—, es decir, la mujer, sino también todos los hombres ligados a ella por lazos de parentesco, por pertenencia al mismo grupo social o en cuanto participantes en la competición en la que ella es el premio. Violar a una mujer no solo significa desatar la agresividad contra ella, ultrajarla a ella y su cuerpo, sino también infringir las reglas generales de la competición entre machos para el dominio de las hembras. En esta competición, en que los guapos y los ricos ya parten con ventaja, se admite el uso de formas de avasallamiento psicológico agrupadas con el nombre genérico de «seducción», pero en principio no permite la aplicación de la coerción propiamente dicha. Quien toma a una mujer por la fuerza debería ser pues castigado, no solo en nombre de esa mujer y de todas las mujeres, en cuanto potenciales víctimas del mismo crimen, sino también en el de los hombres cuyo derecho a intentar poseerla legítimamente ha sido quebrantado. Por no mencionar a quienes se han visto privados, despojados —ideal o literalmente— de ella en cuanto parte de su núcleo familiar o sentimental —padres, maridos, hermanos e hijos—. En el curso de las guerras o de esas guerras en miniatura que son los enfrentamientos entre bandas, la violación se perpetra aposta ante la mirada de estos hombres impotentes, maniatados y golpeados, a fin de evidenciar su ineptitud para proteger a sus mujeres. Es un patrón que se repite siempre igual. Irrupción en la casa de hombres armados, separación de la mujer del resto de sus familiares, a los que se maniata, se aturde o amenaza a punta de pistola; se esposa a la mujer a un radiador de manera que se vea obligada a inclinarse o a ponerse de rodillas, o la tumban aguantándola por los brazos y los tobillos con las piernas abiertas y la violan por turno delante de su familia. La mujer sufrirá, como su madre, y sus hijos pequeños jamás podrán olvidar esta escena, pero para los hombres adultos presentes, que la entrevén a través del rojo de la sangre que les gotea de las heridas de la frente, el dolor será diferente; no mayor, sino más significativo, elocuente, porque el sentido de esa violencia está dirigido a ellos en primer lugar. Son, en cierta medida, al menos simbólicamente, corresponsables. Tienen que convencerse de que también es culpa suya lo que está ocurriéndole a su mujer, a su hija, a su madre o a su hermana.

La sociedad femenina reacciona identificándose con las víctimas; la masculina como si la hubieran desafiado, amenazado en su esencia, en el corazón de su autoridad. La violación afirma la autoridad criminal de algunos hombres menospreciando y debilitando la considerada legítima por todos los demás. Se cuenta que una vez una prostituta logró huir de Sade, que la flagelaba salvajemente, descolgándose desnuda por una ventana. El marqués la persiguió campo a través, pero la persecución se transformó a su vez en fuga porque una muchedumbre de campesinos enojados, que querían vengar a la puta maltratada, parte integrante de su comunidad, le pisaba los talones.

El hombre cuyas mujeres —esposas, madres, hijas, hermanas— han sido violadas se ve obligado a admitir su impotencia. En cambio, es digno de ser definido como un hombre de verdad el que demuestra ser capaz tanto de defender a las suyas como de ultrajar impunemente a las ajenas. El cuerpo de las mujeres violadas no es sino el soporte físico utilizado para enviar un mensaje claro, brutal y socarrón, a sus hombres. Por eso se fuerza a maridos, padres, hermanos y novios inmovilizados a asistir a la violación: no es un toque sádico añadido, sino el verdadero significado de la acción. Una afirmación de la quintaesencia de la supremacía.

... en la experiencia profunda que pertenece
a la memoria colectiva, toda penetración
reproduce la violencia que las hembras sufrían
cuando los enemigos invadían la aldea,
consumada entre los cuerpos ensangrentados
de padres y hermanos asesinados
en el último y desesperado intento de defenderlas.

De ahí derivaba —y en las comunidades tradicionalistas sigue siendo así— la opresión de la mujer en el seno del núcleo familiar por parte de su padre, su marido y sus hermanos. «Si quieres que te proteja tienes que obedecerme. Si no, te dejo a merced de los demás hombres.»

Una vez que estaba estudiando con su hermano, entró Angelo y me preguntó o, mejor dicho, me instó a responderle:

—¡Eh, tú!

—¿Sí?

—¿Qué te gusta de las chicas?

Así, de buenas a primeras, no supe qué responder. Menuda pregunta absurda.

—Pues si te resulta más fácil: ¿qué es lo que no te gusta de los hombres?

Me volví y miré a mi compañero, esperando que interviniera en ese extraño interrogatorio. Angelo, sin esperar mi respuesta, prosiguió:

—¿No te gustan los pelos? ¿La barba?

—Pues no, claro, en efecto..., los pelos...

—A ver, dilo claro: no te va la polla. Dilo. ¡Dilo! Dime que no te va la polla. Porque si te va es que eres maricón.

Me apresuré a decir que no.

23

Miedo y dolor, de obra y de palabra.

La violencia siempre va acompañada de palabras. Sí, palabras y más palabras... El nexo entre palabra y violencia es estrecho. Burlarse del enemigo o del prisionero, insultarlo, humillarlo, amenazarlo, aterrorizarlo, confiere sentido a la brutalidad: parece como si la gama completa de las truculencias se experimentara con la única finalidad de crear la ocasión adecuada para emplear ciertas palabras burlonas o crueles, aún más crueles que las acciones. Violencia y elocuencia están hechas la una para la otra. El vilipendio del enemigo, el «Vae victis!», el «¡Bebe, Rosamunda!», el «Demos la precedencia al principito...», que retumba en los *Nibelungos* antes de que el hijo de Atila sea capturado y degollado por Hagen, las frases que resuenan en los oídos del torturado... forman parte de la tortura. ¿Sabe el lector que Italia, patria de la retórica, es el único país de Europa que no quiere reconocer este hecho en el plano legislativo? El miedo y el dolor pueden experimentarse solo con las palabras, es decir, a través de las palabras que amenazan con causarlos. Se sufre escuchándolas. Un prisionero puede enloquecer incluso antes de que le toquen un solo pelo. Con humorismo macabro, solía llamarse *Fun House* a la cámara de tortura.

El sufrimiento se manifiesta para alguien, a la vista de alguien, por causa suya o para aliviarlo.

Hay quien afirma que el sufrimiento del vejado disgrega la realidad a su alrededor. He leído en algún sitio que el dolor «unmakes the real».

En el caso de la MdC sucedía lo contrario: algo irreal se materializó, se hizo tangible —«It made real the unreal»—; el sufrimiento fabricaba en torno un mundo antes inconcebible. Quizá para llegar a comprender lo que significa ser sometido a vejaciones haya que imaginarse una operación sin anestesia.

Las víctimas quedan reducidas a ser sus cuerpos miserables, nada más que cuerpos humillados, un amasijo de carne dolorida.

Y el dolor se propaga de varias maneras en el circuito de la mente: a través de gestos físicos violentos y de palabras. Imaginar el sufrimiento, esperarse lo peor, no son solo anticipaciones o prefiguraciones, sino experiencias directas de sufrimiento. Se sufre tanto imaginando el sufrimiento como viviéndolo y reviviéndolo con la memoria. Los golpes recibidos duelen igual que los recordados y prometidos.

Los violadores pegan puñetazos, bofetadas, aprietan el cuello a sus víctimas para vencer su resistencia y por el gusto de maltratarlas. La mejor manera de acabar con un forcejeo es estrangular al oponente. La imposibilidad de respirar produce un pánico indescriptible en la víctima y la paraliza.

Los gritos de una de las chicas aterrorizaban a la otra
y le hacían sentir el mismo dolor físico,
se infligían a ambas las mismas heridas
incluso cuando solo violaban a una de ellas.
El miedo a los golpes puede hacer más daño
que los golpes.
El miedo a morir era suficiente para matarlas.

La imaginación concibe cualquier humillación,
pero en ese momento se vuelve inhumana y desciende
bajo el umbral de la humillación y el deshonor:
sufriendo anticipadamente el terror a sufrir...

Las personas que sufren ponen nervioso. Los primeros a quienes molestaban los gritos y las súplicas de las chicas eran a los secuestradores: ellas lloraban y chillaban, lo que las hacía aún más insoportables. Está demostrado que muchos asesinatos se consuman cuando el asesino está harto de oír quejarse a la víctima, como si él no fuera la causa de sus penas y la incapacidad de esta para controlarse le resultara insoportable y tediosa.

Y volviendo al sexo: en los años sesenta, liberatorio; en los ochenta, punitivo. Se desprende de la pornografía de la época. No se trata de una contradicción sino de un desarrollo natural o más bien de una ruptura evolutiva. El paso de liberación a castigo es mucho más lógico de cuanto podamos imaginar: se castiga a quien se liberó con la misma arma utilizada para su liberación, el sexo. Se castiga a las mujeres que se habían emancipado justo mostrándoles el lado oscuro de la emancipación. El precio de la conquista de ciertas libertades es exponerse a un contragolpe que normalmente se asesta con el mismo instrumento utilizado para progresar. La libertad, la tecnología, el dinero, el bienestar, el petróleo, los aviones, el plástico, la televisión, los ordenadores, se vuelven contra sus descubridores e inventores, como HAL 9000 en la película de Kubrick. La polla, celebrada como fungible aparato de placer para las chicas que por fin se han liberado, se transforma pocos después en un instrumento de la ira y del castigo.

Recuerdo cómo algunas compañeras del instituto Giulio Cesare elucubraban en voz alta acerca de las dimensiones y el rendimiento del sexo de un compañero nuestro, ahora periodista en televisión: «Debe de tener una polla como un Stalin».

Típico utensilio para las manifestaciones, el Stalin consistía en un mango de pico a cuyo alrededor se enrollaba una bandera: de los dos elementos que formaban el objeto, uno, la bandera, cuyo valor era simbólico, servía para ser agitada; el otro, el bastón, por si acaso había enfrentamientos. Una cosa ligera e impalpable y otra rígida y pesada.

No solo sus cabezas de chorlito de chicas de izquierdas asociaban la polla con un objeto contundente. Ay, sí, la dureza, quintaesencia de la masculinidad. Se han escrito libros sobre el tema. Lo rígido como opuesto a lo blando, etcétera.

Quién sabe de dónde viene la sensación de que el coito oculta algo peligroso, ya sea en el instante en que se realiza o en el futuro, a través de una consecuencia desastrosa. Toda seducción es fatal, lleva implícito el riesgo de un posible embarazo, esto es, de una nueva vida, y el de la muerte. En la mitología encontramos numerosos casos que lo corroboran: la mujer elude la boda, o no quiere consumarla, o la consuma sabiendo que eso conllevará la muerte del hombre con quien se acuesta; el hombre, por su parte, duda, vacila, teme que en ese acto simple subyazca algo terrible. Una trampa. Cada vez que un caballero se despoja de su armadura para yacer con una doncella, pone su vida en peligro. Lo gracioso es que ambos se arriesgan: tanto si es el caballero quien acepta yacer con la doncella, como si es ella la que acepta yacer con él, o si uno de los dos rechaza al otro suscitando el furor de su orgullo herido. Se abre, en cualquier caso, una herida incurable, la de la virgen que deja de serlo o la del honor herido del caballero, o en las entrañas de ella o en el pecho de él. Cada vez que sir Gawain alarga las manos hacia la muchacha a la que ha intimidado para pasar la noche juntos, de la cama sobresalen espadas para hincarse en sus carnes; Holofernes acaba sin cabeza por eso mismo, y Sansón sin melena, y así muchos más. Un atisbo de sospecha los había puesto en guardia, pero ellos..., cegados por la lascivia... Si no se eliminan entre sí, los amantes eligen una víctima sacrificial de su abrazo: querido, si quieres seguir follando conmigo, córtale el pescuezo a ese predicador loco de Johanan. Por vía indirecta o sesgada los abrazos conducen a la decapitación. Quien se duerme ya no despierta, o despierta prisionero, impotente e infecto en el infierno. El sexo es un arma más potente que cualquier magia o artificio: Ulises anula de golpe todos los poderes de Circe amenazándola con la espada y forzándola en su propia cama. Al entrar en ella, entra en otro mundo. La penetración es el acto más peligroso que puede realizarse: las cosas ya no volverán a ser como antes. Uno tal vez quede atrapado como el sepulturero necrófilo de Moscú, sujeto en la vagina de una muerta, o despierte a la mañana siguiente con un mensaje escrito en el espejo con pintalabios: BIENVENIDO AL SIDA; pero incluso acostándose con tu propia mujer o tu propio marido se corre el peligro de infecciones, endometriosis, fibromas..., de tener el pene erecto químicamente a costa de sufrir un infarto...

El sexo es una prisión peculiar cuyos barrotes impiden más bien la entrada que la salida; lo que se quiere, lo que se desea, está dentro, es un secreto oculto como normalmente lo están los órganos genitales. Conozco a muy pocas personas que no hayan estado obsesionadas por eso buena parte de sus vidas y, sin temor a ser desmentido, puedo afirmar que las personas inteligentes y, sobre todo, las más inteligentes, curiosas y creativas, lo han estado y siguen estándolo.

24

Recuerdo las confesiones de Angelo en televisión frente a una señora ceñuda pero predispuesta a grabar sus desvaríos. Y la miríada de declaraciones en las que se proclama responsable o testigo de varios delitos, confirmando lo que leí en *El idiota* de Dostoievski, esto es, que «cabe encontrar un placer en contar cosas vergonzosas, incluso sin que nadie le invite a ello a uno»* y, añado: sin ni siquiera haberlas cometido. El placer de la autoacusación.

«Angelo, sí, un ángel del mal..., pero bien educado.» Besa la mano a las señoras que acuden a la cárcel a conversar con él..., interesadas por su crimen.

* *El idiota*, traducción de José Laín Entralgo, Penguin Clásicos, Barcelona, 2017.

Cultiva, desde siempre, el sentimiento de la amistad, de la fraternidad.

Y procede de una familia muy católica, que educa a su hijo según sus valores, sin imaginar que...

Sus amigos, sus compañeros, sus cómplices: el primero es un psicópata —[el único en libertad actualmente]—; el otro empezó a cometer atracos para llevar dinero en el bolsillo, pues a pesar de ser ricos, sus padres lo educaban rígida y severamente y se lo escatimaban.

Angelo habla romanesco cerrado.

Se presenta a sí mismo como «un conocido matón».

En su juventud era favorable a los campos de concentración nazis.

Su primera pasión adolescente no fue el amor por una chica, sino el odio hacia todas ellas.

Y luego está la idea de implicar a otros en el delito para poder chantajearlos, para comprometerlos en algo grave...; así pues, el homicidio estaba premeditado, era un asesinato...

Ahora lo admite, pero entonces, durante el juicio, obviamente no lo hizo: «Las cosas fueron como fueron, como suelen ser este tipo de cosas..., las amenazamos..., las asustamos..., mantuvimos relaciones sexuales con ellas...».

Una muere, la otra se salva por pura casualidad... «Una suerte desde su punto de vista..., mala suerte desde el nuestro..., ¡desde luego, no porque hubiéramos tenido piedad!»

«Pero ahora he cambiado..., he cambiado...»

Treinta y cinco horas de vejaciones..., el sentido de la dominación... «¿Qué nos pasaba por la cabeza? Quién sabe. Éramos prisioneros de un papel, nadie se echaba atrás, habíamos hecho un pacto de sangre que nos llevaba a ser cada vez más brutales...»

Y luego la mentira, para causar buena impresión a los ingenuos: «La cárcel me ha servido muchísimo..., en la cárcel he tomado contacto con la realidad..., ¡me he convertido por fin en un ser humano!».

En el juicio, Angelo sentía el odio que crecía contra él.

«Desde que estoy en la cárcel vivo en un estado de completa indiferencia por lo que pueda pasarme.»

La chica superviviente cecea, quizá desde siempre, o puede que a causa de los dientes que ellos le rompieron... «¡Ez a mí a quien ha dado loz trancazos!» «¡Ze ve perfectamente que eztá interpretando un papel... y muy malademáz!»

Ya en la cárcel, Angelo participa en unos cien juicios como testigo —siempre no fiable, aunque algún juez sediento de información le diera crédito al principio.

Después de la MdC, en 1975, y antes de volver a asesinar, a dos mujeres, por cierto, en 2005, había confesado siete homicidios.

«Sí, me avergüenzo de ser así.»

«Quiero decir a los abogados que no les he engañado. Estaba sinceramente convencido de tener bajo control todo lo malo que llevo dentro..., estaba seguro de que habría podido llevar una vida feliz junto a las personas que quiero —pero ¿qué dice?— sin volver a causar dolor a nadie... Yo era el primero en engañarme.»

¿Por qué lo hizo? ¿Cuáles fueron los verdaderos motivos? No es fácil responder. «Pasaron cosas que hicieron que esas dos mujeres me desengañaran.»

«Solo con verlas, se me helaban el corazón y las entrañas.»

Una vez más, quiere implicar a alguien en el delito, tener cómplices con quienes compartir los graves hechos acaecidos «que los unen a mí para siempre».

Sus cómplices deben ser débiles, fácilmente manipulables, por eso los aprecia y no siente animosidad hacia ellos, porque son débiles y tontos.

«Cuando estaba con A***, fantaseaba con que la emparedaba viva en un rincón del despacho.»

«Había preparado unos bocadillos para comer juntos los cuatro», pero se los comerá él solo mientras se bebe una Coca-Cola.

Pero no podían ofender a la naturaleza, a la vida misma; después del dolor y el llanto, se alimentaron, como siempre hacen los hombres.

«Qué lástima. Íbamos a ser felices. Íbamos a ser una gran familia.»

La periodista que lo entrevistó para la televisión, haciendo examen de conciencia, admite: «Sí, lo creí».

25

Hay quien afirma que el de *Psicosis* es el primer asesinato erotizado de la historia del cine —la chica desnuda en la ducha— o, mejor dicho, que esa escena describe un homicidio «demasiado erótico para no resultar placentero». El voyerismo consiste precisamente en poner a disposición del placer de quien mira lo que de palabra se considera horrible e inadmisible.

Por eso, según Alfred Hitchcock, la cualidad más importante de las actrices era la vulnerabilidad, esa sensación que transmitían de estar en peligro, de que alguien podía hacerles daño en cualquier momento. El espectador temía por ellas. La destrucción se cernía sobre su encanto, cuanto más se veía amenazada su belleza, más deseables eran; antes bien, parecía como si el deseo mismo representara tal amenaza: acababan convirtiéndose en víctimas de pulsiones análogas a las que los espectadores sentían por ellas. El deseo las amenazaba, y dicha amenaza constituía la esencia de su condición de apetecibles.

En cambio, con la MdC se descubrió que las víctimas de una violación no tenían que ser atractivas a la fuerza. La prensa, acostumbrada a dar bombo y platillo a las noticias cotidianas —basta con deslizar la barra de la izquierda de la edición digital de nuestros periódicos más reputados, formada casi por entero, hoy en día, por mujeres medio desnudas con la excusa de que están de vacaciones en Miami, presentan una colección de lencería, o se les ha salido una teta de la blusa mientras iban de compras; o bien, volviendo a la época en que se desarrolla esta historia, basta con las portadas de los dos revistas políticas ilustradas más importantes que rebosaban de espectaculares chicas desnudas colocadas al tuntún para alegrar los reportajes más variopintos, del uso de la píldora anticonceptiva a la corrupción política, del terrorismo a la fuga de capitales al extranjero—, se encontró con escasez de argumentos excitantes y se vio obligada a apostarlo todo a favor del resentimiento político y moral. A diferencia de otros casos de crónica de sucesos donde el sexo cumplía la función de imán —el más famoso de los cuales, cuando yo era un chaval, fue el crimen Casati, en el que los juegos perversos quedaron interrumpidos a tiros, con grandes cantidades de materia gris esparcida por las paredes; pero también podría citar el famoso secuestro Amati, donde el rehén fue seducido por el secuestrador y circulaban fotos de sus escarceos—, la MdC era menos goloso por la falta de *sex-appeal* de las víctimas y por la repulsión instintiva que inspiraban los culpables. Solo puede crearse una bonita historia si entra en juego al menos un personaje fascinante o que presente algún tipo de interés, ya sea la víctima o el verdugo, no importa, mejor aún si lo son ambos: un bandido de buen ver —por ejemplo, el marsellés que había raptado a la Amati, o Vallanzasca—, una modelo que se ve arrastrada a la perdición —Terry Broome—, un profesor casanova —Popi Saracino— y su guapísima alumna, un hombre rico y poderoso —aquí la lista sería larguísima y a medida que nos acercamos a la actualidad se enriquece con un sinfín de nombres, magnates de la industria y líderes políticos, grandes figuras del boxeo, del fútbol, del baloncesto, altos prelados, presentadores de televisión...—, una azafata, etcétera. Eso, lo ideal hubiera sido una atractiva azafata, extranjera, que fue hallada muerta, desnuda, etcétera.

El tupido velo que se echó sobre los cuerpos martirizados de las chicas no estaba motivado por la piedad, sino por la evidencia de que no había ninguna posibilidad de vestirlos de glamour para revenderlos con fines morbosos, ni siquiera a un público necrófilo.

En la lluvia de interpretaciones de la MdC, hubo una que destacó especialmente. Sostenía que los violadores habían elegido chicas del pueblo llano con intención de llevar a cabo una venganza de clase, como un senador romano que ordena crucificar al esclavo desertor. En el binomio «chica pobre» era más bien el adjetivo, y no el sustantivo, el que desataba la violencia punitiva de los ricos secuestradores. El castigo aplicado era, pues, político en primer lugar y sexual en segundo. En esta reconstrucción hay sin duda algo cierto, siempre y cuando se tenga en cuenta el hecho de que no se trató de una elección, y que esto no sucede casi nunca en una violación, puesto que es raro que el violador dé con las víctimas que responden exactamente a sus preferencias. Dejando aparte a quienes matan a su odiada mujer o a su vecino, al socio que les ha estafado, a los que disparan a los furgones blindados o eliminan a un chivato, los criminales suelen cargarse al primero que pasa. Casi siempre se conforman con el objetivo más fácil.

En la violación los blancos son intercambiables: depende de cada ocasión.

Lo demuestra el hecho de que cuando se había tratado de abusar de chicas de clase alta, antes de la MdC, los criminales no se habían echado atrás. Se encuentran tantos motivos para violar a una pija rica como para violar a una marisabidilla plebeya. Quizá se sienta el desafío y la provocación por parte de ambas categorías de manera diferente, pero igual de intensa; entran ganas de darles una lección, de someterlas, humillarlas y castigarlas a las dos.

La escena legendaria de *El resplandor* en la habitación 237. Inexplicable. Dos minutos y cincuenta segundos inexplicables. Se dice que Kubrick la montó en varias secuencias para darle una lógica, pero no la tiene. Lo que tiene es un sentido. Abrazando a una mujer desnuda, un hombre abraza la muerte. La chica espectacular, de largas piernas, seno erguido y tez pálida, que emerge de la bañera, es, en realidad, un cadáver en putrefacción. Un cadáver viviente... Algunos hombres afirman que se ahogan cuando están con una mujer. Se sienten atrapados entrando en ella o simplemente estando entre sus brazos, incluso si son ellos quienes la abrazan, la rodean..., se sienten asediados a pesar de ser ellos quienes asedian. Existirá un motivo para un sentimiento tan paradójico. Quizá sea solo el miedo a dejarlas embarazadas y quedar atrapados en un callejón sin salida. Incluso hombres que han obligado a una mujer a unirse carnalmente a ellos, las acusan después de haberlos atrapado. Es, sin duda, mentira, un miserable autoengaño, pero sugiere algo profundo y extraño.

Además, los hombres sienten miedo, por no decir terror, ante la expresión de los sentimientos femeninos porque intuyen que, en el fondo, oculta por estratos de ternura o de fragilidad más o menos afectada, subyace una rabia tremenda. Si la rabia es la raíz de toda emoción, en el sentido de que toda emoción contiene al menos una parte de rabia —incluso en la exultación de alegría subyace el bramido de una rabia mal disimulada—, entonces es cierto que cualquier sentimiento puede transformarse en rabia de un momento a otro, puede ocultarla, desatarla, revelarla: el amor en primer lugar. Algunos hombres ven en el amor femenino a una Erinia temporalmente benévola. Es decir, ven a Medea.

Hay quien asegura que la función sexual original de las mujeres era encauzar la desordenada y promiscua sexualidad de los hombres hacia fines reproductivos y la creación de un orden familiar. Esta teoría, cuya solidez es innegable, se contradice sin embargo con una facultad femenina de signo opuesto: no existe nada con menos límites —esto es, que sea potencialmente más desenfrenado— que la disponibilidad sexual de una mujer, es decir, la de aparearse con muchos hombres o, en teoría, innumerables veces con el mismo, lo cual a él le resulta imposible y por eso le produce desazón.

Antes nos quejábamos de la poca disponibilidad de las mujeres, después se difundió el temor de que fuera excesiva, de que aspiraban al placer de forma ilimitada. En la época en que se desarrolla esta historia, los hombres podían lamentarse de ambas cosas. Pase lo que pase, las mujeres son causa de ansiedad y desazón para el hombre, neurótico y no —quienes no lo eran se volvían—, o porque estaban convencidos de que los amenazaban con su ya reconocida superioridad e independencia sexual, los contagiaban con su inferioridad intelectual, proclamaban en voz alta su total independencia de ellos, o porque, al contrario, los enredaban, absorbían, debilitaban, inmovilizaban con una red de seducción. A un enemigo tan taimado no hay más remedio que declararle una guerra preventiva antes de que logre invertir la inferioridad social en supremacía biológica gracias a su inagotable potencial erótico. Es el objetivo sensible, hay que pararle los pies, destruir ese arsenal amenazador. Desde este punto de vista, la hazaña de la MdC tiene, como hemos visto, todas las características de una contraofensiva. Pero ¡si al menos fuera una guerra, una guerra y nada más, una guerra entre los sexos! Una contienda abierta, sin tregua, con una declaración y un posible cese de hostilidades, con un frente definido, actos unívocos, una estrategia reconocible. En cambio, las banderas se mezclan y confunden. Este conflicto logra entremezclar las peores atrocidades de una guerra civil, los abusos y las torturas, con la ternura más delicada, con el placer de compartir una hora, con el amor más encendido, con la admiración recíproca, con el ofrecimiento de la propia desnudez indefensa, confundiéndolos sin cesar de manera que los enemigos más acérrimos no dejan de buscarse para abrazarse, pues parecen necesitarse desesperadamente unos a otras, el uno de la otra; sin embargo, cuando por fin se encuentran, solo son capaces de hacerse daño. Nunca se ha visto una guerra tan confusa en la que los miembros de los ejércitos enemigos siguen copulando y generando hijos de la guerra, huérfanos de guerra.

Cuando una pulsión reprimida encuentra la forma de desahogarse con una satisfacción sustitutiva, esta no proporciona placer, sino rabia o repulsión. La venganza dictada por el resentimiento, por ejemplo, envenena tanto a quien la lleva a cabo como a su víctima. Vengarse estropea la vida. El placer que estamos seguros de conseguir mediante una acción violenta y liberatoria se derrumba sobre sí mismo, como las paredes de un volcán durante una erupción, con resultados desastrosos, porque la materia que se precipita dentro de la lava ardiente da origen a nuevas reacciones violentas. Lo que llamamos un desahogo nunca lo es. No se desahoga nada, se alimenta, se potencia, se afina, se convierte en algo consciente y teatral. Una vez descargado un impulso violento, este vuelve a crearse con gran facilidad, y sigue descargándose y recreándose hasta que forma una serie que exige una satisfacción inmediata y continua, a corta distancia. Si abusas de una chica y sales indemne, el asco y la culpa temporales se proyectarán rápidamente sobre la víctima del abuso, y gracias a una especie de multiplicación milagrosa, al mirar alrededor te darás cuenta de que se puede abusar de casi todas las mujeres, de que el género femenino al completo está a tu disposición; puedes seguir a cualquier mujer, secuestrarla, vejarla, aprovechando ciertas horas del día o ciertos lugares solitarios, con un riesgo reducido, y la rabia condensada, exacerbada, que no desahogada, del primer abuso te llevará a intentar replicarlo una y otra vez. El mundo se llena de repente de víctimas potenciales, y te ves obligado a respirar hondo y contener en los pulmones el entusiasmo que te suscita este descubrimiento; sientes un hormigueo en las manos y la sangre circula con rapidez, una astucia de zorro parece abrirse camino en tu imaginación, por lo general tan perezosa...

De este modo, pulsiones que hasta ahora eran incompatibles con el resto de la personalidad por la prepotencia con que perseguían fines violentos y obscenos, y que por ese motivo habían sido contenidas con gran esfuerzo en niveles inferiores de desarrollo y privadas de cualquier satisfacción, se independizan en una especie de república autónoma, emancipada del resto de la personalidad pero capaz de atraer a algunos de sus componentes, separando un trozo cada vez con la promesa revolucionaria de satisfacciones crecientes, igual que sucede durante una guerra civil, hasta convertirse más fuerte que el carácter original y triunfar sobre él. Ahora es esa la personalidad dominante, que sale victoriosa sobre los escrúpulos inútiles, que se ve animada por una rabia que va en aumento y proyectada hasta el límite hacia sus nuevos objetivos, mientras que lo que queda de la anterior se ha trasvasado casi por completo en las pulsiones antes innombrables. Ha nacido un violador en serie.

La confirmación de la propia identidad a través de la repetición —en este caso, de actos repugnantes, pero sería lo mismo si se tratara de obras pías— es fuente de placer e infunde seguridad. El sufrimiento propio y el ajeno producen una satisfacción idéntica.

Ay, cualquier experiencia que te saque de la banalidad de la vida ordinaria, que te libere en otra dimensión, produciendo un sentimiento especial, de ebriedad y triunfo contra la aridez de la existencia que hemos abandonado, una victoria aplastante sobre una parte de uno mismo que se había resignado y escondido, contra quienes permanecen en la sombra, los que no se atreven, los que no serían capaces, los que ni siquiera conciben la idea de una liberación, prisioneros de la marcha monótona que consideran, sin opción, la vida: en las familias burguesas, por ejemplo, pero también en muchas de trabajadores honestos, gente que trabaja de sol a sol sin concederse ningún lujo, esa figura se identifica con los propios padres. Esa sensación de libertad es tan exultante que casi enseguida se vuelve insustituible, compulsiva, se busca en todo momento y a toda costa, y genera un sentimiento paralelo, una especie de impulso que puede acompañar la ebriedad del triunfo o, cuando este no se consigue, sustituirla por el desprecio; un desprecio que se ramifica en razonamientos, motivado, feroz, contra los desgraciados e hipócritas que no tienen las más ligera idea de cómo se siente uno «cuando se sale de madre», pero que condenan y advierten sin cesar contra los peligros y daños que puede causar esa condición que los asusta y escandaliza. Los padres, en primer lugar, y después de ellos todos los demás representantes y guardianes de la existencia ordinaria. Alimentado de manera continuada, el desprecio se consolida en odio y las personas sobre las que recae quedan rebajadas a niveles infrahumanos.

Una vez que esta espiral se pone en marcha, será necesaria una dosis de alguna sustancia, el ejercicio de una actividad determinada que permita descargar la excitación, aliviar su tensión insostenible.

Droga y sexo son las respuestas obvias a esta necesidad y se ofrecen, como los fármacos, en dosis proporcionales al alcance del fin deseado, que es el de una narcosis temporal: un pico, otro pico, un tercero, o unas rayas, o un polvo, otro polvo, con el mismo sujeto o con otro, según las necesidades que varían de un sujeto a otro, de si quien ya está arriba quiere quedarse, o bajar, pero, claro, no en picado a ser posible.

Luego, hay una tercera actividad capaz de suministrar fuertes dosis de manera ilimitada porque quien sufre las consecuencias no es el cuerpo de quien la practica, que no corre ningún riesgo, no se depaupera, no roza el abismo, no consume y agota sus fuerzas, sino otros cuerpos. Una actividad en que la sobredosis no supone ningún peligro: la violencia gratuita. La que se desata sobre los cuerpos indefensos. El circuito de esta adicción consiste en una frenética estimulación de la sensibilidad dirigida a obtener al menos un breve intervalo de insensibilidad.

Una atención sexual siempre alerta no deriva en absoluto de una necesidad física impelente y anormal, sino más bien de la obsesión por percibir como provocaciones personales, con independencia del lugar en que se aprecien, los signos evidentes de la diferencia femenina: el pecho que asoma del escote de la heladera cuando se inclina a darte el cucurucho, las caderas sinuosas de una chiquilla con sudadera negra a quien su madre ha obligado a sacar a pasear el perro antes de ir al colegio, los labios pintados de rojo de la cincuentona a la que cedes el último carrito de la compra que queda —se lo cedes para ver esa boca arquearse en una mueca de reconocimiento, sus bonitos ojos brillar con una vidriosidad que podría deberse tanto al deseo erótico reprimido demasiado tiempo como a las fastidiosas luces de neón del supermercado, que la llevan a ponerse deprisa unas gafas oscuras—. Cada uno de esos detalles, observables en la mitad de la población, se amontona en un granero mental y golpea a nuestro hombre en el rostro como el guante de un desafío, una transgresión intolerable, una especie de confirmación de que todas las mujeres portadoras de estas señales, que no pueden evitar enviar en cuanto ponen los pies en la calle, en la escuela, en todas partes —creando una terrible interferencia, una red de reclamos y provocaciones—, todas estas mujeres son solo unas putas, unas malditas putas que desfilan por las avenidas de las ciudades frotando entre sí los muslos donde anida su sexo permanentemente húmedo y haciendo brincar su pecho —aunque sea pequeño, aunque comprimido e inmovilizado por el sujetador no brinque en absoluto, da igual, es como si lo hiciera, como si bailara arriba y abajo y asintiera—. Las señales que lanzan al aire son aún más complejas y sutiles cuando niegan lo que afirman, cuando las emiten mujeres con indumentaria rancia, anónima, que no pone en evidencia la diferencia sexual; pues bien, esas son todavía más putas que las otras, pues bajo sus recatados vestiditos de flores el pantano lodoso de sus deseos oculta un frenesí perverso, órganos insaciables. ¡Es tan evidente! Cuanto más se parecen a las monjas, más depravadas son. Las que se visten de puta, con los muslos al aire, esas sin duda son putas. Las chavalas de once años son putas en potencia, las de sesenta lo fueron y les corroe no poder seguir siéndolo —«Entonces ¿cuándo empiezan las violaciones?», se preguntan impacientes las viejas de una Chipre asediada, a punto de ser expugnada por los turcos... (Lord Byron, *Don Juan*).

En aquella época se ejercitaba una presión constante sobre las mujeres para que siempre dijeran que sí, para que se «amoldaran»; hoy en día dicha presión se extiende a las chiquillas de trece años, se les exige que sean provocadoras y solícitas si no quieren quedar marginadas. Chicas cuyas madres llevan pantalones de tiro bajo por los que asoma el tanga, camisetas con la frase MAÑANA ME PORTARÉ BIEN —hoy, evidentemente, no—, o SAVE A VIRGIN DO ME INSTEAD o RECREATIVOS con una gran flecha que indica lo que hay más abajo de la cintura o LIMITED TIME OFFER ondeando sobre la tetas de silicona.

26

¡Prueba a explicar un homicidio desde el criterio de la utilidad o la racionalidad! Tomemos como referencia una vez más al viejo Hagen que, en los *Nibelungos*, frente a las reacciones de desaliento por el acto que ha cometido, explica de manera racional, política y fríamente realista el motivo que lo ha llevado a traicionar y matar a Sigfrido: para eliminar a un aliado demasiado potente que era causa de disputas y envidias. Había que poner fin al poder ilimitado de Sigfrido, y Hagen lo hace sin escrúpulos. «Nada me importa de su duelo.» Sus palabras son crudas pero concretas, sin embargo nadie lo escucha o da señales de creerlo. Cuando se mata a alguien —especialmente a un héroe o a una virgen—, los motivos, aunque supuestamente válidos, pasan a segundo plano, las razones palidecen o cobran una apariencia fútil, la conveniencia y la oportunidad no cuentan; cuando se mata a un símbolo los motivos son otros, más poderosos, profundos, trágicos o enajenados. No hay plan racional que logre justificarlos. El realismo está, en verdad, excluido del homicidio, y no solo de los motivos políticos en el curso de una lucha por el poder. Únicamente Maquiavelo pudo, gracias a un esfuerzo de abstracción, reducir el delito al fruto de un cálculo.

El problema de la gente de esa clase es que no se da cuenta de las limitaciones de su propia persona y de sus propias acciones. El miedo que sienten debe de ser superlativo para que renuncien a hacer lo prohibido, pero el anhelo de hacerlo a veces es más fuerte que dicho miedo.

A pesar de que hemos aprendido a defendernos de los demás, raramente somos capaces de resistir a la onda de choque generada por nosotros mismos. El centinela que está vigilando mira hacia delante, más allá del territorio del campamento, escruta la oscuridad, pero pasa por alto lo que sucede a sus espaldas. No obstante, nuestro oído interior, al que no pueden ponérsele tapones de cera, oye las sirenas más terribles; en definitiva, el esfuerzo por controlarse es incluso mayor que el realizado para defenderse de las amenazas exteriores. Justo por eso es el primer mecanismo que se avería en caso de sobrecarga. Por otra parte, las pulsiones amenazadoras que nacen en nuestro interior nos dan la prueba tangible de que estamos vivos, de que en nosotros habita una fuerza, que quizá sea malévola, pero que existe: hay quien, en lugar de oponer resistencia a estas tentaciones, avergonzándose de ellas, es feliz sintiendo que vuelven a despertarse, a llamar, como si fuera el toque de un ángel, da igual si es el ángel de la muerte. Existen muchas maneras de sentirse hombre: una es no hacer caso de la neurosis de contenerse dejando que las fuerzas se desborden sin preocuparse de las posibles consecuencias dañinas. Emborracharse, drogarse, disparar al tuntún, apropiarse de las mujeres y los bienes ajenos, arriesgar la vida por una memez, de manera estúpida, violar y saquear; esta superación de los límites consentidos a un individuo, acompañada de terribles remordimientos o de la más perfecta inconsciencia —como si esos límites ni siquiera existieran, como si ni siquiera se dieran cuenta de haberlos superado—, sin duda regalará instantes de pura alegría. Me importa una mierda la factura que todo esto me pasará. Que la paguen primero los demás; después ya llegará mi turno. Enfermaré, acabaré en la cárcel, me explotarán las venas y el cerebro, me convertiré en un cadáver ambulante, le daré asco a todo el mundo, y quizá el diablo vuelva a sobrevolar aquel castillo lúgubre y en ruinas que era mi conciencia para atormentarme. Pero ¿sabes qué te digo? Me importa una mierda de todas maneras. Estuve en la cima del Everest con el demonio y caer y estrellarse desde esa altura después de un largo vuelo provoca tal descarga de adrenalina en las venas que no cambiaría mi miserable muerte por ningún otro destino.

Nada supera la voluptuosidad de abrazar un destino negativo, totalmente negativo, quiero decir.

¿Cómo funciona? Pues funciona al buscar la experiencia a pesar de saber que es desagradable, porque si la buscamos y provocamos voluntariamente el dolor que causará será mucho menor que si nos pillara por sorpresa; podría incluso transformarse en placer o, mejor aún, en la complacencia soberana de ser dueños del suceso que hemos provocado, en vez de depender de él como esclavos. Es inútil esperar temblorosos a que la violencia se desate cuando podemos provocarla nosotros. Es inútil esperar que cortejar a una chica dé un resultado cuando podemos decidirlo anticipadamente usando la fuerza. Cuando nos sumergimos en el mal que los demás esquivan afanosamente si procede de sus semejantes, o reprimen si procede de sí mismos, nos sentimos dueños de nuestra vida, artífices de nuestro destino. Si en el mundo hay dolor, y parece que lo hay y que tenga que haberlo, quien pueda permitirse decidir cuánto, dónde, cuándo y quién sufrirá dicho dolor se sentirá divinamente satisfecho, al contrario de quienes se topan de forma inesperada con él sin posibilidad de elegir.

Junto con la bondad, pero quizá aún más ejemplar que ella, no existe nada más soberano y gratuito que la maldad, ejercida incluso contra los propios intereses o la propia incolumidad, hasta cuando se tiene la seguridad de que provocará una represalia, que se recibirá un castigo por lo hecho. Si la maldad parece a menudo una estupidez o una locura es porque no puede justificarse más allá de sí misma. Digamos que no depende sino de un humor..., una propensión, una inclinación..., como quien es amante de los gatos no puede renunciar a tener uno, acariciarlo, hablarle con dulzura...

No conocían diversión mayor que la de disfrutar de los favores que habían arrebatado, gozando de la renuncia con que les eran concedidos. ¿Qué mérito tiene recibir un favor o un mimo de alguien que te quiere? Es mucho más satisfactorio si el que está obligado a hacerlo en realidad te odia o te teme y se detesta por su cobardía. Obligar a la gente a ir contra su propia naturaleza es la máxima prueba de poder.

Siendo personas mediocres, el sueño de los chicos de la MdC era atemorizar a los demás. Al no poder ser poderosos o nobles o reputados no les quedaba más que ser despiadados. Sembrando el terror, no en pueblos enteros, como en los tiempos de Sargón, de Gengis Kan o de los más recientes dictadores, venerados por estos chicos, sino entre un grupo de chiquillas rubitas en cuya presencia se mostraban implacables. Sus ojos se inyectaban de sangre a la vista de las personas más débiles. Es curioso cómo la doctrina del superhombre ha seducido casi siempre a individuos mediocres, escasamente dotados en todos los aspectos, de intelecto adocenado, poco viriles y aún menos valientes; para usar su lenguaje, hombres inferiores. Es una característica del siglo pasado haber suscitado en tantos hombres mezquinos el anhelo de distinguirse gracias al mal. Antes el mal podía tener su magnificencia, encarnándose en personajes monumentales, después se ha deshecho en un lodo difuso de sadismo de chupatintas, de torturador rutinario, de monstruo o asesino en serie pequeñoburgués que ejerce su capacidad de opresión sobre objetivos indefensos, a su alcance, que es capaz de aterrorizar y eliminar con un mínimo esfuerzo. El deseo y el gusto por sentirse terribles debían de obsesionar en verdad a los chicos de la MdC y a otros como ellos que se quedaron con las ganas solo porque el cepo de los frenos inhibitorios los detuvo a tiempo.

... Lo que no obtendré de ellas con amor y amistad
siempre podré cogerlo por la fuerza.

Humillar y aplastar a las dos chicas les servía para eso. Para confirmar un concepto que solo puede comprenderse hasta el fondo derramando sangre, de lo contrario es algo vago, abstracto; esto es: que la vida de cada individuo no significa nada, no vale nada, no sirve de nada, se puede acabar con ella sin que se repercuta en el equilibrio del mundo, sin que se produzca la más mínima alteración; lo cual se exacerba cuando se trata de individuos cuya existencia parece, por decirlo de algún modo, ocasional: seres carentes de una personalidad marcada, sin facultades especiales, como son, por otra parte, la mayor parte de las personas, como eran las dos chicas.

Sangre en abundancia. La sangre es el elemento excesivo por definición. Una sola gota ya es demasiado. El hecho de que en condiciones normales su circulación se produzca en un circuito cerrado, por los conductos invisibles del cuerpo, hace que cuando, de repente, sale y salpica, gotea o chorrea, asuma el aspecto de un raudal imparable, de una crecida.

Quería que alguien me necesitara.
Quería que alguien me temiera.
Quería que alguien me recordara
por lo bueno que me había visto hacer
o por las maldades que le había hecho.
Quería vivir más pero no sabía cómo hacerlo.
Quería dejar una huella imborrable en alguien.
Quería que hablaran de mí durante mucho tiempo.
Quería que alguien llorara por mi culpa.

… OCTAVA PARTE

Las confesiones

1

Es como en los diálogos de Platón. Sócrates habla y los demás no hacen sino confirmar lo que dice: «¡Así es, por Zeus!».

Toda pregunta que se formula recibe, tarde o temprano, una respuesta. Pueden pasar meses o años, y quien responde quizá no sea la misma persona a quien iba dirigida. O bien la réplica parece autorregenerarse, como en el cuento blasfemo de Asimov sobre la entropía universal, *Nightfall*, que tanto me impresionó de chaval, y que, como alguien recordará, termina con un «Fiat Lux» pronunciado en la nada.

Las palabras solo sirven para que el mundo vuelva a empezar.

Hubo un período en el que mi apellido era conocido en el barrio de Trieste, al menos para el cartero, cuando todavía estaba abierta la empresa de mi padre y recibía numeroso correo a diario. Creo que fue esa la razón por la cual, a mediados de los años noventa, cuando la empresa de construcción Albinati&F.llo había sido liquidada desde hacía tiempo y las cenizas de su último administrador reposaban en el cementerio Flaminio, le entregaron al portero de la finca donde antes se encontraba la sede de la empresa un sobre a mi nombre con la simple indicación de «Barrio de Trieste, Roma». El portero me lo guardó.

Era de Massimiliano, mi amigo de Punta Ala. Sí, él, Max, el guitarrista facha. El único chico al que habría podido entregarme como lo hace una mujer, y uso este verbo anticuado porque se corresponde exactamente con mi disponibilidad de entonces. Creo que, en efecto, Max fue el único hombre que me atrajo, en primer lugar por su notable belleza. Había pensado en él en ese sentido, lo confieso, pero sin alimentar ningún deseo concreto, recordando su cuerpo flexible, perfecto, lamentando su desaparición repentina y finalmente olvidándome por completo de él, de todo su equipo —la espada, la guitarra— y de las largas tardes encantadas que pasé escuchando sus tremendas chorradas y admirando sus exhibiciones. Un fenómeno que no volvió a repetirse.

Leí su carta con asombro, tanto por el tiempo que había transcurrido desde la última vez que nos habíamos visto, hacía más de veinte años, como por el descubrimiento de que Max sabía escribir, y bien. Por algunas señales, como el uso de los tiempos verbales, tuve la impresión de que había escrito una primera versión de la carta inmediatamente después de los acontecimientos que contaba, pero que no la había enviado, que la había abandonado para seguir escribiéndola más tarde o reescribirla. Y también que esta nueva redacción podía deberse, por decirlo de algún modo, a una especie de veleidad literaria, es decir, que Max tenía la intención de trascender el simple hecho de comunicarle algo a su viejo amigo de los veraneos. Quizá me equivoque y fuera solo a mí a quien quería dirigirse, pero para demostrarme algo que iba más allá de la simple exposición de los hechos, algo más importante, sobre él y sus inclinaciones: demostrarme que era capaz de cautivar con las palabras, poniéndolas en fila; que era capaz de cautivarme. Saber escribir consiste sobre todo en eso, y ejerce una fascinación muy diferente a la de saber hablar, moverse, cantar o tocar un instrumento, es decir, ejerce una atracción indirecta, discreta, que se emite lentamente, como un mortero incoloro que hay que dejar en reposo varios días para que fragüe.

Querido amigo: Me enteré por Mariucci de que viniste a buscarme a Punta Ala. Sí, lo sé, no debes sorprenderte ni enfadarte, fue hace muchos años, es cierto, he necesitado todo este tiempo para buscarte. Ha sido necesario que murieran mis padres para hacerlo. Murieron jóvenes: mi padre a los cincuenta y nueve años, de un infarto, y mi madre poco después, ella tampoco cruzó la frontera de los sesenta; murió dos meses escasos después de que le diagnosticaran un tumor que se le había extendido. Estaban divorciados y creo que no volvieron a verse tras haber firmado los papeles; mi padre vivía en Suiza y ella en nuestra casa grande de Milán, sola. Quizá te parezca absurdo que después de tanto tiempo aparezca para hablarte de ellos, dado que creo que no llegaste a conocer a papá y te acordarás de la opinión que tenía de mi madre, Vera. ¿La oíste hablar alguna vez? Me refiero a expresarse con lógica, decir algo sensato. Cuando venías a mi casa, ¿te dirigió algo más que alguna de sus sonrisas desesperadas? Con aquella boca, aquellos dientes perfectos, blancos..., sí, claro..., «con una boca así podía decir cualquier cosa».

Ellos dos son las piezas que faltaban en la historia, y empiezo por aquí porque ahora me he quedado solo de verdad. No tengo a nadie por encima de mí, ni a mi lado ni por debajo, y esto último lo digo aliviado pues no creo que hubiera sido capaz de ser padre, ya sabes el hijo extravagante que fui. Así que no me he casado y no tengo intención de hacerlo. Soy abogado y trabajo sobre todo para una gran organización religiosa que se dirige a los laicos. Su finalidad es la edificación de una verdadera sociedad cristiana donde cada comunidad, grande o pequeña, de cualquier nivel, esté unida por el mismo vínculo de fe; de la familia, como es justo y obvio, a los lugares de trabajo, las oficinas, los colegios profesionales, el tiempo libre, las artes, el deporte, para dejar claro que no solo los sacerdotes, sino también los laicos, pueden contribuir a una evangelización capilar, exactamente igual que la circulación de la sangre en nuestro cuerpo. Mi bufete se ocupa de los aspectos legales de esta empresa, con la que comparto el proyecto en su conjunto. El único proyecto que quizá pueda evitar que el mundo entero se derrumbe bajo el peso de la desesperanza.

Imagino cuál sería la primera pregunta que me harías si nos viéramos. No, ya no practico artes marciales —aunque puede que todavía fuera capaz de sorprenderte con alguna llave, porque físicamente soy el mismo de entonces, ¿será un milagro?— y he dejado de tocar la guitarra, ni siquiera escucho música porque me distraía. Me producía desasosiego, sentimientos vagos, huidizos, una tristeza inexplicable. ¿Te acuerdas de mi guitarra preferida, aquella con cutaway? Pues bien, la regalé a una escuela de música para niños ciegos. A cambio de la promesa de que la trataran bien. Pero claro, pasando de mano en mano a estas alturas ya la habrán destrozado, o poco le faltará... Pero ¡no te creas que me he convertido en un hombre pío! En una especie de san Francisco o, peor aún, ¡en un comunista! Al contrario, esa donación ocultaba algo sádico y sublime: la idea de que a partir de ese momento también le faltaría algo a cualquiera que pusiera las manos en ella, podría oírla pero no verla. Construirse una imagen tocándola, abrazándola, acariciándola..., sentir cómo vibra entre sus manos y en sus oídos, pero sin estropearla nunca con la vista.

Un sufrimiento, en resumidas cuentas, o bien una sensación aún más pura, no sabría decirlo.

No me costó separarme de ella, el amor tal como empieza acaba, y no importan las diez mil horas —las conté por encima— de ejercicios que hubo en medio. Tres horas al día durante diez años... y después, de la noche a la mañana, lo dejé. Se acabó la música. Todos estos cambios empezaron en Punta Ala, el último día de vacaciones de aquel verano, que fue como el último de mi vida. Me hizo falta tiempo para comprender lo que había pasado, pero lo comprendí, y eso es lo que quisiera contarte, también porque me imagino las chorradas que contaría Marinucci, a ti y a los demás. Pobre hombre, cuando volví un mes después a buscar a Melville veía brillar en sus ojos una curiosidad feroz, típica de los que viven de las desgracias de los demás. No me digné satisfacerla. Su mujer hizo el gesto de devolverme el dinero del alquiler de agosto, o puede que fuera en serio. No había regresado por eso, solo quería llevarme al gato. Sé que al ir allí descubriste que aquella casa no era nuestra. La alquilábamos, como muchas otras personas. No sé por qué te mentí diciéndote que era nuestra, puede que porque correspondía mejor a la imagen que quería que tuvieses de mí, de nosotros, y a mis ideales de entonces, nada más. Mira, Edoardo, yo te quería y te apreciaba mucho más de lo que imaginas. Quería causarte una impresión contundente e imborrable. Me parecías un chico que podía moldear a mi antojo, por eso mi antojo debía tener una forma clara, neta, a costa de construirla con alguna mentira. Pero ha llegado la hora de que empiece a ordenar las piezas.

Olvídate de todo lo que sabes o te han contado acerca de esta historia.

Mi padre estaba casi siempre en Suiza por motivos de trabajo. Hasta en casa lo llamábamos «el Suizo». Trajinaba con los bancos, nunca supe si de manera del todo legal. Probablemente no tenía ninguna necesidad de violar la ley. El límite entre la legalidad y la ilegalidad es voluble, incierto, su diseño prevé asideros que dejan espacio a los negocios y a los hombres que saben moverse en ellos. Las leyes les abren paso. Y si, como supongo, los Marinucci te dijeron que estaba enfermo y que su estado se había agravado de repente y que por eso tuvimos que marcharnos a toda prisa aquel verano (de 1973, ¿verdad?, no estoy del todo seguro), pues bien, quiero que sepas que no era cierto. Hasta el día en que, muchos años más tarde, cayó fulminado por un infarto mientras se fumaba un puro apoyado en la barandilla *de su chalet disfrutando del panorama del valle de la Engadina, con las laderas de las montañas ya casi cubiertas de hielo iridiscente, papá fue un hombre fuerte como un roble. Lúcido, enérgico, vital, con mala leche, nunca dejando cabos sueltos. Moverse, moverse, moverse, la cabeza siempre en funcionamiento. Precisamente por eso no quería saber nada de mi madre. Y por la misma razón jamás lo viste en Punta Ala con nosotros: a él le gustaba estar en la montaña, un lugar fresco, moviendo capitales a golpe de teléfono para no aburrirse con su mujer, inútilmente bellísima, y su hijo fanático, para no verse obligado a llevarlos de paseo en barco a fin de escapar del bochorno, la isla de Elba al fondo, inalcanzable. No hay nada que canse más a un hombre que la belleza de una mujer con la que se casó por ese único motivo.*

Como iba diciéndote, aquella noche la llamada que nos llegó de Suiza no tenía nada que ver con noticias alarmantes acerca de ningún enfermo agonizante, ni clínicas, ni médicos de voz consternada; era un marido muy determinado que informaba a su mujer de su irrevocable intención de divorciarse de ella: un tipo de comunicación clásica y codificada, creo. Y que en Italia podía hacerse también, había una nueva ley; de hecho, la frontera se había trasladado un palmo a fin de dejar a los individuos libres para hacer lo que quisieran. Un poco más de espacio para sus felices ocurrencias, sus deseos individuales. La reacción de mi madre fue igualmente clásica. ¿Te acuerdas de ella, Vera? Estoy seguro de que sí. Ahora que ha muerto y que ya no es mi madre, igual que yo ya no soy su hijo, que nuestro lazo de sangre se ha disuelto y me siento con derecho a hablar de ella como de cualquier mujer, ¿puedo tomarme la libertad de decir que era espectacular? Cuando me falla la memoria, echo mano de una vieja fotografía. Deslumbrante. A medio camino entre Jacqueline Bisset —en cuanto se quitaba las gafas de sol todos se lo decían, «¡es un parecido increíble»— y una de las bellezas estatuarias que se casaban con hombres famosos cuando éramos niños, no sé, Barbara Bach, Britt Ekland, Elke Sommer; me acuerdo de las muchas «k» y de sus ojos —azules, violetas, o verdes, como los de mi madre—, perfilados de negro, en las fotos de las revistas. Los de mi madre eran verdes y grandes, enormes ojos de color claro. No solo abiertos, sino abiertos de par en par. Enormes ojos claros. Ahora que ya no está. Ahora que ya no está, vivo atado a su recuerdo, pienso en ella, la añoro, incluso me emocio-

no: entonces la odiaba, y punto. La despreciaba como creo que hacía mi padre. Tenía el deber de despreciarla. Mientras Vera escuchaba la sentencia del Suizo por teléfono, emitida con el mismo tono que habría empleado para dictar una operación bancaria, y de vez en cuando apartaba el auricular y se lo apretaba contra la frente, como si quisiera que las palabras de mi padre se le grabaran directamente en el cerebro, yo me daba cuenta de lo que estaba sucediendo sin necesidad de oír una sola frase; era obvio, natural, que el momento de la verdad hubiera llegado. Lo esperaba desde niño, es decir, desde el instante en que comprendí que no tendría hermanos y por qué...

Interrumpí la lectura y fui a beber un vaso de agua. Había algo que no acababa de convencerme, pero no entendía qué era. Volví a coger la carta de Max y examiné las hojas con mayor detenimiento. No había nada raro.

¿Puedo seguir llamándola Vera de ahora en adelante en vez de «mi madre»? Ya no existen mujeres como ella hoy en día. Era una mujer a la que «mamá» no le pegaba, al menos para mí. Sé que has escrito y publicado libros en estos años, Edoardo, y te confieso sin avergonzarme que no he leído ni uno, pero quizá tú serías capaz, quiero decir, lo bastante hábil y distante para dar vida a una mujer tan hermosa como ella, como un personaje de fantasía de una película o una novela, pasando por alto el detalle de que tú mismo has salido de ella, de sus muslos abiertos. Un escritor al que ha parido su propio personaje... Pensamientos como este me producen escalofríos: por donde yo salí, otros entraron. Muchos otros, antes y después del Suizo: ella gritaba, gemía. Los gritos y los gemidos de Vera, sus lágrimas verdaderas y fingidas, que siempre me cabreaban y me ponían los nervios de punta. No exagero cuando afirmo que la hubiera matado cuando montaba sus números. Lo deseaba realmente, un deseo simple y claro, por completo a mi alcance.

Cuando colgó el teléfono parecía tranquila, casi indiferente. Deambulaba por la casa poniendo orden y cambiando los objetos de sitio. Como si estuviera realmente recapacitando acerca de si la caracola gigante quedaba mejor allí en vez de allá, la vela para cenar en el jardín... Desdoblaba y tendía las toallas húmedas de la playa. Llenaba de agua y ponía en el congelador las cubiteras, como siguiendo una rutina. Yo la seguí de habitación en habitación. Llevaba una cinta elástica color lila en el pelo que le cubría las orejas y le dejaba la frente despejada, la cabellera rubia le ondeaba rozándole los hombros. Sus movimientos eran algo rígidos, y esa era la única prueba de que estaba sumida en otros pensamientos. Para provocarla le pregunté con quién había hablado por teléfono. Con voz impostada me respondió: «Con alguien que se ha equivocado». ¡Así que ella también quería provocarme! Me irrité más que de costumbre, de manera diferente. Me puse a temblar. «¡No digas gilipolleces!» Fingió no oírme, volvió a la cocina a saltitos y fue a comprobar si los cubitos ya estaban helados, lo cual era imposible, dado que acababa de ponerlos pocos minutos antes en el congelador. «Da igual», dijo para sí misma, volvió al salón y se sirvió un whisky en uno de esos vasos tan anchos y pesados que casi te cansas de sostenerlos. Lo hacía siempre, varias veces al día, el vaso lleno un poco por encima de la mitad. Bebió un trago, después otro y sonrió: «Caliente también me gusta...».

«Me das asco», le dije. Ella levantó el vaso como si brindara conmigo. «Estoy de acuerdo —y dio otro largo trago—, completamente de acuerdo. Ya somos tres.» Me acerqué a ella para intentar arrebatarle el vaso, pero reanudó su carrera a saltitos en dirección a la cocina. Logré sujetarla por el tirante del vestido, pero forcejeó y el vestido se desgarró y se abrió por delante y por detrás. Aprovechando mi desorientación se encerró con llave en la habitación del servicio que había al lado de la cocina. «Pero qué haces... qué haces...» Después empezó a llorar y a gritar.

Oírla detrás de la puerta armando aquel escándalo y no verla me volvió loco. «¡¡Sal de ahí —gruñí—, abre inmediatamente, abre la puta puerta, ahora!!» Pero nada, permanecía tras la puerta gritando y gimiendo.

«¡Basta!»

¿Qué haría cuando se le acabara el whisky? Sin embargo, sus gritos eran cada vez más fuertes, más profundos, como los de un animal. «¡Abre la puerta o te juro que la tiro abajo!» Pero no me hacía caso. Al cabo de unos minutos, los chillidos se convirtieron en un murmullo, una especie de cantilena. Era como escuchar a una niña cansada de llorar que intentaba consolarse sola.

«Vale, mamá, basta, por favor —dije cambiando de tono porque me estaba asustando, porque aquella escena me daba miedo, y quizá por primera vez me daba cuenta de que estaba solo con ella en aquella casa, sin saber

qué hacer ni a quién pedir ayuda—. Abre, te lo ruego», le imploré. Entonces me oí diciendo cosas que nunca habría imaginado. Era otra persona, otro hijo, el que hablaba por mi boca.

«No te preocupes, lo superaremos. Lo superaremos juntos, mamá.»

Llegué a susurrarle una frase que, lo juro, solo escribirla me horroriza: «Vamos, mamá, hablemos».

Hablemos, sí..., claro..., Vera y yo, yo y Vera, yo hablándole, escuchándola, escuchando su angustia, su dolor, yo que la consuelo, y después hasta le confieso el mío..., pero ¡si eso jamás había ocurrido en nuestras vidas!

Di violentos puñetazos en la puerta para asustarla y hacerla desistir de lo que fuera que estuviera haciendo allí dentro. Y en efecto, después de la tanda de golpes, Vera dejó de quejarse. Seguía llorando, pero quedamente; podía oír sus sollozos. Yo seguía hablándole a través de la puerta. Y finalmente la abrió.

Vera estaba sentada en la cama de la habitación del servicio como si fuera una criada cansada al final de la jornada de trabajo, tan cansada que ni siquiera tiene fuerzas para desnudarse. El tirante roto le colgaba por delante dejando un pecho al aire, blanco, que contrastaba con la piel bronceada por arriba y por abajo. Me sentí excitado y me avergoncé por ello. El rostro, contraído en una mueca, seguía siendo muy hermoso; era una mezcla de lágrimas, kajal, pintalabios y pecas. Nunca le había visto los ojos tan brillantes. Me miraba como si fuera un extraño. La levanté y le anudé el tirante, cubriendo su desnudez, y la llevé al cuarto de estar. No pronunció una sola palabra, pero empezó a sollozar de nuevo, como si una oleada de emociones se abalanzara sobre la resaca de la anterior. Sentada en el sofá, con la cabeza echada atrás, la garganta bronceada surcada por finas líneas más claras, jadeaba.

«No, nooo... —murmuré, y la aferré por los hombros, sacudiéndola—. No empieces otra vez.»

Pero ella seguía, cada vez más fuerte.

Grité y la amenacé, pero reaccionaba a mis amenazas levantando aún más la voz. Ahora su llanto se había vuelto salvaje, lleno de gorgoteos y jadeos, no era humano, parecía el rebuzno de un asno. Juro que no podía soportarlo. Nadie habría podido. Cuando estaba a punto de apagarse volvía a empezar, y parecía que fuera a durar hasta el infinito, como las olas *que avanzan y se retiran en la playa una tras otra. Su belleza destruida por las muecas la hacía repulsiva. Intenté gritar más fuerte que ella, cubrir su bramido con mi voz, y la insulté con los peores improperios que se me ocurrieron, pero mientras la llamaba «guiñapo», Vera, mirándome con los ojos desorbitados, respondía aullando más fuerte. Fui a mi habitación y cogí la espada. Quería asustarla, aunque yo era el primero que estaba asustado por lo que estaba haciendo. Dudaba de si, una vez armado, lograría controlarme. Cuando volví a la sala de estar levanté sobre ella la espada sin desenfundar, como si fuera un bastón, y le grité con todas mis fuerzas: «¡¡Basta!!».*

Entonces se dejó ir, resbaló del sofá y cayó de rodillas en el suelo. Y por fin jadeando más despacio, me miró a los ojos y entre sollozos dijo algo absurdo.

«Le he sido siempre fiel...»

Ya te he dicho que estaba fuera de mí, por la rabia, la desesperación y una sensación de impotencia estremecedora que jamás había experimentado, yo, que me consideraba el chico más fuerte del mundo. Me sentía terriblemente desgraciado y, con razón o no, responsable de lo que estaba sucediendo. Eso era lo que me sacaba de quicio. Pero esa mención de Vera a su supuesta fidelidad hacia mi padre fue la gota que colmó mi rabia, el imponderable copo de nieve que quiebra la rama sobre la que se posa. ¿Fiel? ¿Tú le has sido fiel?, pensé; esa frase tonta sonó en mis oídos ridícula y ofensiva, tanto si era mentira como si era verdad. Porque si era mentira merecía un castigo, pero si era verdad la idea de que aquella mujer maravillosa hubiera conservado durante casi veinte años una moralidad gazmoña para reservar la exclusiva al Suizo, me daba todavía más asco, me hacía vomitar que lo sacara a colación justo ahora, delante de mí, de rodillas, como el motivo fundamental por el que él no debería dejarla...

Grité y extraje la catana, colocándome en posición de ataque, asiendo la empuñadura con ambas manos.

Vera me miró erguido sobre ella, a través del estrato de lágrimas y saliva que cubría sus ojos, sus labios brillantes esbozaron una sonrisa extasiada, demente.

«Sí», dijo.

Quizá era una sonrisa irónica.

«Mátame.»

Dejé de leer. Me puse la carta de Max en el bolsillo y salí de casa. Intenté pensar en otra cosa, pero no podía. En la parada del autobús tocaba las hojas dobladas en el bolsillo de la americana. Seguí leyendo de pie, en el autobús abarrotado. Estaba en apnea, como entubado.

Cuando hay que asestar un golpe con la espada, los músculos de la espalda y los brazos se relajan, sino el golpe llegaría frenado por su misma fuerza, así que, al contrario, hay que dejarlo volar como un tajo que hiende el aire con soltura. A pesar de que no tenía ninguna intención de matar a mi madre, sentí que involuntariamente mi espalda se cargaba de la energía que había acumulado con la rabia, que los músculos perdían rigidez y se volvían elásticos, como si me preparara a lanzar un mandoble. Así me habían enseñado mis maestros y había aprendido durante horas y horas de entrenamiento. «Mátame», me había dicho ella. Yo sabía muy bien que mi cuerpo bien entrenado se preparaba para hacerlo. Con la catana en equilibrio, los dedos abiertos y muy bien adheridos a la empuñadura, el busto un poco ladeado con respecto a las piernas, levemente abiertas y dobladas, dejé caer la espada con los ojos cerrados.

El arma descendió oblicuamente. Yo no la guiaba. Cayó sola, libre de asestar el golpe. Cuando oí completarse la trayectoria, volví a abrir los ojos y vi que la hoja se había detenido entre la mandíbula y la garganta de mi madre; resplandecía justo por debajo del pendiente que colgaba de su lóbulo izquierdo; no lo bastante a tiempo para evitar un fino arañazo en la piel de un dedo de longitud, del que casi al instante empezó a manar sangre. No sabría decir qué fuerza accionó el contragolpe para que la espada se detuviera justo allí, a unos milímetros del punto donde se acumulan sangre, respiración y pensamientos. La espada se había detenido al borde de la vida misma de Vera. De la que todavía era mi madre.

Lo que más rabia me daba era la duda de si Max me había tenido aguantando la respiración por algo que se había inventado por completo. Pero ¿por qué iba a hacerlo? Tenía un nudo en la garganta mientras leía.

2

—¿Por qué coges tú el teléfono? ¿Dónde está tu madre?
—En el baño.
—¿Qué está haciendo?
—Está maquillándose.
—Ah, esa sí que es buena. Maquillándose. ¿Es que va a salir luego?
—No creo. Se le había corrido el rímel, ya sabes, por las lágrimas.
—Oh, no, nada de melodramas, por favor.
—Imagínate, la música ya me asquea, solo faltaba soportar a los cantantes...
—¿Qué cantantes? ¿De qué hablas?
—De los gordinflones. Los odio.
—¿Quieres discutir sobre géneros musicales ahora?
—No, ahora no.
—Dime cómo se lo ha tomado.
—¿Te interesa saberlo, de verdad? ¿En serio te interesa?
—Bueno, dime si está tranquila.
—Creo que sí. Se ha quedado helada. Gracias a mí, papá.
—Tiene que aceptarlo. Por desgracia, así son las cosas.
—La pura verdad, por Zeus.
—¿Me tomas el pelo, Max? No creo que sea el momento.
—Pues yo creo que es la ocasión ideal.
—Pero ¿qué te pasa? Respiras entrecortadamente.
—Será el calor.
—¿Hace mucho calor?
—Bastante. Oye, ¿vas a volver?
—¿Volver adónde?
—¿A casa? ¿A Milán?
—Por ahora no.

—Recibido.
—Pásamela.
—No.
—Te he dicho que me pases a tu madre.
—No creo que sea una buena idea, por Zeus.
—Basta, Max. Quiero hablar con ella.
—Ya has hablado con ella. ¿No es suficiente?
—Tengo que aclarar algunos detalles.
—Creo que ya no estás en posición de expresar tu voluntad.
—Pero ¿esto qué es? ¿Ya te has puesto de su lado?
—Un instante después de que ella descolgara el auricular y oyera tu voz. «¿Quién es?» «Es el Suizo...»
—¡Qué gracioso! Mira, esto no es asunto tuyo, es entre tu madre y yo. Ya eres mayor para entenderlo.
—Lo entiendo, papá, y tanto que lo entiendo.
—Pues a mí me da la impresión de que no entiendes una mierda.
—Pero me pides que lo haga.
—No es tan difícil.
—Quizá para ti. Voy a colgar.
—Alto, un momento: ¿es el dinero lo que te preocupa? ¿Es por el dinero?
—¿El dinero?
—Nunca os faltará.
—¿Qué dinero?
—El mío.
—Quédatelo.
—Massimiliano...
—Qué raro, nunca me llamas por mi nombre completo.

La carta de Max, que contaba de forma detallada «el último día de vacaciones», se volvía apresurada hacia el final, meramente informativa, como si fuera normal que después de tantos años reapareciera en mi vida. Retomaba el tema inicial, que evidentemente le interesaba, su dedicación a la causa que reconduciría a los laicos a vivir según los preceptos religiosos.

Pero a mí todo aquello no me importaba demasiado.

3

E igual que había desaparecido, volvió.

A quien no muere, tarde o temprano se le vuelve a ver. Y Arbus seguía vivo en algún lugar. Me buscó por teléfono. «Me gustaría restablecer nuestra relación», dijo dándome prueba de lo poco que había cambiado, al menos en la forma de hablar.

—¿Estás en Roma?

—No. Vengo de vez en cuando a ver a mi madre. La próxima semana estaré allí.

—¿Cómo está tu madre?

—Bien, a ratos.

—Vale, pues entonces si quieres pasa por mi casa una tarde.

—¿Una tarde cualquiera?

—Avísame el día antes.

Y se presentó. Nos dimos un apretón de manos. Le hice pasar al cuarto de estar. Seguía siendo delgado, un poco encorvado, con el pelo largo y gafas. Americana, corbata y pantalones negros. Zapatos deformados con una gruesa suela de goma. Le ofrecí algo de beber, pero no quiso nada. Si no hubiera sido por el mito que envolvía a Arbus, el comienzo de nuestro encuentro, después de tantos años, no habría sido muy diferente de estar ante un comercial que llama a tu casa para ofrecer una tarifa ventajosa para la luz, el gas o la conexión a internet. Pero puede que lo fuera, porque normalmente no me siento tan incómodo con un vendedor de aspiradores. El corazón no me late con fuerza. No espero volver a ver mi vida pasar.

Arbus notó mi nerviosismo y sonriendo aceptó tomar algo.

—Bueno, ahora que lo pienso mejor, sí, me tomaría un *chinotto*, si tienes.

¿Un *chinotto*?

Sonrió más abiertamente mostrando los dientes y las encías y entornando los ojos, y entonces reconocí a mi compañero de clase, sí, Arbus, el viejo palillo, Arbus, el escéptico, orgullo y desesperación de nuestros perplejos curas, genio desechable, resto siniestro e inútil de aquellos años efervescentes, el chico menos sentimental que se haya arrodillado ante una reliquia.

—No tienes *chinotto*, ¿verdad? *Never mind.*

El acné le había dejado marcas en la cara, pero casi le quedaban bien, como a esos actores que suelen interpretar papeles de duro. Su rostro picado y demacrado, enmarcado por el pelo largo canoso, había adquirido una expresión fuerte, decidida. Su mirada se había vuelto —¿cómo decirlo?— más malvada; la peculiar y viva inteligencia que emanaba de él ya no vagaba por espacios abstractos, sino que parecía haber aterrizado por fin en este mundo, donde se había topado con obstáculos, frustraciones, fracasos, y daba la sensación de haberlos superado gracias a las reservas de maldad de las que cada uno de nosotros dispone aun sin saberlo. Una inteligencia ingenua que se ofrece desnuda es un blanco que los demás devoran casi de inmediato. La de Arbus ya se había topado con la mezquindad en el colegio. Con la nuestra, la de compañeros que no estaban a su altura, la de los curas, mojigata, ladina y conciliadora, cuyo maestro de ceremonias era el director, y por último con la mezquindad del colegio, católico o no, como institución, sede del saber insustancial, lugar de disciplina intermitente y de aburrimiento en estado puro; podría afirmarse que solo la señora que vendía pizza durante el recreo, a ratos Cosmo y el mismo hermano Curzio, que en el gimnasio lo trataba sin ninguna piedad, por la criatura desangelada que era, eran los únicos que habían abordado a Arbus de manera directa y franca, que lo habían apreciado o habían chocado con él abiertamente. Yo mismo, a veces, había ocultado a los demás nuestra amistad para no verme envuelto en las críticas y las tomaduras de pelo que le reservaban. Me alegré de verlo tan viril y sosegado, ahora que ya tenía cierta edad. Yo era consciente solo en parte de los golpes que la vida le había asestado una y otra vez, pasándole por encima como una apisonadora. Por supuesto, el incendio de su casa, el escándalo de su padre...

—He leído en alguna parte que trabajas en la cárcel..., que das unos cursos de escritura.
—No, nada de cursos de escritura..., nada creativo, por Dios. Solo soy un profesor de letras normal y corriente. Gramática, complemento de modo, el *Cántico del hermano sol*..., la guerra de los Cien Años..., las mismas cosas que se estudian fuera.
—Debe de ser interesante.
—Bastante. Pero ¿por qué te interesa la cárcel?
—Porque estuve en ella.

La cárcel. Un tema insospechadamente común. Debería ser insólito en esta clase social. Así que, veamos: yo trabajo en la cárcel desde hace más de veinte años, bien, Arbus me dice que estuvo preso aunque poco tiempo, bien, Stefano Jervi habría acabado allí, tarde o temprano, si no hubiera saltado por los aires, y a ella también han ido a parar, por largos períodos, el Cubo y Subdued, y durante períodos más breves otros compañeros. Bien, bien. Y en la cárcel se quedará, hasta que reviente, Angelo. Qué absurdo nexo entre la cárcel y nuestro colegio.

4

Estamos familiarizados con el aire y el agua, todos los días, a lo largo del día, un poco menos con la tierra, a no ser que vivamos en el campo, pero casi nada con el fuego, si exceptuamos encendedores y cocinas de gas. ¿Alguna vez has dejado los fogones encendidos sin ollas ni sartenes encima? ¿Los has observado?
Esa corona ardiente formada por minúsculas llamas azules, vivas...
El fuego es el gran ausente de nuestras vidas y su presencia nos turba —por cómo tiembla, baila, acaricia las cosas..., las destruye...
Una simple chimenea o un incendio devastador producen la misma sensación: un acontecimiento extraordinario. Un portento.

—La primera vez quemé la casa de muñecas de Leda. ¿Quieres que te lo cuente? Era una casita que le construyó mi padre durante un par de inviernos que le dio por la carpintería, después se le pasó. Dado lo que sucedería después, me dan ganas de decir que quizá la construyó para jugar él. Suele decirse que los padres compran trenes a sus hijos por puro egoísmo.

»Recientemente tuve una revelación al leer en algún sitio que cuando éramos pequeños nos gustaba tanto el modelismo por una razón que nunca habría imaginado: porque nos embriagábamos inhalando la cola. La cola que aplicábamos con el pincel en las alas de un Spitfire o un Stuka para pegarlas al fuselaje. Nos drogábamos.

»Así se explica la euforia que nos causaba aquel hobby.

»Mi padre había construido la casita de Leda utilizando poquísima cola, encajando las piezas, siguiendo un modelo moderno. Se parecía a la finca donde vivíamos en Montesacro, ¿te acuerdas? Cuatro pisos con balcones en la fachada. Las barandillas construidas con alambre le daban un toque siniestramente realista. Para que Leda metiera y sacara fácilmente a las muñecas, toda la fachada, con sus ventanas y balcones, se quitaba como si fuera una tapadera, pero una vez colocada parecía como si las muñecas vivieran de verdad allí dentro, en las habitaciones amuebladas (la cocina, el cuarto de estar, los dormitorios), así que para ver lo que hacían uno tenía que acercarse y espiar por las ventanas como un vecino curioso. ¿Y quién era ese vecino? Era yo. Cuando Leda no estaba, entraba en su habitación y abría los postigos que papá había colocado cuidadosamente en cada ventana con pernos minúsculos para proteger la intimidad de las muñecas, y asistía a las escenas domésticas que sucedían en aquella casa.

»Allí no vivían solo ellas, sino que Leda había dado cabida a todos sus peluches y marionetas, de dimensiones y materiales diferentes, como también lo eran las muñecas y hadas, con un resultado inquietante. En el comedor, por ejemplo, alrededor de la mesa se sentaba una familia compuesta por una Barbie vestida como una princesa y una muñequita anónima, con el pelo a trasquilones y barba y bigote dibujados con bolígrafo. Por si fuera poco, la muñeca barbuda con ese corte de pelo singular estaba desnuda, y su desnudez rosada contrastaba sobremanera con el ropaje real de la Barbie sentada a su lado. Sentí un extraño calor mirándola. Completaban el cuadro un hombre con armadura medieval y una ardilla que sujetaba una bellota con las patas. En la cocina había un osito de peluche a los fogones. El resto de la casa estaba habitado por algunas muñecas vestidas de punta en blanco y por otras desnudas. También estaban el Niño Jesús y Caperucita Roja, que tomaban el té en unas tazas minúsculas con sus correspondientes platillos y cucharitas, y frente a ellos, en el cuarto de estar con cuadros de verdad en las paredes (que mi padre había creado utilizando cajas de cerillas con paisajes italianos), descansaba en una mecedora el que quizá era el muñeco preferido de Leda, un puercoespín vestido de tirolés.

»En el segundo piso, sobre la cama de matrimonio, tumbados uno al lado de otro y mirando fijamente el techo con sus ojitos pintados, estaban una marioneta de madera que representaba a Pinocho y una niña desnuda con la boca redonda abierta. La conocía: más que una muñeca parecía un hombre de Neandertal, greñuda y con hombros de mono, patizamba y de pies grandes. Como Polifemo en la caverna, cuando intenta atrapar a los compañeros de Ulises, extendí una mano a través de la ventana de la casa de madera contrachapada y le apreté la barriga: del orificio obsceno que tenía en medio de la cara salió una lengua, roja y larga, aún más obscena si cabe, que volvió a su lugar en cuanto retiré el pulgar de la barriga. A Pinocho, inmóvil, le daba igual que palpara a su mujer.

»Pero a pesar de lo discutible de las parejas, todo estaba en orden. Leda era ordenada.

»A mí, ese orden y esa limpieza también me gustaban, casi los envidiaba. Para divertirme, le cambié de sitio algunas muñecas.

»Como no había nadie en el baño, coloqué en él a Caperucita Roja; le levanté la capa y la senté en el váter.

»Me dio risa pensar que Leda la encontraría así, con las bragas bajadas. Volví a sentir un fuerte calor que me subía del cuello a las mejillas. Después me avergoncé y sentí rabia. ¡Con quince años y ponerse uno a desbaratar las muñecas de su hermana pequeña! Sentí que una ira terrible se apoderaba de mí y, en mi fuero interno, le eché la culpa a aquella estúpida casa de muñecas y a sus personajes idiotas, que me habían contagiado su idiotez. Estaban tan... tan inmóviles, abandonados a sus tristes vidas en aquella casa (Leda ya no jugaba con ellos, se limitaba a ordenarla y a mantenerla limpia); mi vida también era más bien triste, dado que me la pasaba estudiando y toqueteando los muñequitos de mi hermana. Se me ocurrió destrozar la casa. Hasta hacía poco, todo allí dentro traslucía amor y satisfacción: allí dentro todos se querían. En cambio ahora..., así que me dirigí a la cocina en busca del encendedor.

La cara de Arbus se había ido contrayendo en el curso de su relato. Seguía colocándose de manera mecánica el pelo detrás de las orejas mientras describía con todo detalle cómo había quemado la casa de muñecas de su hermana, con una concentración tan espasmódica que parecía que revivía la escena, que las llamas se reflejaban en los cristales de sus gafas. Su historia avanzaba a trompicones, fragmentada e intensa, y se detenía en pormenores aparentemente insignificantes, por ejemplo, en el modo como las manos y los pies de los muñecos se deshacían con el calor. Mientras aquellos minúsculos deditos se derretían goteando, antes de que ardiera la gasa de sus vestiditos, juraría que vi aparecer, por debajo de la enorme montura de las gafas de mi amigo, una lágrima brillante que surcó su mejilla, pero quizá fuera una gota de sudor.

—Me chamusqué las cejas y las puntas del pelo. Estaba demasiado cerca del fuego. Pero quería verlo todo... y calentarme con esas llamas.

—¿Y después?

—Después... intenté estudiar, recapacitar sobre lo que me pasaba. Era increíble y difícilmente explicable la tensión que sentía. Cada nervio de mi cuerpo vibraba. Tenía los sentidos agudizados como me imagino que los tiene un animal, me dolían, torturados como estaban por las sensaciones: me quemaban los ojos, las orejas, las manos, los orificios nasales, la lengua, y advertía un silbido, un zumbido sobre la superficie de mis órganos, como si tuviera el cuerpo electrizado y una interferencia lo atravesara. Después la tensión se relajó de golpe..., transformándose en un intenso placer, en cuanto las llamas empezaron a propagarse.

—Arbus, ¿conoces el poema de Walt Whitman?

[Ya está, de nuevo meto una referencia cultural..., ¿acaso no poseo o no pienso nunca algo de mi cosecha...?]

—¿Qué poema?
—«I Sing the Body Electric.»
—No lo conozco, no. ¿Es bonito?
—Sí, pero no es eso lo que importa. Sigue.
—Un cuerpo eléctrico..., interesante, y tú deberías...
—Va, sigue.
—Si quieres... Sí. Las llamas... Cuando las llamas se elevaban me sentía fuerte y feliz. Era grande..., me sentía completo. Pero mientras veía cómo las cosas se destruían en contacto con el fuego, era como si yo mismo me derritiera y pudiera unirme a aquello de lo que he estado separado desde siempre. No sé decir con exactitud lo que era, pero sabía que me remontaba a la fuente oculta y olvidada de la que procedo. De la que quizá procedemos todos. Todos los que tienen mi misma sangre, al menos. No, no me refiero a mi madre, sino a algo anterior...
—¿Anterior a qué?
—No lo sé, anterior a ella, detrás de ella, más remoto...
—Creo que te comprendo —dije, y era sincero.
—Digamos que, iluminadas por el fuego, me parecía como si por fin comprendiera las cosas. Era... la luz de la verdad. Perdona, te parecerá una tontería, pero para mí esa luz era insustituible. Purificaba cuanto hacía resplandecer.
—Y mientras lo quemaba...
—Sí, pero no era eso, no lo hacía por eso. Eso era un efecto secundario. El fuego, en lugar de destruir, me ayuda a penetrar, a insinuarme dentro de la realidad de la vida de la que siempre he estado excluido. Suena raro, pero nunca he pensado en destruir algo quemándolo, sino en darle vida. O en hacerlo revivir. Y me sentía vivo mientras lo hacía y consumaba un acto lleno de alegría. Cuando me detuvieron, hube de someterme a varias sesiones con psicólogos, pues no había otro modo de recobrar la libertad. Son personas interesantes, los psicólogos..., y, como muchas personas bien intencionadas, más bien tontos. Estaban convencidos, y por eso querían convencerme a mí, de que había provocado un incendio por frustración, por venganza, porque soy un inadaptado..., para compensar a saber qué privación sexual, lo cual podría ser cierto, no lo niego; sí, soy un desgraciado, aunque seguramente no soy el

único, pero en lo que se equivocaban de medio a medio, lo que ni siquiera se imaginaban, era que lo hice por placer, por la luz..., la pureza, la inteligencia, la verdad..., la simplicidad. Cosas que lograba tocar viendo un incendio. Provocado por mí.

—¿Y te creyeron?

—Creerme... —Arbus negó con la cabeza y suspiró—. «Creer» es una palabra incómoda, ¿no? Me creían del mismo modo en que yo creía en lo que ellos decían, ni más ni menos. Es un pacto implícito. Nadie cambia su opinión. Nadie escucha de verdad a nadie, puede que ni siquiera tú estés escuchándome ahora. Perdona..., sé que no es así. Estaban convencidos de que usaba el fuego como arma, mientras que para mí era un espectáculo. Nada más. Prendiendo fuego a las cosas no quería demostrar ni obtener nada, salvo que existen muchas maneras de comprender y esa era la mía, y era grandiosa. No he hecho nada grandioso en mi vida, excepto eso. De mi pasado, de lo poco que les conté de mí y de mi familia, los psicólogos deducían que era un individuo solitario, receloso, resentido con el mundo, con la gente... Cierto, todo cierto..., pero falso a la vez. Uno de ellos llegó a detectarme un perfil criminal por el hecho de que mojaba la cama por las noches.

—¿Es que te hacías pipí en la cama? Es normal en los chicos... ¿hasta qué edad?

—No lo sé, hasta los catorce o quince años. Y a veces incluso después. —Arbus soltó una sonora carcajada. Hacía siglos que no lo veía y que no lo oía reír, y me había olvidado de cómo eran sus carcajadas. Eran aterradoras. Pero contagiosas. Y, en efecto, yo también me reí—. Me aseguraron que mearme encima era mi manera de manifestar las emociones reprimidas..., de dar voz a mi malestar... —Al reír dejaba al descubierto los largos dientes que se le habían amarilleado y amontonado, y echaba la cabeza atrás hasta que su risotada ruidosa y prolongada quedaba sofocada por una serie de sollozos casi mudos, con la garganta que brincaba—. En definitiva, pasé ocho meses en la cárcel por provocar un incendio.

En cuanto Arbus salió de mi casa fui a buscar en internet el perfil psicológico del pirómano: encontré algunas características inequívocas que encajaban a la perfección con mi amigo. El aislamiento, la inmadurez, la afirmación clamorosa de una identidad que siempre había mantenido oculta, subestimada, sufriendo pero disfrutando a la vez por la incomprensión de los demás... Sí, reconocía estos rasgos en mi antiguo compañero de colegio. Me acordé de la blasfemia que había grabado sobre el pupitre antes de marcharse para siempre: ¿no había sido aquel, aunque en un plano figurado, el gesto de un incendiario? Aquellas ocho letras mayúsculas, ¿no eran, en el fondo, la otra cara de la moneda de las que el fuego divino había tallado sobre las tablas de piedra en las películas que los curas nos habían hecho visionar repetidamente, *Los diez mandamientos?* (Y también *Marcelino pan y vino, Rey de reyes, Ben-Hur, Quo vadis?* e incluso *El Evangelio según san Mateo* de Pasolini.) Nuestra educación cristiana, en definitiva. La revancha de nuestra miseria personal en aquellas imágenes delirantes...

Sí, Arbus era así, era él, nuestro héroe, bajo todos los aspectos. Me pareció verle esculpido, macilento, el largo cabello pegado a la cara, arrastrando la cruz en una de las estaciones de la Vía Dolorosa.

(Que muchos años después recorrería en Jerusalén bien entrada la noche, con los ojos llenos de lágrimas... por el frío y la emoción. Aquella larga suave sufrida inolvidable y tortuosa escalinata.)

Leí con mayor atención las noticias acerca de esta singular patología, casos, estadísticas, patrones de comportamiento. Entre los motivos que empujan al pirómano a prender el fuego, normalmente alternativos entre sí, identificaba algunos que podían haber actuado simultáneamente en Arbus: excluyendo algunos como «vandalismo», «ánimo de lucro» y «ocultación de cadáver» —al menos, eso espero—, los demás me parecían afines al comportamiento de mi compañero: «excitación», «enajenación mental», «extremismo», «desaliento» —sea lo que sea a lo que alude este término—, y quizá «venganza», sí, pero ¿contra quién en concreto? ¿Contra qué?

El desaliento... ¿Arbus había sentido el desaliento al menos una vez en su vida? O mejor dicho, ¿alguien o algo habían logrado desalentar a Arbus realmente? Quizá esa fuera la clave de toda la historia: desde que tenía trece años, por lo que yo había visto y me constaba, NADA había podido intimidar a Arbus, nada ni NADIE era tan poderoso, amenazador o seductor como para hacerle desistir de sus propósitos. En cierto sentido, ni siquiera Arbus podía rectificar la dirección que había enfilado... Ese era uno de los motivos por los que en el colegio lo consideraban inhumano, y a causa de esa virtud, o límite del carácter, según se mire, me había hecho amigo suyo, lo admiraba y, un poco, lo temía. No existía en el mundo un medio de disuasión, un peligro o un castigo cuya amenaza pudiera detenerlo. Era inmune a las llamadas de atención, a las promesas, a los premios, a los avisos, a las intimidaciones. En el fondo, pensé con un ápice de inquietud, no era tan diferente de otro protagonista de este libro...

En algo estoy de acuerdo con los psicólogos que lo tuvieron en observación: su casi total incapacidad para expresar las emociones. Y la vergüenza ajena que sentía cuando alguien las expresaba, sobre todo, su madre.

—¡¿Como Nerón?!
—Sí, Nerón. Lucio Domicio Enobarbo Nerón, un emperador menospreciado..., calumniado. Sé que te dará risa, pero estaba pensando justo en él..., en ese personaje de libro, en el loco de las películas, que aporrea la lira presa de la inspiración mientras Roma arde. Yo también estaba inspirado, en efecto, una música sonaba dentro y fuera de mí, podía oír la melodía con claridad más allá del crepitar de las llamas, era como si aquel rumor de chasquidos y explosiones siguiera el ritmo de una danza, de un baile campestre, lento al principio y más rápido después, cada vez más..., hasta volverse endemoniado. Era incapaz de resistirme al impulso, es más, no consideraba ni útil ni razonable resistir. Y mientras el incendio se propagaba, me sentía orgulloso de que mi mano fuera la causa de todo, gozaba observando las consecuencias..., constatando que si intentaba hacer cierta cosa, pues bien, sucedía..., era real, como yo, dado que había acontecido gracias a mí. Y todo ardía y ardía.

Las conexiones de mi mente son rapidísimas o, al contrario, muy lentas, según la importancia que asigno a los elementos que hay que relacionar. Cuando el material con el que trabaja no me toca de cerca, mi cerebro funciona a una velocidad impresionante, en cuestión de nanosegundos pone en contacto los elementos más insospechados, las nociones más remotas se precipitan en masa sobre mí; pero en cuanto el asunto me afecta, mi mente se encalla, se distrae...; cuando tengo delante a la persona a quien habría deseado decir cuatro cosas, esas cuatro cosas se volatilizan y se me queda la mente en blanco, vacía. No atino a decirle nada.

Sin plantearme ni remotamente la idea de preguntárselo cuando estuvo en mi casa, para que me lo confirmara él mismo, dos o tres días después de su confesión un relámpago molesto me cruzó la cabeza, acompañado por un insólito temblor frío en las manos y la inmediata certeza de que el incendio que se declaró en casa de Arbus cuando todavía era un muchacho —el que había destruido medio piso, el guardarropa de su madre, Ilaria, los objetos, recuerdos y libros que habían quedado en la biblioteca de su padre cuando el profesor había plantado a su familia para perseguir su ridículo sueño de felicidad sexual—, no fue causado por un cortocircuito, como siempre habían dicho, sino provocado por mi compañero. ¡Claro..., claro!, me dije, frotándome las manos entre las piernas para calentármelas y que dejaran de temblar. ¿Por qué los hechos más sencillos suelen explicarse de manera incongruente y misteriosa cuando bastaría con tener los ojos abiertos y seguir un mínimo de lógica para descubrir la verdad? Sabiendo lo excéntrico que era mi compañero, ¿por qué no se me había ocurrido antes que pudiera ser el culpable del incendio? La luz que iluminara aquel episodio debería haberse encendido de inmediato cuando me contó lo de la hoguera donde había quemado sin piedad a los muñecos de su hermana Leda: solo cambiaban las dimensiones, de la casita de las muñecas al piso habitado por personas de carne y hueso. Su familia. Pero si aquel episodio de la adolescencia no hubiera bastado, ¿cómo pude no sospecharlo cuando me contó lo del bosque?

—Los domingos eran terribles. No sabía qué hacer. A pesar de que allí, en la montaña, no es un día muy diferente del resto de la semana, me aburría como si estuviera en la ciudad en agosto. Pero al mismo tiempo sentía una extraña excitación. Si no me diera repulsión utilizar el lenguaje que nos enseñaron los malditos curas, diría que mi estado de ánimo era místico, es decir, receptivo, estaba alerta. Los bosques se hallaban en silencio, un hálito de viento soplaba entre las ramas de las hayas, algún que otro crujido, el susurro de esos lugares maravillosos. Sin embargo, aquel murmullo me traspasaba el corazón y agudizaba los oídos para intentar oír algo inaudible..., un silbido, una queja queda..., la presencia de algo vivo que no fuera únicamente la de los árboles y animales ocultos en sus troncos, o en las ramas más altas de las copas. Me molestaba la altura de algunos de aquellos troncos, me mareaba mirando cómo la luz transformaba las copas de las hayas. Veinte..., treinta metros..., troncos poderosos que se alzaban en vertical como acusaciones dirigidas al cielo. Centenares de hayas alrededor, solo hayas, una increíble monotonía. ¿Qué sentido tenía ese derroche, esa repetición?

»Al ser festivo, ese día estaba yo solo de servicio, y deambulaba con el jeep como un haragán, sin dirección. Conduciendo al tuntún desemboqué varias veces, contra toda probabilidad, en el mismo claro, como si hubiera conducido en círculo. Mi obligación era controlar un área tan amplia que la misma palabra "control" perdía el sentido. Además, ¿qué debía controlar? ¿Que las hormigas hicieran sus tareas? ¿Que detrás de alguna roca no se apostara algún chalado, con el típico gorro a cuadros con orejeras de los montañeros, para matar un oso a tiros? Hacía meses que no veía ni osos ni lobos, debían de haberse desplazado más arriba para huir del calor. La soledad me gusta, pero aquel día la sentía como una culpa. ¿Culpa de qué? Entre las numerosas, más o menos profundas, la de no querer a nadie. En primer lugar, a mí mismo, y después a los demás. Y para ser sinceros, tampoco es que tuviera un aprecio especial a aquellos lugares donde me había retirado ilusionándome, lleno de desdén, al creer que bosques y animales me eran menos desagradables y hostiles que la compañía humana. Pensaba que eran objetos ideales para mi estudio y mi entrega. Pero ¿quién era yo para arrogarme el derecho a protegerles? ¿Acaso no era yo la criatura a la que había que proteger y cuidar? Pero la sola idea me daba risa. Sí, claro, yo, yo, yo..., ¿qué sentido tiene decirlo, pensarlo? Yo, yo, yo..., ¿qué significa esta obsesiva primera persona?

»La inmovilidad del día de verano estaba alcanzando un punto insoportable. Un punto de ruptura. Paré el jeep y bajé. Un fino estrato de ramitas secas, hojas y helechos marchitos crujió bajo mis botas. Después me senté sobre una piedra, agaché la cabeza. Intenté recordar, con furor, con meticulosidad, precisión, cumpliendo un enorme esfuerzo de voluntad. Y no sé cómo, pero lo recordé todo, de cabo a rabo, desde el primer minuto de mi vida consciente hasta el instante en que me había bajado del jeep. Fue la única vez que logré ver y abarcar toda mi existencia en su conjunto. Algo portentoso, todo me apareció en el orden correcto. Hasta ese momento, las cosas habían ido exactamente como debían ir.

»Al levantar la vista, reparé en un árbol que sobresalía entre los demás. Era una haya diferente, antigua, achaparrada, de ramas poderosas poco ocultas por el escaso follaje. Al desarrollarse había mantenido a distancia a los demás árboles, creando un claro circular en su base con un radio de unos cincuenta pasos.

»No he fumado en toda mi vida, ni antes ni después de aquel día. Pero me apetecía un cigarrillo y volví al jeep para ver si mi compañero había dejado un paquete en la guantera. Así era. Cogí el paquete y lo abrí: contenía cigarrillos negros y un mechero. Estaba prohibido fumar durante el servicio, claro, siendo una de las causas principales de los incendios, pero mi compañero solía hacerlo con la máxima precaución. Yo iba a hacer lo mismo. Mientras me inclinaba a cerrar la portezuela, mi mirada fue a parar detrás del asiento del pasajero, donde había un bidón de gasolina de diez litros casi lleno. Mi compañero se había abastecido en vista de los dos días de fiesta consecutivos, el domingo y la Ascensión, por si acaso teníamos que usar la motosierra. Metí en su sitio el paquete de cigarrillos después de haberme quedado con el mechero y, con el bidón en la mano, volví a la roca donde me había sentado poco antes.

»Miré alrededor otra vez, el bosque era precioso pero inanimado, parecía una fotografía atractiva, odiosamente hermosa, artística, en definitiva. Y yo, tú lo sabes, odio la poesía. La odio. Me gustaría eliminarla. Estaríamos mejor si la belleza desapareciera y fuera sustituida por algo más simple. Justo enfrente de mí se erigía el haya diferente de todas las demás, monstruosamente ramificada a partir de tres metros del suelo, mientras que sus semejantes iban derechas hacia arriba. Debía de tener doscientos años como poco. Era prepotente. Llevaba siglos ahí, empujando y ensanchando su andamiaje cada vez más y grande y pesado. Ramas musculosas. Me acerqué a su base y derramé un buen cuarto del contenido del bidón sobre el amasijo seco que la rodeaba. La hojarasca era como papel, absorbió la gasolina, el halo mojado desapareció al instante. Después me desplacé unos doscientos pasos más abajo e hice lo mismo derramando otro cuarto de bidón en una segunda haya, y cien pasos más a la derecha derramé lo que quedaba en la base del único abeto que había crecido allí en medio: había reparado en él precisamente por eso, era claro y liso entre todos aquellos troncos más oscuros y nudosos.

»Al abeto le concedí el honor de ser el primero. Como cualquier escrupuloso guarda forestal, llevaba en el bolsillo de la camisa el librito con el reglamento del parque: arranqué un par de páginas e hice una bola con ellas, después acaricié el tronco del abeto y encendí el papel.

»El abeto llameó un instante. El fuego lo envolvió y se encaramó alrededor del tronco. Parecía lamer la corteza sin tocarla, como si fluyera líquido hacia arriba debido a una fuerza de gravedad malentendida...

»Hice lo mismo con el haya, a la que le costó prender, quizá porque la había regado poco, solo un par de litros de gasolina. Como gesto de ánimo, lancé entre sus llamas el opúsculo con el reglamento del parque: se abrió en abanico desplegando sus páginas y, liberándose en el aire, ardió en un instante. Me encaminé entonces hacia la gran haya con sus terribles ramas. Detrás de mí empezaba a oírse el crepitar inconfundible de la broza seca que recubría el suelo, y un perfume maravilloso y acre, sin nada en común con el hedor que habían emanado las muñecas de Leda, invadió mi olfato; era un perfume vivo, animado, una esencia tan embriagadora que me sorprendía cómo había podido llamar vida al tiempo que había vivido hasta ahora, antes de llenarme los pulmones de él..., no me creas si no quieres, pero te juro que no existe en el mundo una experiencia más delicada e intensa.

»Una vez que hice lo que debía, volví a sentarme en la roca y miré el viejo árbol cobrizo. En su base, las llamas se elevaban altas, se retorcían..., el rojo..., el rojo...

Debía de ser solo un efecto de la luz que se proyectaba desde la ventana, pero volví a tener la sensación de que el resplandor que veía en los cristales sucios de las gafas de Arbus era un reflejo de llamas. Le temblaba la voz.

—... el color vivo de la sangre..., es mi sangre la que se derrama... y esa hemorragia quizá sea el acontecimiento más feliz de mi vida.

»Cuando la oleada de calor fue insufrible y las llamas del suelo empezaron a acercarse a mí con movimientos furtivos, serpenteantes, cogí el bidón vacío y corrí hacia el jeep. Conduje en subida alejándome lo más posible del fuego, dejé el coche y seguí a pie encaramándome por una cresta rocosa. Al llegar a la cima, me volví sobre un saliente pelado para observar el paisaje.

»Mi iniciativa había empezado a transformarlo.

»Al menos unos diez árboles ardían hasta la punta de las ramas más altas, que ondeaban..., los larguísimos brazos gesticulaban como pidiendo auxilio, pero lo que lograban era transmitir el incendio a los árboles más cercanos. En el punto donde casi se tocaban, el fuego saltaba de uno a otro, y el árbol recién atacado ardía con mayor ímpetu. Aplastadas y sofocadas bajo la bóveda de las ramas, las volutas de humo oscuro del sotobosque que ardía formaban nubes repentinas y amenazadoras que giraban en espiral sobre sí mismas..., animadas por reflejos rojizos en su interior, abriéndose paso con dificultad entre las copas y esquivándolas con su furiosa ascensión, como si quisieran respirar..., y al verlas subir hacia el cielo soltando chispas por doquier, pensé que aquello era solo el principio. El principio. Repetí esta palabra muchas veces para mis adentros. Después me senté en el bidón a contemplar el espectáculo.

»Al cabo de unas horas, el incendio se había propagado en todas las direcciones. Era metódico. Hacia el anochecer empezó a soplar el viento, generado por el inmenso calor. Soplaba en la dirección en que me encontraba, y desde arriba pude ver cómo avanzaba su frente con las llamas inclinadas que, de repente, se agitaban furiosas, como olas durante una marejada, acercándose a mí. A medida que se aproximaban, lograba distinguir los remolinos de fuego que salían de su nube gris y se retorcían sobre sí mismos antes de desaparecer, sumergidos en el humo, como rayos en un temporal de verano. Aunque estaba mucho más arriba, sentí cómo una oleada incandescente secaba la humedad nocturna y me calentaba. También noté, con sorpresa, que algunos grandes pájaros de colas plumadas, en vez de huir del fuego, se sentían atraídos por él..., flotaban sobre el incendio como cometas de colores vistosos, después volaban con trayectoria irregular y patosa, bajaban aún más, atraídos quizá por aquella luz repentina, y, a cierta altura, atontados por las llamas y embestidos por una oleada de calor intolerable, ardían al instante, momificados, batían un poco las alas chamuscadas y caían en picado. Uno tras otro. Para pasar el rato, imaginé que era yo quien les disparaba con un fusil y les hacía caer. Le echaba el ojo a uno, le apuntaba siguiendo el zigzag de su vuelo suicida, y esperaba el momento justo cuando las plumas del incauto estaban a punto de ser incineradas por el soplo ardiente del incendio, apretaba el gatillo haciendo un chasquido con la lengua, ¡bang!, el pájaro se ponía rígido y caía en picado sobre el fuego.

»Maté montones de esa forma.

»La noche fue igual de sorprendente: un enigma de fuego acompañado por un sonido que nunca había oído. Era un fragor sordo formado por pequeñas explosiones, crujidos, silbidos y desgarros que acababa convirtiéndose en viento. No sentí miedo en ningún momento, ni siquiera cuando una explosión seca, a unos doscientos metros de donde me encontraba, me anunció que las llamas habían alcanzado el jeep y se habían apoderado de él. La euforia había dejado paso a una serenidad absoluta que me permitió quedarme despierto toda la noche sin sentir ninguna otra emoción; plácido, concentrado, absorto en mí mismo.

»A la mañana siguiente, ya no había faisanes que sobrevolaban el incendio, sino helicópteros y un par de aviones cisterna que intentaban apagarlo con un notable retraso, que agradecí, pues pude disfrutar del espectáculo mucho más de lo que había pensado. Aparecieron tronando por detrás de la montaña y durante toda la mañana, lentos y ruidosos, pasaron cada media hora para descargar una carretada de líquido que parecía evaporarse antes de tocar el suelo, y alcanzar una parte tan exigua e imprecisa de incendio que ni siquiera cien de aquellos aviones abriendo al unísono sus barrigas habrían sido suficientes para apagarlo. No, mi fuego jamás se apagaría. Ese era solo el principio de mi lucha, pensé..., solo el principio. Pero de repente me sentí cansado. Terriblemente cansado. Vacío. Algo no iba bien. Pero ¿qué? ¿De qué lucha estaba hablando? ¿Había una guerra o lo había soñado? No existe un fuego capaz de arder para siempre: o lo apagan, o se apaga solo. Recapacitando sobre lo que había hecho, desde el momento en que había visto el bidón de gasolina, llegué a la conclusión de que no había sido un error o un crimen, sino algo peor, mucho peor, una majadería. Yo no era más que un pobre demente, eso es lo que era. El cansancio y el vacío se transformaron en desaliento. La cadena de eventos estaba formada por eslabones débiles y deformados. Un miserable majadero maníaco..., un cretino y un botarate..., solo...

»Me abandonaron las fuerzas, sentí que la espalda dejaba de sostenerme. La tengo curvada, pero se dobló aún más, como si los brazos fueran a separarse del tronco. Los cristales de las gafas estaban tan sucios y ahumados que no veía nada. Me las quité y me eché a llorar. Mientras me limpiaba la cara tiznada de hollín con mis lágrimas calientes, oí cómo me llamaban y me volví. A poca distancia de mí había tres figuras desenfocadas. Las cosas que me dijeron también estaban desenfocadas. Reconocí la voz de una de ellas. Era mi compañero. Vino a mi encuentro. Sí, era él. Me puso una mano en el hombro mientras me hablaba, pero no entendía lo que decía. El estruendo del incendio se había quedado dentro de mi cabeza y su crepitar cubría todos mis pensamientos, un humo sucio y húmedo los envolvía. Se inclinó para coger el bidón vacío, abrió el tapón y olfateó dentro, después lo dejó caer desconsolado y lo alejó de una patada.

»"Pero ¿qué has hecho?", fue la única frase que logré aislar del caos que crujía en mi mente. Me puse las gafas. La cara de mi compañero, tan cercana a la mía, nítida de repente, estaba dividida por la mitad en una mueca de incredulidad o repulsión; de repente me pareció mucho más viejo, casi decrépito, como si él fuera mi abuelo y yo un niño que ha hecho una trastada. Unos metros más allá, en actitud vigilante, había otro guarda forestal y un bombero con el equipo antiincendios. El forestal llevaba la funda de la pistola de ordenanza abierta y tenía la mano apoyada en ella.

»Así que, justo en el instante mágico en que debía liberarme, me cogieron. No opuse resistencia. En el juicio me las arreglé con poco para salir airoso porque no tenía antecedentes, pero mi peligrosidad resultó tan obvia que me encerraron. Era la única manera de tenerme en observación. Las agravantes eran las dimensiones del incendio y la amenaza para la seguridad de mis semejantes: en los cuatro días que habían necesitado para dominar el incendio, tuvieron que desalojar un camping a fin de evitar que sus ocupantes corrieran peligro, y algunos de ellos sufrieron daños psicológicos a causa del estrés. El fiscal llegó a sostener que mi intención era causar un grave desastre con pérdidas humanas. Su solicitud fue denegada, pero su hipótesis arrojó una sombra sobre el juicio. Mis abogados intentaron demostrar en vano que el camping estaba a siete kilómetros de distancia del frente más extendido del incendio.

Es curioso que en aquella clase del SLM hubiera dos estudiantes que serían escritores: Marco Lodoli y yo. Él fue más precoz, ha sido constante, ha publicado un montón de libros y se ha creado una carrera, una identidad, una profesión clara, cosa que yo no he logrado. Pero el verdadero escritor de aquel colegio no éramos ni él ni yo. El verdadero escritor era Arbus, o habría podido serlo. Pero tengo la impresión de que escribir, cuando no es indispensable, es decir, casi siempre, es una actividad que él ha considerado una pérdida de tiempo.

Arbus habría sido el único a la altura para entender y cuestionar los argumentos de El Encéfalo *de Maldonado, la revista que era lo único que salía del barrio de Trieste que no fueran las polémicas políticas de siempre. Pero él no quería tener nada que ver con la literatura.*

Me acuerdo también que durante la ceremonia en la Sedia del Diavolo, una chica encapuchada hacía nudos en una cuerda y luego la arrojaba al fuego. Era Leda Arbus. En el momento en que estuvo junto a las llamas y que estas iluminaron por un instante su rostro, me pareció reconocer aquella mirada límpida.

5

La segunda vez que vino a mi casa, me contó descarada y brevemente lo que había hecho de los veinte a los cuarenta años. Licenciatura en ingeniería con la nota máxima. Abandonó casi enseguida los grupos nazi-maoístas, que por otra parte estaban disolviéndose bajo los golpes de enemigos internos y externos. Y se casó con una dependienta anarquista que trabajaba en una tienda especializada en artículos para montañismo, donde había ido a comprarse unas botas. El matrimonio duró algo más de un año. En ese período fue creciendo su predilección por los lugares solitarios y aislados. Tras el entusiasmo inicial, su mujer se niega a acompañarle y el matrimonio toca a su fin. Pasa dieciocho meses en una choza en los Apeninos analizando la vida de los lobos: sigue sus movimientos, los fotografía. Estudia un ejemplar en especial, una hembra que muere a manos de unos cazadores furtivos. Durante esa etapa de aislamiento, aunque parezca extraño, conoce a otra mujer que también se dedica a estudiar a los lobos. El único ser humano que hay en las montañas aparte de él. La socorre mientras está muriéndose de frío. Se casa otra vez y en esta ocasión el matrimonio dura cinco años, aunque casi no se consuma. Trabaja como profesor ayudante de robótica en la Universidad de Bari, pero lo apartan de la enseñanza a causa de una turbia historia. Entonces se presenta a las oposiciones para guarda forestal y las aprueba, convirtiéndose en el forestal más viejo y titulado del cuerpo. Después, la historia del incendio y la cárcel. Una vez cumplida la condena, no puede volver a trabajar en los bosques y retoma la enseñanza de robótica. Su segunda mujer lo deja y una tendencia que antes solo se insinuaba se hace preponderante y acaba por absorber casi todas sus energías.

Empezó respondiendo, por correo, a anuncios como «Dame sévère demande élève»* y se dio cuenta de que disfrutaba enormemente con la estrafalaria correspondencia que seguía.

No tenía intención de encontrar a una mujer, no quería una relación, sino solo imaginar partes de ella, trabajar con la fantasía. Soñaba

---

* «Ama severa busca alumno.» *(N. de la T.)*

intensamente que azotaba a las mujeres en las nalgas, de todas las formas y dimensiones.

—Lo que tienen de bueno las fantasías con respecto a la realidad es que no hay necesidad de realizarlas..., a lo sumo, incluso en las más violentas y perversas, todo se soluciona haciéndose una paja.

Yo lo escuchaba embobado.

Después me contó que un día le había tocado el culo a una mujer que estaba en medio de un grupo de personas paradas en un semáforo. Ella no se dio cuenta. Desde entonces no lograba dejar de hacerlo.

—Tocar el culo a las mujeres aprovechando el gentío: ni te imaginas la cantidad de hombres que lo hacen. Hombres de los que jamás sospecharías, discretos, bien educados como yo. Algunas mujeres lo saben, a fuerza de que les palpen en cuanto la muchedumbre alrededor lo permite sin que seas descubierto. El deseo de tocar es más fuerte que la prohibición de hacerlo. He reflexionado e intentado entender el porqué. En el fondo se trata de algo muy tonto, pero es como si lo absurdo del gesto fuera la razón para hacerlo, lo excitante, hacer una tontería como palpar el culo de una mujer, rozarlo, y mientras tanto pensar estoy tocándole el culo, veamos si se da cuenta, lo cual sucede prácticamente enseguida. Se sobresalta, se vuelve, se aparta..., levanta la cabeza, la gira de golpe...

»Lo más tonto y excitante es tocar cuatro o cinco seguidos, pasando por en medio de un grupo de personas de espaldas, murmurando "Perdón, perdón" y fingiendo tener prisa para que el contacto parezca involuntario, o pueda ser justificado como tal en el caso de que surja una discusión. Hay culos que sobresalen, duros, ajustados dentro de los tejanos, otros que se ocultan debajo de la falda de una mujer delgada, todo huesos, que también tienen su punto; no importa que sean chicas jóvenes o viejas, ya te lo he dicho, es una tontería, y la satisfacción la da justo eso, hacer algo sin sentido, el escalofrío que provoca la atracción por lo no atractivo, o por eso que lo es solo por su nombre: culo, sí, culo. La satisfacción de palpar el culo de una desconocida es la misma que la que sentíamos de niños cuando repetíamos palabras que nuestras madres nos prohibían porque era de mala educación. Recuerdo que los adultos usaban la expresión "dejar caer la mano tonta" para uno que tocaba a escondidas, y entiendo su significado, claro, pero creo que no hay expresión menos acertada, porque esa mano en realidad está vivísima, es como la cola de una lagartija que se menea separada del resto del cuerpo: en todo caso, es el resto lo que está muerto, pero la mano, la mano que toca, está bien viva, es más, toda mi vida, todo mi corazón, el sexo y el cerebro se concentran en esa mano. Nunca he sentido tanta vida como la que latía en mi mano mientras le acariciaba el culo a una estudiante, o enfilaba los dedos en el surco profundo de las nalgas de una cabo-verdiana que hacía la limpieza...

»¡Qué absurdo ir detrás de la más guapa! ¡Qué idea tan estúpida! Es un error de adolescentes, no mío. Leí en alguna parte que había un tipo que cuando iba a una casa de putas elegía siempre a las más guapas, y que con ellas no se excitaba; entonces comprendió que tenía que cambiar de estrategia: elegía a una cualquiera, ni guapa ni fea, es más, mejor que fuera fea, y la obligaba a flagelarlo, ¡se ponía a mil! He aprendido que la belleza, la de verdad, tiene un efecto anestésico. La belleza es el camino de la castidad. No podría estar con mujeres muy hermosas, y por suerte me ha sucedido muy poco, y no me amarga, es más, me alegro. La belleza, en efecto, azora, atonta, paraliza, embelesa, y, además, muy pocos la entienden y la aprecian por lo que es. Y yo no estoy entre ellos. Pero he comprendido que la belleza es intocable y lo que se puede hacer con ella, como mucho, es dejarla donde y como está. El hombre maravillado no puede mover un dedo, casi no respira. No he llegado a esa conclusión en mi experiencia con las mujeres, que no son lo mío, sino con las montañas.

»A menudo he sido incapaz de cumplir con mi trabajo, con mis deberes cotidianos, de mantener relaciones simples y normales con los demás debido a las obsesiones que ocupaban mi cabeza. La saturaban, la secuestraban, dejándome solo unos cuantos minutos libres en los que no me daba tiempo a tomar iniciativas porque sabía que al cabo de poco iban a invadirme de nuevo imágenes obscenas y deseos tan repulsivos como pueriles y ridículos, que me hacían sentir mal, avergonzarme. Solo estaba a gusto cuando me hundía en lo más bajo. Cuando me convertía en un miserable y me comportaba como tal comprendía que era por fin yo mismo, lo cual suponía un alivio y un tormento al mismo tiempo...

Me contó que el incidente que había interrumpido su carrera universitaria tenía que ver con eso. Una insistente y prolongada caricia en el culo de una alumna inclinada sobre el microscopio. Imposible definir el contacto como involuntario porque había testigos.

La confesión de Arbus me sorprendió mucho. Cuando éramos compañeros de colegio, nunca, ni siquiera una vez, había expresado deseos o propósitos sexuales. Ahora ese interés, convertido en desazón, se había vuelto compulsivo.

«Y me atraen, sobre todo, las mujeres feas», confirmó. Su verdadera perversión quizá fuera esa.

Mientras me contaba sus hazañas, que en cualquier caso yo no lograba juzgar sórdidas, aunque sin duda lo eran, Arbus reía socarronamente. Sí, con un rechinar los dientes. Las señales excavadas en la piel de su rostro se enrojecían. Parecía mortificado y divertido a la vez. Probablemente disfrutaba en su fuero interno de lo degradante que era revelarme aquel aspecto de su naturaleza. Es un mecanismo interior de la confesión sin el cual esta no existiría. No creo que fuera consciente de que a mí aquellas revelaciones me sonaban a música, no celestial, pero sí muy afinada. En armonía con él y conmigo, con nuestra amistad, en la que nada procedía de manera usual, con los hechos de los que habíamos sido testigos y en los que habíamos participado, con nuestras naturalezas, podridas en su interior, con las relaciones que todos buscan y evitan, que temen y por las que se sienten morbosamente atraídos. Mientras mi amigo me hablaba de la época en que se subía al primer autobús que pasaba para poder pegarse al calor específico de unas mallas color carne, de repente aparecía ante mí toda la familia de Arbus, empezando por Ilaria, siguiendo con aquella buena pieza del padre —el profesor de lógica matemática Lodovico Arbus, con su morsa de madera, *souvenir* de una noche pasada en la sauna con un grupo de pálidos gigantes barbudos en la que acabaron revolcándose todos en la nieve— y finalizando con la lánguida Leda, y no sabía dónde comenzaban las locuras de uno y terminaban las extravagancias de las otras. Todos singulares y maniáticos. Un dulce desliz hacia la patología. Recuerdo una película estrafalaria de los años setenta, *Se venden incendios*, de Alan Arkin..., y no es la asonancia del apellido de la familia que la protagonizaba, Frikus, ni las carcajadas las que me la traen ahora a la memoria. Las obsesiones eróticas de Arbus, las mías por las atractivas mujeres de su familia, las de su padre por los jóvenes filósofos del lenguaje con americana de tweed y greñas, la inquietud afrodisíaca de Ilaria, al más puro estilo años setenta..., formaban un círculo donde todos deseaban la cosa o a la persona equivocada, o una parte de ella —el cabello, las nalgas..., la voz..., la morsa de madera..., los dedos deslizándose sobre las teclas del piano..., la piel cándida cubierta de semen...

Quizá solo un lechero muera dueño de sus facultades mentales, pero quizá ni siquiera él.

Comprendí que mientras había sido un chaval, Arbus había mantenido a raya los impulsos vagos que le oprimían. Sus intactas y frescas energías adolescentes, unidas al sentido del deber y la timidez, eran aún más fuertes. Una vez convertido en hombre, paradójicamente más maduro y libre de constricciones, más débil, pues, sus inclinaciones se habían impuesto. ¿En nombre de qué seguir sacrificándolas?

Creo que el camino de la liberación y de la nueva esclavitud, esta vez a esos impulsos, empezó el día que grabó aquellas palabras en el pupitre, su último día de colegio, el último que pasó con nosotros.

Volví a verme delante de aquel chico alto, delgado y glacial y a la vez nervioso que llevaba la máscara de la torpeza y la superioridad intelectual, y entendí el prolongado esfuerzo que había hecho para dominarse. Lujuria. El demonio que yo, ingenuamente, creía que nunca le había asaltado. Porque entonces yo no sabía que puede atacar de muchas maneras, que una imaginación cándida ni siquiera imagina, en formas que nada tienen que ver con la unión carnal. Incluso en aquella confesión espontánea se agitaba la cola de una serpiente que no dejaba de vibrar. ¿Con qué propósito me había buscado Arbus para contarme aquellas historias sino con el de prolongar su placer degradante? No existe nada más morboso que contar una mala costumbre ya abandonada; es la mejor manera de revivir, sin remordimientos, la excitación que no queremos volver a sentir directamente.

—¿Algo más? —le pregunté irónicamente.
—Bueno, sí...
—Dime la verdad, Arbus —le dije al final de sus confesiones—. ¿Fuiste tú quien quemó tu piso?
—No.
—Pues entonces ¿quién fue?
—Leda.

¡Leda!

Oh, Leda, Leda, fuego de San Antonio de mi juventud. La piel todavía me quema donde no me tocaste. No creía que tendría que pensar de nuevo en ti. Y volver atrás, a mis primeros veinte años.

6

A veces Leda me miraba fijamente, durante largos minutos, pero su mirada tenía algo singular, parecía como si no me mirara a mí, sino a un objeto que se hallaba a kilómetros de distancia, o bien mi retrato, colgado de la pared justo a mi espalda para ser contemplado en lugar de mi verdadera cara. Aquellos ojos tan bonitos, en vez de mirar, parecían estar hechos para sorprender a quien los miraba.

(Me asusté al pensar lo que debía de haberle pasado para tener esos ojos.)

Pero ¿qué hubo entre Leda Arbus y yo? ¿Una amistad? ¿Una amistad con besos? ¿Una relación sentimental sin amor, una sexual sin sexo? Un chico y una chica, ¿pueden ser amigos? En caso afirmativo, ¿pueden ser amantes? Si se hacen amantes, ¿pueden seguir siendo amigos? Si no, ¿es porque uno de los dos no quiere?

Entre la hermana de Arbus y yo no hubo una historia de amor, pero tampoco una amistad, cosa que todavía era poco usual entre un chico y una chica, pues por aquel entonces solo había espacio para sentimientos vinculantes o agresivos como el amor, el deseo, la devoción y el desprecio.

Quizá no fue en absoluto una historia, sino una situación entre dos personajes a los que podían pasarles cosas. Que luego pasen o no, es cosa del azar.

Pues bien, ¿qué pasó entre la chica y yo? Desde la primera vez que fui a casa de Arbus quedó claro que entre su hermana y yo había algo, quiero decir que ya había algo antes de conocernos. Creo que ese hilo que se dibujó entre nuestras personas se llama destino. Cuando la vi sentada al piano con la espalda tan recta que hasta parecía arqueada, cóncava, con los hombros perfectamente alineados respecto a los riñones, y ella se volvió, ese hilo se tensó vibrando entre nuestros ojos. También marcada por el destino quedaba su posición respecto a mí, que se resume con la sobria definición «la hermana de mi mejor amigo».

Tocaba *El rincón de los niños* de Debussy. Lo recuerdo con exactitud porque cuando su hermano me lo dijo al día siguiente, en cuanto acabaron las clases, corrí —y no es un modo de hablar, salí volando, literalmente— a la Piazza Indipendenza para comprarme el disco en Ricordi. Interpretado por Arturo Benedetti Michelangeli. Fue el primer disco de música clásica que compré con mi dinero.

A primera vista, Leda no podía negar que era hermana de Arbus, pero todos los rasgos que en Arbus resultaban excesivos, desagradables, como si hubieran sido colocados en su rostro sin tener en cuenta la proporción y la distancia entre unos y otros, en Leda poseían tal armonía que quizá el único defecto de aquel ensamblaje de ojos, labios, nariz y cabello era que la perfección le confería el aspecto de una muñeca, de una pintura, de un dibujo a lápiz, en vez del de una chica de carne y hueso.

Cuando la conocí tenía catorce años; dos años después seguía igual —quizá el lector esperaba que escribiese que había cambiado, pero no—, apenas un poco más alta, y tocaba mejor el piano. La escena era la misma: ella de espaldas, erguida y con los hombros rectos, tocando esta vez la suite *Papillons* de Schumann —me lo dijo ella cuando acabó la ejecución de la pieza—, mientras yo la escuchaba desde el umbral del salón, apoyado en el marco de la puerta. Leda toca la suite de un tirón y sin cometer, a mi juicio, ningún error, pero cuando se vuelve sorprendida por mi aplauso —de sincero entusiasmo, pero también, a causa de una incurable timidez masculina mezclada con algo de agresividad, un poco irónico—, me doy cuenta de que todo ha cambiado pese a seguir siendo idéntico. Su mirada sosegada, transparente, en apariencia carente de cualquier emoción —y en eso, solo en eso, me recuerda a su hermano cuando se quita las gafas para frotarse los ojos después de haber resuelto, en treinta segundos, casi sin levantar la tiza de la pizarra, el problema de física que tres compañeros intentaban solucionar en vano, hasta que el profesor, harto, lo ha llamado a él para acabar de una vez por todas—: evidentemente en casa de Arbus las emociones estaban prohibidas, estaba vedado manifestarlas o no existían, y Leda había tocado aquella conmovedora pieza de un autor medio loco sin sentir nada, solo la satisfacción de haberla ejecutado con maestría, o puede que ni eso.

Pero en ella la falta de sentimientos o de su manifestación, no sé por qué, me gustaba, me atraía muchísimo, como, por otra parte, me había magnetizado su hermano. Me daba la impresión de caer dentro de un vacío profundo y maravilloso; además, ese sosiego, esa ausencia de realización en los ojos de Leda, me permitía mirarlos sin reparos y admirar a mis anchas su belleza.

Más tarde, en la universidad, yo estudiaría cientos de páginas de historia de arte, estética y filosofía que intentaban expresar con conceptos un ideal de belleza incontaminada, pura, plácida, libre de turbaciones, es decir, clásica; pero nunca, en ninguna estatua, pintura o poema he vuelto a hallar esa serenidad, tan cercana a la frialdad pero sin serlo, que vi en los ojos de Leda cuando se volvió hacia mí después de haber tocado las últimas notas de la tercera bagatela de Schumann. Hasta la palabra que me dijo, la más banal del mundo, parecía proceder de un universo lejano y sonó singularmente precisa a mis oídos.

—Hola —me dijo.
—Hola, Leda.
¿Qué tiene de memorable este breve diálogo?
El hecho de que contuviera todo lo que ella y yo teníamos que decirnos. Estoy convencido de que, en efecto, Leda era consciente de que entre nosotros había algo, a pesar de que no existía ninguna evidencia de ello:

yo era solo un compañero de su hermano que de vez en cuando iba a estudiar a su casa por las tardes para que el genio de la clase le explicara lo que no había entendido por las mañanas. La sonrisa que me dirigió también era pura, tan pura que parecía falsa, pues no correspondía a ningún sentimiento. Creo que, en efecto, no estaba contenta de verme, pero lo consideraba algo inevitable: mi presencia allí era cosa del destino, el curso normal de los acontecimientos. ¿Por qué sorprenderse o emocionarse?

Mientras la miraba levantarse de la banqueta del piano, sorprendiéndome de lo alta y delgada que era, cerrar la partitura, bajar la tapa sobre las teclas y pasar a mi lado con las partituras debajo del brazo camino de su habitación, comprendí que un día nos besaríamos, que era inevitable, que estábamos destinados a ello, aunque no tenía ni idea de cuándo sería ni del camino que habría de conducirnos hasta allí; estaba tan seguro de eso que para mí era como si ya hubiera sucedido, había sucedido desde siempre, por lo que me sentía libre de la ansiedad de tener que imaginar los pasos que nos conducirían a ese punto. Ese punto ya había sido alcanzado y superado. Mientras me rozaba el hombro con el suyo y se encaminaba a su habitación, y yo la seguía con la mirada en la penumbra del pasillo, estaba convencido de que a ella le resultaba igual de evidente lo que yo había visto y comprendido, como si lo tuviera delante de sus grandes ojos oscuros.

Uno habría podido dudar de que Arbus y Leda fueran hermanos. Como creo que ya he dicho, mi amigo tenía el pelo muy negro y los ojos pequeños y azules, mientras que Leda era rubia y tenía los ojos oscuros, de un castaño tan profundo y límpido que parecía casi negro. El contraste de los tonos parecía elegido al azar a partir de un patrimonio genético contradictorio, como pasa también en mi familia, donde hay un poco de todo —altos, bajos, rubios, morenos, larguiruchos y robustos—. Sin embargo, en la de Arbus, algo inconfundible dejaba claro que él y Leda eran hermanos: movían la cabeza del mismo modo, ladeándola ligeramente hacia delante y sacudiéndose el pelo que caía a los lados de la cara —largo, negro y sucio el de Arbus, rubio, fino y brillante el de Leda—. Los mechones de cabello se les escapaban de detrás de las orejas a los dos y acababan balanceándose delante de la cara, ocultándoles los ojos y rozándoles o cubriéndoles las comisuras de la boca...

—¿Y Arbus? —le pregunté—. ¿No está en casa?
—No.
—¿Sabes cuándo llegará?
Negó con la cabeza.
Me dirigí a la habitación de mi compañero.
Al cabo de un cuarto de hora apareció por fin.
—Perdona —murmuró. Tenía las manos sucias y parecía nervioso.
La puerta de la habitación de Leda estaba cerrada.

Llegó el momento en que lo que había presentido desde el principio sucedió, pero no como había imaginado. En cierto sentido, fue mejor así, más interesante y único, pero absurdo. A menudo me he preguntado si las experiencias frustradas o abortadas son tan significativas como las que acaban concretándose, si ha valido la pena vivirlas de ese modo en vez de con éxito, pero inevitablemente marcadas por la normalidad. Buena parte de mis experiencias amorosas llevan el sello de lo incompleto, lo absurdo, pero quizá las recuerde justo por eso, porque me han dado o enseñado algo, o me han hecho llorar, y porque, pasados los años, me hacen reír por lo desastrosas, desviadas, parciales, grotescas o extenuantes que fueron, por lo que sucedió, o por lo que no sucedió. A pesar de que el sexo es para mí fundamental, algo en lo que pienso cada día, hora y momento de mi vida, incluidos aquellos en que acontecen otras cosas importantes y dramáticas, es más, sobre todo en esos trances —como si el sexo fuera una distracción constante que me permite enfrentarme a cualquier cosa y superar cualquier prueba, una especie de promesa más allá del obstáculo, una recompensa indirecta y alucinatoria por las molestias reales que hay que soportar (como reza el famoso y vulgar refrán, «Si lavora e si fatica...»)—,* si recapacito y pienso en mis encuentros amorosos con nueve de cada diez mujeres, en las veces en que me he encaprichado, prendado o enamorado de verdad, o incluso solo excitado, pues bien, he de reconocer que, en general, predomina un aspecto lunático o

* *Si lavora e si fatica per il pane e per la fica*: «Trabajar y bregar para comer y follar». *(N. de la T.)*

alocado, a menudo con cariz de burla. Pero la mayoría de estas burlas, algunas infligidas y muchas sufridas —a manos de las mujeres, pero no solo—, han sido obra de los dos, como si estuviéramos tomándonos el pelo recíprocamente, compartiendo la impresión, creo, de estar haciendo algo raro, contra toda lógica, algo que si la excitación no nos hubiera nublado el razonamiento, o el amor propio, o un tácito acuerdo de no juzgar ridícula la situación y seguir besándonos y desnudándonos, como tiene que ser, no se hubiera impuesto, habría sido más apropiado echarnos a reír a la vez.

Pero ¿qué coño estamos haciendo tú y yo?

La lista de las situaciones surrealistas sería demasiado larga y acabaría tomándose como una confesión o una parodia.

... ¿y aquella que quiso excitarme haciendo la danza del vientre? Faltó poco para que me echara a reír en su cara... (Las iniciativas descaradamente eróticas me producen el efecto contrario, y sepan, señoras lanzadas, que no soy el único hombre al que le pasa, sino que muchos otros, perfectamente normales, también se desaniman o reprimen una carcajada en dichos trances; así pues, cuidado con los conjuntos de encaje, los ofrecimientos hiperbólicos o movimientos felinos, pues se corre el riesgo de que, si no surten efecto, aboquen la situación hacia su lado más cómico...)

... ¿y aquella chica renana que tenía que hacer pipí cada cinco minutos? Quién sabe si por la emoción o a causa de una cistitis..., llegó a hacerlo en el parterre de enfrente de San Giovanni en Porta Latina a las tres de la mañana...

... y aquella otra que era sin duda demasiado guapa, demasiado para mí..., que se había puesto tanto desodorante de barra en las axilas que cuando tuve la mala idea de lamérselas para demostrarle mi fogosidad, se me secó la lengua y no podía ni hablar...

... y la que me evitaba, bueno, la que ni siquiera se daba cuenta de los hilos invisibles que yo tejía a su alrededor, hasta que para conquistarla decidí dejarle en el sillín de su ciclomotor una nota con un verso de un poeta surrealista, «... et je neigerai sur ta bouche»,* cayendo más tarde en

---

* «... nevaré sobre tu boca.» *(N. de la T.)*

la cuenta de que no se trataba de una genial imagen poética, sino de una metáfora obscena, lo cual, dado que hasta ese momento yo no había obtenido ni siquiera un beso de esa boca donde incluso prometía «nevar», le sentó como un tiro y la alejó definitivamente de mí.

... y la que se jugó a los dados si se iba a acostar conmigo o no...

... y la que me miraba fijamente con los ojos perfilados de negro fuera de las órbitas mientras me la chupaba de rodillas porque debía de haberlo visto en alguna película porno y creía que para un hombre correrse mientras le miraban así era el no va más...

... y la que me atrajo a su habitación, ante cuya puerta yo pasaba por casualidad, dejándola entreabierta de modo que pudiera verla desnuda, de espaldas delante de la ventana, mientras miraba la luna llena...

... y la que, la primera noche, me dijo: «Sodomízame porque me he desvelado»...

... y la que exclamó con ardor: «¡¡¡Hazme tuya!!!», con el resultado de abatir definitivamente mi ya dudosa erección...

... y esa a la que perseguía con el corazón en vilo y a la que solo logré tocar el meñique de un pie, solamente el meñique de todo aquel hermoso cuerpo de color miel...

...¿y la mujer a la que sigo queriendo de manera insana porque, por desgracia, no existe otro modo de querer?

Su imagen se me apareció en la noche,
me asusté tanto que sentí a la vez
deseo y miedo de morir. No sé
cuál de los dos sentimientos era más fuerte (quizá
el primero). Siempre he sentido mayor atracción
que repulsión: si había algo de lo que
debería haberme guardado y protegido
era precisamente de lo que me gusta. Con ella también
fue así y sigue siéndolo: incluso
de noche, incluso a su lado, abrazándola
incluso dentro de ella, no puedo
librarme de esta atracción infernal
y sigo precipitándome hacia ella.

Pero, digo, ¿se puede uno acercar más?
Cuando has alcanzado el centro de la tierra,
¿qué puede haber más profundo?
¿No debería cesar de repente la fuerza de la gravedad?

Sea como fuere, mi encuentro con Leda, la hermana menor de Arbus, fue memorable.

Todavía recuerdo con precisión cada instante que pasé con ella, primero en la casa donde vivía con su madre, cuando Arbus se había ido y también su padre, tras la famosa declaración de su condición de homosexual y de haberlo sido siempre; y más tarde cuando se fue a vivir sola a una buhardilla que llamaba «el Estudio». Nos frecuentamos durante seis meses, nos veíamos casi todas las semanas, una o dos veces, pero en los últimos tiempos cada vez menos, puede que en el último mes solo en un par de ocasiones; sin embargo, tengo la impresión de recordar cada instante con ella, y no porque pasara nada extraordinario, en realidad no pasaba casi nada: seis meses que convirtieron mi curiosidad primero en afecto, después en pasión y finalmente en enfermedad.

Intentaré contar ese casi nada.

He dicho que me acuerdo de todo, salvo de la primera vez que volví a verla tras haber perdido de vista a Arbus, su casa de Montesacro y las exhibiciones de piano a cuatro manos. Del cuadro que he reconstruido con dificultad, extrayendo segmentos de la memoria y pegándolos juntos, al parecer volví a verla en la Galeria d'Arte Moderna de Roma, pero no dentro del museo, sino en la escalinata monumental que lleva a él, y sobre cuyos peldaños la gente acampa, fuma, toma el sol, habla del arte que existe y del que está por llegar, materia que dominan los que pasan el rato en ella. Ese ocio aparente, esas cháchyras distraídas y apasionadas, son la incubación de las carreras artísticas. Giuseppe Salvatori, Felice Levini, Marco Tirelli, Ceccobelli, Santo Spatola, Cecafumo, Pizzi Cannella, Mariano Rossano, Biuzzi, a los que creo que ya he nombrado, son solo algunos de los artistas que frecuenté en aquella escalinata. Y al marchante de arte Giovanni Crisostomo, llamado Boccadoro, que es lo que significa su nombre en griego.

Entonces, como creo que también en parte ahora, estaban de moda los libros de Hermann Hesse, sobre todo *Siddharta*, o *Narciso y Goldmundo* —me parece que el apodo de Crisostomo en realidad se refería al título de ese libro, *Narciso e Boccadoro* en italiano, en vez de a la etimología—. No sé por qué, pero no leí a Hesse, que todo el mundo leía sin excepción, al menos *Siddharta*.

Puede que para distinguirme de los demás.

Boccadoro afirma que fue él quien llegó en compañía de Leda, que entonces tenía veinte años. Y a quien yo no reconocí. Spatola y Pizzi Cannella intentaron ligarse inmediatamente a la joven pintora. Pizzi Cannella, por aquel entonces, tenía el perfil de un centurión romano, Tirelli y Biuzzi eran tipos fascinantes. Boccadoro afirma que aquel día yo no intercambié una sola palabra con Leda. De eso dedujo que la había impresionado y que la cosa era recíproca. Y tenía razón.

Era extraño estar tumbado a su lado.

Un hombre y una mujer vestidos tumbados en la cama, en una posición muy íntima pero necesitada de un ulterior desarrollo, porque no puede permanecerse así durante mucho rato sin hacer algo, sin cambiar de estado, sin tomar una iniciativa...

La posición horizontal es para dormir, de lo contrario hay que hablarse, acariciarse o desnudarse.

Acabábamos siempre tumbados sobre el colchón fino y duro que Leda había colocado en el suelo de su estudio; ella tomaba la iniciativa y yo la seguía, echándome al lado de su cuerpo supino, a unos veinte centímetros de distancia, hombro contra hombro, cadera contra cadera, la mirada de ambos dirigida hacia el techo. No era muy diferente de estar solo, solo pero con una mujer al lado, una hermosa mujer que emanaba perfume y respiraba ligeramente, que además de un cuerpo tenía pensamientos y sentimientos. Los de Leda eran un misterio para mí, jamás los expresó, o no lo hizo de una manera que yo alcanzara a descifrar. Si acabábamos juntos sobre aquel colchón para ella debía de haber un motivo, creo, quizá le gustaba, o no le desagradaba, o bien —procedo por conjeturas— aquella posición y aquella falta de acción poseían un significado para ella, quizá lo significaban todo y Leda no concebía que pudiera haber algo diferente.

Me debato entre dos hipótesis: la primera es que quizá esperaba que yo, de buenas a primeras, la besase en la boca, me subiera sobre ella y le tocara el pecho, en definitiva, hiciera lo que hacen o intentan hacer los chicos y las chicas cuando están juntos; lo mismo que yo, cuando me he hallado en situaciones análogas, he hecho: besar o intentarlo, tocar o intentarlo, desabrochar..., y cosas así, cosas normales, que se dan por supuestas, pero que para Leda no lo eran, también porque es insólito empezar por una situación tan definida, tan estática, tumbados en la cama sin mirarse..., con las demás chicas se llegaba a esa posición después de haberse besado y tocado, como un preludio de algo más..., mientras que nosotros parecíamos un matrimonio sobre la losa de un sepulcro antiguo, esculpidos en esa posición para siempre.

Tras haberme abierto la puerta de casa y la de su habitación, cuando todavía vivía con su madre, y antes de tumbarnos en el colchón en el suelo de su estudio, Leda hacía una sola cosa: ponía un disco. Siempre una pieza para piano solo. Teníamos por delante unos veinte minutos de música para piano, lo que duraba una cara del disco, antes de cambiarlo o darle la vuelta.

Durante los pocos meses de mi..., digámoslo así, frecuentación de Leda, ya no como hermana de Arbus, sino como chica, no tuve ni busqué a otras porque, aun sin motivos fundados, me sentía comprometido con ella. Deseé que me rechazara en varias ocasiones para sentirme libre de buscar a otra para salir, o a otras chicas con quienes divertirme —uso esta expresión sin haberla puesto nunca en práctica, y no me refiero a diversión, sino a una especie de depredación, de desahogo, de obsesión o de engaño, es decir, todo salvo una diversión—. Por otra parte, para rechazarme, Leda habría necesitado que yo hubiera manifestado de manera explícita mis intenciones, lo cual nunca había sucedido, así que el malentendido perduraba. Pero yo seguía esperando que fuera ella la que lo disipara rechazándome, lo cual me habría aliviado tanto como una solución positiva.

Pero, entonces ¿por qué seguía viéndola?

La inercia es una enfermedad, asistir desde fuera a lo que el cuerpo hace o no hace sin intervenir, sin querer intervenir, esperando que las cosas pasen solas, porque mientras tanto —en eso consiste— lo que tiene que pasar pasará de todas maneras, y si no, otra vez será, no estaba escrito.

¡Maldito fatalismo! ¡A veces me ha facilitado la vida, pero cuántas me la ha estropeado! ¡Qué estúpido indolente y quizá también cobarde he sido dejando pasar cosas y a personas en vez de sujetarlas o rechazarlas con determinación! Por la dulzura, en efecto incomparable, de unas cuantas ocasiones en que todo pasa naturalmente, sin esfuerzo, ¿cuántas veces he fracasado a causa de mi inercia, por ausencia de acción, pretendiendo que el río invirtiera su curso o empezara a fluir en mi dirección para poder bañarme en sus aguas?

(Además, es cierto, las dudas —que más que en ¿seré capaz?, consisten en ¿llegaré al punto en que podré demostrar que soy capaz, al instante propicio?—. Si no es el automatismo del donjuán, ¿qué empuja realmente a un hombre a ligarse a una mujer, a esa mujer en concreto, en ese momento dado y en esa situación determinada? ¿Se reduce a ponerles las manos encima o a hacer que los labios de los dos se toquen? ¿Solo se trata de eso?)

Al cabo de un tiempo besé a Leda, pero el acontecimiento no propició ningún cambio, sino que inauguró un nuevo período de estancamiento.

Entre Leda y yo los besos eran tan largos que no podían considerarse como tales. Para poder ser definido, cualquier acto o acontecimiento necesita de un principio y un final, de una forma, de una duración: si las bocas no se separan nunca, eso ya no puede definirse como beso, y si no se termina no puedes darte otro, y después otro y luego otro más, como dice el famoso verso de Catulo, y esos «Mil besos» no significa que los labios se peguen durante horas sin interrupción porque eso ya no sería un beso, como no lo eran los que nos dábamos, con los ojos cerrados, envueltos en una manta apolillada, Leda y yo; no, eso no era un beso, sino un morboso, infantil y animalesco contacto, como los que se ven en los documentales, rozando la insensibilidad, la catatonia, igual que la incubación de los huevos de un insecto dentro del cuerpo de otro, o el extenuante apareamiento entre moluscos, que pasan días enteros pegados succionándose las membranas. Más de una vez, Leda se durmió con sus labios contra los míos, pacíficamente abandonada; me daba cuenta porque su respiración se volvía regular y me soplaba dentro de la boca, la única señal significativa, pues cuando me besaba mantenía los ojos cerrados y los brazos abandonados a los lados del cuerpo.

Alguna vez me aproveché, a decir verdad de manera bastante acotada, de esas cabezadas. Como siempre, estábamos envueltos en la manta porque en el estudio hacía frío. Puse una mano sobre el vientre de Leda y le saqué la blusa de los pantalones —ella solo llevaba pantalones, nunca la vi con una falda o un vestido—. Le levanté la blusa y le toqué la piel. Era suave y fría. A pesar de que estaba delgada, al apretar los dedos sentí que se hundían en la piel. Como llevaba pantalones de tiro alto muy ajustados, los que estaban de moda entonces, no podía meter la mano por dentro, así que fui hacia arriba, donde la delgadez de Leda era más evidente y la piel estaba más tensa. Mientras tanto, ella seguía respirando en mi boca y acariciándome el rostro con el aire que expulsaba por la nariz. Dudaba si apartar la manta para comprobar lo que mi mano estaba haciendo allí abajo, pues podía despertarla, pero el misterio de aquella piel tan fría e insensible me bombeaba tanta sangre en la cara y el abdomen —tenía la impresión de que, al contrario del de ella, el mío quemaba, ardía—, que me sobrepuse y la destapé, levantando primero la manta y dejándola resbalar sobre las piernas. Su vientre era liso y blanquísimo, un poco abultado, como el de las niñas. Pero cuando intenté desabrocharle el botón de la cinturilla de los pantalones de pana, me di cuenta de que ahí empezaba una cicatriz vertical, un poco en relieve, y abandoné de inmediato la idea de comprobar hasta dónde llegaba.

Este detalle evoca en mi memoria, que tiende obscenamente a corromperse con asociaciones tontas, uno de los tropecientos chistes que circulaban en tiempos del colegio.

—¿Sabes lo que tiene la princesa Ana de Inglaterra un palmo por debajo del ombligo?
—No.
—El enchufe para su Philips.

(Era un juego de palabras entre el nombre de Mark Phillips, yerno de la reina de Inglaterra, y la famosa marca de electrodomésticos.)

Una vez me corrí encima de ella. Rompiendo la parálisis, me subí sobre Leda. No me rechazó pero tampoco me abrazó, demostrando tal pasividad que llegué a pensar que se trataba de una estrategia. No era posible que mi gesto la dejara indiferente. Como solía hacer, cerró los ojos y suspiró. El que no me mirara, en vez de animarme, me bloqueó otra vez, apagó mi iniciativa en el instante en que cobraba vida. Leda giró la cabeza a un lado, manteniendo los ojos cerrados, pero no dio señales de que le desagradara o de rechazarme. Después sonrió fugazmente y dijo susurrando: «Haz como quieras». ¿Como quiera qué?, pensé. No me dijo: «Haz lo que quieras», sino «como quieras». ¿Qué diferencia hay? ¿Qué significa? A esas alturas, dejé caer sobre ella todo mi peso, forzándola a abrir las piernas lo suficiente para apoyar y frotar mi sexo contra el suyo. Y mientras seguía restregando el tiro de mis pantalones contra el de los suyos, sentí que estaba a punto de tener un orgasmo a pesar de que mi sexo había empezado a hincharse un segundo antes. Como la idea de correrme dentro de los pantalones me pareció ridícula, me los desabroché justo a tiempo para que del sexo extraído a toda prisa brotara un chorro de semen que fue a parar al jersey de Leda, entre el seno y el cuello. Al notarse aplastada Leda había abierto los ojos y asistió a la escena como si fuera un fenómeno natural, limitándose a levantar el jersey con el pulgar y el índice para que mi semen no le manchara la blusa. Después se levantó y fue al baño sin decir nada. Cuando volvió se había cambiado y en vez del jersey blanco llevaba uno rojo con el escote de pico. Sonrió y se tumbó otra vez a mi lado. Entretanto yo me había recompuesto. Me cogió la mano, no la que había sujetado mi sexo durante el orgasmo, sino la otra, y me preguntó:

—¿Has estado en Suiza alguna vez?
—¿En Suiza? Sí, un par de veces.
—¿Crees que se está bien allí?
—Sí, creo que muy bien.
—¿Hay montañas?
—Sí, muchas.

Esta fue nuestra conversación, palabras textuales.

No sé explicar por qué razón, después de aquella vez me obsesioné con haberla dejado embarazada. Fue una obsesión que no me abandonó incluso cuando dejamos de vernos.

7

A propósito de Leda y de los artistas. Por lo poco que sé de ella, se había enamorado una sola vez antes de nuestra relación. De un chico realmente raro, larguirucho, taciturno y presuntuoso que la atormentaba, no porque la tratara mal, sino porque estaba demasiado ocupado en torturar su propia alma con problemas de toda clase, entre los que destacaba en primer lugar su absoluta ineptitud para relacionarse con el mundo, para entender a los demás y para que lo entendieran. Se llamaba Gustavo Herz. De su incapacidad, sumada a una inteligencia que probablemente le era reconocida como compensación virtual por sus odiosos defectos concretos —en efecto, los defensores de esta teoría solían anteponer la partícula «pero» a la valoración positiva que hacían de él: será un malasombra, un egoísta maniático y solitario, será un plasta..., «pero hay que admitir que es muy inteligente»—, Herz había deducido que la suya era una personalidad artística, marcadamente artística y, por consiguiente, incomprendida. Un artista no puede sino tener a la sociedad entera por enemiga, así que quien tiene a la sociedad en contra es un artista. A pesar de no haber sentido nunca la llamada, a Leda no le hablaba más que de su «vocación artística», de la necesidad de seguirla a toda costa, sacrificándolo todo, cosas y a personas —incluida a ella—, y le achacaba todos sus problemas, con la familia, con el prójimo, con el sistema, con los infelices de sus compañeros —estudiaba, a trompicones, el primer o segundo año de universidad—, con los que ostentaban el poder, con los burgueses, los ignorantes y los cultos, los automovilistas y los peatones, y con cualquiera que se atreviera a echarle un cable, que era puntualmente rechazado, con quienes no le hacían caso, a los que tachaba de superficialidad, y, por último, con todos aquellos, numerosos, que no lo soportaban, a los que Herz, casi por revancha y complaciéndose, daba siempre nuevos y buenos motivos para odiarlo. El ciclo se cerraba así, pues sintiendo cómo la antipatía y la hostilidad crecían a su alrededor, se había convencido de que compartía el destino común a todo artista rompedor, rodeado de filisteos, obstaculizado en vano por la incomprensión general.

(La persona unilateralmente convencida de tener una misión tiende a hacer que el precio más alto lo paguen quienes tiene más cerca en vez de sus enemigos reales; en el caso de Gustavo, su familia y Leda.)

Estaba matriculado en Química, facultad elegida a partir de una extravagante decisión y no de un verdadero interés o de una predilección, pero pronto abandonó la idea de presentarse a los exámenes —«Son test para idiotas, no sirven de nada, siempre aprueban los peores, no tengo tiempo para eso»— y, por tanto, la idea misma de prepararlos yendo a clase o estudiando. Disfrutó ante la consternación de sus padres cuando se lo anunció, como si así constatara que estaba haciendo lo correcto. Igual que el moho en la comida rancia, Gustavo se alimentaba de la reprobación: dejar que las relaciones humanas se pudrieran era para él la mejor manera de ponerlas a prueba, y eso hizo con Leda. Pero ella seguía estando unida a él. Quizá viera en Gustavo algo que le recordaba a su hermano, o a ese padre excéntrico y fugitivo, con la diferencia de que aquellos dos eran geniales, mientras que Gustavo Herz era un idiota rematado.

¿Gustavo un artista? Recapacitando sobre cómo expresar su talento, pensó que la literatura era un ámbito donde se necesita mucho tiempo para obtener la confirmación de las propias dotes. En cuanto a la música clásica, el aprendizaje era aún más largo, y él demasiado mayor para empezar, mientras que el campo de las artes visuales estaba ocupado por una banda de listillos con los que no era el caso competir, o porque estaban técnicamente más preparados para realizar «sus porquerías» —cuadros, cuadrejos y cosas parecidas—, o porque eran capaces de justificar sus obras con una retahíla de estupideces orales o escritas, de acompañamiento a performances, instalaciones o montañas de chatarra.

Herz comprendió entonces que el camino más corto eran las canciones. Las canciones, sí, el fantástico atajo del siglo XX utilizado por genios que, enjaulados en formas más articuladas y complejas, se habrían perdido o desperdiciado. Un género popular, atractivo, que en el curso de tres minutos logra condensar siglos de teatro, miles de páginas literarias, sinfonías y conciertos, y le añade el sentido peculiar del tiempo presente con su pulso especial, donde vibran la moda, la juventud, la aventura, el baile, la seducción, en resumen, cosas todas ellas cuya belleza arrebatadora consiste en su absoluta transitoriedad, extrayendo un jugo emotivo superconcentrado que, si surte efecto, turba al espectador hasta extremos que las artes más complejas ni siquiera sueñan con hacer. Y todo ello gracias a unas estrofas en rima acompañadas con una breve y simple melodía tocada con pocos instrumentos básicos.

Con la guitarra, que sabía aporrear como cualquiera, y el piano —sobre cuyo teclado alargaba mecánicamente los dedos para formar los doce acordes elementales que Leda le había enseñado—, Gustavo compuso tres o cuatro canciones, y después, al cogerle el gusto a canturrearlas todo el día, otras tantas, alcanzando así el número suficiente para hacer un disco, los elepés de entonces, y poder afirmar, no solo delante del espejo del armario, que era «un autor». Un autor de canciones. Las primeras se titulaban «Diez liras» y «Balada para una Hoover» y las escuché en un local durante una velada dedicada a principiantes. Herz las cantó tan deprisa que al cabo de cinco minutos ya había acabado y abandonaba el palco sin saludar. Tengo que admitir que no estuvo mal, aunque sí casi a punto de resultar quejumbroso, fastidioso..., pero es innegable que logró atraer la atención, sobre todo con *Hoover*, en la que imitaba el ruido de un aspirador. Resultó que tenía razón, que esa manera de ser suya, tan arisca, tenía un *je-ne-sais-quoi* magnético.

Wooo-wooo-wooo...

Primero se hacía llamar Gus. Después, Gus-To. Más tarde cambió su sobrenombre a Herzmutter, que creo que no significa nada en alemán, pero que sonaba bien. Cuando se cansó de inventarse nombres artísticos deformando el suyo real, fundó un grupo que bautizó como The Weed, compuesto por un solo músico, él mismo, que hacía todas las funciones: componer la música y escribir las letras, tocar los instrumentos, cantar o, mejor dicho, murmurar, porque se trataba de canciones más habladas que otra cosa. Con aquel surtido de piezas, ocho para ser exactos, y elaborando un poco los arreglos al principio y al final para que el minutado no resultara demasiado exiguo en su conjunto, publicó su primer disco, *Hoover*.

Y solo ahora me permito hablar de Leda. Podría seguir contando la historia de la carrera de Gustavo Herz sin necesidad de implicar a ningún otro personaje, dado que era justo así como él quería conducirla: en solitario, imaginándose esa soledad como un don y al mismo tiempo como la cruz con la que tiene que cargar el verdadero explorador, el pionero, el innovador. Pero dejando aparte este aspecto, confieso que no me resulta fácil hablar de Leda, en general, y tampoco relacionarla con los demás, imaginármela abrazada a Herz mientras le habla y sonríe, o él la desnuda, o cómo ella le enseña, separando sus dedos finos, a ejecutar un acorde en la menor. Siento celos, lo confieso, aunque no tengo ningún derecho a ello, y me aterra la idea de contaminarla con las secreciones de otros seres, con la estela de baba brillante dejada a su paso por la vida. Pueden ser hechos o palabras, conversaciones, reproches, abrazos, abusos: lo que le atañe a Leda me turba en lo más profundo, como si ella no fuera la hermana de Arbus, sino la mía, y me tocara directamente lo que le pasara. Esto es, nunca se me ocurre pensar en lo que ella hizo, sino en lo que le hicieron los demás... Los verbos que tienen a Leda como sujeto en mi mente se conjugan en forma pasiva. ¿Significa eso que me enternecía? ¿Que la quería, que estaba enamorado de ella? Quizá. Muchas sensaciones contradictorias mezcladas entre sí reciben provisionalmente el nombre de amor, a la espera de que los acontecimientos aclaren de qué se trata. Los que tuvieron lugar entre nosotros deberían descartar tal conjetura. Pero si así fuera, ¿por qué vuelvo a sacarla a colación ahora, al cabo de tantos años?

Quizá solo quería protegerla y no lo logré. Y ahora siento remordimientos por no haber tenido la constancia de hacerlo, por no haberla alejado de la influencia maléfica de Gus, por ejemplo, que continuó incluso después de que ya no estuvieran juntos.

Él la usaba como un lanzador de cuchillos o un mago utiliza a la ayudante del espectáculo, pero pretendiendo que toda la atención se concentrara en él, en su mano lista para lanzar, en la gran responsabilidad que recaía sobre sus hombros en el caso de que algo no saliera bien. Nada de lo que hacían juntos podía ser normal, corriente, y, según él, Leda debía agradecérselo. Agradecerle, por ejemplo, que en vez de pasar la semana de la fiesta del 15 de agosto en la playa, como todo el mundo, se encerraran en una buhardilla a ordenar la colección de sellos que le había dejado su abuelo. «Tienen un valor incalculable —le aseguraba Gustavo con los ojos brillantes—, y un día los venderé. Ese día te haré un buen regalo, porque me has ayudado a ordenarlos. Pero puede que no lo haga nunca y los guarde para mí...», y golpeaba con la mano el dorso de los álbumes polvorientos. «Sí, para entregarle la colección íntegra a mi hijo», añadía con una especie de extraño orgullo, sin preguntarse ni preguntarle si ella estaba interesada en ser la madre del afortunado heredero. Leda estaba tan subyugada que ni siquiera se daba cuenta de que lo que Herz le proponía como vida era un despojo de vida, un sucedáneo cerebral de lo que pueden hacer un chico y una chica cuando están juntos. Si habían quedado para salir y él la llamaba antes de cenar para decirle que aquella noche no podían verse, no tenía el valor ni la honradez de decirle: «Mira, no me apetece, no tengo ganas de salir», sino que le contaba que estaba muy ocupado, que tenía muchas cosas importantes que hacer, aunque esas ocupaciones consistieran en quedarse tumbado en la cama sujetando la guitarra y contemplando el techo.

—Al final, ¿qué hiciste anoche? —le preguntaba Leda al día siguiente.

—Pensar —tenía el valor de responderle. Y lo decía en serio. Se lo creía. Estaba convencido de haber hecho algo mientras, tumbado en la cama, rumiaba acerca de sus frustraciones...

Solo una vez hicieron una cosa juntos, pero fue una iniciativa tan singular, insensata y triste, que en vez de poner fin al asedio del fortín en el que Gustavo se había encastillado, confirmó que era inexpugnable y, hecho aún más singular, que Leda también estaba fuera de sus murallas.

Un viaje. Sí, los viajes que se hacen juntos ayudan a comprender mejor al otro miembro de la pareja y cuál es el resultado de la suma de ambos, siempre y cuando se trate de una suma en vez de una resta. Leda y Gus fueron de viaje a Brasil, pero —supongo que por voluntad expresa de Herzmutter, y ya entreveo el carácter de autolesión y castigo con respecto a su acompañante— eligieron el lugar más malsano y miserable de ese magnífico país. Un inmenso pantano con una extensión de miles de kilómetros cuadrados, donde la gente vive en palafitos intentando mantenerse a salvo de serpientes y enfermedades, donde cualquier forma de vida que podría hacer interesante el viaje permanece agazapada bajo el agua fangosa, invisible. Leda y Gus estuvieron dos semanas. Como era de esperar, al cabo de dos días ya se habían puesto enfermos y pasaron los siguientes vomitando y defecando en el agujero del suelo de la barraca flotante donde se hospedaban. Gus no quiso acortar su estancia en aquella acequia asquerosa, a pesar de que la fiebre y la diarrea que habían afectado a Leda se presentaron en él de manera mucho más severa, incluidos episodios de delirio. Pero cuando recuperaba la lucidez y Leda le suplicaba que se fueran a una pequeña ciudad un poco más civilizada donde pudieran atenderlos, él le respondía que eso «lo habría estropeado todo y que uno no abandona un proyecto justo cuando las dificultades lo acercan a lo que buscaba», y que la actitud de Leda era «la típica manera de crearse obstáculos inexistentes».

«Pero ¿qué estamos buscando aquí? —le preguntaba ella—, ¿qué crees que encontrarás?», engañándose todavía al pensar que aquella obstinación infantil por quedarse respondía a una lógica, y que en aquel rincón del mundo creado por Dios con la intención de que pareciera una cloaca urbana de dimensiones superlativas pudiera haber algo digno de ser descubierto, algo de lo que solo Gus estaba al corriente, como si estuviera reservándole una sorpresa final y por eso la hubiera llevado allí. En efecto, a algunos les gusta ocultar a su pareja el verdadero sentido de un viaje para sorprender agradablemente. Pero Herz no respondía a la pregunta de Leda, negaba con la cabeza e interrumpía la conversación para arrastrarse hasta el agujero a vomitar.

Queda fuera de discusión que los dos se jugaron la vida en aquella ratonera o, como poco, al arrastrar las secuelas irreparables de aquella desventura. En la salud y en la mente. Algo en Leda no llegó a recuperarse, a curarse del todo. Para su amor fue sin duda una dura prueba, pero en vez de remitir, se reforzó. Podía presumir de haber salvado a Gustavo, de haberlo sacado de aquel infierno cuando, durante los últimos días, estaba semiinconsciente o deliraba por la fiebre y solo habría acabado mal. Lo alimentó —lo poco que Gus lograba tragar sin vomitarlo enseguida—, lo embarcó en una de esas piraguas inestables y lo transportó agonizante a través de las horcas caudinas de los trámites del aeropuerto y finalmente, llegados sabe Dios cómo a Roma, permaneció a su lado los dos meses en que estuvo ingresado en la misteriosa sección de enfermedades tropicales del policlínico, donde se recuperó poco a poco. Incluso alguien que haya leído por encima a Ariosto recordará que Angélica se enamora de Medoro herido, y que en el corazón de la princesa se abre una herida simbólica que cicatriza día a día a la par que la del chico sarraceno. Pues digamos que a Leda le pasó algo parecido, o mejor dicho, aquella terrible aventura, que habría hecho mella en el corazón de cualquiera transformando el amor en resentimiento o desprecio, en el suyo lo reanimó, lo enfervorizó a través del gesto cotidiano de cuidar al principal responsable de aquel desastre. Cuidando a Gus, Leda se olvidó de cuidarse a sí misma, lo que me hace reflexionar sobre muchas características de su personalidad que conocería tiempo después. Pero ¿no era acaso lo que ella buscaba? El mecanismo perverso y poderoso del amor empuja sin cesar al que ama hacia la fuente de su propia desgracia, de sus desventuras, confiriéndole la misión de salvar a la persona que lo echará a perder. Yo creo que Leda no era ciega y había entendido perfectamente quién era Gustavo, aunque no poseía un instrumento —no existe ninguno tan largo— para medir el abismo del egoísmo de él. El deseo de alejarse de sí misma era tan fuerte que al final Gustavo coincidía exactamente con su hombre ideal...

De la niebla de esa larga y grave enfermedad, Herz emergió con una sola idea en la cabeza: el título de su siguiente álbum. El que le haría darse a conocer a un público más amplio: *Pantano*.

El éxito del disco, más de crítica que de ventas, fue una bendición para Leda: en cuanto se hizo relativamente famoso, Herz cesó por completo de dedicarle las ya escasas atenciones de antes, concentrando sus energías renovadas en la organización de entrevistas radiofónicas y eventos, al principio en locales minúsculos, y muy pronto en teatros más grandes, donde Leda dejó casi inmediatamente de ir a verlo, pues en público la ignoraba como si ni siquiera la conociese. Esa actitud, en vez de ofenderla o herirla, le confirmó que Gustavo ya no necesitaba su dedicación, y al desvanecimiento de esta se sumó el del amor, reavivado en la sección de enfermedades tropicales, por aquel chico deshidratado cuyos modales descorteses las enfermeras interpretaban como amor propio. Pero resolver esa situación no era tan sencillo. En efecto, Herz y Leda lo dejaron y volvieron durante casi un año, con una cadencia de una semana sí y otra no, un mes sí y otro no: un vaivén tan inexplicable y confuso que a veces uno de los dos estaba convencido de que todavía eran novios mientras el otro estaba seguro de lo contrario. Y, en efecto, no es que hubiera mucha diferencia entre ambas cosas.

Cuando empecé a salir con ella de la manera asidua y singular que he contado en el capítulo anterior, yo no estaba del todo seguro de que lo hubieran dejado definitivamente. Aquellos dos seguían con el juego del carrete como lo cuenta Freud: lanza, recoge, lanza, recoge, lanza más lejos y espera a ver si el carrete vuelve atrás... Al oír un par de canciones de *Pantano* en la radio debería haber entendido que una chica que entrega su corazón y —me dan escalofríos— su delicado cuerpo al autor de esos temas debía de tener problemas muy graves, ya fueran la causa o la consecuencia del hecho de estar con semejante tipo, eso entonces yo no lo sabía. El éxito más conocido de ese segundo álbum, «Agujero en la arena» —admito que me gustó, sí, en cuanto la oí, y la canturreaba entre dientes, qué puedo decir, se me había metido en la cabeza...— decía:

No hay una palabra tuya que yo no sepa
Como una cosa siniestra, sucia y funesta...
Y abajo en la playa
¡No te lleves mi rastrillo!
No necesito motivos
para dejarte tiesa
con un golpe de martillo

y echarte encima arena a kilos.
Qué te queda en la mollera
Al final, al final, al final,
Al final de la fiesta...

«Para dejarte tiesa con un golpe de martillo», da, da, da..., de verdad que se me había metido en la cabeza.

Un agujero en la arena
para esconder los dilemas,
tus manidas estratagemas
del aburrimiento a la sarna...

En la música ligera, la regla es producir un disco detrás de otro. Producir canciones en serie, coleccionar eventos, llenar las temporadas de éxitos antes de que lo hagan los competidores, saturar los programas de radio. La profesión de cantante pop, que desde fuera puede parecer Jauja, en realidad exige un gran empeño y una gran profesionalidad. La gente que trabaja en la música ligera es gente seria, no puede cometer errores, de lo contrario la marginan y muere sin necesidad de sobredosis; tras la oleada y la lluvia de chispas se apaga como una girándula en una fiesta de pueblo. Al menos así era en la época en que se desarrolla esta historia. Ahora la misma palabra «disco» ya no significa nada y nadie corre el peligro de caer en el olvido porque el olvido tampoco existe. Cuando el difuso pero frágil éxito de *Pantano* se derritió como una capa de nieve fresca, Gus no logró repetirlo porque tenía dificultad en encontrar la inspiración para componer nuevas canciones, y los pocos acordes que lograba encadenar eran flojos y le daban, y con razón, asco; su incapacidad para relacionarse con los demás y, sobre todo, consigo mismo, volvió a dominarle. Enseguida culpó de su crisis al mundo discográfico, que solo era capaz de exprimir hasta el poso el talento de los artistas, y al público, a pesar de haberse mostrado favorable a sus canciones —Gustavo consideraba *Pantano*, a un año de su publicación, un disco burdo e infantil—, pues para él era la prueba de que los recién adquiridos fans de The Weed no entendían un pimiento de música y eran volubles e infieles, ya que no habían dudado en abandonar a la banda a las primeras de cambio. En realidad, nadie lo había abandonado, y si hubiera sido capaz de escribir una canción mínimamente decente lo habrían seguido, escuchado, aplaudido y ovacionado, pero lo que no podía pretender era que compraran dos veces el mismo disco —que encima, en palabras de su autor, era «incoherente y estaba mal interpretado»—. Había llegado pues el momento justo para que Herz volviera con Leda otra vez, siguiendo el esquema clásico. El tiempo de la náusea y de la hipercrítica. Pero esta vez, ella no quiso. Lo rechazó. Herz se quedó de piedra, sin aliento. No lo concebía. Leda salía conmigo. La amargura, la desidia y la aridez lo sacaron de la circulación. Desapareció de la ciudad, del mundo, del arte pintoresco y remunerativo de la música popular. ¿Empezaba una nueva vida para Leda?

Excavo un agujero en la arena
para esconder los dilemas,
tus manidas estratagemas...
da, da, da...

Me ayudo con unos apuntes que encontré en unos cuadernos de los que hablaré más adelante. Su autor es Giovanni Vilfredo Cosmo, G. V. Cosmo, sí, mi profesor de literatura en el SLM.

> Agradecemos inmensamente al causante de nuestro dolor que deje de infligirlo. Nuestro reconocimiento acaba, pues, dirigido a quien nos ha hecho daño. Esto explica por qué algunas mujeres permanecen unidas a amantes o maridos que las maltratan: los momentos de tregua sirven para atarlas con una cuerda más corta, para hacerles querer aún más a esos hombres tan generosos que dejan de maltratarlas por un tiempo. La secuencia brutalidad-consuelo crea un ritmo emotivo apremiante como el de una danza, donde uno de los dos bailarines abraza al otro con fuerza, casi lo ahoga, y después lo aparta brutalmente, lo rechaza, para volver a recuperarlo y subyugarlo una y otra vez.

8

La incorregible negligencia de su autor priva a este libro de un capítulo que habría podido ser interesante, y le añade en cambio uno breve y melancólico.

La negligencia consiste en haber retrasado y aplazado —pensando: «Ya habrá tiempo más adelante...»— la ocasión de realizar una entrevista al señor Paris, dueño de la tienda de ropa ubicada un poco más arriba de la Piazza Verbano, un establecimiento histórico del barrio de Trieste, aunque de hecho se trata de la réplica del original y más antiguo emplazado en las inmediaciones de la Piazza Vescovio, y por eso se llama Paris 2, como la secuela de una película. Paso a menudo por delante, pues la Piazza Verbano queda de camino en los trayectos por el barrio, y cada vez me prometía entrar, pero no lo hacía, hasta que un día me decidí, va sí, me paro, entro.

Creo que la última vez que la había pisado fue hace veinticinco años.

El señor Paris estaba allí, viejo pero en forma, entre los expositores de los artículos por los que la tienda se distinguía: la ropa informal, que, cuando yo era un chaval, al menos en Roma, no se encontraba tan fácilmente. Las famosas marcas Levi's, Lee, Wrangler, etcétera, las cazadoras, las botas y los cinturones de cuero y esa clase de cosas que, con el tiempo, como todo lo demás, se han vuelto refinadas y caras.

Me presenté y quise saber si estaba de acuerdo en que lo entrevistara un día sobre un suceso acaecido muchos años antes, en 1975, el año de la MdC. Una expropiación proletaria en perjuicio de su tienda en la que sabía que habían participado algunos de mis compañeros del Giulio Cesare. Había oído hablar de ello y le pregunté al señor Paris si tenía ganas de contármelo. Se echó a reír. «Ese día en la tienda estaba mi mujer..., tendría que contárselo ella.» «Pero ¿es cierto que lo que más se llevaron fueron las botas que estaban de moda entonces, las camperas?» «¡Cuántas cosas se llevaron aquellos sinvergüenzas!», y reía con una mueca amarga.

Le prometí que volvería pronto para quedar.

Después pasaron meses, un año quizá.

Mientras tanto, escribí sobre otras cosas y no sobre ese tema. La expropiación podía esperar. La próxima semana iré, a partir del lunes me pongo a ello, me decía. En el fondo, es un capítulo aparte. Cuando al final volví a la tienda, me recibió una señora muy amable, su hija. «Lo siento, mi padre no está, lo han ingresado para hacerle unas pruebas, pero la próxima semana lo encontrará de vuelta.» Le expresé mis mejores deseos. «Recuerdos a su padre de mi parte, dígale que he pasado a buscarle, si se acuerda de mí.»

Otro intervalo de negligencia.

Negligencia, negligencia...

Habían pasado un par de meses cuando una chica que trabaja en los estudios cinematográficos De Paolis, en la Tiburtina, a la que por casualidad le mencioné la tienda de la Piazza Verbano, el suceso de la expropiación proletaria y la entrevista que quería hacerle al viejo vendedor, me comentó emocionada, pues era una buena amiga de la familia, que el señor Paris había fallecido.

9

Esta historia comprende otras. Es inevitable. Se ramifica o ya estaba ramificada desde el principio. Se superpone, como le pasa a la vida de las personas. No se puede determinar dónde empiezan y dónde acaban estas vidas y estas personas, pues se trata de relaciones, triángulos, vínculos, transmisiones, cruces, y el principio nunca es el principio porque antes de él ya había algo, como seguirá habiéndolo después de su final. Así pues, en este libro la historia principal casi no se ve: a su alrededor ha crecido la selva de los dónde, cuándo, como si, mientras..., y los protagonistas han dejado de ser un grupo de chicos autores de un triste hecho para dar paso a muchos otros chicos, no menos protagonistas, a sus madres, a sus hermanas, a sus profesores de colegio, a los guitarristas y los baterías de los grupos que escuchaban, a los fabricantes de las motos que conducían y a los arquitectos que proyectaron las casas en que vivían, a los autores de los libros que los unieron, los empujaron a juntarse, o a matarse, o a aislarse para buscar la verdad o para huir de ella.

La parte divertida de esta historia reside en la casualidad, pero también su aspecto más trágico. En el fondo, ¿qué es la tragedia? Lo que no hay modo de arreglar. Lo que no encuentra un equilibrio, nunca, ni siquiera después del final, con su ingenua pretensión de ajustar cuentas: en la tragedia siempre hay un residuo, una deuda impagada, un exceso de razón o error, como en la diversión, por otra parte, que siempre se ha basado en un desequilibrio interior o hacia los demás. Se invade y somos invadidos, igual que la carcajada demente, que una vez desencadenada nadie logra contener. No hay nada que hacer: donde reina la armonía, no existe diversión. Por eso nadie la busca, la armonía, fuera del papel de dibujo. Contar esta historia me divierte y me hace sufrir. Me gustaría que alcanzara un equilibrio para dejar de sentir y que quien la lee solo experimente la sensación de su desarrollo, como una tela que al caer al suelo cruje entre las manos de quien, a oscuras, intenta sujetarla; pero sé que no lo lograré. Su evolución corresponde a la verdad de los hechos, que no puedo modificar a pesar de su absurdidad. Y tampoco puedo modificar las partes que me he inventado, esas aún menos. ¿Cuáles son?, se preguntará el lector. Pues las que parecen menos absurdas.

10

De nuevo es Navidad. Como cada año, he pensado en ir a la misa del gallo del SLM, pero al final no lo he hecho. En vez de ir a la iglesia me he acostado y he estado leyendo una novela de Sven Hassel. Despierto hasta las tres de la madrugada para leer un libro de bolsillo. He vuelto a comprar los libros de Sven Hassel que a los catorce años le cogía prestados a mi padre para ver si siguen gustándome ahora, tanto como me gustaban hace cuarenta. Este que estoy leyendo en plena madrugada del día de Navidad, *Los Panzers de la muerte*, no es muy bueno, pero los dos que devoré la víspera eran fantásticos. *La legión de los condenados* cuenta cómo los protagonistas, destinados a aparecer en todos sus libros, han acabado en trabajos forzados: algunos de ellos, delincuentes comunes, pagan la pena de muerte a la que fueron condenados combatiendo en batallas desesperadas en las que las probabilidades de salir con vida no son mucho más favorables que la horca de la que han escapado por un pelo; otros son opositores del nazismo; otros más, como el mismo Hassel, desertores; y algunos, como el tristemente famoso Julius Heide, el devorador de judíos —un nombre que para mí, desde entonces, encarna al prototipo del nazi—, fanáticos hitlerianos que por un motivo u otro han caído en desgracia, y que por eso mismo están más rabiosos todavía...; en definitiva, el hatajo perfecto de hombres perdidos, un destacamento de carne de horca, psicópatas y deshechos de la sociedad lanzados contra el enemigo, pero, al mismo tiempo, conscientes de ser el peor enemigo, de que el mal está de su parte, de que no existe un ideal más infausto que la patria a la que le vaticinan la capitulación en cada página. Combatiendo con uñas y dientes, literalmente, defienden su propia piel y la de sus compañeros, digamos la de los menos infames o más generosos. Hay que leer a Hassel, a los dieciocho años o a los cincuenta, hay que leer su burda obra maestra *Batallón de castigo*: me he dado cuenta de que recuerdo de memoria párrafos enteros que han permanecido décadas intactos en mi mente, señal de que lo que se lee a esa edad es inolvidable.

Un solo disparo y el lanzagranadas escupe una larga serpiente de fuego. El T34 se empina; insinúa la marcha atrás y se detiene; una llama sale derecha de la torreta. Uno de los ocupantes se asoma y saca medio cuerpo por la abertura, después cae hacia atrás, lamido por las largas y hambrientas llamas azules...

Las llamas azules que se tragan al tanquista ruso. Los condenados a muerte prisioneros en Torgau. «Creo que los nazis han sido aplastados.» El bidón de aguardiente con la estrella roja. «Entonces vimos la cruz verde, la señal de la muerte del NKVD.» Si comparo estos recuerdos, netos y claros, con la avalancha de libros consumidos en los últimos años —incluso buenos, y mucho mejores que los de Hassel—, de los que no he retenido ni la sombra de una frase, cuyos títulos ni siquiera recuerdo por más señales que haya dejado y por más que haya subrayado...

Son formidables las escenas en que, subidos a un tanque que se lanza a la fuga, nuestros héroes cruzan a toda velocidad aldeas rusas, arrollando cuanto se interpone en su camino, triturando bajo sus orugas a soldados soviéticos y alemanes que intentan cerrarles el paso pidiendo auxilio. Recordé durante cuarenta años, y he vuelto a hallar y a leer idéntica a como la recordaba, la visión instantánea de la niña rusa con trenzas, en pijama, aterrorizada, que destella en el visor del tanque mientras este parte en dos su pobre casa como si fuera una cáscara de nuez, y que un segundo después el Tigre que la embiste junto con toda su familia ya les ha pasado por encima entre el fragor de los motores y el humo, cruzando un círculo de llamas sobre la nieve sucia.

Las escenas de batallas entre los Tigre alemanes y los temibles T34 soviéticos —con las cifras de la mira del cañón danzando hasta coincidir...— son apasionantes. Es inútil preguntarme por qué me gustan tanto, por qué me entusiasman y apasionan estas escenas bélicas.

Hacia las tres y media dejé de leer, apagué la luz y me dormí, solo, con la cabeza llena de bombas incendiarias y saludos nazis en la agonizante noche del día de Navidad de 2012, como el Niño Jesús recién colocado en el belén,* él en la paja y yo al abrigo del nórdico comprado en un chino.

Al despertar me he preguntado por qué ahora me llama la atención la guerra del mismo modo como lo hacía cuando tenía catorce años, esa sarcástica inhumanidad en que Sven Hassel se complace tanto y de la que disfrutan sus lectores desde hace varias generaciones. Morbosamente atraídos por las numerosas escenas de violencia y deshonor.

Por poner un ejemplo emblemático: cuando los soldados del batallón de castigo, durante la apoteosis de una bacanal en un burdel en el mar Negro, ahorcan a la *madame* —una furcia gordísima que acaba colgando desnuda por el cuello, que se alarga más y más, del mástil de la bandera— tras descubrir sus fechorías.

---

* En Italia, la tradición es no colocar en el belén la figura del Niño Jesús hasta el 25 de diciembre. *(N. de la T.)*

(Esta kapo había mandado deportar a sus chicas y hecho fusilar a algunas...)

Heide arrancó un grueso cordón de una cortina: «Aquí está la cuerda», dijo. Hizo un nudo corredizo y lo pasó alrededor del cuello de Olga, paralizada de terror, mientras Hermanito le ataba las manos con un sujetador que había encontrado en el suelo.

Hermanito ordenó a Olga que saltara. Por toda respuesta, la mujer empezó a pedir socorro. Nelly cogió un fusil y le dio en las pantorrillas empujándola hacia fuera. El mástil se curvó como un arco, parecía que iba a quebrarse, pero aguantó. La gorda colgaba y giraba sobre sí misma como una peonza...

Y, zas, no se sabe cómo, pero ya ha transcurrido otro año. Estamos en Navidad, otra Navidad, la de 2013. Quién sabe por qué paso los días de fiesta inmerso en temas cruentos, si es pura casualidad o una elección. Hoy es el día de Navidad y ayer por la tarde, después de haber empaquetado los regalos y cocinado algo para la cena con la familia, me puse a leer un artículo de Judith Butler cuyo título era «On Cruelty», en la *London Review of Books*. Era la reseña de un libro de Jacques Derrida sobre la pena de muerte. Sin entrar a valorar las tesis sostenidas por los autores que se citan en el artículo, de Nietzsche y Freud al Lacan del paradójico ensayo *Kant con Sade* —en el que se sostiene que Sade es el partidario más congruente del imperativo categórico kantiano, que ha sabido llenar el mandamiento vacío con actos concretos—, y luego, claro, a Derrida, tengo la fuerte impresión de una violencia difundida en todos los aspectos y a todos los niveles del delito, lo cual es obvio, pero también del castigo. En definitiva, que exista una «crueldad festiva» tanto en quebrantar la ley como en aplicarla. La moral puede ser tan violenta como quienes transgreden las leyes; es más, para hacer respetar los diez mandamientos se ejerce la misma crueldad que para infringirlos, y se genera a la vez tanto sufrimiento como goce. Si el sufrimiento ajeno causa júbilo, como sucede cuando un malhechor es castigado, entonces también el justo castigo del reo está, de hecho, sexualizado. Si además es culpable de un crimen sexual, como en el caso que nos ocupa, la MdC, tenemos una doble sexualización de la violencia: la cometida por los violadores y la implícita en su encarcelamiento y en su condena, que crea un bienestar que se difunde entre los biempensantes, los fanáticos, las feministas, los cabezas de familia, los lectores de periódicos, en definitiva, todo el mundo, o casi. El placer de ver al otro castigado, su sufrimiento —la cárcel es una manera un poco más civilizada y diluida de infligir sufrimiento comparada con los latigazos, la mutilación o la muerte—, no tiene una naturaleza diferente por el hecho de ser legítimo. En definitiva, el sadismo ocupa completamente la escena tanto en el primer acto del delito como en el segundo, del prólogo al epílogo, e inspira a todos y cada uno de los personajes del drama, a los culpables, los supervivientes, los jueces, la audiencia, el coro de comentaristas. Crimen, venganza y justicia se funden en un goce indistinguible que podría culminar y, en consecuencia, remitir, solo en el instante en que los responsables del crimen dejaran de vivir, es decir, con la pena de muerte, en cuya ejecución, en efecto, algunos países admiten la presencia de los familiares de las víctimas como una especie de indemnización psíquica que debería compensar el dolor sufrido mediante el goce, intenso y definitivo, experimentado al ser testigos de la agonía del reo; mientras que su encarcelamiento constituiría una delicia muy diluida, pero duradera. La crueldad se exhibe, por decirlo así, desnuda, o bien con la máscara de la justicia, es decir, racionalizada y transformada en deber moral; y la hostilidad contra la vida es inherente a la vida misma, está implícita en su devenir, pero se presenta de maneras diferentes, algunas de las cuales son tan abstractas y puras que parecen leyes necesarias. El principio del placer y la pulsión de la muerte persiguen, al final, lo mismo. Y en eso residiría la paradójica herencia kantiana en Sade y en los sádicos en general, los cuales actúan obedeciendo un principio que va mucho más allá del placer o de la satisfacción de una necesidad, porque si el impulso sexual violento va más allá de los intereses de quien lo experimenta, o contra ellos, si ya no apunta a ninguna gratificación reconocible, sino que actúa de manera impersonal, si, en definitiva, es verdaderamente desinteresado, entonces puede considerarse un acto moral, absoluto, y secundarse y ejecutarse como si fuera un deber o una misión, es decir, como un imperativo categórico. No es, pues, la actuación moral la que se funda secretamente en pulsiones egoístas y patológicas —un simple desenmascaramiento que todos, después de Freud, saben hacer—, sino que es su aparente contrario, el deseo, el que actúa impersonal y desapasionadamente, de manera desinteresada y supraindividual, como se le exige a una acción moral, a cuyos criterios responde a la perfección y con cuyo perfil acaba encajando. El deseo actúa contra los intereses más elementales de quien lo siente y de quien es su objeto. ¿Quién sale ganando? Nadie. Por eso la fantasía sádica se desarrolla de manera gratuita más allá de todo realismo y cálculo, fuera de la lógica del beneficio que debería obtenerse cometiendo el mal en vez del bien, e imagina que se aplica a un cuerpo virtual que puede torturarse y asesinarse hasta el infinito, un cuerpo capaz de soportar sufrimiento y humillaciones en serie, que renace cada vez intacto para ser vejado una y otra vez, como en *Justine*, como en la MdC: un cuerpo inmortal.

(Así las cosas, los esbirros de la famosa canción de De André no buscaban «el alma a fuerza de golpes» en el cuerpo del ateo, sino su cuerpo, el fondo inmortal de su cuerpo, el cuerpo capaz de dejarse infligir una violencia sin límites...)

La lectura de este artículo me ha dejado turbado mucho rato. Que los temas cruentos, que mi interés morboso hacia el escándalo de la violencia aparezca siempre ante la proximidad de las fiestas religiosas creo que es una casualidad, pero quizá no carezca de fundamento: el Dios que se hizo hombre, del que hoy celebramos el nacimiento, morirá en la cruz dentro de poco, con las piernas partidas y los hombros desencajados. Y eso año tras año.

El 24 por la noche, en plena ceremonia del intercambio de regalos —yo suelo regalar mucho y recibir poco: es una ley a la que no logro resignarme—, pienso en plantar a la familia y a mis hijos para acudir a la misa del gallo en el SLM: probablemente sea la última ocasión que tengo de ir para poder contarlo, pues querría acabar este libro durante el año que está a punto de empezar, pero al final no voy. Y tampoco acabaré el libro. Pienso en ello una y otra vez, pero luego no voy.

Trato de remediarlo la mañana del 25 yendo a Sant'Agnese. Puede que me encuentre al padre Edoardo, el cura que bendijo dos veces mi casa. Antes de salir he comprobado el horario de las misas en la página web de la parroquia y he elegido la última de la mañana, a las once. Busco aparcamiento en las inmediaciones de la Piazza Annibaliano, evitando mirar la estación de metro que la afea, porque podría ponerme definitivamente de mal humor, y subo por la Via Bressanone dirigiendo obstinadamente la mirada hacia la izquierda, hacia la suave colina con la basílica y el baptisterio, reposo de la vista y bálsamo para el espíritu. Al cabo de muchas vueltas me veo obligado a aparcar con las cuatro ruedas encima del arcén que separa el carril central del lateral de la Via Nomentana. He aparcado de un modo salvaje, lo sé. Doblo la esquina de la entrada a la basílica de la Nomentana, donde hay dos mendigos, y bajo por la callejuela que bordea Sant'Agnese, concurrida de gente que, como yo, se apresura a misa, y de otros que suben tras haber asistido al oficio anterior.

Delante de Sant'Agnese hay, en efecto, un ir y venir de fieles que entran y salen de la iglesia. Tañen las campanas, graves y límpidas, todos se abrazan. La verdad es que no esperaba encontrar tanta gente y tanto fervor, tanta festividad. En el interior de la iglesia, llena como nunca la he visto, clamor, gritos y trasiego de niños, intercambio de felicitaciones, el llanto de un recién nacido. Los que acaban de asistir a misa no parecen tener ganas de marcharse. ¿Puedo decir que yo también me siento feliz en esta situación? Pero «felicidad» no es la palabra apropiada: me siento aliviado en el fondo húmedo de mi oscuridad. Quizá pueda apoyar un momento en el suelo el peso con el que cargo y descansar un rato antes de volver a cargarlo sobre mis espaldas y llevarlo a cuestas sin una meta. Será por eso por lo que me siento de buen grado en un sitio libre, al lado de una familia que ocupa un banco entero: los padres, jóvenes, serios, pero felices, en los extremos y tres niños en el centro que no parecen ni aburridos ni enfadados por estar allí en vez de en el parque. Mirando alrededor, me sorprende positivamente la gran variedad de personas que asiste a la misa. Hay muchas mujeres extranjeras, con la cabeza cubierta por un pañuelo, casi todas sobre los cuarenta, pero estropeadas, con los ojos enrojecidos, como si acabaran de fregar el suelo con sosa. Tienen las manos unidas en el regazo. La misa empieza mientras la gente todavía se saluda y se abraza, y los abuelos empujan a los nietos hacia la primera fila para ver el belén donde ayer a medianoche fue colocado, imagino, el Niño Jesús. Pero no oficia la misa el padre Edoardo, sino un cura bajo y robusto que en cuanto abre la boca revela un acento cerrado que no disimula, sino más bien lo contrario, que exhibe, del pueblo llano, como también lo serán sus palabras. Se empieza con el «Adeste Fideles», cuyo texto es el número once del opúsculo, y es una idea muy buena comenzar con un canto, casi un recurso teatral para que el auditorio pueda acabar de ponerse cómodo, cubriendo el ruido de quienes salen de la iglesia y de quienes —«Con permiso, con permiso...»— buscan un sitio. Si no lo encuentran se quedan de pie en las naves laterales. Bastan los dos primeros versos de este canto navideño, que tiene el movimiento de una balada irlandesa, para descubrirme uniéndome al coro a voz en cuello.

—*Natum videte, regem angelorum...*

«Ved, ha nacido el Rey de los Ángeles...»

Aunque no me haya santiguado, aunque no rece y no tome la comunión, puedo cantar, ¿o no? Es tan sencillo que todos deberían hacerlo. (Acuden a mi mente las palabras del oblato de santa Francesca Romana: «Para participar, basta con creer en Dios..., o puede que ni siquiera eso».)

La misa discurre con su ritmo fluctuante, que se corresponde con el ponerse de pie y volver a sentarse, como una ola. Algunos lectores ancianos se alternan el micrófono para leer pasajes sobre el tema del anuncio de la paz. Me cuesta entenderlos y echo mano de la hoja para orientarme. Palabras que suenan como un murmullo, un rumor, quizá benéfico, pero prácticamente incomprensible, en las que se habla de ángeles, se habla mucho de ángeles..., del santo brazo desnudo de Jehová ante los ojos de todas las naciones..., de lo hermosos que son los pies del mensajero de paz sobre el monte, pero qué imagen más osada, casi surrealista..., la de los pies hermosos del que anuncia la salvación. Isaías, san Pablo Epístola a los hebreos..., hasta que se llega al Evangelio según san Juan, y ya ni siquiera siguiendo línea por línea la hoja (I, I-18) capto más que el sonido de aquellas palabras oídas y repetidas tantas veces: el Verbo, las tinieblas..., el Verbo hecho carne, la gloria, la plenitud. Es la manera fulminante con que san Juan da inicio a su Evangelio.

En la homilía, el cura intenta acercarse a los fieles y tranquilizarlos, confirmando la dificultad que entrañan dichas palabras. Las suyas tienen el efecto del agua arrojada sobre tizones ardiendo.

—Mirar, después de una lectura así podríais llamar a casa y decir: no vengo a comer... —dice y sonríe para que nos demos cuenta de que está bromeando—, porque se puede discutir hasta la hora de cenar, o hasta después de cenar, sin sacar nada en claro...

Únicamente logro quedarme con una frase del final: «Nadie ha visto jamás a Dios».

La homilía sigue adelante sin nada digno de mención. El sacerdote patina entre lugares comunes, de vez en cuando intenta derretir con el marcado acento dialectal («Deberíamos estar contentos, ¿no? Que Dios nos quiere mucho») el hielo sutil del tema. Pero la atmósfera de la iglesia es tan armoniosa y llena de luz que ninguna palabra podría perfeccionarla o estropearla. Con el rabillo del ojo miro a los niños de al lado, sentados entre sus padres, sus perfiles atentos, sus naricitas rectas y sus ojos brillantes, escuchan, asienten: ¿es posible que yo sea el único que se distrae? ¿El único que no entiende nunca?

Cuando me despabilo de ese extraño y agradable sopor ya estamos en el credo, que todo el mundo recita en voz alta. Un coro de afirmaciones rimadas. Me siento profundamente incómodo: me lo sé de memoria, desde la infancia, pero no quiero rezar con los demás, sería una impostura, no es una canción, es una declaración, y afirmar «creo» es cometer perjurio; tampoco me gusta quedarme callado mientras todos alrededor proclaman su fe. Por eso me deslizo entre los asientos, detrás de las columnas y me dirijo hacia la salida.

... engendrado, no creado
de la misma naturaleza del Padre...

Espero a que el juramento de fe acabe y salgo.

Fuera solo hay un sacerdote vestido de blanco. Está de espaldas. Paso por su lado y él gira un poco la cabeza y me saluda, levantando la vista del móvil en que estaba escribiendo un mensaje.

—Buenos días —decimos casi al unísono, y añade sonriendo—: ¡Y feliz Navidad!

—Gracias, igualmente...

Ha adelgazado y tiene más canas, los ojos claros: sí, es el padre Edoardo. Yo esperaba que dijera misa y en cambio estaba aquí fuera, descansando quizá de la de las diez. Celebrar la misa cansa. Me alejo inmediatamente unos pasos, como si ese breve encuentro me quemara. Antes de subir hacia el bar, cerca de las canchas de baloncesto, a tomar un café, miro el reloj: he resistido dentro de Sant'Agnese veinticinco minutos. Técnicamente, mi presencia en la misa de Navidad no vale, eso me decían de niño, pues si no estabas durante el padrenuestro era como no haber ido a misa.

El padre Edoardo está acabando de escribir el mensaje, con un solo dedo, después lo envía dando un toque final; luego cierra la funda de teléfono y sonríe levemente para sí mismo.

Anoche me regalaron una camisa y unos calcetines comprados en Paris, la tienda de la Piazza Verbano. Alguien me ha enviado al móvil una foto que ilustra exhaustivamente el espíritu de la ciudad donde vivo y de sus habitantes. Se trata de una imagen de un balcón en un bloque de pisos del extrarradio donde, con ocasión de las fiestas, han montado un gran rótulo luminoso en el que se lee:

¡Y UNA MIERDA FELIZ NAVIDAD!

La réplica más mordaz a las felicitaciones en estos tiempos de crisis.

Al volver a casa de Sant'Agnese, he transcrito el himno que el lector leerá en el siguiente capítulo.

11

La leyenda de santa Inés

Cuentan que todo sucedió cuando era muy joven,
casi una niña, en su primera adolescencia.
Era demasiado pronto para prometerse o casarse, pero
el amor por Cristo ya ardía en su pecho.
Cuando le pidieron que se postrara y adorase a los ídolos,
que renegara de su fe, la joven Inés se negó rotundamente.
Y a pesar de que un juez muy astuto intentara embaucarla,
ora con palabras dulces, ora con amenazas de tormentos atroces,
permaneció firme y llegó a ofrecer impávidamente su cuerpo a la tortura.
Dijo entonces el despiadado fiscal:
«Si le parece tan sencillo soportar el dolor porque no le tiene apego a su vida,
quizá le desagradará perder algo aún más valioso: su virginidad.
La encerraré en un burdel hasta que, arrepentida,
pida perdón a Minerva, la virgen,
que a pesar de serlo ella también, se obstina en despreciar.
Los hombres acudirán a ver a la recién llegada,
se disputarán el nuevo pasatiempo».
«Cristo no lo permitirá —pensó Inés—.
¡Cristo no nos olvida, no nos abandona.
Defiende a los castos y no soporta que se viole
la sagrada integridad del cuerpo.
¡Podéis manchar la espada con mi sangre,
pero no mancharéis mi cuerpo con la lujuria!»
Y anunció su orgulloso propósito.
El juez ordenó colocarla en el cruce de una senda polvorienta
de la Via Nomentana, donde los viandantes pudieran verla desnuda,
como si estuviera allí para venderse.
Pero la gente evitaba mirarla, todos bajaban la vista
o se daban la vuelta, como si su inocencia los alejara.

Solo un desgraciado no respetó el halo sagrado que emanaba
y la miró con insolencia y lascivia.
Inmediatamente cayó del cielo un rayo que lo cegó.
Se revolcaba en el polvo sin ojos.
Sus compañeros le socorrieron en vano: había muerto.
Mientras tanto la virgen triunfaba, todavía casta,
después de su primer día de meretriz.
Ni la calle ni el burdel la habían contaminado.
Su virginidad había ganado el reto.
Por eso daba gracias a Dios.
Cuando los amigos del depravado se lo pidieron,
le rogó a Dios que le restituyera la vida y la vista,
y el alma volvió al cuerpo del joven
y sus ojos apagados se reencontraron con la luz.

Pero ese fue solo su primer paso hacia el cielo.
Pronto se le presentó la ocasión de dar el segundo,
tal era el frenesí sanguinario que excitaba a su adversario.

«Estoy perdiendo la batalla —recapacitaba—.
Todo lo que hago contra esta virgen es inútil...
¡Rápido soldado, desenfunda la espada
y ejecuta las órdenes de nuestro emperador!», ordenó el juez.

Cuando Inés vio acercarse la negra figura
amenazándola con la espada desenfundada
su felicidad aumentó de repente.
«Me llena de gozo ver a este hombre armado y bárbaro,
feroz, que viene a quitarme la vida,
en vez de a un chico perfumado que viene a quitarme el honor.
¡Este amante asesino me gusta! Lo confieso.
Iré a su encuentro, anticipando su voluntad,
y saciaré su cálido anhelo de muerte ofreciéndole mi vida.
Doy la bienvenida a toda la longitud de su espada en mi pecho,
la acepto. Yo, esposa de nadie salvo de Cristo,

superaré de un salto el golfo de las tinieblas y llegaré al cielo.
¡Abridme las puertas que antes estaban cerradas para los hijos de la tierra!»

Y dicho esto ofreció su cuello,
inclinándose para recibir la herida inminente.
La mano del verdugo la contentó cortándole la cabeza de un tajo,
y la muerte llegó inmediata, evitándole el dolor.
Su alma desencarnada ahora se cierne en el aire
rodeada por los ángeles a lo largo de un camino resplandeciente...
Inés se sorprende al ver el mundo bajo sus pies y,
sin dejar de subir, lejana ya la tiniebla,
ríe y mira la órbita solar y los universos infinitos que giran entrelazados...,
la vida de todas las cosas, la vorágine de las circunstancias,
la vanidad del mundo, reyes, tiranos, imperios, cargos y honores
henchidos de estúpido orgullo, oro y plata amasados con furor,
a toda costa, y el esplendor de los palacios,
los ropajes ricamente bordados, la rabia, el miedo, los juramentos,
el riesgo, las largas tristezas y las breves alegrías,
el tizón ahumado de rencor que ensucia toda esperanza,
toda dignidad humana... y, finalmente,
mucho peores que cualquier mal de la tierra,
las sucias nubes de la impiedad.
Inés pisa y aplasta la cabeza de la serpiente venenosa con su talón,
ahora que la virgen la ha enviado al infierno no osa levantarla de nuevo.

Y Dios ciñe con dos coronas gloriosas su cabeza,
en lugar de la tiara nupcial que nunca llevó...

¡Oh virgen feliz, oh nueva gloria en el cielo del que ahora eres habitante,
tú, a la que el Padre concedió convertir en casto un prostíbulo,
dirige tu mirada radiante hacia nosotros, llena nuestros corazones,
haznos puros con el resplandor que emana de tu rostro
o con el toque de tu pie inmaculado!

12

Lo que estoy a punto de contar aclara —o quizá complica definitivamente— la dinámica de un episodio del que he hablado muchas páginas atrás.

Hasta hace algún tiempo, daba clases en la Sección de Máxima Seguridad de la cárcel de Rebibbia, en Roma, donde están los mafiosos y los camorristas. Es una sección aislada del resto de la prisión. Como afirman algunos de mis compañeros, que intentan conservar su puesto año tras año, en esa sección se trabaja bien, se trabaja mejor, es un hecho probado, los estudiantes son medianamente más disciplinados y voluntariosos que en la de delincuentes comunes, llena de chavales desbandados e insensatos de todas las etnias; es natural, la gente de la Máxima Seguridad tiene enjundia, solidez, respeta las jerarquías y para ellos conseguir un título significa adquirir cierta posición, respetable desde un punto de vista tradicional, que el resto de la sociedad italiana ya no contempla. Para ellos, el profesor y la profesora todavía son «alguien» —quizá, en el fondo, no sea así, y su exiguo sueldo los desclasa hasta el umbral del ridículo, pero al menos en apariencia los estudiantes de Máxima Seguridad, con sus modales ceremoniosos, dan a entender que lo creen así y se comportan con una amabilidad que podrá parecer afectada, pero en el fondo, ¿qué amabilidad no resulta afectada?

A fuerza de despreciar las apariencias, en Italia nos hemos precipitado en el infierno de los sentimientos auténticos. Que la mayoría de las veces son tan auténticos como un escupitajo o un pedo.

Entre los muchos alumnos singulares de la Sección de Máxima Seguridad, había uno aún más singular si cabe, aunque en muchos sentidos típico, categórico. De baja estatura, anciano, aunque quizá menos de lo que aparentaba, con gafas, de habla incomprensible tanto por el dialecto cerrado en que se expresaba como por la voz ronca, insistía en que yo escribiera un libro a cuatro manos con él. Me lo pedía al final de cada lección que yo daba en aquella clase: «Entonces ¿cuándo escribiremos este libro? ¿Es que tengo que hacerlo yo todo?». Y otra vez con la cantinela.

Lo llamaban Príncipe o el Príncipe, a veces con el artículo y otras sin él. Su plan, que se inspiraba en la absurda idea de vengarse de las injusticias de las que, según él, había sido víctima, y en el espejismo de ganar un montón de dinero, era escribir una especie de réplica al formidable best seller de Roberto Saviano, *Gomorra*, que, según él —que aparecía citado en aquellas páginas con nombre y apellido como autor de crímenes abominables, motivo por el cual estaba en la cárcel y era alumno mío—, no respondía a la verdad, que había que contar lo antes posible. Mi alumno quería, en definitiva, hacer lo que antes se llamaba una contrainvestigación paralela a la luz de sus experiencias de primera mano, y publicar un *Antigomorra*, una *Contragomorra*, una *Gomorra à rebours* contada desde el punto de vista de los camorristas, darle la vuelta como un guante. Y yo debía ser el mentor, el negro.

Una motivación más sutil, sobre la que recapacité después —y sigo haciéndolo mientras escribo este libro, mío, casi todo mío— era que este alumno pretendía poseer una especie de derechos de autor sobre las fechorías de las que era protagonista y responsable. Unos derechos de autor en el sentido jurídico del término.

—Pero bueno, ¿los muertos me los he currado yo, con estas manos, y otro se embolsa el dinero?

—Bueno...

—Pero ¿por qué?

Entre mis alumnos camorristas era muy común usar esta expresión, que expresa desconsuelo e irónica resignación, para afrontar el lado absurdo de la vida: «Pero ¿por qué?». Una pregunta retórica destinada a caer en el gran vacío universal de las cosas sin explicación, pero que ellos no podían evitar formular juntando las manos y haciéndolas oscilar arriba y abajo mientras torcían las comisuras de los labios en una mueca de desagrado casi divertido. «No, digo yo, pero ¿por qué?...»

La extraña pareja formada por el alumno vengador y su astuto profesor de lengua no llegó a escribir la *Antigomorra* o *Gomorra Unchained*, así que nunca fueron los primeros en las listas de los más vendidos. No contemplo que lo haya hecho solo o con la ayuda de otro hombre de letras, aunque nunca se sabe, quizá esté a punto de publicarse...

No explicaré de qué manera, con qué paciencia y dotes evasivas, logré zanjar el asunto poco a poco, cambiando de tema cada vez que él mencionaba el libro. Y como él era una persona despierta, también lo entendió y gradualmente lo dejó estar. Pero de vez en cuando, como si todavía quisiera atraerme y enseñarme todo lo bueno que estaba perdiéndome al no ayudarle, se divertía contándome algún episodio criminal inédito que podría enriquecer su libro, hacerlo jugoso e incluso edificante.

Por ejemplo, la vez que había disparado a su primogénito, de diecisiete años, en las piernas, porque iba con gente poco recomendable del ambiente de la droga: un gesto ejemplar, desde su punto de vista, que demostraba que entre los muchos delitos que había cometido no estaba el del tráfico de estupefacientes, ya que era contrario a sus principios. O bien aquel episodio milagroso de un edificio ilegal de cinco pisos que se construyó en una sola noche. O el asedio por parte de una banda de asesinos a sueldo, llegados aposta desde Esmirna, a una casita cerca de Bacoli donde en realidad vivían dos ancianas dueñas de una tintorería ya jubiladas, las hermanas Montesano, buenas personas apreciadas en el barrio, en vez del camello indeseable al que los turcos querían eliminar.

Y toda una serie de anécdotas de poca monta relativas a exfutbolistas del Nápoles, lanchas para la pesca de altura, cinco hermanas y todas pendonas, contenedores llenos de emigrantes, Rolex falsificados a la perfección, barrenderos pagados con sueldos del ayuntamiento durante treinta años que no habían cogido una escoba en su vida, para llegar, poco a poco, a los delitos de sangre: lesiones graves, asesinatos planeados, consumados, fallidos, frustrados o ejecutados por error, o por prisa. La prisa lo estropea todo, decía mi alumno, sin saber que Franz Kafka opinaba lo mismo.

(Aunque el pecado capital del que habla Kafka no es la prisa, es la impaciencia.)

Hasta que un buen día, durante la pausa tras la clase para fumar, Príncipe mencionó de pasada un trapicheo de fuegos artificiales. Hasta en eso había metido las manos la camorra: los fabricaba, almacenaba, distribuía y hacía resplandecer en las celebraciones. Por otra parte, son objetos pertenecientes a la misma familia que las armas y las bombas. Pero mi alumno, en un momento determinado, abandonó ese negocio.

—Yo creo que son una cagada. Me refiero a los petardos: una cagada.

—¿Por qué? ¡A mí me gustan!

—Ah, ¿sí? Muy bien, muy bien. A mí, no. Esos disparos, esas explosiones...

—Pues usted debería estar acostumbrado.

—Nunca te acostumbras. Me ponen los nervios de punta. Hacen que los párpados empiecen a temblarme y ya no paran. Tengo los nervios a flor de piel. Y no me gusta el jaleo.

—Pues nadie lo diría, sabiendo de donde viene.

—Me parece que me ha malinterpretado. No me refiero al vocerío. Me refiero al jaleo de verdad: oyes petardos y disparos a lo lejos y no puedes saber si van en serio o son una diversión.

—Ah, vale, ahora lo pillo.

—No tengo nada en contra de la diversión. Ve a pescar, si quieres divertirte, o cómprate un perro. Acuéstate con mujeres, yo qué sé. Pero que no te dé por explotarlo todo. Esas cosas sirven para matar. Y a veces lo logran.

—Por error.

—¡Y una porra por error! Por gilipollez. Dentro de una bomba Maradona hay tanta pólvora que podría volar un edificio. ¿Quiere saber cuánta? ¡Diez kilos!

—¡Bum!

—Hoy está de coña, profesor.

—No he podido evitarlo...

—Pero la gente se hace daño de verdad. Se hace daño porque sí..., sin recibir nada a cambio. Eso es lo que no soporto.

Comprendía lo que decía y no era la primera vez que oía algo parecido en la cárcel, en especial en la Sección de Máxima Seguridad. Es un planteamiento maquiavélico puro, de una pureza que solo se halla en algunas páginas implacables del analista florentino, o quintaesenciado en el famoso proverbio atribuido a Talleyrand o Fouché sobre la execrable ejecución del duque de Enghien con el beneplácito de Napoleón: «Ha sido algo mucho peor que un crimen: un imperdonable error». Lo que legitima una acción o la hace deplorable es solo su eficacia con respecto a su finalidad, sea la que sea. Si tiene éxito, es buena. Si fracasa, es mala. Si sirve para algo, es benéfica. De lo contrario, es nociva. Es una moral implacable que en lugar de responder a una complejidad de valores, obedece a uno solo: el interés. Si la explosión de diez kilos de pólvora no sirve para hacer saltar por los aires el coche de un rival en los negocios, ¿para qué diablos sirve? ¿Para celebrar qué? Si la pólvora no destruye, es una payasada. Y una vez que la acción ha sido ejecutada como es debido se convierte por eso en positiva. En definitiva, disparar y hacer saltar por los aires son asuntos serios que hay que llevar a cabo con criterio, con el fin de herir y matar.

Seguía su razonamiento, pero me guardé muy bien de darle la impresión de que lo aprobaba.

—Lo dejé todo después de un accidente. Sí, hace treinta años. No quise saber nada más de fuegos artificiales, cohetes y girándulas. Perdí muchísimo dinero... —Esbozó un gesto con las manos imitando una hoguera que lo convierte todo en humo—. No me refiero a un dedo o un ojo..., ¡sino a un montón de dinero!

Otra vez el tema económico..., transparente y duro como el cristal. Si está en juego un negocio, puede perderse una mano, pero el dinero no... De lo contrario ¿qué negocio sería? Nada de Maquiavelo, no, quizá Bentham o Adam Smith...

—Un almacén entero saltó por los aires..., las explosiones duraron toda la noche. Veíamos las llamaradas a lo lejos, silbaba..., ¡ni siquiera los bomberos podían acercarse a aquellos cohetes que salían volando!

A pesar del desprecio que acababa de manifestar por los espectáculos pirotécnicos, se le escapó una sonrisa.

—Pero ¿dónde estaba ese almacén? ¿En el campo?

Me guiñó el ojo.

—No se lo puede imaginar... —dijo agitando las manos y guiñando de nuevo los ojos, primero uno y después otro.

Y entonces pasó una cosa curiosa, pero no tan insólita entre los presos, incluidos los más astutos y sabios: el gusto perverso de hablar se impuso sobre la discreción y la prudencia. Lo que el camorrista me reveló vibraba con un tono orgulloso y sardónico, y la supuesta racionalidad de la acción criminal cedía por entero ante el placer de haber tramado un plan tan asombroso que casi parecía una broma y de explicárselo a un extraño corriendo el riesgo correspondiente.

—No se lo va a creer... ¡Nada de campo! ¡Teníamos el almacén en la azotea del manicomio! Una locura, ¿o no? —Y empezó a reírse de manera gutural—: Ga, ga, ga...

Una serie de golpes de tos que parecían ser su risa, o el carraspeo que se hace para cuajar la mucosidad antes de escupirla. Dos o tres presos, precedidos por el hilo de humo de sus cigarrillos, se acercaron a nosotros. A diferencia de sus paisanos, y de su famoso carácter, era bastante raro que el Príncipe se mostrara alegre.

—¡El manicomio, ga, ga, ga! ¡Una verdadera locura! —insistía jugando con las palabras.

—¿Quiere decir que los fuegos artificiales...?

—Sí, sí, los fuegos... ¡Y menudos fuegos! Bombas de verdad, misiles espaciales..., ¡katiuskas..., ga, ga, ga!

—¿Dónde estaban? —inquirí para que me lo explicara mejor—. ¿En el manicomio? ¿Qué quiere decir con eso del manicomio?

—Ni más ni menos, ni más ni menos...

Y empezaron a reírse también los demás. Debía de ser una historia famosa, esa del manicomio y los fuegos artificiales. Uno de los recién llegados me dio una palmada en el hombro.

—¡El psiquiátrico!

De acuerdo con algunos enfermeros y funcionarios con quienes estaban confabulados, mi alumno y su banda habían usado como fábrica y almacén ilegal pirotécnico unos habitáculos situados en la azotea de un viejo manicomio criminal. Aunque parezca absurdo, en realidad era una ubicación perfecta: nadie subía al tejado de ese manicomio, los lavaderos llevaban años abandonados y podían trabajar en santa paz, y encima podían meter y sacar material con total tranquilidad, pues una empresa de construcción controlada por el Príncipe, ubicada en las inmediaciones, había obtenido una licencia para retirar el amianto de la azotea: depósitos de agua, tuberías, revestimientos, uralita y demás.

—¡Todo legal! ¡Todo en regla! Ga, ga, ga...

Y lo bueno es que esa locura sucedía, como había dicho el Príncipe, en el manicomio, con locos de verdad y otros que supuestamente lo estaban; estranguladores en serie y paranoicos, gente que se cree el demonio en una planta y petardos ilegales y bombas Bin Landen en la de arriba, como en un cuento satírico.

Quizá justo por eso al Príncipe se le había ocurrido la incoherente locura de instalar allí la fábrica pirotécnica.

A pesar de que la historia era divertida, otro episodio más de inversión paradójica del orden natural de las cosas —como cuando los carabinieri descubrieron gracias a unas grabaciones que un grupo de mafiosos se reunía en la sede de la Asociación Falcone y Borsellino—, sentí un malestar, que al principio se insinuó y después fue aumentando, y que no se debía al mal uso de una institución del Estado —hace tiempo que no tengo ese tipo de reparos, y además, los analizo con mucho detenimiento antes de dejarme condicionar, o indignarme inútil e hipócritamente; encima, en la cárcel, por deber profesional, habría que prescindir de ese tipo de juicios—; no, aunque me riera escuchando la historia de la fábrica de petardos del Príncipe, dentro de mí, en mi corazón, no, más abajo, en mi estómago, algo que reptaba desde el pasado con insidia, como una criatura sanguinolenta con las extremidades amputadas, me provocaba frío y miedo. Y seguía avanzando hacia mí...

—Después tuve que cerrarlo..., por culpa de aquel gilipollas.

El frío se desplazó a mis manos. Sentía hormigueos. La voz me salió sola:

—¿Qué culpa..., quién..., por culpa de quién?

La respuesta a aquella pregunta estaba ya presente en la trastienda de mi conciencia, que se negaba a dejarla a entrar, a permitir que aquel personaje —cuyo nombre empujaba para ser pronunciado— entrara en el escenario. Pero allí estaba ese nombre, presionando dolorosamente en la membrana de mi conciencia, ese nombre olvidado hacía años y, sin embargo, familiar, tan sorprendente y conocido como puede ser un estuche para lápices abandonado en el sótano desde la época del colegio. ¿Te acuerdas de él? Sí, lo usaste a diario durante años, lo abriste un millón de veces, y un millón de veces se te cayó al suelo y lo recogiste..., antes de borrarlo de tu memoria. Pero sigue siendo tuyo y solo tuyo. Para siempre.

—Perdone, ¿y quién era el gilipollas? ¿Por qué gilipollas? —balbuceé con un hilo de voz.

El Príncipe había dejado de reírse y había recuperado su habitual ceño fruncido. Orgulloso. Luchador.

—¡Porque consiguió saltar por los aires junto con el almacén entero! —Sus labios se contrajeron en una mueca de disgusto debido a tanta imbecilidad.

No pedí aclaraciones sobre lo que pasó. A partir de ese momento no me quedó ninguna duda de que se refería a Stefano Maria Jervi, mi compañero de colegio de los tiempos del SLM, el chaval precoz, el joven sultán de ojos de fuego. Jervi, el hermano de la guapísima Romina, identificado, ya cadáver, como militante de la UGC, Unidad de Guerrilla Comunista.

—El manicomio penal de Aversa... —farfullé, absorto, mientras me volvía a la mente un episodio que se remontaba a la época del colegio, cuando Jervi, Arbus, Pik, Rummo, Regazzoni y los demás debíamos de tener unos dieciséis años.

A la una, a la salida del colegio, en la Via Nomentana, había una chica rubia sentada a horcajadas en una moto. Recuerdo que tenía entre las piernas exactamente una Ducati Scrambler con el depósito amarillo y el manillar alto y amplio, y pensé que era una moto muy hortera para una chica tan guapa. Tenía a Stefano a mi lado cuando ella lo vio y lo saludó con la mano. No sé decir por qué, pero tuve la certeza inmediata de que, entre tantos chicos que chocaban entre sí y se empujaban para salir corriendo —más que salir del colegio, como todos los días a esa hora, parecía que estábamos escapándonos en masa de la cárcel—, se dirigía justo a él. Stefano la reconoció y fue a su encuentro con paso decidido, y cuando la tuvo delante le dio un bofetón, fuerte, seco, que, como veíamos en las películas y en los anuncios de la época —de colores artificiales y saturados—, sacudió la melena larga y rubia de la motorista, cuyo cabello dio la impresión de volar por los aires a cámara lenta. También igual que en una película, al estilo de *Conocimiento carnal*, yo, en el papel del amigo —Art Garfunkel—, me tapé la boca con la mano, paralizado por la sorpresa. Sin decir nada, Jervi —Jack Nicholson— giró sobre sus talones y se alejó por la Via Nomentana mientras la chica, con la cabeza gacha, se cubría el rostro con ambas manos debido al dolor y la vergüenza, y seguramente se echaba a llorar, porque veía cómo se agitaban sus hombros menudos cubiertos por el pelo rubio.

—Stefano..., treinta años... —murmuré olvidando dónde me encontraba en ese momento y con quién: en una celda de máxima seguridad de la cárcel de Rebibbia, rodeado de miembros de peligrosas bandas mafiosas, es decir, de mis fieles estudiantes. Estaba completamente sumido en el recuerdo de los estudiantes que fuimos entonces. La chica a quien Jervi había abofeteado me gustaba por muchos motivos: porque era guapísima, porque tenía y conducía una moto, en aquella época prerrogativa casi exclusivamente masculina, porque estaba llorando, porque llevaba unos pantalones morados, ceñidos en las caderas y anchos a partir de las rodillas, porque Jervi le había hecho daño, porque Jervi seguramente la había besado y tocado.

—¿Cómo sabe que estaba en Aversa?

El tono del Príncipe había cambiado. Diría que era inquisitivo.

Tenía que socorrer a la chica rubia, consolarla, era mi obligación como lector de cientos de novelas y fotonovelas, devorador de *Grand Hotel* y de series de televisión, una de las mentes más lúcidas y receptivas del SLM, compañero de clase de ese manos largas de Jervi y, en consecuencia, autorizado a intervenir; era obvio que para mí resultaba casi automático reparar el daño causado por mi compañero, por lo que me acerqué a ella.

—Me lo he imaginado —respondí al Príncipe—. Es el manicomio criminal más famoso de Italia, ¿no?

Los demás presos asintieron.

—Sí, claro... Aversa. Una mierda de sitio.

—Una verdadera mierda.

—Entrar, entras, pero no es seguro que salgas.

—¿Cómo estás? ¿Qué ha pasado? —le pregunté a la chica de la moto, que no me respondió—. ¿Puedo hacer algo por ti?

Es más que evidente que una chica que se deja pegar así adora a los matones y tiende a tener en escasa consideración a los chicos atentos, por no decir que los desprecia: es una de las leyes injustas en vigor en las relaciones entre ambos sexos. Así pues, la amabilidad no era la manera correcta de acercarse a ella, pero en ese momento ninguna lo era.

—¿Te ha hecho daño? —insistí.

Apartó las manos de su cara y pude verla bien. El bofetón le había enrojecido una mejilla e hinchado el labio superior que ya debía de ser, por naturaleza, túrgido y arqueado. Los ojos azules, marcados por ojeras profundas y oscuras, llenos de lágrimas. Pecas. Como dicen las canciones, algo por lo que dejar de respirar al instante.

—No te metas —me respondió con brusquedad.

Obedeciendo a la propiedad transitiva típica de la pasividad enfermiza, yo disfrutaba dejándome maltratar por ella, como ella lo hacía dejándose maltratar por Jervi. Lo cual me hizo desear con vehemencia que me humillara aún más.

—Pues me meto —le dije con voz estridente, con una frívola malicia que rozaba la histeria homosexual.

Resultaba extraño cómo la atracción inmediata que sentía por aquella chica estupenda, señal evidente de mi heterosexualidad, me llevaba a comportarme como un mariquita descarado en vez de despertar mi lado viril. He notado que la seducción femenina me produce este efecto.

—Lárgate, no tienes nada que ver. —Me miró con atención y esbozando una media sonrisa con sus crueles labios fruncidos, añadió—: Chaval.

Retrocedí un paso, como si en esta ocasión el bofetón me lo hubiesen dado a mí.

Aún medio sonriendo y medio llorando, se alzó sobre el asiento, dio una fuerte patada al pedal del encendido, luego otra, después una más y la Ducati reaccionó.

—¡Chaval!

A menudo, frente a mis alumnos de la cárcel, también me siento como un niño solícito, o quizá solo como un niño que se ha metido en asuntos de gente mayor y con más experiencia. No mayor por edad —ahora soy mayor que la mayoría de ellos—, sino por estatura humana en su conjunto. ¿Y por qué me he metido? Pues por provocación, por juego, por aburrimiento, por los mismos motivos por los que lo haría un niño, precisamente. La aspiración a experimentar siempre algo nuevo está motivada desde un primer momento por un principio ilícito, conduce a los límites de la legalidad, y más allá. ¿Cómo iba a pedirle al Príncipe más detalles sin que se diera cuenta de que conocía la historia y que me tocaba de cerca? Ese a quien él había llamado «el gilipollas» había sido ni más ni menos mi compañero de colegio. Con gente así es difícil marcarse faroles, es imposible.

Intenté sacar a colación el tema en los días siguientes, pero cuando mi alumno cayó en la cuenta de que me interesaba en serio —no como sus delirantes proyectos editoriales—, se retrajo. Mi curiosidad le parecía sospechosa y mi parcial conocimiento de los hechos lo había puesto en guardia. O quizá fuera solo por tomarse la revancha.

Las dudas que tenía sobre la muerte real de Stefano Maria Jervi quedaron sin resolver, así como una serie de conjeturas superpuestas, ocultas unas dentro de otras, como las capas de un pastel que componían una verdad que me estaba vetada.

Puede que confundieran con la actividad de una célula terrorista lo que era sencillamente el mundo del hampa: la fabricación ilícita de petardos para Fin de Año en la que Jervi se había implicado.

O quizá Jervi fuera efectivamente un terrorista, y como entonces, en aquella fase convulsa que acentuaría su declive, los grupos revolucionarios se habían aliado con la delincuencia común y con la camorra para perpetrar secuestros y homicidios, los fuegos artificiales podían ser la tapadera de un verdadero arsenal.

Puede que Jervi hubiera saltado por los aires a causa de un error suyo o porque alguien le había tendido una trampa en la azotea del manicomio penal. En aquella época, los ajustes de cuentas a los espías, verdaderos o supuestos, estaban a la orden del día. Cualquiera podía levantarse una buena mañana convertido en un delator. ¿Jervi no había tenido tiempo de hablar? ¿Lo había planeado? ¿Sus compañeros se equivocaron? Por aquel entonces todos sospechaban de todos.

Quizá el Príncipe me había contado una bola, punto.
Lo había hecho para divertirse..., por capricho...
Pero ¿por qué?

Quizá lo que me había contado era una verdad a medias y dentro de aquellos lavaderos abandonados estaban almacenadas las dos mercancías, bombas y artículos de pirotecnia de Fin de Año, Tokarev, Sig Sauer, Glock, Skorpion y petardos.

Puede que hubieran matado a Jervi en otro sitio y después hubieran trasladado el cadáver hasta allí para hacerlo volar con todo lo demás, con el objetivo de desviar las pesquisas.

En Italia no es fácil distinguir las dos fases que según Marx se suceden cuando se replica el mismo acontecimiento: primero como tragedia y después como farsa. Estos momentos más bien se superponen, se confunden en un evento único, dramático y grotesco a la vez. Lo había dejado entre sus papeles mi viejo y querido maestro, el único que tuve y que reconocí como tal en toda mi vida, el profesor Cosmo: tragedia y farsa son, en nuestro país, trágica y cómicamente simultáneas.

Puede que Jervi se suicidara.

Pero en el fondo, ¿qué cambia eso?

Epílogo. Hace ya algunos años que no doy clases en la Sección de Máxima Seguridad. Si al lector le interesa la vida en la cárcel, lo invito a leer el siguiente artículo que tuve la mala idea de publicar en la revista semanal de un conocido periódico. Es el relato, edulcorado y pintoresco —superficial, en la modesta opinión de su autor—, de un día cualquiera de un profesor de la cárcel. Todos los nombres son ficticios menos uno. Se trata de una divagación respecto al cuerpo principal de este libro, así que quien no esté interesado puede saltarse el siguiente capítulo y no se perderá nada. En cualquier caso, este inocente artículo es la causa de que ya no sea profesor en la Sección de Máxima Seguridad y, cuando lo hayas leído, lector, te contaré por qué.

13

Para llegar a la celda de la Sección de Máxima Seguridad donde se imparten las clases hay que cruzar once puertas, en total, entre blindadas y de barrotes. Las seis primeras se abren automáticamente: un vigilante te ve llegar, en persona o por una cámara, y aprieta el botón. Las tres siguientes las acciona manualmente un vigilante de la rotonda: te abre con una gran llave amarilla y cuando estás dentro cierra los barrotes, que emiten su característico fragor. (La rotonda, desde la que se ramifican las alas con las celdas, y el inconfundible estruendo metálico son las señales más vistosas de la cárcel, los iconos que el visitante habitual incorpora, pero que golpean como un puñetazo a quien entra por primera vez.) Las dos últimas puertas, de barrotes, están entreabiertas y suelo colarme deslizándome por el resquicio con la carpeta que contiene el cuaderno del profesor, la regla, los folios pautados, una minúscula *Divina comedia* Hoepli y los lápices, es decir, los bártulos que normalmente lleva cualquier profesor en cualquier escuela.

Casi todos mis alumnos están de pie, cerca de la pizarra, y comentan, irónica y compasivamente, los esfuerzos que está haciendo un compañero que, rotulador en mano y lleno de inseguridad, intenta resolver un problema de matemáticas. Un par de ellos, en cambio, fuma bajo la ventana abierta. La profesora trata de orientarle hacia la solución exacta con unos pocos comentarios: no puede dejarlo solo y angustiado ante esos números, pero tampoco dárselo masticado, de lo contrario el ejercicio no serviría de nada y, sobre todo, los demás le tomarían el pelo sin ninguna piedad. En realidad, los mismos que se hacen los graciosos perderían los papeles si estuvieran en su lugar. Es increíble que un bandido acostumbrado a hacerse el duro en los interrogatorios pueda acobardarse delante de la pizarra y no dar pie con bola. Y eso les pasa incluso a algunas buenas piezas, atracadores romanos... Tenía un alumno que en el examen selectivo casi se echó a llorar de vergüenza al embarullarse a mitad de un poema de Pascoli.

La mayoría de la gente está de pie en la celda-clase porque no hay calefacción, no funciona, no ha funcionado en todo el invierno, y por eso dan vueltas, golpean el suelo con los pies y se frotan las manos. La profesora de matemáticas lleva el abrigo puesto, y muchos llevan mitones, bufandas —amarillas y rojas, los colores de la Roma, sin excepción—; hay un siciliano alto y neurótico que parece equipado para ir a esquiar, con un gorro estilo Jean-Claude Killy que además debe de ser más o menos de esa época por lo desteñido que está. Hace un frío que pela a pesar de que fuera el aire de febrero empieza a entibiarse. Hay mucha humedad; no entiendo por qué en la cárcel hay siempre humedad, incluso con la canícula de verano.

Como aquí no suena el timbre que anuncia el final de las clases y yo he entrado a hurtadillas, me detectan al cabo de un instante y casi inmediatamente empieza la irónica y festiva ceremonia de los saludos y el ofrecimiento ritual de café.

—¡Eh, Americano! ¿Le preparas un café al profesor? —grita alguien dirigiéndose a la celda de enfrente.

—¡Nooo, no le preparo el café a vuestro profesor...! —rimbombaba hasta hace un par de semanas la voz del Americano a modo de respuesta.

—¿Por qué no?

—¡Porque es del Lazio!

Sin embargo, minutos después llegaba una jarrita humeante con los vasitos de plástico para compartirla. Un dedo de café en el fondo de cada vasito.

—Bien. —Ya hemos tomado café—. Vamos al grano.

Y empiezo la lección repartiendo fotocopias con los epigramas de la *Antología palatina*. Al cabo de tres o cuatro poemas, la atmósfera se calienta y reina una extraña languidez; la atención se intensifica.

Ayer, con la cabeza apoyada en mi hombro
lloraba en silencio. La besé. Las lágrimas brotaban
como de una fuente misteriosa sobre nuestros labios unidos...

Hablamos de Eros pagano y Amor cristiano, de la tradición lírica que empieza con Safo y acaba en San Remo, del demonio que posee a todos los hombres y los obliga a salir del yo que los tiene prisioneros. Los presos se pelean por leer los poemas, poniendo en ello un énfasis teatral.

Cuando el pesar o la sensualidad se acentúan, su tono alcanza la vibración adecuada, y entonces me convenzo de que la literatura tiene sentido.

—Esta la leo yo —les digo con aire malicioso, y empiezo:

Dorida, culo de rosa, la he tumbado en la cama...

Al cabo de una hora, cuando la temperatura de la clase ha subido, creo que ha llegado el momento de la ducha escocesa.

—Y ahora basta de mariconadas griegas, pasemos a los ejercicios de análisis lógico...

—¡Nooo!

Las clases de Rebibbia son variopintas. Nigerianos, rumanos, eslavos e italianos de todas las regiones. En la Sección de Máxima Seguridad tengo, además, dos romanos, un colombiano elegante, un sardo y varios súbditos del reino de las Dos Sicilias. Rostros, voces, rasgos, fisonomías. Yo querría que el idioma común fuera el italiano, pero a veces se imponen el siciliano o el español, que casi todos chapurrean gracias a su vida de delincuentes.

Y además, naturalmente, está Vilmo.

Cada año y en cada clase siempre hay un chico como Vilmo.

Vilmo es de verdad arrollador. En sus ojos azules chisporrotean como descargas eléctricas las mil ideas que le pasan por la cabeza, las ocurrencias, las respuestas a preguntas que no se han hecho, las objeciones, los juegos de palabras, las anécdotas —y todo junto se transforma en una carcajada explosiva—. A pesar de que lleva años en la cárcel, todavía no ha adquirido la calma hierática de los presos veteranos, los que han aprendido a controlar los movimientos, a aminorar la respiración para que lo que sucede allí dentro no les afecte. Vilmo no puede frenar, acelera siempre. Habla por los codos, quiere responder a todas las preguntas, hacer todos los ejercicios en la pizarra, leer en voz alta, corregir los errores...

Hace unos años, una banda rival intentó detenerlo con quince balas.

—¿Quince? —exclamé.

—¡Quince, profesor! Y todas dieron en el blanco —dice Vilmo riendo, orgulloso y divertido ante mi estupor.

—Pero, perdona, debían de ser de pequeño calibre...

—¡Qué va! Eran del nueve. Cuando los cirujanos me vieron no podían creer que aquel colador, aquella fuente de sangre que tenían en la camilla, fuera todavía un ser viviente.

¿Y entonces qué hace Vilmo, al que no le bastan las palabras para contarlo? Se levanta la camiseta para enseñarme las cicatrices de los agujeros de entrada y de salida. Después se acerca y me indica un par de señales más pálidas en la cara, una que le recorre la mandíbula y un pliegue en la comisura de los labios que yo había tomado por una arruga de expresión y que era, en cambio, el punto por el que la bala le entró en la boca.

—¡Me la tragué! —Ríe.

La clase, que hasta ese momento ha discurrido lisa como una cuerda de violín, se rompe, se precipita, pero yo sé cómo apañármelas, aflojo el sedal y dentro de un rato tiraré fuerte de él para repescarlos. Otra dosis de análisis los mantendrá a raya.

Hay quien usa la porra para enderezarlos, yo la sintaxis: oraciones subordinadas, de relativo y concesivas.

¿De qué sirve estudiar en la cárcel? ¿Vale para algo, para alguien? No lo sé. No podría garantizarlo. Me atormenté durante años preguntándomelo, y después dejé de hacerlo, a la porra, me contento y disfruto con las ráfagas de inteligencia y de agrado que veo pasar por las caras de mis alumnos mientras leemos y hablamos, el chisporroteo de un concepto que se transmite como una descarga eléctrica de una cabeza a otra. El zumbido de las mentes que piensan. No estoy seguro de que con Petrarca y los adverbios de modo les esté llevando yo de verdad a alguna parte y, sobre todo, si algo de esto sirve para alejarlos del motivo que los trajo aquí dentro...

Reintegrar, reeducar, resocializar..., todos esos «re-» algo no aseguran nada, y tengo las mismas pruebas para afirmar que el método funciona, como para afirmar que es un fracaso. La reincidencia es alta. Entre mis exalumnos hay algunos que ahora tienen un trabajo estable, «han rehecho sus vidas», en definitiva, y otros que se han metido en un tiroteo diez días después de salir de aquí. Y lo curioso es que los que han vuelto a las andadas, con las drogas o los atracos, eran los primeros de la clase..., de esos por los que yo habría puesto «la mano en el fuego»...

Antes de que me vaya, y de que ellos vuelvan a sus celdas para prepararse la comida, mientras van saliendo de la clase quieren darme un apretón de manos, y yo se las estrecho a pesar de que me parece un poco absurdo, pues nos vemos con regularidad desde septiembre y mañana volveré a estar aquí. Así que me pregunto el porqué de este saludo teatral, de esta ceremonia del adiós. Tal vez porque en la cárcel nunca se sabe lo que puede pasar, quizá mañana te trasladen, o tengas la vista del juicio, o te pongan en libertad, o bien... Cierta prudencia aconseja no dar nada por supuesto. Quizá ese saludo amistoso se deba a que hemos pasado juntos un par de horas menos inhumanas.

Vilmo cree que tiene que devolverme las fotocopias de los poemas. «No, quédatelas, pero no te olvides de traerlas mañana.» Sin libros de texto, la enseñanza se sostiene en la fotocopiadora algo escacharrada del piso de abajo: si se rompe, adiós clase. Hace dos años, en septiembre, antes de que empezaran las clases, tenía pensado fotocopiar un par de resmas —con el correspondiente consumo de tóner— para adelantarme a mis compañeros: había seleccionado, montado como un collage y fotocopiado unos cien textos entre poemas y piezas famosas, como los monólogos de Hamlet, el desafío de Polifemo y los trabalenguas de Aldo Palazzeschi, es decir, una pequeña antología que había confeccionado pensando en un alumno al que le apasiona leer: Scarano.

Durante el curso anterior, este viejo napolitano de largo cabello blanco apodado Arquíloco no paraba de pedirme con un hilo de voz irónicamente quejumbroso que leyéramos algún poema desde el día en que habíamos leído aquel famoso en que el griego, durante la batalla, suelta el escudo y echa a correr para salvarse. Scarano nunca quería que hiciéramos historia, o gramática, o ejercicios pesados y difíciles, solo tenía ganas de disfrutar de «poemas chulos, chulos», igual que se escucha una serenata o una canción. Le habían gustado los caballeros de Ariosto y la muerte de Clorinda...

El primer día de clase me presento con mis juegos de fotocopias para repartir y paso lista para ver quién queda del año pasado y quiénes son los nuevos..., hojeo la lista..., el nombre de Scarano aparece, pero él no está, y pregunto:

—¿Y Scarano? ¿Dónde se ha metido nuestro experto en poesía?

Supongo que está hablando con su abogado o en una entrevista.
—¿No se ha enterado de lo de Scarano, profesor?
—¿De qué?
—Murió hace una semana.

Hacía meses que oía un silbido y tenía dolores en el pecho, había pedido que lo viera un especialista, pero no se lo concedían. No lo tomaban en serio. En efecto, recordé que en clase se llevaba la mano a la sien intentando aliviar ese pitido incesante. Estaba pálido y cansado. Hasta que una noche la palmó. El corazón. En el mundo exterior son episodios de mala praxis sanitaria, en la cárcel forman parte de una rutina punitiva, que, a pesar de las frases efectistas sobre la reeducación, sigue siendo el motivo más profundo de la existencia de la institución: una pena corporal antes que nada. La cárcel y cuanto hay dentro —en términos de salud, trabajo, alimentación y relaciones humanas— ha de ser a la fuerza lo peor de lo peor que hay fuera, en el mundo libre, de lo contrario, ¿cuál sería su poder de disuasión? Y no hace falta llegar a la tragedia: un dolor de muelas de lo más común puede convertirse en la peor de tus pesadillas si no te dan un calmante. Pero ¿te lo dan o no? No se sabe, depende, si caes en gracia, si eres astuto, si cuentas. La única medicina que distribuyen a mansalva son los psicofármacos. Los «vasitos» de plástico con las «gotitas» —quién sabe por qué en ese mundo truculento que es la cárcel se abusa de diminutivos gazmoños como el «encarguito» o la «preguntita», como si los presos tuvieran que volver a una especie de parvulario—. De esa forma, sedados con dosis de caballo, se quedan quietos en sus catres sin dar guerra, farfullando con la lengua pastosa, especialmente los drogadictos, quienes se pasarían las noches aullando si no se las dieran...

Y después, tienes que dar clase a uno de esos, colocado de Lexotan.

Pero hoy no quiero pensar en Scarano, no.

Para poder trabajar en la cárcel hay que echárselo todo a la espalda, olvidarlo un instante después de que haya sucedido. Sacudirse de encima abusos y dolor. Los presos lo aprenden enseguida, y yo lo he aprendido de ellos. De Alfredo Muntula, por ejemplo, que hace unos días no quiso reaccionar cuando el inspector que tenía que entregarle un mandamiento judicial que él se negaba a aceptar le gritó que cogiera el papel y se lo «metiera en el c...». «Escribiré a mi abogado», replicó Muntula, sin perder los estribos, a lo que el inspector le respondió: «Vale, pues escríbele a tu abogado que puede coger el Código Penal y metérselo en el...», etcétera.

Si reaccionas a provocaciones de esta clase, te abren un expediente disciplinario y pierdes los beneficios previstos por la ley: la condena, que puede reducirse por buena conducta, se prolonga de repente como si miraras por un catalejo puesto al revés. La libertad se aleja hacia un futuro incierto. ¿Vale la pena? No, por eso se aprende a soportar.

He vuelto a la rotonda de la planta baja y me balanceo delante de la puerta de barrotes, cerrada. Espero que un agente venga a abrirme. Delante de esos barrotes cubiertos por una placa de plexiglás puedes esperar un buen rato. En teoría, si no acude nadie, o el vigilante está hablando por teléfono y quizá se ha puesto de espaldas para fingir que no te ha visto, puedes utilizar una anilla de hierro que cuelga de las barras y llamar una y otra vez hasta que alguien viene a abrir, pero yo odio ese ruido. Lo odio. También depende de quién haya en la rotonda, si el agente simpático o el cabrón que hace lo que le da la gana antes de prestarte atención. Mi identificación como profesor me protege solo en parte de ese tipo de groserías. Lo importante es mantener la calma, respirar hondo. Yo suelo canturrear con el propósito de distraerme y prepararme para el aire libre.

Pero hoy tengo suerte y me toca el agente más solícito y amable, pequeño, ágil, sonriente, que llega apresuradamente llave en mano.

Cinco puertas más y seré libre.

14

That's all, folks.

Con la publicación de este artículo, a mitad de camino entre lo sentimental y lo risueño, de cuyo candor hoy en día me avergüenzo bastante —si uno quisiera cargar la mano bastaría observar con hiperrealismo la sordidez de la cárcel...—, empezaron mis problemas. Todo el mundo se puso en mi contra. El día después de que fuera publicado, caminaba a través del humo negro de la hostilidad. Hasta recibí una carta amenazadora del director de la cárcel; lástima que no la haya guardado, ahora podría serme de utilidad, quién sabe... Pero desde que leí las *Meditaciones* de Marco Aurelio y decidí seguir sus enseñanzas, también me impuse deshacerme de las cosas desagradables. Inmediatamente.

¿Que hay zarzales en el camino de casa? Esquívalos. ¿Que te comes un pepinillo amargo? Escúpelo enseguida.

Esto aconseja el sabio emperador.

Pero no era suficiente: en la Sección de Máxima Seguridad empezaron a hacerme la vida imposible —y no podía escupirla...—, a ponerme inconvenientes en la rutina cotidiana, lo cual era muy sencillo, bastaba con aplicar los reglamentos ralentizando los trámites: registros minuciosos a la entrada y la salida, puertas cerradas y vigilantes que fingían no verme o que me decían «Espere ahí» y me dejaban plantado un cuarto de hora sin motivo aparente. Impedimentos infinitos para poder introducir en clase una goma de borrar, a la que daban vueltas entre las manos examinándola como si quisieran adivinar su posible uso criminal. Cierto, el boicot es la máxima presión que se puede ejercer sobre alguien como yo, que al fin y al cabo es un hombre libre, y que pase lo que pase, dentro de unas horas volverá a su casa. Pero lo más triste es que el vigilante simpático se volvió hostil de repente porque seguramente se avergonzaba de haber salido mejor parado que los demás en mi artículo, y sus compañeros debían de habérselo echado en cara: «¡Muy bien! Y encima tratabas con guantes de seda a ese cabrón...». Había escrito que era amable y él se lo había tomado mal. ¿Amable yo? Se esforzó por demostrar que también era un tipo duro al actuar en contra de su propio carácter.

En los estudiantes, la superficialidad de mi reportaje tuvo pocas consecuencias, salvo lo divertido que les resultó el nombre que le había puesto al joven siciliano, Vilmo, que me inventé pensando en la mujer de Pedro Picapiedra y en los gritos que este profiere para llamarla, haciendo temblar la caverna: «¡Vilma, ábreme la puerta!».

En resumen, mi historieta edificante ni siquiera me sirvió para ganarme el título de paladín entre los presos, al que, por otra parte, no es que aspire, y tampoco para colgarme las medallas de defensor de derechos pisoteados, no. De ese artículo no saqué más que problemas, lo cual confirmó mi vieja opinión de que es mejor no escribirlos. Pero bueno, nos reímos un rato con lo de Vilmo, y desde entonces todos le llamaron así.

Al final, capté el mensaje: «Vete». Recibido, con claridad meridiana. Y apliqué los preceptos del sabio emperador. Así que callé, esperé, y en septiembre presenté la petición de volver a dar clase a los presos comunes y abandoné la Sección de Máxima Seguridad.

Para cerrar el capítulo: conocí a la chica rubia a la que Jervi abofeteó a la salida del colegio, que me fue presentada con nombre y apellido, hace unos doce años, o quizá alguno más, alrededor de 2001. Rosetta Mauri, a la que todos llamaban Rosi. Ya no quedaba casi nada de su belleza, estaba estropeada y muy delgada, con arrugas alrededor de la boca, etcétera, pero los ojos seguían siendo vivaces y aún llevaba el pelo largo y rubio, demasiado rubio para que fuera el color natural de su juventud. ¿Que cómo la reconocí? Bueno, el lector no se lo creerá, pero iba vestida exactamente igual que aquel día en que lloraba sentada en la Ducati y se largó después a toda prisa por la Via Nomentana dejando plantado al chaval que pretendía consolarla: rígido jersey escocés blanco, de trenzas gruesas, pantalones de campana morados y botas. Treinta años durante los cuales todo había cambiado y no había cambiado nada, el jersey quizá fuera el mismo, pensé..., había resistido a los lavados, cosa que no podía decirse de su piel. Todo lo que tuvo de antipática aquel día ya lejano, lo tuvo de simpática cuando volví a verla. La conocía de nombre, se había convertido en una buena productora de televisión trabajando con su segundo marido, y ella también me conocía por haberme oído nombrar, pero nunca habíamos relacionado nuestros nombres con nuestras caras, ni nos habíamos estrechado la mano, ni intercambiado nuestros números de teléfono ni, menos aún —pensé, acostumbrado a llegar directamente a las conclusiones con temeridad, como si en presencia de una mujer atractiva las palabras y sus imágenes correspondientes fueran proyectadas con una honda—, nuestros labios se habían rozado o nuestros cuerpos unido, por desgracia. Evité decirle que había reconocido a la chica de la moto abofeteada por Jervi (RIP), de lo cual estuve absolutamente seguro solo cuando al echarse a reír por una tontería que dije

—demostrando así que no era tonta en absoluto, que lo hacía para darme coba—, se tapó la cara con las manos. Sí, un segundo antes de echarse a reír se cubrió la cara. Como si para ella fuera instintivo ocultarla cuando reía, lloraba o fingía: sentimientos, ideas, alegría o tristeza, pensamientos inconfesables que solo se dejan observar entre los dedos. Los suyos eran delgados y largos, y sus yemas se ensartaban en el cabello decolorado. Me gustó mucho ese gesto, de timidez o astucia, pero en cualquier caso seductor. Entonces ya no pude aguantar más y le pregunté: «¿Todavía tienes la Ducati?».

Me acosté tres veces con Rosi Mauri. La primera un mes después de habernos conocido, en Milán, adonde yo había ido para ver a mi editor y ella para un programa de televisión. Fue bastante fácil ponernos de acuerdo y quedó claro para ambos con qué fin. Yo me alojaba en el estudio de un artista que conocía por unos amigos, un sitio desordenado, lleno de cables, enchufes múltiples, lámparas de pinza, cuadros apoyados de cara a la pared, estanterías metálicas, CD y DVD apilados y un potente equipo con doble pantalla para montar vídeos, y, en medio de la gran estancia, una cama durísima con cabecero y pies, que hice con sábanas de lino limpias pero sin planchar. Un cuarto de hora antes de que ella llegara, después de su última cita de trabajo, hacia las seis, empezó a nevar, al principio suave y después copiosamente, con tal violencia que se oía fuertemente la vibración de los cristales de las viejas ventanas desvencijadas contra los que los copos se deshacían. Por suerte las estufas funcionaban a pleno rendimiento. Cuando Rosi entró en el estudio, abrigadísima y con la bufanda y el gorro de lana cubiertos de nieve fresca, sintió el calor inmediato, agobiante, y su cara, lívida y desorientada, enrojeció de repente, encendida como una rosa que arde en el fuego del invierno. En cuanto dejó atrás el espacio suficiente para cerrar la puerta a su espalda, un metro más o menos, la abracé y le quité el gorro y la bufanda, y sus cabellos rubios, aún más rubios que la última vez que la había visto, con las puntas empapadas, cayeron sobre sus hombros y contra mi pecho; después, indiferente a los trozos de nieve helada que me caían encima, le abrí los dos últimos botones de abajo del largo abrigo, separé los laterales, metí una mano, le levanté la falda, y descubrí que llevaba unas medias autosujetables, de esas que mantienen deliciosamente baja la temperatura de la piel al descubierto, como el champán en una cubitera. Rosi flexionó instintivamente una pierna y apoyó la rodilla en mi cadera, permitiendo que se viera la media y el muslo desnudo hasta la ingle, que era blanca o, mejor dicho, decolorada, como si en la naturaleza pudiera existir algo más claro que la nieve o el hielo, y acto seguido reculó a saltitos hacia la pared de la entrada para apoyarse en ella, apretándome muy fuerte y buscando confusamente mi boca con la suya.

Al día siguiente me encontré con mi editor en un glacial restaurante japonés, donde no comí casi nada, nada comestible, si por comestible entendemos esos rollitos de pescado frío y crudo. Mi editor, más jovial y cínico que nunca, usó la expresión «Tu gozo en un pozo» para darme a entender sin tantos rodeos que no esperaba vender un solo ejemplar más de lo previsto de mi estupendo libro, es decir, la primera tirada, y que no movería un dedo para que eso pudiera cambiar porque mientras tanto («¿No lo sabías? Mal. Vives fuera del mundo, querido...») había salido otro libro con una historia prácticamente igual, mucho peor escrito pero mucho más comercial que el mío, que durante la semana siguiente a la aparición de su autor en televisión había vendido nada más y nada menos que diez mil ejemplares al día, y prometía seguir así, es más, mejor aún, cada vez mejor. Pero el encuentro con Rosi me había dejado medio lelo, saturado de una sensualidad vaga y poco lúcido para cultivar deseos concretos o reivindicar derechos, y no logré acalorarme más de lo justo, o no lo demostré, aunque en mi fuero interno estaba muy contrariado, pero esa mezcla de sopor y del estúpido orgullo de siempre me impidieron exteriorizar un atisbo de insatisfacción, es más, me mostré superior e indiferente —e hice mal, muy mal, porque en cuanto el editor se dio cuenta de que me rendía a la evidencia sin protestar, sin exigir, sin luchar para obtener algo más, algo mejor, aprovechó la ocasión y cambió de tema, y adiós, acabamos hablando de todo un poco durante los tres cuartos de hora de audiencia que me quedaban.

La actitud «deportiva» que siempre he ostentado en esta clase de asuntos, de caballero «qui ne se pique de rien» es un fracaso. Todo —incluido el dinero, el éxito y el amor— acaba en manos de quien lo anhela de verdad y lucha con todos los medios por conseguirlo, ¿no?

Las estufas eléctricas calentaban el estudio hasta el límite de lo soportable mientras que fuera, en la oscuridad, la tempestad de nieve arreciaba sobre Milán. Yo nunca me acostumbré a eso ni podré hacerlo. En Roma las casas están medio frías, pero las prefiero a las tórridas residencias milanesas en que no me queda más remedio que abrir una ventana y dejar entrar la nieve con tal de que pase un poco de aire...

Pero gracias al calor excesivo, Rosi podía descansar desnuda sobre las sábanas, boca abajo, balanceando una pierna doblada con la cara hundida en la almohada, inundada con el reflejo de sus cabellos. Y eso me gustaba. Después se daba la vuelta para mostrarse, el pecho y la barriga estropeados por los embarazos. Podía mirarla tanto como quisiera y conocerla por fin. Admiré largo rato y golosamente la devastación que el tiempo había causado en su cuerpo y su rostro, aunque seguía siendo una mujer muy atractiva, como si esa belleza perdida fuera fascinante justo por su ausencia, como boceto o ruina, y obligara a un esfuerzo intenso, inspirado, melancólico y excitante, de imaginación; el ejercicio de reconstrucción de lo que debía de haber sido, de la espléndida chica que Rosi debía de haber sido, agudizaba las facultades sensuales. Piensa en su pecho a los veinte años, maravilloso, magnífico..., y en esas largas piernas, ahora poco tonificadas a la altura de las rodillas..., y en cómo debía de ser esa preciosa boca, cuyo labio superior ahora está afinado y recorrido por arrugas verticales, cuando esos labios eran pulposos y prominentes..., pero no, no lo pienses, es mejor no pensarlo..., pero recuérdalo, mente mía..., recordadlo, ojos, porque visteis esos labios hinchados después de la bofetada que le dio Jervi.

—La moto no era mía, era de mi hermano..., se la cogí sin permiso..., quería impresionar a aquel gilipollas... [qué curioso que Rosi lo llamara de la misma manera que el Príncipe, que los dos usaran la misma palabra para Jervi, mi desafortunado compañero,] y además iba sin carnet porque nunca llegué a sacármelo..., luego me paró la policía mientras daba vueltas por Roma como una loca, quería tirarme del puente del

Corso Francia..., pero ¿te imaginas a un guardia urbano de Roma metiéndose con una chica de dieciséis años, rubia y desesperada...? Qué va, poco faltó para que se pusiera de rodillas y se declarara. Cuando eres guapa y estás enamorada, logras que todos se enamoren de ti chasqueando los dedos, todos... menos el que quieres de verdad. Yo estaba colada por tu amigo... No, es inútil que ahora me digas que no erais amigos, lo sé, Stefano no tenía amigos, y mucho menos amigas..., tenía mujeres, mujeres mayores que él. Se había acostado con la madre de uno de vuestra clase, me lo dijo para ponerme celosa, como si fuera necesario..., qué gilipollas... ¡Qué enamorada estaba de él! Dos o tres años después seguía queriéndole locamente, mientras que él ni siquiera tenía ya mi número de teléfono, como si no existiera para él... Yo lo esperaba fuera de casa, miraba si la ventana de su habitación se iluminaba, y si había una luz débil me imaginaba que estaba acostándose con alguna chica que había dejado su sujetador de algún color sobre la lámpara de la mesilla de noche, mira qué idiota era..., sufría solo con pensarlo..., pero si estaba apagada me retorcía las manos intentando imaginar dónde estaba...

»Una vez lo seguí con la Ducati con el faro roto, para ver adónde iba. Me agazapé fuera de la casa donde aparcó, esperando..., entonces se me ocurrió rayarle el coche para vengarme, aunque no era suyo, sino de su padre, un Mercedes blindado...; da igual, pensé, ahora me acerco, le rompo los retrovisores y le rayo el capó con una llave..., le dejo mi firma, R-O-S-I..., y mientras tanto lloraba, para variar.

»Pero el tiempo pasaba y no me decidía. Entonces vi llegar un coche del que bajó una chica alta, maquillada, vestida como de fiesta. Llevaba un cubo en la mano y se dirigió a zancadas hacia el Mercedes de aquel gilipollas..., no podía creérmelo..., era una lata de pintura, que empezó a volcar sobre el techo, los cristales, el capó, pero no con rabia, con método, como si no quisiera mancharse el vestido y los zapatos, hasta cubrirlo prácticamente todo. El Mercedes, de color crudo, se volvió negro. Me quedé boquiabierta observando la obra de aquella vengadora, que había estudiado mucho mejor que yo, más fríamente, su plan de venganza contra Stefano, y reaccionado antes que yo. Tiró la lata vacía y le dio una patada, haciéndola rodar hasta la acera, y ese fue su único gesto de rabia. Después volvió a subirse a su utilitario, arrancó y se largó.

»O sea, que aparte de mí tenía otras, al menos dos o tres, o a saber cuántas más. Pero yo no era capaz más que de quererle y sufrir por él. Fui presa del pánico, y en vez de regodearme pensé en lo que le haría su padre. Hasta se me ocurrió llamar a su casa y decirle que había sido culpa mía para exculpar a Stefano..., cosa que hice esa misma noche, llamé, pero no había nadie. Estaban todos en la calle, con los bomberos y la policía, mirando el coche en llamas. Porque Stefano, que había logrado conducir hasta su casa quién sabe cómo, lo había quemado con un bidón de gasolina que había cogido del garaje. La policía creyó que se trataba de una advertencia o una represalia contra su padre, que por un tiempo llevó un escolta.

»Nunca he vuelto a estar tan enamorada de nadie. Ni siquiera de mi primer marido, y mucho menos del segundo. Tampoco de mis hijos, a los que quiero muchísimo... Lo que sentía por Stefano supera cada cosa y a cada persona, es decir, todo lo que se puede sentir por alguien. Porque incluye el mal y la locura. Las cosas que se sueñan cuando tienes fiebre. Por él habría sido capaz de matar si me lo hubiera pedido, si tan solo hubiera sospechado que podía agradarle, que podía devolvérmelo...

»Creo que nunca he sido tan tonta como cuando le quería. Por un tiempo, dejé de lavarme. Perdí diez kilos. Me corté el pelo casi a rape creyendo que así volvería a gustarle, volvería a gustarle...

»No me importaba que me hubiera plantado en el momento más difícil, lo frío y arrogante que había sido. Era tan guapo, tan guapo y tan malo..., Stefano Jervi, tu compañero.

»Mi marido, en cambio, es una buena persona..., me apoya, me entiende. No hay necesidad de que piense en él. Puedo pasarme los días sin pensar en él porque, pase lo que pase, él está ahí. Tú también fuiste bueno cuando me pegó delante de vuestro colegio, al menos por lo que dices, porque no me acuerdo de ti en absoluto. ¿Estabas allí, de verdad? De su bofetón, sin embargo, jamás me olvidaré.

»Solo le veía a él, no comprendía...

»Cuando me enteré de que había muerto ya me había casado y separado, y tenía una niña pequeña...; no puedo afirmar que pensara siempre en él, no sería verdad, ya no pensaba en él desde hacía tiempo, habían pasado diez años, tenía otra vida, y después otra vida más, a la niña, mi trabajo..., y, sin embargo, cuando me enteré sentí una punzada violenta, como si me hubieran atravesado con una espada...

Solo en ese momento me di cuenta de que Rosi estaba llorando, pero no por el tono ronco de su voz, que seguía igual de monótona e impasible, sino porque el cabello que le tapaba la cara estaba mojado otra vez, como cuando había llegado huyendo de la nevada. No la interrumpí ni le enjuagué las lágrimas, pero empecé a acariciarle la espalda, de los hombros a la curva surcada por pálidas estrías por encima y por debajo de las nalgas delgadas. Noté dos pequeñas moraduras en el punto en que los huesos de la cadera, puntiagudos, sobresalían casi a flor de piel, y allí concentré mis caricias.

—... era un dolor insoportable y sin sentido. Stefano había desaparecido de mi vida hacía diez años, ¿por qué debía de importarme su muerte, que hubiera muerto de aquel modo? Qué mejor ocasión para pensar que se merecía un final tan absurdo. Alguien a quien la política le importaba un pimiento..., el egoísta más grande de todos los tiempos..., muerto como un combatiente revolucionario... ¡No! No lo aceptaba, no era posible, era una broma. Pero aquella espada se retorcía en lo más hondo de mis entrañas, me cortaba la respiración, como si las costillas se hubieran girado hacia dentro..., por eso, de repente, decidí con toda serenidad que yo también quería morir, como él, de manera absolutamente insensata, saltando por los aires..., la casa..., la niña..., la trona, los zumos de fruta, los sofás, la ropa y los zapatos del armario..., que todo explotara.
»Cerré las ventanas y me dirigí a la cocina para abrir el gas, cogí a mi hija en brazos y con un mechero a mano me senté a la mesa de la cocina, esperando el momento justo..., la saturación. Pero el dolor no remitía, es más, se hizo insoportable, desgarrador, y creí que iba a morir de dolor en vez de por el gas. La niña empezó a bostezar y a girar los ojos. No sé qué me pasaba, por qué lo hacía. Soy una mujer sosegada, confío en mí, sé tomar decisiones. Sé decir que sí y decir que no. A ti te he dicho que sí, a otros les he dicho que no, y sé el porqué. En el trabajo me consideran una serpiente, un reptil de sangre fría sin corazón, quizá lo hayas oído decir por ahí, y solo porque pienso, porque sé pensar. En el fondo, tú no

me conoces, y yo no te conozco a ti, pero si estamos aquí significa que sabemos lo que hacemos y que somos conscientes de ello, sabemos que está mal, pero lo hacemos. Sin embargo, aquel día estaba fuera de mí, algo estaba tomando esa decisión en mi lugar...

»Cuando miré de nuevo a mi hija me di cuenta de que había cerrado los ojos. Dormía. No sé si por el gas, cuyo olor apenas se notaba. Me pareció como si fuera luminosa..., su piel, fluorescente. Cogí el encendedor, lista para encenderlo. A través de la ventana las estrellas brillaban en un cielo límpido. Quietas, fijas. Miré otra vez a mi hija y había cambiado: era un pequeño cadáver, inmóvil, envuelto en vendas, una estatuilla, como esas virgencitas minúsculas que brillan en la oscuridad..., y entonces volví a verlo todo claro, simple, como había de ser. Dejé el mechero sobre la mesa, me levanté y abrí la ventana, cerré el gas y, con la niña en brazos, fui a abrir todas las demás ventanas de la casa. Cinco minutos después, el gas había desaparecido y mi hija respiraba tranquilamente. La dejé en su camita. Todo había pasado, el dolor desgarrador en las entrañas había remitido y una burbuja de vacío había ocupado su lugar. Pensé en Stefano como en alguien con quien había hecho el amor muchos años antes, sí, un chico guapísimo, un chico especial, mi primer novio..., pero solo eso...

»Me salvé de una buena y ahora vivo a mi manera.

»Por eso ahora me dan risa algunos recuerdos que tengo de él. Solo risa.

»Recuerdo cuando me hablaba de vuestro colegio y de los curas. Él los odiaba. Y a vosotros también, para ser sinceros, o al menos eso decía. Quería huir de allí y de los curas. Y de su familia. Pero ante todo del colegio. Me parece que nunca me habló de ti, pero en general os consideraba un hatajo de idiotas. Salvo a uno, un genio, decía que había un genio en vuestra clase, un genio absoluto... ¿Sabes a quién me refiero? ¿Eras tú? ¿No? Pero era inútil, Stefano era malo. Malo. Me contó que una vez le había puesto una inyección a una planta..., que teníais un profesor marica enamorado de ella y que, para gastarle una broma, la mató con una inyección de veneno... ¿Es verdad?

—Sí, es verdad, pero no fue él... —dije para preservar su memoria. No sé por qué lo hice. Me había vuelto a acordar de sus ojos negros..., de sus dientes blanquísimos. Dejé de acariciar la espalda de Rosetta y ella se volvió bruscamente.

—¡Acabáramos! ¡El mentiroso de siempre! —Y se rio—. Te contaré una cosa, mi última locura. Pero fácil, sin riesgos. Tan fácil que ni siquiera mereció la pena. ¿Conociste a la hermana de Stefano, a Romina? ¿Te acuerdas de ella? Si la conociste, seguramente te gustaba. Era la chica más guapa de Roma, en mi opinión, o al menos la más guapa de su zona...

—¿De su zona?

Entonces, como hacen algunas guías, que dividen la ciudad en zonas para facilitar la ubicación de monumentos y restaurantes, Rosetta Mauri se aventuró con una teoría bastante curiosa sobre Roma y sus chicas guapas y populares, populares por su belleza, las bellezas romanas de hace treinta años, las más guapas del colegio, del instituto, del baile, de las familias de guapos, las más deseadas, de las que Rosetta lo sabía todo, al contrario que yo. Según ella existían incluso tipologías físicas diferentes, como si fueran razas autóctonas, en función del cuadrante al que pertenecieran. El cabello, los ojos, la boca, etcétera. Una teoría convincente, y corroborada por numerosos ejemplos que no menciono porque involucraría a demasiadas personas, con nombres y apellidos. Emitieron algo parecido en televisión, en un programa (cruel e inteligente, de hecho, dejaron de transmitirlo casi enseguida) donde buscaban, muchos años después, a las que habían sido reinas de la belleza en la época del colegio, o de un determinado lugar de vacaciones, o de un equipo de voleibol.

En mi ciudad, y durante unos quince años a partir de la época en que se desarrolla esta historia, Romina Jervi había iluminado con su belleza toda la zona norte, con una luz tan cegadora que, según Rosi, había eclipsado a todas las demás, «incluida yo, que, desde luego, no era del tipo de chica que un hombre echaría de su cama de una patada, ¿no crees?», dijo.

Negué con la cabeza. A Rosi le sentaba a la perfección ese tipo de comentario desenfadado que yo solo había leído traducido del inglés: «A esa no la echaría de mi cama», y que estaba confirmando justo en ese momento.

—No sé si fue para vengarme de Stefano o porque todavía lo quería y deseaba tener algo suyo, algo que le perteneciera o se le pareciese. Que se le pareciese mucho. Estaba borracha...

Pero a ver, guapa, ¿de qué me hablas?, pensé. Rosetta era una de esas personas a las que les gusta contar cosas soltando frases fragmentarias y misteriosas, como quien no quiere la cosa, para suscitar la curiosidad de su interlocutor, que se ve obligado a formular preguntas y que, en consecuencia, parece ansioso por saber más y casi tiene que rogarle para que siga contando. Es un viejo truco que yo conocía, por eso no le pregunté nada. Tras un largo silencio, casi sorprendida de que no le pidiera aclaraciones, continuó:

—Bueno, estaba allí, en la misma discoteca... —Entretanto se había tapado el pecho con las manos como si no quisiera seguir enseñándomelo. Hacía un calor infernal—. Sabes a quién me refiero, ¿no? A Romina Jervi, la hermana de Stefano...

En vez de asentir, cerré los ojos. Es la mejor manera de prestar atención.

—Siempre me había preguntado si le gustaban los hombres. Si le gustaban de verdad. Dejando aparte las apariencias o la costumbre, no es fácil captarlo, y con Romina todavía menos. Que tengas novio o estés casada no significa nada. Así que decidí ponerla a prueba. Además, pensé que besarla sería como besar a su hermano. Tenían la boca igual, es más, su boca era la de Stefano. Como si se la intercambiaran: un día te toca a ti y otro a mí. En el fondo, ¿qué diferencia hay? Una boca bonita es una boca bonita. ¿Pueden tener una sola boca dos personas? Sí, si son hermanos. Por otro lado, la boca era la parte de Stefano que más me gustaba. Bueno, pensarás que estoy loca..., eso crees, ¿no? Y también que soy una tía fácil, que te he ido detrás... Lo sé, pero no me importa...

Le aparté las manos de los pechos, que cayeron hacia los lados. Recorrí con un dedo las estrías que se extendían hacia las axilas.

—¿Te gustan a pesar de eso? —Asentí—. Hablábamos de Romina, sí, la guapa..., era más bien tonta. Bueno, Stefano también. Valiente, impetuoso y guapo a rabiar, pero tonto. En aquella época Romina salía con uno que estaba podrido de dinero y la llevaba dos meses de vacaciones a un islote desierto entre Córcega y Cerdeña, sin nada ni nadie, salvo un jeep y su villa, la dejaba allí y se iba en helicóptero..., incluso una semana entera, por negocios, y después volvía..., iba y venía, ¿entiendes? Aun siendo de tez oscura, ella se pasaba el día tomando el sol y casi se convertía en una africana. Pero ¿qué otra cosa podía hacer en aquella puta isla? Nadar desnuda y tomar el sol. Cuando la vi en aquella discoteca acababa de volver de una de esas vacaciones. El cabrón estaba bebiendo champán con un grupo de amigos ruidosos, y Romina, toda enjoyada, resplandecía en la oscuridad y también bebía champán, pero a pequeños sorbos, como si le asqueara. Me metí en el angosto espacio que había entre ella y el brazo del sofá donde estaba sentada sin ni siquiera saludarla, le quité la copa de la mano y la apuré hasta la última gota. «Así se bebe», le dije, y ella, sorprendida, me dirigió una hermosa sonrisa llena de estupor. Qué boca, qué dientes..., tenía que besarla enseguida. Acerqué su cabeza a la mía y la besé. Romina abrió mucho los ojos, rasgados como los de Stefano, pero no separó sus labios de los míos. No sé qué me dio, bueno, sí que lo sé. Lo interesante era la manera como Romina respondía a mi beso. Con entrega total. Con pasión. Como si besara a su novio, que estaba sentado en el sofá contiguo al nuestro. Y yo la besaba como a algo que había sido mío, es decir, como a Stefano. Pero el cabrón se dio cuenta de lo que estábamos haciendo. «¡Eh, eh! ¿Qué pasa aquí?», dijo, y plantando a sus amiguetes, se dirigió hacia nosotras y se acuclilló delante, sin soltar la copa de champán y con la misma sonrisa maliciosa de antes. No estaba ni escandalizado ni celoso, al contrario. «¿Me he perdido algo?», preguntó mirándome de manera provocadora. Romina le dio una bofetada que él encajó fingiendo que era una broma, aunque en aquella vulgar posición le hizo perder el equilibrio y la copa se volcó en el suelo. Romina se volvió hacia mí para besarme de nuevo... Pero ¿qué haces? ¿No te interesa lo que te estoy contando?

—Sí, muchísimo —le dije—, pero ahora, si no te importa, me gustaría follarte otra vez.

—No..., no me importa.

Se la metí. Ella sollozó. Contuvo la respiración. Y con voz de falsete me preguntó si me había excitado al oírle hablar de Romina, al imaginarlas juntas. ¿Lo había hecho aposta?

—¿Quieres... quieres que siga hablándote de eso?

—No. Cállate. —No era por eso.
Pero ella siguió hablando. Y yo seguí follándomela.

Mientras tanto nevaba cada vez más copiosamente, como habían dicho el hombre del tiempo en televisión y las previsiones de los periódicos, nevaba en Milán y en toda Lombardía, los raíles de los trenes se helaban, los tranvías detenían chirriando su recorrido. Al amanecer, la ciudad era una selva de cristal. Fui a pie a la cita con mi editor, resbalando sobre las aceras, era la única manera, pues el transporte público había sido suspendido.

Follé con Rosi por muchos motivos. El primero y más importante es la falta de un motivo, son cosas que se hacen porque sí, por hacerlas, punto. El segundo, porque seguía siendo guapa, a pesar de que el noventa por ciento de esa belleza se remontaba a una edad imaginaria, soñada, como cuando uno se masturba: es un aspecto morboso cuya importancia no sé calibrar, una mezcla extraña de excitación y ofensa, de perversión y tormento. También contó su disponibilidad inmediata, recíproca a la mía. Y el hecho de que si el destino vuelve a poner en tu camino una cosa que habría debido pasar diez, veinte o incluso treinta años antes —pero que no pasó—, es porque esta vez tiene que pasar a la fuerza, hay que hacer que pase para que el círculo del tiempo se cierre sin dejar puertas abiertas ni resquicios. Hay que sellarla. Rosetta Mauri y yo nos acostamos las veces que fueron estrictamente necesarias para abrir, consumar y cerrar el tema. Por último, hay un motivo quizá menor pero decisivo, atrapado en mi mente enferma, esto es, que ella había sido novia de Stefano Jervi, el tío con quien había perdido la virginidad. Yo entré en Rosi con treinta años de retraso con respecto a mi guapísimo compañero, y me corrí en el mismo coño donde él se había corrido, y la había dejado embarazada, aunque ya no había peligro de que eso volviera a suceder. Me lo había insinuado ella un instante antes del orgasmo, cuando le pregunté con voz ahogada si tenía que salir. Estaba tumbada de lado, con una torsión del busto que si Rosi no hubiera sido tan huesuda definiría como miguelangelesca, y me miraba a los ojos mientras la penetraba por detrás, en la posición que quizá sea la más hermosa para hacer el amor con una mujer porque se puede apreciar su rostro y su pecho y estar en contacto con su culo a la vez, se puede tocar y besar todo porque su cuerpo se extiende, por decirlo así, en una única superficie ininterrumpida; pero, como iba diciendo, cuando, excitado, le hice esa pregunta, ella, que ya se había corrido con vehemencia y estaba cansada y empapada en sudor, indiferente, respondió con una sonrisa irónica, cómplice, dejando los dientes al descubierto, como diciendo «Córrete dentro, chaval, no hay de qué preocuparse...», por lo que, interpretando su mueca despreciativa como la señal de una mujer con experiencia, madura, puede que incluso contenta de estar fuera del circuito perverso de la reproducción, empujé mi sexo al fondo del suyo hasta colmarlo de semen. Como un chaval.

Después sentí curiosidad por saber quién era la madre del compañero de clase con quien Jervi decía que se había acostado. No pensé que fuera un farol: había ocurrido, puede que una sola vez o muchas, quién sabe. Excluí púdicamente a la mía, y pasé lista a todas las demás, descartándolas una por una, hasta que solo me quedaron dos. A decir verdad, ni siquiera tuve que esforzarme mucho en descartar nombres porque me resultó claro desde el primer momento que únicamente podía tratarse de Ilaria Arbus o de la madre del Pirado, Coralla Martirolo.

Las chicas de la generación de Rosi y la mía, que abortaron a los dieciséis años, en cuanto tuvieron las primeras relaciones sexuales o incluso la primera, fueron muchas. En Italia el aborto estaba prohibido, pero siempre se encontraba un modo de practicarlo. Las familias pudientes, que lo desaprobaban pero lo consideraban necesario, llevaban a sus hijas al extranjero o recurrían a médicos tan caros como discretos. Las pobres se las apañaban.

(Por desgracia, sé quién es el ricachón que cada verano deportaba a Romina Jervi al islote en helicóptero, ese al que Rosetta se limitaba a llamar «el cabrón». Una vez más, lazos de sangre, de familia y de colegio. Se trata, en efecto, del hermano mayor de otro compañero de clase, el enésimo exalumno del SLM, el prototipo perfecto de joven rico al que

el colegio católico confirió una pátina dorada que ha ido desvaneciéndose con el tiempo, a fuerza de frotar y frotar...
Ya hablé de este fenómeno de los hermanos en el SLM.

Romina y Denis Barnetta, hermano de Gedeone, estuvieron juntos cuatro largos años; ella tenía dieciséis cuando lo conoció y veinte cuando lo dejaron, justo antes de que su relación culminara en el altar, después en hijos y después en divorcio. Un caso ejemplar de la alternativa «O nos casamos, o lo dejamos». Y lo dejaron.

Consecuencias de aquel beso insensato entre Rosi y Romina en la discoteca, precursor de la moda lésbica de estos últimos años: Denis Barnetta reaccionó al bofetón de Romina Jervi con una remesa de sopapos que la hicieron llorar y le dejaron señales, su hermano Stefano se enteró y, como James Caan en *El padrino* con su cuñado, se puso a buscar a Barnetta, y cuando lo encontró y logró sacarlo del coche donde se había refugiado presa del terror, le propinó una paliza y lo amenazó; después le montó a su hermana una escena de celos tremenda, tanto por el cabrón del que era novia como por el beso, puntual pero profundo, a la francesa, con su antigua novia, y al final acribilló a esta última a llamadas para verla, con la idea fija de follársela por última vez, años después de que lo dejaran, pero Rosi le dio calabazas. Y esta es la noticia concluyente que tuve de la vida de Stefano Maria Jervi hasta que me enteré de que había perdido la vida en la explosión en la azotea del manicomio.)

Solo ahora, releyendo lo que he escrito en las páginas anteriores y cerrando el capítulo, caigo en la cuenta de que también para Rosetta, Stefano Maria Jervi, como era en la época dorada del SLM, fue el punto de contacto conmigo, el fantasma que la llevó a buscarme, a llamarme con tono bromista pero explícito, a acudir a la cita y a dejarse follar de pie en la entrada del caótico estudio del artista milanés. Mientras nos revolcábamos en aquella cama incómoda, que nos dejaría con dolor de espalda al día siguiente, el guapísimo príncipe aceitunado de diecisiete años estaba entre nosotros; ella debió pensar intensamente en sus manos, en sus ojos, en su sexo siempre en erección y en sus brazos mientras hacíamos el amor y mis brazos la abrazaban y la estrechaban igual que, muchos años antes, en un campo polvoriento, habían abrazado a

Stefano después de que hubiera marcado un gol, con el mismo arrebato, una mezcla de furor y alegría que hoy solo siento porque en ella revive eternamente la juventud, no la mía, sino la del mundo entero cuando todavía es joven, como agua que brota en la profunda oscuridad de una cueva a chorros poderosos.

Sobre aquella cama dura como una piedra retozaban, no un hombre canoso y una belleza marchita adictos al adulterio, sino los cuerpos de tres adolescentes hermosos, estupendos, radiantes, inconscientes, con tres maravillosas tonalidades de tez y cabello, del miel ceniza al azabache azulado, estáticos bajo la luz de una edad perfecta, cerrada sobre sí misma como un envoltorio translúcido, desaparecida, muerta, muerta incluso para aquellos de nosotros que, por suerte, seguíamos con vida.

15

De esta historia puede decirse que no le importa a nadie o que nos concierne a todos: ambas cosas son ciertas. A mí, por ejemplo, ni me importa ni me importó, ni siquiera entonces, cuando acaeció. ¿Por qué escribo sobre ella?, se preguntará algún lector. Quizá porque sé lo suficiente. Podría ser una respuesta apropiada, ¿te convence, lector? Porque sé lo suficiente y creo saber incluso lo que no sé —al fin y al cabo, escribir sirve para eso—. O quizá porque, al contrario, no sé, o todavía no tengo bastante. O bien porque ha llegado el momento de hacerlo, ahora o nunca. Vamos, cuarenta años son suficientes para decir basta. En efecto, escribo no para recordar esta historia, sino para sellarla y olvidarla para siempre. Al menos en lo que a mí respecta. La cierro en este libro como si le diera sepultura. Amén.

16

—Perdona, Edoardo, ¿te molesto?
—No, yo..., pero ¿quién es?
—¿Estabas durmiendo?
—Bueno, la verdad es que... ¿Qué hora es?
—Las siete menos cuarto.
—¡Las siete menos cuarto!
—¿Es demasiado pronto?
—El despertador iba a sonar dentro de poco..., pero, perdona, tú...
—Soy Rummo. Gioacchino Rummo.
—¡Ah, Rummo! Hola... Oye..., ¿ha pasado algo?
—He creído que deberías saberlo, por lo menos tú. Se trata del profesor Cosmo.
—Cosmo...
—Nuestro profesor de literatura en el SLM.
—Sí, sí, claro, Cosmo.
—Mira, es que Cosmo...
—Ha muerto. ¿Ha muerto?
—Quería decirte que...
—No, por favor, no me digas que ha muerto. Rummo, te lo suplico, no me hagas empezar así la jornada. Así no. Porque de lo contrario cuelgo inmediatamente.
—No, no ha muerto. Pero está enfermo, muy enfermo.

Los psicofármacos hacen que el despertar sea menos dramático. A la realidad le cuesta abrirse paso. Por suerte, digo yo. Especialmente el que estoy tomando ahora, cuyos efectos duran demasiado para ser solo un somnífero nocturno, razón por la cual el médico quería recetarme otro, razón por la cual yo repuse que preferiría seguir con este y eliminarlo sin prisas. No me molestaba en absoluto que cubriera una parte del día bajo el manto de la indiferencia.

Sin embargo, en cuanto estuve lo bastante despejado para entender lo que Rummo me había dicho y por qué, me alegré de que me hubiera llamado. Que me hubiera llamado a mí, aunque fuera para darme una mala noticia.

Me contó que se había encontrado a nuestro viejo profesor en calidad de paciente, para tratarlo de una grave depresión. Prácticamente en la indigencia, se había aislado de todos. Cuando Rummo fue a su casa para realizar una visita a domicilio, lo impresionó la decadencia en que vivía.

—Ha malvendido su legendaria colección de discos...

Rummo me dijo que estaba acostumbrado a ver casos parecidos. Un par de veces por semana prestaba servicio como voluntario de asistencia médica y psicológica para pobres, ancianos solos e indigentes. ¡El bueno de Rummo! Columna sobria e íntegra de nuestra educación católica. Siempre fiel a su vocación. Admirable. Pero el caso de Cosmo era diferente, y no le había impresionado solo porque atañía a nuestro querido profesor.

—¿Te acuerdas? ¡Ya nos parecía viejo entonces!

—¡Arrugado como un elefante!

—¡Y con aquella tos!

—Siempre aclarándose la garganta...

Cosmo había acabado viviendo en una casita miserable del litoral romano. Dos estancias llenas de libros amontonados contra las paredes, del suelo al techo, un sofá con los muelles rotos, una cama de hierro de una plaza, también rota, ni radio ni televisión. Una butaca de terciopelo de color indefinible. Garrafas vacías en fila bajo una mesa cubierta de periódicos, en un ambiente que podía calificarse como cocina solo por la presencia de restos de comida: arroz pegado al fondo de las ollas, cáscaras de huevo y cosas parecidas. Pero aparte de la dejadez y la suciedad que lo rodeaban, y el malhumor, el profesor seguía siendo la misma persona que habíamos conocido en el SLM. Un hombre acabado pero lúcido, el último hombre sobre la faz de la Tierra, una figura de Giacometti, de ojos ardientes y rostro demacrado. Había reconocido casi al momento a su antiguo alumno. No por su nombre —«El doctor Rummo, mmm..., Rummo, Rummo, sí me suena»—, sino por su cara de chico envejecido.

—¿Estaba en tratamiento?

—Le sometieron a electrochoque.
—No me lo puedo creer.
—Pues es verdad.
—Pero ¿quién te lo ha dicho?
—El compañero que lo visitó antes que yo y que me pasó al paciente.
—Yo creía que eso ya no se practicaba.
—Algunos médicos siguen utilizándolo y algunos pacientes, soportándolo.
—Sé que a mi abuelo lo sometieron a muchos, pero hace años, yo era pequeño.
—¿Y con tu abuelo funcionó?
—Diría que no. Fue tirando, a veces normal y otras muy deprimido. Y una de las veces que estaba deprimido se arrojó por el hueco de la escalera.
—Dios mío, lo siento.
—Sí, es bastante impactante. Me enteré años después, cuando me regalaron su reloj.
—¿Qué quieres decir?
—Bueno, es una historia sobre la que escribí un poema hace ya un tiempo.
—¿Me la dejas leer?
—¿De verdad quieres leerla?
—Claro, me gustaría.
—Te la envío por correo electrónico.
—Acuérdate, por favor.

Rummo no logró sacar a Cosmo de la depresión, pero lo mantuvo suspendido en su tétrica lucidez, como una burbuja de mercurio en un termómetro, impidiéndole bajar más y seguir hundiéndose. A veces el profesor lo recibía con una mueca de desinterés y no le dirigía la palabra; otras reía sarcásticamente y le agradecía su dedicación. «No me lo merezco —decía, y después añadía—: Probablemente nadie se lo merece, así que no estoy robando nada.» En efecto, mi antiguo compañero de colegio iba a visitarlo más a menudo de lo necesario y en la asociación benéfica alguien le había llamado la atención diciéndole que no podía dedicar sus valiosas y escasas horas de voluntariado a un solo paciente que, en el fondo, tampoco estaba tan grave.

—Entonces me tomé unos días de vacaciones adrede.

—Qué buena persona eres.

—Quería verle, estar con él. Tenía la impresión de que a pesar de sus modales bruscos o indiferentes, en el fondo le gustaba que alguien le prestara atención. Que me ocupara de él.

No me acordaba de que Rummo, en el colegio, le tuviera un cariño especial a Cosmo. Yo sí se lo tenía, y en cambio en cuanto dejé el SLM me olvidé de él. Salió de mi vida como Gas & Svampa, el hermano Gildo, el desgraciado de mister Gólgota o el profesor de latín y griego, el inefable De Laurentiis, con sus conciertos de música griega para un dedo solo. ¿Y qué decir de Impero Baj, el bedel al que llamábamos Ochocientos por la pasta que aseguraba comerse cada día? ¿Qué había sido de ese hombre al que apreciábamos?

Una puerta que se abre solo por un lado.

Y lo mismo puede decirse de muchos compañeros que se desvanecieron en un soplo. Incinerados. Sin embargo, fueron mis amigos, y Cosmo mi profesor más importante. ¿Qué significa eso?

—Decía que no quería que le dieran un tratamiento, que era una pérdida de tiempo.

Es como si la existencia redujera el pasado a ruinas, las empujara hacia arriba y hacia delante solo para pasarles por encima y arrasarlas bajo la presión del presente en movimiento, y seguir más allá. Adelante, adelante.

Siempre he ido hacia delante ciegamente.

—Tenía una actitud digna de respeto, pero tozuda y equivocada, aunque al final siempre cedía y hacía lo que le aconsejaba porque sabía que empecinarse en una convicción negativa era tan estúpido como el exceso de optimismo. Y Cosmo, créeme, sigue siendo un hombre inteligente...

—Rummo, ¿quieres decir que lo convenciste para que se curara?

—Para que hiciera lo indispensable y sufriera menos.

Vale, reconozco esa actitud como propia de mi antiguo profesor. Y como propia de mi compañero respetarle.

—Su inteligencia nunca se apagará, pase lo que pase. Ni siquiera cuando se apague todo lo demás.

Si me alejé de Cosmo bruscamente, si lo traicioné yéndome a otro colegio y después olvidándolo, hasta hoy, no hice sino respetar sus deseos. Por él y por nosotros, que éramos sus alumnos predilectos. Me refiero a Marco Lodoli, a Arbus, naturalmente, y a todos los que había ido encontrando a lo largo de los años en el SLM, que se quedaron fascinados por su manera de enseñar: un continuo surtidor de estímulos, un puñetazo en la cara. Nos había enseñado a ser así, con rupturas, con saltos bruscos, como si fuéramos joven ganado que tiene que salir de un recinto, sin titubeos, aprendiendo que al volver atrás podías recibir otra tanda de palos porque tenías que salir. Creo que Cosmo planeaba que lo abandonaran, que lo prefería. Ya en el colegio ponía mucha distancia entre él y nosotros, no era simpático, ni cordial o indulgente, como los profesores que buscaban el aprecio. No había un calor especial en sus clases. Era exactamente lo contrario de mister Gólgota o del pobre De Laurentiis, que intentaban desesperadamente «hacernos partícipes». El abandono era su objetivo como profesor.

Puede que por eso la presencia asidua pero neutral de Rummo no lo abochornara. Con Rummo no corría el riesgo de que se redujera la distancia de seguridad que interponía entre él y Marco Lodoli, o entre él y yo —uno de los discípulos que trató por todos los medios de no cultivar, uno de sus hijos ilegítimos—, la que nosotros intentábamos abatir. Especialmente ahora que el maestro habría podido impartir sus últimas clases.

—Pero en los análisis rutinarios que le hicimos hace un mes ha aparecido una mala noticia: Cosmo no solo está deprimido, tiene un tumor.

—Coño, no.

—Es como si la depresión hubiera escondido la enfermedad más grave. O la hubiera mantenido a raya, la hubiera frenado..., retrasando su desarrollo.

—Pero ¿cómo? ¿Crees que es posible?

—Es una conjetura. Simplemente una idea. No sabemos desde cuándo lo tiene. El estadio es avanzado, pero la edad podría ralentizar su evolución...

17

—Oye..., ¿quieres ir a verlo conmigo?
—Yo..., lo siento, Rummo..., prefiero dejarlo correr. No es un buen momento.
—*Pas de problème*. Si quieres te mantendré informado...
—Sí, claro, por supuesto, llámame cuando quieras. Mantenme informado. O bien..., te llamo yo. Perdona, es que...
—No tienes por qué darme explicaciones.

En realidad nunca es un buen momento cuando alguien está mal. Tan mal. Nunca es un buen momento para morir y tampoco para ocuparse de quien se muere. Quizá llegue el momento adecuado cuando todo se acabe y la enorme e inútil inquietud cese, y «el libro lleno de ansiedad, de engaño, de dolor y de mal» se cierre en la oscuridad. Y entonces ya no será el momento adecuado.

En los últimos años había asistido al rápido declive y a la muerte de varias personas queridas. Acercarme demasiado a ese misterio sin gloria, por un exceso de altivez y de falsa familiaridad, como si quisiera demostrar que era lo bastante valiente para mirar a la cara a quien se iba, y lo que habría ocupado su lugar, en ese rostro privado de expresión para siempre, en vez de fortalecerme, como ingenua y obstinadamente había tenido la pretensión de creer —algo así como si encogiéndome de hombros me dirigiera al público diciendo: «¡Uf, me basta un solo dedo!», antes de enfrentarme a un gigante—, me había vaciado. La cercanía de quienes agonizaban me había chupado mucha vida. El nervio estaba sensibilizado y vibraba al mínimo esfuerzo.

Mejor dejar a mi antiguo profesor al cuidado más adecuado de su voluntarioso exalumno, pensé. Aunque en realidad, por lo que me decía, tampoco estaba suministrándole un tratamiento en sentido estricto.

Y esta vez no había sido Cosmo quien se había negado a recibirlo, sino Rummo a dárselo, pues sabía de su inutilidad. Nada de tratamientos de choque, pero ni siquiera de baja intensidad, solo la aplicación de un protocolo para aliviar los efectos más penosos del asunto. Mínima y simple humanidad. Sabio, como siempre lo había considerado yo en su fe inquebrantable, Gioacchino Rummo. Obcecados por el torbellino de la polémica, la gente se inclina a pensar que los católicos defienden la vida a ultranza, a toda costa, siempre y en todo caso. Que sea más un baluarte ideológico que religioso. Y en efecto, existen paladines que defienden a voz en cuello esta posición. Pero sería igual de cristiano, o cien veces más, aceptar sin rechistar la voluntad de Dios. Que venga la bendita muerte, en definitiva, si así debe ser, dado que vendrá en cualquier caso. No existe una religión que deposite más fe y esperanza en la muerte que la cristiana; por eso resulta incomprensible la actitud de quienes se empeñan en evitarla, como si dejar morir cristianamente a un cristiano fuera un ultraje. Y que la muerte (que definirán en el pésame y los entierros como un simple pasaje a una vida mejor, casi un motivo de júbilo) se considere una derrota indigna, el triunfo de las fuerzas del mal. No lo entiendo, de verdad, no logro comprenderlo. Pero por suerte Rummo pertenecía a la escuela empírica, que sabe hasta dónde puede llegar y cuándo tiene que detenerse. Detenerse a recuperar el aliento.

—Lo repasamos juntos cada semana —me dijo refiriéndose al protocolo de asistencia—, y tengo la impresión de que el profesor sonríe, sin mover casi los labios, cada vez que se me escapa un verbo conjugado en futuro.

—Pero, a ver, ¿cuánto le queda de vida? —le pregunté.

En el teléfono, la voz de Rummo sonó más baja:

—Según él, siempre demasiado.

Cuando la salud de Cosmo empeoró, decidí ir a verle. Enfilé la Aurelia con la cabeza como un bombo, llena de pensamientos que quería evitar a toda costa. Sustituí acrobáticamente el desconcierto que iba a provocarme verlo al cabo de cuarenta años, y probablemente el disgusto ante su estado actual, por una fantasía bucólica en la que él, más joven pero ya encorvado y arrugado, y yo, un chaval de pelo largo —como si fuéramos Sócrates y Alcibíades en un banquete—, conversábamos sin prisas, mientras el profesor me acariciaba la cabeza y de mi boca salían máximas simples y ciertas en respuesta a las suyas, que, por desgracia, olvidé inmediatamente. Nada más lejano de la realidad de la época del colegio y de la actualidad. De lo que Rummo me había dicho por teléfono, deducía que no íbamos a intercambiar más que unas palabras, que hablaba poquísimo, pero no por un impedimento orgánico, sino porque consideraba superfluo cuanto podía decirse. Desde hacía unas semanas, había perdido por completo la necesidad de comunicarse: miraba al médico o a la enfermera plácidamente, se dejaba hacer, escuchaba las pocas frases rituales que lo animaban a girarse o tumbarse, pero no decía nada, salvo alguna que otra interjección, «Ya», «Vale», «Sí, sí», «Ah, sí», «No, no, no». A veces parecía canturrear para sus adentros. Ya había dicho todo lo que tenía que decir. Y por lo visto, también lo había escrito.

Rummo me confesó que la primera llamada que me había hecho, la de por la mañana temprano un mes antes, se debió realmente a eso. Mientras inspeccionaba la casa para arreglarla un poco, bajo la mirada, ora impasible, ora sardónica, de su habitante, Rummo se fijó en una pila de cuadernos corrientes con la tapa blanda y negra, de poca calidad, que parecían ajenos al desorden general y conservaban un orden aparente, como si quien había gastado las tapas manoseándolos les tuviera aprecio. Abrió el primero y vio que estaba escrito hasta la mitad con una caligrafía regular pero casi ilegible, llena de tachaduras.

Cada página contenía párrafos breves intercalados con espacios en blanco. Notas e incisos llenaban los márgenes superior e inferior, y a veces los laterales de las páginas, siguiendo en vertical hasta volver a unirse con un punto del párrafo, escrito con líneas temblorosas pero precisas. Rummo se volvió con el cuaderno en la mano hacia su autor, que entonces solía sentarse en la butaca de terciopelo desteñido, sujetándose a los brazos que algún gato usara en el pasado para afilarse las uñas, y se lo había mostrado con una mirada interrogativa.

«¿Es suyo? —decía esa mirada—, ¿lo ha escrito usted?»

«Sí...», murmuró Cosmo, y a su rostro afloró una sonrisa afligida y astuta, descarada, mientras levantaba la mano y la agitaba en el aire como diciendo: «Déjalo estar, déjalo ahí...», como si, en lugar de apuntes,

Rummo hubiera descubierto una colección de fotografías licenciosas. Un vicio secreto del que avergonzarse si a su alrededor, y dentro de él, hubiera existido aún un atisbo de decoro, cosa que evidentemente Cosmo, con esa sonrisa y ese gesto, descartaba. Rummo contó unos veinte cuadernos. Y otras veces, sin atreverse a preguntar explícitamente, ni a hojearlos o leerlos, había intentado preguntar al viejo profesor, siempre con un diálogo mudo, qué eran aquellos cuadernos y si contenían algo importante, valioso, recibiendo por toda respuesta ojeadas evasivas o una cruz trazada en el aire, que significaban, sin duda, «nada, porquería» y «tirar a la basura». Si Rummo insistía mostrando curiosidad, el viejo reaccionaba resoplando y agitándose. Pero, por otra parte, mi compañero estaba seguro de haber visto en esos mismos gestos y miradas crispados algo que contradecía ese desinterés, ese desprecio hacia los escritos por parte de su redactor.

Es decir, le había parecido que Cosmo quería poner a prueba su intuición fingiendo un total desapego exterior hacia algo que, en cambio, en su fuero interno, consideraba importante.

—Yo no quiero saber nada. Me avergonzaría entrometerme. Pero si Cosmo muere sin haber dado a nadie instrucciones para que destruya los cuadernos, te los quedas tú. Después decidirás qué hacer con ellos, incluso puedes tirarlos sin haberlos leído.

Dudé, como de costumbre, y Rummo lo zanjó enseguida:

—Creo que tú, justamente tú, se lo debes.

Así que me ahí estaba yo, conduciendo por una carretera que recorría el litoral, a distancia de unos cien metros del mar, del cual se entreveían franjas entre un edificio ilegal y otro, palmeras enfermas, talleres y garajes. Pensaba en lo que aún tendría que decirme el viejo Cosmo, y en si yo le había querido de verdad además de admirarlo y seguir a pies juntillas sus indicaciones. Eso es, así definiría lo que nos daba en el colegio, no lecciones, instrucciones o informaciones, sino indicaciones, menciones que señalaban muy lejos y revelaban la existencia de continentes enteros, invisibles más allá del horizonte, archipiélagos escarpados con nombres, ideas, personajes, cuentos, disputas, luchas, batallas de ángeles contra demonios, ejércitos y filósofos, caravanas de mercaderes, aventuras y materias preciosas, y estrellas entrelazadas, y escuelas de hombres pensantes, selvas y enfermedades que acechaban a los prisioneros arrastrados por la nieve y el anhelo de supremacía de quienes los habían arrastrado, hasta alcanzar una especie de ampolla que contenía un líquido palpitante del que emanaba toda aquella fantasmagoría, la cordura que había salido de la cabeza de los hombres, la materia iniciática, el brebaje que vuelve sabio e inmortal, o el veneno que mata en pocos segundos.

Mi esperanza se veía agrandada por una ilusión tan simple como sincera, pero que siempre acaba por ser vana, esto es, que las personas enfermas, cuyo final se aproxima de manera inminente o casi imperceptible, puedan confiarnos una verdad profunda y pura, que tengan una especie de último mensaje que entregar antes de dejarnos, que a pesar de no iluminar el secreto de la existencia en general, debería dar sentido a la suya. Pues bien, es sin duda una ilusión, y vuelve apropiado el argumento contrario, según el cual o esta verdad última no existe en absoluto o, si existe, no entramos en contacto con ella ni siquiera en cercanía de la muerte, aunque también cabe la posibilidad de que aunque se revelara por entera ante los ojos del moribundo, como una última gracia, este no sabría cómo transmitirla a los demás, no sabría o no querría, le fallarían las fuerzas y las palabras se le morirían en la boca.

Y, sin embargo, no quería prescindir de esa ilusión.

Seguramente, Cosmo reservaba algo para mí, para mí solo. Aunque únicamente fuera su mueca sarcástica acompañada de unas pocas palabras. Ni siquiera por un momento se me pasó por la cabeza la posibilidad de que fuera yo quien tuviera que decirle algo. Desde luego, no iba a contarle «en qué consistía mi vida», o las «últimas noticias» (¿de los últimos cuarenta años?).

Pero ¿le quise alguna vez, o no? ¿Y él a mí? ¿Cuánto?

Por desgracia, llegué demasiado tarde para las confesiones y revelaciones. Solo hubo una, la misma que se tiene frente a algunos cuadros en que las figuras representadas se vuelven independientes de los personajes y solo son una cabeza, miembros: una cosa, en definitiva, que se ve bien, pero que no se expresa con palabras. Una evidencia corporal.

Entré en la casucha. Dentro estaban Rummo y una mujer. Cosmo estaba inconsciente.

—Está así desde ayer.

—¿No se despierta?

La mujer negó con la cabeza.

Todavía no lo había mirado. La habitación era angosta, pocos metros cuadrados, pero mi mirada vagaba alrededor de donde sabía que estaba su cama logrando esquivarla no sé cómo, o verlo como si fuera un espacio vacío. Podría enumerar los detalles que mis ojos registraron en aquella circunnavegación, pero eran insignificantes. No sé describir la miseria sino complaciéndome, como en una pintura de género, efectista. Reparé en la pila de cuadernos sobre la repisa de una ventana, que por eso podía abrirse solo a medias. ¿Estaban allí desde siempre o los había puesto Rummo? Al verme tan titubeante, me abrazó. Me estrechó y yo le estreché con fuerza.

«Qué lástima —dijo—, qué lástima.»

Y así me dio a entender que probablemente Cosmo nunca despertaría. Pero no había un atisbo de reproche en mi antiguo compañero del SLM, en todo caso de pesar por mí y por el viejo profesor, que a saber qué confidencias y reflexiones ambos hubiéramos podido intercambiar aún. Rummo creía que las últimas palabras significativas, fatales, que no existieron, que en verdad nunca existen, salvo en la imaginación de la posteridad, debían ser para mí. Solo entonces pensé en el dolor precoz de ese hombre que me abrazaba con vehemencia, en la edad que tendría ahora Giaele si la familia hubiera vuelto agotada de la excursión al lago dell'Angelo, con los macutos llenos de palitos para los collages de Eleonora Rummo y una baya de más con respecto a las que acabaron en el cubo de la basura, ya de vuelta en su casa. Ahora tendría unos cuarenta y cinco años, Giaele. Tendría hijos, quizá rubios, aunque se trata de un rasgo recesivo. O quizá en cualquier caso habría muerto prematuramente, cayéndose del ciclomotor de su novio cuando el casco no era todavía obligatorio, a causa de un aneurisma o de una simple operación de oído mal hecha, quizá su destino era ser pequeña para siempre. No crecer. Con la barbilla apoyada en el hombro de Rummo, abriendo los ojos que su conmovedor abrazo me había hecho cerrar para taponar las lágrimas, que acabaron por salir, vi finalmente a través de un velo húmedo la cama donde yacía Cosmo.

Voy a escribir una animalada: era idéntico a como lo recordaba en el colegio, a pesar de tener el doble de años y estar agonizando.

18

Cuatro días después, Rummo volvió a llamarme. Cosmo había muerto. Había muerto sin especial aflicción. Él lo asistió hasta el último momento, junto con la enfermera a cuya presencia el viejo profesor se había acostumbrado, y una tercera persona cuya identidad no quiso revelarme.

Rummo iba a entregarme las llaves de su casa, con el mandato de coger los cuadernos y el resto del material autógrafo que pudiera haber. Pero tenía que apresurarme: a finales de mes, el tugurio donde había vivido nuestro profesor volvería a manos de la oficina de las viviendas de protección oficial del Ayuntamiento de Cerveteri. Rummo había logrado convencer al funcionario local de que esperara otras dos semanas a cambio de prometerle que vaciaría la casa. Iba a mandar a dos rumanos con una furgoneta. Aparte de algún traje y varios pares de zapatos con las suelas gastadas pero de buena marca, que seguramente se quedarían ellos, todo iba directo al vertedero.

—Me gustaría decirte una cosa sobre el profesor..., la última.
—Dime.
—Ni te lo imaginas.
Seguramente, pensé. Siempre me cuesta imaginar lo que puede ocurrírseles a las personas que conozco o que creo conocer..., quiénes son en realidad.

—Muy bien, Rummo, espero que no se trate de nada malo..., estoy harto.

De ahora en adelante quería solo alegría y belleza alrededor. ¿Es un deseo ingenuo, de niño consentido? Sí.

—No, no es nada malo... —Rummo sonrió—. Al contrario..., pero es inaudito para una persona como él.

—¿Qué es?

—Antes de perder el conocimiento quiso ver a un cura.

—¡¿Cosmo?!

Rummo asintió.

No me lo puedo creer. No logro creerlo. El profesor Cosmo..., el hombre más laico de la Historia de la Humanidad. Un cura le acompañó y le confortó en su lecho de muerte.

Durante los días que Cosmo agonizaba, desaparecía un gran innovador tecnológico, quizá el más grande y famoso en el ámbito de la informática. Enfermo de cáncer como mi profesor, pero mucho más joven, incluso más joven de lo que soy yo ahora, mientras escribo estas líneas, tocando madera de vez en cuando. El lector sabe perfectamente a quién me refiero, y sus eslóganes son demasiado populares para que yo los repita aquí. Leí que después de haber «luchado con valor» había sido «derrotado» por la enfermedad. En la televisión y los periódicos hablaron de su «larga batalla», se derrocharon metáforas bélicas. El trance de la enfermedad, hoy en día se traduce en términos futbolísticos o tenísticos, dando por sentada una mentalidad agonística según la cual parece como si quien acaba muriendo se hubiera rendido. Y no es así. No existe ninguna lucha, aparte de la que las personas con buenas intenciones le meten en la cabeza al enfermo para que luche con fuerzas que no tiene.

Me faltó valor, porque habría sido ofensivo, para preguntarle a Rummo si el cura fue efectivamente una petición del moribundo o si había sido iniciativa de mi compañero. Por más que no cuestione la honradez de Rummo, me he quedado con la duda.

19

Es inútil y absurdo despreciar y burlarse del miedo de los demás, porque el miedo es la otra cara de la esperanza, y entonces reírse de los miedos de los otros es como negarles toda esperanza.

El miedo no se deja derrotar de una vez por todas. El hombre que busca consejo en sí mismo encuentra en el miedo a su interlocutor privilegiado. Para vencerlo hay que acercarse a la muerte, diría incluso que atravesarla. Quien vence al miedo accede al reino de los muertos, como Cristo. En una variante del bellísimo romance *Sir Gawain y el Caballero Verde*, sir Gawain, uno de los héroes de la Mesa Redonda, que se ha enfrentado a la muerte sufriendo solo un rasguño en el cuello en vez de acabar decapitado por el misterioso caballero —que se revela como la Muerte oculta bajo el ropaje verde de un caballero—, vaga desorientado por un mundo que no reconoce, extraño, donde las cosas no son lo que eran, las voces suenan diferentes, como también son distintos los colores y sonidos.

Es el mundo de los muertos.

Porque tú, querido Gawain, has cruzado el umbral que en realidad creías no haber cruzado..., sin darte cuenta.

Y no existe una vía clara para volver atrás. Hasta que encuentra a Merlín, prisionero también de un hechizo que lo encadenó para siempre al mundo de los muertos. La voz de Merlín vaga por el aire como un murmullo entre las ramas...

MERLÍN: *Gawain, tú tampoco volverás entre los hombres.*
GAWAIN: *Pero ¿qué dices? ¡Yo estoy entre los hombres, soy libre, el Caballero Verde me ha indultado!*
MERLÍN: *No hay necesidad de perder la cabeza para perderse.*
GAWAIN: *¿Y qué debería haber perdido? ¿Aludís acaso a mi honor?*
MERLÍN: *¡Oh, no! Todavía tenéis honor en abundancia, caballero, pero donde os halláis ahora el honor no cuenta. Este no es el mundo de los vivos, Gawain. ¿Todavía no os dais cuenta de lo que os ha sucedido?*
GAWAIN: *Yo... estoy...*

MERLÍN: ¡El barquero te ha traído a este otro lado, Gawain!
GAWAIN: Mis hermanos caballeros vendrán a buscarme. ¡Estoy seguro!
MERLÍN: Para ellos no sois más que un espectro, solo pueden veros en sueños, de noche, blandiendo la espada en el vacío, y por las mañanas se frotan los ojos para borraros de su memoria.

Ahora que yo también he pasado por ese trance, por la mordaza de la duda y del dolor, y del miedo, y he logrado salir, mucho más débil y mermado, ¿qué queda de mí? ¿Con qué fuerzas puedo contar? Es obvio que ya solo puedo contar conmigo mismo, y eso me angustia mucho, pues las pruebas a las que he tenido que enfrentarme hacen que me sienta reducido al mínimo existencial, vivo, sí, vivo pero mucho más débil que sabio y precavido. Mi extravío es la demostración de lo poco que he aprendido en la escuela de la vida. Es cierto, he resistido a la prueba de la nada, he resistido a su onda expansiva, y, sin embargo, tengo la sensación de que la nada se ha apoderado de mí. Mientras la derrotaba, me penetraba, eso es, lograba derrotarla solo gracias a sus fuerzas, que había hecho mías, que se habían convertido en mí. La nada que tenía delante o a mi lado, como un adversario que intentara sorprenderme, ahora está dentro de mí.

Una parte de la educación recibida se fundaba en la muerte. O, mejor dicho, en una vida que no era esta. La constante remisión de los curas al mundo suprasensible, en las clases, en misa, en las oraciones, en las explicaciones de catequesis, no hacía más que aumentar el vacío que sentíamos. No acabábamos de entender el sentido, la diferencia entre vivir o no, dado que al final nos esperaba la eternidad y esta vida era solo un apresurado paréntesis. Y si el mundo material estaba privado de sentido, igualmente carente de él nos parecía —no habríamos sabido llenarlo más que con palabras lánguidas o con las imágenes resplandecientes y vagas de los ángeles, niños alados de rizos de oro— el cielo prometido, el mundo superior que nos esperaba al final de aquella especie de entrenamiento, al que los curas reducían en sus peroratas, llenas de promesas, la vida. La teología podía enseñarnos a tomar conciencia de nuestra condición, no a salir de ella.

(Alguien debió decirnos que los ángeles eran, en realidad, niños muertos que habían volado al cielo.)

¿Por qué escribo esto ahora? ¿Por qué hablo de miedo y muerte? Porque saber que Cosmo ya no está sacude mi ser desde sus cimientos más profundos.

En toda historia moderna siempre se halla presente, implícito, un elemento mítico, es como si estuviera al acecho, listo para tomar la iniciativa y dominar la historia misma.

El poema sobre mi abuelo que nunca envié a Rummo se titula «Acero y oro», y gira alrededor del reloj que llevaba en la muñeca cuando se tiró por el hueco de la escalera, como Primo Levi. Era un Rolex de los años treinta o cuarenta, ni siquiera los relojeros especializados a los que he preguntado han sabido identificar el modelo. El que más se le parece es el que llamaban confidencialmente «Ovetto», huevito.

Mientras repiqueteo en el teclado brilla en mi muñeca
el Rolex de acero y oro de mi abuelo, el fascista
suicida. Las horas son casi ilegibles.
Lo llevaba puesto cuando se tiró
por el hueco de la escalera, barandilla negra
y luctuosa, como su fe política,
cuyos valores, en definitiva, más que un credo racional,
encarnaba por una cuestión nerviosa, un cambio brusco de humor
en el fondo de su corazón oscuro y torturado.

Un vuelo de seis pisos. Nadie lo vio, pero el impacto
se oyó en todas las casas.
El golpe contra el sombrío vestíbulo
destrozó el frágil mecanismo del reloj
y los órganos del hombre que lo llevaba.
Hoy un relojero quisquilloso, gracias a una reserva
de recambios y ruedas fuera de circulación,
lo ha puesto en marcha y me lo ha devuelto,

pretendiendo ponérmelo él mismo
como si fuera el grillete de un prisionero:
y mientras escribo, sus agujas viudas
giran en la esfera buscando en vano
las huellas de las horas borradas.

20

Sí, muy señor mío, ya no se duerme como antes...
Cuando dormíamos como lirones...

Waking at four to soundless dark, I stare...*

Sea cual sea la hora a la que me acueste, siempre me despierto demasiado pronto, en plena noche, el amanecer queda lejano —las cuatro, las cuatro y media—. Abro los ojos en la oscuridad y me invade la ansiedad; tomo media pastilla de un conocido psicofármaco y espero a que surta efecto.

Las primeras veces, al cabo de un cuarto de hora me volvía tan indiferente a cualquier problema que, por agradecimiento, quería dedicarle un poema...

Ahora que me he acostumbrado, tarda mucho más, es inútil que dé vueltas en la cama.

El despertar anticipado me aflige desde hace ya muchos años. Me aflige, sobre todo, su inutilidad. No siendo ni panadero ni campesino y, mucho menos, una alma poética, no sé qué hacer con el amanecer. Los defensores de la laboriosidad matutina deberían explicarme qué hacen por las tardes, cuando llevan de pie de ocho a diez horas, en qué ocupan el tiem-

---

* «A las cuatro me despierto en medio de una oscuridad insondable...», «Albada», Philip Larkin. *(N. de la T.)*

po libre hasta la hora de cenar, si tienen fuerzas para seguir trabajando, trotando, desprendiendo energía. ¿De dónde la sacan? ¿No están para el arrastre a mitad del día? Y en caso afirmativo, ¿en qué han salido ganando?

A mí me da miedo despertarme cuando todavía es de noche.

Ahora que tengo que esperar más a que la benzodiacepina me tumbe, he transformado el tiempo de espera en una ocasión de lectura: una lectura algo alucinada, ávida, desenfocada, que poco a poco se relaja —la química empieza a surtir efecto, el principio activo de la pastilla que me pongo debajo de la lengua, en breves oleadas seguidas que se aplacan una contra otra, lo absorbo como si fuera arena—, se vuelve menos enrevesada, se hace lineal, y a la distensión de los nervios se corresponde la de las frases que se disponen en fila sin esfuerzo ni obstáculos, una tras otra, mientras que su contenido se vuelve menos apremiante, menos importante, o quizá se revela, ni más ni menos, por lo que es, por lo que realmente significa, sin que yo sobrecargue las frases de significados, las interprete, las rechace o me deje impresionar como si fueran revelaciones: me entran por una parte y me salen por otra, sencillamente. La página 123 del libro se convierte en la 148 sin que sepa cómo he llegado allí, quién me ha empujado, y por fin llega el olímpico desinterés que estaba esperando, respecto a las frases en sí, al libro que tengo entre las manos, a la historia que me cuenta, a la historia de mi vida que ya no necesito reconstruir, y a la vida de todos los demás; y ya no noto el cansancio que reaparecerá cuando suene el despertador del móvil: ha amanecido y la luz se filtra por las ventanas, pero no me da un miedo especial, es solo una luz, no da ni esperanza ni ilusiones que luego podrían ser dolorosamente desatendidas, ni espero ni temo nada del nuevo día que empieza, y solo deseo dormir una última y deliciosa hora, antes de que suene el despertador, la cabeza pesada sobre la almohada fresca, la realidad bien definida alrededor, en su auténtica dimensión: la insignificancia.

... and all the uncaring
Intricate rented world begins to rouse...*

---

* «Y todo el imposible / intrincado y agrietado mundo comienza a despertar», «Albada», Philip Larkin.

El método Xanax + novela (mejor si es larga, varios cientos de páginas) funciona desde hace mucho, puedo decir que esta adicción aún no me ha matado. Pero desde hace unos meses, es decir, desde que tengo una tableta, cuando no encuentro novelas tocho que me llamen la atención o cuya mole me desanima, en vez de leer libros, hojeo las páginas de los periódicos online. No las noticias, que a esas horas ni entendería, sino los comentarios de los lectores. He descubierto que se trata de un género propiamente dicho, puede que no literario, pero le falta poco. Si he desarrollado una adicción, no es tanto la del fármaco, que me tranquiliza, cuanto la de los comentarios, que me alarman. Me informan sobre el estado de las cosas, sobre cómo va el mundo y sobre lo que piensa la gente mucho más que los artículos que deberían comentar. Tengo la impresión de que el sentido reside no ya en lo que sucede, sino en cómo lo juzga la gente, en el modo como reacciona, en las palabras que utiliza. En lo que se cabrea. Porque los comentaristas casi siempre están cabreados. El noventa por ciento de sus comentarios rebosan rencor. Se diría que este es el sentimiento que en la actualidad inspira a nueve de cada diez italianos, los acompaña durante el día, los hace respirar y recapacitar, para que acto seguido se sienten delante del teclado trabucando nombres, inventándose motes, amenazando con represalias, burlándose y prometiendo a los demás comentaristas que pronto «serán eliminados». Todavía medio dormido, pero lo bastante despierto para divertirme y estremecerme a la vez, deslizo el dedo sobre decenas, cientos de frases avinagradas, acusaciones, quejas y réplicas del siguiente tenor: no sois más que peones, ladrones, lacayos miserables, vendidos, descerebrados, borrachos, espías, majaderos. Usan mucho el término «troll», en un sentido jergal, para definir despreciativamente a «un sujeto que se interrelaciona mediante mensajes provocadores, irritantes, fuera de contexto o sin sentido, con el objetivo de obstaculizar la comunicación y meter cizaña».

Troll: una palabra que me gustaba y que siempre me causaba cierta turbación, desde que leí *Peer Gynt* en versión ilustrada para niños, libro que he vuelto a encontrar en la casa de la playa y que tengo ahora entre las manos, delante de mis ojos, editorial Aristea, edición de Rossana Bagaloni, y hojeo emocionado...

Pero ¿y esos trolls que aparecen online? ¿A qué se refieren? ¿Y quién habla? Las opiniones deberían aludir al artículo original que ha dado pie a la discusión, pero ese está a doscientos comentarios de distancia, el carrete de hilo se ha enmarañado y ha ido a parar muy lejos, ya nadie se acuerda de qué iba, y se dirigen a quien ha comentado el último, se solapan unos sobre otros, en una espiral donde gana el más agresivo, cáustico o gracioso...

Uno de los motivos que me impide dormir es la escritura de este libro. Su tema, sus fantasmas. La idea que lo ha inspirado. Hacía años que no pensaba en la MdC..., y después alguien ha reaparecido. Ha llamado a la puerta.

Cuando era un chaval, mi insomnio era diferente, puro, incontaminado. Preliminar. Imposible dormir.

A los doce, trece..., quince años..., noches en blanco con el corazón palpitante y la mente murmurando pensamientos contradictorios, un gran pensar, inconcluso, ininterrumpido.

En la oscuridad continentes de pensamientos chocaban entre sí, crujiendo como enormes placas de hielo a la deriva. El pensamiento incesante, vano... El cuerpo, que reclama descanso..., la mente, famélica. ¿En qué pensaba? En realidad, en nada. No es que pensara, es que los pensamientos llegaban en masa y giraban vertiginosamente como bandadas de pájaros en el cielo invernal, formando de vez en cuando alguna figura que parecía tener sentido, y que se esfumaba de inmediato.

21

Bien, ha llegado el momento. La necesidad de escribir este libro nace, o quizá resucita, hace diez años. Se despierta como una momia en una película de terror de bajo presupuesto.

El 29 de abril de 2005 encuentran a dos mujeres enterradas en el jardín de una casa cerca de Campobasso.

Entre los protagonistas de este suceso se halla el pastor evangélico Dario Saccomani (los presos lo llamaban el Estafador: presentaba proyectos desde la cárcel solo para recibir financiación).

Saccomani: «Yo soy una persona que reconoce en su existencia la obra de Dios». Funda en Campobasso la asociación Città Futura, que actúa en cuatro ámbitos diferentes de interés social: alcoholismo, prisiones, desadaptación juvenil y sexual.

Mientras tanto, en la cárcel de Palermo, los talleres teatrales y de escritura estaban dirigidos por Giuseppe Pittà, gestor cultural, quien, según el preso Maiorano, se reía escuchando a Angelo contar sus hazañas criminales.
  Angelo es autor de una novela que tiene un capítulo titulado «Matemos a las niñatas». Pittà le ayudó a escribirlo. Según Pittà, muchas cosas de las que Angelo cuenta en su libro son «fruto de la fantasía».

Luca Palaia, un joven acneico. Hijo de un calabrés condenado a cadena perpetua, compañero de prisión de Angelo.

Palaia y Angelo se conocen en agosto de 2002 durante un permiso.

Angelo: «Palaia me fascinó. A pesar de haber tenido poca suerte en la vida y muchos problemas, parecía como si todo eso le hubiera resbalado y estaba siempre sonriente. Otros en su lugar se habrían resentido, él no. Me quedé prendado, pero, que quede claro, ese apego que sentí por él no tenía nada de homosexual. Para mí era como un hijo».

Durante los permisos, en Campobasso, a partir de las ocho de la noche, Angelo se hospedaba en el hotel Roxy, de cuatro estrellas, donde organizaba cenas para sus invitados, que a veces eran hasta diez, entre los cuales había incluso parlamentarios —afirma él.

Palaia se disponía a pasar la noche en compañía de Angelo en el Roxy cuando la policía se presentó para una visita de control. En el informe que redactaron mencionaron «una situación turbia». Los agentes encontraron el pijama de Palaia en la habitación de Angelo.

Según el jefe de la brigada móvil de Campobasso, durante los interrogatorios Angelo admitió abiertamente sus inclinaciones homosexuales. Saccomani dice que era bisexual. Guido Palladino (su otro cómplice), que le gustaban los chavales. «Palaia era su tipo.» Se trataba en cualquier caso de un vínculo enfermizo, aunque Izzo niega haber mantenido relaciones sexuales con él.

Este incidente le cuesta a Izzo el régimen de semilibertad, y lo trasladan de Campobasso a la Pagliarelli, en régimen cerrado, de Palermo.

Allí se vincula a Giovanni Maiorano, al que conoce de varias prisiones. Maiorano, de Apulia, había matado a un camello y se rumoreaba que se entretuvo jugando a la pelota con su cabeza.

Maiorano no es el primero en quedarse prendado del perfil psicológico de Angelo. ¿Qué perfil?, se preguntará el lector. Pues el que le confiere el hecho de proceder de una buena familia, de haber ido a la universidad —un año solo, para ser exactos, después lo metieron en la cárcel—. Si Angelo había engatusado a jueces y periodistas, no era tan raro que engatusara a algún delincuente de poca monta.

«Me daba consejos, me regalaba libros, yo cocinaba para él y le preparaba la comida.» Maiorano se convence de que Angelo está dotado de un espíritu empresarial, de que conoce el mundo de los negocios y cuenta con amigos en ese terreno, le gustaría confiarle sus ahorros, y está seguro de que ayudará a su mujer, Antonella Linciano, y a su hija, Valentina, que viven en Campobasso, cuando vuelva a gozar de la semilibertad y pueda trabajar en la asociación del pastor Saccomanni. De hecho, Maiorano anima a las dos mujeres, madre e hija, a confiar en el «tío Angelo», que así es como pronto lo llamará la chica. Afirma que no siente celos porque se sabe que a Angelo le gustan los chicos, no las mujeres.

Angelo resta importancia a su relación con Maiorano: «Hablábamos, dábamos paseos..., nos intercambiábamos algún plato de pasta..., esa clase de cosas».

«Él quería dar un golpe conmigo..., pero yo tengo unos contactos criminales muy por encima de alguien como Maiorano para pensar siquiera en hacer negocios con él.»

A Angelo cada vez le falta menos para obtener de nuevo el régimen de semilibertad y Maiorano se vuelve más insistente. Según Angelo, Maiorano lo invita a «servirse» como más le plazca de su mujer, que es una tía despierta, a cambio de ayudarla. A ella y a su hija fuera de la cárcel, y a él dentro.

En el juicio, Saccomani se define a sí mismo como una «operadora», pues su camino para convertirse en mujer ha llegado a buen punto. El pastor evangelista, fundador de Città Futura, está preparándose para la operación de cambio de sexo cuando tienen lugar los homicidios. Sí, lo sé, es increíble. Si un guionista quisiera añadir este detalle a una película, los demás guionistas se le echarían encima. «Pero ¡qué dices! Solo nos faltaba el cura que quiere ser mujer. Como si tener entre los personajes a un violador homicida que trabaja como asesor psicológico fuera poco! ¡No exageremos!»

«Yo podía aceptar el reto o no... —dice refiriéndose al de ayudar a Izzo a salir de la cárcel, a ese entramado interesado y untuoso de amistades que, con el ordenamiento actual, permite a un preso salir de la cárcel y deja a otro, menos chanchullero que él, pudrirse dentro—, y lo acepté, porque parto de un presupuesto muy concreto..., un presupuesto de fe..., hay quien lo considerará una locura, fanatismo religioso y místico..., pero no lo es.»

«Yo soy una persona muy racional..., pero soy creyente», dice el pastor. Ha estipulado con Angelo un contrato (falso) para la «creación de un periódico», quinientos euros al mes.

JUEZ: *¿Y cuánto ganaba Angelo al mes?*
SACCOMANNI: *Quinientos euros.*
JUEZ: *Así pues, ¿era un empleado suyo?*
SACCOMANNI: *Sí.*
JUEZ: *¿Y cómo podía permitirse la asociación pagar un sueldo regular a Izzo?*
SACCOMANNI: *Bueno, reunía la suma necesaria gracias a las donaciones, entre las que estaba la de su familia...*
JUEZ: *¿Era una donación regular?*
SACCOMANNI: *Sí.*
JUEZ: *¿Mensual?*
SACCOMANNI: *Sí.*
JUEZ: *¿Y a cuánto ascendía la donación mensual de la familia de Angelo?*
SACCOMANNI: *A quinientos euros.*
JUEZ: *¡El importe exacto al que ascendía su sueldo!*
SACCOMANNI: *Sí.*

¿Quién acudía a Città Futura en busca de ayuda? «Gitanos, parados, un buen número de mujeres a las que sus maridos han abandonado por otras más jóvenes, y que por eso pasaban por dificultades económicas», responde Angelo. El apoyo psicológico que él presta se revela eficaz. «Puedo presumir de haber resuelto el sesenta o setenta por ciento de los casos...» Angelo les encuentra trabajo a muchos candidatos y reconforta a las mujeres abandonadas. Tiene intención de estafar a Maiorano y a su mujer inventándose la historia de un restaurante que hay que reformar para sacarles dinero, pero al mismo tiempo sueña con abrir su propio restaurante «con el objetivo de crear puestos de trabajo para los necesitados», a los que afirma «haber cogido un cariño sincero».

Noviembre de 2004: el juzgado de vigilancia penitenciaria de Palermo concede de nuevo a Angelo el régimen de semilibertad. Ah, ya era hora. (Véanse los motivos en el capítulo 14 de la Sexta parte de este libro.) A finales de diciembre, Angelo sale de la cárcel. Hace que contraten a Palaia en Città Futura pagando de su bolsillo trescientos o cuatrocientos euros al mes.

Angelo le compraba ropa, le regaló un coche, después conoce a la mujer de Maiorano (de la que el preso le ha hablado tanto) y le cuenta que quiere abrir un restaurante en Frasso Telesino, en una casa de su familia —«un castillo»—. Carmela Linciano, a la que todos llaman Antonella, vive con su hija, Valentina, en un pueblo cercano de nombre inverosímil, Gambatesa;* Valentina todavía no ha cumplido los catorce y va al colegio. Todo el mundo le da con la puerta en las narices a Antonella, menos Angelo, que tiene planeado sacarle el dinero de la reforma —«El proyecto de la reforma era una bola, no tenía ninguna intención de abrir un restaurante, era una excusa para sacarle diez o quince mil euros y metérmelos en el bolsillo»—; al final Linciano le da, de mala gana y obligada por su marido encarcelado, cinco mil quinientos.

Maiorano le ha escrito diciéndole que Angelo es una «persona de toda confianza». No necesita ningún recibo.

«Cuatro duros, una miseria», afirma Angelo.

La relación entre Angelo y la mujer de Maiorano es una breve novela perversa, de la que solo queda la versión del asesino. El cual, como había hecho al dar cuenta de la MdC y muchos otros episodios, amontona numerosas afirmaciones, insinuaciones, alusiones y adornos —él mismo los define de ese modo—. Según él, Linciano lo agobia. Lo llama continuamente y va a verlo a menudo a la sede de Città Futura, siempre con su dichosa hija. «Quería hacer de todo.» Solo cuando se trata de aflojar el bolsillo se vuelve esquiva y desconfiada. Angelo encarna el papel de marido, ocupándose de los marrones familiares: el abogado para su sobrino, Daniele, en arresto domiciliario, el desahucio, el seguro de desempleo. Y a pesar de que asegura que las odia, le toma gusto a ser «el hombre de la casa para las dos mujeres».

Las relaciones que Angelo mantiene con los demás tienen siempre un carácter alucinatorio. Están hechas de breves arrebatos fantasiosos de pasión o repulsión. Según él, su relación con Antonella Linciano se

* «Zancadilla.» *(N. de la T.)*

deteriora porque ella revela muy pronto «un carácter codicioso y chantajista». Era «una bruja sin un ápice de sensibilidad».
Y la chavala siempre en medio...

«Cuando las veía llegar, se me helaban el corazón y las entrañas.»
«Empecé a odiarlas. Dios mío, rogaba, haz que estas dos desaparezcan de mi vida.»

Un detalle importante de la relación entre Angelo y el pastor utopista que está a punto de cambiar de sexo: las fotografías de los niños vietnamitas quemados por el napalm que Angelo enseñaba a Saccomani preguntándole: «¿Es posible que Dios permita algo así» (la pregunta que Iván Karamázov le hacía a su hermano Aliosha, me permito señalar), y el pastor evangélico le respondía, inspirado: «No es verdad que Dios se lave las manos... Dios te ha creado a ti para poner fin a estas injusticias».

(¡Dios ha creado a Angelo para impedir esto...!)

Mientras la tempestad imaginativa arrecia sobre su alma, Angelo cae en la cuenta de que sus amigos Palaia y Palladino solo piensan en sus asuntos, y no en los de él. Los tormentos interiores de Angelo les pasan inadvertidos. Y se percata de que está solo. Desea con vehemencia que lo quieran, que lo quieran de verdad, es más, lo exige. Se siente contra las cuerdas y desea escapar. Es entonces cuando en su «mente herida» se va abriendo paso la idea de implicar a los maleantes en un asunto que los ate para siempre a él de manera irreversible. «¡Tenía tanto miedo a ser abandonado!» Y empieza confusamente a ver una posibilidad...

«La idea de hacer un pacto de sangre que los obligara a quererme para siempre.»

Es así como se crea el cuarteto que Angelo quiere dirigir a su manera. Y lo logrará. Dos mujeres y dos hombres. Antonella Linciano y Valentina, por una parte, Luca Palaia y Guido Palladino, por la otra. Eliminando a las primeras, empezando por la mayor («Cuando estábamos juntos, en la intimidad, fantaseaba con emparedarla viva en un rincón del despacho»), y, llegado el caso, seguir con su pegajoso apéndice adolescente, para, de ese modo, atar con los lazos de la complicidad a los segundos. Como treinta años antes.

«Basta. Ahora finjo ceder, finjo irme con esas dos y las hago desaparecer.»

Existen interceptaciones telefónicas.

Ya se sabe, una interceptación es como una red: la echas al mar creyendo que vas a pescar determinados peces y siempre acabas pescando otros que no te esperabas. La brigada móvil estaba realizando pesquisas sobre un tráfico de estupefacientes e interceptaron a Paladino y Palaia hablando de una pistola que necesitan para un atraco...

La policía arresta a Guido Paladino. Le hacen creer que lo saben todo y él les habla de dos cadáveres en la casa de su abuela. Los policías se quedan pasmados: Paladino cambia entonces su versión y afirma que lo que hay en casa de su abuela son dos pistolas. Al día siguiente, los investigadores encuentran las pistolas y huellas de pisadas en el jardín que conducen a una tierra removida recientemente. Empiezan a excavar y se topan con cal. «A esas alturas, Palladino se dio cuenta de que no nos iríamos de allí hasta que llegáramos al fondo del asunto, y admite: ahí están la madre y la hija», frase que Angelo define como «una simpática invención de la brigada móvil».

Encuentran enterrados los cuerpos de Antonella Linciano y Valentina.

La primera, vestida, con las manos esposadas detrás de la espalda, la boca y la nariz tapadas con cinta adhesiva (los orificios de la nariz no estaban ocluidos del todo). Las esposas le fueron colocadas a la víctima cuando estaba viva y consciente. En la cabeza lleva una bolsa de plástico negra cerrada alrededor del cuello con cinta adhesiva: eso es lo que le impidió respirar y le causó la muerte al cabo de unos cinco minutos de agonía.

Valentina estaba desnuda, con las manos esposadas a la espalda y una camiseta blanca y rosa alrededor de los brazos, encapuchada con una bolsa de plástico negro, envuelta con cinta adhesiva y cerrada en el cuello con un lazo hemostático.

Los cuerpos de ambas envueltos en dos sacos de plástico verde.

«La puta y la putilla», así las llamaba Angelo, porque «solo les interesaba el dinero».

Dice que en la sede de Città Futura «tenía una ventanilla y allí las recibía. Si teníamos que hablar de cosas privadas, íbamos a la oficina de al lado. Si íbamos a mantener relaciones sexuales, íbamos a la oficina del fondo, que estaba cerrada. La llamábamos, en broma, la "habitación galante"».

A este respecto, Angelo sostiene haber mantenido relaciones sexuales en trío con las víctimas.

La primera vez que Angelo se había encontrado con la mujer de Maiorano, le había besado la mano. Repite el mismo gesto con la periodista que había ido a entrevistarlo unos años antes, y que a ella le había impresionado tan favorablemente.

Angelo, hablando por teléfono con Valentina —unos días antes de matarla—: «Te noto un poco triste... ¿Qué te pasa? ¿Un amor no correspondido? Ay, ay, ay...».

«Ay, eres una hija ejemplar.»

Dice que le dio unas esmeraldas a la Linciano. «Se había convertido en mi cómplice..., una mujer malvada, codiciosa. Había empezado a hacerme chantaje.»

Según el médico forense, el himen de Valentina estaba intacto, era fibroso, de tal modo que excluían la penetración, incluso parcial.

Encuentran el ADN de Angelo en la boca de la chica (quizá la besó o hizo algo más antes de estrangularla).

Las esposas para los juegos eróticos: ¿quién las compró? Resulta que fueron adquiridas en la tienda Cose Belle, en Campobasso; el lazo hemostático lo había comprado Palaia para Saccomani, que se inyectaba hormonas para convertirse en mujer.

Otra vez..., el lazo hemostático... (vuelva el lector a la página... 478).

«Soy una persona con problemas de identidad y de género —dice Saccomani, ya a punto de someterse a la operación para cambiar de sexo y de nombre—. Mi trayectoria de transición empezó hace diez años.» En su ordenador fueron halladas cientos de fotos de pornografía infantil.

Angelo hace alusión a relaciones incestuosas y pedófilas entre Maiorano y Valentina. «La parte civil tiene mucho que callar a propósito de esto...», dice en el juicio, con una chispa de maledicencia.

Saccomani: «Yo hice lo que debía. Quien está al servicio de Dios ya está satisfecho por el mero hecho de servirle, no necesito ninguna gratificación más...» [Pero ¿qué coño dice?]

Afirma Angelo: «En 2002 ya le había mandado comprar cal a Palaia para enterrar una pistola que se había utilizado en un homicidio y estaba sucia. Yo no le daba explicaciones, él obedecía y punto».
    Según la defensa, Palaia estaba subyugado por el monstruo. Quizá sea él el verdadero Subdued. Por otra parte, el mismo Angelo dice que le recuerda mucho a su viejo amigo de la MdC, es más, que es casi su doble.
    A propósito, Luca Palaia no se llama así: cambió de identidad cuando era niño porque su padre es un condenado a cadena perpetua que se convirtió en colaborador de la justicia. En veintitrés años había visto a su padre una sola vez. De chaval había estado seis meses en el correccional de Latina por un «atraco de mierda» (definición de Angelo) a una farmacia con una escopeta de cañones recortados, del que después fue absuelto.
    Cuando en el juicio le preguntan al padre de Luca Palaia: «¿Qué clase de relación tiene con Luca Palaia?», se acoge al derecho a guardar silencio.

Maiorano afirma que Angelo le dijo que había estado en Roma con Palaia y una chica: Palaia le hacía el amor y Angelo miraba.

En el juicio, Angelo se muestra locuaz, le gusta hablar, ríe, se agita.

«Quería comprarle un Porsche, porque le quiero, quería ponerle un McDonald's a su nombre.»

«¡En efecto, era él quien estaba prendado de este efebo!», suelta el abogado de la parte civil.

«Palaia era débil, por edad, por su inseguridad..., por su cociente intelectual...», y aquí, el abogado de Palaia hace pasar a su cliente por un idiota para salvarlo. «¿La envergadura criminal de Palaia? ¡Por favor! ¡Palaia no tiene ninguna envergadura, ni criminal ni de ninguna otra clase!»

«Todos los que han tenido algo que ver con Angelo han caído en sus redes...», sigue diciendo el abogado de Palaia.

El fiscal: «El asesino ha cometido un homicidio para enseñarle a Palaia cómo se mata. Para entrenar a su protegido».

«Angelo vive de sus crímenes. ¡Se alimenta del mal que comete!»

De la niebla del pasado emergen barcos fantasmas..., restos de la memoria..., son piezas que se parecen..., encajan y pueden montarse de maneras diferentes..., la constelación de los crímenes puede componerse hasta el infinito.

«... cuando matamos a Piero Castellani, apodado el Baboso, su mujer estaba delante, así que tuvimos que matarla a ella también..., de modo que ahora digo, maldita sea, que a veces te ves obligado a matar a quienes no tienen nada que ver, como a la chica, porque no es que yo esté loco, o que sea un asesino en serie, sé muy bien que ella era inocente, pero tuve que matarla porque no me quedaba más remedio...»

22

Por la mañana yo había preparado unos bocadillos. Me vuelve a la cabeza un episodio de violencia carnal en que también había preparado unos bocadillos. Puede que la primera que cometí en mi vida. Habíamos ido a una villa en las inmediaciones de Castelli y llevamos a la hija de un director de cine, y recuerdo ese detalle de los bocadillos. Pero esta vez nadie comía. Estábamos incómodos. Entonces fui a la cocina y saqué el lazo hemostático y la cinta adhesiva de la bolsa. Y las esposas. Llamé a Antonella: «¿Puedes venir un momento? Tengo que decirte una cosa». Le ordené que se tumbara, tenía que registrarla, y que no armara jaleo para no asustar a Valentina. Yo sujetaba la pistola. La obligué a tumbarse y le dije a Palaia que le pusiera las esposas, y él se las puso. «Ahora amordázala.» Es decir, con la cinta. Parecía como si ya estuviera muerta. La chica se había quedado en la otra habitación. Con la boca cerrada gracias a la cinta adhesiva, Antonella era inofensiva. Luca se puso pálido y temblaba. Lo aparto de un manotazo, le pongo la bolsa en la cabeza a ella y la estrangulo. ¿Cómo? Me siento encima de ella. Empieza a revolverse. Justo cuando comienzo a sentirme mejor, se revuelve. No sé cuánto tardó en morir. Al principio no pensaba matarla, solo quería dejarla inconsciente. Pero con la cabeza dentro de la bolsa se moriría a la fuerza. Lo único que me importaba era que no forcejeara demasiado, porque me había dado cuenta de que no contaba con el apoyo de Luca, que estaba fuera de sí. Le digo que se tranquilice, hago que se siente. La chica seguía en la otra habitación, tranquila. No habíamos hecho el más mínimo ruido y todo había acabado en pocos minutos. ¿Qué sentí después de haberla estrangulado? Alegría. Me había liberado de un peso. En la vida puede suceder que los problemas, incluso graves, se resuelvan de repente. Era como si me hubiera quitado de encima la suciedad de treinta años de cárcel. Después pensé: ahora tengo que ocuparme de la chica, y fui a la otra habitación. Pero antes debía tranquilizar a Luca, que si se daba cuenta de cómo iba a acabar la chica podía rebelarse. Le garantizo que no voy a hacerle daño. «Tranquilo, no te muevas de aquí.» A ella le digo que hay un cambio de planes y que tengo que embalarla. He de sacarla de allí a escondidas. No sé si se lo creyó, pero la apuntaba con una pistola, ¿qué otra cosa habría podido hacer ella? Entonces le puse las esposas. La habéis encontrado desnuda porque al principio mi plan era desnudarlas a las dos, meterlas en las bolsas de plástico, arrastrarlas a la fosa y enterrarlas sin bolsas para que los cuerpos se consumieran en poco tiempo. Con la ropa puesta se tarda más y la identificación es más fácil. Pero con su madre, mi plan se había ido al garete. Le dije a Valentina que se sentara en el sofá, le puse las esposas y la cinta adhesiva para que no pudiera gritar. Le puse mucha, tres o cuatro trozos, también sobre los ojos. Después la desnudé, pero como ya llevaba las esposas no logré sacarle la camiseta del todo. Le quité lo demás, le até las piernas, le puse la bolsa en la cabeza y se la cerré en el cuello con el lazo hemostático. Después me di la vuelta. Murió asfixiada. También había envuelto la bolsa con cinta. ¿Cuánto aire contiene una bolsa? La chica no reaccionó, atada de pies y manos, amordazada y con la bolsa en la cabeza como estaba. No forcejeó como su madre. Me di la vuelta porque me molestaba. Y después me bebí una Coca-Cola.

NOVENA PARTE

Cosmo

1

Echando un vistazo a los cuadernos que me llevé de casa de Cosmo, identifiqué casi de inmediato cuál era el último en orden cronológico, que debió de escribir hasta que la enfermedad lo enmudeció, es decir, hasta pocos días antes de su muerte. Rummo me ha dicho que nunca lo vio tocar los cuadernos. Si Cosmo seguía haciéndolo, seguramente esperaba a quedarse solo, o bien en compañía de la enfermera con quien más confianza tenía, con Jelena.

Los cuadernos no llevan fecha ni indicación cronológica. Me di cuenta de cuál era el último por la caligrafía. Era muy denso, con pocas tachaduras y correcciones. Contenía unas cuatrocientas notas, separadas entre sí por una línea de puntos. Las copié en el ordenador y las numeré siguiendo el orden en que estaban escritas. Por motivos de espacio, en el capítulo siguiente no puedo transcribirlas todas, pero sí un buen número de entre las que más me llamaron la atención, o que pueden estar relacionadas con esta historia: aunque nunca la mencione directamente, da la impresión de que Cosmo alude a ella en algunas ocasiones.

En otro lugar más adecuado, haré público este cuaderno en su totalidad, y si dispongo de tiempo, medios y lectores interesados, intentaré hacerlo con todos los demás.

En casos excepcionales he añadido notas personales.

2

1. En Italia, los lectores de periódicos no están interesados en saber lo que todavía no saben o no se esperan; de hecho, no pretenden que se les informe o se les ponga al día; como mucho, prefieren que alguien les confirme las opiniones que ya tienen. Si odian a una persona, quieren que el brillante periodista cultural del periódico que compran todas las mañanas les demuestre que tienen motivos para odiarla, que les suministre nuevas razones para hacerlo.

5. El hombre práctico se mueve impulsado por la utilidad o la vanidad, que, en cualquier caso, pertenece a la categoría de lo útil, pues aspira a acrecentar el prestigio personal y, de paso, el de la propia actividad comercial o profesional. Aunque pueda parecer un derroche de dinero, la vanidad es, al contrario, una inversión.

6. En una cena o una velada un poco sosa, siempre suele haber alguien que tiene la intención de animar una conversación aburrida con algo de desdén. Una persona así no suele faltar a la mesa, y la situación italiana de cualquier época (pero aún más la actual) siempre ofrece inspiración para las invectivas. Se intenta matar el aburrimiento o lo manido con peroratas virulentas o desahogos sacrosantos que abarcan todos los campos. A menudo su autor no es un novato, goza de cierta práctica en esta clase de monólogo, que ha ensayado ante públicos variopintos; se trata de réplicas, frases de repertorio, *greatest hits* a los que recurre en el momento en que la atención languidece y la gente empieza a mirar de reojo el reloj. Basta una chispa para que el tema se incendie y arrancar. Se improvisa sobre el argumento del día. Los intelectuales son quienes más recurren a este ejercicio, y el amor puro por la palabra, por el derroche verbal y la agresividad retórica le toma la delantera al amor por la verdad; no tiene la más mínima importancia que al final triunfe el error o la razón. Es más, si acaba triunfando la injusticia más clamorosa frente a la evidencia, significa que el charlatán es superior en fuerza. Por eso los grandes oradores, los oradores de raza, suelen sostener argumentos equi-

vocados, que logran presentar como correctos gracias a su maestría. Persiguen el error, lo adoran, lo ejercen, es el motivo de su orgullo, su posición existencial permanente, y, si por casualidad, un concepto es correcto, lo deforman hasta dejarlo inservible, lo retuercen hasta que lo convierten en equivocado. Cuando la injusticia triunfa significa que es el orador y no su argumento el que vence.

Trasladado al plano verbal, es el mismo ejercicio practicado por quienes, para romper la monotonía de sus veladas, incendian contenedores de basura o arrojan piedras desde los pasos elevados; la emoción es muy parecida y se tiene la convicción de no hacer daño a nadie.

La característica de esta clase de extremismo verbal es, en efecto, la total inocuidad.

7. ¿Puede existir una regeneración que no pase a través de la violencia? ¿Cómo renacerá algo si no se ha desintegrado primero? ¿Puede pasarse de un orden a otro sin mediar un intervalo de caos? La salvación se entrevé a través de una barrera de llamas. Cuanto más altas, antes arderemos y antes nos salvaremos. Hay que quemar el campo para fertilizarlo. El único modo de salvarse del desastre es un desastre todavía mayor.

8. Puesto que solo la destrucción permite la trascendencia, y únicamente experimentando una catástrofe se advierte la existencia de ulteriores estadios de conocimiento o sensibilidad y se accede a ellos, podemos vernos inducidos a pensar que todo acto destructivo facilita una elevación. Es la mística de la tabla rasa: la gran hoguera, la escabechina purificadora, la violencia que transporta al hombre más allá de sí mismo, que lo transfigura. Se trata de un silogismo erróneo. La trascendencia tiene origen en una ruptura violenta, aunque sola no basta, es una condición necesaria pero no suficiente para la superación del estado de conciencia ordinario; es más, la mayoría de las veces contribuye a ofuscarla en lugar de a elevarla. Quien practica la violencia y quien la sufre se aturde.

9. Donde hay justicia, hay lucha; donde hay lucha, hay esperanza de justicia. Pero esta esperanza se funda en la posibilidad de destruir lo que es injusto, a quien es injusto. La justicia no es sino contraposición y lucha.

10. En el triunfo actual de la cultura materialista del cuerpo, el cuerpo, en realidad, se menosprecia, se tortura, se modela al antojo de estetas de tres al cuarto como si fuera materia inerte, barro carente de cualidad y forma original. Se lo hace cambiar caprichosamente de sexo, rasgos, dimensión, incluso de color de piel: los negros se la aclaran y los blancos se broncean. En definitiva, es solo un telón de fondo, un paisaje que puede grabarse y esculpirse, materia donde colgarse anillos o escribir la primera idiotez que se le pasa a uno por la cabeza, como hacen los grafiteros en los vagones del metro; en definitiva, un jardín a la italiana que puede moldearse a tijeretazos obligando a las plantas a asumir la forma deseada, incluso la más artificial y absurda. En el fondo, ¿qué nos lo impide? ¿Acaso el cuerpo puede rebelarse ante la dictadura de la mente, que pretende moldearlo a su imagen y semejanza? No puede. Es mudo. Prisionero. Esclavo de las obsesiones. Una pobre máquina. Continuará soportando con paciencia el capricho de la mema de turno cuyo antojo son unas tetas nuevas, del mentecato que se atiborra de anabolizantes para hincharse los músculos y se destruye las articulaciones. Sus articulaciones, es decir, las de su cuerpo, que calla, sufre y se deforma. Por no hablar de los deportistas profesionales, esos enemigos empedernidos del cuerpo, que lo destrozan con el fin de lucrarse, hasta acabar en una silla de ruedas. ¡El culto al cuerpo! No, no es el triunfo de la carne, sino a costa de la carne. Usada como Campo de Marte para ejercitaciones simbólicas. Nunca como ahora en la historia, pisoteada. Nuestra carne.

11. Los sistemas de poder acaban de comprenderse bien no en su fase culminante, sino en su declive, en su ocaso. La moral, las ideas, las modas, los regímenes políticos, los principios religiosos revelan su verdadera naturaleza cuando están a punto de sucumbir bajo el impulso de cosas nuevas. Un poco antes de su caída, desprenden su esencia en el crepúsculo de la manera más pura y dramática, volviéndose transparentes bajo la presión de eventos que no podían prever y, por eso, mucho más instructivos. No existiendo un verdadero motivo para entender lo que se presumía inmutable, la comprensión vaga siempre en los alrededores de la destrucción. El carácter de un hombre, los recursos económicos reales de

una familia, la fuerza de un ejército, la profundidad de un amor se manifiestan por completo solo en los momentos de crisis. Pero cuando esta se convierte en irreversible, se da una revelación ulterior: los abusos y excesos contribuyen al avance, a la evolución de los tiempos, sobre todas las cosas. Solo si se cumple la extrema degeneración, si se cometen bajezas nunca vistas, se abre paso a algo nuevo y diferente. Los excesos cumplen con una parte importante de la evolución, quebrantan barreras entre los sexos, entre las clases, entre los hombres, haciendo que circule la energía. Los excesos son la causa del ocaso de una época y el ocaso de una época explica sus excesos.

12. Una manera indirecta de gozar del mal, por persona interpuesta, en clave fantástica, y, sin embargo, funcional, sumidos en una especie de estado de vigilia poblado de imágenes cruentas, asistiendo a la catástrofe de rascacielos en llamas, aviones que se precipitan, devastación de ciudades enteras a manos de gorilas, alienígenas implacables, muertos vivientes, olas anómalas, asteroides, contaminaciones nucleares, alimentándonos con avidez, día tras día, en la prensa y la televisión, de gran cantidad de noticias que, en su mayoría, refieren homicidios, masacres, atentados, inundaciones, huracanes y epidemias, típico todo ello de una sociedad no solo preparada, sino aun ansiosa por disfrutar de su propia aniquilación; quizá dispuesta a perdonar, incluso a facilitar a sus ejecutores, agradecida para con quienes la representan de manera espectacular, y les permite disfrutar de ella anticipadamente, de manera virtual. Contemplar la destrucción mientras se la sufre proporciona un placer estético inigualable.

13. En los trances en que el recurso a la violencia resulta decisivo para cambiar la dirección de la historia, cierta clase de mano de obra criminal siempre puede ser útil. Ni siquiera hay necesidad de enrolarla: sin que se les pida explícitamente, quienes tienen experiencia directa en el uso de la violencia y la eliminación de prójimo, y ningún escrúpulo en hacerlo, ofrecen su disponibilidad para entrar en acción de manera espontánea. Esto explica por qué los nobles idealistas o los simplemente fanáticos siempre van acompañados de cierto número de audaces que son carne de horca.

14. Las situaciones en sí mismas no crean la ferocidad, sino que permiten que la ferocidad se desate.

17. Cualquier Estado, una vez creado, pone a sus hombres frente a la disyuntiva: o bien ocultar con bochorno los episodios de ilegalidad y violencia que acompañaron su fundación —la caída del régimen anterior, una revolución, una campaña militar—, o bien alardear de su heroicidad. En ambos casos, ocultándolos o dándoles una aureola de retórica, se los mistifica. El lado cruento se depura porque es demasiado desagradable para describirse con franqueza, por lo que era, e inadecuado para favorecer la nueva cohesión social. Tiros y fusilamientos tienen que desvanecerse sin eco en el silencio, o transformarse en salvas de honor en las conmemoraciones. Muchos años después, el revisionismo histórico se encarga, casi siempre con espíritu polémico y algo pendenciero, de enderezar el cuadrado torcido a golpes de descubrimientos que pretenden ser objetivos, provocando el efecto contrario a una sana verdad: una indiscriminada repulsión hacia la propia historia, que de repente aparece manchada de delitos e infamia. Pero entonces ya es demasiado tarde; la verdad habría que haberla dicho antes.

19. Mientras que en palacio solo pueden entrar los políticos elegidos, en las calles puede manifestarse cualquiera. Por eso es absurdo seguir preguntándose, con profusa y fútil ironía, por qué continúan organizándose grandes manifestaciones, desfiles y comitivas. Quien lo hace subestima o no conoce su aspecto festivo a la vez que amenazador. Para comprender ciertos ritos comunitarios, es necesario reconocer que en ellos se mezclan hasta resultar indistinguibles entusiasmo y furor, obligación e hipocresía, espíritu de adhesión y participación, anticonformismo y conformismo, excitación, esperanza y miedo. Del mismo modo, es un error, quizá más grave que pecar de simple ingenuidad, tomarlos por inocuos y sanos ejercicios de democracia, desfiles gimnásticos Constitución en mano. Si el individuo cree de verdad que lleva «la voz cantante», desaparece en cuanto tal. Lo que más fascina de esas manifestaciones en la calle es el espectáculo grandioso y conmovedor del anonimato, expuesto en la des-

nuda visceralidad de sus componentes, como pura vida sin especificaciones y, por eso, también espantoso. No definiría como «democráticas» esas enormes nubes brillantes de peces que se arremolinan alrededor del submarinista esquivando su mano para volver a compactarse un poco más allá.

20. Las técnicas de insurrección han sido teorizadas, predicadas y simuladas por la izquierda, y ejecutadas casi siempre por la derecha. La izquierda prepara el laboratorio subversivo con todos sus instrumentos, pero lo usan los fascistas. Han aprendido rápida y ávidamente la lección sobre cómo movilizar a la muchedumbre, sobre cómo expugnar los lugares de control, delegaciones del gobierno, estaciones, cuarteles, añadiendo de su cosecha un toque de adiestramiento militar y el hábito mental de la guerra.

21. Los fascistas hacen experimentos con la vida y la historia con el mismo espíritu curioso y cruel con que los niños viviseccionan una lagartija con la cuchilla del sacapuntas. Quieren saber cómo está formada «por dentro», si puede caminar con las patas cortadas y cuánto tiempo vivirá con las tripas fuera. No es ni siquiera maldad, sino un método experimental brutal e ingenuo, como en tiempos de Bacon, que estrangulaba a los pollos para congelarlos (y así cogió una pulmonía que le costó la vida).

24. La figura narrativa ideal para entrelazar los hilos de historias diferentes y contradictorias, unificándolas, es la del renegado.

25. Dos maneras clásicas de los intelectuales italianos para relacionarse con el poder: homenaje y ultraje, a veces ambas cosas a la vez, puesto que el ultraje a una facción política funciona como homenaje a otra.

26. Por más que puedan parecer ciegos, ridículos o desagradables, los que cultivan una ilimitada devoción por una idea siempre infunden cierto respeto, repito, aun cuando esa idea sea absurda o hasta repulsiva, el hecho de perseguirla con todas sus fuerzas y hacer cualquier sacrificio para alcanzarla causa admiración. El martirio no menoscaba su esplendor

y prescinde de los ideales en cuyo nombre se inmola el mártir. Digamos que tiene un esplendor sombrío.

28. Los llamamientos al sentido común, al espíritu de justicia y a los sentimientos de equidad son inútiles cuando en los hombres hacen presa fuerzas inherentes a la zona abismal e insondable del alma, saltándose el circuito tortuoso y virtuoso de la razón para tomar un atajo emotivo. La primera víctima de estas fuerzas es la lógica, la coherencia, la relación de causalidad, la capacidad de deducción y, sobre todo, inductiva: salta todo. Lo que es, lo que podría o debería ser y lo que no es se convierten en una única cosa. El error se eleva al rango de prueba suprema de lo que es justo, si de antemano existe la convicción de que lo justo es superior a cualquier error, es más, se alimenta de errores para crecer. Equivocación, mentira, fechoría e injusticia manifiesta sirven para confirmar la rectitud de una idea que logra sobrevivir a las consecuencias negativas que ella misma ha generado. Es la verdad paradójica del relato de Boccaccio, en que el judío se convierte al catolicismo después de haber constatado que el Vaticano es una cloaca y los curas unos infames —porque si una religión puede soportar estos estragos y seguir viva durante miles de años significa que es verdadera—. Y es la misma fe la que invita a Abraham a perpetrar el crimen más abyecto: no importa que lo cometa o no, sino que esté dispuesto a hacerlo. El hombre de fe «tiene que estar dispuesto a sacrificarse, o a matar» o, como mínimo, a permitir que lo hagan los demás si su fe se lo impone. Entre matar (sacrificio) y dejarse matar (martirio) no hay tanta diferencia: siempre hay alguien a quien se le priva brutalmente de la vida por obediencia a una voluntad suprema, más o menos lo mismo que se exige a un soldado en la guerra. La fe solo puede ser obediencia a un dictado: en el momento en que empieza a evaluarse lo razonable de esa orden, cuánto se corresponde con criterios externos de justicia o lógica, la fe se ha esfumado.

30. El simplismo ideológico está formulado por los doctos para uso y consumo de los ignorantes.

31. Lo profano es el ambiente en que se desarrolla nuestra vida, lo sagrado la fuente misma de la existencia. Si la vida ambicionara permanecer en lo sagrado, donde tiene su origen, perecería; si la vida dependiera exclusivamente de lo profano, ni siquiera nacería.

32. El bien es concentrado, el mal difuso.

33. Si tomamos un punto o un momento al azar, como media encontraremos más mal que bien; pero si elegimos algunas zonas, o individuos, o épocas, o instantes de la vida, o bien costumbres o acciones, o lugares, encontraremos inmensos yacimientos de bien.

34. Algunos manuales de guerra y libros de historia explican que, durante la batalla, los primeros en dar la espalda al enemigo son siempre los soldados de las filas de atrás, no los de las primeras, que, además, si se volvieran para huir, morirían al instante a manos del enemigo. Los corolarios paradójicos de esta observación, aplicable a muchos campos y situaciones, son que los primeros en poner pies en polvorosa son los menos amenazados de forma inmediata, y que el valor que circula en las primeras filas es fruto del mismo instinto de conservación al que obedecen los cobardes de las últimas.

35. La fe, para mí, es cosa de niños, y el único pecado es la ignorancia [un Maquiavelo con aspecto de diablo expresa esta máxima en el prólogo de *El judío de Malta*, de Marlowe].

36. Lo sagrado es precisamente el lugar, o la experiencia, o la actividad con que uno se compromete sin reservas, sin posibilidad de vuelta atrás. Y no hay nada más comprometedor que generar la vida o ponerle fin. Concebir y matar.

37. El Estado italiano: un sistema monstruoso y vulnerable, una máquina arbitraria y vengativa que roza la ilegalidad, pero al mismo tiempo laxista, un auténtico colador. Sus leyes tienen a menudo el aspecto de represalias lanzadas al azar. Como el Estado piensa que quieres engañar-

le, antes de que lo hagas, te engaña a ti, de manera que lo único que puedes hacer es ser más rápido y desenfundar el primero, convirtiéndote, esta vez de verdad, en un malhechor. En definitiva, a nadie le importa si el ciudadano es un hombre honrado o un sinvergüenza: se le extorsiona porque se parte del presupuesto que es un extorsionador, así que a fuerza de extorsiones recíprocas —este debe ser el razonamiento— entre Estado e individuo, se acaba prácticamente por empatar.

39. ¡Ay! Esa obsesión tan literaria de la «mejor juventud», ese núcleo de esperanzas incontaminadas e inocencia: y, naturalmente, todo el mundo convencido de que sea la suya, la mejor, la más radiante y valerosa —los ideales alados, la «pasión estupenda»...

40. Dos citas de santos a propósito de nuestras dos capitales: «Milán poco teme a los dioses, nada a los hombres» (san Ambrosio) y «Los romanos se comen entre ellos» (san Jerónimo).

41. ¡Qué aburrimiento ese cotidiano ejercicio periodístico antiitaliano! Más viejo que Matusalén, engalanado con variantes retóricas despreciativas. ¡Qué coñazo la cantilena que nosotros, pobres, «no hemos tenido una reforma protestante»! Bueno, pues Alemania sí, es más, la reforma protestante se la inventó un alemán, y el cielo estrellado sobre sus cabezas, y la ley moral (y, sin embargo, cómo se afanaban lanzando flores en los desfiles de las SS). Nosotros, en cambio..., con miles de años a nuestras espaldas, pero demasiado inmaduros; venidos a menos desde hace siglos, pero malcriados por el boom económico y aterrados por la recesión; atiborrados de cultura, especialmente de la que se transforma de «ruina» en «escombros» en una sola noche, y, sin embargo, ignorantes a más no poder, los borricos de Europa, con una universidad peor que la del Tercer Mundo, superados incluso por países donde la gente se muere de hambre o las mujeres están obligadas a salir de casa con la cabeza cubierta; analfabetos intoxicados por la televisión; elocuentes y afásicos; con complejo de dominadores y vicios de dominados; joviales y «simpáticos», pero al mismo tiempo afligidos por un continuo pesar, envueltos en un lamento quejumbroso que parece no tener fin...

42. La característica del héroe quizá no sea la pureza, sino la impureza, ligada a la violencia que ejercita y de la que está contaminado. Pueden existir caballeros sin miedo, pero ninguno, absolutamente ninguno, sin mancha.

43. Existen historias delirantes que, al contarlas, cuanto más exagera uno, más se aproxima a la verdad. Normalmente es mejor desconfiar del énfasis. Quien tiene mucho que contar, mucho miente. Pero solo con el delirio puede llegar a comprenderse el delirio, abrazarlo, incluso para apartarlo de uno mismo.

44. Personajes heroicos que tensan el arco hasta el espasmo, caballos al galope, torres apoyadas sobre murallas altísimas, choques entre corazas resplandecientes —sabotajes, represalias, emboscadas, saqueos, ejecuciones sumarias—. Uno puede engañarse creyendo que la guerra es lo primero; casi siempre es más bien al contrario.

47. El héroe es un muerto que camina, consagrado, esposado a la muerte, sin muerte viudo, ciego. Es un príncipe a caballo entre dos reinos, vivo entre los difuntos que marchan en prietas filas, ya difunto, pero presente, como el Cid encabezando su ejército. Continuidad temporal y contigüidad espacial entre muertos y vivos. Pero la confusión generada por el culto indiscriminado a la muerte en una época en que ya nadie sabe lo que es, hace que hoy definamos como «héroe», y celebremos como tal, a cualquier caído, aun sin ser autor de hazañas memorables. Se regala el título a quien sería más correcto definir como «víctima».

48. Escribir libros sobre los vicios de los italianos, contra los italianos, para demostrar lo memos, corruptos, chapuceros, viles y descarados que son, estaba y sigue estando de moda y ha dado origen a una verdadera corriente o género literario con su correspondiente sección en las librerías. Se especializan en este género periodistas agudos y desencantados, estetas pasables, recopiladores incansables de anécdotas infames de fuentes judiciales, de autoridades históricas y literarias, grandes escritores del

pasado y políticos amargados por la constatación de la inutilidad de cualquier esfuerzo para rescatar a los italianos. Usando porciones de desdén alternadas o mezcladas con humor y sátira, hunden las manos en la abundante cosecha de material al alcance de cualquiera que quiera demostrar que este pueblo no puede, nunca podrá salir adelante, ni enmendarse, ni rectificar sus vicios atroces, tristes o ridículos.

49. Cualquier comportamiento de los italianos es objeto de sarcasmo o desprecio. No va bien un hábito, pero tampoco su contrario: si los italianos ahorran, le tienen miedo al futuro, son desconfiados, esconden su dinero debajo del colchón; si derrochan y se endeudan, son esclavos de los falsos mitos del consumo, corruptos y simplones. Se los acusa a la vez de ser pusilánimes y vividores, de temblar de miedo ante el riesgo más insignificante y de vivir peligrosamente. Se les reprocha la mala memoria y la volubilidad, pero al mismo tiempo vivir en el pasado.

51. Un solo enemigo común: la debilidad. Y justo después, dos virtudes moderadas: la prudencia y la paciencia. Los años setenta intentaron serlo todo salvo estas tres odiadísimas cosas. Prudencia y paciencia sin duda hubo poca, y muy pocos las practicaron. Y la debilidad, no pudiendo ser erradicada del espíritu de los individuos, se ocultó, se enmascaró, se camufló como una voz distorsionada al teléfono. Muchos de los que se hacían los duros en aquella época querían esconder algo chillón y neurótico, encubrir la debilidad con la altivez, hincharse, endurecerse... La voz se elevaba en falsete.

52. En Italia, en apariencia, se defiende el *statu quo* solo con la violencia y las amenazas, y solo con la violencia y las amenazas se modifica.

53. Bien pensado, no solo las manifestaciones callejeras sino también las procesiones religiosas llevan implícito un elemento amenazador. Dirigirse al patrón con devoción chantajista y descarada: o escuchas nuestras súplicas —haces que llueva, perdonas nuestros pecados, nos libras del cólera, etcétera— o ya puedes olvidarte de esta bonita fiesta, con los cirios, los cánticos, las flores...

55. Un país donde cada problema social se convierte en un problema criminal; y en el que cada acción criminal puede explicarse socialmente. Un ejército al que más de una vez se le ha dado orden de disparar contra sus propios compatriotas, durante manifestaciones y huelgas.

58. Hay momentos, fases históricas, inviernos y primaveras en que todos usan la violencia política: los manifestantes, los reaccionarios, los revolucionarios, los terroristas, la policía, los carabinieri, las fuerzas del orden, los servicios secretos, los ciudadanos de a pie, los criminales, los justicieros del día o de la noche.

59. Mezcla revolucionaria: profesionales de la violencia + aficionados a la violencia + jóvenes fanáticos/idealistas/románticos/con espíritu deportivo + intelectuales pobres resentidos + intelectuales ricos animados por el desdén estético + marginados animados por la marginación.

61. El divino exiliado y repudiado vuelve bajo forma demoníaca.

64. Sin duda hay algo estúpido, pero puede haber algo profundamente noble, en empeñarse en ignorar la realidad y despreciarla. No hacerle mucho caso a la realidad, pasarle por encima o abalanzarse contra ella son comportamientos propios de un espíritu noble.

65. El tiempo que deberíamos emplear para la acción lo malgastamos en los preparativos.

70. Para que los hombres sientan el deseo de abalanzarse unos contra otros y derramar ríos de sangre, es suficiente con «poner en mayúsculas palabras carentes de significado».

71. Entusiasmo y fanatismo van de la mano. Solo el que carece de entusiasmo está libre de todo fanatismo. Se dice que los únicos que tienen una visión bastante realista de la vida son los deprimidos, los que patológicamente han dejado de alimentar toda esperanza sobre su propio esta-

do. Al despertarse por las mañanas ven el mundo como es, visión insoportable, por eso desearían acurrucarse bajo las sábanas y no volver a levantarse; así pues, ¿cómo podrían creer, qué deberían esperar?

72. No es posible que cada uno se forme por sí solo todas sus opiniones, creencias o certezas, ni siquiera las normas de comportamiento indispensables para vivir; por eso, incluso el espíritu más independiente acaba por adoptar, sin sopesarlas, un buen número de ideas listas para usar. Y si lo dicho es aplicable, lo es sobre todo en la política, dominio en el que prosperan gran número de dogmas. Aún más que en las religiones que, comparadas con numerosas creencias políticas, son mucho más abiertas, polifacéticas, flexibles e infinitamente menos dogmáticas. En ellas la verdad es frágil y escurridiza.

73. En realidad no existe ninguna contradicción entre una necesidad de fe auténtica y su instrumentalización; es más, ambas cosas van casi siempre juntas.

74. La fe es verdadera incluso si su objeto es falso.

75. En las religiones, el aspecto instrumental y la fe auténtica, el deseo de salvación y la falta de escrúpulos, la santidad y la abominación, el milagro y la trampa, fanáticos, visionarios, iluminados, charlatanes, falsos y verdaderos profetas se mezclan y a veces coinciden, es decir, son lo mismo, lo rodean todo. La aureola resplandece alrededor de la cabeza bendita que emana olor de santidad con el mismo brillo que solo existe en los ojos de quien lo observa como un espléndido efecto del culto. Objeto de devoción y al mismo tiempo efecto de la devoción.

76. Tanto a la política como a la religión se les pide una cosa sola: la redención.

79. La pureza no puede existir como inocencia. Si así fuera, solo los inocentes serían puros. Y los inocentes no existen. Ni siquiera los de la «Matanza de los inocentes» eran inocentes, pues llevaban la mácula del peca-

do original de nacimiento, o mejor dicho, su pecado consistía en haber nacido. Venir al mundo es a la vez pecado y expiación. En vez de «¡Parirás con dolor!», un Dios enojado habría tenido que decirle a Eva «¡Parirás!» y punto, porque esa era la condena, generar y ser generado, entrar en el mundo solo para acabar en la garganta de la muerte. ¡Las Escrituras son tan claras al respecto...! La condena por el pecado cometido es simplemente la vida. Cuán real es una vez rasgado el velo del paraíso terrenal. Es decir, con los embarazos, las enfermedades, la vejez... Así pues, si se nos niega la inocencia desde el principio, solo podemos conseguirla con el olvido y los medios correspondientes para inducirlo. Olvidando quiénes somos, de dónde venimos, las cadenas: negando, en definitiva, haber sido procreados.

80. Quien ha tenido una infancia feliz y despreocupada, la arrastra durante la adolescencia como si fuera un peso. La felicidad ya pasada es igual que una carga insoportable: sentimos sobre la espalda lo que hemos dejado atrás. Buena parte de mi actual infelicidad de adulto —e imagino que dentro de poco la aún mayor, aunque residual, de viejo— se debe a la felicidad intensa que experimenté y que se esfumó.

81. Durante la adolescencia sentía que nada podía protegerme de mi angustia. Cuando llegaba, su negro fantasma me poseía por completo. Un nudo me apretaba la garganta, el corazón se me salía por la boca hasta impedirme respirar, no podía parar de suspirar, el ruido a mi alrededor se suspendía, salvo el fragor sordo de la sangre, un silencio amortiguado y pavoroso invadía la habitación, ardía y sentía frío, los ojos se me llenaban de lágrimas sin motivo, pero no lograban brotar. Sentía deseos de llorar y vomitar. Estaba como henchido, saturado de dolor. Iba al baño, pero no podía. Y me quedaba arrodillado con la cara inclinada sobre el váter. Entonces me rodeaba con los brazos en un abrazo desconsolado. Todo me parecía enemigo, hostil. No, no es cierto: se me antojaba lejano e inútil. Ni siquiera eso es verdad: todo me parecía ridículo, y punto. Al final, algunas lágrimas se deslizaban por mis mejillas y las quemaban porque estaban hirviendo. Lo más terrible era que, a pesar del inmenso dolor, era consciente del hecho de que no existía ningún motivo para

sentirme así. Aquel dolor infinito no tenía un motivo. No había pasado nada terrible, a veces algún pequeño contratiempo, y otras, ni siquiera eso. Pero un velo negro caía sobre la jornada, el tiempo se detenía y las fuerzas me abandonaban de repente, y carecía de la energía suficiente para enlazar un minuto con el minuto siguiente.

82. El principal elemento, el verdadero protagonista, y al mismo tiempo el enemigo interno de la sociedad y la cultura italianas: la retórica. A costa de la retórica, de retórica, utilizando una ya ensayada o inventando nuevas variaciones, viven políticos, periodistas y escritores de manera, por decirlo así, profesional, pero también empresarios, jueces, obreros, madres, estudiantes y todas las corporaciones que, como retales de colores, forman la indumentaria de la nación. No pueden renunciar a utilizarla, obviamente, los hombres políticos, y tampoco los periodistas que critican sus acciones. Pero el vulgarmente denominado «hombre de la calle» también suele ser un campeón de la retórica, sobre todo cuando lo entrevistan en televisión, un medio que puede cohibir o amplificar el énfasis de quienes se expresan a través de él. La tradición retórica italiana es imbatible e impetuosa: durante la primera mitad del siglo XX fue utilizada casi de manera exclusiva por la derecha —pomposa, grandilocuente, hiperbólica, al límite del surrealismo puro—, en la segunda, en cambio, por la izquierda —amenazadora o quejica, según los temas que tocaba—; y, de forma continuada, revistiéndolo todo con su polvillo fragrante de dolor y bondad, la de matriz católica. El poder de la retórica permite que pueda decirse todo: la retórica no se detiene frente a la falsedad, y mucho menos frente a la verdad, a la que arrasa, desmenuza, mezcla y usa indiscriminadamente. Se puede ser retórico tanto afirmando lo falso como lo cierto e incluso diciendo la verdad, pues esta no se expresa desnuda, como es, sino adornada de retórica, por lo que acaba por afirmarse lo falso incluso cuando se afirma lo cierto: se falsifica la verdad para estar seguro de que causa más efecto, quizá porque no se deposita gran fe en ella, porque se considera escasa, insuficiente si no se exagera, potencia o martillea, si no se dispara hacia lo alto o se hace vibrar como un gong y ondear como una bandera. Es un instinto demasiado fuerte: los escritores, periodistas oradores o predicadores, en Italia, incluso cuan-

do tienen razón, cuando tienen rematadamente razón, una santa razón, y aun cuando esa razón bastaría por sí sola para sostener su discurso, no logran evitar encubrirla, acorazarla, impregnarla y saturarla de retórica. Las palabras, tan ricas y espectaculares en italiano, son una tentación irresistible; y la sintaxis cautivadora parece hecha a propósito para enganchar y amontonar el mayor número posible de retórica, como si quisieran formar una barricada alrededor de la verdad, para protegerla, aunque en realidad acaban ocultándola.

83. Existen dos retóricas simétricas y equivalentes: la del consenso y la de la disconformidad, pues en un universo que contempla dos polos opuestos, quien se opone a algo consiente de forma automática lo contrario, lo cual permite identificar de dónde sopla el viento de la polémica. Por otra parte, los contendientes saben que se trata de un coqueteo, de un entretenimiento verbal a cuyo término podrá declararse un ganador solo según su habilidad para presentar sus argumentos y atacar los de los demás: en campos tan complejos como, por ejemplo, la economía, la crisis de la economía, el relanzamiento económico, las recetas económicas —de las que se habla sin tregua en los programas de televisión—, ¿quién será capaz entre los espectadores de considerar los argumentos en sí mismos, esto es, con independencia de la labia, del engreimiento, de la sensación de seguridad que transmite quien los expone? Casi nadie, me temo, o nadie. Yo no, desde luego. Yo soy el clásico ejemplo del que no se entera de nada y acaba juzgando basándose exclusivamente en la simpatía, antipatía o las convicciones existentes a priori —los pilares que sustentan mi vida ética.

84. Por lo general se habla de Italia como el país de la ilegalidad, donde las reglas se quebrantan sin cesar. Quizá sea así, no lo niego. Sin embargo, no puedo evitar sorprenderme de la poca frecuencia con que esto sucede en realidad. Es decir, que alguien quebrante una regla, incluso en un país irrespetuoso y con tendencia a hacer trampa como el nuestro. Puede que porque actuamos de manera casi inconsciente y automática, no nos damos cuenta del gran número de disposiciones que respetamos, no digo todos los días, sino a todas horas, incluso en cada

uno de los minutos de nuestras vidas. Por una sola norma que quebrantamos, obedecemos al menos otras diez, o cien, casi sin darnos cuenta. Y me refiero a todo tipo de leyes: del código de circulación y los modales de urbanidad más básicos —los saludos, la higiene, cómo caminar, mirar, respirar, hablar y hacer cuentas—, a la disciplina que rige cualquier deporte o trabajo. Incluso al hacer el amor respetamos cierto tipo de conducta. Esta obediencia casi permanente es mucho menos evidente que la infracción puntual: hemos asimilado el hábito hasta tal punto que nos hemos olvidado de lo extraordinaria e innatural que resulta la infracción. Estamos programados, en definitiva, para portarnos bien, y la transgresión es un evento extraordinario. Por eso me sorprendo cada vez que, parado en el semáforo, observo los coches y las motos detenidos ante el rojo a pesar de que no venga nadie; de que todas las noches noventa y nueve de cada cien presos vuelvan dócilmente a dormir en sus celdas después de un día de permiso o de disfrutar del régimen de semilibertad; me sorprendo de que el adulterio no sea una frenética práctica cotidiana; de que nadie atraque a la señora rubia que veo cruzando la calle para quitarle el bolso y las joyas. ¿Es posible que entre los cientos de personas con que se topará a diario no exista una a la que no se le ocurra y lo ponga en práctica? ¿Cuántas señoras rubias adornadas de esa guisa hoy no han sido atracadas? ¿No debería ser más sorprendente esta cifra que la insignificante de los atracos que de hecho se han cometido? Y sí, eso ocurre hasta en Italia, donde parece que todo el mundo hace lo que le da la gana y no obedece a nada ni a nadie. Nos consideramos anarquistas, individualistas y herejes, pero no somos nada de todo eso. También en este caso, el piloto automático mantiene casi siempre al individuo alejado de la transgresión; no por bondad o porque estemos convencidos de que las leyes sean justas, sino por instinto de conservación. La transgresión, a corto o largo plazo, acarrea problemas mucho mayores que la obediencia. Delitos, subversión y locuras son, en definitiva, bastante excepcionales: por lo general nos conformamos, nos adaptamos, nos sometemos a las leyes escritas y no escritas, obedecemos códigos que nos dicen lo que debemos o no hacer a un ritmo diabólico, aunque apenas perceptible.

87. Hay que investigar lo que parece ya conocido —conocido para la mayoría e incluso para quien se dispone a investigarlo—, pero que en realidad no lo es en absoluto. Sabemos mucho menos de lo creemos. Lo que consideramos conocido, e incluso tonto, encierra los misterios más interesantes. Engañados por su taimada familiaridad, es en la vida ordinaria donde se oculta lo desconocido.

88. Si se supone que el hombre es razonable, es decir, dotado de razón por naturaleza, volverse o comportarse de un modo sensato no implica ningún progreso ni conquista.

90. Lo que mantiene unida a una comunidad es lo que en ella se da por sentado. Aquello que no hay necesidad de discutir o que se ha decidido de una vez por todas en su acto de fundación y se supone que durará mucho antes de volver a discutirlo. Cuando, en cambio, no se da nada por sentado, no hay nada que mantenga unida a la comunidad. Al Parlamento, entendido como debate de ideas, no le está consentido ponerlo todo en discusión. Las opiniones pueden expresarse libremente en relación con casos concretos, pero no sobre todos los temas al mismo tiempo, porque sería como cuando la tierra se abre bajo los pies durante un terremoto. Desaparecería el terreno sobre el que se funda la estructura social, su superficie quedaría devastada, su perímetro se vería sacudido, se confundiría. Por eso una comunidad no puede surgir, prosperar y mantenerse sobre la base del pensamiento crítico que, por definición, no da nada por sentado. Y por eso en toda sociedad humana está mal visto aplicar el pensamiento crítico sin excluir algún argumento; quien lo hace suscita preocupación o incluso hostilidad. Una sociedad humana no se funda en la duda. Las dudas pueden dar vigor a condición de que no la asolen en su totalidad.

92. Se dice que las relaciones sociales se rigen por un supuesto contrato, pero ¿alguien lo ha visto? ¿Quién lo ha firmado? De todos los pactos y contratos sociales sobre los que filósofos y políticos han especulado, ¿quiénes resultan los efectivos contrayentes? ¿Dónde está el pueblo, dónde vive, cómo se llama? ¿Dónde están sus firmas, las fechas, los sellos?

93. La modernidad es la época en que los profetas son falsos profetas. Todos igualmente falsos. Es típico de la época moderna que quien cree ciegamente en los falsos profetas coincida con quien los desenmascara bruscamente.

95. ¿Por qué —me pregunto desapasionadamente— el fascismo resulta tan ridículo si lo sometemos a un análisis profundo y racional? Grandioso quizá, terrible o trágico a veces, es posible, incluso admirable, pero siempre, en todo caso, ridículo. Cada vez que leemos testimonios, vemos grabaciones o escuchamos discursos, nos quedamos de piedra. Surgen espontáneamente las ganas de parodiarlo, pero como si el fascismo mismo fuera el principio consciente y burlón de esa mofa. No parece posible que semejante payasada haya generado tantas esperanzas y tragedias, haya agitado tantos corazones, bastones, puñales, bombas de mano y vehículos blindados. Pero sí, fue posible, es posible y quizá siempre lo sea. Lo que significa que cuando al fascismo se lo ilumina con la luz de la razón, se lo descubre, desvela o extrae de la materia concreta de la acción histórica para escrutarlo bajo la razón y la crítica, muta su esencia a través de este movimiento cognoscitivo que lo transfigura y reduce a un esqueleto carnavalesco que solo sirve para asustar y hacer reír. Como un pez de los abismos que pierde su misteriosa luminosidad en la superficie, donde solo parece un mísero monstruito. ¿Era ese chisme el que suscitaba tanto miedo o un entusiasmo tan desenfrenado? De la tragedia y la épica solo quedan montones de ceniza, y lo poco que sobrevive presenta el aspecto de una escenografía teatral al final del espectáculo: árboles pintados, espadas de cartón y pollos de yeso. Tras miles de libros escritos sobre el tema, el fascismo sigue siendo un misterio. Es un misterio lo que tiene de más evidente, su esencia, que coincide de manera sorprendente con la apariencia que exhibe. Al contrario del comunismo —que, en la práctica, es siempre falso y maquiavélico, y aproximativo y monolítico en la teoría—, el fascismo es justo lo que parece: explícito, manifiesto y proclamado, pero incomprensible. Quizá algunos aspectos de nuestra vida estén destinados a ser desconocidos, o conocidos pero incomprendidos, puesto que el conocimiento, con su movimiento ascensional y re-

ductivo, solo logra transformar sus descubrimientos en objetos de escarnio. En definitiva, el conocimiento no cambia el inconsciente por el hecho de conocerlo, no lo modifica ni revela, como mucho lo destruye, lo debilita racionalizándolo. La característica más extraordinaria del fascismo es la de ser un inconsciente abultado y exhibido, transformado en una voz que truena, en una superficie esmaltada... No importa saber, importa modificar, y las modificaciones suceden de manera misteriosa.

96. En vano se intentó combatirlo. Me refiero a combatirlo con medios que no fueran las armas que, en su momento, se revelaron eficaces. Pero ¡qué inútil tratar de hacerlo con ideas o palabras! Es perder el tiempo. El fascismo es lo que, por esencia, se sustrae a la crítica. Su sombra no puede iluminarse porque se esfuma bajo la luz. Y como un lugar así, completamente impermeable al conocimiento, a la duda o la crítica, no existe —¡ni siquiera Dios lo era!— se lo inventan de arriba abajo, y esta es, sin duda, una genialidad que solo podía ocurrírsele a los intelectuales, a gente capaz de abstracciones formidables dotadas de un toque plebeyo, algo así como los frescos de Giotto y la creación de Pinocho. Toda la historia de los intelectuales italianos se resume en el placer perverso de una mente sutil y escéptica como la de Leo Longanesi, inventor del eslogan: «Mussolini siempre tiene razón». ¡Desde los tiempos de Zenón y de sus invencibles tortugas no se creaba una paradoja tan rotunda, autosuficiente y unidimensional! Como el acertijo lógico de la frase: «Yo miento». Cuando a la razón le cuesta ir al mismo paso de los cambios y, entretanto, el mundo vacila, se impone una acción, un invento. Una genialidad. Mientras la ciencia europea vacilaba en la nube de la probabilidad, e incluso el Papa sentía temblar en sus manos la plenitud del mandato divino, y los pilares que habían sostenido el mundo se desmoronaban en un caos de incredulidad y escepticismo, algunos literatos italianos lograban restaurar la certeza. Hasta Luigi Pirandello, con sus sofismas, sus «puede que así, puede que asá», y sus enrevesamientos sobre la identidad, sus dudas acerca de quién es quién y qué ha hecho; incluso para ese Pirandello, más escéptico que Gorgia y más taoísta que Zhuangzi soñando con ser una mariposa que sueña con ser Zhuangzi..., incluso para él existía una certeza: ¡MUSSOLINI SIEMPRE TIENE RAZÓN!

97. Es inútil reprochar al fascismo que eluda el análisis, que no responda a las categorías establecidas por sus críticos, que lo tachan de irracional. La irracionalidad no es un vicio, sino una virtud del fascismo. Pero ni siquiera es irracionalidad, sino, bien mirado, una forma singular de materialismo místico, de espiritualidad matona, una entidad proteiforme que puede dominar al adversario porque es capaz de asumir su aspecto y de robarle las fuerzas, sumándolas a las propias y dándoles un uso diferente. Suele subrayarse el espíritu sectario del fascismo, su rigidez, la intransigencia de su pureza, que pretende eliminar las impurezas, el culto al cuerpo sano que aleja de sí los elementos que puedan contaminarlo —extranjeros, negros, judíos, comunistas, infiltrados, etcétera—, pero yo veo más bien, desde el principio, una extraordinaria y ecléctica colección de comportamientos contradictorios y retazos de doctrinas de lo más dispares, un furor mimético en absoluto exclusivo, todo lo contrario, el intrépido y paradójico intento de ser a la vez revolucionarios y reaccionarios, gente de orden y de algaradas, de derechas y de izquierdas, defensores de la burguesía y antiburgueses, tradicionalistas y modernos, profundamente católicos y feroz, nietzscheanamente anticristianos, ascetas y hombres de acción, sustentadores de la vitalidad por encima de todas las cosas y profetas de la muerte al mismo tiempo, apasionados de la muerte, enamorados de la muerte; en definitiva, todo lo que es posible pensar y hacer a condición de que se funda en un único impulso vital. El inconsciente es una máquina que no puede dejar de producir. Como el precioso *Diario* de Drieu la Rochelle, en que su autor afirma mil veces que es fascista pero quiere convertirse en comunista, que es un burgués, quizá el único que sigue en circulación, un esteta en pantuflas y también un implacable hombre de acción, asceta místico aunque asimismo hombre puro y sencillo como un campesino francés de antaño, seductor impotente, bárbaro refinado, santo, vicioso, en definitiva, todo, de todo, que no falte de nada, con una salvaje ambición de inclusión, con tal de que este anhelo encuentre una expresión adecuadamente agresiva, insolente, que sorprenda, seduzca, asuste... El fascismo no se explica, pero funciona, funciona mientras funciona, como el cuerpo de un animal antes de que enferme o de que alguien le dé caza. No es solo el canto al

cuerpo, es en sí mismo un cuerpo cuyo ciclo vital casi siempre coincide con el del cuerpo de su *duce*.

98. Más que en un plano estrictamente político, donde mezcla consignas de origen dispar, la ideología fascista, o mejor dicho, el tono característico e inconfundible del fascismo se halla en esencia en los escritos de índole filosófica o mística, cuando se explaya sobre temas arquetípicos o abismales como el sexo, el destino, el honor, el valor, el alumbramiento y la caída de la civilización, la tradición metafísica, el olvido del ser, la raza, la muerte. Más que ajetrearse con las formas de Estado o de gobierno, temas que cede de buen grado a los juristas, el fascista tiene realmente algo que decir y, sobre todo, un modo peculiar de decirlo, sobre estos temas decisivos, elevándose de golpe por encima de la arena política, donde siempre se ve obligado a tomar algo prestado y a converger apresuradamente con los lenguajes de otras tradiciones —socialista, nacionalista, anarquista, movimentista—, acentuando uno u otro aspecto en función de las circunstancias, como hizo su maniobrero fundador. Mientras serpentea entre izquierda y derecha, devoción por la modernidad más rabiosa y culto religioso al pasado, revolución y reacción, de modo que nunca se entiende el fin de su acción —si, por ejemplo, apunta a abatir a la burguesía o a convertirse en su baluarte—, el pensamiento fascista se mueve más a gusto en el dominio espiritual de la metafísica, de la erudición, de la polémica filosófica, es decir, en el terreno simbólico. La doctrina fascista no es, o no solo, una doctrina política, sino una declinación del pensamiento simbólico. Interpreta el mundo según una lectura y se expresa mediante símbolos, o mejor dicho, no sería capaz de expresarse de otra manera. De ahí que le atraigan los repertorios eruditos, la mina inagotable de la historia de las religiones y los misterios esotéricos.

99. Y puesto que todo lo que se desea es real, lo es aunque solo exista en forma de deseo, el fascismo puede ser real incluso cuando miente, es más, especialmente si miente, porque su mentira es un deseo real. Lo mismo puede decirse del odio que lo genera y que, a su vez, genera. El deseo no nace de la falta de algo, sino, al contrario, de su presencia, aun-

que sea en forma de imagen, de fantasma, que es tan real como todo lo demás. La producción de fantasmas por parte de la máquina fascista es impresionante..., nadie, en honor a la verdad, podrá quejarse de escasez de fantasmas durante el período fascista, y todavía menos desde el fin de la guerra hasta nuestros días, y hoy menos que nunca. A las masas a las que movilizaba y exaltaba no las engañó: tuvieron lo que deseaban, y en abundancia. ¿Querían la excitación de la muerte? La tuvieron. Igual que si nos escandalizáramos como hipócritas porque alguien que practica juegos sadomasoquistas estirara la pata de vez en cuando. Los intelectuales y la gente común que se declararon «desilusionados» por el fascismo —que deseaban que hubiera sido más de izquierdas, o más ferozmente de derechas, más hitleriano, estalinista, menos plebeyo, menos vulgar, o burgués, o gazmoño, más anticlerical, o mussoliniano, o movimentista, o social, o místico, o aristocrático, o racista, o quizá no racista («¡Ah, en el fondo esa fue la única equivocación que cometió M...!»); que, en definitiva, hubieran querido que fuera más así o asá— me hacen gracia. Siendo una receta con muchos ingredientes, algunos alternativos y otros utilizables en proporciones variables, cada uno puede cocinar una versión a su manera, quitando o añadiendo anarquismo o eugenesia, carisma o Edad Media al gusto.

102. En la práctica, los movimientos políticos y religiosos se alejan tan clamorosamente de las ideas de sus fundadores que estas pueden incluso utilizarse para rebatirlos. De esta forma, a menudo se protesta contra el cristianismo y la Iglesia en nombre de Jesús, de su «auténtico mensaje», contra el comunismo histórico citando puntualmente a Marx y esgrimiendo párrafos de Nietzsche contra sus seguidores más fanáticos. Es natural que esto suceda en ideologías lo bastante vastas o contradictorias para dar vida, en su interior o durante su difusión, a prácticas diferentes e incluso opuestas; y también es cierto que las que más se alejan de los principios originales, hasta que casi parece que los invierten, sencillamente no habrían existido sin ellos, sus inspiradores. El hecho de que la inspiración pueda ser pervertida forma parte de la naturaleza misma de toda inspiración; por otra parte, es el modo que tienen todas las teorías de modificarse y ponerse al día, dando origen a ideas que no son nuevas en

absoluto, en el tiempo y el espacio, es decir, a lo largo de la historia y en los lugares específicos del mundo donde son recibidas y aplicadas; de igual manera, por usar las palabras del filósofo citado, la aparente decadencia que se observa durante el paso de la pureza ideal a la realización concreta no responde a otra necesidad que a la de «dejar de esconder la cabeza en la arena de las cosas celestes, y a llevarla libremente, una cabeza terrena, la cual es la que crea el sentido de la tierra». El sentido de la tierra será pues muy diferente del imaginado con los ojos cerrados ocultando la cabeza en la arena de las cosas celestes... y no más lejano de la verdad de lo que lo habría estado su formulación ideal.

103. El ejemplo más actual y clamoroso de esta multiplicidad lo encontramos en el islam cuando se citan los versos del Corán para condenar actos cometidos en nombre del Corán.

104. La idea genérica de fraternidad —Ilustración—, pero también la más concreta de prójimo —Jesús—, parecen pasar por alto o tener poco en cuenta el hecho de que es la proximidad la que genera el odio, y que el desacuerdo o la competición entre iguales desata incluso la persecución y el homicidio. No es lo diferente, sino lo parecido lo que genera el conflicto. Así es desde los orígenes míticos y así sigue funcionando. Es el perro del vecino que se pasa ladrando toda la noche lo que te vuelve loco, no un aborigen australiano. Como siempre, los preceptos de Jesús parecen anunciar la obviedad, lo que se da por sentado, mientras que sus enseñanzas son mucho más arduas y provocadoras envueltas como van en esa especie de puerilidad: sabe muy bien que odias a tu vecino y que lo ahogarías si pudieras, y entonces te ordena que lo quieras. Nunca habla de guerra o grandes conflictos entre naciones, sino del pequeño e incesante conflicto que se desata a diario en pocos metros cuadrados: la habitación que comparten los hermanos, las lindes de un campo de alfalfa. «Ama a tu prójimo» significa «ama a quien detestas».

105. El ser-prójimo es el fundamento que sostiene el odio y lo incrementa.

106. El odio no se dirige hacia el diferente, sino al peligrosamente semejante: el antisemitismo de Drieu la Rochelle nunca va dirigido a los barbudos de pelo rizado con el colbac, sino contra los literatos y periodistas como él, esos con quienes se encuentra en el restaurante...

107. Odiar no es una reacción, es una necesidad primaria.

108. La pesadilla de los conocidos: ¿quiénes son realmente mis conocidos? Si los conozco desde hace mucho, pero en realidad los frecuento esporádicamente, por casualidad o compromiso, ¿es porque en el fondo me caen gordos? ¿Por qué no nos hemos convertido en amigos, en verdaderos amigos? ¿Y por qué en vez de «conocidos» no se llaman, como sería lógico, «encontrados»?

111. Habría que sustituir la doctrina del «No lo sabíamos» por la confesión: «Lo sabíamos todo, pero no queríamos rendirnos a la evidencia».

114. Las ideologías políticas no son doctrinas perfectas racionalmente concebidas para el bien de los hombres, aunque les gusta presentarse como tales. Son más bien formaciones de combate que emergen de la hostilidad y el resentimiento, en períodos de crisis, en los que cuentan el entusiasmo y la rabia.

115. Contradicción en la moral de la fuerza, en la figura del guerrero. Se invoca como defensor de la sociedad y la tradición, mientras que en verdad es más bien su disgregador. No hay nada más salvaje e ingobernable que el guerrero captado en la pureza de su acto representativo, que es el de matar. Su esencia radica en la devastación, no en la conservación. Marte no significa sino Muerte. Y en todas las figuras hercúleas, es decir, caracterizadas por el uso de la fuerza, esta no conoce límites, ni un uso preestablecido que pueda calificarse como apropiado o impropio; no tiene nombre ni dirección; puede usarse tanto para aliviar el destino de los hombres, o en empresas benéficas, como para cometer masacres horribles e insensatas. El guerrero siempre es impuro, siempre está manchado de sangre, a menudo de sangre inocente. El héroe no mata únicamente a

los monstruos peligrosos que amenazan a los desvalidos, sino también a los mismos desvalidos, a mujeres, niños y hombres indefensos, o a sus familias, presa de la misma ceguera que lo hace arremeter contra los enemigos y destruirlos. ¡Sería muy sencillo si la fuerza pudiera dominarse! Como toda energía sobrehumana, como el nacimiento, la muerte y el amor, el furor guerrero elude las reglas, y cuando se somete a ellas es porque estas han asumido el carácter de una venganza brutal. Culpables masacrados por otros culpables. El guerrero es como un caballo enloquecido que busca la muerte; su moral caballeresca lo empuja a la violencia gratuita: ¿cómo podría ser el defensor de una sociedad estable y moderada? Solo lo es si se lo instrumentaliza.

116. Separación iniciática y heroica de la familia, de la casa: había que marcharse muy lejos para convertirse en un hombre. Hoy en día el héroe no puede sino volver a casa, ¿adónde si no?

118. Aparte de algún club para caballeros a la vieja usanza, el sacerdocio católico, en el fondo, no es más que el último de esos círculos rigurosamente masculinos que hasta hace unos cuantos años destacaban como las torres de una fortaleza, atalayas de control sobre el horizonte de nuestra sociedad. La separación masculina formaba no uno, sino muchos montes Athos inatacables en el ejército, en la academia, en las finanzas, en los gobiernos. Todos se disolvieron, excepto el sacerdocio. Quién sabe cuánto durará aún este modelo comunitario fundado en la exclusión.

119. Para mí, los subyugados no se libran de las críticas por el mero hecho de estar subyugados; es más, esta es la primera crítica que habría que hacerles. Y los últimos deberían dejar de recrearse en la promesa evangélica de que serán los primeros.

120. Forjar nuestra identidad de adolescentes en el fuego de la crueldad de los demás, o peor aún, de la falsa amistad, de la falsa disponibilidad de algún adulto a echarte una mano, a ayudarte para llevarte a donde quiere. Así pues, sucumbir a la maldad, o resistir haciendo acopio

de más maldad, o dejarse seducir por consejeros interesados, hasta que se empiezan a pensar cosas, a tener convicciones, esperanzas, proyectos que se creen propios y que, en cambio, no lo son en absoluto. Pero, sobre todo, hasta que se empieza a odiar algo o a alguien contra quien el consejero quería indisponernos desde el principio. La característica principal del mal consejero es su dulzura, su amabilidad. En un mundo de fieras, nace de modo espontáneo prestarle atención, confiar en él.

121. El colegio privado donde fui profesor durante muchos años contaba con un grupo masculino que al privilegio de proceder de familias adineradas sumaba el de una educación sólida que lo ponía en condiciones de ocupar una posición de prestigio en el mundo adulto. Todo ello mitigado por una catequesis que, en teoría, predicaba prácticamente lo contrario. Es una característica singular del catolicismo italiano la de sostener una tradición milenaria de defensa de los últimos y, al mismo tiempo, aliarse con los intereses mundanos de los primeros. Quizá su grandeza y su solidez se funden justo en esta contradicción. Pero el hecho no puede pasarle por alto a nadie, y a los primeros a quienes no se les pasaba por alto era a mis afortunados alumnos.

122. Bien pensado, alimentar un miedo injustificado, por ridículo que pueda parecer, siempre es mejor que tener motivos fundados para estar asustado. Aunque pongan los nervios de punta, las falsas alarmas son preferibles a la sirena que anuncia un bombardeo. Esto desde el punto de vista de la realidad de las cosas. Desde el punto de vista de los sentimientos, bueno, es muy diferente, pues incluso podemos sentirnos aliviados cuando sucede lo peor, cuando después de tantas preocupaciones inútiles se perfila una desgracia auténtica, cuando al ir a buscar la analítica que uno se hace regularmente como prevención, algo indica que cuanto hasta ese momento estaba correcto ahora ha dejado de funcionar. Maldición, pero también, ¡por fin! ¡Ya ha ocurrido! Estas noticias trágicas nos recompensan y nos hacen parecer menos ridículos a los ojos de quienes consideraban que nuestras preocupaciones eran exageradas —en efecto, éramos los primeros en avergonzarnos—, y otorgan cierta respetabilidad a nuestros miedos, como en cualquier caso y siempre debería ser.

123. Para ser reconocidos hay que dar algo a cambio: hasta la vida, a cambio de una palabra, de una medalla, de una caricia...

124. Algunos sentimientos son originales y otros derivados, pero no por eso son menos poderosos o duraderos, todo lo contrario. Los italianos tienen la costumbre de sacar valor de la rabia, que puede desvanecerse rápidamente, pero no sin haber dado antes a luz una audacia formidable. El lado sentimental e íntimo se halla tan acentuado que, en definitiva, para muchos es más importante vengarse que vencer. Las pasiones privadas llevan las de ganar sobre las públicas, o bien se convierten en públicas, triunfando bajo la forma de comportamientos cívicos. Las rebeliones interiores no dejan de serlo cuando marchan tras una bandera, y lo mismo vale para el resentimiento y la ambición. Rasca en la apariencia de cualquier declaración pública y, unos milímetros por debajo de la costra del razonamiento o la motivación, encontrarás el tormento que carcome al orador. ¡Y a veces ni siquiera hay que rascar!

127. Hay un proverbio que dice que un lugar santo nunca se queda vacío. Quizá sea aún más cierto que uno vacío, tarde o temprano, se convierte en un lugar santo. Descuidado mucho tiempo por los apetitos materiales, está destinado a ser ocupado por la santidad. Santidad y vacío y silencio y ausencia —de humanidad, de palabras, de señales— son sinónimos. Así, por ejemplo, a estas alturas solo son sagrados unos pocos kilómetros sin asolar del paisaje italiano: en origen no lo eran en absoluto, se trataba a menudo de lugares baldíos e inhóspitos, casi insignificantes —por eso no los habían tocado: no ofrecían nada que pudiera explotarse—, ahora lo son. La paradoja quiere que los sitios más bonitos, tomados por asalto debido a su belleza, sean ahora los más espantosos y horribles.

132. La homosexualidad —latente, manifiesta o reprimida— subyace tras agitaciones culturales y políticas a gran escala, del neoclasicismo al nazismo, del Resurgimiento a la moda, del mito del chiquillo incorrupto a los colegios católicos o al ejército espartano, de la frecuentación de los gimnasios a los derechos civiles.

133. Había una secta cuyo jefe anunció que el mundo sería destruido por los ovnis. Llegó la fecha señalada para el fin del mundo. No pasó nada. Cuando quedó claro que la profecía era un bulo, el número de adeptos, en vez de disminuir, aumentó.

134. Mucha gente que ha sido engañada sigue creyendo en el engaño. Ni una buena dosis de evidencia logra resquebrajar la fe en una mentira, si esa fe es verdadera. Tomemos como ejemplo las reliquias religiosas: aunque no fueran auténticas, el hecho de haber sido veneradas por tanto tiempo y con tanta fe sería suficiente para convertirlas en sagradas.

137. Dicen que las desgracias son una escuela de vida: puede que sea cierto, pero la alegría sigue siendo la mejor universidad [cita de una carta de Pushkin a su mujer, Natalia, de marzo de 1834].

138. Fastidio instintivo por lo «demasiado cercano», fascinación por lo «medianamente lejano», miedo por lo «absolutamente remoto».

139. Ahora que me estoy muriendo, caigo en la cuenta de que no soporto que me mencionen o intenten hablar conmigo de nada serio o grave. Y tampoco oírlo en televisión o leerlo. Prefiero que el sonido de las palabras tenga poco sentido, o no lo tenga en absoluto y se limite a recordarme cómo es la voz humana, no los conceptos que expresa. En algunos casos, puede que en casi todos, es piadoso y justo hablar sin decir nada.

142. Por más que se vuelva atrás con el recuerdo y se prosiga adelante con la esperanza, por más que nos desplacemos sobre el eje del tiempo, el presente no se deja privar tan fácilmente de su inmenso poder de atracción.

143. Siempre habría que desarrollar las ideas hasta sus últimas consecuencias, para satisfacer la curiosidad de saber adónde nos llevan y descubrir que las más fascinantes conducen a un punto muerto, mientras que las que al principio parecían menos brillantes tienen mayores posibili-

dades de encauzarnos hacia un verdadero descubrimiento. Solo a lo largo del camino, o hacia su final, te topas con un verdadero descubrimiento, mientras que hay quien piensa ingenuamente que el descubrimiento es un punto de partida.

145. Cuanto más tétrica es la vida que llevamos, más nos atrae la que estamos convencidos de merecer. La triste realidad cotidiana sirve de propulsor de la fantasía, cuyos productos no solo incluimos en la lista de las cosas posibles, sino en la de las debidas, que tarde o temprano se realizarán, una vez superados los obstáculos momentáneos.

146. Primero disparaban, después, según lo que hubieran alcanzado, decían que ese era el blanco.

147. Prisioneros de la heurística: quien da por sentado que cada cosa y el todo tienen un sentido, que no solo se puede, sino que se debe encontrar. ¿Y si no lo hubiera? ¿Y si nada tuviera sentido? Si no estuviéramos obligados a buscarlo, ¿cuál sería entonces nuestro deber?

149. Habilidad, desenvoltura, ingenio: utilizados para la creación y la difusión de basura. En eso se invierte buena parte del talento. Siendo las cualidades técnicas apreciables en cuanto tales, con independencia del campo al que se aplican y el fin que se proponen, se oye decir a menudo que fulano o mengano son «muy buenos», son «un crack», son «grandes profesionales», o «monstruos» porque, en efecto, ejercen su oficio con gran habilidad y llevan a buen fin sus proyectos —cosa que, por otra parte, también hacían Jack el Destripador y Adolf Eichmann—. Dominados como estamos, incluso en nuestro imaginario, por el espíritu del éxito, de la eficiencia y la productividad, aplicado a todos los aspectos de la vida, acabamos admirando cualquier cosa «bien hecha» o «lograda». Pero si en un determinado momento pierdes la paciencia y afirmas que fulano es «una mierda», tanto por quien es como por lo que produce —programas de televisión, edificios, vestidos, canciones, artículos periodísticos o vídeos publicitarios—, a menudo rebaten tus críticas con un decepcionante: «¡Oye, que no tiene un pelo de tonto!».

151. La adolescencia es el período durante el cual tenemos especial dificultad en reconocer un principio muy simple, esto es, que nuestros gestos y pensamientos no son tremenda y maravillosamente únicos, sino ordinarios y comunes. Pero quizá pueda decirse lo mismo de la edad adulta y la vejez, así como de cualquier otra fase intermedia que compone la existencia. Al fin y al cabo, la vida está hecha de épocas, de intervalos, de cruces, de modo que nunca ocupamos una posición lo bastante sólida para ser capaces de juzgar las demás con objetividad: a nosotros nos parecen obstáculos y batallas, pero si lo parecen, entonces efectivamente lo son.

153. Cuánta inteligencia malgastada tanto en comprender, como en no querer hacerlo.

154. Quien ama a la humanidad con un amor abstracto casi siempre se ama solo a sí mismo.

155. En la época en que me ha sido dado vivir, igual que en el primer siglo de la antigua Roma, pululan en la sociedad creencias ilógicas que pueblan el mundo de demonios, engañando a las masas acerca de la llegada inminente de novedades portentosas, prometiendo esto, amenazando con aquello y aplicando hechizos sugerentes, de manera que muchos ingenuos caen en las redes de los falsos profetas y de los jefes carismáticos que las difunden. A diferencia de la Antigüedad, en la que los espíritus cultivados supieron resistirse a la difusión de estas mentiras dirigidas a memos y analfabetos, en la época contemporánea muchas personas cultas e inteligentes, como intelectuales, filósofos, escritores, artistas y científicos, en vez de guardarse de estos bulos, los reconocen y abrazan, como cegados, y los predican con un entusiasmo aún más grande que el manifestado por los ignorantes, contribuyendo a dar solidez a las ideas más extravagantes y falaces con la fuerza de su ingenio y los argumentos de su cultura. La cultura sirve en este caso no para analizar de manera crítica las mentiras, sino para reforzarlas con razonamientos tan viciados como convincentes: la inteligencia usa sus re-

cursos para elevar sandeces al rango de teorías, y su arrogancia para defenderlas de cualquier objeción.

156. He llegado a la conclusión de que la guerra de Troya en verdad se libró para recuperar a Elena. ¡La hegemonía comercial era una mera excusa! El auténtico motivo es el que cuenta el mito, que por otra parte siempre cuenta la verdad, y puede ser incluso más realista que la historia misma.

157. Aunque hayan pasado los años, tras muchas lecturas y mucho razonar, sigo teniendo la misma impresión —puede que infundada, pero poderosa— que tenía cuando era un chaval, esto es, que la profundidad y el sentido de la mitología griega es con creces superior a su famosa filosofía. No me refiero solo a la belleza del lenguaje, sino a una aportación intelectual, al esfuerzo de interpretar el sentido de la vida, a la profundidad y la originalidad de su mirada sobre el mundo; el hecho de que se trate de fábulas no anula su significado, es más, lo aumenta. La prueba es que el detractor más empedernido de los mitos antiguos y de su viejo trovador, Homero, no ha podido hacer otra cosa para ilustrar sus teorías que construir otros nuevos, y que por eso es recordado en las escuelas: el mito de la caverna, el mito del andrógino, el mito de los caballos que tiran en direcciones opuestas que, francamente, me parecen más bien extravagantes..., pálidos..., sus imágenes, estrambóticas comparadas con las antiguas. A menos que se considere la filosofía no como ruptura con la visión mítica, sino como su continuación, más seca, desleída, burocrática, especializada, esterilizada con respecto a la despreocupada abundancia de los orígenes.

158. A algunos individuos solo les restituye por entero el sentimiento de libertad una acción violenta: en ese punto pueden converger el impulso sexual y el anhelo político [me parece inevitable la referencia a los autores de la MdC].

159. Hoy en día, el horror que nos provoca ver aniquilado a uno de los dos contrincantes nos lleva a contrarrestar el resultado de cualquier ba-

talla. De este modo, las guerras sin vencedores siguen adelante hasta el infinito.

160. La ley, reducida a un espantapájaros que los cuervos usan como percha porque se han acostumbrado a su presencia y ya no la temen.

160 bis. La ley, reducida a un espantapájaros sobre el cual los cuervos, sin ningún temor, se han acostumbrado a posarse [esta idea se halla formulada en el cuaderno dos veces seguidas y he decidido introducir ambas versiones, imaginando que el profesor dudaba y que esta duda dice mucho de su carácter, perfeccionista y posibilista a la vez].

161. El poder genera placer, lo limita, lo reprime, lo niega, lo exalta, y a veces se ve exaltado o anulado por el placer. Tanto quien ejerce el poder como quien lo sufre, puede experimentar una de estas posiciones respecto al placer. Antaño estas tramas tenían un lugar donde entrelazarse: un cuento, dos, para ser exactos; uno privado, el confesonario, y otro público, la novela. La novela no es sino la transcripción comercializada de la confesión, y por eso mantiene a menudo su aspecto formal originario con el uso de la primera persona.

162. El dolor vivido y su recuerdo indeleble constituyen la barrera principal que se opone al flujo de la existencia: solo una narración vertiginosa, solo una corriente de palabras extraordinariamente impetuosa podrá arrasar ese obstáculo y despejar el camino hacia un olvido feliz. En eso coinciden la esencia y la función de la confesión y la novela.

164. A diferencia de las historias, las ideas no tienen fin. En realidad, las historias tampoco lo tendrían, pero en un determinado momento de su exposición, se deja de contarlas. ¿Dónde exactamente? ¿Y por qué? Porque se llega a la conclusión de que ya se ha dicho cuanto tenía que decirse. Pero no es realmente así. Cada drama podría enlazarse con otro consecutivo, cada generación con la siguiente. Siempre es posible escribir una continuación. A menudo por convención se hace coincidir el fin de las aventuras con el de su protagonista. Cuando Hércules muere quema-

do por la famosa túnica, se acabaron los trabajos de Hércules. Y la película termina cuando Carlito Brigante agoniza en el andén, poniendo punto final a su fuga, y lo mismo les pasa a Accattone, a Macbeth, al Cónsul y a Martin Eden, a Michel Poiccard, a Barba Azul y a Ana Karenina. O bien, el final viene dado por un matrimonio, que es una buena ocasión para sacar la moraleja de la fábula, o por el número de páginas adecuado para que el peso del libro no aplaste al lector. Las ideas se acaban cuando su autor está extenuado.

165. Lo que hace inimitable la adolescencia, su espíritu original y vital, no es su fuerza, que puede resistir al paso del tiempo, sino lo que el tiempo destruye a su paso. Las cualidades más valiosas se hallan ligadas a la fragilidad, a la precariedad: el sentido secreto de las cosas se oculta en su fugacidad. Si uno se empeña en buscar lo que perdura, lo que resiste, lo que queda, nunca entenderá nada; si se puede, hay que fijarse y buscar lo que tarde o temprano desaparece. La adolescencia no es una excepción a esta regla, sino su aplicación más precoz: es justo lo que se desvanecerá. Su principio no reside en lo que seguirá viviendo, sino en lo que está destinado irremediable y naturalmente a envejecer. (Hubo un tiempo en que observando a mis alumnos lo pensaba, y ahora lo pienso recordándolos.)

167. Para un sociólogo, la literatura mediocre siempre es más interesante que la de calidad, que es menos representativa de la época, de la sociedad y del pensamiento común.

168. Observé con detenimiento a mis mejores alumnos, es decir, a los más dotados y a los que se aplicaban más, dos categorías heterogéneas, e incluso dos categorías opuestas pero cuyos resultados escolares se parecen y que por eso hay que considerar como una sola.
Pues bien, me di cuenta de que los comportamientos demasiado razonables incubaban casi siempre el germen de la rebelión [no puedo evitar pensar que Cosmo se refería a Arbus].

169. Como demuestran los memoriales, por ejemplo, el impecable del mariscal De Grouchy, que fue uno de los responsables de la derrota fran-

cesa en Waterloo porque se empecinó en atacar la retaguardia prusiana alejándose del campo de batalla principal, el nivel de la prosa se eleva cuando su autor se siente llamado a justificar sus errores. Al disculparse —del mismo modo que a veces sucede en el ejercicio contrario, el de la autodenigración— muchos escritores dan lo mejor de sí mismos.

170. La libertad es un juego excitante y un peso abrumador: cuando se puede elegir, siempre nos persigue la duda de haber elegido mal, el miedo a arrepentirnos de la elección. Podemos soportar, hasta el límite de nuestras fuerzas, lo que nos es impuesto, eso de lo que no somos responsables, mientras que lo que hemos elegido, por gusto o capricho, puede convertirse en algo insoportable de lo que somos los únicos culpables. Se trata de una ley estadística: la constricción empieza en el punto más bajo y se percibe como negativa en sí misma, aunque bajo su yugo a veces se mejora; la elección debe ser positiva a la fuerza, por lo que tiene muchas probabilidades de dar un mal resultado.

172. A menudo, lo que se dice es oscuro, lo cual significa que es claro.

174. Ser lento de entendimiento es un verdadero problema, pero menor que el de entender las cosas demasiado rápido, pues esta capacidad, si es excesiva, genera aburrimiento en quien la posee y ejercita. Si todo se comprende al vuelo, el resto del tiempo es tiempo muerto. Tenía un alumno así. Se llamaba Arbus. No sé qué habrá sido de él, y por eso deduzco que no ha hecho nada digno de mención. Probablemente acabaron con él los tiempos muertos.

175. De mis tiempos como profesor, recuerdo el azoramiento que creaba entre mis alumnos la pregunta que en teoría debía ser la más benévola, la más alentadora por mi parte, la pregunta fácil por excelencia, dado que no es una pregunta, sino un regalo: «Desarrolla un tema a tu elección». Solía hacerla cuando estaba cansado y no se me ocurría nada más. Pues bien, algunos de mis alumnos eran presas del pánico porque si respondían mal a una pregunta que habían elegido, que se hacían ellos mismos, la metedura de pata era clamorosa. ¿Quién es tan burro que ni siquiera

sabe lo que sabe? ¿Ni siquiera una cosa cualquiera, una página de todo un libro de texto? Además, no era así tampoco, porque este síndrome singular afectaba precisamente a los que habían estudiado, aunque fuera un poco, en definitiva, a los que estaban bastante bien preparados, pero a los que hablar de lo que preferían los pillaba desprevenidos. La libertad de elección desmontaba su plan. Las primeras veces me sorprendí. Después lo comprendí y dejé de hacerles esa pregunta vaga y bochornosa. Mejor: «¿Cuál es el ideal de solidaridad humana que Leopardi sugiere en su poema «La retama»?», «¿Quién mató a Julio César y por qué?», «Habladme de la Contrarreforma...», «¿Qué representan las tres bestias con las que Dante se topa subiendo el "deleitoso monte" en el primer canto del *Infierno*?».

Sí, mejor así, mucho mejor así.

176. En su esfuerzo por conocer el mundo, el hombre se tropieza con un exceso de significación. Recoge demasiadas señales porque son demasiadas las que tiene a su disposición. Son innumerables los indicios, las alusiones que nos hace el mundo para decirnos algo respecto a las que de hecho logramos entender. Todo parece tener un significado, pero quizá sea solo una apariencia, de un malentendido causado por el deseo de comprender, y muchas de esas señales en código no significan nada.

179. Puede que cuando estamos deprimidos, como ahora yo, tengamos una visión mucho más realista de lo que nos rodea; o mejor dicho, estemos menos predispuestos a dejarnos cegar por lo espejismos. O quizá este intento de sacar ventaja de la melancolía también sea una ilusión, un triste consuelo.

182. He cumplido con mi deber solo porque era incapaz de no hacerlo, es decir, a causa de un límite y no por elección.

183. La luz de la persona de la que estamos enamorados pasa a través de un prisma.

184. El valor de una obra es independiente del hecho de que la realicemos impulsados por la voluntad, la ambición, el capricho o el deseo.

185. El tiempo convierte en legítimo lo que antes era un crimen.

186. El único gran acontecimiento de la vida es el nacimiento.

189. Y el pobre insecto que tu planta pisa,
sufre en el cuerpo igual dolor que
cuando muere un gigante...
[He identificado la fuente de estos versos que me parecían, en efecto, una cita: son de *Medida por medida* de Shakespeare, acto III, escena 1.]

190. Para un profesor, se trata de cambiar las personas a las que se observan, o de verlas cambiar. A mí me ha pasado más a menudo lo segundo.

191. La lucha que tenemos que librar a diario con personas que deberían ayudarnos es insoportable: con el abogado, el fontanero, el agente de la aseguradora, el albañil, el cirujano, el mecánico que nos arregla el coche y, aunque de forma más indirecta, con el político a quien votamos. Todas ellas personas a las que hay que estarles encima a fin de que cumplan con el trabajo para el que les hemos consultado y pagado, para que lo acaben, o para que empiecen desde el principio porque han hecho una chapuza, o para que nos indemnicen. Desconocemos los rudimentos y detalles de la mayor parte de las disciplinas y los oficios que estas personas ejercen, motivo por el cual desearíamos tener una fe sin límites en los expertos que contratamos, solo desearíamos decirles: «Haz lo que consideres necesario para resolver el problema». Sin embargo, estos expertos nos ponen puntualmente frente a dilemas, opciones entre las que elegimos, dada nuestra ignorancia en la materia, prácticamente a ciegas, fingiendo hacerlo con conocimiento de causa, de manera que, además de las consecuencias que son el resultado de los errores cometidos por los demás, también tenemos que apechugar con la responsabilidad en caso de error. Debemos poner remedio a los remedios casi sin cesar: cada dentista que se inclina sobre nuestra boca abierta de par en par se pregunta, por ejemplo, cómo es posible que su antecesor haya hecho semejante desastre; cada notario se queja de los descuidos o disparates que contiene el acta

notarial redactada por otro notario anterior. Estas figuras de soporte con que sabemos que no podemos contar, que caminan a tientas, se alternan a nuestro alrededor ofreciendo soluciones chapuceras y provisionales, pasándose del presupuesto, entregando el trabajo un día, un mes o un año después de lo pactado, o nunca, sin responder a los mensajes que les dejamos en el buzón de voz, para desaparecer a menudo como si la nada se los tragara. Se volatilizan. Del fontanero que me instaló los grifos al revés y tan cerca de la pared que la rozan cuando los abro, cuyo número de móvil ahora está inactivo, llegaron a decirme que se había mudado al extranjero. ¿Adónde? A Australia.

192. Mi trabajo de profesor: un campesino que se desloma para preparar la tierra, limpiarla, roturarla, sembrarla, regarla..., después, al cabo de meses de fatiga a la intemperie, rompiéndose las manos y la espalda, cuando germinan las plantas, y de las plantas nacen las flores, y estas se transforman por fin en frutos maravillosos —turgentes, suculentos, jugosos, maduros, hermosos...—; él, presa de un cansancio repentino, que también podría ser desinterés, no los recoge..., los deja pudrirse en el campo, en las ramas, los ve descomponerse día a día, sin mover un solo dedo...

194. La estupidez de algunas ideas no se compensa con la testarudez de serles fieles.

195. El dinero es siempre un óptimo motivo, pero casi nunca el verdadero.

196. El enemigo es tan fuerte que hasta los muertos deberían temblar si ganara.

197. Los místicos aconsejan que para acceder a una segunda vida más pura, intensa y perfecta hay que romper los lazos con la primera, es decir, con la vida ordinaria, y eso vale también para quienes se manchan con un crimen como el homicidio, que además de romper con la propia vida de manera figurada, rompen literalmente la de los demás, y el sentido de lo terrible y lo poderoso, de lo claro y lo definitivo, de lo cruel y lo ma-

ravilloso, de lo fatal y de lo ilimitado, que aparecía como velado en la existencia ordinaria, se les revela de repente en toda su claridad meridiana, en su inenarrable nitidez. La vida perversa y la vida perfecta se parecen en lo siguiente: ambas han roto con la vida ordinaria.

200. Algunas cosas se vuelven misteriosas en el momento en que se siente el deseo de entenderlas. Hasta entonces se daban por sentadas. Estaban ahí, sencillamente. Su apariencia misma resultaba tranquilizadora. Daba la impresión de que no había nada que descubrir, ningún enigma. Del mismo modo, las personas que parecen tener menos secretos son las que más tienen. Y cuando se intenta iluminarlos, se retraen aún más al fondo, como el haz de la linterna que al penetrar en la embocadura de una madriguera subacuática hace que el pez que se oculta en ella se retire en la oscuridad.

201. Mientras descargues tu acusación contra el mundo, en vez de someterte a él, estarás alineado con el mundo.

202. Sé muy bien que verdad y justicia son bienes superiores, pero cuando oigo a los demás quejarse, cada uno desde su legítimo punto de vista, por motivos personales o por la situación en general, perdiéndose en minuciosas descripciones de fechorías..., pienso que tengo demasiado poco tiempo para preocuparme por quién tiene razón y quién no. El catálogo de las fechorías, tema casi exclusivo de las conversaciones, de las discusiones, de los debates televisivos, me aburre, no puedo remediarlo. Que quede claro, yo tampoco paro de quejarme.

203. Para poder ser concebida, incluso la doctrina más burda y falsa necesita contener una minúscula dosis de verdad. A partir de ese granito se desarrollarán las ideas más peligrosas y disparatadas. El error crece tupido alrededor de una grácil pero verídica sugerencia.

204. Algunos pueblos primitivos definen a su divinidad principal como «Aquel cuya existencia es dudosa». Este mismo nombre evoluciona en algunas religiones adquiriendo el significado de «Aquel cuya existencia

está fuera de duda». Hasta los tiempos modernos, en los que significa «Gran mentira».

205. En algunos libros, en algunos escritores que incluso me gustan, acabo por percibir el automatismo del estilo y de las cualidades puestas en juego: en otras palabras, la pericia, es decir, la habilidad. La habilidad, que no por casualidad se define a menudo como «consumada», elimina el auténtico contenido dramático, y al mismo tiempo vuelve a proponerlo y lo repite hasta el infinito, pero con formas que en lugar de sacarlo por fin a la luz lo ocultan, lo hunden más a fondo, donde ya no será alcanzable. A fuerza de acercarse a lo que hay que decir, a fuerza de aludir a ella sin mencionarla, de insinuarla, la esencia de la cosa se agota. El problema de la repetición es que aleja y consume el objeto que hay que aferrar, lo vuelve más resbaladizo a cada intento, y este se retrae al fondo de su agujero, como le sucedió hace años a aquel niño que se cayó en un pozo y que demasiados se afanaron en tratar de salvar: cuando llegó quien era realmente capaz de rescatarlo era demasiado tarde, como si el pobre niño se hubiera reducido, arrinconado en el fango... En la escritura, cada vez que algo se repite (una frase que la primera vez era lograda, un recurso que funciona) se arroja una palada de tierra sobre la intimidad del posible descubrimiento, y lo auténtico ya no será dicho, quedará sepultado bajo un denso estrato de palabras.

207. Hay que tomarse el mundo en pequeñas porciones. A una persona intuitiva puede bastarle un aperitivo.

212. Mis ideas y convicciones nunca han aspirado a poseer la única cualidad que las haría dignas de difusión, es decir, la certeza. Por decirlo de alguna manera, se han quedado cerca de mí, a mi alrededor, sin alejarse demasiado, como gatos caseros, que pertenecen a la casa y a nadie al mismo tiempo, y que a menudo huyen de su dueño, pero no porque busquen otro.

216. Si el objeto del deseo es uno, no hay mucha diferencia entre sentirse satisfecho por haberlo alcanzado y ser castigado con su negación,

puesto que la satisfacción produce sentimiento de culpa y, por consiguiente, deseo de castigo, que a su vez también puede ser satisfactorio. De este modo, castigo y satisfacción a menudo se entrecruzan, se confunden, toman el uno el lugar del otro, y quizá se acabe por sentir placer en el sufrimiento y dolor en la satisfacción. A algunos de mis alumnos les pasaba eso.

217. Antaño los hombres podían pasarse toda la vida haciendo lo mismo que habían hecho hasta el momento, lo que tenían la obligación de hacer, sin más opción u elección, sin preguntarse por su sentido, pues antes que ellos numerosas generaciones habían hecho ni más ni menos lo mismo. Solo desde hace poco tenemos la obligación de descubrirnos y entendernos a nosotros mismos, de saber quiénes somos, qué queremos realmente. En la interioridad, que es el reino de la controversia, solo se aventuraba algún héroe, no todos; es más, la mayoría de los grandes hombres se mantenía a distancia de ella, y consideraba ridícula o superflua, en última instancia ofensiva, la pregunta «¿Quién soy verdaderamente?»: un modo de mancharse con el fango de la duda, de la incertidumbre, como haría un expósito, el hijo de nadie. Hoy en día, al contrario, la condición de huérfano sin apellido es el punto de partida de cualquier persona, que no tiene más remedio que adentrarse por un camino sin batir y sin indicaciones en pos de una larga búsqueda de su propia personalidad y destino. De cada joven se dice con benevolencia que «todavía tiene que encontrar su camino», sí, el suyo, como si cada uno de nosotros tuviera uno diferente y solo uno le estuviera destinado, hubiese sido trazado y adoquinado exclusivamente para él —como la puerta de la Ley en el famoso cuento de Kafka—, para que nadie, excepto él, pudiera recorrerlo. Pero si existen millones de caminos virtuales y solo uno es el nuestro, ¿qué improbable golpe de suerte deberíamos tener para adivinar el correcto?

219. La épica es para los ricos, los cuentos para los pobres.

220. Primero sentimos repulsión por lo que necesitamos, después por lo que deseamos ardientemente, más tarde por lo que amamos y al final por nosotros mismos.

221. Me he reducido a una condición humana tan vil que a estas alturas mi vida está dominada por el desorden que antes intentaba combatir y que ahora permito que la invada día a día, sintiendo por ello una amarga y casi vengadora satisfacción. Me hundo con voluptuosidad en el caos de mi casa. Me regodeo cuando los libros —por los que, a decir verdad, nunca he sentido mucho apego— amontonados en pilas del suelo al techo, se derrumban y se destrozan al caer...

[Gracias a la casualidad pude identificar la fuente de los pensamientos siguientes, o sea, los numerados del 222 al 238, breves casi todos: se trata de *Guerra y paz* de Tolstói. Empecé a releerlo, después de tantos años, por las noches, mientras que durante el día repasaba los pensamientos de mi profesor. Creo que la edición que él poseía cuando escribió estos apuntes es la misma que entretanto leía yo, la de Einaudi, de 1942, publicada de nuevo en 1990 como libro de bolsillo en dos volúmenes, pues algunas palabras y expresiones de la traducción de Enrichetta Carafa, que se remonta a 1928, coinciden con las que usa Cosmo. Me di cuenta de que se trataba de *Guerra y paz* por el fragmento 229, donde se menciona sin sombra de duda a Nikolái Rostov, hermano de la famosa Natasha, la víspera de la batalla de Austerlitz. A partir de ese instante empecé a buscar en el libro las ideas que habían impresionado a Cosmo, lo cual resultó bastante fácil, aunque cuando las reflexiones de mi profesor se alejan de lo que podría ser su fuente, que quizá resida en otro sitio, se trata solo de conjeturas. La chispa podría haber nacido en cualquier otra parte. En todo caso, resulta singular que de toda esta novela colosal, él haya recogido y se haya apropiado, a menudo expresándolos en primera persona, de fragmentos, de algunas frases sueltas o las palabras de un personaje, pasando por alto completamente comentar la grandeza de la obra con todas sus implicaciones históricas y metafísicas, que parecen no suscitarle ningún interés. O quizá pensaba que no había mucho que añadir.]

222. Las raras veces que he puesto los pies en un salón, me sentía «como un criado o como un idiota» [es, reformulada por Cosmo en clave personal, el consejo que el príncipe Andréi da a Pierre Bezújov cuando le dice

que no se case porque acabaría sumido en la vida mundana de los bailes y los chismorreos].

223. En el rostro de las personas de poco fiar se lee que podrían echarse a reír o a llorar según lo que les digas, y a veces cambian de expresión tan rápido que se anticipan a lo que creen haber comprendido pero que, en cambio, han malinterpretado. En ese caso, su expresión se torna dudosa, los ojos estudian lo que hay que hacer y la boca se contrae en un vaivén de muecas, sonrientes o apenadas [mademoiselle Bourienne].

224. «No pediré lo que necesito, lo cogeré» [frase pronunciada con tono despectivo por Dolokhov —dicho sea de paso, uno de mis personajes preferidos de *Guerra y paz* junto con Nikolái Bolkonski y la bellísima Kuragina—. Este orgullo se identifica con el carácter de Cosmo. Estaba convencido de que cada uno tenía que contar con sus propias fuerzas, que no había que quejarse, que si uno podía, debía tomar las cosas que deseaba sin darle tantas vueltas, que el arte y la vida eran así, que era inútil esperar amables concesiones, como mucho un golpe de suerte, como tener algo de talento, belleza, o inteligencia. Una vez, comentando una redacción mía, Cosmo dijo: «Nunca des explicaciones. No te justifiques. La evidencia tiene que estar en las cosas que haces mientras las haces, añadirla después es un engaño. Una frase no puede acudir en socorro de otra. Vuelve a hacer la redacción, precisamente porque no está nada mal. Sé que sabes escribir, pero ese es tu límite principal. Es como si la escritura justificara lo que has escrito, lo absolviera de todos sus pecados. A menudo, quienes escriben acerca de algo conocen poco y entienden aún menos el tema, mientras que los que lo conocen, callan. Una experiencia superficial es más fácil de contar que una profunda, y la fuerza que nos impulsa a comunicarla es inversamente proporcional a la fuerza de lo que se comunica. Quien mucho dice, poco dice»].

225. No me interesan los porqués, sino los cómo.

226. Cuanto más nos acercamos, menos vemos [en esta, que podría ser una regla general de la visión de las cosas, quizá se haga una referencia

implícita al episodio de la batalla de Schongraben, a cuyo desarrollo caótico el príncipe Bagratión, acompañado por Bolkonski como ayudante de campo, intenta dar en vano un sentido con sus órdenes. En medio de la masacre, el humo y el fragor de la artillería, nadie logra entender qué está pasando: «El coronel... no podía afirmar con seguridad si el ataque había sido rechazado por el regimiento o si el regimiento había sido destruido por el ataque». Incertidumbre, casualidad, escenas de masa que en realidad son la suma imprevisible de muchos gestos individuales].

227. Mis razonamientos parecen inteligentes cuando los planeo mentalmente, y de repente se vuelven estúpidos al expresarlos con palabras [Pierre].

228. Es extraño, pero creo que habría podido ser un buen padre. ¿Yo? Sí, yo. ¿Cómo? Imitando a los demás padres. No teniendo una predisposición natural ni siendo propenso a serlo, habría podido elegir tranquilamente ejemplos mejores y copiarlos, como hacían mis alumnos más ignorantes. En efecto, quienes corren mayor peligro de fracasar son los que creen que saben algo y creen que están a la altura [si esta es una consideración inspirada en *Guerra y paz*, no he logrado encontrar exactamente dónde se halla. Los pensamientos de Cosmo, como los de cualquier otra persona, se alejan rápidamente de la fuente que los origina. A menos que parta de una observación sobre el príncipe Vasili Kuragin, acostumbrado a dirigirse a su hija Hélène con una ternura que, escribe Tolstói, no era espontánea, sino que «había adquirido imitando a los demás padres»].

229. Antes de la batalla de Austerlitz, el duermevela de Rostov mientras cabalga con la cabeza inevitablemente inclinada sobre la crin del animal: ahí está, con una antelación de unos buenos cincuenta años, condensado en veinte líneas, el famoso monólogo interior de Molly Bloom en el *Ulises*.

230. La alegría de los demás puede ser agotadora y, al final, provocar melancolía.

231. Tranquilo, caliente, cómodo y sucio [Pierre en Moscú].

232. Hay hombres que adoptan adrede las condiciones de vida más tétricas para ganarse el derecho a ser tétricos [a propósito del mariscal Davoust].

233. Cuando alguien ruega que se le perdone algo, es porque había algo que castigar.

234. No hacer prisioneros: lo único que convertiría la guerra en algo menos cruel [paráfrasis de un pensamiento del príncipe Andréi, que denuncia la hipocresía oculta tras la magnanimidad y la sensibilidad: «¡No hacer prisioneros, sino matar y que te maten!». La guerra debería ser solo eso, sin reglas ni derechos].

235. Cada gran guerra aspira a ser pacificadora, a que quien la combate alcance una seguridad y una concordia definitivas. Cada gran guerra se inspira en el sentido común [véase la página en que Tolstói transcribe, de las memorias de Napoleón en Santa Elena, algunas consideraciones acerca de la campaña de Rusia, «... la plus populaire des temps modernes... celle du repos et de la securité de tous»].*

236. Considero que sé morir no peor que cualquier otro.

237. Cuando un niño se cae y se hace daño, su madre, para consolarlo y que vuelva enseguida a sonreír, riñe y da una azotaina al suelo donde ha tropezado. [Ay, la «azotaina», cuánto tiempo hacía que no oía esta maravillosa palabra...]

238. Muy a menudo, en la historia, grandes ejércitos han dejado de existir sin haber perdido una sola batalla. [En esta última anotación tomada de *Guerra y paz*, quizá Cosmo no se refería únicamente a la historia mi-

---

* «... la más popular de los tiempos modernos... la del reposo y la seguridad de todos.» *(N. de la T.)*

litar, sino a las personas, a su tendencia a la autodestrucción, cada uno a su manera. Quizá pensaba en sí mismo.]

239. La suspensión de la justicia por decisión personal tiene un nombre, se llama «gracia». La gracia es siempre profundamente injusta, arbitraria, caprichosa: quien la recibe no tiene ningún derecho a que le sea concedida; quien la administra se coloca por encima de la ley.

240. La abundancia, el lujo, el despilfarro, las cosas exclusivas, los privilegios son algo de lo que se disfruta cuando ya se es muy feliz; solo si uno está naturalmente predispuesto a la felicidad, esta se incrementa de manera exponencial. La riqueza es un don que nos merecemos solo si se añade a otros muchos dones, si la suerte que nos toca es desvergonzada, desmedida, caprichosa, sublime. Solamente en ese caso la riqueza logra anularse en un patrimonio, en una fortuna aún más grande, y resultar casi congénita para quien la disfruta. Cuando el privilegio, en cambio (y este es el caso más común), recae en quienes no son capaces ni de aceptarlo ni de absorberlo, de hacerlo desaparecer dentro de sí mismos porque está hecho de su misma materia, como una luz que desaparece dentro de otra más grande, fundiéndose con ella, se forma una protuberancia, un ornamento cuya exhibición tiene algo de doloroso. Habría que ser ese resplandor, no limitarse a tenerlo. A menudo se llama bienestar a lo que solo es un «bientener». Hay quien lleva la riqueza a cuestas como una joroba, como una prótesis.

247. Igual que en la fábula del mercader que, huyendo de la muerte, llega a Samarcanda, el curso originario de la vida se desvía y emboca caminos tortuosos y ramales errantes antes de alcanzar su punto de llegada, su meta, que en cambio siempre es la misma. Al esfuerzo por distinguirse de la nada, que dura toda la primera fase de la existencia, le sigue el esfuerzo, camuflado de fuga, por volver a ella, que en realidad es un retorno.

248. Obstinación y orgullo son los responsables de que cada uno pretenda encaminarse hacia la muerte a su manera.

249. Una parte de nosotros prosigue su trayecto natural, que conduce al final de su desarrollo, es decir, a la extinción, mientras que otra se remonta a los orígenes, al misterioso principio de tal desarrollo. La misma persona se ve arrastrada cuesta abajo por la corriente del río, como un tronco, mientras intenta escabullirse para remontarlo a contracorriente, como un salmón. Estos movimientos iguales y opuestos están presentes con idéntica fuerza en el deseo sexual, que es a la vez deseo vehemente de anulación y de reproducción: se remonta a la fuente de la vida y se precipita hacia delante, acercándose todo lo posible a los confines de la muerte.

251. He atravesado el mar de la conciencia. ¿Cómo lo he logrado? Era fácil, estaba seco. Desde hacía muchos años, siglos quizá. La mente humana lo había desecado.

252. Cuando uno se halla sumido en la oscuridad total, como yo ahora, no sería sensato rechazar cualquier ofrecimiento, incluso mínimo, de luz. Pero este ofrecimiento me deja indiferente. Digamos que no escéptico, sino frío. La sensatez misma me parece una pose o una excusa. Como un ratón que ha sido sorprendido y salta en busca de un pequeño agujero donde ocultarse, la excusa busca un motivo que explique por qué no logra interesarme, y acaba encontrándolo justo en la oscuridad que debería haber iluminado, y la culpa de todo, de mi estado mental confuso, de mi reticencia a las revelaciones. Bueno, en cualquier caso me he dado cuenta de que en la oscuridad avanzo aún más deprisa.

253. Espero que no sobreviva nada de mí. Sin embargo, no existe nadie tan efímero, nadie que no deje una mínima huella.

254. Deseo con el doble de fuerza lo que no me está permitido. Lo inalcanzable resplandece lleno de vida, así que lo muerto, lo desaparecido para siempre, está más intensamente animado de vida.

255. «Te quiero.» A lo largo de mi vida, decirlo significaba que estaba conmocionado, trastornado, excitado..., muy excitado..., y dispuesto a morir.

256. El espíritu burgués es un espíritu ascético que nunca llega a librarse del mundo; es más, su fin es permanecer en él, pero a un nivel ligeramente más alto.

257. Las personas que más odiamos son aquellas a quienes hemos hecho daño. No queremos tener nada que ver con las víctimas de nuestros agravios.

258. Lo que más estropea la literatura es el sentimentalismo. Lo segundo es la ingeniosidad.

259. Dancé alrededor del becerro de oro hasta que otras personas me hicieron compañía, con alegría y entusiasmo, entrelazando brazos y piernas, y después, libre de esos abrazos, seguí dando vueltas sobre mí mismo por un tiempo, a oscuras, con las antorchas ya próximas a agotarse, que no iluminaban; entonces levanté la mirada ofuscada por el vino, cuyos efectos estaban desvaneciéndose poco a poco, hacia la claridad del amanecer que surgía por el lado equivocado del cielo, y me di cuenta de que el becerro también había desaparecido.

260. No se puede permanecer mucho tiempo en las alturas heroicas. El exceso de virtud que permite al héroe alcanzar sus magníficas victorias, ese exceso que es la esencia del esplendor que recubre su figura, lo conducen fuera de la justicia y la razón, lo empujan al abuso, la perdición y la infamia. Y finalmente, a la muerte, siempre terrible. Si no fuera así, intervendría en todo caso una ley cruelmente estadística, la de la vuelta a la medianía, según la cual, tras haber alcanzado las cimas más altas, no se puede sino declinar. La gloria no se replica hasta el infinito, de lo contrario, ¿qué tendría de milagroso? Poco a poco el héroe pierde sus cualidades extraordinarias, se empequeñece, sus poderes empalidecen hasta que vuelve a la normalidad. Y para un héroe, la normalidad es la perdición.

261. Si te dejaran elegir, querrías ser ese hombre clavado en la cruz. Es decir, el héroe solo frente a su destino. Pero lo más probable es que fueras uno más de entre la muchedumbre a los pies de la cruz.

264. El sentimiento exclusivo del amor, del romanticismo en adelante, ha sido el sucedáneo de la religión, ha sustituido a la religión del amor, es decir, al cristianismo, dejando espacio en la tierra a una sola religión practicable por la colectividad, la del odio. La del amor sobrevive como culto personal, que ata a los individuos entre sí en parejas o grupos reducidos, mientras que el odio logra unir a grupos más amplios y a comunidades enteras.

265. Lo menos que puede esperarse de alguien que como yo está a punto de morir, que ve su final en el horizonte, es que deje de una buena vez de ser un maniqueo.

266. Una conversación aún más aburrida que esa en que alguien enumera las cosas que le gustan podría ser una en que alguien arremeta contra todo lo que detesta. El tono entusiasta de la primera es sin duda menos irritante que la mueca despectiva de la segunda. Si hay que enfrentarse a la fuerza con los gustos de los demás, prefiero los «¡Me encanta!» a los «¡Cómo lo odio!».

267. Cuando la nostalgia desaparece, no deja paso a la serenidad, sino al vacío. Haber olvidado muchas cosas de mi pasado no me da especial consuelo porque nada puede justificar la extravagante selección que me permite recordar algunas otras como si fuera ayer, pero solo esas, ¿por qué? El arbitrio de la memoria es un fenómeno irónico y desconcertante. Nunca lograremos poner orden en el archivo donde las cosas más importantes han desaparecido (y en consecuencia se han vuelto importantes, es más, valiosísimas), para que las tonterías se vuelvan trascendentales solo porque aún siguen ahí.

269. Si conocía a alguien y le encontraba especial, tenía la sensación de «volver a encontrarle». A pesar de que el encuentro ocurría en ese momento, era como si la persona estuviera en mi vida desde siempre, en un lugar aún inexplorado.

270. Cada una de nuestras palabras o de nuestros razonamientos corren el peligro de ser incompletos y excesivos a la vez. Pasamos la mitad de la vida examinando la otra mitad.

271. Si Dios está distraído y no nos hace caso, nos dirigimos a su adversario. No existe una sola invocación al diablo que no reciba una atenta e interesada audiencia.

272. Me temo que es el diablo quien imparte muchas de las lecciones que nos ayudan a conocernos a nosotros mismos.

273. En vez de intentar cumplir nuestros sueños y fantasías, hoy en día es aconsejable coger los hechos reales y convertirlos en fantasías.

276. Vivir para satisfacer los deseos de otro, para remediar su malestar y su malhumor, para ser su lacayo, para ganarse una corona de mártir socorriéndole, sin echárselo nunca en cara, sin quejarse, sin pretender nada a cambio de nuestro sacrificio: pues bien, en el fondo estoy contento de no tener a mi lado a una persona así, tan devota y maravillosa, y de que me dejen estirar la pata en paz.

279. Lo que es visible también es vulnerable.

280. Todo lo indispensable, a partir de cierto momento, se pierde para siempre: el amor maternal, por ejemplo, el maravilloso amor maternal. El resto del tiempo lo pasamos intentando sustituir con otras emociones esa que no puede replicarse, y lo malo es que lo logramos con relativa facilidad y llegamos a olvidar el sentimiento indispensable, convirtiéndonos, al instante, por desgracia, en personas no indispensables. Lo indispensable es lo que regularmente se dispensa y después se sustituye, hasta que a fuerza de reemplazos no queda ni un gramo de oro en la estatua, pese a que su aspecto divino y principesco siga siendo el mismo a cierta distancia.

282. El mundo funciona gracias a una gigantesca máquina de compensación que trabaja sin pausa.

283. El desastre no es consecuencia de la falta cometida, sino de la felicidad disfrutada.

288. En ocasiones especiales, como la que estoy viviendo desde hace un par de meses, los últimos o penúltimos de mi vida por lo que parece, la razón se independiza completamente de quien la usa. Y empieza a golpear duramente a sus adversarios, incluso a sus aliados, y por último a sí misma. La delicadeza le es ya completamente ajena.

290. Estoy demasiado ocupado arrepintiéndome de algunos episodios concretos para poder arrepentirme de la vida en su conjunto.

291. Estaba tranquilo. Pero si alguien me dice que esté tranquilo, me pongo nervioso de repente.

293. El cráter en cuyo borde se sientan a esperar se ha apagado.

295. Durante las fases de la vida de un hombre tienen lugar migraciones de un punto a otro de la sexualidad. Schopenhauer sostiene que después de los cincuenta los hombres tienden a la homosexualidad porque la naturaleza, que es muy sabia, quiere impedir que los viejos dejen preñadas a las jóvenes.

298. Las Musas, al principio, eran salvajes. Después Apolo se lo enseñó todo. Toda educación, en vez de eliminarla, afina y fortalece la barbarie.

299. Hay quien considera el silencio la más alta manifestación espiritual y lo opone a la palabra entendida como cháchara. Pero nada hay más amenazador que el silencio. La locuacidad ofende, el silencio mata.

303. Para un italiano era tan natural ser católico que, si no lo era, parecía que traicionara su propia sangre. Por eso en este país los ateos son tan susceptibles y están tan enfadados. Es más fácil intentar destruir la fe católica que cambiarla por otra. Pero el problema es que planear su des-

trucción conlleva arremeter contra todo, y de la cultura italiana no queda nada, ni siquiera sus belicosos oponentes.

305. Nos dijeron que desde hacía tiempo el mundo estaba desencantado y gobernado por la razón. No era cierto. No es cierto. El siglo XX fue sin duda el menos racional de la Historia, incluso menos que año 1000. Con sus movimientos espasmódicos. Con sus absurdas creencias. Con sus incomparables y monstruosos crímenes. Lo único racional era la organización para cometerlos. ¡A su lado *Beowulf* palidece! ¡Y *El oro del Rin*! ¡Y el movimiento de los flagelantes y los estilitas! Una sociedad que se enorgullecía de presentarse como racional, basándose en la ciencia y la economía, funcionaba en realidad como una bola de cristal, por puro encantamiento, y eso incluía a todo el mundo, incluso a ateos, filósofos y científicos, convertidos en brujos como en los albores del tiempo, y felices a más no poder de serlo. El siglo XX fue un siglo de hipnosis y trances. Cómo podrían explicarse si no los desfiles, las concentraciones oceánicas, el respetuoso silencio de los visitantes ante cualquier cagada que se expusiera en un museo, el arrobamiento y las lágrimas con que se escuchaba y veneraba a los grandes criminales, los megalómanos impostores, la sonrisa idiota de los exterminadores y la asesina de las divas del celuloide... Siglo de sonámbulos, de pesadillas, de hechizos y de prestidigitadores.

306. Odio por creer, y después resentimiento por haber dejado de creer.

307. El esfuerzo siempre produce rencor, por eso algunas de las obras literarias más trabajadas y perfeccionadas —las de Flaubert, por ejemplo—, parecen dirigirse al lector con un ligero hastío, como si le reprocharan que no valorara lo suficiente el sacrificio hecho para gustarle.

311. A veces creí que había alcanzado, con respecto a los demás, a mis alumnos, por ejemplo, una verdadera y profunda bondad, y una absoluta objetividad al prestarles atención. El hecho de que casi nunca me hayan escuchado a mí no cambia esta sensación, es más, la confirma implícitamente.

312. Las mentiras no tienen importancia cuando tanto quien las cuenta como quien las escucha conoce la verdad.

314. Estamos convencidos de amar a algunas personas y de odiar a otras; sin embargo, la mayoría de las veces amamos y odiamos a las mismas.

317. La política en sí misma es de izquierdas; la cultura y la religión de derechas.

318. Desde la época de Mazzini, cada novedad política en Italia nace fuera de la legalidad, por lo que resulta obvio que a una política subversiva —primero para instaurar el fascismo y después para derrocarlo— le costó en un segundo momento producir una clase dirigente.

319. Riquezas sin hombres y hombres sin riquezas.

320. En el mundo contemporáneo ha aumentado vertiginosamente la posibilidad, es más, la probabilidad, casi la certeza, de que las personas estén en desacuerdo: tan numerosos son los argumentos y tan infinitas las variantes en que esto puede verificarse. Hasta sobre la marca de móvil que se aconseja comprar, o sobre el mejor contrato que firmar. Aumentando las opciones, disminuyen las afinidades.

324. La existencia de un laberinto tortuoso como las vísceras ocultas dentro de nuestro cuerpo.

325. Agradecería, antes de morir, que me dieran explicaciones de algo. De cualquier cosa.

326. Me he dado cuenta de que cuando llegan los aniversarios, los periódicos ya no escriben títulos como «Hace diez años moría Lucio Battisti», por ejemplo, sino «Diez años sin Lucio». Es decir, ¿cómo hemos podido vivir sin él? ¿Qué sentido ha tenido esta última década tan vacía? Cuando yo muera, dentro de poco, el pequeño espacio que ocupaba se llenará

enseguida, como cuando alguien se levanta de su asiento para bajarse en la siguiente parada en un tranvía atestado de gente (me viene a la cabeza uno de esos viejos tranvías con el interior de madera pulida que todavía circulan por Milán, lentos, elegantes...) y los demás pasajeros aprovechan para ponerse más cómodos y alargar los codos, apoyar las bolsas y estirar las piernas.

327. Saber esperar, aceptar el aplazamiento, debería ser una manera adulta de afrontar las cosas; pretender la gratificación inmediata, en cambio, la manera infantil. La rabieta del bebé al que le quitan la teta... Ahora me encuentro en una condición completamente diferente, no soporto el aplazamiento y al mismo tiempo lo pretendo: querría que todas las cosas, buenas o malas, da igual, se alejaran de mí y fueran aplazadas hasta el infinito.

328. La muerte no hace distinciones entre quien se queja y quien permanece impasible [se trata de un verso del cínico poema «Albada», de Philip Larkin, difícil de traducir por su construcción participial típica del inglés: «Death is no different whined at than withstood».* Está bastante claro por qué Cosmo la seleccionó y tradujo cuando la leyó, o por qué se acordó de ese poema si ya lo conocía, pero no está tan claro cuál de esas dos actitudes adoptó, en cuál se reconocía, o si las alternaba, gimoteando y aguantando firmemente, o si existe otra posibilidad, una actitud que no era ni una ni otra cosa, algo que no logro imaginar pero que quizá Cosmo descubrió y aplicó].

329. No sé concebir el futuro. No tengo la más remota idea del más allá. Habría podido fundar una Iglesia, la de Lo que Está Pasando.

331. Tener que estar pendiente todo el día, a todas horas, en cada minuto, de las necesidades del cuerpo es una terrible enfermedad de por sí: en este sentido el cuerpo es un enfermo incluso cuando está sano, vista su incesante necesidad de beber, comer, descansar, defecar, respirar, escupir

* «Lamentada o combatida, la muerte es la misma.» *(N. de la T.)*

y asearse; sus deseos y manías son tan enfermizos como sus necesidades. Así que la enfermedad en sentido estricto, la que los médicos diagnostican dándole un nombre concreto, no es un estado de excepción, sino el momento en que el cuerpo, por decirlo de alguna manera, deja de engañarnos, de fingir que está sano, y revela claramente su condición patológica original. Cualquiera que sea la enfermedad es incurable, puesto que la salud también lo era.

332. Todo puede ser visto como un mecanismo progresivo de expulsión. Para no tener que admitir el mal, que también habitaba en él, Dios lo expele creando a Satanás. A fin de eliminarlo de su corazón, se extrae el pecado de la costilla del hombre y con ella forma a la mujer: de ese modo, ella se convierte en la responsable de la Caída. Por miedo o repulsión a tratar con nuestro prójimo, hemos inventado el «usted», y nos dirigimos a una tercera persona imaginaria en quien alojamos a la personalidad que ha sido expulsada por nuestro interlocutor en carne y hueso, que ha quedado reducido a un servil portavoz del respetable amo virtual. Muchos de nuestros deberes, pensamientos, decisiones y deseos se los hemos encargado a externos, a instituciones colectivas: que se ocupen ellos. La impureza de las heces es evacuada. Hasta el sufrimiento psíquico puede expelerse con una pastilla, pero ¿adónde irá a parar una vez expulsado? ¿Se disolverá en la nada o habitará dentro de otro ser, como la legión de demonios del Evangelio que se trasladó a una piara de puercos? Para salvar la vida del resto del cuerpo, se amputa la pierna con gangrena. Se pierde la integridad a fin de salvaguardarla. ¿Habrá que enterrar esa pierna? ¿Sigue siendo de alguien? ¿Es alguien?

333. Todos los estudios son estudios preliminares.

334. Las dos novelas italianas más famosas de principios del siglo XX tienen como protagonistas a dos cabrones.

335. Zeno Cosini-Matías Pascal 6-I, 6-0.

336. Era bizca hasta la médula [también he encontrado la fuente de esta imagen hojeando en *La conciencia de Zeno*, donde se describe al personaje de Augusta].

339. Pedir protección, exigirla, todo el mundo quiere, como es normal, sentirse protegido. Los niños son los primeros a quienes hay que proteger, seguidos de los débiles y los enfermos; las mujeres quieren ser protegidas de los hombres, tanto en el sentido de que desean tener a su lado a un hombre que las proteja, como en el de que necesitan protección contra los hombres, que a menudo son violentos y opresivos. Pero los hombres también quieren que se los proteja, del despido improcedente, de la enfermedad y la muerte, y se sienten frustrados si el Estado no los ayuda, si los amigos los abandonan, si su jefe, en vez de encauzarlos, los traiciona. La policía, las leyes deberían protegernos y, sin embargo, nos convertimos en su blanco. Si entras en el punto de mira de la ley, no lograrás salir sin haberlas pasado moradas. Por eso en Italia necesitamos protectores, mediadores, intercesores, suplicantes, padrinos, santos que intercedan por nosotros. Nadie tiene la más mínima esperanza de lograrlo solo. Solo únicamente puedes estirar la pata, y quizá ni eso. Y cuando ni la familia ni las asociaciones, corporaciones y amistades nos protegen, el Estado tampoco lo hace, y entonces lo único que nos queda es invocar al cielo.

340. No creo que haya nada de malo en pedir ayuda. Del cielo baja la luz, de arriba, solo de arriba puede bajar. Y que nadie me diga que parezco un cura. Hace mucho tiempo que no hablo con ninguno de ellos, era inútil, yo solo decía herejías. La lengua es un medio de iniquidad, un mundo de errores cuando se la usa para comunicar. Cuando ya no se pretende comunicar nada, por el contrario... Lo siento, pero hable o no, mentiría en cualquier caso.

341. Si uno quiere milagros, aquí los tiene: el error se revela ventajoso, la enfermedad, un modo para ganar tiempo. Las olas de un mar agitado han llevado el barco a puerto, las cadenas se alargan como si fueran elásticas, la necesidad apremiante se convierte en espera esperanzada. El ver-

dadero milagro no es, en definitiva, que todo este mal sea eliminado, sino que todo este mal se convierta en algo aceptable.

342. El milagro es el cuento perfecto, pues une una desgracia terrible a una salvación maravillosa.

343. Ignorantes y eruditos. Los ignorantes nunca lo son del todo, mientras que los eruditos nunca lo son lo suficiente.

345. El verdadero milagro se produce a diario, de modo que tengamos la sensación de que no se da ningún milagro.

348. Pueden tener éxito las doctrinas que garantizan al hombre que no sufrirá de soledad.

350. Soy el hombre menos libre del mundo. Creyendo ampliar mi vida, me he dado la muerte: privaciones, indigencia, deseo, dependencia, esta es la perenne condición de mi espíritu. Admirando la belleza generaba nuevas aspiraciones y, por consiguiente, nuevas penas.

351. Sería oportuno que los hombres de pensamiento, científicos y filósofos, murieran a los sesenta porque pasada esa edad empiezan a oponerse a cualquier teoría nueva. Quizá solo a los artistas sin prejuicios, o lo bastantes flexibles y espabilados para fabricarse otros nuevos, les debería ser concedido algún año más, y, en efecto, resulta divertido asistir a las infatuaciones políticas seniles. La gente normal, como yo, puede en cambio vivir lo que quiera, da igual. De hecho, yo he envejecido sin causar daño alguno al progreso del saber [nadie entendió nunca por qué un hombre tan inteligente y dotado se contentó con ser profesor en un colegio privado..., esta es la gran pregunta que flota alrededor de Cosmo..., ¡el ilustrado que acabó siendo profesor en un colegio de curas!].

352. Siempre intenté no tomarle cariño a mis ideas para poder librarme de ellas sin sentir mucha pena en cuanto llegara alguien capaz de demostrarme que eran falsas.

353. ¿Por qué criaturas que no hacen más que sufrir desean reproducirse con tanto frenesí? Lo normal sería no tener ganas de perpetuar una pena ininterrumpida. Así pues, existen, no tienen más remedio que existir, placeres, e intuitivamente saben de qué se trata incluso quienes nunca los han probado, es decir, saben que por más insólitos que sean, son posibles, y que podrían aliviar su infierno de un momento a otro. La ironía de la vida quiere que el más agudo entre los placeres sea el que se siente durante el acto que persigue la reproducción; de esta forma, el círculo se cierra y la pregunta inicial recibe una irónica respuesta.

357. Las partes maleables de mi espíritu se han vuelto rígidas o completamente flexibles, como las de mi cuerpo.

358. Lo que vi, lo que recuerdo y creo que vi, lo que creí ver forman ya un todo con lo que sueño.

359. Vivo momentos de gran objetividad. Duran media hora, una hora como máximo. En esos intervalos las cosas se me aparecen por lo que son, y curiosamente resultan idénticas a como deberían ser, no existe ninguna separación entre las imágenes y sus definiciones, ni nostalgia o esperanza. En esos momentos, la única actividad de la que soy consciente es la respiración. Respirar. Todavía puedo hacerlo sin esfuerzo, y lo hago. Respiro, me lleno de aire, me vacío, el aliento entra y sale con regularidad, y el castillo construido sobre las nubes que es la realidad ni se derrumba ni se disuelve de repente, ni siquiera brilla en la lejanía como si fuera un milagro fabuloso, sino que está ahí, suspendido en la nada, y yo lo habito como cualquiera, tengo derecho a habitarlo, al menos por un tiempo. ¿Que cómo me he ganado este derecho? Renunciando a formularme más preguntas. Esta era precisamente la última que me hacía antes de que la objetividad, en lugar de responder, también la extinguiera.

360. No creo que Dios se haya olvidado de mí; en verdad, tendría todos los motivos para creer que me he olvidado yo de él. Así que recibir ahora una plegaria mía le sorprenderá mucho. Quizá crea que quiero pedirle,

decididamente demasiado tarde, un favor. Desde la posición de un condenado a muerte, cualquier apelación tiene un tono desesperado y algo hipócrita. ¿Tú otra vez? ¿Por qué pierdes el tiempo? Cuando tenías a tu disposición todo el tiempo del mundo no parecía que el cielo te interesara mucho ni que el infierno te asustara... Pero no me dirijo a él solo por eso, sino para restablecer un contacto. ¿Cuándo cerramos esta línea? Hace muchos años. Debía de tener unos catorce o quince años...

361. Tengo la sensación de que, en cualquier caso, será Dios quien dé el primer paso. Independientemente de mi actitud y mi estado de ánimo, incrédulo o escéptico, no seré yo quien pida, sino él quien ofrezca. Es como el médico que visita el enfermo sin que nadie lo haya llamado. Y si no acude a su lecho, digamos que se detiene fuera de la casa, donde la nieve empieza a cuajar en las aceras y el aliento de los transeúntes se hace de hielo.

362. Aun a costa de estropear la fábula, no puedo evitar imaginarme una versión en la que, cuando la pequeña cerillera enciende su última cerilla, un benefactor acude en su ayuda.

363. El hacha que acecha las raíces de los árboles será retirada y nadie los cortará todavía por algún tiempo, porque hasta el Apocalipsis necesita anunciarse y desaparecer, de manera que se disponga de tiempo para meditar acerca de su engaño y dejarnos completamente desilusionados. La primera vez no estábamos preparados, la segunda ya nos habremos cansado de esperar.

364. Se puede llegar a conocer a Dios sin reconocer la propia miseria. Muchos, al contrario, conocen muy bien sus propias miserias, pero no por eso llegan a conocer a Dios; es más, ser miserables les impide recorrer el camino para encontrarlo; si existiera, para ellos no sería más que un objeto de rencor, pues lo consideran responsable de sus males. Si tuviera lugar, el encuentro entre ambos se agotaría en lo que dura una blasfemia. Las desgracias que nos caen encima pueden acercarnos o alejarnos de Dios a una distancia sideral, como si no bastara la que ya existe,

como si nubes, nodos y masas celestes formados por millones de estrellas no fueran suficientes para separarnos de Él, que tendría que alejarse aún más de nosotros, en abismos más profundos, huyendo de la desgracia que nos ha causado. Prácticamente escapando. Por otra parte, si el mundo es tan cruel y absurdo, ¿por qué deberíamos estar interesados en acercarnos al Creador? ¿En adorarlo incluso? Entre Dios y la miseria humana hay un abismo que no puede colmarse, o que se cree que solo puede colmarse, obviamente, con el odio: el odio del Omnipotente que aplasta a sus criaturas malogradas; el odio de las criaturas que no dejan de maldecir a quien las ha puesto en el mundo. El blasfemador es una singular figura de conexión. Colmando de injurias el vacío, lo hace transitable, como quien arroja piedras y detritos a un riachuelo. No es muy diferente de alguien que reza: intenta, aunque de manera brutal, establecer una relación. Pero si se necesita de verdad un mediador de alto nivel entre Dios y la miseria humana, ese es Jesucristo, que es Dios y miseria humana a la vez, el problema, la causa del problema y su remedio. Por eso es del todo inútil buscar a Dios sin recorrer la vía de Cristo. El Dios que podríamos encontrar recorriendo en soledad un camino diferente sería incomprensible o terrible porque carecería de toda humanidad: un Dios para teólogos, filósofos o matemáticos, un Dios para reyes y grandes sacerdotes que tienen que someter a las masas aterrorizándolas. Quien se adentra en soledad por ese camino solo puede acabar aplastado o caído. El sufrimiento personal, sellado en su dimensión individual, únicamente sería un lastre a lo largo de su recorrido impracticable, mientras que el de Cristo, una vez reconocida su cruz, ayudaría a sobrellevar el peso, o cambiaría el significado mismo de ese peso. En lugar de obstaculizar, el dolor serviría para dar indicaciones. Dejemos que al menos él cargue con una parte de nuestro dolor, dejemos que nos sirva de guía, reflejémonos en su pena y aprendamos a reconocer en ella la gama entera de las nuestras —cuando sufrimos, cuando nos ofenden, mortifican, traicionan, cuando nos abandonan los amigos, nuestra casa es destruida, nuestra cama invadida y nuestro cuerpo torturado—. Son cosas que le sucedieron a él, cosas que experimentó una por una. Quien no conoce y reconoce a Cristo, no sabe nada ni de Dios ni del mundo, y ni siquiera de sí mismo. O mejor dicho, solo puede conocer su propia miseria, su propio orgullo, ambos insensatos, como si fueran elementos incomunicables. Solamente puede comprenderse, en efecto, lo que establece una comunicación entre cosa y cosa, entre uno mismo y otro, entre uno y las cosas, entre persona y persona, entre todas ellas, las personas y las cosas. Solo aflicción, sin consolación, solo tenacidad sin un reconocimiento sincero de la propia debilidad: dejando estos elementos aislados entre sí, el mundo resulta incomprensible. Jesús es la única figura que los pone en relación. A nosotros con nosotros, ante todo. Y después, con los demás.

P. D. Si fuera un pastor, lo que acabo de escribir serviría de inspiración para un sermón. Pero como no lo soy, ¿para quién predico? Mi púlpito es una cocina, mis fieles son unas latas de atún puestas en fila.

365. Por más que me molesten las inspiradas definiciones que la retórica cristiana da de las desgracias y los sufrimientos humanos, que define como «regalos de Dios», ocasiones valiosas que se nos ofrecen para que logremos comprender crecer madurar abrirnos a los demás etcétera, que me parecen fanáticas y consoladoras a la vez —por no decir hipócritas, pues pretenden disfrazar como una ventaja lo que objetivamente es una desgracia—, no hay duda de que las comunidades más sólidas se forman resistiendo al dolor, atravesándolo. ¿Qué ventaja tiene hacerlo solo? ¿Qué ventaja aporta a los demás? Querría responder que ninguna, pero es este «ninguna» lo que me da miedo, solo decirlo me da miedo.

368. Igual que una estrella fugaz, la esperanza pasó sobre sus cabezas.

369. Amar a quien te odia, como predica Jesucristo, es muy difícil, pero quizá se puede probar a hacerlo, podemos esforzarnos, es un experimento posible; pero amar a quien se odia, eso no, no es posible, a menos que se camufle y desfigure un sentimiento haciéndolo pasar por su opuesto, convirtiéndolo, pues, en un sepulcro blanqueado. Como mucho, podría intentarse odiarlo con menor intensidad, u olvidarlo, apartándolo de la mente, de la propia vida.

370. Planteémoslo así: la única ley visible e indiscutible que nos ha sido impuesta es la injusticia. ¿Y quiénes somos nosotros para atrevernos a

eliminar la única ley que poseemos? [por la construcción de la frase y el tema, supongo que este pensamiento se inspira en Franz Kafka].

372. ¿Quién soy yo? Decídmelo. Y si me agrada ser esa persona que decís que soy, acudiré. De lo contrario, me quedaré aquí.

373. Los sentimientos se hacen más fuertes cuando contienen algo terrible.

374. Contar una historia de la que se es protagonista es una señal de gran confusión, o de arrogancia.

377. Incluso la felicidad siembra víctimas a su paso, puesto que el hombre feliz suele serlo en detrimento de otro: el rico, el amado, el elegido, el vencedor, la embarazada, se oponen al pobre, al despechado, al excluido, al perdedor, a la estéril. La felicidad genera infelicidad, la infelicidad se reproduce a sí misma.

378. En raras ocasiones somos conscientes del verdadero motivo de nuestra felicidad; todavía más difícil resulta comprender cuán a menudo viene causada por el dolor de los demás, y cuánto disfrutamos de algo porque se lo hemos quitado a alguien. Son prácticamente inexistentes los placeres que no hacen sufrir a nadie: el animal degollado, el campesino que recoge el racimo, el racimo exprimido, la mujer a quien engañamos, la mujer con quien la engañamos, e incluso esa a la que permanecemos fieles, por no hablar de nosotros mismos, víctimas principales de nuestros deseos, de los que no llegaron a cumplirse y de los que se cumplieron. Cuántas lágrimas se derraman en este mundo a causa de los deseos cumplidos [esta última frase es una cita de santa Teresa de Ávila utilizada por Truman Capote en la apertura de su novela inacabada *Plegarias atendidas*].

379. No solo somos capaces de ocultar una parte nuestra a los demás, sino de albergarla en nosotros mismos como si fuera un extraño. Esa ocultación es ante todo un ocultar a uno mismo una parte de sí: ya que los límites del propio yo trazados por el cerebro incluyen fácilmente ob-

jetos que no forman parte de él —piénsese, por ejemplo la ilusión de la «mano de goma»—, también puede convencerse de que algunos aspectos de la propia identidad son, en realidad, elementos extraños, ajenos, intrusos.

380. Una escritora americana ha tratado de conjugar el sufrimiento causado por la enfermedad en todos sus significados posibles: como si fuera un contrato, una herencia, una promesa, un deber, un don, un error, un adorno, o bien un sueño —un mal sueño, creo—. Dependiendo de cómo lo interpretemos podemos comportarnos: luchando, reaccionando con rabia, resignándonos, rindiéndonos con dulzura, agradeciéndolo, intentando comprenderlo gracias a varios instrumentos morales, religiosos o intelectuales, es decir, con el engaño, el truco, el olvido, la ilusión, la desilusión, la narración y la sublimación. Creo que he adoptado al menos una vez y por un tiempo todas estas actitudes, una tras otra. En este período me inclino a verlo más bien como un adorno, o mejor dicho, como un vestido, algo que no pertenece en sentido estricto a mi persona física y que llevo puesto por obligación, pero adecuadamente, como si fuera un uniforme. Me diferencia y al mismo tiempo me une a cuantos lo llevan. Es como un uniforme de verdad, el sufrimiento no se puede colgar de un día para otro, sería como que te degradaran, como si te arrancaran las condecoraciones. Como si te expulsaran.

381. Las últimas palabras, casi estoy seguro, serán negligentes y despreciables. Quizá sea eso lo que da miedo: no el silencio, o un grito, o una bella frase solemne, sino más bien algo como «Ah, buenos días, doctor», y que esas sean las últimas palabras.

382. Si ya no siento emociones propiamente dichas, es porque quizá se hayan transformado en sensaciones físicas que el cuerpo puede interpretar como frío, calor, malestar, ganas de orinar o de vomitar, relajación de los músculos, gases en el vientre, adormecimiento, azúcar en la lengua. Cosas todas ellas que antes habría llamado esperanza, rabia, dulzura o temor. Me pregunto a qué sensación física equivale la amistad: un sentimiento, o mejor dicho, una actitud, truncada para siempre, pero que

quizá resurge en alguna parte de mí igual que una percepción de la que apenas soy consciente, a lo mejor como la brisa que entra de repente por la ventana en un día de bochorno.

383. No es que pueda quejarme demasiado del dolor físico. Desde este punto de vista puedo considerarme afortunado. Si esta enfermedad afecta a una persona de cada cien, es decir, a mí (mala suerte), yo soy ese otro uno por ciento de los que una vez que han enfermado sufren poco o casi nada (buena suerte dentro de la mala). No sé qué decir del dolor que experimento, no me aventuro a describirlo, sería inútil; es más, las pocas veces que sufro de verdad lo último que se me ocurriría antes de echar mano de mi dosis sería esforzarme en encontrar las palabras para explicar de qué se trata a fin de contárselo a alguien, o escribirlo aquí. La enfermera de turno que viene a hacerme el tratamiento y yo nos hemos puesto de acuerdo y yo le hago una señal muda para decirle cómo va y lo mal que me encuentro: levanto el brazo a cierta altura y ella lo entiende. Cuando ya no pueda administrarme solo las dosis necesarias, lo hará ella, y mi sobrevenida ajenidad, espero, lo convertirá en un proceso mecánico, casi burocrático, lo que me hace feliz, o, para no usar una palabra fuera de lugar como «felicidad», me satisface. Ya ahora. Ya ahora, en cualquier caso, todo el asunto es bastante impersonal. La casualidad y la evidente injusticia de la enfermedad, de cualquier enfermedad a cualquier edad —con o sin motivo, ya sea que uno se la haya buscado, ya sea que le haya caído del cielo—, en vez de exasperarme, me tranquiliza, me aligera, y si no fuera por temor a ser visto como una persona valiente o desdeñosa, casi me echaría a reír. Las cosas sin sentido, tan abundantes, que salpican nuestra existencia e incluso, como en mi caso, la concluyen, nos liberan de la obligación de encontrar un sentido de conjunto a esta fatiga, a esta agitación que llamamos vida. Me parece suficiente fidelidad seguir su ola, que sube y después rompe, dejándome llevar, y luego arrastrar. ¿Parezco un tipo demasiado sabio? ¿Parezco uno de esos sabios chinos? ¿Un puto chino, como decían en una película?

385. Es así: no quiero añadir al dolor el dolor de no saber explicarlo. Ni una sola gota más de lo que me toca. Reflexionar acerca de la pro-

pia impotencia no redime al impotente, sino que aumenta el radio de su impotencia de lo corpóreo a lo intelectual.

386. La literatura se inventó para poner remedio a la pobreza con que expresamos sentimientos como el amor y el sufrimiento. Pero la literatura también se esfuerza, con mucho ingenio y fatiga, en poner remedio a tal pobreza. Los cuerpos atormentados por el dolor o extasiados por el placer se precipitan en el mutismo y en los clichés.

387. Cuanto más se perfecciona la civilización, más aumenta el número de locos y suicidas, que algunos achacan al consumo de drogas, pero que podría ser la plaga a la que esas sustancias intentaron poner un remedio pasajero.

392. (Maquiavelo, Leopardo.) El acérrimo y desdeñoso realismo que fue el orgullo de los italianos más destacados, a un nivel superior se abre al reino de la posibilidad en los mismos espíritus. El pundonor que se había puesto en demostrar que no existen alternativas a la aceptación de la dura realidad, salvo la mentira, deja paso a una visión más flexible, fluctuante, abierta al «quizá», al «cabe que», a las conjeturas, incluso esbozadas, cuando las tesis, a fuerza de sostenerlas y defenderlas, se han marchitado y de repente se han vuelto frágiles como hojas secas.

393. Si bien no es segura, es al menos deseable la existencia de un Dios que todo lo ve y que toma nota de cualquier cosa, hasta del bien más pequeño sepultado e ignorado, amenazando con castigar incluso los crímenes que han pasado inadvertidos a los hombres o con cuyos responsables no han sabido dar. La comunidad se sentiría más protegida, y los malvados más perseguidos por doquier y por encima de todo: en un sistema así no podrían salirse con la suya, acechados por el ojo de Dios, no lograrían escapar de un castigo seguro, si no en esta vida, al menos en la próxima. En realidad, que esto suceda o no carece de importancia, si lo que se deseaba obtener era un efecto disuasorio, aquí y ahora, a la hora de cometer el mal. Así pues, Dios debería dejar de esconderse de una vez por todas: bastaría con que se mostrara amenazador, pongamos una vez cada

mil años. Y al final, podría incluso perdonarlo todo, eso tampoco tendría importancia.

394. Cuatro arrepentimientos posibles: arrepentirse haciendo la promesa de no volver a cometer los mismos errores; arrepentirse aposta para repetirlos, arrepentirse de nuevo y volver a caer, y así sucesivamente; no arrepentirse en absoluto y seguir como antes y no arrepentirse, pero dejar de equivocarse porque el pecado nos ha hartado, o bien ha consumido todas nuestras energías, incluso su propio nombre, y aunque se cometiera de nuevo, ya ni siquiera sería un pecado.

399. ¿Por qué al placer debe seguirle siempre su contrario? ¿Por qué se descarta y se abandona casi de inmediato? Quizá sea su carácter imprevisto lo que nos desalienta. La mayor parte de las personas no sabe cómo gestionar los imprevistos. Es más sencillo readaptarse a la ausencia del placer. Cuanto antes. La felicidad es incómoda. No hay nada como la tranquilidad de estar frustrado. Su linealidad, su coherencia. Reaccionan al placer que les ha impresionado escondiéndose. La vitalidad propia y ajena son peligros al acecho.

400. Si los observamos de cerca, dándoles vueltas entre las manos, los imperativos de la filosofía, la moral y la religión están vacíos: el estuche translúcido de sus enunciados, que se pretenden necesarios e universales, contienen de todo y a la vez nada, nada concreto; algo específico o concreto resquebrajaría su totalidad. Sea como fuere, en cuanto reciben esos mandamientos, los hombres los llenan enseguida de contingencias, suministran contenidos prácticos a su abstracción, logrando a veces realizar todo lo contrario de lo que el mandamiento prescribía.

401. La obediencia cadavérica de los jesuitas. La obediencia mecánica de todos los cuerpos a las leyes de la física, la de los elementos a las de la química. La obediencia desapasionada e impersonal a la ley moral. La obediencia a la ley perversa del puro deseo. La obediencia al partido y a su líder. A los principios de libertad, que también requiere obediencia; mejor dicho, puede que sea la patrona más tirana.

403. Los siglos siempre son demasiado breves.

404. Si Edipo matara a su padre únicamente para poseer a su madre, significaría que el impulso homicida se mueve según un principio de economía, racionalmente, con el fin de alcanzar una satisfacción. Pues bien, creo que existen motivos más sutiles y ocultos que los banales fines sexuales, motivos más impensados —quién sabe, quizá también de naturaleza sexual—, cuyas implicaciones de destrucción, sin embargo, son menos toscas que el mero hecho de quitarse de en medio a un rival. La gratuidad de destruir a un ser humano —como la de no hacerlo, a pesar de que sea conveniente para los propios intereses o para el interés general destruirlo— escapa a toda lógica y principio económico. Tanto matar a alguien como preservar su vida puede cumplir una norma o quebrantarla. ¿Un ejemplo? El que nos ofrece la gente de buena voluntad, dispuesta, con la piedra en la mano levantada, a lapidar a la adúltera, es decir, a ejecutar una medida de justicia prevista por la ley, a satisfacer un impulso homicida adecuadamente transformado en instrumento moral, tanto más implacable en calidad de legítimo. Negándose a lanzar la piedra, darán inicio a la controvertida relación entre cristianismo y justicia, es decir, entre desproporción y adecuación.

405. Es inútil que los santos besen las llagas purulentas de los inmundos: no solo a nosotros, sino también a Dios le repele verlos buscar el paraíso superando pruebas tan repugnantes.

406. Tal y como estoy ahora, sentiría pena y desprecio por alguien que, aun con el noble fin de brindarme su apoyo en el dolor, demostrara un fervor especial por mi cuerpo podrido. Prefiero suscitar la correspondiente repulsión o, como mucho, que este asco objetivo sea mantenido a raya, profesionalmente, por los enfermeros que lo tratan con el necesario desapego técnico, lo lavan, lo desinfectan, lo vacían con gestos rápidos y no caritativos, como si fuera un cubo de basura, reprimiendo la repugnancia natural bajo una sonrisa rutinaria. La verdadera compasión reside en cumplir el propio deber mientras se piensa en otra cosa, en una playa

tropical, por ejemplo. Yo soy el primero que se abandona y se deja acunar por las fantasías de evasión, pueriles, de quien me asiste, mientras que una dedicación fanática, concentrada en mis vísceras dolientes, o en mi alma, que está a punto de evaporarse, me entristecería.

407. El cuerpo recibe de la persona que lo habita el mismo trato que si fuera una casa que puede reformar a su antojo cambiando la estructura original, o incluso derribándola para volver a construirla. No hay mucha diferencia entre quienes se suicidan y quienes se deforman con la cirugía plástica o cambian de sexo: en ambos casos se liquida a un ser vivo, el propio cuerpo como era; la diferencia solo radica en la decisión de sustituirlo por otro o no.

408. ¿Qué necesidad había de que la muerte se apoderase de mi vida de una manera tan vil y complicada? Habría preferido darla espontáneamente en vez de dejármela arrancar.

409. Me contentaría con una gracia de baratillo, obtenida por laxismo de la institución, o por subterfugio, o por error. Un desenlace de comedia de enredo. Me hubiera encantado que me confundieran con otro cualquiera, que no mereciera morir.

410. Una mirada capaz de ir más allá de las cosas, ¿ve cosas que nunca ha visto antes o ve las mismas de manera diferente? ¿O dirige la mirada sobre sí mismo porque ya no queda nada por conocer? Me gustaría saberlo para comprender si hice lo correcto abandonando mis pesquisas, pero quisiera saberlo pronto, enseguida. Ay, sí, lo reconozco, soy muy exigente. La verdad es que el buen viejo mundo me interesaba. Su cínico espectáculo logró divertirme porque se repetía con maestría, en escenarios diferentes, y cada vez el público se dejaba engañar dócilmente, asombrándose de su propia docilidad. Protestar es una actitud más infantil que dejarse convencer. Admito que yo también caí en la trampa, que no hice sino protestar a sabiendas de que era inútil, como la mayoría de las formas de llamar la atención. Cada palabra añadida al final de estas líneas no es sino una protesta, más bien débil, tan débil que corre el

peligro de que la tomen por un elogio demasiado tímido y flojo para ser aceptado por Aquel a quien iba dirigido.

411. Mi mente ha permanecido intacta entre los escombros, como esas salitas que se vislumbran en el tercer piso de una casa destruida por un terremoto. Pero no puede accederse a ella porque hay peligro de derrumbamiento.

414. Según la voz que lo entona, el mismo anuncio puede sonar como una amenaza o una promesa.

413. Mi mente sacude el océano [por lo que me consta, esta es la última frase que Cosmo escribió antes de morir].

3

En un cuadernito aparte, de formato más pequeño, de bolsillo, con una caligrafía insegura e irregular, Cosmo cuenta que en el último mes se ha vinculado a una enfermera, Jelena: pide a la asociación que lo asiste que la envíen solo a ella; la contrata pagándole en negro para que lo cuide por las noches, que ella pasa en una cama improvisada; piensa incluso en casarse con la enfermera para que cuando él muera pueda cobrar una pensión. Creo que Jelena estaba con Rummo y con el cura cuando Cosmo murió. De este cuaderno me limitaré a copiar un pasaje porque no me parece correcto hacerlo por entero. Creo que las reflexiones de Cosmo del capítulo anterior tienen un valor que va más allá de lo privado; las notas que se refieren a Jelena, en cambio, su trepidante novela, que quizá sea una novela de amor —no sabría llamarla de otro modo—, permanecerán inédita. Por cuánto tiempo aún, no lo sé.

Jelena es la única europea que me asiste. Las demás son latinoamericanas o norteafricanas. Muy buenas y amables, sin duda, van a lo suyo, casi felices, diría, de cumplir con sus funciones dos veces al día. Por otra parte, ya que he renunciado a seguir una terapia digna de tal nombre, se trata únicamente de suministrarme remedios paliativos y ayudarme a llevar a cabo las cuatro operaciones higiénicas necesarias para que no me eche a perder, o no demasiado deprisa: media hora entre el gotero y todo lo demás, después se van. Fui yo mismo quien les pidió que aumentaran la velocidad del gotero. «No debería, profesor...», pero lo hicieron. Al fin y al cabo, cuando se trata de dejar morir a alguien como quiere todo se vuelve más elástico, los protocolos, los horarios obligatorios para las tomas con sus correspondientes regañinas si uno se las salta..., pero ¿para qué insistir? Lo saben mejor que yo. En eso nos comprendemos al instante. Como ya he dicho, todo es muy, pero que muy relativo.

Se suceden con turnos que no parecen regulares: la peruana, por ejemplo, vino tres días seguidos, mientras que yo esperaba que al menos una vez al día le tocara a Jelena. Es la que menos sonríe, quizá porque es más reservada.

Con ella me entran ganas de bromear. De sonreír. Y estoy seguro de que ella también sonreiría. Le daría motivos. Quién sabe por qué la dulzura se me ha hundido tan al fondo. Y por qué lo mismo debe de haberle pasado a ella. Pero Jelena no puede justificarse con la vejez y la enfermedad, tras las que yo me amparo. Por nada del mundo querría que nadie se diera cuenta de la ansiedad que me invade cuando viene otra en su lugar, la peruana, por ejemplo, que es buena y cordial, pobre, pero no es Jelena, no tiene su brillo en los ojos. Esperarla se ha convertido para mí en una dura prueba, y eso es precisamente lo que ahora no quiero: sentir una tensión hacia la vida, que la vida me atraiga y reclame. Ahora ya he ido demasiado lejos para dar media vuelta. Justo ahora que todo está a punto de acabar, me encapricho de una enfermera solo porque me cuida unas horas a la semana, porque es silenciosa, porque si la miro de perfil me recuerda cosas amables, por detrás, cosas deseables, y si se me pone de frente veo a un ser humano melancólico que trabaja para salir adelante. ¿En qué piensa Jelena mientras me asea y lava?

¿Por qué no me interesa saber lo que piensa la peruana? ¿Por qué a ella le dedico alguna débil sonrisa y a Jelena no?

Eso es justo lo que ahora hubiera sido mejor que no pasara: esta turbación. Suscitada por una mujer que no solo podría ser mi hija, sino mi nieta. La sangre que vuelve a ponerse en circulación en vez de pararse de una buena vez, eso me duele. Y me llena de vergüenza y rabia. Sin quererlo, bajo la mecánica presión de los años, el sentido común me había obligado a la imperturbabilidad, a la contemplación virtuosa de las personas y las cosas, como si los sermones preparatorios a la muerte me hubieran resignado. La presencia de Jelena actúa sobre mí como un veneno poderoso. Pero no me mata. Jelena no es guapa, no es provocativa, es solo sencilla, y está viva. ¿Es que va a lograr que eche de menos la vida?

El viejo lleva su nuevo amor sobre los hombros como si fuera un arpa, logra arrastrar su peso, pero el cansancio le impide tocarla.

DÉCIMA PARTE

Como árboles plantados
a lo largo del río

1

De repente tu hermano se deja el pelo largo
   Y tu hermana se ha convertido en una mujer atractiva
   A tu hermano el pelo le llega por los hombros
   Tu padre ha muerto y tu madre deja de sonreír, tienes el primer accidente de coche, que por suerte no es grave, y dejas embarazada a tu chica, que aborta, y piensas en suicidarte porque te consideras un inútil y un desgraciado; lo intentas y fracasas, y mientras estabas en el hospital el mundo no ha dejado de girar; de hecho, ha seguido haciéndolo a velocidad constante
   De repente encuentras a una mujer en una fiesta, tienes hijos con ella, y después la dejas, y tus hijos te maldecirán toda la vida, aunque te abracen con afecto cuando vas a buscarlos al colegio una semana sí y una no
   Más tarde te descubren una enfermedad y te operan de urgencia, te salvan la vida de milagro, doce horas más y habrías muerto, y si cuando eras joven querías matarte, ahora estás más bien contento de haber salido de esta, aunque estés cansado, muy cansado, no ganes lo suficiente y te halles a merced de los abogados que siguen presentando apelaciones en tu nombre sin obtener ningún resultado, y el techo de la casa de campo que has heredado de tu padre se hunda debido a las lluvias torrenciales y del escaso, o mejor dicho nulo, mantenimiento
   Total, no ibas nunca
   De repente tu hermana deja de ser atractiva, es profesora de francés en un colegio y se ha quedado soltera, ha envejecido prematuramente, tiene ataques de pánico recurrentes
   Tu hermano se ha ido a vivir a Panamá. Bueno, ha huido. Ha dejado aquí a su mujer y a su hijo, que tiene graves problemas de visión. No quie-

res encariñarte con el niño por miedo a tener que ocuparte de él y entretanto, sin embargo, nadie se ocupa de ti

Por eso de repente ves a una mujer libre de compromisos que además no es fea, y tras haber pasado dos o tres noches juntos piensas que quizá podría haber algo entre vosotros, ella es seria y va en serio, quiere ir en serio, ya está planeando las vacaciones del próximo verano y del siguiente, motivo por el cual te retiras, te alejas paulatinamente, no le respondes al teléfono, y un mes después lo habéis dejado para siempre

2

Una ansiedad devoradora me ha impulsado a escribir *La vida humana en el último cuarto del siglo XX*, que el lector acaba de leer en el precedente y brevísimo capítulo. ¿Tiene algo que ver con los acontecimientos narrados en este libro? Sí y no, podría ser una trama paralela, alternativa. Expresa el fantasioso deseo de contar una vida cualquiera en pocas palabras en vez de en muchas.

Lo prometo: los próximos capítulos serán igual, cortos o cortísimos. Entonces volvamos al principio, al barrio de Trieste.

3

¡Barrio de Trieste, tumba de la audacia, prisión de muros transparente, origen y declive de la civilización!

Presa de la soledad y de una infelicidad rebosante hasta el borde de vagos deseos, que se clavan al mínimo movimiento, salgo temprano de casa para adentrarme dentro de ti una vez más en este brillante y gelido domingo de invierno, en busca de quién sabe qué novedad, a sabiendas de que la naturaleza de este barrio es precisamente no ofrecer novedades, y a pesar de ser consciente de que una luz tan límpida no podría sino cegarme y volverme a hundir en el aislamiento mental habitado por los pensamientos de siempre, los recuerdos de siempre, la misma novela que leo y escribo, escribo e imagino, imagino y borro.

Sin embargo, esta vez el paseo ha sido interesante porque por fin había algo nuevo que ver, aunque habría sido mejor no verlo, por lo feo, absurdo e incomprensible que es y por su negativo impacto estético. En las laderas de la pendiente que conduce de la Piazza Annibaliano al final de la Via Nomentana, allí donde la basílica de Santa Costanza con su maravilloso baptisterio se oculta entre los árboles, se me aparece la nueva estación de metro de Roma, que ha visto la luz después de muchos años, cuando por fin han desmontado las barreras que mantenían las obras en secreto.

Se trata de una especie de pozo o cantera de cemento en bruto en cuyo fondo se erige la torre enrejada de un ascensor que, alcanzado el nivel de la calle, se yergue unos doce metros más, impidiendo la vista de Santa Costanza a los transeúntes que recorren el último tramo del Corso Trieste. Antes de que atrincheraran toda la zona para empezar las obras —casi se diría que con el objetivo de darnos una horrible sorpresa—, entre los bloques de ese último tramo y los edificios marrones de nueve pisos del Viale Eritrea, que se alzan justo después de la plaza, aquella apertura repentina de luz y espacio obligaba a girar la cabeza hacia la derecha, hacia la Nomentana y el promontorio que desde tiempo inmemorial alberga Sant'Agnese y Santa Costanza, un vivero inmenso a la sombra de grandes encinas, un parvulario y los campos escalonados del bonito círculo de tenis que caracterizan la pendiente de la Via Bressanone.

Ahora, en medio de este oasis arqueológico del barrio, en el centro exacto del cuadro que podía pintarse de memoria rememorando el martirio de la joven santa decapitada, cubierta solo por sus cabellos, en la Via Nomentana, donde la expusieron como a una prostituta, está plantada la espina gris de la torre de los ascensores de la estación de la Piazza Annibaliano, coronada por una «M» roja que podría avistar un avión y servir de diana en caso de bombardeo, cosa que, por otra parte, se merecería. El peatón se siente casi amenazado por semejante señalización, que, por su tamaño desmesurado, parece un gran emblema totalitario indicador de la existencia, allí abajo, de la estación de metro más grande del mundo, una de esas donde se cruzan y se agolpan un sinfín de líneas y donde puedes perderte al cambiar de una a otra, no sé, algo como Châtelet, Charing Cross, Grand Central...

Sin embargo, este aspecto monumental de entrada al mundo de los infiernos corresponde a una mísera parada cualquiera de la línea B1. Puede que preocupados por resolver el problema de lo que quedaría a la vista desde la triste Piazza Annibaliano una vez cubierto el socavón, tuvieran la idea de no cubrirlo en absoluto, es más, de resaltarlo, de magnificarlo, de hacer de él algo grandioso, como un monumento al Holocausto o a los Caídos.

(Pero ¿las estaciones del metro no deberían ser subterráneas? Ese es su lugar, ¿no? ¿*Underground* no significa acaso «debajo de la tierra»?)

Y el colmo es que al darle un nombre a la nueva estación, que hubiera podido llamarse simplemente Annibaliano, puesto que surge, o mejor dicho se hunde, en una esquina de la vieja plaza, han querido añadir el nombre del monumento cuya visión impide la misma estación con la torre que sobresale del cráter. Así que la parada se llama Santa Costanza-Annibaliano...

Pero en cuanto he dejado atrás ese oprobio, unos pasos más allá, la rabia se ha desvanecido y la indignación atenuado: total, ¿qué puede hacerse ya? Y me he dado cuenta de que había transformado una ofensa colectiva en un sentimiento privado. Enseguida he vuelto a mis problemas, a mis deseos, y no sabría decir si este egoísmo me ha servido de consuelo o exacerbado mi intolerancia. Desde un punto de vista narcisista, esa porquería de estación parecía haber sido construida aposta para mí, solo para mí, como único futuro usuario, para hacerme un feo personal o bien para llevarme a la otra punta de la ciudad lo más rápidamente posible, como si hubieran invertido miles de millones para que yo pudiera hacer ese trayecto subterráneo en diez minutos..., y entonces me he jurado a mí mismo que nunca cogería el metro en esa estación, que jamás bajaría a esa caverna con aires de feria de atracciones.

Después esa fantasía se ha desvanecido por completo y he vuelto a pensar, a rumiar..., a desear.

Y mientras caminaba, rozando los muros, embriagado por la luz invernal, he pensado que, al fin y al cabo, solo me ha faltado una cosa en la vida, algo que me ha faltado incluso cuando lo tenía, es más, sobre todo cuando lo tenía, porque el hecho de tenerlo agudizaba el dolor de su futura ausencia, y esa conciencia afilada de la diferencia que existe entre tenerlo y perderlo, haberlo dejado escapar, me hacía sufrir de manera insoportable. Ese algo es la mujer, una mujer, esa mujer.

No he deseado otra cosa en toda mi vida que tener una mujer. En cuanto abandoné los brazos afectuosos de mi madre, solo he soñado con encontrar otros. Pero esta vez, siendo yo quien abrazara, quien rodeara, quien apretara otro cuerpo contra el mío. Nunca me importó nada más y sigue sin importarme. Me importan un pito —como deliciosamente solía decirse— la literatura, el dinero, los éxitos o fracasos personales, el pasado, el futuro, los amigos y enemigos, la justicia y el destino del mundo entero. No me importan ni Dios ni la nada que quizá ocupa su lugar. Sin el amor de una mujer, su cuerpo, sus atenciones, o su simple visión, mi vida nunca ha tenido sentido, es decir, ni significado ni dirección. Sobre esto reflexionaba mientras paseaba solo por el barrio de Trieste: que la mujer a la que quiero estaba lejos y eso me resultaba insoportable, me ahogaba, me quitaba el aliento. Que las mujeres me hacen hervir la sangre y obnubilan mi mente, ya confusa por sí sola, demasiado receptiva y distraída, que a los doce años no lograba concentrarme, hablar, entender y razonar si había una chica en las inmediaciones, cerca de mí, o incluso si la veía pasar a lo lejos, lo que quería decir que nunca razonaba, que jamás me enteraba de nada, que vivía constantemente turbado y confundido, y que mis únicos instantes de lucidez eran los que transcurrían en el SLM, donde no había chicas. Pero también allí, puntuales, si no en carne y hueso con imágenes, en la fantasía, todo el espacio a mi alrededor se poblaba de figuras femeninas, chicas que no estaban pero que era como estuviesen; daba igual que esa figura existiera o no, que fuera guapa o fea, que me gustara o no: era suficiente con tener a una persona del otro sexo a mi lado, o delante de mis ojos, o de los ojos de mi mente, para turbarme de manera indescriptible. Sentía el flujo de la sangre en las venas de los brazos, en las piernas, inundándome el abdomen, y una oleada fría y caliente a la vez me aturdía y alcanzaba mi cabeza, que de repente rebosaba, se atascaba, como si me volviera ciego y sordo de repente y la lengua se me muriera, se me paralizara en la boca, al igual que en la famosa poesía. Cuando los sentidos dejan de coordinarse se excluyen entre ellos, por lo que si ves, no oyes, si oyes, no ves, o el campo visual se reduce a los pocos centímetros cuadrados de un detalle. Por eso, si la chica que me causaba este efecto estaba cerca de mí, daba la impresión de que me había quedado encantado mirándole la boca, o la onda de pelo que se le había escapado de detrás de la oreja y se balanceaba sobre ella…, y, en efecto, solo veía eso, únicamente sentía eso, incapaz de pensar, de hablar…, las palabras se desconectaban del pensamiento, del sentimiento, entre sí…

Esto lo he sentido desde chico. Y como sigo sintiéndolo incluso ahora, profundamente, creo que se trata de algo real. Sencillamente. La presencia de una mujer en la vida de un hombre es un acontecimiento. Tanto si surge algo entre ellos, como si no. Si no surge, es como si hubiera surgido de forma invisible, en un plano no físico. Yo siempre he sentido de manera muy intensa.

4

En el sueño siguiente —«El justiciero del barrio de Trieste»— se mezclan un deseo insatisfecho, las ganas acuciantes de pasar a la acción tras tantas quejas de rigor, un mito caballeresco paródico y la necesidad de impartir castigos ejemplares de manera que el pueblo se concien cie y rebele. Pero ¿contra quién debería rebelarse? Contra sí mismo, obviamente, porque, sin darse cuenta, el pueblo está oprimiendo al pueblo en este insoportable todos contra todos...

Imagino y planeo con esmero obsesivo, riendo por lo bajo mientras me figuro la escena, que me disfrazo y, subido a un escúter, doy vueltas por el barrio de Trieste con la misión de castigar a los dueños de los coches aparcados en doble fila: los que han ido a tomarse un aperitivo al bar del Corso Trieste, los que van de compras y dejan tranquilamente el coche, por ejemplo, en el cruce con el Viale Gorizia en el sentido de la Viazza Istria, y con la Via Topino en sentido contrario. La ignorancia o el sadismo del simpaticón que ha diseñado la nueva vialidad de este barrio, junto con el pasotismo de los dueños de los Smart aparcados en doble fila, causa a todas horas del día un pequeño pero decisivo atasco que impide el paso a los autobuses. Pero, ojo, no es un atasco creado por el tráfico de cientos de coches, qué va, basta con que un par intente enfilar el Corso Trieste desde el Viale Gorizia, otro par intente doblar a la izquierda en dirección a la Via Topino —en el único punto, es increíble, el único en que el larguísimo parterre que solo sirve para que se meen los perros tiene un paso para cambiar de sentido— y el autobús 80 o el 88 tropiecen con el dichoso Smart aparcado en doble fila, para paralizar todo el tráfico.

Así que yo, a ser posible con un cómplice sentado detrás en la moto (aunque quizá podría hacerlo solo si fuera lo bastante rápido para huir sin caerme y sin que los automovilistas me atraparan para molerme a palos), y después de haber ocultado la matrícula de mi moto y mi rostro con un casco integral o un pasamontañas (aunque, claro, lo más bonito y correcto sería ponerme un traje adecuado, con capa y máscara del Vengador del barrio de Trieste), armado con un spray indeleble —primero pensé en un destornillador, pero el peligro de caída en caso de que hiciera palanca en una manilla o en un retrovisor era grande), patrullaría por el Corso Trieste pintando con el spray todos los coches aparcados al tuntún. Todos. Sin levantar el dedo del pulsador, en cinco segundos rociaría de cinco a seis coches, uno detrás de otro. Lo haría una, dos veces, durante una semana o un mes seguido, calculando una media de veinte automovilistas castigados al día, evitando siempre de milagro que me capturaran. Sin duda me perseguirían energúmenos y señoras ululantes, que justo en el momento en que volvieran junto al coche después de hacer sus recados con toda parsimonia, verían cómo un motorista enmascarado los embadurnaba al vuelo; quizá, durante los primeros días de la venganza, ni siquiera entenderían mi gesto y creerían que en vez de un castigo justo y ejemplar perpetrado por un señor de mediana edad, era la gamberrada casual de un joven delincuente, pero al cabo de una semana resultaría claro, tanto en el barrio como en el resto de la ciudad, que aquellos ataques, regulares y sistemáticos, eran acciones dirigidas contra esos coches, en absoluto arbitrarias, que no se trataba de gamberrismo, sino de justicia, una arcaica pero elevada forma de justicia que yo, reacio pero decidido ciudadano cansado de tanto abuso, tendría el deber de aplicar, dado que ninguna de las autoridades competentes —guardias urbanos normalmente ocupados en multar a motoristas indefensos— se encarga de hacerlo. Sé que de eso a Charles Bronson o a *Un día de furia* hay solo un paso, y, en efecto, mi fantasía no excluye la posibilidad de una *escalation*. El próximo blanco podrían ser los embadurnadores de mierda. Todavía no sé qué castigo les daría. Me refiero a los que sacan a pasear al perro y vuelven a casa tan anchos después de haber tapizado las calles con los excrementos de sus animales. En mi vida he pisado tanta variedad de formas y colores de mierda como ahora que vuelvo a vivir en este barrio. Después les llegaría el turno a esos comecocos de los *writers* y los *taggers*, aunque son difíciles de pillar con las manos en la masa, mientras trazan sus monótonos *sfaz* y *smuark*.

5

El regreso a este barrio ha provocado un salto temporal. Mientras camino sopla el mismo viento que soplaba entonces. Si ahora miro al suelo, hacia abajo, para evitar pisar las abundantes mierdas de perro, veo en mis pies un par de Clarks de ante, manchados y deformados, que esquivan ágilmente los charcos. Mi paso se ha vuelto elástico, decidido.

Así camino, despreocupado, como si tuviera veinte años.

El territorio del barrio de Trieste estaba delimitado por una serie de desafíos.

Esta plaza es nuestra, hemos conquistado esa calle, no os conviene poner los pies en ella. Marcar los límites del propio espacio vital y expandirlo haciendo uso de la provocación. Escupitajos, amenazas, pintadas, carteles, cadenazos.

En etología se denomina *spacing*; en la tauromaquia, querencia.

A los tardos
se les calla
con un par de tortas.

Las pintadas en los muros eran los principales indicadores de que el espacio había sido violado por incursores tan valientes como cabrones: no hay nada más fútil y, por tanto, heroico, que ir de noche a garabatear insultos bajo las narices de los enemigos.

Todos los días teníamos que actualizar el mapa del dominio territorial con nuevos datos. ¡Y pobres de nosotros si pensábamos erróneamente que una zona se hallaba en nuestro poder! Como en todas las guerras, el mayor número de pérdidas estaba causado por la desinformación.

Quedaba fuera de discusión, reino indiscutible de los fachas, su avanzadilla, la Piazza Trasimeno, esto es, el ancho espacio creado por la curva que forma el Corso Trieste al pasar a la izquierda por delante del instituto Giulio Cesare subiendo hacia la Via Nomentana. Ese territorio enfrente del instituto, donde sigue estando el bar Tortuga —solo una plaza arbolada— parecía asignado desde tiempo inmemorial a los fachas, era su base, su presidio. En ese punto, donde la acera es ancha y extensa, incluso hay espacio suficiente para las mesitas de la terraza del bar, los escúteres aparcados y un quiosco de fotomatón. Recuerdo la tira con las cuatro imágenes en columna... que un par de minutos después del destello del flash cae por la fisura exterior..., donde debería secarse, si no fuera porque uno es demasiado curioso para esperar. Resultado: los ojos siempre alucinados, cegados por el flash, y la jeta de terrorista, con o sin bigote. He pasado veinte años, como mínimo, luciendo aspecto de terrorista en todos mis documentos. Y como yo, miles de chicos y chicas.

Ahora me divierte mucho pensar que generaciones de jóvenes del barrio de Trieste han sido identificadas en las fronteras de medio mundo —del Checkpoint Charlie al paso Jáiber— con una foto sacada en el fotomatón de enfrente del bar Tortuga. Las caras trastornadas por el flash han debido de dejar perplejos a aduaneros de todas las naciones. A mí siempre me han retenido para controles ulteriores, incluso en fronteras donde los demás pasaban sin problemas.

Emano pulsaciones que generan sospecha.

En el barrio de Trieste los confines se modificaban según un campo de fuerzas cambiante. Las expansiones tenían lugar puntualmente cuando el control territorial del adversario se debilitaba al espaciar su defensa, bien porque patrullaba menos con los escúteres, bien porque disminuía su actividad de pegar carteles. En los enfrentamientos políticos, jugar en casa equilibraba la disparidad de fuerzas y número. Como sucedía antaño con los equipos de fútbol, que eran prácticamente invencibles en su propio campo, casi siempre ganaba quien combatía en su territorio, incluso en inferioridad de condiciones. Pero entonces entraba en juego la singular característica de aquel barrio: no pertenecer a nadie de manera estable. Era, a todos los efectos, una *no man's land*, un campo neutral. Cualquiera podía conquistar una parte y declararla suya, pero esta declaración y su consiguiente control no tenían carácter definitivo.

En el barrio de Trieste se libraba una guerra de posición. Las líneas podían cambiar durante la noche sin que te enteraras. Por la mañana, te encontrabas como Gassman y Sordi en la película *La gran guerra*, entre enemigos.

6

El hambre acucia
el coño escasea.
sobre la polla
la mano rasguea.

Cantinelas aparte, me pregunto qué queda en mi memoria tras años de colegio, de buena educación católica, después de una vida entera en un país católico, escuchando emisoras de radio en que las monjas entonan el rosario a coro y viendo telediarios en que el Papa, puntualmente, todas las noches, saluda, bendice, sonríe, advierte, lamenta o se regocija, espera que la guerra acabe y que cesen las hostilidades, aterriza en un aeropuerto lejano, surca la multitud en su automóvil blindado, o lava los pies a un grupo de negritos... —a lo largo de mi existencia, seis papas me han hablado asomándose a la pantalla de la televisión, se dirigían a todo el mundo, y yo podía contarme entre esa multitud: Juan XXIII, del que solo recuerdo la tristeza colectiva cuando murió; Pablo VI, su voz trémula en aquellos llamamientos ignorados; la estrella fugaz que fue el papa Luciani; Wojtyla en sus varias épocas; el magnífico y vituperado pastor alemán Ratzinger; y ahora Francisco...

Pues bien, me quedan las cláusulas iterativas, Cristo triunfador, Cristo que perdona, que salva, que vivifica, que nos acompaña y consuela..., el sermón que tengo la impresión de oír incluso desde antes de nacer, idéntico a sí mismo, una especie de susurro que se difunde desde la reja de un confesonario o un altavoz, ronco, afónico, quizá porque nunca ha dejado de predicar y predicar... con paciencia, casi sordamente, en presencia de una platea formada por uno, dos, doscientos o doscientos mil fieles, eso no importa. Incluso ahora, domingo por la mañana, que conduzco con la radio puesta, oigo en la tercera cadena esos cultísimos comentarios bíblicos que, con la voz salmodiada a que me he referido, interpretan pasajes de las Escrituras. Más que explicarlos, los sellan con fórmulas herméticas vibrantes y entusiastas, de un entusiasmo humilde, llenas a rebosar de fe y dudas, por un misterio que no se rinde ante ningún intento de desvelarlo, ni siquiera ante el más inteligente, decidido y apasionado... «Es el enigma del amor de Dios», dicen, o bien «Es el amor por el enigma de Dios» o «Es el enigma del Dios del amor»...

Por enésima vez, hoy se ponen a la escucha y nos sugieren que nosotros, oyentes radiofónicos, hagamos lo mismo, nos pongamos a la escucha. «Escuchar» es la palabra clave. Hay que prestar atención a la palabra, al prójimo, a Dios —sobre todo cuando calla—, al silencio que hay en nuestro interior... Oyendo esas voces pastosas, a menudo coloreadas por un acento o una *sprezzatura* extranjera, que se encantan en palabras griegas como *pneuma*, carisma (con el acento en la primera a), paracleto, o parusía, me dejo acunar, embelesado, mientras el paisaje huye a ambos lados del coche.

El escepticismo hacia todo tipo de predicadores me viene de una película que vi justo en el mítico cinefórum del SLM organizado por el hermano Barnaba, esto es, *La balada de Cable Hogue* de Sam Peckinpah, el de *Perros de paja*: hay una escena humorística y blasfema en la que David Warner, predicador zarrapastroso y estrafalario, invita a una chica que llora la muerte de su enamorado a rezar con él alzando los brazos al cielo; ella lo hace y mientras tanto él, por detrás, le mete las manos debajo del vestido y le manosea el pecho.

Una vez, el oblato de una iglesia del centro de Roma —Santa Francesca Romana— nos preguntó a F. y a mí si estábamos interesados en participar en una sesión de lectura e interpretación de los pasajes de las Escrituras. Los monjes que las dirigían eran gente culta y preparada, y el oblato podía mediar para que aceptaran nuestra participación. El asunto me interesaba, pero no estaba seguro de poseer los requisitos necesarios, la fe, en primer lugar. Las lecturas iban a tener lugar en el interior de la comunidad monacal. Y yo no tomaba la comunión desde los catorce años...

—Pero ¿cuáles son los requisitos para participar? No sé, si yo..., si nosotros... estamos a la altura —objeté dudoso.

—Bueno, pues no muchos, basta con creer en Dios.

Precisamente, pensé.

El oblato me miró a los ojos. Los suyos eran azules con venillas rojas.

—En realidad —añadió sonriendo más con los ojos que con la boca, que esbozaba una mueca irónica—, ni siquiera eso. —Nos guiñó un ojo—. Eso, como mucho, pasa después.

Hemos vuelto a esa iglesia porque hoy es la festividad de la santa y mañana ingresan a F. en el hospital. Hemos venido a rezar. No sé exactamente para qué sirve esa actividad, pero como en muchos casos parecidos, es mejor hacerlo que preguntarse por qué lo hacemos. Acabada la misa, y después de visitar las huellas que dejaron las rodillas de Pedro en el basalto cuando se prosternó para rezar en medio de la Via Sacra mientras Simón el Mago levitaba treinta metros por encima del suelo —F. ha querido poner las manos en el hueco de esas dos huellas oscuras—, gracias a una providencial mediación del oblato hemos podido entrar en la sacristía, donde los prelados que habían oficiado la misa en honor de la santa estaban quitándose los paramentos, y rezar a la Virgen que se encuentra allí dentro, la más antigua del mundo, con su suave rostro de cera de ojos asimétricos. Es una de las pocas imágenes que han hecho que sintiera la presencia, o al menos el atisbo, de lo sagrado como algo diferente de la estética; es más, en oposición a ella. Las otras son: la Madonna dell'Orto, en Venecia, los nichos de los budas destruidos de Bamiyán, el huerto de Getsemaní, la tumba de Dante en Rávena, los Alyscamps en Arles y el mitreo de santo Stefano Rotondo, lugares todos ellos en los que creo que hice algo parecido a rezar de manera espontánea, sin saber muy bien a quién y por qué, pidiendo o prometiendo algo.

Mientras mirábamos a la Virgen y ella nos miraba a nosotros con sus dulces ojos bizcos, Simón el Mago, el fanfarrón, era abandonado por los diablos que lo habían hecho levitar por el aire y se estrellaba contra el suelo.

7

Digamos que la historia de la MdC, oculta en este libro, no fue la única. Toda historia se acompaña y entremezcla con otras que se ramifican en todas las direcciones. Como en los árboles genealógicos, no se puede decir dónde acaba una y dónde empieza la de al lado, tan estrechamente ligados están sus orígenes y filiaciones. Alrededor de la MdC crece un bosque tupido de ramificaciones criminales y perversas. No todas cruentas, ninguna venial. Algunos de estos apéndices son inventados, otros son parte de la leyenda, otros son tan oscuros que nadie sabe lo que pasó realmente, o bien lo sabe pero no puede demostrarlo, o podría pero tiene miedo. Al cabo de cuarenta años no queda tanta gente que haya visto con sus propios ojos y escuchado con sus propios oídos.

Se ha dicho de todo..., en confesiones mendaces, delirios de megalomanía criminal, exhibicionismo, presunción... Se rumorea, se vocifera.

Los delitos tienden a alimentarse unos de otros, compiten para superarse, creando una continuidad, recreando un personaje, o bien el ambiente que lo rodea, para darle importancia; en definitiva, un solo crimen no basta para crear una figura digna y completa, y por eso los criminales siguen cometiéndolos, o inventándoselos, lo cual es lo mismo a efectos de la personalidad que quieren construirse: por eso multiplican su narración, la varían, añaden cosas... Siempre ponen más carne en el fuego, cuando no lo hacen los jueces por su cuenta. En Rebibbia, cualquier recluso de la sección de presos comunes —robos, atracos, tráfico de estupefacientes y toda la tipología de delitos contra bienes y personas— que te dé un mínimo de confianza te cuenta lo que quieras a propósito de esos delitos, incluidos los detalles, bien porque los sabe de oídas, bien porque está implicado de alguna manera, o lo excluyeron, o se echó atrás en el último momento. La red de las historias delictivas está muy ramificada, es densísima, y los hilos de la verdad y las leyendas que crecen alrededor son marañas que no pueden desenredarse fácilmente. Existe, sin duda, una tradición escrita, la de las sentencias dictadas por los tribunales, pero es muy parcial: la investigación limita y recorta la historia a un lapsus de tiempo o a un espacio determinado, enmarcándola y separándola del retículo de acontecimientos que constituyen su premisa, o su continuación natural, así como de los acontecimientos contiguos, paralelos. Estos nexos cortados, tras haber sangrado por un tiempo, se han cauterizado. Al menos en apariencia, pues las historias han seguido viviendo en la tradición oral, de la que han brotado nuevas ramas, como una planta tras la poda. Y a medida que el dispositivo de las sentencias se disecaba y se momificaba, casi reduciéndose a polvo, que todos ignoran hasta que un día deciden barrerlo, las versiones orales pululaban y adquirían día a día mayor vitalidad, es decir, eran cada vez más frescas, regadas de credibilidad por el hecho de escucharlas de viva voz, en lugar de tener que rastrearlas en expedientes escritos donde cada afirmación suena falsa, forzada por los esquemas del lenguaje burocrático para que se ajuste a las hipótesis de la investigación.

Si pienso en los esfuerzos que se realizan para eliminar incongruencias mientras se escribe una novela o un guion cinematográfico, puedo comprender que las conjeturas que se realizan para establecer quiénes son los responsables de un delito y resolver el caso obligan a tomar atajos, a omitir pasajes oscuros, a realizar conexiones atrevidas entre un punto y otro de los acontecimientos. Estoy seguro de que para que encaje, y de buena fe, los jueces manipulan los datos, empezando por su colocación, exaltando algunas fuentes y pasando por alto otras que resultarían contradictorias, seleccionando entre las pruebas las que contribuyen a dar forma a un teorema plausible, una reconstrucción de los hechos que tenga un mínimo de lógica, y dejando en segundo plano todo lo demás. Solo gracias a un esfuerzo intenso, parecido en algunos aspectos al estético que se realiza al escribir una novela o modelar una estatua, la sentencia alcanzará una mínima coherencia interna. Aunque yo he leído algunas que no tenían ni pies ni cabeza.

No fue casual que Kafka viera en el proceso el mayor concentrado de lógica y de absurdo al mismo tiempo: la coherencia con que puede desarrollarse una premisa insensata. Se trata de poner en fila una serie de sucesos poco comprensibles, teniendo en cuenta que los realmente acontecidos pueden ser incluso más misteriosos que los inventados; de hecho, estoy convencido de que inventamos para compensar la falta de lógica de la realidad, no para huir de un mundo rígido y fijo, sino para dar sentido a un mundo excesivamente fluctuante. Los inventos y las mentiras sirven para inyectar un poco de lógica a un mundo privado de ella, para crear artificialmente pasajes entre zonas diferentes de la realidad, porque la realidad, tal como es, parece un colador, una zona devastada por un terremoto, resquebrajada por los abismos del sinsentido, y la fantasía interviene para construir puentes que permitan que el hombre cruce esas simas del absurdo en que se precipitaría si se viera privado de esa facultad. La fantasía no se usa para huir de este mundo, sino para vivir en él sin perder la razón, para habitarlo sin enloquecer, para darle el sentido del que carece.

Por eso en la tradición oral, formada por historias contadas a media voz y conjeturas descartadas, o por puras y simples leyendas, puede circular algo parecido a la verdad.

Lo que estoy a punto de contar es un apéndice de la MdC, aunque tuvo lugar antes que ella. La cronología de la comprensión y del conocimiento dispone los hechos como quiere a lo largo del eje temporal; un acontecimiento clamoroso como fue la MdC saca a la luz otros del pasado, los ilumina a posteriori, o incluso los crea, por lo cual, a pesar de que estos hechos sucedieron antes, en realidad empiezan a existir después. El acontecimiento principal los proyecta en el futuro, lo que es un fenómeno típico de los escándalos, que comienzan a suscitar interés justo cuando cesan; como decía Karl Kraus: «El escándalo empieza cuando la policía le pone punto final». El principio de muchas cosas coincide con su final, vuela al anochecer como el búho de Minerva. Cosas que suceden antes, pero que adquieren sentido luego. Las revelaciones dolorosas y los descubrimientos acerca del pasado siembran el futuro de imágenes chocantes o consoladoras.

Podría decir, por ejemplo, que mi amistad con Arbus se hizo fuerte y auténtica solo cuando nuestros caminos se separaron. Antes era un vínculo escolar, una alianza o quizá un refugio, sobre todo para mí, que era fácilmente influenciable.

8

El delator siente un verdadero frenesí por explicar, por relacionar hechos y personas. Una inclinación egoísta y narcisista al servicio de los demás, que necesitan que alguien los ilumine, les revele lo que se oculta tras la versión oficial de los acontecimientos, siempre falsa. En Italia, el síndrome de quienes aseguran poseer la clave para explicar los misterios italianos está tan difundido como numerosos y oscuros son estos últimos. Esta clase de personas suelen describirse a sí mismas en continua lucha contra la versión facilitada por las autoridades, o contra el sentido común, que se aferra a convicciones erróneas. Se proclaman apóstoles de la verdad: una verdad que ha pasado ante las narices de los investigadores, o que se ha exhibido casi provocadoramente, cimbreándose para llamar la atención, ante los ojos de la opinión pública, que no la ha considerado, que la ha pasado por alto, olvidado, o incluso ridiculizado o ultrajado, cosa que en vez de afligir a este tipo de personalidades las envalentona, pues cuanto mayor es la resistencia que los demás oponen a la verdad de la que son portadores, mayor es la importancia de las revelaciones que anuncian.

¿Qué puede compararse con el gusto de saber lo que los demás, simplones, ignoran? Los entresijos, los motivos secretos que explican por qué las cosas han sucedido de una manera determinada, los nombres que hay detrás de todo eso.

En Italia abundan estos espíritus superinformados y despreciativos que han sabido convertir el ridículo en un estigma del valor de quien sigue adelante por su propio camino, el camino de la verdad; es gente que afirma saber quién raptó a Moro, dónde está escondida Emanuela Orlandi,* quién y por qué puso las bombas que hicieron saltar por los aires casas, iglesias, bancos, trenes, estaciones, automóviles de escolta...

En definitiva, gente que sabe lo que pasa entre bastidores. Italia es el país donde lo que sucede a la luz del día debe tener a la fuerza una

---

* Adolescente que desapareció en Roma en 1968, cuando contaba quince años, y que a día de hoy sigue desaparecida. (*N. de la T.*)

raíz oculta; donde nueve de cada diez casos criminales —de entre los más clamorosos y debatidos en televisión y en los medios de comunicación— se quedan sin resolver, impunes, o por los que se condena a personas que muchos consideran inocentes, como si las sentencias tuvieran un valor meramente sugerente, hipotético —y entonces, hipótesis por hipótesis, que cada uno se quede con la suya—, donde en vez de una verdad hay al menos dos, o tres, o diez, todas válidas, sostenibles y defendibles con independencia de lo extravagantes que sean. Se trata del pirandelismo, el relativismo, el «así es si así os parece», de la interpretación y la hermenéutica infinita, los servicios secretos, los dosieres, el cotilleo, el maquiavelismo, de la idea de que detrás de todo —incluso si gana la liga de fútbol un equipo con la camiseta de un solo color en lugar de a rayas— existe un complot, una logia masónica, la CIA, el Gran Hermano, el Vaticano, los soviéticos (cuando aún existían), los israelíes o la fatídica banda de la Magliana. Las verdades alternativas y no oficiales, las verdades paralelas, se han difundido de tal manera que se han convertido a su vez en oficiales.

9

El autor del mayor número de historias paralelas de la MdC es uno de sus protagonistas, Angelo, el hermano de mi compañero de clase Salvatore. Los investigadores se han pasado años buscando algo entre los miles y miles de páginas generadas por sus declaraciones, en las que confesaba crímenes perpetrados en solitario o con ayuda de cómplices, o atribuía la responsabilidad a delincuentes más o menos conocidos, relacionándolos con casos pendientes y facilitando su resolución gracias a información obtenida en confidencias carcelarias y a un bagaje de experiencia directa que Angelo, aun pasando la casi totalidad de su vida tras los barrotes, pretendía que pareciera exhaustiva, al nivel del enemigo público número uno. Los magistrados se encontraron frente a una mente estratégica que cotejaba toda la actividad criminal de los años setenta y ochenta en una única reconstrucción cambiante y delirante, le prestaron atención, intentaron seguir las pistas que aquella mente fértil (que mezclaba cosas sabidas por todos con detalles inéditos e inventados) facilitaba sin cesar a fin de ganarse el estatus, muy codiciado en aquella época, de colaborador de la justicia; o puede que aquellas historias brotaran sin interrupción a causa de un desorden de la personalidad; o quizá estemos ante un artista, un espíritu creativo, que modela estructuras alternativas de la realidad. Una predisposición o el anhelo de dar un sentido, de ordenar, de dar a conocer y de pretender la autoría de «lo que pasó realmente», de una manera que nadie había intuido hasta entonces, o confesado. Es el síndrome de la revelación.

A la vez se produce el juego de ilusionismo, la multiplicación, la casa de los espejos en que se pierden las huellas, el laberinto.

Y, sin embargo, algún que otro juez tomó en serio a Angelo y lo consideró «una mina de información».

(Los presos con quienes trabajo, por discreción, por prudencia o porque al callar pretenden que quienes les escuchan con curiosidad imaginen un campo aún más amplio de posibles revelaciones sobrecogedoras o paradójicas, suelen detenerse en el momento más interesante de su historia y pronuncian un sibilino: «No me hagas hablar...».)

¿Dónde están los huevos del dragón? ¿Cuántos de ellos han eclosionado?

¿Cuántas páginas podrían llenarse con la lista detallada de las personas que Angelo declara haber asesinado o saber quién las asesinó? Dice que confiesa por remordimiento: «Lo cuento por motivos personales, mi decisión se debe a que en la cárcel me he dado cuenta de que tengo que reparar un delito repugnante» (es decir, la MdC).

Entre las historias que todavía no he contado, figuran:

El entrenamiento militar con el objetivo de aprender a construir un *timer* para bombas mediante la utilización de despertadores de plástico; adiestramiento impartido por un militar francés «de un metro setenta de estatura, corpulento, de piel aceitunada, bigote y gafas oscuras», es decir, el cliché de un militar sacado de un tebeo y por eso probable.

La verdad acerca de todos los grandes atentados que tuvieron lugar en Italia entre 1969 y 1980, de la Piazza Fontana a la Piazza della Loggia, del tren *Italicus* a la estación de Bolonia.

En 1986 declara que el homicidio de Piersanti Mattarella fue cometido por la organización terrorista neofascista NAR (Núcleos Armados Revolucionarios) con el fin de que a cambio la mafia liberara a Concutelli.

En ese mismo año se autoinculpa de tentativa de homicidio de un representante de joyería, cometido doce años antes. La víctima solo quedó herida y Angelo amenazó con matar a su hijo de seis años porque lloraba.

Sostiene haber sido testigo del asesinato de un tipógrafo del *Messaggero*.

Facilita detalles sobre el atentado contra Bernardo Leighton, de la Democracia Cristiana chilena, y sobre la violación de Franca Rame (perpetrada por un grupo de fascistas por mandato de unos carabinieri).

Giovanni Falcone lo denuncia por calumnia, según Falcone las confesiones de Angelo están inspiradas por «manías de protagonismo».

Acusa a Massimo Carminati —sí, él— de haber asesinado a Mino Pecorelli.

Dice que sabe quién mató a Peppino Impastato: un tal Miranda, apodado el Enano.

Afirma que a Giorgiana Masi la mató el Legionario (dicho sea de paso, aquel 12 de mayo de 1977, en el puente Garibaldi, Marco Lodoli y yo también estábamos entre los manifestantes), su cómplice de la MdC.

Fausto e Iaio, militantes de izquierdas: los mató Massimo Carminati, apodado el Ciego (dice él).

En 2005 se acusa del asesinato de una prostituta, Franca Croccolino, en Turín; lo habría cometido treinta y cinco años antes.

Etcétera.

10

Entre todas estas historias falta una que me toca más de cerca (a estas alturas me gustaría decir que nos toca) porque contiene un par de elementos perturbadores y ejemplares de la época en que aconteció. Tiempo: un par de años, veinte meses quizá, antes de la MdC. Lugar: cerca del barrio de Trieste, en otro que puede considerarse su réplica exacta, en sentido espacial y antropológico, pues se asienta de forma simétrica en el lado oriental de la Via Nomentana, y gira, como el de Trieste lo hace alrededor de la Piazza Istria, alrededor de la Piazza Bologna, bastante parecida si no fuera por el monumental edificio de Correos que proyectó el arquitecto Mario Ridolfi, que caracteriza la insignificante rotonda de la que salen de formal radial cinco o seis calles de nombres inexplicablemente surtidos.

¿Qué tienen que ver Lorenzo el Magnífico con las provincias de Livorno y Rávena? ¿Y con el XXI de abril, aniversario de la fundación de Roma? ¿Y quiénes eran Michele di Lando y Sambucuccio d'Alando?

Detrás del cuartel de la Guardia di Finanza en el Viale XXI Aprile, vivía un chico de dieciocho años al que en este libro llamaremos Cassio. Cassio Majuri. Como muchos otros chicos del barrio Nomentano, tan parecido al de Trieste que a veces se consideraba asimilado o anexionado, Cassio era de derechas. De nacimiento, por elección y sentimiento, y así lo proclamaba. Su familia, en efecto, lo era, como el colegio al que iba, el SLM (donde la mayoría lo era), de manera que a Cassio no le resultó ni fácil ni difícil pensar y creer en lo que pensaba y creía.

Jugaba al rugby. Estudiaba poco. Frecuentaba esporádicamente la sección del Movimiento Social de su barrio. Al principio se sentía intimidado por las chicas, pero fortaleciendo su cuerpo con el deporte y tratándolas de manera ruda en sus fantasías, se fue convenciendo de que podía tener no una, sino muchas. Conoció a Angelo en una reunión en que a ambos se les encargó proteger a un dirigente de nivel medio del partido, pues por aquel entonces, las sedes de los partidos de derechas solían ser objeto de asaltos violentos y repentinos. En efecto, los ataques no procedían de grupos especialmente organizados o alborotadores: yo, por ejemplo, que siempre fui muy escéptico a propósito de esa clase de acción ejemplar cuya única finalidad era someter a un adversario elegido al azar, participé un par de veces, de manera espontánea; era suficiente que durante una reunión política (organizada para hablar, por ejemplo, de la explotación de los mineros en Sudamérica o algo parecido), llegara de pronto una noticia excitante, no sé, que un compañero había sido agredido por un grupo de fascistas, o que una militante afirmara haber visto a un matón de derechas solo tomándose un café tranquilamente en un bar de la Piazza Istria..., cualquier ocasión era buena para desquitarse o emprender una acción ejemplar, y el piquete salía. No siendo premeditado, el grupo carecía del equipo necesario —bastones y cascos—, a excepción de algunos que habían venido en escúter y se los habían traído, pero entonces el uso no era obligatorio... Diez minutos después ya estábamos en zafarrancho de combate delante de una de esas sedes que llamábamos un «nido». Era más recomendable confiar en el número que en las armas y las cualidades de los combatientes.

Pero volvamos a la sección de la Piazza Bologna donde a Cassio se le confía el encargo de proteger la integridad física de uno de aquellos zorros viejos —en sentido técnico y sin mala intención— que formaban el esqueleto del movimiento neofascista y de su clase dirigente, a despecho de la afable máscara bigotuda de su líder nacional, Giorgio Almirante. Oyéndole argumentar sosegadamente en las tribunas electorales de la televisión, incluso sus adversarios tenían que admitir «que sabía hablar». En realidad, no era sosegado en absoluto, y mucho menos lo eran, en efecto, los demás dirigentes del Movimiento Social, el MSI, que se pronunciaba «MIS»: hombres de aspecto inconfundible que querían hacer destacar su diversidad, por decirlo así, luciéndola como una insignia en la solapa. Solían ser gordos y achaparrados, o todo lo contrario, delgados y ascéticos, como caballeros tristes, siempre tirando a fúnebres, como mi abuelo, por ejemplo. El que bajó del coche oficial y al que Cassio escoltó dentro de la sede del MSI, era calvo, llevaba un jersey de cuello de cisne negro ligeramente brillante bajo una americana cruzada de rayas diplomáticas y ocultaba la mirada tras gafas oscuras, pero no del todo, como el director del SLM. Se limitó a dirigir a Cassio y a los demás chicos, entre los que consta que estaba presente Angelo, unas palabras de circunstancias que nada tenían que ver con el contexto en que se desarrollaba la escena: la calle casi desierta, el barrio que seguía con su rutina, ignorándoles, ninguna emboscada a la vista, ningún enemigo en el horizonte...

—¡Muy bien, camaradas, muy bien! ¡Arriba los corazones!

Y al oírlo, los chicos se pusieron firmes con el brazo extendido, cosa que también hizo Cassio, con algo de retraso.

Al ver lo emocionados que estaban sus compañeros, Cassio se sorprendió de su propia frialdad y su desapego.

«Debería habérseme puesto la piel de gallina. Veo a los demás emocionados y nerviosos, dispuestos a todo. Y yo quiero a mis camaradas. Y siento que deseo hacer algo por la causa. Pero ¿se trata de esto?»

¿De qué sirve un gesto si no tiene una correspondencia física?

«Tener miedo pero lograr controlarlo sin esfuerzo hace que me sienta mayor, más hombre..., pero no sé de qué me sirven esos centímetros de más si no me acercan de verdad a lo que deseo.»

Es bastante fácil comprender lo que significa para un jugador de rugby: aunque falten veinte, diez metros, o bien unos pocos pasos para llegar a la meta, pueden hacerte retroceder con un largo saque de banda. Al menos en el rugby está claro cuál es el objetivo, dónde está la línea.

«Pero ¿qué quiero yo? ¿Dónde quiero llegar? ¿Qué busco? ¿El fascismo? Mi padre es fascista, mi abuelo también..., ellos sí que saben en qué creen, pero yo..., yo solo quiero tener una oportunidad.»

11

Cassio decidió entonces dedicarse a actividades criminales bajo la cobertura de la fe política. Era una fe que lo permitía, es más, que consideraba la ilegalidad un medio oportuno y necesario para la lucha, o incluso su finalidad misma. Y encima, la emoción de empuñar las armas y el valor necesario para hacerlo podían separarse perfectamente de los objetivos concretos. La familia Majuri, pudiente, veraneaba en Cap d'Antibes y allí, gracias a sus contactos de extrema derecha, Cassio conoció a miembros del hampa de Marsella. Tras un poco de rodaje, durante el cual demostró ser puntual y digno de confianza, se convirtió en un correo de la droga: transportaba heroína y ganaba mucho dinero. En teoría debería haberlo puesto a disposición del partido: las ganancias del tráfico servían para comprar armas, financiar campos de entrenamiento, realizar viajes al extranjero, pagar las facturas de los «nidos» donde se reunían o almacenaban armas y bombas, y las minutas de los abogados que defendían a los camaradas sin recursos económicos. En efecto, no todos ellos eran ricos, sino que muchos procedían de ambientes populares. Tipos como Angelo, Majuri, el Legionario y los del barrio de Parioli no constituían la regla, sino que muchos militantes procedían del extrarradio. Pero Majuri le tomó el gusto a disponer de dinero, y enseguida se dio cuenta de que prefería metérselo en el bolsillo a dedicarlo a la causa, y, lo que es peor, empezó a creer que podía quedarse pequeñas cantidades de heroína para revenderlas por su cuenta sin que nadie se enterara. Al transportar grandes cantidades, creía que los desfalcos no se notarían. Pero no fue así, aunque sus jefes no le dijeron nada para tenerlo bajo observación. Cassio, que intuyó que lo vigilaban, hizo copias de los informes relativos a algunos militantes italianos, franceses y españoles, informes que le facilitaban junto con los alijos de droga, con el fin de usarlos en caso de que quisieran inculparlo. No sabía que esas jugadas, en vez de protegerle, estaban acelerando la decisión de eliminarle.

Mientras tanto, continuaba con la que por entonces se consideraba la vida normal de un chico romano de derechas. Jugaba al rugby, salía por ahí con su flamante coche nuevo para darse aires, proyectaba la imagen de alguien seguro de sí mismo. El dinero del tráfico y el consumo de cocaína y heroína lo ayudaban. Su comportamiento era cada vez más arrogante. Pagaba a prostitutas para no tener que afanarse en conquistar a las chicas y encajar un posible rechazo de sus coetáneas. Así que pensaron que ese era su punto débil, que debían tenderle una trampa con una chica como cebo. A esas alturas, su ejecución estaba decidida. En ambientes como aquel ni siquiera se planteaban llamarlo al orden. Alguien así se eliminaba y punto. Pero antes tenían que descubrir dónde había ocultado los informes comprometedores. Angelo y los suyos se encargaron de preparar la trampa. Dado que Majuri había mostrado interés por una chica que había visto fuera del SLM, hermana de un alumno, la convencieron para participar en el engaño. La chica, por lo visto, se llamaba Perdita, que a pesar de ser un nombre extraño le iba como anillo al dedo a ella, a una chica perdida. Tenía quince años. Convencieron a Cassio Majuri de que se la llevarían a casa para violarla entre todos, y él propuso un día en que su familia estaba de viaje y tenía la casa libre. Angelo y sus amigos serán juzgados y condenados por varias violaciones en grupo, pero nunca se sabrá a ciencia cierta cuántas perpetraron antes de la del Circeo, ni quiénes estuvieron implicados. En cualquier caso, casi todos eran alumnos o exalumnos del SLM.

El tráfico y el consumo de droga, las guardias de honor para los camaradas caídos, las incursiones punitivas, los secuestros reales o con la complicidad del secuestrado, el manejo de armas, el desprecio por la propia familia, la doble vida, los estandartes negros, el rugby, la violación y alguna que otra lectura euforizante: ese fue el circuito en el que entró Cassio Majuri y en el que halló la muerte.

A Perdita la llevaron en coche hasta casa de Majuri, casi con seguridad bajo el efecto de alguna droga. No quedaba muy claro si ella debía fingir que estaba de acuerdo o si era mejor que se opusiera. Cassio les había dicho que no llevaran armas porque en su casa tenía una escopeta de caza de su padre, cargada, que bastaría para intimidar a la chica. Cuando entraron ya estaba desnudo, en la cama de sus padres, con la escopeta al alcance de la mano. Era la primera vez que participaba en ese tipo de festín. Le habían contado lo que solía suceder: apuntaban a las chicas con un arma para obligarlas a desnudarse, les apretaban un poco el cuello para vencer su resistencia, les hacían beber alcohol, los participantes les introducían sus sexos en la boca por turnos, después las violaban y sodomizaban. Y de nuevo las amenazaban para que no se lo contaran a nadie. La prefiguración de lo que iba a suceder llenaba el pensamiento de Majuri a tal punto que no le dejaba espacio para dudas ni sospechas. Y ni siquiera se le ocurrió pensar que podía intentar conquistar a Perdita con un método más convencional. Aunque en su fuero interno no excluía que habría podido llegar a enamorarse de una chica como ella, estaba dispuesto a violarla con tal de evitar la decepción de un posible rechazo. Estaba dispuesto a violar a una chica a la que en condiciones normales habría podido querer. Pero las condiciones normales no existen. Todo es, siempre, excepcional. Cassio no sospechó nada cuando llamaron al timbre. Se desnudó y corrió a tumbarse en la cama de sus padres, donde ya había apoyado la escopeta cargada. Quería que pudieran apreciarse bien los músculos que había desarrollado en los entrenamientos de rugby.

Perdita tampoco se enteró de lo que estaba a punto de pasar. Le enseñaron unas pistolas y en vez de asustarse sintió curiosidad. Algunos se quedaron esperando en el coche y tres subieron en el ascensor —Perdita y dos chicos—. La puerta de casa de Majuri estaba entreabierta. En cuanto entraron, uno de ellos sujetó a la chica retorciéndole un brazo por detrás de la espalda y le tapó la boca con la mano. Ella rio al sentir aquella mano que casi la ahogaba porque creía que era una broma. «¡No te rías, tonta!», le dijo el tipo que la sujetaba. «¡Adelante!», dijo la voz de Cassio procedente de una habitación del fondo. Y se encaminaron allí. Abrieron la puerta y vieron a Cassio desnudo, con las piernas cubiertas por las sábanas. Se destapó para mostrar que ya estaba excitado.

—¿Cómo se llama? —preguntó al tipo que sujetaba a Perdita—. Déjala hablar, que me lo diga ella.

El tipo le quitó la mano de la boca.

—Vamos, díselo.

—¿Por qué quieres saberlo? ¿Qué te importa? —respondió ella.

A Cassio le impresionó su insolencia y su excitación empezó a remitir. Quería decir algo que estuviera a la altura de un tipo duro, pero la voz le tembló:

—Nada..., me parecía que era mejor saberlo antes de empezar.

—¿Empezar? ¿De qué habla? —dijo la chica, pero el tipo volvió a taparle la boca y la sacudió.

Ella gimió porque esta vez le había hecho daño de verdad. Intentó zafarse. Cassio Majuri titubeaba. Tenía ganas de follarse a esa chica inmediatamente, pero no quería que le hicieran daño, no mucho.

—Eh —le dijo a su amigo—, ve con cuidado... —Y después, dirigiéndose a ella—: Ven aquí, no te haremos daño.

De repente, el hecho de ser el único que estaba desnudo hizo que se sintiera ridículo. E indefenso. Su excitación remitió por completo. Entretanto, el otro se había acercado a la cama y había cogido la escopeta.

—No es necesario —dijo Cassio, pero la mirada del otro afirmaba lo contrario, que había que usarla.

El cerebro de Majuri nunca había sido rápido, y también en ese trance empleó algo de tiempo para relacionar aquella mirada, su inferioridad al hallarse completamente desnudo entre personas vestidas (con zapatos, gorros y guantes de piel), el extraño motivo por el cual sus viejos amigos, con quienes últimamente se veía tan poco, habían decidido hacerle participar en esa clase de festín absolutamente nuevo para él, el hecho de que su amigo sujetara a la chica que quería follarse tapándole la boca..., de que mientras tanto los tres hubieran reculado hasta la puerta, y más allá, desapareciendo en el pasillo. De repente surgieron ante sus ojos, como respuesta a tantas coincidencias, dos paquetes envueltos en papel de embalar, la última cantidad de heroína que había robado antes de la entrega, el agujero en la pared del garaje, detrás del armario de hierro, donde los había escondido, los fajos de billetes que conseguiría con su venta, la rabia de quien quizá se había enterado de todo a través de las vías indirectas que serpentean en el mundo del hampa como capilares, regándolo de informaciones, y un atisbo de conciencia se abrió camino en su mente. Una fracción de segundo de dolorosa concentración más hizo que Majuri, una mente débil y alocada en un cuerpo sano y robusto, entidades destinadas a separarse en unos instantes, relacionara todos los aspectos singulares del asunto, pero mientras lo hacía, la escopeta de su padre ya había girado ciento ochenta grados sobre sí misma y apuntaba a su pecho lampiño y musculoso, casi lo rozaba, disparaba y lo mataba. Fue así como Cassio logró reunir en un solo punto, microscópico pero densísimo y pesado como el plomo, los elementos más relevantes del último y temerario año de su vida, en el preciso instante en que esta cesaba. Tuvo tiempo de arrepentirse por ser tan imprudente y se prometió ser más despierto y precavido, pero no tendría tiempo de hacerlo porque estaba muriéndose. También tuvo tiempo de pensar que la chica no le había dicho cómo se llamaba, y que moriría sin saberlo y sin habérsela follado, ni siquiera habiéndola rozado con una caricia, y durante la expansión del globo de fuego que le quemó los bordes de la herida horriblemente abierta en su pecho, es decir, el indicio principal para dar carpetazo al caso como un suicidio de manual, logró incluso preguntarse si la chica era cómplice o no de sus asesinos.

Esa era una cuestión dudosa.

Eh, ¿te acuerdas de esas camisetas de rugby rasposas, de rayas horizontales blancas y verdes, blancas y rojas, amarillas y moradas...? Lillywhites de Londres era una tienda mítica para los jóvenes italianos con dinero, deseábamos esas camisetas tanto porque eran motivo de orgullo y poder como por su aspecto arrugado y descuidado. Se prestaban a ambas interpretaciones que, no obstante en apariencia contradictorias, se fundían en una sola, la figura perfecta para una forma de ser, llena de energía y precaria a la vez, arrogante y vacilante, femenina y viril, poderosa pero frágil: la juventud.

Los cuerpos adolescentes que cubrían aquellas camisetas, de rayas horizontales, representaban lo más vital y transitorio que existe, lo más expuesto —era tan fácil herirlo, agujerearlo, aplastarlo...

Los jóvenes fascistas las llevaban con el cuello alzado, los compañeros sin planchar, y si era posible sin lavar, nunca o casi nunca, y las usaban como pijama o se las prestaban a sus chicas después de haber hecho el amor con ellas, o se las ponían debajo de las americanas compradas en mercadillos de segunda mano.

12

Yo sé quién se oculta bajo el nombre de Perdita. Ahora lo sé, desde hace unos meses. Desde que Arbus volvió a mi vida. Han vuelto todos aquellos a quienes había desalojado, o que se habían largado con sus bártulos por propia iniciativa. Hace unos años, los historiógrafos acuñaron la expresión «pasado que no pasa» para indicar las situaciones de estancamiento en que un pueblo o una nación —Alemania, en especial— no logran elaborar las grandes catástrofes, la guerra, la culpa, los crímenes de guerra que cometieron o de los que fueron víctimas. Mientras en la psicoterapia se difundió una técnica, objeto de infinitas polémicas y controversias, llamada «recovered memories», cuya finalidad es hacer aflorar los recuerdos sepultados en el subconsciente, en especial los abusos sexuales sufridos en la infancia. ¿Abusos auténticos o fruto de la sugestión, es decir, creados por la misma terapia que debería limitarse a recuperarlos?

No sé cuál es el motivo de que tanto material, tanta vida, haya vuelto a mi memoria. Ha sido Arbus el que ha puesto en marcha el proceso, no cabe duda. Pero ¿quién ha puesto en marcha a Arbus?

Me lo dijo la última vez que lo vi. No había ninguna necesidad. Puede que él pensara que debía completar el cuadro. Se puso a contarme la historia de Cassio Majuri, a quien yo no conocía, de buenas a primeras. Cassio era muy mayor para que yo me acordara de su paso por el SLM. Y de su trágica muerte podía estar al corriente quien hubiera leído íntegramente las confesiones de Angelo, cosa que nunca hice, pues son más largas que el *Mahabhárata*. Pero la historia de Cassio era interesante y me apasionó. Me impresionó mucho. Fingir una violación y un suicidio... Lo escuchaba sin comprender por qué Arbus me hablaba de ello, y eso me turbaba aún más. El cadáver de un chico sobre una cama embadurnada de sangre, con una escopeta a su lado. No podía imaginar que Arbus fuera a completar la historia revelándome la identidad de Perdita.

—Yo sé quién es esa chica —dijo, y luego calló.

Me pareció extraño y frívolo que quisiera crear suspense.

—¿Cómo lo sabes?
—Me lo dijo ella.

Sentí una turbación singular. Como si me avergonzara. Suelo avergonzarme por cosas que atañen a los demás, no a mí. Por ejemplo, viendo una película mala, pienso en los actores que interpretan esos papeles y me avergüenzo por ellos, y me digo: «No, por favor, no digas eso..., no hagas esto otro». Me pasa igual cuando veo a algunos escritores en televisión comentando noticias de actualidad con el mismo énfasis que los políticos, o los periodistas, o aún más. Eso fue lo que sentí cuando me di cuenta de que Arbus estaba a punto de contarme algo más.

—¿Te apetece un café? —le pregunté poniéndome de pie bruscamente.

Ya habíamos tomado uno cuando llegó.

—Sí, gracias —respondió, y me miró de arriba abajo.

Había sido un pretexto para alejarme. En la cocina, tomé aliento. Me concentré en la cafetera, llené el filtro lentamente para no tirar el café, pero a pesar de la atención que ponía fue a parar más fuera que dentro y salpiqué toda la encimera. Me temblaban un poco las manos. Hacía gestos poco precisos. Te aseguro, lector, que no estoy dando rodeos para crear suspense, pero quisiera que lo descubrieras tan lentamente como lo hice yo. Enrosqué las dos partes de la cafetera y la puse en el fuego. En realidad, ya había caído en la cuenta desde hacía rato, pero no lograba formular la frase completa, como si respetara el derecho de Arbus a decirlo, el placer perverso que sin duda experimentaba callando para disfrutar un rato más. Yo miraba con fijeza el fuego cuando lo oí llegar a la cocina. Estaba de espaldas a él.

—Vengo a hacerte compañía.

No, amigo mío, eso no es hacer compañía. Es que no quieres soltar la presa. Sé lo que vas a decirme: que la chica que usaron como anzuelo para que Cassio Majuri cayera en la trampa era tu hermana Leda. Lo sé: Perdita es Leda Arbus, Leda, pálido fuego de mi juventud, frío rayo de luna. Una chica de la que abusaron fingiendo querer abusar de ella, es decir, una forma de abuso tan sofisticada que ni siquiera un chino, o un torturador otomano, o el jesuita de un libro libertino habrían podido concebir. Abusaron de su mente, el lugar donde se perpetran las fechorías más inconfesables. Una parte de mí lo sabía desde el principio, de ahí la profunda vergüenza que sentía en aquel momento, de ahí las largas tardes silenciosas que pasé cuando era un chico al lado de su cuerpo rígido, admirando su pecho, que se alzaba al respirar. Leda era el único elemento que podía unir toda esa constelación que formaba la historia que me había contado su hermano. Fantaseé con aferrar la cafetera, que se había llenado a medias, y arrojársela a la cara a mi amigo, con que las salpicaduras de café hirviendo le desfiguraran los pocos centímetros de su piel que se habían salvado del acné, con sus gritos de dolor y sorpresa. Quizá esperaba que yo reaccionara de algún modo porque Arbus sabía que Leda y yo habíamos salido juntos, que había habido algo entre nosotros.

La hermana de tu amigo es un capítulo importante de la vida, quizá aún más que su amistad.

—¿Cuánto azúcar quieres? —le pregunté volviéndome y sujetando el mango de la cafetera con dos dedos para no quemarme, mientras le llenaba la taza.

—No me pongo azúcar.

Cuando volvimos al salón, y después de que me lo hubiera contado todo, lo miré aliviado y agradecido. Los mismos fragmentos de colores del caleidoscopio cambiaban de posición dando vida a nuevas figuras. Era difícil creer que la tímida pianista hubiera pasado por aquellos trances. Pero en la vida de las chicas hay espacios en blanco, suspendidos, durante los cuales, a escondidas de sus padres, sus amigos y sus compañeros de colegio, frecuentan a «gente poco recomendable», se atiborran de sustancias y cubren de silencio comportamientos peligrosos o insensatos. Más tarde, de la noche a la mañana, si tienen suerte, esa fase se interrumpe y ellas vuelven a ser las de antes. O eso parece. Leda había sido iniciada de esa manera. No sé si Angelo y sus amigos llegaron a violarla, y no quise preguntarlo. Lo que pasó en casa de Majuri pudo ser un episodio aislado si ella se asustó lo suficiente para alejarse de esos tipos para siempre.

—Creo que mi padre se enteró —dijo Arbus.
—¿Y qué hizo?
—Nada.

Arbus soltó una carcajada sarcástica. Su anciano padre vive todavía, está activo, en sus cabales, desencantado. Una noche, mientras esperaba que la media pastilla de ansiolítico hiciera su sucio trabajo en mi conciencia, vi en uno de esos canales educativos una clase suya sobre la gramática generativa. No entera, pero buena parte. A medida que entendía, me olvidaba de que lo había entendido. Pues bien, mi enhorabuena al profesor Arbus, que es un buen docente, pensé antes de que la pastilla alterara mi manera de percibir la realidad e imaginar la irrealidad, manteniendo ambas a una distancia de seguridad. Un buen profesor, un gran educador...

Lástima que estuviera jubilado desde hacía tiempo.
—¿Y tu madre?
—Mi madre nunca supo nada. Entender a los demás nunca fue su punto fuerte. Cuando se separó de mi padre se puso a estudiar y se sacó la carrera de psicología por ese motivo.

¿De verdad? ¿Estudió psicología porque era incapaz de entender a los demás? ¿Porque quería entenderlos? Arbus no había cambiado desde los tiempos del colegio, sus frases lapidarias seguían teniendo como mínimo dos interpretaciones opuestas, pero él ya no volvía a comentarlas.

—¿Y ahora Leda dónde está? ¿Qué hace?
—Murió hace tres meses.

Lo tristemente irremediable de la respuesta me dejó sin fuerzas. Le dije que lo sentía mucho.

—Yo también. Tenía cáncer.
—¿De qué?
—De páncreas.

Maldita sea la existencia de ese órgano cuyo nombre no podría ser más absurdo.

13

Hace un par de años recibí un correo electrónico, bueno, una serie de correos electrónicos de un antiguo compañero del SLM que quería reunir a toda la clase, y la invitación también iba dirigida amablemente a mí, a pesar de que me fui el último año sin acabar el ciclo.

13 de marzo de 2012

Hola, Edoardo:
Me alegro de saber de ti (o al menos de ponerme en contacto contigo)... Estoy reuniendo a los antiguos compañeros de clase...
Te adjunto los datos que he logrado encontrar hasta ahora, si tienes algún contacto que no aparezca en el correo... habla con ellos y pásamelo y que te den su móvil...
¡Ya organizaremos algo cuando estemos todos!

GIGI REGAZZONI

Solo respondí a su primer correo. ¿Por qué? No lo sé. Aparte del hecho de que tampoco me apetecía tanto verlos a todos, como estaba escribiendo este libro habría podido resultarme útil reencontrarme con los compañeros al cabo de tantos años, enterarme de lo que había sido de ellos, hacerles preguntas acerca del SLM y, poco a poco, llegar a tocar el tema de la MdC, preguntarles cómo lo vivieron ellos, cómo lo recordaban, la relación que habían tenido con los asesinos, si la habían tenido. En cambio, no respondí a sus correos. Evité algo por lo que habría tenido que sentir curiosidad. Puede que preservar la ficción que contiene este libro fuera determinante para mantenerme alejado. Para seguir teniendo las manos libres.

Llegaron más llamamientos de Regazzoni, que se sorprendió de que su iniciativa no contara con mayor participación, del tibio entusiasmo que había suscitado.

1 de junio de 2012

Hola:

Sigo teniendo problemas para localizar a algunos. Estoy intentándolo desde diciembre de 2011... no tengo ninguna intención de rendirme.

Intentad presionar un poco a los que todavía no me han pasado sus datos, a ver si logramos organizar algo...

También habría que ponerse en contacto con los compañeros de los que sí tengo el correo electrónico o el móvil pero que no han respondido...

La gente con quien he podido hablar personalmente dice que le apetece encontrarse, y hay uno que es duda y otro que se declara bastante pesimista acerca de la atmósfera que puede reinar en ese encuentro... yo estoy impaciente... pero me gustaría que hubiera un poco de colaboración.

Ya me diréis, hasta pronto,

GIGI

24/6/2012

¡Hola, EX!

Nunzio vobis gaudium magnum..., misión (casi) cumplida...

Por fin he encontrado a Barnetta, el más difícil de localizar, con quien he hablado por teléfono (y, como en los viejos tiempos, no hemos parado de decir chorradas).

Ahora necesito encontrar el correo electrónico de Giuramento Sanson y de Zipoli (por favor, si alguien se ve con ellos, les ruego que se ocupen), y el móvil de Busoni, Crasta, Izzo, Sdobba y Scarnicchi (¿alguien sabe dónde ha acabado el Lirón?)

¡Tengo intención de organizar algo para SEPTIEMBRE!

Para los que no están en Italia, en Roma... para los que estáis con la cabeza en otra parte: me gustaría que empezarais a considerar venir a Roma y que me lo comunicarais cuanto antes (me autoproclamo coordinador).

Para los de Roma: ¿quién puede hospedar a alguien en su casa?

Yo tengo sitio para una persona...

Estoy impaciente por volver a oír el grito de guerra de nuestra clase... y por decir un montón de chorradas delante de un buen plato de pasta a la carbonara...

Hasta pronto,

Gigi

¿El grito de guerra? Leyendo este mensaje eufórico pensé: pero ¿cuándo, Regazzoni, hemos dicho tú y yo un montón de chorradas delante de un plato de carbonara? Empecé a dudar de que su iniciativa tuviera éxito.

7 de septiembre de 2012

Hola, chicos:

Me gustaría concretar una fecha para nuestra «pizza»; os propongo elegir entre estos dos días: el viernes 25 o el sábado 26 de septiembre. Los que no viven en Roma que me hagan saber si pueden (y quieren) venir en una de esas dos fechas... si no, que propongan otro día.

Gracias, hasta la próxima,

Gigi

19 de septiembre

Hola a todos:

No habiendo recibido respuesta de [seguía una lista de diecinueve nombres en orden alfabético, empezando inevitablemente por el mío y con el de Arbus a continuación] queda anulada la cena del 25 o 26 septiembre...

Lo intento de nuevo proponiendo una fecha de finales de octubre, a ver si todo el mundo lee el correo.

Propongo el 31 de octubre, un sábado.

Agradecería que me respondierais, aunque sea para decir que no, y que sea lo que Dios quiera...

(Aconsejo a los que sí han respondido que esperen a que quienes no lo han hecho se manifiesten... ya sé que vendréis...)

Hasta pronto (eso espero),

Gigi

Pero pocos compañeros respondieron a estos llamamientos posteriores: seguían siendo los mismos, nadie nuevo se añadía a la lista a pesar de la buena voluntad del organizador. Regazzoni había dividido en cuatro columnas la antigua lista de clase: Los que asisten a la cena, Los que no pueden asistir, Los que ni siquiera han respondido, Los que no han sido localizados. De manera provisional, ocho asistirían, siete no podían, doce no habían respondido y los demás no eran localizables. Yo formaba parte de la tercera categoría, con una actitud algo desdeñosa, algo deprimida y preocupada, riéndome un poco para mis adentros, avergonzándome un poco de lo cabrón que era con mis antiguos compañeros de clase. Me hubiera gustado verles en grupos de dos o tres, pero todos a la vez... ¡No! Pensé en los chicos de los que solo recordaba el apellido, aunque no sus nombres de pila porque los profesores nos nombraban únicamente por el apellido cuando pasaban lista y entre nosotros teníamos la costumbre de hacer lo mismo..., como mucho recordaba el número que cada uno llevaba en la espalda cuando jugábamos al fútbol. El colegio es así: un destino, una vocación, una lista de apellidos diferentes, mientras que los nombres propios solían repetirse: cuántos Marco, cuántos Fabio, cuántos Francesco..., pero un solo Gedeone.

Regazzoni dejó de soñar con la unanimidad y se contentó con reunir a los más voluntariosos. Para incrementar el número, intentó que participaran los chicos con quienes habíamos cursado primaria o bachillerato elemental, incluso los que solo habían estado un año en el colegio. Yo leía sus correos, en los que se esforzaba para reunirnos, con ruindad, sin responder a los mensajes que seguía recibiendo, observando fríamente desde fuera como si Regazzoni fuera un gusano patas arriba que intenta ponerse de pie, listo para intervenir, pero sin mover un dedo, para ver si lo lograba él solo..., un entomólogo algo villano, en definitiva.

En el mensaje del 15 de octubre, Gigi nos decía que había recibido doce respuestas afirmativas (incluida la suya), más cinco «casi seguras» y dos «probables»; que había tres que todavía no habían respondido (entre esos estaba yo) y cinco que sin duda no acudirían. Entre ellos había uno que trabajaba en Zúrich, Galeno De Matteis, y otro que había huido a Costa Rica. No creo que Regazzoni hubiera hablado personalmente con él, pero al menos se había dado cuenta de que es bastante difícil que un fugitivo vuelva para una cena de clase. El mensaje acababa del siguiente modo:

> Me gustaría que alguno de los que vivís cerca del SLM buscara un restaurante cualquiera, en las inmediaciones para poder ir a pie, a ser posible, y que reservara para unas veinte personas... Espero vuestras noticias...

El correo del 19 de octubre contenía una noticia impresionante.

> Hola a todos: He logrado hablar con Arbus, ya tiene los billetes de avión para reunirse con nosotros ese día...

Y, en efecto, se celebró una cena en una *trattoria* del Corso Trieste. Acudieron pocas personas. Arbus no apareció. No tenía ningún billete de avión reservado. Además, ¿desde dónde? Este fue el comentario de Gigi después del encuentro:

> *2 de noviembre*
> Hola a todos. Me uno a los compañeros que han escrito para agradecer nuestra agradable velada... estoy un poco desilusionado porque esperaba que viniera más gente...
> Por lo que respecta a los años... creo que no podemos quejarnos, estáis todos en perfecta forma (¡somos cincuentones, no viejos de ochenta años, joder!)
> He puesto aquí http://www.amilcarecenterforsafety.com (no os fijéis en el nombre, es un sitio gratuito que tengo, Amilcare era mi abuelo) las fotos que hice, y estoy esperando que Modiano y Kraus me envíen las suyas (¡enviadme unos diez MB al día, comprimid en un solo fichero!)

Fui a curiosear en las fotos. Seguramente las había sacado un camarero con el móvil de Regazzoni. Conté seis hombres alrededor de una mesa en un comedor que debía de estar poco iluminado porque el flash se había disparado automáticamente, convirtiendo a los comensales en espectros alucinados. Si Regazzoni no hubiera escrito la lista de participantes en el correo, me habría costado reconocer a algunos de ellos. Durante los días siguientes volví a curiosear en el sitio, pero nadie había añadido fotos. El correo de Regazzoni proseguía así:

> Por lo que respecta a mi pequeña «desilusión», he decidido que vamos a intentarlo de nuevo el año que viene, el segundo domingo de abril, a la hora de comer, en mi casa o en la de Gedeone Barnetta, que ha puesto su casa a disposición...
> Para todos los gilipollas que no habéis venido... tenéis cinco meses para organizaros, intentad estar libres para esa fecha... Pilu ha dicho que vendrá con la «cuidadora» de veintiséis años...
> Matteoli, si nos estás leyendo..., ¡manifiéstate!
> [Matteoli ha huido a Centroamérica.]
> Si mientras tanto localizáis a alguien que también acabara el bachillerato en el 75, mejor... cuantos más seamos, más nos divertiremos...
> Un abrazo a todos, Gigi
> P. D. Me olvidaba de algo: para los que seguís viviendo en Roma y seguís haciendo deporte, estoy en un equipo aficionado de voleibol que juega los lunes y los jueves a las ocho de la noche en Sant'Agnese y estamos buscando gente... no es obligatorio participar dos veces por semana... de todas formas, si alguien tiene ganas, que venga y ya veremos.

El 26 de noviembre llega lo que en jerga se define como un *reminder*.

> ¡Eh, no me habéis enviado una sola foto!
> Crasta me ha mandado dos, pero estaban desenfocadas...
> Os recuerdo que las podéis enviar a: http://www.amilcarecenterforsafety.com
> Hasta la próxima, G.

2 de marzo de 2013

Hola chicos. Quiero recordaros que con ocasión de la cena de hace unos meses decidimos organizar otra reunión el segundo domingo de abril, 11/4/2013, en casa (casi seguramente) de Barnetta en Casal Palocco. Esta vez con familias, para quienes quieran o puedan... así nadie podrá poner la excusa de que tiene hijos pequeños porque también estarán sus mujeres para ocuparse de ellos...

Esta vez también os aviso con antelación, esperando una mayor participación... ¡¡¡organizaos, no quiero oír más excusas!!! Si a alguien no le apetece ver a sus antiguos compañeros que me escriba para mandarme a tomar por culo, ¡¡¡pero explícitamente!!!

He puesto las fotos que hice en http://gigiregazzoni.xoom.it porque el otro sitio desapareció de un día para otro...

En cualquier caso, esos dos gilipollas de Pilu y Crasta no han sido capaces ni siquiera de ponerlas en un CD y enviármelas por correo... porque de lo de transferirlas por internet... bueno... ni hablar...

Saludos a todos,

G.

P. D. ¿Habéis localizado a alguien más? Además querría saber si (una vez establecida la fecha) puedo invitar al director, del que tengo el correo... No creo que a nadie le moleste, ¿no?

11 de marzo de 2013

Hola a todos:

Propongo un cambio de fecha para el 16 de mayo... (entre otras cosas, D'Avenia no podía venir ese día).

Ahora tenemos más tiempo por delante... Ruego encarecidamente a quien no tuve ocasión de ver el 30 de octubre que se organice para poder participar en esta segunda reunión (con o sin familia).

13 de abril de 2013

Hola a todos:

Estoy esperando que me confirméis vuestra presencia en casa de Barnetta el domingo 16 de mayo, a eso de las diez de la mañana... (y la dirección, Gedeone), sobre todo por parte de:

Albinati, Edoardo
Casorati, Francesco
Giuramento, Alessio

Iannello, Riccardo
Lodoli, Marco
Rummo, Gioacchino
Sdobba, Enrico

Y todos los que no pudieron venir la vez pasada... Ya que tendremos que pedir un cathering *[sic]*. A no ser que decidamos que cada uno se traiga su bocadillo :-)

Tendríamos que saber cuántos seremos, ya que esta vez también contamos con nuestras familias... No me gustaría tirar el dinero y la comida...

Y también si habéis localizado a alguien más... Puede que yo logre hablar con Pierfrancesco Blasi y D'Aquino, pero no encuentro a Marco Morricone...

Un abrazo a todos

El correo que envió el 20 de abril traslucía una ligera desesperación.

Estaba seguro de que todos estaban de acuerdo en cambiar la fecha del domingo 16 al sábado 15... pero ha habido pocas respuestas y la mayor parte para decir que no podían venir... quien todavía no ha respondido, que diga algo...

También querría saber si alguien ha logrado localizar a más EX, y no solo del último año...

Hasta pronto,

Gigi

A estas alturas de la extenuante negociación, aparece Sandro Eleuteri.

Queridos chicos:

Un par de cosas:

1) ORGANIZACIÓN: propongo algo un poco (poco) más laborioso, pero + cálido. Una party en la que cada uno de nosotros aporte algo cocinado, formando 4 grupos:

– PRIMEROS PLATOS (pasta al horno, ensalada de arroz, de pollo, etcétera)

— SEGUNDOS/GUARNICIÓN (ensaladas, timbales de verduras, tortillas, etcétera)
— PASTELES/HELADOS
— VINO

Todo ya hecho. Quien pone la casa a disposición no hace nada, solo se encarga de los platos/vasos/servilletas de papel.

Según mi experiencia... se come, se bebe y se ríe mucho con este tipo de party.

2) FECHA: no sé si os habéis dado cuenta, pero el domingo 16 a las 15.00 es el último partido de la liga. No sé hasta qué punto os interesa, pero perdérselo sería una pena, dada la situación. ¿No podríamos quedar el sábado 15? ¿Quién viene visto el escaso entusiasmo?

Chao,

SANDRO

Entonces interviene Gedeone Barnetta:

Queridos amigos:

Tengo una propuesta algo diferente, pero creo que un poco más «adecuada» a las necesidades de todos, para el 15 de mayo.

Cerca de mi casa hay un buen restaurante, se llama El Gnocco Traditore, y se come muy bien (carne, es famoso por los bistecs hechos sobre piedra volcánica, y pescado) y el precio es razonable (30-35 euros como máximo).

Podríamos hacer lo siguiente: nos encontramos a las 13 en el restaurante, después vamos a mi casa, y por la noche (para quien quiera quedarse) hacemos una espaguetada (¡con guarnición!).

De esta manera evitaríamos el problema de saber cuántos somos exactamente para el catering (pero Gigi, ¡¿cómo se te ha ocurrido lo de los bocadillos!?) y el tráfico de la Cristoforo Colombo. Además, así contentamos a quienes quieran dormir hasta más tarde (no es mi caso, yo duermo 4-5 horas como mucho).

¿Qué os parece? Si estáis de acuerdo, me basta con saber una semana antes el número aproximado de participantes para reservar la sala del restaurante. Si queréis podemos pedir un menú a precio fijo, pero yo creo que no hace falta. Os garantizo que en el Gnoco se come bien.

Para acabar, un aviso importante para los señores que han hecho y publicado la foto en la que uno de ellos me hace los cuernos: he impreso vuestras fotos y se las he mostrado a mi perro Frisk, conque en mayo os reconocerá perfectamente y actuará en consecuencia.

Ya me diréis, un saludo afectuoso a todos vosotros,

GEDEONE

El siguiente correo de Regazzoni tiene un tono preocupado y desencantado.

9 de mayo de 2013

Hola, chicos. Resumamos y concretemos:

Hemos trasladado el encuentro al próximo sábado (15 de mayo) en casa de Gedeone Barnetta, que tiene que decirnos la dirección y la hora...

Han dicho que sí... [sigue la lista de nombres, que consta de nueve participantes, incluido Regazzoni].

Sanson y el Lirón estaban de acuerdo para el 16, espero que también les vaya bien el 15, D'Avenia no podía el 16, así que espero que venga el 15...

Ferrazza, Zipoli y Rummo no han dicho nada, pero espero que vengan...

Albinati, Arbus, Lodoli, Sdobba y Zarattini no han dado noticias... pero espero ver al menos a un par de ellos...

Os recuerdo a todos que también están invitadas las familias (esposas e hijos, a los demás parientes dejadlos en casa :-))

El director os manda un saludo y agradece la invitación, pero no podrá venir porque ¡¡¡tiene demasiados achaques!!!

Lo del menú es un follón, intentaré organizarlo yo:

Barnetta: bebidas

Crasta, Busoni, Regazzoni: primeros platos

Scarnicchi, D'Avenia, Zarattini, Zipoli: segundos platos

Lorco, Modiano, De Matteis: guarnición

Ferrazza, Puca, Iannello: postres

Para cambios, haced lo que os dé la gana...

A los demás, a los que no he nombrado porque creo que no van a venir: me gustaría que me desmintierais y que trajerais lo que queráis...

En cuanto a las porciones, no las haría excesivamente grandes, de lo contrario nos encontraremos con toneladas de comida... Si alguien tiene ideas mejores, que lo diga... ¡¡¡HASTA EL SÁBADO!!!

11 de mayo

Queridos amigos:
Anulo el encuentro del sábado 15 porque las ausencias son superiores a las presencias. Están casi seguros de que no pueden venir: Busoni, Crasta, D'Avenia, Izzo, Lodoli, Scarnicchi.
No han respondido: Albinati, Arbus, Ferrazza (después de haber cambiado del 16 al 15) y Rummo...
... de todas formas, yo voy a Casal Palocco para comer con Barnetta, a la trattoria Il Gnocco Traditore, si alguien quiere participar será bienvenido.
Os enviaré la dirección exacta del restaurante (o la buscáis en internet) y la hora a la que quedamos con Gedeone, a menos que le vuelva a funcionar internet y lo haga él mismo...
Para el futuro, dadas las dificultades encontradas y, en algunos casos, la poca costumbre de usar el correo, propongo que fijemos una fecha anual para que quien pueda o quiera se lo programe.
Mi propuesta es el primer sábado de octubre, cuando el tiempo y la hora oficial deberían facilitar que nos viéramos incluso por la tarde... ya nos pondremos de acuerdo... agradecería, sobre todo a los ausentes de esta reunión anulada y de la precedente, posibles propuestas, siempre y cuando tengan ganas de participar...
Eso es todo por ahora.
Un saludo,

Gigi

Sucedió lo que era fácil de intuir: la insistencia de los mensajes de Regazzoni no surtió el efecto deseado, es más, las deserciones aumentaron. En su correo del 14 de septiembre de 2013, el tono aparentemente desenfadado oculta una pena sincera. Leyéndolo pensé en Chiodi y en Jervi, que ya no estaban entre nosotros.

Hola, chicos. Os recuerdo que habíamos prometido que nos veríamos el primer sábado de octubre... Propongo a las 21.00 delante del SLM...

(Regazzoni escribe otra vez de esa manera el nombre de nuestro colegio, con el acrónimo, como yo he hecho a lo largo de este libro...)

> Los que no vinieron a la reunión precedente, que se lo apunten en la agenda o que se pongan la alarma en el móvil..., o que se aten un hilo en la polla...
> ¡A ver si encontráis el modo de sacar tres horas libres ese sábado..., y si no os da la real gana..., mandadme a tomar por culo!
> Un abrazo,
>
> Gigi Regazzoni

Regazzoni firma el correo con nombre y apellido. Un lapsus significativo. Además, la desacertada broma, que nos atemos «un hilo en la polla», indica que ha firmado su rendición sin darse cuenta. Nunca fue un bromista, y el hecho de que intente hacerse el gracioso ahora, a los cincuenta y siete años en un mensaje electrónico, deja suponer que ya no sabe qué decir. Tres días después, el 17 de septiembre, se ve obligado a escribirnos de nuevo.

> RECAPITULANDO
> Segunda reunión consecutiva anulada
> Yo me retiro como coordinador
> Quien tenga ganas de serlo, que lo diga y proponga nuevas fechas
> Un abrazo para todos
> Regazzoni

No ha vuelto a dar señales de vida.

Un detalle importante: al ordenar esta correspondencia sin papel y unilateral, me he visto obligado a usar un solo color, fuente y estilo, pero los correos originales de Regazzoni estaban escritos en diferentes colores y alternaban fuentes distintas. No sé explicar el porqué de esta extravagancia. En efecto, usó:
Arial Narrow cursiva verde y negrita azul
Times New Roman negrita y cursiva azul, verde y azul cielo

Consolas tamaño 10.5
Verdana 13.5 verde musgo y azul

El correo del 2 de marzo de 2013 está escrito en Arial 12 verde mustio, negrita cursiva; el 11 de marzo —puede que a causa del desencanto— vuelve a una Consolas en negro, todo en minúsculas; del 13 de abril en adelante usará una Consolas en negro, a excepción del 9 de mayo (Arial 12 azul) y del 11 de mayo (minúsculas en azul y rojo, mayúsculas en verde).

15*

Aquí concluye 2015. Miles de personas han muerto ahogadas al intentar atravesar el Egeo. Ahora, en invierno, la mar gruesa hace los viajes más peligrosos. Los refugiados cruzan Europa en masa. Un día los rechazan y al siguiente los acogen. Han decapitado a un anciano arqueólogo y colgado su cuerpo en una columna antigua. El Lazio no ha logrado clasificarse para la Liga de Campeones; un equipo alemán, cuyo nombre va unido al inventor de la aspirina, lo eliminó en la fase de clasificación. A pesar de su gran experiencia y de sus contactos en el Catastro, el arquitecto técnico que contraté, Rocchi, todavía no ha encontrado la manera de liberarme de los dos metros cuadrados que po-

---

* La omisión del capítulo 14, deliberada y autorizada por el autor, responde a la imposibilidad de traducir su breve contenido, dedicado a expresiones, cantilenas y juegos de palabras propios de la década de 1970 que han caído en completo desuso y que carecen de correspondencia en nuestro idioma. El mismo autor nos ofrece en ese capítulo omitido una cantilena en castellano macarrónico (con la música del aria de Carmen) que ilustra a la perfección dicha imposibilidad de traducción: «*Le currieron detrás. / Le currieron detrás. / Le pusieron un palo en el culo... / Ai que dolor! Pobre señor! / No se lo pudiera sacar!*». (N. del E.)

seo, a mi pesar, en un patio de Talenti. Estas son las malas noticias, pero también ha habido algunas buenas. Seguro que las ha habido, pero ahora no se me ocurre ninguna. Es Navidad. Estoy en la misa del gallo en el SLM. Al final lo he logrado. El padre Salari está oficiándola.

Cada vez está más viejo y jorobado, pero es fuerte por naturaleza. Su vivacidad es admirable. Puede que además de anciano, esté enfermo, pero lleva su cruz con gran dignidad, como hicieron los últimos pontífices ancianos y achacosos —y como hace el actual Papa, que está mucho peor de lo que parece—, limitándose a esbozar una mueca casi imperceptible para disimular el esfuerzo que hace volviéndose hacia el altar y trajinando con los utensilios de la misa y con el atril, haciendo ademán de arrodillarse con una leve inclinación de la cabeza. El padre Salari está tan cansado y rígido que parece que vaya a romperse en dos de un momento a otro. Sus palabras también se han vuelto rígidas, la sintaxis que las mantiene unidas da la impresión de que esté a punto de desvanecerse, son el producto de una mente que se ha secado, como sus labios.

«No solo nunca llegaríamos a conocer a Dios si no fuera por Jesucristo, sino que tampoco nos conoceríamos a nosotros mismos. El hombre solo existe desde la llegada de Jesús, el hombre individual solo cuenta y es digno de atención desde Él. Todos. Antes de Jesús nadie se ocupaba de su prójimo, y mucho menos de sí mismo, de su propia interioridad, que solo era un agujero repugnante. En eso radica la inhumanidad heroica del pasado. No ocuparse del hombre. Yo os digo que sin Jesús el mundo sería un infierno. Alguien podría decirme: "¡En efecto, lo es!". Y yo le respondería: "¡Amigo mío, no seas blasfemo! El infierno es otra cosa, aquí solo tenemos ejemplos pálidos y pasajeros..., imitaciones..., miniaturas..."»

Por una vez, presté seriamente atención a lo que alguien me decía, poniendo los cinco sentidos. Aquella noche el padre Salari estaba inspirado.

> Puesto que todo en el hombre es discutible, cuando tiene la pretensión de hacer valer algo desconfían de él. Por eso, para demostrar que es mejor

que los demás, recurre a los ajuares, a los atavíos, a los palacios, a sus antepasados... Si yendo por la calle veo a un hombre que se asoma a una ventana, ¿debo suponer que lo hace para mirarme?

Nunca podríamos llegar a entender algo si antes, como condición necesaria, no fuera incomprensible. Comprender es un proceso, un cambio de estado. La verdad debe estar oculta para poder revelarse. Hay que ignorar para comprender. Es más: solo lo misterioso se vuelve en cierta medida inteligible.

Yo comprendía y no comprendía. Veía y no veía. Aquella noche en el SLM, los fieles que participaban en la misa no eran extraños para mí, no los percibía como diferentes. Y eso que no conocía a nadie. Seguramente entre ellos había algún antiguo compañero de colegio.

Me puse a observar a todos los presentes en busca de caras conocidas. No habría sido capaz de darles un nombre. Chavales de hace cuarenta años, que crecieron y se han convertido en hombres maduros. Pero entre ellos había uno que llamaba la atención. Respondía en voz alta y clara a las invocaciones rituales que el padre Salari pronunciaba por el micrófono. No murmuraba, sino que replicaba de manera directa, con fe, por decirlo de algún modo. Se notaba que aquellas palabras tenían para él un significado real, que no eran una cantilena que se repite mecánicamente. Las habría pronunciado en cualquier caso, aunque no hubieran estado escritas en el opúsculo o el misal. Aquellas palabras estaban destinadas a producir un efecto concreto. La oración, en definitiva, tiene ese objetivo.

Lo observé con más detenimiento. Era un hombre corpulento con el cabello blanco y la tez translúcida, una especie de anciano sueco, bien plantado, digno, como los que forman parte del público en la obertura de *La flauta mágica* de la película de Bergman. Creí reconocer a Ezequiele Rummo, el hermano mayor de mi compañero Gioacchino. Hacía años que no le veía. Sabía que su pequeña editorial había cerrado hacía tiempo, no podía afrontar los gastos. Su autora puntera, que escribía historias ambientadas en Cerdeña, había dejado de vender de un día para otro y cambiado de editor, pasando a uno muy comercial que le aseguraba anticipos sustanciosos y campañas publicitarias, pero no había logrado replicar el éxito del principio. Sentado al lado de Ezequiele, que a mí me parecía un anciano, había un anciano de verdad, reseco, pero con el hermoso cabello plateado y gafas redondas de concha. Solo Le Corbusier habría podido ponerse unas gafas así, pensé, sin parecer una copia del arquitecto. Pero casi inmediatamente me arrepentí de esta observación maliciosa. A su lado había dos jóvenes muy guapos que se parecían a su abuelo de manera impresionante, el chico tendría unos treinta años, la chica era más joven y llevaba un niño en los brazos cuya cabeza, cubierta de un cabello tan rubio que parecía blanco, era maravillosa, perfecta. Podían ser hermanos, o marido y mujer, y el pequeño su hijo, o bien un hermanito nacido de un segundo matrimonio de Ezequiele. La marca de los Rummo era tan fuerte que podía incluso ejercer su influencia en los cónyuges, o quizá estos se elegían porque se parecían a los miembros de aquella familia, pues los Rummo se casaban con personas de su misma raza: rubios, altos, católicos y altruistas. Así pues, la mujer rubia que cerraba la fila de los Rummo en la misa del gallo podía ser la mujer de Ezequiele, o una de las hermanas —Elisabetta o Rachele—, o incluso una hija mayor de él, pero era imposible saberlo porque mientras los demás se sentaban, ella permanecía de rodillas y con la cara oculta entre las manos. Llevaba un abrigo rojo corto por cuyas mangas asomaban los dedos largos y pálidos. Pensé una tontería, sí, una verdadera tontería. Puede que la razón por la que dejé de ir a misa de chaval fuera porque mientras se celebraba no lograba mantener a raya el impresionante número de pensamientos que no tenían nada que ver con el rito, algunos tontos, otros vergonzosos, pecaminosos, y otros sencillamente graciosos.

 Pensé que me hubiera gustado, que habría tenido una suerte que no me merecía, si al entrar en la iglesia del SLM me hubiera sentado por casualidad al lado de la mujer del abrigo rojo, porque en el momento de darnos la paz, después del padrenuestro, le habría estrechado la mano. La habría mantenido entre las mías por un instante, se la habría calentado, pues seguramente las tenía frías. Le habría deseado la paz. Y al ser el último de fila, no le habría dado la mano a nadie más. Solo a ella. Sentí una punzada de dolor porque no había sido así. Y a esas alturas ya no podía cambiarme de sitio y unirme a la fila de los Rummo, obligándolos a apretujarse para hacerme sitio, mientras Ezequiele replicaba al padre Salari, que había exhortado a sus parroquianos con el «Levantemos el corazón»:

—LO TENEMOS LEVANTADO HACIA EL SEÑOR.

—Demos gracias al Señor, nuestro Dios.

—ES JUSTO Y NECESARIO.

—En verdad es justo y necesario, es nuestro deber y salvación darte gracias, Padre santo, siempre y en todo lugar...

Y era verdad en el caso de Ezequiele: su corazón estaba alzado hacia el Señor, como lo estaba el viejo pero sincero corazón de su padre, el arquitecto Davide Rummo. Al final la mujer del abrigo rojo se quitó las manos de la cara y pude ver que era una anciana, como el arquitecto, que era, en efecto, el otro arquitecto, su mujer, Eleonora, la madre de Ezequiele, de Gioacchino y de aquella camada de niños que ahora ya habían cumplido los cincuenta. Todos menos una. Imaginé que Eleonora rezaba por el recuerdo lejano de Giaele. Sus manos exangües, que me habría gustado estrechar, eran las de una anciana de rostro consumido. Tenía los ojos enrojecidos, abstraídos. Me conmoví al verla.

Pues sí, ya querría yo tener la fuerza de aquella familia entera para doblar la voluntad divina con mis oraciones. Restaurar la felicidad perdida. Renovar el juramento. Y obtener un perdón fácil por haber deseado a la mujer de otro, aun cuando se trataba solo de tocarle una mano durante una ceremonia religiosa. Ya me había pasado en algunos funerales: me distraía buscando a la mujer más atractiva de entre las presentes, a aquella a quien las lágrimas le favorecían más. En vez de pensar en la persona fallecida, de sentir pena por ella, hacía clasificaciones, como en un concurso de belleza. Belleza + dolor, fórmula irresistible. Un cura como el padre Salari estaba seguramente al corriente de las distracciones que pasan por la mente de los feligreses. ¿Las condenaba? ¿Las perdonaba con los demás pecados? ¿Enseñaba la manera de dominarlas o las aceptaba porque había entendido que es normal huir de la muerte amparándose en pensamientos suaves, placenteros, sensuales y vitales —tocar, besar—, u observando a los que tenemos alrededor?

Antaño había que reprimir este tipo de cosas. Pero ¿ahora?

Recuerdo que antes de que dejara de ir a misa la frase que más me gustaba era «Kyrie eleison».

Kyrie eleison...
Christe eleison...
Kyrie eleison...

Me atraía cómo sonaba.

Cuando empezó a decirse «Señor ten piedad» y «Cristo ten piedad», la letanía perdió su encanto. Al entender su significado se convirtió en algo quejumbroso. Después me perdí y no hubo palabra griega capaz de hacerme volver atrás.

«Yo confieso ante Dios todopoderoso y ante vosotros, hermanos, que he pecado mucho de pensamiento, palabra, obra y omisión..., por mi culpa, por mi culpa, por mi gran culpa.»

Incluso después de que el Confiteor se tradujera, de niño me gustaba darme tres golpes en el pecho mientras pronunciaba «culpa, culpa, culpa». Era un gesto teatral. No me sentía culpable en absoluto, pero me daba fuerte con el puño apretado, culpa, culpa, culpa, hasta sentir verdadero dolor, por una culpa de verdad. No necesitaba saber cuál. La confesión auténtica va más allá de los pecados específicos: a veces le toca a uno y otras a otro, ¿qué más da?

No sé qué es peor, si creer y descubrir que has creído en vano —lo cual, en verdad, es imposible, pues si después de la vida nos espera la nada, tampoco tendremos conciencia para saber que estábamos equivocados o que teníamos razón—, o no creer, y descubrir al final que es demasiado tarde porque Él existe.

16

Era una de esas semanas blancas que el SLM organizaba en los Dolomitas, en Lavarone. Recuerdo un árbol macizo y deforme fuera del pueblo, por el lado de la montaña, del que creo haber hablado en otra ocasión. Aparte de esquiar, deporte que nunca me ha gustado y para el que no he tenido una especial habilidad —solo sabía girar en un sentido—, recuerdo con placer o estremecimiento apasionados torneos de ping-pong, los goles en la nieve recién caída, las proyecciones nocturnas de películas edificantes (creo que ya he dicho que *Marcelino pan y vino* nos ponía, a mí y a otros niños excitados, al borde de una crisis de nervios, como si fuera una película de terror, que, en efecto, es lo que era: terror católico), recuerdo el refectorio concurrido y festivo, y las mejillas enrojecidas, las botas de piel de foca, la tos. La víspera de la competición, los mayores y los mejores —yo no estaba entre ellos, pero asistía fascinado como si me hallara en el gabinete del doctor Fausto— aplicaban y volvían a aplicar la cera sobre los esquís con las puntas hacia arriba, en el depósito grande y tenebroso que había en el sótano del hotel. Las caras encendidas por el frío y las llamas con que se calentaban los bloques de cera. Recuerdo los tiernos cuidados dedicados a los Kneissl, Rossignol, Atomic, Volkl y Head. Guardo memoria muy concreta de algunos detalles y otra imprecisa de todo lo demás.

Cuando las vacaciones de invierno estaban a punto de acabar —faltaban un par de días para volver a casa—, tuve fiebre. Es un clásico que los chavales enfermen en los viajes, lejos de casa. «Esperemos que no se ponga malo», dicen los padres antes de que su hijo se vaya de campamento, a una granja donde se aprende a montar a caballo, al centro del WWF, a un viaje cultural o a la escuela de tenis en los Apeninos. Nunca he comprendido si esta facilidad para ponerse enfermo depende de la emoción, del miedo a la novedad, o del cambio de costumbres, de clima, de alimentación, de vida..., de la excitación por hacer algo distinto a lo habitual. Los niños son criaturas rutinarias, mucho más que los ancianos. Las enfermedades clásicas: gripe o bronquitis. Puede que me enfriara al rodar innumerables veces por la nieve y recuerdo que al volver al hotel me dejé caer en la cama aún mojado y me dormí al instante. Cuando desperté para cenar me dolía la espalda, las piernas y todos los huesos, temblaba. No probé bocado, ni siquiera la sopa.

—Te brillan los ojos —me dijo uno de los curas—. Déjame ver. —Y me puso una mano en la frente.

Tenía las manos grandes.

—¡Dios mío, estás ardiendo!

Este cura no era del SLM, venía de otro colegio religioso de Italia, pero aunque no fuera profesor nuestro, a aquellas alturas lo conocíamos muy bien porque había estado con nosotros desde el primer día de las vacaciones en Lavarone. Ya se encontraba allí cuando llegamos en autocar desde Roma. Era amable, simpático, se reía a menudo, bromeaba mucho, pero todo el mundo lo respetaba. Tenía pecas y el pelo ralo, fino y rubio, y llevaba gafas sin montura, de esas cuyos cristales no entiendes cómo se aguantan. Era el padre Marenzio. Nunca supe si se trataba del supervisor o qué papel cumplía exactamente. Lo que estaba claro es que su opinión contaba en la organización de la semana blanca: decidía muchas cosas, de la tabla del torneo de ping-pong a la gestión del armario de las medicinas y los licores, y era él quien daba siempre la salida en las competiciones con cronómetro, que habíamos estado practicando durante los días anteriores para entrenarnos de cara a la final. Yo me había caído a mitad del descenso, a causa del problema que tenía a la hora de girar a la derecha, así que no me había podido cronometrar. En cualquier caso, no iba a participar.

—Es mejor que vayas arriba inmediatamente, no te canses más —dijo el padre Marenzio, y a una señal suya me levanté de la larga mesa de refectorio.

Algunos compañeros me saludaron. Arbus no estaba, nunca le dejaban venir a la semana blanca. «Ven», me dijo el cura ofreciéndome su mano grande, que engulló la mía, y nos encaminamos por el largo pasillo que cruzaba todo el hotel como un túnel, hasta el final, donde estaba la pequeña habitación con el armario de primeros auxilios, que era de cristal y madera, y se hallaba cerrado con un candado cuyo arco era estrecho y largo —estos son los detalles imborrables que recuerdo: los cristales con visillos para esconder los frascos de medicinas, ese candado largo que pasaba a través de cuatro anillas—. Encontró un termómetro y lo sacudió varias veces. Mientras tanto, me había dicho que me sentara en un banco.

—Tómate la temperatura.

Cogí el termómetro y aparté el escote del jersey y el cuello de la camisa con la intención de ponérmelo en la axila cuando Marenzio negó con la cabeza.

—No, ahí no.

Extraje inmediatamente la varilla fina de cristal y me quedé parado. Un escalofrío de fiebre recorrió mi espalda y tuve miedo de que el termómetro se me cayera. Tenía la boca seca.

Marenzio me señaló la ingle.

—Es mejor ahí —dijo—. El resultado es más seguro.

No sé qué cara puse, pero el cura se echó a reír y me quitó el termómetro de las manos.

—No hay de qué avergonzarse. Estás enfermo y tenemos que saber cuánta fiebre tienes. Me pondré de espaldas, ¿vale?

Se dio la vuelta y se puso a mirar una imagen del beato fundador, que colgaba encima del escritorio y tenía una ramita de olivo en el marco. Mantenía sus grandes manos pecosas unidas por detrás de la espalda, un poco por debajo de la faja que aprieta la sotana, dando golpecitos con los dedos en la palma.

—¿Listo? —Y me acercó el termómetro con la punta de los dedos—. Pero no estés una hora, ¿eh? —Y volvió a reírse.

Me desaboroné deprisa y me puse el termómetro recto en el pliegue entre los calzoncillos y un muslo. Estaba muy caliente y sudado.

Me subí los pantalones y él se volvió para mirarme.

—Muy bien, dentro de cinco minutos sabremos cuánto te ha subido.

Alargó una mano para acariciarme la cara. Me parecía fresca, su mano, y grande. Acabó la caricia recolocándome unos mechones de pelo tras las orejas.

—Ya va siendo hora..., ¿eh? —Y con dos dedos hizo el gesto de las tijeras—. ¡Zas!

Tenía treinta y nueve y medio. Volví a abrir los ojos hinchados. Estaba en pijama, tumbado, en la habitación que compartía con otros cinco compañeros. El padre Marenzio se hallaba sentado a los pies de mi cama. Me miraba sonriendo con una mano apoyada en el borde.

—¿Qué hacemos? —dijo.

Yo esbocé una media sonrisa como de disculpa. Un niño que se pone enfermo en la montaña es un problema. No recordaba que me hubiera dado ninguna medicina. No tenía tos ni dolor de estómago, solo fiebre. Pero me había preparado una infusión. Recuerdo que me la bebí a la fuerza, que el cura levantaba la taza y que yo bebía a pequeños sorbos para no atragantarme. Estaba hirviendo y olía a hierbas podridas. Las otras cinco camas a mi alrededor se hallaban vacías. Mis compañeros seguían abajo, jugando o viendo la típica película en blanco y negro sobre una heroica hazaña de montaña, o *Los diez mandamientos*. El padre Marenzio había encendido solo el pequeño globo de encima del lavabo. Su cara estaba a contraluz, en la penumbra, pero podía distinguir su sonrisa, y de vez en cuando veía cómo brillaban los cristales de las gafas. Oía su voz, pero lejana, como atenuada.

—Pon las manos encima de las mantas...

Las saqué. Estaban húmedas porque las tenía puestas en la ingle hirviendo, dentro de los pantalones del pijama, para protegerme.

—Muy bien..., así..., buen chico...

Puede que el padre Marenzio dijera otros «buen chico», pero me sonaron más débiles. Me había cogido una mano.

No sé por qué en ese momento pensé que las barbas y los cabellos de Moisés debían de haberse vuelto blancos y haber crecido desproporcionadamente, y que él nunca llegaría a la tierra prometida: la vería de lejos y moriría.

—Tienes mucha fiebre —dijo el padre Marenzio sujetándome la muñeca—, pero no te preocupes.

—Gracias —le dije, pues mi madre me había enseñado a dar siempre las gracias.

—Pero mañana ya se te habrá pasado, ya lo verás.

Miró el reloj de pulsera, y los cristales y los finos cabellos rubios, que se elevaban de su cráneo rosado, brillaron.

—Oye, tus compañeros están a punto de llegar. Tendrán que encender la luz y montarán jaleo y te molestarán.

En verdad, en ese momento ya no me dolía prácticamente nada y la fiebre alta me tenía postrado en un estado de ánimo pasivo, pero no desagradable. La cama volvía a ser blanda. Dentro de poco subirían Barnetta, Zarattini y los demás. Y sobre todo, Stefano Jervi, que ocupaba la cama contigua; tenía ganas de verlo antes de dormirme, de que me contara con su acostumbrada arrogancia sus planes para ganar el eslalon. Era un pequeño campeón. Tenía unos esquís nuevos, amarillos, atravesados por un rayo de color morado, y unas botas formidables, con ganchos que se cerraban con un clic, al contrario de los míos, que había que atar laboriosamente.

—Me gustaría ver a mis compañeros —le murmuré al padre Marenzio, pasándome la lengua por los labios secos.

Fue hasta el lavabo, enjuagó el vaso, lo llenó de agua del grifo y me lo trajo.

—Bebe. —Dijo que tenía que beber mucho—. No es una buena idea. Podrías contagiarle la gripe a todos. —Rio sin hacer ruido—. ¡Y mañana tendríamos a seis chicos enfermos en la cama en vez de a uno solo!

El padre Marenzio era alto y corpulento y me llevaba en brazos sin ninguna dificultad. Me colgué de su cuello y apoyé la cabeza en su hombro. Las zapatillas me bailaban en las puntas de los pies. Siempre me ha parecido vergonzoso un objeto como las zapatillas: su forma, su función, sus colores tristes. El hombro del cura estaba fresco y los ojos se me cerraban. Volví a soñar con Moisés, y con unos remolinos de fuego que caían, uno tras otro, sobre los diez mandamientos, grabándose en la piedra; y él, lleno de ira, rompía las tablas y las arrojaba contra los idólatras. Sentía una llamarada de calor que era como la de un desierto de arena asolado por el viento, y volvía a notar la boca seca. No sé si habría tenido valor para seguir adelante o si yo también habría reclamado volver a Egipto. «Volvamos atrás, volvamos a casa...» Subimos un tramo de escaleras. El bastón de Moisés cobraba vida transformándose en una serpiente. La serpiente reptaba y se ocultaba en el agua, debajo del palafito. Había agua debajo del desierto, tanta agua escondida, antaño el desierto florecía con esa agua, había grandes palacios con escalinatas, terrazas, jardines y fuentes. Las jarras rebosaban de agua fresca. De la boca de la serpiente brotaba un chorro de agua. Nosotros descansábamos en la penumbra de una habitación con las persianas bajadas, cansados y bronceados por el sol, agotados por los juegos, las sábanas eran blancas y frescas..., el sudor de mi frente se secaba en la tela de la sotana del padre Marenzio. Era el único que llevaba sotana en la montaña. Los demás curas vestían camisas a cuadros y jerséis. La serpiente respiraba en la sombra y una mujer desnuda la escuchaba extasiada y luego la seguía. «Come esta manzana. No hay nada malo en ello.» No hay nada malo..., no hay nada malo en ello..., y ella obedecía. Yo también me sentí obediente. Era fácil conseguir que yo obedeciera. La zapatilla derecha se me cayó del pie y el padre Marenzio se inclinó pacientemente a recogerla mientras me agarraba a su cuello, y cuando se incorporó nos miramos a los ojos. Me sonrió. Era fuerte, tranquilo y decidido. Sus ojos estaban llenos de amor.

—¿Sabes que eres como una pluma? —dijo. No volvió a ponerme la zapatilla, la apretaba con la mano. La trituraba—. La pluma de un ángel, quizá. —Y rio alegremente.

Si uno de nosotros era un ángel, ese era sin duda él, el padre Marenzio. El ángel de la guarda que vela por nosotros. Que te guía en la oscuridad, que te ayuda a descubrir quién eres, que al final llega volando para salvarte. Tu sombra luminosa en la pared, tu nombre finalmente desvelado. Edoardo..., el guardián del bien. Ese bien siempre en peligro, acechado por quienes quieren robarlo, destruirlo. «Edoardo, despierta...», pero los ojos se me cerraban. La luz del pasillo estaba apagada y las tablas de madera crujían a cada paso del padre Marenzio. «Ya hemos llegado», dijo.

Me puso en su cama. En la mesita de noche había libros y una jarra. Una luz débil se filtraba entre las cortinas de la ventana, quizá el reflejo de la luna en la nieve. Quiso tomarme de nuevo la temperatura para ver si había subido, y esta vez lo hizo él. Levantó la rasposa manta marrón y me bajó los pantalones del pijama. Yo colaboré arqueándome para dejar pasar la goma por debajo de las nalgas y aparté una pierna, la derecha. Creí que quería ponerme el termómetro ahí. El padre Marenzio lo hizo, y cerré las piernas. El termómetro se quedó derecho. Creo que ni siquiera mi madre lo había hecho nunca. Estaba acostumbrado a ponérmelo solo desde pequeño. Después, volvió a taparme con las sábanas y esperamos cinco, diez minutos.

—Qué guapo eres... —decía el padre Marenzio acariciándome—. Eres muy guapo... —Y yo veía su cara cerca de la mía. Había puesto la silla al lado de la cama. Me sonreía—. Eres tan guapo... y tan buen chico...

Sus pecas se habían encendido y sus ojos grandes y claros brillaban de emoción tras los cristales. Me quitó el termómetro de la ingle, pero no me dijo si la fiebre había subido o no, a mí me parecía que sí, aunque no era importante. Pensé que Jervi estaría roncando, con los demás, en nuestra habitación. Y que soñaría con la competición de mañana. Y que soñaría con ganarla, claro. Yo me dormía un poco y luego despertaba. La espada del gran ángel que custodiaba la puerta del paraíso llameaba, pero en vez de servirle para echar a los que querían entrar, la usaba para indicarles que entraran. Yo me acercaba lleno de curiosidad, a pesar de que la luz que salía de la puerta y que desprendía la espada me cegaba. Quería entrar a toda costa.

—Espera, espera. —El padre Marenzio se frotó la cara y los ojos por debajo de las gafas—. ¡Espera! —dijo jadeando, y cuando volvió a acariciarme la cara y el cuello noté su gran mano mojada. El contacto me alivió y se lo dije. Entonces mojó un pañuelo en el grifo del lavabo, lo estrujó y me lo puso doblado en la frente—. Dios te bendiga —decía—, Dios obra milagros... en la Tierra.

Creo que era ya plena noche. Y seguimos así hasta que se hizo de día.

17

Arbus ha vuelto a desaparecer. Quizá sintió que ya no tenía nada más que decirme. La próxima semana tengo una cita con la anciana viuda de Paris para que me cuente cómo fue lo de la expropiación proletaria de su tienda de la Piazza Verbano. Ella estaba allí aquel día.

Pero esta vez no debo distraerme de la misa, quiero quedarme hasta que termine. Quiero prestar atención y participar. Esta misa de Navidad tiene que ser válida, al menos esta. Dan las doce.

Ya está, es medianoche, ha nacido. Ha nacido. Yo no tengo fe. Nunca la encontré. Para ser sincero, no es que me haya esforzado mucho buscándola. No me he dejado la piel para salvarme el alma. Creía que era algo que tenía que surgir espontáneamente, que la fe iba a caerme encima de repente, como una enfermedad o un premio de la lotería, pero está claro que no es así. Hay que prepararse, atraerla, como si fuera una presa, como se seduce a una chica, o mostrarse disponible a ser seducido, cazado. ¿Estoy listo ahora? ¿Es este el momento justo? ¿Este? ¿Cuántos momentos justos hay en la vida? ¿O existe uno solo, que no hay que dejar pasar, es ahora o nunca? ¿Florece una sola vez, como la planta que mató mi compañero, Jervi? Y cuando muere, ¿las lágrimas derramadas por su flor maravillosa y única sirven para crezca otra cosa?

¡Cómo lloraba Svampa sobre aquel troncho seco!

Maldito cura mariquita, ¿es posible que tu recuerdo logre conmoverme ahora?

Hasta las paredes, que construimos para protegernos, pueden matarnos si se derrumban, hasta las escaleras, que construimos para nuestra comodidad y utilidad, pueden ser peligrosas. Esto lo había leído entre los miles de pensamientos que Cosmo había acumulado en sus cuadernos. ¿De qué habían servido? ¿A quién? ¿A él, quizá? ¿Por qué había muerto sin compartirlos con nadie? ¿Por qué te has muerto, viejo profesor de literatura? Tu resurrección es un espejismo lejano. Tu cuerpo será sustraído. Yo sabía muy bien lo que nadie me preguntaba. Si me lo hubieran preguntado, ya no lo hubiera sabido. Mi pensamiento vagabundeaba entre las imágenes del tiempo pasado y del tiempo futuro, a la espera del despertar.

Los fieles se pusieron en fila para comulgar. No todos los Rummo lo hicieron. La anciana Eleonora se quedó arrodillada en su sitio. Miraba a los demás. La mujer más joven, con el niño en brazos, abrió la boca cuando le llegó su turno y don Salari le depositó la hostia en la lengua. El niño quiso imitar a su madre, pero le salió un largo bostezo, después cerró la boca y se adormeció. Me pareció que el anciano cura abandonaba su acostumbrada severidad y le sonreía. La mueca tallada de arrugas podía, en efecto, asumir varios significados. Me habría gustado unirme a la fila, que aquella noche parecía inagotable: cuando se acortaba y estaba a punto de disgregarse, se añadía alguien que había esperado hasta el último minuto para dejar su banco, como hacen los viajeros expertos en la puerta de embarque del aeropuerto para evitar estar de pie inútilmente. Creo que en la iglesia del SLM todos tomaron la comunión salvo Eleonora Rummo y yo. El padre Salari fue el último. Se puso la hostia en la boca con glotonería y su boca desapareció con toda la hostia.

Bien entrada la noche, en el cielo negro se sucedía una retahíla de nubes fragorosas. Pesaba grávido sobre el tejado moderno de la iglesia, revestido de latón. La lluvia repiqueteaba ruidosamente sobre él. La cruz llameaba.

La razón actúa con lentitud en cada uno de nosotros, mientras que el sentimiento solo necesita un instante: el miedo, el amor, el rencor y la alegría brotan hacia arriba para a continuación evaporarse. Los deseos se consumen en un momento. A mi amigo Arbus le sucedía lo contrario cuando era un chaval: su intelecto era fulminante, su corazón lento. Pero una vez que se ponía en marcha...

El recuerdo de Arbus y de su hermana Leda dejó de obsesionarme de repente, se convirtió en algo claro, simple. Perdita era yo, yo era Perdita, la pequeña llama pálida que resplandece en la mesita de noche, la capa azul, la mirada baja llena de melancolía, los pies descalzos.

No comprendemos a los demás. Puede que no tengamos la paciencia necesaria para hacerlo. Los juzgamos de forma apresurada, superficial;

todavía nos queda mucho por saber, sufrir y gozar mientras permanezcamos aquí, en la esencia, el tiempo, las dimensiones y la estrechez de una sola mente.

Deberíamos familiarizarnos con la incertidumbre, usarla a nuestro favor, aprender a planear resultados contingentes. Si lo que buscamos jamás se manifestara, significaría que no existe o que no somos dignos de encontrarlo. Y sin embargo, a veces aparece, y su carácter extraordinario descarta cualquier posible equívoco.

Un canto tras otro, la misa de Navidad del SLM tocaba a su fin. Y mi corazón por fin rebosaba de alegría.

29 de septiembre de 1975 - 29 de septiembre de 2015

Nota

La escuela católica se basa en hechos reales de los que fui, en parte, testigo directo. Inspirándome en ellos, he entretejido episodios y personajes más o menos inventados: algunos de principio a fin, otros se inspiran en sucesos que sí tuvieron lugar, o en personas que existieron o que existen todavía. No he tenido ningún tipo de escrúpulo en mezclar lo cierto, lo supuestamente cierto, lo verosímil ficticio y lo inverosímil real, en mezclar memoria e imaginación. El mismo personaje que narra la historia en primera persona podría no coincidir del todo con el autor cuyo nombre aparece en la cubierta.

Para evitar equívocos, he narrado los hechos delictivos ayudándome de las actas, los interrogatorios, las escuchas telefónicas, las entrevistas y las sentencias concernientes a los autores de aquellos delitos, alterando, omitiendo o sustituyendo, cuando lo creía necesario, algunos nombres que habrían podido dar origen a disputas o a polémicas inútiles. Este libro no pretende reconstruir una verdad histórica, o proponer una versión alternativa de los hechos, sino acaso restituir una atmósfera libre de retórica. El único episodio en que me he apartado de la versión oficial de los acontecimientos que lo inspiran, y en el que he desarrollado a mi manera algunas confesiones que por aquel entonces los jueces consideraron no fiables, es la muerte de Cassio Majuri, detrás de cuyo nombre se oculta un caso muy controvertido. Lo he hecho por motivos puramente narrativos y asumo plenamente la responsabilidad. La materia de la vida y de las vidas humanas es el objeto que la literatura trata sin muchos miramientos para sus propios fines.

Ni sufro ni me avergüenzo por haber causado vergüenza y sufrimiento al tratar asuntos personales, salvo que el resultado sea juzgado mediocre, en cuyo caso me sentiría obligado a pedir disculpas a las víctimas de mi desaprensiva mediocridad. Empezando por el lector.

La lista de los textos y las personas que han aportado mucho o poco a este libro sería infinita. Nueve de cada diez líneas de *La escuela católica* proceden de una aportación externa —concedida, regalada, sustraída—. Parafraseando los versos de un amigo poeta, si devolviera lo que no me pertenece, me quedaría sin nada.

Entre las personas que me han ayudado en la revisión de un texto tan largo, quiero recordar los generosos consejos de Margherita Loy y la severidad puntual de mi hija Adelaide, que también me ayudó a transcribir las partes del libro escritas a mano. A todos los que han trabajado profesionalmente en esta edición, mi más profunda gratitud.

La escuela católica nunca habría sido concebido, escrito, reescrito y, sobre todo, acabado, si no hubiera tenido a mi lado a Francesca d'Aloja.

Índice

PRIMERA PARTE

Cristianos y leones 9

SEGUNDA PARTE

Flesh for Fantasies 129

TERCERA PARTE

Vencer es haceros sufrir 255

CUARTA PARTE

Lucha de intereses en un contexto de desigualdad 401

QUINTA PARTE

Colectivo M 571

SEXTA PARTE

Una guitarra con cutaway 717

SÉPTIMA PARTE

Vergeltungswaffe 835

OCTAVA PARTE

Las confesiones 1003

NOVENA PARTE

Cosmo 1145

DÉCIMA PARTE

Como árboles plantados a lo largo del río 1219

NOTA 1281

Este libro acabó
de imprimirse
en Barcelona
en septiembre de 2019

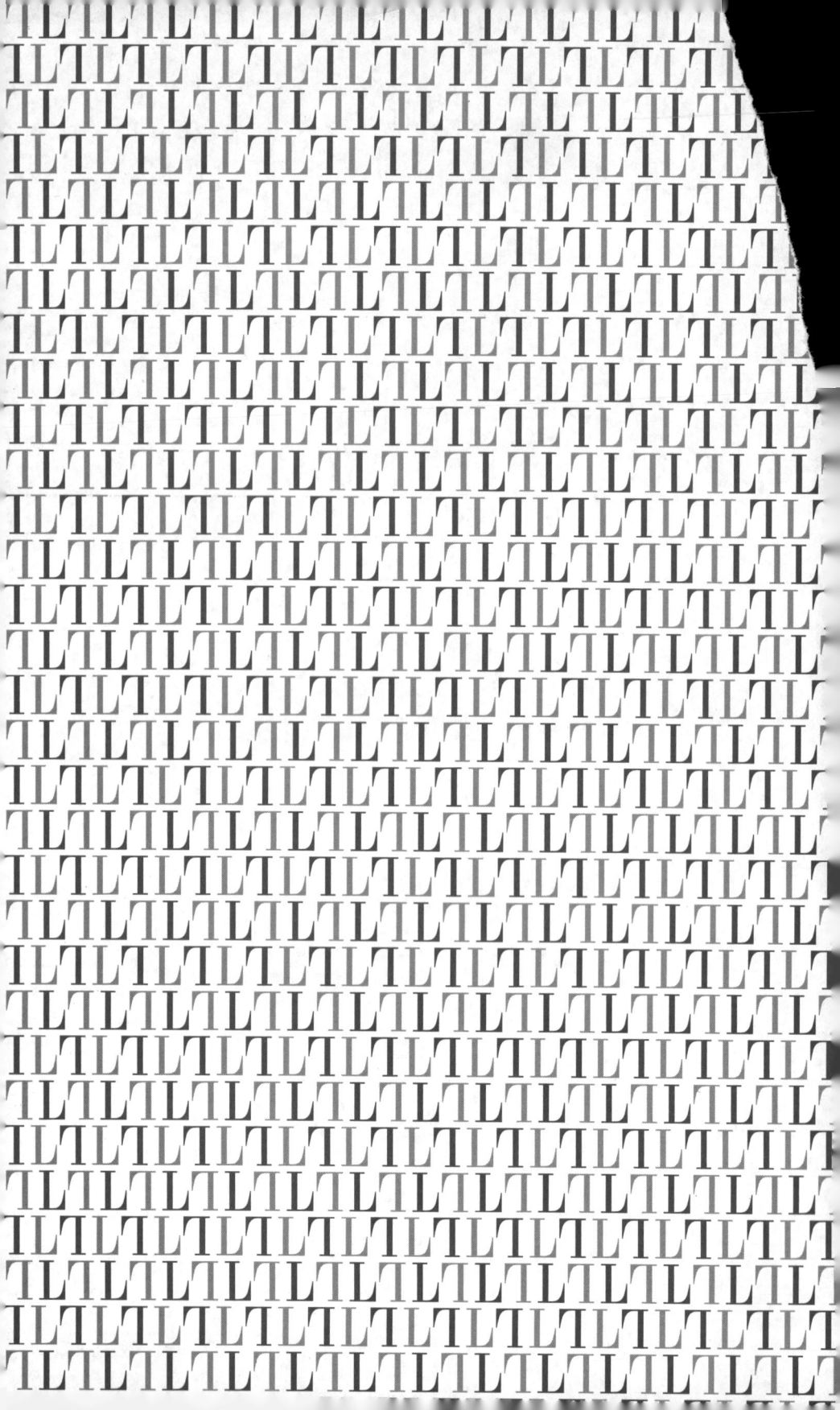